KB118728

19세기 영국최고의 사실주의 소설

아담 비드

나남
nanam

한국학술진흥재단 학술명저번역총서
서양편 268

19세기 영국최고의 사실주의 소설
아담 비드

2009년 8월 30일 발행
2009년 8월 30일 1쇄

지은이_ 조지 엘리엇
옮긴이_ 이미애
발행자_ 趙相浩
발행처_ (주) 나남
주소_ 413-756 경기도 파주시 교하읍
출판도시 518-4
전화_ (031) 955-4600 (代)
FAX_ (031) 955-4555
등록_ 제 1-71호(79.5.12)
홈페이지_ http://www.nanam.net
전자우편_ post@nanam.net
인쇄인_ 유성근 (삼화인쇄주식회사)

ISBN 978-89-300-8392-8
ISBN 978-89-300-8215-0 (세트)
책값은 뒤표지에 있습니다.

'한국학술진흥재단 학술명저번역총서'는 우리 시대 기초학문의 부흥을 위해
한국학술진흥재단과 (주)나남이 공동으로 펼치는 서양명저 번역간행사업입니다.

19세기 영국최고의 사실주의 소설

아담 비드

조지 엘리엇 지음 | 이미애 옮김

나남
nanam

그리하여 그대들의 즐거운 눈앞에
자연의 수수한 덤불과
그늘에서 피어나는 꽃들의
선명한 이미지가 떠오를 겁니다.
그리고 내가 교인들 가운데
옳은 길에서 벗어나거나 타락한 자들을
언급할 때, 형제로서의 용서 그 이상의 감정을 일으킬
실책과 과오를 범한 자들만 택할 겁니다. *

워즈워드

---

* 윌리엄 워즈워드의 《회유(回遊)》(1814) 제6권 651~8행. 교구목사가 죽은 교구민들에 대해서 이야기하는 부분. 그중 엘렌은 임신했을 때 자기를 버린 애인 때문에 번민과 수치심에 빠져 죽은 "고결한 젊은 여자"였다.

옮긴이 머리말

《아담 비드》는 과거의 삶에 대한 독자의 관심을 환기시키는 문구로 시작한다. "단 한 방울의 잉크를 거울삼아" 머나먼 과거의 환영을 불러일으키는 이집트의 마법사처럼, 작가는 자기 "펜 끝에서 떨어지는" 잉크방울로 1799년 가상의 시골 마을 헤이슬롭을 눈에 비친 그대로 보여 주겠다고 제안한다. 그 결과 태어난 이 작품은 엘리엇이 이 작품을 쓰던 시점에서도 반세기 이전의 과거 농촌사회의 생활상을 형상화한다. 21세기를 살아가는 현대의 독자들에게 이 작품을 읽는 것은 그야말로 아득히 먼 과거에 묻혀 버린 아스라한 기억을 찾아가는 여정과 같다.

그러나 시간상으로나 거리상으로 먼 그 세계의 이야기는 우리에게 이질적인 것이 아니라 어디선가 보았거나 경험한 것인 듯 다가온다. 가령 건강하고 믿음직한 목수 아담 비드나 사치스러운 생활을 꿈꾸는 헤티 소렐, 소박하고 따뜻하지만 누구보다도 자부심이 강한 농부 마틴 포이저, 끊임없는 신세타령과 아들에 대한 애착으로 아담을 괴롭히는 비드 부인, 그런 어머니에 대한 애증과 알코올 중독자인 부친에 대한 자괴감과 분노를 느끼는 아담 비드 등 이 소설에서 그려진 인물들은 생생한 리얼리티를 느끼게 한다.

또한 이 소설이 인간 삶의 변하지 않는 조건들을 성찰하고 있다는 점도 과거의 삶에 국한되지 않고 현대의 삶에도 여전히 유효한 의미를 제시한다. 아름답고 본능적인 욕구에 충실한 헤티 소렐과 그녀를 유혹하는 아서 도니손, 그리고 헤티를 사랑하는 아담 비드의 삼각관계를 중심으로 유혹과 배신, 사랑과 기만을 그려 내면서 이 이야기는 인간의 행위가 당사자를 넘어서 주위의 많은 사람들에게 영향을 미치는 방식을 보여 준다. 작중 인물 어윈 목사가 말하듯이 "인간의 삶은 인간이 숨 쉬는 공기처럼 서로에게서 뗄 수 없이 얽혀" 있을 수밖에 없다. 한 인간의 행위는 물위에 퍼지는 파문처럼 부득불 주위 인간들에게 파장을 미칠 수밖에 없고, 엘리엇이 과거의 환영을 통해서 보여 주려는 바는 바로 그러한 인간 삶의 상호관련성이다.

이처럼 환기된 과거의 삶에서 드러나는 메시지는 비교적 명료하다. 대다수의 인간은 결함이 많은 나약한 존재이고 그런 존재들의 관계는 필연적으로 오해와 기만, 갈등으로 이어질 수밖에 없다. 그렇다면 더불어 살아가는 삶을 영위하기 위해서는 주위 사람들의 결함에 대한 공감과 관용, 그리고 각 개인의 선택이 미칠 수 있는 파장에 대한 인식과 이웃에 대한 책임감이 필요할 것이다. 엘리엇 자신이 말했듯이 그녀의 예술은 "흠잡을 데 없이 탁월한 인물들을 제시하려는 것이 아니라, 복합적인 인간 존재를 제시하여 관용적인 판단과 동정심, 공감을 불러일으킬 수 있도록 하려는 것"이었고, 이처럼 평범한 인물들을 주역으로 그리스 비극에 못지않은 장엄한 드라마를 펼쳐 내면서 이 소설은 인간의 본성과 관계의 의미, 인간 삶의 다양한 우연성과 필연성에 대한 윤리적 고찰을 제시한다.

이처럼 결함이 많은 '평범한' 인간에 대한 관심과 애정은 엘리엇의 사실주의적 예술관의 토대를 이루고 있으며, 엘리엇의 사실주의는 미학적이자 동시에 윤리적인 성격을 띠고 있다는 점에서 특이하다. "이 세상에 예언자들은 거의 존재하지 않는다. 숭고하게 아름다운 여성들도 거의 존재하지 않으며, 영웅들도 마찬가지다. 나는 그런 희귀한 존재들에게 내 모든 사랑과 존경을 바칠 수 없다. 나는 일상적으로 더불어 살아가는 사람들 … 에게 그 감정을 바치고 싶다." 사실주의적 예술관을 피력한 것으로 유명한 이 소설의 〈이야기가 잠시 중단된 곳〉은 평범하고 비천한 삶을 살아가는 대다수 사람들에 대한 예찬으로서, 그녀의 창조적 추진력이 이른바 민중지향적인 의식과 그 궤를 같이했음을 보여 준다. 《아담 비드》는 이러한 엘리엇의 혁신적이고 선진적인 미학적, 윤리적 의식을 담고 있으며 그 예술적 신념을 형상화하고 있다.

거의 마흔이 되어 소설을 쓰기 시작한 엘리엇의 첫 번째 장편소설로서 이 작품이 완벽하다고는 말할 수 없고 엘리엇의 걸작으로 일컬어지는 《미들마치》나 《다니엘 데론다》와 같은 작품들과 비교하면 완성도가 떨어지는 것은 사실이다. 하지만 이 소설은 인간과 사회를 조망하는 작가의 탁월한 지성과 심오한 통찰력, 넓은 마음과 깊은 인간애를 유감없이 보여 주며, 조지 엘리엇이 영국 빅토리아시대 소설의 거장으로 발전하는 과정의 시발점을 일견할 수 있게 해 준다.

국내에는 비교적 잘 알려져 있지 않지만 영국 소설사의 한 거봉을 이루고 있는 조지 엘리엇의 작품을 번역하고 소개하는 일은 의미 있는 작업이었다. 이 작품의 번역은 2005년 한국학술진흥재단 명저번역의 지원으로 착수했고, 번역 원본으로는 옥스퍼드대학 출판사의 옥스퍼드 세계 고전 시리즈로 출판된 《아담 비드》(1996)를 사용했다. 대학원 재학시절에 엘리엇의 작품들을 읽고 토론하면서 작가에 대한 경의를 품게 되었기에 번역을 시도했지만, 19세기 산문 특유의 사변적인 만연체와 토속적인 방언을 우리말로 옮기는 작업은 그리 만만치 않았다. 특히 이 소설에서 제시하듯이 이십여 마일 떨어진 곳이라도 발음과 억양이 달라지는 궁벽한 시골의 다양한 사투리들을 우리말로 구사하는 것은 역부족이었기에 생동감 넘치는 방언들을 여실히 전달하지 못한 점이 못내 아쉽다. 하지만 위대한 작가는 작품뿐 아니라 자신의 품격을 통해서도 독자를 고양시킬 수 있는 훌륭한 인간이라는 사실을 새삼 실감하면서, 그 넓고 진지한 마음을 발견하고 그 깊고 예리한 통찰력에 공감하며 삶의 의미를 되돌아보는 한국의 독자들이 많이 있기를 바란다.

2009년 6월

이 미 애

19세기 영국최고의 사실주의 소설

아담 비드

차 례

◆ 옮긴이 머리말 7

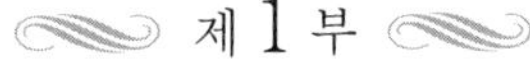

제 1 부

- 목공소 17
- 설교 27
- 설교가 끝난 후 52
- 집안의 슬픔 60
- 목사 78
- 홀 팜 99
- 낙농실에서 114
- 소명 120
- 헤티의 세계 131
- 다인나가 리스베스를 방문하다 139
- 오두막에서 153
- 숲 속에서 163

- 숲 속의 저녁 177
- 집으로 돌아가는 길 183
- 두 침실 193
- 연결된 고리들 209

제 2 부

- 이야기가 잠시 중단된 곳 229
- 예배 241
- 노동하는 아담 267
- 아담이 홀 팜을 방문하다 275
- 야학과 교사 296

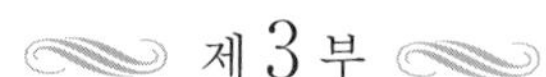

제 3 부

- 생일잔치 317
- 오찬 329
- 건강을 기원하는 축배 335
- 게임 344
- 무도회 354

제 4 부

- 위기 371
- 딜레마 384
- 다음날 아침 393
- 편지 전달 402
- 헤티의 침실에서 419
- 포이저 부인이 "속 시원하게 퍼붓다" 430
- 또 다른 연결들 442
- 약혼 449
- 은밀한 두려움 455

제 5 부

- 희망에 찬 여행 465
- 절망에 찬 여행 475
- 탐색 490
- 소식 506
- 쓰디쓴 물결이 퍼져나가다 515
- 재판 전날 526
- 재판일의 아침 533

- 평결 538
- 아서의 귀향 546
- 감옥에서 554
- 긴장된 시간들 567
- 마지막 순간 574
- 숲 속에서의 또 다른 만남 576

제 6 부

- 홀 팜에서 591
- 오두막에서 602
- 일요일 아침 617
- 아담과 다인나 632
- 추수감사절의 저녁 식사 644
- 언덕 위에서의 만남 659
- 결혼식 종소리 666
- 에필로그 669

- 옮긴이 해제 675
- 조지 엘리엇 연보 683
- 약 력 687

제 1 부

목공소

단 한 방울의 잉크를 거울삼아 이집트의 마법사는 우연히 지나가는 사람 누구에게나 머나먼 과거의 환영을 보여 주려 한다. 독자여, 내가 그대에게 해 주려는 바는 바로 그것이다. 내 펜 끝에서 떨어지는 이 잉크 방울로 나는 헤이슬롭 마을에 살고 있는 목수이자 건축가인 조나단 버지 씨의 널찍한 목공소를 그대에게 보여 줄 것이다. 그리스도 기원 1799년 6월 18일에 눈에 비친 모습 그대로 말이다.

따뜻한 오후의 햇살이 스며들어 문짝과 창틀, 벽판을 바삐 만들고 있는 다섯 명의 목수들을 비추고 있었다. 열린 문 밖에 쌓인 판자 더미에서 흘러들어온 소나무 향기가 반대쪽의 열린 창문 가까이에서 한여름에 내린 눈처럼 하얀 꽃을 피우고 있는 양딱총나무의 냄새와 뒤섞였다. 비스듬히 비치는 햇살이 일정하게 움직이는 대패 앞에서 휘날리는 투명한 대팻밥 사이를 지나 벽에 기대선 참나무 판자의 섬세한 나뭇결을 비추었다. 사나운 잿빛 양치기 개 한 마리가 부드러운 대팻밥 더미를 푹신한 침대 삼아 누워서 앞발 사이에 코를 박고 있다가 이따금 이마를 찡그리고 다섯 명의 목수들 가운데 가장 키가 큰 사람을 올려다보았다. 그 남자는 목재 벽난로 선반의 중앙에 방패 무늬를 새기고 있었다. 대패질과 망치질하는 소리 너머로 힘차게 울려 퍼지는 저음의 노래는 바로 이 목수에게서 나온 것이었다.

> 깨어나라, 내 영혼이여, 햇살과 더불어,
> 그대의 일상적인 의무를 수행하라,
> 무기력한 게으름을 떨쳐버려라…

이 부분에서 조금 더 주의를 집중하여 박자를 맞추면서 낭랑한 목소리는 나지막하게 가라앉은 휘파람 소리로 바뀌었다. 그러나 이내 목소리가 새롭게 활기를 띠고 다시 울려 퍼졌다.

그대의 대화를 언제나 진지하게,
그대의 양심을 대낮처럼 밝게 하라.[1)]

그처럼 우렁찬 목소리는 가슴이 넓은 사람에게서만 나올 수 있는 것이었다. 그 넓은 가슴의 주인은 180센티미터에 달하는 키에 골격이 크고 근육이 발달한 남자였다. 등이 매우 곧고 머리는 균형이 아주 잘 잡혀 있어서, 작업하던 일거리를 좀더 멀리서 살펴보려고 몸을 일으켰을 때 그 모습은 쉬어 자세로 서 있는 군인 같은 풍채를 연상시켰다. 팔꿈치 위로 걷어 올린 소매 아래로 힘겨루기 대회에서 상을 받을 수 있을 만큼 힘센 팔이 드러났다. 하지만 손가락 끝이 넓적한 길고 유연한 손은 재주가 있어 보였다. 키가 크고 건장한 용모로 보아 아담 비드는 앵글로 색슨족의 후예임이 분명했고, 그 자신의 이름에 걸맞은 인물이었다. 그러나 흰 종이 모자와 대비되어 더욱 두드러진 새까만 머리칼과 툭 튀어나와 잘 움직이는 굵은 눈썹 아래로 빛을 발하는 검은 눈의 예리한 시선으로 보아 켈트족의 피가 섞여 있음을 알 수 있었다. 가만히 있을 때면, 윤곽이 크고 거친 얼굴에서 성격 좋고 정직하며 영리한 사람의 표정에서 엿볼 수 있는 그런 아름다움이 드러날 뿐이었다.

그 옆에서 일하는 사람이 아담의 동생이라는 것은 한눈에 보아도 분명했다. 그는 거의 비슷한 키에 용모도 흡사했고 머리칼과 얼굴색도 똑같았다. 그러나 형제간의 뚜렷한 유사성 때문에 몸과 얼굴에 드러난 주목할 만한 차이가 더욱 돋보였다. 세스의 넓은 어깨는 약간 굽었고 눈은 잿빛이었으며 눈썹은 형보다 덜 튀어나왔고 한결 차분해 보였다. 그의 눈빛은 예리함보다는 믿음과 너그러움을 담고 있었다. 그가 종이 모자를 벗자, 아담처럼 숱이 많은 직모가 아니라 성긴 곱슬머리가 드러났고, 이마 위로 분명하게 드러난 전두골(前頭骨)의 윤곽이 선명하게 보였다.

게으른 부랑자들은 세스에게서라면 동전 한 푼 얻어낼 수 있을 거라고

1) 토머스 켄 주교(1637~1711)의 아침 찬송가 1절과 3절에서 발췌.

언제나 믿었지만, 아담에게는 말조차 건네지 않았다.

열심히 작업하던 문짝을 세워 벽에 기대놓고 세스가 말을 꺼내자, 연장들 소리와 어우러진 아담의 노랫소리가 드디어 멈췄다.

"자! 어떻든 오늘 해야 할 문짝을 끝냈어."

목수들은 모두 고개를 들고 바라보았다. 샌디 짐이라 불리는 붉은 머리칼의 무뚝뚝한 남자, 짐 솔트는 대패질을 멈추었고, 아담은 날카로운 시선으로 놀라운 듯이 세스를 바라보며 말했다.

"아니! 문짝을 다 끝냈다고?"

"그럼." 세스가 놀라서 대답했다. "뭐 빠뜨린 거라도 있어?"

다른 목수들 세 명이 큰 소리로 웃음을 터뜨리자 세스는 당황하여 돌아보았다. 아담은 같이 웃지는 않았지만, 전보다 한결 부드럽게 말하는 얼굴에 미소가 어려 있었다.

"장식 널판을 붙이지 않았잖아."

세스가 양손으로 머리를 가볍게 치자 또다시 웃음이 터져 나왔다. 그의 이마와 정수리가 붉게 물들었다.

"야호!" 와이리 벤이라 불리는 체구가 작고 몸이 잰 목수가 소리치며 달려가 그 문짝을 잡고 소리치며 말했다. "이 문짝을 작업장 저쪽 끝에 매달아 놓고 이렇게 써 놓아야겠어. '감리교 신자 세스 비드의 작품'이라고 말이야. 자, 짐, 붉은 색 페인트 좀 빌려줘."

"허튼 소리!" 아담이 말을 이었다. "그냥 내버려 둬, 벤 크래니지. 아마 자네도 언젠가는 그런 실수를 저지를 때가 올 거야. 그러면 자네도 웃다가 갑자기 울상이 되겠지."

"내가 그런 짓을 할 성싶어? 내 머릿속이 감리교 교리로 꽉 차는 날이 오려면 한세월 기다려야 할 걸."

"그래, 하지만 자네 머릿속은 종종 술로 가득 차 있잖아. 그건 더 나쁜 일이지."

그러나 이제 벤은 '붉은 색 페인트'를 손에 넣었고 준비작업 삼아 공중에다 상상의 글자로 그 제목을 그리려 하고 있었다.

"그냥 놔두라니까!" 아담은 소리치며 연장을 내려놓고 성큼 벤에게 걸어가서 그의 오른쪽 어깨를 붙잡았다. "그냥 두란 말이야. 그렇지 않으면 정신이 번쩍 들도록 흔들어 줄 테니까."

아담의 무쇠 같은 손아귀에 잡혀 몸이 휘둘렸지만 벤은 체구가 작아도 용감한 사람이었기에 그냥 지려고 하지 않았다. 그는 꼼짝할 수 없는 오른손의 붓을 왼손으로 낚아채서 글씨를 쓰려는 듯 왼손을 움직였다. 곧바로 아담은 그의 몸을 빙그르르 돌려서 그의 다른 쪽 어깨를 잡고 벽에 밀어붙였다. 하지만 그때 세스가 말했다.

"그냥 둬, 애디,[2] 그냥 두라고. 벤은 장난으로 그럴 거야. 나를 놀리는 게 당연해. 나도 스스로를 비웃지 않을 수 없었는걸."

"이 작자가 문짝을 그냥 놔두겠다고 약속할 때까지 놓아주지 않을 거야." 아담이 말했다.

"자, 벤." 세스가 설득하듯이 말을 이었다. "그런 걸 가지고 다투지 말아요. 아담이 절대 굽히지 않는 걸 알잖아요. 좁은 오솔길에서 마차를 돌리려는 편이 나을 거예요. 그 문짝을 그냥 두겠다고 말하고 이제 그만 끝내요."

"아담은 조금도 겁나지 않아." 벤이 말을 이었다. "하지만 세스, 자네의 부탁이니까 그냥 내버려 두겠다고 말해 주지."

"자, 벤, 그게 현명한 거야." 아담이 손아귀의 힘을 빼고 웃으며 말했다.

이제 그들은 모두 각자의 일로 되돌아갔다. 그러나 몸싸움에서 진 와이리 벤은 빈정거림으로 그 굴욕감을 만회하려고 작정하고는 이렇게 말을 꺼냈다.

"장식 널판을 잊었을 때 대체 뭘 생각하고 있었던 거야, 세스? 그 예쁜 설교자의 얼굴인가 아니면 그녀의 설교인가?"

"그녀의 설교를 들으러 가세요, 벤." 세스는 쾌활하게 대답했다. "그녀가 오늘밤 그린[3]에서 설교할 거예요. 그걸 들으면 아마 당신이 그렇게나

2) 아담의 애칭.

좋아하는 익살맞은 노래들 대신 자기 자신에 대해서 생각할 거리를 얻게 될 거예요. 종교를 갖게 될지도 모르지요. 그러면 지금까지 얻지 못한 최고의 수확을 얻는 날이 될 거에요."

"때가 되면 그렇게 되겠지, 세스. 결혼하거든 생각해보지. 총각들은 그렇게 엄청난 수확을 바라지 않는 법이거든. 어쩌면 나도 자네처럼 연애를 하면서 종교도 믿게 될지 모르지. 하지만 내가 회개하고, 자네와 그 예쁜 설교자 사이에 끼어들어서 그녀를 낚아채기를 바라는 건 아니겠지?"

"그럴 염려 없어요, 벤. 그녀는 당신이나 나 같은 사람이 넘겨다볼 수 있는 여자가 아니니까요. 그냥 가서 설교를 들어 보세요. 그러면 다시는 그녀에 대해서 가볍게 말하지 않을 거예요."

"글쎄, 홀리 부시에 좋은 술동무들이 없으면 오늘 밤에 그녀를 보러갈 마음도 좀 있는데 말이야. 무슨 주제로 설교할까? 혹시 알고 있어, 세스? 내가 시간 맞춰 갈 수 없을지도 모르니까. 이런 주제일까? '당신들은 무엇을 보려고 왔습니까? 여성 예언자입니까? 네, 당신들에게 말하건대, 여성 예언자 이상이지요.'[4] 놀랍도록 예쁘고 젊은 여자니까."

"자, 벤, 성경말씀은 들먹거리지 말게. 지금 자네 말은 너무 지나쳐."

아담이 다소 단호하게 말했다.

"아니! 이젠 자네도 달라지고 있군 그래, 아담? 얼마 전만 하더라도 여자가 설교하는 걸[5] 몹시 반대하는 줄 알았는데?"

"아니, 나는 어느 쪽으로도 달라지지 않았어. 여자가 설교하는 것에 대해서는 아무 말도 하지 않았어. 자네에게 그저 성경말씀을 들먹이지 말라고 했을 뿐이야. 자네가 몹시 자랑스러워하는 만담책이 있잖아? 자네

---

3) 마을의 공유지.

4) 세례자 요한에 대한 그리스도의 표현(마태오복음 11장 19절)을 불경스럽게 이용한 말.

5) 여성 설교자는 감리교 성직제의 특징으로서 당대 기독교인들에게 상당히 충격을 주었다. 존 웨슬리는 여성이 설교할 수 있는 권리를 마지못해 승인했고, 웨슬리 교파는 결국 1803년에 그것을 금지했다. 다른 감리교회와 교파에는 여성 설교자들이 계속 남아 있었다.

의 더러운 손가락으로 그 책장이나 넘기라고."

"자네도 세스처럼 거창한 성인이 되고 있군 그래. 오늘 밤에는 자네도 그 설교를 들으러 갈 모양이지. 자네가 찬송가야 아주 잘 부르겠지. 하지만 어윈 목사님이 무척 총애하시는 아담 비드가 감리교 신자가 된다면 뭐라고 말씀하실지 모르겠군."

"내 걱정은 말라구, 벤. 자네와 마찬가지로 나도 감리교 신자는 되지 않을 테니까. 자네야 그보다 더 나쁘게 될 가능성이 많지만 말이야. 어윈 목사님은 양식 있는 분이라서 사람들의 종교 문제에 참견하지 않으시고, 원하는 대로 하도록 두신다고. 그건 사람들과 하느님 사이의 문제라고 목사님이 여러 번 말씀하셨지."

"아, 그래. 그렇다고 해도 목사님은 비국교도[6] 들을 그리 좋아하시지 않을걸."

"어쩌면 그렇겠지. 나는 조시 토드의 걸쭉한 맥주를 그리 좋아하지 않지만 자네가 그걸 마시고 바보짓을 하더라도 막지 않겠어."

아담의 날카로운 공격에 웃음소리가 들렸다. 그러나 세스가 아주 진지하게 말했다.

"안 돼, 애디. 종교를 걸쭉한 맥주와 비교해서 말해선 안 돼. 비국교도들과 감리교 신자들이 국교회 신도들과 마찬가지로 사물의 근본을 캐냈다는 것을 형도 알고 있잖아."

"아니, 세스. 난 어느 누구의 종교도 비웃으려는 게 아냐. 사람들이 자기 양심을 따르기만 하면 돼. 그게 전부야. 다만 각자 양심에 따라서 교회에 조용히 남아있으면 더 좋을 거라고 생각할 뿐이지. 교회에서 배울 것이 많으니까. 그리고 지나치게 영적인 것을 추구하는 것도 문제야. 세상에는 복음서 말고 다른 것도 있어야 하니까. 운하와 수도, 탄갱의 증기기관, 크롬포드에 있는 방적기를 봐. 이런 것들을 만들려면 복음서 외에

---

6) 영국 국교회 바깥의 신교 기독교 교파로서 퀘이커교파, 침례교파, 조합교회파를 뜻함.

도 다른 것을 알아야 한다는 말이지. 그런데 어떤 설교자들이 하는 말을 듣고 있으면, 사람이 평생 일이라곤 도통 하지 않으면서 그저 눈을 감고 자기 마음속에서 일어나는 일을 보고 있어야 한다는 듯이 생각하게 된단 말씀이야. 사람은 모름지기 신에 대한 사랑을 영혼에 품어야 하고 성경은 하느님의 말씀이라는 걸 나도 알고 있어. 그런데 성경이 말해 주는 것이 대체 뭔가? 글쎄, 성경에는 하느님이 성궤를 만들 목수에게 성령을 불어넣으셔서 훌륭한 솜씨가 필요한 일과 조각을 모두 할 수 있게 해 주셨다고 쓰여 있어. 내가 생각하는 바로는 이렇다네. 어느 물건에나, 그리고 주일이건 평일이건 언제라도, 하느님의 성령이 깃들여 있다는 거지. 위대한 작업과 발명품에, 수치 계산과 기계를 다루는 기술에도 말이야. 하느님은 우리의 영혼뿐 아니라 우리의 머리와 손을 도와주시지. 만일 어떤 남자가 작업을 하는 동안 뭔가 일을 해낸다면, 혹은 자기 아내가 빵집에 가는 일을 덜어주려고 아내를 위해 오븐을 만든다면, 아니면 자기 뜰을 일궈서 감자를 하나가 아니라 두 개가 달리게 한다면, 그는 그만큼 더 좋은 일을 했고 하느님에게 더 가까워진 거야. 설교자들을 쫓아다니면서 기도하고 신음소리를 내는 것 못지않다고."

"말 잘했네, 아담!" 아담이 말하는 동안, 판자를 들어 옮기려고 대패질을 멈추었던 샌디 짐이 말했다. "얼마간 들어본 설교들 중에서 최고였어. 그 말을 들으니 생각났는데, 내 아내가 오븐을 만들어 달라고 지난 열두 달 내내 성가시게 굴었지."

"형의 말에도 일리는 있어." 세스가 진지하게 말했다. "하지만 형도 알다시피, 형이 아주 못마땅하게 여기는 설교자들의 말을 들음으로써 게으른 사람이 근면한 사람으로 바뀐 경우도 많아. 맥줏집을 텅 비게 만드는 것도 설교자들이야. 누군가 종교를 갖게 된다고 해서 그 때문에 일을 더 못하게 되는 건 아니야."

"그저 이따금씩 문짝에 장식 널판 붙이는 걸 빼먹겠지. 안 그래, 세스?" 와이리 벤이 말했다.

"아, 벤, 이제 평생 나를 놀릴 거리가 생겼군요. 하지만 여기서도 잘못된 것은 종교가 아니에요. 문제는 언제나 얼이 빠져있는 세스 비드라고요. 종교를 가져도 그 결함이 고쳐지지 않았어요. 더욱 유감스러운 일이지요."

"내 말에 신경 쓰지 마, 세스." 와이리 벤이 말을 이었다. "자네는 정말로 좋은 녀석이야. 장식 널판이 있건 없건 말이야. 그리고 자네는 자네 형처럼 농담 한마디마다 털을 곤두세우고 성을 내지는 않는단 말이야. 자네 형이 더 영리할진 모르지만."

"이봐, 세스, 나를 야박하다고 생각하면 안 돼." 자신에 대한 빈정거림에는 아랑곳하지 않고 아담이 말했다. "방금 내 말은 너를 두고 한 것이 아니었어. 어떤 사람은 이런 식으로 생각하는 거고, 다른 사람은 다른 식으로 생각하는 거지."

"물론이야, 애디. 형이 내게 나쁜 뜻으로 말할 리 없지." 세스가 말했다. "아주 잘 알고 있어. 형은 형을 따르는 개, 짚과 비슷해. 때로 짖어대지만 그런 다음에는 꼭 내 손을 핥아주거든."

모두들 한동안 말없이 손을 부지런히 놀렸고, 이윽고 교회의 시계가 여섯 시를 치기 시작했다. 첫 번째 종소리의 여운이 사라지기도 전에 샌디 짐은 대패를 풀고 웃옷을 집으려고 손을 뻗쳤다. 와이리 벤은 반쯤 돌린 나사를 내버려 두고 나사돌리개를 연장바구니에 던져 넣었다. 앞서 이야기를 나누는 동안 자기 이름에 걸맞게도 입을 다물고 있던 멈 태프트는[7] 망치를 들어 올리려다가 내동댕이쳤다. 세스 역시 등을 쭉 펴고 팔을 뻗어 종이 모자를 벗으려고 했다. 아담 혼자 아무 일도 없는 듯 일을 계속했다. 그러나 연장이 멈추었다는 것을 알아차리고는 고개를 들고 화난 목소리로 말했다.

"아니, 이것 좀 보라구! 시계가 여섯 시를 치자마자 이렇게 연장을 내던져 버리다니 참을 수 없어. 일하면서 전혀 즐거움을 느끼지 못하고 조

---

7) 태프트가 '멈'(*mum*: 무언의, 말이 없는)이라는 별명으로 불리는 것은 그가 말이 없기 때문이다.

금이라도 일을 더 할까봐 겁이라도 나는 듯이 말이야."

세스는 약간 부끄러운 기색을 보이며 떠날 채비를 조금 늦추었다. 그러나 멈 태프트는 침묵을 깨고 말했다.

"아, 그래, 아담. 젊은이답게 말하는구먼. 자네가 스물여섯이 아니라 나처럼 마흔여섯 살이 되면 쓸데없이 힘들여 일하지 않을걸."

"말도 안 돼." 아담이 여전히 화를 내며 말했다. "나이가 대체 무슨 상관이란 말이에요? 아직 아저씨 몸이 뻣뻣해진 것도 아니잖아요. 나는 시계소리가 울리기도 전에 총이라도 맞은 양 팔이 축 늘어지는 꼴은 보기 싫어요. 자기가 하는 일에 자부심과 즐거움을 전혀 느끼지 못하는 듯이 말이죠. 회전 숫돌은 손을 놓아도 조금은 더 돌아간단 말이에요."

"아담, 적당히 해!" 와이리 벤이 소리쳤다. "사람을 그냥 좀 놔두란 말이야. 조금 전에는 설교자들을 흉보더니만, 자네도 설교하는 걸 무척이나 좋아하네그려. 자네는 노는 것보다 일하는 게 더 좋을지 모르지만, 나는 일보다 노는 게 더 좋단 말씀이야. 이렇게 되면 자네에게 안성맞춤이지 뭐야. 자네에게 할 일이 더 많아지니까."

퇴장 연설을 아주 멋지게 했다고 생각하면서 와이리 벤은 연장 바구니를 어깨에 걸머지고 목공소를 나섰다. 멈 태프트와 샌디 짐이 재빨리 그 뒤를 따랐다. 세스는 잠시 서성거리며 아담이 뭔가 말하기를 기다리는 듯 생각에 잠겨 그를 바라보았다.

"설교 들으러 가기 전에 집에 들를 생각이니?" 아담이 고개를 들고 물었다.

"아니, 모자와 짐은 윌 매스커리의 집에 맡겨두었어. 10시 넘어야 집에 돌아갈 수 있을 거야. 어쩌면 다인나 모리스를 집에 바래다줄 거고. 그녀가 원한다면 말이지. 알다시피 포이저 씨네 식구들은 다인나와 함께 오지 않을 테니까."

"그렇다면 엄마에게 너를 기다리지 마시라고 말할게." 아담이 말했다.

"오늘 밤에 혹시 형은 포이저 씨 댁에 가지 않을 거야?" 세스는 몸을 돌려 목공소를 나서면서 다소 조심스럽게 물었다.

“아니, 학교에 갈 거야.”

지금까지 짚은 편안한 침대에 계속 누워있었고 다른 목수들이 나서는 것을 보자 그저 고개를 들고 보다 주의 깊게 아담을 살필 뿐이었다. 그러나 아담이 자를 주머니에 넣고 허리에 둘렀던 앞치마를 벗자, 짚은 앞으로 달려가서 참을성 있고 기대에 찬 표정으로 주인의 얼굴을 올려다보았다. 만약 짚에게 꼬리가 있었다면 틀림없이 꼬리를 흔들었을 것이다. 그러나 자기감정을 전달할 그런 수단이 없었으므로, 존경할 만한 사람들에게서도 그런 경우가 흔히 있듯이, 그 개는 자기 천성보다 더 냉담하게 보일 수밖에 없었다.

“이봐, 바구니를 맬 준비가 됐어, 짚?”

아담은 세스에게 말할 때와 똑같이 부드러운 목소리로 말했다.

짚은 뛰어 오르며 “물론이에요”라고 말하듯 짧게 짖었다. 불쌍한 녀석, 감정을 표현할 수단이 그리 많지 않았던 것이다.

평일이면 그 바구니에는 아담과 세스의 점심이 담겨 있었다. 바구니를 목에 걸고 주인의 발꿈치를 따라 총총걸음으로 달려가는 짚은, 행렬을 지어 걸어가는 관리보다도 더욱 결연히 주위 사람들을 아랑곳하지 않는 듯이 보였다.

목공소를 나오지마자 아담은 문을 잠그고 열쇠를 꺼내어 마당 건너편에 있는 집으로 갔다. 그 나지막한 집 지붕은 부드러운 잿빛 짚으로 이어져 있고 벽은 황토색으로 저녁 햇빛을 받아 쾌적하고 부드럽게 보였다. 납으로 테를 두른 창문은 환하고 얼룩 한 점 없었으며 현관의 섬돌은 썰물이 빠진 뒤의 둥근 돌처럼 깨끗했다. 검은 줄무늬의 리넨 겉옷을 입고 붉은 수건을 두르고 리넨 모자를 쓴 말끔해 보이는 노파가 섬돌 위에 서서, 차가운 감자나 보리를 얻어먹을 수 있으리라는 헛된 기대를 품고 주위에 모여든 얼룩덜룩한 닭들에게 말을 건네고 있었다. 그 노파는 눈이 침침한 듯 아담이 말을 걸 때까지 그를 알아채지 못했다.

“열쇠 여기 있어요, 돌리. 집안에 보관해 주세요.”

“아, 그래. 그런데 들어왔다 가지 않으련, 아담? 메리 양이 집안에 있고 버지 씨는 곧 돌아오실 거야. 너랑 같이 저녁을 먹으면 그분도 기뻐하실 걸."

"아뇨, 돌리. 고마워요. 집에 가야 해요. 안녕히 계세요."

바짝 뒤에 붙어 따라오는 짚을 데리고 아담은 성큼 걸음으로 서둘러 마당을 지나 마을에서 골짝 아래쪽으로 이어지는 큰 길을 따라갔다. 그가 비탈진 언덕 기슭에 이르렀을 때, 여행가방을 뒤에 매단 채 말에 타고 있던 나이 지긋한 사람이 옆을 지나가는 아담을 보고 말을 세웠다. 그는 고개를 돌려, 종이 모자를 쓰고 짧은 가죽바지를 입고 군청색 털양말을 신은 그 건장한 일꾼을 한참 동안 바라보았다.

아담은 자신이 일으킨 찬탄을 전혀 알지 못하고 곧 들판을 가로질러 걸어가면서 하루 종일 머릿속에 맴돌던 노래를 갑자기 부르기 시작했다.

그대의 대화를 언제나 진지하게,
그대의 양심을 대낮처럼 밝게 하라.
널리 만물을 내다보시는 하느님의 눈이
그대의 은밀한 생각과 일과 버릇을 내려다보시니.

설교

일곱 시 십오 분쯤 전 헤이슬롭 마을에는 평소와 달리 활기찬 분위기가 감돌았고, 도니손 암즈에서 교회 정문에 이르는 작은 거리를 따라서 어디에나 동네 사람들이 모여 있었다. 그들은 그저 저녁 햇살을 받으며 한가하게 빈둥거릴 생각으로 집에서 나온 것이 아니었다. 도니손 암즈는 마을 입구에 자리 잡고 있었다. 그 여관의 옆에 붙어 있는 조그만 농가와 건초더미를 쌓아둔 마당으로 보아 임대 토지가 꽤 많이 딸려있으리라고 짐작하면서, 그 여행객은 자신과 자기의 말이 잘 먹을 수 있을 거라는 기대를 품을 수 있었다. 비바람에 풍화된 표지판에서는 이 마을의 유서 깊은 가문인 도니손 가의 문장(紋章)을 알아볼 수 없었으므로, 그는 그런 기대에서 조금이나마 안도감을 느꼈을 것이다. 여관 주인 캐손 씨는 주머니에 손을 넣고 발꿈치를 든 채 균형을 잡고 문간에 서서 울타리가 둘리지 않은 공유지[8]를 한참 동안 바라보았다. 진지한 표정을 띠고 띄엄띄엄 지나간 남자들과 여자들이 중앙에 단풍나무가 서 있는 그 공유지로 가고 있음을 그는 알고 있었다.

캐손 씨는 생김새를 묘사하지 않고 그냥 넘어가도 될 만큼 평범하게 생긴 사람이 결코 아니었다. 앞에서 보면 그의 몸은 전체적으로 두 개의 구로 이루어졌으며 그 구들은 지구와 달의 관계를 유지하는 것 같았다. 다시 말하자면, 대충 짐작하건대, 아래쪽의 구는 위쪽의 구보다 열세 배가량 컸고, 그래서 위쪽의 구는 자연스럽게 그저 위성이자 부속물로서의 기능을 수행했다. 그러나 유사성은 여기까지였다. 캐손 씨의 머리는 조금도 우울해 보이는 위성이 아니었고, 밀턴이 불경스럽게 달을 묘사했듯이 "얼룩진 공"[9]도 아니었다. 오히려 그보다 더 단정하고 더 건강해 보이는 머리와 얼굴은 찾아보려 해도 찾을 수 없었다. 코와 눈가에 약간 찌그러지고 어그러진 부분이 있기는 했지만 그건 언급할 가치도 없었고, 대체로 둥글고 불그스레한 양쪽 뺨에는 명랑하고 만족한 표정이 엿보였으며, 그의 자세와 태도에서 분명히 드러나는바 체면을 지키려는 생각 때문에 그 만족한 기색을 다소 억눌렀다. 십오 년간 '그 가문'의 집사였고 현재 높은 지위에 있으면서 어쩔 수 없이 아랫사람들을 많이 접촉해야 하는 사람에게 이 체면의식이 지나친 것이라고는 볼 수 없었다. 그린으로 걸어가서 호기심을 충족시키고 싶은 욕구와 자신의 품위를 어떻게 조화시킬 것인가 하는 문제가 지난 오 분간 그의 머릿속에서 갈등을 일으키고 있었다. 하지만 손을 주머니에서 빼내 조끼 소맷부리에 밀어 넣고는 고

---

8) 18세기와 그 이후로 지주들은 꾸준히 공유지를 사적 재산으로 흡수해왔다. 감리교도들이 공유지에서 설교를 한 것은 대개 영국 국교도인 지방 지주들이 감리교도들에게 사유지를 사용하지 못하도록 했기 때문이다.

9) 밀턴, 《실낙원》, 1권 291행

개를 한 쪽으로 기울이고 눈앞에서 벌어지는 어떤 일에든 관심 없다는 듯 경멸하는 태도를 취함으로써 이 문제를 어느 정도 해결했을 때, 말을 타고 가까이 다가오던 어떤 사람이 그의 관심을 끌었다. 그는 조금 전에 우리의 친구 아담을 돌아보려고 멈추었던 사람으로 이제 도니손 암즈의 대문에 이르러 말을 멈추었다.

"말고삐를 풀고 물을 좀 주게나." 말굽 소리가 들리자 마당으로 나온 작업복 차림의 말구종에게 그 여행객이 말했다.

"아니, 주인장, 이 아담한 당신네 마을에 무슨 일이 있소?" 그는 말에서 내리며 말했다. "꽤 소란스러운 것 같군."

"어떤 감리교인이 설교를 한답니다, 나리. 어떤 젊은 여자가 그린에서 설교를 할 거라는군요." 캐손 씨는 약간 떨리는 목소리로 점잔 빼며 대답했다. "들어오셔서 뭐라도 드시겠습니까, 나리?"

"아니, 나는 드로스터에 가야 하오. 그저 말에게 물을 먹였으면 했소. 그런데 당신네 목사님은 바로 코앞에서 젊은 여자가 설교하는 것을 어떻게 생각하시는지 궁금하군."

"어윈 목사님은 여기 사시지 않습니다, 나리. 그분은 저 언덕 너머 브록스턴에 사시지요. 여기 목사관은 쓰러져가고 있어서 신사분이 사시기에 적합하지 않거든요. 목사님은 주일 오후에 설교하러 오셔서 바로 여기에 말을 맡기십니다. 튼튼한 잿빛 말이라서 목사님은 그 말을 아주 소중하게 여기시지요. 제가 도니손 암즈를 열기 이전부터 목사님은 언제나 여기에 말을 매어 놓으셨어요. 제 억양을 듣고 아시겠지만, 저는 이 고장 출신이 아닙니다, 나리. 이 고장 사람들의 말투가 이상하기 때문에 신사 분들은 여기 사람들의 말을 이해하기 어려우실 겁니다. 저는 신사 분들 사이에서 시종으로 자라면서 신사 분들의 말투를 익혔지요. '그렇지 않았나?'라고 말할 때 여기 사람들은 뭐라고 하는지 아십니까? 아시다시피 신사들은 '그렇지 않았나?'라고 말하시지요. 그런데 여기 사람들은 '그러잔나?'라고 한답니다. 여기서 쓰이는 말은 소위 사투리라는 거지요, 나리. 도니손 나리께서 그렇게 말씀하시는 것을 여러 차례 들었습지요. '그건 사투리라네' 라고 말씀하셨지요."

"아, 그렇지요." 그 낯선 사람이 미소를 지으며 말했다. "나도 아주 잘 알고 있소. 하지만 이런 농촌지역에는 감리교도들이 그리 많지 않을 텐데. 이 근방에 감리교도가 있을 거라고는 생각조차 못했소. 당신네들은 모두 농부 아니요? 감리교도들이 농부들은 거의 손에 넣지 못했을 텐데."

"아, 나리, 이 근방에는 직공들도 꽤 있습니다. 저기 목재 저장소 주인 버지 씨가 있지요. 그 사람은 여러 가지 건물도 짓고 보수공사도 많이 합니다. 그리고 멀지 않은 곳에 채석장이 있습니다. 이쪽 지방에는 일거리가 많이 있습지요. 그리고 3마일 떨어진 트레들손은 장이 서는 곳인데 감리교도들이 꽤 됩니다. 거기서 온 사람들이 지금 그린에 대략 스무 명쯤 모여 있습지요. 저희 마을 사람들은 바로 거기서 얻어들은 겁니다. 헤이슬롭을 통틀어봐야 감리교도는 두 명밖에 없지만서도요. 수레바퀴를 만드는 윌 매스커리와 목공소에서 일하는 젊은이 세스 비드입니다."

"그렇다면 그 설교자는 트레들스턴에서 왔겠군?"

"아뇨, 스토니셔에서 왔습니다. 30마일쯤 떨어진 곳이지요. 하지만 지금 그녀는 여기 포이저 씨의 집, 홀 팜에 들르러 와있지요. 바로 저기 왼쪽에 헛간이 있고 큰 호두나무가 있는 집입니다. 그녀는 포이저 부인의 조카딸이랍니다. 그녀가 설교를 한답시고 우스꽝스럽게 구는 바람에 포이저네 식구들은 단단히 화가 났답니다. 하지만 이 감리교도들이 망상에 빠지면 도저히 막을 길이 없다는 말을 들었습지요. 종교를 갖게 되면서 완전히 돌아버린 사람들이 많다더군요. 제가 들은 바로는, 이 젊은 여자가 겉으로 보기에는 조용하답니다. 아직 그 여자를 본 적은 없습니다만."

"자, 좀 기다렸다가 그 여자를 보면 좋겠지만 곧장 가야겠소. 골짜기의 이 마을을 한 번 돌아보려고 가던 길에서 벗어나서 벌써 이십 분이나 지체했으니. 이곳은 아마 도니손 지주의 땅이겠지?"

"네, 나리, 저기가 도니손 체이스입니다. 참나무들이 멋지지요, 그렇지 않습니까, 나리? 제가 십오 년이나 집사로 있었기에 당연히 잘 알고 있습지요. 상속자는 도니손 대위로 도니손 나리의 손자이지요. 이번 건초 추수기에 성년이 되니까 멋진 축제가 열릴 겁니다. 이 근방의 땅은 모두 도니손 나리의 소유입니다. 물론 그렇고말고요."

"누가 소유하고 있든 간에 아름다운 곳이군."

여행객은 말에 오르며 말했다.

"게다가 체격이 훌륭하고 건장한 젊은이도 볼 수 있는 곳이고. 약 30분 전쯤 언덕을 올라오기 전에 지금까지 본 적이 없는 아주 훌륭한 젊은이와 마주쳤소. 키가 크고 떡 벌어진 어깨에다 머리칼과 눈이 검은 목수였는데 군인처럼 행군하듯 걸어가더군. 우리가 프랑스 군대를 무찌르려면 그런 사람이 필요하지."[10]

"아, 나리, 그 친구는 아담 비드입니다. 틀림없어요. 티아스 비드의 아들입지요. 이 근방 사람들은 모두 그를 알고 있습니다. 드물게 영리하고 건장한데다 놀랄 정도로 힘이 장삽니다. 이런 말씀드리는 것을 너그러이 봐주신다면, 그 친구는 하루에 40마일을 걸어갈 수 있고 60킬로나 나가는 물건도 들 수 있습니다. 신사 분들이 아주 총애하시지요. 도니손 대위와 어윈 목사님은 그 친구를 아주 높이 삽니다. 하지만 그 친구는 좀 우쭐해서 성질을 부리기도 하지요."

"자, 잘 계시오, 주인장. 나는 갈 길을 계속 가야겠소."

"또 들르십시오, 나리. 안녕히 가십시오."

그 길손은 말을 급히 몰아 마을을 올라갔다. 그러나 그린에 가까이 이르자 오른쪽으로 보이는 아름다운 풍경과 단풍나무 가까이 모여 있는 감리교도들과 마을 주민들의 기이한 대조, 아니 어쩌면 그보다도 젊은 여성 설교자를 보고 싶은 호기심이 너무 강하게 일어서 그 여행자는 목적지에 빨리 도착하려는 조바심을 억누르고 걸음을 멈추었다.

그린은 마을의 끄트머리에 있었고 그곳에서 길이 두 갈래로 나 있었다. 한쪽은 멀리 언덕을 올라 교회까지 이어지는 길이었고, 다른 쪽은 꼬

---

10) 1793년 이래로 혁명적인 변화를 겪고 있던 프랑스와 영국은 전쟁을 치르고 있었다.

불꼬불 구부러지며 완만하게 내려가 계곡으로 이어졌다. 그린에서 교회로 이어지는 길 쪽으로는 지붕에 이엉을 얹은 오두막들이 점점이 이어지며 교회 문에 이르기까지 일렬로 늘어서 있었다. 그러나 반대방향의 북서쪽으로는 시야를 가로막는 것 하나 없이 완만하게 굽이치는 목장과 숲이 우거진 계곡, 멀리 떨어진 검푸른 산맥이 펼쳐져 있었다. 헤이슬롭이 속한 로엄셔 자치구는 땅이 완만하게 구릉진 풍요로운 곳으로 스토니셔의 황량한 변두리 지역과 접하고 있었다. 스토니셔의 헐벗은 언덕들은, 이따금 볼 수 있듯이, 한창 때의 예쁜 누이와 팔짱을 끼고 있는 키가 크고 울퉁불퉁하며 거무튀튀한 오라버니처럼 내려다보였다. 두세 시간 말을 달리면 그 여행자는 울창한 숲 속으로 또는 솟아오른 언덕을 따라 늘어선 관목들과 기다란 목초들과 밀집한 곡초들로 뒤덮여 구불구불 이어지는 길 대신, 차가운 회색 돌이 줄지어 교차하는 헐벗고 황량한 곳에 이를 것이다. 여기서는 어느 쪽으로 몸을 돌리더라도 계곡에 아늑하게 파묻혀있거나 언덕 꼭대기에 서 있는 훌륭한 시골 고옥들과 길게 이어진 헛간들, 줄줄이 늘어선 건초 가리, 아름답게 어우러진 나무들과 초가지붕과 검붉은 타일 사이로 솟아오른 잿빛 첨탑을 볼 수 있었다. 그 여행자가 쾌적한 고지대로 이르는 완만한 언덕을 올라가기 시작했을 때 마지막으로 본 그림 같은 풍경은 헤이슬롭의 교회였다. 이제 그린 가까이 와서 내려다보니 이 쾌적한 지역의 전형적인 특징들이 거의 모두 한눈에 들어왔다. 지평선 너머로 높이 솟은 거대한 원뿔 모양의 산들은 살을 에는 허기진 북풍으로부터 이 지역의 곡물과 풀밭을 막아주려고 쌓아놓은 거대한 언덕처럼 늘어서 있었다. 신비로운 자줏빛 기운이 감돌만큼 멀리 떨어진 것은 아니라서 암녹색 비탈에 점점이 흩어져 있는 양들이 보였지만, 양들의 움직임을 눈으로 보았다기보다는 기억으로 환기해 냈을 뿐이었다. 그 산들은 나날이 변화하는 시간의 구애를 받았지만 스스로 변화하며 반응한 것이 아니라, 붉게 물든 아침 햇살이 물러간 후, 4월 정오의 번쩍이는 빛이 내리쬔 후, 익어가는 여름 태양의 진홍빛 후광이 물러간 이후에 더욱 험하고 음산한 모습으로 남아 있었다. 산봉우리 바로 아래 비탈에는 울창한 숲이 펼쳐져 있었으며 선명하게 보이는 목초지와 고랑이 진 경작지로 나뉘어져 있었지만, 아직은 한여름의 우거진 이파리들이 짙은 녹음의 장막을 이룬 것이 아니라 어린 참나무의 따스한 색조와 물푸레나무와 박하의 여린 녹색이 한껏 빛을 발하고 있었다. 그 아래 골짜기에는 비탈의 평평한 곳에서 내려와 서둘러 밀집한 듯이 울창한 나무들이 늘어서 있었다. 그 나무들은 솟아오른 흉벽 사이로 희미하게 푸른빛이 감도는 여름날의 연기를 내뿜고 있는 우뚝 솟은 저택을 보호하려는 듯이 보였다. 의심할 바 없이 그 저택의 앞쪽에는 정원이 넓게 펼쳐져 있고 거울처럼 반짝이는 넓은 연못이 있을 것이다. 그러나 비탈에 굽이치는 목초지 때문에, 마을의 풀밭에 선 우리의 여행자에게는 그것이 보이지 않았다. 그 대신 똑같이 아름다운 전경이 눈에 들어왔다. 투명한 금싸라기 같은 햇빛이 바람에 나부껴 부드럽게 휘어지는 풀잎 줄기와 붉은색의 키 큰 괭이밥에 골고루 머물고 있었고, 종 모양의 하얀 독당근이 산울타리의 덤불을 따라 줄지어 피어 있었다. 바야흐로, 낫을 가는 소리 때문에 초원에 흩뿌려진 꽃들에 다시 아쉬운 시선을 던지게 되는 여름의 한때였다.

말을 타고 있는 그 여행객이 약간 몸을 돌려 동쪽에 있는 조나단 버지의 목초지와 목재소 너머 홀 팜의 녹색 밀밭과 호두나무로 눈길을 돌렸더라면 또 다른 아름다운 풍경을 보았을 것이다. 그러나 분명 그는 가까이 모여 있는 살아 있는 사람들에게 훨씬 더 흥미를 느낀 모양이었다. 갈색의 모직 나이트캡을 쓰고 있고 몸이 두 겹으로 포개지도록 굽었지만 짧은 막대기에 기대어 한참은 서 있을 수 있을 만큼 정정한 '늙은 아버지 태프트'부터 리넨 누비 모자를 쓰고 작고 동그스름한 머리를 앞으로 늘어뜨린 아기들에 이르기까지 마을 사람들이 남녀노소를 막론하고 모두 모여 있었다. 이따금 새로 오는 사람이 있었다. 저녁을 먹고 나서 소처럼 아둔하고 느린 눈으로 그 별난 광경을 보려고 나와서는 누구에게서든지 기꺼이 설명을 들을 용의가 있었지만 질문을 할 정도로 호기심을 느끼지는 않는 게으른 일꾼이었다. 하지만 마을 사람들 모두 그린에 모인 감리교도들 쪽에 섞이지 않도록 조심했고 그런 식으로 자신들이 단순한 청중에 불과하다는 점을 분명히 드러냈다. 여성 설교자의 설교를 들으러 나왔다고 누군가 비난했더라면 그들은 모두 반박했을 것이다. 그들은 그저 "대체 어떤 일이 벌어지고 있는지" 구경하러 나온 것뿐이었다. 남자들은 대개 대장간 옆에 모여 있었다. 하지만 그들이 삼삼오오 모여 있었다고는 상상하지 말라. 시골 사람들은 절대로 무리를 짓지 않는다. 그들은 귓속말이라는 것을 알지 못하고, 젖소나 황소처럼, 작은 목소리로 말을 할 줄도 모르는 것 같다. 진짜 시골사람은 이야기를 나누는 상대에게 등을 돌리고 서서는 대답을 듣지 않으려는 듯 어깨 너머로 질문을 던지고 이야기가 더욱 흥미진진해지면 한두 걸음 더 뒤로 물러선다. 그러니 대장간 문 옆에 서 있는 사람들도 결코 가까이 모여 서 있다고는 말할 수 없었고, 대장장이 채드 크래니지의 시야를 가로막지도 않았다. 그는 시커멓고 억센 팔을 팔짱끼고 문기둥에 기대서서 이따금 자기 농담에 폭소를 터뜨리며 와이리 벤의 비아냥거림보다 자기 농담이 훨씬 더 재미있다는 것을 과시했다. 와이리 벤은 새로운 눈으로 세상을 보기 위해서 홀리 부시의 재미를 포기하고 여기에 와있었다. 하지만 조수아 랜 씨는 이 두 사람의 재담을 똑같이 경멸하듯 대했다. 랜 씨의 가죽 앞치마와 묵은 때를 보면 그가 이 마을의 구두장이라는 것을 어느 누구도 의심할 수 없었다. 그는 턱과 배를 내밀고 무료한 듯 엄지손가락을 빙빙 돌리면서 교회 서기가 와 있나는 사실을 은근히 드러내어 새로 온 조심성 없는 사람들에게 알려 주려 했다. 이웃 사람들이 무례하게도 '늙은 조쉬웨이'라고 부르는 교회 서기는 화가 나서 부글부글 끓고 있었지만 아직까지는 그저 첼로를 조율하듯 나지막하게 울리는 목소리로 "아모리인의 왕, 세혼이여, 그분의 자비는 영원히 지속되므로. 바산의 왕, 오그여, 그분의 자비는 영원히 지속되므로."[11]라고 말했을 뿐이었다. 시편을 암송하는 것이 현재 일어나는 사건과 아무 관련도 없는 듯이 보일지 모르지만, 기이한 행위들이 모두 다 그렇듯이, 상황을 제대로 이해하면 그것이 자연스런 결과임이 드러날 것이

11) 영국 국교회 기도서에 나오는 시편 136:19~20.

다. 속으로 랜 씨는 이 괘씸한 감리교의 침입에 대항하여 영국 국교회의 권위를 지키고 있었고, 그 침입에 대해 자신이 당당하게 발언하고 응답함으로써 국교회의 권위를 지킬 수 있다고 생각했다. 이런 논리에 따르면 자기가 지난 일요일 오후에 교회에서 읽었던 시편을 암송하는 것이 타당하게 보였던 것이다.

여자들은 좀더 강한 호기심을 느끼며 그린의 가장자리까지 모여들었고, 그곳에서 여자 감리교인들의 퀘이커교도 같은 옷차림과 기묘한 행동거지를 더 자세히 관찰할 수 있었다. 단풍나무 아래에는 수레바퀴 가게에서 가져온 조그만 수레가 연단 삼아 놓여 있었고 그 주위에 벤치 두 개와 의자들 몇 개가 놓여 있었다. 감리교인 몇 명은 의자에 앉아 쉬면서 눈을 감고 기도나 명상에 빠져 있는 듯이 보였다. 다른 감리교도들은 동정심 어린 서글픈 표정으로 마을 사람들을 바라보며 서 있었다. 이웃 사람들에게 채드네 베스라고 불리는 대장장이의 포동포동한 딸 베스 크래니지는 그것이 아주 우습게 보여서 "저 사람들이 어째 저런 얼굴을 하고 있는지" 의아하게 생각했다. 채드네 베스는 특히 감리교도들의 동정을 받을 대상이었는데, 머리카락을 모자 속에 넣도록 뒤로 넘겼기 때문에 발그스레한 자기 뺨보다도 더 자랑스럽게 여기는 장신구가 드러났던 것이다. 그것은 모조 석류석이 박힌 커다랗고 둥근 귀고리였고, 감리교인들뿐 아니라 이름이 같은 그녀의 사촌, 티모시네 베스도 경멸해 마지않는 장신구였다. 하지만 티모시네 베스는 사촌답게 훨씬 다정한 마음으로 '그 귀고리들'이 좋은 결과를 낳기를 이따금 바랐다.

티모시네 베스는 친지들 가운데에서는 처녀적의 이름을 아직 쓰고 있었지만 샌디 짐의 아내가 된 지 오래였고, 부인들에게 어울리는 멋진 보물 두 개를 구비하고 있었다. 그녀가 안아 흔들어주고 있는 묵직한 아기와 짧은 바지를 입고 붉은 양말을 신은 다섯 살 난 튼튼한 꼬마가 바로 그 보물이라고 해도 과언이 아닐 것이다. 그 꼬마는 북 대신 녹슨 우유 깡통을 목에 걸고 있었고, 채드네 작은 테리어 개는 그 꼬마를 아주 조심스레 피해 다니고 있었다. 티모시네 베스네 벤이라는 이름으로 악명 높은 이 어린 올리브 가지[12]는 호기심이 많은 성격이었기에 신중함 따위는 전혀 안중에 두지 않고 여자들과 아이들이 모여 있는 곳을 지나서 감리교인들 주위를 걸어 다니며 입을 크게 벌린 채 그들의 얼굴을 올려다보거나 악기 삼아 우유 깡통을 막대기로 두들기고 있었다. 그러나 어떤 나이든 여자가 엄숙하게 타이르려는 기색으로 몸을 굽혀 그의 어깨를 붙잡으려 하자 티모시네 베스네 벤은 먼저 격렬하게 발길질을 하고는 부리나케 달아나서 자기 아버지의 다리 뒤에 숨었다.

"이 고집 센 꼬마야." 샌디 짐은 아버지다운 자부심이 섞인 목소리로 말했다. "그 막대기를 가만 놔두지 않는다면, 내가 뺏어버릴 거야. 사람들에게 발길질을 하다니 무슨 짓이냐?"

"자, 저 녀석을 내게 넘겨줘, 짐." 채드 크래니지가 말했다. "말에 편자를 박듯이 그 녀석을 묶어놓고 편자를 박아주지. 아니, 캐손 씨, 안녕하세요?" 그 이름을 가진 인물이 남자들이 모인 곳으로 어슬렁거리며 다가오자 채드는 말을 이었다. "신음하는 걸 도와주려고 오십니까? 사람들이 감리교인의 설교를 들으면 언제나 신음한다고 하거든요. 뱃속에 탈이라도 난 듯이 말이죠. 당신의 암소가 전날 밤에 그랬듯이 저도 큰소리로 앓는 소리를 낼 겁니다. 그러면 설교자는 내가 제대로 되고 있다고 생각하겠죠."

"채드, 그런 어처구니없는 짓은 하지 말게." 캐손 씨가 점잔빼며 말했다. "포이저는 자기 아내의 조카딸이 무례한 대접을 받았다는 이야기를 듣고 싶지 않을 거야. 비록 그 조카딸이 설교하겠다고 나선 걸 그가 내심 좋아하지 않더라도 말이야."

"그렇죠. 게다가 그 설교자가 보기 좋게 생겼다면 말이죠." 와이리 벤이 말했다. "나는 예쁜 여자의 설교를 찬성할 겁니다. 예쁜 여자라면 못생긴 남자보다 훨씬 더 빨리 나를 설득할 수 있으니까요. 오늘 밤이 지나기도 전에 내가 감리교인이 되어서 세스 비드처럼 그 설교자를 쫓아다닌

---

12) 성서에서 아이들은 종종 가족 나무의 가지들, 특히 올리브 가지로 묘사된다.

다 해도 나는 놀라지 않을 걸요."

"글쎄, 세스는 너무 높은 걸 바라고 있어." 캐손 씨가 말했다. "이 여자의 친척들은 그녀가 평범한 목수와 관계를 맺어 체면이 깎이는 걸 좋아하지 않을 걸세."

"쳇!" 벤은 오랫동안 울리는 높은 목소리로 말했다. "친척이 무슨 상관이 있나요? 전혀 없지. 포이저의 아내는 코를 치켜세우고 과거를 잊을지도 모르지요. 하지만 이 다인나 모리스는 예전이나 지금이나 가난해서 먹고살기 위해 공장에서 일하면서 고생한다고 합니다. 세스처럼 이미 감리교인인 데다가 건장하고 젊은 목수라면 나쁜 남편감은 아니라구요. 그런데다 포이저네는 아담 비드가 친조카라도 되는 듯이 아담을 놓고 법석을 떨잖아요."

"허튼 소리! 허튼 소리야!" 조수아 랜 씨가 말했다. "아담과 세스는 전혀 달라. 두 사람을 같은 구두 골에 끼워 맞출 수는 없는 거야."

"어쩌면 그렇겠지요." 와이리 벤이 경멸하듯이 말했다. "하지만 세스는 맘에 드는 녀석이라구요. 철저한 감리교인이지만 말이죠. 세스에게는 완전히 졌어요. 우리가 함께 일한 다음부터 쭉 그 친구를 계속 놀려왔는데, 그 녀석은 새끼 양처럼 내게 조금도 악감정을 품지 않거든요. 그런데다 용감하고요. 전에 어느 날인가 한밤중에 들판을 가로질러 오다가 늙은 나무가 불에 타는 것을 보았을 때 우리는 그게 악귀라고 생각했어요. 그런데 세스는 조금도 법석을 떨지 않고 순경처럼 겁 없이 가까이 가더라구요. 아, 저기 세스가 윌 매스커리의 집에서 나오는군. 저기 윌도 있고요. 못이 다칠까봐 겁이 나서 못대가리도 박지 못할 듯이 온순해 보이는군. 저기 그 예쁜 설교자도 나왔군요! 저런, 모자를 벗었네. 좀더 가까이 가봐야지."

벤의 선두를 따라 남자들 몇 명이 따라갔고 그 여행자는 말을 몰아 그린으로 갔다. 다인나는 동료들 앞에 서서 단풍나무 아래 있는 수레로 다소 빨리 걸어갔다. 키가 큰 세스 옆에 있을 때는 작아보였지만 수레에 올라서서 비교될 대상이 없자 보통 여자들보다는 커보였다. 실은 보통 키를 능가하지 않았지만 몸이 호리호리하고 단순한 모양의 검은 모직 드레스를 입고 있었기에 그렇게 보였다. 그녀가 가까이 가서 수레에 오르는 것을 보고 그 여행자는 내심 놀랐다. 여성적이고 섬세한 그녀의 외모가 놀라웠던 것이 아니라, 그녀의 태도에서 자의식을 조금도 찾아볼 수 없기 때문이었다. 그는 그녀가 엄숙한 표정을 짓고 점잔 빼며 신중하게 걸음을 옮길 거라고 예상했었다. 그녀의 얼굴은 의식적으로 성인 같은 미소를 짓고 있거나, 비난 어린 신랄한 표정을 짓고 있을 거라고 짐작했었다. 그가 알기에는 감리교도들을 딱 두 가지 유형으로 나눌 수 있었는데, 쉽게 황홀경에 빠지는 유형과 성마르고 화를 잘 내는 유형이었다. 그러나 다인나는 그저 시장에라도 가는 듯이 자연스럽게 걸었고, 어린 소년들처럼 자기 외모를 조금도 의식하지 않는 것 같았다. '당신들이 나를 예쁜 여자라고, 설교하기에는 너무 어리다고 생각하는 것을 알고 있어요' 라고 말하는 듯한 홍조나 떨리는 기색이 없었으며, '하지만 당신들은 나를 성인으로 생각해야 해요' 라고 말하듯 눈꺼풀을 치켜 올리거나 내리깔지도 않았고 입술을 꼭 다물지도 않았으며 팔을 휘젓지도 않았다. 장갑을 끼지 않았고 책도 들고 있지 않았으며 그저 팔을 내려뜨려 가볍게 양손을 쥐고 서서 잿빛 눈으로 사람들을 바라보았다. 그 눈은 날카롭지 않았고, 관찰하기보다는 오히려 사랑을 발산하는 듯이 보였다. 그 물기 어린 눈빛은 그 마음이 외적인 사물에 영향을 받기보다는 나눠주어야 할 것들로 충만해 있음을 알려주었다. 그녀가 서 있는 곳의 왼쪽으로 해가 지고 있었고, 이파리가 무성한 가지들이 석양빛으로부터 그녀를 가려주었다. 그러나 차분한 빛을 받고 있는 그녀의 섬세한 얼굴빛은 저녁나절의 꽃처럼 잔잔하게 생기를 모으는 것 같았다. 투명하도록 흰 얼굴은 작은 타원형이었고, 뺨과 턱은 달걀 같은 곡선을 이루고 있었다. 입술은 도톰하지만 확고했고, 섬세한 콧구멍에, 나지막한 곧은 이마 위로 연붉은빛이 감도는 매끄러운 머리카락이 양쪽으로 갈라지며 반원형의 곡선을 드러냈다. 머리카락은 귀 뒤로 모두 넘겨졌고 이마 위의 몇 센티미터를 제외하면 퀘이커의 망사 모자로 덮여 있었다. 머리카락과 같은 색깔의 눈썹은 곧은 수평선을 이루었고 연필로 그린 듯 선명하게 새겨져 있었다. 속눈썹의 색깔이 더 짙은 것은 아니었지만 더 길고 촘촘했다. 또렷하지 않거나 완성되지 않은 부분은 찾아볼 수 없었다. 순수한 꽃잎에 연한 색깔이 살짝 가미된 흰 꽃을 연상시키는 그런 얼굴이었다. 눈가에 어린 표정의 아름다움을 제외하면 특별히 아름다운 눈은 아니었다. 그 눈은 아주 소박하고 무척 솔직하며 대단히 진지한 사랑을 담고 있었기에, 그 시선 앞에서 얼굴을 찌푸리며 비난하거나 경박하게 조롱한다면 무색해지지 않을 수 없었다. 조수아 랜은 자신에 대해 다시 생각해 보려고 목청을 가다듬는 듯 길게 헛기침을 했다. 채드 크래니지는 가죽 모자를 들고 머리를 긁적였다. 와이리 벤은 세스가 대체 어떻게 저런 여자에게 구애할 용기를 갖게 되었을지 궁금해졌다.

"사랑스러운 여자로군." 그 여행객은 혼자서 중얼거렸다. "하지만 분명 자연은 저 여자를 설교자로 만들 생각이 없었을 거야."

어쩌면 그 여행객은 자연에 극적(劇的)인 속성이 있어서 예술과 마음을 고양시키려는 사려 깊은 의도로 인간을 '만들어 내기' 때문에 그 인간의 성품을 분명히 알아볼 수 있다고 생각하는 사람이었을 것이다. 곧 다인나가 말하기 시작했다.

"친애하는 친구들이여." 그녀는 또렷하기는 하지만 크지 않은 목소리로 말했다. "축복을 위해 기도합시다."

그녀는 눈을 감고 약간 고개를 숙이더니 가까이 있는 누군가에게 말하듯이 조용한 목소리로 말을 이었다.

"죄인들의 구세주이시여! 죄를 많이 지은 어떤 불쌍한 여자가 물을 길러 샘에 갔을 때 그녀는 샘가에 앉아 계신 당신을 보았습니다. 그녀는 당신을 알지 못했지요. 그녀는 당신을 찾으려 한 적도 없었습니다. 그녀의 마음은 어두웠고, 그녀의 삶은 정결하지 않았지요. 그러나 당신은 그 여자에게 말을 걸고 그 여자를 가르쳤으며 그 여자의 삶이 당신 앞에 훤히 펼쳐져 있음을 보여주었습니다. 하지만 당신은 그녀가 조금도 바라지 않았던 그 축복을 그녀에게 기꺼이 내려주셨습니다. 예수님! 당신은 우리들 가운데 계시며 모든 이들을 알고 계십니다. 여기 혹시라도 그 불쌍한 여자와 같은 사람이 있다면, 마음이 어둡고 부정한 삶을 사는 사람이 있다면, 여기 모이기는 했지만 당신을 찾아 당신의 가르침을 배우기 원치 않는다면, 당신이 그 여자에게 보여준 그 아낌없는 자비심으로 그들을 대해 주십시오. 주님, 그들에게 말을 걸고 귀를 열어 제 전갈을 듣게 하시고, 그들의 죄를 마음에 떠올리게 하시고, 그들로 하여금 당신이 기꺼이 주시려는 구원을 목말라하게 해주십시오.

주님! 당신은 언제나 당신의 백성과 함께 계십니다. 불안하여 잠 못 이루는 밤에 그들은 당신을 바라보고, 당신이 도중에 말을 걸 때 그들의 열정은 내면에서 열렬히 타오릅니다. 그리고 당신은 당신을 알지 못하는 자들 옆에 계십니다. 그들의 눈을 뜨게 해서 그들이 당신을 볼 수 있게 하십시오. 당신이 그들 때문에 눈물을 흘리시며 '너희들이 생명을 얻을 수 있도록 내게 오려 하지 않는구나' 라고 말씀하시는 것을, 당신이 십자가에 매달려 '아버지, 저들을 용서하십시오. 저들은 자신들이 무엇을 하고 있는지 알지 못합니다' 라고 말씀하시는 것을, 영광스런 모습으로 마지막에 저들을 심판하기 위해 다시 오실 당신을 보도록 해주십시오. 아멘."

말을 멈춘 다인나는 다시 눈을 뜨고 마을 사람들을 둘러보았다. 그들은 이제 그녀의 오른쪽으로 조금 가까이 나가가서 둘러서 있었다.

"친애하는 친구들이여." 그녀는 목소리를 조금 높이며 시작했다. "여러분은 모두 교회에 다닌 적이 있고, 목사님께서 읽어주신 이런 구절을 들은 적이 있을 겁니다. '주님의 성령이 나에게 내리셨다. 주께서 나에게 기름을 부으시어 가난한 이들에게 복음을 전하게 하셨다'[13] 예수 그리스도가 이렇게 말씀하셨습니다. 그분은 가난한 이들에게 복음을 전하기 위해 오셨다고 말씀하셨지요. 여러분이 이 말씀에 대해 깊이 생각해 본 적

13) 루가복음 4:18. 존 웨슬리가 브리스톨의 광부들에게 처음 설교할 때 설교의 주제로 잡은 텍스트. 가난한 사람들에 대한 존중은 감리교 신조의 정수였으며 또한 조지 엘리엇 미학의 중심이었다(앞으로 성서 구절의 번역은 공동번역 성서를 이용함).

이 있는지 모르겠습니다. 하지만 제가 처음으로 그 말씀을 들었던 때를 여러분께 말씀드리지요. 지금처럼 저녁때였고 저는 어린 소녀였으며 저를 키워주신 이모님이 이곳과 비슷한 야외에서 훌륭한 분의 설교를 듣도록 저를 데려갔었지요. 저는 그분의 얼굴을 잘 기억합니다. 그분은 아주 연로하셨고 백발이 성성했지요. 그분의 목소리는 아주 부드럽고 아름다웠으며 이전에 들어본 어떤 목소리와도 달랐습니다. 저는 어려서 아는 것이 거의 없었지만 이 노인은 제가 이전에 보았던 어떤 사람과도 다르게 보였습니다. 그래서 그분이 아마도 우리에게 설교하려고 하늘에서 내려오셨을 거라고 생각하고는 이렇게 말했지요. '이모님, 저분은 성경에 있는 그림에 그려져 있듯이 오늘 밤에 하늘로 돌아가실까요?'

그 신의 아들은 웨슬리 씨였습니다. 그분은 평생 우리 주님께서 하신 일, 가난한 자들에게 복음을 전하는 일을 하셨고, 8년 전에 영원한 안식을 얻으셨습니다. 저는 몇 년 후에 그분에 대해서 더 많이 알게 되었지만, 그때는 아무 생각도 없는 철부지 어린애였지요. 그리고 그분의 설교 말씀 가운데 기억나는 것은 오직 한 가지였습니다. 그분은 '복음'이 '기쁜 소식'을 뜻한다고 말씀하셨지요. 아시다시피 성경에서 복음은 우리에게 하느님에 대해 알려주는 부분입니다.

자, 그 말씀에 대해 생각해 보세요! 예수 그리스도는 정말로 하늘에서 내려오셨습니다. 제가 어리석은 아이였을 때 웨슬리 씨가 하늘에서 내려왔다고 생각한 것처럼 말이지요. 예수님이 내려오신 것은 가난한 자들에게 하느님에 대한 기쁜 소식을 알려주기 위해서였습니다. 자, 친애하는 친구들이여, 여러분과 저는 가난합니다. 우리는 가난한 오두막에서 자랐고 귀리로 만든 비스킷을 먹고 컸으며 궁색하게 살아왔습니다. 학교에 많이 다니지도 못했고 책을 읽지도 않았으며 우리 주변에서 일어나는 일 외에는 잘 아는 것이 없습니다. 우리야말로 기쁜 소식을 듣고 싶어하는 사람들입니다. 부유한 사람들은 먼 곳의 소식을 듣는 데 그리 관심을 기울이지 않습니다. 그러나 곤경을 겪고 있고 먹고 살기 위해 고된 노동을 해야 하는 가난한 남자와 여자들은 자기를 도와줄 친구가 있다는 소식을 전해주는 편지를 받으면 기뻐하겠지요. 우리가 구세주께서 우리에게 가져다준 기쁜 소식, 복음을 들어본 적이 없다 하더라도 하느님에 대해서는 뭔가를 알 수밖에 없습니다. 모든 것이 하느님에게서 온다는 것을 알고 있기 때문이지요. 거의 매일 여러분은 이렇게 말합니다! '제발, 하느님, 이런저런 일이 일어날 겁니다' 라든가 '곧 풀을 베기 시작할 겁니다. 그러니 제발 하느님, 햇빛을 좀 더 많이 내려주십시오.' 우리는 우리 자신이 온전히 하느님의 손 안에 있다는 것을 아주 잘 알고 있습니다. 우리가 스스로 세상에 태어난 것도 아니고, 잠자는 동안 스스로 생명을 이어갈 수도 없습니다. 햇빛과 바람과 곡식과 젖을 주는 암소들, 우리가 가진 것들 모두가 하느님에게서 왔습니다. 그리고 하느님은 우리에게 영혼을 주셨고 부모와 자식 사이에, 남편과 아내 사이에 사랑을 심어 주셨습니다. 하지만 그것으로 우리가 하느님에 대해 알고 싶은 것을 모두 알았다고 할 수 있을까요? 우리는 하느님이 위대하고 전능하시고 의도하시는 바를 모두 하실 수 있음을 알고 있습니다. 하느님에 대해서 생각할 때 우리는 마치 거대한 물결에 휩쓸려 허우적거리듯이 어찌할 바를 모릅니다.

하지만 어쩌면 여러분의 마음에 이런 의혹이 들지도 모르지요. 하느님께서 우리처럼 가난한 사람들에게 관심을 두실 수 있을까? 어쩌면 그분은 오직 위대한 자와 현명한 자, 그리고 부자들을 위해서 세상을 만드셨을 거야. 우리에게 한 줌의 식량과 옷가지를 주는 것은 그분에게 그다지 큰 일이 아닐 거라고. 우리가 당근 밭과 양파 밭에 있는 벌레 따위에 기울이는 것보다 더 큰 관심을 하느님께서 우리에 대해 갖고 계실지 어떻게 알 수 있겠어? 하느님은 우리가 죽을 때 우리를 돌보아주실까? 우리가 다리를 절고 병이 들고 어쩔 도리가 없을 때 우리에게 위안을 주실까? 어쩌면 그분은 우리에게 화가 나신 거야. 그렇지 않으면 어째서 고사 병이 돌고, 흉작이 들고, 열병과 온갖 고통과 역경이 닥친단 말인가? 우리의 삶은 온통 고통스러운 것뿐이야. 하느님이 우리에게 좋은 것을 보내신다면, 그분은 나쁜 것도 보내시는 것 같아. 어떻게 그런 거지? 어째서 그럴까?

아, 친애하는 친구들이여! 슬프게도 우리는 하느님에 관한 기쁜 소식을 모르고 있습니다. 그 소식을 알지 못한다면, 다른 좋은 소식들이 있어도 무슨 소용이 있겠습니까? 그 밖의 다른 것들은 결국 종말에 이르니까요. 그리고 죽음에 이를 때 우리는 그 모든 것을 남겨둡니다. 하지만 그 밖의 모든 것이 사라질 때 하느님은 계속 존재하시지요. 그분이 우리의 친구가 아니라면 우리가 어떻게 해야 할까요?"

그러고 나서 다인나는 그 기쁜 소식이 전해졌으며, 가난한 자들에 대한 하느님의 마음은 그리스도의 생애를 통해서 명백하게 드러났다고 말했고, 미천한 신분이었던 그리스도의 삶과 그분의 자비로운 행위를 강조했다.

"그러니 사랑하는 친구들이여, 여러분이 아시다시피, 그리스도는 가난한 사람들에게 좋은 일을 하시면서 거의 모든 시간을 보냈습니다." 그녀는 말을 이었다. "그분은 문밖에서 그들에게 설교하셨고, 가난한 노동자들을 친구로 삼으셨으며 그들을 가르쳤고 그들과 고통을 나누었습니다. 그분이 부자들에게 좋은 일을 하시지 않은 것은 아닙니다. 그분은 모든 인간에 대한 사랑으로 충만하셨으니까요. 하지만 가난한 자들에게 그분의 도움이 더 필요하다는 것을 알고 계셨지요. 그래서 그분은 절름발이와 병자들과 맹인들을 고쳐주셨고, 배고픈 자에게 먹을 것을 주시려고 기적을 행하셨습니다. 그분이 말씀하셨듯이 그들을 불쌍히 여겼기 때문이지요. 그분은 어린 아이들에게도 다정하셨고, 친구를 잃은 자들을 위로하셨으며, 자신의 죄를 뉘우치는 불쌍한 죄인들에게 아주 친절하게 말씀하셨습니다.

아, 여러분이 그런 사람을 만난다면, 그런 사람이 여기 이 마을에 있다면, 여러분은 그 사람을 좋아하지 않을까요? 그분의 마음은 얼마나 다정하신지요! 곤경에 처했을 때 찾아간다면 얼마나 좋은 친구가 되어 주실까요? 그분에게 가르침을 받는다면 얼마나 즐거운 일일까요?

자, 친애하는 친구들이여, 그분이 대체 누구였을까요? 우리에게서 떠나가신 존경하는 웨슬리 씨처럼 아주 훌륭한 인간이지만 그 이상은 아닌, 그저 좋은 인간이었을까요? … 그분은 하느님의 아들이었습니다.

'아버지의 모습'을 닮았다고 성경에서는 말합니다. 그 말은 만물의 시작이자 끝인 하느님, 우리가 더 알고 싶은 하느님과 꼭 같다는 뜻이지요. 그렇다면 예수님이 가난한 자들에게 보여주신 사랑은 하느님이 우리에 대해 품으신 사랑과 똑같은 것입니다. 우리는 예수님이 무엇을 느끼셨는지 알 수 있습니다. 그분은 우리처럼 육체를 지니고 오셨고, 우리가 서로에게 건네는 말로 말씀하셨으니까요. 이전에 우리는 세상과 하늘과 천둥과 번개를 만드신 하느님, 그 하느님이 어떤 분인지 생각하기 두려웠습니다. 우리는 그분을 결코 볼 수 없습니다. 그분이 만드신 것들을 볼 수 있을 따름이지요. 그 중 어떤 것들은 너무 무서웠기에 우리는 그분을 생각할 때 으레 몸을 떨었습니다. 그러나 우리의 신성한 구세주께서는 가난하고 무식한 우리들이 이해할 수 있는 방법으로 하느님이 어떤 분인지를 우리에게 보여주셨습니다. 그분은 하느님의 마음이 어떠한지, 하느님이 우리에게 어떤 감정을 갖고 계신지를 보여주셨지요.

하지만 그리스도께서 무엇을 위해 지상에 오셨는지 좀더 생각해보기로 합시다. 한번은 '사람의 아들은 잃은 사람들을 찾아 구원하러 온 것이다'14) 고 말씀하셨고, 또 '나는 선한 사람을 부르러 온 것이 아니라 죄인을 부르러 왔다'15) 라고 하셨지요.

길을 잃은 자! … 죄인! … 아, 친애하는 친구들이여, 이 말은 여러분과 저를 뜻하는 것일까요?"

지금까지 그 여행자는 자신의 의도와는 반대로 다인나의 감미롭고 떨리는 목소리의 매력에 이끌려 그 자리에 못 박힌 듯 서 있었다. 그 목소리는 음악적 본능에서 무의식적으로 기교를 부리는 훌륭한 악기처럼 다양한 변화를 구사할 수 있었다. 소년 합창단원이 맑은 목소리로 부르는 어떤 멜로디를 들을 때 전에 없이 새로운 감정이 솟구치는 것처럼, 그녀의 소박한 이야기는 새로운 이야기처럼 들렸다. 그녀가 깊은 확신을 가지고

14) 루가복음 19:10.

15) 마태오복음 9:13.

조용히 말함으로써 그 메시지의 진실성이 입증되는 듯했다. 그녀는 사람들을 완전히 사로잡았다. 마을 사람들은 점점 더 그녀에게 가까이 다가갔고, 그들의 얼굴은 오직 진지하게 주의를 기울이는 표정을 띠고 있었다. 그녀는 유창하지만 천천히 말했으며, 질문을 던진 다음이나 사고의 전환이 있기 전에 종종 말을 멈추었다. 그녀의 자세나 태도는 전혀 변하지 않았고, 그녀의 말은 오로지 목소리의 굴절로 인해 효과를 빚어냈다. '하느님은 우리가 죽을 때 우리를 돌보아주실까요?' 라는 질문을 던졌을 때 그 목소리가 무척 애처롭게 호소하는 듯했기에 마음이 아주 독한 몇몇 사람의 눈에도 눈물이 고였다. 그 여행자는 처음 그녀를 보았을 때 그녀가 투박한 사람들의 관심을 끌 수 있을지 의심스러웠지만, 이제는 더 이상 의혹을 품지 않았다. 하지만 그녀가 보다 격렬한 감정을 일깨울 수 있는지에 대해서는 아직도 의심스러웠다. 감리교 설교자로서 그녀의 소명을 이루는 데 있어서 그것이야말로 반드시 필요한 자질이었다. 마침내 그녀가 '길을 잃은 자! 죄인!'이라고 말했을 때, 그녀의 목소리와 태도에 큰 변화가 일었다. 그렇게 외치기 전에 한참 말을 멈추었고, 그 중지된 순간에 열렬한 생각이 가슴에 벅차오르는 듯 그녀의 모습에도 변화가 드러났다. 창백한 얼굴이 더욱 희게 질렸고, 눈 밑의 반원은 반쯤 고인 눈물이 눈망울에서 떨어지지 않을 때처럼 더욱 짙은 색을 띠었다. 마치 사람들의 머리 위를 맴돌고 있는 파괴의 천사를 갑자기 보게 된 양, 온화하고 사랑에 가득 찬 두 눈은 소스라치게 놀라 동정 어린 표정을 담고 있었다. 그녀의 목소리는 나지막하게 잠겼지만, 아직 태도에는 변화가 없었다. 다인나는 흔히 볼 수 있는 감리교도들과 같은 점이 하나도 없었다. 그녀는 자기가 들었던 다른 사람들의 설교를 본떠서 설교한 것이 아니라 바로 자기감정에서 우러나오는 대로, 자신의 소박한 믿음에서 영감을 얻어 말하고 있었다.

그러나 이제 그녀는 새로운 감정의 흐름에 휩싸였다. 차분한 태도에 약간 활기를 띠면서 더 빠르고 흥분한 어투로 사람들에게 그들의 죄와 의도적인 무지몽매함, 신에 대한 불복종을 절실히 느끼게 했고 죄의 가증스러움과 신의 신성함, 그들을 구원하기 위한 길을 열어준 구세주의 고통에 대해 길게 이야기했다. 마침내 잃어버린 양을 되찾으려는 열망이 간절한 나머지, 사람들 모두에게 이야기하는 데 만족할 수 없는 것 같았다. 그녀는 한 사람, 한 사람씩 호소하면서, 아직 시간이 있을 때 하느님에게 귀의하라고 눈물로 탄원했다. 죄를 지어 타락한 그들의 황폐한 영혼이 하느님 아버지에게서 멀리 떨어져서 이 비참한 세상의 찌꺼기를 먹고 살고 있음을 생생하게 묘사하고, 그들이 돌아오기를 기다리며 바라보고 계신 구세주의 사랑을 역설했다.

동료 감리교도들은 그녀의 말에 응답하며 한숨을 쉬고 신음소리를 냈지만 마을 사람들의 마음은 쉽게 불이 붙지 않았고, 현재로서 다인나의 설교가 그들에게 미친 최대의 효과는 막연한 불안감을 느끼게 해준 것이었다. 그러나 이는 이내 쉽게 꺼져버릴 작은 연기일 따름이었다. 그러나 돌아간 사람은 거의 없었다. 귀가 멀어 말을 잘 알아들을 수 없었던 '늙은 아버지 태프트'가 얼마 전에 자기 난로가로 돌아갔고 어린 아이들이 집으로 돌아갔을 따름이었다. 와이리 벤은 몹시 불편한 심정이 되어서 다인나의 설교를 들으러 오지 않았더라면 좋았을 거라고 생각했다. 그녀의 말이 어떻게든 뇌리에 남을 것 같았다. 하지만 그녀를 바라보고 그녀의 말을 듣는 것은 기분 좋은 일이 아닐 수 없었다. 그녀가 자기를 바라보고 특별히 말을 걸까봐 매순간 초조하기는 했지만 말이다. 이제 아내의 짐을 덜어주려고 아기를 안고 있는 샌디 짐에게 그녀는 벌써 말을 걸었고, 이 체구가 크고 마음 약한 사내는 주먹으로 눈물을 훔치면서 더 나은 사람이 되겠노라고, 채석장 옆의 홀리 부시에 앞으로는 자주 가지 않겠노라고, 주일을 더욱 잘 지키겠노라고 혼란스럽게 이런저런 마음을 먹고 있었다.

샌디 짐 앞에 서 있던 채드네 베스는 다인나가 말을 시작한 다음에 평소와 달리 주의를 집중해서 조용히 듣고 있었다. 그 이야기의 내용이 그녀를 즉시 사로잡은 것은 아니었다. 그녀는 다인나와 같은 모자를 쓴 젊은 여성의 삶에 어떤 즐거운 일과 만족감이 있을지를 이리저리 생각하고 있었다. 이 문제를 곰곰이 생각하다가 완전히 포기하고는 다인나의 코, 눈, 입, 머리카락을 자세히 관찰하면서 다인나처럼 창백한 얼굴을 갖는 것이 나올지, 아니면 자기처럼 통통하고 붉은 뺨과 둥글고 검은 눈을 갖는 것이 나올지를 궁금해 했다. 하지만 주위의 진지한 분위기에 점점 영향을 받으면서 다인나가 말하고 있는 내용에 귀를 기울이게 되었다. 부드러운 목소리와 애정 어린 설득력에 감동을 받지는 않았지만 더욱 준엄한 호소로 이어지자 그녀는 겁이 나기 시작했다. 불쌍하게도 베시는 늘 제멋대로인 아가씨라는 평판이 있었고 그녀도 그것을 알고 있었다. 만약 한없는 선량함이 반드시 갖추어야 할 덕목이라면, 그녀가 나쁜 길에 들어서 있음은 분명했다. 샐리 랜과 달리 그녀는 교회에서 자기 자리를 찾을 수 없었고, 어윈 목사님에게 무릎 굽혀 인사하면서 종종 킥킥거리고 웃었으며, 이런 종교적인 결함은 사소한 도덕에 있어서 그에 상응하는 태만으로 이어졌다. 의심할 바 없이 베시는 비누로 씻지 않는 게으른 여성이었으며, 그녀와 더불어 '달걀, 사과, 호두'[16]를 먹으려면 위험을 무릅써야 할 것이다. 이런 것을 그녀는 대개 의식하고 있었고, 지금까지는 그런 사실을 그리 수치스럽게 여기지 않았었다. 그러나 지금 그녀는 자기가 알지 못하는 어떤 범죄를 저지름으로써 경찰이 자기를 체포하여 판사에게 데리고 갈 것 같은 기분이었다. 아주 먼 곳에 있다고 언제나 생각해 왔던 하느님이 바로 자기 옆에 있으며, 비록 자기 눈에는 보이지 않지만 예수님이 바로 가까이에서 자신을 바라보고 있는 양 무시무시한 느낌이 들었다. 감리교도들이 흔히 그렇듯이 다인나는 가시적으로 드러나는 그리스도의 현시를 믿었고, 그 믿음을 불가불 사람들에게 전달했던 것이다. 그녀는 그리스도가 그들 가운데 육체를 지닌 모습으로 존재하며 어느 순간에라도 그들의 마음에 고뇌와 회개를 불러일으키도록 모습을 드러낼 거라고 느끼게 했다.

16) "더러운 여자가 준비했다 하더라도 사과와 달걀, 호두를 먹을 수 있다"는 영국 속담을 언급함.

“보세요!” 그녀는 사람들 머리 위의 한 점에 시선을 고정하고는 왼쪽으로 몸을 돌리며 소리쳤다. “우리의 신성한 주님께서 서서 우시면서 여러분을 향해 팔을 벌리고 계신 곳을 보세요. 그분이 뭐라 말씀하시는지 들어보세요. ‘암탉이 병아리를 모으듯이, 내가 몇 번이나 네 자녀를 모으려 했던가. 그러나 너는 응하지 않았다!’[17] … 그리고 당신들은 원하지 않습니다!” 그녀는 간청하며 비난하는 어조로 되풀이하며 다시 사람들에게로 시선을 돌렸다. “그분의 고귀한 손등과 발등의 못 자국을 보십시오. 그것은 당신들의 죄로 인해 생긴 것입니다! 아, 그분은 얼마나 창백하고 초췌하게 보이시는지요! 동산에서 그 엄청난 고뇌를 겪으시면서 그분의 영혼은 죽음에 이르기까지 슬픔에 짓눌렸고 굵은 땀방울이 피처럼 땅에 떨어졌습니다. 그들은 그분에게 침을 뱉고, 때리고, 채찍질하고, 조롱하고, 그분의 상처 난 어깨에 무거운 십자가를 올려놓았습니다. 그러고 나서 그분을 못 박았지요. 아, 얼마나 고통스러웠을까요! 그분의 입술은 갈증으로 타들어갔지만 극심한 고통을 느끼고 있는 그분에게 그들은 여전히 조롱을 퍼부었습니다. 하지만 바싹 마른 입술로 그분은 그들을 위해 기도하십니다. ‘아버지, 저 사람들을 용서하여 주십시오. 그들은 자기가 하는 일을 모르고 있습니다.’[18] 그러고 나서 거대한 암흑의 공포가 엄습했고, 그분은 죄인들이 영원히 신에게서 단절될 때 느끼는 고통을 느끼셨습니다. 그것이 그 쓰라린 잔의 마지막 방울이었지요. ‘나의 하느님, 나의 하느님!’ 그분은 소리치십니다. ‘어찌하여 나를 버리셨나이까?’[19]

이 모든 고통을 그분은 여러분을 위해 견디셨습니다! 바로 여러분을 위해서 견디셨지만 여러분은 그분을 조금도 생각하지 않습니다. 여러분을 위해서 견디셨지만 여러분은 그분에게 등을 돌립니다. 그분이 여러분을 위해서 무엇을 견디셨는지 관심조차 두지 않습니다. 하지만 그분은 여러분을 위해 지치지 않고 노력하십니다. 그분은 죽은 자들 가운데서

17) 마태오복음 23:37

18) 루가복음 23:34.

19) 마태오복음 27:46

살아나셨고, 하느님의 오른편에서 여러분을 위해 기도하십니다. '아버지, 저 사람들을 용서하여 주십시오. 그들은 자기가 하는 일을 모르고 있습니다.' 또한 그분은 이 지상에 계십니다. 그분은 우리들 가운데 계십니다. 그분은 지금 여러분 가까이 계십니다. 저는 그분의 상처 입은 몸과 그분의 사랑이 담긴 표정을 볼 수 있습니다."

이 부분에서 다인나는 베시 크래니지를 바라보았다. 그녀의 아름다운 젊음과 눈에 띄는 허영심이 다인나의 연민을 불러일으켰던 것이다.

"불쌍한 아이! 가엾은 아이! 그분은 그대에게 간절히 청하고 있는데, 그대는 그분의 말씀에 귀를 기울이지 않는군요. 그대는 귀고리와 멋진 옷과 모자를 생각하고, 그대의 귀중한 영혼을 구하기 위해 돌아가신 구세주를 조금도 생각하지 않겠지요. 그대의 뺨은 언젠가는 쪼그라들 테고, 그대의 머리카락은 백발이 되고, 그대의 불쌍한 몸은 말라서 비틀거리겠지요. 그때가 되면 그대는 영혼을 구하지 못했다고 느끼게 될 겁니다. 그때가 되면 그대는 그대의 죄와 그대의 나쁜 성질과 헛된 생각으로 몸을 휘감고 하느님 앞에 서야겠지요. 지금은 그대를 도우려고 준비하고 계신 그리스도께서 그때는 그대를 돕지 않을 겁니다. 그대가 그분을 구세주로 받아들이려고 하지 않았기에, 그분은 심판자가 될 겁니다. 지금 그분은 사랑과 자비의 눈으로 그대를 바라보시고 '나에게로 오너라. 내가 생명을 주리라'[20] 고 말씀하시지만, 그때가 되면 그대를 외면하고 '나에게서 떠나 영원한 불 속에 들어가라'[21] 고 말씀하실 겁니다."

불쌍한 베시의 커다란 검은 눈에 눈물이 고이기 시작했고, 커다란 붉은 뺨과 입술은 창백해졌으며, 울음을 터뜨리기 직전의 어린아이처럼 얼굴을 찡그렸다.

"아, 불쌍하게도 눈이 멀었군요!" 다인나는 계속 말했다. "예전에 하느님의 어떤 종이 허영심을 부렸을 때 일어났던 일이 그대에게도 일어난다

20) 마태오복음 11:28과 요한복음 10:10을 결합한 인용.

21) 마태오복음 25:41.

면 어떨까요? 그녀는 레이스 모자를 생각했고 그것을 사려고 돈을 모두 모았지요. 어떻게 하면 깨끗한 마음과 올바른 정신을 갖게 될지에 대해서는 조금도 생각하지 않고, 오로지 다른 여자들보다 더 좋은 레이스를 사고 싶어 했습니다. 그런데 어느 날 그녀가 새 모자를 쓰고 거울을 바라보았을 때 가시 면류관을 쓰고 피를 흘리는 얼굴이 거울에 나타났습니다. 그 얼굴이 지금 그대를 바라보고 있어요." 여기서 다인나는 베시에게서 약간 떨어진 앞쪽을 가리켰다. "아, 그 어리석은 장신구들을 떼어버리세요. 그것을 독사의 이빨로 생각하세요. 그것은 그대를 찌르고 있습니다. 그대의 영혼에 독을 퍼뜨리고 있지요. 바닥 모를 어두운 구덩이로 그대를 밀어 넣고, 거기에서 그대는 하느님의 빛으로부터 더욱 멀어져 영원히, 영원히, 영원히 굴러 떨어질 겁니다."

베시는 더 이상 참을 수 없었다. 엄청난 공포심에 사로잡혀 큰 소리로 엉엉 울면서 귀고리를 떼어서는 앞으로 내던졌다. 그녀의 아버지 채드는 고집 센 딸에게 기적처럼 놀라운 일이 일어났다고 생각하고는, 자기도 '사로잡히지' 않을까 겁이 나서 서둘러 돌아갔고 마음을 달랠 셈으로 모루에서 일하기 시작했다. "설교가 있건 없건 간에 사람들에게는 편자가 필요하다고. 그렇다고 해서 악마가 나를 움켜질 수는 없어." 그는 혼자 중얼거렸다.

하지만 이제 다인나는 회개하는 자들에게 마련된 기쁨을 이야기하고, 믿음을 가진 자들의 영혼을 채워줄 신의 평화와 사랑을 자기 나름대로 소박하게 묘사하기 시작했다. 하느님의 사랑을 받고 있으면 가난이 풍요로움으로 바뀌고 영혼이 충족감을 얻기 때문에 불편한 욕망으로 인해 영혼이 혼란스러워지지 않고 두려움으로 불안해지지 않는다는 것과 급기야 영원한 태양이신 하느님과 영혼 사이를 가리는 구름이 없으므로 죄를 짓고 싶은 유혹이 소진되고 지상에서 천국이 시작된다는 것이었다.

"친애하는 친구들이여." 마침내 그녀가 말했다. "우리 주님이 몸을 바쳐서 사랑하신 저들만큼 내가 사랑하는 형제자매들이여, 이 위대한 축복이 어떤 것인지 알고 있다는 제 말을 믿어주세요. 저는 그 축복을 알기 때문에 여러분도 그 축복을 받게 되기를 바랍니다. 저는 여러분처럼 가난합니다. 저는 제 손으로 벌어 생활을 꾸려가야 합니다. 하지만 신사숙녀라 하더라도 하느님의 사랑을 영혼에 품지 않으면 저처럼 행복할 수 없습니다. 그 축복이 무엇일지 생각해 보세요. 오로지 죄를 미워하고, 모든 생물에 대한 사랑으로 충만하고, 어떤 것도 두려워하지 않고, 모든 일이 결국에는 선에 이르리라 믿고, 우리 아버지의 뜻이므로 고통을 마다하지 않고, 지구가 불타버리거나 바닷물이 올라와 우리를 삼켜버린다 해도 그 무엇도 우리를 사랑하고 우리의 영혼을 평화와 기쁨으로 채워주시는 하느님으로부터 우리를 떼어 놓을 수 없음을 아는 것입니다. 하느님이 뜻하시는 바가 무엇이든 신성하고 정의로우며 선한 것임을 우리는 믿고 있으니까요.

친애하는 친구들이여, 와서 이 축복을 받으십시오. 이 축복이 여러분에게 주어졌습니다. 이것이 그리스도께서 가난한 이들에게 전하러 오신 기쁜 소식입니다. 이것은 어떤 사람이 더 많이 가지면 다른 사람들은 더 적게 가질 수밖에 없는 이 세상의 재물과는 다릅니다. 하느님은 끝이 없으니까요. 그분의 사랑은 끝이 없습니다."

그 흐름은 만물에 이르고,
그 보물은 풍부히 넘쳐흐른다네,
모두에게 충분하고, 각자에게 충분하며,
영원히 충분할 거라네.[22]

다인나의 설교는 적어도 한 시간 정도 지속되었다. 점점 붉은 색이 짙어지는 석양빛이 그녀의 맺음말을 엄숙하게 강조하는 듯했다. 마치 그녀의 설교가 한 편의 드라마를 보여주는 듯—미리 계획되지 않은 진지한 웅변에는 그 화자의 감정에서 펼쳐지는 내적 드라마를 보여 주는 매력이 있으므로—그 설교의 진행에 관심을 기울였던 여행자는 이제 말고삐를

22) 찰스 웨슬리의 찬송가, "끝없이 무한한 그대의 사랑" 4절

당겨 방향을 돌리고 길을 재촉했다. 설교를 마친 다인나는 "친애하는 친구들이여, 노래를 부릅시다" 라고 말했다. 구불구불한 비탈을 따라 내려가는 여행자에게 감리교도들의 노랫소리가 들려왔다. 환희와 슬픔이 묘하게 뒤섞여 솟구치다가 가라앉는 찬송가 가락이었다.

설교가 끝난 후

그 후 한 시간도 채 지나지 않아 세스 비드는 마을과 홀 팜 사이의 초록 밀밭과 목초지를 에워싸고 늘어선 관목을 따라 다인나의 옆에서 걷고 있었다. 다인나는 서늘한 저녁나절의 어스름을 더 자유로이 만끽하기 위해서 작은 퀘이커 모자를 다시 벗어 손에 들고 있었다. 그녀에게 하고 싶은 말을 소심하게 머릿속에 굴리면서 걷고 있던 세스의 눈에 그녀의 표정이 뚜렷이 들어왔다. 무의식에 잠긴 듯 평온하고 진지한 표정이었고, 현재의 순간이나 자기 자신과는 무관한 생각에 골몰하고 있는 표정이었다. 연인에게는 무엇보다도 실망스러운 표정이었다. 그녀의 걸음걸이도 세스의 용기를 잃게 했다. 조용하고 생기발랄한 걸음걸이는 옆사람의 부축을 바라지 않는 듯이 보였기 때문이다. 세스는 막연히 이런 감정에 사로잡혀서, '그녀는 너무나 선량하고 성스럽기 때문에 나는 물론이고 어떤 남자에게도 맞지 않아' 라고 속으로 중얼거렸다. 그러자 지금까지 준비했던 말들이 그의 입술에 닿기도 전에 다시 물러나버렸다. 그러나 또 다른 생각을 떠올리자 용기가 솟았다. '그녀를 나보다 더 사랑할 수 있는 남자, 그녀가 주님의 일을 따르도록 나처럼 자유롭게 해줄 수 있는 남자는 없을 거야.' 그들은 베시 크래니지에 대해 이야기를 나눈 후 이제 몇 분간 입을 다물고 있었다. 다인나가 세스의 존재를 거의 잊은 듯 발걸음을 더욱 빨리 옮겼기에 이제 몇 분만 걸으면 홀 팜의 대문에 닿을 거라는 생각이 들자 급기야 세스는 용기를 내어 입을 열었다.

"토요일에 스노필드로 돌아가기로 완전히 마음을 굳힌 겁니까, 다인나?"

"네." 다인나는 조용히 대답했다. "그곳에서 부름을 받았어요. 일요일 밤에 묵상을 하고 있는데 병석에 누워있는 앨런 자매에게 내가 필요하다는 생각이 떠올랐어요. 저기 떠 있는 얄팍한 흰 구름조각처럼 그녀의 모습이 분명히 보였어요. 그녀는 여윈 손을 들어 내게 손짓하고 있었지요. 그리고 오늘 아침에 인도를 받기 위해 성경을 펼쳤을 때 내 눈에 들어온 첫 번째 글귀는 '그리고 그 영상을 보고난 뒤에 우리는 곧 마케도니아로 떠날 채비를 서둘렀다'[23] 였어요. 만일 주님께서 그토록 선명하게 주님의 뜻을 보여주지 않으셨다면 나는 가기 싫었을 거예요. 이모님과 어린 조카들, 그리고 방황하는 불쌍한 양, 헤티 소렐에게 동정심을 느끼고 있으니까요. 최근에는 헤티를 위해 기도하고 싶은 마음이 간절해서 무척 긴 기도를 올렸어요. 그런 마음이 들었던 것은 바로 그녀를 위해 자비를 쌓아 두어야 한다는 징조인 것 같아요."

"하느님께서 자비를 베풀어 주시기를!" 세스가 말했다. "아담이 헤티에게 마음을 두고 있음이 분명하니까 다른 사람은 절대 쳐다보지도 않을 거예요. 하지만 아담이 헤티와 결혼한다면 나는 가슴 아플 겁니다. 그녀는 아담을 행복하게 만들어 줄 것 같지 않으니까요. 참 심오하고도 신비스러운 일이지요. 남자의 마음이 이 세상에서 보아온 온갖 여자들 가운데 유독 한 여성에게만 쏠리는 것 말이에요. 그리고 야곱이 라헬을 얻기 위해서 그랬듯이, 그저 청혼만 해도 쉽게 결혼할 수 있는 여자를 얻는 것보다는 바로 원하는 여성을 얻기 위해서 7년간 일하는 편이 더 쉬우니까요. 나는 종종 그 글귀를 생각합니다. '그로부터 야곱은 라헬에게 장가들 생각으로 일을 했다. 칠 년이라는 세월도 며칠밖에 안 되듯 지나갔다. 그만큼 그는 라헬을 좋아했던 것이다.'[24] 나에게도 이 말이 진실이 될 겁니

---

23) 사도행전 16:10. 초기 감리교도들은 목소리나 환영, 제비뽑기, 또는 성경을 임의로 펼쳐서 나오는 구절을 보고 점치기 등의 방법으로 신의 인도를 받고자 했다.

24) 창세기 29:20.

다, 다인나. 7년이 지난 후에 내가 당신을 얻을 수 있으리라는 희망을 당신이 불어넣어 준다면 말이지요. 남편이란 존재가 아내의 생각을 지나치게 독차지하리라고 당신이 생각하는 것은 알고 있어요. 성 바오로께서 '남편이 있는 여자는 어떻게 하면 남편을 기쁘게 할 수 있을까 하고 세상일에 마음을 씁니다'[25] 라고 말씀하셨으니까요. 지난 토요일에 당신이 당신의 뜻을 밝혀 주었는데도 이 이야기를 다시 꺼내서 어쩌면 당신은 내가 지나치게 대담하다고 생각할지 모르지요. 하지만 나는 이 문제에 대해 밤이고 낮이고 계속 생각했어요. 그리고 내 욕망에 눈이 멀어서 내게만 좋은 것이 당신에게도 좋을 거라고 생각하지 않도록 해달라고 기도했지요. 그런데 성경에는 결혼에 반대하는 것으로 여겨지는 말씀보다 찬성하는 말씀이 훨씬 더 많이 있어요. 다른 곳에서는 성 바오로께서 이렇게 분명히 말씀하셨으니까요. '젊은 과부들은 재혼하여 자녀를 낳고 가정을 다스리기를 바랍니다. 그래야 반대자에게 조금도 비방거리가 되지 않을 것입니다.'[26] 또한 '하나보다는 둘이 더 낫다'고 말씀하셨고, 이 말씀은 다른 것들뿐 아니라 결혼에도 적용됩니다. 우리는 하나의 가슴, 하나의 마음이어야 하니까요, 다인나. 우리는 둘 다 같은 주인을 섬기고 있고 같은 능력을 얻기 위해 노력하고 있습니다. 나는 하느님이 당신에게 맡겨주신 일을 하는 데 방해가 될 남편은 절대로 되지 않을 거예요. 나는 그럭저럭 살림을 꾸려나가고 집안을 안팎으로 돌보면서 당신에게 지금보다 더 많은 자유를 누릴 수 있게 해줄 겁니다. 지금 당신은 생계를 위해 일을 해야 하지만, 나는 아주 튼튼해서 우리 둘을 부양할 수 있으니까요."

일단 강력하게 구혼을 시작하자, 세스는 미리 준비한 말을 모두 다 쏟아내기 전에 다인나가 결정적인 말을 하지 않도록 서둘러 진지하게 말을 계속했다. 이 말을 하는 동안에 그의 뺨은 붉어졌고 온화한 잿빛 눈에는 눈물이 고였으며 마지막 문장에 이르러서는 목소리가 떨렸다. 그들은 로

25) 고린토인들에게 보낸 첫째 편지 7:34.

26) 디모테오에게 보낸 첫째 편지 5:14.

엄서의 문설주 역할을 하는 높다란 바위 두 개 사이의 좁은 고갯길에 이르렀다. 다인나는 걸음을 멈추고 세스를 바라보면서 부드럽지만 조용하고 떨리는 목소리로 말했다.

"세스 비드, 나에 대한 당신의 사랑에 감사해요. 만일 내가 어떤 남자를 그리스도교의 형제 이상으로 생각할 수 있다면, 그건 당신일 거예요. 하지만 나는 내 마음대로 자유롭게 결혼할 수 없어요. 다른 여자들에게는 결혼이 좋은 일이고, 아내이자 엄마가 되는 것은 위대하고 축복받은 일이지요. 그러나 '각 사람은 주님께서 나누어 주신 은총의 선물을 따라서 그리고 하느님께 부르심을 받았을 때의 처지대로 살아가십시오'[27] 라고 하셨지요. 주님은 내게 나만의 기쁨과 슬픔을 누릴 것이 아니라 기뻐하는 자들과 함께 기뻐하고 우는 자들과 함께 울도록, 다른 사람들에게 봉사하라는 부르심을 주셨어요. 그분의 말씀을 전하라는 소명을 내리셨고, 내가 하는 일을 도와주셨지요. 아주 분명한 계시가 없다면 나는 스노필드의 형제자매들을 떠나지 않을 겁니다. 그들은 이 세상의 좋은 것들을 누리지 못했고, 어린아이라도 셀 수 있을 만큼 나무도 몇 그루 자라지 않는 황량한 곳에서 겨울마다 무척 가난하고 힘겹게 생계를 이어가니까요. 내게 주어진 일은 그곳의 신도들을 도와주고 위안을 주고 힘을 주고 방황하는 많은 이들을 불러들이는 일입니다. 그리고 내 영혼은 아침에 일어나서 자리에 누울 때까지 이런 일들에 몰두하고 있어요. 내 삶은 너무나 짧고 하느님이 맡기신 과업은 너무나 위대하기 때문에, 이 세상에 나를 위한 가정을 만들겠다는 생각은 할 수 없어요. 당신의 말을 귀담아 듣지 않은 것은 아니에요, 세스. 당신의 사랑이 내게로 향하는 것을 알았을 때 나는 그것이 내 생활을 변화시키라는 신의 섭리일지도 모른다고 생각했어요. 우리가 서로에게 도움을 주는 동료가 될 수 있을 거라고 생각했지요. 그래서 나는 그 문제를 하느님 앞에 펼쳐 놓았어요. 그러나 결혼이나 함께 사는 문제에 마음을 집중하려하면 언제나 다른 생각들이 끼어

27) 고린토인들에게 보낸 첫째 편지 7:17.

들었어요. 병들어 죽어가는 사람들 옆에서 기도를 올렸던 시간들이라든지, 설교를 하면서 내 마음에 사랑이 충만하고 말씀이 흘러넘쳤던 그 행복한 시간들 말이지요. 그리고 지침을 얻기 위해서 성경을 펼치면, 내가 할 일이 무언지를 분명히 알려주는 구절이 늘 훤히 드러났어요. 세스, 내 일을 방해하지 않고 도움이 되도록 노력할 거라는 당신의 말을 믿어요. 하지만 우리의 결혼은 하느님의 뜻이 아니라고 생각해요. 주님이 내 마음을 다른 곳으로 이끌어 가시니까요. 나는 남편이나 아이 없이 살다가 죽기를 바라고 있어요. 내 영혼에는 나 자신의 결핍이나 두려움을 담을 공간이 없는 것 같아요. 가난한 사람들의 결핍과 고통으로 내 마음을 가득 채우는 것이 하느님을 기쁘게 하는 일이었어요."

세스는 아무 대답도 할 수 없었다. 그들은 말없이 계속 걸었고 마침내 대문 가까이 이르렀을 때 그가 말했다.

"글쎄요, 다인나, 나는 눈에 보이지 않는 그분을 바라보면서 참고 견디어나갈 힘을 주십사고 해야겠지요. 하지만 지금은 내 믿음이 무척 나약함을 느껴요. 당신이 가버리면 다시는 어디에서도 기쁨을 느낄 수 없을 것 같으니까요. 내가 당신에게 느끼는 감정은 단순히 여자에 대한 사랑을 넘어서는 것일 겁니다. 내가 스노필드로 가서 당신 옆에 있을 수만 있다면 당신과 결혼하지 않아도 만족할 수 있을 테니까요. 하느님께서 내게 주신 당신에 대한 강렬한 사랑이 우리 둘 다를 이끌어갈 거라고 믿었는데 그저 나를 시험하기 위한 것이었나 봅니다. 어쩌면 나는 다른 누구보다도 당신에 대해 더 많은 감정을 느끼고 있겠지요. 이따금 당신에 대한 감정은 찬송가에 나오는 구절 그대로라고 느끼지 않을 수 없으니까요.

가장 깊은 어둠 속에서 그녀가 나타나면
내 새벽이 시작된다네.
그녀는 내 영혼의 빛나는 샛별,
그녀는 떠오르는 나의 태양.[28]

---

28) 아이작 워츠의 찬송가, "나의 하느님, 내 모든 기쁨의 원천이여"의 2절에서

이 감정이 잘못된 것일 수도 있고, 나는 더 많이 깨우쳐야겠지요. 하지만 내가 이 고장을 떠나 스노필드에 가서 살도록 상황이 전개된다면 당신은 내게 불쾌하게 느끼지는 않겠지요?"

"물론이에요, 세스. 하지만 인내심을 갖고 기다리라고, 당신이 태어난 고장과 친척들을 가볍게 저버리지 말라고 조언하고 싶어요. 주님께서 분명히 명령하시기 전에는 어떤 일도 하지 마세요. 당신에게 친숙한 여기 고센[29] 땅과 달리 거기는 황량하고 메마른 곳이에요. 우리는 우리 자신의 운명을 성급하게 결정짓고 선택해서는 안 돼요. 인도해 주시도록 기다려야지요."

"하지만 당신에게 말하고 싶은 것이 있다면, 당신에게 편지 쓰는 것은 허락해 주겠지요, 다인나?"

"그럼요. 당신에게 혹시 고통스러운 일이 있다면 알려주세요. 당신은 언제나 내 기도 안에 있을 거예요."

이제 대문에 도착하자 세스가 말했다. "안으로 들어가지 않겠어요, 다인나. 그러니 안녕히." 그녀가 손을 내민 후에도 그는 잠시 망설이다가 말했다. "얼마 지나면 당신이 상황을 달리 보게 될지도 모르지요. 하느님께서 새롭게 인도하실 수도 있으니까요."

"그런 생각은 그만두기로 해요, 세스. 웨슬리 씨의 책에 나오듯이, 한 번에 오직 한순간만을 생각하며 사는 것이 좋은 일이에요. 계획을 세우는 것은 당신이나 내가 할 일이 아니지요. 우리는 그저 믿음을 가지고 순종하기만 하면 되는 거예요. 안녕히."

다인나는 사랑스러운 눈에 다소 슬픈 표정으로 그의 손을 꼭 잡았고 그런 다음 대문 안으로 들어갔다. 세스는 몸을 돌리고 미련이 남은 듯 망설이며 집 쪽으로 발걸음을 옮겼다. 그러나 집으로 곧장 이어지는 길로 접어들지 않고 다인나와 함께 걸어온 들판을 되돌아가겠다고 생각했다. 그

'그대'라는 대명사를 '그녀'로 바꾸었음.

29) 성서의 이스라엘 부족이 이집트에서 황야로 추방되기 전에 살았던 풍요로운 지역.

리고 집으로 가야겠다는 마음이 들기 한참 전부터 그의 푸른 면손수건이 눈물로 흠뻑 젖었을 거라고 나는 생각한다. 그는 이제 고작 스물세 살이었고, 사랑하는 것이 무엇인지, 자기보다 더 크고 더 훌륭하다고 생각하는 여자에게 젊은이가 바칠 수 있는 최고의 숭배를 바치며 사랑하는 것이 어떤 것인지를 이제 막 느끼기 시작한 참이었다. 이런 사랑은 종교적인 감정과 거의 다를 바가 없다. 그것은 얼마나 깊고 고결한 사랑인가? 여자에 대한 혹은 어린 아이에 대한, 혹은 미술이나 음악에 대한 사랑도 마찬가지이다. 우리의 애무나 다정한 말, 가을의 석양이나 기둥이 늘어서 있는 광경 혹은 고요하고 장엄한 조상(彫像)이나 베토벤의 교향곡에서 우리가 느끼는 평온한 황홀경, 이 모든 것들은 헤아릴 수 없이 깊은 사랑과 아름다움의 바다에서 일어나는 잔물결과 파도에 불과하다는 의식을 일으킨다. 더없이 강렬하게 고조된 순간에 우리의 감정은 표현에서 침묵으로 바뀌고, 우리의 사랑은 최고의 만조에 달했을 때 세차게 흘러 사랑의 대상을 넘어 성스러운 신비감에 돌입한다. 그리고 이 세상이 시작된 이래로 이처럼 사랑을 숭배하는 이 고귀한 재능은 무수히 많은 비천한 장인들에게도 주어졌으므로, 그것이 50년 전 감리교도 목수의 영혼에 존재했다는 것은 전혀 놀랍지 않은 일이다. 그때는 웨슬리와 그의 동료 일꾼들이 가난한 자들에게 하느님의 메시지를 전달하느라 팔다리와 허파를 지치게 한 후 콘월 울타리의 찔레 열매와 산사나무 열매를 먹고 살았던 시절의 후광이 남아 있던 시절이었다.

그 후광은 서서히 옅어져갔다. 우리가 상상력을 동원하여 감리교에 대해 생각할 때 떠오르는 그림은, 반원형의 초록 언덕이나 이파리가 넓은 무화과나무 아래의 깊은 그늘에 거친 남자들과 마음이 지친 여자들이 무리를 지어 앉아서 그들의 근원적 문화인 신앙의 샘물을 들이키며 과거에 대한 생각을 떠올리고, 궁핍한 생활의 자질구레한 일들 너머로 상상력을 고양시키고, 집이 없는 가난한 자들에게 여름날처럼 감미로운 연민과 사랑에 가득한 무한한 존재에 대한 생각으로 영혼을 채우는 광경이 아니다. 어떤 독자에게 감리교는 그저 더러운 길거리를 따라 늘어선 나지막한 박공과 말주변이 좋은 식료품 장수, 빌붙어 사는 설교자들과 위선적이고 상투적인 이야기들, 즉 감리교를 철저하게 분석하여 나온 결과라고 여러 사교적인 모임에서 제시하는 특징들 외에 다른 의미를 갖지 않을 수도 있다.

그렇다면 퍽 유감스러운 일이다. 세스와 다인나가 감리교도가 아니었다고는 말할 수 없으니까. 사실 그들은 계간지를 읽고 주랑이 있는 예배당에 참석하는 현대적인 유형의 감리교도가 아니라, 먼 옛날의 구식 감리교도였다. 그들은 기적과 즉각적인 회개, 꿈과 환영에 의한 현시를 믿었다. 그들은 제비뽑기를 하거나 임의로 성경을 펼침으로써 신의 인도를 받고자 했다. 성경을 문자 그대로 해석하기를 고집했고, 정평 있는 주석자들은 그런 방식을 전혀 인정하지 않았다. 내가 보기에도 그들이 쓰는 용어가 정확했다거나 그들의 가르침이 개방적이었다고 말할 수는 없다. 하지만, 종교의 역사를 읽으면서 내가 파악한 것이 옳다면, 내가 보기에 믿음과 희망과 자비는 그 세 가지를 조화시킬 수 있는 감수성과 언제나 정비례하는 것은 아니다. 다행히도, 논리적으로는 결함이 무척 많을 때라도 대단히 숭고한 감정을 품을 수 있는 것이다. 이웃집 아이의 '발작을 멈추게 하려고' 촌뜨기 몰리가 자기의 보잘 것 없는 식량에 남겨 둔 굽지 않은 베이컨을 갖다 준다면 가련하게도 그것은 효과적이지 못한 처방일 수 있다. 그러나 그런 행위를 이끌어낸 이웃 간의 너그러운 온정은 결코 사라지지 않는 빛나는 선행인 것이다.

이런 점들을 고려해 보면, 새틴 구두를 신고 페티코트를 입은 여주인공과 격렬하게 날뛰는 말을 탄 남주인공이 그보다 더 격렬하게 타오르는 열정에 지배되어 더욱 고귀한 슬픔을 느낄 때[30] 우리가 그들을 보고 눈물을 흘리곤 한다 하더라도, 다인나와 세스가 우리의 공감을 받을 수 없는 비천한 존재라고는 생각할 수 없다.

---

30) 당대의 비현실적이고 감상적인 러브스토리에 대한 언급. 조지 엘리엇은 이런 부류의 소설을 비판하면서 사실주의적 소설 이론을 발전시켰다.

가엾은 세스! 그는 평생 말을 타본 것이 딱 한 번뿐이었다. 어렸을 때 조나단 버지 씨가 그를 들어 올려 말의 뒤꽁무니에 태우고 '꼭 붙잡아라'고 말했었다. 지금 그는 장엄한 별빛 아래 집으로 돌아가면서 신과 운명을 불러대며 맹렬히 비난하는 대신 슬픔을 억누르겠다고, 자기 뜻대로 살지 않도록 더욱 노력하겠다고, 다인나처럼 다른 사람들을 위해서 살겠다고 결심하고 있었다.

집안의 슬픔

녹색의 골짜기에 시냇물이 흐르고, 지난번에 내린 비로 넘칠 듯이 차오른 물 위로 버드나무 가지들이 나지막이 늘어져 있었다. 이 시냇물 위에 걸쳐 있는 두꺼운 판자를 아담 비드가 확고한 걸음걸이로 지나가고 있었으며 바로 옆에서 바구니를 목에 건 짚이 따라가고 있었다. 그는 건너편 비탈을 20야드가량 올라가서 목재 더미가 옆에 쌓인 초가집으로 가는 것이 분명했다.

이 집의 열린 문간에 서서 나이든 여자가 밖을 내다보고 있었다. 그녀는 평온한 마음으로 저녁 햇살을 바라본 것이 아니라, 사랑하는 아들 아담의 모습이라고 굳게 믿은 작은 반점이 점점 커지는 것을 몇 분간 침침한 눈으로 지켜보고 있었다. 리스베스 비드는 여자들이 늦게 본 첫아이에 대해 느끼기 마련인 애착으로 자기 아들을 사랑했다. 그녀는 근심이 많은 성격에 여위었지만 활력적이고 눈송이처럼 청결한 노파였다. 회색 머리카락을 뒤로 넘겨 검은 끈이 둘러진 깨끗한 리넨 모자 속에 말끔하게 집어넣고, 넓은 가슴을 가죽 앞가리개로 덮은 차림이었다. 속에는 허리에 끈을 묶고 엉덩이까지 이어진 푸른 체크무늬의 짧은 리넨 잠옷을 입고 있었고, 그 밑으로 상당히 길게 내려온 무명과 울을 섞어 짠 페티코트가 엿보였다. 리스베스는 키가 컸고 그 밖의 다른 점에서도 아들 아담과 닮은 데가 많았다. 검은 눈은 아마도 눈물을 너무 많이 흘린 탓에 이제 다소 침침해졌지만 굵은 눈썹은 아직도 검었고 이는 튼튼했으며, 일에 거칠어진 손을 무의식적으로 재빨리 놀리며 뜨개질을 하고 서 있었을 때 그녀는 샘에서 물을 길어 들통에 담아 머리에 지고 나를 때처럼 꼿꼿한 자세를 유지하고 있었다. 어머니와 아들은 똑같은 체격과 똑같이 예리하고 활동적인 기질을 갖고 있었다. 그러나 아담의 두툼한 이마와 도량이 넓은 지성은 어머니에게서 물려받은 것이 아니었다.

가족 간의 유사성은 때로 그 속에서 깊은 슬픔을 엮어낸다. 위대한 비극 작가인 자연은 뼈와 근육으로 우리를 함께 섞어 짜고, 보다 섬세한 두뇌의 그물망에 따라 우리를 분리하며, 열망과 혐오를 뒤섞고, 움직일 때마다 마주치는 존재들에 대한 심금을 울리는 깊은 애정으로 우리를 결합한다. 우리는 우리와 똑같은 음조를 띤 목소리가 우리가 경멸하는 생각을 입에 담는 것을 듣는다. 우리는, 아, 어머니의 눈동자와 너무도 닮은 눈이 냉정하게 거리를 유지하면서 우리에게서 눈길을 돌리는 것을 바라본다. 그리고 사랑스러운 막내 아이가 오래 전에 쓰라린 원망을 품고 헤어진 누이의 모습과 몸짓으로 우리를 깜짝 놀라게 한다. 우리에게 최고의 유산을 물려준, 즉 기계를 다루는 본능과 조화를 추구하는 예리한 감수성, 물건을 만드는 무의식적인 손재주를 물려준 아버지가 날마다 실수를 거듭하면서 우리를 애태우고 부끄럽게 한다. 우리의 주름살이 생겨나면서 이제 거울을 보면 오래 전에 돌아가신 어머니의 얼굴을 보게 되는데, 한때 어머니는 불안한 기질과 터무니없는 고집으로 우리의 젊은 영혼을 무척이나 괴롭혔었다.

리스베스가 입을 열자, 바로 그런 어리석고 걱정이 많은 어머니의 목소리가 들려왔다.

"자, 아들아, 정확히 일곱 시가 지났어. 너는 늘 마지막 애가 태어날 때까지 남아있는 모양이지. 두말할 것도 없이 배가 고프겠지. 세스는 어디 있니? 비국교도들이 모이는 데 쫓아간 모양이로구나?"

"아, 그래요. 세스는 아무 문제없어요, 엄마. 걱정 마세요. 그런데 아버지는 어디 계세요?” 아담은 집으로 들어서면서 작업장으로 쓰이는 왼쪽 방을 흘끗 들여다보고 재빨리 말했다. “톨러를 위해 만들기로 한 관(棺)을 아직 끝내지 않으셨어요? 오늘 아침에 놔둔 대로 목재들이 그냥 있군요.”

“관을 다 만들었냐고?” 리스베스는 근심스러운 얼굴로 아들을 보면서도 잠시도 손을 멈추지 않고 뜨개질을 하며 그를 따라갔다. “얘, 네 아버지는 오늘 오전에 트레들손에 가셔서 돌아오지 않았어. 또 ‘왜건 오버스로운’[31]에 가신 모양이야.”

아담의 얼굴에 화가 치밀어 잠시 시뻘겋게 달아올랐다. 그는 아무 말 없이 겉옷을 벗어던지고는 셔츠 소매를 다시 말아 올리기 시작했다.

“뭐하려는 거니, 아담?” 놀란 목소리와 표정으로 어머니가 물었다. “저녁밥도 먹지 않고 다시 일을 할 작정은 아니겠지?”

아담은 너무 화가 나서 아무 말도 하지 않고 작업장으로 들어갔다. 하지만 어머니는 뜨개질 거리를 내던지고는 급히 뒤쫓아 들어가서 그의 팔을 붙잡고 애처롭게 호소하듯이 말했다.

“안 된다, 얘야. 저녁도 먹지 않고 일을 해서는 안 돼. 네가 좋아하는 고기 국물을 얹은 감자가 있단다. 널 위해서 일부러 만들어 놓았어. 와서 저녁 먹어라.”

“그냥 놔두세요!” 어머니를 뿌리치고 격한 어조로 말하면서 아담은 벽에 세워놓은 판자를 잡았다. “내일 아침 일곱 시까지 브록스턴에 관을 갖다 주기로 약속했어요. 지금쯤은 거기 가있어야 할 텐데 아직 못 하나도 박지 않은 상태에서 어떻게 저녁 먹으라는 한가한 말을 할 수 있어요? 목구멍이 차올라서 음식을 삼킬 수 없어요.”

“아니, 관은 다 만들 수 없을 거야. 죽어라고 일해야 할 걸. 그 일을 끝내려면 밤을 꼴딱 새워야 할 거야.” 리스베스가 말했다.

“얼마나 걸리든 그게 무슨 상관이에요? 관을 만들어주기로 약속했잖아

---

31) 〔역주〕 Waggon Overthrown: 술집 이름.

요? 관도 없이 사람을 매장할 수 있어요? 그런 식으로 약속을 지키지 않고 사람들을 속이느니 내 오른팔이 떨어져 나가도록 일하는 편이 나아요. 생각만 해도 화가 부글부글 끓어요. 오래지않아 이런 일은 다 집어치울 거예요. 지겹도록 겪었다고요."

불쌍한 리스베스가 이런 협박을 들은 것은 처음 있는 일이 아니었고, 현명한 사람이었더라면 말없이 다른 곳으로 물러나서 이후 한 시간 동안 아무 말도 하지 않았을 것이다. 그러나 여자들은 화가 난 남자나 술 취한 남자에게 말을 걸지 말아야 한다는 교훈을 좀처럼 배우지 못한다. 리스베스는 나무를 자를 때 받치는 벤치에 앉아서 울기 시작했고, 실컷 울고 난 다음에는 아주 가련한 목소리로 말을 쏟아냈다.

"아니, 내 아들아, 설마 멀리 떠나가서 네 어미를 슬픔에 빠지게 하고 네 아버지가 망하도록 내버려 두지는 않겠지. 사람들이 나를 메고 교회 묘지로 가는데 네가 뒤에 따라오지도 않는 일은 없겠지. 마지막 순간에 너를 보지 못한다면, 나는 무덤에서도 편히 쉬지 못할 거야. 그리고 네가 먼 곳으로 일하러 가고 세스도 너를 뒤따라간다면 내가 죽어가고 있다는 것을 어떻게 알리겠니? 네 아버지는 네가 어디 있는지 알지도 못할뿐더러 손이 떨려서 펜 한 자루도 쥘 수 없는데. 너는 아버지를 용서해야 해. 아버지에게 그렇게 혹독하게 굴어서는 안 돼. 술을 마시기 전에는 좋은 아버지였어. 재주가 많은 목수였고, 네게 일하는 법을 가르쳐줬지. 그걸 기억해야지. 그리고 나에게 나쁜 말이나 손찌검을 한 적이 한 번도 없었어. 술에 취했을 때도 말이야. 네 친아버지를 구빈원에 가게 하지는 않겠지. 25년 전에 네가 가슴에 안겨 재롱떠는 아기였을 때 네 아버지는 지금의 너처럼 멋지게 장성한 어른이었고 모든 일을 솜씨 있게 잘 해냈단 말이야."

리스베스의 목소리는 점점 커졌고 흐느낌으로 목이 메었다. 그 흐느낌은 구슬프게 통곡하는 소리로 들렸고, 진정한 슬픔을 견디고 진짜 일을 해야 할 곳에서 그 무엇보다도 짜증스러운 소리였다. 아담은 참지 못하고 끼어들었다.

“자, 엄마, 울지 말고, 그렇게 말하지 말아요. 그러지 않아도 나는 화낼 일이 아주 많다고요. 내가 늘 생각하는 것들에 대해서 엄마가 또 말해봤자 무슨 소용이 있어요? 내가 그런 것들을 생각하지 않는다면 무엇 때문에 집안일을 잘 꾸려가려고 지금처럼 노력하겠어요? 하지만 나는 쓸데없이 말하는 건 싫어요. 일을 하려면 말을 하지 말고 숨을 아껴두는 것이 좋다고요.”

“네가 아무도 하지 않을 일을 하고 있다는 건 알고 있어, 얘야. 하지만 너는 아버지에게 언제나 너무 심했어. 세스를 위해서라면 뭘 해줘도 지나치지 않다고 생각하면서 말이야. 내가 혹시라도 세스에 대해 험담을 할라치면 언제나 내 말을 가로막잖아. 하지만 네 아버지에 대해서는 너무나 화를 내고. 다른 사람에게는 그렇게 화내는 걸 본 적이 없어.”

“그렇게 하는 편이 부드럽게 말하면서 일을 엉망으로 내버려 두는 것보다는 더 나아요, 안 그래요? 내가 아버지에게 엄격하게 대하지 않았다면, 아버지는 마당에 있는 목재를 모두 다 팔아서 술 마시는 데 써버렸을 거예요. 아버지에게도 해야 할 의무가 있어요. 그리고 내 의무는 아버지가 곤두박질치며 망하도록 도와주는 게 아니라고요. 근데 세스가 이 문제와 무슨 상관이 있어요? 내가 알기로는, 그 애는 한 번도 해를 끼친 적이 없어요. 하지만 이제 날 그냥 내버려 두세요, 엄마. 내가 일을 할 수 있게 내버려 두라고요.”

리스베스는 더 이상 말할 엄두가 나지 않아서 일어나 짚을 불렀다. 아담이 저녁을 먹는 동안 사랑이 담긴 기대의 표정으로 바라보려고 차려놓았던 저녁 식사를 그가 거부하자 아담의 개에게 평소보다 후하게 먹이를 주면서 위안을 삼을 생각이었다. 하지만 짚은 이상하게 전개되는 상황에 어리둥절하여 이마를 찌푸리고는 귀를 쫑긋 세운 채 자기 주인을 바라보고 있었다. 리스베스가 자기를 부르자 그녀를 바라보았고 저녁을 주겠다고 부르는 것을 잘 알고 있기에 불편한 듯이 앞발을 움직였지만, 아직 그 개는 마음이 양쪽으로 나뉘어 있었기에 다시 근심스럽게 자기 주인을 바라보면서 계속 웅크리고 앉아 있었다. 아담은 짚이 갈등을 느끼는 것을 알아차렸다. 화가 나서 어머니에게는 평소보다 퉁명스럽게 대했지만, 자기 개에 대해서는 평소처럼 애정을 갖지 않을 이유가 없었다. 우리는 우리를 사랑하는 여자보다 우리를 사랑하는 짐승에게 더욱 친절히 대하는 경향이 있다. 그것은 짐승이 말을 하지 못하기 때문일까?

"자, 짚, 가봐!" 아담은 격려하듯이 명령했고, 짚은 분명 자기 의무와 기쁨이 하나로 합쳐졌음에 만족한 기색으로 리스베스를 따라 집안으로 들어갔다.

하지만 그 개는 저녁을 핥아먹자마자 주인에게로 돌아갔고, 리스베스는 혼자 앉아서 뜨개질을 하며 눈물을 흘렸다. 냉혹하게 신랄한 말을 퍼부어대지 않는 여자들이나 화를 잘 내지 않는 여자들은 불평을 일삼는 경우가 허다하다. 만일 솔로몬이 그의 명성대로 현명한 사람이었다면, 다투기 좋아하는 여자를 세찬 비가 내리는 날 끊임없이 떨어지는 빗방울에 비유했을 때[32] 그가 염두에 둔 것은 암여우 즉 긴 발톱에 심술궂고 이기적이며 표독스런 여자가 아니었을 거라고 나는 믿는다. 분명 그는 선량한 여자를 생각했을 것이다. 자신이 사랑하는 사람들을 불편하게 만들면서도 그들의 행복 외에 다른 것에서는 조금도 기쁨을 느끼지 못하고 그들을 위해 맛있는 것들을 남겨두면서도 자신을 위해서는 아무것도 쓰지 않는 여자들 말이다. 가령 리스베스처럼 참을성이 있으면서도 동시에 불평을 늘어놓고, 자기희생적이면서도 가혹한 요구를 늘어놓으며, 어제 일어난 일에 대해서 그리고 내일 일어날지도 모를 일에 대해 하루 종일 곰곰이 생각하고, 좋은 일이나 나쁜 일에 언제나 울음을 터뜨리는 여자들 말이다. 그러나 아담에 대한 숭배에 가까운 그녀의 사랑에는 일말의 두려움이 섞여 있어서 그가 '날 그냥 내버려 두세요' 라고 말했을 때 그녀는 언제나 입을 다물 수밖에 없었다.

이렇게 해서, 매일 태엽을 감아 주어야 하는 괘종시계에서 나는 커다란 소리와 아담이 일하는 소리가 집안에 울려 퍼지는 가운데 시간이 흘러

---

32) 잠언 27:15. "아내가 바가지를 긁는 것은 장마철에 지붕이 새는 것과 같다."

갔다. 이윽고 아담이 등잔과 물 한잔(맥주는 공휴일에만 마실 수 있었으므로)을 갖다 달라고 소리치자, 리스베스는 그것을 가지고 들어가서 용기를 내어 말했다. "저녁은 네가 먹고 싶을 때 먹도록 차려 놓았다."

"그만 자요, 엄마." 아담은 부드러운 목소리로 말했다. 이제 그의 화가 가라앉았던 것이다. 자기 어머니에게 특별히 다정하게 대하고 싶을 때면 언제나 그는 평소 말투에 그리 섞이지 않았던 강한 토착적인 억양과 사투리를 써서 말했다. "아버지가 집에 오시면 내다볼게요. 아마 오늘 밤에는 안 돌아오시겠지. 엄마가 자리에 들어야 내가 더 편하겠어요."

"아니, 세스가 올 때까지 기다릴 거야. 이제 오래지 않아 돌아오겠지."

늘 시간이 빠른 그 시계로는 아홉 시가 넘었고, 시계가 열 시를 치기 전에 빗장이 열리고 세스가 들어왔다. 집안에 들어서자 연장 소리가 들려왔다.

"아니, 엄마, 아버지가 이렇게 늦게까지 일하시다니 어쩐 일이에요?" 그가 말했다.

"일하고 있는 건 네 아버지가 아니야. 네 머릿속에 그저 비국교도들의 모임만 들어있는 게 아니라면, 벌써 다 알아차렸을 텐데. 네 형이 일을 전부다 하고 있잖아. 일을 할 다른 사람이 누가 있니?"

세스에 대해서는 조금도 겁이 나지 않았기에 리스베스는 거침없이 말했고, 아담에 대한 두려움 때문에 억눌렀던 불평을 늘 세스의 귀에 쏟아부었다. 세스는 어머니에게 단 한 번도 불손하게 말한 적이 없었다. 소심한 사람들은 언제나 온유한 사람에게 역정을 내는 법이다. 하지만 세스는 근심스런 표정으로 작업장에 들어가서 말을 건넸다.

"애디, 어떻게 된 일이야? 아니! 아버지께서 잊어버리고 관을 만들지 않으셨어?"

"그래, 늘 있는 일이지 뭐. 하지만 내가 끝낼 거야." 아담은 고개를 들어 빛나는 예리한 눈으로 동생을 바라보았다. "아니, 무슨 일 있었어? 힘든 일이 있나 보구나."

세스의 눈은 붉게 물들어 있었고 부드러운 얼굴에 지극히 침울한 표정이 드리워져 있었다.

“그래, 애디. 하지만 참아야 할 일이고, 달리 어쩔 수 없어. 어떻든, 그럼 형은 야학에 가지 못했겠네.”

“학교? 못 갔지. 선생님이 기다려 주시겠지.” 아담은 다시 망치질을 시작하며 말했다.

“이제 번갈아가며 일하자. 형은 가서 좀 자.” 세스가 말했다.

“아냐, 내가 이왕 시작을 했으니까 계속하는 게 좋겠어. 관을 다 만들어서 브록스턴으로 운반할 때 도와줘. 해 뜰 무렵에 너를 깨울게. 가서 저녁 먹어. 엄마 목소리가 들리지 않도록 문을 닫고.”

아담의 말은 언제나 진심이며, 설득해 봐야 뜻을 굽히지 않는 것을 세스는 알고 있었다. 그래서 세스는 다소 무거운 마음으로 몸을 돌려 거실로 들어갔다.

“아담은 집에 와서 음식을 입에 대지도 않았어.” 리스베스가 말했다. “넌 네 친구 감리교인들의 집에서 저녁을 먹었겠지.”

“아뇨, 엄마. 아직 먹지 못했어요.” 세스가 말했다.

“그럼 이리 와라. 하지만 그 감자는 먹지 마. 감자를 놔두면 아담이 먹을지도 모르니까. 그 애는 감자에 고기 국물 얹은 것을 무척 좋아하잖니. 내가 일부러 아담을 위해서 차려 주었는데도 아담은 화가 나서 먹으려들지 않는구나. 그리고는 다시 달아나겠다고 엄포를 놓고 있었어.” 그녀는 훌쩍거리면서 말을 이었다. “틀림없이 새벽에 내가 일어나기도 전에 그 애는 가버릴 거야. 절대로 내게 미리 알려주지 않겠지. 일단 떠나면 다시는 돌아오지 않을 거고. 그러면 나는 아들이 없는 편이 차라리 나았을 거야. 재주로 보나 능숙한 솜씨로 보나 여느 사람의 아들 같지 않은데. 신사 분들도 그렇게 생각한단 말이야. 포플러 나무처럼 키가 크고 꼿꼿하고. 그런데 그 애와 헤어져서 다시는 볼 수 없게 되겠지.”

“자, 엄마, 공연히 슬퍼하지 마세요.” 세스는 위로하는 목소리로 말했다. “형이 먼 곳으로 떠나 버릴 거라고 생각하기보다는 여기서 엄마와 함께 살 거라고 생각할 이유가 훨씬 더 많아요. 형은 화가 나면 그렇게 말하잖아요. 때로 화를 낼 만한 이유가 충분히 있고요. 하지만 형의 마음은 절대로 멀리 떠나지 않을 거예요. 형이 우리 모두를 어떻게 도와주었는지 생각해 보세요. 그렇게 하기가 결코 쉽지 않았을 텐데 말이지요. 내가 군인으로 징집되지 않도록 자기가 애써 모은 돈을 내기도 하고, 아버지를 위해서 저축을 털어 목재를 사기도 했잖아요. 형도 자기가 번 돈을 쓸 곳이 많았을 거예요. 형과 같은 젊은이라면 벌써 이전에 결혼하고 살림을 차렸을 거예요. 형은 자기가 이룬 일을 뒤집어엎고 부숴버리거나 내버리면서 아무렇게나 살아갈 사람이 아니에요."

"아담의 결혼에 대해서는 말도 꺼내지 마." 리스베스가 다시 울면서 말했다. "아담은 헤티 소렐에게 마음을 두고 있는데, 그 여자애는 동전 한 푼 모으지 못하면서 늙은 엄마에게는 고개를 빳빳이 쳐들고 다닐 애야. 아담이 메리 버지와 결혼해서 버지 씨와 동업하면 버지 씨처럼 일꾼들을 거느린 높은 사람이 될 수도 있을 텐데! 돌리가 그런 이야길 내게 여러 번 했었다고. 담장 위에 피어있는 카네이션보다도 쓸모가 없는 그런 계집애한테 아담이 마음을 두고 있지만 않다면 말이야. 장부 정리도 잘하고 숫자 계산도 그렇게 잘 하는 애가 왜 그렇게 분별력이 없는지."

"하지만 엄마, 남들이 바라는 대로 사랑할 수 없다는 건 엄마도 알잖아요. 하느님을 제외하고 어느 누구도 사람의 마음을 소정할 수 없어요. 나도 형이 다른 사람을 선택하기를 바랐어요. 하지만 형도 어쩔 도리가 없을 텐데, 그걸 가지고 형을 비난할 수는 없잖아요. 그리고 형도 그걸 극복하려고 애쓰고 있어요. 하지만 그 문제에 대해서는 형이 말하고 싶어하지 않아요. 나는 그저 주님께 형을 축복하고 인도해달라고 기도할 따름이지요."

"그래, 너는 언제나 기도만 하려 들지. 하지만 네가 기도를 해서 얻는 게 뭔지 모르겠다. 이번 크리스마스 철에 급료를 두 배로 받을 것도 아니고. 감리교도들이 너를 네 형의 절반쯤 되는 남자로 만들지도 못할 거고. 너를 설교자로 만들고 있으니까."

"엄마 말씀이 부분적으로는 맞아요." 세스가 순순히 대답했다. "형은 나보다 훨씬 앞서 있고, 내가 형을 위해 앞으로 할 수 있을 것보다 훨씬 더 많은 일을 날 위해 해줬어요. 하느님께서는 각각의 인간에게 적절하다고 생각하시는 대로 재능을 나눠주시지요. 하지만 엄마, 기도를 하찮게 여겨서는 안 돼요. 기도한다고 돈을 버는 것은 아니지만, 돈으로 살 수 없는 것을 가져다주니까요. 죄를 멀리 할 수 있는 힘, 그리고 하느님께서 주시는 것이 무엇이든 하느님의 뜻에 만족하는 힘 말이에요. 만약 엄마가 하느님께 도와달라고 기도하고 하느님의 선함을 믿는다면, 여러 가지 일들에 그렇게 불안하지 않을 거예요."

"불안하다고? 내가 불안하게 느끼는 건 당연하지. 너를 보면 불안하지 않은 것이 어떤 건지 잘 알 수 있어. 너야 네가 번 돈을 모두 남들에게 줘버리고, 어려운 날에 대비해서 쌓아놓은 것이 없어도 전혀 불안하지 않겠지. 아담이 너처럼 걱정이 없었다면, 너를 위해 내줄 돈도 모으지 못했을 거야. 내일 일은 생각하지 마라,[33] 아무 걱정도 하지 마라, 너는 늘 이렇게 말하지. 그런데 그래서 어떻게 되었니? 너 대신 아담이 걱정해야 했잖아."

"그건 성경에 나오는 말씀이에요, 엄마." 세스가 말했다. "그건 우리가 게으르게 지내야 한다는 뜻이 아니에요. 내일 일어날 일에 대해서 지나치게 걱정하거나 근심하지 말고 우리의 의무를 다하면서 그 밖의 일은 하느님의 뜻에 맡기라는 의미예요."

"아, 그래, 너는 늘 그런 식이지. 언제나 성경 말씀을 조금씩 뽑아서 네 말을 만든단 말이야. '내일에 대해서 생각하지 말라'는 말씀이 그런 뜻인 줄 어떻게 아는지 모르겠다. 그리고 성경이 그렇게 엄청난 책이고 네가 그것을 전부 읽어서 말씀을 뽑아 쓸 수 있다면, 왜 그보다 더 많은 뜻이 담긴 더 좋은 말들을 뽑지 않는지 알 수 없구나. 아담은 그런 말은 뽑지 않거든. 아담이 늘 하는 말, '하늘은 스스로 돕는 자를 돕는다' 는 나도 이해할 수 있다고."

33) 마태오 복음 6:34.

“아, 엄마, 그건 성경에 나오는 말이 아니에요. 그건 아담이 트레들스턴의 노점에서 산 책에 나오는 말이에요. 어떤 학자가 쓴 말인데,[34] 내 생각에는 지나치게 세속적이에요. 어떻든 그 말이 절반쯤은 사실이지요. 성경에도 우리 모두 하느님의 일꾼이 되어야 한다고 쓰여 있으니까요.”

“그래? 내가 그걸 어찌 알겠니? 성경에 나오는 말씀처럼 들리니까. 그런데 너 무슨 일이 있니? 저녁을 거의 먹지 않았잖아. 귀리 빵 한 조각 말고는 더 이상 먹지 않을 작정이냐? 네 얼굴이 새로 만든 베이컨처럼 하얗구나. 대체 무슨 일이야?”

“신경 쓰실 거 없어요, 엄마. 배가 고프지 않아요. 다시 형에게 가 보고 형이 나에게 관을 맡겨줄지 알아보겠어요.”

“따뜻한 국물을 한 모금만 마셔라.” 리스베스는 이제야 일어난 어머니다운 감정으로 ‘잔소리를 일삼는’ 버릇을 억누르며 말했다. “금방 장작개비에 불을 붙이마.”

“아뇨, 엄마. 고마워요. 엄마는 참 좋은 분이에요.” 세스는 어머니의 다정한 마음에 용기를 얻어 고마운 듯이 말을 이었다. “아버지와 아담과 우리 모두를 위해서 잠깐 저와 함께 기도하기로 해요. 아마 엄마가 생각하시는 것보다 훨씬 더 큰 위안이 될 거예요.”

“글쎄다, 반대는 하지 않겠다.”

세스와 이야기할 때 리스베스는 늘 부정적으로 대꾸하는 경향이 있었지만, 세스의 경건한 신앙심에 위안과 안정감이 있다는 사실과 어떻든 자기 스스로 영적인 교류를 해야 할 수고를 덜어 주었다는 것을 막연히 의식하고 있었다.

그래서 어머니와 아들은 함께 무릎을 꿇었고, 세스는 방황하는 가엾은 아버지와 그로 인해 슬퍼하고 있는 집안 식구들을 위해서 기도했다. 아담이 머나먼 곳에 처소를 마련하라는 부름을 결코 받지 않기를 바라고, 어머니가 순례의 길을 걷는 동안 아담이 늘 곁에 있음으로써 기쁨과 위안

---

34) 벤자민 프랭클린의 《불쌍한 리처드의 연감》에 나오는 경구.

을 얻기 바란다는 기원에 이르자, 눈에 고였던 눈물이 다시 떨어지면서 리스베스는 큰 소리로 울음을 터뜨렸다.

기도를 마치고 세스는 다시 아담에게 가서 말했다. "한두 시간 정도만 눕지 않을래? 그동안 내가 일을 계속할게."

"아니, 세스, 아냐. 엄마를 주무시게 하고 너도 자렴."

그 사이 리스베스는 눈물을 닦고 이제 뭔가를 손에 들고 세스를 따라 들어왔다. 갈색과 노랑색이 어울린 접시에 고기 국물을 끼얹은 구운 감자와 잘라서 섞어 놓은 고기조각들이 담겨있었다. 그 당시는 물자를 구하기 어려운 시절이어서 밀로 만든 빵과 신선한 고기가 노동하는 사람들에게는 별미였다. 그녀는 다소 겁에 질린 듯 아담 옆의 의자에 접시를 내려놓으며 말했다. "일하면서 조금씩 집어 먹으렴. 물을 한 잔 더 갖다 주마."

"아, 엄마, 그렇게 해줘요." 아담은 다정하게 말했다. "무척 목이 마르던 참이었어요."

삼십 분이 지나자 사방이 고요해졌다. 낡은 태엽 시계에서 울리는 커다란 초침 소리와 아담의 연장에서 울리는 소리 외에는 아무 소리도 들리지 않았다. 밤은 아주 적막했다. 아담이 밖을 내다보려고 자정에 문을 열었을 때 움직이는 것이라고는 강렬하게 빛을 발하는 별들뿐인 듯했다. 풀잎마저 모두 잠자고 있었다.

바삐 몸을 움직이며 일을 하다보면 우리의 생각은 보통 우리의 감정과 상상력에 지배되기 마련이다. 오늘 밤 아담도 그러했다. 그의 근육이 원기왕성하게 움직이는 동안 그의 마음은 수동적으로 환등기를 보고 있는 관람객 같았다. 과거의 슬픈 장면들과 어쩌면 슬플 미래의 장면들이 그의 앞에 떠오르며 재빨리 차례차례 바뀌어갔다.

내일 아침이 되어 그 관을 브록스턴에 갖다 주고 다시 집에 돌아와 아침을 먹을 때 과연 어떤 광경이 전개될지를 그는 눈앞에 그려보았다. 아마도 아버지는 아들의 얼굴을 마주치기 부끄러워하며 전날 아침보다 더 늙어 보이고 더 비틀거리는 모습으로 집에 돌아와 앉아서는 고개를 푹 숙인 채 네모난 바닥 타일을 응시할 것이다. 리스베스는 그가 슬며시 내빼면서 내버려둔 그 관이 어떻게 되었는지 아느냐고 아버지에게 추궁할 것이다. 아버지에 대한 아담의 가혹한 태도에 대해 리스베스는 눈물을 흘렸지만, 비난을 먼저 입 밖에 내놓는 것도 언제나 리스베스였다.

'그런 식으로 계속되겠지. 점점 더 나빠지면서.' 아담은 이렇게 생각했다. '언덕에서 일단 미끄러지기 시작하면 언덕을 다시 기어 올라가는 건 불가능하고, 가만히 정지하고 있을 수도 없어.' 그러고 나자 아버지 옆에서 뛰어다니던 어린 시절이 떠올랐다. 아버지가 그를 일터로 데리고 갈 때면 자랑스러웠고, 동료 목수들에게 "이 어린 꼬마가 목수 일에 흔치 않은 능력을 갖고 있다"고 자랑하는 말을 들으면 더욱 뿌듯했었다. 사람들이 아담에게 누구의 아이인지 물으면, "티아스 비드의 아들이에요" 라고 대답하면서 그는 우쭐했었다. 사람들이 모두 티아스 비드를 알 거라고 믿었었다. 브록스턴 목사관의 멋진 비둘기 집을 만든 사람이 바로 아버지 아니었던가? 행복한 나날이었다. 세 살 어린 세스와 함께 일하게 되어 아담이 배우면서 동시에 가르치기 시작했던 때가 특히 그러했다. 그러나 그 이후로는 슬픈 나날들이 찾아왔다. 아담이 십대에 접어들자 티아스는 선술집에서 빈둥거리기 시작했고 리스베스는 아들들이 있는 곳에서 울며 불평을 늘어놓기 시작했다. 아담은 '웨건 오버스로운'에서 술 취한 친구들과 어울려 발작적으로 고함을 지르고 노래를 부르며 거칠고 어리석게 취기를 부리는 아버지를 처음 보았던 그 수치스럽고 고통스러운 밤을 잊을 수 없었다. 열여덟 살밖에 되지 않았을 때 그는 집에서 달아난 적이 있었다. 측정법에 관한 책을 주머니에 넣고 작고 푸른 꾸러미를 어깨에 짊어지고는 어스름한 새벽녘에 집을 뛰쳐나와서 집안의 성가신 일들을 더 이상 참을 수 없다고 아주 단호하게 중얼거렸다. 갈림길에 이르면 막대기를 세워놓고 그것이 넘어지는 방향으로 걸음을 옮기며 출세의 길을 찾아가려 했다. 그러나 스토니턴에 이르렀을 때쯤, 뒤에 남아서 자기 없이 모든 고통을 견뎌야 하는 어머니와 세스에 대한 생각이 너무나 끈질기게 되살아나서 그의 결심이 약해졌다. 그는 다음날로 돌아왔다. 하지만 그의 어머니가 그 이틀 동안 겪은 고통과 두려움은 그 이후로 그녀의 뇌리에서 사라지지 않았다.

'안 돼!' 오늘 밤 아담은 혼자서 중얼거렸다. '그런 일이 다시 일어나서는 절대 안 돼. 마지막 심판의 날에 내가 한 일들을 모두 더해볼 때 불쌍한 늙은 어머니가 반대편에 서 있으면 저울의 축이 기울어질 거야. 아주 넓적하고 튼튼한 등판을 갖고 있으면서 내 절반만큼의 힘도 없는 사람들에게 고통을 견디라고 내버려 두고 달아난다면 겁쟁이보다도 못한 거지. "믿음이 강한 사람은 자기 좋을 대로 하지 말고 믿음이 약한 사람의 약점을 돌보아 주어야 합니다."[35] 이 말씀은 촛불을 밝히지 않아도 볼 수 있어. 그 자체로 빛이 나니까 말이야. 그저 자기 몸만 편하고 즐겁게 지내려고 이런저런 일을 한다면, 이 세상을 살아가면서 나쁜 길로 빠질 게 분명해. 돼지라면 여물통에 코를 쑤셔 박고 그 밖에 다른 것은 전혀 생각하지 않을 수 있겠지. 하지만 인간의 마음과 영혼을 가지고 있다면, 자기 잠자리만 만들고 다른 사람들을 돌 위에 누우라고 내버려 두면서 편안할 수는 없는 법이야. 아니, 안 되지. 멍에에서 내 목을 살짝 빼내고 약한 사람들에게 짐을 끌라고 할 수는 없어. 아버지가 내게는 견디기 어려운 십자가이고 앞으로도 한동안 그렇겠지. 그렇지만 어쩌겠어? 나는 건강하고 팔다리가 멀쩡한 데다 힘든 일을 견딜 수 있는 정신이 있잖아.'

이 순간 버드나무 장대로 두드리듯이 날카롭게 문을 치는 소리가 들려왔다. 짚은 평소처럼 컹컹 짖지 않고 큰 소리로 울부짖었다. 아담은 소스라치게 놀라 즉시 문간으로 가서 문을 열었다. 아무것도 없었다. 한 시간 전에 문을 열었을 때처럼 사방이 고요했다. 나뭇잎들도 움직이지 않았고, 시냇물 양쪽으로 움직이는 생물이라고는 아무것도 보이는 않는 조용한 들판을 별빛이 비추고 있었다. 아담은 집 주위를 돌아보았다. 그의 발자국 소리에 놀라 목재 헛간으로 뛰어들어간 쥐새끼 한 마리 외에는 아무것도 보이지 않았다. 이상한 기분에 사로잡혀 그는 집 안으로 들어갔다. 너무 특이한 소리였기에 그 소리를 들은 순간 버드나무 장대가 문에 부딪

35) 로마인들에게 보낸 편지 15:1.

치는 이미지를 떠올렸던 것이다. 그는 약간 몸서리를 치지 않을 수 없었다. 누군가 죽어가고 있을 때 바로 그러한 소리로 알려 준다고 어머니가 종종 말했었기 때문이었다. 아담은 터무니없는 미신을 믿는 사람이 아니었다. 그러나 그의 몸에는 장인의 피뿐 아니라 농부의 피가 흐르고 있었다. 말이 낙타를 보면 몸을 떨지 않을 수 없듯이, 농부는 전통적인 미신을 믿지 않을 수 없는 법이다. 게다가 그는 지식의 영역에 있어서는 예리하지만 신비스런 영역에 대해서는 겸손한, 복합적인 마음을 갖고 있었다. 이처럼 깊은 존중심과 더불어 확고하게 상식적인 마음을 갖고 있었기에 그는 교조주의적 종교를 믿지 않았고, 따라서 논란의 여지가 많은 세스의 유심론적 주장에 대해 "아, 그건 대단히 신비스러운 일이야. 네가 아는 것은 극히 일부분에 지나지 않아" 라고 이따금 말하며 억제했던 것이다. 그러므로 아담은 통찰력을 겸비하고 있으면서도 동시에 쉽사리 믿는 성향이 있었다. 만일 새로 지은 건물이 무너졌을 때 이것이 하느님이 내린 천벌이라는 이야기를 들었다면 그는 이렇게 대답했을 것이다. "어쩌면 그럴지도 모르지. 하지만 지붕과 벽을 지탱하는 받침대가 제대로 세워지지 않았어. 그렇지 않았더라면 쉽게 무너지지 않았을 거야." 하지만 한편으로는 꿈과 전조를 믿었고, 그래서 버드나무 장대로 두드리는 듯한 소리에 몸을 떨었던 것이다.

그러나 관을 끝마쳐야 한다는 생각으로 그는 상상속의 두려움을 곧 물리쳤다. 그래서 그 후로 십 분 동안 그의 망치소리가 끊임없이 울려 퍼졌으므로 다른 소리가 났더라도 들리지 않았을 것이다. 하지만 그가 자를 집으려고 망치질을 멈춘 순간, 또다시 문을 두드리는 그 기이한 소리가 들려왔고 또다시 짚이 으르렁거렸다. 아담은 조금도 지체하지 않고 문간으로 걸어갔다. 하지만 또다시 사방은 조용했고 오두막 앞에 이슬에 젖은 풀잎만이 별빛에 드러날 뿐이었다.

잠시 아버지에 대한 불안한 생각이 떠올랐다. 하지만 최근 몇 년 동안 아버지는 밤늦은 시간에 트레들스턴에서 집에 돌아온 적이 없었으므로 그 시간에 '웨건 오버스로운'에서 술에 취해 자고 있을 거라고 충분히 믿을 수 있었다. 게다가 아담에게 미래는 아버지의 수치스러운 이미지와 떼려야 뗄 수 없이 결합되어 있었기에, 아버지의 지속적인 타락에 대한 마음 깊이 스며든 두려움 때문에 아버지에게 치명적인 사고가 일어날지도 모른다는 두려움은 전혀 들어설 여지가 없었다. 갑자기 어떤 생각이 떠오르자 그는 구두를 살며시 벗고 가벼운 걸음으로 이층에 올라가 침실 문밖에 서서 귀를 기울였다. 그러나 세스와 어머니는 규칙적으로 숨을 쉬고 있었다.

아담은 아래층으로 내려와서 다시 일을 시작하며 중얼거렸다. '다시는 문을 열지 않을 거야. 소리가 나는 곳을 찾아보려고 두리번거려봤자 아무 소용도 없어. 어쩌면 우리가 볼 수 없는 세계가 우리 주위에 있는 모양이지. 눈보다 귀가 더 빨라서 이따금 그런 소리를 알아채는 거야. 어떤 사람들은 그런 것을 보기도 한다고 하지만, 대개 그런 사람들의 눈은 그 외의 다른 것을 보는 데는 그리 쓸모가 없단 말이야. 나로 말하자면, 유령을 보는 것보다는 수직선이 제대로 그어져 있는지를 보는 편이 훨씬 더 낫지.'

햇빛이 스며들어 촛불 빛이 흐릿해지고 새들이 노래하기 시작하면 이런 생각은 점점 더 강해지는 경향이 있다. 관 뚜껑에 이름의 첫 글자 대신 박아놓은 놋쇠 못에 붉은 햇살이 비쳐들자 이제 작업이 끝났으며 약속을 지켰다는 만족감에 흐뭇한 나머지 버드나무 장대 소리에서 비롯된 불길한 예감의 여운은 사그라지고 말았다.

"이봐." 세스가 들어서자 아담이 말했다. "관을 끝냈으니 브록스턴에 갖다 주고 여섯 시 반 이전에 돌아올 수 있을 거야. 귀리 빵을 한 입 먹고 나서 출발하도록 하자."

키가 큰 두 형제는 높다란 어깨에 관을 메고 목재가 쌓인 작은 마당을 지나서 집 뒤편의 오솔길로 들어섰다. 짚은 그들의 발꿈치에 바짝 붙어 따라왔다. 비탈 너머 반대편의 브록스턴까지는 일 마일 반 정도의 거리였다. 그들은 밭 사이로 구불구불 이어진 쾌적한 오솔길을 따라 걸어갔다. 옅은 색의 인동덩굴과 찔레나무가 산울타리를 따라 향기를 풍기고 있었고, 참나무와 느릅나무 이파리가 무성한 높은 가지에서 새들이 떨리는 소리로 지저귀고 있었다. 신선하고 상쾌한 여름날 아침과 에덴동산 같은 평화와 아름다움, 낡은 작업복을 입은 건장하고 기운찬 두 형제, 그리고 그들의 어깨에 멘 긴 관 — 이것은 기묘하게 뒤섞인 장면이었다. 마지막으로 그들은 브록스턴 마을 외곽의 작은 농가 앞에서 쉬었다. 여섯 시가 되자 관에 못을 박고 임무를 완수한 다음, 아담과 세스는 집으로 돌아오는 길에 들어섰다. 그들은 집 앞쪽의 밭과 시냇물을 가로질러 돌아가는 지름길을 택했다. 아담은 전날 밤에 있었던 일을 세스에게 말하지 않았지만 아직도 그 인상이 남아있었기에 이렇게 말했다.

"세스, 아침을 먹을 때까지 아버지가 집에 돌아오시지 않으면, 네가 트레들스턴에 가서 아버지를 찾아보는 것이 좋겠다. 내게 필요한 놋쇠 철사도 사오고. 작업장에 한 시간쯤 늦는 것은 신경 쓰지 않아도 괜찮아. 나중에 보충할 수 있으니까. 어떻게 생각하니?"

"그렇게 할게." 세스가 말했다. "그런데 새벽에 집을 나선 이후로 구름이 무척 많아졌는데. 비가 더 많이 오겠어. 목초지가 다시 물에 잠기면, 건초를 만드는 데 무척 고생할 텐데. 시냇물이 지금은 가장자리까지 차올랐지만 하루만 비가 더 오면 판자 위로 넘칠 거야. 그러면 길을 돌아서 가야겠지."

이제 그들은 골짜기를 가로지르고 있었고 시냇물이 사이에 흐르고 있는 목초지에 들어섰다.

"아니, 저 버드나무에 비죽 나와 있는 것이 뭐지?" 세스가 걸음을 재촉하며 말했다. 아담은 조마조마한 기분이 들었다. 아버지에 대한 막연한 불안감이 갑자기 엄청난 두려움으로 커졌다. 그는 아무 대답도 하지 않고 앞으로 내달렸다. 집은 앞서 달리면서 불안하게 짖어대기 시작했다. 이 분이 지나자 아담은 다리에 이르렀다.

그때 그 전조가 뜻한 것은 바로 이것이었다! 앞으로도 자기 삶에 박힌 가시와 다름없을 거라고 그가 몇 시간 전만해도 냉정하게 생각했었던 머리가 희끗희끗한 아버지가 어쩌면 바로 그때 물속에서 죽음과 사투를 벌이고 있었는지 모른다. 겉옷을 붙잡아 그 크고 육중한 몸을 끌어내기 전에 아담의 양심에서 번뜩이며 지나간 생각은 바로 이것이었다. 세스가 벌써 옆으로 다가와서 그를 도와주었다. 시체를 둑 위에 올려놓고 나서 두 아들은 경악한 나머지 아무 말 없이 무릎을 꿇고는 생기가 없는 눈을 바라보았다. 행동을 취해야 한다는 것도 잊어버렸고, 아버지가 죽은 채 자기들 앞에 누워 있다는 것을 빼고는 모든 것을 잊어버렸다. 이윽고 아담이 입을 열었다.

"어머니에게 뛰어가야겠어." 그는 굵은 목소리로 속삭이듯이 말했다. "곧 돌아올게."

가엾은 리스베스는 아들들의 아침 식사를 바삐 준비하고 있었고, 오트밀 죽이 벌써 불 위에서 김을 내고 있었다. 부엌은 언제나 극도로 청결했지만, 오늘 아침 그녀는 난롯가와 아침 식탁을 더욱 편하고 쾌적하게 만들려고 평소보다 더 애를 쓰고 있었다.

"애들이 무척 배고플 거야." 그녀는 오트밀 죽을 저으며 소리 내어 말했다. "브록스턴까지는 꽤 머니까. 언덕을 올라갔으니 배가 고프겠지. 게다가 무거운 관을 들고 말이야. 아, 이제 그 관에 불쌍한 밥 톨러가 들어갔으니 더 무거워졌겠군. 어떻든 오늘 아침에는 평소보다 죽을 좀 더 많이 쑤었어. 조금 있으면 애들 아버지도 들어올지 모르니까. 많이 먹지는 않겠지만. 6펜스짜리 맥주는 마셔대면서 반 펜스짜리 죽은 절약한단 말이야. 그게 그 사람이 돈을 아끼는 방식이지. 벌써 여러 차례 얘기했지만. 오늘 하루가 가기 전에도 또 다시 말하겠지. 아, 불쌍한 사람 같으니. 그런 얘기를 해도 그냥 조용히 듣고 있단 말이야. 그건 사실이야."

그런데 갑자기 풀밭 위를 쿵쿵거리며 뛰어오는 육중한 발자국 소리가 들렸다. 재빨리 문 쪽으로 몸을 돌리자, 창백하게 질린 얼굴로 달려오는 아담이 눈에 들어왔다. 아담이 말할 새도 없이 그녀는 큰 소리로 비명을 지르며 그에게 달려갔다.

"진정해요, 엄마." 아담은 다소 쉰 목소리로 말했다. "놀라지 마세요. 아버지가 물속에 굴러 떨어지셨어요. 아마 다시 정신을 차리실 수 있을 거예요. 세스하고 같이 아버지를 나르겠어요. 담요를 찾아서 난롯가에서 따뜻하게 데워주세요."

사실 아담은 아버지가 돌아가셨다고 확신하고 있었지만, 어머니가 격렬한 슬픔에 울부짖지 않도록 하려면 뭔가 기대를 품고 활동적인 일에 관심을 쏟게 하는 수밖에 없다고 생각했다.

아담은 세스에게 다시 달려갔고, 두 아들은 비탄에 잠겨 아무 말 없이 그 슬픈 짐을 들어올렸다. 생기 없이 부릅뜨고 있는 두 눈은 세스처럼 잿빛이었다. 그 눈은 살아오면서 수치심 때문에 고개를 푹 숙이고 바라보지 못했던 그 아들들을 한때는 온화하고 자랑스러운 표정으로 바라보았었다. 이처럼 갑작스레 아버지의 영혼이 세상을 떠나자 세스는 경외심과 슬픔을 느꼈다. 그러나 아담의 마음은 후회와 연민의 격류에 휩쓸려 과거로 되돌아갔다. 위대한 화해자인 죽음이 찾아올 때 우리에게 회한을 느끼게 하는 것은 우리의 다정함이 아니라 우리의 가혹함이다.

목사

12시가 되기 전에 거센 폭풍우가 휘몰아치자, 브록스턴 목사관의 정원에는 자갈길 양옆으로 빗물이 흘러 깊은 도랑을 이루었다. 그 유명한 프로방스 장미는 거센 바람에 무자비하게 휘날렸고 빗발에 부딪쳤으며, 화단의 줄기가 가느다란 꽃들은 모조리 꺾여 땅에 쓰러지고 젖은 흙에 얼룩졌다. 건초 추수를 시작할 때가 되었지만 오히려 목초지가 물에 잠길 것 같았기에 우울한 아침이었다.

하지만 쾌적한 집이 있는 사람들은 비가 오지 않았더라면 결코 생각해 내지 않았을 실내의 즐거움을 누리기 마련이다. 비 내리는 아침이 아니었다면 어윈 씨는 식당에서 어머니와 체스를 두지 않았을 것이다. 그는 어머니와 체스를 상당히 좋아하므로 그 두 가지에서 도움을 받아 먹구름이 잔뜩 낀 시간을 얼마간 편안히 보낼 수 있었다. 여러분에게 아돌퍼스 어윈 목사님을 보여주기 위해서 그의 식당으로 안내하겠다. 그는 브록스턴의 목사이자, 헤이슬롭과 블라이드드의 교구 목사로서 겸직 목사였지만, 아주 엄격한 교회 개혁자라도 그에게는 험상궂은 표정을 짓기 어려웠을 것이다.[36] 이제 우리는 가만히 들어가서 열린 문간에 조용히 서 있도록 하자. 새끼 강아지 두 마리를 거느리고 난로 앞에 몸을 길게 뻗고 누워 있는 반짝이는 갈색 세터와 졸린 주지사처럼 검은 주둥이를 치켜들고 졸고 있는 퍼그를 깨우지 않도록 하자.

그 방은 크고 천장이 높았으며 한쪽 끝에는 세로 창살이 달린 넓은 퇴창이 있었다. 보시다시피 벽은 지은 지 얼마 되지 않아 아직 도료를 바르지 않은 상태였다. 몇 점 되지 않는 가구는 원래 비싼 것이었지만 낡았고, 창문에는 커튼이 걸려 있지 않았다. 커다란 식탁을 덮은 진홍빛 천은 회반죽을 바른 벽의 칙칙한 색깔과 유쾌한 대조를 이루기는 했지만 실오라기가 드러나 보일 정도로 낡은 것이었다. 하지만 이 천 위에 커다란 은제 접시가 놓여 있고 그 위에 놓인 물병에는 식기 찬장에 세워진 더 큰 물병 두 개의 중앙에 박힌 눈에 띄는 문장과 똑같은 무늬가 새겨져 있었다. 이 방에서 사는 사람이 재산보다는 혈통을 물려받았을 거라고 여러분은 이내 짐작할 것이고, 섬세하게 생긴 어윈 씨의 콧구멍과 윗입술을 보고 놀라지 않을 것이다. 하지만 지금으로는 넓적하고 평평한 그의 등과 파우더를 뿌린 풍성한 머리카락[37]이 모두 뒤로 넘겨져 검은 리본으로 묶여 있는 것을 볼 수 있을 뿐이다. 이처럼 보수적 성향을 드러내는 차림새로 말미암아 여러분은 그가 젊은이가 아니라고 짐작할 수 있을 것이다. 아마 이내 그가 얼굴을 돌리겠지만 그동안 우리는 그의 어머니인 당당한 노부인

36) 겸직 목사는 한 교구 이상에서 수입을 얻는 영국 국교회의 목사를 지칭한다. 많은 겸직 목사들이 두 번째 이상의 교구를 부목사에게 맡겼지만 수입의 일부를 자신들이 차지했다. 1838년에 의회는 이러한 폐해를 철폐했다.

37) 17세기와 18세기의 신사들은 가발을 쓰고 흰 파우더를 뿌리는 것이 유행이었다.

을 관찰할 수 있겠다. 곱게 늙은 가무잡잡한 이 여성의 혈색 좋은 얼굴은 머리와 목둘레를 여러 겹으로 에워싼 눈처럼 흰 삼베와 레이스로 무척 두드러져 보였다. 보기 좋게 통통한 그녀의 자태는 케레스[38]의 동상처럼 꼿꼿했고, 섬세한 매부리코에 거만하게 보이는 단호한 입술, 작지만 강렬하게 빛나는 검은 눈에 거무스레한 그녀의 얼굴은 아주 예리하고 빈정거리는 듯한 표정을 띠고 있어서 여러분은 그녀가 체스의 말 대신 카드 한 벌을 가지고 여러분의 운명을 점치는 광경을 직감적으로 상상할 것이다. 여왕 말을 들어 올리는 그녀의 작은 갈색 손가락에는 진주, 다이아몬드, 터키석이 매달려 있었다. 모자 윗부분에 섬세하게 고정된 커다란 검은 베일이 흘러내려 목둘레의 흰 주름과 강렬한 대조를 이루었다. 아침에 몸치장하느라 그 노부인은 상당한 시간을 보냈음이 분명하다! 그러나 그녀가 이처럼 차려 입는 것은 자연의 법칙처럼 보였다. 분명 그녀는 자신의 신성한 권리를 한 번도 의심해본 적이 없었고 그것에 의심을 품는 터무니없는 사람을 만나본 적도 결코 없는 왕족의 후예들 가운데 하나였다.

"자, 도핀,[39] 그게 무언지 말해다오!"

이 당당한 귀부인은 여왕 말을 아주 조용히 내려놓고는 팔짱을 끼며 말한다.

"네 감정을 상하게 할 말을 내가 조금이라도 입 밖에 낸다면 유감스럽겠지."

"아, 어머니는 마녀이고 주술사예요! 그리스도교인 남성이 게임에서 무슨 수로 어머니에게 이기겠어요? 이걸 시작하기 전에 체스 판에 성수를 뿌렸어야 했는데. 어머니는 정당한 방법으로 게임에 이긴 것이 아니에요. 그러니 그렇지 않은 척하지 마세요."

"그래, 그래, 패배한 자들은 위대한 정복자에 대해서 언제나 그렇게 말한단다. 하지만 봐라, 체스 판에 햇살이 비치면 네가 그 졸을 얼마나 어

---

38) 희랍 신화의 농경의 여신.

39) 어린 부인이 아들을 부르는 애칭으로, 프랑스 국왕의 장남에게 전통적으로 붙인 칭호.

리석게 옮겨 놓았는지 분명히 드러날 테니까. 자, 다시 기회를 줄까?"

"아뇨, 어머니, 이제 하늘이 개니까, 어머니를 스스로의 양심에 맡기겠어요. 이제 진창을 튀기러 나가볼까, 주노?"

이것은 갈색 세터에게 던진 말이었다. 그 개는 그 목소리를 듣자 벌떡 일어나서 알랑거리듯 주인의 다리에 코를 파묻었다.

"하지만 먼저 위층에 올라가서 앤을 보아야겠어요. 아까 그러려고 했는데 톨러의 장례식에 갔었지요."

"소용없을 거다. 그 애는 말을 할 수 없을 거야. 케이트 말로는 그 애가 오늘 아침에 지독한 두통을 앓고 있단다."

"아, 그래도 내가 보러 가면 언제나 그랬듯이 좋아할 거예요. 아무리 아파도 나를 반가워했어요."

인간의 대화에서 얼마나 많은 부분이 무익한 충동이나 습관의 결과인지를 여러분이 알고 있다면, 어윈 씨의 누이인 앤이 병석에 누워있던 15년 동안 그의 어머니가 동일한 반대의견을 제기한 것이 수백 번이나 되고 똑같은 대답을 수백 번 들었다 해도 여러분은 놀라지 않을 것이다. 아침이면 오랜 시간을 들여 정성껏 옷을 차려 입는 멋진 노부인들이 병든 딸에게는 동정심을 그리 느끼지 않는 경우가 종종 있는 법이다.

그러나 어윈 씨가 아직 의자에 등을 기대고 앉아 주노의 머리를 쓰다듬고 있을 때 하인이 문간에 서서 말했다. "죄송합니다만 목사님, 목사님께 시간이 있으시면 조수아 랜이 드릴 말씀이 있답니다."

"그 사람더러 이리 들어오라고 해요." 어윈 부인은 뜨개질 거리를 집으며 말했다. "조수아 랜의 이야기를 들으면 항상 재미있거든. 그 사람의 구두가 지저분할 거야. 그에게 구두를 잘 닦으라고 해요, 캐롤."

2분이 지나자 랜 씨가 문간에 나타나 아주 공손하게 절했다. 그렇다고 해서 퍼그의 환심을 산 것은 아니어서 그 개는 날카롭게 짖으며 방을 가로질러 달려가 낯선 사람의 다리를 정찰했고, 그동안 강아지 두 마리는 랜 씨의 불거진 장딴지와 골이 진 모직양말을 보다 심미적으로 관찰하듯이 바라보고는 무척 즐거워하며 그 양말에 달려들어 으르렁거렸다. 어윈 씨는 의자에서 몸을 돌리며 말했다.

"자, 조수아, 이 궂은 날씨에 여기까지 오다니 헤이슬롭에 무슨 일이라도 생겼나? 앉게, 앉게나. 개들은 신경 쓰지 말고. 친근하게 발로 한 번 차주게. 퍼그, 이 나쁜 녀석, 이리 와!"

몸을 돌리는 어떤 남자들을 바라보면 무척 유쾌한 기분이 드는 경우가 있다. 추운 겨울에 따뜻한 공기가 갑자기 밀려오듯이, 냉기가 도는 황혼녘에 불빛이 반짝이듯이 유쾌함을 전해주는 것이다. 어윈 씨는 그런 남자들 가운데 한 사람이었다. 친구의 얼굴에 대한 우리의 애정 어린 기억이 얼굴 그 자체와 닮은 것처럼 바로 그런 식으로 그의 얼굴이 자기 어머니의 얼굴을 닮았지만, 그의 얼굴 윤곽은 훨씬 더 고결하고 미소는 더욱 맑고 표정에는 더욱 진심이 어려 있었다. 만약 윤곽이 덜 섬세했더라면, 그것은 명랑한 얼굴이라고 불렸을 것이다. 하지만 온후함과 고귀함이 뒤섞인 그 얼굴에 대해서 그렇게 부르는 것은 정확한 표현이 아니었다.

"감사합니다, 목사님." 랜 씨는 자기 다리에 신경 쓰지 않는 듯이 보이려고 애를 쓰면서도 강아지들을 떨어내려고 다리를 번갈아 흔들며 대답했다. "괜찮으시다면 서 있겠습니다. 그게 더 걸맞으니까요. 목사님과 어윈 부인께서 건강하시기를, 그리고 어윈 양과 앤 양이 평소와 다름없이 건강하시기를 바랍니다."

"그래, 조수아. 고맙네. 보다시피 어머니께서는 한창 때처럼 피어나신다네. 어머니께서 우리 같은 젊은 사람들을 압도하시는 바람에 우리가 초췌하게 보일 지경이지. 그런데 무슨 일인가?"

"저, 목사님, 저는 어떤 물건을 전달하기 위해서 브록스턴에 와야 했습지요. 그래서 목사님을 뵙고 마을에서 어떤 일이 일어나고 있는지 알려드리는 게 옳다고 생각했습니다. 그런 일은 어렸을 때부터 어른이 된 이후에도 평생 본 적이 없었거든요. 거기서 살아온 시간이 다가오는 도마성인 축일이면 60년이나 되는데도 말입지요. 그리고 목사님께서 이 교구에 오시기 전에 블릭 씨를 대신해서 부활절 헌금을 걷었고, 종이 울리는 곳이나 무덤을 파는 곳이면 어디든 참석했고, 바틀 매시가 어딘지 모를 곳에서 나타나기 오래 전부터 성가대에서 노래를 불러왔습지요. 그 작자는 자기만 빼고 다른 사람들을 모두 불쾌하게 만드는 노래와 기이한 찬송가로 받아치는데, 우리 안에서 양들이 메에 거리듯이 한 사람이 노래를 하고 나면 다른 사람이 이어받습니다. 어떻든 간에, 저는 교구 서기가 해야 할 일이 무엇인지 알고 있으므로, 그런 일에 대해 말씀드리지 않고 그냥 넘어간다면 목사님과 교회와 국왕폐하께 바치는 존경심이 부족한 거라고 생각합지요. 저는 너무나 놀랐고 미리 그것에 대해 얻어들은 바도 없었기에 몹시 당황해서 마치 제 연장이라도 잃어버린 듯 정신이 멍해졌습죠. 어젯밤에는 네 시간 이상 잠도 자지 못했습니다. 그런데도 내내 악몽만 꾸는 바람에 걸어 다닐 때보다도 훨씬 더 지쳐버렸습죠."

"자, 대체 무슨 일이기에 그런가, 조수아? 도둑들이 또다시 교회 지붕을 뚫고 들어오기라도 했었나?"

"도둑이라고요! 아뇨, 목사님. 그런데 정말 도둑이라고 할 수도 있겠습니다. 교회를 훔치는 도둑 말입지요. 교구를 손에 넣으려는 감리교도들이니까요. 목사님과 도니손 나리께서 잘 생각하셔서 한 말씀하시면서 금지해 주지 않으신다면 말입죠. 제가 목사님께 이래라저래라 하는 것은 절대로 아닙니다. 제가 윗분들보다 더 똑똑하다고 생각할 만큼 제 처지를 망각하는 놈은 아니니까요. 하지만 제가 똑똑하건 그렇지 않건 간에 그게 문제가 아니라, 제가 말씀드리려는 것은 포이저 씨의 집에 머물고 있는 그 젊은 감리교인 여자가 어젯밤 그린에서 설교를 하고 기도를 했다는 사실입니다. 제가 지금 목사님 앞에 서 있는 것처럼 분명한 사실입죠."

"그린에서 설교를 했다고?" 어윈 씨는 놀란 표정이었지만 아주 침착하게 말했다. "아니, 포이저네 집에서 보았던 그 창백하고 예쁜 아가씨가? 그녀가 입은 옷을 보고 감리교도이거나 퀘이커 신자나 그럴 거라고 생각은 했네만, 그녀가 설교를 하는 줄은 몰랐네."

"제 말씀은 다 사실입니다, 목사님." 랜 씨는 이렇게 말한 뒤 입술을 꾹 다물어 반원 모양을 만들고는 감탄 부호를 세 번이나 찍을 필요가 있다는 듯 한참 입을 떼지 않았다. "그 여자가 어젯밤에 그린에서 설교를 했습니다. 그리고 채드네 베스를 사로잡았지요. 그 애가 나중에 심한 발작을 일으켰으니까요."

"글쎄, 베시 크래니지는 원기왕성하게 보이는 아가씨니까 곧 괜찮아질 걸세, 조수아. 발작을 일으킨 다른 사람도 있었나?"

"아뇨, 목사님. 다른 사람이 있었다고는 말할 수 없습니다. 하지만 매주 그런 설교를 하도록 그냥 내버려 둔다면 어떤 일이 일어날지 알 수 없습죠. 마을에서 살 수 없게 될지도 모릅니다. 술 한 잔을 더 마시고 약간 기분이 좋아지면 바로 그 때문에 틀림없이 지옥에 갈 거라고 감리교도들은 사람들을 설득하니까요. 저는 술에 젖어 사는 사람도, 술주정뱅이도 아니니까 누구도 저에 대해 그렇게 말할 수 없겠지만, 부활절이나 크리스마스에는 특별히 맥주 한 잔 하는 것을 좋아합지요. 저희가 집집마다 돌아다니며 노래를 부르면 사람들이 공짜로 술을 주니까 당연한 일이지요. 또 헌금을 모으러 다닐 때 캐손 씨의 집에서 이따금 이웃간의 정다운 이야기를 나누며 담배를 곁들여 한 잔 하는 것도 좋아합니다. 고맙게도 저는 교회에서 자라났고 교구 서기가 된 지 이제 이십삼 년이 되었으니 국교회가 무엇인지 당연히 알고 있습지요."

"그럼, 자네는 어떻게 조언하고 싶은가, 조수아? 어떻게 해야 한다고 생각하나?"

"글쎄요, 목사님, 그 아가씨에 대해서는 어떤 조치를 취해야 한다고 생각하지 않습니다. 그 여자가 설교만 하지 않는다면 괜찮습니다. 그리고 곧 자기 고장으로 돌아갈 거라고 하더군요. 게다가 포이저 씨의 조카딸이기 때문에 홀 팜 집안 식구에 대해서는 조금도 무례한 말을 하고 싶지 않습니다. 제가 구두장이가 된 이후로 언제나 크건 작건 간에 그 집안사람의 신발을 재왔으니까요. 하지만 감리교인 윌 매스커리는 그 누구보다도 날뛰며 돌아다니고 있습지요. 어젯밤 그 젊은 여자가 설교하도록 부추긴 것도 틀림없이 그 작자일 겁니다. 만약 그 작자의 오만한 콧대를 꺾지 않으면, 트레들스턴의 다른 사람들을 또 데려와서 설교하도록 만들 겁니다. 그러니 그 작자가 도니손 나리의 저택과 마당에서 돌아다니는 것은 말할 것도 없고 교회의 수레와 비품들을 만들고 수리하는 일을 해서는 안 된다고 생각합니다."

"그런데, 조수아, 자네 스스로도 전에는 그린에서 설교한 사람이 없었다고 말했는데, 그들이 다시 올 거라고 생각할 이유가 있는 건가? 감리교도들은 헤이슬롭 같은 작은 마을에 가서 설교하지 않는다네. 일꾼들 몇 명밖에 없을 테고 게다가 너무 지쳐서 감리교도의 이야기를 들으려하지도 않을 테니까. 그러니 빈턴 힐즈에 가서 설교하는 편이 차라리 나을 걸세. 윌 매스커리는 설교를 하지 않는 걸로 나는 알고 있네."

"그렇습니다, 목사님. 그 작자는 책을 보지 않고는 말을 꿰어내는 재주가 없습지요. 진창에 빠진 암소처럼 꼼짝달싹 못할 겁니다. 하지만 그 작자의 혀는 이웃에게 무례한 말을 서슴지 않고 내뱉습지요. 저한테 눈먼 바리새인[40] 이라고 말했으니까요. 자기보다 더 나이도 많은 윗사람에게 별명을 붙이는 데 성경을 이용하고 있습지요. 게다가 더 나쁜 일은, 그 작자가 목사님에 대해서도 아주 불손하게 말한다고 들었습지요. 그 작자는 목사님을 '벙어리 개'라든가 '쓸모없는 목자'[41] 라고 불렀답니다. 그걸 맹세할 수 있는 사람들도 데려올 수 있습지요. 그런 말을 되풀이해서 옮긴 것을 용서해 주십시오."

"그렇게 하지 않는 게 더 좋을 걸세, 조수아. 사악한 말들은 입 밖에 나오자마자 사라지도록 내버려 두게나. 윌 매스커리가 지금보다 훨씬 더 나쁜 사람이 될 수도 있었겠지. 그는 자기 일에 태만하고 아내를 때리는 거친 술주정뱅이 악당이었다고 사람들이 말하더군. 지금은 부지런하고 점잖고, 그와 그의 아내 둘 다 편안해 보이더군. 그가 이웃 사람들에게 간섭하면서 소동을 일으킨다는 증거를 자네가 제시할 수 있다면, 그것을 중재하는 일이 목사이자 치안판사로서 내 임무라고 생각하네. 하지만 사

---

40) 복음서에서 바리새인들은 까다롭거나 위선적인 종교 지도자들을 가리킨다.

41) 이사야서 56:10. "보초라는 것들은 모두 앞 못 보는 소경이요, 집 지킨다는 개들은 짖지도 못하는 벙어리, 드러누워 공상이나 하다가 졸기가 일쑤구나." 즈가리야 11:17. "화를 입으리라! 양떼를 버리는 못된 목자야."

소한 일을 가지고 야단법석 떠는 것은 자네와 나처럼 현명한 사람들에게 어울리지 않는 일일세. 윌 매스커리가 다소 어리석게 혀를 놀렸고 젊은 여자가 종교적인 신앙심으로 그린에서 몇몇 사람들에게 이야기를 했다고 해서 마치 국교회가 위험에 빠졌다고 생각하는 양 말일세. 다른 일에 있어서도 그렇고 종교에 있어서도 우리는 '우리도 살고 다른 사람들도 살도록' 해야 하네, 조수아. 자네는 교구 서기이자 관리인으로서 늘 해왔듯이 자네의 임무를 잘 수행하면서 이웃을 위해 그 두툼하고 훌륭한 구두를 계속 만들면 되는 걸세. 그러면 헤이슬롭의 상황이 그리 나빠지지 않을 거라네. 걱정 말게."

"그렇게 말씀해 주셔서 정말 감사합니다. 그런데 목사님께서 그 교구에 머무시지 않기 때문에 제 어깨의 짐이 더 무겁게 느껴집지요."

"물론 그렇겠지. 그리고 사소한 일에 겁먹은 듯이 보임으로써 사람들의 눈에 교회의 품위를 떨어뜨리지 않도록 신경을 써야 할 걸세, 조수아. 앞으로는 윌 매스커리가 자네에 대해서나 나에 대해서 무슨 말을 하든지 간에 조금도 개의치 않을 거라고 자네의 양식을 믿겠네. 자네와 자네 이웃들은 선량한 교인들이 그렇듯이 하루 일을 끝내고 취하지 않을 정도로 맥주 한 잔 하는 거야 계속해도 되겠지. 만약 윌 매스커리가 자네들에게 끼지 않고 대신 트레들스턴의 기도 모임에 가고 싶어한다면 그렇게 하도록 내버려 두게나. 자네가 하고 싶은 일을 하는 데 그가 방해하지 않는 한, 그건 자네의 일이 아니라네. 그리고 우리에 대해서 부질없이 말하는 사람들에게 대해서는 신경 쓰지 말아야 하네. 오래된 교회 첨탑이 그 주위에서 울어대는 까마귀들을 신경 쓰지 않는 거나 마찬가지일세. 윌 매스커리는 주일 오후마다 교회에 나오고 평일에는 꾸준히 수레바퀴를 만들고 있네. 그렇게 하는 한 그를 그냥 내버려 두게."

"네, 목사님. 그렇지만 그 작자가 교회에 나와서는 저희가 노래를 부르고 있을 때 머리를 흔들면서 심술궂고 건방진 표정으로 바라보기 때문에 그의 턱을 한 방 먹이고 싶어진답니다. 이렇게 말하는 것을 하느님께서 용서해 주시기를! 어윈 부인과 목사님도 용서해 주시기 바랍니다. 그리고 그 작자는 크리스마스 찬송가가 가마솥 밑에서 딱딱 소리를 내며 타는 가시나무보다도 못하다[42] 고 말했지요."

"글쎄, 노래를 듣는 그 사람의 귀가 신통치 않구먼, 조수아. 알다시피, 머리가 아둔한 사람은 어쩔 도리가 없는 거라네. 자네가 계속 노래를 잘 부르는 한, 헤이슬롭의 주민들은 그의 의견에 동조하지 않을 걸세."

"그렇습지요, 목사님. 하지만 성경이 그런 식으로 잘못 쓰이는 것을 듣노라면 속이 뒤집어집니다. 저도 그 작자만큼이나 성경 말씀을 많이 알고 있고, 목사님께서 제게 시키시면 자다가도 시편을 줄줄 외울 수 있습지요. 하지만 그 말씀들을 제멋대로 이용할 만큼 그렇게 어리석지는 않습니다. 성찬식에 쓰는 잔을 집으로 가지고 가서 식사 때 사용하는 편이 나을 겁니다."

"아주 지각 있는 말일세, 조수아. 하지만, 내가 말했듯이 —"

어윈 씨가 말을 꺼냈을 때, 현관 입구의 돌바닥에서 장화 발자국 소리와 박차를 짤랑거리는 소리가 들려왔다. 조수아 랜은 문간에 들어선 사람에게 자리를 비켜주려고 서둘러 약간 옆으로 물러섰고, 그 순간 테너 목소리가 울려 퍼졌다.

"대자(代子) 아서 입니다. 들어가도 될까요?"

"들어오게나, 들어오게, 대자!" 어윈 부인이 활력적인 노부인에게 어울리는 남성적인 어조로 굵고 나지막하게 대답하자, 승마복을 입은 젊은 신사가 오른팔을 팔걸이 붕대에 건 채 들어섰다. 그러자 웃음 섞인 감탄사와 악수와 인사말이 유쾌하고 혼란스럽게 이어졌고 그 방안의 개들도 즐거운 듯 짧은 소리를 내고 짖어대며 꼬리를 흔들고 끼어들었다. 이로 보아 그 방문객은 그 집안과 아주 가까운 사이임을 알 수 있다. 그 젊은 신사는 헤이슬롭에서는 "젊은 지주", "후계자", "대위" 등 다양한 이름으로 불리는 아서 도니손이었다. 그는 로엄셔 의용군의 대위에 불과했지

42) 전도서 7:6. "어리석은 사람의 웃음소리는 솥 밑에서 가시나무가 타는 소리 같아 이 또한 헛된 것이다."

만, 헤이슬롭의 소작인들에게는 국왕 정규군의 동일한 직위에 있는 젊은 신사들을 모두 합쳐 놓은 것보다 더 뛰어난 대위로 여겨졌다. 목성의 빛이 은하수를 능가하듯이 그는 그 신사들보다 더욱 강렬한 빛을 발했던 것이다. 만약 여러분이 그의 외모가 어떤지를 굳이 알고 싶다면, 외국의 어떤 도시에서 우연히 만나 자랑스러운 동포로 여겼던 젊은 영국 남성을 떠올려보라. 황갈색 수염에 갈색 머리칼, 산뜻하고 깨끗한 얼굴빛, 상류 가정에서 자라났고 손이 희지만 왼쪽 어깨로 공격해도 상대를 바닥에 때려눕힐 것 같은 사람 말이다. 나는 재단사처럼 줄무늬 있는 조끼와 긴 모닝코트, 그리고 나지막한 장화를 고집하면서 옷차림새의 세세한 차이를 묘사하여 여러분의 상상력을 괴롭히지는 않겠다.

도니손 대위는 의자에 앉으려고 몸을 돌리며 말했다. “그런데 조수아의 볼일을 방해하고 있는 것 같습니다. 조수아가 말씀드릴 일이 있어서 왔겠지요.”

“목사님께서 용서해 주시길 겸손하게 빕니다.” 조수아는 고개를 깊이 숙여 절하면서 말했다. “목사님께 말씀드릴 일이 있었는데 다른 일들 때문에 머릿속에서 빠져나가 버리고 말았습죠.”

“어서 말해보게, 조수아!” 어윈 씨가 말했다.

“티아스 비드가 죽었다는 소식을 아마 듣지 못하셨겠지요. 오늘 아침에 아니 간밤에 윌로우 시내에 빠져 죽었나 봅니다. 집 바로 앞의 다리에 걸려 있었다더군요.”

“저런!” 그 신사 두 명은 그 소식에 큰 관심을 느끼는 듯 동시에 소리쳤다.

“오늘 아침에 세스 비드가 와서 목사님께 전해 주십사고 하더군요. 자기 아버지의 무덤을 화이트 손 옆에 파도록 허락해 주시기를 그의 형 아담이 목사님께 특히 간청한다고 말씀입죠. 그의 어머니가 꿈을 꾸었는데 그 꿈 때문에 그곳에 마음을 두고 있답니다. 그들이 직접 목사님께 청을 드리려 했는데 검시관을 만나는 등 할 일이 많다고요. 그런데 그 어머니가 몹시 비탄에 잠겨서는 다른 사람이 그곳을 차지할까봐 걱정이 되어서 아들들에게 그곳을 확보해 달라고 했답니다. 목사님께서 허락하시면, 제가 집에 가자마자 심부름꾼을 보내서 그들에게 전하겠습니다. 바로 이런 이유 때문에 주제넘게 목사님을 성가시게 해드렸습니다. 나리께서도 계시는데요."

"물론, 물론이네, 조수아. 그들에게 그 땅을 쓰라고 하게. 나도 아담을 만나러 가겠네. 하지만 무덤을 써도 좋다고 심부름꾼을 보내 전하게나. 혹시 지체할 일이 생길지 모르니까. 자 그럼 잘 가게, 조수아. 부엌에 가서 맥주 한 잔 하게."

"불쌍한 티아스!" 조수아가 나가자 어윈 씨가 말했다. "참 유감이지만 술에 취해서 시냇물에 익사했을 걸세. 그렇게 고통스럽지 않은 방식으로 아담의 어깨에서 짐이 덜어졌더라면 좋았을 것을. 그 훌륭한 친구는 지난 5, 6년간 자기 아버지가 파멸하지 않도록 떠받쳐 왔다네."

"아담은 정말 믿음직스런 사람입니다. 진국이지요." 도니손 대위가 말했다. "제가 어린아이였고 아담이 건장한 체격의 열다섯 살 청년이었을 때 아담은 제게 목공일을 가르쳐 주었습니다. 제가 혹시 부유한 술탄이 된다면 아담을 최고 보좌관으로 삼겠다고 생각하곤 했었지요. 지금도 그는 동양의 옛날이야기에 나오는 현명한 사람들보다도 더 높은 자리에 앉을 능력이 있는 사람입니다. 혹시라도 제가 땅이 많은 지주가 된다면, 아담을 제 오른팔로 삼을 겁니다. 저를 위해서 숲을 관리해 달라고요. 그런 일들에 대해서 아담은 제가 만난 그 누구보다도 훨씬 더 잘 알고 있으니까요. 지금 할아버지께서 관리를 맡기신 그 한심한 노인 새첼이 벌어들이는 것보다 두 배는 더 벌 수 있을 겁니다. 새첼은 목재에 대해 아는 것이 전혀 없어요. 늙은 잉어나 마찬가지이지요. 제가 할아버님께 한두 번 그 문제를 언급했습니다만, 무슨 까닭인지 할아버지는 아담을 싫어하셔서 성사시킬 수 없었어요. 그런데 목사님, 저와 함께 말 타러 가시겠어요? 지금 밖의 풍경이 아주 근사합니다. 저는 가는 길에 홀 팜에 들러서 포이저가 저를 위해 키우고 있는 강아지들을 보려고요."

"먼저 점심을 먹어야지, 아서." 어윈 부인이 말했다. "두 시가 다 되었어. 캐롤이 금방 식사를 내올 거야."

"나도 홀 팜에 가보고 싶네." 어윈 씨가 말했다. "거기 머물고 있는 어린 감리교도 아가씨를 다시 보려고 말일세. 그녀가 어젯밤에 그린에서 설교를 했다고 조수아가 말하더군."

"어이구, 맙소사!" 도니손 대위가 웃으며 말했다. "글쎄, 생쥐처럼 조용하게 보이던 여자였는데. 하지만 뭔가 특이한 점이 있는 여자였어요. 그 여자를 처음 보았을 때 저는 무척 부끄러웠지요. 그 여자가 집 밖에서 햇빛을 받으며 몸을 숙이고 뜨개질을 하고 있었는데 제가 말을 타고 가서 그 여자가 낯선 사람인 줄도 알지 못하고 큰 소리로 불렀지요. '마틴 포이저가 안에 계신가?' 그 여자가 일어나서 저를 바라보고 그저 '안에 계실 겁니다. 불러드리지요' 라고 말하더군요. 저는 그 여자에게 그렇게 갑자기 말을 건넨 것이 정말 부끄러웠어요. 그녀는 퀘이커 옷을 입은 성녀 캐서린[43]처럼 보였어요. 비천한 사람들 가운데서 흔히 볼 수 없는 그런 얼굴이었지요."

"나도 그 젊은 여자를 보고 싶구나, 도핀." 어윈 부인이 말했다. "이런 저런 구실을 대서 그 여자를 여기 데려오도록 해라."

"제가 과연 그런 일을 할 수 있을지 모르겠네요, 어머니. 감리교도 설교자를 후원하는 것이 제게 적합한 일은 아닐 겁니다. 윌 매스커리가 말했듯이 저처럼 쓸모없는 목자에게 혹시나 그 여자가 후원받기를 바란다 하더라도 말이지요. 아서, 자네가 조금 더 일찍 와서 조수아가 자기 이웃 윌 매스커리를 비난하는 말을 들었어야 했는데. 그 늙은 친구는 내가 수레바퀴 공을 파문해서 일반인들에게 넘겨주기를 바란다네. 말하자면, 자네 할아버지에게 넘겨서 집과 작업장에서 쫓겨나도록 말일세. 지금 내가 이 일에 끼어들기로 작정한다면, 증오와 박해의 사례를 제공하게 될 테고 감리교도들이 다음 호 잡지[44]에 출판하고 싶어하겠지. 채드 크래

43) 이 이름을 지닌 많은 성녀들 가운데 가장 유명한 성녀는 알렉산드리아의 캐서린이며 바퀴 위에서 고문을 받았고 이로 인해서 수레바퀴와 기계를 다루는 직공들의 수호성인이 되었다.

니지와 대여섯 명의 아둔한 교인들에게 밧줄과 갈퀴를 들고 윌 매스커리를 마을에서 쫓아낸다면 교회를 위해 바람직한 봉사를 하는 거라고 설득하는 일이야 별로 수고스러울 것도 없겠지. 그런 다음에 그들의 노고에 대한 대가로 반 파운드씩 줘서 거나하게 취하도록 하면, 내 동료 목사들이 지난 삼십 년간 자기들의 교구에서 일으켜온 익살극처럼 어처구니없는 익살극의 절정에 이르게 될 걸세."

"하지만 그 사람이 너를 '쓸모없는 목자'라든가 '벙어리 개'라고 부른 것은 정말 무례한 일이야." 어윈 부인이 말했다. "나라면 그 부분에서 그 사람을 약간 자제하게 만들 것 같다. 네 성격이 너무 태평해, 도뀐."

"글쎄, 어머니, 윌 매스커리의 비방에 대해서 저 자신을 변호하는 것이 제 품위를 유지하는 좋은 방법이라고는 생각하지 않으시겠지요? 게다가, 그런 말이 과연 비방인지 아닌지도 알 수 없습니다. 저는 정말로 게으른 데다가 안장에 앉으면 무게가 상당히 나가니까요. 또 언제나 쓸 수 있는 한도 이상의 돈을 집 짓는 데 쓰고 있는 것도 말할 필요가 없고요. 그래서 제게 6펜스를 구걸하는 절름발이 거지를 매몰차게 대하지요. 하루 일을 시작하기 전에 새벽 어스름 속에서 설교하러 나섬으로써 인류를 갱생하는 데 도움을 줄 수 있다고 생각하는 그 가난하고 여윈 구두장이들[45] 이 저에 대해 좋지 않은 의견을 가지는 것은 당연할 겁니다. 하지만 자, 점심을 먹기로 하지요. 케이트가 점심을 같이 먹을라나?"

"어윈 양께서는 점심을 위층으로 갖다달라고 브리짓에게 말씀하셨습니다. 앤 양을 혼자 둘 수 없다고요." 캐롤이 말했다.

"아, 그래. 내가 곧 앤 양을 보러 올라갈 거라고 브리짓에게 말해 주게. 이제 자네는 오른팔을 아주 잘 쓸 수 있겠지, 아서." 어윈 씨는 도니손 대위의 오른팔 붕대가 풀어진 것을 보고 말했다.

---

44) 《아르미니언 잡지》와 《웨슬리 감리교 잡지》는 특히 감리교의 초기 시절에 그러한 박해의 사례를 많이 다루었다.

45) 구두를 만들고 수선하는 구두장이들은 종교에 있어서는 비국교도, 정치에 있어서는 급진주의로 쏠리는 경향이 있었다.

"네, 아주 잘 쓸 수 있어요. 하지만 고드윈이 앞으로 얼마간 계속 붕대를 걸고 있으라고 해서요. 8월 초에는 연대로 돌아갈 수 있으면 좋겠어요. 여름 내내 체이스에 갇혀 있으려니 정말 지루하기 짝이 없어요. 사냥도 할 수 없고 총도 쏠 수 없고요. 그런 일을 해야 밤에 기분 좋게 잠이 잘 올 텐데. 어쨌든 7월 30일에 우리는 세상을 떠들썩하게 할 겁니다. 할아버지께서 저에게 단 한 번의 백지 위임장을 주셨거든요. 그 특별한 경우에 걸맞게 즐거운 연회를 약속드릴게요. 제가 성년이 되는 그 획기적인 사건을 세상이 두 번 다시는 보지 못할 테니까요. 대모님을 위해서는 높은 옥좌를 하나, 아니 두 개를 만들어 드리려고 해요. 잔디밭에 하나, 무도회장에 하나, 이렇게요. 대모님께서 올림피아의 여신처럼 앉으셔서 저희를 내려다보실 수 있도록 말이지요."

"나는 20년 전 네 세례식 때 입었던 제일 좋은 수직 옷을 꺼낼 생각이란다." 어윈 부인이 말했다. "아, 가엾은 네 어머니가 흰 옷을 입고 훨훨 날아다니는 것을 볼 것만 같구나. 바로 그 세례식 날 네 어머니가 입었던 옷은 거의 수의처럼 보였었지. 그런데 겨우 석 달이 지난 다음에 정말 수의가 되고 말았어. 네가 세례식 때 걸쳤던 작은 모자와 옷이 네 어머니와 함께 묻혔고. 네 어머니가 그걸 바랐거든. 다정한 영혼이었지! 네 어머니의 혈통을 이어받았다는 것을 감사하게 생각해라, 아서! 네가 체구가 작고 철사 같이 가늘고 누런색이 도는 아기였다면, 나는 네 대모가 되지 않았을 거야. 네가 그저 도니손 가문의 혈통만 이어받았을 거라고 확신했을 테니까. 하지만 너는 얼굴이 크고 가슴이 넓적하고 큰 소리로 울어대는 악동이어서 속속들이 트라젯 가문의 아이라는 것을 알았지."

"하지만 그 부분에서 너무 성급하셨을 거예요, 어머니." 어윈 씨가 웃으며 말했다. "주노가 지난번에 낳은 새끼 강아지들이 어땠는지 기억나지 않으세요? 그 녀석들 중 한 놈은 자기 어미를 꼭 닮았었지요. 하지만 그럼에도 불구하고 제 아비의 특징을 두세 가지 갖고 있었어요. 자연은 심지어 어머니도 속일 수 있을 만큼 영리하답니다."

"허튼 소리! 내가 사람들의 외모를 보고 그 사람이 어떤 사람인지를 판단할 수 없다고 아무리 설득하려 들어도 절대 할 수 없을 거다. 어떤 사람의 외모가 마음에 들지 않으면, 나는 그 사람을 조금도 좋아할 수 없어. 못생기고 불쾌하게 보이는 사람은 알고 싶지도 않단다. 보기 좋지 않은 음식을 맛보고 싶지 않은 것과 마찬가지야. 처음 보았을 때 몸서리가 쳐지는 사람이라면, 그 자들을 가까이 오지 못하게 하라고 말할 거다. 못생기고 돼지 같거나 게슴츠레한 눈을 보면 병에 걸릴 것 같은 기분이 들어. 고약한 냄새와 마찬가지야."

"눈에 대해서 말씀하시니 생각나는데요." 도니손 대위가 말했다. "대모님께 갖다드릴 책이 한 권 있어요. 대모님께서 기이하고 마술적인 이야기를 좋아하시니까요. 며칠 전에 런던에서 소포로 왔는데 《서정적 발라드》[46] 라는 시집이에요. 그 시들 대부분이 실없는 이야기들로 보이는데 첫 번째 시는 스타일이 다르더군요. 그 제목은 〈늙은 수부〉였어요. 그 이야기가 도통 무엇을 말하는지 알 수 없었지만 기이하고 인상적이었지요. 그리고 다른 책들도 있는데 목사님께서 보고 싶어 하실지 모르겠어요. 도덕률 폐기주의와 복음주의에 관한 팸플릿이었지요. 도대체 무슨 말인지 모르겠지만요. 그런 것들을 저에게 보내는 의도가 무엇인지 알 수가 없어요. 그래서 앞으로 무슨 '주의'로 끝나는 것은 책이든 팸플릿이든, 그 밖의 무엇이든 간에 보내지 말라고 편지를 썼지요."

"글쎄, 나도 '주의'를 무척 좋아한다고는 생각하지 않지만 그 팸플릿은 보는 것이 좋겠구나. 어떤 일들이 일어나고 있는지 알게 될 테니까. 그런데 지금 내가 돌봐야 할 사소한 일이 있다네. 그러고 나면 자네와 출발할 수 있을 걸세, 아서." 어윈 씨는 일어서서 방을 나가며 말했다.

어윈 씨는 그 사소한 일을 돌보기 위해서 낡은 돌계단을 (그 집의 어떤 부분들은 아주 낡았다) 올라갔고 어떤 방문 앞에 서서 살짝 문을 두드렸다. "들어오세요." 어떤 여자의 목소리가 들리자 그는 블라인드와 커튼이

46) 1798년에 윌리엄 워즈워드와 새뮤엘 테일러 코울리지가 익명으로 발표한 시집. 낭만주의 시의 효시라고 불리는 작품집으로 〈늙은 수부의 노래〉는 코울리지의 작품이다.

내려져 어둠침침한 방으로 들어섰다. 침대 옆에 서 있던 여윈 중년의 여성, 케이트 양이 옆의 작은 탁자에 올려진 뜨개질거리에 필요한 빛 외에는 햇빛을 들이지 않았기 때문이었다. 하지만 지금은 아주 희미한 빛만 있어도 가능한 일을 하고 있었다. 베개를 베고 누워 두통에 시달리는 머리를 식초로 닦아주는 중이었다. 가엾게도 고통을 겪고 있는 작은 얼굴이었다. 어쩌면 과거에는 예뻤을지도 모르지만 지금 그 얼굴은 초췌하고 누르스름했다. 케이트 양은 오빠에게 다가와서 속삭였다. "앤에게 말 걸지 말아요. 오늘은 말을 걸면 참을 수 없어 하니까." 앤의 눈은 감겨 있었고 극심한 통증을 느끼는 듯 이마를 찡그리고 있었다. 어윈 씨는 침대로 다가가서 마른 손을 잡아 입을 맞추었다. 조그만 손가락들이 미약하나마 힘을 주어 쥐는 것이 느껴지자 어윈 씨는 이 일을 하기 위해 이층에 올라올 만한 가치가 있었다고 느꼈다. 그는 그녀를 바라보며 잠시 머물렀고 그러고 나서 몸을 돌려 아주 조심스럽게 발을 옮겨 방을 나왔다. 그는 위층으로 올라오기 전에 구두를 벗고 슬리퍼를 신었었다. 그가 구두를 신고 벗는 수고를 하는 것 외에도 심지어 자기 자신을 위한 일까지도 얼마나 많이 사양해 왔는지를 기억하는 사람이라면, 이것이 중요하지 않은 일이라고는 생각하지 않을 것이다.

그런데 어윈 씨의 누이들은, 브록스턴에서 10마일 이내에 살고 있는 가문이 좋은 집안의 사람이라면 누구라도 증언할 수 있듯이, 무척 어리석고 흥미롭지 못한 여자들이었다! 잘생기고 영리한 어윈 부인에게 그런 평범한 딸들이 있다는 것은 무척 유감스러운 일이었다. 그 멋진 노부인은 10마일을 말을 달려서라도 언제나 보러올 만한 가치가 있는 여성이었다. 아름다운 풍채와 잘 보존된 능력과 고풍스러운 품위로 인해서 그녀는 국왕의 건강, 면 드레스의 아름다운 새 패턴, 이집트 소식, 그리고 레이디 데이시를 죽도록 짜증나게 했던 데이시 경의 소송 사건과 더불어 오르내리는 고상한 대화의 화젯거리였다. 하지만 어윈 양들에 대해서는 어느 누구도 언급할 생각조차 하지 않았다. 다만 브록스턴의 가난한 사람들은 그들이 약에 조예가 깊다고 생각했고 모호하게 "양갓집 규수"라고 불렀을 뿐이었다. 만약 누군가 좁 더밀로우 노인에게 면 재킷을 준 사람이 누구인지 물었다면 그는 "작년 겨울에 양갓집 규수들이 줬지" 라고 대답했을 것이다. 그리고 과부 스틴은 그 양갓집 규수들이 준 감기 '약'의 효능에 대해 길게 이야기했다. 또한 이 이름은 말을 안 듣는 아이들을 길들이는 수단으로서 아주 효과적으로 이용되었다. 가엾은 앤 양의 누리끼리한 얼굴을 보기만 하면 어린 꼬마들은 자기들이 저지른 가장 나쁜 일들을 그녀가 모조리 알고 있으며 농부 브리튼의 오리를 맞히려고 돌멩이를 던진 횟수까지 정확히 알고 있다고 생각하고는 겁을 먹곤 했다. 그러나 그리 신비스럽지 못한 매체를 통해서 그들을 본 사람들에게 어윈 양들은 그저 불필요한 존재였으며, 삶의 화폭을 빽빽이 메우고 있지만 적절한 효과도 내지 못하고 예술적이지도 못한 인물들이었다. 앤 양의 고질적인 두통을 애처로운 실연의 경험과 연결지어 설명할 수 있었더라면 그녀에게 낭만적인 색채를 부여할 수 있었으리라. 그러나 그녀에 대해 그런 소문이 들린 적도 없었고 만들어진 적도 없었다. 그리고 그 자매에 대한 전반적인 인상은 둘 다 평범했기 때문에, 즉 그들이 적당한 청혼을 받은 적이 없었다는 이유로 노처녀가 되었다는 사실과 꽤 잘 맞아떨어졌다.

그럼에도 불구하고, 역설적으로 말하자면, 하찮은 사람들의 존재가 세상에는 아주 중요한 결과를 낳는다. 그들은 빵 값과 임금제에 영향을 미치며, 이기적인 사람들에게서 고약한 성질을 이끌어내는 경우도 허다하지만 공감적인 사람들에게서 영웅적인 행위를 이끌어내는 경우도 많고, 다른 점에서도 삶의 비극에 적지 않은 역할을 한다고 입증할 수 있다. 만일 그 잘생기고 너그러운 마음을 가진 목사, 아돌퍼스 어윈 목사님에게 결혼할 가능성이 없는 이 노처녀 누이들이 없었더라면 그의 운명은 전혀 다르게 전개되었을 것이다. 그는 아마도 젊은 시절에 아름다운 아내를 맞아들였을 것이고, 파우더를 뿌린 가발 밑의 머리칼이 희끗희끗해진 지금은 장성한 아들들과 꽃처럼 피어나는 딸들이 있었을 것이다. 그런 재산이야말로 태양 아래에서 인간이 들인 온갖 노고에 대한 보상이라고 사람들은 흔히 생각한다. 실제로 그가 맡고 있는 세 교구를 모두 합쳐

봐야 연간 700파운드 이상의 수입이 되지 못하므로, 그리고 보통 수식해주는 형용사 없이 그냥 지칭되는 둘째 누이는 치지 않더라도 화려한 어머니와 병든 누이를 출생 신분과 습관에 걸맞게 숙녀로서 안락함을 누리도록 부양하면서 동시에 자기 가족을 부양하는 것은 불가능했으므로, 그는 보다시피 마흔 여덟의 나이에도 아직 미혼이었다. 그러나 그는 그런 체념을 대단한 미덕으로 내세우지 않았다. 누군가 그런 사실에 대해 넌지시 암시하면 그는 웃으면서, 아내가 있었더라면 허용되지 않았을 갖가지 방종한 일들을 할 수 있는 구실이 되었노라고 말했다. 어쩌면 그의 누이들이 흥미롭지 못한 불필요한 존재라고 생각하지 않는 사람은 이 세상에 이 목사님밖에 없었을 것이다. 그는 마음이 넓고 다정한 사람이었기에 편협하거나 인색한 마음을 조금도 품지 않았다. 내킨다면 여러분은 그를 열정이나 스스로를 응징하는 의무감이 결핍된 쾌락주의자라고 불러도 좋겠다. 하지만 여러분이 보아왔듯이 그는 이름 없는 자들의 끝없는 고통에 대해 지칠 줄 모르는 애정을 느낄 만큼 섬세한 도덕적 기질을 지닌 사람이었다. 자신에 대한 어머니의 지나친 애정과 대조되어 더욱 두드러지는 딸들에 대한 어머니의 무정함을 괘념치 않도록 만든 것도 그의 넓고 관대한 마음이었다. 고칠 수 없는 결점에 대해 눈살을 찌푸리는 것은 결코 미덕이 아니라고 생각했던 것이다.

여러분이 어떤 사람과 함께 걸으며 이야기할 때 혹은 그 사람의 집에서 그를 바라볼 때 그 사람에 대해 받는 인상과, 그 사람을 더 높은 역사적 차원에서 혹은 심지어는 그 사람을 인간이라기보다 어떤 체제나 견해의 화신이라고 생각하는 비판적인 이웃의 눈으로 볼 때 드러나는 모습의 차이를 생각해 보라. 트레들스턴에 머물고 있는 '순회 설교자' 로우 씨는 인근지역 목사들에 관한 일반적인 진술에 어윈 씨를 포함시키면서 육체의 욕망과 자부심에 빠져 있는 사람으로 묘사했다. 사냥을 하고, 집 단장을 하며, 무엇을 먹을까, 무엇을 입을까, 무슨 자금으로 옷을 해 입을까를 생각하고, 교구민들에게 생명의 빵을 나눠주는 일에 소홀하며, 기껏해야 영혼을 마비시키는 육체적 도덕에 대해 설교하고, 일 년에 한 번 이상

교인들의 얼굴을 본 적도 없는 교구에서 목자의 임무를 수행한답시고 돈을 받음으로써 인간의 영혼을 놓고 장사한다는 것이었다. 또한 이 교회 역사가는 그 시기의 의회 기록을 조사하고, 교회에 열광적이고 '위선적인 감리교도'에 대한 공감으로 오염되지 않은 명예로운 의원들도 로우 씨의 진술 못지않은 우울한 사실을 진술했음을 알아냈다. 그리고 어윈 씨에 대한 전반적인 종(種) 적 분류가 완전히 잘못되었다고 말할 수도 없다. 사실 그는 숭고한 목적을 가지고 있지 않았고, 신학적인 열정도 없었다. 만약 누군가 나를 엄격하게 심문한다면 나는, 어윈 목사가 교구민들의 영혼에 대해 진지한 경각심을 느끼지 않았고, 늙은 '아버지 태프트'나 대장장이 채드 크래니지에게 교리를 가르쳐서 회개하도록 일깨우는 것은 그저 시간낭비라고 생각했으리라고 고백해야 할 것이다. 만약 어윈 목사에게 이론적으로 말하는 습관이 있었더라면, 그는 아마도 그런 사람들의 마음에 종교가 취할 수 있는 단 한 가지의 건전한 형태는 모호하지만 강렬한 감정일 것이며 그 감정이 가족의 애정과 이웃의 의무감에 스며들어 신성한 영향력을 미친다고 말했을 것이다. 그는 세례식이 교리보다 더 중요하다고 생각했고, 농부가 조상들이 경배했던 교회와 그들이 묻혀 있는 신성한 뗏장에서 느끼는 종교적인 은혜는 성찬식이나 설교에 대한 명확한 이해에 그리 좌우되지 않는다고 생각했다. 분명 그 목사님은 그 당시에 소위 '진지한' 사람이라고 불리던 유형은 아니었다. 그는 신학 그 자체보다는 교회사를 더 좋아했으며, 사람들의 견해에 관심을 기울이기보다는 그들의 성격을 통찰하는 데 있어서 뛰어났다. 그는 고된 노력을 기울이지 않았으며 분명 헌신적이지도 않았고 아낌없이 자선을 베풀지도 않았으며, 여러분이 이미 알아차렸다시피, 그의 신학은 엄격하지 않았다. 그는 사실 다소 이교도적인 취향을 가지고 있었고, 이사야서나 아모스서의 원전에 전혀 나오지 않는 소포클레스나 테오크리토스를 인용하면서 색다른 맛을 발견했다. 하지만, 어린 세터에게 날고기를 먹였을 때 그것이 커서도 굽지 않은 자고새 맛을 기억하고 있다고 해서 어찌 놀랄 수 있겠는가? 열정적이고 야심적이었던 젊은 시절에 대한 어윈 씨의 기억은 모두 성서와는 거리가 먼 시(詩)와 윤리학에 관련되어 있었다.

하지만 그 목사님에 대한 애정 어린 기억을 간직하고 있으므로 나는 그가 앙심을 품지 않는 사람이며 (어떤 박애주의자들은 그러했다) 편협하지 않았고 (어떤 열성적인 신학자들은 그런 오명에서 완전히 벗어나지 못했다는 소문이 있었다) 비록 그가 어쩌면 공적인 대의명분에 자기 몸을 바쳐서 불태우기를 거부했고 가난한 자들을 먹이기 위해서 자신의 온 재산을 기부한 것은 아니었지만, 아주 뛰어난 덕을 가진 사람들에게 종종 결여되었던 자비심을 갖고 있었다고 항변해야겠다. 그는 다른 사람들의 결함에 너그러웠고, 사악하다고 단정하지 않으려 했다. 그는, 장터나 연단이나 설교단에서 벗어나서 그들을 따라 그들의 집으로 함께 들어가 그들이 난롯가에서 어린애들과 노인들에게 건네는 목소리를 듣고, 그들의 친절을 딱히 칭찬할 선행이 아니라 그저 당연지사로 여기고 있는 일상적인 친지들의 일상적인 결핍에 그들이 기울이는 사려 깊은 관심을 목격함으로써 가장 잘 알 수 있는 사람들 중 하나였다. 그런 사람들이 흔치 않은 것은 사실이다.

다행히도 그런 사람들은 엄청난 악습이 횡행하던 시절에도 살아왔고, 때로 그 악습을 보여 주는 살아 있는 상징이기도 했다. 이런 생각은 정반대의 사실, 즉 악습을 개선하려는 위대한 개혁가들을 따라서 그들의 문지방 너머로 들어가 보지 않는 편이 때로 더 낫다는 사실을 고려하면, 우리에게 약간 위안을 주기도 한다.

그러나 지금 여러분이 어윈 씨에 대해 어떻게 생각하든 간에, 만일 여러분이 이 유월 오후에 개들을 옆에 거느리고 잿빛 말을 타고 달리는 풍채 좋고 꼿꼿하며 남자다운 그를 만났더라면, 그가 섬세한 입술에 호인다운 미소를 띠고 옆에 있는 적갈색 암말을 탄 활기찬 젊은이에게 말을 거는 것을 보았더라면, 여러분은 그가 성직의 건전한 이론과는 걸맞지 않는다 하더라도 어쩐지 그 평화로운 풍경과 아주 잘 어울린다고 틀림없이 느꼈을 것이다.

흘러가는 구름 덩어리에 이따금 가려진 화창한 햇살을 받으면서 그들이 목사관의 높다란 박공과 느릅나무들이 흰 도료를 바른 조그만 교회 위로 늘어서 있는 브록스턴 쪽에서 언덕을 오르는 것을 보라. 이내 그들은 헤이슬롭 교구에 들어설 것이다. 이제 앞에는 회색 교회 탑과 마을의 지붕들이 왼쪽으로 펼쳐지고 더 멀리 오른쪽으로 홀 팜의 굴뚝이 보일 것이다.

홀 팜

긴 풀잎과 커다란 독당근이 대문에 기대 촘촘히 자라고 있는 것으로 보아 분명 그 대문은 결코 열린 적이 없었을 것이다. 만약 열린 적이 있었다면 이미 녹이 많이 슬었기 때문에 돌쩌귀 위로 힘을 주어 그 문을 밀었을 때엔 아마도 사각 돌기둥들이 허물어졌을 것이다. 그러면 돌기둥의 문장 위에서 수상쩍게도 상냥한 미소를 짓고 있는 돌로 만든 암사자 두 마리가 부서졌을 것이다. 돌기둥에 난 홈을 붙잡고 매끈한 돌 가로대가 있는 벽돌 담장을 넘어가기는 쉬운 일이었다. 하지만 대문의 녹슨 창살에 눈을 가까이 대면 그 구내를 잘 들여다볼 수 있었고 풀에 덮인 모퉁이를 제외하고는 집 전체가 모두 보였다.

그것은 아주 고풍스러운 멋진 집이었다. 그 집의 붉은 벽돌은 보기 좋게 불규칙적으로 퍼져나간 옅은 색의 가루 같은 이끼식물이 덮여 부드럽게 보였고, 세 개의 박공과 창문들, 현관문을 둘러싼 석회석 장식들과 사이좋은 이웃처럼 보였다. 그러나 창문에는 목재 창틀이 끼워져 있었고, 현관문은 대문과 마찬가지로 한 번도 열리지 않은 것처럼 보였다. 만약 현관문이 열린다면 돌바닥과 맞닿아 얼마나 큰 신음 소리를 내며 삐걱거릴 것인가! 그것은 단단하고 육중하며 멋진 문이었고, 예전에는 쌍두마차를 타고 떠난 주인과 안주인을 방금 배웅하고 들어온 제복 차림의 시종의 등 뒤에서 쿵 소리를 내며 닫히곤 했을 것이다.

그러나 뒤편의 커다란 집채에서 개들이 짖어대는 소리가 울려 퍼지지 않았더라면, 현재로서는 대법관청 소송의 초기 단계[47]에 있는 그 집을 생각하며 구내의 오른쪽에 두 줄로 늘어선 장대한 호두나무들의 꽃이 떨어져 풀 속에서 썩고 있으리라 짐작했을 것이다. 그런데 이제 왼쪽 벽에 기대선 가시금작화로 지은 우리에서 쉬고 있던, 반쯤 젖을 뗀 송아지들이 개들이 짖어대는 소리를 젖을 먹으러 오라는 소리로 생각하고는 밖으로 걸어 나와서 순진하게 응답하는 소리를 질렀다.

그래, 그것은 틀림없이 사람이 살고 있는 집이었고, 누가 살고 있는지 우리는 곧 보게 될 것이다. 상상력이란 특권을 받은 침입자와 같아서, 개에 대해 조금도 겁먹지 않고 담장을 넘어가서 창문을 들여다보아도 벌을 받지 않을 것이다. 여러분의 얼굴을 오른쪽 창틀에 대어보라. 무엇을 볼 수 있는가? 녹슨 장작 받침이 있는 오래되고 커다란 벽난로와 카펫을 깔지 않은 바닥이 보일 것이다. 한쪽 끝에는 깎아 놓은 양털이 산더미처럼 쌓여 있고, 바닥 중앙에는 텅 빈 곡물 자루가 몇 개 나동그라져 있다. 그것이 식당의 비품이다. 그러면 왼쪽 창문으로는 무엇이 보이는가? 빨래 말리는 틀 몇 개와 여성용 안장, 물레, 뚜껑을 열어젖힌 낡은 상자에 가득 들어있는 다채로운 색깔의 누더기들이 보일 것이다. 이 상자의 한쪽 귀퉁이에 커다란 나무 인형이 있는데, 손상된 부분으로 보자면 아주 훌륭한 그리스 조각품과 상당히 비슷하고 특히 코가 없다는 점에서 그러했다. 그 옆에는 작은 의자가 있고 챗열이 기다란 어린이용 가죽 채찍의 손잡이가 있었다.

이제 이 집안의 내력이 분명히 드러난다. 한때 시골 지주의 집이었지만, 그 식구가 아마도 점점 줄어들고 결국 미혼 여성들만 남게 되면서 보다 권세를 떨치던 도니손 가문의 이름에 흡수된 것이다. 한때 해수욕장이었지만 지금은 항구로 변한 어떤 해안 도시에서 과거의 상류 집안이 살

---

47) 상속 사건을 다룬 대법관청은 소송을 오래 지연시키는 것으로 악명 높았고, 소송이 지연되는 동안에 문제되고 있는 자산은 황폐해지기 일쑤였다.

던 거리는 고요하고 풀이 무성하지만 선착장과 큰 가게들이 분주하고 요란한 것처럼, 이 저택의 생활도 중심이 바뀌어서 이제는 응접실이 아니라 부엌과 농장에서 생기를 발하고 있는 것이다.

그곳은 활기가 넘쳐흐르고 있었다! 건초 추수를 앞두고 있어서 연중 가장 활기 없는 시기였고, 또 하루를 놓고 보아도 해시계를 보면 세 시에 가깝고 여드레 만에 한 번 씩 감아주는 포이저 부인의 멋진 시계로 보면 세 시 반이 넘은 가장 활기 없는 시간이었지만 말이다. 하지만 비가 내린 후 햇살이 비치면 언제나 강렬한 생기가 돌기 마련이다. 그리고 지금 해가 화창한 광선을 내쏟으며 젖은 밀짚에 매달린 물방울을 반짝이고, 우사의 붉은 타일에 덮인 선명한 초록 이끼를 비추고, 물길을 따라 배수구로 돌진하는 흙탕물조차 부리가 노란 오리들을 비추는 거울로 만들어 놓았다. 오리들은 될 수 있는 대로 몸을 잔뜩 담그고 물을 마시려고 했다. 또 시끄러운 소리들이 일제히 들려왔다. 축사의 사슬에 묶인 커다란 불도그는 개집 입구에 너무 가까이 다가온 경솔한 수탉 때문에 맹렬히 화를 내며 천둥치듯 요란한 소리로 짖어댔고, 반대편 외양간에 갇혀 있던 여우 사냥개 두 마리가 그 소리에 화답했다. 밀짚 사이를 헤치며 병아리들과 함께 모이를 찾던 볏 달린 늙은 암탉들은 불안감을 느낀 수탉이 그 소음에 합류하자 공감하듯 함께 울음소리를 질러댔다. 다리가 온통 진흙투성이고 꼬리가 말려 올라간 암퇘지들이 새끼들과 함께 묵직하고 짧게 끊어지는 소리를 보탰다. 우리의 친구 송아지들은 집에 딸린 작은 농장에서 울어댔고, 섬세한 귀를 가진 사람이라면 그 모든 소리들에 뒤섞여 끊임없이 들려오는 인간의 목소리를 식별할 수 있었다.

커다란 헛간 문이 활짝 열려 있었고 남자들이 그곳에서 '위토우' 즉 '마구 만드는 사람'인 고비 씨의 지휘를 받으며 마구를 만드느라 분주히 일하고 있었다. 고비 씨는 트레들스턴의 새로운 잡담거리로 그들을 즐겁게 해 주고 있었다. 양치기인 앨릭이 마구 만드는 사람들을 불러들이려고 선택한 날치고는 분명 운이 좋지 않은 날이었다. 오전 내내 온통 젖어 있었기 때문이다. 포이저 부인은 임시로 고용한 남자들의 구두로 점심시간에 식당 바닥이 더러워진 것에 대해서 아주 똑 부러지게 속내를 털어놓았다. 점심 식사가 끝난 지 이제 거의 세 시간이나 지났고 집안의 바닥은 다시 완벽하게 깨끗해졌지만 사실 그녀는 아직도 그 문제 때문에 마음의 평정을 완전히 회복하지 못한 상태였다. 이 놀라운 집에서는 다른 물건들도 티끌 하나 없이 완벽하게 깨끗했고, 먼지 몇 알이라도 모으려면 소금 상자 위로 올라가서 반짝이는 놋쇠 촛대들이 여름휴가를 즐기고 있는 높다란 벽난로 선반에 손가락을 대보는 것이 유일한 방법이었다. 연중 이맘때에는 모두들 아직 햇빛이 남아 있거나 늦어도 어떤 물건에 정강이를 부딪치고 난 후 그 물건의 윤곽을 식별할 수 있을 만큼의 빛이 있을 때 잠자리에 들기 때문이었다. 손으로 문질러 반짝거리게 광택을 낸 참나무 시계 케이스와 참나무 탁자는 분명 다른 집에서는 찾아볼 수 없는 것이었다. 진짜 "팔꿈치로 만든 광택"이라고 포이저 부인은 말했다. 그녀는 자기 집에 니스를 바른 잡동사니가 하나도 없다는 사실에 고마워했다. 헤티 소렐은 숙모가 등을 돌린 사이에 기회를 노려 그 반짝이는 표면에 반사된 자기 모습을 종종 훔쳐보며 만족해하곤 했다. 그 참나무 탁자는 늘 칸막이처럼 세워져 있었고 실제로 사용되기보다는 장식용에 가까웠다. 헤티는 때로 기다란 제재목 식탁 위의 선반에 진열된 커다랗고 둥근 백랍 접시에서 혹은 언제나 벽옥처럼 반짝이는 벽난로의 시링에서 자기 모습을 바라볼 수 있었다.

그 어느 때보다도 이 순간은 모든 것이 화사하게 보였다. 햇빛이 백랍 접시를 비췄고, 그 표면에서 반사된 쾌적한 빛이 부드러운 참나무와 광채를 발하는 놋쇠, 그리고 이것들보다 더욱 보기 좋은 대상을 비추었다. 몇 가닥 햇살이 다인나의 섬세한 뺨에 머물렀고, 이모를 위해 무거운 리넨을 손질하느라 몸을 굽히고 있던 그녀의 불그스레한 머리칼을 적갈색으로 물들였다. 월요일의 빨래거리에서 남은 옷가지들 몇 개를 다림질하고 있던 포이저 부인의 다리미에서 이따금 짤랑거리는 소리가 나지 않았더라면, 이보다 더 평화로운 장면은 없었을 것이다. 다리미를 식힐 때마다 그녀는 왔다 갔다 하면서 청회색이 감도는 예리한 눈길을 부엌에서 돌려 헤티가 버터를 만들고 있는 낙농실을 바라보았고 다시 낙농실에서 시선을 돌려 낸시가 오븐에서 파이를 꺼내고 있는 뒤쪽 부엌을 바라보았다. 그렇지만 포이저 부인이 나이가 들었거나 심술궂게 보이는 인물이라고는 상상하지 말라. 그녀는 서른여덟 살이 넘지 않은 보기 좋은 여자였고, 피부가 희고 모래 빛 머리칼에 몸매는 균형이 잡혔으며 발걸음이 가벼웠다. 그녀의 차림새에서 치마를 거의 다 덮은 바둑판무늬의 넓은 리넨 앞치마가 가장 돋보였고, 모자와 가운은 유난히 수수해서 별다른 특징이 없었다. 유용성보다 장식을 선호하는 여자의 허영심을 그 무엇보다도 참기 어려운 약점으로 여기는 여성이었던 것이다. 그녀의 예리한 표정과 다인나 모리스의 천사 같이 부드러운 표정이 대조되기는 했지만 그녀와 조카딸의 가족적 유사성에서 화가는 특히 마르다와 메리[48]를 연상시키는 면모를 발견했을 것이다. 그들의 눈은 같은 색이었다. 하지만 그 눈길의 두드러진 차이는, 그러지 않아도 불신을 받고 있는 검은색과 황갈색이 어우러진 테리어 트립이 몸을 얼어붙게 할 만큼 냉랭한 포이저 부인의 시선을 받을 때마다 취하는 태도에서 입증되었다. 시선 못지않게 날카로운 그 부인의 혀는, 어떤 처녀든지 눈에 띌 때마다 끝내지 못한 훈계를 다시 시작하는 것 같았다. 마치 풍금이 이전에 중단했던 곡조를 멈췄던 바로 그 부분에서 다시 시작하듯이 말이다.

그 날은 버터를 만드는 날이었기에 마구 만드는 사람들을 불러들이기에 적합하지 않았고 따라서 포이저 부인은 하녀인 몰리를 유난히 엄하게 꾸짖었다. 겉으로 보기에 몰리는 점심 식사 후의 설거지를 모범적으로 다 마쳤고 아주 재빨리 '자기 얼굴을 씻은' 후 이제 우유를 짤 시간이 될 때까지 물레질을 해도 될지를 공손히 물어보러 온 것이었다. 그러나 나무랄 데 없는 이 행위가 포이저 부인이 보기에는 부적절한 기대를 은근히

48) 예수가 알고 있던 두 자매로 한 명은 집안일로 바쁜 반면 다른 한 명은 예수의 종교적 가르침에 귀를 기울였다. 빅토리아 시대에 한편은 아주 분주한 가정주부를, 다른 한편은 종교적이고 사색적인 여성을 가리키는 은유로 사용되었다.

맛보려는 의도를 감추고 있었으므로 이제 몰리가 깨닫도록 그것을 끌어내어 신랄하게 퍼붓고 있었다.

"그래, 물레질을 한다고! 맹세코, 네가 하려는 건 물레질이 아니겠지. 네 멋대로 하고 싶은 거야. 너처럼 고집 센 애는 본 적이 없다. 네 나이 또래의 여자애가 남자들이 대여섯 명이나 있는 곳에 앉아 있겠다니! 내가 너라면 그런 말을 입 밖에 내기가 창피했을 거야. 너는 지난 미가엘 축일부터 우리 집에 있었고, 내가 너를 트레들스턴의 정규 고용 시장에서 보증인도 없는데 고용했단 말이야.[49] 전에 말했듯이, 그런 식으로 점잖은 집에 고용된 걸 고마워해야지. 네가 여기 왔을 때는 일하는 방식을 저 밭에 서 있는 허수아비만큼도 알지 못했어. 주먹 두 개 있는 사람치고 너처럼 가난한 사람은 본 적도 없었어. 네가 그랬다는 걸 너도 잘 알겠지. 마루 닦는 법을 네게 가르쳐 준 사람이 누구였지? 너는 쓰레기들을 구석에 쌓아 두곤 했었지. 누구라도 널 봤으면 기독교인들 사이에서 자라난 아이라고는 생각할 수 없었을 거야. 물레질도 그래. 네가 물레질을 배운답시고 망쳐놓은 아마의 값이 네 급료만큼은 될 거다. 그런데도 그렇게 느낄 권리가 있다는 말이지. 마치 다른 사람의 말은 전혀 듣지 않아도 되는 듯 하품이나 하면서 생각 없이 돌아다니고 말이야. 마구 만드는 사람들을 위해서 양털에 빗질을 하겠다고! 그게 네가 하고 싶은 일이라는 거지? 너희들은 다 그래. 너희들 모두 그런 길로 가고 싶어 해. 타락으로 곧장 이어지는 길 말이지. 너처럼 엄청난 바보를 애인이랍시고 얻을 때까지는 절대 가만히 있질 않아. 그러다가 결혼하면 틀림없이 잘 됐다고 생각하겠지. 앉을 곳이라고는 다리가 셋 달린 조그만 의자 밖에 없고 덮을 이불도 없고 점심에는 귀리 빵 조각이나 겨우 먹으면서. 그것도 애들 셋이 서로 먹겠다고 달려들겠지."

"저는 마구 만드는 사람들이 있는 곳에 가고 싶지 않아요."

---

49) 몰리는 농부들이 일꾼들을 고용하곤 했던 미가엘 축일(9월 29일)의 장에서 보증인도 없이 고용되었다.

몰리가 이처럼 비참한 미래의 그림에 완전히 기가 질려서 훌쩍거리며 대답했다. "오틀리 씨의 집에서는 마구 만드는 데 필요한 양털을 빗질하곤 했어요. 그래서 마님께 그냥 여쭤본 거예요. 저는 마구 만드는 사람들을 다시는 보고 싶지 않아요. 그렇게 한다면 다시는 손가락 하나 까딱할 수 없어도 좋아요."

"그래, 오틀리 씨네 집이라고! 네가 오틀리 씨네 집에서 어떤 일을 했는지 제법 그럴 듯하게 말하는구나. 거기 안주인은 마구 만드는 사람들로 마루가 더러워져도 좋아한단 말이지. 사람들이 뭘 좋아하지 않는지는 알 수가 없지. 그런 건 들어본 적이 없지만 말이야! 우리 집에 온 여자애치고 깨끗하게 치우는 것이 어떤 건지 아는 애는 한 명도 없었어. 내가 보기에는 사람들이 돼지처럼 사는 것 같아. 여기 오기 전에 트렌트의 집에서 우유를 짜던 그 베티라는 애도 치즈를 뒤집지도 않고 일주일 내내 그냥 두곤 했어. 우유 통 받침대에 쌓인 먼지에 내 이름자를 쓸 수 있을 정도였다고. 내가 병을 앓고 난 후 아래층으로 내려왔을 때 말이야. 의사가 그 병이 전염된다고 말했거든. 그 병에서 회복된 것이 다행이었지. 그런데 너는 그보다도 나은 데가 없단 말이야, 몰리. 여기 아홉 달이나 있었고, 가르침을 받지 못한 것도 아닌데 말이야. 그런데 뭐 때문에 그냥 그러고 서 있는 거냐? 네 물레를 꺼내오지도 않고, 태엽이 다 풀린 시계처럼 말이야. 한참 시간이 지난 다음에야 일을 하려들다니 너도 참 희한한 애다."

"엄마, 내 다리미가 차가워졌어. 따뜻해지게 내려놔 줘."

조그맣게 혀를 차는 목소리로 이렇게 요청한 사람은 머리칼이 햇빛처럼 금색이 도는 서너 살가량의 작은 여자애였다. 그 아이는 다림대의 끝에 있는 높은 의자에 앉아서 작고 통통한 손으로 작은 다리미의 손잡이를 움켜쥐고는 불그스레한 조그만 혀를 내밀 수 있을 만큼 최대한으로 내밀면서 힘겹게 헝겊 쪼가리를 다림질하고 있었다.

"차갑다고, 아가? 요 귀여운 얼굴에 축복이 있기를!" 포이저 부인은 공적으로 질책하는 어조에서 놀랄 만큼 신속히 다정하고 친근한 말투로 되돌아가며 말했다. "괜찮아! 엄마는 이제 다림질을 끝냈으니까 다림질거리를 치울 거야."

"엄마, 나는 헛간의 토미에게 가고 싶어. 마구 만드는 걸 보러."

"아니, 안 돼, 안 돼요. 토티의 발이 젖을 거야." 포이저 부인이 다리미를 치우며 말했다. "낙농실에 가서 사촌 언니 헤티가 버터 만드는 것을 보렴."

"난 플럼 케이크가 먹고 싶어." 토티는 계속해서 몇 가지 소원이라도 요구할 준비가 된 것처럼 보였다. 그리고는 잠시 한가로운 틈을 타서 녹말을 푼 그릇에 손가락을 집어넣고 녹말을 끄집어내어 다림대 커버 위에 거의 다 흘려놓았다.

"대체 이런 아이가 또 있을까?" 포이저 부인은 푸르스름한 액체를 보자마자 소리를 지르며 다림대로 뛰어갔다. "잠시만 등을 돌리면 언제나 말썽을 부린다니까! 너를 어떻게 해야 할까, 이 버릇없는 말썽꾸러기 아가야!"

하지만 토티는 아주 신속히 의자에서 내려와서 벌써 낙농실로 뛰어가려고 뒤뚱거리며 물러나고 있었다. 목덜미에 두둑이 살이 붙어 있어서 아직 젖을 떼지 않은 흰 돼지처럼 보였다.

몰리의 도움으로 녹말을 닦아내고 다림질 도구를 치운 후에 포이저 부인은 뜨개질거리를 붙잡았다. 그것은 언제나 가까이에 준비되어 있었고 그녀가 가장 좋아하는 일이었다. 이리저리 걸어 다니면서도 기계적으로 할 수 있기 때문이었다. 하지만 지금 그녀는 다인나의 맞은편에 앉아 회색 털양말을 짜면서 생각에 잠긴 듯이 다인나를 바라보았다.

"네가 바느질을 하면서 앉아 있으니 네 이모 주디스와 꼭 닮아 보이는구나, 다인나. 삼십 년 전으로 돌아간 것 같아. 그때 나는 어린 여자애였고 고향집에서 살고 있었지. 주디스 언니가 집안을 치우고 난 후에 앉아서 일하는 것을 쳐다보았어. 한쪽 구석을 치우자마자 다른 쪽 구석이 더러워지는, 여러 갈래로 뻗은 커다란 집이 아니라 아버지의 작은 오두막집이었지. 그런데도 너를 보면 네 이모 주디스라고 상상할 수 있겠어. 다만 네 이모의 머리칼은 너보다 약간 더 짙은 색이었고 너보다 더 통통하고 어깨가 넓었지. 주디스가 아주 묘한 데가 있기는 했지만 나하고는 늘 잘 어울렸어. 그러나 네 엄마와 주디스는 결코 잘 맞지 않았어. 아, 네 엄마는 주디스와 똑같이 생긴 딸을 갖게 되리라고는 조금도 생각하지 않았지. 게다가 그 딸을 고아로 남기고 스토니턴의 묘지에 묻혔을 때 주디스가 그 딸을 돌보아주고 숟가락으로 떠먹여서 키울 거라고는 상상도 못했을 거다. 나는 늘 주디스에 대해서 그렇게 말해왔지. 다른 사람의 가벼운 짐을 덜어주려고 주디스는 언제라도 무거운 짐을 떠맡을 거라고 말이야. 내가 처음 기억하는 날부터 주디스는 조금도 변함이 없었어. 내가 보기에는 감리교도들을 따르게 되고서도 주디스는 전혀 달라진 점이 없었지. 다만 약간 다른 이야기를 했고 다른 모자를 썼을 뿐이야. 평생 스스로를 꼴사납지 않게 유지하는 것 이상으로는 자기 자신을 위해 동전 한 푼도 쓰지 않았어."

"이모님은 신의 은총을 받은 분이셨어요." 다인나가 말했다. "하느님께서 이모님께 사랑이 충만하고 헌신적인 성격을 주셨고, 하느님의 은총으로 그 성격을 완벽하게 만드셨지요. 그리고 이모님은 레이첼 이모님을 아주 좋아하셨어요. 주디스 이모님이 레이첼 이모님에 대해서도 똑같은 식으로 이야기하시는 것을 종종 들었지요. 주디스 이모님이 불치병에 걸리셨을 때 저는 열한 살밖에 되지 않았는데 이렇게 말씀하시곤 했지요. '내가 너를 떠나게 되면, 너는 레이첼 이모에게서 이 지상의 친구를 발견할 거야. 그 이모는 친절한 마음을 갖고 있으니까.' 그리고 정말로 그렇다는 것을 저는 알게 되었어요."

"어째서 그런지는 모르겠지만, 얘야. 누구라도 너를 위해서라면 무슨 일이든 하고 싶어질 거야. 너는 꼭 하늘을 날아다니는 새 같아서, 네가 어떻게 사는지 알 수가 없어. 네가 이 고장에 와서 산다면 난 네 엄마의 자매로서 기쁘게 너를 받아들일 거야. 여기는 사람에게나 동물에게나 보금자리와 먹을 것이 있고, 자갈 둑을 헤집어 먹이를 찾는 닭처럼 사람들이 궁핍하게 사는 황량한 언덕이 아니니까. 여기서라면 너는 꽤 점잖은 사람에게 시집갈 수 있을 거라고. 네가 그저 그 설교만 그만둔다면, 너를 맞아들일 사람이 많을 거야. 네 설교는 주디스 이모가 했던 그 어떤 일보다도 열 배나 더 나쁘단다. 돈 한 푼 모아 두지 않았을 그 가난하고 얼빠진 감리교인 세스 비드와 결혼한다 하더라도, 네 이모부가 돼지와 암소를 네게 보태줄 거야. 그이는 내 친척들이 가난하더라도 언제나 친절하게 대해 주었고 우리 집에 오는 것을 환영했거든. 그러니 장담컨대 네 이모부가 헤티에게 해 주고 싶은 만큼은 네게도 해 줄 거라고. 그 애가 비록 자기 친조카 딸이지만 말이야. 그리고 집안에는 너한테 넉넉히 나눠줄 만큼 리넨이 많이 있어. 아직 만들지 않은 침대보와 테이블보, 수건이 아주 많이 있으니까. 그 사팔뜨기 키티가 짠 시트를 네게 줄 수 있어. 그 애가 사팔뜨기였기 때문에 다른 애들이 그 애를 참아주기 어려워했지만, 천을 짜는 솜씨는 일품이었지. 그리고 너도 알다시피 천을 계속 짜고 있으니까 낡은 천이 닳아 없어지는 것보다 두 배는 더 빨리 새로운 천이 생긴다고. 하지만 네가 내 말을 귀담아 듣고 온전한 정신을 가진 다른 여자들처럼 정착하지 않는다면, 이렇게 말해봐야 무슨 소용이 있겠니? 걸어다니며 설교하느라 기운이 다 빠지고, 가진 돈은 마지막 남은 동전 한 푼까지도 남들에게 줘버려서 병들 때를 대비해 모아 둔 것도 없고. 네가 이 세상에 가진 것들을 모두 다 합쳐봐야 치즈 두 더미를 합쳐 놓은 것보다도 적은 꾸러미에 다 들어가겠지. 이런 일들은 모두 네가 교리문답이나 기도서에 나오는 것 이상으로 종교에 관한 생각들을 머릿속에 담고 있기 때문에 생기는 거야."

"하지만 성경에 나오는 것보다 더 많은 것은 아니에요, 이모님." 다인나가 말했다.

"아니, 성경에 나오는 것보다도 더 많아." 포이저 부인이 다소 날카롭게 대답했다. "그렇지 않다면, 성경에 있는 것을 누구보다도 잘 알고 있는 사람들, 그걸 배우는 것 외에는 다른 일을 전혀 하지 않는 사람들이나 목사님들이 어째서 너처럼 하지 않는 거냐? 하지만 그 문제를 보더라도, 만일 사람들이 모두 너처럼 한다면 세상은 멈춰버리고 말 거야. 만약 사람들이 모두 집이나 가정을 갖지 않으려고 하고, 형편없는 것을 먹고 마시고, 네가 말하듯 이 속세의 물건을 경멸해야 한다고 늘 말한다면, 가축을 선택하고 곡물을 수확하고 최고 품질의 치즈를 만드는 일은 어떻게 해야 할지 알고 싶구나. 자기 가족을 부양하거나 흉년에 대비해서 곡식을 저장할 생각은 하지도 않고 모두들 가장 형편없는 빵을 먹겠다고 할 거고, 모두들 다른 사람들에게 설교하려고 쫓아다니겠지. 그런 것이 제대로 된 종교일 리가 없다는 생각이 분별 있는 거야."

"아뇨, 이모님, 사람들이 누구나 자신들의 일과 가족을 버리라는 부름을 받는다고 말한 적은 없어요. 땅을 쟁기질하고 씨를 뿌리고 귀중한 곡식을 저장하고 이 세상의 물건들을 소중히 보살피는 것은 아주 타당한 일이지요. 그리고 사람들이 가족들에게서 기쁨을 누리고 가족을 위해 필요한 것을 제공하는 것도 타당한 일이에요. 다만 주님을 두려워하면서 이런 일들을 해야지요. 몸을 돌보면서 영혼의 결핍에 무관심하지 않도록 말이에요. 우리 모두는 우리가 처해 있는 곳 어디에서나 하느님의 하인이 될 수 있어요. 하지만 그분은 우리에게 적절하다고 생각하시는 제각기 다른 일을 맡기시고 그것을 하도록 요구하시지요. 저는 다른 사람들의 영혼을 위해서 제가 할 수 있는 일을 하려고 노력하지 않을 수 없어요. 집안 저쪽 구석에서 토티가 울고 있는 소리가 들리면 이모님이 달려가지 않을 수 없는 것처럼 말이지요. 그 목소리가 이모님의 마음에 호소해서, 이모님은 그 귀여운 아이가 어려움이나 위험에 처해 있다고 생각하실 거고, 달려가서 그 애를 도와주고 위로해 줄 때까지는 편치 않으실 테니까요."

"아." 포이저 부인은 일어서서 문 쪽으로 걸어가며 말했다. "너에게 몇 시간을 이야기해도 마찬가지일 줄 알았다. 너는 결국 똑같은 대답을 할 테니까. 흐르는 시냇물에게 가만히 있으라고 말하는 편이 낫지."

부엌문 밖으로 난 길은 이제 충분히 말랐으므로 포이저 부인은 편안히 그곳에 서서 마당에서 어떤 일이 벌어지는지 볼 수 있었다. 그동안에도 잿빛 털양말은 그녀의 손에서 꾸준히 짜이고 있었다. 그러나 그곳에 나간 지 채 오 분도 되지 않아 다시 들어와서는 다소 당황하고 두려움에 질린 목소리로 다인나에게 말했다.

“아니, 도니손 대위하고 어윈 씨가 마당에 들어오고 계셔! 저분들이 네가 그린에서 설교한 것에 대해 말씀하시려고 온 게 아니라면 내 손가락에 장을 지지겠다, 다인나. 나는 말 한마디 하지 않을 테니, 네가 저분들에게 대답해야 돼. 네가 네 이모부 가족의 체면을 무척이나 떨어뜨렸다고 내가 이미 충분히 알아들도록 말했으니까. 네가 내 남편의 조카딸이라면 전혀 신경 쓰지도 않았을 거야. 사람들은 자기들 코가 못생겨도 참는 것처럼 친가 쪽 친척이라면 참아줘야 하니까. 자기 자신의 피와 살이니까. 하지만 내 조카딸 때문에 내 남편이 농장에서 쫓겨나게 된다고 생각하니 내 원 참! 내가 모은 것 말고는 남편에게 재산을 가져다주지도 못했는데.”

“아니에요, 사랑하는 레이첼 이모님.” 다인나가 부드럽게 말했다. “그렇게 걱정하실 필요 없어요. 제가 한 일 때문에 이모님과 이모부님, 조카들에게 나쁜 일이 일어나지는 않을 거라고 굳게 믿고 있어요. 저는 하느님의 인도를 받지 않고는 설교하지 않으니까요.”

“인도를 받는다고! 그 말이 무얼 뜻하는지 난 잘 알고 있어.” 포이저 부인은 흥분하여 재빨리 손을 놀려 뜨개질을 하면서 말했다. “네 머릿속에 평소보다 더 심한 변덕이 들면 너는 그걸 ‘인도’라고 부르는 거야. 그러고 나면 너는 꿈쩍도 하지 않고 요지부동이지. 트레들스턴 교회 밖에 서 있는 동상처럼 보인다고. 날이 맑으나 궂으나 뻔히 쳐다보면서 미소 짓고 있는 그 동상 말이야. 평소처럼 너를 참아줄 수가 없구나.”

이때쯤 그 두 신사는 말뚝을 박아놓은 곳에 이르러 말에서 내렸다. 그들이 안으로 들어오려는 의도가 있음이 분명했다. 포이저 부인은 그들을 맞으러 문간으로 나아갔고 깊이 몸을 숙여 인사하고는 이런 경우에 맞게 아주 완벽하게 예의를 갖춰서 처신하려는 조바심과 다인나에 대한 분노로 몸을 떨고 있었다. 먼 옛날의 사람들이 키가 큰 인간의 모습으로 지나가는 신들을 발꿈치를 들고 서서 바라보며 느꼈던 것처럼, 이 당시에 아주 예민한 시골 사람들은 신사들을 보면 경외감이 이는 것을 느꼈던 것이다.

"자, 포이저 부인, 아침에 폭풍우가 지나갔는데 어떻게 지내셨나?" 어윈 씨가 당당하고 친절하게 말했다. "우리 발이 다 말라서 부인의 아름다운 마룻바닥을 더럽히지 않을 거라네."

"아, 목사님, 그런 말씀 마세요. 목사님과 대위님께서 응접실로 들어오시겠어요?" 포이저 부인이 말했다.

"아니, 고맙소, 포이저 부인."

대위는 마치 눈에 띄지 않는 무언가를 찾고 있는 것처럼 부엌 주위를 열심히 둘러보며 말했다. "부인의 부엌을 보면 기분이 좋아져요. 내가 아는 바로는 가장 매력적인 곳이라오. 농부의 아내들이 모두 여기 와서 보고 본받으면 좋을 텐데."

"그렇게 말씀해 주시니 고맙습니다, 대위님. 앉으세요." 이런 찬사를 받고, 대위가 기분이 좋은 상태임이 분명했기에 약간 안도감을 느끼면서 포이저 부인은 여전히 어윈 씨를 걱정스럽게 바라보며 말했다. 목사는 다인나를 쳐다보고 그녀에게 다가가고 있었다.

"포이저는 지금 집에 없는 모양이지?" 도니손 대위는 열려 있는 낙농실 문으로 이어지는 짧은 길이 내다보이는 곳에 자리 잡고 앉으며 물었다.

"네, 대위님, 집에 없답니다. 양모에 관해서 물어보려고 중개인 웨스트 씨를 만나러 로세터에 갔습니다. 하지만 헛간에 아버님이 계십니다. 혹시 필요하신 게 있으시다면."

"아니, 괜찮소. 그저 강아지들을 둘러보고 양치기에게 전갈을 남기도록 하지요. 다음에 와서 포이저를 만나도록 하고. 말에 대해 의논을 하고 싶으니까. 포이저가 언제 한가할지 알고 있어요?"

"네, 대위님, 트레들스턴에서 장이 열리는 날이 금요일인데, 그날만 빼면 언제라도 만나실 수 있습니다. 농장 어딘가에 있더라도 금방 사람을 보내서 불러올 수 있으니까요. 스캔트랜드를 빼놓을 수 있다면 저희에게 외진 땅이 없겠지요. 그러면 좋을 겁니다. 혹시라도 어떤 일이 벌어지면 제 남편이 꼭 스캔트랜드에 가야 하니까요. 게다가 틈만 있으면 늘 좋지 않은 일이 벌어진답니다. 그리고 농장 한 곳은 어떤 주에 있고 농장 다른 곳은 또 다른 주에 있는 것은 자연스럽지 않은 일이지요."

"아, 스캔트랜드는 초이스네 농장과 합치면 더 좋을 텐데. 그 사람은 목초지를 원하고 있고 당신네에게는 목초지가 많이 있으니까 더욱 그렇지. 하지만 당신네 농장이 이 사유지에서 가장 매력적인 곳이지. 만약 내가 결혼해서 정착하게 되면 당신네를 쫓아내고 이 멋진 고가(古家)를 손질해서 나도 농부가 되어 살고 싶은 유혹을 받을 텐데 어떻게 생각하시오, 포이저 부인?"

"아, 대위님." 포이저 부인은 다소 겁에 질려서 말했다. "결코 마음에 드시지 않을 겁니다. 농장일로 말하자면 그건 오른손으로 주머니에 돈을 넣었다가 왼손으로 꺼내는 것과 마찬가지니까요. 제가 아는 바로는, 농장일이란 다른 사람들을 위해서 곡물을 경작하고 일을 하면서 자기 자신과 애들은 그저 밥 한 술 먹는 거나 다름없습니다. 대위님께서 빵을 벌어먹는 가난한 사람이 될 거라는 말씀이 아니고요. 대위님은 농사를 짓는데 원하시는 만큼 돈을 많이 쏟아 부으실 수 있겠지요. 하지만 돈을 잃는 것은 결코 재미있는 일이 아닐 겁니다. 제가 알기로는 런던의 높으신 분들은 무엇보다 그런 놀이를 즐기시지만 말입니다. 데이시 경의 장남께서 웨일스 공에게 수천 파운드를 잃었다는 이야기를 제 남편이 장에서 들었답니다. 그래서 귀부인께서 빚을 갚아주느라 보석을 전당 잡혔다고들 하지요. 하지만 대위님께서는 이런 일에 대해서 저보다 더 잘 아시겠지요. 어떻든 농사짓는 일을 대위님이 좋아하시리라고는 생각할 수 없답니다. 그리고 이 집에 대해 말씀드리자면, 외풍이 너무 심해서 사람이 넘어질 정도입니다. 그리고 위층 마루가 완전히 썩었고 지하실에는 쥐들이 들끓고 있고요."

"저런, 끔찍한 상태로군, 포이저 부인. 그렇다면 이런 곳에서 당신들을 쫓아내는 것이 당신들에게 호의를 베풀어주는 것이 되겠지. 하지만 그럴 가능성이 없군요. 나는 마흔 살의 건장한 신사가 될 때까지 앞으로 이십 년간은 정착할 것 같지 않으니까. 게다가 할아버지께서는 당신들처럼 훌륭한 소작인을 놓치고 싶어 하지 않으실 테니."

"아, 대위님, 만약 지주 나리께서 제 남편을 소작인으로 좋게 생각하신다면, 파이브 경내에 새 문을 몇 개 달도록 허용해 주십사고 제 남편을 위해 말씀해 주시면 좋겠습니다. 제 남편이 지치도록 요청해 왔으니까요. 그리고 제 남편은 흉년이 들건 풍년이 되건 농장을 위해서 그토록 많은 일을 해 왔지만 동전 한 푼 받은 적이 없었습니다. 대위님께서 그 일에 관여하신다면 이렇게 되지는 않을 거라고 저는 남편에게 종종 말했었지요. 권력을 손에 쥐고 있는 분들에 대해서 불경스럽게 말하려는 것은 아닙니다. 하지만 끝없이 노력하고 일하고, 아침 일찍 일어나고 밤늦게 잠자리에 들고, 드러누워서는 치즈가 부풀지 않을까, 암소가 새끼를 유산하지 않을까, 아니면 다발로 묶어 놓은 밀이 다시 시퍼레지지 않을까 생각하느라 거의 눈도 붙이지 못하다보면 때로 인간의 피와 살로 견딜 수 없을 지경이 됩니다요. 그런데도 한 해가 끝날 무렵에는 결국 잔칫상을 차리고 그 노력에 대한 대가로 음식 냄새만 맡는 것과 다름없지요."

일단 말을 시작하면 포이저 부인은 처음에 느낀 신사 계층에 대한 경외심 때문에 조금도 위축되는 일 없이 늘 거침없이 나아갔다. 자신의 설명에 설득력이 있다는 자신감으로 인해서 그녀는 모든 장애를 극복할 수 있었다.

"만약 내가 그 문에 대해서 언급하면, 유감스럽게도 득보다는 해를 끼치게 될 거요, 포이저 부인."

대위가 말했다.

"비록 이 사유지의 어느 누구보다도 당신 남편을 위해서라면 나는 기꺼이 말을 거들어 주고 싶지만 말이지. 여기 10마일 내의 어느 곳보다도 그의 농장이 훨씬 더 잘 정돈되어 있다는 것을 알고 있으니까. 그리고 부엌에 대해서 말하자면, 이 부엌을 능가할 곳은 온 나라에 어디도 없다고 믿고 있소." 그는 미소를 지으며 덧붙였다. "그런데 낙농실을 보지 못했군. 당신의 낙농실을 봐야겠소, 포이저 부인."

"사실, 대위님, 대위님께서 들어가시기에 적합한 곳이 아닙니다. 헤티가 한참 버터를 만드는 중이니까요. 얼마 전에 거품이 넘쳐서, 무척 부끄럽습니다." 얼굴을 붉히고 이렇게 말하면서 포이저 부인은 대위가 정말로 우유 통에 관심을 갖고 있고 낙농실이 어떻게 보이는가에 따라서 자신에 대한 평가가 달라질 거라고 믿었다.

"아, 낙농실이 훌륭하게 정돈되어 있으리라 의심치 않소. 안내해 주시오." 대위는 스스로 앞장섰고 포이저 부인이 그 뒤를 따랐다.

낙농실에서

확실히 낙농실은 볼만한 가치가 있었다. 그것은 무덥고 먼지 자욱한 거리에서 일사병에 걸린 환자들이 뛰어들고 싶어할 만한 곳이었다. 무척 서늘하고 깨끗하며 새로 압축한 치즈와 단단한 버터, 깨끗한 물에 끝없이 헹군 목기들이 풍기는 신선한 향기가 넘치는 곳이었다. 붉은 토기에 담긴 크림색 우유, 갈색 나무 그릇과 반짝이는 양철그릇, 잿빛 석회석과 쇠로 만든 저울과 갈고리와 돌쩌귀에 생긴 풍부한 오렌지색의 녹들이 부드러운 색채를 더하고 있었다. 하지만 조그만 틀 위에 올라서서 1파운드의 버터를 저울에 달아 들어 올리려고 굴곡진 팔을 둥글게 구부리고 있는, 넋을 잃게 할 만큼 예쁜 열일곱 살의 처녀를 이런 물건들이 둘러싸고 있을 때 이런 세세한 것들은 모호하게 의식될 뿐이다.

도니손 대위가 낙농실에 들어와 헤티에게 말을 걸었을 때 그녀는 장미처럼 얼굴이 새빨개졌다. 하지만 고통스러운 홍조는 아니었고, 미소와 보조개, 그리고 길게 굽은 검은 속눈썹 밑에서 반짝이는 눈동자가 그 홍조를 꽃처럼 둘러싸고 있었다. 그녀의 숙모가 송아지들이 아직 젖을 떼지 않았기 때문에 버터와 치즈를 만들 수 있는 우유의 양이 제한되어 있으며 시험적으로 구입한 뿔이 짧은 소의 우유가 양은 풍부하지만 질이 떨어진다는 이야기를 언젠가는 지주가 될 젊은 신사에게 흥미로울 다른 이야기들과 함께 들려주는 동안, 헤티는 아주 침착하게 애교가 담긴 몸짓으로 버터 덩어리를 손바닥으로 두드려 모양을 만들면서 자기가 고개를 돌릴 때마다 효과가 없지 않았다는 사실을 은밀히 의식하고 있었다.

아름다움은 종류가 다양해서, 남자들을 필사적인 태도에서부터 수줍어하는 데 이르기까지 다양한 방식으로 웃음거리로 만들어 버린다. 하지만 남자들뿐 아니라 지능이 있는 포유동물들과 심지어 여자들마저도 매혹시키는 아름다움이 있다. 바로 새끼 고양이나 연약한 부리로 고요히 잔물결을 일으키는 솜털이 보송보송한 오리새끼들, 혹은 이제 막 아장아장 걷기 시작하면서 의도적으로 말썽을 부리려는 아기들의 아름다움이다. 이런 아름다움을 보면 여러분은 결코 화를 낼 수 없고, 이로 인해 빠져드는 마음 상태를 이해하지 못하고 그저 압도될 뿐이다. 헤티 소렐의 아름다움은 바로 이런 종류였다. 사사로운 매력을 일체 경멸한다고 주장했고 더없이 엄격한 조언자가 되려고 작정하고 있는 포이저 부인마저도 헤티의 매혹적인 모습에 매료되어 자기도 모르게 은밀히 그녀를 끊임없이 바라보았다. 가엾게도 꾸지람을 해줄 친엄마가 없는 남편의 조카딸에게 잘 대해 주려는 열의에서 으레 한바탕 야단을 치고 나면 포이저 부인은 종종 다른 사람이 없는 곳에서 “그 어린 말괄량이가 버릇없이 굴면 굴수록, 더 예쁘게 보인다.”고 남편에게 말하곤 했다.

헤티의 뺨은 장미 꽃잎 같았고 뾰족하게 내민 입술 주위로 보조개가 감돌았으며 커다란 검은 눈은 긴 속눈썹 아래에서 장난기를 살짝 감추고 있었고, 구불구불한 머리칼을 뒤로 넘겨서 일할 때 쓰는 둥근 모자 속에 감추었지만 이마와 조가비처럼 생긴 하얀 귀 주위로 다시 넘어와서 섬세한 검은 고리를 만들었다고 내가 말해봐야 아무 소용도 없을 것이다. 또한 나지막하게 앞이 파인 자두 빛 나사 윗옷에 찔러 넣은 분홍색과 흰색이 어울린 수건의 테두리가 무척이나 사랑스럽다든지, 버터를 만들 때 두르는 앞가슴이 달린 리넨 앞치마가 아주 매력적인 선을 이루며 흘러내렸기에 공작부인들이 실크로 만들어 입어야 할 옷처럼 보였다든지, 갈색 스타킹과 바닥이 두툼한 버클 달린 구두에 그녀의 발과 발목이 들어있지 않았더라면 틀림없이 꼴사납게 보였겠지만 지금은 전혀 그렇게 보이지 않았다고 말해봤자 소용이 없을 것이다. 헤티를 본 사람들이 헤티에게서 받은 인상처럼 강한 영향을 주는 여성을 여러분이 만난 적이 없었다면 아무리 말해봐야 소용이 없을 것이다. 만일 그렇다면 여러분이 사랑스러운 여자의 이미지를 떠올리더라도 헤티처럼 넋을 홀리게 하는 고양이 같은 처녀와는 조금도 같지 않겠기 때문이다. 내가 화창한 봄날의 멋진 매력을 언급하더라도, 여러분이 눈을 가늘게 뜨고 솟구쳐 오르는 종달새를 바라보는 데 골몰한 적이 평생 한 번도 없었다면, 혹은 꽃들이 새로 활짝 피어서, 격자무늬가 그려진 교회 복도처럼 신성하고 고요한 아름다움으로 충만한 고요한 오솔길을 따라 정신없이 헤맨 적이 없었더라면, 내가 이런저런 것들을 묘사해봐야 무슨 소용이 있겠는가? 화창한 봄날로 내가 뜻하는 바가 어떤 것인지 여러분에게 도무지 알려줄 수 없을 것이다. 헤티는 봄철의 아름다움을 갖고 있었다. 그것은 둥글고 통통한 팔다리로 뛰놀며 까불까불 장난치는 젊음의 아름다움이었고, 거짓 순진한 기색으로 여러분을 함정에 빠뜨릴 수 있는 아름다움이었다. 예컨대, 이마가 별처럼 생긴 순진한 송아지처럼 경계선을 넘어 계속 산책하려 들면서 울타리와 도랑을 넘어야 하는 험난한 장애물 경주로 여러분을 끌어 가다가 수렁의 한가운데 빠져서야 멈추는 것이다.

그리고 예쁜 소녀가 버터를 만드는 일에 몰두하고 있을 때 그녀의 자세와 동작이 가장 예쁘게 돋보인다. 버터를 탁탁 두드리면서 팔을 매혹적으로 구부리고 둥근 흰 목을 한쪽으로 기울인다. 손바닥으로 조금씩 두드리며 굴리는 동작과 근사하게 다듬고 마무리하는 동작은 반드시 입술을 뾰족이 내밀고 검은 눈을 반짝이면서 해야 한다. 그리고 버터 그 자체도 너무나 깨끗하고 매우 달콤한 향기를 풍기며 신선한 매력을 발산하는 듯이 보인다. 그것은 희끄무레한 노란 빛을 받고 있는 대리석처럼 아름답고 단단한 표면으로 곰팡이를 물리친다! 게다가 헤티는 버터를 만드는 솜씨가 특히 좋았다. 숙모가 그 일에 있어서만은 헤티를 심하게 꾸짖지 않고 넘어갔다. 그래서 헤티는 숙달된 사람들에게서나 볼 수 있는 우아한 자세로 버터를 만들었다.

"7월 30일의 큰 잔치에 참석해 주면 좋겠소, 포이저 부인." 도니손 대위는 낙농실을 둘러보며 여러 번 감탄하고 스웨덴산 순무와 뿔이 짧은 소에 대해 몇 가지 즉흥적인 의견을 제시한 후에 말했다. "그날 어떤 일이 있을지 알고 있겠지. 부인이 제일 먼저 도착해서 제일 늦게 돌아가는 손님들에 끼기를 바래요. 헤티양, 춤을 두 번 추기로 약속해 줄 수 있어요? 지금 약속을 받지 못하면, 틀림없이 내게 기회가 없을 테니까. 멋진 젊은이들이 서로 당신을 차지하려고 애쓸 테니."

헤티는 미소를 지으며 얼굴을 붉혔다. 하지만 헤티가 입을 열기도 전에 포이저 부인은 그 젊은 나리가 천한 것들 때문에 배제될 수 있다는 일말의 암시에도 참지 못하고 끼어들었다.

"정말이지, 나리, 이 애를 그렇게 특별히 봐주시다니 정말 친절하십니다. 대위님께서 내키실 때는 언제라도 이 아이와 춤을 추실 수 있습니다. 저녁 내내 나머지 시간에는 그냥 서 있더라도 이 애는 자랑스럽고 감사하게 여길 겁니다."

"아, 아니, 아니요. 그렇게 한다면 춤추고 싶어 하는 다른 젊은이들에게 너무 잔인한 일이 될 거요. 그러니 나와 춤을 두 번만 추기로 약속해 주겠어요?" 대위는 헤티가 자기를 바라보며 말하도록 만들려고 계속해서 말했다.

헤티는 더없이 귀엽게 무릎을 약간 굽혀 절했고 반쯤은 수줍어하고 반쯤은 교태 어린 시선으로 그를 살그머니 바라보며 말했다.

"네, 감사합니다, 나리."

"그리고 애들을 모두 데리고 와야 해요, 포이저 부인. 사내애들뿐 아니라 어린 토티도 말이지. 이 사유지에 사는 아기들 모두 그 자리에 참석하기를 바라거든. 내가 머리가 벗겨진 노인이 될 때쯤이면 멋진 젊은이들이 될 아이들 말이요."

"아, 나리, 그러려면 먼저 오랜 세월이 흘러야겠지요." 포이저 부인은 그 젊은 지주가 스스로에 대해서 잰 체하지 않고 말하는 태도에 깊은 인상을 받았고, 신분이 높은 사람이 이처럼 놀라운 유머를 발휘했다는 이야기를 들려주면 남편이 흥미로워 할 거라고 생각했다. 소작인들은 그 대위가 "무척 농담을 잘 한다"고 생각했고, 이처럼 자유분방한 태도 때문에 그는 그 사유지 어디에서나 대단히 인기가 있었다. 그가 권력을 행사할 수 있게 되면 상황이 달라질 것이며, 새로운 대문을 무수히 달 수 있고, 석회도 풍부하게 지급될 것이며, 10퍼센트의 수익을 얻을 수 있을 거라고 소작인들은 믿고 있었다.

"그런데 오늘 토티는 대체 어디 갔나? 그 아이를 보고 싶은데." 그가 말했다.

"그 꼬마가 어디 있니, 헤티? 그 애가 여기 온 지 얼마 되지 않았는데." 포이저 부인이 말했다.

"모르겠어요. 양조장의 낸시에게 간 모양이에요."

그 의기양양한 어머니는 자기 딸 토티를 보여 주고 싶은 유혹을 이기지 못하고 아이를 찾으러 곧장 뒤쪽 부엌으로 갔다. 하지만 남에게 보여 주기에 적절치 못할 만큼 그 아이의 몸과 옷이 엉망일지도 모른다는 걱정이 없지 않았다.

"그런데 당신은 버터를 만들어서 시장에 가져가나요?" 그동안 대위는 헤티에게 말을 건넸다.

"아뇨, 나리. 아주 무거울 때는 그렇게 하지 않아요. 그걸 들고 갈 만큼 힘이 세지 않으니까요. 앨릭이 말에 싣고 가지요."

"그렇겠지. 당신의 예쁜 팔은 그런 무거운 짐을 들기에 적합하지 않으니까. 그런데 요즘처럼 쾌적한 저녁나절에는 산책을 나가겠지요? 이따금 체이스를 산책하는 것이 어때요? 그곳은 지금 온통 초록색으로 뒤덮여서 아주 쾌적하거든요. 집과 교회를 빼면 어디에서도 당신이 거의 보이지 않더군요."

"숙모님은 제가 나다니는 것을 좋아하지 않으세요. 그저 어디 갈 때만 빼고요." 헤티가 말했다. "하지만 저는 이따금 체이스를 지나가요."

"가정부 베스트 부인을 만나러 가는 것 아닌가요? 가정부의 방에서 당신을 한 번 본 적이 있는 것 같은데."

"제가 만나는 사람은 베스트 부인이 아니라 귀부인의 하녀인 폼프렛 부인이에요. 그 부인이 제게 천을 누비는 방법과 레이스 깁는 법을 가르쳐 주세요. 저는 내일 오후에 그 부인과 차를 마시러 갈 거예요."

이처럼 둘이서 남몰래 밀담을 나눌 시간이 있었던 이유는 뒤편 부엌을 들여다보면 알 수 있다. 그곳에서 포이저 부인은 흐트러진 표백제 자루를 코에 문지르고 오후에 갈아입은 앞치마에 남색 액체를 방울방울 떨어뜨리고 있는 토티를 찾아낸 것이다. 하지만 이내 그 아이는 어머니의 손에 끌려 나타났다. 아이의 둥근 코끝이 다소 반짝인 것은 방금 서둘러서 비누와 물로 닦아냈기 때문이었다.

"여기 있군!" 대위는 아이를 들어 나지막한 돌 선반에 앉혀 놓고 말했다. "토티가 등장했어! 그런데 토티의 원래 이름은 뭐지? 토티라고 세례를 받은 것은 아니겠지."

"아, 나리, 슬프게도 그 아이는 원래 이름과 다르게 불려 왔답니다. 원래 세례명은 샬럿이었어요. 남편 친척의 이름을 따라서 붙였지요. 남편의 할머님 성함이 샬럿이었거든요. 그러나 아이를 로티라고 부르게 되었는데 그러다가 토티가 되었답니다. 분명 그 이름은 기독교도 아이보다는 개한테 붙이기에 더 적합하지요."

"토티는 훌륭한 이름이에요. 아니, 이 꼬마는 정말 토티처럼 보이는군. 이 꼬마의 옷에 주머니가 있을까?" 대위는 조끼 주머니에 손을 넣어 더듬으며 말했다.

즉시 토티는 아주 심각한 표정으로 드레스를 들어올리고 떨어져 나갈 듯 달려있는 조그만 분홍색 주머니를 보여 주었다.

"이 안에 아무것도 없어." 아이는 아주 심각한 표정으로 내려다보면서 말했다.

"없다고! 정말 유감이구나. 이렇게 예쁜 주머니인데. 자, 내 주머니에는 예쁜 소리로 짤랑거리는 것들이 들어있단다. 그래, 은으로 만든 작고 둥근 물건이 틀림없이 다섯 개 들어있어. 이것들이 토티의 분홍 주머니에서 얼마나 예쁜 소리를 낼지 들어보렴." 이렇게 말하며 육 펜스 동전 다섯 개가 들어간 주머니를 흔들자, 토티는 무척 기뻐하면서 이를 드러내고 웃으며 콧잔등을 찡그렸다. 하지만 거기 머물러있어야 더 이상 얻을 것이 없을 거라고 생각하고는 낸시에게 소리를 들려주려고 선반에서 뛰어내려 주머니를 짤랑거리며 달려갔다. 아이의 어머니는 아이의 뒤통수에 대고 소리를 질렀다. "저런, 부끄럽게도. 이 버릇없는 꼬마야! 대위님이 선물을 주셨는데 인사도 하지 않다니. 정말, 나리, 무척 친절하십니다. 그런데 부끄럽게도 저 아이가 버릇이 없어서요. 아이 애비가 애의 말이라면 뭐든지 들어주는 바람에 이제는 아이를 통제할 수 없을 지경이 되었답니다. 막내인데다 하나밖에 없는 딸이라서."

"아, 재미있고 귀여운 뚱보인데. 꼬마의 모습이 달랐다면 내 마음에 들지 않았을 거요. 어떻든 이제 가야겠소. 목사님이 나를 기다리실 것 같아서."

헤티에게 작별의 말을 하고 화사한 시선을 보내며 고개를 숙여 인사한 다음 아서는 낙농실을 나섰다. 하지만 목사님이 자기를 기다릴 거라고 생각한 것은 오산이었다. 목사님은 다인나와의 대화에 무척 흥미를 느끼고 있었으므로 대화를 일찍 끝낼 생각이 없었던 것이다. 그들이 서로 무슨 이야기를 하고 있었는지를 여러분에게 이제 들려줄 것이다.

소명

신사들이 들어왔을 때 자리에서 일어섰지만 다듬고 있던 시트를 여전히 손에 잡고 있던 다인나는 어윈 씨가 자신을 바라보며 다가오는 것을 보자 공손하게 무릎을 굽혀 절했다. 그는 아직 그녀에게 말을 걸어본 적도, 그녀와 대면해 본 적도 없었다. 그녀의 눈이 그의 눈길과 마주친 첫 순간 그녀는 '정말로 잘생긴 얼굴이야! 좋은 씨앗이 그 땅에 떨어지면 좋으련만. 틀림없이 번성할 테니까' 라고 생각했다. 서로 기분 좋은 인상을 받았음에 틀림없었다. 어윈 씨도 그녀에게 너그러운 존중심을 담고 고개를 숙여 인사했던 것이다. 그녀가 그가 아는 사람들 가운데 가장 존귀한 귀부인이었다 하더라도 그는 똑같이 인사했을 것이다.

"아가씨는 이 근방을 그저 방문하러 왔다고 들었소."

그녀의 맞은편에 앉아서 어윈 씨가 처음으로 꺼낸 말이었다.

"아뇨, 목사님. 저는 스토니셔의 스노필드 출신입니다. 아주 친절하시게도 이모님은 제가 그곳의 일을 그만 두고 쉬기를 바라셨어요. 제가 몸이 아팠었거든요. 그래서 여기 와서 잠시 머물도록 청하셨지요."

"아, 나는 스노필드를 아주 잘 기억해요. 한번 거기에 갈 기회가 있었지. 황량하고 쓸쓸한 곳이었소. 그곳에 면화 공장을 짓고 있었지. 하지만 벌써 여러 해 전의 일이요. 그 공장 덕택에 일거리가 늘면서 상당히 바뀌었을 테지."

"공장으로 인해 사람들이 모여들고 일하면서 생계를 이어가고 또 장사하는 사람들에게도 상황이 더 나아졌다는 점에서는 변했지요. 저도 그곳에서 일하고 있고 감사하게 생각할 이유가 있습니다. 그렇게 함으로써 먹고 남을 만큼 충분히 벌고 있으니까요. 하지만 목사님께서 말씀하시듯이 여전히 쓸쓸한 곳입니다. 이 지역과는 전혀 다르지요."

"아마 그곳에 당신 친척이 살고 있어서 고향으로서 애착을 느끼고 있겠지요?"

"한때 이모님이 계셨어요. 제가 고아여서 이모님이 저를 키우셨지요. 하지만 그분도 7년 전에 세상을 떠나셨고, 제가 아는 바로는 포이저 이모님 외에 다른 친척이 없습니다. 이모님은 제게 아주 친절하게 대해 주시고 이곳에 와서 살기를 바라십니다. 여기는 분명히 좋은 땅이고 사람들이 부족함이 없이 빵을 먹을 수 있는 곳이지요. 하지만 저는 언덕에 난 풀처럼 제가 처음 자리 잡고 그 속으로 깊이 뿌리를 내린 스노필드를 자유로이 떠날 수 없습니다."

"아, 틀림없이 그곳에는 종교적인 친구들과 동료들이 많이 있겠지요.

당신은 감리교도이고, 아마 웨슬리 교파이겠지요?"

"네, 스노필드의 제 이모님이 그 교파에 속하셨습니다. 그 덕분에 제가 아주 어린 시절부터 받아 온 특권에 대해 감사하게 생각합니다."

"그리고 당신은 오랫동안 정기적으로 설교를 해왔나요? 내가 알기로는 당신이 어젯밤에 헤이슬롭에서 설교를 했다고 하더군요."

"4년 전 제가 스물한 살이었을 때 처음으로 설교를 했습니다."

"그렇다면 당신의 교파는 여성의 설교를 인정하는군요."

"여자들이 설교에 대한 확실한 부름을 받을 때, 그리고 그들이 맡은 일이 죄인들을 회개시키고 하느님 백성의 세력을 강화하는 것일 때는 금지하지 않습니다, 목사님. 목사님도 아마 들어보셨겠지만, 이 교파에서 처음으로 설교를 한 여성은 플레처 부인입니다. 결혼하기 전 보산켓 양이었을 때 그 임무를 떠맡도록 웨슬리 씨가 허락하셨지요. 그 부인은 대단한 재능을 가지고 있었고, 지금 살아 있는 많은 이들도 성스러운 직무를 수행하면서 더불어 살아가는 사람들을 도와주는 소중한 분들입니다. 최근에는 그 교파에서도 여성의 설교에 반대하는 의견이 있었다는 것을 알고 있습니다. 하지만 그들의 의도가 수포로 돌아갈 거라고 생각하지 않을 수 없습니다. 물길이 통하도록 수로를 만들어 '이쪽으로 흘러라. 저쪽으로 흐르지 말고' 라고 말하듯이 하느님의 성령을 전달하는 통로를 만드는 것은 인간이 아니니까요."

"하지만 당신네 교인들 가운데서 어떤 위험한 경우를 보게 되는 일은 없소? 아가씨가 그렇다고 말하려는 생각은 아니요. 전혀 아니지. 하지만 남자들이나 여자들이 스스로를 하느님의 성령을 전달하는 통로라고 상상하면서 완전히 착각에 빠지는 것을 때로 본 적이 없소? 그런 사람들은 자신들에게 적합하지 않은 일을 하면서 성스러운 것들을 경멸하도록 만들지요."

"물론 때로 그런 일이 있습니다. 저희들 가운데에도 형제를 속이려고 시도한 악인들이 있으니까요. 그리고 자기 스스로를 속이는 사람들도 있습니다. 하지만 그런 사람들을 억제할 만한 원칙과 교정 장치가 저희에게 없는 것은 아닙니다. 저희들 사이에는 아주 엄격한 질서가 있고, 형제자매들이 평가를 내리는 사람처럼 서로의 영혼을 감시합니다. 저희는 다른 사람이 마음대로 하도록 내버려 두고는 '제가 아우를 지키는 사람입니까?'[50] 라고 말하지 않습니다."

"그런데 당신이 처음에 어떻게 설교할 생각을 하게 되었는지 말해 주시오. 이런 것을 물어도 괜찮다면 말이지요. 나는 정말 그게 궁금하니까."

"실은 목사님, 저는 그런 생각을 해본 적이 전혀 없었습니다. 제가 열여섯 살이 되었을 때부터 어린 아이들에게 이야기를 하고 가르치는 것에는 익숙했었지요. 때로 여러 사람이 모인 곳에서 말을 하고 싶은 마음이 든 적이 있었고, 환자들에 대한 생각을 하면서 긴 기도를 올리고 싶었던 적은 있었습니다. 하지만 설교를 하라는 부름을 느꼈던 적은 없었습니다. 대단한 사람이 될 자질을 갖고 태어나지 않았기에 저는 그저 가만히 혼자 앉아서 제 생각에 빠져들기를 잘했지요. 신에 대한 생각이 제 영혼이 넘쳐흐르면 마치 윌로우 브룩의 냇물에 잠겨 있는 조약돌처럼 하루 종일 말없이 앉아 있을 수 있습니다. 생각이란 아주 위대하니까요. 그렇지 않습니까, 목사님? 생각이란 깊은 물결처럼 우리를 휩싸고 있는 것 같아요. 제 문제는 제가 있는 곳이나 주위의 사물들을 모두 잊어버리고 생각에 빠진다는 것입니다. 그 생각을 두서 있게 말할 수 없기 때문에 그 생각이 무엇인지 설명할 수 없었어요. 제가 기억하는 바로는 제 방식이 그러했습니다. 하지만 때로 제 의지와 상관없이 어떤 말이 떠오르는 듯 했습니다. 마음이 벅차올라서 어쩔 수 없이 눈물이 쏟아지듯 말씀이 제게 솟아올랐지요. 많은 사람들 앞에서 그럴 수 있으리라고는 전혀 생각하지 않았지만, 그런 시간들은 언제나 큰 축복을 받은 때였습니다. 하지만 목사님, 우리는 어린아이들처럼 우리가 알지 못하는 길로 인도를 받게 되지요. 저는 갑자기 설교를 하라는 부름을 받았습니다. 그 이후로는 제게 맡겨진 일에 대해서 조금도 의심하지 않았습니다."

---

50) 창세기 4:9. 카인이 동생 아벨을 죽인 다음 신에게 한 질문.

“하지만 그 상황에 대해서 말해 주시오. 어떻게 그리 되었는지, 당신이 설교를 처음 시작한 날이 언제였는지.”

“어느 일요일이었습니다. 저는 형제 말로우와 함께 헤턴 딥스까지 걸어갔습니다. 그 노인은 평신도로 성직을 수행하는 분이었지요. 납 광산에서 일하며 생계를 이어가는 그 마을 사람들은 교회와 설교자가 없는 곳이었기에 양치기가 없는 양처럼 살아갑니다. 스노필드에서 12마일이 넘는 거리였기에 우리는 아침 일찍 출발했지요. 여름철이었으니까요. 언덕을 넘어가면서 저는 경이로운 신의 사랑을 느꼈습니다. 여기처럼 나무들이 무성해서 하늘이 좁아 보이는 곳이 아니라 나무들이 전혀 없었기에 장막처럼 펼쳐진 하늘을 볼 수 있었고 영원한 팔이 저를 감싸는 것을 느낄 수 있었으니까요. 그런데 헤턴에 도착하기 전에 형제 말로우가 갑자기 어지럼증을 느껴서 쓰러질까봐 걱정이 이만저만이 아니었습니다. 그분은 그 연세에 밤을 새워 기도하고 말씀을 전하러 먼 거리를 걸어 다닐 뿐 아니라 리넨 만드는 일을 계속하면서 몹시 과로했던 것이지요. 우리가 마을에 도착했을 때 사람들이 그분을 기다리고 있었습니다. 그분이 그곳에 갈 시간과 장소를 이전에 약속해 두었으니까요. 그리고 생명의 말씀을 듣고자 했던 사람들은 오두막들이 밀집한 곳에 모여 있었습니다. 다른 사람들도 동참하고 싶은 마음이 들도록 말이지요. 그러나 그분은 서서 설교할 수 없는 상태였습니다. 그래서 우리가 당도한 첫 번째 오두막에 누우셔야 했지요. 그래서 저는 어느 집에서 사람들에게 성경을 읽어주고 함께 기도하려고 생각하고는 그들에게 말하러 갔습니다. 그러나 오두막들을 지나면서 문간에서 떨고 있는 노파들을 보고, 마치 하늘을 올려다본 적이 없는 말 못하는 황소처럼, 안식일 아침의 평화로운 광경을 본 적이 없는 듯한 남자들의 험악한 표정을 보았을 때, 제 영혼에 커다란 동요가 이는 것을 느꼈고 제 연약한 몸에 강한 성령이 들어와 뒤흔드는 듯이 몸이 떨렸습니다. 그래서 사람들이 조금 모인 곳에 다가가 녹색 언덕배기 쪽에 세워진 나지막한 벽에 올라서서 제게 넘치듯이 주어진 말씀을 전했습니다. 사람들이 모두 오두막에서 나와서 제 주위에 몰려들었고, 많은 사람들이 자기 죄를 생각하며 울었고 그 이후로 하느님의 자식이 되었습니다. 이렇게 해서 제가 처음 설교를 하게 되었고 그 이후로 계속 설교를 해왔습니다, 목사님."

평소처럼 소박한 태도로, 하지만 언제나 청중을 압도하는, 진지하고 분명하며 떨리는 목소리로 이렇게 말하는 동안 다인나는 일거리를 떨어뜨렸었다. 이제 그녀는 몸을 굽혀 바느질거리를 주워서 전처럼 일을 계속했다. 어윈 씨는 무척 흥미를 느끼며 속으로 중얼거렸다. '여기서 현학자인양 설교하려 든다면 한심하게도 잘난 체하는 거겠지. 나무들이 원래 자기의 모양대로 자란다고 나무에게 가서 설교하려고 드는 편이 나을 거야.'

"그런데 당신은 당신이 젊다는 생각으로, 남자들이 눈을 뗄 수 없는 사랑스러운 젊은 여성이라는 생각으로 곤혹스러웠던 적은 없었소?"

"없습니다. 그런 감정을 느낄 여지가 없습니다. 사람들이 행여나 그런 것에 주목하리라고는 생각하지 않습니다. 하느님이 자신의 존재를 우리에게 느끼도록 하셨을 때, 우리는 타오르는 덤불과 같다고 생각합니다. 모세는 그것이 어떤 덤불이었는지에 대해서 조금도 신경을 쓰지 않았지요. 그저 밝게 타오르는 하느님의 모습을 보았을 뿐입니다.[51] 저는 스노필드 근방에 사는 아주 거칠고 무식한 사람들에게 설교를 해 왔습니다. 남자들은 아주 완고하고 사납게 보였지만 저에게 무례한 말을 한마디도 하지 않았고, 그들 사이로 제가 지나가도록 길을 만들어 주면서 종종 친절하게 고맙다고 말했었지요."

"그 말은 믿을 수 있겠소. 믿을 수 있고말고." 어윈 씨는 강조하며 말했다. "그런데 어젯밤에 당신의 설교를 들은 사람들에 대해서는 어떻게 생각하시오? 그들도 조용히 귀를 기울였소?"

"아주 조용했습니다, 목사님. 하지만 그들에게 큰 영향을 미쳤다는 징후는 찾아볼 수 없었습니다. 베시 크래니지라는 젊은 여성만 예외였지

51) 출애굽기 3:2.

요. 한창 피어오르는 그녀의 젊음을 처음 보았을 때 제 마음에는 어리석음과 허영에 빠진 그녀에 대한 동정심이 일었습니다. 설교가 끝난 후에 저는 그녀와 개인적으로 이야기하고 기도를 했고, 그녀의 마음을 움직였다고 믿습니다. 하지만 초록 목초지와 고요히 흐르는 강물 사이에서 땅을 경작하고 가축을 돌보면서 조용한 삶을 살아가는 마을에서는 기이하게도 사람들이 말씀에 대해 냉담하다는 것을 알았습니다. 리즈 같은 대도시와는 전혀 다르지요. 리즈에서 설교하는 성스러운 여성을 한번 방문하러 간 적이 있었습니다. 감옥의 뜰처럼 거리가 높다란 벽으로 둘러싸이고 세속적인 일들이 빚어내는 소음으로 귀가 멍멍해지는 그런 곳에서 오히려 영혼을 풍부하게 거둘 수 있다는 것은 놀라운 사실입니다. 아마도 현실의 삶이 암울하고 지치게 할 때 구원의 약속이 더 달콤하기 때문이겠지요. 몸이 고달플 때 영혼은 더욱 큰 갈망을 품게 되지요."

"아, 그렇소. 여기 농장의 일꾼들은 쉽게 일깨울 수 있는 사람들이 아니요. 그들은 양이나 소처럼 더디게 삶을 받아들이지요. 하지만 여기에도 영리한 일꾼들이 있소. 비드 가족을 당신도 알고 있을 텐데. 말이 난 김에 말이지, 세스 비드가 감리교인이오."

"네, 세스를 잘 알고 있습니다. 그의 형 아담도 약간 알고 있고요. 세스는 화를 낸 줄 모르는 너그럽고 진지한 젊은이입니다. 아담은 이스라엘 백성의 선조인 요셉 같지요. 재주와 지식이 풍부하고 동생과 부모님에게 친절을 베푸니까요."

"어쩌면 그들에게 바로 얼마 전에 고통스러운 일이 일어났다는 것을 모르겠구먼. 그들의 아버지 마티아스 비드가 어젯밤 자기 집에서 멀지 않은 윌로우 브룩에서 물에 빠져 죽었소. 지금 나는 아담을 만나러 가는 참이었소."

"아, 연로하신 모친이 참 안 되었네요!" 다인나는 손을 떨어뜨리고 마치 동정의 대상을 눈앞에 떠올리듯 연민에 가득 찬 눈으로 앞을 바라보았다. "몹시 상심하실 거예요. 그 어머니가 걱정이 많고 불안한 성품이라고 세스가 말한 적이 있거든요. 제가 그분에게 도움이 될 수 있을지 가봐야겠어요."

그녀가 일어서서 일거리를 접고 있을 때, 우유 통 가운데 머물러있어야 할 그럴 듯한 이유가 없어진 도니손 대위가 낙농실에서 나오고 있었고 포이저 부인이 그 뒤를 따랐다. 어윈 씨도 일어서서 다인나에게 다가가 손을 내밀고 말했다.

"작별 인사를 해야겠군. 당신이 곧 떠날 거라는 이야기를 들었소. 하지만 이번이 이모님을 마지막으로 방문하는 것은 아니겠지요. 그러니 다시 만날 수 있기를 바라오."

어윈 씨가 다인나에게 정중하게 인사하자 포이저 부인의 걱정은 씻은 듯이 사라졌고, 평소보다 더 환한 얼굴로 말했다.

"어윈 부인과 어윈 양들의 안부를 아직 묻지 못했네요, 목사님. 평소처럼 잘 지내고 계시기를 바랍니다."

"아, 고맙소, 포이저 부인. 앤이 오늘 심한 두통을 앓고 있을 뿐이라오. 참, 부인이 보내준 크림치즈를 모두들 좋아했다오. 특히 어머니께서 좋아하셨지."

"정말 기쁩니다, 목사님. 제가 크림치즈는 거의 만들지 않지만, 어윈 부인께서 그걸 좋아하신다는 걸 기억했지요. 어윈 부인과 케이트 양, 앤 양에게 제 안부를 전해 주세요. 요즘은 통 제 닭을 보러 오시지 않았어요. 까맣고 흰색으로 얼룩덜룩한 귀여운 병아리가 몇 마리 있답니다. 케이트 양께서 몇 마리 키우고 싶어 하실지 모르겠어요."

"그래, 그 애에게 이야기하겠소. 병아리들을 보러 틀림없이 올 거요. 그럼 잘 있으시오." 목사는 말에 오르며 말했다.

"좀 천천히 달리세요, 목사님." 도니손 대위 역시 말에 타며 말했다. "삼 분 안에 목사님을 따라갈 테니까요. 강아지에 대해서 양치기하고 잠시 이야기를 나눠야겠어요. 안녕히 계시오, 포이저 부인. 곧 다시 와서 긴 이야기를 나눌 거라고 남편에게 전해 주시오."

포이저 부인은 정식으로 무릎을 굽혀 절했고 말 두 마리가 마당을 지나 보이지 않을 때까지 바라보았다. 마당에서는 돼지들과 닭들이 소란을 피웠고, 화가 난 불도그는 승전의 춤이라도 추듯이 격렬하게 움직이며 매 순간 사슬을 끊어버릴 것 같았다. 포이저 부인은 이렇게 소란스러운 가운데 그들이 집을 나선 것이 다행스러웠다. 그것은 농장이 잘 보호되고 있으며, 빈둥거리는 건달들이 아무도 보지 못하는 사이에 몰래 집안에 발을 들여놓을 가능성이 없다는 사실을 새로이 확인시켜 주었던 것이다. 대위의 등 너머로 문이 닫힌 다음에야 그녀는 다시 부엌으로 들어갔다. 보닛을 손에 든 다인나는 리스베스 비드의 오두막으로 가기 전에 이모에게 말하려고 기다리고 있었다.

포이저 부인은 보닛을 보기는 했지만 그에 대한 이야기를 잠시 미루고 먼저 어윈 씨의 태도에 놀라지 않을 수 없었던 자기 마음을 털어놓았다.

"아니, 그럼 어윈 씨가 화가 난 것이 아니셨니? 그분이 네게 뭐라고 말씀하시던, 다인나? 설교했다고 꾸짖지 않으셨어?"

"네, 목사님은 전혀 화를 내지 않으셨어요. 아주 친절하시던데요. 나도 모르게 그분과 긴 이야기를 나누게 되었어요. 어떻게 그리 되었는지는 모르겠어요. 언제나 그분을 세속적인 사두개파[52] 라고 생각해 왔으니까요. 그런데 그분의 표정은 아침 햇살처럼 쾌적했어요."

"쾌적하다고! 그분이 유쾌하지 않으면, 그럼 어떨 거라고 예상했다는 말이니?" 포이저 부인은 뜨개질거리를 다시 잡으며 참을 수 없다는 듯이 말했다. "정말로 그분의 표정은 유쾌하지! 그분은 타고난 신사인데다가 그림처럼 아름다운 어머니가 계신단다. 온 나라를 돌아다녀도 다른 데서는 예순여섯 살의 그런 부인을 찾아볼 수 없을 거다. 주일에 그분이 설교단에 앉아 계신 것을 보면 여름날처럼 화창한 기분이 든다고. 남편에게 말했듯이, 밀이 꽉 들어찬 밭이나 멋진 암소들이 노니는 목초지를 보는 것 같다니까. 세상이 참 편안한 곳이라는 생각이 들지. 그런데 너희 감리교도들이 좇아다니는 사람들에 대해서 말하자면, 공유지에서 풀을 뜯는

---

52) 옛 유대교의 한 종파로서 사자의 부활이나 내세를 믿지 않는 물질주의자를 지칭함.

갈비뼈가 앙상한 송아지를 보는 편이 더 낫겠더라. 평생 베이컨 껍질과 귀리 빵보다 더 나은 것을 먹어본 적도 없는 듯한 사람들이 무엇이 옳은지를 말하고 다닌다니 참 대단하지. 그런데 어윈 씨가 그린에서 설교한 네 바보 같은 짓거리에 대해서 뭐라 말씀하시던?"

"그 이야기를 들었다고 말씀하셨을 뿐이에요. 그것에 대해 불쾌하게 느끼시는 것 같지는 않았어요. 하지만, 이모님, 그 일에 대해서는 더 이상 생각하지 마세요. 그분의 말씀 중에 지금 제가 그렇듯이 이모님을 슬프게 할 이야기가 있었어요. 티아스 비드 씨가 어젯밤에 윌로우 브룩에서 물에 빠져 돌아가셨대요. 그 나이든 모친께 무척 위로가 필요할 거라고 생각하고 있었어요. 어쩌면 제가 그분께 도움이 될 지도 모르지요. 그래서 모자를 가져왔고 막 나가려던 참이었어요."

"저런, 맙소사! 하지만 먼저 차를 마셔야지." 포이저 부인은 반음올림표가 다섯 개 붙은 마장조에서 솔직하고 따뜻한 다장조로 당장 목소리를 낮추며 말했다. "주전자 물이 끓고 있으니 일 분이면 준비가 될 거야. 애들도 곧 들어와서 차를 달라고 할 테니. 네가 그 부인을 보러 가는 것에는 대찬성이다. 고통을 받고 있는 사람들은 언제나 너를 환영하니까. 감리교인이건 아니건 간에. 하지만 그 문제에 대해서 말하자면, 사람을 이루는 살과 피가 차이를 만드는 거야. 어떤 치즈는 탈지유로 만들고 어떤 치즈는 새 우유로 만들지. 그것을 뭐라 부르던 간에, 모양과 냄새를 보면 어느 게 어느 건지 알 수 있다구. 그리고 티아스 비드에 대해 말하자면, 그 사람은 살아 있느니 없는 편이 더 나은 사람이었어. 이런 말 하는 것을 하느님께서 용서해 주시기를. 지난 10년 동안 자기에게 딸린 가족에게 고통을 주는 것 외에는 아무 일도 하지 않았거든. 그 노부인에게 럼주 작은 병을 갖다 드리는 게 좋겠다. 뱃속을 달래줄 것을 한 모금도 마시지 않았을 거야. 앉아서 좀 쉬어라, 얘야. 차를 다 마실 때까지는 움직이지 못하게 할 거니까. 정말이야."

이렇게 말하면서 포이저 부인은 선반에서 찻그릇을 꺼내오고 빵을 가지러 식품저장실로 가고 있었다. 찻잔이 딸그락거리는 소리에 나타난 토티는 엄마를 졸졸 따라다녔고, 그때 헤티가 낙농실에서 나오면서 팔의 피로를 덜 셈으로 팔을 들어 올려 머리 뒤쪽에서 두 손을 깍지 끼었다.

"몰리, 뛰어가서 소리쟁이 이파리를 한 묶음 가져다 줘. 이제 버터를 싸둘 때가 되었어." 헤티는 다소 늘쩍지근한 목소리로 말했다.

"무슨 일이 일어났는지 들었니, 헤티?" 그녀의 숙모가 물었다.

"아뇨, 어떻게 들을 수 있겠어요?" 헤티가 토라진 목소리로 대답했다.

"네가 들었다 해도 그리 신경 쓰지 않겠지. 틀림없어. 다른 사람들이 모두 죽는다 해도 전혀 신경을 쓰지 않을 만큼 어리석으니까. 이층에서 꼬박 두 시간 동안 네 몸단장만 할 수 있다면 말이야. 하지만 네 값어치 이상으로 너를 많이 생각해 주는 사람들에게 일어나는 일에 대해서 너 아닌 다른 사람이라면 무척 신경을 쓸 거다. 그렇지만 아담 비드와 그 집안 식구들이 모두 물에 빠져 죽더라도 너는 조금도 개의치 않겠지. 바로 다음 순간에 거울을 보고 멋을 부리고 있을 테니까."

"아담 비드가 물에 빠져 죽었어요?" 헤티는 팔을 떨어뜨리며 다소 당황한 표정이었지만 숙모가 평소와 마찬가지로 잔소리를 하려고 과장하고 있을 거라고 짐작하며 물었다.

"아니, 아니야."

포이저 부인이 정확하게 알려주지 않고 식품저장실로 가버리자 다인나가 친절하게 말했다. "아담이 아니야. 아담의 아버지, 그 노인께서 물에 빠져 돌아가셨어. 어젯밤에 윌로우 브룩에서. 어윈 씨가 조금 전에 그 이야기를 해 주셨어."

"아, 정말 끔찍한 일이야!" 헤티는 심각하게 보이긴 했지만 그리 깊은 인상을 받지 않은 듯이 말했다. 이제 몰리가 소리쟁이 이파리를 가지고 왔으므로 헤티는 말없이 그것을 받아 들고 더 이상 아무것도 묻지 않고 낙농실로 돌아갔다.

헤티의 세계

초록색 꽃잎으로 둘러싸인 노란 앵초 꽃이 돋보이듯이, 향기롭고 희끄무레한 버터가 돋보이도록 널찍한 이파리들로 싸면서 유감스럽게도 헤티는 아담과 그의 고통보다는 도니손 대위가 자기를 바라보던 시선을 훨씬 더 많이 생각하고 있었다. 황금 시계 줄이 매달린 연대 군복을 입고 있고 헤아릴 수 없이 많은 재산과 존귀함을 갖춘, 손이 희고 잘생긴 젊은이가 보낸 찬탄 어린 화사한 눈길, 이 시선은 따뜻한 광선이 되어 가엾은 헤티의 마음을 들뜨게 하고 그 마음의 어리석고 사소한 곡조를 되풀이하여 울리도록 만들었다. 멤논의 동상[53]은 잠시 머무는 아침 햇살에만 곡조를 울려 퍼지게 하지, 그 밖의 다른 신적이거나 인간적인 영향력 혹은 강렬하게 휘몰아치는 바람의 영향에 반응을 보인다는 이야기는 들은 적이 없다. 그리고 인간의 영혼이라 불리는 정교하게 만들어진 악기 가운데 어떤 것은 소리를 낼 수 있는 범위가 극히 제한되어 있어서, 다른 영혼들을 전율적인 황홀감이나 떨리는 고뇌로 충일하게 만드는 것을 접해도 전혀 울리지 않으리라는 사실을 우리는 인정해야 한다.

헤티는 사람들이 자기를 바라보기 좋아한다는 생각에 다분히 익숙해져 있었다. 브록스턴에 사는 류크 브리튼이 그녀를 보려는 일념으로 주일 오후마다 헤이슬롭 교회에 나온다는 사실을 모르지 않았다. 그의 아버지 류크 브리튼 노인이 형편없는 땅을 경작하고 있으므로 그 젊은이를 하찮게 생각하는 포이저 숙부가 그를 격려하지 않도록 자기 아내에게 진지하게 주의를 주지 않았더라면 그 젊은이가 더욱 적극적으로 접근했으리라는 것을 헤티는 알고 있었다. 또한 체이스의 정원사인 크레이그 씨가 그녀에게 홀딱 빠져 있으며 최근에 달콤한 딸기와 완두콩을 많이 보내어 그 사실을 분명히 드러냈다는 것도 알고 있었다. 그보다도 아담 비드,

53) 테베에 있는 거대한 동상으로 반신 멤논을 나타낸다고 알려져 있으며 새벽의 햇살을 받아 음악적인 소리를 울린다고 한다.

키가 크고 꼿꼿하며 영리하고 용감한 아담 비드, 주위 사람들에게 대단한 권위를 행사하고 있고 숙부가 저녁에 그를 만날 때마다 기뻐하면서 "자기가 더 훌륭하다고 생각하는 사람들보다도 아담은 사물의 이치를 훨씬 더 잘 알고 있어"라고 말하는 바로 이 아담이 다른 사람들에게는 다소 엄격하고 여자들을 쫓아다니는 데 별로 관심이 없지만 자기의 말 한마디나 표정으로 언제라도 얼굴이 하얗게 질리거나 붉어질 수 있다는 사실을 알고 있었다. 헤티의 비교 범주는 넓지 않았지만 그녀는 아담이 '남자다운 남자'라는 것을 알아차리지 않을 수 없었다. 그는 어떤 일에 대해서 무슨 말을 해야 할지 언제나 알고 있었고, 헛간에 버팀목을 대는 방법을 숙부에게 일러줄 수 있었으며, 버터를 만드는 우유 통을 순식간에 수리할 수 있었고, 바람에 쓰러진 밤나무의 가치를 한 눈에 알았으며, 벽에 왜 습기가 차는지 그리고 쥐를 막으려면 어떻게 해야 하는지를 알고 있었고, 읽기 쉬운 아름다운 필체로 글씨를 썼다. 머릿속으로 숫자를 계산할 수 있었는데 그것은 이 지방의 부유한 농부들도 전혀 할 줄 모르는 대단한 재주였다. 전에 브록스턴에서 헤이슬롭까지 함께 걸어오는 동안 입을 열어서 한 말이라고는 잿빛 거위가 알을 낳기 시작했다는 것밖에 없었던 그 무기력하고 활기 없는 류크 브리튼과는 전혀 달랐다. 그리고 정원사인 크레이그 씨에 대해서 말하사면, 지각이 있는 사람임에는 틀림없지만 안짱다리였고 기묘하게도 단조롭게 웅얼거리며 말했으며 게다가 아무리 잘 봐주어도 이미 사십 줄에 들어선 사람이었다.

헤티가 아담에게 희망을 갖도록 부추기기를 숙부는 바라고 있으며 그녀가 그와 결혼한다면 기뻐하리라는 것을 헤티는 알고 있었다. 당시 농부와 잘사는 장인 사이에는 엄격한 계층 구분이 없었으며, 선술집에서나 집안의 난롯가에서 그들이 함께 맥주잔을 기울이며 어울리는 것을 볼 수 있었다. 농부들은 교구의 일을 처리하는 데 있어서 중요하고 영향력 있는 존재임을 암암리에 의식하고 있었고, 대화를 하는 데 있어서의 두드러진 열세에도 불구하고 그런 의식으로 말미암아 자부심을 느꼈다. 마틴 포이저는 선술집을 자주 다니지 않았지만 자기 집에서 만든 술을 마시며 이웃 간의 친근한 대화를 나누기 좋아했다. 농장을 잘 운영하는 법을 전혀 알지 못하는 어리석은 이웃을 야단치는 것도 즐거운 일이었지만, 아담 비드처럼 영리한 사람에게서 무언가를 배우는 것 또한 유쾌한 기분전환이었다. 따라서 아담이 새 헛간을 짓는 일을 감독한 이후 지난 삼 년간 아담은 홀 팜에서 언제나 환영을 받았다. 특히 겨울날 저녁에 바깥주인과 안주인, 아이들과 하인들을 포함한 온 가족이 난롯불이 활활 타오르는 근사한 부엌에 모여 가부장적 질서에 따라서 세세하게 구별된 순서대로 자리 잡고 앉아 있을 때 그러했다. 그리고 적어도 지난 이 년 동안 헤티는 "아담 비드가 지금은 월급쟁이로 일하고 있지만 언젠가는 장인이 될 거야. 내가 이 의자에 앉아 있는 것만큼이나 확실한 일이지. 버지 씨가 아담을 파트너로 만들고 자기 딸과 결혼시키려 한다는군. 사람들이 하는 얘기가 맞는다면 말이야. 아담과 결혼하는 여자는 수입이 쏠쏠할걸. 성모 영보 축일이건 성 미카엘 축일[54]이건 말이지"라는 숙부의 말을 끊임없이 들어왔다. 그 말에 포이저 부인은 늘 진심으로 동의하며 말했다. "아, 이미 부자인 사람을 남편으로 맞는다면야 좋은 일이지요. 하지만 그 사람이 어쩌면 바보일지도 몰라요. 그리고 주머니 한 귀퉁이에 구멍이 있으면 주머니에 돈을 가득 채워봤자 아무 소용도 없어요. 자기 소유의 짐수레에 앉아 있는 것도 전혀 소용이 없을 거예요. 말을 모는 마부가 바보천치라면 말이에요. 오래지 않아 주인을 도랑에 처박을 테니까요. 나는 머리가 없는 사람하고는 절대로 결혼하지 않겠다고 늘 말해왔어요. 여자에게 머리가 있어봤자 무슨 소용이 있어요? 그 여자가 사람들이 모두 비웃는 바보하고 평생 씨름을 해야 한다면 말이죠. 차라리 옷을 멋지게 차려 입고 당나귀 등에 앉아 있는 편이 낫지." 그녀는 이렇게 말하곤 했다.

이 말은 비유적인 표현이었지만 아담에 대해 포이저 부인이 어떻게 생

54) 성모 영보 축일(3월 25일)과 성 미카엘 축일(9월 29일)은 임대료와 소작료를 지급하는 분기 지급일.

각하고 있는지를 잘 드러냈다. 헤티가 친딸이었다면 포이저 부부가 그 문제에 대해서 달리 생각했을지 모르지만, 그들이 아담과 돈 한 푼 없는 조카딸의 혼사를 반겼으리라는 점은 분명했다. 헤티의 숙부가 헤티를 받아들여 키우면서 숙모의 집안일을 돕도록 하지 않았더라면, 헤티가 다른 집의 하녀가 되는 것 외에 무엇이 될 수 있었겠는가? 숙모는 토티를 낳은 후부터 건강이 좋지 않아서 하인들과 아이들을 감독하는 것 이상의 힘든 일은 할 수 없었다. 하지만 헤티는 아담에게 꾸준히 희망을 불어넣어 주지는 않았다. 다른 구애자들보다 그가 훨씬 더 낫다는 것을 확실히 알고 있어도 그를 받아들이겠다는 생각은 도무지 할 수 없었다. 그녀는 건강하고 재주가 많고 예리한 눈을 가진 이 남자가 자기 수중에 있다는 것을 느끼는 게 좋았다. 아담이 자신의 압도적인 매력의 굴레에서 빠져 나가서 그의 사소한 눈길을 받기만 해도 아주 고마워했을 온순한 메리 버지에게 마음을 붙인다는 기미를 조금만 보였다면 그녀는 분개했을 것이다. '흥, 메리 버지라고! 그렇게 얼굴이 누르스름한 여자애한테! 분홍색 리본을 맸을 때 그 애는 꼭 덩굴 귤처럼 노랗게 보였어. 그리고 머리칼은 목화실 타래처럼 뻣뻣하단 말이야.' 그리고 아담이 몇 주일간 홀 팜에 들르지 않거나 자신의 열정을 어리석은 것으로 여기며 약간의 저항감을 보일 때면 헤티는 마치 아담이 자기를 소홀히 대해서 고통을 겪고 있는 양 온순하고 겁을 먹은 듯한 태도를 약간 보임으로써 그를 다시 그물 속으로 끌어들이려고 애썼다. 하지만 아담과 결혼하는 것은 전혀 다른 문제였다! 결혼하고 싶은 마음을 일으키는 것이 하나도 없었던 것이다. 그의 이름이 언급될 때 그녀의 뺨은 조금도 홍조를 띠지 않았고, 창가에 서서 그가 자갈길을 따라 걸어가는 것을 보거나 풀밭을 가로질러 작은 길을 따라서 느닷없이 자기 쪽으로 다가오는 것을 볼 때 그녀는 아무런 전율도 느끼지 않았다. 아담의 눈길이 자기에게 머물 때 그녀는 그가 자기를 사랑하고 있으며 메리 버지를 보고 싶어 하지 않을 거라는 차가운 승리감 외에는 아무것도 느끼지 않았다. 태양의 그림만으로는 식물의 섬세한 뿌리에 봄철의 수액을 만들어낼 수 없듯이, 그는 그녀에게 젊은 나날의 달콤하고 매혹적인 사랑의 감정을 일으킬 수 없었다. 그녀는 그를 있는 그대로 보았을 뿐이다. 가난한 남자이고, 늙은 부모를 부양해야 하며, 숙부 집에서 누리고 있는 정도의 호사조차 앞으로 오랫동안 제공할 수 없을 사람이었다. 그리고 헤티가 꿈꾸는 것은 오로지 호사스런 것들이었다. 카펫이 깔린 응접실에 앉아 있고, 언제나 흰 스타킹을 신고, 유행하는 커다랗고 아름다운 귀고리를 달고, 윗자락에 노팅엄 산 레이스가 달린 가운을 입고, 리디아 도니손 양이 교회에서 손수건을 꺼냈을 때처럼 좋은 냄새를 풍기도록 자기 손수건에 뿌릴 향수를 갖고 있고, 아침 일찍 일어나거나 누구에게도 꾸지람을 들을 필요가 없는 것이었다. 만약 아담이 부자라서 이런 것들을 줄 수 있었다면 그와 결혼할 만큼 그를 사랑했을 거라고 그녀는 생각했다.

하지만 지난 몇 주간 무언가 새로운 것이 헤티에게 영향을 미쳤다. 그것은 막연한 분위기에 불과했고 확실한 희망이나 전망으로 발전된 것은 아니었다. 하지만 유쾌한 마취 효과를 일으켜서 그녀가 걸어다닐 때나 일하러 다닐 때 마치 꿈속에서처럼 무게감을 느끼지 못하고 힘들다는 생각도 들지 않게 만들었다. 마치 그녀가 살고 있는 곳이 벽돌과 돌멩이로 만들어진 실재 세계가 아니라 태양이 수면에 밝게 비춘 아름다운 세계인 양 만물이 부드럽고 투명한 베일을 통해서 보였다. 헤티는 아서 도니손 씨가 자기를 볼 수 있는 기회를 만들기 위해 상당히 노력하곤 했으며, 교회에서 서 있거나 앉아 있는 자신의 모습을 온전히 볼 수 있는 곳에 그가 언제나 자리를 잡았고, 홀 팜을 방문할 구실을 끝없이 찾아내고 있으며, 자기가 그를 바라보고 말하도록 늘 얘깃거리를 궁리해내곤 한다는 사실을 의식하게 되었다. 현재로서 이 가엾은 아이가 그 젊은 지주가 애인이 될 수 있으리라는 생각을 품은 것은 아니었다. 그것은 대중 속에 끼어 있는 빵장수의 예쁜 딸에게 젊은 황제가 찬탄이 깃든 황제의 미소를 보내어 특별대우를 했다고 해서 그녀가 여황제가 되리라는 생각을 품지 않는 것과 마찬가지이다. 그러나 그 빵장수의 딸은 집에 돌아가서 그 잘생기고 젊은 황제를 꿈꾸며 그런 사람을 남편으로 맞으면 얼마나 멋질까를 생각하면서 밀가루의 무게를 잘못 달지도 모른다. 이처럼 깨어 있을 때나 잠자고 있을 때나 헤티의 꿈속에 끊임없이 나타나는 어떤 얼굴, 어떤 존재가 생긴 것이었다. 밝고 부드러운 시선이 그녀를 꿰뚫었으며 기묘하고 행복한 나른함으로 그녀의 일상을 채웠다. 이 눈길을 던진 눈은 사실, 때로 슬프고 다정하게 간청하듯 그녀를 바라보는 아담의 눈보다 절반만큼도 멋지지 않았다. 하지만 그 눈은 헤티의 어리석고 좁은 상상력에서 기꺼이 반응하려는 매체를 발견한 반면, 아담의 눈은 그 분위기를 뚫고 들어갈 입구를 발견할 수 없었다. 적어도 지난 삼 주 동안 그녀의 마음속에는 아서가 그녀에게 보낸 표정과 말을 기억 속에서 되살리는 것 외에 다른 것이 끼어들 수 없었다. 아서의 목소리가 집 밖에서 들렸을 때, 그가 들어오는 것을 보았을 때, 그리고 그의 눈길이 자기 몸에 고정된 것을 느낄 때, 그리고 키가 큰 남자가 자신의 몸을 만지는 듯한 눈빛으로 자기를 내려다보며 아름다운 직물로 짜인 옷을 입고 저녁 산들바람에 실려 온 화원의 향기 같은 냄새를 풍기면서 점점 다가오는 것을 의식하게 되었을 때, 그녀가 느꼈던 감정들을 되살리는 것 외에는 거의 아무것도 존재하지 않았다. 아시다시피 어리석기 짝이 없는 생각이다! 오늘날 열여덟 살의 상냥한 소녀들이 느끼는 사랑과는 전혀 다른 것이다. 하지만 여러분이 기억해야 할 사실은, 이 모든 일이 거의 육십 년 전에 일어났으며 헤티는 교육을 전혀 받지 못했고 그저 농부의 딸에 불과했다는 점이다. 그녀에게 손이 흰 신사는 올림퍼스의 신처럼 눈부신 존재였다. 그때까지 그녀는 도니손 대위가 홀 팜을 다시 방문할 날이나 교회에서 그를 보게 될 다음 주일보다 더 먼 미래를 그려본 적이 없었다. 그러나 이제는 그녀가 내일 체이스에 갈 때 어쩌면 그가 그녀를 만나려 할 거라는 생각이 들었다. 다른 사람이 옆에 없을 때 그가 그녀에게 말을 건다면, 그리고 조금 함께 걷는다면! 지금까지 이런 일은 한 번도 없었다. 이제 그녀의 상상력은 과거를 돌이킨 것이 아니라 내일 어떤 일이 일어날지를 상상하느라 바쁘게 돌아갔다. 체이스의 어디쯤에서 자기를 향해 걸어오는 그를 보게 될 것인지, 그가 아직 본 적이 없는 장밋빛 새 리본을 어떻게 달 것인지,

그리고 그가 자기를 바라보게 하려고 어떤 말을 할 것인지 말이다. 그의 시선을 기억에서 끝없이 되살리며 그녀는 하루를 마감하게 될 것이다.

이런 상태에서 어떻게 헤티가 아담의 고통에 일말의 감정이라도 느낄 수 있으며 불쌍한 티아스의 익사에 대해서 많은 생각을 할 수 있겠는가? 그녀처럼 즐거운 황홀경에 빠져 있는 젊은 영혼들은 과즙을 빨고 있는 나비들처럼 동정심을 갖지 못하는 법이다. 꿈의 장벽에 의해서, 보이지 않는 표정과 감지할 수 없는 팔에 의해서 차단되어 그들은 어떤 호소에도 아랑곳하지 않는다.

머릿속으로는 아침에 일어난 광경들에 골몰한 채 헤티의 손이 부지런히 버터를 싸고 있고 동안, 어윈 씨의 옆에서 윌로우 브룩 골짜기를 향해 말을 달리던 아서 도니손 역시 어떤 불확실한 기대를 마음에 품었고, 다인나에 대한 어윈 씨의 묘사에 귀를 기울이는 동안에도 그 기대는 그의 마음속 깊숙한 곳에서 흐르고 있었다. 명확하지는 않지만 강렬한 기대라서, 어윈 씨가 갑자기 "포이저 부인의 낙농실에 그렇게나 매력적인 것이 무엇이었나, 아서? 축축한 타일과 치즈 만드는 접시에 취미라도 붙게 된 건가?"라고 물었을 때 그는 다소 겸연쩍은 기분이었다.

아서는 그 목사를 너무나 잘 알고 있었기에 영리하게 꾀를 부려 대답해 보았자 소용이 없을 것이라 생각하고는 평소처럼 솔직하게 말했다.

"아뇨. 버터 만드는 그 예쁘장한 여자, 헤티 소렐을 보러 갔었어요. 그녀는 완벽한 헤베[55] 예요. 제가 화가라면 그 여자를 그릴 겁니다. 농부의 딸들 가운데서 그렇게 예쁜 여자를 보게 되는 건 놀라운 일이지요. 남자들은 그토록 시골뜨기처럼 생겼는데 말이에요. 볼퉁이만 보이고 전혀 특징이 없는 마틴 포이저의 얼굴이 그렇듯이 남자들은 평범하고 불그스레한 둥근 얼굴들뿐인데 집안의 여자들에게서는 상상할 수 있는 가장 매력적인 얼굴이 나온다니까요."

55) 청춘과 샘의 여신. 19세기에는 종종 웨이트리스와 술집여자의 별명으로 사용되었다.

"글쎄, 자네가 예술적인 견지에서 헤티를 감상하는 데는 반대하지 않겠네. 하지만 자네가 헤티의 허영심을 키워서 자기가 훌륭한 신사들에게 매력적으로 보이는 대단한 미인이라는 생각으로 그 작은 머릿속을 채우는 일은 막아야겠어. 그렇지 않으면 헤티가 크레이그 같은 가난하고 정직한 남자의 아내가 되지 못하도록 자네가 망쳐놓을 테니 말이야. 크레이그가 다정한 눈길로 그녀를 바라보는 것을 본 적이 있네. 그 어린 여자애는 벌써 남편을 비참하게 만들 만큼 잰 체하는 태도를 보이더군. 차분한 남성이 미인과 결혼할 때 비참해지는 것이 자연의 법칙이니 말일세. 결혼 이야기가 나온 김에 말이지, 이제 부친이 돌아가셨으니 우리 친구 아담이 정착하길 바란다네. 앞으로는 어머니만 부양하면 될 테고. 일전에 조나단과 이야기하다가 들은 바로는, 아담이 그 겸손하고 괜찮은 여자 메리 버지에게 호감을 느낀다는 거야. 그런데 내가 그 문제를 아담에게 언급했더니 그는 불편한 표정을 지으며 화제를 바꾸더구만. 그 연애가 잘 되어가지 않거나 어쩌면 아담이 처지가 더 나아질 때까지 망설이는 거라고 생각하네. 그의 독립적인 정신은 두 사람이 나눠가져도 될 만큼 충분하지. 다소 자존심이 강하다고나 할까."

"아담에게는 그 결합이 제일 좋을 겁니다. 아담은 늙은 버지의 자리를 떠맡아서 목재소 일을 아주 훌륭히게 해낼 겁니다. 장담하지요. 그가 이 교구에서 정착해서 잘 사는 것을 보고 싶습니다. 그러고 나면 필요할 때 제 오른팔 역할을 할 수 있겠지요. 우리 둘이서 끝없이 복구하고 개선하는 계획을 세울 수 있을 겁니다. 그런데 그 여자는 전혀 본 적이 없었던 것 같아요. 한 번도 보지 못했어요."

"다음 주일에 교회에서 보게나. 그녀는 독서대의 왼쪽에 부친과 함께 앉는다네. 그러면 헤티 소렐을 그렇게 열심히 쳐다볼 필요가 없겠지. 매력적인 개를 살 만한 여유가 없다고 결정을 하고 나면 나는 그 개를 쳐다보지도 않는다네. 만약 그 개가 나에게 강한 애정을 품고 사랑스런 표정으로 나를 바라보면, 산술적인 계산과 내 성향 사이의 갈등이 불유쾌할 정도로 심각해질 수 있으니까 말일세. 이 부분에서 나는 내 지혜를 자랑스럽게 여긴다네, 아서. 그리고 이제 지혜가 하찮은 것이 되어 버린 노인으로서 그 지혜를 자네에게 기꺼이 넘겨주겠네."

"감사합니다. 지금은 사용할 필요가 있다고 생각하지 않지만 언젠가는 그 지혜가 제게 큰 도움이 되겠지요. 이런! 시냇물이 둑을 넘쳐흘렀군요. 이제 언덕 발치에 당도했으니 천천히 나아가야겠어요."

이것이 말 위에서 대화를 나눌 때의 커다란 이점이다. 속보나 느린 구보에 따라 어느 순간에든 대화가 바뀔 수 있으므로, 말을 타고 있으면 소크라테스[56]도 피할 수 있는 법이다. 그 두 사람은 아담의 오두막 뒤편의 오솔길에서 말을 멈출 때까지 더 이상 대화를 나눌 필요가 없었다.

다인나가 리스베스를 방문하다

다섯 시가 되자 리스베스는 커다란 열쇠를 들고 아래층으로 내려왔다. 죽은 남편이 누워 있는 방의 열쇠였다. 그날 하루 종일 이따금 슬픔이 복받쳐서 울음을 터뜨린 시간을 제외하면 그녀는 계속 몸을 움직이면서 종교적인 의식을 치르듯이 경건한 마음으로 사자(死者)를 위해 해야 할 일을 꼼꼼하게 처리했다. 무엇보다도 먼저 임종 시에 쓰려고 오랫동안 간직해 왔던 표백된 리넨을 꺼냈다. 이 리넨이 어디 있는지를 티아스에게 말해 주었던 때가 여러 해 전 여름이었지만 바로 어제인 것 같았다. 그 둘 가운데 자신의 나이가 더 많았기에 자기가 죽으면 리넨을 찾아 쓰도록 알려주기 위해서였다. 리넨을 꺼낸 다음 그 신성한 방에 있는 물건들을 아주 말끔히 닦아내고, 평범하고 일상적인 일거리의 흔적을 모두 없애는 일이 남았다. 지금까지 서리 같은 달빛이나 따스한 여름날에 떠오르는 햇빛을 거리낌 없이 잠든 노동자에게 비춰 주었던 작은 창문을 이제 흰

56) 소크라테스는 공공장소에서 사람들을 붙잡고 철학적 토론을 벌인 것으로 유명한 희랍의 철학자.

천으로 가려야 했다. 천장이 높은 집에서 잠이 들었건 휑하게 드러난 서까래 밑에서 잠이 들었건 간에 이 마지막 잠은 똑같이 경건한 것이니까. 리스베스는 침대 주위에 드리워진 바둑판무늬의 커튼에 난 구멍도 꿰맸다. 오랫동안 내버려 두었고 눈에 잘 띄지도 않던 구멍이었다. 말없이 누워있는 사자를 위해서 조금이나마 존경이나 사랑을 표현할 수 있는 순간, 여러 가지 생각들이 교차하는 가운데 사자에 대해 깊은 생각을 바칠 수 있는 순간이 이제 얼마 남지 않았기에 소중했다. 우리가 죽은 자를 잊을 때까지는, 우리에게 그들은 결코 죽은 것이 아니다. 그들은 우리로 인해 상처를 받을 수 있고 고통을 받을 수 있다. 그들은 우리의 회한을 모두 알고 있으며, 그들의 빈자리에서 우리가 느끼는 고통과 얼마 남지 않은 그들의 흔적에 우리가 퍼붓는 키스를 모두 알고 있다. 무엇보다도 늙은 농부의 아내는 죽은 자에게 의식이 있다고 믿었다. 검소하게 살아오면서 리스베스는 근사한 장례식을 생각해 왔고, 자신이 교회 마당으로 실려 가고 남편과 아들들이 뒤를 따라올 때 자신에게 의식이 있을 거라는 기대를 막연히 품어 왔었다. 그런데 이제 자기 삶에서 가장 큰 일은 티아스가 자기보다 먼저 근사하게 흰 가시나무 아래 매장되도록 살피는 것이라고 생각했다. 그 나무 밑의 땅속에 누워서 그 위로 쏟아지는 햇빛을 보았던 꿈을 꾼 적이 한 번 있었고, 아담을 낳은 후 출산 정화를 받기 위해 교회에 갔던 그 주일에 맡았던 무성하게 핀 흰 가시나무 꽃들의 냄새를 내내 잊을 수 없었던 것이다.

그러나 이제 사자의 방에서 그날 할 수 있는 일을 모두 끝냈다. 아들들이 물건을 들어 올리는 데 약간 도와주기는 했지만 거의 모든 일을 그녀 혼자서 한 것이었다. 이웃에 사는 여자들을 대체로 좋아하지 않았기에 일을 도와줄 마을 사람을 불러 오지 못하게 했다. 버지 씨네 집에서 오래 가정부로 있었고 그녀가 좋아했던 돌리는 티아스가 죽었다는 소식을 듣자마자 아침에 그녀를 위로하기 위해서 들렀지만 눈이 너무 나빠서 그리 도움이 되지 않았다. 그녀는 방문을 잠그고 이제 열쇠를 손에 쥔 채 바닥 중앙에 아무렇게나 놓인 의자에 지친 듯이 털썩 주저앉았다. 평소 같으면 리스베스는 그런 의자에 절대로 앉지 않았을 것이다. 그날 부엌은 완전히 그녀의 관심 밖이었다. 진흙 묻은 신발자국으로 지저분하고 옷가지들과 다른 물건들이 정돈되지 않아 어수선했다. 다른 때라면 질서정연하고 청결한 것을 좋아하는 리스베스의 성격에 참을 수 없는 일이었겠지만, 지금은 그저 당연히 그래야 할 것 같았다. 이제 그 노인이 그렇게 비참한 종말을 맞았으므로 모든 것이 낯설고 무질서하게 보여야 마땅했다. 아무 일도 일어나지 않은 듯이 부엌이 말끔하게 보여서는 안 된다. 밤새워 힘들게 일하고 다음 날에도 극심한 심적 동요를 겪고 애를 쓰느라 지친 나머지 아담은 작업실의 나무 의자에 쓰러져 자고 있었다. 세스는 찻물을 끓여 어머니에게 차를 권하려고 뒤쪽 부엌에서 장작에 불을 붙이고 있었다. 어머니는 그 정도의 호사도 누리려 하지 않았던 것이다.

리스베스가 의자에 털썩 주저앉았을 때 부엌에는 아무도 없었다. 그녀는 화창한 오후 햇살이 비추고 있는 더럽고 혼란스런 부엌을 멍한 눈으로 둘러보았다. 마치 그녀의 슬프고도 혼란스러운 마음 같았다. 그 혼란은 잠자는 사이에 파괴되어 버린 거대한 도시의 잔해에 파묻힌 어떤 가엾은 영혼이 잠에서 깨어나 비참하고도 어리둥절한 심정으로 날이 뜨는지 지는지도 알지 못하고 이 한없이 황폐한 광경이 어떤 이유로 어디에서 유래한 것인지도 알지 못하며 자신이 그 폐허의 한가운데 있게 된 연유도 알지 못한 채 처음 몇 시간 동안 느낄 갑작스런 슬픔 같은 것이었다.

다른 때라면 리스베스는 '아담이 어디 있지?'라는 생각을 제일 먼저 머리에 떠올렸을 것이다. 그러나 갑작스런 죽음으로 말미암아 그녀의 남편은 26년 전에 차지했었던 애정의 첫 번째 자리를 다시 몇 시간 동안 차지하게 되었다. 지나가 버린 어린 시절의 슬픔을 잊어버리듯이 그녀는 그의 결함을 모두 잊었고, 남편이 젊은 시절에 보여 주었던 다정함과 늙어서의 참을성만을 생각했다. 그녀는 멍한 눈으로 계속 두리번거렸다. 이윽고 어머니에게 차를 대접하려고 세스가 부엌에 들어와서 흩어진 물건들을 치우고는 조그맣고 둥근 목제 탁자를 정리하기 시작했다.

"뭘 하려는 거냐?" 그녀가 다소 언짢은 듯이 말했다.

"차를 드시면 좋겠어요." 세스는 부드럽게 말했다. "엄마에게 도움이 될 거예요. 집안을 좀 더 안락하게 두세 가지 물건을 치우겠어요."

"안락하다고! 어떻게 안락하게 만든다는 말을 할 수 있니? 그냥 놔둬라, 그냥 둬. 나한테는 더 이상 편안한 일이 없을 테니까." 말을 꺼내자 다시 눈물이 쏟아지는 가운데 말을 이었다. "이제 네 불쌍한 아버지가 돌아가셨단 말이다. 삼십 년간 나는 네 아버지를 위해서 빨래를 하고 바느질을 하고 음식을 준비했어. 자기를 위해서 내가 해 주는 일이라면 뭐든지 언제나 기뻐하셨어. 네 아버지는 아주 솜씨가 좋았고, 내가 너희들 때문에 몸이 아프거나 불편하면 날 위해 집안일도 하셨지. 날 위해 밀크주를 만들어서는 아주 의기양양하게 위층으로 갖다 주기도 했지. 애들 둘 무게는 족히 나가는 큰 애를 업고 워슨 웨이크까지 5마일이나 되는 먼 길을 가면서도 단 한 번도 불평하지 않으셨어. 내가 언니를 보고싶어 했기 때문에 말이야. 그 언니는 이듬해 크리스마스를 넘기지 못하고 죽고 말았지. 그런데 우리가 결혼한 날 함께 집으로 오면서 건넜던 그 시냇물에 네 아버지가 빠져 죽다니. 네 아버지는 날 위해서 접시들과 갖가지 물건들을 올려놓을 선반들을 많이 만들고는 아주 자랑스럽게 보여 주었어. 내가 기뻐할 걸 알았으니까. 그런데 네 아버지가 돌아가시는 것을 알지도 못하고 침대에서 잠이나 자고 있었다니! 조금도 관심 없는 사람인 양 말이야. 아! 살다가 이런 일을 다 겪다니! 한때는 우리도 젊었었고, 결혼할 때 이런 일이 있으리라고는 꿈에도 생각 못했어. 그냥 놔둬라, 그냥 둬! 차를 마시지 않겠다. 이제는 먹지 않고 마시지 않아도 상관없어. 다리 한쪽 끝이 무너져 내리면 다른 끝이 서 있어봐야 무슨 소용이겠니? 차라리 나도 죽어서 내 남편을 뒤따르는 게 좋겠다. 누가 알아? 내 남편도 내가 옆에 있었으면 할 거야."

여기서 리스베스는 말을 멈추고 의자에서 몸을 앞뒤로 흔들어대며 울음을 터뜨렸다. 어머니에게 별다른 영향을 주지 못한다고 느끼면서 언제나 소심하게 대했던 세스는 어머니의 격한 감정이 지나갈 때까지 설득하거나 위로하려 해봐야 소용이 없을 거라고 생각했다. 그래서 부엌에서 서성거리다가는 어머니의 성을 돋울까 두려워 그는 뒤편 부엌으로 가서 불을 지피고 그날 아침에 말리려고 널어놓았던 아버지의 옷을 개키기 시작했다.

그러나 리스베스는 몇 분간 몸을 흔들고 신음하다가 갑자기 멈추고는 혼자 큰 소리로 중얼거렸다. "아담을 찾아봐야겠어. 그 애가 어디 있는지 모르겠네. 어두워지기 전에 그 애를 데리고 이층으로 올라가봐야 할 텐데. 죽은 이를 볼 수 있는 시간이 눈처럼 녹아들고 있으니까."

이 말을 들은 세스는 다시 부엌으로 나왔고 어머니가 의자에서 일어나는 것을 보고 말했다. "형은 작업실에서 잠이 들었어요, 어머니. 깨우지 않는 것이 좋겠어요. 힘들게 일하고 고통을 겪느라 너무 지쳤거든요."

"깨운다고? 누가 그 애를 깨운단 말이냐? 쳐다본다고 해서 깨지는 않을 거야. 그 애를 두 시간이나 못 봤어. 네 아버지가 업고 갔던 그 아기가 자라서 어른이 되었다는 것도 까맣게 잊어버릴 지경이야."

아담은 작업실 중앙에 있는 긴 작업대에 어깨부터 팔꿈치까지 기대고 팔로 머리를 받친 채 거친 의자에 앉아있었다. 마치 몇 분간 쉬려고 앉아 있다가 슬픔과 피로에 지쳐 생각에 잠겨있던 처음 자세 그대로 잠들어 버린 것 같았다. 전날 이래로 씻지 않은 그의 얼굴은 창백하고 끈적거리는 듯이 보였다. 머리칼은 이마 위로 아무렇게나 뒤얽혀 있고 감은 눈은 밤을 새우고 슬픔에 짓눌린 나머지 푹 꺼져 있었다. 이마를 찡그린 얼굴은 피로와 고통의 표정을 띠고 있었다. 짚은 분명 불안한 모양이었다. 그 개는 쭉 뻗은 주인의 다리에 코를 박고 엉덩이를 대고 앉아서는 축 늘어진 주인의 손을 핥다가 잠시 귀를 기울이며 문을 바라보았다. 그 불쌍한 개는 배가 고프고 불안했지만 주인 옆을 떠나려하지 않았고, 그 광경에 어떤 변화가 일어나기를 참을성 있게 기다리고 있었다. 리스베스가 작업실에 들어와서 될 수 있는 대로 소리를 내지 않고 아담에게 가까이 다가갔을 때 그를 깨우지 않으려는 그녀의 의도가 즉시 무산되고 만 것은 짚의 감정 때문이었다. 짚은 너무나 흥분했기에 날카로운 소리로 컹컹거리며 그 감정을 분출할 수밖에 없었고, 그 순간에 아담은 눈을 뜨고 자기 앞에서 있는 어머니를 보았다. 그것은 그의 꿈과 크게 다르지 않았다. 잠을 자는 동안 그날 동이 튼 이후로 일어났던 일들을 열에 들뜬 몽롱한 상태로 다시 겪었으며, 성마른 어머니의 비탄이 꿈속에서 내내 그를 떠나지 않았기 때문이었다. 현실과 꿈 사이의 중요한 차이점이 있다면 그의 꿈속에서는 헤티가 끊임없이 눈앞에 실제의 모습으로 등장했으며 이상하게도 배우처럼 그녀와 관련이 없는 장면에 끼어들었다는 것이었다. 심지어 그녀는 윌로우 브룩 옆에 서 있다가 집안으로 들어와서 어머니의 화를 돋우기도 했다. 그가 검시관과 이야기를 나누려고 비를 맞으며 트레들스턴으로 걸어갈 때 흠뻑 젖은 멋진 옷을 입고 있는 헤티를 만나기도 했다. 그러나 헤티가 어디에 나타나든지 이내 그의 어머니가 잇달아 등장했다. 그러니 눈을 떴을 때 옆에 서 있는 어머니가 보였어도 조금도 놀랍지 않은 일이었다.

"아, 얘야, 내 아들아!" 리스베스는 즉시 울부짖기 시작했다. 아직도 생소한 그 슬픔은 장면이 바뀌고 새로운 사건이 일어날 때마다 상실감과 비탄을 끌어내기 마련이므로, 그녀에게 소리쳐 울부짖고 싶은 충동이 되살아난 것이었다. "이젠 너를 괴롭히고 성가시게 할 사람이 네 불쌍한 엄마밖에 남지 않았어. 불쌍한 네 아버지는 더 이상 너를 화나게 하지 않을 테니까. 네 엄마도 네 아버지를 따라 가는 편이 좋겠지. 빠르면 빠를수록 더 좋을 거야. 이제 나는 누구한테도 쓸모가 없으니 말이야. 낡은 외투는 낡은 외투와 잘 어울리지. 다른 데에는 전혀 쓸모가 없으니까. 너는 늙은 엄마보다 네 옷을 더 잘 꿰매주고 네 음식을 준비해줄 아내를 얻게 되겠지. 나는 그저 굴뚝 귀퉁이에 앉아 있는 성가신 늙은이가 될 테고. (아담은 몸을 움찔하며 불편하게 움직였다. 그는 무엇보다도 어머니가 헤티에 대해서 하는 말을 듣기가 겁났다.) 하지만 네 아버지가 살아 계셨다면 내가 다른 사람에게 자리를 양보하도록 내버려 두지 않았을 거다. 네 아버지는 내가 없었으면 잘 지낼 수 없었을 거야. 가위의 한쪽 날이 다른 쪽 날 없이는 아무것도 할 수 없는 것처럼 말이다. 아, 우리 둘 다 함께 내던져졌어야 했는데. 그러면 이런 날을 보지 않아도 되었을 테고, 한 번의 장례식으로 우리 둘 다 한꺼번에 땅에 묻혔을걸."

이 부분에서 리스베스는 말을 멈추었다. 하지만 아담은 고통을 느끼며 아무 말도 하지 않았다. 그 날은 어머니에게 다정하게 말을 건네지 않을 수 없는 날이었다. 하지만 이 탄식에는 짜증이 일지 않을 수 없었다. 불쌍한 리스베스는 자신의 한탄이 아담에게 어떤 영향을 미치는지 알지 못했다. 부상당한 개가 신음 소리를 내면서 그 소리가 주인의 신경에 어떤 영향을 주는지 알지 못하는 거나 다름없었다. 불평을 늘어놓는 여자들이 모두 그렇듯이 리스베스는 위로 받기를 기대하면서 불평했고, 아담이 아무 대답도 하지 않자 더욱 신랄한 불평을 늘어놓으려는 마음이 들었을 뿐이었다.

"내가 없으면 너야 더 잘 살 수 있겠지. 네 마음 내키는 대로 어디든 가서 네가 좋아하는 사람과 결혼할 수 있을 테니까. 하지만 네가 좋아하는 사람이 누구든 간에 그 여자를 집에 데려오더라도, 나는 안 된다는 말을 하지 않을 거야. 결점을 찾아서 입에 올리지도 않을 거라고. 사람이 늙고 쓸모가 없어지면 한입 얻어먹고 한 모금 마시기만 해도 다행이라고 생각해야지. 그러면서 나쁜 말들을 삼킬 수 없다 하더라도 말이야. 그리고 너를 남자답게 만들어 줄 여자들을 얻을 수 있는데도 불구하고, 네게 아무것도 갖다 주지 못하고 그저 모두 낭비해 버릴 여자애에게 마음을 두고 있어도, 나는 아무 말도 하지 않을 거야. 네 아버지가 물에 빠져 죽었으니, 이제 나는 날이 빠져 버린 낡은 칼의 손잡이보다도 나을 게 없어."

더 이상 참을 수 없었던 아담은 말없이 일어나서 작업실을 나와 부엌으로 갔다. 그러나 리스베스는 그의 뒤를 따라왔다.

"그런데 아버지를 뵈러 위층에 올라가지 않을 거냐? 이제 내가 할 일을 모두 끝마쳤어. 네 아버지도 네가 보러 가면 좋아하실 게다. 네가 부드럽게 대하면 언제나 아주 기뻐했으니까."

아담은 곧장 몸을 돌리고 말했다. "그래요, 엄마. 같이 위층으로 올라가요. 자, 세스, 같이 가자."

그들은 위층으로 올라갔고 오 분간 모두 입을 다물고 있었다. 그런 다음 다시 열쇠를 돌려 문을 잠그고 층계를 내려가는 발자국 소리가 들렸다. 그러나 아담은 내려가지 않았다. 너무나 지치고 기운이 없어서 그는 어머니의 불평 어린 비탄을 더 이상 견딜 수 없어 침대에 누웠다. 리스베스는 부엌에 들어와 앉자마자 앞치마로 머리를 뒤집어쓰고 소리를 지르며 흐느꼈고, 전처럼 몸을 흔들어대기 시작했다. 세스는 '시간이 지나면 좀 진정하시겠지. 위층에 갔다 왔으니까' 라고 생각하며 뒤쪽 부엌으로 들어가서 꺼져가는 불을 다시 지폈고 어머니에게 차를 마시도록 곧 설득할 수 있기를 바랐다.

리스베스는 오 분이 넘도록 몸을 흔들면서 몸이 앞쪽으로 쏠릴 때마다 나지막하게 신음소리를 냈다. 그때 갑자기 자기 몸에 부드럽게 놓인 손길이 느껴졌고 자기에게 말을 거는 상냥한 목소리가 들렸다. "친애하는 자매여, 제가 당신에게 위로가 될 수 있는지를 알아보도록 우리 주님께서 저를 보내셨어요."

리스베스는 앞치마를 얼굴에서 떼지 않은 채 잠시 가만히 귀를 기울였다. 처음 들어보는 목소리였다. 이렇게 오랜 세월이 지난 후 언니의 영혼이 죽은 자들 가운데서 되돌아 온 것일까? 떨리는 몸으로 그녀는 감히 고개를 들어 바라볼 수 없었다.

다인나는 이처럼 놀라서 가만히 있는 순간만으로도 그 노파에게 슬픔을 덜어줄 거라고 생각하고는 더 이상 아무 말도 하지 않고 조용히 모자를 벗었다. 그녀의 목소리를 듣고 들뜬 마음으로 부엌에 들어온 세스에게 아무 말도 하지 말라고 손짓을 한 다음에 리스베스가 앉아 있는 의자의 등받이에 손을 얹고 그 위로 몸을 숙여서 다정한 존재를 의식할 수 있도록 했다.

리스베스는 천천히 앞치마를 끌어내렸고 겁을 먹은 듯이 침침한 검은 눈으로 올려다보았다. 처음에는 어떤 얼굴밖에 보이지 않았다. 말끔하고 창백한 얼굴에 사랑스러운 잿빛 눈이 보였고, 전혀 알지 못하는 얼굴이었다. 그녀의 놀라움은 점점 커졌다. 어쩌면 천사일지도 모른다. 그러나 그 순간 다인나가 리스베스의 손에 자기 손을 얹자 그 늙은 부인은 그 손을 내려다보았다. 자기 손보다는 훨씬 작았지만 희고 고운 손은 아니었다. 다인나는 평생 장갑을 낀 적이 없었고 그녀의 손은 어린 시절부터 줄곧 해 온 노동의 흔적을 담고 있었다. 리스베스는 잠시 그 손을 골똘히 바라보았고 그러고 나서는 다인나의 얼굴을 다시 올려다보고 약간 용기를 얻어 놀란 목소리로 말했다. "아니, 당신은 노동하는 여자로군!"

"네, 저는 다인나 모리스예요. 집에 있을 때는 면 공장에서 일하지요."

"아!" 아직도 어리둥절한 상태로 리스베스는 천천히 말했다. "당신이 벽 위의 그림자처럼 아주 가벼운 걸음으로 걸어와서 내 귀에 대고 말을 하는 바람에 나는 당신이 천사인줄 알았어. 당신 얼굴도 아담의 새 성경책에 나오는, 무덤 위에 앉아 있는 천사의 얼굴과 닮았고."

"저는 지금 홀 팜에서 왔어요. 포이저 부인을 아시지요. 제 이모님이세요. 부인께서 무척 고통스러운 일을 당하셨다는 말을 듣고는 아주 안쓰러워 하셨어요. 저는 곤경에 처한 부인께 혹시 도움이 되어드릴 수 있을지 알아보려고 왔지요. 부인의 아들 아담과 세스를 알고 있고, 또 부인께 딸이 없다는 것을 알고 있어요. 부인에게 하느님의 손길이 무겁게 드리워졌다고 목사님께서 말씀하셨을 때, 제 마음이 부인께 향했어요. 부인께서 허락해 주신다면, 이 슬픈 상황에서 부인에게 딸 노릇을 하라는 분부를 느꼈지요."

"아, 당신이 누군지 이제 알겠어. 세스처럼 당신은 감리교도지. 세스가 당신에 대해서 말한 적이 있어." 리스베스는 성마르게 말했다. 이제 놀라움이 사라지자 압도적인 고통이 되돌아온 것이었다. "세스가 늘 말하듯이 당신도 고통이 좋은 거라고 말하겠지. 하지만 나한테 그런 말을 해봤자 무슨 소용이 있겠어? 아무리 말해봤자 똑똑한 사람이 바보가 되는 건 아닐 텐데. 내 남편이 죽어야만 했다면, 침대에서 죽는 편이 더 나은 게 아니라고 설득할 수 있겠어? 목사님이 옆에서 기도를 올려주시고 나는 내가 때로 화났을 때 했던 나쁜 말들을 잊어버리라고 남편에게 말하고 말이야. 남편이 음식을 삼킬 수 있는 동안에는 먹을 것과 마실 것을 주고 말이지. 그런데 아! 그 차가운 물속에서 죽다니! 가까이 있으면서도 우리는 전혀 알지 못했고, 나는 잠을 자고 있었단 말이야. 마치 어디서 왔는지 아무도 알지 못하는 부랑자처럼, 나와 아무런 관계도 없는 사람인 양 말이야."

이 부분에서 리스베스는 다시 울음을 터뜨리며 몸을 흔들기 시작했고 다인나는 이렇게 말했다. "그래요, 친애하는 친구여, 부인께서는 지극히 큰 고통을 받고 계세요. 그 고통을 견디기가 힘들지 않다고 말한다면 냉혹한 마음이겠지요. 하느님은 부인의 고통을 가볍게 만들도록 저를 보내신 것이 아니라, 부인께서 허락해 주신다면, 부인과 함께 슬퍼하기 위해서 보내셨어요. 만일 부인께서 식탁을 차려놓고 잔치를 벌여 친구들과 즐거운 시간을 보내고 싶어 하신다면, 제가 거기 앉아서 부인과 함께 즐거움을 누리도록 허락해 주는 것이 친절한 일이라고 생각하시겠지요. 제가 그 좋은 것들을 함께 나누고 싶어 할 거라고 생각하실 테니까요. 하지만 저한테는 부인의 고통과 어려운 일을 함께 나누는 편이 더 좋아요. 부인께서 허락하지 않으시면 제게는 가혹한 일로 여겨질 거고요. 저를 되돌려 보내지 않으시겠지요? 여기 온 것 때문에 제게 화를 내시지 않겠지요?"

"아니, 아냐. 화를 내다니! 화가 났다고는 말하지 않았어! 당신이 여기 온 건 좋은 일을 한 거지. 그런데 세스, 차를 내오는 것이 어떻겠니? 차를 마시지 않겠다는 나를 위해서는 차를 갖다 주겠다고 서두르더니, 차를 마실 사람을 위해서는 갖다 주려는 생각도 하지 않는구나. 자, 여기 앉아요. 여기 앉아. 여기 와 주어서 고맙게 생각해요. 나같이 늙은 여자를 보러 질척거리는 땅을 걸어 와도 당신에게 얻는 것이 없을 텐데 … 그래, 내게는 친딸이 없어. 딸을 낳지 못했지. 그래도 유감스럽지 않았어. 여자애들은 한심하고 약해 빠졌으니까. 나는 항상 아들을 낳고 싶었어. 스스로 잘 꾸려 나갈 수 있는 아들들 말이야. 아들들이 결혼을 하면, 내게도 딸이 생기겠지. 아마 너무 많아질 거야. 그런데, 당신 좋을 대로 차를 타도록 해요. 나는 오늘 입맛이 전혀 없으니까. 무얼 삼키든 다 똑같아. 슬픔의 맛 외에는 아무것도 없어."

다인나는 차를 이미 마셨다는 것을 드러내지 않으려고 조심하면서 흔쾌히 리스베스의 청을 받아들였다. 아무것도 먹지 못하고 힘들게 일하면서 하루를 보낸 그 노부인에게 꼭 필요한 음식을 먹고 마시도록 부인을 설득하기 위해서였다.

다인나가 집 안에 있기 때문에 무척 기분이 좋아진 세스는 재난이 끊임없이 이어지는 삶으로 대가를 치르더라도 그녀의 존재를 확보할 만한 가치가 있다는 생각이 들지 않을 수 없었다. 그러나 다음 순간에는 스스로를 책망했다. 아버지의 슬픈 죽음을 기뻐하는 듯이 여겨졌던 것이다. 그럼에도 불구하고 다인나와 함께 있다는 기쁨은 쉽게 사그라지지 않았다. 아무리 저항해도 떨쳐 낼 수 없는 날씨의 영향 같았다. 그리고 그 감정은 그의 얼굴에 그대로 드러나서 차를 마시고 있던 어머니의 주의를 끌 정도였다.

"고통을 받는 것이 좋은 거라고 네가 말하고 다니는 게 당연하구나, 세스. 너는 고통을 겪으면서도 잘 살고 있으니까. 네 얼굴을 보면, 잠에서 깨어나 요람에 누워 있던 아기였을 때보다 근심이나 고통에 대해 더 많이 알고 있는 것 같지도 않아. 아기였을 때 너는 언제나 눈을 뜨고 가만히 누워 있었지. 아담은 잠에서 깨면 일 분도 가만히 누워 있으려 들지 않았고. 너는 늘 찌부러뜨릴 수 없는 옥수수자루 같았어. 그런 점에서 보자면, 가엾은 네 아버지도 바로 그런 사람이었지. 그런데 당신도 똑같은 표정을 하고 있군. (여기서 리스베스는 다인나에게 얼굴을 돌렸다.) 감리교도들이라 그런 모양이지. 그렇다고 당신들 탓을 하려는 건 아니라우. 당신네들은 슬퍼할 이유가 없을 때도 왠지 슬픈 표정을 짓고 있으니까. 아, 자, 감리교도들이 고통을 좋아한다면 다들 잘 살아가겠지. 고통을 좋아하지 않는 사람들에게서 고통을 모두 넘겨받아서 치워버릴 수 없는 게 유감이야. 나도 넘겨줄 고통이 많았을 텐데. 남편이 있었을 때 나는 아침부터 밤까지 온종일 근심거리뿐이었어. 그런데 이제 남편이 가버렸으니 최악의 것이 지나가서 즐거워해야겠군."

"네." 다인나는 리스베스의 감정에 거스르지 않도록 조심하면서 말했다. 사소한 말과 행동에 있어서 신의 인도에 의존함으로써 그녀는 늘 예리하고 즉각적인 공감에서 비롯되는, 더없이 섬세한 여성적 기지를 발휘했다. "네, 저도 이모님이 돌아가셨을 때를 기억해요. 돌아가신 다음에 밀려든 침묵보다 한밤중에 들리던 이모님의 심한 기침 소리가 더 그리웠어요. 하지만 자, 친애하는 친구여, 차를 한 잔 더 드시고 조금 더 드세요."

"아니." 리스베스는 잔을 들고 좀 덜 까다로운 어조로 말했다. "그럼 당신에게는 아버지도 어머니도 없단 말이요? 이모님에 대해서 그렇게나 섭섭해 하다니?"

"네, 아버지나 어머니에 대해서는 전혀 기억이 없어요. 제가 아기였을 때부터 이모님이 절 키우셨어요. 결혼을 하지 않으셨기에 아이가 없었지요. 그리고 저를 친자식처럼 다정하게 키워 주셨어요."

"아, 아가씨에게 정말 훌륭한 일을 하셨군. 자기 스스로도 외로운 여성이 아가씨를 아기였을 때부터 키우다니. 버려진 양을 키우면 제멋대로이기 십상인데. 하지만 당신은 격한 성질이 아니라고 장담할 수 있겠어. 평생 한 번도 화를 낸 적이 없는 것 같으니까. 그런데 이모님이 돌아가셨을 때 당신은 뭘 하고 있었소? 포이저 부인도 이모인데 왜 이곳으로 살러 오지 않았지?"

리스베스의 관심을 끌었다는 것을 알아차리고 다인나는 어린 시절의 이야기를 들려주었다. 자라나면서 고된 일을 하게 되었다는 것과 스노필드가 어떤 곳인지, 그리고 거기에서는 얼마나 많은 사람들이 힘겨운 삶을 살고 있는지 등 리스베스가 흥미를 느낄 만한 사소한 이야기를 모두 들려주었다. 그 늙은 부인은 귀를 기울였고, 다인나의 얼굴과 목소리에 어린 동정과 위로에 무의식적으로 빠져들어 안달복달하지 않게 되었다. 잠시 후 노부인은 부엌을 정리하겠다는 다인나의 청을 허락했다. 다인나는 주위가 정돈되고 평화로움이 감돌면 리스베스의 옆에서 기도를 드리면서 동참하도록 만들 수 있으리라 믿었기에 부엌을 치우려고 마음먹었던 것이다. 그동안 세스는 장작을 패러 밖으로 나갔다. 다인나가 어머니와 단 둘이 있고 싶어 할 거라고 짐작했기 때문이었다.

리스베스는 조용하고 신속하게 움직이는 다인나를 지켜보다가 마침내 말했다. "아가씨는 치우는 것이 뭔지 알고 있군. 당신을 딸로 맞아들인다면 싫지 않겠어. 당신이라면 멋진 옷을 사고 돈을 낭비하면서 아들의 월급을 써버리지 않을 테니까. 당신은 이 지역의 처녀들과 다르군. 스노필드 사람들은 여기 사람들과 다른 모양이야."

"생활이 달라요. 많은 사람들이 그렇지요." 다인나가 말했다. "하는 일도 다르고요. 어떤 사람들은 마을 근방의 공장에서 일하고 많은 사람들은 광산에서 일하지요. 하지만 사람의 마음은 어디서나 똑 같아요. 다른 곳과 마찬가지로 거기에도 이 세상의 자식들이 있고 빛의 자식들이 있지요. 하지만 여기보다는 거기에 감리교도들이 더 많이 있어요."

"글쎄, 감리교도 여자들 가운데 당신과 같은 사람이 있는 줄은 몰랐어. 윌 매스커리의 아내가 있는데 사람들은 그 여자가 대단한 감리교도라고 하더군. 하지만 쳐다보기에 기분 좋은 사람이 전혀 아니야. 차라리 도마뱀을 보는 편이 낫지. 그런데 당신이 여기서 하룻밤을 자고 가도 괜찮을 것 같아. 아침에 집 안에서 당신을 보면 좋을 것 같아서. 그렇지만 아마 포이저 씨 댁에서 당신을 기다리겠지."

"아뇨." 다인나가 말했다. "기다리지 않으실 거예요. 허락해 주신다면 저도 머물고 싶어요."

"그래, 방도 있어요. 뒤편 부엌 너머의 작은방에다 내 침대를 마련해 놓았어. 그러니 아가씨는 내 옆에 누워 자면 돼요. 한밤중에 옆에 있는 아가씨에게 말을 하면 즐거울 것 같아. 당신이 말하는 것은 듣기가 좋으니까. 당신의 목소리를 들으니 작년에 처마 밑에 집을 지었던 제비들이 생각나는군. 아침이 되면 나지막하고 부드럽게 지저귀기 시작했지. 아, 내 늙은 남편은 그 새들을 좋아했었어! 아담도 그랬지. 그런데 그 새들이 올해에는 돌아오지 않았어. 아마 그 새들도 죽었나봐."

"자." 다인나가 말했다. "이제 부엌이 깨끗하게 보이지요. 이제 사랑하는 어머니 — 아시다시피 오늘 밤에는 제가 당신의 딸이니까요 — 어머니께서 이제 세수하시고 깨끗한 모자를 쓰시면 좋겠어요. 하느님이 다윗에게서 아들을 빼앗아 가셨을 때 다윗이 무엇을 했는지 기억하세요? 아이가 아직 살아 있는 동안에는 금식을 하고 그 아이의 목숨을 살려 달라고 기도했었지요. 먹지도 마시지도 않고 밤새 땅바닥에 누워 아이를 위해 하느님께 간청했어요. 그러나 아이가 죽었다는 것을 알자 그는 땅에서 일어나 몸을 씻고 머리에 기름을 붓고는 옷을 갈아입고 음식을 먹고 마셨지요. 아이가 죽고 나니까 슬픔을 다 떨쳐버린 듯이 보이는 게 어찌된 일이냐고 사람들이 묻자 이렇게 대답했지요. '그 애가 살아 있을 때 굶으며 운 것은 행여 야훼께서 나를 불쌍히 보시고 아기를 살려 주실까 해서였소. 아기가 이미 죽고 없는데 굶은들 무슨 소용이 있겠소? 내가 굶는다고 죽은 아이가 돌아오겠소? 내가 그 애한테 갈 수는 있지만, 그 애가 나한테 돌아올 수는 없지 않소?'[57)]"

"아, 그것 참 맞는 말이야!" 리스베스가 말했다. "그래, 내 늙은 남편은 내게 돌아오지 않겠지만, 내가 그에게로 가게 되겠지. 빠를수록 더 좋고. 그래, 아가씨가 원하는 대로 해도 좋아요. 저 서랍에 깨끗한 모자가 있고, 뒤편 부엌으로 가서 얼굴을 씻도록 하지. 그리고 세스, 그림이 있는 아담의 새 성경책을 가져오너라. 우리에게 한 장을 읽어줘요. 아, 그 말이 마음에 드는군. 나는 그에게로 가게 되겠지. 하지만 그는 내게로 돌아올 수 없어."

리스베스의 마음이 한결 차분해지자 다인나와 세스는 속으로 감사의 기도를 올렸다. 다인나가 충고를 하지 않고 그저 조용히 공감을 보여줌으로써 일으키려 했던 변화는 바로 이것이었다. 어린 시절부터 그녀는 환자들과 애도하는 사람들 사이에서, 가난과 무지로 냉혹해지고 뒤틀린 사람들 가운데 살면서 많은 것을 경험해 왔고, 그들의 마음에 접하여 정신적인 위안이나 권고의 말을 기꺼이 받아들일 수 있도록 그들의 마음을 부드럽게 만드는 방법을 매우 민감하게 깨닫게 되었다. 다인나가 표현했듯이 '내가 마음대로 하도록 허용하신 것이 아니라, 침묵을 지킬 때와 말

---

57) 사무엘하 12:15-23.

할 때를 늘 알려주셨다.' 그리고 신속히 떠오르는 생각이나 고귀한 충동을 영감(靈感)이라는 이름으로 부르는 데 우리 모두 동의하지 않는가? 마음이 작용하는 과정을 더없이 세밀하게 분석한 후에도 여전히 우리는 다인나가 말했듯이 우리의 가장 고귀한 생각과 최선의 행동은 모두 우리에게 주어진 것이었다고 말할 수밖에 없다.

그리하여 진지한 기도가 이어졌다. 그날 저녁 그 작은 부엌에서는 믿음과 사랑, 그리고 희망이 넘쳐흘렀다. 가난하고 늙고 짜증을 잘 내는 리스베스가 확고한 생각을 포착했거나 종교적인 감정의 변화를 겪은 것은 아니었지만, 슬픔으로 가득 찬 삶의 아래에 혹은 그 너머에 존재하는 어떤 옳은 것, 선과 사랑을 막연히 느끼게 되었다. 리스베스는 이 슬픔을 이해할 수 없었다. 하지만 그 순간만큼은, 마음을 진정시키는 다인나의 정신에 감화를 받아서 참을성을 가지고 평온을 찾아야 한다고 느꼈다.

오두막에서

다음 날 새벽 네 시 반밖에 되지 않았을 때 다인나는 새들의 소리를 듣고 다락방 지붕의 작은 창문으로 빛이 들어오는 것을 바라보며 누워 있다가 일어서서 리스베스의 잠을 방해하지 않도록 조용히 옷을 입기 시작했다. 그러나 집안에는 먼저 일어난 다른 사람이 짚을 앞세워 계단을 내려간 다음이었다. 또닥또닥 잔걸음으로 달리는 짚의 발자국 소리로 보아 계단을 내려간 사람은 아담이었음이 분명했다. 그러나 다인나는 이것을 알지 못했고 세스일 거라고 생각했다. 아담이 전날 일하느라 밤을 새웠다고 세스가 말해 주었기 때문이었다. 하지만 세스는 문을 여는 소리를 듣고서야 잠에서 깨어났다. 전날의 흥분이 예상치 못했던 다인나의 방문으로 마침내 고조되어 몸이 무척 피곤한데도 불구하고 가라앉지 않았던 것이다. 평소처럼 고된 노동을 하지 않았기 때문에 잠자리에 들어서도 몇 시간이나 뒤척이고 나서야 지쳐서 졸음이 왔고 평소보다 더 노곤한 상태로 새벽잠을 자게 되었다.

하지만 아담은 긴 휴식을 취한 후라서 상쾌해졌고, 가만히 있는 것을 참지 못하는 습관으로 인해서 서둘러 새로운 날을 시작하고 자신의 강한 의지와 튼튼한 팔로 슬픔을 억누를 수 있기를 간절히 바랐다. 골짜기에는 흰 안개가 덮여 있었다. 화창하고 따뜻한 날이 될 것이다. 그리고 아침을 먹고 나면 다시 일을 시작할 것이다.

"사람이 일을 할 수 있는 한, 참을 수 없는 것은 없어." 그는 혼자 중얼거렸다. "사람의 인생은 그저 변화무쌍한 것 같지만 사물의 본성은 변하지 않아. 사 곱하기 사는 십육이고, 몸무게에 비례해서 지렛대를 길게 늘여야지. 그건 인간이 행복할 때나 비참할 때나 똑같이 사실이야. 그리고 노동의 가장 좋은 점은 자기 운명 너머의 사물을 꽉 붙잡을 수 있게 해준다는 거지."

머리와 얼굴에 찬 물을 끼얹으며 그는 다시 온전한 자기 자신이 되었다고 느꼈다. 숱이 많은 검은 머리칼을 물기로 반짝이며 그는 전처럼 예리하게 빛나는 검은 눈으로 작업실에 들어가서 아버지의 관에 쓸 목재를 찾아보았다. 그 슬픈 작업이 집에서 진행되는 것을 어머니가 보고 듣지 않도록, 세스와 함께 목재를 조나딘 내지의 목공소로 운반해서 그곳의 목수에게 관을 만들도록 할 생각이었다.

작업실에 막 들어섰을 때 계단에서 급히 움직이는 가벼운 발걸음 소리가 그의 예리한 귀에 들려왔다. 분명 어머니의 발걸음은 아니었다. 전날 저녁나절에 다인나가 왔을 때 그는 자고 있었기에 지금 이 발자국 소리가 누구의 것인지 알 수 없었다. 어리석은 생각이 떠올라 이상하게도 그의 마음을 동요시켰다. 마치 그 발걸음이 헤티의 것인 양! 그녀가 집 안에 있을 가능성은 전혀 없었다. 하지만 그는 밖으로 나가서 살펴보고 그것이 다른 사람이라는 명백한 증거를 확인하고 싶지 않았다. 그는 판자를 붙잡은 채 자신의 상상력이 아주 유쾌하게 해석해 준 소리를 듣고 있었고, 그래서 예리하고 강렬한 그의 얼굴에는 소심하고 다정한 표정이 떠올랐다. 그 가벼운 발걸음은 부엌에서 서성거렸고 그 뒤로 비질하는 소리가 들려왔는데, 먼지 자욱한 길을 따라 낙엽을 휘날리는 가벼운 산들바람 정도의 소리도 내지 않았다. 아담의 상상력은 보조개가 있는 얼굴과 반짝이는 검은 눈, 뒤쪽의 빗자루를 내려다보는 장난기 어린 미소, 손잡이를 잡기 위해서 몸을 약간 기울이고 있는 둥근 몸매를 떠올렸다. 어리석기 짝이 없는 생각이었다. 헤티일 리가 없었다. 그러나 그런 허튼 생각을 머릿속에서 몰아내는 유일한 방법은 그것이 누군지를 가서 보는 것이었다. 거기 서서 듣고 있는 동안 그의 상상력은 점점 더 믿음에 가까워졌기 때문이었다. 그는 판자를 내려놓고 부엌문으로 다가갔다.

"안녕하세요, 아담 비드?" 다인나는 비질을 멈추고 온화하고 진지한 눈으로 그를 바라보면서 떨리지만 고요한 목소리로 말했다. "온종일 뙤약볕 밑에서 수고[58] 할 수 있도록 당신이 편히 쉬었고 힘이 생겨났으리라 믿어요."

그것은 햇빛을 꿈꾸다가 달빛 속에서 깨어난 것과 같았다. 아담은 다인나를 여러 차례 본 적이 있었지만 언제나 홀 팜에서였고 거기서 그는 헤티를 제외하고는 어떤 여자의 존재도 명확히 의식한 적이 없었다. 그리고 지난 하루 이틀 사이에야 비로소 세스가 그녀를 사랑한다는 생각을 하게 되었으므로 지금까지 동생을 위해서도 그녀에게 관심을 기울인 적이 없었다. 그러나 지금 그녀의 가날픈 모습과 평범한 검은 윗옷, 창백하고 평온한 얼굴은 그를 사로잡은 공상과 대조적인 현실에서 비롯되는 온갖 강렬함으로 그에게 깊은 인상을 주었다. 처음 한두 순간 그는 아무 대답도 하지 않고, 갑자기 흥미를 느끼게 된 대상에게 남자들이 던지기 마련인 신문하는 듯한 시선으로 그녀를 뚫어지게 바라보았다. 다인나는 생전 처음 고통스러운 자의식을 느꼈다. 이 건장한 남자의 꿰뚫는 듯한 어두운 시선에는 온유하고 소심한 그의 동생 세스와는 전혀 다른 무엇이 있

58) 마태오복음 20:12. 예수의 우화에 나오는 포도밭의 일꾼들은 길고 뜨거운 하루의 일과를 이렇게 묘사한다.

었다. 그녀는 얼굴을 약간 붉혔고 그것을 의식하면서 홍조가 더욱 짙어졌다. 이 홍조로 말미암아 아담은 멍한 상태에서 깨어났다.

"깜짝 놀랐어요. 고통에 빠진 어머니를 보러 와 주다니 정말 친절하시군요." 아담은 고마움이 담긴 목소리로 부드럽게 말했다. 그녀가 어떻게 자기 집에 있는지를 예리한 마음으로 즉시 간파했던 것이다. "당신이 와줘서 어머니가 고마워하셨으면 좋겠군요." 어머니가 다인나를 어떻게 맞아들였는지 다소 걱정스러운 마음이 들어 덧붙였다.

"네." 다인나는 다시 일을 시작하며 말했다. "얼마 후에는 위안을 받으신 것 같았어요. 밤에도 시간으로 치면 꽤 잘 쉬셨어요. 내가 나올 때 곤히 주무시고 계셨고요."

"홀 팜에 누가 소식을 전해줬습니까?" 아담은 그곳에 사는 어떤 사람을 다시 떠올렸다. 그녀가 이 사건에 대해 어떻게 느꼈을지 알고 싶었다.

"어윈 목사님께서 말씀해 주셨어요. 이모님은 그 소식을 듣자마자 당신 어머니에 대해 걱정하시면서 나에게 가보라고 하셨고요. 이모부님도 그러실 테지요. 지금쯤은 소식을 들으셨을 테니까요. 어제는 로세터에 가셔서 하루 종일 안 계셨거든요. 이모님 식구들은 당신이 시간 날 때 홀 팜에 들르기를 바랄 거예요. 난롯가에 모인 식구들 모두 당신을 보고 반가워할 테니까요."

공감 어린 추측으로 다인나는 아담이 현재 겪고 있는 고통스런 일에 대해 헤티가 뭐라고 말했는지 듣고 싶어 한다는 것을 잘 알고 있었다. 그녀는 엄격하리만치 정직했기에 마음대로 이야기를 꾸며낼 수는 없었지만, 넌지시 헤티를 포함하여 이럭저럭 말할 수 있었다. 사랑은 혼자서 술래잡기를 하는 아이처럼 의도적으로 스스로를 속인다. 그것은 줄곧 자기 스스로도 믿지 않는 확신을 갖고 기뻐한다. 다인나의 말에 아주 기분이 좋아져서 아담의 마음은 곧 다음번에 홀 팜을 방문할 날에 대한 기대로 부풀었다. 그때는 헤티가 전보다 더 친절하게 그를 대할 것이다.

"하지만 당신은 홀 팜에 오래 머물지 않겠지요?" 그는 다인나에게 말했다.

"네. 토요일에 스노필드로 돌아갈 거예요. 오크번 마차 시간에 맞추려면 일찌감치 트레들스턴으로 출발해야 해요. 그래서 오늘 밤에는 홀 팜으로 돌아가려고요. 마지막 날을 이모님과 아이들과 함께 지내도록 말이지요. 하지만 당신 어머니께서 원하신다면 오늘은 하루 종일 여기 있을 수 있어요. 어젯밤에 당신 어머니께서는 내게 마음을 열어 주신 것 같았어요."

"아, 그렇다면 틀림없이 당신이 오늘 여기 있기를 바라실 거예요. 어머니는 어떤 사람을 처음 만났을 때 마음이 끌리면 그 사람을 계속 좋아하시니까요. 하지만 어머니는 이상하게도 젊은 여자들을 좋아하시지 않아요. 하지만 어머니가 다른 젊은 여자들을 좋아하지 않는다고 해서 당신을 좋아하지 않을 이유가 되는 것은 아니지요."

지금까지 짚은 가만히 웅크리고 앉아서 주인의 얼굴을 올려다보고 표정을 살피거나 부엌에서 움직이는 다인나의 동작을 관찰하면서 아무 소리 없이 이 대화에 동참하고 있었다. 아담이 말을 끝내면서 친절한 미소를 띠자 짚은 그 낯선 사람을 어떻게 받아들여야 할지를 분명히 결정하고는, 다인나가 빗자루를 옆에 놓고 몸을 돌리자 종종걸음으로 그녀에게 다가가서 친근하게 그녀의 손에 주둥이를 파묻었다.

"보시다시피 짚이 당신을 환영하는 군요." 아담이 말했다. "이 녀석은 낯선 사람들을 쉽게 환영하지 않는답니다."

"불쌍하게도!" 다인나는 거친 잿빛 털을 토닥거리며 말했다. "말을 하지 못하는 동물들을 보면 말을 하고 싶은데 그러지 못해서 고통을 받는다는 이상한 느낌이 들어요. 어쩌면 그럴 필요가 없겠지만, 개들을 보면 늘 안타까운 감정을 느끼지 않을 수 없었어요. 그러나 개들이 겉으로 드러내는 것보다 훨씬 더 많은 감정을 느끼는 건 당연하겠지요. 우리는 말을 할 수 있으면서도 우리가 느끼는 것의 절반도 표현할 수 없으니까요."

이제 아래층으로 내려온 세스는 아담이 다인나와 이야기를 나누는 것을 보고 기분이 좋았다. 그녀가 다른 여자들보다 훨씬 더 나은 사람이라는 것을 아담이 알게 되기를 바랐던 것이다. 그러나 몇 마디 인사를 나눈 후에 아담은 관을 만드는 일을 의논하려고 세스를 작업실로 데리고 갔고 다인나는 청소를 계속했다.

여섯 시가 되자 그들은 리스베스와 함께 아침 식사를 했다. 부엌은 리스베스가 치운 것처럼 깨끗했다. 창문과 문은 열려져 있고 오두막 옆의 작은 꽃밭에서 풍기는 쑥, 타임, 들장미의 향기가 뒤섞여서 아침 공기와 함께 흘러들어왔다. 다인나는 자리에 앉지 않고 다른 이들에게 따뜻한 오트밀 죽과 구운 귀리 빵을 대접했다. 어머니가 아침 식사로 무엇을 차리는지를 세스에게 물어보고는 평소와 같은 음식을 준비했던 것이다. 리스베스는 아래층으로 내려온 후에 평소와 달리 말이 없었다. 귀부인처럼 아래층으로 내려와서 집안일이 모두 끝난 것을 보고 가만히 앉아서 식사 시중을 받는 데 적응하려면 분명 시간이 약간 필요했던 것이다. 그녀에게 몰려든 새로운 감정이 슬픔의 기억을 몰아낸 듯이 보였다. 마침내 죽을 맛보고 나서 그녀는 입을 뗐다.

"죽을 더 형편없이 끓일 수도 있었을 텐데 그러지 않았군." 그녀는 다인나에게 말했다. "먹어도 속이 뒤집어지진 않으니 말이야. 조금 더 진해도 괜찮았을 거야. 나는 언제나 박하를 줄기째 넣지. 하지만 당신이 그걸 어떻게 알겠어? 내 아들들은 내가 끓이는 것처럼 죽을 끓여줄 사람을 만날 수 없을 거야. 죽을 끓일 줄이나 아는 사람을 만나도 다행이지. 하지만 좀 알려주기만 하면 당신은 아주 잘 하겠어. 아침 내내 몸을 움직이고 발도 가벼운데다 임시변통치고는 집안을 아주 깨끗하게 치웠으니."

"임시변통이라고요, 엄마?" 아담이 말했다. "아니, 집안이 아주 아늑하게 보이는데요. 이보다 더 훌륭하게 보일 수 있는지 모르겠어요."

"너는 잘 몰라. 아니, 네가 어떻게 알겠어? 남자들은 마룻바닥을 깨끗이 닦았는지 대강대강 치웠는지 전혀 알지 못한다니까. 하지만 죽이 탄 건 알겠지. 내가 죽을 끓이지 않으면, 너는 그런 죽을 먹게 될 테니까. 그때가 되면 네 엄마가 잘하는 것이 있었다고 생각하게 될 거다."

"다인나, 이제 여기 앉아서 아침을 드세요. 우리는 다 먹었으니까요." 세스가 말했다.

"아, 그래, 이리 와서 앉아요." 리스베스가 말했다. "한입 먹어요. 벌써 한 시간 반이나 서 있었는데 먹어야지." 다인나가 그녀의 옆에 앉자 그녀는 애정이 담긴 불평하는 어조로 덧붙였다. "그런데 당신이 가버리면 내 마음이 좋지 않을 것 같아. 하지만 당신이 오래 머물 수는 없겠지. 다른 사람들은 몰라도 당신이 집 안에 있는 건 봐줄 수 있겠어."

"원하신다면 오늘 밤까지 여기 있겠어요." 다인나가 말했다. "더 오래 있고 싶지만, 토요일에 스노필드로 돌아갈 거예요. 그래서 내일은 이모님과 함께 있어야 하고요."

"아, 나라면 거기로 돌아가지 않을 거야. 내 남편이 그 스토니셔 지방 출신인데 어렸을 때 그곳을 떠나왔지. 잘한 일이었어. 거기에는 나무가 없다고 남편이 말했었지. 목수에게는 좋지 않은 곳이었을 거야."

"그래요." 아담이 말했다. "아버지께서 혹시 이사를 간다면 남쪽으로 가야겠다고 생각하셨다는 이야기를 어렸을 때 들었어요. 하지만 정말 그런지는 모르겠어요. 바틀 매시 씨의 말로는, 그분은 남쪽 지방을 잘 알고 있는데, 북쪽 사람들이 남쪽 사람들보다 혈통이 더 좋다는 거예요. 머리도 더 현실적이고 몸도 더 튼튼하고 키도 훨씬 크다고요. 그리고 그 지역의 어떤 곳들은 손등처럼 땅이 평평해서 아주 높은 나무에 올라가지 않으면 멀리 떨어진 곳을 전혀 볼 수 없다는 거예요. 나는 그런 곳은 참을 수 없어요. 일을 하러 갈 때는 약간 언덕진 곳을 올라가서 주위에 몇 마일이나 펼쳐져 있는 들판과 다리와 혹은 큰 마을이나 여기저기 솟아 있는 뾰족탑을 볼 수 있는 길로 가는 것이 좋아요. 그러면 세상이 넓은 곳이고 그곳에 나 말고도 머리와 손을 써서 일하는 사람들이 있다는 걸 느낄 수 있으니까요."

"나는 머리 위로 구름이 흘러갈 때 산 위에 서 있는 것이 좋아요. 태양이 아주 멀리까지 로엄포드 너머로 비치는 것을 볼 수 있지요. 최근에는 폭풍우가 치는 날에도 종종 그런 광경을 보았어요. 그곳은 언제나 기쁨과 햇살이 충만한 천국처럼 보이지요. 이곳의 삶은 어둡고 구름이 잔뜩 껴 있어도 말이에요." 세스가 말했다.

"아, 저는 스토니셔 지방을 좋아해요." 다인나가 말했다. "저는 가난한 사람들이 아주 힘겹게 살아야 하고 햇빛을 받지 못하는 광산에서 남자들이 하루하루를 보내야 하는 언덕지대에 등을 돌리고는 곡식과 가축이 풍부하고 땅이 아주 평평해서 걷기 쉬운 지방을 바라보는 것은 원치 않아요. 황량하고 추운 날 우중충한 하늘이 언덕 너머로 드리워져 있을 때 영혼 속에서 하느님의 사랑을 느끼고 그 사랑을 외롭고 휑뎅그렁한 돌집으로 품어가는 것은 고마운 일이에요. 거기에는 달리 위안을 줄 것이 없으니까요."

"당신은 그렇게 말해도 되겠지. 당신은 전에 내가 꺾어 놓았던 아네모네 꽃과 아주 닮았으니까. 그 꽃은 물 한 방울과 햇살 한 줄기만 갖고도 몇날 며칠을 살아 있었어. 하지만 배고픈 사람들은 그런 메마른 땅을 떠나는 편이 좋아. 부족한 빵을 놓고 나눠먹어야 할 입들을 줄여줄 수 있으니까." 그녀는 아담을 보며 말을 이었다. "하지만 남쪽이건 북쪽이건 떠난다는 말은 아예 하지도 마라. 네 아버지와 엄마를 교회 묘지에 묻어 놓고 우리가 전혀 알지도 못하는 곳으로 간다는 소리는 하지 말라고. 일요일마다 교회 뜰에서 너를 보지 못한다면 나는 무덤에서도 편히 쉴 수 없을 거야."

"걱정 마세요, 엄마." 아담이 말했다. "떠나지 않겠다고 작정하지 않았더라면 벌써 오래 전에 갔을 거예요."

이제 아침 식사를 끝낸 아담은 이렇게 말하며 자리에서 일어났다.

"뭘 하려고 하니?" 리스베스가 물었다. "네 아버지의 관을 만들거니?"

"아뇨, 엄마." 아담이 말했다. "목재를 마을에 가져가서 거기서 만들게 할 거예요."

"아니, 얘야, 안 된다." 갑자기 리스베스는 울부짖듯이 간절하게 말했다. "너 아닌 다른 사람에게 네 아버지의 관을 만들라고 하지는 않겠지? 관을 너처럼 잘 만들 줄 아는 사람이 어디 있다고? 게다가 네 아버지는 훌륭한 솜씨가 어떤 건지 잘 알고 있고, 솜씨로 따지자면 이 마을과 트레들스턴 전체에서도 최고인 아들을 두었잖아."

"좋아요, 엄마. 엄마가 원하신다면 내가 집에서 관을 만들겠어요. 하지만 관을 만드는 소리를 듣고 싶지 않으실 거라고 생각했어요."

"내가 왜 그 소리를 듣기 싫어하겠어? 마땅히 해야 할 일인데. 그리고 내가 좋아하든 싫어하든 무슨 상관이 있겠니? 내가 이 세상에서 얻은 거라곤 언제나 싫은 것들뿐이었어. 입맛이 없을 때는 이걸 먹으나 저걸 먹으나 마찬가지야. 오늘 아침에 무엇보다도 먼저 그 일을 시작해야 해. 너 말고는 어느 누구도 관에 손을 대지 못하게 하겠다."

아담은 세스를 바라보았고, 세스는 다소 생각에 잠긴 듯이 다인나에게서 아담에게로 눈길을 돌렸다.

"아뇨, 엄마." 아담이 말했다. "그 일을 집에서 해야 한다면 세스도 한몫 거들어서 같이 해야겠어요. 버지 씨가 나를 만나고 싶어 할 테니까 나는 오전에 마을에 갈 거예요. 그럼 세스가 집에서 관을 만들기 시작하면 되겠지요. 한낮에 내가 돌아오면 세스가 그때 마을에 가면 되고요."

"아니, 안 돼." 리스베스는 울기 시작하며 고집을 부렸다. "네가 아버지 관을 만들어야 한다고 내 마음을 정했어. 넌 너무 고집이 세고 제멋대로라서 네 어미가 원하는 대로 하려들지 않았어. 아버지가 살아계실 때 넌 아버지에게 종종 화를 냈지. 이제 아버지가 안 계시니까 나한테 더 잘해야지. 아버지는 세스가 자기 관을 만드는 걸 대수롭지 않게 여기셨을 거야."

"그만해, 아담, 더 이상 말하지 마." 세스는 애써 자제하고 있음이 드러났지만 부드러운 어조로 말했다. "어머니 말씀이 옳아. 내가 일하러 갈게. 형이 집에 남아있어."

세스는 곧장 작업실로 들어갔고 아담이 그 뒤를 따랐다. 그동안 리스베스는 마치 다인나에게 자기 자리를 더 이상 양보하지 않겠다는 듯이 습관적으로 아침 먹은 그릇들을 치우기 시작했다. 다인나는 아무 말도 하지 않았고, 이내 그 기회를 이용해서 조용히 작업실의 형제들에게로 갔다.

그들은 벌써 에이프런을 두르고 종이 모자를 쓰고 있었고, 아담은 왼

손을 세스의 어깨에 올려놓고 오른손에 든 망치로 그들이 보고 있던 판자를 가리키고 있었다. 다인나가 들어선 문을 등진 채 서 있었고 그녀의 걸음이 아주 조용했기에 그들은 그녀의 목소리가 들릴 때까지 그녀가 들어온 것을 전혀 알아차리지 못했다. "세스 비드!" 세스는 깜짝 놀랐고, 그들은 둘 다 몸을 돌렸다. 다인나는 아담이 보이지 않는 듯 세스의 얼굴에서 눈을 떼지 않고 조용히 친절하게 말했다.

"작별 인사는 하지 않겠어요. 당신이 일하고 돌아오면 다시 볼 테니까요. 어둡기 전에 홀 팜에 돌아가야 할 테니 곧 다시 보겠지요."

"고마워요, 다인나. 다시 한 번 당신을 데려다주고 싶어요. 어쩌면 마지막이 되겠지요."

세스의 목소리가 약간 떨렸다. 다인나는 손을 내밀며 말했다. "당신이 연로하신 어머님께 다정하게 대해드리고 오랫동안 고통을 참아왔으니, 오늘 당신의 마음속에는 달콤한 평화가 깃들 거예요."

몸을 돌린 그녀는 들어올 때처럼 재빨리 조용하게 작업실을 나갔다. 아담은 내내 그녀를 유심히 살펴보았지만, 그녀는 그를 바라보지 않았다. 그녀가 밖으로 나가자마자 아담이 말했다.

"네가 저 여자를 사랑하는 것이 전혀 놀라운 일이 아니구나, 세스. 저 여자의 얼굴은 백합 같아."

세스의 영혼이 복받쳐 올라 눈과 입으로 몰려들었다. 그는 자기 비밀을 아담에게 고백한 적이 없었지만 이제 짐을 털어놓아 홀가분한 심정으로 대답했다.

"아, 애디, 난 그녀를 사랑해. 아마 너무 많이 사랑하는 것 같아. 하지만 그녀는 나를 사랑하지 않아. 그저 하느님의 자녀가 다른 자녀를 사랑하는 식으로 사랑할 뿐이지. 그녀는 어떤 남자도 남편으로 사랑하지 않을 거야. 나는 그렇게 믿어."

"아니, 그런 건 알 수 없어. 낙담하지 마. 그녀는 대부분의 여자들보다 더 섬세한 재질로 만들어졌어. 그건 나도 확실히 알겠어. 하지만 다른 점에서 그녀가 다른 여자들보다 더 낫다면, 사랑하는 데 있어서도 그들보다 못하리라고는 생각할 수 없잖아."

더 이상 아무 말도 오가지 않았다. 세스는 마을로 출발했고, 아담은 관을 만들기 시작했다.

'하느님이 저 애를, 또 나를 도와주시기를.' 그는 판자를 들어 올리며 생각했다. '우리 둘 다 사는 게 힘든 일이라는 걸 잘 알고 있어. 안팎으로 고된 일이지. 이빨로 의자를 들어 올릴 수도 있고 50마일을 쉬지 않고 걸어갈 수 있는 남자가 세상의 온갖 여자들 가운데 유독 단 한 여자의 시선에 몸을 떨기도 하고 얼굴이 붉으락푸르락한다는 건 생각할수록 이상한 일이야. 설명할 수 없는 불가사의이지. 하지만 그런 문제에 대해 보자면, 씨앗에서 싹이 트는 것도 설명할 수 없는 건 마찬가지지.'

숲 속에서

바로 그 목요일 아침에 옷을 갈아입는 방에서 서성이며 아서 도니손은 영국인답게 멋진 몸매를 구식 거울에 비춰보고 있었다. 거무스레한 올리브색의 태피스트리에서 모세를 돌보고 있어야 할 파라오의 딸과 시녀들이 그 모습을 바라보고 있었다. 그는 속으로 논쟁을 벌이고 있었고, 시종이 검은 실크 붕대를 어깨 위로 묶을 때쯤에는 그 논쟁이 실제 결심으로 확고하게 결말을 맺었다.

"이글데일에 가서 일주일 정도 낚시질을 할 생각이야." 그가 소리 내어 말했다. "자네를 데리고 갈 걸세, 핌. 오늘 아침에 출발할 거야. 그러니 11시 반까지 준비해 주게."

이러한 결심에 이르도록 도움이 되었던 그의 나지막한 휘파람소리가 이 부분에서 아주 큰 테너로 울려 퍼졌고, 서둘러 복도를 지날 때 복도에는 그가 좋아한 《거지 오페라》에 나오는 노래, "남자의 마음에 근심이 가득할 때"59) 의 멜로디가 메아리쳤다. 영웅적인 노래는 아니었다. 그럼에도 불구하고 아서는 말을 준비시키려고 마구간으로 성큼성큼 걸어가면서 자기가 무척 영웅답다고 느꼈다. 그는 스스로를 인정해야 했다. 그리고 그 인정이란 정당하지 않게 누릴 수 있는 것이 아니었다. 오로지 공정한 미덕에 의해서 얻어야 한다. 그는 아직 그 인정을 박탈당한 적이 없었고 자신의 미덕을 상당히 신뢰하고 있었다. 아서처럼 자기 결함을 솔직하게 고백하는 젊은이는 드물었다. 솔직함은 그의 훌륭한 미덕들 가운데 하나였다. 그리고 몇 가지 결함이 없다면 솔직함이 어떻게 그 온갖 광채를 발하며 드러날 수 있겠는가? 하지만 그는 자신의 결함이 모두 고결한 것이라고 기분 좋게 확신하고 있었다. 그 결함은 충동적이거나 열렬하고 당당한 것이었고, 결코 비굴하거나 교활하거나 비열하지 않았다. 아서 도니손이 치졸하거나 비겁하거나 잔인한 일을 저지르는 것은 절대로 불가능했다. '아니! 내가 스스로를 곤란한 상황에 몰아넣는다면 어처구니없는 일이겠지. 하지만 나는 늘 내 어깨에 짐을 지고 책임지려 한단 말이야.' 불행히도, 곤란한 상황에 인과응보의 법칙이 꼭 적용되는 것은 아니고, 자기가 바라는 바를 큰 소리로 표명했음에도 불구하고, 때로는 가장 큰 죄를 저지른 사람이 최악의 결과를 맞지 않는 상황이 끈질기게도 벌어지는 법이다. 아서가 지금껏 자신을 제외한 다른 사람을 곤경에 빠뜨린 적이 있었더라면, 그것은 오로지 일이 벌어지는 방식에 있어서 이런 결함이 있기 때문이었다. 그의 성품은 결코 나쁘다고 할 수 없었고, 자기가 상속받게 될 미래의 장원을 떠올릴 때면 그 그림은 언제나 풍요롭고 만족한 소작인들이 지주를 숭배하는 광경으로 이루어져 있었다. 그의 장원은 최고 수준급으로 대단히 우아하고 고상한 취향과 쾌적한 관리를 드러내고, 그의 말떼는 로엄셔에서 가장 훌륭하며, 그의 지갑은 공적인 목적을

59) 존 게이의 《거지 오페라》(1728)에서 아서가 좋아하는 노래는 21번 곡조 "젊은 처녀를 갖고 싶은가?"이며 이 노래는 반영웅적인 노상강도 맥히스가 여자를 유혹하면서 자기에게는 여자가 한 명 이상 필요하다고 선언한 직후에 부른다. 이 노래를 언급함으로써 조지 엘리엇은 헤티처럼 젊은 여자에 대한 아서의 약탈적 방종의 징조를 예시하고 있다.

위해 언제나 열려 있는 등, 그는 영국 신사계층의 모범적인 인물이 될 것이며, 간단히 말해서 전반적인 상황이 현재 도니손이라는 이름에 결부된 것과는 정반대로 전개될 것이다. 그 미래가 되면 제일 먼저 헤이슬롭 목사관을 위해 어윈 씨의 수입을 늘려서 어머니와 누이들을 위한 마차를 구입하도록 선행을 베풀 것이다. 그 목사에 대한 그의 진정한 애정은 프록과 바지를 입었던 어린 시절부터 싹터 왔다. 그것은 부분적으로는 효성스러운 애정이었고 부분적으로는 형제애와 같았다. 대다수 다른 젊은이들과의 교제보다는 어윈 씨와의 교제를 더 좋아할 만큼 형제애에 가까웠으며, 어윈 씨의 비난을 사는 일을 몹시 꺼릴 정도로 효성에 가까운 것이었다.

여러분은 아서 도니손이 '좋은 사람'이라는 것을 알게 되었을 것이다. 그의 대학 친구들도 그를 좋은 사람이라고 생각했으며, 그는 어느 누구에게든 불편함을 끼치는 것을 참을 수 없었다. 아무리 화가 났더라도 그는 할아버지에게 해가 되는 일이 일어났다면 유감스러웠을 것이다. 그리고 그가 여성 전반에 대해 다정한 마음을 품고 있기 때문에 그의 숙모 리디아는 덕을 입기도 했다. 그가 지닌 선한 품성으로 누구에게도 해를 끼치지 않고 원하는 대로 언제나 순수하게 자선을 베풀 만큼 자기 통제력을 갖고 있는지 어떤지는 아직 그에게 불리한 판정이 나지 않은 문제였다. 여러분이 기억하다시피, 그는 이제 스물한 살에 불과했다. 게다가 잘생기고 너그러운 젊은이의 경우에 우리는 그의 성격을 지나치게 까다롭게 평가하지 않는다. 그에게는 수많은 작은 결점들을 덮어줄 만한 재산이 있을 것이며, 성급하게 말을 몰다가 불행히도 누군가의 다리를 부러뜨리면 보상금을 후하게 줄 것이고, 우연히도 어떤 여자의 생존을 약탈하게 되면 값비싼 봉봉 과자를 직접 꾸려 갖다 줌으로써 보상할 테니까. 심복 비서의 성격을 조사하듯이 이런 사람의 성격을 파고들어 분석하는 것은 우스꽝스러운 일일 것이다. 신분이 높고 부유한 젊은이에 대해서 우리는 신사계층에 걸맞은 완곡하고 일반적인 형용사를 사용한다. 그리고 숙녀들은 여성의 두드러진 속성인 섬세한 직관으로 그가 '유쾌한' 사람인지 아닌지를 즉시 알아차린다. 이런 젊은이는 어느 누구의 분노도 사지 않고 인생을 살아갈 가능성이 농후하다. 어느 누구도 책임지기 싫어하지 않을, 바다에서 항해하는 데 적합한 배와 마찬가지이다. 그러나 선박들은 우연한 사고를 당할 수도 있고, 그러한 사고로 인해서 잔잔한 바다에서는 발견할 수 없었던 구조적 결함을 때로 극명히 드러내는 일도 일어날 수 있다. 그리고 '좋은 사람들' 중에 상황이 불운하게 꼬이는 바람에 그와 유사한 배반을 당하는 사람들도 많이 있다.

그러나 우리가 아서 도니손에 대해서 부정적으로 예상할 만한 타당한 근거는 없다. 오늘 아침 그는 양심에 입각해서 신중한 결정을 내릴 수 있음을 입증한 것이다. 한 가지 사실은 분명하다. 그 자신이 온전히 편안하고 자족한 마음으로 그릇된 길을 갈 수는 없도록 자연이 조치해 놓았다는 사실이다. 그가 죄의 경계선을 넘어서 그 경계선의 다른 쪽에서 퍼부어대는 공격에 끝없이 시달리는 일은 결코 일어나지 않을 것이다. 그가 악마의 시종이 되어 악마의 명령을 단추 구멍에 달고 다니는 일은 결코 없을 것이다.

열 시가량 되었고 태양은 화창하게 빛나고 있었다. 어제 내린 비로 모든 것이 더욱 아름답게 보였다. 그런 날 아침에 여행 떠날 생각을 하면서 평평하게 고른 자갈길을 따라서 마구간으로 걸어가는 것은 유쾌한 일이었다. 하지만 자연스런 상태에서는 남자의 삶에 위안을 주어야 할 마구간 냄새가 아서에게는 늘 약간 짜증을 불러 일으켰다. 마구간에서는 자기 마음대로 할 수 없었다. 모든 것이 대단히 인색하게 운영되고 있었다. 할아버지는 늙은 멍청이를 말구종으로 계속 두고 있었고, 그 말구종은 경험 없는 로엄셔의 젊은이들을 일꾼으로 마음대로 고용할 수 있었다. 그런데 그 일꾼 가운데 한 명이 최근에 새 가위를 시험하느라 아서의 구렁말에 직사각형 모양으로 털을 잘라냈던 것이다. 이것은 당연히 분개할 만한 일이었다. 집안의 짜증스러운 일은 견딜 수 있지만, 마구간에서 화가 나고 혐오스러운 일을 겪는 것은 육체를 가진 인간으로서 인간에 대한 혐오를 느끼지 않고는 오래 견딜 수 있는 일이 아니었다.

아서가 마구간 뜰에 들어섰을 때 제일 먼저 눈에 띈 것은 무뚝뚝하고 주름살이 깊게 패인 늙은 존의 얼굴이었다. 그 얼굴을 보자 그곳에서 보초를 서고 있던 블러드하운드 두 마리가 짖어대는 소리도 거슬렸다. 아서는 그 늙은 멍청이에게 참을성을 발휘하며 말하기 힘들었다.

"메그에게 안장을 얹어서 11시 반에 문간에 데려다 놓게. 핌이 탈 래틀러도 같은 시간에 안장을 얹어놓고. 내 말을 알겠나?"

"네, 알았습니다. 네, 대위님." 늙은 존은 아주 신중하게 대답하며 젊은 주인을 따라 마구간으로 들어섰다. 존은 젊은 주인을 으레 늙은 하인의 적이라고 생각했고, 대체로 젊은이들이란 세상을 이끌어 가기에는 너무나 보잘것없는 존재라고 생각했다.

아서는 메그의 등을 두드려 줄 생각으로 안으로 들어섰고, 아침 식사 전에 화가 나지 않도록 되도록 마구간의 다른 것들에는 눈길을 주지 않았다. 그 아름다운 말은 마구간 안쪽에 있었고 주인이 다가가서 옆에 서자 고개를 부드럽게 돌렸다. 마구간에서 언제나 그 말에 붙어 있는 작은 스패니얼, 리틀 트롯은 그 말의 등에서 편안히 웅크리고 있었다.

"자, 메그, 내 예쁜 아가씨." 아서가 말의 목을 두드리며 말했다. "오늘 아침에는 멋지게 달려볼 거야."

"안됩니다, 주인님. 그렇게 할 수 없겠는데요." 존이 말했다.

"안된다고? 어째서 안 된다는 거지?"

"저, 발을 절게 되어서요."

"절룩거린다고? 망할! 무슨 말이야?"

"저, 일꾼이 이 말을 달톤의 말들에게 가까이 데려 갔는데, 그 말들 가운데 한 놈이 날뛰면서 달려들어 메그의 앞다리 정강이가 부상당했거든요."

분별력이 있는 역사가라면 다음에 일어난 일을 정확히 진술하지 않으려 할 것이다. 말의 다리를 살펴보는 동안 '워, 워!'하며 말을 위로하는 소리와 뒤섞여 거친 말들이 쏟아져 나왔고, 존은 야생 사과나무를 노련하게 잘라 놓은 지팡이처럼 조금도 감정을 드러내지 않고 서 있었다. 이

내 아서 도니손이 들어올 때와는 달리 노래도 부르지 않고 마구간 마당의 철문을 나섰다는 것을 여러분은 상상할 수 있을 것이다.

아서는 무척 실망스럽고 성가시게 되었다고 생각했다. 마구간에는 메그와 래틀러를 제외하면 자기와 하인이 탈만한 다른 말이 없었다. 한두 주일 정도 멀리 떠나 있고 싶을 때 이런 일이 일어나다니 짜증스러웠다. 상황을 이런 식으로 꼬이도록 만들다니 하느님의 섭리에 허물이 있는 것 같았다. 자기 연대의 다른 동료들은 윈저에서 즐거운 시간을 보내고 있을 때 자신은 팔이 부러진 채 체이스에 갇혀 있어야 하다니! 게다가 자기에 대해서 양피지에 날인된 권리증에 대한 애정과 그리 다르지 않은 애정을 갖고 있는 할아버지와 함께 갇혀 있어야 하다니! 그리고 여기저기에서 집안과 장원이 운영되는 방식에 혐오감이나 느끼고! 이런 상황에서 모름지기 사람은 기분이 언짢아지기 마련이고 짜증을 털어 내려고 하다가 지나친 일을 벌이는 법이다. '솔켈드라면 매일 포도주를 한 병씩 마셨을 거야.' 그는 혼자 중얼거렸다. '하지만 나는 그렇게 할 만큼 술에 익숙하진 않단 말이야. 자, 이글데일에 갈 수 없으니 오늘 아침에는 래틀러를 타고 노번에 가서 거웨인과 점심을 먹어야겠어.'

이렇게 겉으로 드러난 결심 이면에는 다른 결심이 숨어 있었다. 만일 그가 거웨인과 점심을 먹고 친친히 이야기를 하면서 시간을 끈다면 다섯 시 무렵까지는 체이스에 돌아오지 못할 것이고, 그 시간이면 헤티가 그의 눈에 띄지 않고 안전하게 가정부의 방에 있을 것이다. 그녀가 다시 집으로 출발할 때는 그가 저녁을 먹은 후 빈둥거릴 시간이라서 그녀가 다니는 길과 동떨어진 곳에 있을 것이다. 사실 그 어린 것에게 친절하게 대한다고 해서 해가 되지는 않을 것이고, 헤티를 삼십 분간 바라보기만 해도 무도회에서 열두 명의 미인과 춤을 추는 것 만한 가치가 있었다. 하지만 어쩌면 그녀를 더 이상 주시하지 않는 편이 더 나을 것이다. 어윈 씨가 암시했듯이 그렇게 하면 그녀가 어리석은 생각을 품을지도 모를 일이었다. 여자들이 결코 그렇게 연약하거나 쉽게 상처받는 것은 아니라고 아서는 자기 나름대로 생각했지만 말이다. 사실 그는 여자들이 대체로 자기보다 두 배나 더 냉정하고 교활하다고 생각했다. 헤티에게 정말로 해를 끼친다는 것은 전적으로 불가능한 일이었다. 아서 도니손은 완벽한 자신감을 느끼며 스스로를 안심시켰다.

그래서 정오의 태양이 비출 때 그는 노번을 향해 질주하고 있었고, 운 좋게도 달리는 길에 헬셀 공유지가 있어서 래틀러를 몇 번이나 멋지게 뛰어넘게 했다. 악마를 몰아내는 데 있어서 몇 차례 덤불과 도랑을 뛰어넘는 것만큼 좋은 일은 없었다. 이런 면에서 비교할 데 없이 유리한 켄타우로스들이 역사에 그렇게 나쁜 오명을 남겼다는 것은 정말 놀라운 일이다.[60)]

그 이후 거웨인이 집에 있었지만 아서가 집으로 돌아와서 대문을 지나 헐떡거리는 래틀러에서 내려 늦은 점심을 먹으러 집안으로 들어섰을 때 안마당에 있는 시계의 시침이 세 시를 알리는 마지막 소리가 채 끝나지도 않았다는 것을 들으면 여러분은 아마도 놀라움을 금치 못할 것이다. 하지만 어떤 만남을 피하기 위해서 먼 길을 달려갔다가 그 만남을 놓치지 않으려고 황급히 질주하여 돌아온 사람들이 과거에도 늘 있었다고 나는 믿는다. 거짓으로 후퇴하는 척하다가 우리가 승리했다고 마음을 굳히자마자 그 순간에 다시 우리를 급습하는 것이 열정의 흔하디흔한 술책인 것이다.

"대위가 악마처럼 지독한 속도로 달렸군." 마부 달턴이 말했다. 존이 래틀러를 데리고 들어왔을 때 마구간 벽에 기대어 파이프 담배를 피우고 있던 그의 모습이 눈에 띄게 두드러졌다.

"대위가 악마에게 말을 돌봐주게 시키면 좋겠어." 존이 투덜거렸다.

"아, 그럼 지금 있는 사람보다야 훨씬 더 상냥한 말구종이 되겠지." 달턴이 말했다. 그 농담이 스스로 생각해도 너무 훌륭했기에 그 자리에 혼자 남게 되자 그는 이따금 파이프를 입에서 떼고는 가상의 청중에게 윙크

60) 신화에 나오는 전설적인 반인반마의 생물로서 제어할 수 없는 거친 행위로 악명 높고, 특히 다이데미아가 라피스의 왕과 결혼하는 날 그녀를 유괴하려고 라피스 인들과 싸운 것으로 유명하다.

하고 말없이 몸을 마구 흔들어 대며 복부에서 터져 나오는 웃음을 터뜨렸고, 하인들의 방에서 그 대화를 실감나게 옮길 수 있도록 속으로 처음부터 되풀이했다.

점심을 먹은 후 옷을 갈아입는 방으로 올라갔을 때 문뜩 아서의 머릿속에는 자신이 아침 일찍 그곳에서 치렀던 논쟁이 어쩔 수 없이 떠올랐다. 그러나 그는 지금 그 기억을 오래 떠올릴 수 없었고, 아침에 처음 창문을 열었을 때 상쾌한 기분을 주었던 공기의 특이한 냄새를 기억할 수 없듯이 그때 그에게 확실했던 감정들과 생각들을 돌이킬 수 없었다. 헤티를 보고 싶은 욕망은 잘못 막아 놓은 물살의 흐름처럼 거세게 밀려들었다. 이 사소한 감정이 그를 사로잡은 강도에 그 스스로도 놀랄 지경이었다. 머리를 빗질하는 손이 약간 떨렸다. 휴! 그는 위험하기 짝이 없게 말을 몰았던 것이다. 하찮은 문제를 조금이라도 중요한 것처럼 생각함으로써 심각한 사건으로 만들었기 때문이었다. 그는 오늘 헤티를 만나고 즐거운 시간을 보내고 나서 그 문제를 완전히 자기 머릿속에서 지워버릴 것이다. 이것은 모두 어윈 씨의 잘못이었다. '만약 어윈 씨가 아무 말도 하지 않았더라면, 나는 메그가 다리를 저는 문제에 대해 생각하는 것의 절반만큼도 헤티에 대해서 생각하지 않았을 거야.' 하지만 그 날은 암자에 가서 빈둥거리기에 적합한 날씨였으므로 그는 그곳에 가서 서녁 식사 시간이 되기 전까지 모어 박사의 《젤루코》[61] 를 마저 읽을 것이다. 그 암자는 전나무 숲 속에 있었고, 헤티가 홀 팜에서 걸어올 때 틀림없이 들어서게 될 길이었다. 그러니 그보다 더 단순하고 더 자연스러운 일은 있을 수 없었다. 헤티를 만나는 것은 그저 그가 산책하는 도중에 부수적으로 일어나는 일이지 그 목적이 아니었다.

체이스의 커다란 참나무들 사이로 아서의 그림자는 무더운 오후에 지친 사람의 그림자에서 예상할 수 없으리만치 빨리 지나갔다. 그가 체이스의 한쪽 언저리에 접해 있으며 미로처럼 구불구불하고 향기로운 숲으

61) 존 무어 박사의 소설(1786)로서 여자를 농락하는 시실리의 귀족 이야기.

로 들어서는 높고 좁은 문 앞에 섰을 때 채 네 시도 되지 않은 시간이었다. 그 숲은 전나무 수풀이라고 불렸는데 전나무가 많아서가 아니라 거의 없기 때문이었다. 너도밤나무와 참피나무가 주를 이룬 그 숲에는 밝은 은빛 줄기의 자작나무 들이 간간이 서 있었고 님프들이 가장 즐겨 찾을 그런 곳이었다. 햇빛을 받은 님프들의 흰 팔다리가 나뭇가지에 비스듬히 가로질러 희미하게 반짝이거나, 부드럽게 흔들리는 높다란 참피나무의 줄기 뒤에서 흘끗 드러나는 것을 볼 수 있었다. 여러분은 님프들의 부드럽고 투명한 웃음소리를 들을 수 있을 것이다. 그러나 여러분이 지나친 호기심을 품고 신성을 모독하는 눈으로 바라본다면, 그 님프들은 은빛 너도밤나무 너머로 사라져 버리고 그들의 목소리가 그저 흐르는 시냇물 소리였다고 여러분을 믿게 만들 것이다. 어쩌면 그들은 황갈색 다람쥐로 변해서 날쌔게 움직여 가장 높은 나뭇가지에서 당신을 조롱할지도 모른다. 걷기 좋은 평평한 잔디밭이나 자갈이 판판하게 깔린 숲이 아니라, 좁고 우묵하게 파여 흙이 덮인 길이 이어지고 그 가장자리에는 가느다란 이끼식물이 희미하게 돋아나 있는 숲이었다. 그 길은 나무들과 덤불의 자유의지로 만들어졌고 키가 크고 발이 하얀 님프 여왕을 보려고 공손하게 옆으로 움직인 것 같았다.

이 길들 가운데 가장 넓은 길을 따라서 아서 도니손은 참피나무와 너도밤나무 가지들 밑으로 지나갔다. 고요한 오후였고, 황금 빛살이 높은 가지들 사이에 한가롭게 머물면서 여기저기 자주색 길과 그 가장자리에 희미하게 흩어져 있는 이끼를 내려다보았다. 운명이 아련히 빛나는 베일 뒤로 그 차갑고 무시무시한 얼굴을 숨기는 오후 시간이 솜털처럼 포근한 날개로 우리를 감싸고 바이올렛 향기를 풍기는 숨결로 우리에게 독을 불어넣는다. 아서는 책을 팔에 끼고 느긋하게 걸었지만 사색에 잠긴 사람들이 흔히 그러하듯이 땅을 내려다보지는 않았다. 그의 눈은 멀리 떨어진 굽이진 길에 고정되어 있었다. 머지않아 그 길을 돌아 조그만 형체가 나타날 것이 분명했다. 자, 그녀가 저기 오고 있었다. 처음에는 나뭇가지 사이에 앉은 열대의 새처럼 밝은 색의 반점이었다가 점차 둥근 모자를 쓰고 작은 바구니를 팔에 끼고 경쾌하게 걸어오는 사람으로 변했다. 그런 다음 아서가 가까이 걸어가자 새빨개진 얼굴에 두려운 듯하면서도 화사한 미소를 띤 소녀가 안절부절 못하며 행복한 눈길로 그에게 절했다. 아서가 조금이라도 시간을 두고 생각해 보았더라면, 자기 역시 안절부절 못하고 얼굴이 붉어진 것을 깨닫고 이상하다고 생각했을 것이다. 자신의 예상대로 만난 것이 아니라 마치 기습이라도 당한 듯 어리석은 표정에 어리석은 느낌이 들었던 것이다. 가엾은 젊은이들! 그들이 서로 얼굴을 맞대고 마주서서 수줍게 좋아하는 마음으로 서로를 바라보고 어린 나비처럼 팔랑거리며 서로에게 키스하고 아장거리며 함께 놀러 가는 황금 같은 어린 시절의 아이들이 아니라는 점은 유감이었다. 그랬더라면 아서는 실크 커튼이 드리워진 흔들침대로 되돌아가고 헤티는 거친 베개로 되돌아갔을 것이며, 둘 다 꿈을 꾸지 않고 곤히 잠들었을 테고 그 다음 날 깨어나서는 전날을 거의 기억하지 못한 채 생활했을 것이다.

몸을 돌린 아서는 아무 이유도 대지 않고 헤티의 옆에서 걸었다. 처음으로 단 둘이서만 있는 것이었다. 처음으로 둘만 있다는 현실이 얼마나 압도적이었는지! 처음 일이 분 동안 아서는 버터를 만드는 이 자그마한 여자를 감히 쳐다볼 수도 없었다. 헤티에 대해 말하자면, 그녀의 발은 구름에 둥둥 떠서 따뜻한 서풍에 실려 가고 있었나. 그녀는 장미색 리본을 까맣게 잊어버렸다. 어린애 같은 그녀의 영혼이 투명한 물 위에서 한 여름의 햇살로 따스해진 수련으로 변해버린 듯, 그녀는 자기 팔다리를 전혀 의식하지 못했다. 앞뒤가 맞지 않는 말처럼 들릴지 모르지만 아서는 자신의 소심함에서 오히려 느긋함과 자신감을 얻었다. 헤티와의 만남에서 예상했던 것과는 전혀 다른 마음이었다. 그의 마음은 막연한 감정으로 차 있었지만, 침묵을 지키고 있는 그 순간에, 이전의 논쟁과 망설임이 아무 소용도 없었다는 생각이 들 여지가 없지는 않았다.

"이 길을 택해서 체이스로 가다니 아주 잘 했어요." 그는 헤티를 내려다보며 마침내 말했다. "오두막 옆을 지나는 것보다는 훨씬 더 아름답고 더 짧은 길이니까."

"네, 나리." 헤티는 떨리는 목소리로 속삭이듯 대답했다. 그녀는 아서 같은 신사에게 어떻게 대답해야 할지 몰랐고 허영심으로 말미암아 더욱 수줍은 듯이 말했다.

"당신은 매주 폼프렛 부인을 만나러 가나요?"

"네, 나리. 목요일마다 갑니다. 그 부인이 도니손 양과 외출할 때만 빼고요."

"그리고 그 부인이 당신에게 뭔가를 가르친다고요?"

"네, 나리. 부인이 외국에서 배운 레이스 깁는 법과 스타킹 깁는 법을 가르쳐주세요. 진짜 스타킹처럼 보여요. 기운 것을 구별할 수 없어요. 그리고 저에게 재단하는 법도 가르쳐주세요."

"그래, 당신은 귀부인 몸종이 되려는 모양이지요?"

"꼭 그렇게 되고 싶어요." 헤티는 좀 더 크게 말했지만 아직도 다소 떨리는 목소리였다. 그녀는 류크 브리튼처럼 자기도 도니손 대위에게 어리석게 보일 거라고 생각했다.

"폼프렛 부인이 언제나 이 시간에 당신이 오리라 예상하고 있겠지요?"

"제가 네 시에 올 거라고 예상하세요. 오늘은 조금 늦었어요. 숙모님을 꼭 도와드릴 일이 있었거든요. 하지만 보통은 네 시예요. 그래야 도니손 양께서 벨을 누르시기 전에 저희에게 시간이 있으니까요."

"아, 그렇다면 지금 당신을 붙잡아서는 안 되겠군. 그렇지 않다면 당신에게 암자를 보여 주고 싶은데. 거기를 본 적 있소?"

"아뇨, 나리."

"이 길을 돌아가면 그곳으로 이어지지. 당신이 보고 싶다면 다음에 보여 주겠소."

"네, 그렇게 해 주세요, 나리."

"당신은 저녁에도 언제나 이 길로 돌아가나요, 아니 이렇게 호젓한 길로 가는 것이 무섭지 않소?"

"아뇨, 나리. 아주 늦은 시간은 아닙니다. 저는 언제나 여덟 시에 출발하거든요. 요즘은 저녁에도 아주 밝습니다. 제가 아홉 시까지 집에 돌아가지 않으면 숙모님이 화를 내실 거예요."

"어쩌면 정원사 크레이그가 당신을 보살펴 주러 오겠군?"

헤티의 얼굴과 목이 붉게 물들었다. "절대 그렇지 않습니다. 한 번도 그런 적이 없었어요. 제가 그렇게 하지 못하게 할 겁니다. 저는 그 사람이 싫어요." 헤티는 급하게 말했고, 화가 나서 재빨리 고인 눈물방울이 말을 끝내기도 전에 반짝이며 뜨거운 뺨에 흘러 내렸다. 그러자 그녀는 눈물을 흘리는 것이 몹시 부끄러웠고, 기나긴 한순간 동안 그녀의 행복은 모두 사라져 버렸다. 그러나 다음 순간 그녀는 자기 몸을 감싸는 팔을 느꼈고 부드러운 목소리를 들었다.

"아니, 헤티, 왜 우는 거지요? 당신을 화나게 할 생각이 없었는데. 무슨 일이 있어도 당신을 화나게 하지 않을 거요, 이 작은 꽃송이. 자, 울지 말아요. 나를 봐요. 그렇지 않으면 당신이 나를 용서하지 않는다고 생각할 테니까."

아서는 가까이 있는 부드러운 팔에 손을 얹고 달래며 간청하는 표정으로 헤티에게 몸을 굽혔다. 헤티는 눈물에 젖은 긴 눈썹을 치켜 올렸고 다정하고 소심하며 간청하는 표정으로 자신을 향한 눈을 바라보았다. 그들의 눈이 마주치고 그의 팔이 그녀를 잡은 그 세 순간이 얼마나 광대한 시간이었던지! 우리가 이제 스물한 번째의 여름을 맞고, 아침 햇살에 처음으로 마음을 여는 꽃봉오리처럼 열일곱 살의 아름다운 소녀가 마치 경이로운 황홀함을 느끼듯 우리의 시선을 받으며 떨고 있을 때 사랑은 무척이나 단순한 것이다. 고난을 겪지 않은 어린 영혼들은 솜털이 난 복숭아 두 개가 부드럽게 접촉하고 나서 편히 쉬듯이 서로에게 다가간다. 나뭇잎들이 우거진 은밀한 곳에서 두 실개천이 그저 서로 얽히는 곡선처럼 끝없이 뒤섞이며 잔물결을 이루듯이 그들은 아무 거리낌 없이 뒤섞인다. 아서가 간절한 마음을 담은 헤티의 검은 눈을 들여다보는 동안 그녀가 비천한 사투리를 구사했더라도 그에게는 아무런 차이도 없었다. 버팀테를 두르고 파우더를 뿌리는 것이 당시의 유행이었다 하더라도 그때 헤티에게 그러한 상류가정의 징표가 없다는 사실을 그는 아마도 의식하지 못했을 것이다.

그러나 그들은 깜짝 놀라서 두근거리는 가슴으로 서로에게서 떨어졌다. 무언가 덜컥 소리를 내며 땅에 떨어졌던 것이다. 헤티의 바구니가 떨어지면서, 노동하는 여성으로서 그녀의 사소한 소지품들이 길 위에 흐트러졌다. 그 중에 어떤 것들은 꽤 멀리까지 굴러갔다. 그것들을 줍는 데 한참 걸렸고 그동안 한마디 말도 오가지 않았다. 그러나 아서가 바구니를 그녀의 팔에 다시 걸어줬을 때 그 가엾은 아이는 그의 표정과 태도가 낯설게 바뀌었음을 느꼈다. 그는 그저 그녀의 손을 잡고 냉정하게 보이다시피하는 표정과 목소리로 말했다.

"내가 당신을 방해하고 있었군. 이제 더 이상 당신을 붙잡지 않아야겠소. 집에서 당신을 기다리고 있을 테니. 그럼 안녕."

그녀의 대답을 기다리지 않고 그는 몸을 돌려 암자로 이어지는 길로 서둘러 돌아갔다. 혼자 남은 헤티는 기이한 꿈속을 혼자 헤맬 수밖에 없었다. 그 꿈은 얼떨떨한 기쁨에서 시작한 듯했지만 이제 상반되는 감정들과 슬픔으로 변하고 있었다. 그녀가 집으로 돌아갈 때 그가 다시 그녀를 만나려 할까? 그가 왜 그녀에게 화가 난 듯이 말하고 그렇게 갑자기 달아나버렸을까? 이유를 알지 못한 채 그녀는 눈물을 흘렸다.

아서 역시 무척 불편한 마음이었다. 하지만 그의 감정은 보다 분명한 의식으로 밝혀졌다. 그는 황급히 숲의 한가운데에 있는 암자로 가서 비틀듯이 문을 열고 쾅 소리가 나도록 문을 닫았다. 그런 다음 젤루코를 멀리 구석에 팽개치고 오른손을 주머니에 쑤셔 넣고는 그 작은 방의 한 끝에서 다른 끝까지 네다섯 차례 서성거린 다음 우리가 감정에 빠지고 싶지 않을 때 흔히 그렇듯이 불편하고 뻣뻣한 자세로 긴 의자에 앉았다.

그는 헤티와 사랑에 빠지고 있었다. 그 점은 아주 분명했다. 그는 이제 서서히 드러나기 시작한 이 달콤한 감정에 빠져들기 위해서 그 밖의 다른 것은 무엇이든 내던져 버릴 마음 상태였다. 이제는 그 사실을 외면해도 소용이 없었다. 그가 계속 그녀에게 관심을 보인다면 그들은 서로를 너무나 좋아할 것이다. 그러면 그 결과가 어찌될까? 그는 몇 주일 내로 멀리 떠나야 하고 그 불쌍한 어린 것은 비참해질 것이다. 다시는 그녀를 단둘이 만나서는 안 되고 그녀에게서 멀리 떨어져 있어야 한다. 거웨인의 집에서 돌아오다니 얼마나 바보 같은 짓이었던가!

그는 일어서서 창문을 활짝 열고 오후의 부드러운 숨결과 암자 주위를 띠처럼 두른 전나무의 상쾌한 향기를 들여놓았다. 창밖으로 몸을 내밀고 나뭇잎이 우거진 먼 곳을 바라보고 있을 때 그 부드러운 공기는 그의 결심을 도와주지 않았다. 하지만 그는 자기 결심이 아주 확고하다고 생각했다. 더 이상 스스로 논쟁을 벌일 필요가 없었다. 그는 다시는 헤티를 만나지 않겠다고 결심했다. 그러니 이제는 상황이 달랐더라면 얼마나 기분 좋은 일이었을지를 상상하는 데 빠져들어도 괜찮을 것이다. 오늘 저녁 그녀가 돌아올 때 그녀를 만나고 그녀의 몸에 다시 팔을 두르고 그 예쁜 얼굴을 들여다본다면 얼마나 즐거울까. 그 귀여운 여자도 자기를 생각하고 있을지 궁금했다. 십중팔구 그녀도 그럴 것이다. 눈썹에 눈물이 매달린 그녀의 눈은 얼마나 아름다웠던지! 그는 하루 종일 그 눈을 바라보면서 자기 영혼을 달래고 싶었다. 그래, 그는 그녀를 다시 보아야 한다. 그저 바로 조금 전에 자기 태도가 그녀의 마음에 심어 주었을 그릇된 인상을 없애기 위해서라도 그녀를 만나야 한다. 그저 그녀가 잘못된 상상으로 머리가 복잡해진 채 집으로 돌아가지 않도록 그녀에게 조용하고 친절하게 행동할 것이다. 그래, 결국 그렇게 하는 것이 가장 좋은 방법일 것이다.

아서의 생각이 이런 결론에 이르기까지 한 시간이 넘게 걸렸다. 그러나 일단 그렇게 결론을 내자 그는 더 이상 암자에 머물 수 없었다. 헤티를 다시 만날 때까지의 시간을 움직이면서 보내야 했다. 게다가 벌써 옷을 갈아입고 저녁을 먹으러 갈 시간이 되었다. 할아버지의 저녁 식사 시간은 여섯 시였기 때문이었다.

숲 속의 저녁

바로 이 목요일 아침에 폼프렛 부인은 우연히 가정부 베스트 부인과 사소한 말다툼을 벌였고, 이로 인해 빚어진 두 가지 결과가 헤티에게는 무척 유리하게 작용했다. 폼프렛 부인은 자기 방으로 차를 올려 보내도록 했고, 또한 그 모범적인 귀부인의 하녀는 베스트 부인의 과거 행적들을 소상히 떠올리고 자기와 나눴던 대화에서 베스트 부인이 분명히 열세를 드러냈던 경우를 생생하게 회상했던 것이다. 그래서 헤티는 바늘을 놀리면서 간간이 "네" 또는 "아뇨"라고 대답하는 것 이상으로 정신을 집중할 필요가 없었다. 자기가 보통 여덟 시경에 출발한다고 도니손 대위에게 말하지 않았더라면 그녀는 평소보다 더 일찍 모자를 쓰고 나서고 싶었을 것이다. 혹시라도 그가 그녀를 다시 만나려고 전나무 수풀에 갔는데 그녀가 이미 가버린 다음이라면! 대위가 과연 다시 올까? 나비처럼 작은 그녀의 마음은 기억과 의심쩍은 기대 사이에서 끊임없이 퍼덕였다. 마침내 구식 시계의 작은 놋쇠 바늘이 여덟 시 15분전을 가리키자, 이제는 출발을 준비해야 할 이유가 충분했다. 폼프렛 부인은 다른 것에 정신이 팔려 있었지만, 거울 앞에서 모자를 묶고 있는 그 어린 처녀의 아름답게 홍조를 띤 모습을 알아차리지 못할 정도는 아니었다.

'정말로 저 애는 나날이 예뻐지는군.' 부인은 속으로 이렇게 생각했다. '그럴수록 더 유감스러운 일이지. 그렇다고 해서 더 빨리 일자리를 얻을 것도 아니고, 남편을 얻을 수 있는 것도 아니니까. 진중하고 부유한 사람이라면 저렇게 예쁜 아내를 좋아하지 않아. 처녀였을 때 나는 예쁘지 않았기 때문에 찬사를 더 많이 받을 수 있었어. 하지만 저 애는 빵을 벌어먹을 수 있도록 농장일보다 더 나은 것을 가르쳐준 나에게 고맙게 여겨야 해. 사람들은 내가 성질이 좋다고 언제나 말해왔지. 그건 사실이야. 하지만 그게 내게 손해가 되기도 했지. 그렇지 않았더라면 지금 여기 이 집안 가정부의 방에서 나에게 군림하려고 들 사람이 없었을 테니까.'

헤티는 좁은 정원을 가로질러 서둘러 걸어갔다. 크레이그 씨를 마주칠까봐 겁이 났다. 그 사람에게 예의바르게 말할 수 없으리라. 체이스의 참나무 아래 고사리 식물들이 덮인 곳에 안전하게 도착했을 때 얼마나 마음이 놓였던지! 그래도 그녀가 가까이 다가가자 뛰어 달아난 사슴처럼 그녀의 마음 역시 쉽사리 놀랄 수 있는 상태였다. 그녀는 고사리들 사이로 풀이 난 오솔길에 살포시 내려앉은 저녁나절의 어스름한 빛을 조금도 생각하지 않았다. 그 빛은 쏟아지는 달빛보다도 더욱 선명하게 그 생생한 초록의 아름다움을 드러냈다. 그녀는 주위의 사물들을 전혀 신경 쓰지 않았다. 오직 일어날 수 있는 어떤 것만을 보았을 뿐이다. 그녀를 다시 만나러 전나무 숲길을 따라 오는 아서 도니손의 모습이었다. 그것이 그녀가 그린 그림의 전경에 자리 잡고 있었고 그 뒤에는 밝거나 흐릿한 형체가 드러났다. 살아온 과거의 날들과는 조금도 같지 않을 날들이었다. 마치 언제라도 물의 천국 아래 있는 놀라운 저택으로 자기를 데려갈 강의 신에게서 구애를 받은 것 같았다. 이 낯설고도 황홀한 기쁨이 밀려든 이후에 어떤 일이 일어날지는 알 수 없었다. 만일 알지 못하는 곳에서 누군가 레이스와 비단과 보석이 가득 든 상자를 그녀에게 보냈다면 그녀의 운명이 완전히 달라질 것이며 내일은 더욱 놀라운 기쁨이 다가오리라고 생각하지 않을 수 있겠는가? 헤티는 소설을 읽은 적이 없었다. 소설을 보았더라면 그 단어들이 너무 어려웠을 것이다. 그렇다면 그녀가 품은 기대를 어떻게 말로 표현할 수 있겠는가? 대문을 지나 걸어가는 그녀 너머로 퍼져나가는 체이스의 달콤하고 늘쩍지근한 정원 향기처럼 그 기대는 형체가 없었다.

그녀는 이제 전나무 숲으로 이어지는 다른 문에 이르렀다. 숲에 들어서자 이미 어스름이 깔려 있었다. 발걸음을 내딛을 때마다 가슴 속의 두려움이 점점 차갑게 응결되었다. 만일 그가 오지 않는다면! 아, 얼마나 처량할까. 그를 보지 못한 채 숲의 반대쪽 끝으로 나아가서 나무가 없는 길에 들어선다면. 그녀는 천천히 걸음을 옮기며 암자로 이어지는 첫 번째 굽어진 길에 다다랐다. 그는 거기 없었다. 길을 가로질러 달리는 어린

토끼가 싫었다. 자신이 갈망하는 것이 아닌 것은 모두 다 싫었다. 길이 굽어진 곳에 이를 때마다 행복한 마음으로 그녀는 걸음을 재촉했다. 어쩌면 그가 그 너머에 있을 테니까. 그러나 그의 모습은 보이지 않았다. 그녀는 울기 시작했다. 가슴이 북받쳐 올라서 눈물이 눈에 고이면서, 그녀는 큰 소리로 흐느꼈다. 입술이 떨리고 눈물이 굴러 떨어졌다.

그녀는 암자로 이어지는 또 다른 갈래길이 있다는 것과 자신이 그 길 가까이에 있다는 것, 그리고 아서 도니손이 한 가지 생각, 오직 그녀에 대한 생각에 빠져서 단지 몇 야드 떨어진 곳에 있다는 사실을 모르고 있었다. 그는 헤티를 다시 만날 것이다. 그 갈망은 지난 세 시간 동안 점점 커져서 열병 같은 갈증이 되었다. 물론, 저녁 식사 전에 만났을 때처럼 무심코 빠져들었던 애무의 몸짓으로 말하지 않을 것이고, 다정하고 예의 바른 태도로 친절하게 그녀와의 관계를 바로 잡을 것이며, 그녀가 그들의 관계에 대한 그릇된 생각에 빠져들지 않도록 할 것이다.

만일 아서가 거기 있다는 것을 헤티가 알았더라면 그녀는 울지 않았을 것이고, 그러면 사정이 훨씬 더 나았을 것이다. 그러면 아서는 의도했던 대로 현명하게 행동했을지도 모른다. 그러나 옆으로 나있는 오솔길 끝에 그가 나타났을 때 그녀는 울음을 터뜨렸고, 커다란 눈물방울 두 개가 흘러내리는 얼굴로 그를 올려다보았다. 그러니 가시에 발이 찔린, 눈이 반짝이는 다람쥐에게 말하듯이 부드럽게 위로하는 목소리로 말을 건네는 것 외에 그가 달리 무엇을 할 수 있겠는가?

"무서운 일이 있었어요, 헤티? 숲에서 뭘 보았나요? 겁먹지 말아요. 이제 내가 당신을 돌봐줄 테니까."

얼굴이 새빨개진 헤티는 행복한 기분인지 비참한 심정인지 알 수 없었다. 또 다시 울고 있다니. 이런 식으로 우는 여자애들에 대해서 신사들은 어떻게 생각할까? 그녀는 '아니오'라고도 말하지 못하고 그저 얼굴을 돌려서 뺨의 눈물을 훔쳐낼 수 있을 뿐이었다. 하지만 이미 커다란 눈물방울이 장밋빛 모자 끈에 떨어진 다음이었고 그녀는 그것을 잘 알고 있었다.

"자, 다시 명랑해져야지. 나에게 미소를 지어 봐요. 그리고 무슨 일인지 말해요. 자, 말해 봐요."

헤티는 고개를 그에게로 돌리고 속삭였다. "나리가 오지 않을 거라고 생각했어요." 그리고는 용기를 내어 천천히 눈을 들고 그를 보았다. 그 눈길은 너무나 뇌쇄적이었다. 그 눈길을 마주하여 사랑스러운 눈길로 바라보지 않는 사람이라면 틀림없이 이집트 화강암의 눈을 가진 사람일 것이다.

"겁먹은 작은 새! 눈물 어린 작은 장미꽃! 어리석고 귀여운 것! 이제는 다시 울지 않겠지요? 내가 당신과 함께 있으니까."

아, 아서는 자기가 무슨 말을 하고 있는지 도무지 알 수 없었다. 이것은 그가 하려던 말이 아니었다. 그의 팔은 은근히 헤티의 허리를 감았고 힘을 주어 꼭 끌어안았다. 고개를 숙여 둥그스름한 뺨에 점점 더 가까이 다가갔고, 그의 입술은 뾰족 나온 어린아이의 입술을 찾았다. 그리고 한동안 시간이 사라져 버렸다. 자기가 아카디아의 목동일지도, 첫 번째 처녀와 키스하는 첫 번째 젊은이일지도, 프시케의 입술을 핥는 에로스 자신일지도 모른다고 생각했다. 아니 그것 모두였다.

그 후로 몇 분간 아무 말도 할 수 없었다. 그들은 두근거리는 가슴으로 길을 따라 걸었고 마침내 숲 가장자리에 문이 있는 곳에 이르렀다. 그곳에서 그들은 서로를 바라보았다. 이전에 바라보던 눈길과는 달랐다. 그들의 눈에 키스의 기억이 담겨 있기 때문이었다.

하지만 벌써 쓰디쓴 맛이 달콤한 샘물에 섞이기 시작했다. 아서는 불편한 심정이었다. 그는 헤티의 허리에서 팔을 풀며 말했다.

"자, 숲이 끝났군요. 얼마나 늦었는지 궁금하군." 그는 시계를 꺼내며 덧붙였다. "여덟 시 이십 분이군. 하지만 내 시계는 너무 빠르지. 어떻든 나는 이제 더 가지 않는 것이 좋겠어요. 당신의 작은 발로 빨리 걸어가도록 해요. 집에 안전하게 도착하고. 그럼 잘 가요."

그는 그녀의 손을 잡고 반쯤은 슬픈 듯이, 반쯤은 어색한 미소를 띠고 그녀를 바라보았다. 헤티의 눈은 아직 가지 말라고 간청하는 듯이 보였다. 하지만 그는 그녀의 뺨을 가볍게 토닥이고 다시 한 번 "안녕"이라고 말했다. 하는 수 없이 그녀는 몸을 돌려 가야만 했다.

아서에 대해서 말하자면, 그는 자신과 헤티 사이에 넓은 공간을 두고 싶은 듯 몸을 돌려 숲 속으로 뛰어 들었다. 암자에는 다시 가지 않을 것이다. 저녁 식사 전에 그곳에서 혼자 어떤 논쟁을 벌였는지 기억하고 있었고, 그것은 아무런 성과도 없었다. 아니, 성과가 없는 것보다도 더 나빴다. 그는 숲에서 벗어났음을 다행으로 여기며 체이스로 곧장 걸어갔다. 숲에는 사악한 수호신이 출몰하고 있음이 분명했다. 너도밤나무와 매끄러운 린덴은 보기만 해도 사람을 나약하게 만드는 뭔가가 있었다. 그러나 옹이가 진 억센 참나무 고목에는 마음을 딴 곳으로 빠지게 하는 늘쩍지근한 면이 없었다. 그것을 보면 기운이 솟아날 것이다. 아서는 고사리들 사이의 좁은 틈에서 길을 잃고 출구를 찾지 못해 빙빙 돌았다. 마침내 어스름한 빛이 짙어져서 커다란 가지들 밑에는 깜깜해졌고 길을 가로질러 뛰어가는 토끼는 온통 새까맣게 보였다.

그의 감정은 아침보다 훨씬 더 강렬해지고 있었다. 마치 말이 높이 뛰어오르려다 몸을 돌리고 그의 통제력을 감히 의심하는 것 같았다. 그는 스스로에게 불만스러웠고 짜증이 났으며 굴욕감을 느꼈다. 오늘 자기도 모르는 사이에 밀려든 감정에 사로잡혀 헤티에게 관심을 보이고 이미 빠져들었던 것처럼 가벼운 애무를 할 수 있는 기회를 계속해서 받아들인다면 어떤 결과가 일어날지를 떠올리자마자, 그런 미래가 자기에게는 일어나지 않을 거라는 생각이 들었다. 헤티와 불장난을 치는 것은 자기 계층의 예쁜 소녀와 불장난을 치는 것과는 전혀 다른 문제였다. 자기 계층의 소녀와 불장난을 칠 경우에는 양쪽 모두 장난이라는 것을 이해하고 있으며 진지하게 발전된다면 결혼을 하더라도 방해될 것이 없었다. 하지만 이 어린 여자가 그와 함께 걷는 것을 누가 우연히 보게 된다면 그녀에 대한 나쁜 소문이 곧바로 돌 것이며, 그렇게 되면 자기들의 핏줄에 이 지역 최고의 혈통이 흐르는 양 평판을 중요시하는 그 훌륭한 포이저 가족에 대한 험담이 돌 것이다. 자신이 언젠가는 소유할 장원에서, 게다가 자기를 존경해 주기 바라는 소작인들 사이에서 그런 추문을 일으킨다면 그는 스스로를 미워하게 될 것이다. 자기 다리가 모두 부러져서 평생 목발을 짚고 살아야 하리라는 것을 믿을 수 없듯이, 자신이 스스로에 대한 존중심을 그 정도로 잃게 되리라는 것은 믿을 수 없었다. 그런 처지의 자신은 상상조차 할 수 없었다. 그것은 너무나 혐오스럽고 자기답지 않은 일이었다.

그리고 그 사실을 아는 사람이 전혀 없을지라도, 그들은 서로를 너무 좋아하다가 결국 비참한 심정으로 헤어지는 것 외에는 다른 방법이 없을 것이다. 옛 노래에 나오는 신사들 가운데 농부의 조카딸과 결혼한 경우는 없었다. 이 일은 즉시 끝내야한다. 너무나 어리석은 일이었다.

오늘 아침 거웨인의 집에 가기 전에 그는 바로 이렇게 결심했었다. 그러나 그곳에 있는 동안 무엇인가에 사로잡혀서 질주하여 되돌아오고 말았던 것이다. 자기 결심을 전적으로 믿을 수 있다고 생각했지만, 그럴 수 없는 모양이었다. 차라리 팔이 다시 아팠더라면 좋을 것 같았다. 그러면 그 고통에서 벗어날 때 얻을 편안함만 생각할 텐데. 기나긴 하루 동안 관심을 쏟을 만한 절박한 문제가 없는 혼란스런 상태에서 내일 또 어떤 충동이 그를 사로잡을지 알 수 없었다. 어리석은 짓을 더 이상 저지르지 않도록 스스로를 지키기 위해서 무엇을 할 수 있을까?

오직 한 가지 방법이 있었다. 어윈 씨에게 고백하는 것이다. 그 목사에게 모든 것을 털어놓을 것이다. 그 일에 대해 고백하는 단순한 행위만으로도 그 일은 사소하게 보일 것이다. 애정이 담긴 말들을 제삼자에게 들려줄 때 그 말들의 매력이 사라질 것이며 유혹이 사라질 것이다. 어윈 씨에게 고백하면 어느 점에서나 그에게 도움이 될 것이다. 그는 내일 아침 식사가 끝나자마자 곧장 브록스턴 목사관으로 달려갈 것이다.

이러한 결심에 이르자마자 아서는 어느 길로 해서 집에 돌아갈지를 생각하기 시작했고 될 수 있는 대로 가까운 길을 걸어서 돌아갔다. 이제 잠을 자야겠다고 생각했다. 지칠 만큼 충분히 반성했으므로 이제 더 이상은 생각할 필요가 없었다.

집으로 돌아가는 길

숲 속에서 작별을 고하는 동안, 오두막에서도 작별이 있었다. 세스와 다인나가 맞은편 비탈을 올라가는 동안, 아담과 함께 문간에 서 있던 리스베스는 마지막으로 그들의 모습을 보려고 노안을 한껏 찌푸리고 있었다.

"아, 저 아가씨의 모습을 보는 것이 이게 마지막이 아니면 좋겠구나." 집 안으로 다시 들어서면서 리스베스가 아담에게 말했다. "내가 죽어서 남편 옆에 누울 때까지 저 아가씨가 옆에 있어주면 좋겠어. 저 애라면 죽는 것을 더 편안하게 만들어 줄 거야. 말씨도 아주 부드럽고 움직임도 아주 조용하지. 네 성경책에 나오는, 무덤 옆의 큰 돌에 앉아 있는 천사 그림이 바로 저 애를 위해 그린 거라고 믿을 수 있을 정도야. 아, 저런 며느리가 있으면 좋을 텐데. 하지만 쓸모 있는 사람과 결혼할 사람이 없으니."

"저, 엄마, 다인나를 며느리로 맞게 되길 바래요. 세스가 다인나를 좋아하고 있으니까요. 시간이 지나면서 그녀가 세스를 좋아하기를 바라고요."

"그런 말을 해봤자 무슨 소용이 있니? 저 애는 세스를 좋아하지 않아. 20마일이나 떨어진 곳으로 갈 거라고. 그런데 어떻게 저 애가 세스를 좋아하게 되겠니? 효모가 없으면 케이크를 만들 수 없는 거나 마찬가지야. 네가 보는 숫자 책은 고작 그 정도밖에 일러주지 못한단 말이냐? 그렇다면 너도 세스처럼 글자가 나오는 책을 보는 것이 좋겠다."

"아뇨, 엄마." 아담이 웃으며 말했다. "숫자는 아주 많은 것을 알려 줘요. 숫자가 없으면 일을 할 수 없어요. 하지만 숫자가 사람들의 감정에 대해서 말해 주는 건 아니죠. 감정을 계산할 수 있다면 더 멋질 텐데. 하지만 세스는 연장을 다루는 사람치고 누구보다도 성격이 좋고 정신이 제대로 박혀 있고 게다가 잘생겼잖아요. 생각하는 것도 다인나와 같고요. 세스는 다인나를 얻을 만한 가치가 있어요. 다인나가 보기 드문 여자라는 것은 부정할 수 없지만 말이에요. 그렇게 생긴 여자를 매일 볼 수 있는 건 아니지요."

"아, 넌 언제나 동생 편만 드는구나. 너희들 둘 다 애들이었을 때부터 늘 그랬어. 언제나 세스하고 모든 것을 절반씩 나누었지. 하지만 세스가 결혼과 무슨 상관이란 말이냐? 이제 겨우 스물세 살인데. 그 애는 더 배우고 돈을 모아야지. 그리고 세스가 다인나를 얻을 만하다고? 다인나는 세스보다 두 살이나 더 많아. 오히려 네 나이에 가깝다고. 하지만 세상일이 돌아가는 게 늘 그렇지. 사람들은 언제나 정반대로 선택하려 든다니까. 돼지고기를 좋은 고기와 찌꺼기로 나누듯이, 사람들도 두 갈래로 나눠지는 것처럼 말이야."

어떤 기분에 빠져 있을 때 여자의 마음은 실제 존재하는 것과 비교해서 일어날 수도 있는 것을 상상하며 일시적으로 훨씬 큰 매력을 느낀다. 아담이 다인나와 결혼하고 싶어 하지 않았기 때문에 리스베스는 약간 언짢아졌다. 만일 아담이 그녀와 결혼하고 싶어 하고 그래서 헤티와 결혼할 때와 마찬가지로 메리 버지와 동업자의 권리를 얻을 가능성을 완전히 잃는다면 리스베스는 여전히 언짢았을 것이다.

아담과 어머니가 이런 이야기를 하고 있었을 때 여덟 시 반이 지나고 있었다. 십 분 후 헤티는 농장 대문으로 이르는 오솔길에 접어들었고, 반대편에서 다가오는 다인나와 세스를 보고 가까이 오기를 기다렸다. 헤티와 마찬가지로 그들 역시 천천히 걸음을 옮기고 있었다. 작별의 순간이 되자 다인나는 세스에게 위로와 힘이 되어줄 말을 하고 싶었기 때문이었다. 그러나 헤티를 보자 그들은 걸음을 멈추고 악수했다. 세스는 집으로 돌아갔고 다인나가 혼자서 걸어왔다.

"세스 비드가 여기 와서 너에게 인사하고 싶었을 거야." 다인나는 헤티에게 다가가서 말했다. "그런데 오늘 밤 그에게는 너무 고통스러운 일이 많았어."

헤티는 보조개를 띠고 미소를 지으며 무슨 말인지 잘 알아듣지 못하는 듯이 대답했다. 자기 생각에 몰두하여 반짝이는 헤티의 사랑스러운 얼굴은 그녀를 바라보는 다인나의 연민에 찬 조용한 얼굴과 기묘한 대조를 이루었다. 다인나의 솔직한 시선은 그녀가 자기만의 소중한 비밀이 아니라 온 세상과 공유하기를 갈망하는 감정에 빠져있음을 드러냈다. 헤티는 세상의 다른 여자들보다 다인나를 좋아했다. 숙모가 야단칠 때면 언제나 헤티를 위해 친절한 말로 거들어주고 그 성가신 토티를 언제나 기꺼이 떠맡아준 사람에게 어떻게 다른 감정을 느낄 수 있겠는가? 모두들 귀여워하는 그 어린애에게 헤티는 조금도 관심을 느낄 수 없었다. 홀 팜에 머무는 동안 다인나는 헤티의 청을 거절하거나 비난한 적이 한 번도 없었다. 다인나가 진지한 이야기를 많이 하긴 했지만 헤티는 그리 개의치 않았다. 한 번도 귀 기울여 들은 적이 없었던 것이다. 다인나는 어떤 이야기를 하건 간에 끝에 가서는 거의 언제나 헤티의 뺨을 쓰다듬으며 그 이야기를 부드럽게 마무리했다. 헤티에게 다인나는 수수께끼 같은 인물이었다. 상상하건대, 그저 횃대에 앉아 있다가 한 나뭇가지에서 간신히 다른 가지로 퍼덕거리며 날아다닐 줄만 아는 작은 새가 급강하하는 제비나 솟아오르는 종달새를 바라보듯이, 헤티는 그런 식으로 다인나를 보았다. 하지만 헤티는 그런 수수께끼를 풀려는 생각이 없었다. 《천로역정》[62] 에 나오는 그림들이나 마티와 토미가 일요일마다 그녀에게 귀찮게 물어보는 낡고 큰 성경책의 그림들이 무엇을 뜻하는지 알고 싶지 않은 것과 마찬가지였다.

다인나는 헤티의 손을 잡고 팔 밑으로 끌어당겼다.

"오늘 밤은 무척 행복해 보이는 구나." 다인나가 말했다. "내가 스노필드에 가면 종종 너를 생각하고 지금처럼 네 얼굴을 눈앞에 보게 될 거야. 참 신기한 일이지. 때로 혼자서 눈을 감고 내 방에 앉아 있거나 언덕을 걸어 올라갈 때면, 내가 단 며칠간이라도 보고 알았던 사람들이 눈앞에 떠오르는 거야. 그들의 목소리를 듣고, 그들이 바라보거나 움직이는 것을

62) *Pilgrim's Progress* (1678, 1684) 존 버니언(John Bunyan)이 쓴, 그리스도교인의 삶의 여정을 다룬 우화적 이야기.

볼 수 있어. 손으로 그들을 붙잡을 수 있을 듯이, 실제로 함께 있을 때보다도 훨씬 더 선명하게 말이야. 그럴 때면 내 마음은 그들에게로 향하고 그들의 운명을 마치 내 운명처럼 느낄 수 있어. 그리고 나를 위해서뿐 아니라 그들을 위해서 그 운명을 하느님 앞에 펼쳐 놓고 그분의 사랑에서 안식을 찾으면서 위안을 얻지. 틀림없이 네 모습이 내 눈앞에 그런 식으로 떠오를 거야."

그녀는 잠시 말을 멈추었지만 헤티는 아무 대답도 하지 않았다.

"어젯밤과 오늘은 아주 소중한 시간이었어." 다인나가 말을 이었다. "아담과 세스처럼 좋은 아들들을 보게 되어서 말이야. 그들은 연로하신 어머니에게 아주 친절하고 자상하게 대했지. 아담이 지난 몇 년간 아버지와 동생을 돕기 위해서 어떤 일을 해왔는지 그 어머니가 말해 주셨어. 아담이 약한 자들을 위해서 지혜와 지식을 겸비한 마음을 기꺼이 베풀어 주었다는 것이 감탄스러웠지. 그 사람에게는 틀림없이 사랑의 마음도 있을 거야. 건강하고 솜씨가 좋은 사람들이 누구보다도 여자들과 아이들에게 친절하게 대하는 것을 스노필드 근방의 사람들에게서 종종 보아 왔거든. 그들이 어린아이들을 작은 새라도 되는 양 가볍게 안고 다니는 것은 아름다운 광경이었어. 아기들은 언제나 튼튼한 팔을 제일 좋아하는 것 같아. 아이들이 아담 비드를 좋아할 거야. 너도 그렇게 생각하지 않니, 헤티?"

"그렇게 생각해." 헤티는 멍하니 대답했다. 그녀의 마음은 온통 숲 속에 있었기 때문에 자기가 무엇에 동의하고 있는지도 몰랐을 것이다. 다인나는 헤티가 이야기를 나눌 마음이 없음을 알아차렸다. 하지만 이제 대문 가까이 이르렀으므로 이야기를 더 나눌 시간도 없었다.

서쪽의 붉은 기운이 사라지고 별 몇 개가 힘겹게 희미한 빛을 발하는 가운데 고요히 땅거미가 농장을 덮고 있었고, 마구간의 짐마차 말들이 발을 굴리는 소리 외에는 아무런 소리도 들리지 않았다. 해가 지고 이십 분쯤 지난 시간이었다. 닭들은 모두 보금자리로 돌아갔고 불도그 한 마리가 개집 밖의 밀짚에 몸을 뻗고 누워 있었으며 그 옆에 검은색과 황갈색이 뒤섞인 테리어가 한 마리 있었다. 문이 저절로 닫히는 소리가 들리자 개들은 무엇 때문인지 알지 못하고 불안해져서 훌륭한 관리인인 양 짖어대기 시작했다.

개 짖는 소리가 나자 집안에도 변화가 있었다. 다인나와 헤티가 문간에 이르렀을 때 풍채 좋은 인물이 서 있었다. 검은 눈에 불그스레한 얼굴은 장날이면 무척 날카롭고 때로 경멸하는 듯한 표정을 띨 수 있었지만 지금은 저녁 식사 후의 흡족하고 기분 좋은 표정이 담겨 있었다. 다른 사람들의 학문을 더없이 무자비하고 신랄하게 비판하는 위대한 학자들이 사생활에서 자비롭고 너그럽다는 것은 잘 알려진 사실이다. 왼손으로는 요람에 누워 있는 쌍둥이를 부드럽게 흔들어 주면서 오른손으로는 희랍어에 대한 야만적 무지를 드러낸 적수에게 가차 없이 신랄한 말을 퍼부어 댄 학자에 대한 이야기를 나는 들은 적이 있다. 나약함과 실수는 용서되어야 한다. 불행히도 그것은 결코 우리에게 생소한 것이 아니기 때문이다. 그러나 희랍어에서 마침표를 어디에 찍는가라는 그 중요한 문제에 있어서 그릇된 편을 드는 사람은 인류의 적으로 간주되어야 한다. 마틴 포이저에게도 똑같이 상반된 요소들이 뒤섞여 있었다. 그는 훌륭한 성격을 지니고 있어서 연로한 부친이 모든 재산을 자신에게 양도한 이래로 더욱 친절하고 더 깊은 존경심을 가지고 부친을 대했다. 그리고 사적인 문제에 있어서는 자기 이웃들을 누구보다도 관대하게 평가했다. 그러나 루크 브리턴과 같은 농부, 즉 휴경지를 깨끗하게 치우지 못하고 울타리를 만들거나 도랑을 파는 일의 기본도 알지 못하며 겨울에 가축을 구매하는 데 있어서 판단력이 부족함을 드러낸 사람에 대해서 마틴 포이저는 북동풍처럼 냉혹하고 무자비했다. 루크 브리턴이 심지어 날씨에 대해 말하더라도 그 말에서 마틴 포이저는 농사짓는 과정에서 뚜렷이 드러날 판단력의 결핍과 전반적인 무식의 징조를 찾아냈다. 그 농부가 장날에 로얄 조지의 카운터에서 주석 맥주잔을 입가로 들어 올리는 것조차도 보기 싫어했다. 그 농부가 길 건너편에 서 있는 것을 보기만 해도 포이저의 검은 눈에는 엄격하고 비판적인 기색이 감돌았으며, 그것은 두 조카딸이 현관문으로 다가올 때 그가 보여준 아버지처럼 다정한 시선과는 사뭇 다른 것이었다. 포이저 씨는 저녁 식사 후의 파이프담배를 피우고 나서 이제 손을 주머니에 넣고 있었다. 하루의 일과가 끝난 후에 남자가 집 안에서 할 일이라고는 그것밖에 없었다.

"자, 아가씨들, 오늘 밤에는 좀 늦었구나."

그들이 인도로 이어지는 작은 문에 이르렀을 때 그가 말했다.

"숙모가 너희들 때문에 안절부절 못했단다. 아기도 아프고. 다인나, 비드 부인은 어떠시더냐? 남편 때문에 무척 상심하셨겠지? 그 양반은 지난 오 년간 자기 아내에게 그저 한심한 짐짝에 불과했어."

"남편을 잃으셔서 무척 슬퍼하셨어요." 다인나가 말했다. "하지만 오늘은 훨씬 위안을 얻으신 듯이 보였어요. 아담이 하루 종일 집에서 관을 만들었고, 그 부인은 아담이 집에 있는 것을 좋아하셨지요. 거의 하루 종일 아담에 대한 이야기만 하셨어요. 그분은 쉽게 불안해 하고 걱정이 많긴 하지만 사랑이 풍부한 마음을 갖고 계세요. 그분의 노년에 위안이 될, 보다 확실하게 믿을 것이 있으면 좋겠어요."

"아담이야 아주 확실하지." 다인나가 바라는 바를 잘못 이해하고 포이저 씨가 말했다. "아담이 타작해서 훌륭한 곡식을 거둘 사람이라는 건 염려할 필요도 없어. 알맹이도 없이 지푸라기뿐인 삭자가 아니니까. 아담이 끝까지 훌륭한 아들이 될 거라고 언제라도 장담할 수 있지. 그가 곧 우리를 보러 오겠다고 하더냐? 그런데 들어가자, 들어가." 그는 조카딸들이 지나가도록 비켜서며 덧붙였다. "너희를 계속 밖에 세워둘 필요가 없는데."

마당 주위의 높은 건물로 하늘이 대부분 가려졌지만 커다란 창문을 통해 쏟아져 들어온 달빛이 집안의 구석구석을 비췄다.

'오른편 응접실'에서 꺼내온 흔들의자에 앉아 있던 포이저 부인은 토티를 재우려고 달래고 있었다. 하지만 토티는 잠을 자려하지 않았다. 사촌들이 들어오자 아이는 몸을 일으키고 열이 올라 빨갛게 물든 뺨을 드러냈다. 리넨 나이트캡의 가장자리를 따라 선명하게 드러난 뺨은 전보다 더 통통해 보였다.

마틴 포이저 노인은 왼쪽 굴뚝이 있는 구석자리에 버들가지로 바닥을 엮은 커다란 안락의자에 앉아 있었다. 아직 정정했지만 그 노인은 풍채 좋은 아들이 변해서 쪼그라들고 검은 머리칼도 희게 변색된 듯한 모습이었다. 고개를 약간 앞으로 숙이고 의자 팔걸이에 팔꿈치를 뒤로 밀어서 팔뚝을 전부 올려놓고 있었다. 푸른 손수건이 무릎 위에 펼쳐져 있었다. 집 안에서 그 손수건은 그의 머리에 덮여있지 않을 때면 언제나 무릎 위에 놓여 있었다. 그는 건강한 노인의 외부를 향한 조용한 시선으로 일어나는 일을 지켜보며 앉아 있었다. 내면의 드라마에 대한 흥미를 모두 잃어버리고 마루에 떨어진 핀을 찾아내거나, 어떤 기대나 목적도 없이 끈기 있게 어떤 사람의 사소한 동작을 계속 지켜보고, 깜박이는 불꽃이나 벽에 비친 햇빛을 관찰하며, 바닥에 깔린 타일의 숫자를 세고, 심지어 시계 바늘을 바라보며 째깍거리는 소리에서 리듬을 발견하고 즐거워하는 노인이었다.

"이제야 집에 오다니 도대체 지금 몇 시니, 헤티?" 포이저 부인이 말했다. "시계를 봐라. 아홉 시 반이 되고 있어. 벌써 삼십 분 전에 하녀들을 잠자리로 보냈다고. 한참 늦은 시간이야. 그 애들은 네 시 반에 일어나서 건초 단을 묶고 빵도 구워야 하니까. 그런데 이 귀여운 강아지는 어쩐 일인지 열이 나서, 밥 먹을 시간이라도 되는 듯이 자꾸 깨는구나. 너희 숙부 말고는 약을 먹이는 데 도와줄 사람도 없고. 약을 참 잘도 먹였지. 절반은 잠옷에 흘렸으니까. 낫는 게 아니라 더 나빠지지 않을 정도라도 먹였으면 다행이겠다. 하지만 도와줄 생각이 없는 사람들은 할 일이 있을 때면 언제나 용케도 자리에 없다니까."

"저는 여덟 시 이전에 출발했어요, 숙모님." 헤티가 머리를 약간 흔들며 토라진 목소리로 말했다. "하지만 이 시계는 체이스의 시계보다 훨씬 빨라요. 그러니 제가 몇 시에 여기 도착할지 알 수 없다고요."

"그래, 너는 시계를 신사들의 시간에 맞추고 싶다는 거지? 그래서 밤늦도록 양초를 태우며 앉아 있고, 해가 너를 바싹 말리도록 아침 늦게까지

침대에 누워 있겠다고? 틀 속에 들어있는 오이처럼? 이 시계의 시간을 앞당겨 놓은 것이 아마 오늘 처음 있는 일은 아니었지?"

실은, 자기가 여덟 시에 출발한다고 도니손 대위에게 말했을 때 헤티는 그 시계들의 차이를 정말로 잊었던 것이다. 이렇기도 하고 또 천천히 걸어왔기 때문에 그녀는 평소보다 삼십 분이나 늦었다. 그런데 바로 이때 토티 때문에 숙모는 이 민감한 주제에서 관심을 돌렸다. 그 아이는 사촌들이 집에 돌아와도 자기에게 특별히 만족스러운 일이 일어날 것 같지 않자 '엄마, 엄마'하며 울음을 터뜨렸던 것이다.

"자, 자, 내 아기, 엄마가 안아줬어, 엄마는 너를 그냥 두지 않을 거야. 토티는 착하고 귀여운 아기지. 자. 잠 자거라." 포이저 부인은 토티를 안고 뒤로 기대어 의자를 흔들며 말했다. 하지만 토티는 더 크게 울면서 '흔들지 마!'라고 말했다. 그러자 그 어머니는 아무리 성질이 급한 사람에게라도 사랑만이 줄 수 있는 그 놀라운 인내심을 발휘하며 다시 일어나 앉았고 뺨을 린넨 나이트캡에 대고는 입을 맞추었다. 헤티를 야단칠 일은 완전히 잊어버렸다.

"자, 헤티." 마틴 포이저가 달래듯이 말했다. "식료품실로 가서 저녁을 먹어라. 음식을 모두 치웠으니까. 그러고 나서 숙모님이 옷 갈아입는 동안 어린애를 돌봐 주어라. 엄마가 없으면 꼬마가 침대에 누워 있으려 하지 않으니까. 그리고 다인나, 너도 좀 먹어야 할 것 같은데. 그곳 사람들은 대단한 살림을 꾸려가는 게 아니라서."

"아니에요, 고맙습니다, 이모부님." 다인나가 말했다. "오기 전에 잘 먹었어요. 비드 부인께서 케틀 케이크를 만들어주셨어요."

"저는 저녁을 먹고 싶지 않아요." 헤티가 모자를 벗으며 말했다. "숙모님이 원하신다면 지금 토티를 돌봐 주겠어요."

"아니, 무슨 어처구니없는 말을 하는 거냐?" 포이저 부인이 말했다. "아무것도 먹지 않아도 살 수 있다고 생각하니? 머리에 빨간 리본만 꽂으면 배도 부르단 말이냐? 지금 당장 가서 저녁을 먹어라, 얘야. 찬장에 맛있는 차가운 푸딩이 있어. 네가 좋아하는 거야."

헤티는 그 말에 묵묵히 따르며 식품저장실로 갔고 포이저 부인은 계속해서 다인나에게 말했다.

"앉아라, 얘야. 세상에, 몸이 편안한 상태가 어떤 건지 아는 사람처럼 행동해 봐라. 그 노부인이 틀림없이 너를 보고 기뻐했겠지? 네가 그렇게 오래 머물렀으니."

"부인께서 나중에는 제가 거기 있는 것을 좋아하시는 것 같았어요. 하지만 그분 아들들 말로는 그분이 주위에 젊은 여자가 있는 것을 대체로 좋아하시지 않는대요. 제가 그곳에 갔을 때 처음에는 화가 나신 것 같았어요."

"어, 나이든 사람이 젊은 사람을 좋아하지 않으면 앞날이 좋지 않지." 마틴 노인은 타일의 무늬를 눈으로 쫓으려는 듯 고개를 더욱 낮게 숙이고 말했다.

"벼룩을 좋아하지 않는 사람은 닭장에서 살기 어렵지." 포이저 부인이 말했다. "하지만 우리 모두 젊었던 시절이 있었어. 그 시절이 좋았던 나빴던 간에 말이야."

"그런데 그 부인은 젊은 여자들에게 익숙해지는 법을 배워야 해." 포이저 씨가 말했다. "아담과 세스가 어머니 비위를 맞추려고 앞으로 십 년 동안 총각으로 지낼 거라고는 생각할 수 없으니 말이야. 그건 불합리한 일이야. 늙거나 젊거나 간에 자기들 좋을 대로만 흥정하는 것은 옳지 않아. 한 사람에게 좋은 것은 결국에는 모두에게 좋은 것이지. 나는 젊은이들이 야생 사과와 사과도 구별하지 못하면서 결혼하는 것은 찬성하지 않아. 하지만 그들이 너무 오래 기다리게 될지도 모르겠군."

"식사 시간을 훨씬 넘기면, 고기를 먹고 싶은 마음이 없어질 게 뻔해요. 포크로 계속 뒤집다가 결국에는 먹지 않게 되겠지요. 고기 탓을 하겠지만 문제는 전적으로 자기 위장에 있는 거라고요." 포이저 부인이 말했다.

이제 헤티가 식료품실에서 나와서 말했다. "원하신다면 지금 토티를 데려가겠어요."

"자, 레이첼." 마침내 토티가 엄마에게 바짝 붙어서 조용히 있는 것을 보고 아내가 망설이자 포이저 씨가 말했다. "헤티에게 아이를 이 층으로 데리고 가라고 하는 편이 좋겠어. 당신이 옷을 갈아입을 동안에. 당신도 지쳤으니 잠자리에 들어야지. 당신 옆구리의 통증이 다시 도질지도 몰라."

"아이가 헤티에게 가겠다면, 헤티에게 봐 달라고 하지요." 포이저 부인이 말했다.

헤티는 흔들의자에 가까이 가서 평소처럼 미소를 띠지도 않고 토티를 달래려고 노력도 하지 않은 채 그저 숙모가 아이를 자기 팔에 넘겨주기를 기다리고 있었다.

"사촌언니 헤티에게 갈래, 아가야? 엄마가 잠 잘 준비를 하는 동안에. 그러고 나서 토티는 엄마 침대에서 밤새 자는 거야."

어머니가 말을 끝내기도 전에 토티는 이마를 찡그리고 조그만 이빨로 아랫입술을 깨물고는 몸을 앞으로 내밀어 있는 힘을 다해서 헤티의 팔을 때리려고 하면서 자기 의사를 오해할 수 없도록 분명히 밝혔다. 그러고 나서는 아무 말 없이 다시 엄마에게 꼭 달라붙었다.

"저런, 저런." 헤티가 움직이지 않고 서 있자 포이저 씨가 말했다. "사촌 헤티에게 가지 않겠다고? 정말 아기 같구나. 토티는 아기가 아니라 작은 아가씬데."

"애를 설득하려고 해봐야 소용없어요." 포이저 부인이 말했다. "이 애는 몸이 좋지 않을 때는 헤티에게 절대로 가지 않아요. 어쩌면 다인나에게는 갈지 몰라요."

모자와 숄을 벗고 다인나는 지금까지 뒤에서 조용히 앉아 있었다. 헤티와 헤티의 고유한 임무라고 여겨지는 것 사이에 쓸데없이 끼어들고 싶지 않았던 것이다. 그러나 이제는 앞으로 나와서 팔을 내밀며 말했다.

"자, 토티, 다인나가 너를 이층으로 데려가도록 해줄래? 불쌍하고 가엾은 엄마! 엄마가 너무 피곤하시거든. 엄마는 잠자리에 들고 싶어 하셔."

토티는 다인나 쪽으로 얼굴을 돌리고 몸을 일으켜 세우더니 작은 팔을 뻗어서 자기를 엄마 무릎에서 안아 올리도록 했다. 헤티는 기분 나쁜 기색도 전혀 없이 몸을 돌렸고 탁자에서 모자를 집고는 뭔가 다른 일을 시킬지 알아보려는 듯 무관심한 태도로 서서 기다리고 있었다.

"포이저, 이제 문을 잠그세요. 앨릭이 들어온 지 한참 되었어요." 포이저 부인은 안도한 모습으로 나지막한 의자에서 일어서며 말했다. "성냥을 가져다 다오, 헤티. 내 방에 골풀 양초를 켜두어야겠다. 가세요, 아버님."

무거운 나무 빗장이 대문에서 돌아가기 시작했고, 마틴 노인은 푸른 손수건을 집어 들고 구석에 세워둔 손잡이가 화려한 호두나무 지팡이를 잡으려고 손을 뻗으며 일어서려고 준비했다. 포이저 부인이 선두에 서서 부엌을 나섰고 그 뒤를 할아버지가 따르고 토티를 안은 다인나가 그 뒤를 이었다. 모두들 땅거미가 깔린 어둠 속에서 새들처럼 잠자리로 향했다. 포이저 부인은 도중에 두 아들들이 누워 있는 방을 들여다보고 베개에 놓인 혈색 좋고 둥근 아이들의 뺨을 보고 잠시 그들의 규칙적이고 가벼운 숨소리를 들었다.

"자, 헤티, 자러 가거라." 포이저 씨가 위층으로 가려고 몸을 돌리며 위로하듯이 말했다. "물론 너야 늦을 생각이 없었겠지. 그런데 네 숙모가 오늘 걱정거리가 많았단다. 잘 자라, 얘야, 잘 자거라."

두 침실

헤티와 다인나는 이층에 나란히 붙어 있는 방을 침실로 사용했다. 가구라고는 빈약하기 짝이 없는 방이었고 빛을 가려줄 덧창도 없었다. 이제 달이 떠오르고 달빛이 점점 더 환해지면서 헤티는 조금도 불편을 느끼지 않고 이리저리 움직이며 옷을 벗을 수 있었다. 채색된 낡은 옷장 속의 나무못들이 선명히 보여서 헤티는 거기에 모자와 겉옷을 걸었다. 붉은 천으로 만든 바늘겨레에 꽂힌 바늘귀도 모두 볼 수 있었다. 구식 거울에 비친 자기 모습도 필요한 만큼은 분명히 볼 수 있었다. 이제 머리를 빗고 나이트캡을 쓰기만 하면 되었으니까. 그것은 기묘하고도 낡은 거울이었다! 헤티는 옷을 입을 때마다 그 거울을 보면 언제나 기분이 언짢았다. 그 거울이 만들어졌을 때에는 멋진 거울이라고 여겨졌고, 포이저 가족은 아마도 25년 전 어떤 상류 집안이 가구를 처분했을 때 그것을 사들였을 것이다. 지금도 아마 그 거울에 대해 그럴듯한 말을 늘어놓을 경매인이 있을지도 모른다. 그 거울은 변색되긴 했지만 금박이 입혀져 있었고 마호가니 나무로 만든 받침이 단단히 붙어 있었으며 서랍들이 충분히 달려 있었다. 그 서랍을 열 때마다 덜컹거리며 뒤쪽 구석에 있던 내용물들이 쏟아지듯이 앞으로 튀어나오는 바람에 물건을 꺼내려고 고생스레 팔을 뻗칠 필요가 없었다. 무엇보다도 그 거울의 양옆에 있는 놋쇠 촛대가 그나마 끝까지 귀족적인 분위기를 자아내고 있었다. 하지만 헤티는 그 거울이 마음에 들지 않았다. 거울 곳곳에 잔뜩 끼여 있는 희미한 얼룩들이 아무리 닦아도 지워지지 않았으며, 앞뒤로 움직이는 거울이 아니라 똑바로 고정되어 있어서 그저 머리와 목만 보일 뿐이었고, 그것도 화장대 앞의 나지막한 의자에 앉아야만 보였기 때문이었다. 그리고 그 화장대는 화장대라고 말할 수도 없는, 작고 낡은 서랍장에 불과했다. 그 서랍에 달린 커다란 놋쇠 손잡이가 무릎에 닿아서 아팠고 거울 가까이로 몸을 편히 들이댈 수 없었기에 그것은 이 세상에서 가장 불편한 화장대였다. 그러나 경건하게 신을 숭배하는 사람이라면 불편을 겪는다고 해서 예배 의식을 마다하지는 않는 법이다. 그리고 헤티는 유례없이 오늘밤 전보다 더욱더 자기만의 특이한 경배 의식에 빠져 있었다.

겉옷과 흰 머릿수건을 벗은 후 그녀는 속치마의 곁에 달린 커다란 주머니에서 열쇠를 꺼냈다. 서랍장의 아래쪽 서랍을 열어 트레들스턴에서 몰래 산 짤막한 양초 두 개를 꺼내 놋쇠 촛대에 끼웠다. 그리고는 성냥 꾸러미를 꺼내서 양초에 불을 붙이고 마지막으로 붉은 테가 둘러진 값싸고 작은 거울을 꺼냈다. 그 거울에는 얼룩이 없었다. 헤티가 자리 잡고 앉아서 제일 먼저 들여다보기로 마음먹은 것은 바로 이 작은 거울이었다. 그녀는 거울을 들여다보면서 미소를 띠고 잠시 한쪽으로 고개를 돌린 다음 거울을 내려놓고 위 서랍에서 브러시와 빗을 꺼냈다. 머리를 풀어 내려서 리디아 도니손 양의 화장실에 걸려 있는 초상화 속의 귀부인 같은 자태로 보이도록 할 생각이었다. 곧 머리카락이 풀어졌고 매혹적인 검은 곱슬머리가 목에 드리워졌다. 무겁고 굵고 숱이 많기만 한 머리카락이 아니라 부드럽고 매끄럽게 흘러내리며 틈이 있는 곳마다 섬세한 고리를 이루는 머릿결이었다. 하지만 헤티는 그 초상화처럼 보이도록 머리카락을 모두 뒤로 넘기고는 검은 배경을 바탕으로 둥글고 흰 목이 돋보이도록 했다. 그리고는 빗을 내려놓고 그 초상화와 더욱 비슷하게 보이도록 팔짱을 끼고 자신의 모습을 바라보았다. 얼룩진 낡은 거울도 그 사랑스러운 모습을 반사하지 않을 수 없었다. 여주인공이라면 누구나 틀림없이 입었을 흰 공단이 아니라 암녹색의 면으로 만든 코르셋을 입었지만 그럼에도 불구하고 사랑스러웠다.

아, 그래! 그녀는 무척 예뻤다. 도니손 대위도 그렇게 생각했다. 헤이슬롭에 살고 있는 어느 누구보다도 예뻤고, 체이스에 모였던 어떤 귀부인보다도 예뻤다. 귀부인들이 다소 늙고 못생기게 보인 것은 사실이었다. 그리고 트레들스턴의 미인이라고 불리는 방앗간 집 딸 베이컨 양보다도 예뻤다. 오늘 밤 헤티는 이전에 느껴보지 못한 전혀 다른 감정으로 자신의 모습을 바라보았다. 아침 햇살이 꽃 위에 머물 듯 그녀의 몸에 눈길을 고정시키고 있는 보이지 않는 관찰자가 있었다. 그 남자의 부드러운 목소리는 숲에서 그녀가 들었던 그 달콤한 말들을 되풀이하여 속삭이고 있었다. 그 남자의 팔은 그녀의 몸을 감싸 안고 있었고, 그의 머리카락에서 풍기는 은은한 장미 향기는 아직도 그녀의 몸에 남아 있었다. 아무리 허영심이 강한 여자라도 자신의 열정을 일깨워 고동치게 만드는 남자의 사랑을 받을 때가 되어서야 비로소 자신의 미모를 철저히 의식하게 되는 법이다.

하지만 헤티는 뭔가 부족하다고 느낀 듯 했다. 그녀는 일어서더니 다림질한 옷을 넣어둔 옷장에서 낡은 검은색 레이스 스카프를 꺼내고 양초를 넣어 두었던 그 소중한 서랍에서 큰 귀고리를 꺼냈던 것이다. 그 스카프는 아주 낡았고 해진 부분도 많았지만 어깨를 감싸면서 경계를 선명히 이루어 그녀의 흰 팔을 돋보이게 해줄 것이다. 그녀는 귀에 걸고 있던 작은 귀고리를 떼어내고 — 귀고리를 걸고 있다고 숙모에게서 얼마나 야단을 맞았던지! — 커다란 귀고리를 달았다. 그 귀고리는 채색된 유리에 금박을 입힌 것에 불과했지만, 무엇으로 만든 것인지를 모르고 보면 귀부인들이 달고 있는 것과 똑같이 보였다. 이렇게 커다란 귀고리를 달고 검은 레이스 스카프를 어깨에 둘러 고정시킨 다음 다시 앉았다. 그녀는 팔을 내려다보았다. 팔꿈치 약간 아래까지 그녀의 팔보다 더 예쁜 팔은 없었다. 희고 통통하며 그녀의 뺨에 어울리는 굴곡을 이루고 있었다. 하지만 손목 가까이에 이르면 귀부인들이 절대로 하지 않을 일들을 하고 버터를 만드느라 거칠어졌기에 그녀는 속이 상했다.

도니손 대위는 그녀가 이런 일을 계속하는 것을 좋아할 리 없었다. 그는 그녀가 멋진 옷을 입고 얇은 구두를 신고 어쩌면 실크 자수로 장식된 흰 스타킹을 신은 모습을 보고 싶어 할 것이다. 그녀를 무척 사랑할 테니까. 어느 누구도 그런 식으로 그녀의 허리에 팔을 두르고 키스한 적이 없었다. 그는 그녀와 결혼하기를 원하고 그녀를 귀부인으로 만들어 주고 싶어 할 것이다. 감히 그런 생각을 구체적으로 할 수는 없었지만, 그 밖의 어떤 방법이 있을 수 있겠는가? 의사의 조수인 제임스 씨가 의사의 조카딸과 결혼했듯이, 전적으로 비밀리에 그녀와 결혼하는 것이다. 사람들은 오랫동안 제임스 씨의 결혼을 알지 못했고, 알게 된 다음에는 화를 내봤자 아무 소용도 없었다. 그 의사는 헤티가 듣는 곳에서 그녀의 숙모에게 이런 이야기를 모두 들려주었었다. 헤티는 어떻게 해야 될지 몰랐지만, 그 늙은 지주가 그런 일에 대해서 전혀 알지 못해야 한다는 것은 명백했다. 체이스에서 그 지주와 마주치기라도 하면 헤티는 두렵고 겁이 나서 기절할 지경이었다. 그녀가 알기로는 그 지주 역시 땅 위에 태어난 인간이었다. 하지만 다른 사람들과 마찬가지로 그 지주에게도 젊은 시절이 있었을 거라는 생각이 그녀의 머릿속에는 전혀 떠오르지 않았다. 그는 언제나 사람들을 겁에 질리게 하는 늙은 지주였던 것이다. 아, 어떻게 해야 그 늙은 지주의 귀에 들어가지 않을 수 있을지 그녀로서는 도저히 생각할 수 없었다! 그러나 도니손 대위는 알고 있을 것이다. 그는 대단한 신사이고, 무슨 일이든 마음대로 할 수 있었으며, 원하는 것을 모두 다 살 수 있었다. 그렇다면 앞으로는 모든 일이 예전과 달라질 것이다. 어쩌면 언젠가는 기품 있는 귀부인이 되어 자기 마차를 타고 다니고, 리디아 양과 레이디 데이시처럼 아름다운 무늬의 실크 드레스를 입고 드레스 자락을 땅에 끌면서 정찬에 참석할 것이다. 어느 날 저녁 그녀는 응접실의 작고 둥근 창문을 통해서 그들이 식당으로 들어가는 것을 본 적이 있었다. 하지만 리디아 양처럼 늙고 못생기거나 레이디 데이시처럼 뚱뚱하지 않은 그녀는 머리카락을 온갖 모양으로 치장하고 때로 분홍색 드레스를, 때로는 흰색 드레스를 입고 — 어느 색이 제일 좋을지 그녀는 아직 마음을 정하지 못했다 — 무척이나 예쁜 자태를 뽐낼 것이다. 그러면 메리 버지와 다른 사람들은 마차를 타고 외출하는 그녀를 목격하거나 아니면 이야기를 전해 들을 것이다. 이런 일들이 헤이슬롭에서 숙모가 지켜보는 가운데 일어나리라고는 상상할 수 없었다. 이 사치스런 광경을 생각하면서 헤티는 의자에서 벌떡 일어섰고, 그 바람에 붉은 테가 둘린 작은 거울이 스커트 자락에 걸려 탁 소리를 내며 바닥에 떨어졌다. 그러나 헤티는 상상에 열중한 나머지 거울을 집어 올릴 생각도 하지 않았다. 순간적으로 놀랐지만 다음 순간 알록달록한 코르셋과 스커트를 입고 낡은 검은색 레이스 스카프를 어깨에 두르고 커다란 유리 귀고리를 귀에 건 채 젊은 처녀답게 당당한 걸음걸이로 방안을 거닐기 시작했다.

그 기묘한 차림새의 어린 여자는 얼마나 귀엽게 보이는지! 그녀와 사랑에 빠지는 것은 이 세상에서 가장 손쉽게 저지를 수 있는 우행일 것이다. 그녀의 얼굴과 용모는 아기 같이 귀엽게 포동포동했고 검은 머리카락이 섬세한 고리를 만들어 귀와 목 주위에서 매력적으로 굽이치고 있었으며 긴 속눈썹이 드리워진 크고 검은 눈은 마치 쾌활한 요정이 그 안에 사로잡혀 밖을 내다보듯이 묘하게 사람의 마음을 움직였다.

아, 헤티처럼 달콤한 신부를 얻는 남자는 얼마나 큰 상을 받는 것일까! 결혼식 피로연에서 흰 레이스 옷을 입고 오렌지 꽃을 들고 있는 그녀가 그 남자의 팔에 기대있는 것을 보는 사람들은 얼마나 그를 부러워할 것인가. 그 귀엽고 어리고 포동포동하며 부드럽고 유연한 것! 그녀의 마음 역시 부드럽고, 그녀의 성질 역시 모난 곳이 없으며, 그녀의 성격 또한 나긋나긋할 것이다. 만약 뭔가 일이 잘못된다면, 틀림없이 남편의 결함이 문제일 것이다. 남편은 그녀를 자기가 원하는 존재로 만들 수 있을 테니까. 그 점은 분명하다. 연인도 마찬가지로 생각할 것이다. 그 어리고 귀여운 여자가 자기를 너무나 좋아하고 있고 그녀의 사소한 허영심은 아주 매혹적이므로, 그는 그녀가 더 현명해지기를 바라지 않을 것이다. 그 고양이 같은 눈길과 동작이야말로 누군가의 난롯가를 낙원으로 만들기에 족하니까. 남자들은 누구나 그러한 상황에서는 관상을 보는 데 뛰어나다고 생각한다. 자연은 그 나름의 언어를 가지고 있으며 그 언어를 거짓 없이 진실하게 사용한다는 것을 알고 있고 자신이 그 언어에 숙달되어 있다고 생각한다. 그를 위해서 자연은 그의 신부의 정묘한 뺨과 입술과 턱의 곡선에, 꽃잎처럼 섬세한 눈썹에, 꽃의 수술처럼 구부러진 긴 속눈썹에, 그 경이로운 눈의 촉촉하고 깊은 심연에 그녀의 성격을 기록해 놓은 것이다. 그녀가 아이들을 얼마나 귀여워할 것인가! 그녀 자신도 거의 아이나 다름없으니, 분홍빛이 감도는 통통한 어린애들은 작은 꽃들이 중심의 꽃 주위에 모여 있듯이 그녀의 주위를 맴돌 것이다. 그러면 남편은 온화한 미소를 지으며 그들을 바라볼 것이고, 원할 때는 언제나 자신의 성스러운 지혜의 보금자리로 물러날 것이며, 상냥한 아내는 존경에 어린 눈길로 그곳을 바라보고 결코 그 막을 허물려 들지 않을 것이다. 남자들이 모두 지혜와 위엄을 갖추고 있었으며 여자들은 모두 사랑스럽고 애정이 깊었던 황금시대에 사람들이 영위했던 결혼은 바로 그러한 것이었다.

우리의 친구 아담 비드도 헤티에 대해서 이런 식으로 생각했다. 다만 그는 자신의 생각을 다른 말로 표현했을 뿐이다. 만약 헤티가 허영심으로 냉정하게 그를 대했다면 그것은 그녀가 자신을 깊이 사랑하지 않기 때문이라고 그는 혼자 생각했다. 그리고 그녀가 사랑을 줄 수 있을 때가 온다면 그 사랑은 이 세상에서 인간이 얻을 수 있는 가장 값진 것이리라고 믿었다. 아담에게 통찰력이 부족하다고 경멸하기 전에 여러분은 예쁜 여자의 사악함을 쉽게 믿을 수 있었는지 스스로에게 물어보라. 여러분을 매혹시킨 대단히 예쁜 여자의 사악함을 골치 아픈 확실한 증거를 보지 않고도 혹시 믿을 수 있었는지? 그렇지 않다. 솜털이 보송보송한 복숭아를 좋아하는 사람은 그 안의 씨를 생각하지 않는 경향이 있고, 그래서 때로는 이빨을 씨에 세게 부딪치곤 한다.

아서 도니손 역시 조금이라도 헤티의 성격에 대해 생각해 보았다면 그녀에 대해 동일한 생각을 가지고 있었을 것이다. 그는 그녀가 귀엽고 사랑이 넘치며 선량한 작은 여자라고 믿고 있었다. 젊은 여자에게서 경이로움에 가득 찬 떨리는 열정을 일깨운 남자라면 언제나 그 여자를 애정이 넘치는 사람이라고 생각하기 마련이다. 만일 우연히 그가 앞날을 내다본다면, 아마도 그는 그 불쌍한 여자가 자기를 너무 좋아하면서 집착했기에 자기가 그녀에게 친절하게 대함으로써 덕을 베풀었다고 상상할 것이다. 신은 이 귀여운 여자들을 이렇게 만들었던 것이다. 그리고 병에 걸렸을 경우에 이것은 편리한 구실이 된다.

결국 우리들 가운데 가장 현명한 사람이라도 때로 이런 식으로 현혹되어서 사람들을 실제 가치보다 더 낫거나 더 못하다고 생각하기 마련이라고 나는 믿는다. 자연에는 그 나름의 언어가 있고, 자연이 진실하지 않다고는 말할 수 없다. 그러나 아직 우리는 얽히고설킨 자연의 구문을 모두 다 알지 못한다. 그것을 조급한 마음으로 읽어 가면서 우리는 자연이 의도한 본래 의미와 정반대의 의미를 끄집어낼지도 모른다. 자, 길고 검은 속눈썹을 상상해 보자. 그보다 더 우아한 것이 어디 있겠는가? 짙은 회색 눈과 길고 검은 속눈썹의 이면에는 어떤 깊은 영혼이 있을 거라고 우리는 어김없이 기대하게 된다. 그 속눈썹이 속임수와 횡령, 우둔함과도 어울릴 수 있음을 경험적으로 알고 있으면서도 말이다. 그러나 넌더리를 내며 그에 대한 반발로 멍한 눈에 마음을 쏟으면 놀랍게도 비슷한 결과가 나온다. 마침내 속눈썹과 도덕 사이에는 직접적인 관련이 없는 것이 아닌가 하는 의구심이 들기 시작한다. 아니면 그 속눈썹은 우리에게 그리 중요하달 수 없는 그 미인의 할머니의 성향을 알려줄 뿐이라는 의구심마저 드는 것이다.

헤티의 속눈썹보다 더 아름다운 속눈썹은 있을 수 없었다. 그리고 지금 젊은 처녀답게 당당한 걸음걸이로 방을 따라 걸으며 낡은 검은색 레이스를 두른 어깨를 내려다보고 있을 때 그녀의 발그스레한 뺨에서 그 검은 속눈썹은 완벽하게 돋보였다. 그녀의 빈약한 상상력이 미래에 대해 그릴 수 있는 그림은 희미하고 분명치 않았다. 하지만 어느 그림에서나 멋진 옷을 입고 있는 그녀 자신이 중심을 차지하고 있었다. 그녀의 옆에 서 있는 도니손 대위는 그녀의 몸에 팔을 두르고 때로 키스를 했고 다른 사람들은 그녀에게 찬탄을 보내며 부러워하고 있었다. 특히 메리 버지가 그러했는데, 메리의 새 사라사 드레스는 눈부신 헤티의 옷 옆에서 초라하기 그지없게 보였다. 미래에 대한 헤티의 꿈에 어떤 감미로운 혹은 서글픈 기억이 섞여 있었을까? 부모와 다름없는 사람들에 대한 애정 어린 배려, 자기가 돌봐 주었던 아이들, 젊은 친구, 애완동물, 혹은 어린 시절의 이떤 흔직이 섞이 있있을까? 선혀 그렇지 않았다. 뿌리가 거의 없는 식물도 있는 법이다. 그 식물을 원래 있던 구석진 바위 틈새나 벽에서 뜯어내어 장식 화단에 그냥 꽂아 두면 그럼에도 불구하고 꽃을 피운다. 헤티는 과거의 삶을 모두 내던져버릴 수 있었고 다시는 그것을 돌이켜 생각하고 싶지도 않았다. 내가 생각하기로 그녀는 그 오래 된 집에 대해서 아무런 감정도 갖고 있지 않았고 제이콥의 사다리를 좋아하지 않았으며 정원에 길게 늘어선 접시꽃을 다른 꽃들보다 더 좋아하지도 아니 그만큼 좋아하지도 않았다. 자기에게 너그러운 아버지와 다름없는 숙부의 잔시중을 드는 일에 대해서도 그녀는 놀라울 정도로 무관심했다. 우연히 찾아온 손님이 난롯가 주위를 돌아다니는 그녀를 주시하며 관찰하는 경우가 아니라면, 그녀가 잔소리를 듣지 않고도 때마침 기억을 떠올려 숙부에게 파이프를 갖다 드리는 경우는 거의 없었다. 사람들이 중년이 넘은 사람들을 아주 좋아할 수 있다는 사실을 헤티는 이해하지 못했다. 그리고 그 성가신 아이들, 마티와 토미, 토티는 그녀의 삶에서 가장 귀찮은 존재들이었다. 조용히 있고 싶은 무더운 여름날에 윙윙거리며 날아와 계속 괴롭히는 벌레처럼 고약했다. 헤티가 처음 농장에 왔을 때 장남인 마티는 아기였다. 그보다 먼저 태어난 아이들은 모두 죽었던 것이다. 그래서 헤티가 농장에서 일할 때면 그녀의 주위에서 아장거리고 돌아다니면서 그 아이들 세 명이 차례대로 성장했다. 비가 오는 날이면 낡고 커다란 그 집의 반쯤 비어 있는 방에서 그녀의 주위를 맴돌며 놀곤 했다. 이제 남자애들은 성장해서 그녀의 손을 벗어났지만, 토티는 아직도 하루 종일 성가시게 굴었다. 모두들 그 계집애를 귀여워하며 법석을 떨었기에 다른 애들보다 더 심했다. 그리고 옷을 만들고 수선하는 일도 끝이 없었다. 다시는 어린애를 돌봐주지 않아도 된다는 말을 듣는다면 헤티는 무척 기뻤을 것이다. 양이 새끼를 낳을 때 특별히 돌봐 주라고 목동들이 언제나 데려다 놓는 그 고약한 새끼 양들보다도 애들은 더 나빴다. 양들은 조만간 처리되었으니까. 병아리나 어린 칠면조를 키우는 일에 있어서도, 숙모가 한 배 새끼들 가운데 한 마리씩을 보상으로 주겠다고 약속하면서 어린 가금들을 돌보도록 헤티를 꼬이지 않았더라면, 헤티는 '부화'라는 말만 들어도 싫었을 것이다. 솜털이 보송보송하고 둥그스름한 병아리들이 어미닭의 날개 아래에서 밖을 내다보는 광경이 헤티에게는 조금도 기쁨을 주지 않았다. 그것은 헤티가 좋아하는 아름다움이 아니었다. 그녀는 가금을 팔아 얻은 돈으로 트레들스턴의 장에서 살 수 있는 새로운 장신구들의 아름다움을 좋아했다. 하지만 그녀가 몸을 굽히고 물에 적신 빵을 닭장 밑에 놓을 때면 곡선을 이룬 그녀의 몸이 아주 매력적으로 보였으므로, 그녀에게 이런 냉혹함이 있다는 사실을 실로 알아차리려면 무척 예리한 통찰력이 필요했을 것이다. 들창코에다 턱이 튀어나온 하녀 몰리는 정말로 정이 많았고, 포이저 부인이 말했듯이, 가금을 돌보는 데 있어서는 보기 드문 훌륭한 여자였다. 그러나 그녀의 둔감한 얼굴은 이런 모성적 즐거움을 전혀 내비치지 않았다. 갈색 토기가 그 속에 들어 있는 램프 불빛을 내비치지 않는 것과 마찬가지이다.

미인의 '귀여운 속임수' 아래 숨겨진 도덕적 결함을 제일 먼저 간파하는 것은 대체로 여성의 눈이다. 그러니 포이저 부인이 예리한 눈으로 많이 관찰한 결과, 감정적인 면에서 헤티에게 무엇을 기대할 수 있을지를 꽤 공정하게 평가했으리라는 것은 놀랍지 않은 일이다. 화가 날 때면 포이저 부인은 때로 그 문제에 대해서 남편에게 숨김없이 터놓고 말했다.

"헤티는 공작새와 다를 바가 없어요. 마을 사람들이 모두 죽어가더라도 햇빛이 비치면 꼬리를 펼치고 담장 위를 뽐내듯 걸어 다닐 거예요. 어떤 일이 벌어지더라도 그 애는 질겁하지 않을 거라고요. 토티가 구덩이에 굴러 떨어졌다고 모두들 생각했을 때도 그랬어요. 그 귀여운 아이를 생각하면! 그런데 멀리 떨어진 마구간 옆에서 헤티는 자기 신발이 진흙에 빠졌다고 목이 터져라 울고 있었지요. 토티가 아기였을 때부터 돌봐주었으면서도 토티에 대해서는 전혀 신경 쓰지 않았어요. 틀림없이 헤티의 마음은 돌멩이처럼 냉정하다고요."

"아니, 여보, 헤티를 너무 가혹하게 판단하면 안돼요. 어린 여자애들은 익지 않은 곡식 같은 거라고. 시간이 지나면 좋은 곡물이 되겠지만 아직은 여물지 않았어. 헤티도 좋은 남편과 자기 자식이 있으면 괜찮아지겠지."

"나는 그 애에게 가혹하게 대하고 싶지 않아요. 그 애는 나름대로 손재주가 있고 마음이 내킬 때면 무척 쓸모 있게 굴기도 하니까요. 버터를 만들 때는 그 애가 아쉬울 거예요. 그 애는 손놀림이 빠르니까요. 그리고 어떻든 간에 나는 당신 조카딸에게 내 임무를 다하려고 애를 쓸 거고, 그렇게 해 왔어요. 그 애에게 집안 살림에 관한 것을 모두 가르쳤으니까요. 그리고 여자의 의무에 대해서도 자주 이야기해 줬어요. 하느님께서 아시지만, 숨이 차서 때로 고통스럽기 짝이 없지만 말이에요. 집안에 여자애들이 셋이나 있으니 그 애들이 각자 맡은 일을 하게 만들려면 내 힘이 두 배는 세져야 할 거라고요. 불을 세 군데 피워놓고 고기를 굽는 거나 마찬가지예요. 하나를 다 굽고 나서 보면 다른 것은 타고 있다니까요."

헤티는 숙모를 꽤 무서워하고 있었기에 극심한 희생을 치르지 않고 숨길 수 있을 정도의 허영심은 숙모에게 숨겨왔다. 그녀는 포이저 부인이 허락하지 않을 장신구 쪼가리들을 사고 싶은 마음을 물리칠 수 없었다. 그러나 이 순간 숙모가 문을 열고 들어와서 작은 촛불이 켜진 가운데 스카프와 귀고리로 장식하고 뽐내듯 걸어 다니는 그녀를 보았다면, 그녀는 부끄럽고 화가 나기도 하고 겁에 질려서 죽고 싶은 심정이었을 것이다. 그런 기습을 막기 위해서 그녀는 언제나 문의 빗장을 걸었고, 오늘 밤에도 그것을 잊지 않았었다. 다행스러운 일이었다. 방금 가벼운 노크 소리가 들렸기 때문이다. 깜짝 놀라 두근거리는 가슴으로 헤티는 서둘러 촛불을 꺼서 서랍 속에 던져 넣었다. 귀고리를 떼느라 감히 지체할 수는 없었지만 다시 가벼운 노크 소리가 들리기 전에 스카프를 벗어 바닥에 떨어뜨렸다. 어떻게 해서 그 희미한 노크소리가 들리게 되었는지를 알려면 잠시 헤티를 놔두고 다인나에게 돌아가야 한다. 다인나는 토티를 어머니의 품에 돌려주고 이층으로 올라와 헤티의 침실과 붙어 있는 자기 방으로 들어갔다.

다인나는 침실 창가에 서서 바깥 경치를 내다보고 있었다. 높다란 집의 이층에 있었기에 그 방에서는 들판이 멀리까지 내려다보였다. 두꺼운 벽으로 인해서 창문 밑에 일 미터가량의 넓은 층계가 만들어졌기에 그곳에 의자를 놓을 수 있었다. 이제 방으로 들어와서 그녀는 먼저 이 의자에 앉아서 느릅나무 산울타리 바로 위로 커다란 달이 떠오르고 있는 평화로운 들판을 바라보았다. 그녀가 제일 좋아한 것은 젖소들이 누워있는 목초지였고, 그 다음으로는 반쯤 베어진 풀이 큰 곡선을 이루며 은빛으로 빛나는 풀밭이었다. 단 하룻밤을 제하고는 앞으로 오랫동안 이 들판을 바라볼 수 없었기에 그녀의 마음은 새삼 벅차올랐다. 하지만 이 풍경을 떠나는 것 자체에 대해서는 주저하지 않았다. 황량한 스노필드도 그 못지않은 매력을 갖고 있기 때문이었다. 그녀는 이 평화로운 들판에서 자기에게 소중해진 사람들을 모두 생각했다. 그들은 이제 그녀의 애정 어린 기억에 영원히 자리 잡게 될 것이다. 그들에게서 멀리 떨어져 있어서 그들에게 어떤 일이 일어나는지 알지 못하게 될 때, 앞으로 그들 삶의 여정에 어떤 고투와 피로가 닥쳐올지를 그녀는 생각했다. 이런 생각을 하자 이내 너무나 고통스러운 심정이 들어서 그녀는 아무 반응도 없는 달빛 어린 들판의 정적을 편안히 감상할 수 없었다. 땅과 하늘에서 발산되는 것보다 더 깊고 부드러운 사랑과 공감적인 존재를 더욱 강렬하게 느낄 수 있도록 그녀는 눈을 감았다. 다인나가 혼자서 기도하는 방식은 종종 그러했다. 그저 눈을 감고, 신성한 존재가 그녀를 에워싸는 것을 느끼는 것이다. 그러면 점차 자신의 두려움이나 다른 이들에 대한 절실한 염려가 따뜻한 바닷물 속의 빙정처럼 녹아서 없어졌다. 그녀는 양손을 포개어 무릎에 올려놓고 평화로운 얼굴에 창백한 달빛을 받으며 전혀 미동도 없이 적어도 십 분 정도 앉아있었다. 그때 분명 헤티의 방에서 무언가 떨어지는 커다란 소리가 들려와 그녀는 깜짝 놀랐다. 망연자실한 상태에서 귀에 들리는 소리들이 모두 그렇듯이 그 소리는 분명한 특징이 없었고 그저 요란하고 놀라운 소리였기에 제대로 들은 것인지 확신할 수 없었다. 그녀는 일어서서 귀를 기울였지만 그 뒤에는 쥐 죽은 듯이 고요했기에 헤티가 잠자리에 들면서 무언가를 떨어뜨린 모양이라고 생각했다. 그녀는 천천히 옷을 벗기 시작했다. 그러나 이 소리가 연상시킨 것으로 말미암아 그녀의 생각은 헤티를 중심으로 맴돌았다. 그 귀엽고 어린 것! 인생의 모든 시련, 아내이자 어머니로서의 준엄한 일상적 의무가 앞에 놓여 있는데도 헤티의 마음은 그 모든 것을 감당할 준비가 전혀 되어 있지 않았고, 그저 치졸하고 어리석고 이기적인 쾌락에만 몰두하고 있었다. 마치 보금자리도 없는 곳에서 배고픔과 추위와 어둠을 견뎌야 하는 길고 고된 여정을 앞두고 장난감을 끌어안고 있는 어린애와 마찬가지였다. 다인나는 헤티에 대한 걱정이 갑절로 커지는 것을 느꼈다. 형의 앞날에 대한 세스의 걱정 어린 관심을 그녀도 더불어 느끼고 있었고, 헤티가 아담과 결혼하고 싶어 할 만큼 그를 사랑하지 않는다는 결론을 내리지도 않았기 때문이었다. 헤티의 성격에는 따뜻하고 헌신적인 사랑이 내재하지 않음을 아주 분명히 알고 있었기에, 헤티가 아담에게 냉정하게 대하는 것이 아담을 바람직한 남편감으로 여기지 않기 때문이라고는 생각하지 않았다. 그리고 헤티에게 있어서 이러한 성격상의 결핍은 다인나에게 혐오감을 일으키기보다는 오히려 더 깊은 연민을 자아냈다. 이기적인 질투심이 없는 순수하고 다정한 마음에 아름다움이 늘 어떤 영향을 미치듯이, 헤티의 사랑스런 얼굴과 자태는 다인나에게 영향을 주었다. 아름다움이란 신의 뛰어난 선물이고, 그것이 결핍과 죄, 슬픔과 뒤섞여 있을 때 더욱 깊은 비애를 자아낸다. 백합처럼 새하얀 꽃봉오리에 앉은 자벌레가 평범한 야채에 있을 때보다 더욱 보기 괴로운 것과 마찬가지이다.

옷을 벗고 잠옷을 입을 때쯤 헤티에 대한 이러한 감정은 고통스러울 정도로 강렬해졌다. 다인나의 상상의 눈에, 죄와 슬픔의 가시덤불이 떠올랐고, 그 불쌍한 존재가 덤불에 갇혀서 살이 찢기고 피를 흘리며 몸부림치고 눈물을 흘리며 구조를 바라지만 아무 도움도 얻지 못하는 모습이 떠올랐다. 다인나의 상상력과 공감은 언제나 이런 식으로 작용하고 반작용하면서 각각이 서로를 고양시켰다. 그녀는 당장 헤티에게 달려가서 자기 마음에 떠오른 다정한 경고와 호소를 그녀의 귀에 쏟아 붓고 싶은 깊은 갈망을 느꼈다. 하지만 어쩌면 헤티는 이미 잠이 들었을지 모른다. 다인나는 칸막이벽에 귀를 대보았고, 아직 약간의 소음이 들리는 것을 확인하고는 헤티가 아직 잠자리에 들지 않았음을 알았다. 하지만 그녀는 망설였다. 아직 신의 의도를 확신할 수 없었던 것이다. 헤티에게 가보라고 그녀에게 말한 목소리는 헤티가 지쳐 있으며 지금처럼 부적절한 시간에 헤티에게 간다면 마음을 더욱 굳게 닫아버릴 거라고 말하는 다른 목소리보다 더 크지 않았다. 이 내면의 목소리들보다 더 분명한 지침이 없는 상태로는 확신을 가질 수 없었다. 달빛이 비치고 있어서, 성경을 펼치면 어떤 구절이 나오는지 알아볼 수 있을 정도였다. 그녀는 성경의 페이지마다 각각의 모양새를 알고 있었기에 제목이나 페이지를 보지 않고도 자기가 어느 편을 펼쳤는지, 때로 어느 장을 펼쳤는지도 구별할 수 있었다. 다인나는 빛이 가장 많이 들어오는 창턱에 성경을 옆으로 놓고 집게손가락으로 펼쳤다. 그녀의 눈에 처음 들어온 낱말은 왼쪽 페이지의 첫줄에 있는 것이었다. "그들은 모두 많이 울었으며 바울로의 목을 끌어안고 입을 맞추었다."63) 이것으로 충분했다. 성 바울로가 마지막으로 마음을 털어놓고 권고와 경고를 해야겠다고 느낀 그 유명한 에페소의 작별 장면을 펼친 것이었다. 그녀는 더 이상 망설이지 않고 방문을 살짝 연 다음 헤티의 방으로 가서 문을 두드렸다. 이미 우리가 알고 있다시피 헤티가 촛불을 끄고 검은 레이스 스카프를 풀어야 했기에 그녀는 문을 두 번 두드려야했다. 그러나 두 번째로 문을 두드리자 즉시 문이 열렸다. 다인나가 말했다. "날 들어가게 해 줄래, 헤티?" 헤티는 화가 나기도 하고 정신이 없었기에 아무 말 없이 문을 조금 더 열어서 다인나를 들어오게 했다.

이 두 인물은 얼마나 기묘한 대조를 이루었던지! 어스름한 빛과 달빛이 어울린 가운데 그 대조는 역력히 드러났다. 상상의 꿈에 취해서 뺨이 발갛게 달아올라 눈을 반짝이는 헤티는 아름다운 목과 팔을 드러내고 헝클어진 곱슬머리를 등에 늘어뜨린 채 귀에는 싸구려 장신구를 달고 있었다. 긴 흰 옷으로 감싸인 다인나의 창백한 얼굴은 억제된 감정으로 충일하여 마치 더 고귀한 신비와 숭고한 사랑으로 채워진 영혼이 다시 돌아온 아름다운 시체처럼 보였다. 그들은 거의 키가 같았다. 다인나가 헤티의 허리를 팔로 감싸고 그녀의 이마에 입을 맞추었으므로 다인나가 분명 약간 더 큰 것 같았다.

"네가 자고 있지 않은 걸 알고 있었어." 다인나는 맑은 목소리로 상냥하게 말했지만, 그 목소리는 헤티를 짜증스럽게 만들었다. 마치 음악 소리가 사슬이 부딪치며 딸랑거리는 소리와 뒤섞이듯이 그 목소리는 그녀 자신의 언짢은 기분과 뒤섞였다. "네가 움직이는 소리를 들었거든. 오늘 밤에 너와 다시 이야기하고 싶었어. 내가 여기 머물 날이 이제 하루밖에 남지 않았으니까. 앞으로 어떤 일이 일어나서 우리가 멀어질지도 모르잖

63) 사도행전 20:37. 성 바오로가 신도들을 파괴할 '사나운 이리떼'를 조심하라고 에페소의 장로들에게 경고하는 장면.

아. 네가 머리를 빗는 동안 여기 앉아 있어도 될까?"

"아, 그래." 다인나가 귀고리를 알아차리지 못한 듯이 보였기에 안심하면서 헤티는 성급히 몸을 돌려 손을 뻗어서 방 안의 다른 의자를 집었다.

다인나는 앉았고, 헤티는 머리카락을 말아 올리기 전에 머리를 빗질하기 시작했다. 극히 무관심한 태도로 빗질하는 헤티의 모습은 혼란에 빠진 그녀의 자의식을 드러냈다. 그러나 다인나의 눈에 어린 표정은 점차 헤티의 마음을 편안하게 해 주었다. 그 눈길은 하찮은 것들을 주목하지 않는 것 같았다.

"헤티, 언젠가 네가 고통에 빠질지도 모른다는 생각이 오늘 밤에 갑자기 들었어. 여기 지상에 사는 우리들 누구나 고통을 받도록 정해져 있지. 그리고 현세의 삶에서는 결코 얻을 수 없는 위안과 도움을 필요로 할 날이 올 거야. 혹시라도 네가 고통에 빠져서 언제라도 너에게 공감하고 너를 사랑해 줄 친구가 필요하다면 그런 친구를 스노필드의 다인나 모리스에게서 찾을 수 있다고 말해 주고 싶었어. 네가 내게 직접 오거나 나를 부르러 사람을 보내면, 나는 오늘 밤과 지금 너에게 하고 있는 말을 결코 잊지 않을 거야. 그걸 기억해 주겠니, 헤티?"

"그래." 헤티는 다소 겁에 질려서 대답했다. "하지만 왜 내가 고통에 빠질 거라고 생각해? 뭔가 알고 있는 게 있니?"

헤티는 의자에 앉아서 나이트캡을 머리에 묶고 있었고, 이제 다인나는 몸을 앞으로 숙이고 헤티의 손을 잡으며 대답했다.

"고통은 여기 지상의 삶을 살고 있는 우리들 누구에게나 찾아오니까. 우리는 하느님이 우리에게 주시려고 의도하지 않으신 것에 집착하고 그러면서 슬픔을 겪게 되지. 사랑하는 사람을 빼앗기고는 그들이 우리와 함께 있지 않기 때문에 어디에서도 즐거움을 느끼지 못하기도 하고. 질병이 찾아들고, 연약한 신체를 감당하지 못해서 허약해지지. 때로는 잘못된 길로 들어서서 나쁜 일을 하고 더불어 살아가는 사람들과 분란을 일으키게 되고. 이 세상에 태어난 남자나 여자들 가운데 이런 시련들을 겪지 않는 사람은 없을 거야. 그래서 이런 일들 가운데 어떤 것들이 너에게도 일어날 거라고 느끼는 거지. 그리고 아직 젊을 때 네가 하늘에 계신 아버지께 힘을 주십사 간구하기를, 험난한 날이 닥쳤을 때도 너를 저버리지 않을 도움을 얻기를 널 위해 바라고 있어."

다인나는 말을 멈추고, 헤티를 방해하지 않도록 손을 놓았다. 헤티는 아무 말 없이 앉아 있었다. 그녀의 마음속에서는 다인나의 근심 어린 애정에 대해서 아무 반응도 일지 않았다. 그러나 엄숙하고 감동적인 어조로 분명하게 전달된 다인나의 말은 그녀에게 차가운 공포를 느끼게 했다. 홍조가 사라져서 창백할 지경이었다. 그녀는 사치스러운 쾌락을 추구하는 사람들 특유의 소심한 면이 있어서, 고통에 대한 말만 들어도 움츠려 들었다. 다인나는 자기 이야기가 미치는 영향력을 느꼈고, 그녀의 다정하고 근심에 찬 호소는 더욱 진지해졌다. 마침내 헤티는 뭔가 사악한 일이 자기에게 언젠가 닥칠 거라는 막연한 두려움에 휩싸여 울기 시작했다.

저급한 본성은 고귀한 본성을 결코 이해할 수 없는 반면 고귀한 본성은 저급한 본성을 속속들이 파악한다고 사람들은 흔히 말한다. 하지만 사물을 보는 시력을 계발하듯이 고귀한 본성도 무척 고된 훈련을 겪음으로써, 때로는 사물을 올바로 이해하지 못하고 우리의 우주가 실제보다 더 넓다고 착각하면서 생긴 멍과 깊은 상처를 경험함으로써, 이해력을 닦아야 한다고 나는 생각한다. 다인나는 이전에 헤티가 이런 식으로 감정의 변화를 겪는 것을 본 적이 없었다. 그래서 평소처럼 희망에 가득 찬 너그러운 심성으로 그녀는 그것이 성스러운 충동이 싹트는 것이라 믿었다. 그녀는 흐느껴 우는 그 존재에게 입을 맞추고 감사와 기쁨에 충만한 마음으로 그녀와 함께 울기 시작했다. 그러나 헤티는 그저 흥분하기 쉬운 상태였을 뿐이었고, 그런 상태에서 다음 순간에 감정이 어떻게 변화될지는 예측할 수 없었다. 그녀는 다인나의 애무를 받으며 처음으로 짜증이 나는 것을 느꼈다. 그래서 다인나를 조급하게 밀쳐 내고는 어린애처럼 흐느끼는 목소리로 말했다.

"내게 그런 말 하지 마, 다인나. 왜 나한테 와서 겁을 주는 거니? 나는 너에게 아무런 일도 하지 않았어. 왜 나를 그냥 내버려 둘 수 없는 거니?"

가엾은 다인나는 순간 예리한 고통을 느꼈다. 하지만 그녀는 아주 현명했기에 자기의 착각을 고집하지 않고 다만 부드럽게 말했다. "그래, 피곤하겠지. 더 이상 방해하지 않겠어. 빨리 잠자리에 들렴. 잘 자."

그녀는 유령처럼 조용히 재빠르게 방을 나왔다. 그러나 일단 침대 옆에 서자 그녀는 털썩 무릎을 꿇고 그녀의 마음에 가득한 간절한 동정심을 깊은 정적 속에 쏟아냈다.

헤티에 대해 말하자면, 그녀는 곧 다시 숲 속으로 되돌아갔다. 깨어 있을 때의 꿈은 그 못지않게 파편적이고 혼란스러운 잠 속으로 스며들어 갔다.

연결된 고리들

여러분도 기억하다시피, 아서 도니손은 금요일 아침에 어윈 씨를 만나러 가겠다고 스스로 다짐했었다. 그는 아주 일찍 잠에서 깨어나 옷을 갈아입으며 아침 식사 이전에 가야겠다고 결심했다. 그가 알기로 그 목사님은 아홉 시 반에 혼자서 아침 식사를 했고 그 집안 여자들의 식사 시간은 제각기 달랐다. 아서는 일찌감치 말을 타고 언덕을 넘어가서 목사님과 함께 아침을 먹어야겠다고 생각했다. 식사를 하면서 이야기를 할 때 말을 가장 잘 할 수 있는 법이다.

문명이 발전되면서 아침 식사나 정찬은 성가시고 불쾌한 의식이 아니라 편안하고 즐거운 시간이 되었다. 고해 신부가 계란과 커피를 들면서 우리의 이야기에 귀를 기울이면 우리는 우리의 잘못에 대해서 좀 덜 비관적으로 생각하게 된다. 문명화된 시대를 사는 신사에게 통렬한 회개란 당치 않은 일이며, 지옥에 떨어질 만한 큰 죄라 하더라도 빵에 대한 식욕과 공존할 수 있다는 사실을 우리는 보다 분명히 깨닫게 되었다. 보다 야만적인 시대였다면 권총 발사라는 거친 방식으로 이루어졌을 호주머니 습격이 이제는 두 번째 포도주 잔과 세 번째 잔 사이의 편안한 여담에서 제기되는 대부 요청으로 바뀌었으므로, 점잖게 웃음을 띠고 진행하는 절차가 되었다.

하지만 예전의 엄격한 형식은 사람들로 하여금 외적으로 표명된 행위로 인해서 결심을 실천에 옮기도록 촉구한다는 장점이 있었다. 돌 벽의 구멍 한 쪽에 입을 대고 그 반대편에 귀를 기울이고 있는 사람이 있다는 것을 의식할 때 여러분은, 특별한 이야깃거리가 없다고 해도 놀라지 않을 동료와 함께 마호가니 식탁 아래로 다리를 벌리고 편히 앉아 있을 때보다 훨씬 수월하게 원래 의도했던 이야기를 꺼낼 수 있을 것이다.

하지만 아서 도니손은 말을 타고 아침 햇살을 받으며 쾌적한 오솔길을 굽이굽이 돌아가면서 자기 심정을 목사에게 고백하겠다고 진지하게 결심했다. 목초지를 지날 때 들려온 낫을 휘두르는 소리는 이 정직한 목적 때문에 더욱더 경쾌하게 들렸다. 건초를 거둬들일 수 있도록 맑은 날씨가 지속될 조짐이 보여서 그는 기분이 좋았다. 날씨 때문에 농부들의 걱정이 이만저만이 아니었던 것이다. 그리고 단순히 개인적인 기쁨이 아니라 일반적인 기쁨을 공유하는 데에는 대단히 건전한 면이 있어서, 건초 수확에 대한 생각을 떠올리자 그의 마음 상태가 달라졌고 그의 결심이 보나 수월한 일로 여겨지게 되었다. 도시에 사는 사람은 어쩌면 이런 영향력이 애들 이야기책에서나 느낄 수 있는 거라고 생각할지도 모른다. 하지만 여러분이 밖으로 나와 들판과 산울타리를 거닌다면, 자연의 소박한 즐거움에 대한 우월감을 지속적으로 느낄 수는 없을 것이다.

헤이슬롭 마을을 지나 브록스턴 쪽의 언덕에 다가갔을 때 굽어진 길을 돌자 백 미터가량 앞에 어떤 사람이 보였다. 꼬리가 없는 잿빛 양치기 개가 옆에 없었더라도 그 사람을 아담 비드가 아닌 딴 사람으로 오해할 수는 없었다. 아담은 평소처럼 빠른 걸음으로 성큼성큼 걷고 있었고, 아서는 그를 따라잡기 위해서 말을 힘차게 몰았다. 아담에 대한 소년 시절의 감정을 아직도 간직하고 있었기에, 아서는 아담과 잡담할 수 있는 기회를 놓치고 싶지 않았던 것이다. 그 선량한 인간에 대한 아서의 호감이 부분적으로는 윗사람으로서 호의를 베푸는 태도를 보이고 싶은 감정에서 유래한 것이 아니라고는 말할 수 없을 것이다. 우리의 친구 아서는 훌륭한 일이라면 무엇이든 하고 싶어 했고 자신의 훌륭한 행위가 칭찬 받는 것을 좋아했다.

점점 빨라지는 말발굽 소리를 듣자 아담은 뒤를 돌아보았고, 누군지 알아보고는 밝은 미소를 지으며 모자를 들어 올려 인사하면서 말 탄 사람을 기다렸다. 그는 동생 세스를 제외하면 이 세상의 어떤 젊은이보다도 아서 도니손을 위해서 더욱 열심히 일할 용의가 있었다. 그가 언제나 주머니에 넣고 다니는 60센티미터 자를 다른 무엇보다도 소중히 간직하는 것은 아서가 열한 살의 금발 소년이었을 때 용돈으로 사서 선물했기 때문이었다. 그 당시 아서는 아담의 도움을 받으며 목공일과 물건 만드는 법을 배웠고, 필요하지도 않은 실패와 둥근 상자를 만들어 선물함으로써 집안 여자들을 난처하게 만들었었다. 아담은 그 당시 이 어린 지주를 무척 자랑스럽게 생각했고, 그 감정은 그 금발의 소년이 수염이 난 젊은이로 성장하는 동안에도 거의 달라지지 않았다. 고백하건대, 아담은 신분의 영향력에 무척 민감했고, 자기보다 더 많은 혜택을 누리고 있는 사람 누구에게나 기꺼이 특별한 존경심을 바치고자 했다. 아담은 철학자도, 민주주의 이념을 신봉하는 프롤레타리아트도 아니었고, 그저 건장한 신체에 솜씨 좋은 목수에 불과했으며 천성적으로 풍부한 존경심을 타고 났기에 기존의 모든 권리 주장을 의심할 만한 확실한 근거가 보이지 않으면 그 주장들을 모두 인정하려는 경향이 있었다. 그는 세상을 바로 잡는 것에 대한 이론을 알지 못했다. 그러나 잘 마르지 않은 목재로 건물을 짓는다면, 멋진 옷을 입은 무식한 사람이 사물의 관계를 이해하지 못한 채 헛간이나 작업장 또는 그와 비슷한 것을 지으려고 계획한다면, 가구장이가 가구 만드는 일을 소홀히 한다면, 누군가를 파멸시키지 않고는 실행될 수 없는 계약을 성급하게 체결한다면, 그런 일들이 무척 큰 해악을 끼치게 된다는 것을 알고 있었다. 그래서 그는 자기 나름대로 그런 행위에 대해 저항하기로 결심했다. 바로 이런 점들 때문에 그는 롬셔나 스토니셔의 대지주들에 대해 반대하는 입장을 견지하고 있었을 것이다. 그러나 이런 점들을 넘어서면 자기보다 아는 것이 많은 사람들의 의견에 따르는 편이 더 나을 거라고 느꼈다. 그는 장원의 숲들이 엉망으로 관리되고 있는 것을 분명히 보았으며 농가들도 부끄러운 상태라는 것을 알고 있었다. 만약 도니손 지주가 이런 그릇된 운영의 결과에 대해서 그에게 물었더라면, 그는 움츠리지 않고 자기 의견을 말했을 것이다. 하지만 '신사'에게 공손히 대해야 한다는 본능은 그의 내면에 언제나 강력하게 자리 잡고 있었을 것이다. '신사'라는 단어에 아담은 꼼짝할 수 없었기에, "윗사람들에게 건방지게 구는 것으로 자기가 훌륭해졌다고 생각하는 사람들을 참을 수 없다."고 종종 말하곤 했다. 다시 한 번 상기하건대, 아담의 핏줄에는 농부의 피가 흐르고 있었고 그가 한창때였던 시절은 이미 반세기 전의 과거이므로, 틀림없이 여러분은 그의 몇 가지 특징들이 이제는 구시대적인 유산이라고 생각할 것이다.

젊은 지주에 대한 이처럼 본능적인 아담의 존경심에는 소년 시절의 기억과 개인적인 존중심이 보태져 있었다. 그래서 그가 자기처럼 평범한 노동자의 자질이나 행동을 평가할 때보다 아서의 좋은 자질들을 훨씬 높이 평가하고 그의 사소한 행동에도 훨씬 더 높은 가치를 부여했다고 여러분은 상상할지도 모른다. 그는 그 젊은 지주가 토지를 상속받으면 헤이슬롭의 사람들 누구에게나 좋은 날이 올 거라고 믿었다. 아서의 성격은 무척이나 관대하고 개방적이었으며, 이제 막 성년이 되었다는 점을 고려하면, 개량과 보수 작업에 대한 그의 생각은 '남다른' 것이었기 때문이다. 그러므로 아서 도니손이 말을 타고 올라올 때 모자를 치켜든 채 기다리며 그가 짓고 있는 미소에는 존경심과 애정이 어려 있었다.

"자, 아담, 어떻게 지내나?" 아서가 손을 내밀며 물었다. 그는 농부들 가운데 다른 누구와도 악수를 하지 않았으므로 아담은 그 특별한 대접을 각별히 느꼈다. "멀리 떨어져서도 자네 등을 보면 맹세할 수 있을 거야. 나를 업고 다닐 때와 똑같은 등이니까. 다만 좀 더 넓어졌을 뿐이지. 자네도 기억하나?"

"그럼요, 나리. 기억하고 말구요. 어렸을 때 무엇을 했는지, 무엇을 말했는지 기억하지 못한다면 앞날이 한심한 사람이지요. 그러면 새로운 친구들에 대해서나 옛 친구들에 대해서나 생각하지 않을 테니까요."

"아마 브록스턴으로 가는 모양이지?" 옆에서 걷는 아담의 보조에 맞춰 아서는 말을 천천히 몰며 말했다. "목사관에 가는 길인가?"

"아뇨, 나리. 브래드웰의 헛간을 보러가는 길입니다. 지붕이 내려앉아서 벽이 무너질까봐 걱정들 하고 있거든요. 자재와 일꾼들을 보내기 전에 어떻게 해야 할지 보러가는 길입니다."

"버지가 이제는 거의 모든 일을 자네에게 믿고 맡기는군. 그렇지 않나? 내 생각에는 그가 곧 자네를 동업자로 삼을 거야. 현명한 사람이라면 그렇게 하겠지."

"아뇨, 나리. 그분이 그렇게 한다고 해도 더 나아질 건 없을 겁니다. 양심적이고 자기 일을 즐겁게 하는 십장이라면 동업자가 되었건 그렇지 않건 간에 똑같이 임무를 다할 겁니다. 과외의 보수를 받지 못한다고 해서 못을 헐겁게 박는 사람이라면 저는 그런 사람에게 동전 한 푼도 주지 않을 겁니다."

"나도 알고 있네, 아담. 자네가 자신을 위해서 일할 때처럼 그 사람을 위해서도 일을 잘 한다는 것을 알고 있지. 하지만 자네에게 지금보다 더 권한이 많아질 거고 그 일에서 이익을 더 낼지도 모르지. 그 노인은 언젠가는 일을 그만두어야 할 텐데 그에게는 아들이 없잖나. 아마도 그는 그 일을 떠맡을 사위를 얻고 싶을 테지. 하지만 그 사람은 구두쇠처럼 움켜쥐고 있는 편이지. 단언하건대 그는 그 사업에 돈을 투자할 수 있는 사람을 원할 거야. 내가 이처럼 한심스러운 빈털터리가 아니라면, 자네가 이 장원에 정착할 수 있도록 그쪽에 기꺼이 돈을 투자할 텐데. 결국에는 그 돈으로 이득을 얻게 되리라고 믿으니까 말이야. 어쩌면 일이 1, 2년 내에 내 형편이 나아질 지도 모르지. 이제 성년이 되었으니까 용돈이 좀 더 많아질 테고. 한두 가지 빚을 갚고 나면 내 주위를 돌아볼 여유가 생길 걸세."

"그렇게 말씀해 주시다니 정말 친절하십니다, 나리. 제가 고맙게 생각하지 않는 것은 아닙니다." 아담은 단호한 목소리로 말을 이어갔다. "하지만 저는 버지 씨에게 그런 제안을 하고 싶지 않고, 또 저를 위해서 그런 제안을 해 주시기를 바라지 않습니다. 동업을 할 수 있는 길이 분명히 보이지 않으니까요. 만약 버지 씨가 그 사업을 처분해 버리고 싶어 한다면 그건 문제가 다르겠지요. 그렇다면 적당한 이자로 돈을 약간 빌릴 수 있으면 좋을 겁니다. 시간이 지나면 그 빚을 갚을 수 있을 거라고 확신하니까요."

"잘 알았네, 아담." 아서는 아담과 메리 버지 사이의 연애가 잘 되어가지 않을지도 모른다는 어윈 씨의 말을 기억에 떠올리며 말했다. "지금으로서는 그 문제에 대해 더 이상 말하지 않기로 하지. 아버님의 장례일은 언제인가?"

"일요일입니다, 나리. 어윈 씨께서 일부러 일찍 오시기로 했습니다. 장례식이 끝나면 좋겠어요. 그러면 어머니께서 좀 편안해질 테니까요. 노인이 비통해 하는 것을 보고 있으려니 슬픈 마음이 솟구치거든요. 노인들은 슬픔을 떨쳐버릴 방법이 없지요. 새 봄이 와도 시든 나무에 새싹이 돋아나지 않으니까요."

"아, 자네는 고통스럽고 화가 나는 일들을 많이 겪었지, 아담. 자네가 다른 젊은이들처럼 철이 없거나 경박하게 굴었던 적은 한 번도 없었던 것 같네. 자네에게는 늘 걱정거리가 있었지?"

"아, 네, 나리. 하지만 그건 불평할 것은 아니었지요. 우리가 사내라면, 그리고 사내다운 감정을 가지고 있다면, 사내들의 고통을 감수해야 하지요. 사람이란 날개가 돋자마자 둥지에서 날아가 버리고 가족을 봐도 알아보지 못하고 해마다 새로운 식구들을 만들어 내는 새처럼 살 수는 없으니까요. 제게는 감사하게 여겨야 할 것도 많이 있었지요. 언제나 건강하고 힘이 넘치고 머리도 있어서 제가 하는 일에 즐거움을 느낄 수 있었으니까요. 게다가 바틀 매시 선생님의 야학에 갈 수 있었던 것도 큰 일로

칠 수 있습니다. 저 혼자서는 절대로 얻을 수 없었을 지식을 얻도록 그분이 도와주었으니까요."

"자네는 정말 드문 사람이야, 아담!" 아서는 옆에서 걷고 있는 체구가 건장한 사내를 잠시 생각에 잠겨 바라보다가 말했다. "나는 옥스퍼드의 학생들 대부분을 주먹으로 이길 수 있는데 말이야. 하지만 혹시라도 내가 자네하고 주먹 다툼을 벌인다면 자네는 나를 때려눕혀서 다음 주까지 꼼짝달싹할 수 없게 만들 거야."

"제가 혹시라도 그런 일을 할 리가 있겠습니까, 나리?" 아담은 얼굴을 돌려 아서를 보고 미소를 지으며 말했다. "전에는 재미 삼아 주먹 싸움을 벌이곤 했지요. 하지만 불쌍한 질 트랜터를 2주일간 누워있게 만든 후로는 그만두었어요. 다시는 누구하고도 싸우지 않을 겁니다. 누군가 악당처럼 굴 때만 빼고요. 스스로를 억제할 만한 수치심이나 양심이 없는 녀석을 붙잡는다면, 눈이 붓도록 패주고 나서 어떻게 되는지 시험해 봐야겠어요."

아서는 웃지 않았다. 어떤 생각에 사로잡혀 있다가 곧 말을 꺼냈다.

"이제 생각해보니 아담, 자네는 속으로 갈등을 겪은 적이 없는 것 같네. 어떤 소망을 마음에 품어 두는 것이 옳지 않다고 판단하면 자네는 그 소망을 쉽게 이겨 냈을 걸세. 자네에게 시비 거는 술주정뱅이를 때려눕히듯이 말이지. 내 말은, 자네가 처음에 어떤 일을 하지 않겠다고 결심을 한 다음에 결국에는 그 일을 하게 되는 우유부단한 인간이 결코 아니라는 뜻이지."

"글쎄요." 아담은 잠시 망설인 다음 천천히 말했다. "그래요. 나리 말씀대로, 어떤 일이 잘못이라고 결정하고 나면 그것 때문에 마음이 흔들렸던 적은 없습니다. 그런 일을 한 다음에 양심의 가책을 느낄 거라고 생각하면 그런 것에 대한 입맛이 싹 사라지니까요. 덧셈을 할 수 있는 나이가 된 이후로 저는 어떤 나쁜 일을 하면 미리 알 수 없었던 많은 죄를 저지르고 고통을 겪는다는 것을 아주 분명히 보아왔지요. 그건 일솜씨가 나쁜 것과 마찬가지지요. 그것이 일으킬 고약한 결과가 어떻게 끝을 맺을

지 결코 알 수 없다니까요. 이 세상에 태어나서 더불어 살아가는 사람들을 더 낫게 만들지 못하고 그보다 못하게 한다면 앞날이 한심한 거지요. 하지만 사람들이 나쁜 일이라고 부르는 것들에도 차이가 있습니다. 어떤 비국교도들이 그렇듯이, 바보들이 저지르는 사소한 속임수나 누구라도 빠질 수 있는 하찮은 짓거리를 죄라고 부르는 것에는 찬성하지 않아요. 그저 재미 좀 보려고 하다가 한두 군데 멍드는 것이 그만한 가치가 있는지에 대해서는 두 가지로 생각할 수 있겠지요. 하지만 무엇이든 간에 이랬다저랬다 하는 것은 제 방식이 아닙니다. 제 결함은 다른 부분에 있을 겁니다. 어떤 말을 하고 나면, 그 말이 설사 혼잣말이었다 하더라도, 그 말을 거스르기가 어렵다는 겁니다."

"맞아, 자네에 대해서 바로 그렇게 생각했었지." 아서가 말했다. "자네는 무쇠 같은 팔뿐 아니라 무쇠 같은 의지를 가지고 있어. 하지만 인간의 결심이 아무리 강하다 해도 이따금 그것을 실행하려면 희생을 치러야 하는 법이야. 우리가 체리를 따 먹지 않겠다고 결심하고 손을 고집스레 호주머니에 집어넣고 있을 수는 있겠지. 하지만 입 안에 침이 고이는 것은 막을 수 없잖아."

"그건 사실입니다, 나리. 하지만 이 세상에는 우리가 가질 수 없는 것들이 많기 때문에 스스로와 타협하는 것이 무엇보다 중요합니다. 인생이 트레들스턴에서 열리는 장처럼 사람들이 그저 구경하러 가서 선물이나 받아오는 곳이라고 생각해 봤자 아무 소용도 없으니까요. 이렇게 생각한다면, 그렇지 않다는 것을 곧 알게 되겠지요. 하지만 제가 나리께 이런 말씀을 드릴 필요가 어디 있겠습니까? 나리께서 저보다 더 잘 아시는데요."

"과연 그런지 그 점에 대해서는 그리 확신이 없네, 아담. 자네는 나보다 사, 오 년 정도 경험을 더 많이 쌓았으니까. 자네의 인생은 자네에게 더 훌륭한 학교였던 모양일세. 내가 다닌 대학에서 배운 것보다 더 많은 것을 가르쳤으니."

"저, 대학에 대한 나리의 생각은 바틀 매시 씨의 생각과 비슷한 것 같군요. 그분 말로는 대학이 대개 허풍선이를 만들어 낸다고 합니다. 그들에게 쏟아 부어진 것을 담고 있는 일 말고는 아무 짝에도 쓸모없는 사람들 말입니다. 하지만 그분의 혀는 날카로운 칼날 같지요. 그런 혀를 갖고 있습니다. 무엇이든 닿기만 하면 베어 버리니까요. 이제 갈림길이군요. 나리. 나리께서는 목사관으로 가실 테니까 작별 인사를 드려야겠습니다."

"잘 가게, 아담, 잘 가게."

아서는 목사관 입구에서 마부에게 말을 넘겨주고 자갈길을 따라 올라가서 정원 쪽에 나 있는 문으로 갔다. 이 문의 왼쪽으로 식당 맞은편에 서재가 있었고 목사가 언제나 그곳에서 아침 식사를 하는 것을 그는 알고 있었다. 그 서재는 저택의 오래된 부분에 속한, 천장이 나지막한 작은 방이었고 벽을 따라 늘어선 책들의 칙칙한 표지들로 우중충했다. 그러나 오늘 아침 아서가 열린 창문으로 다가갔을 때 그 방은 무척 활기차게 보였다. 아침 햇살이 금붕어가 있는 커다란 유리 어항에 비스듬히 비쳐 들었고, 펼쳐진 독신자용 아침 식탁 앞의 인조대리석 기둥 위에 그 어항이 놓여 있었다. 이 아침 식탁 옆에는 어떤 방이라도 매혹적으로 보이게 할 만한 무리가 있었다. 진홍색 능직 안락의자에 어윈 씨가 앉아 있었다. 아침 몸단장을 하고 난 후에 언제나 그렇듯이 상쾌한 얼굴이 빛을 발하고 있었고, 섬세하게 생긴 포동포동한 흰 손은 동그랗게 웅크리고 있는 주노의 갈색 등을 쓸어내리고 있었다. 부인네답게 조용히 만족스러운 듯 꼬리를 흔들고 있는 주노 옆에는 갈색 강아지 두 마리가 서로 뒹굴면서 신이 나서 물고 쑤석거리며 이중창 같은 소리를 냈다. 이런 허물없는 행동을 동물의 약점이라고 여기는 아가씨처럼 조금 떨어진 방석 위에 앉아있던 발바리 한 마리는 그 광경을 목격하지 못한 듯 시치미를 떼고 있었다. 식탁 위의 어윈 씨 팔꿈치가 닿는 곳에는 풀리스가 출판한 아이스킬로스 일 권이 놓여 있었다.[64] 아서는 그 책의 겉표지를 잘 알고 있었

64) 로버트 풀리스(1707~1776)는 글래스고우 대학의 출판업자였으며 고전 작품

다. 캐럴이 가지고 들어온 은제 커피주전자는 향기로운 김을 내뿜었고 그것은 혼자 먹는 아침 식사의 즐거움을 더할 나위 없이 완벽하게 갖춰 주었다.

"어이 아서, 잘 왔네! 시간에 잘 맞췄군." 어윈 씨가 말했다. 아서는 걸음을 멈추고 나지막한 창틀을 넘어 들어왔다. "캐롤, 커피하고 계란이 좀 더 있어야겠네. 햄하고 곁들여 먹을 찬 닭고기도 있지 않나? 자, 꼭 옛날 같군, 아서. 나하고 같이 아침을 먹지 않은지 벌써 오 년이나 되었지."

"식사 전에 말을 타기에 유혹적인 아침이었어요." 아서가 말했다. "제가 목사님에게 책 읽기를 배울 때 목사님과 함께 아침 먹는 것을 좋아했었지요. 할아버지께서는 하루 중 어느 때보다도 아침 식사 시간에 조금 더 냉정하시거든요. 아침 목욕이 할아버님 몸에 좋지 않은 모양이에요."

아서는 어떤 특별한 목적이 있어서 왔다는 기색을 내비치지 않으려고 애썼다. 어윈 씨의 앞자리에 앉자 지금까지는 아주 수월하게 여겨졌었던 비밀 고백이 갑자기 이 세상에서 가장 어려운 일로 여겨졌다. 그리고 악수를 한 바로 그 순간 그는 자기의 목적을 다른 각도에서 보게 되었다. 숲 속에서의 치졸한 장면들을 목사님에게 이야기하지 않는다면 어떻게 자신의 입장을 이해시킬 수 있겠는가? 어떻게 해야 바보처럼 보이지 않으면서 그 장면들을 고백할 수 있을까? 또한 거웨인에게서 돌아온 사실에서 드러난 그의 결함이라든지, 의도했던 바와는 정반대의 일을 저지르고 있는 자신의 약점을! 앞으로 어윈 씨는 그를 우유부단하기 짝이 없는 녀석이라고 생각할 것이다. 하지만 미리 계획하지 않았던 듯이 그 이야기가 자연스레 흘러나와야 하고, 대화를 하면서 그 이야기로 나아가야 할 것이다.

"나는 하루 중의 어느 때보다도 아침 식사 시간을 좋아한다네." 어윈 씨가 말했다. "그 시간에는 인간의 마음에 먼지가 조금도 끼지 않아서 사

들을 훌륭하게 제본하여 출판한 것으로 유명하다. 아이스킬로스(B. C. 525~B. C. 456)는 그리스의 비극 시인이며 그의 《억제된 프로메테우스》가 풀리스의 제 1권에 들어 있다.

물이 내비치는 빛에 맑은 거울을 들이대지. 나는 아침을 먹을 때 언제나 내가 좋아하는 책을 옆에 둔다네. 그 시간에 조금씩 익히는 부분들이 너무 재미있기 때문에 아침마다 다시 학구적인 사람이 된 듯하다네. 하지만 곧 덴트가 산토끼를 죽인 불쌍한 사람을 데리고 올 걸세. 그리고 캐롤이 내가 내리는 '판결'이라고 부르는 일을 끝내고 나면 말을 타고 주변을 돌아보고 싶을 걸세. 그리고 돌아오는 길에 구빈원의 원장을 만나면, 그 사람은 반항적인 빈민에 대해서 긴 이야기를 들려주겠지. 그렇게 하루가 지나가고, 저녁이 되기 전이면 나는 언제나 똑같이 게으른 한량으로 빈둥거린다네. 게다가 사람에게는 공감의 자극이 필요한 법인데, 불쌍한 도일리가 트레들스턴을 떠난 이후로 전혀 그런 자극을 받지 못했어. 자네가 책에 열심히 매달렸더라면 내가 훨씬 더 즐거운 기대를 품을 수 있었을 텐데. 이 악동 같으니라고. 하지만 자네 가계의 혈통에 학자의 피가 흐르지는 않지."

"정말 그래요. 앞으로 6, 7년 후에 의회에서 처녀 연설을 장식하는 데 꼭 들어맞지 않는 라틴어라도 몇 개 기억할 수 있다면 다행이지요. 'Cras ingens iterabimus aequor'(내일 우리는 광활한 심연을 다시 한 번 시도할 것이다)[65] 나 그런 종류의 몇 가지 단편적인 말들이 어쩌면 기억에 남을 거예요. 그러면 그 말들을 연설에 집어넣을 수 있도록 제 의견을 조정하겠지요. 하지만 시골 신사에게 고전에 대한 지식이 꼭 필요하다고는 생각하지 않아요. 제가 보는 바로는, 시골 신사는 거름에 대해서 잘 아는 편이 더 나을 거라고요. 최근에 목사님의 친구인 아서 영[66] 씨의 책을 읽었어요. 제가 무엇보다도 하고 싶은 일은 농부들이 자기들의 땅을 더 잘 경작하도록 그분의 생각을 몇 가지 실천해 보는 거예요. 그분이 말하듯이 온통 거무칙칙한 황무지였던 땅을 곡물과 가축들로 다채롭고 얼룩덜룩하게 만드는 거지요. 할아버지께서 살아계신 동안에는 결코 저에게 마

65) 호라티우스, 《오드》, I. vii. 32.

66) 아서 영(1741~1820)은 농업을 권장하는 많은 저서를 저술했다. 《농업 연감》을 총 45권 편집했으며 1793년에 농경부의 장관이 되었다.

음대로 할 수 있는 권한을 주시지 않을 겁니다. 하지만 저는 무엇보다도 스토니셔 쪽의 토지 — 그곳은 비참할 지경이니까요 — 를 떠맡아서 개량에 착수하고 여기저기 신속히 옮겨 다니며 감독하고 싶어요. 노동자들을 모두 알고 싶고, 그들이 호의 어린 표정으로 저에게 모자를 들어 인사하는 것을 보고 싶고요."

"장하군, 아서. 고전에 대한 감수성이 없는 사람이 이 세상에 태어난 구실로서 학자들과, 학자들의 업적을 음미할 수 있는 목사들을 부양하도록 식량을 증산하는 것보다 더 좋은 일이 어디 있겠나. 그리고 자네가 모범적인 지주로 일을 시작한다면 그때가 언제가 되던 간에 내가 그곳에서 지켜볼 걸세. 자네가 그리고 있는 그림은 뚱뚱한 목사가 끼어 있어야 완전해질 테니 말이야. 자네가 고된 노고를 기울여 존경과 명예를 받는다면, 그것의 십일조도 받고 말일세. 다만 종국적으로는 자네가 얻게 될 사람들의 호의에 지나치게 마음을 두지 말게나. 사람들이 자기들을 도와주려고 애쓰는 사람을 제일 좋아하게 될는지는 알 수 없는 일이라네. 자네도 알다시피 거웨인은 울타리를 둘러서 사유지를 막은 일로 이웃사람들 모두의 저주를 받았지. 자네가 가장 염두에 두는 것이 무엇인지, 대중적 인기인지 아니면 유용성인지를 분명히 해두어야 하네. 그렇지 않으면 자네는 둘 다 잃을지도 몰라."

"아, 거웨인은 태도가 거칠어요. 그는 소작인들에게 개인적으로 호감을 주지 못해요. 친절을 베풀어서 사람들을 감복시킨다면 그들에게 시키지 못할 일이 뭐가 있겠어요? 저는 존경과 사랑을 받지 못하는 마을에서는 살 수 없습니다. 여기 소작인들과 어울리는 것은 무척 기분 좋은 일이예요. 그들은 저에 대해서 호감을 가지고 있거든요. 제가 양만한 조랑말을 타고 다니던 어린 시절이 그들에게는 그저 바로 얼마 전으로 여겨지는 것 같아요. 그들에게 공정하게 경비를 지급하고 집을 고쳐준다면, 비록 어리석은 사람들일지라도 더 나은 계획을 세워 농사를 짓도록 설득할 수 있을 겁니다."

"그렇다면 적합한 여자와 사랑에 빠지도록 주의하게나. 자네의 의도에 아랑곳없이 자네 지갑을 다 써버리고 자네를 쩨쩨하게 만들 그런 여자를 아내로 얻지 말게. 어머니와 나는 가끔 자네에 대해 이야기한다네. 어머니께서는 이렇게 말씀하시지. '아서가 사랑할 여자를 볼 때까지는 그 애에 대해서 어느 것 하나도 예측할 수 없어.' 달이 바닷물을 지배하듯이 여자를 좋아하는 자네의 성향이 자네를 지배할 거라고 어머니는 생각하시네. 하지만 알다시피 나는 제자인 자네 편을 들어야 한다고 느끼지. 그래서 자네가 그렇게 맥아리가 없는 성격이 아니라고 주장한다네. 그러니 내 판단을 훼손하지 않도록 명심하게나."

아서는 이 말을 듣고 움찔했다. 자신에 관한 노부인의 예리한 판단이 불길한 예언처럼 불쾌한 영향을 미쳤기 때문이었다. 확실히 이것이야말로 그가 자기 결심을 실행에 옮기고 자신에 대한 안전장치를 더 확보해야 할 또 다른 이유이기도 했다. 그럼에도 불구하고 대화의 이 부분에서 그는 헤티에 대한 이야기를 점점 더 꺼내고 싶지 않다고 느끼게 되었다. 그는 쉽게 영향을 받는 성격이었고, 대체로 자신에 대한 다른 사람의 의견이나 감정에 의존해서 살아왔다. 털어놓으려고 작심한 심각한 내적 갈등이 자기에게 있다는 사실을 전혀 알지 못하는 친한 친구 앞에 있다는 사실 만으로도, 그 갈등의 심각성에 대한 그 나름의 확신이 흔들리고 있었다. 결국 그것은 그렇게 수선을 떨 만한 일이 아니었다. 어윈이 그를 위해서 해줄 수 있는 일 가운데 자기 스스로 할 수 없는 것이 뭐가 있겠는가? 메그가 다리를 절고 있다면 래틀러를 타고 이글데일로 갈 것이다. 그리고 핌에게 그 늙은 말을 타고 가급적 잘 따라오라고 이를 것이다. 커피에 설탕을 넣으면서 아서는 바로 이렇게 생각했다. 하지만 커피 잔을 들어 입술에 대려는 다음 순간 그는 전날 밤 어윈 씨에게 고백하겠다고 얼마나 굳게 결심했었던가를 기억했다. 아니, 그는 다시 흔들리지 않을 것이고, 의도했던 대로 이번에는 꼭 실천할 것이다. 그러니 대화의 사적인 분위기를 완전히 바꾸지 않는 쪽이 더 나을 것이다. 전혀 다른 화제로 나아간다면, 말을 꺼내기가 더욱 어려워질 것이다. 속으로 이런 감정들이 밀려들어와 솟구치는 동안 눈에 띌 만큼 대화가 중단된 것은 아니었다.

그는 다시 대답했다.

“하지만 인간이 사랑에 지배되기 쉽다고 해서 대체로 그의 성격이 강하지 못하다고 주장할 수는 없다고 생각합니다. 훌륭한 체질을 가지고 있다고 해서 천연두나 다른 불가피한 질병에 걸리지 않는다고 보장할 수는 없는 일이지요. 다른 문제에 있어서는 아주 확고한 인간이라도 여성의 마력에 지배될 수 있으니까요.”

“그래, 하지만 사랑과 천연두 혹은 매혹 사이에는 이러한 차이점이 있지. 질병을 초기 단계에서 발견하고 주위 환경을 바꾼다면 그 증상을 더욱 발전시키지 않고 완전히 탈피할 가능성이 충분히 있지. 그리고 불쾌한 결과를 계속 상기함으로써 자기 스스로 복용할 수 있는 대체 약과 같은 것도 있다네. 그것은 태양 관찰용의 그을린 유리를 스스로에게 들이대는 것과 마찬가지일세. 그 유리를 통해서 자네는 그 빛나는 아름다운 여성을 바라보고 그녀의 진정한 윤곽을 식별할 수 있겠지. 하지만 유감스럽게도 시간이 지나면 가장 필요할 순간에 그 그을린 유리가 사라져 버리는 경향이 있다네. 감히 단언컨대, 요즘은 고전 지식으로 확고하게 무장한 사람이라도 꼬임에 빠져 경솔하게 결혼하는 경우가 많이 있어. 프로메테우스에 나오는 합창대가 그에게 경고를 했음에도 불구하고 말일세.”67)

아서의 얼굴에 희미한 미소가 스쳐 지나갔고, 그는 어윈 씨의 농담조를 따르지 않고 아주 진지하게 말했다. “네, 그것이 최악의 경우이지요. 심사숙고하고 조용히 결심을 굳혔음에도 불구하고 미리 예측할 수 없었던 분위기의 지배를 받는다면 몹시 화가 나게 됩니다. 그러니 어떤 인간이 결심을 했음에도 불구하고 그런 식으로 유혹에 넘어가 어떤 일을 저지를 경우에 거센 비난을 받아야 한다고는 생각하지 않습니다.”

“아, 그렇지만 그런 분위기도 그의 성찰과 마찬가지로 그 자신의 본성

---

67) 아이스킬로스의 비극 《억제된 프로메테우스》 887~893행. 여기서 합창대는 동일한 계층 내에서 결혼하는 것이 현명하다는 의견을 피력한다.

에 내재한 거라네. 그 이상이지. 인간은 결코 자신의 본성에 어긋나는 일을 할 수 없는 거라네. 인간의 내면에는 자신의 특이한 행동의 씨앗이 담겨 있지. 우리처럼 현명한 사람들이 어떤 경우에 눈에 띄는 바보짓을 하게 된다면, 우리의 지혜에 어리석음이 몇 알 끼어있었다는 타당한 결론을 인정해야겠지."

"저, 하지만 다른 상황에서라면 결코 하지 않았을 일을 여러 상황들이 복합적으로 작용한 나머지 그 상황에 넘어가서 할 수도 있겠지요."

"글쎄, 그래, 은행권이 편리하게도 손이 닿을 수 있는 곳에 있지 않았다면 그 은행권을 훔칠 수 없겠지. 하지만 그 은행권을 손에 넣고 나서 큰 소리로 그런 상황을 탓한다고 해도 그를 정직한 사람이라고 생각할 수 없는 법이라네."

"하지만 분명 유혹에 저항하다가 결국에 빠지는 사람과 조금도 저항하지 않는 사람이 똑같이 나쁘다고 생각하시지는 않겠지요?"

"아니, 그렇게 생각하지는 않네. 그 사람이 저항한 정도에 비례해서 그를 동정하겠지. 그 저항은 내면의 고통을 드러내고, 그 고통이야말로 복수의 여신이 가할 수 있는 최악의 벌이니까 말일세. 하지만 결과는 동정할 수 없는 거라네. 우리의 행위는 그 이전에 겪은 심적 동요와는 별개로 끔찍한 결과를 수반할 수 있네. 그 결과가 결코 우리 자신에게만 제한되지는 않지. 스스로에 대해 어떤 변명거리가 있을지를 궁리할 것이 아니라 그 확실성을 분명히 인식하는 것이 최선이라네. 그런데 자네가 이처럼 도덕적인 토론에 관심을 기울이는 것을 본 적이 없는데, 아서? 이 일반적인 철학적 논의에서 자네는 자네가 처한 어떤 위험에 대해 고려하고 있는 건가?"

이렇게 질문을 던지면서 어윈 씨는 접시를 밀고 의자 등받이에 몸을 기대고는 아서를 똑바로 쳐다보았다. 아서가 뭔가 말하고 싶어 한다는 생각이 들었기에 이렇게 직접 질문을 던짐으로써 아서가 수월하게 이야기를 꺼낼 수 있도록 도와주려는 것이었다. 그러나 그것은 그의 착각이었다. 전혀 의도치 않게 갑자기 고백해야 할 순간에 이르자 아서는 움츠러

들었고 전보다 더욱더 고백하고 싶지 않은 마음이 들었다. 그가 의도했던 것 이상으로 대화가 진지해졌기에 어윈 씨가 완전히 오해하게 될 것이다. 사실은 그렇지 않은데 헤티에 대한 감정이 깊은 열정이라고 어윈 씨는 상상할 것이다. 아서는 얼굴이 붉어지는 것을 의식했고, 어린애처럼 미숙한 자신에게 화가 났다.

"아, 아뇨, 아무런 위험도 없어요." 그는 될 수 있는 대로 무관심하다는 듯이 대답했다. "제가 다른 사람들보다 더 우유부단한지 어떤지는 잘 모르겠어요. 다만 이따금 사소한 사건들이 일어나기 때문에 미래에는 어떤 일이 일어날지 생각하게 되는 거지요."

이처럼 기이하게도 고백을 내켜하지 않는 아서의 마음에는 스스로도 인정하지 않을 어떤 동기, 음험한 영향력을 미치는 어떤 동기가 작용하고 있었을까? 우리의 마음에서 일이 진행되는 방식은 대체로 국가 업무가 수행되는 방식과 유사하다. 어려운 작업들의 많은 부분은 인정받지 못하는 어떤 동인(動因)들에 의해서 이루어진다. 기계에 있어서도 눈에 띄는 큰 바퀴가 움직이는 데 커다란 역할을 하는 것은 대체로 눈에 띄지 않는 조그만 바퀴들이라고 나는 믿는다. 아마 이 순간 아서의 마음속에서 은밀히 분주하게 활동하고 있는, 인정받지 못하는 어떤 동인이 있었을 것이다. 어쩌면 그것은 그가 자신의 훌륭한 결심을 온전히 실행에 옮길 수 없을 경우 목사님에게 고백했다는 사실을 무척이나 곤혹스럽게 여길지도 모른다는 두려움이었을까? 그렇지 않다고는 감히 주장할 수 없겠다. 인간의 영혼이란 무척 복잡다단한 것이니까.

미심쩍은 듯이 아서를 바라보던 어윈 씨의 마음에 헤티에 대한 생각이 순간 떠올랐다. 하지만 아서가 부인하며 무관심한 듯 대답하자 그쪽으로는 심각한 일이 일어날 수 없을 거라는 생각이 잇달아 떠올랐고 그 생각이 옳을 거라고 여겨졌다. 아서는 교회와 포이저 부인의 집, 두 군데에서 헤티를 보았을 것이고 그것도 그 부인의 감시를 받으면서 보았을 것이다. 일전에 자신이 헤티에 대해서 아서에게 암시한 것은 그 어린 계집애의 허영심을 일깨워서 그녀의 소박한 삶을 혼란스럽게 만드는 일이 없도록 그녀를 주시하지 말라는 것 이상의 심각한 의도는 없었다. 아서는 곧 연대에 합류하기 위해 멀리 떠날 것이다. 그러니 아서의 성격이 그 자신을 지켜줄 튼튼한 안전망이 되지 못한다 할지라도, 그쪽으로는 위험이 있을 수 없었다. 주위 사람들의 호의와 존경을 받으며 후원자로서 우쭐해하고 싶어 하는 그의 정직한 자부심은 어리석은 로맨스를 막아줄, 나아가 더욱 저열한 우행을 막아줄 안전장치가 될 것이다. 지금까지의 대화에서 아서의 마음에 대해 특히 드러난 명확한 사실은 그가 세세한 일을 거론하고 싶어 하지 않는다는 점이었다. 그리고 어윈 씨는 지극히 섬세한 사람이었기에 친구로서의 호기심도 드러내지 않았다. 그는 화제를 바꾸는 것이 좋겠다고 생각하고 이렇게 말했다.

"그런데, 아서, 자네 연대장의 생일잔치에서는 영 제국과 피트, 로엄셔 국민군, 그리고 특히 그날의 영웅인 '관대한 젊은이'를 기념하기 위한 투명화가 상당히 인상적이었네. 자네도 우리의 우둔한 마음을 깜짝 놀라게 할 그런 것을 준비해야 한다고 생각하지 않나?"

기회는 사라졌다. 아서가 망설이는 동안 그가 매달릴 수 있었던 밧줄은 떠내려가 버리고 말았다. 이제 그는 스스로 헤엄쳐서 헤쳐 나가기를 기대할 수밖에 없었다.

그로부터 10분 후에 어윈 씨는 일이 있어 찾아온 사람의 방문을 받았고, 아서는 그에게 작별 인사를 하고 불만스런 기분으로 다시 말에 올랐다. 한 시간도 채 머물지 않고 이글데일로 출발함으로써 그는 그 고약한 기분을 가라앉히려고 애썼다.

제 2 부

이야기가 잠시 중단된 곳

"이 브록스턴의 목사님은 이교도보다도 나은 데가 없군요!" 내 귀에는 여성 독자 한 분이 이렇게 외치는 소리가 들리는 듯하다. "만일 목사님이 아서에게 진정으로 정신적인 충고를 해 주었더라면 훨씬 더 교훈적이었을 거예요. 목사님의 입에서 가장 아름다운 말, 설교문처럼 훌륭한 말이 나오도록 할 수 있었을 텐데요."

내가 자연과 사실을 추구하느라 굴욕적으로 기어 다닐 필요 없이, 이전에도 존재하지 않았고 앞으로도 존재하지 않을 사물을 표현할 수 있는 영리한 소설가라면, 아름다운 독자여, 분명 나는 그렇게 할 수 있었을 것이다. 그렇다면 물론 오로지 내 마음대로 인물들을 선택했을 것이고, 더할 나위 없이 완벽한 목사님을 골랐을 것이며, 어느 경우에나 훌륭한 내 견해가 그의 입에서 흘러나오도록 했을 것이다. 하지만 여러분이 이미 오래 전에 눈치 챘겠지만 나는 그런 고상한 소명을 갖고 있지 않으며, 내 마음에 비친 그대로의 사람과 사물을 충실하게 기술하는 것 외에는 다른 열망을 갖고 있지 않다. 의심할 바 없이 그 거울에는 결함이 있으며 때로 윤곽이 흔들리고 거울에 비친 영상이 희미하거나 혼란스럽기도 하다. 그러나 나는 증인석에 서서 맹세를 하고 경험을 진술하는 사람처럼, 될 수 있는 대로 정확하게 거울에 비친 영상이 무엇인지를 여러분에게 말해야 한다고 느낀다.

60년 전에 — 상당히 오래 전의 과거이기에 이제는 상황이 많이 달라졌다 해도 놀라운 일은 아니다 — 목사님들이 모두 다 열성적인 것은 아니었다. 실제로 열성적인 목사님은 그리 많지 않았다고 믿을 만한 타당한 이유가 있다. 그리고 그 소수의 열성적인 목사님들 가운데 한 분이 1799년에 브록스턴과 헤이슬롭의 성직을 맡고 있었더라면, 여러분이 그 목사님을 어윈 씨만큼도 좋아하지 않았을 가능성이 상당히 높다. 십중팔구 여러분은 그분을 취향도 없고 무분별하며 딱딱한 사람이라고 생각했을 것이다. 우리의 식견과 세련된 취향이 바라는 훌륭한 중재자의 이미지에 딱 들어맞는 사람을 실제로 발견할 수 있는 경우는 매우 드물다. 어쩌면 여러분은 이렇게 말할 것이다. "그렇다면 사실을 약간 고치세요. 특별한 은총으로 얻은 우리의 정확한 견해에 사실이 일치하도록 만들라고요. 세상이 우리 마음에 딱 들게 되어 있진 않으니까요. 감식력을 가진 연필로 세상에 덧칠을 해서 그렇게 마구 뒤섞이고 엉클어지지 않은 곳으로 그리시라고요. 더할 나위 없이 훌륭한 견해를 가진 사람들은 모두 나무랄 데 없이 훌륭하게 행동하도록 만드세요. 가장 결함이 많은 인물들은 언제나 나쁜 편에 서고, 덕이 있는 인물들은 언제나 옳은 편에 서도록 하세요. 그러면 한눈에 보아도 누구를 비난해야 할지, 또 누구를 인정해야 할지 알 수 있을 테니까요. 그러면 우리는 우리의 선입견을 조금도 깨뜨리지 않고 찬사를 보낼 수 있겠지요. 진정으로 깊이 생각하고 의심의 여지없이 확신하면서 격렬하게 미워하고 경멸할 수 있겠지요."

그러나 선량한 나의 친구여, 그렇다면 당신은 교구민 회의에서 당신 남편에게 반대한 동료 교구민에 대해 어떻게 할 것인가? 새로 임명된 목사님의 설교 방식이 아쉽게도 떠나간 그의 전임자보다 훨씬 못하다는 것을 알고 고통스러울 때 어떻게 할 것인가? 정직하기는 하지만 한 가지 결함 때문에 당신의 영혼을 몹시 괴롭히는 하인이 있다면 어떻게 할 것인가? 이전에 당신이 병을 앓았을 때는 당신에게 무척 친절했지만 당신이 회복된 후에는 당신에 대한 몇 가지 악담을 하고 다닌 당신의 이웃, 그린 부인을 어떻게 할 것인가? 아니, 신발을 닦지 않는 것 말고도 몇 가지 짜증스러운 습관이 있는 당신의 탁월한 남편에 대해서는 어떻게 할 것인가? 당신은 함께 살아가는 이런 사람들을 누구나 할 것 없이 있는 그대로 받아들여야 한다. 당신은 그들의 코를 똑바로 세울 수도 없고, 그들의 기지를 반짝이게 할 수도 없으며, 그들의 성향을 바꿀 수도 없다. 그리고 당신이 참아주고 연민을 가지고 사랑해야 할 사람들은 바로 이 사람들, 더불어 삶을 살아가는 사람들이다. 다소 추하고 우둔하고 변덕스러운 이 사람들, 이들의 선량한 행동에 당신은 찬사를 보낼 수 있어야 하고, 이들을 위해서 당신은 가능한 온갖 희망과 인내심을 마음에 품어야 한다. 내게 선택권이 있더라도 나는 우리가 아침에 일어나 일상적인 노동을 하는 이 세상보다 훨씬 더 나은 세상을 창조하는 영리한 소설가가 되지 않을 것이다. 그런 세상을 만들어 낸다면 당신은 먼지 자욱한 길거리와 평범한 초록 들판과 진정 살아 숨 쉬는 남자들과 여자들에게 더 가혹하고 냉정한 눈길을 보낼 것이며, 그 인간들은 당신의 무관심에 낙심하고 당신의 편견에 상처를 입을 것이다. 당신의 동료애와 당신의 관용과 당신이 솔직히 터놓은 용감한 정의감에 용기를 얻고 도움을 받아 앞으로 나아갈 수 있는 그 사람들이 말이다.

그러므로 나는 사물을 현재의 상태보다 더 낫게 보이도록 만들려고 애쓰지 않으면서 내 소박한 이야기를 해 나가는 것에 만족한다. 두려운 것은 아무것도 없지만, 아무리 진지한 노력을 바쳐도 거짓에 대해서는 다분히 두려워할 만한 이유가 있다. 거짓은 너무 쉽고, 진실은 너무 어렵기 때문이다. 그리핀[68] 을 그릴 때 연필은 유쾌한 솜씨를 의식하고 있다. 발톱이 길수록, 날개가 클수록, 더 멋질 것이다. 그러나 우리가 재능이라고 착각하는 그 놀라운 솜씨는 우리가 과장되지 않은 진짜 사자를 그리려고 할 때 우리를 저버리고 만다. 당신이 쓴 단어들을 잘 검토해보라. 그러면 당신은 거짓을 쓰려는 동기가 없을 때도, 심지어 당신 자신의 순간적인 감정에 대해서도, 진실을 정확히 말하는 것이 대단히 어려운 일임을 알게 될 것이다. 그 감정에 대해 그럴 듯한 말을 하는 것보다 정확한 진실을 말하는 것이 훨씬 더 힘들다.

고상한 마음을 지닌 사람들이 경멸하는 네덜란드 회화 몇 점에서 내가 기쁨을 느끼는 것은 바로 현실에 대한 충실성이라는 이 희귀하고 귀중한 자질 때문이다. 나는 단조롭고 소박한 삶을 충실하게 그린 이 그림들에서 즐거운 공감의 원천을 발견한다. 화려하거나 절대적으로 빈곤하거나 혹은 비극적인 고통을 겪거나 세계를 뒤흔들 활약을 하는 생애보다도 바

---

68) 독수리의 머리와 날개에 사자의 몸을 가진 괴수.

로 그런 삶이 우리 더불어 살아가는 사람들 대다수의 운명이었다. 당당하게 나는 구름에 실린 천사나 예언자, 마녀, 영웅적인 전사로부터 시선을 돌려서, 몸을 숙여 자기 꽃밭을 보고 있거나 혼자서 점심을 먹고 있는 늙은 여인을 바라본다. 어쩌면 나뭇잎들에 가로 막혀 부드러워진 정오의 햇살이 그녀의 모자에 내려앉고 그녀의 물레 테와 돌 항아리, 그밖에 그녀에게 가장 귀중한 필수품인 값싸고 평범한 물건들을 어루만질 것이다. 때로 나는 황토색의 네 벽 사이에서 치러지는 시골 결혼식을 바라본다. 어줍은 신랑이 얼굴이 넓적하고 어깨가 떡 벌어진 신부와 함께 춤을 이끌어가고, 코와 입술이 울퉁불퉁한 노년과 중년의 친지들이 일 리터들이 맥주잔을 손에 들고 분명 만족감과 호의가 담긴 표정으로 바라본다. "흥!" 이상주의적인 내 친구는 이렇게 말할 것이다. "참으로 천박한 묘사로군! 애를 써가며 노파들과 시골뜨기들을 정확히 똑같게 그려봤자 무슨 소용이람? 참으로 저급한 삶이로군! 정말 꼴사납고 못생긴 사람들이야!"

하지만, 바라건대, 전적으로 멋지지 않은 사물이라도 사랑스러울 수는 있을 것이다. 인류 대다수가 못생기지 않았다는 확신을 절대로 가질 수 없고, '인류의 군주'인 영국인들 사이에서도 땅딸막한 체구나 못생긴 콧구멍, 거무스레한 안색이 놀라운 예외가 아니다. 하지만 우리들에게는 가족에 대한 사랑이 농후하다. 내 친구 한두 명은 아폴로 신처럼 이마 위에서 머리카락이 곱실거리는 것을 단연 참아주기 어려운 외모를 갖고 있지만, 그들에 대한 애정으로 가슴이 두근거린 사람이 있었으며, 실제보다 낫게 보이기는 하지만 여전히 아름답지는 않은 그들의 초상화에 어머니의 입술이 은밀히 닿곤 했다는 사실을 나는 알고 있다. 한창때에도 결코 아름다웠을 리 없지만 개인 서랍에 갈색으로 변색된 연애편지를 한 꾸러미나 간직하고 있고 움푹 꺼진 뺨에 귀여운 아이들의 입맞춤을 받는 탁월한 부인들을 나는 많이 보아왔다. 그리고 중키에 수염이 듬성듬성 난 젊은 영웅들이 다이애나 여신[69]보다 못한 여성이라면 결코 사랑할 수

69) 달과 사냥의 여신으로 언제나 교묘히 잘 빠져나가는 처녀의 상징.

없다고 굳게 믿었지만 중년에 이르러 안짱다리 부인과 행복한 삶을 누리고 있음을 알게 되는 경우도 많다고 믿는다. 그래, 고맙게도, 인간의 감정은 대지에 축복을 내리는 거대한 강과 같다. 그것은 가만히 서서 아름다움을 기다리지 않으며, 저항할 수 없이 힘차게 흘러가면서 그와 더불어 아름다움을 가져다주는 것이다.

신성한 아름다운 용모에 온갖 명예와 존경이 따르기를! 남자와 여자 그리고 아이들, 우리의 정원과 우리의 집에서 그런 아름다움을 한껏 갈고 닦도록 하자. 하지만 몸매의 균형의 비결이 아니라 깊은 인간적 공감의 비결에 내재하는 또 다른 아름다움도 사랑하도록 하자. 할 수 있다면 흘러내리는 자줏빛 옷을 입고 있고 천상의 빛으로 얼굴이 창백해진 천사를 그려 달라. 아니 그보다, 온화한 얼굴을 하늘로 향하고 팔을 벌려 신의 영광을 찬양하는 성모 마리아를 더욱 자주 그려 달라. 그러나 노동에 찌든 손으로 당근 껍질을 벗기고 있는 늙은 여자들과 어둑어둑한 선술집에서 여가시간을 즐기고 있는 육중한 시골뜨기들, 삽에 몸을 기대고 세상의 거친 일들을 해온 등이 굽고 세파에 시달린 우둔한 얼굴들, 양철 프라이팬과 갈색 물주전자, 거친 잡종개, 양파 더미가 쌓여 있는 그들의 집을 예술의 영역에서 추방하는 미학이라면 그 어떤 것도 우리에게 강요하지 말라. 이 세상에는 이처럼 평범하고 조악한 사람들이 무척 많이 살고 있고, 이들의 비참함은 그림처럼 감상적인 것이 아니다. 우리는 그들을 절실히 기억할 필요가 있다. 그렇지 않으면 우리는 아마도 우리의 종교와 철학에서 그들을 완전히 배제하고 그저 극단적인 세계에만 들어맞는 고상한 이론을 세울지도 모른다. 그러므로 예술에서 언제나 그들을 상기할 수 있도록 하자. 사랑이 가득한 마음으로 일생의 노고를 바쳐서 평범한 것들을 충실하게 재현하려는 사람들이 언제나 존재하도록 하자. 그들은 평범한 물건에서 아름다움을 발견하고 천상의 빛이 얼마나 자비롭게 그것을 비추고 있는지를 보여 주면서 즐거움을 느낄 것이다. 이 세상에 예언자들은 거의 존재하지 않는다. 숭고하게 아름다운 여성들도 거의 존재하지 않으며, 영웅들도 그러하다. 나는 그런 희귀한 존재들에게 내 모든 사랑과 존경을 바칠 수 없다. 나는 대체로 일상적으로 더불어 살아가는 사람들, 특히 그 거대한 대다수의 전면에 서 있는 몇몇 사람들, 내가 얼굴을 알고 있고 손을 잡고 친절하게 인사하며 길을 비켜주는 그 사람들에게 그 감정을 바치고 싶다. 그림처럼 멋진 떠돌이나 낭만적인 범죄자는, 제 손으로 빵을 벌어서 상스럽게 주머니칼로 잘라먹지만 그래도 더욱 신뢰할 만한 평범한 노동자들의 절반도 되지 않는다. 붉은 스카프를 두르고 녹색 깃털을 꽂고 다니는 잘생긴 악당보다는, 어울리지 않는 넥타이와 조끼를 입고 설탕을 달아서 파는 천박한 시민과 나를 이어줄 공감의 끈이 내게 더욱 필요하다. 풍문으로 들은 것 외에는 전혀 듣도 보도 못한 영웅들의 행위나 지금껏 유능한 소설가들이 생각해 온 성직자의 미덕들 가운데 가장 숭고한 이상보다는, 나와 함께 난롯가에 앉아 있는 결함이 많은 사람들에게서 혹은 다소 뚱뚱하고 다른 점에서 보아도 오베링이나 틸롯슨[70] 같은 목사는 절대 아니지만 내가 다니는 교회의 목사님에게서 온후한 선량함이 드러날 때, 내 마음은 더욱 사랑이 충만한 경탄으로 설레야 한다.

그러니 이제 어윈 씨에게로 돌아가도록 하자. 그가 성직자에 대한 여러분의 기대를 전혀 충족시키지 못할지라도 나는 여러분이 그에게 온전히 자비심을 베풀기를 바란다. 어쩌면 여러분은 그가 국교회의 의식을 몸으로 실천해야 함에도 불구하고 그렇게 하지 않았다고 생각할지 모른다. 그러나 나는 그 점에 있어서 그렇게 생각할 수 없다. 적어도 나는, 브록스턴과 헤이슬롭의 주민들이 그들의 목사와 이별해야 한다면 무척 섭섭해 했을 것이며 그가 가까이 다가가면 모두들 얼굴이 환해졌다는 것을 알고 있다. 영혼을 위해서 사랑보다 증오가 더 낫다는 가설이 입증될 때까지는, 이십 년 후 어윈 씨가 조상들에게로 돌아갔을 때 그의 후임자로 온 열광적인 라이드 씨의 영향력보다 어윈 씨가 교구에 미친 영향력이 훨

---

70) 장 오베링(1740~1826)은 프로테스탄트 목사였고 농업 개혁, 학교, 도로 등을 보수하여 주민들의 삶을 개선하려고 노력한 것으로 유명하며 존 틸롯슨(1630~94)은 캔터베리 대주교로 관용성을 피력한 명료한 설교로 유명하다.

씬 더 건전했다고 나는 믿을 수밖에 없다. 사실 라이드 씨는 종교개혁의 교리를 강력하게 설파했으며 교구민들의 집을 무척 자주 방문했고 육체의 탈선을 가혹하게 꾸짖었으며 교회 합창대가 크리스마스에 마을을 순회하는 것이 취태를 조장하고 신성한 의식을 경박하게 만든다는 이유로 금지했다. 그러나 나는 교구민들의 마음을 사로잡는 데 있어서 라이드 씨보다 더 실패한 목사님은 없을 거라는 이야기를 아담 비드에게서 들었다. 노년에 이르러 아담은 이런 문제에 대해 나와 이야기를 나누곤 했다. 교구민들은 라이드 목사님에게서 교리에 관해 아주 많은 것을 주워들었기에 교회에 다니는 오십 세 이하의 사람이라면 누구든지 비국교도로 태어나고 자란 사람처럼 진정한 복음서와 엄밀히 말해 그 기준에 도달하지 못하는 것을 잘 구별할 수 있었다. 그리고 라이드 목사님이 그곳에 부임한 후 얼마간은 그 조용한 시골에 상당한 종교적 운동이 일어난 듯이 보였었다. 아담은 이렇게 말했다.

"그러나 젊은 시절부터 나는 종교가 개념이 아니라 다른 것이라는 사실을 분명히 알고 있었소. 사람들에게 올바른 일을 하도록 만드는 것은 개념이 아니요. 그건 감정이지. 종교의 개념이라는 것은 수학에 있어서와 마찬가지요. 사람은 난롯가에 앉아서 파이프 담배를 피우면서 머릿속으로 어떤 문제들을 곧바로 해결할 수 있소. 하지만 그 사람이 기계를 만들거나 건물을 지으려면 의지와 결단력이 있어야하고, 일신의 안락함이 아닌 뭔가 다른 것을 더 좋아해야 하지. 어떻든 간에 교구민들이 떨어져나가기 시작했고, 사람들은 라이드 씨를 무시하는 말을 하기 시작했소. 나는 그분이 속으로는 좋은 의도를 가지고 있었다고 믿소. 하지만 알다시피 그분은 심술궂은 성격이었고 자기를 위해 일하는 사람들의 임금을 깎으려고 들었지. 그러니 그분의 설교가 그런 자극적인 행위와 함께 잘 받아들여질 리 만무였소. 그리고 그분은 교구 판사처럼 나쁜 일을 한 사람들을 벌주고 싶어 했지. 마치 초창기의 감리교도들처럼 설교단에 서서 호통을 치며 사람들을 꾸짖었소. 하지만 그분은 비국교도들을 견딜 수 없어했고 어윈 씨보다 훨씬 더 그들에게 적대적이었지. 그런데다 그분은 주어진 수입의 한도 내에서 생활할 수 없었소. 처음에 부임했을 때는 연간 6백 파운드의 수입이면 도니손 씨처럼 거물이 될 거라고 생각한 모양이요. 무척 곤란한 일이기는 하지만, 가난한 부목사가 갑자기 성직자의 녹을 받게 될 때 종종 그런 일이 일어나곤 했지. 라이드 씨는 먼 곳에서는 상당히 평판이 나있었고 책도 썼어요. 하지만 수학이나 사물의 원리에 대해서는 여자들처럼 아는 바가 없었지. 그분은 교리에 대해서는 아주 많이 알고 있었고 교리를 종교 개혁의 보루라고 부르곤 했었소. 하지만 일을 하는 데 있어서 사람들을 무식하고 무분별하게 만드는 그런 학식을 나는 늘 신뢰하지 않았지. 그런데 어윈 목사님은 그와는 전혀 딴판이었단 말이요. 더없이 민첩하셨지! 어윈 목사님은 누가 무슨 말을 하는지 순식간에 알아들었소. 건물을 짓는 일에 대해서도 잘 알고 계셨고, 일을 훌륭하게 해냈을 때 그것을 알아보셨지. 그리고 상류사회의 사람들을 대할 때나 농부들, 늙은 여자들, 노동자들을 대할 때나 똑같이 신사처럼 행동하셨소. 어윈 목사님이 간섭을 하거나 야단을 치거나 황제처럼 군림하려는 것은 단 한 번도 본 적이 없었소. 아, 지금껏 보아온 어느 누구보다도 훌륭한 분이었지. 어머니와 누이들에게도 아주 친절하셨고. 불쌍한 환자였던 앤 양에 대해서 이 세상 누구보다도 더 많이 생각해 주는 것 같았소. 이 교구의 이느 누구도 그분에 대해서는 나쁜 밀을 한마디도 하지 않을 거요. 하인들이 너무 늙고 걸어 다니기 힘들어져서 그들의 일을 대신할 사람을 고용해야 할 때까지 함께 살았지요."

"글쎄요." 내가 말했다. "그것이 주중에 감화를 주는 방식으로는 탁월했겠지요. 하지만 감히 말하건대, 당신의 옛 친구 어윈 씨가 다시 살아나서 다음 주일에 설교단에 올라간다면 당신은 그분을 그렇게 칭찬했음에도 불구하고 그분의 설교가 조금도 나아지지 않아서 다소 창피할 겁니다."

"아니, 그렇지 않소." 아담은 마치 어떤 추론이든 맞설 준비가 되어 있다는 듯 가슴을 펴고 의자 등받이에 몸을 기대면서 말했다. "어윈 씨가 대단한 설교가라고 말한 적은 한 번도 없소. 그분은 깊은 정신적 경험에 빠지지 않았지. 그리고 인간 내면의 삶에는 직각자로 잴 수도 없고, '이 일을 하면 저런 일이 생길 것이다'라거나 '저런 일을 하면 이런 일이 생길 것이다'라고 말할 수 없는 부분이 많이 있다는 사실을 나도 알고 있소. 영혼 속에서 진행되는 일들이 있지. 그리고 성서에 나오듯이, 세찬 바람이 부는 듯[71] 어떤 감정이 몰아쳐서 인간의 삶을 거의 두 조각으로 갈라놓아 마치 다른 사람을 보듯 자신을 돌아보는 때도 있기 마련이요. 이런 것들은 '이것을 해라' 또는 '저것을 해라'라는 말로 억누를 수 없는 것들이지요. 여기까지는 누구보다도 열성적인 감리교도와 같은 생각이오. 종교에 정신적으로 깊은 면이 있다는 사실을 보여 주는 것이지. 하지만 종교에 대한 이야기를 하는 걸로는 이룰 수 있는 것이 많지 않아요. 그걸 느껴야지. 어윈 씨는 이런 문제에 빠지는 일이 없었소. 그분은 도덕적인 설교를 짧게 했고 그게 전부였지. 하지만 그러고 나서 자신이 말한 것에 거의 일치하도록 행동했소. 하루는 다른 사람들과 전혀 다른 존재라고 자처하고 나서 다음 날에는 콩깍지 속의 콩처럼 똑같이 군 건 아니라는 말이요. 그분은 사람들이 자기를 사랑하고 존경하게 만들었소. 지나치게 참견하면서 사람들의 결함을 들쑤셔 대는 것보다는 그 편이 나았지. 포이저 부인은 이렇게 말하곤 했지요. 아시다시피 그 부인은 모든 일에 있어서 자기 의견이 분명하니까. 어윈 씨는 훌륭한 음식으로 식사를 한 것과 같아서 그것에 대해 생각해 보지 않아도 그 덕분에 더 나아지지만, 라이드 씨는 설사약 같아서 배를 몹시 아프게 하고 괴롭히지만 결국에는 마찬가지 상태로 만든다고 말이요."

"하지만 라이드 씨는 당신이 말한 종교의 정신적인 면에 대해서 훨씬 더 많이 설교하지 않았나요, 아담? 어윈 씨의 설교보다 그분의 설교에서 더 많은 것을 얻을 수 있지 않았을까요?"

"아, 그렇게 생각하지 않소. 그분은 교리에 대해서 많이 설교하셨지. 하지만 어린 시절 이후로 나는 종교란 교리나 관념이 아니라 다른 것이라는 점을 분명히 알고 있었소. 교리란 감정에 이름을 붙이는 것과 마찬가

71) 사도행전 2:2.

지라고 생각해요. 그것을 알지 못할 때라도 그것에 대해 말할 수 있도록 말이지. 연장의 이름을 알 때 연장에 대해 말할 수 있는 것과 마찬가지요. 그 연장을 본 적도 없고 더욱이 그걸 다뤄본 적이 없더라도 말이지. 나는 젊었을 때 교리에 대해서 많이 들었소. 열일곱 살 먹은 청년이었을 때 세스와 함께 비국교도들의 설교를 들으러 쫓아다니곤 했으니까. 그래서 아르미니우스파와 칼뱅교도에 대해서 무척 어리둥절했었지. 웨슬리 교파는 알다시피 강력한 아르미니우스파이지.[72] 가혹한 것을 절대 견디지 못하고 언제나 최선의 것을 바라는 세스는 처음부터 웨슬리 교파에 단단히 사로잡혔소. 하지만 나는 그들의 개념에 한두 가지 흠이 있다고 생각했고, 그들 조직의 지도자 한 명과 트레들스턴에서 논쟁을 벌이며 처음에는 이런 부분에서, 다음에는 저런 부분에서 그를 괴롭혔지. 그랬더니 마침내 그 사람이 '젊은이, 소박한 진실에 대항해서 싸우도록 악마가 자네의 자부심과 자만심을 무기로 이용하고 있는 거라네' 라고 말하더군. 그때는 웃지 않을 수 없었지만, 집으로 돌아오면서 그 사람의 말이 그리 틀린 것은 아니라는 생각이 들었소. 이 구절이 무엇을 뜻하는지 그리고 저 구절은 무엇을 의미하는지, 인간이 오직 신의 은총에 의해서만 구원을 받을 수 있는지 아니면 거기에 인간의 의지가 약간이라도 들어가는지를 비교해서 따지고 면밀히 가려내는 것은 결코 진정한 종교의 한 부분이 아니라는 사실을 알게 되었소. 이런 문제들에 대해서 몇 시간이고 계속 말할 수 있겠지. 그러면 그런 말들로 인해서 더욱더 자만하고 잰 체하게 될 뿐이요. 그래서 나는 다른 곳은 그만두고 교회에 나가서 그저 어윈 씨의 설교를 듣는 습관을 들였지. 어윈 씨는 오로지 좋은 것만 이야기했고, 그것을 기억하면 더욱 현명해질 수 있었으니까. 그리고 하느님의 신비로

72) 존 캘빈(1509~64)은 예수가 예정된 소수의 선택된 자들을 구원하기 위해서 죽었다는 교리를 내세웠고, 네덜란드인인 야코부스 아르미니우스는 이 교리에 강력하게 반대하며 구원은 모든 인간을 위한 것이라고 주장했다. 존 웨슬리의 추종자들은 아르미니우스 파였으며, 영국 복음주의자들은 캘빈주의자였다.

운 처분 앞에 겸손해지고 내가 결코 이해할 수 없는 것에 대해서 시끄럽게 수다를 떨지 않는 편이 내 영혼을 위해 더 낫다는 걸 알게 되었소. 그것들은 결국 한심하고 어리석은 질문이지. 우리가 내면이나 외면에 갖고 있는 것들이 결국 신에게서 온 것이 아니면 무엇이겠소? 우리가 옳은 일을 하겠다고 결심하면, 그 결심을 하느님이 우리에게 주셨음을 조만간 알게 되지. 그러나 우리가 결심을 하지 않고는 어떤 일도 결코 할 수 없다는 것 또한 분명하지. 내게는 이것으로 충분하오."

여러분도 파악했겠지만, 아담은 어윈 씨를 열렬히 칭찬하면서 어쩌면 그에 대해 편파적인 판단을 내렸을지 모른다. 자기가 친숙하게 알고 있던 사람들에 대해서 여전히 그런 태도를 취하는 사람들이 다행스럽게도 아직 우리들 가운데 있기 마련이다. 그러나 분명 이상적인 것을 갈망하면서 자신들의 감성이 너무나 세련되기 때문에 일상적인 이웃들 가운데에서는 그에 걸맞은 대상을 찾을 수 없다는 전반적인 느낌에 짓눌린 고상한 사람들은 아담과 같은 태도를 결함이라 생각하고 경멸할 것이다. 이따금 이런 사람들의 호의를 입어서 나는 이 선택된 인간들이 터놓고 하는 이야기를 들을 수 있었는데, 위대한 사람들은 과대평가되었고 치졸한 사람들은 참아줄 수 없다는 경험에 있어서 그들의 의견이 완벽하게 일치한다는 사실을 알아냈다. 만일 어떤 여자를 사랑하면서 그 사랑을 어리석은 우행으로 간주하고 싶지 않다면 그 여자에게 구애하는 동안 그 여자가 죽어야 한다든가, 인간의 영웅성에 대한 믿음을 조금이라도 간직하고 싶으면 영웅을 만나려는 순례 여행을 떠나서는 절대로 안 된다는 의견에 있어서도 그러했다. 고백하건대 이따금 비겁하게도 나는 교양이 풍부하고 예리한 이 신사들에게 내 자신의 경험이 어떠했는지를 털어놓지 않았다. 유감스럽게도 종종 나는 위선적으로 동조하는 미소를 지었고, 프랑스 문학을 어느 정도 알고 있는 사람이라면 누구나 즉시 떠올릴 수 있는 짧은 풍자시로 인간의 환상의 덧없음에 대해 논하면서 그들을 즐겁게 해 주었다. 엄밀히 말해서 인간의 담화는 진실한 것이 아니라고 어떤 현명한 사람이 피력한 적이 있다. 하지만 여기서 내 양심을 털어놓고 선언하건대 나는, 최악의 영어를 구사하며 때로 까다로운 성미를 드러내고 교구를 감독하는 것 이상의 영향력 있는 높은 자리에 옮겨간 적이 결코 없는 그 노신사들을 아주 열렬히 찬미하고 싶은 충동을 느껴왔다. 또한 내가 인간 본성이 사랑스럽다는 결론에 이르고, 인간 본성의 깊은 비애와 숭고한 신비를 조금이나마 알게 된 것은 다소 평범하고 비천한 사람들 사이에서 오랫동안 살아왔기에 가능했다고 선언한다. 그들이 살고 있는 마을에서 그들에 대해 물어본다 하더라도 놀라운 사실이라고는 전혀 얻어들을 수 없는 그런 사람들 말이다. 십중팔구 그들의 이웃에 사는 구멍가게 주인은 대체로 그들에게서 높이 사줄만한 점을 전혀 발견하지 못했을 것이다. 그러나 이상적인 것을 갈망하면서 늙은이나 여자들에게서 존경과 사랑을 바칠만한 위대한 점을 전혀 발견하지 못하는 이 선택된 인간들은 묘하게도 가장 편협하고 치졸하게 행동한다는 이 놀라운 우연의 일치를 나는 알게 되었다. 예를 들면, 로얄 오크의 지주인 게이지 씨가 충혈된 눈으로 셰퍼튼 마을의 이웃사람들을 바라보곤 하다가 그 주민들 — 그들이 자기가 알고 있는 사람들 전부였다 — 에 대한 자기 견해를 이런 말로 강조하면서 요약하는 것을 가끔 들은 적이 있다. "아, 네, 나는 종종 이렇게 말해왔고 앞으로도 말할 겁니다. 그들은 한심한 작자들이지요. 크건 작건 간에 한심한 작자들입니다." 그는 멀리 떨어진 교구로 이주할 수 있으면 자신에게 걸맞은 이웃을 찾을 수 있을 거라고 막연히 생각했을 것이다. 실제로 그는 이후에 사라센의 헤드로 이주했고, 그곳은 장이 서는 인접한 마을의 뒷골목에서 사업이 번창하는 곳이었다. 하지만 아주 기묘하게도 그는 그 뒷골목의 사람들이 셰퍼튼 주민들과 아주 똑같은 특징을 가지고 있음을 알게 되었다. "한심한 작자들이지요. 크건 작건 간에 말입니다. 진 한 잔을 마시러 오는 작자나 값싼 맥주를 마시러 오는 작자나 다 그게 그겁니다. 한심한 작자들이지요."

예 배

"헤티, 헤티, 예배가 두 시에 시작된다는 걸 모르니? 벌써 한 시 반이 지났어. 이 좋은 주일에 더 나은 생각을 할 수는 없니? 불쌍한 티아스 비드가 땅에 묻힐 거고 그 사람은 한밤중에 물에 빠져 죽었는데. 그것만으로도 등골이 오싹할 지경인데, 너는 장례식이 아니라 결혼식에라도 가는 것처럼 화려하게 차려 입고 있다니."

"아, 숙모님, 저는 토티의 옷을 입혀야하기 때문에 다른 사람들처럼 빨리 준비할 수 없어요. 그리고 토티를 가만히 서 있게 하려면 정말 힘들다고요."

헤티는 계단을 내려오고 있었고, 평범한 보닛을 쓰고 숄을 두른 포이저 부인은 아래에 서 있었다. 만약 장미로 만들어진 듯이 보이는 여자가 있다면, 그 여자는 바로 주일 모자를 쓰고 프록을 입은 헤티였다. 모자에는 분홍색 테가 둘러져 있었고 프록은 흰 바탕에 분홍색 반점들이 흩뿌려져 있었다. 예쁘고 통통한 사람을 보면 누구라도 그렇듯이 포이저 부인은 저절로 미소가 떠올랐기에 스스로에게 화가 났다. 그래서 그녀는 아무 말도 하지 않고 몸을 돌려 문밖에서 기다리고 있는 사람들에게 다가갔다. 그 뒤를 따르는 헤티는 교회에서 볼 사람을 생각하며 가슴이 두근거렸기에 자기가 땅을 밟고 있는지도 느끼지 못할 정도였다.

이제 그들은 작은 행렬을 이루어 출발했다. 포이저 씨는 붉은색과 초록색이 어우러진 조끼와 주일에 입는 갈색 모직 정장을 입고 있었고, 커다란 홍옥수 장식이 달려 있는 녹색 시계 끈은 불룩 나온 시계 주머니에 매달려 수직으로 늘어져 있었다. 노란색이 감도는 실크 손수건이 그의 목에 감겨 있었고, 포이저 부인이 직접 짠 골이 진 멋진 회색 양말이 그의 균형 잡힌 다리를 돋보이게 했다. 포이저 씨는 자기 다리를 부끄러워할 이유가 없었다. 목이 긴 구두가 점점 애용된다든가 다리 아래쪽을 가리는 유행이 점점 퍼지는 것은 인간의 장딴지가 애처로울 정도로 퇴보했기에 유래한 것이 아닌가 생각했다. 둥글고 명랑한 자기 얼굴을 부끄러워할 이유는 더욱이나 없었다. "자, 가자, 헤티. 가자, 얘들아!"라고 말하는 그의 얼굴은 명랑함 그 자체였다. 그는 아내에게 팔짱을 끼도록 하면서 인도를 지나 마당으로 갔다.

그렇게 '얘들'이라고 불린 아이들은 아홉 살과 일곱 살 먹은 사내아이, 마티와 토미였다. 장밋빛 뺨과 검은 눈이 돋보이는 그 사내아이들은 꼬리가 달린 코르덴 코트와 짧은 바지를 입고 있었고, 작은 코끼리가 큰 코끼리를 닮듯이 아버지와 꼭 닮아보였다. 헤티는 두 아이 사이에서 걸었고, 그 뒤에서 참을성이 강한 몰리가 토티를 안고 물이 고인 땅을 모두 건네주며 마당을 지났다. 토티는 위험한 열병에서 곧 나았고 오늘 교회에 가겠다고 고집을 부렸으며 특히 어깨걸이 위에 붉은색과 검은색이 어울린 목걸이를 달겠다고 떼를 썼다. 지금은 구름이 개이고 수평선 너머로 은빛 뭉게구름이 피어오르고 있었지만 아침나절에 세찬 소낙비가 내렸기에 오늘 오후 그 아이를 건네주어야 할 젖은 땅이 많이 있었다.

여러분이 잠에서 깨어나 농가의 마당에 나가보기만 했어도 그 날이 주일이라는 것을 알았을 것이다. 수탉들과 암탉들도 그걸 아는 듯 작은 소리로 구구거렸고, 불도그도 평소보다 더 적게 먹어도 만족하는 듯 덜 사납게 보였다. 햇살은 만물에게 일하지 말고 쉬라고 이르는 것 같았다. 이끼가 자란 외양간, 부리를 날개 밑에 밀어 넣고 서로 바싹 붙어 있는 흰 오리들, 게으르게 밀짚에 누워있는 검은 암돼지와 제 어미의 살찐 갈빗대 위에서 아주 좋은 스프링 침대를 발견한 듯 잠자고 있는 가장 큰 새끼 돼지, 곡물창고 계단에서 반쯤은 앉고 반쯤은 서 있는 자세로 불편하게 낮잠을 자고 있는 새 작업복을 입은 목동 앨릭 너머로 비치고 있는 햇빛도 잠든 것 같았다. 앨릭은 날씨와 암양을 늘 생각해야 하는 일꾼에게 예배란 다른 사치품들과 마찬가지로 자주 누릴 수 있는 것이 아니라고 생각했다. "예배라고! 아냐, 나는 다른 것들을 생각해야 돼." 이따금 그는 무척 중요한 이야기를 하고 있다는 어투로 이렇게 대답했고 그럼으로써 그 이상의 질문을 잠재웠다. 나는 앨릭에게 불경스러운 의도가 있다고는 생각하지 않는다. 실제로 그의 마음이 사변적이거나 부정적인 성향을 갖고 있지 않았음을 나는 알고 있다. 무슨 일이 있더라도 그는 크리스마스나 부활절 주일, 그리고 성신강림절에는 교회 가는 일을 빼먹지 않았을 것이다. 그러나 그는 공적인 경배와 종교적 의식은 비생산적인 다른 일들과 마찬가지로 여유가 있는 사람들을 위한 것이라고 막연히 느끼고 있었다.

"대문에 아버지께서 서 계시는군." 마틴 포이저가 말했다. "우리가 들판을 내려가는 걸 지켜보고 싶으신 거야. 벌써 일흔 다섯이 넘으셨는데 얼마나 눈이 좋으신지 놀라운 일이야."

"나는 종종 노인들이나 아기들이나 마찬가지라고 생각해요." 포이저 부인이 말했다. "무얼 보든지 간에 그저 보고 있는 걸로 만족하거든요. 전능하신 하느님께서 그런 식으로 그들이 잠들기 전에 편안하게 만들어 주시는 거지요."

마틴 노인은 가족이 다가오는 것을 보자 대문을 열었고 지팡이에 기댄 채 문을 활짝 열어 붙잡고 있었다. 이렇게 사소한 일이라도 하는 것이 즐거운 모양이었다. 그는 노동하면서 평생을 보낸 노인들이 그렇듯이 자기가 아직도 쓸모가 있다고 느끼는 것을 좋아했다. 씨를 뿌릴 때 자기가 옆에 있어서 뜰에 양파가 더 많이 달렸다든가 자신이 일요일 오후에 집에서 지켜보면 암소의 젖이 더 잘 나온다고 생각했다. 그는 성찬일마다 교회에 갔지만 다른 때에는 규칙적으로 가지 않았다. 비가 오는 주일이나 류머티즘 증세가 도질 때면 대신 창세기의 첫 세 장을 읽곤 했다.

"너희들이 교회 뜰에 도착하기 전에 티아스 비드를 땅에 묻었겠구나." 아들이 다가가자 그가 말했다. "오전에 비가 내릴 때 묻었더라면 더 나았을 걸. 이제는 한 방울도 더 내릴 것 같지 않아. 저기 조각배처럼 달이 있어, 보이지? 날씨가 좋을 거라는 분명한 징조야. 거짓 징조도 많지만 저건 분명해."

"아, 네. 이젠 날씨가 계속 맑으면 좋겠어요." 아들이 대답했다.

"목사님이 말씀하시는 걸 잘 들어라, 목사님 말씀을 잘 들어, 애들아." 할아버지는 짧은 바지를 입은 검은 눈의 소년들에게 말했고, 그 아이들은 설교 시간에 몰래 가지고 놀려고 생각하고 있었던 주머니 속의 조약돌 한두 개를 의식하지 않을 수 없었다.

"안녕, 할아버지. 나 교회 간다. 나 목걸이 했어. 박하사탕 줘." 토티가 말했다.

할아버지는 이 "꾀 많은 어린 아가씨"를 보고 몸을 흔들며 웃고는 열린 대문을 붙잡고 있던 왼손으로 지팡이를 느릿느릿 옮기고 조끼 주머니에 천천히 손가락을 밀어 넣었다. 토티는 기대에 찬 자신만만한 표정으로 주머니를 뚫어지게 쳐다보고 있었다.

모두들 출발하자 노인은 다시 문에 기대서서 그들이 오솔길을 가로질러 울안의 구내를 따라가서는 멀리 있는 대문을 지나 산울타리의 굽어진 곳 너머로 사라질 때까지 바라보았다. 그 당시에는 관리가 잘 되는 농장에서도 산울타리들이 시야를 가렸던 것이다. 그날 오후 찔레나무들은 분홍색 화환을 흔들어 대고 있었고, 가지 식물은 노란색과 자주색을 마음껏 뽐내고 있었으며, 가냘픈 인동덩굴은 손닿지 못할 곳에서 뻗어 나와 높다란 호랑가시나무 덤불 위에서 슬쩍 내려다보고 있었고, 그 너머로 물푸레나무나 무화과가 이따금 길 위에 그늘을 드리웠다.

다른 대문에 서 있던 지인들은 옆으로 비켜나 그들이 지나가도록 해 주었다. 구내 문간에 줄줄이 서 있던 목장의 암소들 절반은 자기들이 그 큰 체구로 길을 가로막고 있음을 알아차리지 못한 듯했다. 멀리 떨어진 문에는 암말이 빗장 너머로 머리를 쳐들고 있었고, 그 옆에서 제 어미의 옆구리에 머리를 기대고 서 있던 적갈색의 망아지는 다리를 벌리고 서 있다는 사실에 아직도 무척 당혹스러운 모양이었다. 마을로 이어지는 주도로에 이를 때까지 지나간 길은 모두 포이저 씨의 밭을 관통하고 있었다. 지나가면서 포이저 씨는 가축들과 곡물들을 예리한 눈으로 살펴보았고, 포이저 부인은 그것들 모두에 대해 재빨리 논평할 태세였다. 낙농실을 운영하는 여성은 농장 임대료의 큰 부분을 책임지고 있었으므로, 그녀가 가축과 식량에 대해 의견을 피력하는 것은 당연히 허용되어야 했다. 이런 능력을 행사하면서 그녀의 이해력이 상당히 길러졌으므로 그녀는 다른 주제들에 대해서도 남편에게 충고할 수 있다고 생각했다.

"뿔이 짧은 샐리가 저기 있네요." 그들이 구내에 들어섰을 때 그녀는 이렇게 말했다. 그녀는 누워서 새김질하면서 졸린 눈으로 자기를 바라보는 온순한 동물을 바라보았다. "나는 저 암소를 쳐다보는 것도 싫어졌어요. 3주 전에 했던 이야기를 다시 하는 거예요. 우리가 저 암소를 빨리 치울수록 더 나을 거라고요. 저기 있는 조그맣고 노란 암소에서는 우유가 절반도 나오지 않지만 거기서 버터를 두 배나 많이 만들 수 있어요."

"아, 당신은 보통 여자들과는 다르다니까." 포이저 씨가 말했다. "여자들은 우유가 많이 나오는 뿔이 짧은 소를 좋아하는데. 차운의 아내는 다른 종류의 소를 사지 말라고 한다던데."

"차운의 아내가 뭘 좋아하든지 무슨 대수예요? 참새처럼 머리가 모자라는, 한심하기 짝이 없는 여자인데. 그 여자는 돼지기름을 거르려고 큰 여과기를 쓰고는 긁은 자국이 생겼다고 이상하게 생각하는 사람이라고요. 그 여자를 충분히 봐 왔으니까, 그 여자의 집에 있던 하인은 절대로 쓰지 않을 거예요. 정신없기 짝이 없으니까요. 그 집에 들어서면 월요일인지 금요일인지 분간할 수가 없다니까요. 한 주일이 끝나도록 빨랫감들이 밀려 있어요. 그리고 그 여자의 치즈에 대해 말하자면, 작년에는 양철냄비에 든 치즈가 빵처럼 부풀어 올랐다고요. 그런데 그 여자는 날씨가 문제였다고 말하더군요. 마치 머리를 땅에 박고 거꾸로 서서는 자기 신발에 문제가 있다고 말하는 것처럼 말이에요."

"자, 차운은 샐리를 사고 싶어 했소. 그러니 당신이 원한다면 그 암소를 치울 수 있지." 포이저 씨는 이것저것 종합해서 생각할 줄 아는 아내의 탁월한 능력을 내심 자랑스러워하며 말했다. 실은 최근에 열렸던 장에서 그는 뿔이 짧은 소에 관한 바로 이 문제에 있어서 아내의 분별력을 여러 차례 자랑했던 것이다.

"머리가 모자라는 여자를 아내로 택한 남자들이야 뿔이 짧은 소를 사는 게 당연하지요. 머리가 수렁에 빠지면 다리가 그 뒤를 따르는 것이 당연하듯이. 아, 다리에 대한 말을 하니까, 저기 다리가 보이는군요." 이제 마른 땅에 이르렀으므로 바닥에 내려진 토티가 아버지와 어머니 앞에서 아장거리며 걸어가는 것을 보면서 포이저 부인이 말을 이었다. “저 모습 좀 보세요! 저 애의 다리가 저렇게 기니까 자기 아버지를 꼭 닮을 거예요.”

“아, 십 년이 지나면 저 애도 헤티처럼 예쁜 애가 되겠지. 다만 저 애의 눈은 당신과 같은 색이야. 내 가족에게서는 푸른 눈을 보았던 기억이 없소. 어머니는 헤티처럼 파르스름한 까만 눈이셨소.”

“저 아이에게 헤티와 닮지 않은 점이 있다고 해서 나쁘지는 않을 거예요. 나는 지나치게 예쁜 애를 갖는 것은 찬성하지 않아요. 그런데, 그런 문제에 대해 말하자면, 금발에 푸른 눈을 가진 사람도 검은 눈을 가진 사람만큼이나 예쁠 수 있어요. 다인나의 뺨에 약간 혈색이 돈다면, 그리고 까마귀들도 기겁하게 할 그 감리교도 모자를 항상 쓰고 있지만 않다면, 사람들은 그 애가 헤티만큼 예쁘다고 생각할 거예요.”

“아니, 아니요.” 포이저 씨는 다소 경멸하듯이 강조하며 말했다. “당신은 여자를 재는 법을 몰라요. 남자들이 헤티를 쫓아다니는 것만큼 다인나를 쫓아다니지는 않을 거요.”

“남자들이 무얼 쫓아다니든 무슨 상관이에요? 남자들 대부분이 어떤 선택을 하는지는 칠칠치 못한 아낙네들을 보면 잘 알 수 있다고요. 얇은 리본 조각처럼 색이 바래고 나면 아무 짝에도 쓸모가 없죠.”

“아니, 내가 당신과 결혼했을 때 선택하는 법을 몰랐다고는 말할 수 없을 걸.” 부부간의 사소한 논쟁을 대개 이런 식의 찬사로 해결하곤 했던 포이저 씨가 말했다. “그리고 십 년 전에 당신은 다인나보다 두 배는 토실토실했소.”

“좋은 안주인이 되려면 여자가 못생겨야 한다고 말한 적은 없어요. 차운의 아내는 우유를 상하게 해서 응유효소를 절약할 정도로 아주 못생기기는 했지요. 하지만 다른 면에서는 무엇이든 절약하는 게 없다고요. 그리고 다인나에 대해 말하자면, 가엾게도 그 애가 가난한 사람들에게 나눠주려고 자기는 빵과 물로만 저녁을 때우는 한 결코 토실토실해지지 못할 거라고요. 그 애는 때로 참을 수 없을 만치 내 화를 돋우곤 해요. 내가 그 애에게 말했듯이, 그 애는 성경에 나오는 '네 이웃을 네 몸처럼 사랑하라'는 말씀을 곧이곧대로 따르니까요. 하지만 내가 말했죠. '네가 네 이웃을 너 자신만큼 사랑한다면, 다인나, 너는 그 사람에게 해줄 게 아무것도 없을 거다. 그 사람의 뱃속이 절반쯤 비어있어도 잘 살아간다고 생각할 테니까.' 아, 이번 일요일에 그 애가 어디 있을지 궁금하네요. 아마 그 병든 여자 옆에 앉아있겠죠. 무엇보다도 그 여자에게 가겠다고 마음먹고 있었으니까."

"아, 다인나가 우리와 여름 내내 함께 지낼 수도 있는데, 그런 생각을 머리에 담고 있는 게 유감이야. 여기서는 원하는 것의 두 배는 먹을 수 있을 텐데. 그래도 음식이 조금도 모자라지 않을 텐데 말이야. 그 애가 우리 집에 있는 동안에 별난 일을 전혀 하지 않았지. 그저 둥지에 앉은 새처럼 조용히 바느질하며 앉아 있었고, 뭔가를 가지러 달려갈 때는 아주 몸이 민첩했지. 헤티가 결혼하고 나면, 당신은 다인나를 계속 옆에 두고 싶겠지."

"그런 생각 해봤자 소용없어요." 포이저 부인이 말했다. "다인나에게 여기 와서 다른 사람들처럼 편하게 살라고 말하느니, 날아가는 제비에게 손짓해서 부르는 편이 나을 거예요. 그 애의 마음을 바꿀 수 있는 사람이 있다면 바로 나였을 거예요. 나는 한 시간이 넘도록 이야기도 하고 야단도 쳤다고요. 그 애는 바로 내 언니의 아이니까 내가 그 애에게 해줄 수 있을 것을 할 의무가 있는 거지요. 그런데 그 가엾은 것이 우리에게 작별 인사를 하고는 짐마차에 타서 마치 천국에서 돌아온 그 애의 이모 주디스처럼 창백한 얼굴로 나를 돌아보았을 때, 난 그 애를 질책했던 것을 생각하고 겁이 났어요. 무엇이 옳은지를 그 애가 다른 사람들보다 더 잘 알고 있다는 생각이 때로 드니까요. 하지만 그것이 그 애가 감리교도이기 때문이라고는 결코 생각하지 않을 거예요. 흰 송아지가 검은 송아지와 같은 양동이에서 우물을 먹는다고 해서 희어지는 것이 아닌 거나 마찬가지지요."

“아니지.” 포이저 씨는 그의 선량한 성품으로서는 최대한 호통을 치듯이 말했다. “나는 감리교인들을 별로 탐탁하게 생각하지 않소. 감리교도가 되는 것은 오로지 장사꾼들뿐이야. 그런 이상한 변덕에 사로잡히는 농부는 본 적이 없고. 아마도 일을 그리 잘하지 못하는 노동자가 이따금 설교나 그런 것들에 빠지지. 세스 비드처럼 말이야. 하지만 이 근방에서 가장 머리가 좋은 아담을 보라고. 그는 훌륭한 교인이지. 그렇지 않았더라면 헤티의 남편감으로 그를 부추기지 않을 거요.”

“아니, 저런.” 포이저 부인은 남편이 말하는 동안 뒤를 돌아보고 말했다. “몰리가 사내애들과 어디 있는지 보세요. 뒤쪽 들판 끝에 있어요. 대체 어떻게 애들을 그냥 내버려 둘 수 있니, 헤티? 애들을 돌보는 데 있어서는 누구라도 너보다는 더 나은 귀감이 될 거다. 뛰어가서 애들에게 빨리 오라고 말해라.”

포이저 씨와 그 부인은 이제 두 번째 들판 끝에 이르렀다. 그래서 그들은 로엄셔의 특징적인, 넘나드는 층계를 이루는 커다란 돌 위에 토티를 내려놓고 뒤쳐진 애들을 기다렸다. 토티는 만족한 듯이 말했다. “저 버릇없고 제멋대로인 오빠들. 나는 착한데.”

사실은 주일마다 들판을 가로지르는 것이 마티와 토미에게는 무척 흥미진진한 일이었다. 산울타리에서 언제나 일어나는 드라마를 보면, 다람쥐나 테리어 두 마리를 보았을 때처럼 멈춰 서서 들여다보지 않을 수 없었다. 마티는 큰 물푸레나무 가지에 멧새가 앉아 있는 것처럼 보이자, 슬며시 그걸 보러가는 동안에 길을 가로질러 뛰어간 목이 흰 담비를 보지 못했다. 더 어린 토미는 담비를 보았다고 열심히 묘사했다. 그러고 나니 이제 막 깃털이 돋은 작은 방울새가 땅 위에서 날개를 퍼덕이고 있었기에 그걸 잡을 수 있을 것 같았다. 하지만 그 새는 퍼덕거리며 가까스로 검은 딸기 덤불로 달아났다. 이런 것들에 대해서는 헤티의 관심을 조금도 끌 수 없었기에 언제나 공감을 표시하는 몰리를 불렀고, 몰리는 입을 벌리고 애들이 보라는 곳을 어디나 살펴보면서 감탄해야 할 때는 언제나 “저런!”하고 말했다.

헤티가 되돌아와서 숙모가 화가 났다고 말하자 몰리는 놀라서 걸음을 재촉했다. 그러나 좋은 소식을 전하는 사람은 절대로 야단을 맞지 않을 거라고 본능적으로 확신하면서 마티는 제일 먼저 뛰어가서 "엄마, 반점이 있는 칠면조 둥지를 발견했어요"라고 소리쳤다.

"아, 그래." 포이저 부인은 즐겁고 놀라운 소식에 자신의 원칙을 모두 잊어버렸다. "착한 애구나. 그런데, 그게 어디 있디?"

"저기 산울타리 아래 구멍에 있어요. 내가 그걸 먼저 봤어요. 방울새를 쫓아가다가요. 칠면조가 둥지 위에 앉아 있었어요."

"네가 그 새를 놀라게 하지 않았다면 좋을 텐데. 그렇지 않으면 새가 둥지를 떠날 거란다." 어머니가 말했다.

"아뇨, 난 아주 조용히 뒷걸음질을 쳤어요. 몰리에게도 살짝 귓속말로 말했고요. 그렇지 않아, 몰리?"

"자, 자, 이제 가자." 포이저 부인이 말했다. "아버지와 엄마 앞에서 걸어라. 어린 누이의 손을 잡고. 이제는 곧장 가야해. 착한 남자애들은 주일에 새들을 쫓아다니지 않는단다."

"하지만 엄마, 반점이 있는 칠면조 둥지를 찾으면 반 크라운을 주겠다고 말하셨잖아요. 내 저금통에 넣게 반 크라운을 주실 수 없어요?"

"네가 착한 아이답게 잘 걸어가면 생각해 볼게."

아버지와 어머니는 장남의 명민함에 흐뭇해하며 의미 있는 시선을 나누었다. 하지만 토미의 둥근 얼굴에는 구름이 드리워져 있었다.

"엄마, 형의 저금통에는 내 저금통에 있는 것보다 돈이 훨씬 더 많이 있어요." 토미는 반쯤 울상이 되어 말했다.

"엄마, 내 병에도 반 크라운 줘." 토티가 말했다.

"쉬, 쉬, 쉬." 포이저 부인이 말했다. "이렇게 버릇없이 말하는 애들이 또 있을까? 서둘러 교회에 가지 않으면 모두들 다시는 저금통을 보지 못할 거야."

이 무서운 위협은 바라던 결과를 낳았고, 짧은 다리들 세 쌍은 아직 남아 있는 밭 두 뙈기를 더 이상 중단 없이 또닥또닥 걸어갔다. 작은 연못에 가득 찬, 일명 '머리가 큰 물고기'인 올챙이들에게 소년들은 간절한 시선을 던지지 않을 수 없었지만 말이다.

내일 다시 흩어 놓고 뒤집어 놓아야 할 축축한 건초들이 포이저 씨에게 유쾌한 광경은 아니었다. 건초 수확기와 밀 수확기가 되면 그는 주일 하루를 쉬는 것이 과연 유익한 것인지 종종 마음의 갈등을 겪곤 했다. 하지만 아무리 유혹이 크더라도, 그리고 아무리 이른 아침이라도, 주일에 들일을 할 수는 없었을 것이다. 마이클 홀스워스가 성 금요일에 쟁기질을 하는 동안에 황소 두 마리가 더위에 지쳐 쓰러지지 않았던가? 그것은 성스러운 날에 일하는 것이 나쁘다는 것을 입증했다. 마틴 포이저는 어떤 종류이든 나쁜 일에는 조금도 개입하지 않겠다고 결심하고 있었다. 그렇게 번 돈으로는 결코 잘 살게 되지 못하기 때문이었다.

"해가 이렇게 화창하게 빛나는데 건초 옆을 지나려니 손가락이 근질거리는군." '큰 목초지'를 지날 때 그가 말했다. "하지만 시간을 절약해 보겠다고 양심에 어긋나게 행동하는 건 아주 어리석은 일이지. '신사 웨이크필드'라고 사람들이 부르던 짐 웨이크필드라는 작자가 있는데 그는 평일이나 주일이나 똑같이 일하곤 했어. 하느님도, 악마도 없는 듯이 옳은 일이든 나쁜 일이든 전혀 관심을 기울이지 않았지. 그런데 그 사람이 어떻게 됐는지 알아? 지난 번 장 서는 날에 그 사람이 오렌지 바구니를 들고 가는 것을 봤어."

"아, 정말이에요." 포이저 부인이 힘을 주어 말했다. "사악한 방법으로 미끼를 달아서 재산을 불리려 한다면 그저 한심한 덫을 만들 뿐이에요. 그런 식으로 얻은 돈은 호주머니의 구멍을 태워버릴 거라고요. 옳은 방법으로 번 돈이 아니라면, 우리 애들에게 단돈 육 펜스도 물려주고 싶지 않아요. 날씨도 말이지, 저 위에 날씨를 만드는 분이 계시니까 우리는 그냥 받아들여야지요. 하녀들이 애태우는 것에 비하면, 날씨는 애를 태운다고 말할 수도 없어요."

걸음이 중단되기는 했어도 포이저 부인에게는 시계를 앞당겨 놓는 훌륭한 습관이 있었으므로 아직 두 시 십오 분 전에 마을에 도착할 수 있었다. 하지만 예배를 보려는 사람들은 벌써 거의 다 교회문 안에 모여 있었다. 집에 남은 사람들은 '티모시네 베스'처럼 대체로 애 엄마들이어서 자기 집 문간에 서서 아기에게 젖을 먹이고 있었고 그런 처지의 여자들이 느낄 법한 감정을 느끼고 있었다. 그러니 그들에게서 다른 것은 기대할 수 없었다.

예배가 시작되기 훨씬 전부터 사람들이 교회 마당에 서 있었던 것은 티아스 비드의 장례식을 보기 위한 것만은 아니었다. 그것은 그들의 일상적인 습관이었다. 사실 여자들은 대개 교회로 곧장 들어갔고 농부의 아내들은 높은 신도석 의자 너머로 목소리를 낮춰서 서로 이야기를 나누었다. 누가 병에 걸렸는데 의사의 약이 전혀 듣지 않았다는 이야기를 하거나 민들레 차와 집에서 만든 다른 특효약이 더 좋다고 권하기도 했다. 또한 하인들이 점점 지나치게 월급을 올려달라고 한다든가 반면에 일하는 수준은 해마다 떨어지고 있으며 요즘에는 겉으로 보이는 것 이상으로 믿을 수 있는 여자애들을 찾기 어렵다는 이야기가 오갔다. 그리고 트레들스턴의 식료품상인 딘걸 씨가 버터 값을 싸게 매기고 있으며 그 부인은 양식이 있는 여자지만 그에게 지급 능력이 있는지 의심스럽다는 타당한 의심이 제기되었고, 좋은 집안 출신인 그 부인이 무척 안 되었다는 이야기가 오갔다. 그동안 남자들은 밖에서 서성거렸으며, 콧노래와 몇 악절들을 연습해야 했던 성가대원들을 제외하고는 어윈 씨가 설교단에 설 때까지 교회에 들어가지 않았다. 그들은 미리 들어가야 할 이유를 알 수 없었다. 예배가 시작되기 전에 들어가면 교회에서 무엇을 할 수 있겠는가? 그들이 밖에서 '사업' 이야기를 조금 한다고 해서 우주를 관장하는 어떤 힘이 그들을 나쁘게 여길 거라고는 생각할 수 없었다.

채드 크래니지는 오늘 아주 새로운 사람처럼 보였다. 그가 주일에 걸맞게 얼굴을 말끔히 씻었기 때문이었다. 그러면 그의 어린 손녀딸은 그를 보고 낯선 사람인줄 알고 언제나 울어댔다. 하지만 경험이 있는 눈으로 그를 본다면, 이 체구가 크고 건방진 사람이 모자를 벗고 머리칼을 쓰다듬으며 겸손하고 존중심이 어린 태도로 농부들을 대하는 것으로 보아

마을의 대장장이라는 것을 단번에 알 수 있었을 것이다. 평일에 일꾼들은 자기처럼 시커멓다고 여겨지는 존재, 즉 악마의 일에 가담해야 한다고 채드는 말하곤 했었던 것이다. 사악하게 들리는 이 행위 규칙으로 그가 의도했던 바는, 편자를 달아주어야 할 말이 있는 사람들에게 존중심을 가지고 대해야 한다는 것으로서 결국은 다소나마 미덕을 표현하려는 것이었다. 채드와 더 거친 일을 하는 직공들은 매장 의식이 진행되고 있는 흰 가시나무 주위에서 멀리 떨어진 곳에 서 있었다. 그러나 샌디 짐과 농장 일꾼 몇몇은 그 주위에 무리지어 모자를 벗고 그 어머니와 아들들과 함께 애도하고 있었다. 다른 사람들은 중간쯤에 자리 잡고 때로 무덤가의 사람들을 쳐다보기도 하고 때로 농부들의 이야기를 듣기도 했다. 농부들은 교회 문 가까이에 삼삼오오 모여 있었고, 이제 마틴 포이저 가족이 교회에 들어서면서 포이저가 그들에게 합류했다. 그 무리의 끄트머리에 도니손 암즈의 주인 캐손 씨가 눈에 띄는 자세로 서 있었다. 말하자면, 오른손의 검지를 조끼의 단추 구멍에 밀어 넣고 왼손은 궁둥이의 주머니에 넣은 채 고개를 한쪽으로 많이 기울이고 있어서, 그저 짧은 말만 하는 단역을 맡고 있지만 주연을 할 수 있는 자신의 능력을 청중이 알아볼 거라고 자신하는 배우처럼 보였다. 기이하게도 그는, 현금으로 바꿀 수 없는 지식이라면 보누 경멸하듯이 뒷짐을 지고 몸을 앞으로 굽힌 채 천식으로 기침하고 있는 늙은 조나단 버지와 대조를 이루고 있었다. 오늘 그들은 평소보다 다소 낮은 소리로 대화를 나누었고, 장례식의 마지막 기도를 읽고 있는 어윈 씨의 목소리 때문에 더욱 조용하게 이야기를 나눴다. 그들은 모두 불쌍한 티아스를 동정하는 말을 건넸고 이제는 더 친숙한 화제로 옮겨서 지주의 토지 관리인 새첼에 대한 불만을 늘어놓았다. 그 신사는 늙은 도니손 씨가 시키지도 않은 일을 할 정도로 관리인 역할에 충실한 나머지, 비열하게도 자기가 내야 할 소작료를 자기가 받고 자기 목재를 가지고 매매계약을 맺었다는 것이었다. 오가는 대화의 내용이 이런 것이었기 때문에 큰 목소리는 들리지 않았다. 새첼이 곧 교회 문으로 이르는 포장도로를 걸어 올라올 것이기 때문이었다. 이내 사람들은 갑자기 말을 멈췄다. 어윈 씨의 목소리가 들리지 않았고, 흰 가시나무 주위에 서 있던 사람들이 흩어져서 교회로 향했던 것이다.

어윈 씨가 지나갈 때 그들은 모자를 벗고 옆으로 비켜섰다. 다음으로 아담과 세스가 어머니를 사이에 두고 함께 지나갔다. 교회의 서기인 조수아 랜은 무덤 파는 일도 맡고 있었으므로 아직 목사를 따라 제의실로 들어갈 준비가 되지 않았다. 그러나 세 명의 상주가 다가오는데 잠시 시간이 지체되었었다. 리스베스가 무덤을 다시 돌아보려고 몸을 돌렸던 것이다. 아, 흰 가시나무 밑에는 갈색 흙 외에 아무것도 보이지 않았다. 하지만 그녀는 남편이 죽은 이후로 어느 날보다도 오늘은 울음을 자제했다. '장례식'을 치르고 어윈 씨가 남편을 위해 특별히 기도문을 읽어주었기에 평소와 달리 자신이 중요하다는 느낌이 슬픔 속에 스며들었기 때문이었다. 게다가 예배 중에 남편의 장례를 위한 찬송가를 부르리라는 것을 알고 있었다. 아들들과 함께 교회 문을 향해 걸어가면서 그녀는 슬픔을 억눌러주는 이런 특별한 감정을 더욱 강렬하게 느꼈고, 교구민들이 다정하게 동정심을 표하며 고개를 끄덕이는 것을 보았다.

어머니와 아들들은 교회 안으로 들어갔고, 서성이던 사람들도 하나 둘씩 뒤를 따랐다. 아직 밖에 남아 있는 사람들도 몇 명 있었지만 그들은 구불구불한 언덕을 천천히 올라오고 있는 도니손 씨의 마차를 보면서 아마도 아직 서두를 필요가 없다고 느꼈을 것이다.

그러나 곧 바순과 유건 나팔 소리가 울려 퍼졌고 늘 예배의 시작을 알리는 저녁 성가가 시작되어서 이제는 모두들 안으로 들어가 자리에 앉아야 했다.

헤이슬럽 교회의 내부에는 낡은 회색의 참나무 신도석을 제외하면 주목할 만한 것이 없다고 말할 수 있다. 그 신도석은 대개 커다란 사각 모양의 의자로 좁은 복도의 양쪽에 배열되어 있었는데, 실로 현대의 회중석과 같은 결함은 갖고 있지 않았다. 성가대는 오른쪽 줄의 중간에 있는 두 개의 좁은 신도석에 자리 잡고 있었기 때문에 조수아 랜이 주 베이스로서 성가대의 자리를 차지하고 노래가 끝난 다음 자기 책상으로 돌아가는 데 시간이 별로 걸리지 않았다. 신도석처럼 낡은 잿빛 설교단과 책상은 성상 안치소에 이르는 아치의 한쪽 끝에 있었고, 그곳에는 도니손 가족과 하인들을 위한 회색 사각형의 신자석이 있었다. 하지만 이 회색의 회중석과 버프 천으로 닦은 벽들이 이 초라한 실내에 아주 쾌적한 색조를 부여했으며 불그스레한 얼굴들 및 화려한 조끼들과 아주 잘 어울렸다고 나는 장담한다. 설교단과 도니손 씨의 자리에는 멋진 진홍색 쿠션이 있었기 때문에 성상 안치소 쪽으로는 진홍빛 색조가 풍부하게 더해졌다. 그리고 제단을 덮은 진홍빛 천은 리디아 양이 손수 수놓은 황금빛 광선으로 장식되어 그 광경을 마무리했다.

그러나 진홍빛 천이 없었더라도, 어윈 씨가 설교단에 서서 온화한 표정으로 그 소박한 회중을 돌아보았을 때 틀림없이 따뜻하게 기운을 북돋워주는 기운이 감돌았을 것이다. 다리가 굽고 어쩌면 어깨도 굽었지만 아직 산울타리를 잘라내고 지붕을 짚으로 이을 힘이 남아 있는 강건한 노인들, 키가 크고 건장한 체구에 거친 윤곽의 얼굴이 그을린 석공들과 목수들, 대여섯 명의 유복한 농부들과 뺨이 사과처럼 붉은 그들의 가족들, 눈처럼 흰 모자 테두리가 까만 보닛 아래로 드러나고 팔꿈치 아래로 맨살이 드러난 여윈 팔을 가슴 위로 모아 순종적으로 포개고 있는 깨끗한 노부인들, 농장 일꾼들의 아내들이 앉아 있었다. 노인들은 책을 들고 있지 않았다. 그럴 이유가 어디 있겠는가? 그들 중의 어느 누구도 글을 읽을 수 없었다. 그러나 그들은 '좋은 말씀'을 몇 마디 외우고 있었고, 사실 분명히 이해하지는 못하지만 예배를 드리면 재앙을 물리치고 축복을 받을 거라고 소박하게 믿으면서 마른 입술을 이따금 소리 없이 움직이며 예배를 보고 있었다. 이제 모두의 얼굴이 드러났다. 지난 세대의 목사들과 교구 성가대원들과 더불어 사라져버린 그 활기찬 찬송가의 곡조에 맞추어 켄 주교의 훌륭한 저녁 성가를 부르는 동안 모두들 일어서 있었기 때문이었다. 어린아이들은 의자 위에 올라가서 잿빛 신도석 가장자리를 넘어 슬쩍 엿보고 있었다. 멜로디를 사랑하면서 듣는 귀에는 그 멜로디가 목양신의 피리처럼 서서히 여운을 남기고 사라진다. 오늘 아담은 평소처럼 성가대원들 사이에 끼지 않고 어머니와 세스 사이에 앉았다. 바틀 매시가 성가대원 사이에서 보이지 않자 그는 약간 어리둥절했다. 조수아 랜 씨에게는 그것이 더욱 유쾌한 일이었으므로 평소보다 더 만족스러운 기분으로 베이스음을 냈고, 권위에 따르지 않는 윌 매스커리를 안경 너머로 바라보면서 특히 엄한 눈길로 쏘아보았다.

이 장면을 둘러보는 어윈 씨를 상상해 보기를 여러분에게 간청한다. 그는 아주 잘 어울리는 넉넉한 흰 성복을 입었고 파우더를 뿌린 머리카락을 뒤로 넘겼으며 풍부한 갈색 얼굴에 코와 윗입술이 섬세한 선을 이루고 있었다. 관대한 영혼이 빛을 발하는 인간의 얼굴이 언제나 그렇듯이 이 자비롭지만 예리한 얼굴에는 어떤 미덕이 있었던 것이다. 그리고 노란색, 붉은색, 푸른색 유리조각들이 복잡하게 어울린 낡은 창문을 통해 감미로운 유월의 햇살이 사람들 너머로 끊임없이 흘러들어와 반대편 벽 위에 유쾌한 색조를 더해 주었다.

오늘 어윈 씨가 사람들을 둘러보았을 때 그의 눈은 마틴 포이저와 그의 가족이 자리 잡고 있는 네모진 신자석에 한순간 더 오래 머물렀다고 나는 생각한다. 그리고 그쪽으로 향하지 않을 수 없던 또 다른 검은 눈길이 분홍색과 흰색으로 차려 입은 통통한 사람에게 머물고 있었다. 그러나 그 순간 헤티는 어떤 시선에도 관심이 없었다. 아서 도니손이 곧 교회에 들어올 거라는 생각에 골몰하고 있었던 것이다. 지금쯤이면 틀림없이 마차가 교회 문 앞에 도착했을 것이다. 목요일 저녁에 숲에서 헤어진 이후로 그녀는 그를 다시 보지 못했다. 아, 그때가 얼마나 오래 전의 일처럼 여겨지는지! 그 저녁 이후에 일상적인 생활은 전과 똑같이 진행되었다. 그 당시 일어난 놀라운 일들은 그 이후로 어떤 변화도 일으키지 않았다. 그것은 벌써 꿈처럼 아득하게 여겨졌다. 교회 문이 열리는 소리가 들리자 심장이 너무 빨리 뛰어서 감히 고개를 들 수도 없었다. 숙모가 무릎을 굽혀 절하는 것을 느끼고 그녀도 절을 했다. 틀림없이 늙은 도니손 씨였을 것이다. 언제나 앞장서서 들어오는 체구가 작고 주름진 그 노인은 고개를 숙이고 무릎을 굽혀 절하는 사람들을 근시안으로 둘러보았다. 그리고 나서 리디아 양이 지나가는 것을 알 수 있었다. 장미 화관이 빙 둘러 장식된 석탄 통처럼 새까만, 최근 유행하는 보닛을 헤티는 무척이나 보고 싶었지만, 오늘은 그것을 그리 개의치 않았다. 그러나 더 이상은 무릎을 굽힐 이유가 없었다. 아니, 그가 오지 않은 것이다. 검은 보닛을 쓴 가정부와 한때 리디아 양의 것이었던 밀짚모자를 쓴 귀부인 몸종, 그리고 파우더를 뿌린 가발을 쓴 집사와 마부 외에는 아무도 신자석을 지나가지 않았음이 분명했다. 아니, 그가 거기 없는 것이다. 하지만 이제 고개를 들어 바라보아야 한다. 착각했을 지도 모르니까. 어떻든 눈으로 본 것은 아니었으니까. 그녀는 눈꺼풀을 올리고 성상 안치소의 쿠션이 있는 자리를 겁먹은 듯이 바라보았다. 그곳에는 흰 손수건으로 안경을 문지르고 있는 늙은 도니손 씨와 금박으로 테를 두른 커다란 기도서를 펼치고 있는 리디아 양 외에 아무도 없었다. 차가운 실망감을 견디기 힘들었다. 얼굴이 하얗게 질리고 입술이 떨리는 것을 느꼈다. 울음이 터져 나올 것만 같았다. 아, 어떻게 해야 할까? 모두들 그 이유를 알 것이다. 아서가 거기 없기 때문에 그녀가 울고 있다는 것을 모두들 알 것이다. 게다가 훌륭한 온상 식물을 단추 구멍에 꽂고 있는 크레이그 씨가 자기를 쳐다보고 있음을 그녀는 알고 있었다. 끔찍하게도 긴 시간이 지나고 나서야 공동 참회 기도가 시작되어 그녀는 무릎을 꿇을 수 있었다. 그때 커다란 눈물 두 방울이 기어코 흘러내렸지만 성격 좋은 몰리를 빼고는 아무도 보지 못했다. 숙모와 숙부는 그녀에게 등을 돌린 채 무릎을 꿇고 있기 때문이었다. 몰리는 교회에서 눈물을 흘려야 하는 이유로서 어지럼증 외에는 달리 생각할 수 없었고 그것에 대해 막연한 전통적 처방을 알고 있었기에 주머니에서 기묘하게 생긴 작고 납작한 푸른색 소금 병을 꺼내서 아주 힘들게 코르크 마개를 뽑은 다음 좁은 입구 쪽을 헤티의 코에 대주었다. "이건 냄새가 나지 않아" 라고 그녀는 속삭였다. 오래된 소금이 새로운 소금보다 더 좋은 점은 바로 코를 자극하지 않고도 도움이 된다고 생각한 것이다. 헤티는 화가 난 듯 그것을 밀쳐버렸다. 하지만 이렇게 조금 성질을 부리면서 소금이 할 수 없었던 일을 할 수 있었다. 눈물의 흔적을 닦아버리고 더 이상 눈물을 흘리지 않도록 온 힘을 다해 노력하겠다는 마음이 일었던 것이다. 헤티는 허영심이 강한 편이지만 그녀의 성격에는 그 나름의 힘이 있었다. 비웃음을 당하거나 찬탄이 아닌 다른 감정으로 손가락질을 받느니, 차라리 그 무엇이든 다른 것을 견뎠을 것이다. 남들에게 알려주고 싶지 않은 비밀을 드러내느니 차라리 자신의 부드러운 살에 손톱을 찔러 넣었을 것이다.

아무것도 들리지 않는 그녀의 귀에 어윈 씨가 장중한 '사죄문'을 읽고 그 다음에 온갖 다양한 어조로 기원문을 읽어가는 동안 그녀의 혼란스런 생각과 감정에 어떠한 동요가 일었는지! 실망감에 이어 분노가 자리 잡았고, 그 분노는 이내 아서가 진정으로 오고 싶었고 정말로 그녀를 다시 보고 싶어 했으리라 가정하면서 그의 부재를 설명하기 위해 그녀의 작은 꾀로 생각해 낼 수 있는 온갖 추측들을 압도했다. 다른 사람들이 모두 일어서는 바람에 자기도 기계적으로 일어설 때쯤 그녀의 뺨은 더욱 빨갛게 물들어 반짝였다. 자기에게 이런 고통을 주었기 때문에 아서를 미워한다고, 아서 역시 고통을 받게 하고 싶다고, 그녀는 속으로 분노에 찬 말을 되뇌고 있었던 것이다. 그러나 마음속에서 이처럼 이기적인 갈등을 겪고 있는 동안에도 그녀는 고개를 숙여 기도서를 바라보고 있었고 어두운 테가 드리워진 그녀의 눈썹은 여전히 사랑스럽게 보였다. 일어서는 동안 잠시 그녀를 바라보면서 아담 비드는 그렇게 생각했다.

하지만 헤티에 대한 생각 때문에 아담이 예배 의식에 귀를 기울이지 않은 것은 아니었다. 오히려 그 생각은 다른 깊은 감정들과 뒤섞였고, 감정이 예민해진 순간에는 언제나 우리의 온 과거와 상상의 미래에 대한 생각이 뒤섞이듯이, 오늘 오후 예배 의식은 그에게 그 깊은 감정들을 이어주는 통로가 되었다. 그리고 아담에게 예배 의식은 늘 후회와 갈망, 체념이 교차하는 그의 감정을 이어주는 가장 좋은 통로였다. 도움을 청하는 기원문과 번갈아 이어지는 믿음과 찬사의 토로, 반복되는 응답과 짧은 기도문의 익숙한 리듬은 아담에게 다른 형식의 예배에서는 가능하지 않았던, 자기감정을 대변해 주는 방식으로 여겨졌다. 어린 시절부터 카타콤에서 예배를 드려온 초기 기독교인들이 환하게 햇빛이 비치는 이교도들의 거리보다 어둑한 횃불과 그림자에서 신의 존재를 더욱 가깝게 느꼈듯이 말이다. 우리의 내밀한 감정은 사물 그 자체에서 비롯되는 것이 아니라 그것이 우리의 과거와 맺고 있는 미묘한 관계에서 생겨난다. 그런 내밀한 감정이 그런 관계에 공감하지 못하는 관찰자의 주의를 끌지 못하는 것은 놀랍지 않은 일이다. 그런 관찰자는 냄새를 식별하기 위해 안경을 쓰는 것이나 다름없다.

그러나 우연히 들른 사람이라도 헤이슬롭 교회의 예배가 온 나라의 다른 시골 마을에서보다 더 인상적이라고 여길만한 한 가지 이유가 있었다. 그 이유에 대해서는 여러분이 조금도 의심하지 않으리라고 나는 확신한다. 그것은 우리의 친구 조수아 랜의 낭독이었다. 그 훌륭한 구두장이가 대체 어디서 낭독의 재능을 얻게 되었는지는 그의 가장 가까운 친지에게도 불가사의한 문제였다. 결국 그 재능의 원천은 자연이었다고 나는 믿는다. 자연은 이전에 편협한 마음을 가진 사람들에게도 그렇게 해 주었듯이 이 정직하고 변덕스러운 영혼에게 자연의 음악을 조금 불어넣어 주었던 것이다. 자연은 그에게 적어도 훌륭한 베이스 목소리와 음악적인 귀를 주었다. 하지만 이것만으로도 그가 낭랑한 노래로 답하도록 영감을 불어넣을 수 있었는지는 확실히 말할 수 없다. 풍부하고 깊은 강음에서 구슬픈 음으로 내려와 마지막 단어의 끝에서 섬세한 첼로의 떨림이 여운을 남기듯이 희미한 울림으로 가라앉는 그의 노래의 강렬하고도 고요한 감미로움에 대해서 나는 가을의 나뭇가지들 사이로 이는 바람 소리 말고는 달리 비교할 대상을 찾지 못하겠다. 교구 서기의 강독에 대해서 이렇게 묘사하는 것은 이상하게 들릴지도 모른다. 더욱이 구식 안경을 쓰고 짧게 깎은 머리에 뒤통수가 크고 정수리가 튀어나온 사람에 대해서 말이다. 그러나 자연의 방식은 그러하다. 자연은 탁월한 외모와 시적 열망을 가진 신사에게는 곡조에 대한 암시를 조금도 일러주지 않아서 애처롭게도 곡조에 맞지 않는 노래를 부르게 만든다. 그리고는 선술집 구석에 앉아 명랑하게 발라드를 부르는 이마가 좁은 사람에게는 관심을 기울여 새처럼 정확한 음정을 선사해 주는 것이다.

조수아 자신은 강독보다는 노래를 더 자랑스러워했고 언제나 의기양양하고 우쭐한 기분으로 책상에서 성가대석으로 옮겨갔다. 오늘은 더욱 그러했다. 특별한 경우였던 것이다. 교구민들이 모두 잘 알고 있는 노인이 슬픈 죽음을 맞았고 — 자기 침대에서 죽은 것이 아니었으므로 농부들의 마음에는 가장 비참한 상황으로 여겨졌다 — 그의 갑작스런 죽음을 기억하며 이제 장례식 성가를 불러야 하기 때문이었다. 게다가 바틀 매시가 예배에 참석하지 않았으므로 성가대에서 조수아의 중요성을 퇴색할 것이 없었다. 그들이 부른 노래는 장엄한 단조의 곡이었다. 예전의 성가곡조에는 구슬픈 부분이 많이 끼어있었고, 그 가사는 일반적인 경우보다 더 불쌍한 티아스의 죽음에 잘 들어맞는 것 같았다.

홍수가 휩쓸어 가듯이 당신은 우리를 쓸어 내시네.
꿈처럼 우리는 여기서 사라진다네.[73)]

어머니와 아들들은 각자 특별한 감정으로 귀를 기울였다. 리스베스는 성가가 남편에게 도움이 될 거라는 막연한 믿음을 갖고 있었다. 이 찬송가를 포함해서 버젓한 장례식을 치르지 않았다면, 그의 생전에 불행한 나날들을 많이 보내게 했던 것보다 더 나쁜 일이라고 그녀는 생각했을 것이다. 남편에 대한 이야기가 많으면 많을수록 그를 위해서 더 많은 일을 해 주는 것이고, 그만큼 그는 위험에서 더 안전하게 벗어날 것이다. 인간의 사랑과 연민이 있으면 또 다른 사랑도 있으리라고 믿을 수 있다고 가엾은 리스베스는 맹목적으로 느끼고 있었다. 쉽게 감동을 받는 세스는 눈물을 흘렸고, 아버지의 죽음 이후로 계속 그래왔듯이, 의식을 지닌 마지막 순간이 용서와 화해의 순간이 될지도 모를 가능성에 대해서 여태껏 들어온 이야기를 모두 회상하려고 애썼다. 그들이 부르고 있는 바로 그

---

73) 시편 90의 5번 시 일부.

성가에도, 신이 하시는 일은 시간으로 측정되거나 제한되지 않는다고 쓰여 있지 않았던가? 이전에 아담은 한 번도 성가를 따라 부르지 못한 적이 없었다. 그는 어린 시절 이래로 고통스럽고 화가 나는 일을 많이 겪어왔지만, 이 슬픔은 처음으로 그의 목소리를 가두어 버렸다. 기이하게도 그것은 과거의 고통과 분노의 큰 원인이 닿을 수 없는 곳으로 영원히 가 버렸기 때문에 느끼는 슬픔이었다. 그는 아버지와 결별하기 이전에 아버지의 손을 잡고 '아버지, 아버지와 저 사이에 모든 일이 괜찮다는 것을 아시지요. 제가 어렸을 때 아버지가 베풀어 주신 것을 조금도 잊지 않았어요. 제가 이따금 화를 내고 너무 성급하게 굴었다면 저를 용서하세요!'라고 말할 수 없었다. 오늘 아담이 생각한 것은 자신의 고된 노동과 아버지를 위해서 써버린 자기 임금이 아니었다. 그는 아들의 비난을 들으며 고개를 숙였던 굴욕적인 순간에 아버지의 감정이 어떠했을까를 끊임없이 생각했다. 누군가 우리의 분노를 순종적으로 침묵하면서 받아들이면 그 후에 우리는 우리 자신이 정의로운 것은 고사하고 과연 관대했던가 라는 의혹의 회한을 느끼기 마련이다. 우리의 분노의 대상이 영원한 침묵으로 빠져버려서 죽음의 평화로움 속에서 그의 얼굴을 마지막으로 본다면 그 회한은 얼마나 더 크겠는가?

'아, 니는 언세나 너무 가혹했어.' 그는 속으로 생각했다. '사람들이 잘못할 때 그들에게 몹시 화를 내고 참을성 없이 그들에게 마음을 닫아 버리고 그들을 용서하지 않는 것은 무척 나쁜 결함이야. 내 영혼에 사랑보다 자만심이 더 강하다는 걸 이제 분명히 알겠어. 아버지에게 친절한 말을 한마디 건네기보다는 아버지를 위해 망치질 천 번 하는 쪽을 택했을 테니까. 그리고 그 망치질에는 자만심과 울화가 잔뜩 섞여 있었겠지. 우리의 죄뿐 아니라 우리의 의무라고 부르는 것에도 악마가 개입될 테니까. 아마도 내가 지금까지 이룬 일들 가운데서 가장 훌륭한 것은 그저 내게 가장 쉬운 일을 하는 거였어. 가만히 앉아 있는 것보다는 일하는 편이 더 쉬웠으니까. 그러나 진정으로 어려운 일은 내 의지와 성질을 억누르고 자만심을 멀리하는 일일거야. 이제 오늘 밤 집에서 아버지를 볼 수 있다면 다르게 행동할 것 같아. 그러나 그것도 알 수 없는 일이지. 어쩌면 우리에게 교훈은 언제나 너무 늦게 찾아오는 법인가 보지. 인생이란 두 번 되풀이할 수 없는 계산이라고 느끼는 게 좋을 거야. 이 세상에서는 고쳐서 바로잡을 수 없으니까. 덧셈을 잘 한다고 해도 잘못된 뺄셈을 고칠 수 없는 거나 마찬가지야.'

이것이 부친의 죽음 이후로 아담에게 끊임없이 떠오른 생각이었다. 엄숙하고 구슬픈 장례식 찬송가는 이처럼 계속되는 생각을 더 강렬하게 되새기면서 돌이켜 보도록 했을 뿐이었다. 어윈 씨가 티아스의 장례와 관련하여 선택한 설교도 그러했다. 그 설교는 '생의 한가운데에서 우리는 죽음 안에 있다'[74]는 말씀을 간결하고 소박하게 다루었다. 은총과 올바른 행위, 가족들의 애정이 작용하는 데 있어서 우리가 우리자신의 것이라고 부를 수 있는 바는 오로지 현재 순간뿐이라는 취지였다. 아주 오래된 온갖 진실들, 가장 오랜 진실이라고 생각해 온 것들이, 우리 삶의 한 부분이었던 사람의 죽은 얼굴을 마주할 때 더없이 놀라운 진실로 여겨진다. 사람들이 새롭고 놀랍도록 선명한 빛의 효과로 깊은 인상을 주고 싶을 때, 그 빛으로 가장 친숙한 사물을 비추지 않는가? 예전의 희미함을 기억하면서 그 강렬함을 깨달을 수 있도록 말이다.

다음으로 마지막 축복의 순간이 되었다. '모든 깨달음을 능가하는 하느님의 평화'[75]라는 영원히 숭고한 말씀이 그 자리에 모인 사람들의 숙인 고개를 비추는 오후의 평온한 햇빛과 어우러지는 시간이었다. 그러고 나서 모두들 조용히 일어섰고 엄마들은 예배 중에 잠든 어린 아가씨들의 보닛 끈을 매고 아버지들은 기도서를 챙기고 난 후 모두들 낡은 아치 사이를 물밀듯이 지나 초록이 만연한 교회 뜰로 나가서는 이웃 사이의 대화를 시작하고 소박한 인사를 나누며 차를 마시자고 초대했다. 주일에는 모두들 손님을 맞을 마음의 준비가 되어 있었다. 모두들 가장 좋은 옷을 입었

74) 기도서의 장례 의식에 나오는 말.

75) 기도서의 성찬식의 결말 부분에서 사제가 축복을 내리는 말의 도입부.

고 가장 기분 좋은 날이었던 것이다.

포이저 씨 부부는 교회 대문에 멈춰 서서, 아담이 가까이 오기를 기다리고 있었다. 미망인과 그 아들들에게 다정한 말 한마디라도 건네지 않고 그냥 가버리기에는 마음이 편치 않았던 것이다.

"아, 비드 부인," 그들이 함께 걸어오자 포이저 부인이 말했다. "용기를 내셔야지요. 남편과 아내는 함께 사는 동안 자식들을 키우고 서로 하얗게 센 머리카락을 보면 만족해야 하니까요."

"아, 그럼요." 포이저 씨가 말했다. "그럼 어떻든지 간에 서로를 오래 기다릴 필요가 없을 테니까요. 게다가 부인께는 이 지역에서 가장 건장한 두 아들이 있잖아요. 당연한 일이지요. 제가 기억하기로는, 가엾은 티아스도 나무랄 데 없이 어깨가 넓은데다 훌륭한 체격이었으니까요. 그리고 비드 부인, 부인으로 보더라도, 지금 젊은 여성들의 절반보다도 더 등이 꼿꼿하시니까요."

"아, 큰 접시가 두 조각으로 깨졌는데도 오래간다면 운이 나쁜 거예요. 내가 가시나무 아래 빨리 묻힐수록 더 좋을 거예요. 나는 지금 누구에게도 쓸모가 없으니까요."

아담은 부당하고 사소한 어머니의 푸념을 전혀 알아차리지 못했다. 그러나 세스가 말했다. "아니, 어머니, 그렇게 말하시면 안 돼요. 어머니의 아들들에게는 다른 어머니가 있을 수 없으니까요."

"그건 맞아, 이보게, 사실이라고." 포이저 씨가 말했다. "그리고 슬픔에 빠지는 건 옳지 않은 일입니다, 비드 부인. 아버지와 어머니가 물건을 뺏었다고 우는 아이와 같은 거지요. 우리보다 더 잘 알고 계시는 분이 저 위에 계시니까요."

"아, 그리고 죽은 사람을 산 사람보다 더 높이 받드는 것은 좋지 않아요. 우리 모두 언젠가는 죽을 테니까요. 우리가 죽었을 때 떠받들기보다는 그 이전에 그러는 편이 더 좋을 거예요. 작년에 수확한 곡식에 물을 줘봤자 소용이 없잖아요." 포이저 부인이 말했다.

"자, 아담." 평소와 마찬가지로 아내의 말이 위로가 되기보다는 다소 신랄하게 들린다고 생각한 포이저 씨는 화제를 바꾸는 것이 좋을 것 같아서 이렇게 말했다. “곧 우리를 보러 와 주게. 한동안 자네하고 이야기를 나누지 못했지. 여기 집사람도 가장 좋은 물레가 고장 나서 자네가 봐 주기를 바란다네. 그걸 수리할 수 있으면 아주 좋을 걸세. 앞으로도 꽤 오래 돌려야 하니까. 될 수 있는 대로 빨리 우리를 보러 와 주겠지?”

아이들이 앞에서 뛰어다니고 있었기에 포이저 씨는 헤티가 어디 있는지를 알아보려는 듯 돌아보고는 이제 말을 멈추었다. 헤티는 어떤 사람과 함께 서 있었는데, 이전보다 분홍색과 흰색이 더욱 눈에 띄게 돋보였다. 아주 긴 이름이 붙은, 화사한 분홍색과 흰색이 어우러진 온상 식물을 손에 들고 있기 때문이었다. 정원사 크레이그 씨가 스코틀랜드 사람이라고들 하니까 그 꽃 이름도 스코틀랜드 이름일 거라고 그녀는 생각했다. 아담도 그 기회를 틈타서 함께 둘러보았다. 정원사의 잡담에 귀를 기울이고 있는 헤티의 샐쭉한 표정을 보고 아담이 화를 내기를 여러분이 바랄 거라고는 믿지 않는다. 하지만 속으로 헤티는 그 사람이 옆에 있어서 다행이라고 생각했다. 어쩌면 아서가 교회에 오지 않은 이유를 그에게서 알아낼 수 있겠기 때문이었다. 일부러 물어볼 생각은 없었지만 그것에 대한 소식이 자발적으로 흘러나오기를 바랐다. 크레이그 씨는 높은 사람들이 그렇듯이 새로운 소식을 알려주기 좋아했던 것이다.

크레이그 씨는 자기의 대화와 구애가 냉담하게 받아들여지고 있다는 것을 전혀 알지 못했다. 자기의 관점을 어떤 한계 너머로 옮기는 것은 더할 나위 없이 자유롭고 포용적인 마음을 가진 사람에게도 불가능한 일이다. 이해력이 저능한 브라질의 원숭이에게 우리가 어떤 인상을 주는지 우리는 전혀 알지 못한다. 그 원숭이들이 우리에게서 아무런 인상도 받지 못할 수 있다. 게다가 크레이그 씨는 애정이 있어도 들뜨지 않는 사람이었고, 벌써 십 년이 되도록 결혼과 독신의 상대적 장점에 대해서 결론을 내리지 못하고 있었다. 사실 이따금 그가 평소보다 그로그 술을 더 많이 마시고 약간 흥분하면 헤티에 대해서 “그 처녀는 그런대로 괜찮아” 라든가 “더 나쁜 선택을 할 수도 있을 거야” 라고 말하는 것을 들을 수 있었다. 그러나 술기운이 돌면 남자들은 자기 견해를 평소보다 강력하게 표현하는 경향이 있다.

마틴 포이저는 크레이그 씨를 "자기 임무를 아는" 사람으로, 흙과 퇴비에 관해서 상당한 지식을 갖춘 사람으로 존중해왔다. 하지만 그를 그리 마음에 들어 하지 않은 포이저 부인은 남편과 단 둘이 있을 때 "당신은 크레이그를 꽤 좋아하는 모양이지만 내 생각에 그 사람은 태양이 자기 울음소리를 들으려고 솟아오른다고 생각하는 수탉하고 똑같아요" 라고 여러 차례 말했었다. 다른 사람들이 볼 때 크레이그 씨는 존경할 만한 정원사였고, 스스로를 높이 평가할 만한 이유가 없는 것은 아니었다. 그는 어깨가 치솟았고 광대뼈가 두드러졌으며 바지 주머니에 손을 넣고 걸어 다닐 때면 고개를 약간 앞으로 숙였다. 스코틀랜드인이라는 장점은 그저 혈통에서 비롯되는 것이지 양육에 의한 것은 아니었다고 나는 생각한다. 악센트에 약간 강한 후음이 있는 것을 제외하면 그가 말하는 방식은 인근 로엄셔 사람들의 말과 거의 다른 점이 없었다. 그러나 프랑스어 교사는 파리 사람이듯이, 정원사는 모름지기 스코틀랜드인이어야 한다.

"그런데, 포이저 씨." 그는 그 선량한 농부가 천천히 말을 꺼내기 전에 말했다. "내일 건초를 옮길 생각은 아니시겠죠. 온실은 날씨 '변화'에 꼼짝없이 방해를 많이 받지요. 스물네 시간이 지나기 전에 비가 더 많이 내릴 거라는 제 말을 믿으셔도 좋습니다. 저기 수평선 너머 검푸른 구름이 보이지요? 수평선이 무슨 뜻인지 아시겠지요. 땅과 하늘이 만나는 곳 말입니다."

"아, 그래, 구름이 보이는군." 포이저 씨가 말했다. "수평선이 있건 없건 간에 말이요. 바로 마이크 홀스워스의 휴경지 위에 있군. 그 휴경지는 엉망이지."

"제 말을 귀담아 들으세요. 저 구름은 당신이 건초 가리에 방수포를 덮는 속도만큼이나 재빨리 하늘로 퍼져나갈 겁니다. 구름의 모양새를 연구하는 건 대단한 일이지요. 정말이지! 기상학 달력에서는 배울 것이 없어요. 하지만 어떤 사물의 형상에 대해서는 제가 그 작자들에게 가르쳐 줄 수 있습니다. 그들이 제게 온다면 말이지요. 그런데 어떻게 지내셨어요, 포이저 부인? 아마 곧 붉은 까치밥나무 열매를 따려고 생각하고 계시겠지요. 너무 익기 전에 빨리 따는 편이 훨씬 나을 겁니다. 앞으로 그런 날씨를 예상해야 한다면 말이지요. 어떻게 지내셨어요, 비드 부인?" 크레이그 씨는 중간에 아담과 세스에게 고개를 끄덕여 인사하면서 쉬지 않고 말했다. "일전에 제가 체스터를 시켜서 보낸 시금치와 구스베리가 마음에 드셨기를 바랍니다. 필요한 야채를 구하기 어렵다면 어디로 가야 할지 알고 계시겠지요. 제가 다른 사람들에게 물건을 주지 않는다는 것은 잘 알려져 있습니다. 저는 저택에 야채를 공급해야 하고, 정원을 저 혼자서 관리해야 하니까요. 노지주께서 그 일에 적합한 사람을 어디서나 구할 수 있는 건 아니죠. 그런 일을 할 의향이 있는지 물어보는 것은 말할 것도 없고요. 저는 지주님께 내는 돈을 틀림없이 돌려받을 수 있도록 계산을 잘 해야 합니다. 다가오는 해마다 제가 해야 하듯이, 기상학 달력을 만드는 사람들이 자기 코 밑을 멀리까지 봤으면 좋겠어요."

"하지만 그들도 꽤 멀리까지 보지요." 포이저 씨는 머리를 한쪽으로 돌리고 다소 존중하듯이 차분한 목소리로 말했다. "그런데, 큰 발톱이 달린 수탉의 머리가 닻에 부서지고 불이 나고 그 뒤에 배들이 있는 그 그림보다 더 진실한 그림이 어디 있겠소? 그 그림은 크리스마스 이전에 만들어졌지만 성경처럼 진실하다구. 말하자면, 그 수탉은 프랑스고, 닻은 넬슨 제독이지. 기상학 달력을 만드는 사람들이 우리에게 미리 알려준 거요."

"피이!" 크레이그 씨가 말했다. "멀리 보지 않아도, 영국이 프랑스를 이길 거라는 걸 알 수 있죠. 프랑스인은 150센티미터만 되면 큰 사람 축에 들어가고 대개 애들이 먹는 유동식을 먹는다는 이야기를 믿을 만한 정보통에게서 들었어요. 내가 아는 사람의 아버지가 프랑스인들에 대해 특히 잘 알고 있거든요. 그 메뚜기들이 우리의 젊은 아서 대위처럼 건장한 사람에게 대항해서 과연 뭘 할 수 있을지 궁금하죠. 대위를 쳐다보기만 해도 프랑스인들은 깜짝 놀랄 겁니다. 틀림없이 대위의 팔은 프랑스인의 몸통보다도 두꺼울 테니까요. 그들은 코르셋으로 몸을 조인다고 하더군요. 아주 쉬운 일이겠지요. 안에 든 것이 없으니."

"대위님은 어디 계십니까? 오늘 교회에 오시지 않았던데요." 아담이 말했다. "금요일에 대위님과 이야기를 했는데 멀리 가신다는 말씀은 하지 않았어요."

"아, 그저 낚시하러 이글데일에 가셨네. 며칠 지나지 않아 돌아오시겠지. 7월 30일에 있을 성년식을 위해 준비하고 계획하셔야 할 테니. 하지만 대위님은 이따금 얼마간 떠나 있는 것을 좋아하지. 그분과 노지주는 서리와 꽃처럼 서로 잘 안 맞으니까."

크레이그 씨는 이 마지막 말을 덧붙이면서 미소를 짓고 천천히 윙크했다. 하지만 그 주제는 더 이상 진척되지 않았다. 이제 갈림길에 이르러, 아담과 그의 친지들은 작별 인사를 해야 했다. 정원사 역시 차를 마시자는 포이저 씨의 초대를 받아들이지 않았더라면 같은 방향으로 가야 했을 것이다. 포이저 부인은 정식으로 그 초대를 되풀이했다. 이웃을 환영하며 자기 집에 맞아들이지 않는다면 상당히 체면 깎이는 일이라고 여겼기에, 그 성스러운 관습에 개인적인 선호와 혐오가 끼어들어 방해해서는 안 될 일이었다. 게다가 크레이그 씨는 홀 팜의 가족을 언제나 공손하게 대해왔으므로, 포이저 부인은 '그 사람에 대해 나쁘게 말할 생각은 없지만, 나만 그 사람이 새로 부화되어 완전히 다른 사람으로 태어날 수 없는 것이 유감'이라고 신중히 선언했었다.

그래서 아담과 세스는 어머니를 사이에 두고 구불구불한 길을 걸어 내려가 골짜기에 이르고 다시 오르막길을 지나 낡은 집에 이르렀다. 이제는 길고 긴 걱정 대신 슬픈 기억이 자리 잡게 되었으며, 집안에 들어서면서 "아버지는 어디 계세요?"라고 물을 필요가 없게 된 곳이었다.

다른 가족 일행은 크레이그 씨를 손님으로 맞아 홀 팜의 쾌적한 집으로 돌아갔다. 모두들 편안한 마음이었지만, 헤티는 그렇지 않았다. 이제 아서가 어디 갔는지 알았지만 더욱 어리둥절하고 불안해졌다. 그가 온전히 자발적으로 떠난 것 같았기 때문이었다. 그는 가야 할 필요가 없었을 것이다. 그녀를 보고 싶었더라면 가지 않았을 것이다. 그녀는 목요일 밤의 꿈이 이루어질 수 없다면 어떤 운명도 다시는 그녀에게 즐거움을 줄 수 없을 거라는 느낌에 몸서리쳤다. 냉기가 돌고 헐벗고 겨울처럼 차가운 실망감과 의혹이 엄습하는 이 순간에 그녀는 다시 아서와 함께 있고 사랑에 찬 그의 시선을 받고 그의 부드러운 목소리를 들을 수 있기를 '점점 커지는 열정의 고통'이라 불릴 만한 간절한 열망으로 기대했다.

노동하는 아담

크레이그 씨의 예측에도 불구하고, 검푸른 구름은 위협적인 결과를 낳지 않고 흩어져 버렸다. 다음날 아침 그는 이렇게 말했다. "알다시피 날씨란 변덕스러운 거야. 현명한 사람이 맞추지 못할 때 때로 바보가 맞추기도 한다니까. 그래서 기상학 달력이 명성을 얻는 거지. 바보들은 바로 그런 우연한 것들을 맞추니까."

하지만 이처럼 불합리한 날씨 변화에 크레이그 씨를 제외하면 헤이슬롭의 어느 누구도 불쾌하게 느끼지 않았다. 그날 아침 이슬이 걷히자마자 모두들 목초지에 나가야 했다. 하녀들이 건초 수확을 도와주도록 아내와 딸들은 농가에서 집안일을 두 배로 해야 했다. 연장 바구니를 어깨에 짊어지고 오솔길을 따라가면서 아담은 산울타리 너머에서 들려오는 익살스런 얘기소리와 울려 퍼지는 웃음소리를 들었다. 건초를 수확하는 사람들의 익살맞은 이야기는 멀리서 듣는 것이 최선이었다. 그것은 암소의 목에 걸린 투박한 종 같아서 가까이 있으면 그 거친 소리가 고통스러울 정도로 귀에 거슬릴 수도 있다. 하지만 멀리서 들으면 자연의 명랑한 다른 소리들과 아주 아름답게 뒤섞인다. 영혼이 즐거운 음악을 만들 때 인간의 근육은 더욱 잘 움직인다. 비록 그 즐거움이 새들의 즐거움과는 전혀 다르고 조야하며 어줍은 것이라 하더라도 말이다.

어쩌면 상쾌한 여름날 아침에 따뜻한 태양빛이 의기양양하게 퍼지기 시작할 때보다 더 쾌적한 시간은 없을 것이다. 그 시간에는 아직 남아 있는 이른 아침의 선선한 기운이 감미롭고 따뜻한 햇살 아래 나른해지는 기분을 몰아낸다. 아담은 이날 3마일 정도 떨어진 곳에 있는, 이웃 지주의 아들을 위한 시골 저택을 수리하면서 하루 종일 일해야 하기 때문에 이 시간에 오솔길을 따라 걷고 있었다. 이른 아침부터 분주하게 창틀과 문, 벽로 선반을 꾸려서 짐마차에 실었고 그 마차는 이미 그보다 앞서 출발했으며, 그동안 조나단 버지는 직접 말을 타고 그곳으로 달려가서 짐이 도착하기를 기다리며 일꾼들을 지휘했다.

오래 걷지 않아도 되는 길이었지만 아담에게는 휴식이나 다름없었고, 그는 그 매혹적인 시간에 무의식적으로 빠져들었다. 그의 마음도 여름날의 아침이었으며, 그는 햇살 속에서 헤티를 보았다. 그 햇살은 눈부신 빛이 아니라, 나뭇잎들의 섬세한 그림자들 사이에서 떨리며 비스듬히 비치는 빛이었다. 어제 교회에서 나오면서 그녀에게 손을 내밀었을 때 그녀의 얼굴에는 이전에 본 적 없는 침울하고 다정한 기색이 감돌았다고 그는 생각했다. 그리고 그것은 그녀가 그의 가족들이 겪는 고통에 일말의 동정심을 느끼는 징후라고 여겨졌다. 가엾은 사람! 그 침울한 기색은 전혀 다른 이유에서 비롯된 것이었다. 하지만 그가 어떻게 알 수 있겠는가? 우리는 어머니 대지의 얼굴을 보듯이 우리가 사랑하는 작은 여자의 얼굴을 보고, 우리의 갈망에 대한 갖가지 답을 찾아낸다. 아담은 지난주에 일어난 사건들이 결혼의 가능성을 한층 더 높여 주었다고 느끼지 않을 수 없었다. 지금까지 헤티에게 자기를 받아달라고 청혼하지 못하고 주눅이 들어있는 동안에 다른 사람이 끼어들어서 헤티의 마음과 손을 차지하게 될 위험을 아담은 예리하게 느껴 왔었다. 그녀가 자기를 좋아한다는 강렬한 희망을 품을 수 있다하더라도 — 그리고 그 희망은 결코 강렬하지 않았다 — 그는 다른 관계들에서 비롯된 짐을 너무나 무겁게 지고 있어서 자기와 헤티를 위한 가정을 이룰 수 없었다. 그녀가 안락하고 풍요로운 홀 팜을 떠나서 만족할 수 있으리라고 여길 만한 가정 말이다. 성격이 강한 사람들이 모두 그렇듯이, 아담은 미래에 무언가를 이룰 수 있으리라고 자신의 능력을 믿었다. 살아 있는 동안 언젠가는 가족을 부양할 수 있고 자신이 나아갈 훌륭한 대로(大路)를 개척할 수 있으리라고 확신했다. 그러나 그 이전에 극복해야 할 장애를 자신의 명석한 두뇌로 충분히 인식하고 있었다. 게다가 시간이 아주 오래 걸릴 것이다! 그런데 헤티는 과수원 벽에 걸려 있는 반짝이는 사과처럼 누구나 볼 수 있었고, 누구나 그녀를 열망할 것이다! 그녀가 그를 무척 사랑한다면 분명 그녀는 그를 위해 기꺼이 기다릴 것이다. 그러나 그녀가 그를 사랑하는 것일까? 그녀에게 감히 구혼할 수 있을 만큼 그녀의 감정에 대해 큰 기대를 품었던 적은 없었다. 그는 영리했기에 그녀의 숙부와 숙모가 그의 구혼을 쾌히 받아들이리라는 것을 알고 있었고, 실제로 이런 격려가 없었더라면 그는 결코 홀 팜에 계속 드나들지 않았을 것이다. 그러나 헤티의 감정에 대해서는 유동적인 결론밖에 내릴 수 없었다. 고양이 같은 그녀는 자기에게 다가오는 누구에게나 똑같이 넋을 잃을 만큼 예쁜 얼굴을 보여 주었으므로, 그것은 아무 의미도 없었다.

그러나 이제 그의 가장 무거운 짐이 사라졌으며 한 해가 다 가기 전에 결혼에 대해서 생각할 수 있을 만큼 형편이 나아지리라고 예상할 수 있었다. 어머니와 언제나 힘겨운 갈등이 있으리라는 것을 그는 알고 있었다. 그가 어떤 아내를 선택하든지 간에 어머니는 질투심을 느낄 것이며, 특히 헤티에 대해서는 확고한 반대 의사를 굳힌 것이었다. 어쩌면 그가 선택한 여자가 바로 헤티라는 것 외에는 별다른 이유도 없었다. 그가 결혼한다면 어머니와 같은 집에서 사는 일은 절대로 불가능할 거라는 걱정이 들었다. 그러나 만일 어머니에게 떠나달라고 요청한다면, 어머니는 얼마나 고통스럽게 받아들일 것인가! 그래, 어머니와의 관계에서 겪어야 할 과정이 무척 고통스러울 것이다. 하지만 이 경우에는 자기 의지가 강하다는 것을 어머니에게 느끼게 해야 했다. 결국에는 어머니에게도 그 편이 더 나을 것이다. 그 자신으로서는 세스가 결혼할 때까지 모두 다 함께 사는 편이 좋고, 낡은 집에 조금 덧붙여서 집을 짓고 공간을 더 많이 만들 수 있을 것이다. 그는 '동생과 헤어지는 것'이 싫었다. 태어난 이래로 그들은 하루 이상 떨어져 있어본 적이 거의 없었다.

그러나 아담은 이런 방향으로, 불확실한 미래를 가정하는 쪽으로 상상력이 비약하는 것을 느끼자마자 스스로를 억제했다. '참 멋진 집을 짓고 있군. 벽돌도, 목재도 없이 말이지. 벌써 몸은 다락방에 올라가 있는데 아직 토대도 파지 않았단 말이야.' 아담이 어떤 사안에 대해서든 강한 확신을 느낄 때는 언제나 그것은 그의 마음에서 원칙의 형태를 띠었다. 그것은, 습기로 말미암아 녹이 슬게 될 지식처럼, 행동의 바탕이 되어야 할 지식이었다. 어쩌면 바로 여기에 그가 스스로에게 비난했던 가혹함의 비밀이 숨어 있었다. 그는 예상된 결과에도 불구하고 실수를 저지르는 나약함에 대해서 동정심을 거의 느끼지 않았다. 그러나 이런 동정심이 없다면, 길고 변화무쌍한 여정에서 비틀거리고 넘어지는 이웃들에 대해 어떻게 참을성과 자비심을 가질 수 있겠는가? 강인하고 굳건한 영혼이 그것을 배울 수 있는 방법은 단 한 가지뿐이다. 그의 깊은 정감이 나약하고 실수하는 자들과 엮임으로써 그들이 저지른 실수의 외적 결과뿐 아니라 내적 고통을 함께 나눌 때 가능한 것이다. 그것은 오랜 시간이 걸리면서도 배우기 어려운 교훈이었고, 부친의 갑작스런 죽음에서 이제 아담은 그 기초를 배우기 시작한 것이었다. 부친의 죽음은 그의 분노를 일으켰던 것들을 한순간에 없애버림으로써 그의 연민과 애정을 받아야 했던 것에 대한 생각과 기억을 갑자기 되살렸던 것이다.

그러나 오늘 아침 아담의 사색에 영향을 미친 것은 그의 강함이었지 그에 부수된 가혹함이 아니었다. 앞으로 가족이 늘어나면서 점점 가난해질 거라는 전망밖에 가질 수 없다면 한창 피어나는 젊은 소녀와 결혼하는 것이 어리석을 뿐 아니라 그릇된 일이라고 그는 오랫동안 생각해 왔었다. 그가 저축해온 돈은 (세스를 군대에서 면제시키기 위해 엄청난 돈을 쓴 것 말고도) 계속 꺼내 써야 했으므로, 작은 오두막 한 채에 생활비를 대고 만일의 경우에 대비해서 목돈을 떼어 두는데도 충분하지 않았다. 시간이 지나면 '자기 발로 확고하게 서리라'는 희망을 가지고 있었지만 자신의 팔과 두뇌에 대한 막연한 자신감으로는 만족할 수 없었다. 그는 분명한 계획을 세우고 즉시 실행에 옮겨야 한다. 조나단 버지와의 동업은 현재로서는 생각할 수 없었다. 거기에는 그가 받아들일 수 없었던 조건들이 암묵적으로 딸려 있었던 것이다. 하지만 아담은 자기와 세스가 날품팔이로 일하는 것 말고도 둘이서 작은 사업을 시작할 수 있을 거라고 생각했다. 품질이 좋은 목재를 구입해서 여러 가지 가구들을 만드는 일로서, 아담은 무한히 다양한 가구들을 고안할 수 있었다. 세스도 날품팔이로 일하기보다는 아담의 지휘를 받으며 독자적인 일을 함으로써 돈을 더 많이 벌 것이고, 아담은 남는 시간에 특별한 기술이 필요한 '멋진' 작업을 할 수 있을 것이다. 이런 식으로 버는 돈과 십장으로 받는 적지 않은 월급을 합치면, 지금 극히 절약하며 살고 있으므로 곧 옹색하지 않게 살 수 있을 것이다. 이 작은 계획이 마음에 자리 잡자마자 그는 사들여야 할 목재를 정확히 계산하고 처음 시도할 가구의 특정 품목에 대해 바삐 생각하기 시작했다. 그가 고안한 것은 부엌 찬장이었다. 미닫이문과 걸쇠를 아주 독창적으로 장치하고 집안의 음식물을 저장하기에 아주 편리한 구석 공간을 마련하고 겉으로 보기에 균형 잡힌 형체를 가진 찬장이라면, 훌륭한 가정주부들이 누구나 열광할 것이며 남편들이 그것을 사주겠노라고 약속할 때까지 우울한 갈망의 단계적 변화를 모두 겪을 것이다. 아담은 포이저 부인이 예리한 눈으로 결함을 찾아내려고 살펴보다가 헛수고하는 장면을 그려 보았다. 물론 포이저 부인 옆에는 헤티가 서 있을 것이다. 또다시 아담은 그녀에게 홀려서 계산과 고안에서 꿈과 희망으로 빠져들었다. 그래, 오늘 저녁에 그녀를 보러 갈 것이다. 홀 팜에 다녀온 지 아주 오랜 시간이 지났다. 그는 바틀 매시가 어제 교회에 나오지 않은 이유를 알아보려고 야학에 가 보고 싶었다. 그의 오랜 친구가 병에 걸리지 않았는지 걱정되었기 때문이다. 그러나 두 곳 모두 방문할 수 없다면 마지막 것은 내일까지 미뤄야 한다. 헤티에게 가까이 있고 싶고 다시 말을 걸고 싶은 욕망이 너무나 강했다.

이런 마음을 먹을 때쯤 그는 목적지에 거의 도착했고, 낡은 저택을 수리하는 곳에서 작업하는 망치소리가 들려왔다. 자기 일을 사랑하는 솜씨 좋은 일꾼에게 연장 소리는 서곡을 연주할 바이올리니스트에게 관현악단이 시험 삼아 내는 조율 소리처럼 들린다. 뛰어난 소질이 친숙한 전율을 일으키기 시작하고, 조금 전의 기쁨과 분노 혹은 야심이 힘으로 바뀌기 시작한다. 오른팔에 힘을 주어 일하고 오른손을 솜씨 있게 놀리며 사고를 조용히 창조적으로 작동시키면서 협소하게 제한된 개인적 운명에서의 탈출구를 발견할 때 모든 정념은 강한 힘으로 바뀌어 버린다. 그날 하루 진종일 아담을 지켜보라. 그는 60센티미터 줄자를 손에 들고 발판에 올라서서 나지막이 휘파람을 불며 바닥의 들보와 창틀의 어려운 문제를 어떻게 극복할 수 있을지를 생각하고 있다. 또는 젊은 일꾼을 옆으로 밀어내고 그 사람 대신 무거운 목재를 들어 올리면서 "이봐, 그냥 둬! 자네는 아직 뼈가 굳지 않았단 말이야" 라고 말한다. 또는 방 건너편에 있는 어떤 일꾼의 움직임을 예리한 검은 눈으로 주시하다가 그가 잡은 간격이 맞지 않는다고 알려 준다. 근육이 늠름한 맨팔에 어깨가 넓은 이 남자를 보라. 숱이 많고 억센 검은 머리칼은 종이 모자를 벗을 때마다 짓밟힌 목초지의 풀처럼 헝클어져 있고, 넘쳐나는 힘의 배출구를 찾으려는 듯 그 강렬한 바리톤의 목소리는 이따금 커다랗게 장엄한 성가로 터져 나와 울려 퍼지지만, 노래와 어울리지 않는 어떤 생각이 스쳐간 듯 이내 스스로를 억제한다. 이미 그의 비밀을 알고 있지 않았더라면 여러분은, 손톱이 부서지고 운동선수처럼 억센 이 육체에 어떤 슬픈 기억과 따스한 애정과 섬세하게 떨리는 희망이 자리 잡고 있는지를 짐작할 수 없었을 것이다. 찬송가집의 구판과 신판에 나오는 노래들과 특별한 행사 때 부르는 찬송가보다 더 나은 노래는 알지 못하고, 속세의 역사에 대해서는 거의 알지 못하며, 지구의 움직임과 형태, 태양의 운행, 계절의 변화는 이제 단편적인 지식으로 조금씩 보이게 된 신비한 영역으로 여기는 이 거친 남자에게 말이다. 극심한 고통을 겪고 작업 시간 이후에도 열심히 일을 한 다음에야 아담은 무엇보다도 자기 작업의 비결을 알게 되었고, 역학과 수치를 알게 되었으며, 자기가 다루는 재료의 속성을 알게 되었는데, 그것은 타고난 능력 덕택에 용이한 일이었다. 또한 그는 펜을 능숙하게 다루고 명확한 글씨체로 쓸 줄 알았고, 공정하게 말하자면, 글씨를 쓰는 사람의 결함 때문이라기보다는 철자법의 불합리한 특성에서 비롯되는 실수 외에는 다른 실수를 저지르지 않고 글씨를 쓸 수 있었다. 게다가 그는 음표와 중창을 배웠다. 이 외에도 경외서를 포함하여 성경을 읽었으며 《가엾은 리처드의 연감》[76], 테일러의 《성스러운 삶과 죽음》[77], 버니언의 생애와 《신성한 전쟁》과 더불어 《천로역정》[78], 베일리의 《사전》[79]의 많은 부분, 《발렌타인과 오슨》[80], 그리고 바틀 매시가 빌려준 《바빌론의 역사》의 일부를 읽었다. 그는 바틀 매시에게서 더 많은 책을 빌릴 수 있었지만 리스베스가 말하듯이 '평범한 글자 책'을 읽을 시간이 없었다. 과외로 목공일을 하지 않는 여가 시간에는 언제나 숫자들을 계산하느라 바빴던 것이다.

여러분이 알아차렸겠지만 아담은 결코 놀라운 사람이 아니었고, 정확히 말해서, 천재도 아니었다. 하지만 나는 그가 일꾼들 가운데서 흔히 볼 수 있는 사람이라고는 주장하지 않겠다. 이후에 여러분이 우연히 보게 될 어깨에 연장 바구니를 매고 머리에 종이 모자를 쓴 훌륭한 사람이 우리 친구 아담의 굳건한 양심과 확고한 분별력, 그리고 적절히 혼합된 감수성과 자기 통제력을 갖고 있다는 결론을 내린다면, 그 결론은 결코 믿을 만하다고 볼 수 없다. 그는 평범한 사람이 아니었다. 그러나 아담과 같은 사람들은 여기 저기 농부 계층의 장인들 가운데서 어느 세대에서나 성장한다. 그들은 공동의 욕구와 공동의 부지런함으로 엮인 소박한 가정

---

76) 벤자민 프랭클린이 경구와 격언들을 붙여서 1732년~1757년 사이에 발행한 일련의 연감.

77) 제레미 테일러의 《성스러운 삶》(1650)과 《성스러운 죽음》(1651)은 영국 국교회 신앙의 고전.

78) 존 버니언의 《천로역정》(1678)과 《신성한 전쟁》(1682)은 비국교도들의 정신을 담은 고전.

79) 나다니엘 베일리의 《영어 어원사전》(1721)은 영어의 모든 단어를 수록하려는 첫 번째 시도였다.

80) 두 형제에 관한 프랑스의 초기 로맨스이며 1550년경 영어로 번역되었다.

생활에서 얻은 애정과 숙련되고 용감한 노동을 통해 훈련된 능력을 유산으로 물려받은 인물들이다. 천재가 아니라, 대개 자기들에게 주어진 임무를 잘 해내려는 기술과 양심으로 노력을 기울이는 정직한 인간으로서 그들은 자신의 길을 개척해 나간다. 그들의 삶은 그들이 살았던 인근 지역을 넘어서도 알아볼 수 있는 유별난 흔적을 남기지는 않았다. 그러나 여러분은 그 지역에서 잘 닦은 길이나 잘 지어진 건물, 효과적으로 이용된 광물, 경작 방법의 한두 가지 진전, 교구의 악습을 개혁한 경우들을 거의 예외 없이 발견하게 될 것이고, 한두 세대가 지난 후에 이러한 것들에 그들의 이름이 결부됨을 알게 될 것이다. 그들의 고용주들은 그들 덕분에 더 부유해졌고, 그들의 손으로 이룬 작업들은 오랜 기간 사용되었고, 그들의 두뇌로 이룬 작업은 다른 사람들의 일손을 잘 인도했던 것이다. 젊은 시절에 그들은 플란넬 천이나 종이로 만든 모자를 썼고 석탄 가루가 묻어 시커멓거나 석회가루와 붉은 페인트로 줄이 그어진 코트를 입었다. 노년에 이르러 그들의 백발은 교회와 장터의 명예로운 자리를 차지했고, 겨울 저녁에 활활 타오르는 난롯가에 빙 둘러앉은, 옷을 잘 차려입은 아들들과 딸들에게 자기들이 처음으로 일당 2펜스를 벌었을 때 얼마나 기뻐했었는지를 들려줄 것이다. 평일에 작업복을 한 번도 벗지 못했고 가난하게 죽은 사람들도 있었다. 그들은 부유해지는 기술을 익히지 못한 것이다. 그러나 신뢰할 수 있는 사람들이었기에, 일이 완성되기 전에 그들이 죽으면 마치 기계의 중요한 나사가 풀어진 것 같아서 그들의 고용주는 이렇게 말할 것이다. "대체 어디서 그런 사람을 찾을 수 있단 말인가?"

아담이 홀 팜을 방문하다

아담은 텅 빈 짐마차를 타고 일터에서 돌아왔다. 그래서 옷을 갈아입고 홀 팜으로 출발하려고 했을 때 아직 십오 분 전 일곱 시밖에 되지 않은 시간이었다.

"왜 주일에 입는 옷을 입었니?" 그가 아래층으로 내려왔을 때 리스베스가 불평하듯이 말했다. "제일 좋은 옷을 입고 야학에 가려는 건 아니겠지?"

"아뇨, 엄마." 아담이 조용히 말했다. "홀 팜에 갈 거예요. 그 후에 야학에 갈지도 몰라요. 그러니 조금 늦더라도 걱정하지 마세요. 세스는 삼십 분 정도 있으면 돌아올 거예요. 마을에 갔으니까. 그러니 걱정하실 필요 없어요."

"그래, 그런데 홀 팜에 가면서 무엇 때문에 제일 좋은 옷을 입었니? 포이저네 식구들은 네가 그 옷을 입은 걸 어제 봤을 거야. 틀림없어. 이렇게 평일을 주일로 바꾸려는 이유가 뭐냐? 작업복 입은 너를 보고 싶어 하지 않을 사람들과 어울리는 건 좋지 않은 일이야."

"갔다 올게요, 엄마. 더 있을 수 없어요." 아담은 모자를 쓰고 밖으로 나가면서 말했다.

그러나 그가 문밖에서 몇 걸음도 채 옮기지도 않았을 때 리스베스는 아들을 성나게 했다는 생각에 불안해졌다. 물론 그녀는 아담이 헤티 때문에 제일 좋은 옷을 입었을 거라는 생각에 그 옷을 입었다고 트집 잡은 것이었다. 그러나 아들에게 사랑을 받으려는 욕구는 그 역정보다 더 깊은 곳에 자리 잡고 있었다. 그녀는 아담을 따라 뛰어나갔고, 개울까지의 비탈길을 채 절반도 지나지 않은 곳에서 그의 팔을 잡고 말했다. "저, 아들아, 네 어미에게 화가 나서 가는 건 아니겠지? 나는 혼자 앉아서 너에 대해 생각하는 것 외에는 할 일이 없는데."

"아뇨, 아니에요, 엄마." 아담은 진지하게 말했고 어머니의 어깨에 팔을 두른 채 가만히 서 있었다. "화나지 않았어요. 하지만 내가 마음먹은 일을 하도록 엄마가 좀 더 편안한 마음으로 내버려 두면 좋겠어요. 엄마를 위해서라도 말이에요. 우리가 살아 있는 동안 나는 엄마에게 좋은 아들이 되려고 할 거예요. 하지만 남자는 부모에 대한 감정 말고 다른 감정도 있는 거예요. 그리고 엄마는 내 몸과 영혼을 지배하려고 하면 안돼요. 내 마음이 내키는 대로 할 권리가 있는 부분에서는 엄마에게 복종하지 않을 테니, 엄마가 마음을 정해야 해요. 그러니 그것에 대해 더 이상 얘기하지 말도록 해요."

"아." 리스베스는 아담의 말에 담긴 진정한 의미를 알아차렸음을 내비치지 않으려고 하면서 말했다. "가장 좋은 옷을 입은 네 모습을 네 어미보다 더 보고 싶어 할 사람이 어디 있겠니? 그리고 내가 매끄럽고 하얀 조약돌처럼 깨끗하게 얼굴을 씻고 머리를 멋지게 빗고 눈을 반짝이는 네 모습의 절반만큼이라도 보고 싶어 할 다른 것이 어디 있겠니? 나 때문에 네가 원할 때 주일 옷을 입지 못하는 일은 없을 거다. 그것 때문에 너를 더 성가시게 굴지 않을 거야."

"자, 자, 다녀올게요, 엄마." 아담은 어머니에게 입을 맞추고 서둘러 돌아서 갔다. 그는 그 대화를 끝낼 다른 방법이 없다는 것을 알고 있었다. 리스베스는 비달에 서서 손으로 이마를 가려 눈을 그늘지게 하고 전혀 보이지 않을 때까지 그의 뒷모습을 바라보았다. 그녀는 아담의 말에 담긴 의미를 속속들이 느꼈고, 그가 보이지 않자 천천히 몸을 돌려 집으로 들어가면서 혼자 큰 소리로 말했다. 남편과 아들들이 일하러 나가면 그 긴 낮시간 동안 자기 생각을 큰 소리로 말하는 것이 습관이 되었던 것이다. "그래, 조만간 그 여자애를 집으로 데려오겠다고 나한테 말하겠지. 그러면 그 여자애가 나보다 높은 안주인이 될 거고. 나는 그저 쳐다보고 있어야만 하겠지. 그 여자애가 푸른 테두리가 둘러진 큰 접시를 사용하고 어쩌면 깨뜨려 버려도 말이야. 남편하고 내가 장에서 그것을 산 게 다음 성신 강림절이면 이십 년이 되는데 그동안 하나도 깨뜨린 적이 없었어. 아!" 그녀는 탁자의 뜨개질거리를 집으며 더 크게 말했다. "그리고 그 여자애는 양말도 뜨지 못할 거야. 양말의 발을 붙이지도 못할 거고. 내가 살아 있는 동안 말이지. 내가 죽고 나면 아담에게는 아무도 없을 거야. 어느 누구도 늙은 엄마처럼 다리와 발을 꼭 맞게 짜지 못할 테니까. 틀림없이 그 여자애는 점점 줄여 짜면서 뒤꿈치를 붙이는 법도 모르겠지. 발가락을 길게 짜서 아담이 신발을 신을 수도 없게 만들 거야. 어린 여자애들과 결혼하면 결국 그렇게 되는 거지. 우리가 결혼하기 전에 나는 서른 살이나 되었고 네 아버지도 그랬어. 그런데도 아주 젊었지. 그 여자애는 서른 살이 되면 한심스럽게 갱충맞은 여자가 될 거야. 이빨이 다 나기도 전에 일찍 결혼하니 말이야."

아담이 걸음을 재촉했기에 그가 포이저의 집에 도착했을 때는 채 일곱 시도 되지 않았다. 마틴 포이저와 할아버지는 목초지에서 아직 돌아오지 않았고, 검은색과 황갈색이 뒤섞인 테리어를 포함해서 모두들 목초지에 나가 있었다. 불도그 한 마리를 제외하고는 마당에서 지켜보는 사람도 없었다. 아담이 현관문에 이르렀을 때 문은 활짝 열려 있었고 깨끗하고 화사한 집 안에 아무도 보이지 않았다. 하지만 포이저 부인과 다른 사람이 목소리를 들을 수 있는 곳에 있을 거라고 그는 짐작했다. 그래서 문을 두드리고 큰 소리로 불렀다. "포이저 부인, 계세요?"

"들어와요, 비드 씨, 들어와요." 포이저 부인이 낙농실에서 소리쳤다. 자기 집에서 그를 맞을 때면 그녀는 언제나 아담을 이렇게 불렀다. "괜찮다면 낙농실로 들어와도 돼요. 지금 치즈를 그냥 둘 수가 없어서요."

아담은 낙농실로 들어갔다. 포이저 부인과 낸시는 저녁에 만든 첫 치즈를 누르고 있었다.

"아니, 아무도 없는 집에 왔다고 생각했겠군요." 그가 열린 문간에 들어서자 포이저 부인이 말했다. "모두들 목초지에 나갔어요. 하지만 마틴은 오래지 않아 들어올 거예요. 내일 무엇보다 먼저 건초를 옮길 수 있도록 오늘 밤에 건초더미를 쌓아둘 거예요. 나는 낸시를 들어오라고 해야만 했어요. 헤티가 오늘 저녁에 붉은 까치밥나무 열매를 따야 하니까. 그 열매는 언제나 적절치 않은 때에, 꼭 일손이 딸릴 때 익는다니까. 애들에게 시키면 믿을 수가 없어요. 바구니보다는 입으로 들어가는 게 더 많을 테니 말벌에게 시키는 편이 낫지."

아담은 포이저 씨가 들어올 때까지 정원에 있겠다고 말하고 싶었지만 그 정도로 용감하지는 않았으므로 이렇게 말했다. "그러면 부인의 물레를 살펴보고 어떻게 해야 할지 생각해 볼 수 있겠네요. 아마 물레가 집 안에 있겠지요? 제가 찾을 수 있겠죠?"

"아뇨, 오른쪽 응접실에다 치워 놓았어요. 하지만 그걸 꺼내 와서 보여 줄 때까지 그냥 놔두세요. 지금은 당신이 정원에 가서 토티를 들여보내라고 헤티에게 말해 주면 좋겠어요. 그 말을 들으면 토티가 뛰어 들어올 거예요. 그 애가 까치밥나무 열매를 너무 많이 먹어도 헤티가 그냥 내버려 두거든요. 당신이 가서 그 애를 들여보내면 무척 고맙겠어요, 비드 씨. 그리고 정원에 요크 장미와 랭커스터 장미가 예쁘게 피었어요. 당신도 그걸 보면 좋아할 거예요. 그런데 먼저 유장을 한 잔 마시고 싶을지도 모르겠네요. 당신이 유장을 좋아하는 것을 알고 있어요. 사람들이 대체로 좋아하지요. 그걸 직접 짜내야 할 필요가 없을 때 말이에요."

"고맙습니다, 포이저 부인." 아담이 말했다. "유장은 언제나 특별한 음식이지요. 언제라도 저는 맥주보다 유장을 마실 겁니다."

"아, 물론이죠." 포이저 부인은 손을 뻗어 선반 위에 있던 작고 흰 대접을 꺼내 유장 통에 담갔다. "빵 냄새는 모든 사람들에게 달콤하지만 빵 굽는 사람에게는 그렇지 않지요. 어윈 양들은 항상 이렇게 말해요. '아, 포이저 부인, 당신의 낙농실이 부러워요. 당신의 닭들도 부럽고요. 정말 농가는 무척 아름다운 곳이군요!' 그러면 나는 이렇게 말하지요. '네, 농가를 바깥에서 보기만 하는 사람들에게는 괜찮은 곳이지요. 그 집에 사는 사람들처럼 안에서 물건을 들어 올리고 서 있고 근심하는 일이 없다면 말이에요.'"

"아, 포이저 부인, 당신은 농가가 아닌 다른 곳에서는 살고 싶지 않으실 거예요. 이렇게 운영을 잘 하시니까요." 아담이 대접을 잡으며 말했다. "무릎까지 풀에 파묻힌 채 서 있는 멋진 젖소와 들통에 거품을 일으키는 우유, 그리고 시장에 내갈 수 있게 마련된 신선한 버터, 송아지들과 가금류보다 더 보기 좋은 것은 있을 수 없겠지요. 자, 부인의 건강을 위해서 건배하겠습니다. 그리고 부인이 언제나 낙농실을 운영할 수 있도록 기운이 넘치시기를, 그리고 이 지역의 모든 농부의 아내들에게 모범을 보여 주시기를!"

포이저 부인은 찬사를 받았다고 미소를 지을 만큼 나약함을 보일 사람은 아니었지만 만족스런 표정이 그녀의 얼굴에 살며시 스며든 햇살처럼 조용히 퍼져나갔고, 유장을 마시는 아담을 바라보는 그녀의 청회색 눈에 평소보다 더 부드러운 빛이 감돌았다. 아, 나는 지금 유장을 맛보는 듯한 기분이다. 지극히 미묘한 그 맛은 냄새와 거의 구별할 수 없으며, 부드럽고 따뜻하게 흘러내려가는 액체는 고요하고 행복한 꿈같은 환상으로 사람의 상상력을 채워준다. 유장이 떨어지며 내는 가벼운 음악은 철망 창문 밖에서 지저귀는 새소리와 뒤섞여 내 귀에 들려온다. 정원이 내다보이는 그 창문은 키가 큰 불두화나무로 그늘져 있다.

"조금 더 마실래요, 비드 씨?" 아담이 대접을 내려놓자 포이저 부인이 말했다.

"아뇨, 고맙습니다. 이제 정원으로 나가서 어린 아가씨를 들여보낼게요."

"아, 그렇게 해줘요. 아이에게 낙농실로 엄마에게 가라고 해 주세요."

지금은 장작이 없었지만 평소에 장작을 쌓아 두는 마당을 돌아서 아담은 정원으로 이어지는 조그만 나무문으로 갔다. 한때는 영주 저택의 채마밭으로서 잘 관리되었지만 지금은 근사한 벽돌 벽과 한쪽 벽을 따라 이어진 갓돌을 제외하면 명실 공히 농가의 뜰이었으며 억센 다년생 꽃들과 가지를 치지 않은 과일나무들, 채소들이 함께 어우러져 반쯤은 방치된 상태로 아무렇게나 무성하게 자라고 있었다. 이파리들이 무성하고 꽃이 피고 덤불이 우거진 계절에 이 뜰에서 누군가를 찾는 것은 꼭 '숨바꼭질'을 하는 것 같았다. 꽃을 피우기 시작한 접시꽃들이 분홍색, 흰색, 노란색으로 눈부시게 빛나고 있었다. 손질하지 않아서 제멋대로 뻗어나간 커다란 라일락과 불두화나무가 있었고, 높이 자란 진홍색 콩과 철늦은 완두콩 이파리가 우거져 있었다. 한쪽으로는 개암나무 덤불이 줄지어 있었고 다른 쪽에는 나지막하게 뻗어 있는 커다란 사과나무 가지 아래로 원형의 맨 땅이 드러나 보였다. 그러나 한두 군데 맨땅이 있다고 해서 무슨 대수였겠는가? 그 뜰은 무척 넓었다. 잠두는 언제나 넘쳐흐를 만큼 풍부하게 수확되었다. 잠두 옆으로 마구 자란 풀밭의 끝까지 가려면 아담의 보폭으로 아홉이나 열 걸음이면 되었다. 다른 채소들을 보더라도, 야채를 재배하는 데 필요한 공간 이상으로 넓었기 때문에 작물을 돌려짓기하면서 개쑥갓이 우거진 커다란 화단이 여기저기 매년 생겨나곤 했다. 아담이 걸음을 멈추고 꽃 한 송이를 따려던 장미나무들도 야생으로 자란 것 같았다. 장미나무들은 서로 뒤엉켜서 덤불을 이루고 이제 활짝 펼친 꽃잎을 과시하고 있었다. 거의 모두 분홍색과 흰색의 줄무늬가 있는 종류였으므로 틀림없이 요크가와 랭커스터가가 화해한 시기에서 유래했을 것이다. 현명하게도 아담은 과시적이고 향기가 없는 이웃 꽃들에 반쯤 가려서 살짝 내다보고 있는 아담한 프로방스 장미를 골라 손에 들었다. 손에 무엇을 들고 있는 것이 훨씬 편안하리라고 생각했던 것이다. 그는 주목으로 지은 커다란 정자에서 멀리 않은 곳에 까치밥나무들이 가장 긴 줄을 이루고 있다는 것을 기억하고 뜰의 끝까지 걸어갔다.

그러나 장미나무를 지나 몇 걸음도 가지 않아 가지를 꺾는 소리와 소년의 말소리가 들려왔다.

"자, 토티, 앞치마를 내밀어봐. 자, 준비!" 그 목소리는 키가 큰 체리 나뭇가지들 사이에서 들려왔고, 아담은 열매가 가장 많이 달린 편안한 가지에 앉아 있는 푸른 앞치마를 입은 꼬마를 어렵지 않게 찾을 수 있었다. 토티는 그 아래, 완두콩 덤불 너머에 있을 것이 분명했다. 그래, 보닛을 등에 매달고 붉은 과즙으로 끔찍하게 얼룩진 통통한 얼굴을 들고 체리나무를 향해서 그 아이는 약속된 열매를 받으려고 조그맣고 둥근 입과 붉은 물이 든 앞치마를 내밀었다. 유감스럽게도, 떨어진 체리의 절반 이상은 즙이 풍부한 붉은 색이 아니라 노란색의 딱딱한 열매들이었다. 하지만 토티는 불필요한 실망을 표현하느라 시간을 낭비하지 않고 벌써 세 번째로 즙이 많은 것을 빨고 있었다. 그때 아담이 말했다. "자, 그만, 토티. 이제 체리를 많이 모았지. 그걸 가지고 집으로 엄마에게 뛰어가렴. 엄마가 너를 보고 싶어 하신단다. 엄마는 낙농실에 계셔. 지금 달려가. 착하고 귀여운 소녀야."

그는 튼튼한 팔로 아이를 안아 올리고 말하면서 아이에게 입을 맞추었다. 토티에게 그 의식은 체리를 먹는 데 성가신 방해로 여겨졌다. 그가 아이를 내려놓자 아이는 아무 말도 없이 총총걸음으로 집으로 향했고 걸어가면서 체리를 빨아먹었다.

"토미야, 도둑질하는 작은 새로 오인 받아 새총에 맞지 않게 조심해라." 아담은 까치밥나무쪽으로 걸어가면서 말했다.

그 줄의 끝에서 커다란 바구니가 보였다. 헤티는 멀지 않은 곳에 있을 것이다. 아담은 벌써 그녀가 자기를 쳐다보는 듯이 느꼈다. 하지만 그가 모퉁이를 돌았을 때 그녀는 그의 쪽으로 등을 돌리고 낮은 가지에 달린 과일을 따려고 몸을 굽히고 있었다. 그가 다가오는 소리를 그녀가 듣지 못했다니 이상한 일이었다! 어쩌면 그녀가 나뭇잎들에서 바스락 소리를 내고 있었기 때문일 것이다. 누군가 가까이 있는 것을 알아차리자 그녀는 깜짝 놀랐고, 너무 놀란 나머지 까치밥나무 열매가 담긴 대야를 떨어뜨렸다. 그러고 나서 아담인 것을 알자 창백하게 질렸던 그녀의 얼굴빛이 짙붉게 달아올랐다. 이 홍조로 인해서 아담의 가슴은 새로운 행복감으로 뛰기 시작했다. 이전에 그를 보았을 때는 헤티의 얼굴이 조금도 붉어지지 않았던 것이다.

"당신을 놀라게 했군요." 자기가 무슨 말을 하든 그리 중요하지 않다는 감미로운 느낌으로 그가 말했다. 헤티도 그가 느끼는 것만큼 깊은 감정을 느끼는 듯이 보였기 때문이었다. "내가 까치밥열매를 주울게요."

그 일은 곧 끝났다. 까치밥열매들이 풀밭 위에 무더기로 떨어져 있었기 때문이었다. 아담은 일어서서 그녀에게 대야를 넘겨주며 처음으로 희망에 찬 사랑을 느낄 때의 차분한 애정으로 그녀의 눈을 똑바로 바라보았다.

헤티는 눈을 돌리지 않았다. 홍조가 사라진 그녀는 조용히 슬픈 눈빛으로 그의 시선을 받았다. 그 눈빛은 그녀에게서 이전에 보았던 것과는 전혀 달랐기 때문에 아담은 만족했다.

"이제 더 딸 까치밥열매가 많지 않아요." 그녀가 말했다. "곧 끝날 거예요."

"내가 도와줄게요." 아담은 이렇게 말하며 까치밥열매가 거의 가득 찬 큰 바구니를 가지고 와서 옆에 놓았다.

그들이 까치밥열매를 따는 동안 아무 말도 오가지 않았다. 아담은 가슴이 너무나 부풀어 올라서 말을 할 수 없었고, 그 마음속에 있는 것을 헤티가 모두 알고 있다고 생각했다. 그녀는 결국 자신의 존재에 무관심하지 않았던 것이다. 그를 보았을 때 얼굴을 붉혔고 그런 다음에는 슬픈 기색이 감돌았다. 그것은 틀림없이 사랑을 의미할 것이다. 그에게 종종 무관심하게 보였던 그녀의 평소 태도와 정반대였기 때문이었다. 그는 열매를 따느라 몸을 굽히고 있는 그녀를 계속 바라볼 수 있었다. 비스듬히 비치는 저녁 햇살이 빽빽한 사과나무 가지들 사이로 뚫고 들어와서 마치 그 햇살 역시 그녀를 사랑하는 듯 그녀의 둥근 뺨과 목에 머물러 있었다. 아담에게는 이후의 삶에서 결코 잊을 수 없는 시간이었다. 자기가 지금껏 사랑한 첫 번째 여자가 그에 대한 응답으로 어떤 사소한 것, 즉 말이나 음조, 시선이나 떨리는 입술 혹은 눈썹으로 적어도 그를 사랑하기 시작하고 있음을 드러냈다고 믿은 시간이었다. 그 징후는 너무나 사소한 것이어서 귀나 눈으로는 거의 감지할 수 없었다. 그는 누구에게도 그것을 묘사할 수 없었다. 그저 새털의 감촉 같았지만 그의 존재를 송두리째 바꾸어 놓았고, 그의 불안한 갈망을 현재 순간을 제외한 모든 것에 대한 감미로운 무의식으로 바꾸었다. 우리가 어린 시절에 이처럼 느꼈던 많은 즐거움들은 우리의 기억에서 완전히 사라진다. 우리는 어린 시절에 어머니의 가슴에 머리를 기대거나 아버지의 등에 업혔을 때의 기쁨을 조금도 기억할 수 없다. 의심할 바 없이 그 기쁨은 우리의 의식에 스며들어 우리의 본성을 이룬다. 오래 전의 아침 햇살이 스며들어 살구를 부드럽고 달콤하게 익히듯이 말이다. 하지만 그 기억은 우리의 머릿속에서 영원히 사라져 버렸고, 우리는 어린 시절의 기쁨을 그저 믿을 수 있을 뿐이다. 그러나 우리의 첫사랑에서 처음으로 기뻤던 순간은 끝까지 되살아나 과거의 행복했던 시간에 호흡했던 달콤한 향기의 감각을 다시 일깨워 주면서, 그와 더불어 강렬하고 특별한 감정의 전율을 가져온다. 그것은 애정에 좀 더 섬세한 감각을 일깨워 주고 미칠 듯한 질투를 부채질하며 절망의 고통에 마지막 통렬함을 더해 주는 기억이다.

붉은 열매 위로 몸을 굽히고 있는 헤티, 울창하게 늘어진 사과나무 가지들 사이를 수평으로 꿰뚫고 들어온 햇살, 그 너머 기다랗게 펼쳐진 덤불, 그녀를 바라보며 그녀가 자기를 생각하고 있고 그들 사이에 말이 필요하지 않다고 믿었던 순간의 감정들, 이 모든 것들을 아담은 살아 있는 마지막 날까지 기억했다.

그렇다면 헤티는? 그녀에 대한 아담의 생각이 착각이라는 것을 여러분은 아주 잘 알고 있을 것이다. 무수히 많은 사람들이 그러했듯이 그는 다른 사람에 대한 사랑의 징후를 자신에 대한 사랑의 징후라고 생각했다. 그녀에게 모습을 보이지 않은 채 아담이 가까이 다가가고 있었을 때 평소와 마찬가지로 그녀는 아서가 돌아올지도 모른다는 생각에 빠져 있었다. 어떤 남자의 발자국 소리라도 그녀에게는 똑같은 영향을 미쳤을 것이다. 돌아보기 전에 그녀는 그것이 아서의 발자국 소리라고 느꼈을 것이다. 그 순간적인 감정의 동요로 인해 뺨에서 사라졌던 홍조는 아담이 아닌 다른 사람을 보았더라도 다시 밀려들었을 것이다. 헤티에게 어떤 변화가 일어났다는 아담의 생각은 틀리지 않았다. 그녀의 몸을 떨리게 만들었던 첫 열정의 불안과 두려움은 허영심보다 더 강렬해졌으며, 다른 사람의 감정에 의존하고 있다는 무력감을 처음으로 느끼게 했다. 그 느낌은 더없이 경박한 여자라도 그것을 경험할 수 있는 여자의 내면에 집요하게 애원하는 여성성을 일깨우고, 이전에는 다분히 무감각하게 받아들였던 친절을 느낄 수 있는 감수성을 만들어 낸다. 처음으로 헤티는 적극적이지 않지만 남자다운 아담의 애정에서 위안을 느꼈다. 그녀는 사랑을 받고 싶었다. 아, 타오르는 사랑의 순간이 지난 후 이 공허한 부재와 침묵, 외적인 무관심은 정말로 견디기 힘들었다! 그녀는 아담이 다른 구애자들처럼 사랑을 고백하고 발림 말을 하면서 자기에게 치근대리라고는 생각하지 않았다. 그는 늘 그녀에게 과묵하게 대했던 것이다. 그러므로 이 튼튼하고 용감한 남자가 자기를 사랑하고 있으며 자기 옆에 있다는 느낌을 아무런 두려움 없이 만끽할 수 있었다. 하지만 아담 역시 애처롭고 그 또한 언젠가는 고통을 받으리라는 생각은 그녀의 마음에 전혀 떠오르지 않았다.

알다시피, 자기가 다른 남자를 사랑하게 되었기 때문에 자신을 헛되이 사랑하는 남자에게 더욱 다정하게 대한 여자로서 헤티가 첫 번째는 아니었다. 그것은 흔히 있는 이야기이다. 하지만 아담은 그 사실을 몰랐기에 그 달콤한 미혹을 들이마셨다.

“이제 됐어요.” 잠시 후에 헤티가 말했다. “숙모님이 가지에 조금 남겨두라고 하셨어요. 이제 이걸 가지고 들어가야 해요.”

“내가 바구니를 들고 갈 수 있어서 잘 됐군요.” 아담이 말했다. “당신의 작은 팔로 나르기에는 너무 무거울 테니까.”

“아뇨, 두 손으로 들면 나를 수 있을 거예요.”

“아, 그렇겠지요.” 아담이 미소를 지으며 말했다. “작은 개미가 모충을 나르는 것처럼 집으로 들어가는 데 한참 걸리겠지요. 그 작은 벌레들이 자기 몸집의 네 배나 되는 것을 나르는 걸 본 적 있어요?”

“아뇨.” 헤티는 개미들의 힘겨운 삶에 대해 알고 싶지 않아 무관심하게 대답했다.

“어렸을 때 나는 그것들을 자주 관찰하곤 했어요. 하지만 지금 보다시피 나는 바구니를 텅 빈 호두 껍데기처럼 한 손에 들고 다른 팔에 당신을 기대게 할 수 있어요. 그렇게 하지 않을래요? 내 팔처럼 큰 팔은 당신처럼 작은 팔이 기대도록 만들어졌어요.”

헤티는 약간 미소를 지었고 팔을 그의 팔에 끼었다. 아담은 그녀를 내려다보았지만 그녀의 눈은 꿈을 꾸듯이 뜰의 다른 쪽 구석을 향하고 있었다.

"이글데일에 가본 적 있어요?" 그들이 천천히 걸음을 옮기고 있을 때 그녀가 물었다.

"네." 아담은 그녀가 자기에 대해 물어본 것이 기뻐서 대답했다. "십 년 전 어렸을 때였어요. 그곳의 일을 보러 아버지와 함께 갔었어요. 놀라운 광경이었죠. 그런 바위들과 동굴들은 당신 평생에 한 번도 본 적이 없을 거예요. 거기 가서야 비로소 바위들이 어떤 것인지 제대로 알게 되었지요."

"거기 가는 데 얼마나 걸렸어요?"

"걸어가는 데 이틀은 족히 걸렸어요. 하지만 제일 좋은 말을 타고 가는 사람에게는 하루도 걸리지 않는 거리예요. 틀림없이 대위님은 아홉 시간이나 열 시간쯤 걸려서 거기 도착할 거예요. 그는 무척 말을 잘 타니까요. 그가 내일 돌아온다 하더라도 놀랍지 않을 거예요. 대위님은 너무 활동적이라서 그 적적한 곳에 혼자 오래 머물지 못할 거예요. 그가 낚시질하러 간 곳에는 조그만 여관밖에 없으니까요. 대위님이 장원을 물려받으면 좋겠어요. 그에게 아주 좋은 일이 되겠지요. 해야 할 일들이 많이 있을 테고, 비록 아주 젊기는 하지만 그 일을 아주 잘 해낼 테니까요. 그는 자기 나이의 두 배가 되는 사람들 대부분보다도 일에 대해 더 잘 알고 있어요. 일전에 내게 사업을 시작할 수 있도록 돈을 빌려 주겠다고 아주 관대하게 제안하더군요. 만약 그런 식으로 진행된다면, 나는 이 세상 누구보다도 대위님에게 큰 신세를 지게 되겠지요."

가엾은 아담은 그 젊은 지주가 기꺼이 자기를 도와주려는 것을 알면 헤티가 기뻐할 거라고 생각했기 때문에 아서에 대한 이야기를 길게 늘어놓았다. 그 사실이 그의 장래 계획에 포함되어 있었으므로 그녀의 눈에 자기 장래를 유망하게 보이게 하고 싶었다. 헤티가 관심 있게 귀를 기울였고 그래서 그녀의 눈이 새롭게 빛나고 입술에 반쯤 미소를 띠었던 것은 사실이다.

"장미들이 무척 예쁘군요!" 아담은 장미를 보려고 걸음을 멈추며 말을 이었다. "봐요! 내가 가장 예쁜 꽃을 훔쳤군요. 하지만 그걸 내가 가질 생각은 없었어요. 초록 이파리가 더욱 섬세하고 온통 분홍색인 꽃이, 줄무늬가 있는 꽃보다 더 예쁜 것 같아요. 당신도 그렇게 생각해요?"

그는 바구니를 내려놓고 장미를 단추 구멍에서 빼냈다.

"이 꽃에서는 아주 달콤한 향기가 나요." 그가 말했다. "줄무늬가 있는 장미는 향기가 없어요. 이걸 당신 옷에 꽂아요. 나중에 물에 넣어 두면 되겠지요. 이 꽃이 시들도록 내버려 두면 유감스러울 테니까."

장미를 받으면서 헤티는 아서가 원한다면 곧 돌아올 수 있으리라는 즐거운 상상에 미소를 지었다. 그녀의 마음에 희망과 행복이 섬광처럼 스쳤고 갑자기 충동적으로 명랑한 기분이 들자 이전에도 종종 했었듯이 행동했다. 그 장미를 왼쪽 귀 바로 위의 머리카락에 꽂았던 것이다. 아담의 얼굴에 어렸던 부드러운 경탄의 빛은 마지못해 반대하는 기색을 띠면서 약간 어두워졌다. 화려한 것을 좋아하는 헤티의 성향은 다른 무엇보다도 더 어머니의 분노를 살 것이다. 그 자신도 화려함을 싫어했으며, 그녀에게 속한 것을 감히 싫어할 수 있다면 그만큼 마음에 들지 않았던 것이다.

"아, 체이스의 초상화에 그려진 귀부인들 같군요. 그들은 대체로 머리에 꽃이나 깃털이나 금붙이들을 꽂고 있지요. 하지만 어쩐 일인지 나는 그것들을 보고 싶지 않아요. 트레들스턴 장에서 열리는 쇼의 바깥쪽에 둘러서 있는 분칠한 여자들을 생각나게 하거든요. 당신처럼 머리카락이 곱실거릴 때 여자들이 자기를 돋보이게 하기 위해서 머리칼을 그대로 보여 주는 것보다 더 나은 것이 어디 있겠어요? 젊고 예쁜 여자라면 수수하게 옷을 입었을 때 예쁜 용모가 더 돋보인다고 생각해요. 저, 다인나 모리스는 평범한 모자와 옷을 걸쳐도 무척 멋지게 보이잖아요. 여자의 얼굴에는 꽃이 필요하지 않은 것 같아요. 그 자체가 벌써 꽃이니까요. 당신의 얼굴이 그래요."

"아, 좋아요." 헤티는 머리칼에서 장미꽃을 떼어내며 약간 장난스럽게 입을 뾰족 내밀었다. "안으로 들어가서 다인나의 모자를 써 보겠어요. 그러면 더 예쁘게 보이는지 보세요. 다인나가 모자를 하나 남겨 두었으니까 그 모양을 본뜰 수 있어요."

"아니, 아니에요. 당신이 다인나처럼 감리교도의 모자를 쓰는 건 바라지 않아요. 물론 그건 아주 보기 싫은 모자이지요. 내가 여기서 그녀를 보았을 때, 그녀가 다른 사람들하고 다른 옷차림을 하는 것이 어처구니없다고 생각하곤 했어요. 하지만 그녀가 지난주에 어머니를 만나러 왔을 때까지는 그녀를 제대로 본 적이 없었어요. 그때서야 그 모자가 그녀에게 잘 어울리는 것 같다고 생각했지요. 도토리 껍데기가 도토리에 잘 어울리는 것처럼 말이지요. 그리고 그 모자를 쓰지 않은 그녀의 모습은 그리 보고 싶지 않을 거예요. 하지만 당신의 얼굴은 달라요. 나는 지금 있는 그대로의 당신 모습이 좋아요. 당신의 모습에 해가 되는 것이 전혀 없는 상태로 말이지요. 어떤 사람이 훌륭한 곡조를 부르고 있는데 종이 울려서 그 노래에 방해가 되지 않기를 바라는 것과 마찬가지지요."

그는 그녀의 팔을 잡아 다시 자기 팔에 끼면서 그녀를 다정하게 내려다보았다. 우리가 흔히 그렇듯이, 절반만 표현한 생각을 그녀가 모두 알아차렸으리라고 상상하면서 그는 자기가 훈계를 했다고 그녀가 생각할까 두려웠다. 가장 두려웠던 것은 오늘 저녁의 행복에 먹구름이 끼지 않을까 하는 것이었다. 이제 솟아나기 시작한 자신에 대한 친절이 확실한 사랑으로 커가기 전까지는 무슨 일이 있어도 헤티에게 자신의 사랑을 고백하지 않을 터였다. 상상 속에서 그는 헤티를 자기 것이라고 부를 수 있는 권리로 축복받은 미래의 긴 세월이 자기 앞에 펼쳐진 것을 보았다. 현재로서는 아주 적은 것으로도 만족할 수 있었다. 그래서 그는 다시 까치밥 열매 광주리를 들었고 그들은 집으로 향했다.

아담이 정원에 있었던 삼십 분 동안 정경이 완전히 바뀌어 있었다. 뜰은 이제 생기에 가득 찼다. 마티는 꽥꽥거리는 거위들을 문 안으로 들어보내고 있었고 장난스럽게도 쉿 소리를 내며 수컷 거위를 자극하고 있었다. 곡물을 나눠놓은 앨릭이 곡물창고의 문을 닫을 때 그 문의 돌쩌귀에서 신음소리가 울렸다. 물을 먹이려고 말들을 밖으로 끌고 나갈 때 개 세 마리가 시끄럽게 짖어댔고 농부 팀이 "워, 워" 소리를 연발했다. 온순하고 영리해 보이는 머리를 숙이고 우툴두툴한 발을 신중하게 들어 올리는 그 육중한 짐승이 제대로 가지 않고 사방으로 거칠게 돌진이라도 할 듯이 말이다. 모두들 목초지에서 돌아와 있었다. 헤티와 아담이 집안으로 들어갔을 때 포이저 씨는 삼각 모양의 의자에 앉아 있었고 할아버지는 반대편의 커다란 안락의자에 앉아서 참나무 식탁에 차려지는 저녁 식사를 즐거운 기대에 차서 바라보고 있었다. 포이저 부인은 직접 식탁보를 깔았다. 집에서 짠 리넨에 반짝이는 바둑판무늬를 놓아 만든, 흰색이 감도는 보기 좋은 갈색의 식탁보로서 분별 있는 가정주부들이 좋아할 만한 것이었고, 금세 해지는 '시장에서 파는 표백된 넝마 쪼가리'가 아니라 두 세대는 족히 쓸 만한 훌륭한 수직물이었다. 차가운 송아지 고기와 싱싱한 상추와 속을 채워 넣은 돼지고기는 열두시 반에 점심을 먹은 배고픈 사람들에게 당연히 유혹적으로 보였다. 벽에 붙여 놓은 커다란 전나무 탁자에는 앨릭과 그의 동료들을 위한 반짝이는 주석 접시와 스푼과 금속제의 컵들이 놓였다. 주인과 하인들은 서로 멀리 떨어지지 않은 곳에서 저녁을 먹었고 그 편이 훨씬 더 편했다. 포이저 씨가 내일 아침 할 일에 대해 할 말이 떠오르면, 가까이 있는 앨릭에게 들려줄 수 있기 때문이었다.

"자, 아담, 자네를 보아서 반갑네." 포이저 씨가 말했다. "아니, 헤티를 도와서 까치밥열매를 따고 있었나? 자, 와서 앉게, 앉으라고. 자네가 우리와 함께 저녁을 먹은 지 거의 삼 주일이나 되었네. 우리 집사람이 속을 채운 돼지고기 요리를 준비했군. 드물게 내놓는 거지. 자네가 와 주어서 기쁘네."

"헤티." 포이저 부인은 까치밥열매가 잘 익었는지를 보려고 광주리 속을 들여다보면서 말했다. "위층으로 올라가서 몰리를 내려 보내라. 토티를 재우고 있거든. 낸시가 낙농실에서 아직 바쁘기 때문에 몰리가 맥주를 퍼와야겠다. 네가 아이를 돌봐주고. 그런데 왜 토티를 마음대로 돌아다니게 내버려 둬서 토미와 어울리게 만들었니? 열매로 배를 채워서 좋은 음식을 조금도 먹을 수 없잖아."

남편이 아담에게 이야기하고 있는 동안, 부인은 평소보다 나지막한 목소리로 말했다. 포이저 부인은 자기 나름대로의 예절 원칙을 엄격하게 지켰으며, 젊은 여자에게 구혼하는 점잖은 남자 앞에서 그녀를 매섭게 다루어서는 안 된다고 생각했다. 그것은 정당하지 못한 일이다. 여자에게는 누구나 젊은 시절이 있고 결혼할 기회가 있으며 그것을 다른 여자가 방해하지 않는 것이 명예로운 일이다. 시장에서 자기 달걀을 먼저 판 여자가 다른 여자의 손님을 방해해서는 안 되는 것과 마찬가지다.

헤티는 숙모의 질문에 답을 쉽게 찾지 못해 서둘러 위층으로 뛰어올라갔고, 포이저 부인은 저녁을 먹도록 마티와 토미를 찾아서 데려오려고 밖으로 나갔다.

곧 그들은 모두 식탁에 앉았다. 장밋빛 뺨의 두 소년은 창백한 어머니의 양옆에 앉았고 아담과 헤티의 숙부 사이에 헤티를 위한 자리를 남겨두었다. 식당에 들어와 멀리 있는 구석자리에 앉은 앨릭은 큰 접시에 있는 차가운 잠두를 주머니칼로 잘라 먹으며 최상급의 파인애플과도 바꾸지 않을 맛을 느끼고 있었다.

"맥주를 따라오는 데 정말 한참 걸리는군요." 포이저 부인이 돼지고기 조각을 나누어 주며 말했다. "몰리가 조끼를 아래에 놓고는 꼭지 돌리는 것을 잊었을 거예요. 그런 여자애들은 도대체 믿을 수가 없어요. 빈 주전자를 불 위에 올려놓고 한 시간 후에 와서 물을 끓고 있는지 보려고 한다니까요."

"그 애가 하인들 것도 따르고 있는 모양이지." 포이저 씨가 말했다. "우리 조끼를 먼저 가져오라고 당신이 말했어야 했는데."

"말했어야 한다고요?" 포이저 부인이 말했다. "내가 여자애들에게 그 애들의 총기로는 도저히 알 수 없는 것을 전부다 말하려면 내 몸속의 공기를 다 써 버리고도 모자라서 풀무가 필요할 거라고요. 비드 씨, 상추에 식초를 좀 넣지 않겠어요? 아, 그게 아니고요. 내 생각에는 그렇게 하면 돼지고기 맛이 떨어질 거예요. 고기 맛이 식초 종지에 달려 있다면 형편없는 요리인 셈이지요. 맛없는 버터를 만들고는 그걸 숨기려고 소금에 의존하는 사람들도 있어요."

포이저 부인은 이제 맥주가 가득 찬 큰 조끼와 작은 머그 두 개, 금속제 컵 네 개를 들고 들어온 몰리에게 관심을 돌렸다. 그것은 인간의 손이 가질 수 있는 엄청난 힘을 예시하는 흥미로운 본보기였다. 불쌍한 몰리는 평소보다 입을 더 넓게 벌리고 손에 들린 두 무리의 컵에 눈을 고정시키고 있어서, 안주인의 눈에 어린 표정을 전혀 모르고 있었다.

"몰리, 너 같은 애는 본 적이 없다. 과부가 된 네 불쌍한 어머니를 생각해서 아무것도 모르는 너를 받아줬는데, 대체 몇 번씩이나 말했니 …"

몰리는 번개를 보지 못했고, 그런 준비 과정 없이 갑자기 천둥소리가 울리자 더욱 몸을 떨었다. 깜짝 놀라서 어떻게든 달리 행동해야 한다는 막연한 생각에 그녀는 약간 걸음을 재촉해서 구석의 전나무 식탁에 금속제 컵을 내려놓으려고 했다. 그러나 끈이 풀려 있던 앞치마에 발이 걸려서 쿵 소리와 함께 맥주를 쏟으며 흥건히 고인 맥주에 넘어지고 말았다. 그러자 마티와 토미는 킥킥거리며 웃음을 터뜨렸고, 불쾌하게도 맥주 마시는 것이 늦춰지자 포이저 씨는 심각하게 "저런!"이라고 말했다.

"저것 봐!" 포이저 부인은 일어서서 찬장으로 가면서 찌르듯이 날카로운 목소리로 다시 시작했고 몰리는 침울하게 도자기 조각을 줍기 시작했다. "이런 일이 있을 거라고 내가 너에게 누차 말했었지. 지난 십 년간 내가 이 집안에 갖고 있었고 지금까지 아무 일도 없었던 그 조끼 값을 내려면 네 한 달 월급과 그 이상이 나갈 거야. 네가 우리 집에 온 후로 깨뜨린 도자기들을 보면 목사님이라도 욕을 하셨을 걸. 내가 이렇게 말하는 것을 하느님께서 용서해 주시기를. 만약 그게 구리 솥에서 끓고 있는 맥아즙이라도 똑같았을 거야. 너는 몸을 데었을 테고 아마도 평생 절름발이로 살겠지. 네가 이런 식으로 행동하면 언젠가 어떤 일이 벌어질지 아무도 모르니까. 네가 쏟아 버린 것들을 보면 사람들은 네가 무도병[81]에 걸렸다고 생각할 거야. 그 조각들이 네 눈앞에 산더미처럼 쌓여 있지 않은

81) 얼굴·손·발·혀 따위가 뜻대로 되지 않고 저절로 심하게 움직여, 마치 춤을 추는 듯한 모습이 되는 신경병.

게 유감이야. 하긴 무엇을 보거나 들어도 네게 별 차이가 없기는 하지만 말이야. 어느 누구라도 네가 무신경하다고 생각할 걸."

이쯤 되자 가엾은 몰리는 눈물을 갑작스레 떨구고 있었고 맥주가 앨릭의 다리 쪽으로 재빨리 흘러가자 어쩔 줄 몰라 앞치마를 자루걸레처럼 사용하여 훔치고 있었다. 그동안 포이저 부인은 찬장을 열면서 무서운 눈으로 그녀를 보았다.

"아, 울면서 닦아낼 물을 더 만들어 봐야 아무 소용없어. 내가 말했듯이 이건 전부 네가 제멋대로라서 그래. 일을 제대로 하는 방법을 따르기만 하면 어느 누구도 물건을 깨뜨릴 필요가 없으니까. 하지만 아둔한 사람들은 나무로 만든 물건들을 다루도록 해줘야 해. 여기 갈색과 흰색 조끼를 꺼내야겠어. 올해 들어 세 번도 사용하지 않은 거야. 내가 직접 지하의 식품 저장실로 가야겠지. 아마도 독감에 걸려 염증으로 앓아누울 거라고."

포이저 부인은 갈색과 흰색의 조끼를 들고 찬장에서 몸을 돌렸다. 그때 그녀는 부엌 반대편에 있는 뭔가를 보았다. 어쩌면 그녀가 이미 떨고 있었고 불안한 상태였기 때문에 그 환영이 그녀에게 강렬한 영향을 미쳤을 것이다. 어쩌면 조끼를 깨뜨리는 것이 다른 범죄처럼 전염되는 효과가 있었는지도 모른다. 어찌되었든 간에 그녀는 멍하니 쳐다보다가 유령을 본 사람처럼 깜짝 놀랐고 그 귀중한 갈색과 흰색의 조끼는 바닥으로 떨어져서 주둥이와 손잡이 부분은 영원히 떨어져 나갔다.

"대체 이런 일을 본 적이 있나?" 그녀는 잠시 어리둥절한 시선으로 방을 둘러보고 갑자기 나지막하게 말했다. "조끼들이 마술에 걸린 모양이야. 정말 그래. 광택을 입혀서 다루기 힘든 손잡이 때문이야. 달팽이처럼 손가락 사이로 빠져나간다니까."

"자, 당신 채찍으로 당신 얼굴을 때린 격이 됐군 그래." 그녀의 남편이 이제 아이들의 웃음에 동참하면서 말했다.

"그저 쳐다보면서 웃기만 하다니 참 훌륭하군요." 포이저 부인이 대답했다. "하지만 도자기들이 살아 있는 것처럼 보일 때가 있어요. 그리고 새처럼 손에서 날아간다니까요. 때로 유리창이 그냥 서 있으면서 갈라지는 것과 마찬가지에요. 깨져야 할 것은 깨지겠지요. 내가 잘 붙잡지 못해서 물건을 떨어뜨린 적은 내 평생 한 번도 없으니까요. 그렇지 않았더라면 결혼할 때 산 도자기들을 몇 십 년간 간직하지 못했을 거라고요. 그런데, 헤티, 너 정신 나갔니? 그런 식으로 내려와서 집안에 유령이 걸어 다니는 줄 알았잖아. 대체 무슨 짓이냐?"

포이저 부인이 말하는 사이에 새로 웃음이 터져 나왔다. 그녀가 깨진 조끼에 대해 숙명적인 관점으로 갑자기 말을 바꾸었기 때문이 아니라, 숙모를 놀라게 한 헤티의 이상한 차림새 때문이었다. 그 작은 말괄량이는 숙모의 검은 가운을 찾아서 목에 감고 핀을 꽂아서 다인나처럼 보이도록 하고, 될 수 있는 대로 머리를 판판하게 만든 다음 정수리 부분이 높고 가장자리가 없는 다인나의 네트 캡을 썼다. 그 가운과 모자를 보자 다인나의 창백하고 진지한 얼굴과 온화한 잿빛 눈을 떠올리면서 그것이 헤티의 둥근 장밋빛 뺨과 애교 넘치는 검은 눈으로 바뀐 것을 보고는 모두들 놀라 웃음을 터뜨리기에 족했다. 사내애들은 의자에서 일어나 헤티의 주위에서 껑충거리며 손뼉을 쳤고 심지어 앨릭도 잠두 접시에서 얼굴을 들고 배에서 올라오는 웃음을 나지막하게 터뜨렸다. 그 소음을 틈타 포이저 부인은 뒤편 부엌으로 가서 낸시에게 커다란 주석 그릇을 들려 식품저장실로 보냈다. 그 그릇은 마술에 걸리지 않을 수 있었다.

"아니, 헤티, 너도 감리교도가 된 거냐?" 퉁퉁한 사람들에게서만 볼 수 있는 넉넉하고 즐거운 웃음을 천천히 터뜨리며 포이저 씨가 말했다. "네가 감리교도가 되려면 그 이전에 훨씬 더 심각한 표정을 지어야 할 걸. 그렇지 않나, 아담? 대체 왜 그런 것을 입은 거냐?"

"아담이 내 옷보다 다인나의 모자와 가운이 더 마음에 든다고 말했어요." 헤티는 새침 떨듯이 앉으며 대답했다. "사람들이 추한 옷을 입으면 더 낫게 보인대요."

"아뇨, 아니에요." 아담은 그녀를 감탄하듯이 바라보며 말했다. "그 옷들이 다인나에게 어울린다고 말했을 뿐이에요. 하지만 그 옷을 입어도 당신이 예쁘게 보일 거라고 말했다면 바로 사실을 말한 것이지요."

"그런데 당신은 헤티를 유령이라고 생각했지, 그렇지 않아?" 포이저 씨는 이제 돌아와 다시 자리에 앉은 아내에게 물었다. "당신은 무척 겁이 난 것 같았어."

"내가 어떻게 보였든 그건 전혀 중요한 문제가 아니에요." 포이저 부인이 말했다. "얼굴 표정으로 조끼를 다시 붙일 수 있는 건 아니니까요. 웃는 것도 마찬가지고. 비드 씨, 맥주를 너무 오래 기다리게 해서 미안해요. 하지만 곧 올 거예요. 차가운 감자를 드세요. 그걸 좋아하잖아요. 토미, 웃음을 그치지 않으면 당장 잠자리로 보낼 거다. 대체 웃을 일이 뭐가 있다는 거지? 나라면 그 가엾은 애의 모자를 보고 웃음이 아니라 울음을 터뜨리겠다. 그리고 그 애의 모자를 쓰는 것 말고 다른 방법으로 그 애를 닮도록 스스로를 바꾼다면 훨씬 더 나아질 사람들이 있어. 내 언니의 딸을 우스개로 만드는 것은 이 집안 식구 누구에게도 어울리지 않는 일이야. 그 애가 우리에게서 떠난 지 얼마 되지도 않았고, 그 애와 헤어져서 내 마음이 아픈데 말이지. 그리고 나는 한 가지 사실은 알고 있어. 만약 고통스러운 일이 닥친다면, 내가 침대에 몸져눕고 아이들이 죽는다면 — 아이들이 어떻게 될지는 아무도 모르니까 — 그리고 가축들에게 다시 전염병이 돈다면, 그리고 전부다 망한다면, 다인나의 모자를, 그 모자 아래 그 애의 얼굴을 다시 보게 된다면 정말로 기쁠 거라는 사실이야. 모자에 테두리가 있든 없든 말이야."

여러분도 알아차렸겠지만, 포이저 부인은 희극을 몰아내는 데 비극만 한 것은 없다는 사실을 알고 있었다.

영향을 받기 쉬운 성격인데다 어머니를 무척 좋아하고 게다가 체리를 너무 많이 먹어서 평소보다 자기감정을 통제할 수 없었던 토미는 어머니가 그려낸 끔찍한 미래 모습에 너무 충격을 받아서 울기 시작했다. 그러자 게으른 농부들의 결함 외의 모든 약점에 관대한 그 선량한 아버지가 헤티에게 말했다.

"그 옷가지들을 벗는 편이 좋겠다, 얘야. 그걸 보면 네 숙모의 마음이 아프니까."

헤티는 다시 위층으로 올라갔다. 그리고 맥주가 등장하자 분위기가 유쾌하게 전환되었다. 아담은 새로 담근 술의 품질에 대해 자기 의견을 말하지 않을 수 없었고, 그것은 포이저 부인에게 찬사일 수밖에 없었던 것이다. 그러고 나자 술을 잘 담그는 비결에 대한 이야기와 '홉'을 인색하게 넣는 것이 어리석다든가 농부가 직접 엿기름을 만드는 것이 손익을 따져보면 의심스럽다는 이야기가 이어졌다. 포이저 부인은 이 주제들에 대해서 무게 있는 의견을 제시할 기회가 많이 있었으므로 저녁 식사가 끝날 무렵 맥주 조끼가 다시 채워지고 포이저 씨의 파이프에 불이 붙었을 때 그녀는 다시 기분이 좋아졌고 아담의 요청에 따라 부서진 물레를 흔쾌히 가져와서는 그에게 봐 달라고 했다.

아담은 그것을 세밀히 살펴보고 말했다. "저, 선반 세공이 약간 필요하겠군요. 아름다운 물레입니다. 마을의 선반 가게에 가지고 가서 거기서 작업해야겠어요. 집에는 선반 세공을 위한 도구들이 없으니까요. 아침에 이걸 버지 씨의 가게로 보내주시면 수요일에 해드리도록 할게요. 저는 이런 생각을 계속 해왔어요." 그는 포이저 씨를 보면서 말을 이었다. "찬장을 만드는 등 근사한 일거리를 위해서 집에 연장들을 갖춰야겠어요. 자투리 시간에는 늘 그런 조그만 물건들을 많이 만들어 왔는데 그게 이득이 남거든요. 재료가 많이 들기보다는 솜씨가 필요한 일이니까요. 그런 식으로 저와 세스가 우리들만의 힘으로 조그맣게 장사를 시작해 보려고 생각하고 있습니다. 우리가 만든 물건들을 최대한 구입해 주려는 로세터의 어떤 사람을 알고 있으니까요. 게다가 근방에서 주문을 받을 수도 있을 겁니다."

포이저 씨는 아담이 '주인'이 되는 길로 나아가는 첫 걸음처럼 여겨지는 계획에 흥미를 느끼며 이야기에 끼어들었고 포이저 부인은 이동 가능한 부엌 찬장을 만드는 계획에 찬성했다. 그 찬장은 식료품과 피클, 도자기 그릇, 식탁보 등을 최대한 촘촘히 조금도 뒤섞이지 않게 보관할 수 있을 것이다. 다시 자기 옷으로 갈아입은 헤티는 이 무더운 저녁에 손수건을 약간 뒤로 당기고 창가에 앉아서 까치밥열매를 고르고 있었고, 아담은 그녀의 모습을 아주 잘 볼 수 있었다. 이렇게 시간이 유쾌하게 지나갔고 마침내 아담은 가려고 일어섰다. 그는 곧 다시 오라는 당부를 받았지만, 더 오래 있으라는 말은 들을 수 없었다. 지각 있는 사람이라면 이 바쁜 철에 잠에 취해서 새벽 다섯 시에 일어나지 못하는 위험을 무릅쓰지 않기 때문이었다.

"저는 조금 더 걸어서 매시 씨를 만나러 갈 겁니다." 아담이 말했다. "어제 그분이 교회에 나오시지 않았고 지난 일주일간 그분을 뵙지 못해서요. 전에는 교회에 나오지 않은 적이 거의 없었거든요."

"아, 그에 대한 이야기는 전혀 듣지 못했네. 지금 아이들 방학이라서 말이지. 그래서 이유를 전혀 알려줄 수가 없겠네." 포이저 씨가 말했다.

"하지만 이렇게 늦은 시간에 거기 가려는 생각은 아니겠지요?" 포이저 부인이 뜨개질 거리를 접으며 말했다.

"아, 매시 씨는 늦게까지 주무시지 않아요. 그리고 아직 야학이 끝나지 않은 시간이고요. 몇몇 사람은 저녁 늦게야 올 수 있으니까요. 아주 멀리서 걸어와야 하거든요. 그래서 바틀 씨는 열한 시가 넘을 때까지 잠자리에 들지 않아요." 아담이 대답했다.

"그렇다면 나는 그분과 같은 집에서 살 수 없겠네요." 포이저 부인이 말했다. "촛농을 사방에 떨어뜨려서 아침에 일어나면 마룻바닥에 미끄러지게 될 테니까."

"아, 열한 시는 늦은 시간이지. 늦고말고." 마틴 노인이 말했다. "내 평생에 그렇게까지 늦은 시간에 깨어있던 적은 없었어. 결혼식이나 세례식이나 철야를 할 때나 추수감사 저녁을 제외하고 말이야. 열한 시면 늦은 시간이지."

"글쎄, 저는 종종 열두시를 넘어서도 앉아 있어요." 아담이 웃으며 말했다. "하지만 더 먹고 마시기 위해서가 아니라 더 일을 하기 위해서죠. 안녕히 주무세요, 포이저 부인. 잘 자요, 헤티."

헤티는 미소를 지을 뿐 악수를 할 수 없었다. 손이 까치밥열매 즙으로 물들었고 축축했기 때문이었다. 하지만 다른 사람들은 그들에게 내민 넓적한 손바닥을 잡고 진심으로 흔들며 "또 오게, 또 오라고!"라고 말했다.

"자, 이걸 생각해 봐." 아담이 밖으로 나가 인도에 이르렀을 때 포이저 씨가 말했다. "스물여섯 살 먹은 사내들 가운데 아담과 견줄만한 사람은 별로 찾을 수 없을 걸. 헤티, 네가 아담을 남편으로 잡을 수만 있다면 언젠가는 네 짐수레를 타고 다닐 거다. 내가 보장하지."

헤티가 까치밥열매를 들고 부엌을 가로지르고 있어서 숙부는 그녀가 머리를 약간 가로젓는 것을 보지 못했다. 짐수레를 타는 것은 지금 그녀에게는 실로 무척이나 비참한 운명으로 여겨졌다.

야학과 교사

바틀 매시의 집은 트레들스턴으로 가는 길로 나누어진 공유지의 변두리에 흩어져 있는 집 몇 채들 가운데 하나였다. 아담은 홀 팜을 나선지 십오 분 만에 그곳에 도착했다. 빗장에 손을 올려놓았을 때, 커튼을 치지 않은 창문을 통해서 값싼 양초가 비추고 있는 책상 위에 여덟, 아홉 명이 고개를 숙이고 있는 것이 보였다.

그가 들어섰을 때 읽기 수업이 진행되고 있었고, 바틀 매시는 아담이 내키는 곳에 앉도록 내버려 두고 그저 고개를 끄덕였을 뿐이었다. 아담은 오늘밤 수업을 들으려고 온 것이 아니었다. 그의 마음은 사적인 문제들, 특히 헤티가 있는 곳에서 방금 보낸 두 시간으로 너무 벅차올랐기에 수업이 끝날 때까지 책을 읽으며 즐거움을 느낄 수 없었다. 그래서 그는 구석자리에 앉아서 멍한 시선으로 바라보았다. 그것은 아담이 몇 년 동안 거의 매주 봐왔던 광경이었다. 그는 바틀 매시가 학생들의 마음에 고귀한 이상을 심어 주기 위해서 액자에 넣어 자기 머리 위에 걸어 놓은 장식적인 글씨체 견본을 모두 알고 있었다. 그는 석판을 걸어 놓을 못들이 박힌 곳 위로 회칠한 벽을 따라 이어진 선반에 꽂혀 있는 책들의 등 표지를 모두 알고 있었다. 또한 서까래 한 곳에 걸려 있는 옥수수 열매에서 낱알이 얼마나 빠졌는지 정확히 알고 있었다. 오래 전에 그는 가죽처럼 생긴 해초 다발이 원래의 환경에서 어떻게 보였고 성장했는지를 생각하려 하면서 온갖 상상력을 발휘한 적도 있었다. 그가 앉아 있는 자리의 반대편 벽에 걸린 낡은 영국지도는 전혀 알아볼 수 없었다. 세월이 흐르면서 그 지도는 미묘한 황갈색으로 변해서 오래 길든 해포석 담배 파이프의 색깔처럼 보였다. 눈앞에서 진행되고 있는 드라마는 그 광경처럼 익숙한 것이었지만 그럼에도 불구하고 습관 때문에 그것에 무관심해지지는 않았다. 현재 자기 생각에 빠져있었지만 아담은 거친 사람들이 고통스럽게 손에 경련을 일으키며 펜이나 연필을 잡고 있거나 겸손한 태도로 힘겹게 읽기 수업을 따라가는 것을 보면서 예전의 동료애가 순간적으로 솟아오르는 것을 느꼈다.

지금 교사의 책상 앞에 놓인 긴 의자에 자리 잡은 읽기 반은 가장 뒤떨어진 학생 세 명으로 구성되어 있었다. 아담은 안경 너머로 쳐다보는 바틀 매시의 얼굴만 보아도 그것을 알 수 있었다. 현재로는 안경이 필요하지 않아서 그는 안경을 콧대로 밀어 놓았던 것이다. 그 얼굴은 더없이 온화한 표정을 짓고 있었고 털이 무성한 회색 눈썹은 연민 어린 친절함을 담고 더욱 예리한 각을 이루고 있었으며, 습관적으로 아랫입술을 내밀고 있는 입은 꼭 다물려 있었지만 지금은 친절한 말 한마디나 음절을 즉시 말해줄 태세를 갖춘 듯 이완되어 있었다. 이 부드러운 표정은 더욱 흥미로웠다. 왜냐하면 그 교사의 코는 약간 균형이 맞지 않게 한쪽으로 비틀린 매부리코라서 다소 무서운 느낌을 주었으며 게다가 그의 이마는 특이한 긴장상태를 드러내어 날카롭고 조급한 기질을 드러낸다는 인상을 늘 주었던 것이다. 투명한 갈색 피부 아래로 푸른 핏줄이 끈처럼 두드러져 보였고 이 위협적인 이마는 대머리가 될 가능성이 전혀 없기에 부드럽게 누그러지지 않았다. 약 일 인치 길이로 자른 뻣뻣한 회색 머리칼은 여전히 이마 둘레를 촘촘히 무성하게 덮고 있었다.

"아니, 빌, 아니지." 바틀은 아담에게 고개를 끄덕이며 친절하게 말하고 있었다. "그걸 다시 시작하게. 그러면 d, r, y가 무엇의 철자인지 알게 될 걸세. 자네가 지난주에 읽은 과와 같은 걸세."

'빌'은 스물네 살의 건장한 젊은이였고 돌을 자르는 솜씨가 탁월한 석공이었으며 그의 직종에서 그 나이또래의 누구보다도 월급을 많이 받을 수 있었다. 그러나 그는 한 음절로 된 단어를 읽는 수업이 지금까지 자른 가장 단단한 돌보다도 훨씬 더 처리하기 어려운 문제임을 알게 되었다. 글자들이 '이상하게도 비슷하게 생겨서 각각을 구별할 수 없다'고 그는 불평했다. 반면 돌을 자르는 일은 꼬리가 위로 올라간 글자와 내려간 글자 사이에 존재하는 사소한 차이점과는 전혀 관계가 없었다. 하지만 빌은 읽기를 배우겠다고 굳게 결심했으며 그것은 대개 두 가지 이유 때문이었다. 첫 번째로 사촌인 톰 헤이즈로우가 인쇄체건 필기체건 간에 무엇이든 '즉석에서' 쓸 수 있는데, 톰이 이십 마일 떨어진 곳에서 그에게 편지를 보내어 자기가 잘 살고 있으며 감독 자리를 얻었다고 말했기 때문이었다. 두 번째는 그와 함께 돌을 자르는 샘 필립스가 스무 살이 되었을 때 읽기를 배웠고, 샘 필립스처럼 조그마한 친구가 할 수 있는 일이라면 자기도 할 수 있다는 것이었다. 필요하다면 샘을 진창에 때려눕힐 만큼 힘이 세다는 점을 고려하면 더욱 그러했다. 그래서 그는 여기 앉아서 큰 손가락으로 세 단어를 동시에 가리키며 그 무리들 가운데 구별해야 할 한 단어를 눈으로 잘 포착할 수 있도록 고개를 한쪽으로 기울이고 있었다. 바틀 매시가 소유하고 있을 지식의 양은 너무나 모호하고 엄청난 것이라서 빌의 상상력은 그 앞에서 움츠러들었다. 그는 규칙적으로 아침이 돌아오고 날씨가 변하는 데에도 그 교사가 어떻게든 개입하고 있으리라는 주장을 감히 부정하지 못했을 것이다.

빌 옆에 앉은 사람은 전혀 다른 유형이었다. 그는 감리교도 벽돌공이었고 삼십 년 동안 일자무식인 상태로 살아온 데 대해서 전적으로 만족했는데 최근에 '종교를 갖게' 되면서 그와 더불어 성경을 읽고 싶은 욕구도 갖게 된 것이었다. 그러나 그에게도 역시 배움은 어려운 일이라서 오늘 밤 야학에 오는 길에 그는 평소처럼 도움을 청하는 특별한 기도를 올렸다. 그가 이 어려운 과업을 시도한 것은 오로지 자신의 영혼에 자양분을 주기 위해서였고, 사악한 기억과 과거 습관의 유혹 즉 악마를 몰아내려고 경전과 찬송가를 더 자주 접하기 위해서였다. 이 벽돌공은 악명 높은 밀렵꾼이었고, 그에게 불리한 확실한 증거는 없었지만 이웃 사냥터지기의 다리를 쏘았다는 의심을 받고 있었다. 어떻든 간에, 지금 언급한 그 사건이 일어난 직후 — 그것은 여러 사람에게 각성을 불러일으킨 감리교 설교자가 트레들스턴에 도착한 시기와 일치했다 — 에 이 벽돌공에게 커다란 변화가 관찰되었다. 비록 그가 이웃 사람들에게는 아직 "유황"이라는 옛 별명으로 알려져 있었지만, 그는 그 고약한 냄새가 나는 원소에 접촉하기를 무엇보다도 두려워했다. 가슴이 넓은 그는 기질이 열성적이었고 그렇기 때문에 알파벳이라는 단순한 인간적 지식을 습득하는 단조로운 과정을 거치는 것보다는 종교적인 신념을 흡수하는 편이 더욱 용이했다. 실은, 글자란 성령에 이르는 데 그저 방해가 될 뿐이며, 자만심을 일으킬 지식을 얻는 데 그가 너무 열성적이라고 염려했던 한 형제 감리교도의 말을 듣고 그의 결심이 약간 흔들린 적이 있었다.

세 번째 신참자는 훨씬 더 유망한 학생이었다. 그는 키가 크고 말랐으며 강단이 있는 사람이었고 "유황"과 비슷한 나이로 아주 창백한 얼굴에 손은 군청색으로 얼룩져 있었다. 그는 염색공이었고 수제 모직과 여자들의 낡은 페티코트를 염색하면서 색깔의 신비스런 비밀을 더 많이 알고 싶다는 열망으로 타올랐다. 그는 이미 그 지역에서 염색으로 높은 평판을 누리고 있었고, 진홍색과 주홍색 염료의 비용을 줄일 수 있는 방법을 알아내려고 골몰하고 있었다. 그가 읽기를 배운다면 노동과 비용을 무척 많이 줄일 수 있을 거라고 트레들스턴의 제약사가 일러주었으므로 그는 남은 시간을 야학에서 보내기 시작했고, 자기 '꼬마'도 나이가 차는 대로 때맞춰 매시 씨의 주간 학교에 보내겠다고 결심했다.

고된 노동의 흔적을 몸에 지닌 체구가 커다란 이 세 사람이 닳아빠진 책 위로 심각하게 고개를 숙이고 "풀은 초록색이다", "장작은 말랐다",

"밀이 익었다"를 힘겹게 이해하려고 노력하는 광경은 보기에 감동적이었다. 그것은 첫 철자만 제외하고 모두 똑같은 철자들이 세로로 늘어서 있던 글자들을 공부한 다음에 넘어가기에는 너무 어려운 과제였다. 마치 거친 동물 세 마리가 인간이 되는 방법을 배우려고 겸손하게 노력을 기울이는 것 같았다. 그리고 그 광경은 매시 씨의 본성에서 가장 다정한 성품을 이끌어냈다. 이처럼 성숙한 학생들에 대해서 매시 씨는 성마른 목소리로 무자비한 형용사를 동원하여 말하지 않았다. 그는 타고난 성격이 결코 온유하지 않았고, 음악 수업이 있는 밤에는 인내심이라는 미덕을 결코 쉽게 얻지 못하리라는 사실이 명백히 드러났다. 그러나 오늘 저녁에 고개를 한쪽으로 기울이고 d, r, y 철자들을 멍한 눈으로 하지만 필사적으로 바라보는 석공 빌 다운즈를 안경 너머로 바라보면서 그의 눈은 더없이 부드럽게 격려하는 빛을 발했다.

읽기 수업이 끝나자 열여섯 살부터 열아홉 살 사이의 두 젊은이가 가상의 매도물품 목록을 가지고 앞으로 나왔다. 그들은 그것을 석판 위에 써놓았고 이제 '즉석에서' 계산하라는 지시를 받았다. 그 시험 결과가 매우 불만족스럽게 나오자, 몇 분간 안경 너머로 불길하게 눈을 부라리며 그들을 바라보던 바틀 매시는 마침내 신랄하게 높은 목소리로 분노를 터뜨렸고 문장이 끝날 때마다 그의 다리 옆에 있던 손잡이가 달린 지팡이로 바닥을 두드렸다.

"자, 보라고. 너희들은 이 주일 전보다 조금도 나아지지 않았어. 그 이유가 뭔지 말해 주지. 너희들은 계산을 배우고 싶어 해. 그건 훌륭하고 좋은 일이야. 하지만 그저 일주일에 두세 번 내게 와서 한 시간 정도 덧셈을 하면 할 일을 다 했다고 생각한다고. 그리고 모자를 쓰고 문밖으로 나서자마자 그 모든 것을 머리 밖으로 깨끗하게 쓸어내 버리는 거야. 휘파람을 불고 돌아다니면서, 무엇을 생각해야 할 지 도통 신경을 쓰지 않아. 너희들 머리는 우연히 방해가 되는 쓰레기들을 모두 휩쓸어 내리는 하수구와 똑같아. 그 쓰레기들 가운데 혹시라도 쓸 만한 생각이 있더라도 곧 씻겨 나갈 거라고. 너희들은 지식을 값싸게 얻을 수 있다고 생각하지. 바틀 매시에게 와서 일주일에 육 펜스만 지불하면 조금도 수고를 하지 않아도 숫자를 잘 다룰 수 있게 만들어 줄 거라고 생각하겠지. 하지만 단언하건대 지식은 육 펜스를 낸다고 얻을 수 있는 게 아니야. 너희들이 숫자를 알고 싶으면 머릿속에서 그것들을 되새겨 보고 생각을 집중해야 돼. 합계를 낼 수 없는 것은 없어. 모든 것에는 숫자가 있으니까. 심지어 바보도 그렇다고. 너희들 스스로 이렇게 생각할 수도 있어. '나는 한 명의 바보이고, 책은 또 다른 바보다. 내 바보 머리가 사 파운드 나가고 책은 삼 파운드 삼 온스와 사분의 삼이 나간다면 내 머리가 책의 머리보다 몇 페니웨이트가 더 나갈까?' 숫자를 배우려고 마음먹은 사람이라면 스스로 합계를 내보고 머릿속으로 계산을 할 거야. 구두를 만드느라 앉아서도 바늘땀을 다섯씩 셀 거라고. 그러고는 바늘땀에 값을 매기는 거야. 예를 들어 반 파딩이라고 하자. 그리고 한 시간에 돈을 얼마나 벌 수 있는지 계산하는 거야. 그러고 나서 그 속도로 일하면 하루에 얼마를 버는지, 그리고 열 명의 직공이 삼 년에, 이십 년에, 또는 백 년에 얼마나 많이 벌 수 있는지를 스스로 물어보는 거야. 그동안 그의 바늘은 악마가 들어와 춤을 출 수 있을 만큼 머릿속이 텅 비어있을 때와 마찬가지로 재빨리 움직일 거라고. 이곳에 와서 원하는 것을 배우려고 열심히 노력하지 않는 녀석은 내 야학에 들여놓지 않겠어. 마치 깜깜한 구멍에서 햇빛이 비치는 넓은 지역으로 빠져나오려고 애쓰듯이 말이야. 우둔한 사람이라고 해서 내치지는 않겠어. 바보천치인 빌리 태프트가 무언가를 배우고 싶어 한다면, 그를 가르치는 것도 거부하지 않을 게다. 하지만 육 펜스만 내면 지식을 얻을 수 있고 일 온스짜리 물건을 나르듯이 가져갈 수 있다고 생각하는 녀석들에겐 귀중한 지식을 던져 버리지 않을 거야. 그러니 다시는 내게 오지 마라. 내게 돈을 냄으로써 너희를 위해 애를 쓰도록 만들 수 있다고 생각하는 게 아니라, 너희들 머리로 노력해 왔다는 것을 보여 줄 수 없으면 말이야. 이게 너희에게 주는 마지막 당부다."

이 말을 끝으로 바틀 매시는 손잡이가 달린 지팡이로 전보다 더 날카롭게 바닥을 두드렸고, 당황한 소년들은 시무룩한 표정으로 일어나서 나가야 했다. 다행히도 다른 학생들은 S자부터 유려한 텍스트에 이르기까지 다양한 발전 단계에 있는 습자 연습장만 보여 주기만 하면 되었다. 바틀 씨에게는 아무리 제멋대로 펜을 놀렸다 하더라도 틀린 계산보다는 덜 화가 나는 일이었다. 제이콥 스토리의 Z자에 대해서 바틀 씨는 평소보다 약간 더 엄격했다. 불쌍한 제이콥은 한 면 가득 그 철자만 썼는데 철자의 윗부분이 모두 잘못된 방향을 향하고 있었고, '어쩐지' 맞지 않다는 것을 의식하면서 당황해 하고 있었다. 그러나 그는 그 철자가 거의 쓰이지 않으며 그저 "알파벳을 끝내기 위해 있는 것이고, 자기 생각으로는, &기호를 대신 써도 괜찮았을 것"이라고 말했다.

마침내 학생들이 모두 모자를 쓰고 "안녕히 주무세요" 라고 말했고, 아담은 오래 알고 지낸 선생님의 습관을 알고 있기에 일어서서 말했다. "촛불을 끌까요, 매시 씨?"

"그래, 그래, 이것만 빼고. 이건 집안으로 들고 갈 테니까. 그리고 바깥문을 잠가주게. 자네가 그 옆에 있으니." 바틀 씨는 의자에서 내려오면서 적합한 각도로 지팡이를 잡아 도움을 받으며 말했다. 그가 바닥에 내려서자마자 지팡이가 필요한 이유가 분명히 드러났다. 왼다리가 오른다리보다 훨씬 짧았던 것이다. 그러나 다리를 절었음에도 불구하고 그 교사는 너무나 활동적이었기에 그것이 불운이라 여겨지지 않았고, 교실 바닥을 지나 부엌으로 향하는 계단을 올라가는 그의 모습을 보았더라면 여러분은 그 버릇없는 아이들이 때로 그의 걸음이 무한정 빨라질 수 있으며 자기들이 아무리 빨리 뛰어도 그와 그의 지팡이가 자기들을 따라잡을 거라고 느꼈던 이유를 어쩌면 이해할 수 있을 것이다.

그가 촛불을 들고 부엌문에 나타난 순간 조그맣게 킁킁거리는 소리가 난롯가에서 들리기 시작했고, 다리가 짧고 몸통이 긴, 갈색과 황갈색이 뒤섞인 암컷 개가 꼬리를 흔들고 한 걸음 걸러 한 번씩 망설이면서 바닥을 기어 왔다. 무관심하지 않은 사람들에게는 턴스피트 종(種)이라고 알려진 영리해 보이는 종자였다. 그 개의 애정은 반가이 맞지 않을 수 없는 주인과 난롯가의 바구니 사이에서 고통스럽게도 나눠진 것 같았다.

"자, 빅슨, 새끼들은 어때?" 교사는 급히 난롯가로 가서 납작한 바구니 위로 양초를 치켜들면서 말했다. 그곳에서는 전혀 눈을 뜨지 못하는 강아지 두 마리가 플란넬과 털이 깔린 보금자리에서 불빛을 향해 고개를 치켜들었다. 주인이 새끼들을 바라보는 것을 보면서 빅슨은 고통스러운 흥분을 느끼지 않을 수 없었다. 그 개는 바구니로 들어갔다가 곧바로 다시 나왔고 정말로 여자다운 어리석음을 발휘하며 행동했다. 그럼에도 불구하고 가뜩이나 짧은 다리 위에 커다란 구식 머리와 몸을 가진 난쟁이처럼 내내 현명하게 보였다.

"아니, 당신에게 가족이 생겼군요, 그렇죠, 매시 씨?" 아담이 부엌으로 들어서면서 미소를 짓고 말했다. "어떻게 된 일이지요? 그건 이곳의 법칙에 어긋나는 줄 알았는데요?"

"법칙이라고? 남자가 한때 너무나 어리석게도 여자를 집안에 들여놓았을 때 법칙이라는 것이 무슨 소용이 있겠나?" 바틀 씨는 가차 없이 바구니에서 돌아서면서 말했다. 그는 언제나 빅슨을 여자라고 불렀고, 자기가 비유를 사용하고 있음을 완전히 잊어버린 것 같았다. "빅슨이 여자라는 것을 알았더라면, 사내애들이 그녀를 물에 빠뜨리는 것을 절대 막지 않았을 걸세. 하지만 그녀가 내 손에 들어왔을 때 어쩔 수 없이 그녀에게 적응해야 했지. 그런데 이제 그녀가 나를 어떤 처지에 빠뜨렸는지 보게나. 저 교활하고 위선적인 계집 같으니." 바틀은 비난하듯이 마지막 말을 쉰 목소리로 내뱉으며 빅슨을 바라보았다. 그 개는 예리한 치욕감을 느끼며 고개를 푹 숙이고는 눈을 들어 그를 바라보았다. "그러고는 일부러 주일에 예배 보러 갈 시간에 새끼를 낳았다고. 내가 잔인한 성격이었기를 얼마나 많이 바랐는지 모르네. 어미와 새끼들 모두 노끈 하나로 목을 조를 수 있게 말이야."

"당신이 교회에 나오시지 못한 이유가 더 나쁜 것이 아니라서 다행입니다." 아담이 말했다. "선생님이 평생 처음으로 병에 걸리셨나보다고 걱정했지요. 그리고 어제 교회에 나오시지 않아서 특히 유감이었습니다."

"아, 그래, 알고 있네, 이유를 알지." 바틀은 아담에게 다가가서 자기 머리와 거의 같은 높이의 어깨에 손을 얹으며 친절하게 말했다. "내가 자네를 본 이후로 자네는 험난한 길을 걸어야 했지. 거친 길이었어. 하지만 이제 더 나은 시절이 자네에게 다가오고 있기를 바란다네. 자네에게 전할 소식이 있지. 하지만 배가 고프니 먼저 저녁을 먹어야겠어. 정말 배가 고프거든. 자, 앉게."

바틀은 작은 찬방으로 들어가서 집에서 구운 훌륭한 빵 한 덩어리를 가져 왔다. 그처럼 물가가 비싼 시절에 하루에 한 번씩 귀리 비스킷 대신 빵을 먹는 것은 그에게 유일한 사치였다. 그 사실을 정당화하기 위해서 그는 선생에게 필요한 것은 두뇌이고 귀리 비스킷은 뇌로 가기보다는 대개 뼈로 간다고 말하곤 했다. 그는 치즈 한 조각과 거품이 이는 일 쿼트짜리 맥주 단지를 가지고 와서, 굴뚝이 있는 구석의 널찍한 안락의자 옆에 세워진 둥근 제재목 탁자에 올려놓았다. 그 구석의 한쪽에는 빅슨의 바구니가 있었고 다른 쪽에는 창가의 선반에 책 몇 권이 쌓여 있었다. 빅슨이 바둑무늬 앞치마를 두른 솜씨 좋은 가정주부라도 되는 듯 탁자는 아주 깨끗했다. 타일이 깔린 바닥도 그러했다. 조각이 새겨진 오래된 참나무 책장, 탁자, 의자들에도 여름날이 저물어 가는 시간임에도 불구하고 먼지 하나 보이지 않았다. 요즘이라면 귀족의 집에서 비싼 가격에 사들이겠지만 삼발이와 상감을 박아 넣은 큐피드 인형이 유행하던 그 시절에는 바틀이 헐값으로 살 수 있었던 가구들이었다.

"자, 자네, 이리 오게, 가까이 앉게나. 저녁을 먹고 난 다음에 이야기를 하세. 배가 비었을 때는 현명할 수 없는 법이지." 바틀은 다시 의자에서 일어나며 말했다. "그런데 빅슨에게 저녁을 줘야겠군, 망할! 그녀가 저녁을 먹어봐야 그 필요도 없는 새끼들에게 영양분을 주겠지만 말이야. 여자들이 하는 짓이 다 그렇다네. 여자들은 영양분을 공급해야 할 머리가 없기 때문에 음식을 먹으면 지방이 되거나 새끼들에게 가는 거지."

그는 찬방에서 사료가 담긴 접시를 꺼내 왔고, 빅슨은 그 접시를 보자마자 바구니에서 뛰어 나와 아주 신속히 핥아먹었다.

"저는 저녁을 먹었어요, 매시 씨." 아담이 말했다. "선생님이 저녁을 드시는 동안 저는 그냥 보고 있을게요. 홀 팜에 갔다 왔거든요. 아시다시피 그 댁은 언제나 저녁을 일찍 먹어요. 선생님처럼 늦게까지 깨어있지 않거든요."

"그 사람들이 저녁을 언제 먹는지 나는 아는 바가 없네." 바틀은 빵을 자르고 빵 껍질에 개의치 않으며 냉담하게 말했다. "그 집에는 거의 가지 않아. 그 집의 사내애들은 좋아하고 마틴 포이저는 좋은 사람이지만 말이지. 그 집에는 여자들이 너무 많거든. 나는 여자들의 목소리가 듣기 싫어. 언제나 윙윙거리거나 끽끽거린다고. 언제나 그렇지. 포이저 부인은 파이프처럼 높은 목청으로 말하지. 젊은 아가씨들에 대해서 말하자면 차라리 물에 사는 벌레를 보는 편이 낫겠네. 그 여자들이 어떻게 변할지 알고 있으니까. 침을 쏘아대는 각다귀가 될 거야. 자, 맥주 좀 들게. 자네를 위해서 따라왔어."

"아뇨, 선생님." 오늘 밤 아담은 오랜 친구의 변덕을 평소보다 더 진지하게 받아들이며 말했다. "하느님께서 우리의 동무로 만들어주신 피조물에 대해 그렇게 가혹하게 말씀하시지 마세요. 노동하는 남자는 집안일을 하고 음식을 만들어주고 깨끗하고 편안하게 해줄 아내가 없으면 형편없이 될 테니까요."

"허튼 소리! 자네처럼 분별력이 있는 남자가 그런 걸 믿다니! 여자가 집안을 편안하게 만든다는 것처럼 어리석은 거짓말은 없어. 여자들이 이미 있기 때문에, 그리고 여자들이 할 일이 있어야 하니까 만들어 낸 이야기라고. 정말이지 이 세상에 해야 할 일 가운데 남자가 여자보다 더 잘할 수 없는 일은 없다네. 아이를 낳는 일만 빼고 말이야. 여자들은 그 일조차도 한심하게 아무렇게나 한다고. 그 일도 남자들에게 맡겼더라면 더 나았을 걸세. 훨씬 더 낫고말고. 정말이지, 여자들은 평생 매주 파이를 구우면서도 오븐이 뜨거우면 뜨거울수록 시간이 단축된다는 걸 절대 알지 못한다니까. 이십 년간 매일 죽을 끓이면서도 가루와 우유의 비율을 측정할 생각도 하지 못한다고. 조금 더 들어가나 덜 들어가나 차이가 없다고 생각하는 거야. 그러니 때로 먹을 수 없는 죽이 되지. 죽이 잘못 되면 가루에 문제가 있거나, 우유에 문제가 있거나 아니면 물에 문제가 있지. 나를 보게! 내가 직접 구워낸 빵은 한 해가 시작해서 끝날 때까지 처음 구워낸 것이나 다음 번에 구워낸 것이나 전혀 차이가 없다네. 하지만 내가 이 집안에 빅슨 말고 다른 여자를 들인다면 빵을 구울 때마다 그 빵이 설구워져도 참을 수 있게 해달라고 하느님께 기도해야 할 걸세. 그리고 청결한 점으로 따지자면 내 집은 공유지에 있는 어느 집보다도 깨끗하네. 그 집들의 절반에는 여자들이 우글거리고 있어도 말일세. 윌 베이커의 아들이 아침에 나를 도와주러 오지. 그러면 우리는 여자들이 세 시간 걸려서 할 일을 한 시간 만에 공연한 부산을 떨지 않고 깨끗하게 치워놓는다네. 반면에 여자들은 물을 몇 양동이나 부어서 발을 적시게 하고 난로 울과 부지깽이를 바닥 한복판에 반나절은 놔둬서 정강이를 부딪치게 만든다고. 하느님이 남자들에게 동무가 되도록 그런 피조물을 만드셨다는 말은 내게 하지 말게! 하느님이 낙원에서 아담의 동무로 이브를 만드셨다는 말을 부인하는 건 아니야. 거기에는 망칠 요리도 없고 함께 수다를 떨며 말썽을 일으킬 다른 여자들이 없었으니까. 틈이 생기자마자 여자가 어떤 말썽을 부렸는지 자네도 알고 있겠지. 하지만 지금은 여자가 남자에게 축복이라고 말하는 것은 불경스럽고 성경에도 맞지 않는 견해라네. 독사나 말벌, 수퇘지, 들짐승을 축복이라고 부르는 편이 나을 걸세. 이 지상에서의 시험을 받는 과정에 끼어들기 마련인 해악일 뿐이고, 남자들은 될 수 있는 대로 이 세상에서 그런 것들을 가까이 하지 않는 게 상책이라네. 다음 세상에서는 그런 것들에서 영원히 벗어날 수 있기를 기대하면서 말일세."

바틀은 악담을 퍼붓다가 너무 흥분하고 분개한 나머지 저녁 먹을 것도 잊어버리고 칼을 잡아 손잡이로 식탁을 두드렸다. 말이 끝날 무렵 식탁을 두드리는 소리는 더욱 날카롭게 빈번히 울렸고, 그의 목소리가 말다툼을 하듯이 들렸으므로 빅슨은 바구니에서 뛰어나와 힘없이 짖어댔다.

"조용히 해, 빅슨!" 바틀은 몸을 돌려 그 개를 바라보며 고함을 질렀다. "너도 다른 여자들과 똑같아. 왜 그런지 알지도 못하면서 언제나 네

말부터 먼저 하려든다니까.”

빅슨은 다시 기가 죽어서 바구니로 돌아갔고 그 주인은 아무 말 없이 저녁을 먹었다. 아담은 침묵을 깨뜨리려 하지 않았다. 그 노인이 저녁 식사를 마치고 파이프에 불을 붙이고 나면 훨씬 기분이 나아진다는 것을 알고 있기 때문이었다. 그가 이런 식으로 말하는 것을 전에도 듣곤 했지만 바틀의 과거에 대해서는 아는 바가 그리 없었기에 결혼 생활의 행복에 대한 그의 견해가 경험에 입각한 것인지는 알 수 없었다. 이 점에 관해서 바틀은 입을 열지 않았다. 이 지역의 소작인들과 장인들에게 다행히도 그가 유일한 교사로서 그들 사이에 정착해서 산 지 이십 년이 되었지만 그 이전에 그가 어디에서 살았는지 아무도 알지 못했다. 이 주제에 대한 질문이 제기될 것 같으면 바틀은 늘 이렇게 대답했다. “아, 나는 여러 곳을 보았다네. 남쪽 지방에 많이 있었지.” 로엄셔 사람들에게 남쪽 지방에 대해서 묻는 것은 아프리카의 어떤 마을이나 시골에 대해 묻는 거나 다름없었다.

“자, 그러면, 이보게.” 마침내 두 번째 맥주잔을 따르고 파이프에 불을 붙인 후 바틀이 말했다. “자, 그럼 잠시 이야기를 하도록 하지. 그런데 우선, 오늘 특별한 소식을 들었는지 말해보게나.”

“아뇨, 제가 기억하기로는 없는데요.” 아담이 말했다.

“그래, 사람들이 그걸 비밀로 하는구먼. 비밀로 하고 있어. 하지만 나는 우연히 알게 되었네. 자네에게 관련이 있는 소식이지. 만일 그렇지 않다면 나는 일 평방피트와 입방체도 구별하지 못하는 사람이지.”

이 부분에서 바틀은 아담을 진지하게 바라보면서 성급하고 거칠게 계속 담배 연기를 뿜어댔다. 조급하고 말이 많은 이 사람은 파이프에 불을 붙여서 부드럽게 규칙적으로 내뿜는 법이 없었다. 언제나 불이 꺼질 정도로 놔두었다가 소홀히 했음을 벌하려는 듯 마구 뿜어대곤 했다. 마침내 그가 말했다.

“새첼이 중풍이 들었다네. 오늘 아침 일곱 시가 되기 전에 의사를 부르러 트레들스턴으로 심부름을 보낸 아이에게서 들었어. 알다시피 그 사람은 육십 세가 훨씬 넘었으니 낫는다면 놀라운 일이지."

"글쎄요." 아담이 말했다. "그가 병석에 누우면 교구에는 슬퍼할 사람보다 기뻐할 사람이 더 많을 것 같군요. 그는 이기적이고, 말을 옮기고, 해를 끼치는 사람이었지요. 하지만 결국 누구보다도 노지주에게 가장 손해를 많이 입혔어요. 비록 그 점에 있어서는 지주님의 잘못이 크지만 말이지요. 장원을 돌볼 만한 적절한 자격을 갖춘 집사를 고용하지 않고 비용을 아끼려고 그런 어리석은 사람에게 잡일을 모두 맡겼으니까요. 그 사람은 숲을 잘못 관리해서 상당히 손실을 보았지요. 집사 두 명을 고용하는 데 들어가는 비용보다도 더 큰 손해를 본 것이 틀림없어요. 만약 그 사람이 쓸모없는 인물이 된다면, 그가 더 나은 사람에게 자리를 양보하기를 바라야겠지요. 하지만 그 일이 저에게 무슨 관련이 있을지 모르겠군요."

"나는 알 수 있네, 알 수 있지." 바틀이 대답했다. "나 말고 다른 사람들도 알고 있지. 이제 대위가 성년이 되고 있으니 — 그건 나뿐 아니라 자네도 알고 있지 — 그가 매사에 좀 더 발언권을 가지게 될 거라고 예상할 수 있지. 그리고 변화를 일으킬 수 있는 좋은 기회가 온다면, 대위가 숲에 대해 무엇을 바라는지 나도 알고 자네도 알고 있지. 자기에게 결정권이 있다면 자네를 내일 당장 숲 관리인으로 만들겠다고 많은 사람들이 듣는 곳에서 말했으니까. 그리고 어윈 씨의 집사인 캐롤은 얼마 전에도 대위가 목사님에게 그렇게 말하는 것을 들었다네. 토요일 저녁에 캐손의 집에서 파이프를 피우고 있는데 캐롤이 들어오더니 그 이야기를 하더군. 누구든지 자네에 대해서 좋은 말을 할 때면 목사님이 언제나 그 말을 두둔하신다는 것을 내가 장담할 수 있어. 캐손의 집에서 그 이야기가 상당히 많이 오갔다네. 그리고 한두 사람이 자네에 대해 악담을 퍼부었지. 당나귀들에게 노래를 시키면 어떤 곡조를 부를지 잘 알지 않나!"

"사람들이 버지 씨 앞에서 그 이야기를 했나요?" 아담이 말했다. "아니면 토요일에 그분은 그 자리에 없었나요?"

"아, 캐롤이 오기 전에 그 사람은 갔다네. 그리고 캐손은 버지가 그 숲을 관리하게 되기를 바랐다네. 자네도 알다시피 캐손은 언제나 다른 사람들을 공정하게 대하고 싶어 하니까. '거의 육십 년간 목재를 다뤄온 실력이 있는 사람이지요. 아담이 그 밑에서 일하면 아주 좋을 겁니다. 하지만 아담보다 더 나이도 많고 실력 있는 사람들이 가까이 있는데 지주님께서 아담과 같이 젊은 사람을 임명하리라고는 생각할 수 없어요.' 그가 이렇게 말했네. 하지만 내가 말했지. '그것 참 멋진 생각이네, 캐손. 아니, 목재를 구입하는 사람이 바로 버지인데, 숲의 관리를 그 사람에게 맡기고, 자기가 관리하는 것을 구입하게 한다고? 자네는 손님에게 자기가 마시는 술값을 계산하라고 내버려 두지는 않겠지, 그렇지 않나? 그리고 나이에 대해서도 말하자면, 중요한 것은 그 술의 품질에 달려 있지. 조나단 버지 사업의 대들보가 누구인지는 꽤 잘 알려져 있잖아'."

"좋은 말씀을 해주셔서 감사합니다, 매시 씨." 아담이 말했다. "하지만 그럼에도 불구하고, 캐손 씨의 말이 한 가지 점에 있어서는 맞습니다. 노지주께서 저를 고용하는 데 동의할 가능성은 별로 없어요. 이년 전에 제가 그분의 노여움을 샀는데 그 후로 저를 절대 용서하지 않으셨거든요."

"아니, 그건 어찌된 일인가? 내게 그런 말을 전혀 하지 않았잖아." 바틀이 말했다.

"아, 그건 좀 터무니없는 일이었어요. 제가 리디아 양을 위해서 병풍틀을 만들었었지요. 그녀는 언제나 소모사를 가지고 무언가 일을 하니까요. 그녀가 이 틀을 특별히 주문했었어요. 그래서 마치 집이라도 설계하는 것처럼 이야기도 많이 하고 측정도 했었지요. 하지만 그것은 멋진 작업이었고 저는 그녀를 위해 그것을 만드는 것이 좋았지요. 그러나 아시다시피 조그맣고 섬세한 물건들은 시간이 많이 걸립니다. 저는 일이 끝난 후에 종종 밤늦게야 작업을 할 수 있었어요. 그리고 조그만 놋쇠 못과 물품을 사러 여러 차례 트레들스턴에 가야했지요. 조그만 손잡이와 다리를 보기 좋게 만들고 무늬를 따라서 아주 멋있게 문을 조각했지요. 그 일이 끝났을 때 저는 아주 기분이 좋았습니다. 제가 그것을 그 댁에 가져갔을 때 리디아 양은 그것을 응접실로 가져오라고 했지요. 그녀가 만든 자수를 거기에 달도록 지시하려고 말입니다. 그것은 야곱과 라헬[82]이 양들 사이에서 키스하는 것으로 그림처럼 아름다운 훌륭한 자수였습니다. 노지주께서 거기 앉아계셨지요. 그분은 대체로 그녀와 함께 계시니까요. 그런데 리디아 양은 그 틀이 아주 마음에 들어서 저에게 얼마를 지불해야 하는지 물었습니다. 저는 아무렇게나 대답하지 않았지요. 아시다시피 저는 그런 식으로 일을 하지 않으니까요. 계산서를 만든 것은 아니었지만 아주 꼼꼼하게 계산했고 일 파운드 십삼 실링이라고 말했습니다. 그것은 재료값과 제 인건비였지만 제 노력에 비해 지나치게 많은 돈을 청구한 것은 전혀 아니었지요. 노지주께서는 이 말에 얼굴을 들고 그분 방식대로 그 틀을 자세히 보시더니 말씀하셨습니다. '저런 허울만 번지르르한 물건에 일 파운드 십삼 실링이라고! 리디아, 네가 이런 것에 돈을 써야 한다면, 이런 촌스러운 물건에 두 배의 값을 주지 말고 로세터에서 사는 것이 좋겠다. 그런 것들은 아담과 같은 목수가 할 수 있는 일이 아니야. 저 사람에게 일 기니만 주고 더 이상은 주지 마라.' 제 생각에 리디아 양은 지주님의 말씀을 믿었고, 그녀 자신도 돈을 주기를 아주 좋아하는 것은 아니었지요. 그녀가 바탕이 나쁜 사람은 아니지만 지주님의 영향을 받으며 살아왔으니까요. 그래서 그녀는 지갑을 들고 안절부절 못하면서 리본처럼 얼굴이 새빨갛게 되었지요. 하지만 제가 절을 하고 말했습니다. '아뇨, 감사합니다, 마담. 마음에 드신다면 그 틀을 선물로 드리겠습니다. 저는 제 노동에 대한 일반적인 가격을 말씀드렸고, 그 일을 잘 했다는 것을 알고 있습니다. 그리고 지주님께 용서를 구하면서 말씀드리건대, 이런 틀을 로세터에서 이 기니 이하로는 살 수 없다는 것을 알고 있습니다. 제가 만든 물건을 기꺼이 드리겠습니다. 순전히 남는 시간에 만들었고 저 말고 이 일에 손을 댄 다른 사람은 없으니까요. 하지만 값을 받는다면 제가 청구한 것보다 적게 받을 수는 없습니다. 그렇게 되면 제가 공정한 노임보다 더 많이 청구했다고 말하는 것과 같으니까요. 허락해 주

82) 창세기 29장 20절.

신다면 마담, 아침 인사를 드리고 물러나겠습니다.' 그녀에게 말할 시간을 주지 않고 저는 절을 하고 나왔습니다. 그녀는 지갑을 손에 들고 바보처럼 보이는 얼굴로 서 있었지요. 저는 불손하게 대할 의도는 없었고, 될 수 있는 대로 공손하게 말했지요. 하지만 제가 꾀를 부려서 이기려한다고 누군가 생각한다면, 저는 그 누구에게도 굴복할 수 없습니다. 그리고 저녁이 되자 마부가 일 파운드 십삼 실링을 종이에 싸서 갖다 주었지요. 하지만 그 이후로 노지주님이 저를 참을 수 없어한다는 것을 분명히 느꼈어요."

"그럴 수 있겠군, 그럴 수 있겠어." 바틀이 생각이 잠겨 말했다. "그분의 생각을 바꿔 놓을 수 있는 유일한 방법은 그분에게 뭐가 이득이 되는지를 보여 주는 것이지. 대위가 그 일을 할 수 있을 거야. 대위가 할 수 있을 거라고."

"글쎄요, 그럴 수 있을지 모르겠어요." 아담이 말했다. "지주님은 예리한 분입니다. 하지만 사람들이 자기들에게 결국 이득이 되는 것이 무엇인지를 알려면 예리함 말고도 다른 것이 필요해요. 양심과 옳고 그른 것에 대한 믿음이 어느 정도 있어야지요. 정직한 방법으로도 속임수나 나쁜 짓을 통해서 얻는 것만큼 수익을 얻을 수 있다고 지주님을 믿게 만들기는 어려울 겁니다. 게다가 저는 그분 밑에서 일하고 싶은 마음이 별로 없어요. 어떤 신사와도 말다툼을 하고 싶지 않고, 여든이 넘은 노신사와는 더더욱 그렇지요. 그리고 우리가 합의를 한다고 해도 오래가지 않을 테니까요. 만약 대위가 장원의 주인이라면 상황이 다르겠지요. 그는 양심과 옳은 일을 하려는 의지를 가지고 있으니까요. 다른 사람이 아니라 그를 위해서라면 기꺼이 일할 겁니다."

"자, 자, 이보게, 만약 행운이 자네의 문을 두드린다면, 창밖으로 머리를 내밀고 가서 네 일이나 하라고 말하지 말게나. 내 충고는 그게 전부일세. 자네는 숫자에 있어서뿐 아니라 삶에 있어서도 우수리가 남는 것과 남지 않는 것 모두를 다루는 법을 배워야 한다네. 십년 전에 마이크 홀즈워스가 가짜 일 실링을 유통시키려 했을 때 그가 장난으로 그랬는지 진심으로 그랬는지를 알지도 못하면서 자네가 그를 주먹으로 때려눕혔을 때 내가 말했듯이 지금도 말하겠네. 자네는 성급하고 자존심이 강하고 자네 생각에 맞지 않는 사람에게 공격적인 경향이 있어. 나야 약간 화를 잘 내고 완고하게 굴어도 전혀 해가 되지 않지. 나는 늙은 선생일 뿐이고, 성공해서 더 높은 자리에 오르기를 전혀 바라지 않으니까. 하지만 자네가 세상일에 성공해서 자네 어깨 위에 순무가 아니라 머리가 달려 있는 게 득이 된다는 걸 사람들에게 보여 주지 않는다면, 내가 자네에게 글쓰기와 지도 그리기와 계량법을 가르친 시간이 무슨 소용이 있겠나? 자네는 기회가 다가올 때마다 거기에 오직 자네만 맡을 수 있는 냄새가 나기 때문에 코웃음을 치며 거부할 생각인가? 그것은 아내가 있어야 노동하는 남성이 편안해진다는 자네의 생각처럼 어리석은 거라네. 쓸데없는 허튼소리지! 쓸데없는 허튼 소리야! 그런 생각은 간단한 덧셈을 넘어설 수 없는 바보들에게나 넘겨주게. 간단한 덧셈만으로 충분하지! 바보 한 명에 다른 바보 한 명을 더하고, 육 년이 지나면 바보가 여섯 명이 더 생기지. 합계가 크든 작든 상관없이 그것의 단위는 다 똑같다네."

이처럼 다소 열을 내면서 냉정함과 분별력을 갖기를 권고하는 동안 파이프의 불이 꺼져버렸다. 바틀은 거칠게 벽난로 시렁에 성냥을 그어 불을 붙이면서 이 연설에 대한 절정에 이르렀다. 그 후로 작정한 듯 맹렬히 연기를 뿜어대면서 여전히 아담을 뚫어지게 쳐다보고 있었고, 아담은 웃지 않으려고 노력했다.

"선생님의 말씀에는 타당한 점이 많이 있어요." 마음이 진지해지자 아담은 말을 시작했다. "항상 그렇듯이 말이지요. 하지만 결코 일어나지 않을 가능성을 놓고 기대를 부풀리는 건 제가 할 일이 아니라고 선생님도 인정하시겠지요. 제가 할 일은 제 손에 있는 연장과 재료를 가지고 될 수 있는 대로 일을 잘하는 것입니다. 만일 좋은 기회가 온다면 선생님이 말씀하신 것을 생각해 보겠어요. 하지만 그때까지는 제 손과 머리를 믿는 것 외에 달리 할 일이 없겠지요. 저는 세스와 둘이서 찬장을 만드는 일을 시작해 볼까 하고 소소한 계획을 세우고 있어요. 하지만 시간이 늦었네요. 집에 도착하기 전에 열한 시 가까이 되겠어요. 어머니가 아마 깨어 계실 거예요. 요즘에는 전보다 더 안절부절 못하시거든요. 그러니 이제 가야겠어요."

"그래, 그래, 우리가 대문까지 배웅하도록 하지. 쾌청한 밤이군." 바틀이 지팡이를 집어 들며 말했다. 즉시 빅슨이 따라 일어섰다. 그 세 명은 더 이상 아무 말 없이 별빛이 비치는 바깥으로 나와서 바틀의 감자밭을 지나 작은 대문에 이르렀다.

"가능하면 금요일 음악 수업에 오게나." 그 노인은 아담이 나간 후 대문을 닫고 문에 기대며 말했다.

"네, 네." 아담은 어렴풋이 줄무늬처럼 보이는 길을 향해 성큼 걸음을 옮기며 말했다. 그 넓은 공유지에서 움직이고 있는 물체는 오직 그뿐이었다. 이제 가시금작화 덤불 앞에 보이는 잿빛 당나귀 두 마리는 석회석으로 만든 모형처럼 꼼짝 않고 서 있었다. 조금 더 멀리 떨어진 진흙 오두막의 잿빛 초가지붕처럼 움직이지 않았다. 바틀은 움직이는 그 인물이 어둠 속으로 사라질 때까지 시선을 떼지 않았고 그동안 빅슨은 어미로서 분열된 애정 때문에 강아지들을 핥아주느라 두 번이나 집안으로 달려 들어갔다가 나왔다.

"아, 그래." 아담이 사라지자 그 선생님은 혼자 중얼거렸다. "자네는 그렇게 걸어가는군. 활보하면서 말이야. 하지만 자네 속에 늙은 절름발이 바틀이 조금 들어있지 않았다면 현재의 자네가 될 수 없었을 거라네. 아주 튼튼한 송아지라도 빨아 먹을 것이 있어야지. 큰 체구로 쿵쿵거리며 걸어 다니는 사람들 가운데 바틀 매시가 없었더라면 A, B, C도 몰랐을 사람이 많이 있다고. 자, 자, 빅슨, 이 어리석은 여자야, 무어라고, 뭐라고? 안으로 들어가야 한다고? 아, 그래, 이제는 내 마음대로 하지도 못하겠군. 그런데 강아지들이 네 몸집의 두 배만큼 커지면 내가 어떻게 할 거라고 생각해? 틀림없이 그 녀석들의 에비는 윌 베이커네 몸집이 큰 불테리어겠지. 그렇지 않아, 이 교활한 바람둥이 계집아?" (이 부분에서 빅슨은 꼬리를 다리 사이에 밀어 넣고 집 안으로 달려갔다. 가정교육을 잘 받은 여성이라면 못 들은 척해야 하는 주제가 때로 화제에 오르는 법이다.)

“하지만 아기가 있는 여자에게 말해봤자 무슨 소용이람?” 바틀은 계속 중얼거렸다. “그런 여자는 양심이 없는데. 양심이라고는 전혀 없어. 젖먹이는 데로 다 빠져나가고 말거든.”

제 3 부

생일잔치

칠 월 삼십 일이 되었다. 그 날은 영국의 여름철 우기 중에 대엿새쯤 있기 마련인 화창한 날들 가운데 하루였다. 지난 삼사 일간 비가 조금도 내리지 않았기에 연중 그맘때 치고는 완벽한 날씨였다. 진초록의 산울타리와 길가에 점점이 흩어져있는 야생 카모밀라에 평소보다 먼지가 적게 쌓여 있었고 풀밭은 아이들이 굴러다녀도 될 만큼 말라 있었으며 저 높이 아득히 먼 푸른 하늘에는 구름 한 점 없고 가벼운 솜털 같은 잔물결 모양이 기다랗게 펴져 있었다. 칠월의 야외 놀이에는 완벽한 날씨였지만, 일년 중 태어나기에 가장 좋은 철은 아니었다. 바로 이즈음 자연은 뜨거운 열기 속에서 휴식을 취하는 것 같았다. 아름다운 꽃들은 모두 떨어졌고, 처음 싹터 오르기 시작할 때 막연한 희망을 품었던 달콤한 시간들은 지나가버렸다. 하지만 아직 추수와 수확의 계절은 오지 않았고, 그 귀중한 과일이 익어가는 동안에 수확을 망쳐버릴 폭풍우가 오지 않을까 마음을 졸이게 된다. 숲은 온통 단조로운 진초록 일색이고, 수레에 실린 건초는 더 이상 오솔길을 따라 기어가며 검은 딸기 덤불에 달콤한 냄새가 감도는 향기를 흩뿌리지 않는다. 목초지는 이따금 햇볕에 약간 그을리지만 밀밭에는 아직 붉은빛과 황금빛의 마지막 광채가 돌지 않았다. 어린 양들과 송아지들은 천진난만하게 까불어대던 귀여운 모습을 모두 잃었고 우둔하게 보이는 젊은 양과 암소가 되었다. 그러나 목장에서는 건초 수확을 끝내고 밀 수확을 앞둔 휴식기로서 여유로운 때였다. 그래서 헤이슬롭과 브록스턴의 농부들과 일꾼들은 대위가 바로 그때 성년이 된 것이 잘된 일이라고 생각했다. 그들은 대위의 스물한 번째 생일날에 마실 수 있게끔 그 '후계자'가 태어난 해의 가을에 빚어 두었던 커다란 통에 담긴 맥주 맛에 온 관심을 쏟을 수 있을 것이다. 생일날 아침이 되자 무척 이른 시간에 교회의 종이 울리면서 명랑한 분위기를 조성했고, 사람들은 모두 열두 시 전에 필요한 일을 끝내려고 서둘렀다. 그 시간이 되면 체이스에 갈 준비를 해야 했다.

정오의 태양이 헤티의 침실에 물결치듯 흘러 들어왔다. 창에 블라인드가 없어서, 낡고 얼룩진 거울에 자기 모습을 비쳐보는 헤티의 머리에 따가운 햇볕이 사정없이 내리쬐었다. 하지만 목과 팔이 다 보이는 거울은 그것 밖에 없었다. 다인나가 쓰던 옆방에서 가져온, 매달 수 있는 조그만 거울로는 그녀의 작은 턱 아래로는 아무것도 보이지 않았고, 둥그스레한 뺨이 또 다른 둥그스름한 부분으로 이어지고 섬세하게 곱실거리는 검은 머리카락으로 가려진 아름다운 목을 볼 수 없었다. 그리고 오늘 그녀는 평소보다 더 세심하게 목과 팔에 관심을 기울였다. 저녁에 춤을 출 때 손수건을 목에 감지 않을 것이기 때문이었다. 어제는 분홍색과 흰색 반점이 어우러진 드레스의 소매를 마음대로 늘이거나 줄일 수 있도록 서둘러 손질해 놓았다. 지금 그녀는 오늘 저녁의 차림새로 옷을 차려 입고 있었다. 숙모가 이 특별한 경우를 위해 빌려준 '진짜' 레이스로 주름을 잡아 장식했지만 다른 장신구는 달지 않았다. 매일 달던 조그맣고 둥근 귀고리도 빼냈다. 하지만 낮에 걸고 있을 손수건과 긴 소매를 걸치기 전에 해야 할 일이 한 가지 더 있었다. 그래서 이제 그녀는 은밀한 보물을 간직하고 있는 서랍을 열었다. 앞에서 그 서랍을 여는 것을 본 후로 한 달이 넘는 시간이 흘렀고, 이제 그 속에는 새로운 보물이 들어 있었다. 그것이 예전 것들보다 훨씬 더 소중하기 때문에 예전의 보물들은 구석으로 밀려나 있었다. 지금 헤티는 커다랗고 화려한 색깔의 유리 귀고리를 달고 싶지 않았다. 자 보라! 금과 진주와 석류석으로 만든 아름다운 귀고리 한 쌍이 있었고, 그것은 흰 비단으로 안감을 댄 조그맣고 예쁜 상자 안에 가지런히 놓여 있었다. 아, 그 조그만 상자를 꺼내어 귀고리를 바라보는 기쁨이란! 사색적인 독자들이여, 헤티는 무척 예쁘기 때문에 장식을 달건 달지 않건 중요하지 않다는 사실을 알았어야 하며, 게다가 허영심이란 본질적으로 다른 사람에게 주는 인상과 관련되어 있으므로 아마도 침실 밖에서는 달고 다닐 수 없을 귀고리를 그저 바라보는 것으로는 만족감을 느낄 수 없을 거라는 논리적인 판단을 내리지 마시라. 당신이 그렇게 지나칠 정도로 합리적인 판단을 내린다면 당신은 여자의 본성을 절대로 이해하지 못할 것이다. 카나리아 새의 심리를 연구하듯이 당신의 이성적인 편견에서 완전히 벗어나도록 노력하고, 그저 이 아름답고 둥그스름한 피조물이 고개를 한쪽으로 돌리고 무의식적으로 미소를 지으면서 작은 상자 안에 들어있는 귀고리를 바라보는 동작을 관찰하라. 아, 당신은 이렇게 생각할 것이다. 그건 그 귀고리를 준 사람 때문이라고. 그 귀고리를 처음 만졌던 순간으로 그녀의 생각이 되돌아갔을 거라고 말이다. 그렇지 않았다. 만일 그렇다면 그녀가 다른 것들보다 귀고리를 특히 좋아할 이유가 어디 있겠는가? 그녀가 온갖 장신구들 가운데 특히 귀고리를 갖고 싶어 했다는 것을 나는 알고 있다.

"귀엽고 조그만 귀로군." 모자를 쓰지 않은 헤티가 풀밭에서 옆에 앉아 있던 어느 저녁 날 아서는 그녀의 귀를 꼬집는 척하면서 말했었다. "예쁜 귀고리가 있으면 좋겠어요!" 자기가 무슨 말을 하는지도 알지 못하는 사이에 헤티는 이렇게 말했다. 그 소망은 그녀의 입술 가까이에 있었으므로 미세한 숨결에도 펄럭이며 입 밖으로 나왔던 것이다. 그리고 바로 그 다음 날로 — 그것이 바로 지난 주였다 — 아서는 오로지 귀고리를 사려고 로세터로 말을 달렸던 것이다. 그토록 순진하게 입 밖에 내놓은 그 사소한 소망이 그에게는 더없이 귀여운 치기로 여겨졌다. 전에는 그런 말을 들어본 적이 없었던 것이다. 그는 상자를 겹겹이 포장했다. 그것을 풀면서 호기심이 점점 커지다가 마침내 새로운 기쁨으로 반짝이는 그녀의 눈이 자기 눈을 들여다보는 것을 볼 수 있기 위해서였다.

아니, 귀고리를 보며 미소를 지을 때 그녀는 생각하고 있던 것은 그것을 준 사람이 아니었다. 지금 그녀는 귀고리를 상자에서 꺼내 입술에 댄 것이 아니라 잠시 귀에 달고 얼마나 예쁘게 보이는지를 보았던 것이다. 어떤 소리에 귀를 기울이는 새처럼 처음에는 고개를 한쪽으로 돌리고 다음에는 다른 쪽으로 돌리면서 벽에 걸린 거울에 비친 귀고리를 찬찬히 살펴보았다. 그런 그녀를 바라보면서 귀고리라는 주제에 대해서 현명한 태도를 취하는 것은 불가능하다. 그런 귀를 위해서가 아니라면 섬세한 진주와 수정이 무엇 때문에 만들어지겠는가? 귀고리를 떼어낼 때 남는 작고 둥근 구멍을 흠잡을 수도 없는 일이다. 어쩌면 물의 님프나 영혼이 없는 아름다운 존재들은 보석을 달 수 있도록 태어날 때부터 귀에 그런 조그맣고 둥근 구멍을 갖고 있을 것이다. 그리고 헤티는 그런 존재들 중 하나임에 틀림없다. 그녀가 여성의 운명을 앞에 둔 여자라는 것을 생각하면 너무나 고통스럽다. 그녀는 젊고 무지한 나날에 어리석음과 헛된 희망으로 가벼운 직물을 자아내고 그것이 언젠가는 원한에 물든 옷이 되어 그녀를 옥조이고 압박을 가해, 나비처럼 퍼덕이는 그녀의 사소한 감각들을 깊은 인간적 고뇌의 삶으로 단번에 바꾸어 버릴 것이다.

하지만 그녀는 귀고리를 오래 달고 있을 수 없었다. 그러면 숙부와 숙모가 기다려야 할 것이다. 그녀는 재빨리 귀고리를 넣고 상자를 닫았다. 마음에 드는 귀고리를 언젠가는 마음껏 달 수 있을 것이다. 벌써 그녀는 체이스의 하녀가 리디아 양의 옷장에서 보여 주었던 은은한 망사와 부드러운 공단, 우단으로 만든 빛나는 의상의 보이지 않는 세계에서 살고 있었다. 그녀는 팔에 두른 팔찌의 감촉을 느끼며 커다란 거울 앞에서 부드러운 카펫 위를 걷는다. 하지만 오늘 용기를 내어 달 수 있는 것 한 가지가 그녀의 서랍에 있었다. 중요한 날이면 그녀가 걸곤 했던 암갈색의 베리 목걸이에 그것을 달 수 있기 때문이었다. 그 체인의 끝에 조그맣고 납작한 향수병을 달아서 그녀는 윗옷 속으로 밀어 넣곤 했었다. 이제 그녀는 그 갈색 목걸이를 꼭 걸어야 한다. 목걸이가 없다면 목이 너무 허전하게 보일 것이다. 그녀는 로켓[83]을 귀고리만큼 좋아하지는 않았다. 비록 멋지고 커다란 로켓이었고 뒤에는 에나멜 광택을 낸 꽃 장식이 있으며 거울 주위에 아름다운 금테두리가 있었지만 말이다. 그 속에는 약간 곱실거리는 밝은 갈색의 머리칼이 있었고 그 머리칼을 배경으로 곱실거리는 작고 검은 머리칼이 두 개 있었다. 그것을 옷 속에 집어넣으면 아무도 보지 못할 것이다. 하지만 헤티에게는 다른 열정이 있었다. 그것은 장신구

83) 사진, 머리털, 기념품 등을 넣어 목걸이 등에 다는 작은 금합.

에 대한 사랑보다 조금 덜 강한 것이었지만, 그 열정으로 인해서 그 로켓을 가슴에 숨긴 채로라도 달고 싶었다. 목에 걸린 리본에 대한 숙모의 질문에 맞설 용기가 있었더라면 그것을 늘 달고 있었을 것이다. 그래서 지금 그녀는 그 로켓을 암갈색 베리 목걸이에 걸고 목 뒤에서 딱 소리가 나도록 사슬의 고리를 끼웠다. 그 목걸이는 로켓이 옷 윗자락의 바로 아래에 매달릴 정도로 그리 긴 것은 아니었다. 이제 긴 소매를 달고 흰 새 망사 수건을 두르고 흰색 리본을 두른 밀짚모자를 쓰기만 하면 되었다. 분홍색 리본은 7월의 햇빛을 받아 다소 색이 바랬던 것이다. 그 모자를 보자 헤티는 쓰라린 기분이 들었다. 새 것이 아니었기 때문이었다. 흰 리본을 두른 그 모자가 햇볕에 그을었다는 것을 누구라도 알 것이다. 메리 버지는 새 모자나 보닛을 썼을 것이다. 위안삼아 그녀는 멋진 흰 면 스타킹을 바라보았다. 정말로 무척 멋있는 스타킹이었고, 그것을 사기 위해서 남은 돈을 거의 다 써버렸다. 미래에 대한 꿈이 있다고 해서 헤티가 현재의 승리에 무감각해진 것은 아니었다. 물론 도니손 대위는 그녀를 무척 사랑하니까 다른 사람을 쳐다보고 싶지 않을 것이다. 하지만 다른 사람들은 그가 그녀를 얼마나 사랑하는지 모르고 있고, 그녀는 얼마간이라도 그들의 눈에 초라하고 하찮은 인물로 보이고 싶지 않았다.

헤티가 아래층으로 내려왔을 때 모두들 일요일에 입는 제일 좋은 옷을 꺼내 입고 거실에 모여 있었다. 아침에 대위의 스물한 번째 생일을 축하하는 종소리가 계속 울렸으므로 사람들은 아주 이른 시간에 일을 모두 끝냈다. 마티와 토미는 그 날의 축제에 예배가 포함되어 있지 않다고 어머니가 일러주고 난 다음에야 마음이 편해졌다. 포이저 씨는 대문을 닫고 집을 지키는 사람 없이 그냥 두자고 말했다. “누가 침입할 위험이 없으니까. 모두들 체이스에 있을 거라고. 도둑이든 아니든 모두들 말이지. 대문을 걸면 모두들 갈 수 있어. 평생 두 번 다시 보지 못할 날이니까.” 그러나 포이저 부인은 아주 단호하게 대답했다. “내가 안주인이 된 이후로 집을 그냥 비워 두었던 적이 없었어요. 절대로 그렇게 하지 않을 거예요. 지난주에 험악하게 보이는 떠돌이들이 이 근방에 많이 있었어요. 햄이나 숟가락을 모두 가져가려고 말이죠. 그 떠돌이들은 무리지어 다닌다고요. 사람들에게 나눠줄 임금이 집안에 있었던 금요일 밤에 우리가 알지 못하는 사이에 그들이 들어와서 개에게 독약을 먹이고는 자고 있는 우리 모두를 살해하지 않은 게 다행이에요. 그 떠돌이들도 우리가 어디 가는지 우리처럼 잘 알고 있을 거라고요. 악마는 어떤 일을 하고 싶으면 틀림없이 그 방법을 찾아낸다니까요."

"침대에서 자고 있는 우리를 살해하다니 말도 안 돼." 포이저 씨가 말했다. "우리 방에는 총이 있다고, 그렇지 않아? 게다가 당신은 쥐가 베이컨을 갉아먹는 소리도 들을 만큼 귀가 밝잖아. 하지만 당신 마음이 편치 않다면 처음에 앨릭이 집에 있고 다섯 시경에 팀이 돌아와서 앨릭하고 교대하면 되겠지. 누군가 나쁜 짓을 하려고 하면 그로울러를 풀어놓으면 되고 앨릭의 개도 있으니까. 그 개는 앨릭이 눈짓만 해도 떠돌이에게 이빨을 들이댈 거라고."

포이저 부인은 이 타협안을 받아들였지만 빗장과 걸쇠를 모두 잠그는 편이 좋겠다고 생각했다. 이제 출발하기 직전에 마지막으로 낙농실의 하녀 낸시가 거실의 덧문을 닫고 있었다. 그 창문은 앨릭과 개들이 직접 바라볼 수 있는 곳에 있었으므로 강도들이 침입할 가능성이 가장 적은 곳이라고 여겨졌지만 말이다.

남자 하인들을 제외한 온 가족을 실어가도록 용수철이 달리지 않은 덮개 짐마차가 대기하고 있었다. 포이저 씨와 할아버지는 앞좌석에 앉았고, 여자들과 아이들이 탈 공간이 넉넉했다. 짐마차에는 사람들이 많이 탈수록 더 나았다. 그러면 그리 덜컥거리지 않았고, 낸시의 풍만한 몸과 굵직한 팔이 부딪쳐도 좋은 쿠션이 되기 때문이었다. 그러나 포이저 씨는 이 더운 날에 되도록이면 덜컥거릴 위험이 없도록 거의 걷다시피 말을 몰았으므로 같은 길을 걷고 있는 사람들과 인사와 이야기를 나눌 여유가 있었다. 그들은 초록빛 목초지와 금빛 밀밭의 사이 길에서 움직이는 화려한 색깔의 반점들처럼 보였다. 진홍색 조끼는 밀밭 사이에 촘촘히 밀집하여 너울거리는 양귀비꽃과 어울렸고, 군청색의 목도리 자락이 하얀 새 옷 너머로 나부꼈다. 브록스턴과 헤이슬롭의 주민들 모두 체이스에 모여 '그' 후계자를 축하하며 즐거운 시간을 보낼 것이다. 지난 이십 년간 이쪽 언덕으로 내려오지 않았던 노인들을 어윈 씨의 제안에 따라서 농부의 사륜마차로 브록스턴과 헤이슬롭에서 실어오고 있었다. 이제 다시 교회의 종이 울렸다. 종지기가 잔치에 참석하려고 언덕을 내려오기 전에 마지막으로 울린 곡이었다. 종소리가 끝나기도 전에 다른 소리가 들려왔으므로 포이저 씨의 마차를 끌고 있던 침착한 말, 올드 브라운조차 귀를 쫑긋거리기 시작했다. 온갖 화려한 것들을 동원하여 치장한 공제 조합[84] 악단의 연주소리였다. 그들은 밝은 파랑색 스카프를 두르고 파란 리본을 달고 '형제들을 꾸준히 사랑하십시오'[85] 라는 모토가 채석장 그림 주위로 원을 이루며 쓰인 깃발을 들고 있었다.

물론 짐마차는 체이스에 들어갈 수 없었다. 모두들 문지기 오두막에서 내려서 마차를 돌려보내야 했다.

"아니, 체이스는 벌써 장터 같군요." 짐마차에서 내리면서 포이저 부인이 커다란 참나무 아래 뿔뿔이 흩어져 있는 사람들을 보며 말했다. 사내애들은 높다랗게 세워진 장대를 보러 뜨거운 햇살을 받으며 뛰어갔고, 그 장대 위에는 그것을 오르는 데 성공한 사람들에게 상으로 줄 옷들이 나부끼고 있었다. "두 교구에 이렇게 사람들이 많은 줄을 미리 알았어야 했는데. 맙소사! 그늘에서 나오면 어찌나 뜨거운지! 토티, 이리 오렴. 그렇지 않으면 네 쪼그만 얼굴이 타서 가려울 거야! 저기 빈 터에서 음식을 요리했더라면 불을 아낄 수 있었을 걸. 나는 베스트 부인의 방에 가서 앉아야겠어."

"잠깐만, 잠깐만." 포이저 씨가 말했다. "저기 노인들을 태운 마차가 오고 있어. 저분들이 내려서 모두 함께 걸어오시는 건 두 번 다시 보지 못

84) 노동계층의 공제조합. 구성원들은 노년과 질병을 대비하여 재정적 도움을 보장 받기 위해서 정규적으로 소액을 불입했다.

85) 히브리인들에게 보낸 편지 13:1. 노동계층의 상호 의존과 자립을 고취하려던 공제조합과 노동조합 같은 조직에서 선호하던 모토.

할 광경일 거야. 저기 몇 분의 젊은 시절을 기억하시지요, 아버님?"

"아, 그럼." 마틴 노인은 오두막 입구의 그늘진 곳을 천천히 걸으며 말했다. 그곳에서는 노인들 일행이 마차에서 내리는 것을 볼 수 있었다. "스코틀랜드인 반역자86) 들이 스토니턴에서 돌아왔을 때 제이콥 태프트가 그들을 쫓아 오십 마일을 걸었던 것을 기억하지."

헤이슬롭의 가장(家長)인 파더 태프트 노인이 마차에서 내려 갈색 나이트캡을 쓰고 지팡이 두 개에 몸을 기댄 채 자기 쪽으로 걸어오는 것을 보면서 그는 앞날이 창창한 젊은이가 된 듯한 기분이었다.

"저, 태프트 씨!" 마틴 노인은 목청껏 소리쳐서 불렀다. 그 노인의 귀가 완전히 멀었다는 것을 알고 있었지만 적절한 인사치레를 빼놓을 수 없었던 것이다. "아직 정정하시네요. 아흔이 넘으셨어도 오늘 즐겁게 지내실 수 있겠습니다."

"반갑네, 여보게들, 반가우이." 파더 태프트는 사람들이 주위에 있다는 것을 알고는 떨리는 목소리로 말했다.

나이든 사람들은 노쇠하고 백발이 성성한 아들이나 딸의 보살핌을 받으며 가장 곧게 뻗은 마찻길을 따라서 그들을 위해 특별한 식탁이 마련된 집 쪽으로 걸어갔다. 그동안 포이저네 일행은 현명하게도 커다란 나무 그늘 아래로 풀밭을 가로질러 걸어갔다. 그곳에서 보면 그리 멀지 않은 곳에서 비탈진 잔디밭과 화단이 있는 저택의 정면이 시야에 들어왔으며 잔디밭 끝에 서 있는 줄무늬가 진 커다란 예쁜 천막도 볼 수 있었다. 그 천막은 게임을 할 수 있는 널따란 초록 풀밭의 양편에 세워진 더 커다란 천막 두 개와 직각을 이루며 서 있었다. 그 저택은 한쪽 끝자락에 달려 있는 고풍스러운 사원의 잔존물만 아니었더라면 앤 여왕 시절의 평범한 사각 모양의 저택처럼 보였을 것이다. 낡고 나지막한 농가의 헛간 끝에 단정하게 높이 솟은 새 농가를 가끔 볼 수 있듯이 말이다. 그 고풍스럽고 멋

86) 1745년 영국 왕권을 주장한 찰스 에드워드 스튜어트의 휘하에서 영국을 침입하여 더비까지 진출했던 스코틀랜드의 군대.

진 건물의 약간 뒤편은 큰 너도밤나무의 그늘에 가렸지만 앞으로 나온 더 높은 정면에는 햇빛이 비추고 있었다. 블라인드가 모두 내려져 있어서 그 집은 뜨거운 한낮에 잠이 든 것처럼 보였다. 그것을 보자 헤티는 무척 슬퍼졌다. 아서는 지금 뒤쪽 방들 어딘가에서 중요한 인물들과 함께 있을 테고, 그녀가 온 것을 아마도 알 수 없을 것이다. 정찬 후에 그가 올라와서 연설을 할 때까지 그녀는 앞으로 한참 그를 볼 수 없을 것이다.

하지만 헤티의 추측은 부분적으로 옳지 않았다. 중요한 인물들이 초대된 것이 아니라 오직 어윈 씨 가족만 초대되었고, 그들을 위해 일찌감치 마차를 보냈던 것이다. 그리고 그 순간 아서는 뒤쪽 방에 있었던 것이 아니라, 오두막에 사는 농군들과 농장 하인들을 위해서 긴 식탁을 차려 놓은 오래된 사원의 석조건물인 널찍한 수도원에서 목사와 함께 걷고 있었다. 오늘 그는 아주 잘생긴 젊은 영국인처럼 보였다. 밝은 파랑색의 연미복을 입고 있고 날아갈 듯이 쾌적한 기분이었으며 팔에는 더 이상 팔걸이 붕대를 감고 있지 않았다. 무척이나 활달하고 솔직하게 보이기도 했다. 그러나 솔직한 사람들도 비밀이 있는 법이며, 젊은 얼굴에는 비밀의 흔적이 드러나지 않는다. 그들이 서늘한 수도원 안으로 들어섰을 때 아서가 말했다.

"정말 농군들이 제일 좋은 곳을 차지했어요. 이 수도원은 무더운 날에 쾌적한 식당이 될 거예요. 정찬에 대한 목사님의 조언은 아주 훌륭했어요. 정찬을 될 수 있는 대로 질서정연하고 편안하게, 그리고 오로지 소작인들을 위해서 차리라고 하신 것 말이지요. 결국 제가 쓸 수 있는 돈에는 제한이 있었으니까 더욱 그러했지요. 할아버님께서 제 마음대로 할 수 있도록 해 주신다고 말씀하셨지만, 막상 때가 되니까 저를 믿으실 수 없었던 거예요."

"신경 쓰지 말게. 이런 식으로 조용하게 치르는 것이 자네에게 더욱 큰 즐거움을 줄 걸세." 어윈 씨가 말했다. "이런 일에 있어서 늘 사람들은 자유분방함을 방탕과 무질서와 혼동하곤 하지. 양과 소를 통째로 많이 구워서, 오고 싶은 사람들 누구나 와서 먹었다고 말하면 아주 굉장한 이야기처럼 들리지. 하지만 대개는 결국 아무도 마음껏 즐겁게 먹지 못하게 될 뿐이라네. 사람들이 대낮에 훌륭한 정찬을 먹고 맥주를 적절히 마신다면 선선해질 무렵에 게임을 즐길 수 있을 걸세. 저녁 나절에 몇몇 사람들이 너무 많이 마시는 것이야 막을 수 없겠지. 하지만 대낮에 취하는 것보다는 어두울 때 취하는 게 더 잘 어울리지."

"글쎄, 그런 사람들이 많지 않기를 바랍니다. 트레들스턴 사람들은 그 마을에서 따로 잔치를 열어서 여기 오지 않게 했어요. 캐손와 아담 비드, 그리고 몇몇 괜찮은 사람들에게 임시 막사에서 맥주가 나가는 것을 살펴보고 너무 지나친 상황이 벌어지지 않도록 주의하라고 일러두었습니다. 자, 이제 이 층으로 올라가서 큰 농장들을 운영하는 소작인들을 위한 식탁을 살펴보시지요."

그들은 수도원 위의 긴 화랑으로 곧바로 이어지는 돌계단을 올라갔다. 그 화랑에서 자욱한 먼지에 덮여있던 무가치한 옛 그림들은 지난 세 세대가 지나는 동안 치워졌다. 대체로 엘리자베스 여왕과 궁녀들, 눈이 빠진 몽크 장군,[87] 어둠 속에서 사자들 무리에 갇힌 다니엘,[88] 월계관을 쓴 콧대가 높은 줄리어스 시저가 실록을 손에 들고 말에 탄 모습을 그린 곰팡내 나는 초상화들이었다.

"옛 사원의 이 부분을 남겨둔 것은 정말 다행스런 일입니다." 아서가 말했다. "만약 제가 이곳의 주인이 된다면 저는 이 화랑을 최고급으로 장식할 거예요. 이 화랑의 삼분지 일만큼의 큰 방도 저택에는 없으니까요. 여기 두 번째 식탁은 농부들의 아내들과 아이들을 위한 겁니다. 어머니와 아이들은 자기들끼리 앉는 것이 더 편할 거라고 베스트 부인이 말했지요. 저는 아이들을 데리고 진짜 가족적인 분위기를 만들려고 마음먹었습니다. 그 어린 아이들에게 제가 언젠가는 '그 늙은 지주'가 될 테니까요. 그러면 그들은 제가 제 아들보다 훨씬 더 멋진 젊은이였다고 자식들에게

---

87) 영국 청교도 혁명 시절 크롬웰의 장군(1608~70).

88) 여호와를 충실히 숭배했기 때문에 바빌론의 왕 다리우스에 의해 사자 굴에 갇힌 이스라엘의 예언자.

말하겠지요. 여자들과 아이들을 위한 식탁은 아래층에도 있습니다. 하지만 목사님은 사람들을 모두 만나보시겠지요. 정찬 후에 저와 함께 올라오시겠지요?"

"그럼, 물론이지." 어윈 씨가 말했다. "소작인들에게 자네가 처녀 연설하는 광경을 놓치지 않을 거라네."

"그리고 목사님께서 듣고 싶어 하실 다른 이야기도 있습니다." 아서가 말했다. "서재로 가시지요. 할아버지께서 응접실에서 부인들과 함께 계신 동안 그것에 대해 전부 말씀드릴게요. 목사님께서 놀라실 거예요." 자리에 앉으면서 그는 말을 이었다. "할아버지께서 결국 동의하셨어요."

"아니, 아담에 대해서?"

"네. 그것에 대해 말씀드리러 목사님 댁에 가려고 했습니다만 너무 바빴어요. 아시다시피 그 문제에 대해서는 할아버님과 의논하는 걸 거의 포기했었지요. 가능성이 없다고 생각했거든요. 그런데 어제 아침에 할아버님이 제가 외출하기 전에 여기로 오라고 하셨어요. 그리고는 늙은 새첼이 병으로 일을 못하게 되어서 새로 조정하기로 결정했고, 아담을 고용하여 숲을 관리하도록 하면서 일주일에 일 기니의 월급을 주고 여기 있는 조랑말을 사용하게 할 생각이라고 말씀하셨어요. 저는 깜짝 놀랐지요. 제가 생각하기로는, 실은 할아버님께서도 그것이 유리한 계획이라는 것을 처음부터 알고 계셨지만 아담에 대한 특별한 혐오감을 극복하셔야 했던 거예요. 게다가 제가 제안했다는 사실만으로도 보통 할아버님께는 그 제안을 거부할 이유가 되었고요. 할아버님께는 아주 묘한, 모순되는 면이 있어요. 할아버지께서 모아 놓으신 돈을 전부 제게 남겨주시려 한다는 것을 저는 알고 있어요. 그리고 제게 더 많은 돈을 물려주시려고 평생 할아버님의 노예처럼 지내온 불쌍한 리디아 숙모님께는 그저 일 년에 오백 파운드만 남기고 끊어 버리실 겁니다. 그런데 때로는 제가 할아버님의 후계자이기 때문에 저를 미워하신다는 생각이 듭니다. 제 목이 부러진다면 할아버지께서는 그것이 본인에게 일어날 수 있는 가장 큰 불행이라고 느끼실 거예요. 하지만 제 생활에 사소한 괴로움들이 끊이지 않도록 만드는 것이 할아버님께는 즐거운 일인 것 같아요."

"아, 이보게, 아이스킬로스 노인이 말하듯이 '사랑하지 않는 사랑'[89]은 그저 여자들의 사랑뿐은 아니라네. 남성의 세계에도 '사랑하지 않는 사랑'이 무척 많이 있지. 하지만 아담에 대해 말해보게나. 그가 그 일을 받아들였나? 내가 보기에는 그 일이 지금 하는 일보다 훨씬 더 큰 수익을 줄 것 같지 않네. 물론 그 일을 하면 훨씬 더 시간이 많이 남겠지만."

"네, 저도 아담에게 이야기했을 때 그 점에 대해서 약간 의심스러웠고, 아담은 처음에 망설이는 듯했습니다. 그가 반대한 것은 자기가 할아버님이 만족하시도록 할 수 없을 거라고 생각하기 때문이었어요. 하지만 그 일이 마음에 들고 더 이득이 되는 일을 포기하지 않아도 된다면, 어떤 다른 이유 때문에 그 일을 받아들이지 않는 일이 없도록 해 주는 것이 저에게 개인적인 호의를 베풀어 주는 거라고 간청했지요. 그는 다른 무엇보다도 그 일을 좋아한다고 말했습니다. 그가 사업을 하도록 나아가는 데 큰 발판이 될 것이고 오래 전부터 원했듯이 버지 씨 밑에서 일하지 않아도 될 수 있다는 것이지요. 아담은 세스와 함께 자기 나름의 조그만 사업을 만들어 가고 어쩌면 조금씩 확장해 나갈 시간을 충분히 얻게 될 거라고 말하더군요. 그래서 미침내 그가 동의했습니다. 그리고 저는 아담이 오늘 큰 농장 소작인들과 함께 식사하도록 준비해 두었습니다. 사람들에게 그것을 발표하고 아담의 건강을 위해 건배하도록 청할 예정입니다. 제 친구 아담에게 경의를 표하려고 제가 만든 작은 각본이지요. 그는 훌륭한 사람이고, 제가 그렇게 생각한다는 것을 사람들에게 알릴 기회를 마련하고 싶어서요."

"우리 친구 아서가 자랑스럽게도 멋진 역할을 하는 각본이란 말이지." 어윈 씨는 미소를 지으며 말했다. 그러나 아서가 얼굴을 붉히자 그는 누그러지듯 말했다. "알다시피, 언제나 내가 맡는 역할은 젊은이들에게서

89) 아이스킬로스의 오레스테스 3부작의 두 번째 작품《코에포로에》1부 600행의 한 구절.

감탄스러운 점을 전혀 보지 못하는 구식 늙은이의 역이라네. 나는 내 제자가 적절한 일을 할 때 그를 자랑스럽게 여긴다는 사실을 인정하고 싶지 않거든. 하지만 이번 한번만은 친절한 노신사 역을 하면서 아담에게 경의를 표하는 자네의 건배를 지지해야겠네. 자네 할아버님께서 다른 부분에서도 양보를 하셔서 점잖은 사람을 집사로 두기로 동의하셨나?"

"아, 아뇨." 아서는 조급한 태도로 의자에서 일어나 양손을 주머니에 넣은 채 방을 서성이며 말했다. "체이스 농장을 임대하고 저택에 우유와 버터를 공급받기 위해 계약을 맺으려고 이러저러한 계획을 세우고 계세요. 하지만 그 점에 대해서 저는 일체 질문을 하지 않습니다. 그런 생각을 하면 무척 화가 나거든요. 할아버님께서는 집사를 두지 않고 모든 일을 직접 하실 겁니다. 할아버님이 얼마나 기운이 넘치시는지 놀라운 일이지요."

"자, 이제 부인들에게 가보세." 어윈 씨 역시 일어서면서 말했다. "어머니를 위해서 자네가 천막 아래 멋진 왕좌를 마련해 놓은 것을 말씀드리고 싶네."

"네, 이제 우리도 점심을 먹으러 가야지요." 아서가 말했다. "소작인들의 정찬을 알리는 징소리가 울리기 시작하니 두 시가 되었나 봅니다."

오찬

큰 농장 소작인들과 위층에서 식사하기로 되어있다는 말을 들었을 때 아담은 아래층에서 식사할 어머니와 세스보다 자신이 격상된다는 생각에 다소 불편한 심정이었다. 하지만 집사인 밀스 씨는 도니손 대위가 이 점에 대해 각별히 지시했고 아담이 그 자리에 있지 않으면 몹시 화를 낼 거라고 강조했다.

아담은 고개를 끄덕이고는 몇 미터 떨어진 곳에 서 있던 세스에게 갔다. "이봐, 세스. 나한테 위층에서 식사하도록 전하라고 대위가 사람을 보냈어. 밀스 씨 말로는 대위가 그걸 특별히 바랐다는 거야. 그래서 내가 가지 않으면 공손하게 처신하지 않는 걸로 보일 것 같아. 하지만 너와 어머니보다 윗자리에 앉는 것이 마음에 들지 않아. 마치 내 혈육보다 더 나은 인간이라도 되는 듯이 말이야. 바라건대, 네가 그걸 몰인정한 처사라고 여기지는 않겠지?"

"물론, 아니야." 세스가 말했다. "형의 명예는 우리의 명예나 다름없으니까. 형이 존경을 받으면 그건 형이 이룬 일에 의해서 얻은 거지. 형이 내게 형제애를 느끼고 있는 한, 형이 나보다 더 높은 곳에 있을수록 더 좋은 일이야. 이번 일은 형이 숲을 관리하도록 임명되었기 때문이겠지. 그러니 지극히 타당한 일이야. 신뢰를 받는 자리이고 이제 형은 평범한 노동자가 아니니까."

"그래." 아담이 말했다. "하지만 그것에 대해서는 아직 아무도 몰라. 나는 버지 씨에게 그만두겠다고 통고하지도 않았고. 그리고 그 사실을 버지 씨가 알기 전에 다른 사람들에게 말하고 싶지 않아. 아마도 그분이 상당히 마음 상할 테니까. 내가 거기 있는 걸 보면 사람들이 의아하게 여길 거고 그 이유를 추측하려 들면서 질문들을 하겠지. 지난 삼 주 동안 내가 그 자리를 얻을 가능성에 대해서 아주 많은 얘기들이 오갔으니까."

"글쎄, 형도 이유를 알지 못한 채 거기 오라는 부름을 받았다고 말할 수 있겠지. 그게 사실이잖아. 그리고 어머니는 아주 기뻐하실 거야. 가서 어머니에게 말씀드리자."

임대 장부에 공헌한 금액이 아닌 다른 기준에 따라서 위층으로 올라오도록 초대된 손님에는 아담만 포함되어 있는 것이 아니었다. 두 교구에는 그들의 호주머니가 아니라 그들이 맡은 직무로 인해 명예가 부여된 다른 사람들도 있었고 그들 가운데 한 명은 바틀 매시였다. 이 무더운 날 절뚝거리는 그의 걸음걸이가 평소보다 더 느려졌기에 정찬을 알리는 벨이 울렸을 때 아담은 옛 친구와 함께 가려고 뒤에서 머뭇거렸다. 이처럼 공적인 행사에서 포이저네 일행과 합석하기가 약간 부끄러웠던 것이다. 그날 하루가 지나는 동안 헤티에게 다가갈 수 있는 기회가 생길 터이므로 아담은 그것으로 만족했다. 그는 헤티와 관련해서 '놀림' 거리가 될 위험을 무릅쓰고 싶지 않았다. 체구가 크고 거리낌이 없으며 두려움이 없는 이 남자는 자기 사랑에 대해서는 무척 소심하고 수줍어했던 것이다.

"매시 씨." 바틀이 올라오고 있을 때 아담이 말했다. "저는 오늘 선생님과 함께 위층에서 식사하기로 되어 있어요. 그렇게 하라고 대위님이 지시를 보냈어요."

"아!" 바틀은 걸음을 멈추고 아담의 등에 손을 얹으며 말했다. "그렇다면 뭔가 일어날 조짐이 있는 거라네, 조짐이 있다고. 노지주께서 어떻게 하시려는지 뭔가 들은 바가 있나?"

"아, 네." 아담이 말했다. "제가 알고 있는 걸 말씀드릴게요. 선생님께서 내키신다면 비밀을 지켜주실 거라고 믿으니까요. 다들 그것을 알게 될 때까지 선생님께서 한마디도 내비치지 않으셨으면 해요. 그것이 알려지지 않기를 바라는 특별한 이유가 있으니까요."

"나를 믿게나, 여보게, 나를 믿으라고. 내게서 그 비밀을 캐어 내서 밖으로 달려 나가 사람들이 모두 듣도록 재잘거릴 아내가 없으니까. 자네가 누군가를 믿으려면, 독신 남자를 믿도록 하게, 독신 남자를 믿으라고."

"저, 제가 숲의 관리를 맡기로 어제 결정되었어요. 여기 세운 장대들과 다른 것들을 살펴보고 있는데 대위가 저를 부르러 사람을 보내서는 그 제안을 하더군요. 그래서 동의했습니다. 하지만 위층에서 누군가 뭐라도 묻는다면 그냥 모르는 척하시고 이야기를 다른 쪽으로 돌려주세요. 그러면 감사하겠습니다. 자, 이제 가시지요. 우리가 거의 끄트머리에 있으니까요."

"나는 뭘 해야 하는지 알고 있네. 걱정 말게." 바틀은 걸어가며 말했다. "이 소식은 내 오찬에 맛있는 양념이 될 걸세. 아, 그래, 자네는 성공할 거야. 자네가 이 지역의 누구보다도 측량하는 눈이 있고 숫자를 다루는 머리가 있다고 내가 보증함세. 그리고 자네는 좋은 교육을 받았지. 좋은 교육을 받았다고."

위층으로 올라가보니 아서가 결정하지 않고 남겨둔 문제, 즉 누가 상석에 앉을 것인지와 누가 차석에 앉을 것인지의 문제를 의논하고 있었다. 그래서 아담이 나타난 것에 아무도 뭐라고 말하지 않고 넘어 갔다.

"이렇게 하는 것이 이치에 맞다고요." 캐손 씨가 말하고 있었다. "포이저 노인께서 이 방에 계신 분들 가운데 가장 연세가 많으시니까 식탁의 윗자리에 앉으셔야지요. 제가 십오 년간 집사 노릇을 하면서 정찬에 관해 옳은 것과 그른 것도 배우지 못했겠어요?"

"아니야, 아닐세." 마틴 노인이 말했다. "나는 내 아들에게 양보했네. 이제 나는 소작인도 아니야. 내 아들이 내 자리를 대신 차지하도록 하게나. 노인들에게도 한창때가 있었으니 젊은 사람들에게 양보해야지."

"나는 가장 연세가 많은 분보다도 가장 큰 농장을 운영하는 소작인이 최고의 권리를 갖고 있다고 생각해요." 비판적인 포이저 씨를 좋아하지 않았던 루크 브리턴이 말했다. "홀스워스 씨가 이 장원에서 누구보다도 큰 땅을 갖고 계시지요."

"아, 매시 선생님이 오셨군." 이 말다툼에 중립적이었기에 오로지 화해를 이끌어내는 데 관심이 있었던 크레이그 씨가 말했다. "학교 선생님은 무엇이 옳은지를 틀림없이 말씀해 주실 수 있을 겁니다. 누가 상석에 앉아야 할까요, 매시 씨?"

"글쎄, 가장 가슴이 넓은 사람이 앉아야겠지." 바틀이 대답했다. "그러면 다른 사람의 공간을 그리 차지하지 않을 테니까. 그 다음으로 가슴이 넓은 사람이 말석에 앉아야하고."

이렇게 유쾌하게 해결 방법을 제시하자 많은 웃음이 터져 나왔다. 그보다 사소한 농담으로도 충분히 웃음을 이끌어냈을 것이다. 캐손 씨는 그 웃음에 동참하는 것이 자신의 권위와 탁월한 지식에 어울리지 않는다고 느꼈지만, 결국 그가 두 번째로 가슴이 넓은 사람이라고 결정되었다. 젊은 마틴 포이저가 가장 가슴이 넓은 사람으로 상석에 앉고 다음으로 넓은 사람인 캐손 씨가 말석에 앉게 되었다.

이렇게 정리되자 물론 식탁의 말석에 있었던 아담이 곧바로 캐손 씨의 눈에 띄게 되었다. 캐손 씨는 우선순위를 가리는 문제에 너무 열중했던 나머지 지금까지는 아담이 들어선 것을 알아차리지 못했던 것이다. 우리가 보아왔듯이 캐손 씨는 아담을 "다소 우쭐대며 성급하다"고 생각했었다. 그는 신사들이 필요 이상으로 이 젊은 목수를 과분하게 대접한다고 생각했다. 그들은 십오 년간 탁월한 집사였던 캐손 씨에 대해서는 그리 찬사를 보내지 않았던 것이다.

"아니, 비드 씨. 자네는 아주 빨리 출세하는 사람들 가운데 하나로군." 아담이 자리에 앉자 그가 말했다. "내 기억으로는 자네가 전에 여기에서 식사를 한 적이 없었지."

"네, 캐손 씨." 아담은 식탁 전체에 들릴 수 있도록 커다란 목소리로 말했다. "전에 여기서 식사를 한 적이 한 번도 없습니다. 그렇지만 도니손 대위님이 원하셔서 여기 왔습니다. 여기 계신 분들께서 불쾌하게 여기시지 않기를 바랍니다."

"아니, 아닐세." 여러 목소리가 동시에 말했다. "자네가 와서 반갑다네. 반대할 사람이 누가 있겠나?"

"오찬이 끝난 후에 '언덕 너머 먼 곳으로'를 불러주지 않겠나? 그건 내가 특히 좋아하는 노래거든." 차운 씨가 말했다.

"피이!" 크레이그 씨가 말했다. "그것은 스코틀랜드 노래 옆에 명함도 내밀 수 없는 노래라고. 나로 말하자면 노래하는 걸 결코 좋아하지 않았지. 그보다 더 중요한 일을 해야 하니까 말이야. 식물의 이름과 성격을 머릿속에 담아 두어야 하는 사람한테는 노래를 담을 빈자리가 남아있지 않거든. 하지만 내 두 번째 사촌인 가축상은 스코틀랜드 노래를 기억하는 데 비상한 재주가 있었어. 오로지 그것만 생각했어."

"스코틀랜드 노래라고!" 바틀 매시가 경멸하듯이 말했다. "나는 평생 불러도 될 만큼 스코틀랜드 노래를 많이 들었네. 그 노래들은 새들을 겁주는 것 외에는 어디에도 적합하지 않아. 말하자면 영국 새들 말일세. 내가 알기론, 스코틀랜드 새들은 스코틀랜드 노래를 부를 테니까. 사내애들에게 딸랑이 대신 백파이프를 들려주게. 그러면 틀림없이 밀밭을 안전하게 지켜줄 걸세."

"글쎄요, 자기들이 잘 알지 못하는 것을 괜히 얕보면서 즐거움을 느끼는 사람들이 있지요." 크레이그 씨가 말했다.

"그래, 스코틀랜드 노래는 꼭 야단치면서 잔소리를 늘어놓는 여자 같다니까." 바틀은 크레이그 씨의 말 따위는 아랑곳 하지 않고 말을 이었다. "똑같은 것을 계속 되풀이하기나 하지 합당한 결말에 이르는 일이 결코 없어. 스코틀랜드 노래는 태프트 노인처럼 귀가 먹은 사람에게 줄곧 질문을 하면서도 대답을 전혀 듣지 못하는 것과 마찬가지라고 누구나 생각할 걸세."

아담은 캐손 씨 옆에 앉는 것이 그리 싫지 않았다. 그 자리에서 멀지 않은 옆 식탁에 앉은 헤티를 볼 수 있기 때문이었다. 하지만 헤티는 아직 그의 존재를 알아차리지 못하고 있었다. 그녀는 고풍스런 의자에 발을 올려놓겠다고 고집을 부리면서 분홍빛과 흰색이 어우러진 헤티의 옷에 더러운 얼룩을 남기려는 토티에게 화가 나서 신경을 곤두세우고 있었다. 그 작은 통통한 다리는 밀어 내린 순간 곧바로 다시 올라왔다. 토티는 플럼 푸딩이 어디 있는지를 찾으려고 커다란 접시들을 살펴보느라 너무 바빴기에 자기 다리를 의식할 새가 없었다. 참을 수 없었던 헤티는 마침내 눈물이 고인 채 얼굴을 찌푸리고 입술을 내밀며 말했다.

"아, 숙모님, 토티를 좀 타일러 주시면 좋겠어요. 계속 다리를 올려놓아서 제 옷을 엉망으로 만들어요."

"토티에게 무슨 문제가 있니? 그 애는 너를 조금도 즐겁게 해 주지 않는구나." 그 어머니가 말했다. "그렇다면 토티를 내 옆으로 오라고 해라. 나라면 아이를 참아 줄 수 있으니까."

헤티를 바라보던 아담은 찡그린 얼굴과 뾰족 나온 입술, 토라져서 고이는 눈물로 점점 커지는 검은 눈을 보았다. 헤티가 화가 났으며 아담의 눈길이 그녀에게서 떠나지 않는 것을 가까이서 지켜볼 수 있었던 조용한 메리 버지는 아담처럼 분별력 있는 사람이라면 성질이 나쁜 여자의 아름다움이 하찮은 것이라는 사실에 대해서 곰곰이 생각해 보아야 한다고 생각했다. 헤티가 못생겼더라면 그 순간 아주 추하고 매정하게 보였을 것이며, 그녀에 대한 도덕적인 판단이 조금도 흔들리지 않았으리라는 것은 사실이었다. 그러나 토라진 그녀의 모습은 사실 너무나 매혹적이었다. 고약한 성질보다는 순진한 비탄을 드러내는 쪽에 훨씬 더 가깝게 보였다. 그래서 도덕적으로 엄격하게 판단을 내리곤 하는 아담도 비난하고 싶은 마음이 전혀 들지 않았다. 그저 등을 세운 고양이나 깃털을 곤두세운 작은 새를 보았을 때처럼 즐거운 연민을 느꼈을 뿐이다. 그는 왜 헤티가 화가 났는지 알 수 없었다. 하지만 그녀가 이 세상에서 가장 예쁘다는 것과, 자기 마음대로 할 수만 있으면 그녀가 더 이상 화내는 일이 결코 없도록 하리라고 느꼈을 뿐이었다. 이내 토티가 자리를 옮긴 다음에 아담과 눈길이 마주치자 헤티는 그에게 고개를 끄덕이며 더없이 화사한 미소를 띠었다. 그것은 일종의 불장난이었다. 그녀는 메리 버지가 그들을 바라보고 있음을 알고 있었던 것이다. 그러나 아담에게 그 미소는 포도주처럼 감미로웠다.

건강을 기원하는 축배

오찬이 끝나고 생일잔치를 위해 마련된 큰 맥주 통에서 첫 술을 따라왔을 때 식탁 옆에는 가슴이 넓은 포이저 씨를 위한 공간이 마련되었고 의자 두 개가 상석에 놓였다. 젊은 지주가 들어올 때 포이저 씨가 무엇을 할지 분명히 결정되었으므로, 지난 오 분간 그는 멍한 상태로 건너편 벽의 어두운 그림들을 넋 없이 쳐다보면서 손으로는 바지 주머니 속의 잔돈과 다른 물건들을 계속 만지작거리고 있었다.

젊은 지주가 어윈 씨와 함께 들어왔을 때 모두들 일어서서 인사했다. 아서에게는 무척 기분 좋은 순간이었다. 그는 자기가 중요한 인물이라고 느끼기를 좋아했고 그 외에도 사람들의 호감을 무척 중요하게 생각했으며, 그들이 자기에게 진심으로 특별한 존경심을 느끼고 있다고 생각하기를 좋아했던 것이다. 그의 즐거운 마음은 연설을 하는 그의 얼굴에 여실히 드러났다.

"할아버님과 저는 여기 모인 우리 친구들 모두 즐겁게 식사하셨고 제 생일 맥주가 맛있었기를 바랍니다. 어윈 씨와 저는 여러분과 함께 그 맥주를 맛보려고 여기 왔습니다. 목사님이 저희와 함께 나누신다면 그것이 무엇이든 간에 한층 더 기쁜 일이 될 거라고 저는 믿습니다."

이제 모두들 포이저 씨를 바라보았고, 그는 여전히 손으로 주머니 속에서 바삐 주물럭거리면서 천천히 시간을 알리는 시계처럼 신중하게 말하기 시작했다. "대위님, 오늘 이웃들이 저에게 대표로 이야기하라고 시켰습니다. 다들 생각이 비슷할 때, 한 사람이 말하나 스무 사람이 말하나 마찬가지니까요. 여러 가지 일들에 대해서 어쩌면 생각이 서로 다르다 하더라도 — 어떤 사람은 자기 땅을 이런 식으로 경작하고 다른 사람은 다른 식으로 농사짓고, 저로 말씀드릴 것 같으면 제 농사를 제외한 다른 사람의 농사에 대해서는 이러쿵저러쿵하지 않겠습니다만 — 이 점에 대해서는 말씀드릴 수 있습니다. 우리의 젊은 지주님에 대해서 우리 모두 마음이 똑같다는 것이지요. 우리는 누구나 대위님이 어린 아기였을 때부터 알아왔고, 대위님에게서 오로지 선량하고 명예로운 것을 보았습니다. 대위님은 말씀도 공정하시고 행동도 공정하시므로, 우리는 대위님이 우리의 지주가 되실 날을 즐거운 마음으로 고대합니다. 대위님은 누구에게나 옳은 일을 해 주시려하고, 대위님이 막을 수만 있다면 어느 누구에게도 쓴 빵을 먹지 않게 하실 거라고 믿고 있으니까요. 그것이 제 생각이고 우리 모두의 생각입니다. 그리고 자기 생각을 다 말했으면, 말을 그만하는 편이 좋겠지요. 맥주를 그냥 세워 둔다고 해서 맛이 더 좋아지는 건 아니니까요. 맥주 맛이 어떤지는 아직 말하지 않겠습니다. 그 맥주로 대위님의 건강을 기원하고 나서야 맛을 볼 테니까요. 그렇지만 점심 식사는 훌륭했습니다. 식사를 맛있게 하지 못한 사람이 있다면 그것은 그 사람 뱃속에 문제가 있기 때문이지요. 그리고 함께 오신 목사님에 대해 말씀드리자면, 목사님이야 어디 가시든 온 교구의 환영을 받으시리라는 것은 잘 알려져 있습지요. 그래서 목사님께서 오래 사셔서 저를 포함해서 우리 모두 노인이 되고, 우리 아이들이 자라서 어른이 되고, 대위님께서 결혼하셔서 가장이 되는 것을 보셨으면 합니다. 현재로서는 더 드릴 말씀이 없습니다. 그러니 젊은 지주님의 건강을 위해서 축배를 들겠습니다. 만세 삼창을 세 번 반복."

이 부분에서 커다란 외침 소리, 두드리는 소리, 짤랑거리는 소리, 부딪치는 소리, 고함 소리가 여러 차례 쏟아져 나왔고, 이런 환호를 처음 받는 사람에게는 그 소리들이 가장 숭고한 곡조보다도 더 유쾌하게 들렸을 것이다. 포이저 씨의 연설 도중에 아서는 양심의 가책을 느꼈지만 그것은 칭찬에서 오는 기쁨을 무화시키기에는 너무나 미약한 것이었다. 대체로 그는 찬사를 받을 만한 자격이 있지 않았던가? 그의 행위에 포이저가 알았더라면 결코 좋아하지 않았을 점이 있다하더라도, 글쎄, 어느 누구의 행위라도 지나치게 세밀히 조사해 보면 배겨낼 수 없을 점이 있기 마련이다. 그리고 포이저는 그 사실을 알지 못할 것이다. 결국 그가 한 일이 뭐란 말인가? 어쩌면 조금 심하게 불장난을 저질렀을지 모르지만, 그의 지위에 있는 다른 사람이라면 훨씬 더 나쁜 짓을 저질렀을 수도 있다. 어떤 해악도 일어나지 않을 것이다. 어떤 해악도 일어나서는 안 된다. 다음에 헤티와 단 둘이 있게 되면, 자기에 대해서나 이미 일어난 일에 대해서 심각하게 생각해서는 안 된다고 그녀에게 설명할 것이다. 여러분이 알아차렸겠지만, 아서는 스스로에게 만족할 필요가 있었다. 불편한 느낌은 미래에 대해 좋은 의도를 가짐으로써 없애버려야 한다. 그 의도는 재빨리 생겨날 수 있으므로 그는 포이저 씨의 느린 연설이 끝나기도 전에 불편한 마음을 털어내고 다시 편안해질 수 있었고, 자기가 연설할 시간이 되었을 때 마음이 완전히 홀가분해졌다.

"내 좋은 친구들과 이웃들, 여러분 모두에게 감사합니다." 아서가 말했다. "포이저 씨가 여러분을 대표해서 자기 마음으로 표현해 준 저에 대한 좋은 평가와 호의에 대해서 감사하고, 그것에 값하려는 것이 언제나 저의 진정한 바람이었습니다. 시간이 흘러서 제가 계속 살아 있으면 언젠가는 여러분의 지주가 되리라고 예상할 수 있겠지요. 실제로 그런 기대를 바탕으로 할아버님께서는 저에게 오늘을 축하하고 지금 여러분들과 함께 어울리기를 바라셨습니다. 그리고 저는 단지 저 자신을 위한 권력과 쾌락의 자리가 아니라 이웃에게 혜택을 베풀어 주는 수단으로서 그 직책을 기대하고 있습니다. 저처럼 젊은 사람이 훨씬 더 연륜이 풍부한 여러분에게 농사에 관한 이야기를 늘어놓는다면 가당치 않겠지요. 하지만 저는 농사에 관해서 상당한 관심을 느껴왔고 기회가 닿을 때마다 많이 배웠습니다. 그리고 앞으로 이 장원이 제 손에 들어오면 소작인들이 땅을 개량하고 더 나은 경작 방법을 찾아내려고 노력할 때 지주로서 가능한 격려를 모두 다 해 주려는 것이 제 첫 번째 소망입니다. 제가 바라는 바는 소중한 소작인 여러분 모두에게 가장 좋은 친구로 여겨지는 것입니다. 그리고 이 장원에 사는 분들을 모두 존경하고 그에 대한 보답으로 모두에게서 존경받는 것보다 더 큰 행복은 없을 겁니다. 현재 이 자리에서 구체적인 일들을 거론할 수는 없습니다만, 저에 관한 여러분의 기대와 저 자신의 기대가 일치한다는 말씀을 드릴 수 있겠습니다. 여러분이 제게 기대하는 바를 만족시켜드리고 싶다는 것이지요. 저도 포이저 씨의 의견에 전적으로 동의합니다. 자기 할 말을 다했으면 그만 마쳐야지요. 하지만 저에게 부모가 되어주신 제 할아버님의 건강을 위해 축배를 들지 않는다면, 여러분이 제 건강에 축배를 들어 주시는 데서 느끼는 기쁨이 완전하지 않을 겁니다. 제가 그분의 이름과 가문의 장래 대표자로서 여러분들 가운데 있기를 바라셨던 오늘, 그분의 건강을 위한 축배에 여러분이 동참해 주시기를 바라며 마치겠습니다."

어쩌면 할아버지의 건강을 위한 축배를 제안한 아서의 관대한 태도를 충분히 이해하고 인정한 사람은 어윈 씨를 빼고는 아무도 없었을 것이다. 농부들은 자기들이 노지주를 싫어하는 것을 젊은 지주가 잘 알고 있다고 생각했으며, 포이저 부인은 "젊은 지주가 쓴 국물 냄비를 휘젓지 않았더라면 좋았을 텐데" 라고 말했다. 시골뜨기의 마음은 훌륭하고 섬세한 마음결을 쉽사리 이해하지 못하는 법이다. 하지만 그 축배를 거절할 수 없었기에 모두들 축배를 들었을 때 아서가 말했다.

"제 할아버님과 저 자신을 위해서 여러분께 감사드립니다. 그리고 이제 한 가지 더 말씀드릴 것이 있습니다. 여러분이 제 기쁨을 나누시도록 말이지요. 여러분이 그러실 거라고 바라고 믿고 있습니다. 제 친구 아담 비드를 존중하지 않은 분은 여기 없을 거라고 생각합니다. 여러분 가운데 몇몇 분들은 틀림없이 그를 아주 높이 평가하실 겁니다. 그의 말은 그 무엇보다도 믿을 수 있으며, 그가 시도하는 일이 무엇이든 아주 잘 해 내고, 자기 이익을 위해서나 자신을 고용한 사람의 이익을 위해서 정성껏 일한다는 것은 이 근방의 사람들 모두에게 잘 알려져 있습니다. 제가 어린 시절에 아담을 무척 좋아했다는 것을 자랑스럽게 말할 수 있습니다. 그리고 아담에 대한 옛 감정은 조금도 없어지지 않았지요. 그것으로 보아 제가 훌륭한 사람을 보면 그 됨됨이를 알아볼 수 있다고 생각합니다. 저는 상당한 가치가 있는 이 장원의 숲을 그가 관리해 주기를 오랫동안 바랐습니다. 그의 성품을 아주 높이 평가하기 때문만이 아니라 그 자리에 적합한 지식과 기술을 가지고 있기 때문이지요. 그리고 무척 기쁘게도 할아버님께서도 같은 희망을 가지고 계십니다. 그래서 이제 아담이 숲을 관리하기로 결정되었습니다. 이 변화로 인해서 장원에 틀림없이 큰 이득이 생길 것입니다. 그리고 저는 여러분이 그의 건강을 위해 축배하고 그가 받아 마땅한 번영을 기원하는 데 모두 동참해 주시기를 바랍니다. 하지만 현재 아담 비드보다 더 오랜 저의 친구가 계십니다. 그분이 어윈 씨라는 것은 말씀드릴 필요도 없겠지요. 그분에게 축배를 드리고 나서야 다른 사람의 건강을 위해 축배를 들 수 있다고 저나 여러분이나 똑같이 생각할 겁니다. 여러분이 여러 가지 이유로 목사님을 사랑한다는 것을 알고 있습니다. 하지만 그분의 교구에서 어느 누구보다도 제가 목사님을 사랑할 이유가 더 많습니다. 자, 잔에 술을 채우고 우리의 훌륭하신 목사님을 위해서 건배하도록 합시다. 삼창을 세 번 반복!"

이번에는 모두들 앞의 축배에 부족했던 열의를 다해서 축배를 들었다.

어윈 씨가 말을 하려고 일어서고 방안의 사람들이 모두 그에게 얼굴을 돌렸을 때, 그 광경은 분명 더할 나위 없이 그림 같은 순간이었다. 주위 사람들과 비교해 볼 때 극히 섬세한 그의 얼굴은 아서의 얼굴보다 더 돋보였다. 아서의 얼굴은 보다 평범한 영국인의 얼굴이었고 유행에 맞는 화려한 새 옷은 어윈 씨의 검은 양복보다 젊은 농부의 의상 취향에 더욱 가까웠다. 파우더를 뿌리고 솔질이 잘 되어 있지만 상당히 낡은 양복은 어윈 씨가 특별한 행사에 입는 정장인 듯했다. 하지만 늘 그의 코트는 결코 새 옷처럼 보이지 않는 신기한 비결을 갖고 있었다.

"이번이 첫 번째는 아닙니다." 목사님이 말했다. "교구민들께서 제게 선의의 징표를 보여 주셔서 감사 드려야 했던 적이 실로 무척 많이 있었지요. 하지만 이웃의 친절은 늙어 갈수록 더욱 소중해지는 것들 가운데 하나입니다. 사실 오늘 우리의 즐거운 만남은, 선한 것이 성년이 되고 앞으로도 존속하게 될 때 기뻐할 만한 이유가 있다는 사실을 입증합니다. 목사와 교구민으로서 우리들의 관계는 이 년 전에 성년이 되었지요. 제가 처음 여러분들에게 온 이래로 이십삼 년이 되었으니까요. 지금 여기 있는 키가 크고 멋진 젊은이들과 한창 만발한 젊은 여성들이 내가 처음 세례를 주었을 때는 다행히도 지금처럼 이렇게 즐거운 표정으로 나를 바라본 것이 전혀 아니었지요. 하지만 여기 모인 젊은이들 가운데 내가 가장 큰 관심을 가진 사람은 여러분이 방금 호의를 보여 준 내 친구 아서 도니손이라고 말하더라도 놀랍지 않을 겁니다. 나는 몇 년간 즐겁게 그를 가르쳤고 자연히 그를 잘 알 수 있는 기회를 갖게 되었지요. 여기 계신 여러분께는 그런 기회가 없었을 겁니다. 그리고 그에 대한 여러분의 높은 기대와, 그가 중요한 지위를 차지하면 탁월한 지주가 될 만한 자질이 있다는 여러분의 확신을, 저 또한 공유하고 있음을 자랑스럽고 기쁜 마음으로 장담할 수 있습니다. 오십이 다 되어가는 사람이 스물세 살의 젊은이와 공감할 수 있는 문제가 있다면 그 문제들에 있어서 우리는 대부분 똑같이 느낍니다. 방금 그는 제가 진심으로 공감할 수 있는 어떤 감정을 표현했지요. 그래서 저도 그렇게 말할 수 있는 기회를 의도적으로 빠뜨리지 않을 생각입니다. 그 감정은 아담 비드에 대한 그의 높은 평가와 존중심이지요. 물론 지위가 높은 사람들은 비천한 노동으로 일상을 보내는 사람들보다 더 중요하게 생각되고 언급되며 미덕에 대한 찬사를 더 많이 받습니다. 하지만 분별력이 있는 사람이라면 누구나 그 비천한 일상의 노동이 얼마나 필요한 것인지 그리고 그 노동을 훌륭하게 수행하는 것이 우리에게 얼마나 중요한 일인지를 알고 있습니다. 그리고 그런 노동을 할 의무가 있는 사람이 어떤 지위에서건 본보기가 될 만한 성품을 드러낼 때 그의 미덕을 인정해야 한다고 느끼는 점에서 저는 제 친구 아서 도니손과 같은 생각입니다. 아담은 명예를 받아야 할 사람들에 속하므로 그의 친구들은 즐거운 마음으로 그에게 경의를 표해야 합니다. 저는 아담 비드를 잘 알고 있습니다. 그가 일꾼으로 어떠한지, 아들이자 형으로서 어떠했는지를 알고 있지요. 그리고 살아 있는 사람을 존중할 수 있는 최대한도로 그를 존중한다고 말할 때 제 말은 그저 소박한 진실입니다. 하지만 저는 여러분에게 낯선 이에 대한 이야기를 하고 있는 것이 아니지요. 여러분 가운데 몇몇은 그와 가까운 친구니까요. 아담의 건강을 위한 축배에 진심으로 동참할 만큼 여러분 모두 그를 잘 알고 있다고 믿습니다."

어윈 씨가 말을 중단하자 아서가 벌떡 일어나 잔을 채우며 말했다. "아담 비드에게 건배! 그가 자기처럼 성실하고 현명한 아들들을 두기를!"

이 말을 듣고 있는 사람들 중에 이 건배에 포이저 씨처럼 기뻐한 사람은 없었으며, 심지어 바틀 매시보다도 더 기뻐했다. 비록 첫 번째 연설이 '힘든 작업'이기는 했지만 포이저 씨는 연설 순서가 매우 불규칙하게 진행된다는 것을 알지 못했더라면 또 다른 연설을 시작하려 했을 것이다. 사실 그는 평소보다 급히 맥주를 마시고 팔을 휘두르며 딱 소리가 나도록 단호하게 잔을 내려놓음으로써 자기감정을 표출했다. 조나단 버지와 다른 몇몇 사람들은 여기서 조금 불편한 느낌이 들었더라도 흐뭇한 표정을 지으려고 최선의 노력을 기울였으며 그래서 겉으로 보기에는 다 같이 호의적으로 축배를 들었다.

친구들에게 감사의 말을 하려고 일어섰을 때 아담은 평소보다 다소 창백해졌다. 당연히 그는 이 공적인 찬사에 무척 큰 감동을 받았다. 그는 자신의 작은 세계를 구성하는 사람들 앞에 있었고, 그 세계가 단결하여 자기에게 찬사를 보내고 있는 것이었다. 그러나 연설하는 것이 부끄럽지는 않았고, 사소한 허영심이나 부족한 말솜씨 때문에 고통스럽게 느끼지도 않았다. 그는 어색하거나 당황한 듯이 보이지 않았고, 평소처럼 확고하고 곧은 자세로 서서 머리를 약간 뒤로 젖힌 채 손을 단정히 모았다. 그처럼 거칠고 위엄 있는 태도는 이 세상에서 자기가 할 일을 결코 의심하지 않는, 영리하고 정직하며 체격이 좋은 일꾼들에게서 드러나는 특이한 자세였다.

"저는 깜짝 놀랐습니다." 아담이 말했다. "이런 일이 있으리라고는 전혀 예상치 않았으니까요. 이건 제가 받을 노임보다 훨씬 더 중요한 일이지요. 하지만 그렇기 때문에 더욱더 대위님과 목사님, 그리고 제 건강을 위해 축배를 들고 제가 잘 되기를 기원해 주신 여기 모인 모든 친구들께 감사드립니다. 저에 대한 여러분의 좋은 평가에 제가 값하지 못한다고 말씀 드린다면 터무니없겠지요. 이 오랜 세월 동안 여러분이 저를 알아왔으면서도 저에 대해 진실을 제대로 알아낼 만한 지각이 없었다고 말씀드린다면, 그건 여러분께 제대로 감사를 드리는 것이 아닐 테니까요. 여러분께서는 제가 어떤 일을 시작하면 그 보수가 크던 작던 간에 그 일을 잘 할 거라고 생각하십니다. 그것은 사실입니다. 만일 그것이 사실이 아니라면, 여기 여러분 앞에 서 있는 것이 부끄러웠을 테지요. 하지만 그것은 사람으로서 당연한 의무이므로 결코 자랑할 만한 일이 아니라고 생각합니다. 그리고 분명 저는 제 의무 이상으로 일한 적이 없었습니다. 우리가 무슨 일을 하던지 간에 그 일은 다만 우리가 받은 정신과 힘을 사용하는 것일 뿐이니까요. 그러므로 여러분의 호의는 여러분이 제게 진 빚이 아니라 자진해서 베풀어 주신 선물이라고 확신합니다. 저는 그 호의를 그렇게 받아들이고 감사하게 생각합니다. 그리고 제가 맡은 이 새로운 일에 대해서는, 도니손 대위님의 소망에 따라서 그것을 맡게 되었고 그분의 기대에 어긋나지 않도록 노력하겠다는 말씀만 드리겠습니다. 제가 그분 밑에서 일하고 밥벌이를 하면서 동시에 그분의 이익에 보탬이 된다면 그보다 더 나은 운명은 바라지 않겠습니다. 대위님은 옳은 일을 하시면서 세상을 이전보다 좀 더 나은 상태로 만드시려는 신사들 중의 한 분이라고 믿습니다. 신사이건 평범한 사람이건, 훌륭한 일을 하면서 돈을 벌건 혹은 자기 손으로 일을 하건 간에, 사람이라면 누구나 바로 그런 일을 해야 한다고 믿습니다. 제가 대위님에 대해 느끼는 감정은 더 이상 말씀드릴 필요가 없겠지요. 평생에 걸쳐서 제 행동으로 보여 드릴 수 있기를 바랄 뿐입니다."

아담의 연설에 대해서는 여러 가지 의견이 있었다. 어떤 여자들은 그가 감사하는 마음을 제대로 표현하지 않았으며 무척 건방지게 말하는 것 같았다고 속삭였다. 그러나 대부분의 남자들은 그보다 더 솔직하게 말할 수는 없으며 아담이 무척 훌륭한 사람이라는 의견이었다. 이러한 의견들을 나누느라 웅성거리고 노지주가 토지 관리인에 대해서는 어떻게 할 생각인지, 관리인을 새로 둘 예정인지에 대한 추측이 난무하는 가운데 두 신사는 일어서서 농부의 아내들과 아이들이 앉아있는 식탁으로 걸음을 옮겼다. 물론 여기에는 독한 맥주가 아니라 포도주와 후식이 마련되어 있었고, 어린애들을 위한 반짝이는 구즈베리와 어머니들을 위한 훌륭한 셰리주가 있었다. 포이저 부인은 이 식탁의 상석에 앉아 있었고 토티는 이제 그녀의 무릎에 앉아서 포도주 잔에 떠 있는 견과를 찾으려고 작은 코를 깊숙이 집어넣고 있었다.

"안녕하세요, 포이저 부인?" 아서가 말했다. "남편께서 오늘 이렇게 훌륭하게 연설하는 걸 듣고 기쁘지 않았어요?"

"아, 나리, 남자들은 대체로 말을 못한다니까요. 무슨 말을 하는 것인지 얼마간은 추측해야 된다구요. 말 못하는 짐승들을 보면서 추측해야 하듯이 말이지요."

"아니, 부인이 남편보다 더 잘할 수 있었다고 생각해요?" 어윈 씨가 웃으며 말했다.

"글쎄요, 목사님, 저는 어떤 이야기를 하고 싶을 때 고맙게도 대개는 그걸 제대로 표현할 말을 찾을 수 있거든요. 제 남편을 흠잡으려는 것은 아니에요. 말이 적은 사람이긴 하지만, 자기가 한 말은 지키는 사람이니까요."

"이보다 더 예쁜 일행은 본 적이 없어요." 아서는 뺨이 사과처럼 빨간 아이들을 둘러보며 말했다. "숙모님과 어윈 양들이 곧 올라오셔서 여러분을 만나실 거예요. 그분들은 요란스러운 축배의 소음을 걱정하셨지만, 식탁에 앉은 여러분을 만나보지 못한다면 부끄러운 일이지요."

그는 계속 걸어가면서 어머니들에게 말을 걸고 아이들을 토닥거렸으며, 어윈 씨는 그날의 영웅인 젊은 지주에게서 사람들의 관심이 멀어지지 않도록 약간 떨어진 곳에 가만히 서서 고개를 끄덕이는 것으로 만족했다. 아서는 헤티 가까이에서 멈추지 않고 다른 곳으로 걸어가면서 그녀에게 그저 고개를 숙였을 뿐이었다. 이 어리석은 아이는 가슴속에 불만이 차오르는 것을 느꼈다. 외견상의 무관심이 사랑의 가면이라는 것을 알고 있더라도 그것에 만족할 여자가 어디 있겠는가? 헤티는 한동안 지내온 날들 가운데 오늘이 가장 비참한 날이 될 거라고 느꼈다. 가슴을 서늘하게 하는 대낮의 현실이 그녀의 꿈을 가로지르는 순간이었다. 몇 시간 전만 해도 아주 가깝게 여겨졌던 아서가 그녀에게서 멀리 떨어져 있었던 것이다. 거창한 행렬의 주인공이 군중 속의 작은 소외자에게서 멀리 떨어져 있는 것과 마찬가지였다.

게임

성대한 무도회는 여덟 시가 되어야 열릴 예정이었다. 하지만 그 이전에 그늘진 풀밭에서 춤추고 싶은 총각들과 처녀들을 위해서 음악이 언제라도 마련되어 있었다. 공제조합악단이 지그, 릴, 혼파이프를 아주 잘 연주할 수 있지 않았던가? 그 외에도 로세터에서 고용한 장중한 악단이 있었는데, 놀라운 관악기와 부풀어 오른 빰 덕분에 그 악단은 어린 소년, 소녀들에게 즐거운 구경거리였다. 조수아 랜의 피들은 말할 것도 없었다. 그는 혹시라도 아주 순수한 취향을 가진 사람이 그 악기의 독주에 맞춰 춤추고 싶어 할지도 모른다고 너그럽게 예상하고는 그 악기를 가져온 것이었다.

시간이 지나서 태양이 저택 정면의 넓게 트인 공간을 비껴들기 시작했을 때 게임이 시작되었다. 물론 비누칠을 한 장대에는 소년들과 젊은이들이 올라갈 예정이었고, 나이든 여자들의 달리기 시합, 자루 속에서 달리기, 튼튼한 남자들의 역도 들기, 한 다리로 가능한 한 오래 걷기처럼 야심적인 시도에 도전하는 게임들이 줄줄이 있었다. 한 다리로 오래 걷기에서는 와이리 벤이 온 나라에서 '가장 민첩하고 탄력적인 사람'이므로 가장 뛰어날 것에 틀림없다고 모두들 예상했다. 게다가 당나귀 달리기 시합이 있었다. 다른 사람의 당나귀를 응원한다는 원대한 사회주의적 이상에 입각해서 치러지는 가장 숭고한 시합으로 제일 유감스러운 당나귀가 우승하는 게임이었다.

네 시가 넘자 온 가족이 뒤를 따르는 가운데 연분홍색 공단과 보석과 검은 레이스로 화려하게 차려입은 어윈 노부인이 아서의 팔을 잡고 나와서 줄무늬가 쳐진 천막의 높이 솟은 의자에 앉았다. 그곳에서 어윈 부인이 승자에게 상을 나눠줄 예정이었다. 근엄하고 딱딱한 리디아 양이 그 여왕의 임무를 고귀한 노부인에게 양보하겠다고 청했기에, 아서는 당당한 위엄을 과시하고 싶어 하는 대모의 취향을 만족시킬 수 있는 기회가 마련되어 기뻐했다. 세심하게 청결하고 미세한 향내를 풍기며 시들어 버린 노인 도니손 씨가 격식을 차리며 신랄하고 예의바른 태도로 어윈 양과 함께 나왔다. 거웨인 씨는 리디아 양의 팔을 잡고 나왔는데, 우아한 복숭아꽃 색깔의 실크 옷을 입은 그녀는 무관심하고 뻣뻣해 보였다. 마지막으로 어윈 씨는 창백한 누이 앤과 함께 나왔다. 거웨인 씨를 제외하면 그 가족의 다른 친지는 아무도 초대받지 않았다. 다음날 이웃 마을의 신사들을 위한 성대한 정찬이 있을 예정이었지만 오늘은 소작인들을 즐겁게 해주는 데 온 노력을 기울였던 것이다.

그 천막 앞에는 잔디밭과 정원을 가르는 은장(隱墻)[90]이 있었지만 승자들이 건너갈 수 있도록 임시 가교가 만들어졌고, 흰 천막들에서 은장에 이르기까지 넓은 공간의 양쪽에 사람들이 흩어져 서 있거나 여기저기 벤치에 앉아 있었다.

"정말로 아름다운 광경이군." 노부인은 자리에 앉아서 짙은 초록색을 배경으로 펼쳐진 화려한 광경을 돌아보면서 낮고 굵은 목소리로 말했다. "아서, 자네가 서둘러 결혼하지 않는다면, 오늘 이 파티가 내가 마지막으로 볼 잔치겠지. 하지만 매력적인 신부를 데려오도록 주의하게나. 그렇지 않으면 그 신부를 보지 않고 죽는 편을 택하겠네."

"대모님은 너무나 까다로우세요." 아서가 말했다. "제 선택으로는 결코 대모님을 만족시켜드릴 수 없을까봐 걱정이에요."

"글쎄, 신부가 예쁘지 않으면 자네를 용서하지 않겠어. 상냥하다는 말 따위에는 속지 않을 거라고. 그 말은 평범하게 생긴 사람들을 위한 변명이니까. 그리고 어리석은 여자는 안 돼. 그건 절대로 안 되지. 자네를 조정해야 하는데, 어리석은 여자는 자네를 조정할 수 없을 테니까. 저기 온순한 얼굴에 키가 큰 젊은이가 누구지, 도핀? 저기, 모자를 쓰지 않고 옆에 있는 키가 크고 늙은 부인을 세심하게 보살피고 있는 사람 말이야. 물론 자기 어머니겠지. 아주 보기가 좋군."

"아, 저 사람을 모르세요, 어머니?" 어윈 씨가 말했다. "세스 비드예요. 아담의 동생이죠. 감리교인이지만 아주 훌륭한 젊은이에요. 가엾게도 세스는 최근에 다소 상심한 듯이 보였지요. 아버지가 그렇게 비참하게 돌아가셨기 때문일 거예요. 그런데 조수아 랜의 말로는 그가 약 한 달 전에 여기 왔었던 그 아름다운 감리교도 설교자와 결혼하고 싶어 했다는군요. 그녀가 그를 거절한 모양이에요."

"아, 그녀에 대한 이야기를 들었던 것이 기억나는군. 그런데 내가 알지

---

90) 토지를 경계 짓기 위하여 땅 속에 만든 담.

못하는 사람들이 한없이 많군. 내가 돌아다니던 시절 이래로 모두들 성장해서 몰라보게 변했어.”

“무척 시력이 좋으시군요!” 눈에 쌍안경을 대고 있던 도니손 씨가 말했다. “저렇게 멀리 있는 젊은이의 표정을 볼 수 있다니 말입니다. 내게는 희미하게 얼룩진 반점으로밖에 보이지 않는데요. 하지만 가까운 곳을 볼 때는 내가 더 유리할 겁니다. 나는 안경을 쓰지 않고도 작은 글씨를 읽을 수 있거든요.”

“아, 지주님, 당신은 처음에 심한 근시였었지요. 근시인 눈이 언제나 제일 오래 간답니다. 저는 글자를 읽으려면 아주 도수가 높은 안경이 필요해요. 하지만 멀리 떨어져 있는 물건들을 보는 데는 내 눈이 점점 좋아지고 있는 것 같아요. 내가 앞으로 오십 년을 더 살 수 있다면 다른 사람들의 눈에 보이는 것들은 전혀 보지 못하고 그저 별만 볼 수 있을 거예요. 우물 속에 서 있는 사람처럼 말이에요.”

“저기 보세요.” 아서가 말했다. “나이든 여자들이 이제 달리기 시합을 준비하고 있어요. 거웨인, 자네는 어느 쪽에 내기를 걸겠나?”

“저기 다리가 긴 사람에게. 여러 차례 시합을 하지 않는다면 말일세. 그럴 경우에는 저기 체구가 작고 강단 있는 사람이 이길 거야.”

“오른편으로 멀지 않은 곳에 포이저 씨네 가족이 있어요, 어머니.” 어윈 양이 말했다. “포이저 부인이 어머니를 보고 있어요. 아는 척 하셔야겠어요.”

“물론 그래야지.” 노부인은 우아하게 포이저 부인에게 고개를 숙이며 말했다. “나에게 그렇게 훌륭한 크림치즈를 보내는 여자를 소홀히 대접해서는 안 되지. 저런! 무릎에 안고 있는 아이는 정말 뚱뚱하구나! 그런데 검은 눈의 저 예쁜 여자는 누구지?”

“헤티 소렐이에요.” 리디아 도니손 양이 말했다. “마틴 포이저의 조카딸이지요. 상당히 전도유망한 아가씨에요. 예쁘기도 하고요. 제 하녀가 그녀에게 바느질을 가르쳤어요. 그런데 제 레이스를 솜씨 있게 기웠더라고요. 아주 솜씨가 좋았어요.”

“저, 그녀가 포이저네 가족과 살아온 지 육칠 년 되었으니까 어머니가 틀림없이 그녀를 보셨을 거예요.” 어윈 양이 말했다.

“아니, 저 여자는 본 적이 없어. 적어도 현재 모습으로는 말이지.” 어윈 부인은 헤티를 계속 바라보며 말했다. “정말 예쁘구나! 완벽한 미인이군! 젊은 시절 이래로 저렇게 예쁜 사람은 본 적이 없었어. 저런 아름다움을 농부들에게 던져줘야 하다니 얼마나 안타까운 일이야! 재산이 없는 훌륭한 집안에서는 저런 아름다움이 절실히 필요할 텐데. 자, 장담하건대, 저 아가씨는 그녀가 둥근 눈과 붉은 머리칼을 갖고 있어도 똑같이 예쁘다고 생각할 사람에게 시집갈 거야.”

어윈 부인이 헤티에 대한 이야기를 하는 동안, 아서는 감히 헤티 쪽으로 눈길을 돌리지 못했다. 그것을 듣지 않고 다른 쪽의 무엇엔가 몰두하고 있는 척했다. 그러나 바라보지 않아도 그녀의 모습이 선명하게 보였다. 그녀의 아름다움에 대한 찬사를 들었기 때문에 더욱 고양된 아름다움이 돋보였다. 아시다시피 다른 사람들의 의견은 아서의 감정에 쾌적한 대기와 같았다. 그 공기 위에서 그의 감정이 무성하게 자라고 튼튼해졌던 것이다. 그래, 그녀는 정말로 어떤 남자의 마음이라도 사로잡을 것이다. 그의 지위에 있는 사람이라면 누구라도 똑같이 행동하고 똑같이 느꼈을 것이다. 그리고 지금 그가 작정하고 있듯이 결국 그녀를 포기하는 것은, 언제나 자부심을 느끼며 돌아보게 될 행위일 것이다.

“아뇨, 어머니.” 어윈 씨가 어윈 부인의 마지막 말에 대답하면서 말했다. “그 점에 있어서는 어머니 의견에 동의할 수 없어요. 어머니께서 상상하시듯이 평범한 사람들이 그렇게 우둔한 것은 아니에요. 그지없이 평범한 사람이라도 자기 나름의 지각과 감정이 있어서 사랑스럽고 고운 여자와 조악한 여자의 차이를 알고 있지요. 심지어 개들도 그들을 보고 차이를 느낍니다. 개들이 그렇듯이 평범한 사람은 아주 섬세한 아름다움이 자신에게 미치는 영향을 설명할 수 없을지도 모르지요. 그럼에도 불구하고 그것을 느낄 수는 있습니다.”

“맙소사, 도핀, 너처럼 나이든 독신 남자가 그 점에 대해 무엇을 알겠어?”

"그 문제에 대해서는 늙은 독신 남자가 결혼한 남자보다 더 현명할 수 있거든요. 그들에게는 보다 일반적인 현상을 숙고할 수 있는 시간이 더 많으니까요. 여성을 섬세하게 평가하려는 사람은 한 여성을 자기 여자라고 부름으로써 판단력에 족쇄를 채우면 안 되지요. 그런데 제가 지금 하고 있는 말의 한 가지 예로서, 조금 전에 말한 그 예쁜 감리교도 설교자가 거친 광부들에게 설교를 했지만 그들에게서 오로지 최대한의 경의와 친절한 대접만을 받았다고 말하더군요. 그녀는 그 이유를 모르겠지만, 그것은 그녀가 지극히 부드럽고 섬세하고 순수하기 때문입니다. 그런 여성은 극히 상스러운 사람도 느끼지 않을 수 없는 '천국의 공기'[91]를 몰고 다닙니다."

"여기 섬세한 여성성 아니 소녀다움을 지닌 인물이 상을 받으러 오는군요." 거웨인이 말했다. "틀림없이 자루 달리기를 한 사람일 겁니다. 우리가 오기 전에 출발했나 보지요."

그 '여성성'을 드러낸 인물은 우리가 잘 알고 있는 베시 크래니지 즉 채드네 베스였다. 그녀의 붉고 커다란 뺨과 뚱뚱한 몸매는 몹시 상기되어 있었으며, 그녀가 우연히 천상의 인물이었다면 그 색깔로 인해서 그녀는 숭고하게 보였을 것이다. 유감스러운 말이지만, 베시는 다인나가 떠난 이후로 다시 귀고리를 걸게 되었고, 모을 수 있는 온갖 작은 장신구들을 다른 데에도 잔뜩 걸고 있었다. 불쌍한 베시의 마음을 들여다볼 수 있는 사람이라면 그녀의 사소한 희망 및 열망과 헤티의 그것 사이에서 놀라운 유사성을 발견했을 것이다. 감정이라는 면에서 보면 어쩌면 베시 쪽이 더 우월했을지도 모른다. 하지만 보시다시피 그들의 외면은 너무나 달랐다! 베시의 귀는 꼬집고 싶은 마음을 일으키겠지만 헤티에게는 키스하고 싶은 갈망이 들 것이다.

베시는 그저 왈가닥다운 쾌활함과 상을 받으려는 생각 때문에 그 힘든 달리기 시합을 하려고 마음먹었었다. 상품으로 망토와 다른 멋진 옷들이

91) 《햄릿》 1막 4장 41절

마련되어있을 거라고 누군가 말했던 것이다. 손수건으로 부채질을 하면서 기쁨에 젖어 둥근 눈을 반짝이며 그녀는 천막 가까이 다가왔다.

"첫 번째 자루 달리기에 대한 상품이 여기 있어요." 리디아 양은 상품들이 쌓여 있는 탁자에서 큰 꾸러미를 꺼내서 베시가 올라오기 전에 어윈 부인에게 넘겨주며 말했다. "아주 좋은 견모교직의 가운과 플란넬 천이에요."

"아마 숙모님은 우승자가 이렇게 젊은 여자일 거라고는 생각하지 않으셨겠지요?" 아서가 말했다. "이 처녀에게는 다른 것을 주고, 칙칙해 보이는 그 가운은 좀 더 나이든 여자를 위해서 남겨둘 수 없을까요?"

"나는 유용하고 실속 있는 것만 샀어." 리디아 양이 레이스를 매만지며 말했다. "그 계층의 젊은 여자에게 멋진 것을 좋아하도록 부추길 생각은 없으니까. 진홍색 망토가 있지만 그것은 우승한 나이 든 여자를 위한 거야."

리디아 양의 말을 듣고 아서를 바라보는 어윈 부인의 얼굴에 다소 조롱어린 표정이 떠올랐다. 그동안 베시는 올라와서 연거푸 무릎을 굽혀 절했다.

"베시 크래니지예요, 어머니." 어윈 씨가 친절하게 말했다. "채드 크래니지의 딸이지요. 대장장이 채드 크래니지를 기억하시지요?"

"그럼, 물론이지." 어윈 부인이 말했다. "자, 베시, 네가 받을 상품이란다. 겨울에 입기에 아주 따뜻한 옷이지. 이것을 받기 위해 이 더운 날씨에 무척 고생했구나."

그 추하고 무거운 가운을 보았을 때 베시의 입은 딱 벌어졌다. 이 칠월에 그 옷은 무척 덥고 불쾌하게 보였으며 게다가 입고 다니기에도 아주 추하게 보였다. 그녀는 올려다보지도 않고 입술이 점점 더 심하게 떨리는 채로 다시 무릎을 굽혀 절하고는 돌아섰다.

"가엾게도." 아서가 말했다. "실망한 것 같아요. 좀 더 그녀의 취향에 맞는 물건이었더라면 좋았을 걸."

"대담하게 보이는 여자군." 리디아 양이 말했다. "격려해 주고 싶은 여자가 전혀 아니라고."

말없이 아서는 베시가 더 마음에 드는 것을 살 수 있도록 오늘이 지나기 전에 돈을 선물해야겠다고 결심했다. 하지만 자기에게 위안이 마련되어 있음을 알지 못하는 베시는 넓은 공간을 벗어나 그 천막에서 자기를 볼 수 없는 곳에 이르자 그 혐오스러운 옷 꾸러미를 나무 밑에 던져놓고 울기 시작했고, 그 모습을 보고 어린 소년들은 킥킥거리며 웃어댔다. 조금 전에 아기를 남편에게 맡기고 곧바로 올라온, 부인답게 분별력이 있는 그녀의 사촌은 베시가 울고 있는 것을 보았다.

"무슨 일이니?" 기혼 부인인 베스가 꾸러미를 살펴보며 말했다. "그 바보 같은 달리기 시합을 하느라 땀투성이가 되고 말았구나. 그런데 훌륭한 견모교직과 플란넬을 받았군. 이건 그런 바보 같은 게임을 하지 않을 만한 상식이 있는 사람들에게나 어울리는 것인데. 애들 옷을 만들어 주게 이 견모교직을 조금 나누어 줄 수 있겠니? 너는 한 번도 고약하게 성질을 부렸던 적이 없었잖아, 베스. 너에 대해서 그렇게 말한 적이 한 번도 없었어."

"다 가져도 좋아. 상관없어." 처녀인 베스가 토라진 태도로 눈물을 닦고 기분이 좀 나아져서 말했다.

"그렇게도 없애 버리고 싶다면, 내가 좀 이용해도 되겠구나." 욕심이 없는 그 사촌은 채드네 베스가 마음을 바꿀까봐 재빨리 꾸러미를 집어 들고 걸어가면서 말했다.

그러나 뺨에 혈색이 넘치는 그 처녀는 탄력적인 정신을 타고 났기에 사무치는 비탄에 빠져들지 않았다. 놀이의 절정으로 당나귀 시합을 시작할 때가 되자 그녀는 채찍질을 하는 사내애들 틈에 끼어서 제일 뒤처진 당나귀를 쉬쉬 소리로 자극하며 즐거운 흥분에 싸여 그 실망감을 완전히 잊고 말았다. 그러나 그 당나귀는 여러 채찍들이 몰아가려는 방향과는 반대 방향을 택하면서 고집 센 마음을 드러냈는데, 잘 생각해 보면 그것은 순차적 진행과 같은 대단한 마음의 능력이 필요한 게임이다. 그리고 현재 이 당나귀는 채찍들이 가장 빈번히 휘날리는 바로 그 시점에 돌연히 멈춰

버림으로써 그 부류에서 최고의 지능을 갖고 있음을 입증했다. 모여든 사람들은 큰 소리로 함성을 질렀으며, 이 승리의 와중에서 뻣뻣한 다리로 가만히 서 있는 이 탁월한 짐승의 등에 운 좋게도 앉아 있던 석공 빌 다운즈는 활짝 웃음을 지었다.

남자들의 상품은 아서가 직접 주었고, 빌은 사막 섬에 떨어져도 편히 지낼 수 있게 도움이 될 만한 칼날과 도래송곳이 구비된 멋진 주머니칼을 받고 기뻐했다. 그가 상품을 들고 천막에서 돌아오자마자, 와이리 벤은 신사들이 정찬을 들러 가기 전에 무료로 즉흥 공연을 열어서 일행을 즐겁게 해 주겠다고 제안했다. 그것은 혼파이프[92]였고 그 춤의 내용은 의심할 바 없이 다른 것들을 본 딴 것이었다. 하지만 이 춤은 춤추는 사람에 의해서 아주 특이하고 복잡한 방식으로 전개되어야 하기 때문에, 어느 누구도 그의 춤을 독창적이라고 칭찬하지 않을 수 없었다. 매년 수호성인 축제에서 깊은 인상을 남겼던 자신의 춤 솜씨에 대한 와이리 벤의 자부심은 맛 좋은 맥주를 특히 많이 마시면서 약간 고양되었고, 신사들도 자기의 혼파이프 공연에 무척 깊은 인상을 받을 거라고 확신하게 되었던 것이다. 그가 이런 생각을 한 것은 분명 조수아 랜의 말에서 자극을 받은 탓이 컸다. 조수아는 젊은 지주가 자기들을 위해 베풀어 준 것에 대한 보답으로 그 지주를 즐겁게 해 줄 일을 하는 것이 지극히 당연하다고 말했던 것이다. 벤은 랜 씨에게 피들로 반주해 달라고 요청했고, 조수아는 비록 춤이 보잘 것 없더라도 자기의 음악으로 춤을 보완할 거라고 믿었다. 이런 사정을 알게 되면 여러분은 그렇게나 근엄한 사람이 그런 말을 했다는 사실이 그리 놀랍지 않을 것이다. 그 계획이 논의되던 커다란 천막에 있었던 아담 비드는 벤에게 스스로를 웃음거리로 만들지 말라고 말했다. 그 말을 듣자 그 즉시 벤의 결심이 확고해졌다. 아담 비드가 경멸한다고 해서 그것을 그냥 포기하지는 않을 것이다.

"저게 뭔가, 저게 뭐냐고?" 늙은 도니손 씨가 말했다. "저게 네가 준비

92) 활발한 춤(곡).

한 것이냐, 아서? 저기 교회 서기가 피들을 들고 나오고 단추 구멍에 꽃다발을 꽂은 날렵한 사내가 나오는군."

"아뇨." 아서가 말했다. "저는 모르는 일이에요. 아, 저 사람이 춤을 추려고 하는군요! 목수들 가운데 하나입니다. 지금은 이름이 생각나지 않는군요."

"벤 크래니지입니다. 와이리 벤이라고 사람들이 부르지요." 어윈 씨가 말했다. "조금 난봉꾼이지요. 앤, 피들을 켜는 소리가 지나치게 귀에 거슬릴 거야. 피곤할 테니 이제 안으로 들어가서 정찬 때까지 쉬도록 하자."

앤 양은 그 말을 듣자 일어섰고, 그 선량한 오빠는 동생을 데리고 안으로 들어갔다. 그 사이에 조수아가 준비삼아 피들을 켜는 소리가 '하얀 꽃모장'[93] 으로 터져 나왔고, 그 곡으로부터 시작해서 그는 훌륭한 자기 귀로 배웠던 일련의 전환을 솜씨 있게 구사하며 다양한 곡조로 나아갈 생각이었다. 대부분 오로지 벤의 춤에 관심을 쏟았기에 음악에 귀를 기울이는 사람이 거의 없었다는 것을 알았더라면 아마 그는 분통이 터졌을 것이다.

여러분은 혹시 진짜 영국의 시골뜨기가 혼자 춤추는 것을 본 적이 있는가? 아마 여러분은 도자기에 새겨진, 즐거운 촌뜨기처럼 미소를 지으며 허리를 우아하게 돌리고 머리를 알랑거리듯 움직이면서 춤추는 시골뜨기의 그림을 보았을 것이다. 이 그림과 진짜 시골뜨기와의 차이점은 '새들의 왈츠'와 새들의 노래 소리가 다른 것과 마찬가지다. 와이리 벤은 전혀 미소를 짓지 않았다. 그는 춤추는 원숭이처럼 심각한 표정을 지었고, 인간의 수족을 어느 정도까지 흔들고 다양한 각도로 굽힐 수 있는지를 자기 몸으로 확인하며 실험하는 철학자처럼 진지하게 보였다.

줄무늬가 쳐진 천막에서 터져 나온 왁자지껄한 웃음소리를 무마하기 위해서 아서는 계속 손뼉을 치면서 "브라보!"라고 외쳤다. 그러나 벤에게는 그 자신 못지않게 진지한 표정으로 열심히 그의 동작을 바라보는 찬미자가 있었다. 그것은 토미를 다리 사이에 끼우고 벤치에 앉아 있던 마틴

93) 제임스 2세파가 좋아하던 노래.

포이저였다.

"어떻게 생각해?" 그는 아내에게 물었다. "저 작자는 시계태엽처럼 음악에 꼭 맞춰 돌아가는구먼. 내가 좀 몸이 가벼웠을 때는 나도 꽤 춤을 잘 췄지. 하지만 저만큼 조금도 틀리지 않게 잘 추지는 못했어."

"내 생각에는, 저 사람의 팔다리가 어떻게 돌아가든 그건 전혀 중요하지 않아요." 포이저 부인이 대답했다. "윗부분이 텅 비었으니까요. 그렇지 않다면 신사들에게 보라고 저렇게 미친 메뚜기처럼 몸을 흔들어 대고 발을 굴러 대지 않을 거라고요. 저것 봐요. 신사들이 배꼽이 빠지도록 웃고 있잖아요."

"그래, 그래, 그럴수록 더 좋지. 신사들을 즐겁게 해 주니까." 사물을 그리 까다롭게 받아들이지 않는 포이저가 말했다. "그런데 이제 신사들이 정찬 식사하러 들어가는군. 우리는 조금 더 돌아다녀 볼까? 아담이 뭘 하고 있는지 보자고. 술과 다른 물건들을 관리해야 하니까 아마 별로 재미를 보지 못했을 거야."

무도회

아서가 현관의 홀을 무도회장으로 정한 것은 아주 현명한 선택이었다. 어느 방보다도 바람이 잘 통했고, 다른 방으로 들어가는 것도 용이했을 뿐더러, 넓은 문을 통해 정원으로 나갈 수 있는 것도 이점이었다. 분명 돌바닥 위에서 춤추는 것이 아주 쾌적한 것은 아니지만, 춤추는 사람들 대부분이 부엌의 타일 위에서 크리스마스 춤을 즐기는 법을 알고 있었다. 그 현관 홀의 높은 천장에는 벽토를 발라 천사들과 트럼펫과 화환으로 장식했고 벽에는 벽감의 조각들과 번갈아가며 영웅들의 모습이 커다랗게 돋을새김으로 새겨져 있어서 주위의 방들은 벽장처럼 보였다. 초록 가지 장식이 잘 어울리는 곳이라서 크레이그 씨는 이 특별한 행사에 자신의 취향과 온실식물을 자랑스럽게 과시했다. 돌계단의 넓은 층계는 아이들이 앉을 수 있도록 쿠션으로 덮여 있었고, 아이들은 춤을 구경하면서 아홉 시 반까지 하녀들과 머물 수 있었다. 이 무도회는 중요한 소작인들만 참석하게 되었기에 모두에게 공간이 넉넉했다. 초록가지들 사이로 높이 솟은 곳에 채색된 종이 램프가 매력적으로 마련되어 있었고, 안을 들여다본 농부의 아내들과 딸들은 이보다 더 화려한 광경은 있을 수 없다고 믿었다. 그들은 왕과 여왕이 어떤 방에서 살고 있는지 이제 잘 알게 되었고, 상류 사회의 생활을 엿볼 수 있는 이 멋진 기회를 얻지 못한 사촌들과 친지들에 대해 안쓰럽게 생각했다. 해가 아직 지지 않았지만 램프에는 벌써 불이 켜져 있었고, 문밖에는 고요한 빛이 비치고 있어서 대낮보다 사물이 더욱 선명하게 보이는 듯했다.

저택 밖에서는 아름다운 광경이 펼쳐졌다. 농부들과 그 가족들이 잔디밭 위에서 꽃들과 관목들 사이를 거닐거나 동쪽 정문에서 이어지는 넓은 직선 길을 따라 걷고 있었다. 그 길의 양쪽에는 이끼 같은 풀이 카펫처럼 펼쳐져 있고 가지가 곧게 뻗은 칙칙한 삼나무나 가지들이 땅에 끌리는 웅장한 피라미드 모양의 전나무가 여기저기 흩어져 있었고 그 가지들은 가장자리가 연녹색으로 물든 채 굽어져 있었다. 정원에 있던 농장 일꾼들은 점점 줄어들고 있었다. 젊은 사람들은 그들의 무도회장인 사원의 화랑 창문에서 발하는 빛을 향해 움직이고 있었으며, 나이가 든 차분한 사람들 몇몇은 조용히 집에 돌아갈 시간이라고 생각했다. 이들 가운데 한 명은 리스베스 비드였다. 그녀는 세스와 함께 집으로 돌아갔다. 세스는 그저 자식으로서의 도리 때문이 아니라 자기 양심상 춤추는 데 낄 수 없었던 것이다. 세스에게는 다소 우울한 날이었다. 어디를 보아도 다인나와는 너무나도 어울리지 않는 이 광경에서 그의 마음속에는 끊임없이 다인나가 떠올랐기 때문이었다. 젊은 여자들의 생각 없는 얼굴들과 화려한 색깔의 드레스를 본 후에는 그녀가 더욱 생생하게 떠올랐다. 아름답고 위대한 마돈나의 그림이 보닛을 쓴 천박한 머리에 잠시 가려진 다음에 더욱더 생생하게 느껴지는 것과 마찬가지였다. 하지만 마음속에 다인나가 존재했기에 그는 지난 한 시간 동안 점점 더 불평을 늘어놓는 어머니의 기분을 더욱 잘 견딜 수 있었다. 가엾은 리스베스는 낯설고 상반된 감정들로 고통을 겪고 있었다. 사랑하는 아들 아담에게 주어진 명예 때문에 기쁨과 자부심을 느꼈지만, 아담이 홀에서 춤추는 소작인들과 어울리기를 도니손 대위가 바란다는 이야기를 아담이 전하러 왔을 때 질투심과 불평이 되살아났고, 그것들과의 갈등에서 기쁨은 점점 줄어들고 있었다. 아담은 자기 손이 닿을 수 있는 범위를 점점 더 벗어나고 있었다. 차라리 과거의 고통이 모두 되돌아오기를 바랐다. 그러면 자기의 말과 행동이 아담에게 더 중요하겠기 때문이었다.

"아! 춤을 춘다고? 참 훌륭한 말이로구나." 그녀가 말했다. "네 아버지가 무덤으로 들어간 지 다섯 주도 지나지 않았는데. 땅 위의 즐거운 사람들의 자리를 차지하고 있느니, 나도 차라리 무덤에 있으면 좋겠다."

"아니, 그런 식으로 생각하지 마세요, 엄마." 오늘은 어머니에게 다정하게 대하기로 결심했던 아담이 말했다. "나는 춤출 생각 없어요. 그냥 보기만 할 거예요. 대위님이 내가 참석하기를 바라는데, 거기 있지 않겠다고 말한다면 마치 내가 대위님보다 사리를 더 잘 아는 듯이 보일 거라고요. 그리고 대위님이 오늘 나에게 어떻게 해 주었는지 아시잖아요."

"아, 너야 너 좋을 대로 하겠지. 네 늙은 엄마는 너를 막을 권리가 없으니까. 그저 늙은 껍데기에 불과하니까, 너는 잘 익은 호두처럼 엄마에게서 떨어져 나갈 거야."

"그럼, 엄마." 아담이 말했다. "내가 남아 있으면 엄마의 마음이 상한다고 대위님에게 말하겠어요. 그렇게 말하고 집에 가는 편이 좋겠어요. 그러면 대위님이 불쾌하게 여기지 않을 거예요. 나도 그렇게 할 용의가 있고요." 그는 이 말을 하면서 약간 고통스러웠다. 정말로 오늘 저녁에는 헤티 옆에 있고 싶었던 것이다.

"아니, 아냐. 그렇게 하면 안 돼. 젊은 지주님이 화를 낼 테니까. 네가 받은 분부대로 해라. 나와 세스는 집으로 가겠다. 네가 그렇게 존중 받는 것이 대단한 명예라는 걸 나도 알고 있어. 그걸 네 엄마보다 더 자랑스러워할 사람이 어디 있겠니? 네 엄마야 말로 오랜 세월 동안 너를 키우고 너를 위해 일하면서 고통을 겪지 않았니?"

"자, 그러면 조심해서 가세요, 엄마. 잘 가라, 세스. 집에 가면 짚을 기억해줘." 아담은 이렇게 말하고 돌아서서 정원의 문을 향했다. 그곳에서 포이저네 가족을 만날 수 있기를 바랐다. 오후 내내 다른 일에 몰두하고 있어서 헤티에게 말을 건넬 시간이 없었던 것이다. 그의 눈은 곧 멀리 떨어져 있는 일행을 찾아낼 수 있었다. 넓은 자갈길을 따라서 저택으로 향하고 있는 그 일행이 바로 그들이라고 생각하고는 그들을 만나러 서둘러 다가갔다.

"아, 아담, 다시 자네를 봐서 반갑네." 토티를 팔에 안고 있던 포이저 씨가 말했다. "이제 자네도 일이 다 끝났으니 좀 재미를 봐야겠지. 그런데 여기 헤티가 숱하게 많은 파트너와 춤추기로 약속했다네. 자네와 춤추기로 약속했는지를 방금 물어보았더니 아니라고 하더군."

"글쎄, 저는 오늘 밤에는 춤출 생각이 없었어요." 헤티를 바라보면서 벌써 마음을 바꾸고 싶은 유혹을 느끼며 아담이 말했다.

"말도 안 되는 소리!" 포이저 씨가 말했다. "아니, 노지주님하고 어윈 부인만 빼고는 모두들 오늘 밤에 춤을 출 거야. 리디아 양과 어윈 양도 춤을 출거라고 베스트 부인이 말해줬네. 그리고 젊은 지주께서는 무도회를 여는 첫 번째 춤의 파트너로 내 아내를 골랐단 말씀이야. 내 아내는 꼬마가 태어나기 이전 해 크리스마스부터 몸이 좋지 않아서 춤을 추지 않았지만 이제 춤을 춰야하게 생겼다고. 자네가 가만히 있는 다면 부끄러운 일이야, 아담. 그리고 자네는 멋진 젊은이라서 누구보다도 잘 출 수 있으니까."

"아뇨, 아니에요." 포이저 부인이 말했다. "그건 어울리지 않을 거예요. 춤추는 건 허튼 일이에요. 하지만 허튼 일이라고 해서 모두 다 망설인다면, 현실에서 성공하지 못하겠지요. 고깃국이 차려져 있을 때 그 걸쭉한 것을 삼켜 버리던지 아니면 그냥 내버려 둬야지."

"그렇다면, 헤티가 저와 춤을 추겠다면, 헤티에게 선약이 없을 때 춤을 추겠습니다." 포이저 부인의 주장에 설득되었든 어떤 다른 것에 굴복했든 간에 아담은 이렇게 말했다.

"네 번째 춤에는 파트너가 없어요." 헤티가 말했다. "원한다면 그 춤을 당신과 추겠어요."

"아, 그렇지만 자네는 첫 번째 춤도 춰야해." 포이저 씨가 말했다. "그렇지 않으면 자네가 까다롭게 보일 걸세. 골라잡을 멋진 파트너들이 많이 있는데, 남자들이 옆에 서 있으면서도 춤추자고 청하지 않는다면 여자들에게 너무 가혹한 일이라네."

아담은 포이저 씨의 말이 옳다고 느꼈다. 헤티 이외에 누구와도 춤을 추지 않는다면 안 될 일이다. 오늘 조나단 버지 씨가 마음 상할 이유가 있었던 것을 떠올리면서 그는 메리 양에게 파트너가 없다면 첫 번째 춤을 청하기로 마음먹었다.

"큰 시계가 여덟 시를 울리는군." 포이저 씨가 말했다. "자, 서둘러 들어가자고. 그렇지 않으면 지주님과 숙녀 분들이 우리보다 먼저 들어갈 테니. 그러면 모양새가 좋지 않단 말씀이야."

그들이 홀에 들어서고 몰리가 맡고 있는 세 아이가 계단에 자리를 잡았을 때, 응접실의 접문들이 활짝 열리면서 연대복을 입은 아서가 어윈 부인을 이끌고 들어와서 온실식물로 장식되고 카펫이 깔린 상석으로 향했다. 연극에 나오는 왕들과 왕비들처럼 무도회 광경을 바라볼 수 있도록 그곳에 어윈 부인과 앤 양이 늙은 도니손 씨와 함께 자리를 잡고 앉았다. 아서는 소작인들을 즐겁게 해 주기 위해서 군복을 입었다고 말했다. 소작인들은 시민군으로서 아서의 지위를 마치 수상에 임명되기라도 한 듯 대단하게 생각했기에, 그는 그런 식으로 그들을 기쁘게 해 주는 것을 조금도 개의치 않았다. 군복을 입으면 그의 용모가 아주 돋보였던 것이다.

늙은 지주는 앉기 전에 홀을 한 바퀴 돌면서 소작인들에게 인사하고 그 아내들에게 예의바르게 말을 건넸다. 그의 태도는 늘 정중했지만, 그 정중함이 냉정함을 드러내는 징후라는 것을 농부들은 오랫동안 영문을 몰라 어리둥절한 끝에 알고 있었다. 오늘 밤에 지주는 특히 포이저 부인에게 건강에 대해 묻고 나서 자기처럼 찬 물로 몸을 단련하고 약을 일절 금하라고 권하는 등 극히 세심하고 정중하게 대했다. 포이저 부인은 무릎을 굽혀 절하고 아주 침착하게 감사하다고 말했지만, 그가 지나가자 남편에게 귓속말을 했다. "지주가 우리에게 고약한 꿍꿍이를 꾸미고 있는 게 틀림없어요. 악마가 아무 일도 없이 와서 꼬리를 흔들어 대지는 않는다고요." 포이저 씨는 대답할 시간이 없었다. 곧 아서가 와서 말했던 것이다. "포이저 부인, 저와 첫 번째 춤을 춰주십사고 청하러 왔습니다. 그리고 포이저 씨, 당신은 숙모님을 모시고 춤을 추셔야겠어요. 당신을 파트너로 하겠다고 하시니까요."

아서가 그녀를 방의 상석으로 인도했을 때 포이저 부인은 이례적으로 명예로운 대접을 받았다는 생각에 흥분한 나머지 창백한 뺨이 빨갛게 상기되었다. 하지만 술을 거나하게 마신 덕택에 잘생긴 용모와 훌륭한 춤솜씨에 대한 젊은 시절의 자신감을 되찾은 포이저 씨는 아주 당당하게 그들과 걸어가면서 리디아 양이 자기처럼 그녀를 바닥에서 들어 올릴 수 있는 파트너를 평생 만나본 적이 없을 거라고 속으로 우쭐해 했다. 두 교구에 공평하게 경의를 베풀어 주기 위해서 어윈 양은 브록스턴의 가장 큰 농장의 농부인 루크 브리튼과 춤을 추었고 거웨인 씨는 브리튼 부인의 손을 잡고 나왔다. 어윈 씨는 누이 앤을 자리에 앉힌 다음, 사전에 아서와 약속한 대로 가난한 농군들이 즐겁게 보내고 있는지를 살펴보러 사원의 회랑으로 갔다. 그동안에 신분이 그리 높지 않은 커플들이 자리를 잡고 있었다. 헤티는 어쩔 수 없이 크레이그 씨에게 이끌려 나왔고, 메리 버지는 아담의 손을 잡고 나왔다. 이제 음악이 시작되면서 가장 훌륭하고 멋진 춤인 컨트리 댄스가 시작되었다.

바닥이 널판자로 이어지지 않은 것이 정말로 유감이었다! 그랬더라면 두꺼운 구두로 발을 규칙적으로 구르는 소리가 드럼소리보다도 나았을 것이다. 그토록 즐겁게 발을 구르고 머리를 우아하게 끄덕이며 물결처럼 손을 건네는 춤을 오늘날 어디에서 볼 수 있겠는가? 한 시간 동안 집안일과 낙농실의 걱정거리를 떨쳐 버리고, 젊은 시절을 기억하지만 젊은 척

하지 않고 옆의 젊은 처녀들을 자랑스러워하지만 질투하지 않는, 따뜻한 옷을 걸친 나이 지긋한 부인들의 소박한 춤, 축제를 맞아 마치 구애하던 시절이 되돌아온 듯 아내에게 소박한 찬사를 던지는 통통한 남편들의 경쾌함, 무슨 말을 해야 할지 몰라 약간 당황하고 어색한 태도로 파트너를 대하는 청년들과 처녀들 — 때로 이런 광경을 볼 수만 있다면 진정으로 유쾌한 기분전환이 될 것이다. 깊이 파인 드레스와 풍성한 스커트, 의상을 탐구하듯 세밀히 관찰하는 시선들, 래커 칠을 한 구두를 신고 이중적 의미가 담긴 미소를 짓는 무기력한 남자들 대신에 말이다.

춤을 추는 동안 마틴 포이저는 한 가지 사실 때문에 즐거운 기분이 억제되었다. 계속 그 꾀죄죄한 농부 루크 브리튼과 접촉하게 된다는 것이었다. 손이 교차될 때 그는 약간 흐리멍덩하고 냉정한 시선으로 그의 눈을 쏘아볼까 생각했다. 그러나 그 때마다 그 불쾌한 농부가 아니라 어윈 양이 맞은편에 있었으므로 엉뚱한 사람의 등골을 오싹하게 만들지도 모를 일이었다. 그래서 그는 도덕적 판단에 따라 자기 얼굴을 냉랭한 표정으로 얼어붙게 하지 않고 그냥 즐거운 기분에 내맡겼다.

아서가 다가왔을 때 헤티의 가슴이 얼마나 뛰었는지! 그는 오늘 그녀를 거의 쳐다보지도 않았었다. 이제 그는 그녀의 손을 잡아야 한다. 그가 그 손을 꼭 잡아줄까? 그가 그녀를 바라볼까? 그가 아무 감정도 보여 주지 않으면 그녀는 울어 버릴 거라고 생각했다. 이제 그가 바로 거기 있었고, 그녀의 손을 잡았고, 그래, 손을 꼭 누르고 있었다. 헤티는 춤을 추며 멀어지기 전에 잠시 그를 올려다보았고 그의 눈과 마주치며 얼굴이 창백해졌다. 그 창백한 얼굴이 아서에게는 춤추고 미소 짓고 농담을 해야 했지만 내내 자신을 짓누르고 있었던 무지근한 고통의 시작처럼 여겨졌다. 이제 자기가 그녀에게 해야 할 말을 입 밖에 내놓으면 헤티의 얼굴은 그렇게 변할 것이다. 그러면 그는 참을 수 없을 테고 또다시 어리석게 굴복하고 말 것이다. 실제로 헤티의 표정은 그가 생각했던 그런 고통을 드러낸 것은 아니었다. 그것은 그저 그가 자기를 주목해 주기를 바라는 욕망과 그 욕망이 다른 이들에게 드러나지 않을까하는 두려움 사이의 갈등이 드러난 데 불과했다. 그러나 헤티의 얼굴에는 그녀의 감정을 초월한 언어가 담겨 있었다. 얼굴 아래에서 퍼덕이는 단 하나의 영혼에 속한 것이 아니라, 지나간 세대들의 기쁨과 슬픔을 드러내는 의미와 비애감이 자연스럽게 스며든 얼굴이 있기 마련이다. 어딘가에 틀림없이 존재했고 지금도 존재하고 있을 깊은 사랑을 전달하는 눈들이 있다. 하지만 그런 감정은 이 눈들과는 걸맞지 않고, 어쩌면 아무 말도 하지 못하는 희뿌연 눈들에 어울릴지도 모른다. 한 국가의 언어에 그 언어를 사용하는 입술들이 도저히 느낄 수 없는 시상(詩想)이 넘치듯이 말이다. 헤티의 표정은 아서의 마음을 두려움으로 무겁게 짓눌렀지만, 그 두려움 속에는 그녀가 그를 너무나 사랑한다는, 입 밖에 내놓을 수 없는 커다란 기쁨이 내포되어 있었다. 그의 앞에는 혹독한 과제가 남아 있었다. 그 순간 그는 헤티에 대한 열정에 번민 없이 빠져들 수 있는 행복을 얻을 수만 있다면 삼 년간의 젊은 시절을 포기해도 좋겠다고 느꼈기 때문이었다.

포이저 부인을 조용히 쉴 수 있도록 식당으로 이끌고 가면서 아서의 마음속에는 앞뒤가 맞지 않는 생각들이 공존하고 있었다. 그녀는 힘이 들어 헐떡거리면서 앞으로 판사이건 배심원이건 간에 누구라도 자기에게 다시는 춤추기를 강요하지 못하게 하겠다고 속으로 결심하고 있었다. 식당에는 손님들이 원하는 것을 골라 먹을 수 있도록 저녁이 차려져 있었다.

"대위님과 춤추기로 한 약속을 기억하라고 헤티에게 말했어요." 그 선량하고 순진한 여자가 말했다. "그 애는 도통 생각이 없어서 춤마다 다 약속을 해 놓을 정도거든요. 그래서 너무 많이 약속하지 말라고 말했지요."

"고마워요, 포이저 부인." 이렇게 대답하는 아서의 마음에 양심의 가책이 없지 않았다. "자, 이 편안한 의자에 앉으세요. 밀스가 당신이 제일 좋아하는 음식을 대접할 겁니다."

그는 다른 부인을 파트너로 찾으려고 서둘러 돌아갔다. 젊은 여성에게 춤을 청하기 전에 기혼 부인들에게 먼저 적절한 경의를 표해야 했던 것이다. 컨트리 댄스와 발을 구르고 우아하게 고개를 끄덕이고 손을 흔드는 동작은 흥겹게 계속 이어졌다.

마침내 네 번째 춤이 시작할 시간이 되었다. 건장하고 진지한 아담이 손길이 섬세한 열여덟 살의 젊은이처럼 고대하던 시간이었다. 첫사랑에 빠져 있을 때 우리는 누구나 마찬가지다. 아담은 지나가면서 인사할 때 외에는 헤티의 손을 잡아본 적이 없었고 단 한 번을 제외하고는 헤티와 춤을 춘 적도 없었다. 오늘 밤 그의 눈은 자기도 모르는 사이에 헤티의 모습을 열렬히 뒤쫓으며 더 깊은 사랑의 잔을 들이켰다. 오늘 그녀의 몸가짐이 무척 예쁘고 아주 조용하다고 생각했다. 장난치는 기색이 조금도 없었고 미소를 짓는 횟수도 평소보다 적었다. 달콤하기까지 한 슬픔이 그녀에게 감돌고 있었다. '하느님이 그녀에게 축복을 내려주시길!' 그는 속으로 생각했다. '그녀를 위해 일할 튼튼한 팔과 그녀를 사랑하는 마음으로 할 수만 있다면, 그녀의 삶을 최고로 행복하게 만들어 주겠어.'

그 순간 그의 마음에는 일을 하고 집에 돌아와서 헤티를 끌어안고 자기 얼굴에 그녀의 뺨을 부드럽게 대는 감미로운 느낌이 스며들면서 지금 어디 있는지도 잊을 지경이었다. 음악소리와 스텝을 밟는 소리가 그의 귀에는 빗방울이 떨어지고 바람이 으르렁거리는 소리로 들렸을지도 모른다.

그러나 이제 세 번째 춤이 끝났으므로 그녀에게 다가가서 그녀의 손을 잡아야 할 때가 되었다. 그녀는 홀의 맨 끝에 있는 층계 근처에서 몰리에게 귓속말을 하고 있었다. 몰리는 층계참에 있는 숄과 보닛을 가지러가려고 잠자고 있는 토티를 헤티의 팔에 넘겨주던 참이었다. 포이저 부인은 할아버지와 짐마차를 타고 집으로 돌아가기 전에 케이크를 조금 먹도록 두 아들을 식당으로 보냈고, 몰리는 될 수 있는 대로 빨리 따라갈 예정이었다.

"내가 아이를 안고 있을게요." 몰리가 위층으로 향하자 아담이 말했다. "잠잘 때면 아이들이 무척 무겁지요."

헤티는 짐을 덜게 되어 기뻤다. 서서 토티를 팔에 안고 있는 것은 조금도 유쾌하지 않았던 것이다. 그러나 이처럼 두 번째로 아이를 옮기다가 토티를 깨우는 불행한 결과를 낳고 말았고, 적절치 않는 순간에 잠에서 깨자 토티는 투정을 부리는 데 있어서 자기 나이 또래의 어느 아이 못지않았던 것이다. 헤티가 아이를 아담의 팔에 올려놓고 아직 자기 팔을 빼지 않은 순간에 토티는 눈을 떴고, 곧장 왼 주먹으로 아담의 팔을 치면서 오른손으로는 헤티의 목에 걸린 갈색 구슬 목걸이를 붙잡았다. 그녀의 옷 속에서 로켓이 당겨져 나왔고 다음 순간 그 줄이 끊어졌다. 구슬들과 로켓이 바닥에 사방으로 흩어지는 것을 어쩔 도리 없이 헤티는 쳐다보았다.

"내 로켓, 내 로켓." 그녀는 겁에 질린 큰 목소리로 아담에게 말했다. "구슬은 신경 쓰지 마세요."

그 로켓이 어디 떨어졌는지 아담은 이미 알고 있었다. 그것이 그녀의 옷에서 튀어나올 때 그의 시선을 끌었기 때문이었다. 그것은 돌바닥이 아니라 악단이 있던 높은 나무 연단에 떨어져 있었다. 아담은 그것을 집어 올리며 그 유리 아래 검은 머리칼과 밝은 색 머리칼이 들어있는 것을 보았다. 그 쪽이 위로 떨어졌기 때문에 유리가 깨지지 않았던 것이다. 그는 손바닥에 놓고 그것을 뒤집어보고 광택을 입힌 금세공장식을 보았다.

"이건 망가지지 않았어요." 그것을 헤티에게 건네면서 그가 말했다. 헤티는 양손으로 토티를 안고 있었기에 그것을 받을 수 없었다.

"아, 상관없어요. 별로 개의치 않아요." 창백하게 질렸다가 이제 빨갛게 달아오른 헤티가 말했다.

"상관없다고요?" 아담이 진지하게 말했다. "이것 때문에 당신은 무척 겁이 난 듯이 보였어요. 당신이 받을 수 있을 때까지 내가 가지고 있을게요." 덧붙여 말하며 그는 자기가 그 로켓을 다시 보고 싶어 한다고 그녀가 생각하지 않도록 그것을 쥔 손을 살며시 오므렸다.

이때 몰리가 보닛과 숄을 가지고 내려와서 토티를 다시 받아 안자 아담은 그 로켓을 헤티의 손에 올려놓았다. 그녀는 무관심한 듯 그것을 받아서 주머니에 넣었다. 속으로는 아담이 그것을 보았기 때문에 아담에게 화가 나고 속상했지만 이제 더 이상 마음의 동요를 드러내지 않기로 결심한 것이다.

“자, 사람들이 춤추려고 자리를 잡고 있네요. 가요.” 헤티가 말했다.

아담은 아무 말 없이 그 말에 따랐다. 혼란스럽고 갑작스러운 불안감이 그에게 밀어닥쳤던 것이다. 헤티에게 자기가 알지 못한 애인이 있었던가? 그녀의 친척들 가운데 그녀에게 그런 로켓을 줄 사람이 없으리라는 것을 그는 알고 있었다. 그리고 그가 알고 있는 그녀의 구애자들 가운데 애인으로 인정받은 사람은 없었다. 하지만 그 로켓을 준 사람은 틀림없이 애인으로 받아들여진 것이다. 두려운 마음으로 아담은 그것이 누구인지 알 수 없다는 생각에 빠져있었다. 그저 헤티의 삶에 자기가 알지 못하는 누군가가 있으며, 그녀가 자기를 사랑하게 될 거라는 희망으로 스스로를 달래는 사이에 그녀가 이미 다른 사람을 사랑하고 있었다는 끔찍한 고통만 느낄 따름이었다. 헤티와 춤을 추는 즐거움은 이미 사라져 버리고 말았다. 그녀를 바라보는 그의 눈은 불안하게 질문을 던지고 있었다. 그는 그녀에게 아무 말도 할 수 없었고 그녀 역시 엉클어진 기분이어서 말하고 싶지 않았다. 춤이 끝났을 때 그들은 둘 다 안도감을 느꼈다.

아담은 더 이상 머물지 않겠다고 마음먹었다. 아무도 그를 필요로 하지 않았고, 그가 슬쩍 가 버린다 해도 누구도 알아차리지 못할 것이다. 문을 나서자마자 그는 왠지 알 수 없이 서둘러 평소처럼 재빨리 걷기 시작했고, 대단한 명예와 기대로 가득 찼던 그 날의 기억이 영원히 훼손되어 버리고 말았다는 고통스러운 생각에 머릿속이 복잡했다. 체이스를 지나 한참 걸어갔을 때 불현듯 솟아오른 희망에 깜짝 놀라서 그는 갑자기 걸음을 멈췄다. 결국 그는 사소한 일로 엄청난 고통을 만들어 낸 바보일지도 모른다. 헤티가 아름다운 장신구를 좋아하니까 실은 그것을 직접 샀을지도 모른다. 그렇게 하기에는 너무 비싸게 보였다. 그것은 로세터의 큰 보석상에서 흰 공단 위에 진열되어 있던 것과 비슷하게 보였다. 그러나 아담은 그런 것의 가격에 대해서는 극히 모호한 생각밖에 없었으므로 그것이 분명 1기니 이상은 들지 않았을 거라고 생각했다. 어쩌면 헤티는 크리스마스에 그 정도의 돈을 선물 받았을 수도 있고, 그녀가 그 돈을 그런 식으로 써 버릴 정도로 어리석은 여자가 아니라고 누가 장담하겠는가. 그녀는 무척 어리기 때문에 멋진 장신구를 좋아하지 않을 수 없을 것이다! 그러나 그렇다면 그녀가 처음에 왜 그토록 겁에 질려 얼굴색이 변하고 그 후에는 관심이 없는 척했을까? 아, 그건 자기가 그렇게 멋진 물건을 가지고 있는 것을 그가 알게 되어 부끄러웠기 때문이었을 것이다. 그녀는 그런 물건에 돈을 쓰는 것이 잘못이라는 것을 의식하고 있고, 아담이 장신구를 좋아하지 않는다는 것을 알고 있었다. 이것은 그가 무엇을 좋아하고 싫어하는지에 대해서 그녀가 신경 쓰고 있다는 증거였다. 그 이후 그의 침묵과 엄격한 태도에서 그녀는 그가 자기에 대해 무척 불쾌하게 느끼고 있으며 자신의 결함을 가혹하고 무자비하게 비난하려한다고 느꼈음에 틀림없다. 이 새로운 희망을 되살리느라 좀 더 차분히 걸음을 옮기면서 그는 자신의 행동이 자기에 대한 헤티의 감정을 냉각시켰을 거라는 불안한 마음이 들었다. 이 문제에 대해서는 이 마지막 설명이 틀림없이 옳을 테니까. 헤티가 어떻게 그가 알지 못하는 애인을 갖고 있겠는가? 그녀는 숙부의 집에서 하루 이상을 떠나본 적이 없었다. 그 집을 방문하지 않은 사람을 그녀가 알 도리가 없었고, 숙부와 숙모가 알지 못하는 친밀한 관계도 있을 리 없었다. 그 로켓을 애인에게서 받았다고 믿는다면 오히려 어리석은 일이다. 조그맣게 감긴 검은 머리칼은 틀림없이 그녀 자신의 것이었다. 그 아래 있던 밝은 색 머리카락에 대해서는 조금도 추측할 수 없었다. 확실하게 본 것도 아니었다. 하지만 그녀가 어렸을 때 돌아가신 아버지나 어머니의 것일 수도 있고, 그렇다면 당연히 그것을 자기 머리카락과 함께 넣었을 것이다.

이렇게 해서 아담은 여러 가지 가능성들로 독창적인 천을 자아낸 다음에 편안한 마음으로 잠자리에 들었다. 그것은 현명한 사람이 자신과 진실 사이에 드리울 수 있는 가장 확실한 휘장이었다. 끝까지 깨어 있던 그의 의식은 꿈으로 바뀌었으며 그 꿈속에서 그는 다시 홀 팜에서 헤티와 함께 있었고 그렇게 냉정하게 침묵했던 것에 대해 용서해 달라고 그녀에게 간청하고 있었다.

아담이 이런 꿈을 꾸는 동안, 아서는 헤티를 이끌고 춤을 추며 나지막한 목소리로 서둘러 말하고 있었다. "모레 일곱 시에 숲 속에 있을 거예요. 될 수 있는 대로 일찍 와요." 사소한 일로 겁에 질려서 잠시 물러났던 그녀의 어리석은 기쁨과 희망은 진정한 위험을 의식하지 못한 채 이제 벅차오르는 가슴으로 되돌아왔다. 이 긴 하루가 지나는 동안에 처음으로 그녀는 행복을 느꼈고, 그 춤이 몇 시간이고 계속되기를 바랐다. 아서 역시 그렇기를 바랐다. 그것은 그가 마지막으로 탐닉하려고 작정했던 나약함이었다. 그리고 내일은 열정을 극복하겠노라고 다짐할 때는 그 어느 때보다도 더 열정에 휘둘려 달콤한 무력감에 빠져서 거짓말을 하는 것이다.

하지만 포이저 부인은 이와는 정반대의 것을 바라고 있었다. 이렇게 밤늦은 시각까지 머물다가는 내일 아침 치즈를 만드는 일이 지체될지도 모른다는 울적한 예감에 사로잡혔기 때문이었다. 이제 헤티가 의무를 다해서 젊은 지주와 춤을 한 번 추었으므로, 포이저 씨는 밖에 나가서 그들을 데려갈 마차가 왔는지를 살펴보아야 한다. 열 시 반이 넘었던 것이다. 자기들이 제일 먼저 돌아간다면 예의가 없는 처사라고 그가 가볍게 항의했음에도 불구하고 포이저 부인은 '예의가 있건 없건 간에' 그 점에 있어서 확고했다.

"아니, 벌써 간다고, 포이저 부인?" 그녀가 무릎을 굽혀 절하고 작별인사를 하자 늙은 도니손 씨가 말했다. "열한 시가 될 때까지는 손님들이 떠나지 않을 거라고 생각했는데. 가장 연로한 축에 드는 어윈 부인과 나도 그때까지는 앉아서 춤을 구경할 거라오."

"아, 나리, 신사 분들이 촛불을 켜고 늦게까지 앉아계시는 거야 아주 타당하고 적절한 일입지요. 치즈 걱정을 하시지 않아도 되니까요. 저희는 이미 지금도 늦었습니다. 게다가 암소들에게 내일 아침에는 일찍 젖을 짤 필요가 없다고 알려줄 방법이 없으니까요. 그러니 너그럽게 봐주신다면 저희는 이만 물러가겠습니다."

"아!" 그들이 짐마차를 타고 출발하자 그녀가 남편에게 말했다. "이런 잔칫날보다는 맥주 만드는 날과 빨래하는 날을 합쳐 놓는 편이 낫겠어요. 이리저리 쫓아다니고, 다음에 뭘 할지 잘 알지 못하면서 멍하니 쳐다보고, 친절하지 않다고 남들이 생각할까봐 시장의 푸성귀 장사꾼처럼 계속 웃고 있는 것처럼 피곤한 일도 없다구요. 그리고 끝나고 나면 내보일 것도 없고. 몸에 맞지 않는 것을 먹어서 누렇게 변한 얼굴이나 보여줄까."

"아니, 그렇지 않아." 대단한 날을 보냈다고 느끼며 아주 기분이 좋았던 포이저 씨가 말했다. "좀 재미를 보는 것이 때로 당신에게도 좋을 거야. 그리고 당신은 누구보다도 춤을 잘 추잖아. 가벼운 발과 발목으로 보자면 이 교구의 어떤 부인네보다도 당신 편을 들겠어. 게다가 젊은 지주가 당신에게 첫 번째 춤을 청한 것은 대단한 명예였어. 그건 내가 식탁의 상석에 앉아서 연설을 했기 때문이었을 거야. 그리고 헤티도 말이지. 이전에는 그처럼 연대복을 입은 멋진 젊은 신사를 파트너로 얻었던 적이 한 번도 없었잖아. 네가 늙은 부인이 되면, 헤티, 그 젊은 지주가 성년이 된 날에 함께 춤을 추었다는 것이 아주 좋은 이야깃거리가 될 거란다."

제 4 부

위기

생일잔치가 열린지 거의 삼 주가 지난 8월 중순이었다. 로엄셔의 북쪽 내륙 지방에서는 밀을 베기 시작했지만, 폭우가 쏟아져 강이 범람하면서 그 지역 곳곳이 많은 해를 입었기 때문에 추수가 늦어질 것 같았다. 브록스턴과 헤이슬롭의 농부들은 시냇물이 흐르는 계곡과 쾌적한 고지대에 살고 있었으므로 이러한 피해를 입지 않았다. 피해를 입지 않은 자기들의 밀밭에서 수확의 희망이 있는 한, 빵 값이 급격히 올랐다고 해서 그들의 기분이 아주 저조하지는 않았을 거라고 여러분은 추측할 수 있을 것이다. 그들이 자신들의 이익보다 공동의 이익을 중시하는 특별한 농부들이었다고는 말할 수 없으니 말이다. 때로 햇빛이 나고 바람이 불어 곡식을 말릴 수 있는 날씨가 지속되면서 이러한 희망을 부추겼다.

8월 18일은 그 이전의 어두침침한 날들 때문에 햇살이 더욱 화창하게 보이는 그런 날들 가운데 하루였다. 커다란 구름 덩어리들이 푸른 하늘 너머로 급히 실려 갔고, 체이스 너머의 커다랗고 둥근 산은 흘러가는 구름의 그림자로 다양한 변화를 띠었다. 잠시 햇살이 가려졌다가 기쁨을 되찾은 듯 다시 따스하게 내비쳤다. 아직 초록빛을 띤 나뭇잎들이 바람에 흔들려 산울타리 나무에서 떨어졌다. 농가 주위에서는 문들이 부딪치는 소리가 들렸고, 과수원에서는 사과들이 떨어졌으며, 오솔길의 풀밭과 공유지에 흩어져 있던 말들의 갈기가 바람에 불려 얼굴에 휘날렸다. 하지만 태양이 빛나고 있었기에 바람은 도처에 충만한 기쁨의 일부에 불과한 듯이 보였다. 이리저리 뛰어다니며 바람보다 더 큰 소리를 내려는 듯 고함을 지르고 있는 아이들에게는 즐거운 날이었고, 어른들 역시 바람이 자고 나면 더 맑은 날들이 이어질 거라고 믿으면서 즐거운 기분이었다. 그저 밀알이 너무 익어 바람에 불려 껍질이 벗겨지고 산산이 뿌려져서 때 이른 씨앗이 되지만 않는다면!

하지만 희망이 좌절된 슬픔이 한 인간에게 엄습할 수도 있는 날이었다. 어떤 순간에 자연이 한 개인의 운명에 대한 예감으로 차 있는 듯 보이는 게 사실이라면, 다른 인간의 운명에 대해서는 마음을 쓰지 않고 의식하지 않는 듯이 보이는 것도 사실이어야 하지 않을까? 어느 시간에나 즐거움 뿐 아니라 절망이 솟아날 수 있으며, 화창한 아침은 천재적인 소질과 사랑에 새로운 힘을 보태주기도 하지만 절망에 새로운 질병을 보태주기도 한다. 우리 인간은 헤아릴 수 없이 많고, 우리들의 운명도 무척이나 다르다. 자연의 기분이 때로 우리 삶이 당면한 커다란 위기와 가혹하게도 상반된다고 해서 놀랄 일이 어디 있겠는가? 우리는 대가족의 아이들이고, 대가족의 아이들이 그렇듯이 우리의 고통이 존중될 거라고 기대하지 않는 법을 배워야 하며, 사소한 보살핌과 애무에 만족하고, 더더욱 서로를 돕는 법을 배워야 한다.

아담에게는 분주한 날이었다. 그는 최근 들어 일을 갑절로 해왔다. 조나단 버지의 십장으로 그를 대신할 만한 만족스러운 사람을 찾을 수 있을 때까지 계속해서 그 일을 해야 했고, 조나단은 서둘러 그런 사람을 찾으려고 하지 않았던 것이다. 그러나 아담은 즐거운 마음으로 여분의 일을 해왔다. 헤티에 대한 희망이 다시 솟아오르고 있었던 것이다. 그 생일날 이후로 그녀는 그를 볼 때마다 더욱 친절하게 행동하려고 애쓰는 듯이 보였고, 춤을 추는 동안 침묵하며 냉정하게 대했던 그를 용서했다고 알려주려는 것 같았다. 그는 그 로켓에 대해서 다시는 언급하지 않았다. 그녀가 그에게 미소를 지었다는 것만으로도 너무나 행복했고, 더욱 차분해진 그녀의 태도를 관찰하고 그것을 자기에 대한 여성적인 다정함과 진지함으로 해석하면서 더욱 행복했다. 그는 계속 이렇게 생각했다. "아! 헤티는 아직 열일곱 살밖에 되지 않았어. 시간이 지나면 생각이 아주 깊어질 거야. 그리고 그녀의 숙모는 그녀가 일을 아주 잘 한다고 항상 말씀하시지. 결국 그녀는 어머니가 흠잡을 데 없는 아내가 될 거라고." 그 생일날 이후로 그는 집에서 그녀를 딱 두 번 보았을 뿐이었다. 어느 일요일에 그가 교회에서 나와 홀 팜으로 가려고 했을 때, 헤티는 체이스의 상급 하인들 일행에 끼었고 마치 크레이그 씨를 부추기려는 듯이 그들과 함께 집으로 돌아갔다. “헤티가 가정부의 방에 모이는 사람들을 너무 좋아하고 있어요.” 포이저 부인이 이렇게 말했다. “나로 말하자면, 나는 신사들의 하인들을 좋아한 적이 한 번도 없어요. 대체로 그들은 멋진 귀부인들의 뚱뚱한 애완견이나 다름없어요. 짖어대지도 못하고, 정육점의 고기로도 쓸모가 없고, 그저 과시용일 뿐이라고요.” 어느 날 저녁에 헤티는 무언가를 사러 트레들스톤에 갔었다. 그런데 아담이 집으로 돌아오고 있을 때 놀랍게도 트레들스톤으로 가는 길에서 멀리 벗어난 산울타리를 넘어오는 헤티의 모습이 멀리서 보였다. 그가 서둘러 그녀에게 다가가자 그녀는 아주 친절하게 대했고 그녀를 현관문까지 바래다 주었을 때 들어오라고 청했다. 트레들스톤에서 돌아오면서 집으로 곧장 들어가고 싶지 않아서 들판으로 약간 멀리 나갔었다고 그녀가 말했다. 밖에 있는 것이 아주 쾌적했고, 그녀가 밖에 나가고 싶어하면 숙모가 늘 그 문제에 대해 야단법석을 떨었던 것이다. “아, 나하고 같이 들어가요!” 문 앞에서 그녀와 악수를 하려 했을 때 그녀가 이렇게 말하자, 그는 저항할 수 없었다. 그래서 그는 집 안으로 들어갔고, 포이저 부인은 헤티가 예상보다 약간 늦었다고 그저 가볍게 언급하고 넘어갔다. 반면에 그를 만났을 때 침울하게 보였던 헤티는 미소를 짓고 이야기를 하면서 평소와 달리 민첩하게 그들 모두의 시중을 들었다.

그것이 그녀를 마지막으로 보았던 때였다. 그는 여유를 내어 다음날 홀 팜에 가려고 생각했다. 오늘은 그녀가 체이스에 가서 하녀와 바느질하는 날이라는 것을 그는 알고 있었다. 그래서 그는 다음날 일이 없도록 오늘 저녁에 될 수 있는 대로 일을 많이 해 두려고 했다.

아담이 감독하는 일 가운데 하나는 체이스 농장을 약간 보수하는 것이었다. 지금까지는 새첼이 토지 관리인으로서 그곳을 점유하고 있었지만, 이제 노지주가 언젠가 그 농장을 보러 왔던 승마구두를 신은 말쑥한 사람에게 세를 주려한다는 소문이 돌았다. 그 지주가 보수작업에 착수한 것은 오로지 소작인을 얻으려는 욕심 때문이라고 설명할 수 있었다. 하지만 토요일 저녁 캐손 씨의 여관에 모인 무리들은 담배를 피우면서, 제정신이 있는 사람이라면 체이스 농장에 경작지가 약간 딸리지 않는 한 그것을 떠맡지 않을 거라고 의견을 모았다. 그 사정이 어떻든 간에, 그 보수 작업을 아주 빨리 끝내라는 명령이 내려졌다. 그래서 아담은 버지 씨를 대신해서 평소처럼 활기차게 그 명령을 수행하고 있었다. 그러나 오늘은 다른 곳에 일이 있었기 때문에 오후 늦게야 체이스 팜에 도착할 수 있었고, 그때서야 그냥 남겨두려고 생각했었던 낡은 지붕이 무너져 버린 사실을 알았다. 그 건물의 그쪽 부분을 완전히 헐어내지 않고는 아무 일도 할 수 없다는 사실이 분명해졌다. 아담은 그것을 다시 지어서 아주 편리한 외양간과 송아지 우리를 만들고 기구들을 넣을 헛간을 만들 계획을 즉시 세웠다. 재료비를 그리 많이 들이지 않고도 모두 만들 수 있었다. 그래서 일꾼들이 돌아가자 그는 앉아서 수첩을 꺼내어 신속히 계획의 윤곽을 그려보고 비용을 상세히 기록했다. 다음날 아침에 그것을 버지 씨에게 보여 주고 그로 하여금 지주를 설득하여 동의하도록 하기 위해서였다. 아무리 사소한 일이더라도 그 일을 "훌륭하게 작업하는 것"은 아담에게 언제나 즐거운 일이었다. 그래서 아담은 받침나무 위에 앉아서 작업대 위에 수첩을 놓고 이따금 나지막이 휘파람을 불면서 고개를 한쪽으로 돌리고 만족감과 자부심이 어린 보일락 말락 한 미소를 띠고 있었다. 아담은 훌륭한 작업을 좋아하는 것만큼이나 "내가 그 일을 해냈어!"라고 생각하는 것을 좋아했다. 이러한 약점이 없는 사람은 오직 자신의 작업이라고 부를 만한 일이 없는 사람들뿐이라고 나는 믿는다. 그가 일을 끝내고 다시 외투를 입었을 때 일곱 시가 가까워졌다. 마지막으로 주위를 둘러보자 그날 거기서 일하던 세스가 두고 간 연장 바구니가 눈에 띄었다. '아니, 세스가 연장을 두고 갔군.' 아담은 생각했다. '내일은 목공소에서 일해야 할 텐데. 방심하는 걸로 보자면 세스 같은 사람도 또 없을 거야. 머리가 떼어질 수만 있다면 그 애는 자기 머리도 뒤에 남겨두고 갈 걸. 하지만 내 눈에 띄어서 다행이야. 집에 가져가야지."

체이스 농장 건물은 체이스의 한쪽 끝에 있었고 사원에서 10분 정도 걸리는 거리였다. 아담은 조랑말을 타고 왔었기에 집으로 가는 길에 말을 타고 마구간으로 가서 말을 넣어둘 생각이었다. 마구간에서 그는 크레이그 씨와 마주쳤다. 크레이그 씨는 모레 대위가 타고 갈 새로운 말을 보러 나온 참이었고, 젊은 지주가 말을 타고 떠날 때 하인들이 모두 정문에 모여 행운을 빌어줄 거라고 아담을 붙잡고 이야기했다. 그래서 아담이 체이스에 들어서서 어깨에 연장 바구니를 맨 채 성큼성큼 걸어가고 있을 때 해가 막 지려는 참이었고, 참나무 고목의 거대한 줄기들 사이로 수평으로 비쳐든 진홍빛 광선이 풀이 나지 않은 땅바닥을 잠시 화려한 빛으로 어루만지며 풀밭에 떨어진 보석처럼 보이게 했다. 이제 바람이 약해져서 줄기가 연약한 이파리들을 흔들 만큼의 산들바람만 불고 있었다. 하루 종일 집안에 앉아 있었던 사람이라면 이제 즐겁게 산책할 수 있을 것이다. 하지만 아담은 밖에서 아주 긴 시간을 보냈기에 집으로 가는 길을 단축하고 싶을 정도였다. 그래서 체이스를 가로질러 여러 해 동안 들어가 보지 않았던 덤불숲으로 지나가면 그렇게 할 수 있으리라고 생각했다. 그는 서둘러 체이스를 가로질렀고 고사리들 사이의 좁은 길을 따라서 성큼성큼 걸었다. 짚은 그의 발꿈치에 붙어서 따라갔다. 햇빛의 장엄한 변화를 지켜보려고 머뭇거리지 않았고 햇빛에 대해 생각하지도 않았지만, 아담은 분주한 일상의 생각과 뒤섞인 어떤 평온하고 행복한 경외감 속에서 그 빛의 존재를 느끼고 있었다. 그가 어떻게 그것을 느끼지 않을 수 있겠는가? 사슴들조차 그 빛을 느끼고는 더욱 조심스러워졌던 것이다.

이내 아담은 크레이그 씨가 아서 도니손에 대해 한 이야기를 떠올렸고 그가 떠나는 광경을 그려보면서 그가 돌아오기 전에 일어날 변화에 대해 생각했다. 그러고 나서 오래 전 소년시절에 다정하게 지냈던 장면을 흐뭇한 마음으로 다시 떠올렸고, 아서의 좋은 성격에 대해서 잠시 생각했다. 우리를 존중해 주는 윗사람의 미덕에 대해 우리 모두 자부심을 느끼듯이 아담도 아서에 대해 그런 감정을 느꼈다. 사랑과 존경에 대한 욕구가 큰 아담과 같은 사람은 대체로 다른 사람들을 믿고 느낄 수 있을 때 큰 행복을 느낀다. 그는 죽은 영웅들의 이상적인 세계를 마음에 품고 있지 않았다. 과거에 살던 사람들의 삶에 대해서도 아는 바가 거의 없었다. 그러므로 자신이 이야기를 나눌 수 있는 사람들 가운데서 사랑과 경탄으로 애착을 느낄 수 있는 존재를 찾아야 한다. 아서에 대한 유쾌한 생각으로 말미암아 그의 예리하고 거친 얼굴에 평소보다 더 온화한 표정이 떠올랐다. 어쩌면 그렇기 때문에 그는 덤불숲으로 들어가는 낡은 녹색 문을 열면서 걸음을 멈추고 짚을 가볍게 두드리며 친절한 말을 건넸을 것이다.

잠시 멈춘 후 그는 덤불숲 사이의 넓고 구불구불한 길을 따라서 다시 성큼성큼 걸었다. 길을 따라 늘어선 너도밤나무들은 얼마나 장엄하게 보였는지! 아담은 무엇보다도 멋진 나무들을 좋아했다. 어부의 시각이 바다에서 가장 예리해지듯이 아담의 감각은 다른 물체들보다 나무를 보는 데 훨씬 더 익숙했다. 화가들이 그렇듯이 그는 나무들을 기억에 담아 두었고 껍질에 있는 얼룩과 옹이들, 가지의 굴곡과 각도를 모두 파악했으며, 멈춰 서서 나무를 바라보면서 종종 그 나무의 높이와 체적을 정확히 계산했다. 앞으로 나아가고 싶었음에도 불구하고 그가 걸음을 멈추고 굽어진 앞길에 서 있는 신기하게도 커다란 너도밤나무를 바라본 것은 놀랍지 않은 일이다. 그것은 두 나무가 접합한 것이 아니라 단 한 그루의 나무라는 것을 확신할 수 있었다. 그 후로 평생 그는 그 너도밤나무를 조용히 살펴보고 있었던 그 순간을 기억했다. 사람이 길을 돌아가기 전에 젊은 시절을 보낸 집을 마지막으로 바라보고 다시는 보지 못할 그 순간을 기억하듯이. 그 너도밤나무는 동쪽으로 빛이 스며들고 있는 나뭇가지들로 아치모양을 이루면서 덤불숲이 끝나기 직전의 마지막 굽어진 길에 서 있었다. 아담이 그 나무에서 걸음을 옮겨 나아가려고 했을 때 이십 미터 떨어진 곳에 있는 두 형체가 눈에 들어왔다.

그는 새하얗게 질린 얼굴로 조각처럼 서서 움직이지 않았다. 그 두 형체는 손을 맞잡고 마주보고 서서 막 헤어지려는 참이었다. 그들이 몸을 굽혀 키스하려 했을 때 숲 속을 뛰어다니던 짚이 달려와 그들을 보고는 날카롭게 짖어댔다. 그들은 깜짝 놀라 떨어졌고, 한 명은 서둘러 문을 지나 덤불숲 밖으로 나갔으며 다른 사람은 몸을 돌려 어슬렁거리듯 천천히 아담을 향해 걸어왔다. 아담은 창백한 얼굴로 그 자리에 꼼짝도 하지 않고 서서 어깨 너머로 연장바구니를 걸었던 막대기를 더욱 꽉 움켜잡고는 가까이 다가오는 형체를 바라보았다. 그의 눈은 놀라움에서 사나운 표정으로 재빨리 바뀌었다.

아서 도니손은 상기되고 흥분한 표정이었다. 오늘 저녁 시간에는 포도주를 평소보다 조금 더 많이 마셔서 불쾌한 감정을 좀더 잘 견딜 수 있게 하려고 애를 썼었다. 아직도 기분을 들뜨게 하는 술기운 탓에 그는 이처럼 원치 않았던 아담과의 조우를 평소보다 훨씬 가볍게 생각할 수 있었다. 아서와 헤티가 함께 있는 것을 우연히 볼 수 있는 사람들 가운데 그래도 가장 나은 사람이 결국 아담이었다. 아담은 분별력이 있는 사람이니까 다른 사람들에게 그 일을 발설하지 않을 것이다. 아서는 그 일을 웃어넘기고 교묘히 설명하여 발뺌할 수 있으리라는 자신감을 느꼈다. 그래서 그는 일부러 태평스럽게 어슬렁거리며 걸어왔다. 그의 상기된 얼굴과 멋진 천과 훌륭한 리넨으로 만든 야회복, 조끼 주머니에 반쯤 밀어 넣은 보석반지를 낀 흰 손, 이 모든 것들이 천정(天頂)에 이르기까지 뻗어 있는 가벼운 구름들에 반사되어 이제 그의 머리 너머 나뭇가지들의 꼭대기 사이로 내리비추던 기이한 저녁 빛에 빛을 발했다.

여전히 꼼짝도 하지 않고 가만히 서서 아담은 올라오고 있는 아서를 바라보았다. 이제 그는 모든 것을 이해할 수 있었다. 로켓과 그 밖에 의심스러웠던 일들 모두를 말이다. 끔찍하리만치 뜨거운 빛이 숨겨져 있던 글자를 밝혀주었고, 그것은 과거의 의미를 완전히 뒤바꿔 버렸다. 만일 그가 근육 하나라도 움직였다면 그는 어쩔 도리 없이 호랑이처럼 아서에게 달려들었을 것에 틀림없다. 이 긴 순간을 채운 갈등 속에서 그는 격정을 풀어놓지 않을 것이며 오로지 옳은 말만 하리라고 스스로에게 다짐했다. 그는 마치 보이지 않는 힘에 의해서 화석이 되어 버린 듯 서 있었지만, 그 힘은 바로 그 자신의 강한 의지였다.

"자, 아담." 아서가 말했다. "자네는 훌륭한 너도밤나무 고목을 찾고 있었나보군, 그렇겠지? 하지만 그 나무들이 자귀 가까이에는 가지 않을 거라네. 여기는 신성한 덤불이고 말일세. 나는 저기 내 굴, 암자에 가는 길에 그 예쁘고 어린 헤티 소렐을 따라잡았지. 이렇게 늦은 시간에 이 길로 돌아가서는 안 되는데. 그래서 내가 그녀를 문까지 바래다주고는 내 노고에 대한 보상으로 키스해 달라고 했다네. 이제 돌아가야겠군. 이 길이 너무나 축축해서 말이야. 잘 자게, 아담. 내일 만나기로 하세. 알다시피 작별인사를 하기 위해서 말이야."

아서는 자신이 하고 있던 역할에 너무나 몰두한 나머지 아담의 얼굴에 어린 표정을 조금도 알아채지 못했다. 그는 아담의 얼굴을 똑바로 쳐다보지 않고 무심히 나무들 주위를 둘러보고는 구두 바닥을 보려고 한 발을 쳐들었다. 그는 더 이상 말하고 싶지 않았다. 정직한 아담의 눈에 먼지를 던져 아담을 속인 것이었다. 마지막 말을 하면서 그는 걸음을 옮겼다.

"잠시 계십시오, 나리." 아담이 몸을 돌리지 않고 거칠고 단호한 목소리로 말했다. "나리께 드릴 말씀이 있습니다."

아서는 깜짝 놀라 걸음을 멈췄다. 민감한 사람들은 예상치 않았던 말보다 음조의 변화에서 더 큰 영향을 받는다. 그리고 아서는 다정하면서도 허영심이 강한, 민감한 성격이었다. 그는 아담이 조금도 움직이지 않으면서 마치 자기에게 돌아오라고 소환하듯이 자신을 등지고 서 있는 것을 보고 더욱 놀랐다. 아담의 의도가 뭘까? 그는 이 사건을 심각하게 만들려고 하고 있었다. 망할 녀석! 아서는 화가 치미는 것을 느꼈다. 선심을 쓰기 좋아하는 성격에는 언제나 비열한 면이 있기 마련이다. 분노와 놀람이 뒤섞인 가운데, 자기에게서 그렇게나 많은 호의를 받은 아담 같은 작자는 자신의 행위를 비판할 입장이 아니라는 느낌이 들었다. 하지만 자기가 잘못했다고 느끼는 사람이 늘 그렇듯, 그는 바라건대 자기에 대해 좋은 평가를 해 줄 다른 사람에게 좌우되었다. 자만심과 분노에도 불구하고 그의 목소리에는 분노 못지않은 애원이 배어있었다.

"무슨 말인가, 아담?"

"제 말은, 나리, 나리께서 가벼운 말로 저를 속이지 못한다는 겁니다." 아담은 아직도 몸을 돌리지 않은 채 여전히 사나운 목소리로 대답했다. "나리께서 헤티 소렐을 이 숲에서 오늘 처음 만난 것이 아니지요. 나리께서 그녀에게 오늘 처음으로 키스한 것도 아닙니다."

깜짝 놀란 아서는 아담이 어느 정도나 확실히 알고 이야기하는지, 어느 정도나 그저 추측에 불과한 것인지 알 수 없었다. 그리고 이 불확실함 때문에 그는 신중하게 대답할 수 없었고 더욱 분노가 치밀었을 뿐이었다. 그는 날카롭게 높은 목소리로 말했다.

"글쎄, 그렇다면 어떻단 말인가?"

"자, 그렇다면, 나리께서는, 우리 모두가 나리에 대해서 믿었듯이, 정직하고 명예로운 사람으로서 행동한 것이 아니라 이기적이고 경박한 악당의 짓거리를 하고 있었다는 겁니다. 나리와 같은 신사가 헤티 같은 젊은 여자에게 키스하고 구애하고 다른 사람들이 볼까봐 겁에 질릴 정도의 선물을 줄 때 그런 일이 어떤 결과에 이르는지 저뿐만 아니라 나리께서도 알고 계십니다. 다시 말하자면, 나리께서 한 일은 이기적이고 경박한 악당의 짓거리입니다. 이런 말을 하는 것이 뼛속에 사무치고, 차라리 제 오른손을 잃는 편이 낫다고 여겨지지만 말입니다."

"아담, 내 말을 들어보게." 아서는 점점 커지는 분노를 억제하고 태평한 목소리로 돌아가려고 애쓰면서 말했다. "자네는 몹시 건방지게 굴 뿐 아니라 터무니없는 말을 하고 있어. 예쁜 여자들은 어떤 신사가 자기의 아름다움을 칭찬하고 약간의 관심을 보일 때 그에게 특별한 의도가 있다고 생각할 만큼, 자네가 생각하듯이, 그렇게 바보는 아니야. 남자들은 누구나 예쁜 여자와 시시덕거리기를 좋아하고, 예쁜 여자들은 누구나 그처럼 희롱당하는 것을 좋아한다고. 그들 사이의 간격이 넓으면 넓을수록 해를 끼칠 가능성은 적어져. 그러면 그녀가 착각할 수 없을 테니까."

"나리께서 시시덕거린다는 말을 무슨 뜻으로 쓰시는지 모르겠습니다." 아담이 말했다. "하지만 어떤 여자를 사랑하는 것처럼 행동하지만 실제로는 사랑하지 않는다는 뜻이라면, 저는 그것이 정직한 사람의 행동이 아니라고 생각합니다. 그리고 정직하지 않은 것은 해를 끼치기 마련입니다. 저는 바보가 아니고, 나리도 바보가 아니지요. 그리고 나리께서는 입으로 말씀하신 것보다 더 잘 알고 계십니다. 나리께서 헤티에게 한 행동이 사람들에게 알려지면 헤티의 평판이 나빠지고 그녀 자신과 친척들에게 수치와 고통을 가져다주리라는 것을 나리께서는 잘 알고 계십니다. 나리의 키스와 선물이 아무 의도도 없었다고요? 나리에게 의도가 없었다고는 아무도 믿지 않을 겁니다. 그리고 그녀가 착각하지 않을 거라고 말씀하지 마십시오. 분명히 말하건대 나리께서는 그녀의 마음속을 나리에 대한 생각으로 꽉 채워서 그녀의 삶에 독을 풀어 넣었기에, 그녀는 자기에게 훌륭한 남편이 될 다른 남자를 결코 사랑하지 못할 겁니다."

아담이 말하는 동안 아서는 갑자기 안도감을 느꼈다. 아담이 과거에 있었던 일을 분명히 알지 못하고 있으므로, 오늘 저녁의 불행한 만남이 돌이킬 수 없는 해를 끼치는 것은 아니라는 사실을 알아차렸던 것이다. 아직도 아담을 속일 수 있었다. 그 정직한 아서는 다만 그럴 듯한 거짓말에 희망을 걸 수 있는 처지에 놓이게 되었다. 그 희망이 그의 분노를 약간 달래주었다.

"자, 아담." 그는 다정하게 양보하는 듯이 말했다. "어쩌면 자네 말이 옳겠지. 어쩌면 내가 그 예쁜 어린 것에게 관심을 기울이고 이따금 몰래 키스한 것이 조금 지나쳤었네. 자네는 아주 진지하고 한결 같은 사람이니까, 그런 사소한 일에 대한 유혹을 이해하지 못할 거야. 피할 수만 있다면 어떤 경우에도 그녀와 그 선량한 포이저 가족에게 고통이나 곤란을 일으키지 않을 걸세. 하지만 내 생각에는 자네가 그 일을 너무 지나치게 과장하고 있네. 자네도 알다시피 나는 곧 떠날 테니까 그런 실수를 더 이상 저지르지 않을 걸세. 하지만 이제 작별 인사를 하세." 아서는 계속 걸어가려고 몸을 돌렸다. "그리고 그 문제에 대해서 더 이상 말하지 말게. 이 사건은 곧 완전히 잊혀질 걸세."

"맙소사, 아닙니다!" 아담은 더 이상 분노를 억제하지 못하고 소리를 지르며 연장 바구니를 내던지고 성큼 걸어와 아서의 바로 앞에 섰다. 지금까지 억누르려고 애썼던 온갖 질투와 모욕감이 튀어 올라 그를 압도했던 것이다. 날카로운 고뇌를 느낀 첫 순간에 우리들 가운데 어느 누가 그 고통을 가한 매개자인 인간에게 우리를 해칠 의도가 없었다고 느낄 수 있겠는가? 고통에 대한 본능적인 반발에서 우리는 다시 어린아이가 되고 보복을 하려는 적극적인 의지를 요구한다. 이 순간 아담은 헤티를 빼앗겼다는 것만 느낄 수 있었다. 자기가 신뢰했던 사람에게 배신당하고 빼앗긴 것이다. 그래서 그는 사나운 눈으로 노려보며 하얗게 질린 입술로 손을 꽉 쥐고 아서의 앞에 서 있었고, 지금까지 정당한 분노만 표현하려고 억제하고 있었던 그 거친 목소리는 깊이 동요된 목소리로 바뀌어, 말하고 있는 그를 뒤흔드는 것 같았다.

"아뇨, 그것은 곧 잊히지 않을 겁니다. 그녀가 나를 사랑할 수도 있었을 때, 나리께서 그녀와 나 사이에 끼어드셨으니까요. 그것은 곧 잊히지 않을 거라고요. 나리를 가장 좋은 친구이고 고귀한 마음을 가진 사람이며, 나리를 위해서 자랑스럽게 일할 수 있다고 생각하고 있을 때, 나리께서 제 행복을 빼앗았으니까요. 나리께서 아무 의도도 없으면서 그녀에게 키스를 하셨다고요? 저는 지금껏 그녀에게 키스한 적이 한 번도 없었지만, 그녀에게 키스할 권리를 얻기 위해서라면 여러 해 동안 열심히 일했을 겁니다. 그런데 나리께서는 그 일을 하찮게 여기시지요. 나리께는 아무 의미도 없는 그 사소한 것을 얻을 수만 있다면, 다른 사람에게 해가 될 일을 하더라도 아무렇지도 않게 생각하시지요. 저는 나리의 호의를 되던져버리겠습니다. 나리는 제가 생각했던 사람이 아니니까요. 나리를 더 이상 친구로 여기지도 않을 겁니다. 차라리 나리께서 적으로 행동하셔서 이 자리에서 저와 싸웠으면 합니다. 그것이 나리께서 제게 해 줄 수 있는 유일한 배상입니다."

가엾은 아담은 달리 터뜨릴 수 없는 분노에 사로잡혀서 옷과 모자를 내던졌고, 격정에 눈이 먼 나머지 자기가 말하는 동안 아서에게 일어난 변화를 알아차리지 못했다. 아서의 입술은 이제 아담처럼 새파랗게 질렸고 그의 심장은 거칠게 뛰고 있었다. 아담이 헤티를 사랑했다는 사실을 알게 된 충격으로 그는 잠시 아담의 분노에 비추어 자신을 바라보게 되었고, 아담의 고통을 단지 자신이 저지른 과오의 결과일 뿐 아니라 그 과오의 한 원인으로 간주하게 되었다. 생전 처음 들어본 증오와 경멸이 담긴 말들은 그에게 지울 수 없는 흉터를 만드는 무기처럼 날아와 살을 태운 것 같았다. 다른 사람들이 우리를 존중하는 동안에는 완전히 사라지지 않는 자기보호적인 변명이 한순간 그에게서 완전히 사라졌고, 그는 자신이 저지른 돌이킬 수 없는 첫 번째 큰 과오에 직면해야 했다. 그는 이제 스물한 살이었고, 세 달 전만 하더라도 아니 그 이후에도 자신을 정당하게 비난할 수 있는 사람은 없을 거라는 생각에 자부심을 느꼈었다. 여유만 있었더라면 그는 아마 화해하자는 말을 입에 올리고 싶은 충동을 제일 먼저 느꼈을 것이다. 그러나 아담은 이미 외투와 모자를 벗어던졌고, 아직도 손을 조끼 주머니에 넣은 채 창백하게 질려서 가만히 서 있는 아서를 보았다.

"아니!" 그가 말했다. "남자답게 싸우지 않으려고요? 나리께서 그렇게 가만히 서 있으면 제가 나리를 칠 수 없다는 것을 아시겠지요."

"물러가게, 아담." 아서가 말했다. "나는 자네와 싸우고 싶지 않아."

"아뇨." 아담이 가차 없이 말했다. "나리께서는 저와 싸우고 싶지 않다고요. 제가 평민이라서, 해를 입혀도 벌을 받지 않을 수 있다고 생각하시는 군요."

"나는 자네에게 해를 입힐 생각이 전혀 없었네." 아서가 다시 분노가 솟구치는 것을 느끼며 말했다. "자네가 그녀를 사랑하는 것을 몰랐어."

"하지만 그녀가 나리를 사랑하게 만드셨지요." 아담이 말했다. "나리는 두 얼굴을 가진 사람입니다. 나는 나리의 말을 다시는 한마디도 믿지 않을 겁니다."

"물러나게, 진담이야." 아서가 화가 나서 말했다. "그렇지 않으면 우리 둘 다 후회할 걸세."

"아뇨." 아담은 떨리는 목소리로 말했다. "나리와 싸우지 않고는 절대 이대로 돌아가지 않을 겁니다. 맹세해요. 더 화를 북돋을 말이 필요하세요? 당신은 겁쟁이고 악당이라고 말하지요. 그리고 나는 나리를 경멸합니다."

아서의 얼굴이 붉으락푸르락하면서 변했다. 한순간 흰 오른손을 꼭 쥐더니 번개처럼 한 방 먹이자 아담은 비틀거리며 뒷걸음질 쳤다. 아서는 이제 아담만큼이나 화가 난 상태여서, 두 남자는 이전의 감정을 잊어버리고 숲 속의 점점 짙어가는 땅거미 속에서 표범처럼 본능적으로 맹렬하게 싸웠다. 섬세한 주먹을 가진 신사는 힘을 제외하면 모든 점에서 그 노동자보다 못하지 않은 호적수였고, 아서가 공격을 받아넘기는 기술이 있었기에 그 주먹싸움은 한참 계속되었다. 그러나 무장하지 않은 남자들 사이에서는 힘이 센 사람이 서툴지만 않다면 싸움에 유리하므로, 쇠막대기가 강철 막대기에 의해 잘라지듯이 아담이 한 방 잘 먹이면 아서는 맥없이 쓰러질 것이다. 오래지 않아 그 한 방이 나오자 아서는 쓰러졌고 고사리 식물 사이에 머리가 파묻혔다. 어두운 색깔의 옷을 입은 그 형체는 간신히 알아볼 수 있을 정도였다.

아담은 아서가 일어나기를 기다리면서 어둑한 가운데 가만히 서 있었다. 신경과 근육의 온 힘을 긴장시켜서 의도했던 그 한 방이 이제 가해졌다. 그런데 그것이 무슨 소용이었던가? 주먹질로 무엇을 이루었단 말인가? 그저 자신의 격정을 만족시켰고, 그저 복수를 했을 뿐이었다. 헤티를 구한 것도 아니고, 과거를 바꾼 것도 아니었다. 과거는 이미 일어난 그대로 남아 있었다. 그는 분노의 공허함에 신물이 났다.

그런데 아서는 왜 일어서지 않을까? 그가 움직이지 않는 그 시간이 아담에게는 몹시 길게 느껴졌다…. 맙소사! 그 타격이 너무 지나친 것이었을까? 아담은 자신의 힘을 생각하고는 몸을 떨면서 점점 커지는 두려움으로 아서 옆에 무릎을 꿇고는 고사리 속에 파묻힌 그의 머리를 들어올렸다. 생기의 징후가 전혀 보이지 않았다. 눈과 이빨이 꽉 다물려 있었다. 갑자기 엄습한 공포에 아담은 완전히 압도되었고 공포 속에 떠오른 확신에 짓눌렸다. 아서의 얼굴에서 오로지 죽음만을 느낄 수 있었고, 그 사실 앞에서 그는 무력했다. 아담은 조금도 움직이지 못하고, 죽음의 이미지를 바라보는 절망의 이미지처럼 무릎을 꿇고 있었다.

딜레마

후에 아담은 줄곧 그 시간이 무척 길었다고 생각했지만, 시계로 따지자면 몇 분 지나지 않아서 아서의 얼굴에 희미한 의식이 돌아오는 것을 감지했고 아서의 몸이 조금 떨리는 것을 느꼈다. 아담의 영혼에 강렬한 기쁨이 넘치면서, 그 기쁨과 함께 예전의 애정이 약간 되살아났다.

"어디 아픈 데 없으세요, 나리?" 그는 아서의 넥타이를 끄르며 다정하게 말했다.

아서는 눈을 돌려 아담을 바라보았고, 그의 멍한 시선은 되살아나는 기억에 충격을 받은 듯 약간 놀란 표정으로 바뀌었다. 그러나 그는 그저 몸을 부르르 떨고는 아무 대답도 하지 않았다.

"어디 다친 데가 있으십니까, 나리?" 아담은 떨리는 목소리로 다시 물었다.

아서는 손을 들어 조끼 단추를 가리켰고 아담이 단추를 풀자 긴 숨을 내쉬었다. "내 머리를 내려놓게." 그는 힘없이 말했다. "그리고 할 수 있으면 물을 좀 갖다 주게."

아담은 그의 머리를 다시 고사리 위에 부드럽게 내려놓고 천 바구니에서 연장들을 모두 꺼낸 다음에 서둘러 나무들을 지나 체이스에 접한 덤불숲의 변두리로 갔다. 그곳의 둑 아래로 시냇물이 흐르고 있었다.

물이 새지만 아직 반쯤 차 있는 바구니를 들고 돌아왔을 때 아서는 더 정신이 든 얼굴로 그를 보았다.

"손으로 한 모금 마실 수 있으시겠어요, 나리?" 아담은 다시 무릎을 꿇고 아서의 머리를 들어 올리며 말했다.

"아니." 아서가 말했다. "넥타이를 적셔서 머리에 뿌려주게."

물이 약간 도움이 된 것 같았다. 그는 곧 아담의 팔에 기대 조금 더 몸을 일으켜 세웠다.

"속에 통증을 느끼십니까, 나리?" 아담이 다시 물었다.

"아니, 통증은 없네." 아서가 아직도 기운 없이 말했다. "몹시 지쳤어."

잠시 후에 그가 말했다. "자네가 나를 쓰러뜨렸을 때 내가 기절했던 모양이야."

"감사하게도 그랬지요, 나리." 아담이 말했다. "더 나쁜 일이 벌어졌다고 생각했습니다."

"뭐! 자네가 나를 결딴냈다고 생각했다고, 어? 자, 내가 일어서도록 부축해 주게."

"끔찍하게도 후들거리고 어지럽군." 아서가 아담의 팔에 기대서서 말했다. "자네의 한 방이 공성 망치처럼 타격을 가했던 모양일세. 혼자 걸을 수 있을 것 같지 않군."

"제게 기대십시오, 나리. 모시고 가지요." 아담이 말했다. "아니면, 여기 제 코트를 깔고 조금 더 오래 앉아 계시겠어요? 그러면 제가 받쳐드리지요. 일이 분 지나면 조금 더 나아지실 겁니다."

"아니." 아서가 말했다. "나는 암자로 가겠네. 거기 브랜디가 좀 남아 있을 걸세. 조금 더 가면 문 근처에 거기로 가는 지름길이 있네. 자네가 나를 붙잡아 준다면 말일세."

그들은 천천히 걸었고 가끔 쉬었지만 더 이상 아무 말도 하지 않았다. 아서가 정신을 차린 첫 순간부터 지금까지 그들 둘 다 현재에 몰두하고 있었지만, 이제는 이전 장면에 대한 기억이 생생히 떠올랐다. 나무들 사이의 좁은 길은 거의 어두침침했지만 암자 주위에 둥글게 서 있는 전나무들 안으로 점점 밝아지는 달빛이 들어와 창문에 비쳤다. 두텁게 깔린 전나무 이파리 위로 그들의 발걸음은 소리 없이 이어졌으며 외부의 정적이 그들 내면의 의식을 고조시키는 가운데 아서는 주머니에서 열쇠를 꺼내어 아담에게 주고 문을 열게 했다. 아담은 아서가 그 낡은 암자에 가구를 구비해놓고 휴식처로 쓰고 있다는 것을 전에는 알지 못했었다. 그래서 문을 열고, 자주 머문 흔적이 남아 있는 아늑한 방을 보자 놀라지 않을 수 없었다.

아서는 아담의 팔을 놓고 쓰러지듯이 등받이가 없는 긴 의자에 앉았다. “어딘가 사냥용 술병이 있을 걸세.” 그가 말했다. “술병하고 잔이 들어있는 가죽 케이스 말이야.”

오래지 않아 아담은 그 케이스를 찾았다. “남아 있는 브랜디가 거의 없습니다, 나리.” 그는 창문 앞에서 잔 위로 술병을 거꾸로 들고 말했다. “이 작은 잔에도 거의 차지 않겠어요.”

“그거라도 주게.” 아서가 쇠약한 사람처럼 까다로운 말투로 말했다. 그가 몇 모금 마셨을 때 아담이 말했다. “제가 저택으로 달려가서 브랜디를 좀더 가져오는 것이 어떨까요? 갔다오는 데 시간이 얼마 걸리지 않을 겁니다. 기운을 차리도록 뭔가 드시지 않으면 집으로 걸어가기 힘드실 겁니다.”

“그래, 갔다 오게. 하지만 내가 아프다고는 말하지 말게. 내 시종 핌에게 부탁해서 밀스에게서 브랜디를 얻어 달라고 말하게. 내가 암자에 있다고 말하지 말게. 물도 좀 갖다 주고.”

아담은 적극적으로 활동할 일이 있어서 안도감을 느꼈다. 그들 둘 다 잠시 서로에게서 떨어져 있게 되어 마음이 가벼워졌다. 하지만 신속히 발걸음을 옮기더라도 아담은 혹독하게 고통스러운 생각을 잠재울 수 없었고, 쓰라린 고뇌를 느끼며 조금 전의 비참한 시간을 다시 돌이켜 생각하고 거기에서부터 슬프고 새로운 미래를 바라보아야하는 고통을 가라앉힐 수는 없었다.

아담이 나간 후 아서는 몇 분간 가만히 누워있었지만 곧 긴 의자에서 힘없이 일어나서 무언가를 찾으며 부서진 달빛 속에서 천천히 주위를 둘러보았다. 그것은 뒤섞인 필기 용구와 화구들 사이에 서 있던 짤막한 양초였다. 양초에 불을 붙이기 위한 도구를 좀더 찾다가 그것을 찾아내자, 그는 뭔가 있는지 없는지를 확인하고 싶은 듯 조심스럽게 방을 돌아다녔다. 마침내 그는 조그만 물건을 찾아내어 처음에 주머니에 넣었다가 다시 생각하고는 꺼내어 휴지통 깊숙이 밀어 넣었다. 그것은 분홍색의 조그만 여성용 실크 손수건이었다. 그는 탁자 위에 양초를 올려놓고 그 일을 하느라 기진맥진한 나머지 다시 긴 의자에 쓰러지듯 드러누웠다.

아담이 필요한 것들을 가지고 들어오는 소리에 아서는 졸다가 깨어났다.

"됐네." 아서가 말했다. "브랜디로 기운을 차려야겠어."

"불을 밝혀 놓으셔서 다행입니다, 나리." 아담이 말했다. "호롱 등을 달라고 했으면 좋았을 거라고 생각했지요."

"아니, 아닐세. 저 양초가 꽤 오래갈 거야. 이제 곧 일어나서 집으로 걸어가야지."

"나리를 안전하게 모셔다드리기 전에는 갈 수 없습니다." 아담이 주저하며 말했다.

"그래, 자네가 머무는 편이 더 좋겠네. 앉게."

아담은 앉았고 그들은 불편한 침묵 속에서 서로 마주하고 있었다. 아서는 천천히 물에 탄 브랜디를 마시며 원기를 회복하는 기색을 보였다. 그는 보다 몸을 자유롭게 움직이는 자세로 누웠고, 육체의 감각에서 조금씩 풀려나는 듯이 보였다. 아담은 이런 징후들을 예리하게 감지했고 아서의 상태에 대한 불안감이 가라앉기 시작하면서, 죄인의 육체적 상태로 인해 자신의 정당한 분노를 터뜨리지 못하고 일시 중단했던 사람이라면 누구나 알고 있을 조급함이 솟아오르는 것을 다시 느꼈다. 하지만 항의를 다시 시작하기 전에 먼저 해야 할 일이 마음에 걸렸다. 그것은 자기 말 가운데 공정하지 않았던 부분을 고백하는 것이었다. 어쩌면 그는 다시 거리낌 없이 분노를 표출할 수 있도록 먼저 그것을 고백하고 싶었을 것이다. 그래서 아서에게 편안한 기색이 돌아오는 징후를 보자, 그 말들은 자꾸 그의 입술에서 맴돌다가 다시 들어갔고, 모든 일을 내일까지 내버려 두는 것이 낫겠다는 생각에 억제되었다. 침묵을 지키고 있는 동안 그들은 서로를 바라보지 않았다. 만일 그들이 과거를 기억하는 듯이 말하기 시작한다면, 과거를 완전히 의식하면서 서로를 바라본다면, 그들 둘 다 다시 흥분하게 되리라는 예감이 아담의 뇌리에 떠올랐다. 그래서 그들은 양초 조각이 촛대 바닥에서 깜빡거릴 때까지 말없이 앉아 있었다. 이제 아서가 브랜디와 물을 조금 더 부어 마시고 충분히 회복된 듯이 팔을 머리 뒤로 올리고 다리 한쪽을 끌어올려 편안한 자세를 취하자, 아담은 마음속에 있던 말을 꺼내고 싶은 저항할 수 없는 유혹을 느꼈다.

"이제 다시 원래 상태로 돌아오신 모양이군요, 나리." 그는 말했다. 촛불이 꺼져서 희미한 달빛 속에 그들의 모습은 서로에게서 반쯤 가려져 있었다.

"그래, 아주 좋은 상태는 아니야. 무척 나른하고, 움직이고 싶지 않아. 하지만 이걸 마시고 나서 집에 가야지."

잠시 말이 없다가 아담이 말했다.

"제 성질을 못이기는 바람에 제가 사실이 아닌 말을 했습니다. 나리께서 제게 해를 끼치는 것을 알고 계셨던 것처럼 말할 권리는 없었지요. 나리께서는 알 수 없으셨을 테니까요. 그녀에 대한 감정을 저는 늘 될 수 있는 대로 은밀히 간직해 왔었지요."

그는 잠시 멈췄다가 말을 이었다.

"어쩌면 그래서 제가 나리를 너무 가혹하게 판단했을 겁니다. 제가 가혹한 편이지요. 그리고 나리께서는 제 생각에 마음과 양심이 있는 사람이라면 그러하리라고 여겼던 것보다 더 생각 없이 행동하셨을 수도 있겠지요. 우리 모두 똑같이 생긴 것이 아니라서 서로를 잘못 판단할 수도 있지요. 하느님께서 아시겠지만, 나리를 최고로 생각할 수만 있다면, 지금 그보다 더 큰 기쁨은 누릴 수 없을 겁니다."

아서는 아무 말도 하지 않았고, 그저 집에 돌아가고 싶었다. 몸에 기운이 없었을 뿐더러 마음속으로 너무나 고통스러운 당혹감을 느끼고 있었기에 오늘 밤은 더 이상 아무런 설명도 하고 싶지 않았다. 하지만 아담이 그가 답하기에 가장 수월한 방식으로 그 주제를 다시 거론했기에 안도감을 느꼈다. 아서는 솔직하고 관대한 사람이 과오를 저지르고 난 후 속임수를 쓸 수밖에 없는 불쾌한 상황에 처했다. 진실에 대한 보답으로 진실을 보여 주고 솔직한 고백으로 신뢰에 응하려는 타고난 본능을 억눌러야 했다. 그리고 어쩔 수 없이 술책을 부려야 하는 상황이었다. 그가 저지른 행위는 벌써 그에게 반작용을 미치고 있었고 그를 가혹하게 지배하고 있었으며 그 자신의 일상적인 감정과 어긋나는 방향으로 몰아가고 있었다.

아서는 이제 아담을 끝까지 속이고 아담으로 하여금 자기를 실제 값어치보다 더 나은 인물로 생각하도록 만드는 것을 유일한 목표로 삼지 않을 수 없었다. 그래서 아담이 정직하게 자기 말을 철회했을 때, 그는 아담의 말을 마무리 지은 슬픈 호소를 듣고 그 말에 내포된 무지한 신뢰의 여지에 기쁨을 느끼지 않을 수 없었다. 그는 즉시 대답하지 않았다. 정직하게 행동할 것이 아니라 용의주도해야 했기 때문이었다.

“우리의 분노에 대해서는 더 이상 말하지 말게, 아담.” 이윽고 그가 아주 기운 없이 말했다. 말하느라 들일 노고가 달갑지 않았던 것이다. “자네가 순간적으로 공정하지 않았던 것을 용서하네. 자네 마음속에 있었던 과장된 생각으로 보면 그건 아주 당연한 일이었겠지. 우리의 싸움 때문에 장차 우리 사이가 나빠지지 않기를 바라네. 자네가 이겼네. 그리고 그렇게 되는 것이 당연하지. 두 사람 중에서 대체로 잘못된 쪽은 바로 나였으니까 말일세. 자, 악수하세.”

아서는 손을 내밀었지만, 아담은 가만히 앉아 있었다.

“저는 그 악수에 ‘아뇨’라고 말하고 싶진 않습니다, 나리.” 그가 말했다. “하지만 그 악수가 무얼 뜻하는지 분명히 알기 전에는 악수할 수 없습니다. 나리께서 고의로 제게 해를 끼친 듯이 말한 건 잘못이었습니다. 하지만 헤티에 대한 나리의 행동에 대해서 제가 처음에 한 말은 잘못이 아니었습니다. 그래서 나리께서 그 문제를 더 잘 해결해 주실 때까지는 제가 나리를 예전의 친구로 여기듯이 악수할 수 없습니다.”

아서는 손을 되돌리며 자존심과 분노를 억눌렀다. 그는 잠시 가만히 있다가 될 수 있는 대로 무관심한 듯이 말했다.

“해결한다는 말이 무슨 뜻인지 모르겠네, 아담. 사소한 시시덕거림을 자네가 너무 진지하게 생각한다고 이미 말했지. 하지만 그것도 위험하다는 자네 생각이 옳다 하더라도, 나는 토요일에 떠날 거고 그 사건도 끝날 거라네. 그 일로 자네에게 준 고통에 대해서는 진심으로 미안하게 생각하네. 더 이상은 할 말이 없네.”

아담은 아무 말 없이 의자에서 일어나 달빛이 비치는 전나무의 어두운 전경을 바라보는 듯이 얼굴을 창가로 향하고 서 있었다. 하지만 실제로는 오직 마음속의 갈등을 의식하고 있을 뿐이었다. 내일까지 아무 말도 하지 않겠다는 결심은 이제 아무 소용도 없었다. 바로 이 자리에서, 이 순간에 말해야 한다. 그러나 몇 분이 지나서야 그는 몸을 돌리고 아서에게 가까이 걸어와서 누워 있는 그를 내려다보았다.

"분명히 말하는 편이 더 좋겠지요." 그는 분명 힘겹게 말을 이었다. "비록 어려운 일이지만 말입니다. 아시다시피 나리, 이 일이 나리에게는 무엇이든 간에, 제게는 사소한 일이 아닙니다. 저는 처음에 어떤 여자를 사랑하고 다음에는 다른 여자를 사랑하고 어느 쪽을 택하든 별 차이가 없다고 생각하는 그런 남자가 아닙니다. 제가 헤티에게 느끼는 사랑은 전혀 다릅니다. 그것을 느끼는 사람들 그리고 그것을 제게 주신 하느님을 제외하고는 어느 누구도 잘 알 수 없는 그런 사랑입니다. 그녀는 제 양심과 제 평판을 제외하고 그 외의 모든 것을 합쳐 놓은 것보다 더 중요합니다. 그리고 나리께서 이어서 말씀하신 것이 사실이라면, 나리께서 말씀하셨듯이 그것이 사소한 시시덕거림이어서 나리가 멀리 떠남으로써 끝날 일이라면, 그렇다면 저는 기다리면서 그녀의 마음이 결국 제게로 돌아서기를 바랄 겁니다. 저는 나리께서 거짓말을 하셨다고 생각하고 싶지 않고, 상황이 어떻게 보이건 간에 나리의 말씀을 믿을 것입니다."

"그 말을 믿지 않는다면 나보다 헤티를 더 부당하게 취급하는 거라네." 아서는 의자에서 벌떡 일어서면서 격렬하게 말하고는 몇 발자국을 걸었다. 하지만 곧바로 다시 의자에 몸을 던지고 더 기운 없이 말했다. "나를 의심하면서 그녀에게 오명을 씌우고 있다는 걸 잊지 말게."

"아뇨, 나리." 아담은 반쯤 안도감을 느낀 듯 더 차분하게 말했다. 그는 너무나 정직한 사람이어서 직접적인 거짓말과 간접적인 거짓말을 구별할 수 없었다. "아뇨, 나리, 헤티와 나리 사이에는 상황이 공평하지 않습니다. 나리께서는 어떤 일을 하시든 간에 눈을 뜬 상태에서 행동하시는 겁니다. 하지만 그녀의 마음속에 무엇이 들어있는지 어떻게 알겠습니까? 그녀는 양심이 있는 사람이라면 누구라도 보호해 주고 싶은 마음이 절로 일어날 어린애에 불과합니다. 나리께서는 어떻게 생각하시든 간에, 나리께서 그녀의 마음을 어지럽혔다는 것을 저는 알고 있습니다. 그녀의 마음이 나리에게 있다는 것을 알고 있지요. 전에는 이해하지 못했던 많은 일들이 이제는 분명해졌으니까요. 하지만 그녀가 무엇을 느끼는지에 대해서 나리께서는 가볍게 생각하시는 것 같습니다. 나리께서는 그 점을 생각하시지 않는 거지요."

"제발, 아담, 나를 그냥 내버려 두게!" 아서는 충동적으로 소리를 질렀다. "자네가 나를 괴롭히지 않아도, 그것을 충분히 느끼고 있네."

그 말을 내뱉자마자 그는 자신이 무심코 경솔하게 내뱉었음을 의식했다.

"자, 그래서, 나리께서 그걸 느끼신다면, 아무 의도도 없으면서 나리께서 그녀의 마음에 잘못된 생각을 넣어 주셨고, 나리가 자기를 사랑한다고 믿게 만들었다고 느끼신다면, 저는 나리에게 이것을 요구해야겠습니다." 아담은 분연히 대답했다. "저 자신을 위해서가 아니라 그녀를 위해서 말하는 겁니다. 나리께서 떠나시기 전에 그녀의 잘못된 생각을 깨우쳐 주십시오. 나리께서는 영원히 떠나시는 것이 아니니까요. 만약 나리께서 나리에 대한 그녀의 감정과 똑같은 감정을 갖고 계신다는 생각을 그녀의 머리에 심어준 채 떠나신다면, 그녀는 나리를 열렬히 사모할 테고 그러면 그 해악이 더 커질 겁니다. 지금 그녀에게 고통스러운 것이 결국에는 그녀의 고통을 덜어줄 겁니다. 나리께서 그녀에게 편지를 써 주시기 바랍니다. 제가 틀림없이 전달하겠습니다. 그녀에게 진실을 말하고, 나리와 대등하지 않은 젊은 여자에게 그런 식으로 행동할 권리가 없음에도 불구하고 그렇게 행동한 것에 대한 책임을 나리 자신에게 돌리십시오. 저는 분명히 말합니다, 나리. 다른 식으로는 말할 수 없으니까요. 이 일에 있어서 헤티를 돌보아 줄 사람이 저 빼고는 아무도 없습니다."

"이 문제에 있어서 내가 필요하다고 생각하는 대로 하겠네." 아서는 고통과 당혹감이 뒤섞여 점점 짜증이 커지면서 말했다. "자네에게 약속하지 않겠어. 내가 적절하다고 생각하는 조치를 취하겠네."

"아뇨." 아담은 갑자기 단호한 목소리로 말했다. "그렇게는 안 됩니다. 저는 제가 밟고 있는 땅이 어디인지 알아야 합니다. 시작하지 않았어야 할 일에 나리께서 끝을 냈다는 것을 확실히 알아야 합니다. 신사로서 나리에게 어떤 대접을 해야 하는지 저는 잊지 않고 있습니다. 하지만 이 문제에 있어서 우리는 남자 대 남자입니다. 그리고 저는 양보할 수 없습니다."

얼마간 아무 대답도 없었다. 그러고 나서 아서가 말했다. "내일 만나세. 지금 나는 더 견딜 수 없네. 몸이 아프니까." 그는 몸을 일으키면서 가려는 듯이 모자를 집으려고 손을 뻗었다.

"나리께서 다시는 그녀를 만나지 않아야 합니다!" 아담은 갑자기 솟구친 분노와 의심의 눈길을 번득이며 문으로 걸어가서 등을 문에 기댔다. "그녀는 결코 제 아내가 될 수 없다고, 나리가 거짓말을 하고 있었다고 말하시던지, 아니면 제가 말한 것을 약속해 주십시오."

이 대안을 언급하면서 아담은 끔찍한 운명의 여신처럼 아서 앞에 버티고 서 있었다. 한두 걸음 앞으로 내디뎠던 아서는 이제 걸음을 멈추었고 몸과 마음에 치미는 구역질에 떨리며 쓰러질 지경이었다. "약속하네, 나를 가게 해 주게"라고 힘없이 말하기 전에 아서의 마음속 갈등은 아주 길게 느껴졌다.

아담은 문에서 비키며 문을 열었다. 하지만 계단에 이르렀을 때 아서는 걸음을 다시 멈추고 문기둥에 기댔다.

"혼자 걸을 정도로 회복되지 않으신 모양입니다, 나리." 아담이 말했다. "다시 제 팔을 잡으시지요."

아서는 대답하지 않고 다시 걸음을 옮겼고 아담은 뒤를 따라갔다. 그러나 몇 걸음을 옮긴 후 아서는 다시 멈춰 서서 냉정하게 말했다. "자네에게 신세를 져야 할 것 같네. 지금 시간이 늦어서 집에서 나에 대해 걱정을 하고 있을지도 모르지."

아담은 팔을 내밀었고, 그들은 연장과 바구니가 있는 곳까지 아무 말 없이 걸어갔다.

"저 연장들을 집어야합니다, 나리." 아담이 말했다. "제 동생 것입니다. 녹이 슬지도 모르니까요. 잠시 기다려주시면요."

아서는 말없이 가만히 서 있었고, 그들은 아무 말 없이 입구에 도달했다. 그는 아무도 보는 사람 없이 그 입구를 통해서 안으로 들어가기를 바랐다. 그때서야 그가 말했다. "고맙네. 더 이상은 자네를 성가시게 할 필요가 없겠어."

"내일 나리를 언제 뵙는 것이 편하시겠습니까?" 아담이 물었다.

"다섯 시에 자네가 왔다는 전갈을 보내게." 아서가 말했다. "그 이전에는 안 되네."

"안녕히 주무십시오, 나리." 아담이 말했다. 하지만 아무 대답도 들리지 않았다. 아서는 몸을 돌려 집으로 들어갔다.

다음날 아침

그날 밤 아서가 잠을 이루지 못한 것은 아니었다. 그는 긴 시간동안 푹 잤다. 마음이 혼란스러운 사람이라도 아주 피곤하기만 하다면 잠이 잘 오기 마련이니까. 그러나 일곱 시가 되자 그는 벨을 울렸고 이제 일어날 테니 여덟 시에 아침 식사를 가져오라고 명령함으로써 핌을 놀라게 했다.

"여덟 시 반에 내 암말에 안장을 얹도록 봐주게. 그리고 할아버님이 내려오시면 내가 오늘 아침에는 몸이 좋아져서 말 타러 나갔다고 말씀드리게."

잠에서 깬 지 한 시간이 지나자 더 이상 침대에 머물 수 없었다. 침대에 누워있으면 어제의 기억이 너무나 생생하게 떠올라서 그 생각에서 벗어날 수 없다. 휘파람을 불거나 혹은 담배를 피우기 위해서라도 일어날 수만 있으면 침대에서 일어나야 과거에 대해 저항하는 현재를 느끼게 되고 쓰라린 기억에 맞서서 스스로를 내세우려는 감각들을 느낄 수 있다. 감정의 평균치를 내는 일이 가능하다면, 시골 신사들은 늦은 봄이나 여름보다는 사냥하고 수렵하는 철에 후회나 자기 비난, 자존심의 상처를 더 가볍게 느낄 것이다. 아서는 말을 타고 있을 때 자신이 더 남자답다고 느꼈다. 심지어 평소와 다름없이 존경하는 태도로 시중을 들고 있는 핌의 존재도 어제 벌어진 소동 이후로는 안도감을 느끼게 해주었다. 그는 다른 사람의 의견에 민감한 사람이었기에, 아담의 존경을 잃게 되자 자기만족감에 충격을 입었고, 그래서 그의 상상력은 모든 사람의 눈에 자기가 형편없는 존재로 비칠 거라는 느낌에 사로잡혀 있었다. 진짜 위험에 직면했을 때 갑작스런 공포의 충격으로 불안감에 사로잡힌 여자가 걸음을 내딛는 것마저 두려워하는 것과 마찬가지다. 그녀의 모든 감각은 어디에서든 일어날지 모를 온갖 위험을 의식하기 때문이다.

여러분이 알다시피, 아서는 애정이 깊은 사람이었다. 그에게는 친절한 행동이 나쁜 습관만큼이나 쉬운 일이었다. 그것은 그의 약점과 좋은 자질, 그의 이기주의와 공감력이 다 합쳐져서 만들어낸 결과였다. 그는 고통을 목격하고 싶지 않았고, 기쁨을 베풀어 준 자기에게 감사의 마음을 담은 눈들이 보내는 미소를 받기 좋아했다. 그가 일곱 살이었을 때 한번은 늙은 정원사의 죽이 담긴 주전자를 발로 차 버린 적이 있었다. 그 늙은이의 저녁 식사라는 것을 생각하지 않고 그저 차고 싶은 충동에서 그랬는데 그 사실을 알고는 자기가 좋아하는 연필통과 은 손잡이가 달린 칼을 주머니에서 꺼내서 보상해 주었다. 그 이후로도 아서는 변함이 없었으며, 온갖 무례한 행위에 은전을 베풀어서 잊혀지도록 만들려고 노력해왔다. 만일 그의 성격에 약간이라도 신랄한 점이 있었다면, 그것은 그의 화해를 받아들이지 않는 사람들에게만 드러날 뿐이었다. 그리고 어쩌면 그 신랄함을 약간 분출할 때가 되었던 것이다. 자신과 헤티의 관계에 아담의 행복이 연루되어 있다는 것을 처음 알았을 때, 아서는 순수한 번민과 가책을 느꼈다. 아담에게 열 배로 보상해 줄 수 있다면, 선물을 주거나 아니면 다른 행위로 아담에게 만족감을 주고 은인인 자신에 대한 존경심을 되살릴 수 있다면, 아서는 주저 없이 그런 일을 했을 뿐더러 아담과 더욱 긴밀히 결합되었다고 느끼며 지치지 않고 보상했을 것이다. 그러나 아담에게는 어떤 보상도 가능하지 않았다. 그의 고통은 지워질 수 없었다. 그의 존경과 애정은 어떠한 즉각적인 보상 행위로도 회복될 수 없었다. 아담은 어떤 압력도 가할 수 없는 부동의 방해물처럼 존재했다. 아서가 무엇보다도 믿고 싶지 않았던 것, 즉 자기 악행을 되돌릴 수 없다는 사실을 온몸으로 보여 주고 있었다. 아담이 던진 경멸 어린 말들과 악수를 거절했던 것, 암자에서 마지막으로 나눈 대화에서 아서에 대해 자기의지를 강요했던 것, 특히 아무리 영웅적인 상황에서라도 쉽게 용납하기 어려운, 얻어맞았다는 의식이 양심의 가책보다 더 강한 고통으로 아서를 무겁게 짓눌렀다. 아서는 자기가 조금도 해를 입히지 않았다고 아주 기꺼이 스스로를 설득할 수 있었을 것이다! 그리고 아무도 반대 의견을 제시하지 않았더라면, 더욱더 확고하게 믿었을 것이다. 네메시스[94]는 우리가 고통을 일으킨 다음에 그로 인해 받게 되는 양심의 고통으로는 응보의 칼을 벼릴 수 없다. 거기에는 강력한 무기를 만들 만한 금속이 충분치 않은 것이다. 우리의 도덕의식은 훌륭한 사교계의 예의범절을 배우고 다른 사람들이 미소를 지을 때 미소를 짓는다. 그러나 어떤 무례한 사람이 우리의 행위를 비난할 때, 그 도덕의식은 우리를 편들지 않는 경향이 있다. 아서에게도 그러했다. 자신에 대한 아담의 비판과 귀에 거슬리는 말들이 스스로 안도감을 찾으려는 아서의 자기편의적인 생각을 혼란스럽게 뒤집어 놓았다.

아담이 사실을 알아내기 이전에 아서의 마음이 편한 상태였다는 것은 아니다. 갈등과 결심은 양심의 가책과 불안감으로 바뀌었었다. 헤티를 뒤에 남기고 떠나야 했기에 그녀 때문에 고민했고 또 자기 자신에 대해서도 걱정했다. 결심을 하고 또 깨뜨리면서 언제나 자신의 열정 너머를 바라보았고 그 관계가 곧 이별로 끝나야 한다고 생각했지만, 너무나 열렬

94) 그리스 신화에 나오는 응보의 여신으로, 그릇된 행위에 대한 정당한 처벌을 의미하게 되었다.

하고 다정한 성격 때문에 이 이별에 고통을 받지 않을 수 없었고 헤티 때문에 불안하지 않을 수 없었다. 그는 그녀가 실크와 공단 옷을 입은 귀부인이 될 거라는 꿈속에 살고 있음을 알게 되었다. 작별에 대해 그녀에게 처음으로 말을 꺼냈을 때, 그녀는 몸을 떨면서 자기도 데려가서 결혼해 달라고 청했었다. 고통스럽게도 이 사실을 알고 있었기에, 아담의 비난이 더없이 예리하게 찌르는 듯한 고통을 주었던 것이다. 의도적으로 그녀를 속이려는 말을 한 적은 전혀 없었고 그녀의 상상은 그녀 자신의 어린애다운 환상이 자아낸 것이었지만, 그것이 절반은 자신의 행동에서 비롯되었음을 스스로 인정하지 않을 수 없었다. 그리고 마지막으로 만난 저녁에 헤티에게 과감히 진실을 알리지 않음으로써 그 해악은 더욱 커졌다. 그녀가 격렬한 번민에 빠지지 않도록 다정하고 희망찬 말들로 그녀를 위로해야 했으니까. 그는 그 상황을 예리하게 느꼈고, 이제 그 귀여운 여자가 겪을 슬픔을 느꼈으며, 그녀가 집요하게 품을 미래에 대한 희망을 암울하고 불안한 마음으로 생각했다. 이것이 그의 양심을 찌르는 절박한 문제였다. 다른 것들에 대해서는 낙관적인 자기 설득으로 피해나갈 수 있었다. 그 사건은 전적으로 은밀히 진행되어 왔었다. 포이저네 가족은 일말의 의심도 품지 않았다. 아담을 제외하고는 그 일에 대해서 아는 사람이 전혀 없었다. 아무도 알지 못하게 될 것이다. 아서는 그들 사이에 약간이라도 친밀한 만남이 있었다는 사실을 말이나 표정으로 드러낸다면 치명적이라고 헤티에게 일러두었던 것이다. 그리고 그들의 비밀을 절반쯤 알고 있는 아담은 비밀을 누설하기보다는 지키도록 도울 것이다. 전체적으로 보면 불운한 일이지만, 결코 일어나지 않을 불행을 예감하거나 과장된 상상으로 상황을 현재보다 더 나쁘게 만들 필요는 없었다. 헤티가 느낄 일시적인 슬픔이 최악의 결과였다. 그는 불가피하다고 입증되지 않은 나쁜 결과로부터 단호히 눈을 돌렸다. 그러나, 그러나, 헤티는 이 일이 아니더라도 다른 식으로 고통을 겪을 수도 있었다. 그래서 어쩌면 먼 훗날 그녀에게 많은 것을 해 줄 수 있을 것이고, 그녀가 자기 때문에 흘린 모든 눈물을 보상해 줄 것이다. 그녀가 지금 겪고 있는 슬픔 덕분에 그녀는 장차 그의 보살핌이라는 혜택을 받게 될 것이다. 이렇게 하여 악에서 선이 생길 것이다. 그런 것이 사물이 아름답게 조정되어 해결되는 방식이다!

여러분은 이것이 두 달 전의 아서, 바로 그 사람일 수 있는지 묻고 싶은가? 어떤 감정에도 상처를 입힐까 겁을 내고 그 감정에 확실히 어긋난 행동은 가능하지 않다고 생각하던 섬세한 명예심과 풋풋한 감정을 가지고 있었던 사람, 스스로에 대한 존중심이 외부의 의견보다 더 고귀한 심판이라고 생각했던 그 사람 말이다. 분명 바로 그 사람이다. 다만 상황이 달라졌을 뿐이다. 우리 스스로가 우리의 행위를 결정하는 것 못지않게, 우리의 상황 또한 우리를 결정한다.[95] 그리고 한 인간의 결정적인 행위를 구성하는 내적 사실과 외적 사실이 어떻게 특이하게 결합되어 왔는지 혹은 결합될 것인지를 알게 될 때까지는, 그 인간의 성격에 대해서 우리가 잘 알고 있다고 생각하지 않는 편이 나을 것이다. 우리의 행동에는 끔찍하게도 강압적인 면이 있어서, 그것이 처음에는 정직한 사람을 사기꾼으로 바꾸어놓고 그런 다음에는 그 사람을 그 변화에 적합하게 바꾸어 놓을 것이다. 이 두 번째 과실이 일어나는 것은 그것이 실행할 수 있는 단 하나의 올바른 행동으로 여겨지기 때문이다. 과실을 저지르기 전에는 상식과 결합된 신선하고 변색되지 않은 감정, 즉 영혼의 건강한 눈으로 보였던 행동이 나중에는 교묘한 자기변명의 렌즈를 통해서 보이게 되며, 그 렌즈를 통해서 보면 인간이 아름답거나 추악하다고 부르는 것들이 모두 대단히 유사한 직조로 짜였다고 여겨진다. 유럽은 완결된 행위에 그 자체를 적응시키며, 개인도 그러하다. 그 평온한 적응 과정이 격동적인 응보로 깨질 때까지 말이다.

올바름에 대한 자기 나름의 정조(情操)를 어겼을 때 어느 누구도 이처럼 인간을 타락시키는 영향력에서 벗어날 수 없으며, 자기 존중심이 특

---

95) 조지 엘리엇은 당대의 다윈주의자, 사회과학자, 사회학자, 마르크스주의자들과 마찬가지로 결정론에 깊이 천착하고 있었다. 인간의 선택과 행위가 얼마나 자유로울 수 있는가의 문제는 엘리엇의 중요 관심사 가운데 한 가지이다.

히 필요한 아서에게는 그 영향력이 더욱 강하게 작용했다. 그의 양심이 아직 편안한 상태에 있는 동안에는 자기 존중심이 그에게 최고의 보호 장치였던 것이다. 자기 가책은 너무나 고통스러운 것이라서 그는 그것에 직면할 수 없었고, 자기가 잘못한 것이 그리 많지 않았다고 스스로를 설득해야 한다. 아담을 속여야 했기 때문에 그는 심지어 스스로를 동정하게 되었다. 그것은 그의 정직한 본성과 정반대되는 일이었다. 그러나 그것이 그가 해야 할 유일하게 옳은 일이었다.

자, 그에게 무엇이 잘못되었던 간에 결과적으로 그는 아주 비참한 상태였다. 헤티에 대해서도 비참한 심정이었으며, 자기가 쓰기로 약속한 편지에 대해서도 비참한 기분이었다. 그 편지는 어떤 순간에는 무례한 야만적 행위로 보였으며, 다음 순간에는 어쩌면 그녀에게 베풀 수 있는 가장 친절한 행위로 여겨졌다. 이처럼 온갖 생각들이 교차하는 가운데 이따금 이 모든 결과에 대해 열정적으로 저항하고 싶은 충동이 갑자기 솟구치곤 했다. 헤티를 데리고 멀리 떠나고, 그 밖에 고려해야 할 것들을 모두 내던져 버릴 것이다….

이런 마음 상태에서 네 벽으로 둘러싸인 방은 참을 수 없는 감옥으로 여겨졌다. 그 벽들은 온갖 상반되는 생각들과 상충하는 감정들을 에워싸고 압박을 가하는 듯했다. 밖으로 나가면 그것들 몇 가지가 날아가 버릴 것이다. 마음을 정할 수 있는 시간이 한두 시간밖에 남지 않았으므로, 그는 확고하고 침착해야 한다. 맑은 아침나절에 일단 메그의 등에 올라타면 그 상황을 보다 잘 통제할 수 있을 것이다.

햇빛 속에서 적갈색의 목을 둥글게 구부리고 자갈을 앞발로 차고 있던 그 아름다운 동물은, 주인이 코를 쓰다듬고 톡톡 두드리며 평소보다 더 다정하게 애무하는 목소리로 말을 걸자 기쁨에 몸을 떨었다. 그는 그 말이 자기 비밀을 조금도 알지 못했기 때문에 더욱 사랑했다. 하지만 메그는 주인의 감정 상태를 아주 잘 알고 있었다. 많은 암컷 동물들이 두근거리는 마음으로 고대하는 그 멋진 젊은 신사들의 심정을 잘 알고 있는 것이나 마찬가지였다.

아서는 체이스를 벗어나서 오 마일을 느린 구보로 나아갔고 길을 에워싸는 산울타리나 나무들이 없는 언덕 기슭에 이르렀다. 그러자 그는 고삐를 메그의 목에 올려놓고 마음을 결정할 태세를 갖췄다.

헤티는 어제의 만남이 아서가 떠나기 전에 마지막으로 만나는 것임을 알고 있었다. 그들이 남들의 의심을 사지 않고 또 다시 만날 수 있는 가능성은 없었다. 그녀는 겁에 질린 아이처럼 보였고 아무 생각도 하지 못하고 작별에 대한 언급에 그저 눈물을 흘릴 따름이었으며 그리고 나서는 눈물을 키스로 닦아 주도록 얼굴을 들 뿐이었다. 그는 그녀를 위로하는 것 외에 별 도리가 없었고, 그녀를 달래어 계속 희망을 꿈꾸게 하는 수밖에 없었다. 편지를 보내는 것은 그녀에게 현실을 일깨우는 끔찍스럽게도 충격적인 방법일 것이다! 하지만 아담의 말에도 옳은 점이 있었다. 편지를 보낸다면 일시적인 날카로운 고통보다 더 나쁠 수도 있는 긴 착각으로부터 그녀를 구해줄 것이다. 그리고 오직 그 방법만이 아담을 안심시킬 수 있었으며, 아담을 안심시켜야 할 이유는 한두 가지가 아니었다. 다시 그녀를 만날 수만 있다면! 하지만 그것은 불가능했다. 그들 사이에는 가시가 박힌 방해의 울타리가 있었고, 경솔한 행동은 치명적인 결과를 나을 것이다. 하지만 그녀를 다시 볼 수 있다한들, 그것이 무슨 소용이 있을 것인가! 그저 그녀의 고통을 바라보고 그것을 기억함으로써 스스로를 더욱 고통스럽게 만들 뿐이다. 그에게서 떨어져 있을 때 그녀는 행동을 억제해야 할 온갖 이유들에 둘러싸여 있었다.

이런 생각을 하자 갑자기 두려움이 일면서 그의 상상력에 그늘을 드리워졌다. 그녀가 비탄에 빠진 나머지 어떤 극단적인 일을 저지를지도 모른다는 두려움이었다. 그리고 그 두려움에 이어 또 다른 두려움이 솟아올라 그늘이 더욱 깊어졌다. 그러나 그는 젊음과 희망의 힘으로 그 두려움들을 떨쳐 버렸다. 그렇게 어두운 색으로 미래를 채색할 필요가 어디 있겠는가? 정반대의 일이 일어날 가능성도 있었다. 아서는 나쁜 결과를 초래할 만한 죄를 범한 것은 아니라고 스스로에게 말했다. 자기 양심이 찬성하지 않는 일을 저지르겠다고 사전에 의도한 적은 없었다. 그는 상황에 이끌렸던 것이다. 자신이 본바탕에 있어서는 진정 아주 훌륭한 사람이므로 은총이 충만하신 신이 그를 가혹하게 대하지 않을 거라는 믿음이 그에게 깊이 박혀 있었다.

어떻든 간에 이제는 다가올 일을 피할 수 없었다. 그가 할 수 있는 일이라고는 이 순간에 최선이라고 여겨지는 길을 택하는 것이었다. 그리고 그 길을 택하면 아담과 헤티 사이의 길이 열릴 거라고 그는 확신했다. 아담이 말했던 대로 실로 그녀의 마음은 얼마 후에 아담에게 기울 것이고, 아담은 아직도 그녀를 자기 아내로 맞으려는 열렬한 소망을 갖고 있으므로, 그 경우에도 큰 해를 입힌 것은 아닐 것이다. 아담이 속은 것은 분명했다. 만일 아서가 그런 속임수를 당했더라면 극히 부당하다고 분개했을 그런 방식으로 속은 것이다. 그것을 돌이켜 생각하자 스스로를 위로하려는 기대는 무산되고 말았다. 이 생각에 아서의 뺨은 수치와 짜증이 뒤섞여 붉어졌다. 하지만 이런 딜레마에서 무엇을 할 수 있겠는가? 그는 도의상 헤티에게 해를 입힐 수 있는 말은 한마디도 할 수 없었다. 그의 첫 번째 의무는 그녀를 보호하는 것이었다. 자기 자신을 위해서라면 결코 거짓말을 하거나 거짓 행동을 하지 않았을 것이다. 맙소사! 스스로를 이런 딜레마에 빠지게 하다니 자신이 얼마나 한심한 바보였는지! 하지만 누군가 핑계거리가 있는 사람이 있다면, 그건 바로 그 자신이었다. (다만 변명이 아니라 행위에 의해서 결과가 결정된다는 것이 유감스러울 뿐이다!)

자, 편지를 써야 했다. 그것만이 이 어려움을 해결할 수 있을 수단이었다. 헤티가 그 편지를 읽는 것을 생각하자 아서의 눈에 눈물이 고였다. 하지만 그가 편지를 쓰는 것도 그만큼 어려운 일이다. 그 자신도 손쉬운 일을 하는 것이 아니었다. 이 마지막 생각에 위안을 얻어 그는 결론을 내릴 수 있었다. 다른 사람에게 고통을 주면서 자신은 편안한 상태로 있는 거라면 자기가 그런 방법을 택할 수는 없을 것이다. 더욱이 헤티를 아담에게 양보한다는 생각에 질투심을 느끼면서, 그는 오히려 자기가 희생하고 있다는 확신이 들기도 했다.

일단 이렇게 결론을 내리자 그는 메그의 방향을 돌려서 다시 구보로 집을 향해 출발했다. 무엇보다 먼저 편지를 써야 하고 나머지 시간은 다른 일들을 하면서 보낼 것이다. 자신을 돌아볼 시간이 없을 것이다. 다행히도 어윈 목사님과 가웨인이 정찬 식사에 오기로 되어 있었고, 다음날 열두 시면 그는 체이스를 떠나 몇 마일 지난 곳에 있게 될 것이다. 이미 정해진 약속들이 있었기에 그는 헤티에게 달려가서 모든 일을 망쳐버릴 무모한 제안을 하고 싶은, 그를 사로잡은 억누를 수 없는 충동을 억제할 수 있었다. 메그는 주인의 사소한 신호마다 민감하게 반응하며 점점 더 속도를 냈고 마침내 구보 걸음은 쾌속 질주에 이르렀다.

"내 기억으로는 젊은 나리가 어제 병이 났다고 하던데." 점심시간에 하인들이 모여 있던 방에서 말구종인 신랄한 노인 존이 말했다. "오늘 오전에는 그 암말을 두 조각으로 결딴내려는 듯이 질주하더구먼."

"그게 바로 그 병의 증상 가운데 하나지." 농담을 잘하는 마부가 말했다.

"그렇다면 그러다가 피를 좀 봤으면 좋겠네. 진짜야." 존은 음울하게 말했다.

아담은 아서의 상태를 알아보려고 일찌감치 체이스에 갔고 그가 말 타러 나갔다는 이야기를 듣고는 자기 주먹질이 미친 결과에 대한 근심을 완전히 떨어냈다. 정확히 다섯 시에 그는 다시 가서 도착했다는 전갈을 보냈다. 몇 분 후에 핌은 편지를 들고 내려와 아담에게 주면서 대위가 너무 바빠서 그를 만날 수 없고 할 말을 모두 편지에 썼다고 전했다. 그 편지는 아담 앞으로 보낸 것이었지만 그는 밖에 나가서 편지를 열어보았다. 그 안에는 헤티에게 보내는 편지가 봉합된 채 들어있었다. 봉투의 안쪽에 이렇게 쓰여 있었다.

> 동봉된 편지에 자네가 원하는 것을 모두 썼네. 그것을 헤티에게 전달하는 것이 최선일지 아니면 나에게 되돌려 주는 것이 최선일지 결정하는 일은 자네에게 맡기겠네. 그저 침묵을 지키는 것보다 헤티에게 더 많은 고통을 줄 방법을 택하는 것이 아닌지 다시 한 번 스스로에게 물어보게. 지금 우리가 서로를 다시 볼 필요는 없겠네. 앞으로

몇 달 후에 더 좋은 감정으로 만나게 될 걸세. A. D.

'어쩌면 만나지 않는 편이 옳을 거야.' 아담은 생각했다. '만나서 더 가혹한 말들을 해봐야 소용이 없고, 만나서 악수를 하고 다시 친구가 되었다고 말하는 것도 부질없는 일이지. 우리는 친구가 아니니까, 그런 척하지 않는 편이 더 낫지. 용서가 인간의 의무라는 것은 알고 있지만, 내 생각에 그건 그저 보복하려는 생각을 모두 포기한다는 뜻일 뿐이야. 결코 옛 감정을 다시 되살아나게 한다는 뜻일 수는 없어. 그건 가능하지 않으니까. 내게 대위는 예전과 똑같은 사람이 아니고, 나도 그에 대해서 똑같이 느낄 수 없어. 신께서 도와주시기를! 누구에 대해서든 과연 똑같이 느끼고 있는지도 알 수 없으니. 마치 일감을 잘못된 줄에서 재다가 이제 모든 것을 완전히 새로 재야 하는 것 같으니까.'

그러나 곧 아담은 그 편지를 헤티에게 전달하는 문제에 골몰했다. 아서는 아담에게 경고하고 그 결정을 아담에게 미룸으로써 스스로는 안도감을 약간 얻었던 것이다. 그리고 지금까지 망설이는 일이 없었던 아담은 이 부분에서 주저했다. 그는 신중히 처신하려고 결심했고, 그 편지를 전달하겠다고 결정하기 전에 헤티의 심정이 어떤지를 될 수 있는 대로 잘 확인해 보아야겠다고 생각했다.

편지 전달

다음 주일에 아담은 교회에서 나오는 길에 포이저 가족을 만났고, 그들이 집으로 함께 가자고 초대해 주기를 바랐다. 주머니에 편지를 갖고 있었기에 헤티와 단 둘이 이야기할 수 있는 기회를 얻고 싶었다. 그녀가 좌석을 옮겼기 때문에 교회에서는 그녀의 얼굴을 볼 수 없었다. 그가 그녀에게 다가가서 악수를 하려했을 때 그녀의 태도는 미심쩍고 긴장한 기색을 띠고 있었다. 그는 그러리라고 예상하고 있었다. 덤불숲에서 아서와 함께 있는 그녀를 본 후에 처음으로 만난 것이었다.

"자, 우리와 함께 가세, 아담." 갈림길에 이르렀을 때 포이저 씨가 말했다. 들판에 들어서자마자 아담은 용기를 내어 팔을 헤티에게 내밀었다. 아이들 덕분에 그들이 이내 약간 뒤처지며 꾸물거릴 기회를 얻게 되자 아담이 말했다.

"날이 맑으면 오늘 저녁에 당신과 정원에서 산책할 수 있도록 해 줄래요, 헤티? 당신에게 특별히 말하고 싶은 것이 있어서요."

헤티는 "좋아요" 라고 말했다. 아담 못지않게 그녀는 그와 은밀히 이야기를 나누고 싶었다. 자기와 아서에 대해서 아담이 어떻게 생각하는지 궁금했다. 그들이 키스하는 것을 틀림없이 보았을 거라고 생각했지만, 아서와 아담 사이에 일어난 소동에 대해서는 전혀 알지 못했다. 처음에 그녀는 아담이 자기에게 매우 화가 났을 것이며 아마도 숙모와 숙부에게 털어놓을 거라고 느꼈다. 하지만 그가 감히 도니손 대위에게 어떤 식으로든 항의했을 거라고는 생각도 할 수 없었다. 오늘 그는 아주 친절하게 대했고 오직 자기와 이야기하고 싶어 했기에 그녀는 마음이 놓였다. 그가 그들의 집에 함께 간다는 것을 알았을 때 그녀는 그가 "털어놓을" 작정이 아닌가 싶어 몸을 떨었었다. 그러나 오직 둘이서만 이야기하고 싶어 했으므로 이제 그가 무엇을 생각하는지, 어떻게 할 생각인지를 알아내야 한다. 그녀는 자신이 원치 않는 것을 하지 않도록 그를 설득할 수 있을 거라는 확고한 자신감을 느꼈다. 어쩌면 자기가 아서를 좋아하지 않는다고 그를 믿게 할 수도 있었다. 그리고 그녀가 아담을 택할 가능성이 있다고 아담이 생각하는 한, 그는 오로지 그녀가 원하는 대로 따르리라고 확신했다. 게다가 숙부와 숙모가 화를 내기 않도록, 그리고 그녀에게 비밀 애인이 있다고 의심하지 않도록, 아담을 계속 고무하는 듯이 보여야 한다.

아담의 팔에 기대 걷고 있는 헤티의 작은 머리는 이렇게 짜 맞추기를 하느라 바삐 돌아갔고, 이번 겨울에 새들이 먹을 산사나무 열매가 많이 남을 거라든가 낮게 걸린 구름들이 아침까지 걷히지 않을 거라는 아담의 사소한 이야기에 "네" 또는 "아뇨"라고만 대답했다. 그들이 포이저 씨 부부와 다시 함께 걷게 되었을 때, 그녀는 방해받지 않고 자기 생각을 계속할 수 있었다. 포이저 씨는 젊은이가 사랑하는 여자와 팔짱을 끼고 걷고 싶다 하더라도 그동안에 사업에 대한 합리적인 대화도 기꺼이 나누고 싶어 할 거라고 생각했기 때문이었다. 그는 체이스 팜에 대한 최근 소식에 호기심을 느끼고 있었기에, 걸어가는 동안 내내 아담과 대화를 나누려고 했다. 그동안 헤티는 정직한 아담의 팔에 기대어 산울타리 옆을 따라 걸어가면서 마치 내실에 혼자 있는 우아하게 차려 입은 요부처럼 작은 계획을 세우고 교활하게 유혹하는 사소한 장면을 상상했다. 꼴사나운 구두를 신은 시골 미인이 그저 얄팍한 마음을 갖고 있다면 그녀의 마음이 돌아가는 방식은, 버팀대를 넣은 페티코트를 입은 사교계의 귀부인이 체면을 지키면서도 경박한 짓을 저지를 수 있는 방법을 찾기 위해 세련된 지성을 쏟아 부을 때의 심리 과정과 놀라울 정도로 흡사하다. 어쩌면 헤티가 무척 불행한 기분이었다고 해서 그 유사성이 줄어드는 것은 아니다. 아서와의 이별은 그녀에게 이중의 고통이었다. 자기의 꿈과는 전혀 다른 미래가 펼쳐질지도 모른다는 막연하고도 형언할 수 없는 두려움이 격정적인 열정과 허영심에 뒤섞여 있었던 것이다. 마지막으로 만났을 때 아서가 "크리스마스에 돌아올 거야. 그때 어떻게 할 수 있을지 두고 보자고"라며 희망을 불어넣는 말들로 위로했던 것에 그녀는 집착했다. 아서가 자기를 너무나 좋아하며 자기가 없으면 결코 행복해질 수 없을 거라는 믿음에 집착했고, 대단한 신사가 자기를 사랑했다는 비밀을 소중히 간직하며 자기가 아는 다른 처녀들이 누리지 못할 특권으로 여기고 자부심의 충족감을 느꼈다. 그러나 불확실한 미래, 자기 스스로는 실현할 수 없는 가능성들이 눈에 보이지 않는 공기의 무게처럼 그녀를 짓누르기 시작했다. 그녀는 자기가 만든 작은 꿈의 섬에 혼자 남아 있었고, 주위에는 온통 아서가 사라져 버린 미지의 검은 물이 넘실대고 있을 뿐이었다. 그녀는 이제 앞날을 내다보며 의기양양한 기분을 느낄 수 없었고, 오직 뒤를 돌아봄으로써 과거의 말과 애무에서 확신을 얻을 따름이었다. 그러나 목요일 저녁 이후로는 아담이 새로 알게 된 사실을 숙부와 숙모에게 누설할 거라는 더욱 명확한 두려움 때문에 때로 그녀의 막연한 불안감은 뒷전으로 물러났었고, 그가 갑자기 단 둘이 이야기하자고 제안하는 바람에 그녀는 새로운 생각에 빠져들었다. 그녀는 오늘 저녁의 기회를 잃지 않으려고 애썼다. 그래서 차를 마신 후 사내애들이 정원으로 나가고 토티가 함께 가겠다고 했을 때 헤티는 포이저 부인이 놀랄 정도로 재빨리 말했다.

"제가 토티와 함께 갈게요, 숙모님."

아담이 함께 가겠다고 말한 것은 전혀 놀랍지 않게 여겨졌다. 그리하여 곧 그와 헤티는 개암나무 옆길에 함께 서 있게 되었고, 사내애들은 조금 떨어진 곳에서 익지 않은 커다란 개암을 주워서 부딪뜨리는 놀이에 열중했으며 토티는 강아지처럼 말똥말똥한 눈으로 그들을 바라보고 있었다. 이 정원에서 아담이 감미로운 희망으로 벅차오르는 가슴을 느끼며 헤티의 옆에 서 있었던 때 이후로 그리 긴 시간이 지나지 않았고, 실은 두 달도 채 되지 않았다. 목요일 저녁 이후로 아담은 그 장면을 종종 떠올렸다. 사과나무 가지들 사이로 들어온 햇살과 붉은 다발과 헤티의 아름다운 홍조. 구름이 낮게 드리운 이 슬픈 저녁에도 그 장면이 끈질기게 되살아났다. 하지만 북받치는 자기감정 때문에 헤티를 위해 꼭 필요하지 않은 말을 하는 일이 없도록 그는 그 감정을 억누르려고 애썼다.

"목요일 밤에 목격한 일이 있으므로, 내가 이런 말을 한다고 해도 나를 너무 제멋대로라고 생각하지 않겠지요, 헤티." 그가 시작했다. "만일 당신이 당신을 아내로 맞을 사람에게 구애를 받고 있다면, 그리고 당신이 그를 좋아하고 그를 맞아들일 생각이라는 것을 내가 알고 있다면, 나는 그 일에 대해서 한마디도 말할 권리가 없을 거예요. 하지만 당신이 절대로 당신과 결혼할 수 없고 결혼할 생각을 하지도 않는 신사에게 사랑받고 있는 것을 보았을 때, 나는 당신을 위해 간섭해야 한다고 느꼈어요. 그 사실에 대해서 당신의 부모님 역할을 하시는 분들께는 말씀드릴 수 없어요. 그러면 필요 이상으로 더 심한 고통을 가져올 테니까요."

아담의 말은 한 가지 두려움을 덜어 주었지만 또한 불길한 예감을 일깨워서 몸서리치게 만드는 의미를 담고 있었다. 그녀는 창백하게 질려 몸을 떨고 있었지만, 감히 자기감정을 드러낼 수만 있었다면, 화를 내며 아담의 말에 반박했을 것이다. 하지만 그녀는 아무 말도 하지 않았다.

"알다시피, 당신은 너무 어려요, 헤티." 그는 다정하게 들리는 목소리로 말을 이었다. "그리고 당신은 세상에서 일어나는 일들을 많이 보지 못했지요. 당신이 어디로 이끌려가고 있는지를 알지 못하기 때문에 곤경에 빠지는 일이 없도록, 당신을 구해 주기 위해서 내가 할 수 있는 일을 하는 것이 옳다고 생각해요. 만일 당신이 신사를 만나고 그에게서 멋진 선물을 받았다는 사실을 나 아닌 누군가가 안다면, 그들은 당신에 대해 가볍게 이야기할 거고 당신은 평판을 잃을 거예요. 그리고 그것 말고도 당신은, 당신을 평생 돌보아 줄 수 있도록 당신과 결혼하겠다는 생각을 절대로 할 수 없는 사람에게 당신의 사랑을 줘 버렸다는 느낌으로 고통스러울 거예요."

아담은 말을 멈추고 헤티를 바라보았고, 그녀는 개암나무 이파리를 따서 찢고 있었다. 아담의 말이 일으킨 엄청난 파장으로 해서, 그녀의 사소한 계획들과 미리 정해 놓은 말들은 잘못 배운 수업 내용처럼 완전히 무력해지고 말았다. 평온하지만 확고하게 들리는 그 말에는 그녀의 얄팍한 희망과 공상을 움켜쥐고 뭉개버리려고 위협하는 잔인한 힘이 들어있었다. 그녀는 그 말에 저항하고 싶었고, 화를 내고 반박하면서 그 말을 떨쳐 버리고 싶었지만, 자기감정을 숨기려는 결심이 아직 우세했다. 자기 말이 어떤 영향을 미칠지 예측할 수 없었으므로, 이제 그녀가 한 말은 그저 맹목적이고 충동적인 것에 지나지 않았다.

"당신은 내가 그를 사랑한다고 말할 권리가 없어요." 그녀는 또 다시 거친 이파리를 따서 찢으면서 들릴 듯 말 듯 충동적으로 말했다. 어린애처럼 검은 눈을 크게 뜨고 평소보다 빠른 숨을 몰아쉬며 창백하게 질려서 흥분한 모습으로 서 있는 그녀는 무척 아름다웠다. 그녀를 바라보는 아담의 마음에 그녀에 대한 동정심이 밀려들었다. 아, 그저 그녀를 위로하고 편안하게 해 주고 이 고통에서 구해줄 수만 있다면! 갖은 위험에 맞닥뜨리더라도 그녀의 몸을 구해 주었을 것처럼, 고통 받는 그녀의 가엾은 마음을 구해줄 힘이 있었더라면!

"과연 그럴지 의심스러워요, 헤티." 그는 다정하게 말했다. "당신이 어떤 남자를 사랑하지 않았더라면, 그의 키스를 받고 그의 머리칼이 든 금빛 상자를 받고 그를 만나서 함께 덤불숲을 걸으리라고는 믿을 수 없으니까요. 나는 당신을 탓하고 있는 게 아니에요. 그 일이 조금씩 시작해서 결국 당신이 떨쳐 버릴 수 없는 지경이 되었을 거라고 알고 있으니까요. 당신의 사랑을 그런 식으로 훔친 것에 대해서 내가 비난하려는 사람은 바로 그 사람이에요. 그는 당신에게 정당한 보상을 결코 해 줄 수 없다는 것을 알고 있었으니까요. 그는 당신을 희롱하고 당신을 노리개로 만들었고 남자로서 의당 해야 할 방식으로 당신을 좋아하지 않은 거예요."

"아니, 그는 나를 정말로 좋아해요. 나는 당신보다 더 잘 알아요." 헤티가 불쑥 말했다. 아담의 말에서 느낀 고통과 분노 외에는 모든 것을 잊고 말았다.

"그렇지 않아요, 헤티." 아담은 말했다. "만일 그가 당신을 올바로 좋아했다면, 그는 결코 그렇게 행동하지 않았을 거예요. 자기의 키스와 선물로 의도하는 바가 없었다고 그가 직접 내게 말했어요. 그리고 당신도 그것들을 가볍게 생각한다고 나를 설득하려 했어요. 하지만 나는 그보다는 더 잘 알고 있어요. 그가 신사지만 당신과 결혼하고 싶어할 만큼 당신을 많이 사랑한다고 당신은 믿었을 거예요. 나는 그렇게 생각하지 않을 수 없어요. 바로 그 때문에 내가 그 문제에 대해서 당신과 이야기하려는 거예요, 헤티. 당신이 스스로를 속이고 있는 것이 두렵기 때문에요. 그의 머리에 당신과 결혼하려는 생각이 떠올랐던 적은 단 한 번도 없었어요."

"당신이 어떻게 알아요? 어떻게 감히 그렇게 말할 수 있어요?" 헤티는 걸음을 멈추고 떨면서 소리쳤다. 끔찍하게도 단호한 아담의 목소리에 그녀는 두려움에 휩싸였다. 아서가 아담에게 진실을 말하지 않을 그 나름의 이유가 있었을 거라고 생각할 만한 마음의 여유도 없었다. 그녀의 말과 표정을 보자 아담은 분명히 결정을 내릴 수 있었다. 그녀에게 편지를 줘야 한다.

“어쩌면 당신은 내 말을 믿을 수 없겠지요, 헤티. 당신은 그를 너무나 훌륭하게 생각하고 있고, 그가 당신을 실제보다 더 많이 사랑한다고 생각하니까요. 하지만 내 주머니에 편지가 있어요. 그가 직접 편지를 써서 당신에게 주라고 내게 맡겼지요. 나는 그 편지를 읽지 않았어요. 하지만 그는 그 편지에서 진실을 이야기했다고 말했어요. 내가 그 편지를 주기 전에 잘 생각해 봐요, 헤티. 만약 그가 당신과 결혼하려는, 그런 정신 나간 짓을 하고 싶어한다 하더라도 당신에게는 좋지 않을 거예요. 결국에는 행복에 이르지 못할 테니까요.”

헤티는 아무 말도 하지 않았다. 그 편지를 읽지 않았다는 아담의 말에, 희망이 되살아나는 것을 느꼈다. 그 편지에는 아담의 생각과는 전혀 다른 것이 쓰여 있을 것이다.

편지를 꺼내어 아직 손에 든 채 아담은 부드럽게 간청하듯이 말했다.

“내가 당신에게 이 고통을 가져다주었다고 해서 내게 악의를 품지 말아줘요, 헤티. 당신의 이 고통을 덜어줄 수만 있다면, 나는 훨씬 더 심한 고통이라도 참아냈으리라는 것을 하느님이 알고 계시니까요. 그리고 생각해봐요. 이 일에 대해서 아는 사람은 나밖에 없어요. 그리고 나는 당신의 오빠처럼 당신을 돌봐 줄 거예요. 당신은 내게 이전과 조금도 달라지지 않았어요. 당신이 알면서 나쁜 일을 했다고는 믿지 않으니까요.”

헤티는 편지를 잡았지만, 아담은 말을 끝낼 때까지 그것을 놓지 않았다. 그녀는 그의 말에 주의를 기울이지 않았고, 듣지도 않았다. 그가 편지를 놓자 그녀는 그것을 펼치지 않고 주머니에 집어넣고는 안으로 들어가려는 듯 더 빨리 걷기 시작했다.

“지금 읽지 않는 편이 좋을 거예요.” 아담이 말했다. “혼자 있을 때 읽어요. 하지만 조금 더 있다가 애들을 부릅시다. 당신 얼굴이 너무 창백하고 아픈 것 같아서 숙모님이 알아차리실 거예요.”

헤티는 이 경고를 들었고, 아담의 충격적인 말에 절반쯤 무너졌던 타고난 은폐의 능력을 다시 발휘해야겠다고 느꼈다. 게다가 주머니에는 편지가 들어있었다. 아담의 경고에도 불구하고, 헤티는 그 편지에 위안이 있을 거라고 확신했다. 그녀는 토티를 찾으러 뛰어갔고 이내 다시 상기된 얼굴로 토티를 끌고 나타났다. 그 아이는 작은 이빨로 익지 않은 사과를 깨물었다가 뱉어야 했기에 찌무룩한 표정을 짓고 있었다.

"헤이, 토티." 아담이 말했다. "이리 와서 내 어깨에 타렴. 아주 높이. 나무 꼭대기를 붙잡을 수 있을 거야."

힘센 손의 부축을 받으며 높은 곳에서 흔들리는 그 멋진 느낌으로 위로받기를 거부하는 꼬마가 어디 있겠는가? 독수리가 가니메데스[96]를 끌고 날아가서 어쩌면 주피터의 어깨에 내려놓았을 때 그가 울지 않았으리라고 나는 믿는다. 토티는 높은 곳에서 안전하고 편안하게 내려다보며 미소를 지었고, 아담이 그 작은 짐을 어깨에 메고 오는 것을 문 앞에 서서 바라본 그 어머니의 눈에는 유쾌한 광경이었다.

"귀여운 얼굴에 축복이 있기를, 아가." 토티가 몸을 내밀며 팔을 뻗자 어머니의 강렬한 사랑으로 날카로운 눈에 부드러운 빛을 띠며 그녀가 말했다. 그 순간 그녀에게는 헤티가 안중에 들어오지 않았으므로 헤티를 쳐다보지도 않고 말했다. "헤티, 들어가서 맥주를 좀 가져와라. 하녀들이 둘 다 치즈를 만들고 있어서."

헤티는 맥주를 가져오고 숙부의 파이프에 불을 붙인 다음 토티를 잠자리에 눕혀야 했고, 그 아이가 잠을 자지 않고 소리를 질러댔기에 잠옷 차림의 아이를 다시 데리고 내려와야 했다. 그런 다음에는 저녁 식사를 준비하느라 끊임없이 움직이며 도와야 했다. 아담은 헤티가 좀 더 편히 있을 수 있도록 포이저 부인과 그 남편을 될 수 있는 대로 끊임없이 대화에 끌어들이면서 포이저 부인이 그가 가기를 원할 때까지 머물렀다. 헤티가 그날 저녁을 안전하게 보내는 것을 보고 싶었기에 그는 머뭇거렸고, 그

96) 제우스가 납치한 아름다운 소년. 제우스는 독수리를 보내어 그를 실어 왔고, 신들에게 술잔을 따라 올리는 사람으로 그를 만들었다.

녀가 대단한 자기 억제력을 드러내는 것을 보고는 안심했다. 그녀가 편지를 읽을 시간이 없었음을 알고 있었지만, 그 편지가 그의 말을 모두 부정하리라는 은밀한 희망으로 그녀가 기운을 얻고 있음은 알지 못했다. 그녀를 두고 그 집을 나서기가 어려웠고, 그녀가 고통을 어떻게 견디고 있는지 며칠간 알지 못하리라는 것을 생각하면 마음이 아팠다. 하지만 마침내 가야 할 시간이 되었기에 그는 그저 "잘 자요" 라고 말하면서 그녀의 손을 부드럽게 꼭 쥐는 수밖에 할 수 없었다. 만일 그의 사랑이 그녀에게 은신처가 될 수 있다면 그 사랑이 이전과 똑같이 거기 있으리라는 신호로 받아들여 주기를 바랄 뿐이었다. 집으로 걸어가면서 그녀의 어리석음에 대한 가련한 핑계거리를 생각해 내고, 그녀의 온갖 나약함을 다정하고 사랑스러운 성격 탓으로 돌리며, 아서의 행위 역시 참작할 여지가 있다는 사실을 점점 더 인정해 주고 싶지 않은 기분으로 그를 비난하면서, 그의 머릿속이 얼마나 복잡했던지! 헤티가 겪을 고통에 화가 나고, 어쩌면 그녀가 그의 손이 닿을 수 없는 곳으로 영원히 밀려가버렸을 거라는 생각에 격분하여 그는 이렇게 비참한 상황을 만들어 낸, 친구라는 그릇된 이름이 붙었던 사람을 위한 변명에는 귀를 막아 버렸다. 아담은 명민하고 공정한 마음을 가진 사람이었으며, 사실 육체적으로나 도덕적으로 훌륭한 사람이었다. 하지만 공정한 아리스티데스[97] 라도 혹시 사랑에 빠져 질투를 느끼고 있었다면 그 순간 온전히 관대하지는 않았을 것이다. 그리고 이 고통스러운 나날에 아담이 오로지 공정한 분노와 사랑에 찬 연민을 느꼈다고는 주장할 수 없다. 그는 극심한 질투를 느꼈으며, 그의 사랑으로 말미암아 헤티에 대해서 너그럽게 판단하는 정도에 비례해서 그 쓰라린 감정을 아서에 대한 판단에 쏟아 부었다.

'그녀는 언제라도 제정신을 잃을 수 있었어.' 그는 생각했다. '멋진 매너에 훌륭한 옷을 입고 손이 흰데다 말하는 것도 신사다운 사람이 다가와

97) 기원전 5세기 아테네의 장군이자 정치가로서 페어플레이 정신에 투철한 것으로 유명함.

서 그녀와 같은 계층의 사람이라면 엄두도 내지 못할 과감한 태도로 구애한다면 말이지. 만일 이제 그녀가 혹시라도 평범한 사람을 좋아하게 된다면 놀라운 일일거야.' 그는 주머니에서 손을 끄집어내어 자기 손을, 단단한 손바닥과 부러진 손톱을 바라보지 않을 수 없었다. '나는 정말로 거친 녀석이야. 이제 그런 점을 생각해보니, 여자들이 나를 좋아할 만한 점이 뭐가 있을지 모르겠군. 하지만 내가 그녀에게 마음을 두지 않았더라면, 다른 여자를 쉽게 아내로 얻었겠지. 그러나 그녀가 나를 사랑할 수 없다면, 다른 여자들이 나에 대해 뭐라고 생각하든 상관없어. 그녀가 다른 남자를 사랑할 수 있듯이 어쩌면 나를 사랑할 수도 있었을 텐데. 이 근방에는 상대가 될 만한 사람이 없었으니까. 만일 그 작자가 우리 사이에 끼어들지 않았더라면 말이야. 내가 그와 아주 다르기 때문에 나는 그녀에게 가증스럽게 보일 거야. 하지만 알 수 없지. 그가 그녀를 대수롭지 않게 취급했다는 것을 알게 되면, 그녀는 달라질지도 모르지. 평생 그녀에게 묶이는 걸 고마워할 사람의 가치를 느끼게 될 거야. 하지만 어느 쪽이 되던 나는 견뎌야 해. 상황이 더 나쁘지 않다는 걸 그저 고맙게 생각해야지. 큰 행복을 누리지 못하고 살아가야 하는 사람이 이 세상에 나 혼자만은 아니니까. 슬픈 마음으로 훌륭한 작업을 이룬 사람도 많이 있고. 그게 하느님의 뜻이니까 우리에게는 그걸로 충분해. 우리가 평생 머리를 짜낸다 하더라도 상황이 어떻게 되어야 할지 하느님보다 더 잘 알 수는 없는 일이니까. 하지만 지독한 슬픔과 수치를 겪는 그녀를 보았더라면 내 일은 엉망이 되고 말았을 거야. 그것도 내가 언제나 자랑스럽게 생각해온 사람을 통해서 말이지. 그런 경우를 당한 것은 아니니까 투덜거릴 권리가 없어. 멀쩡한 수족을 가진 남자라면 한두 번 날카롭게 베이는 것쯤이야 견딜 수 있어야지.'

이렇게 생각하면서 울타리를 넘어가고 있을 때 아담은 자기 앞의 들판을 따라 걷고 있는 한 남자를 보았다. 저녁 설교에서 돌아오는 세스를 알아보고 급히 걸음을 옮겨 그를 따라잡았다.

"네가 나보다 먼저 집에 갈 줄 알았는데." 세스가 몸을 돌려 기다리는 동안 그가 말했다. "오늘 밤에는 평소보다 늦었거든."

"응, 나도 늦었어. 모임이 끝난 후에 존 반즈와 이야기를 하게 되었어. 최근에 그 사람은 자기가 완전한 상태[98]에 있다고 말했었거든. 그의 경험에 대해 물어 볼 것이 있었어. 그런 이야기는 예상보다 훨씬 더 오래 끌게 되지. 곧게 난 길을 따라갈 수 있는 주제가 아니라서."

그들은 말없이 이삼 분가량을 함께 걸었다. 아담은 오묘한 종교적 경험에 대한 이야기를 하고 싶지 않았지만, 형제로서 애정과 신뢰가 담긴 말 한두 마디를 세스와 나누고 싶었다. 그 형제는 서로 무척 사랑하기는 했지만, 그는 그런 충동을 느낀 적은 거의 없었다. 그들은 사적인 문제에 대해서는 이야기를 거의 나누지 않았으며 가족문제에 대해서도 한 마디 이상의 암시를 입에 올리지 않았었다. 아담은 감정적인 문제에 있어서 천성적으로 과묵했고, 세스는 자기보다 현실적인 형 앞에서 늘 소심하게 느꼈다.

"이봐, 세스." 아담이 동생의 어깨에 팔을 두르며 말했다. "다인나 모리스가 떠난 후로 소식이 왔었니?"

"응." 세스가 대답했다. "우리가 어떻게 지내는지, 어머니가 고통을 어떻게 견디고 계시는지 얼마간은 편지로 알려줘도 좋다고 그녀가 말했었어. 그래서 이 주일 전에 그녀에게 편지를 써서 형이 새로운 일자리를 얻은 것과 어머니가 더 만족해하신다는 것을 알려줬어. 그리고 지난 수요일에 트레들스턴의 우체국에 가보았더니 그녀의 편지가 와 있더군. 어쩌면 형이 그 편지를 읽을지 모르지만, 형이 다른 일들로 너무 바쁜 것 같아서 그 편지에 대한 이야기를 하지 않았어. 아주 읽기 쉬운 편지야. 그녀의 편지는 여자가 쓴 편지치고는 아주 놀라워."

세스는 주머니에서 편지를 꺼내 아담에게 내밀었고, 아담은 그것을 받으며 말했다.

98) 그리스도교인은 죄에서 완전히 벗어난 상태에 도달할 수 있다는 고대의 믿음으로 존 웨슬리가 감리교의 특징으로 옹호했다.

“아, 세스, 나는 지금 힘든 짐을 지고가야 해. 내가 평소보다 더 말이 없고 더 심술궂게 굴더라도 나쁘게 받아들이지 마. 걱정거리가 있다고 해서 너에 대한 내 애정이 줄어드는 것은 아니니까. 우리는 끝까지 사이가 좋으리라고 믿고 있어.”

“난 형에 대해서 조금도 나쁘게 받아들이지 않아. 형이 이따금 내게 좀 퉁명스럽게 대할 때는 왜 그러는지 잘 알고 있으니까.”

“저기, 엄마가 우리를 기다리느라 문을 열고 계시는구나.” 언덕을 올라가며 아담이 말했다. “평소처럼 어두운 곳에 앉아 계셨을 거야. 자, 짚, 자! 나를 봐서 기쁘니?”

리스베스는 재빨리 안으로 들어가서 촛불을 켰다. 짚이 즐겁게 짖어대기 전에 풀밭에서 사각거리는 반가운 발자국 소리를 들었던 것이다.

“어, 얘들아! 내 평생 이 성스러운 주일 밤처럼 길고 긴 시간은 없었다. 너희들은 대체 이 시간까지 둘 다 뭘 하고 있었던 거냐?”

“어두운 곳에 앉아 있으면 안 돼요, 엄마.” 아담이 말했다. “그러면 시간이 훨씬 더 길게 느껴지니까요.”

“아니, 나 혼자 밖에 없고 뜨개질을 하는 것도 죄가 되는 주일에 촛불을 켜놓고 뭘 하라는 말이냐? 읽을 줄도 모르는 책을 멍하니 들여다보기에는 해가 너무나 길었다. 귀한 양초를 낭비하다니, 시간을 줄이는 방법치고는 아주 기막힌 방법이구나. 그런데 너희 중에 누가 저녁을 먹을 거냐? 지금 시간을 보면, 너희들은 쫄쫄 굶었거나 배가 부르겠구나.”

“저는 배가 고파요, 어머니.” 세스가 아직 햇빛이 있을 때부터 차려 놓았던 작은 식탁에 앉으며 말했다.

“저는 저녁을 먹었어요.” 아담이 말했다. “여기 있다, 짚.” 그는 식탁에서 차가운 감자를 집어 자기를 올려다보고 있는 거친 회색 머리를 문지르며 덧붙였다.

“개에게 먹이를 줄 필요 없어.” 리스베스가 말했다. “벌써 잘 먹였어. 너희들 중에 내 눈에 보이는 거라고는 그 개 밖에 없는데 개를 잊어버리겠니?”

“자, 가자, 짚.” 아담이 말했다. “우리는 자러 가겠어요. 안녕히 주무세요, 어머니. 나는 무척 피곤해요.”

“저 애가 뭣 때문에 고민하는지 아니?” 아담이 위층으로 올라가자 리스베스가 세스에게 말했다. “요새 하루 이틀 죽도록 얻어터진 것처럼 보인단다. 너무나 낙심하고 있어. 오늘 오후에 네가 나간 다음에 아담이 작업장에 있는 것을 보았는데 그저 멍하니 앉아서 아무 일도 하지 않고, 심지어 책도 펼쳐놓지 않았더라.”

“형은 지금 할 일이 아주 많아요, 엄마.” 세스가 말했다. “그리고 마음속으로도 약간 고통을 받고 있는 것 같아요. 하지만 마음 쓰지 마세요. 엄마가 그렇게 하면 형에게 상처를 주니까요. 될 수 있는 대로 친절하게 대해 주세요. 그리고 형을 괴롭힐 말은 하지 마세요.”

“뭐, 내가 무엇 때문에 그 애를 괴롭힐 말을 하겠니? 그리고 내가 친절하지 않으면 어떻게 하겠어? 내일 아침으로 케틀 케이크를 만들어 줄 거란다.”

아담은 코트와 조끼를 벗어던지고 가느다란 심지의 양초 불빛으로 다인나의 편지를 읽고 있었다.

> 친애하는 형제 세스에게 — 내가 알지 못하는 사이에 당신의 편지는 우체국에 삼 일이나 있었어요. 내게 마차 삯을 지불할 돈이 없었기 때문에요. 요즘 여기는 극심한 궁핍에 시달리는데다 질병이 돌고 있어요. 마치 하늘의 창문이 다시 열린 듯 폭우가 쏟아져 내렸지요. 온갖 일용품이 당장 필요한 사람들이 아주 많은 이런 때에, 매일매일 돈을 저축하는 것은 만나[99]를 저장하는 것처럼 믿음이 없는 행위이지요. 내가 이 이야기를 하는 것은, 내가 답장을 늦게 보낸다고 당신이 생각하거나 혹은 당신의 형 아담에게 일어난 세속적인 좋은 일에 당신이 기뻐하듯이 내가 즐거워하지 않는다고 생각하지 않을까

99) 이스라엘 백성이 황야에서 방랑할 때 신이 내려준 하늘의 음식. 매일 필요한 만큼만 모음으로써 다음날 신이 또 다시 내려줄 거라는 믿음을 드러낼 수 있었다.

걱정스럽기 때문이에요. 당신의 형에 대한 당신의 자부심과 사랑은 아주 타당한 것이에요. 하느님께서 그에게 커다란 재능을 주셨고 그는 그 재능을 가부장 요셉[100]처럼 쓰고 있으니까요. 요셉은 권력과 신뢰를 받는 자리로 올라갔을 때에도 부모와 어린 남동생을 다정한 마음으로 그리워했지요.

그 고통스러운 날 당신 어머니에게 다가가도록 허용된 이후로 내 마음은 당신의 연로하신 어머니에게 연결되어 있습니다. 어머님께 나에 대해서 이야기해 주고, 저녁나절에 어스름한 빛을 받고 앉아서 종종 어머니를 생각한다고 말해 주세요. 전에 어머니와 함께 앉아서 서로의 손을 잡고 내게 주어진 위안의 말을 전했을 때처럼 말이지요. 아, 그 시간은 축복받은 시간이에요, 세스. 외부의 빛이 희미해지고, 몸은 일과 노고로 약간 지쳐 있을 때 말이지요. 그 시간이면 내면의 빛이 점점 밝게 빛나고 우리가 신의 힘에 의지하고 있다는 심오한 느낌이 듭니다. 나는 어두운 방에서 의자에 앉아 눈을 감습니다. 그러면 내가 내 몸 밖으로 나와서 영원히 어떤 결핍도 느끼지 않을 듯이 여겨집니다. 그 시간이면 내가 지금껏 목격해 왔고 언제라도 눈물을 흘리며 슬퍼할 곤경과 슬픔, 맹목(盲目), 그리고 죄, 그래요, 때로 갑작스런 어둠처럼 나를 휘감는 인간의 온갖 고뇌를 마치 구세주의 십자가를 나누어지듯이 기꺼이 아픔을 느끼며 참을 수 있습니다. 그렇게 느끼니까요. 그것을 느끼니까요. 무한한 사랑도 역시 고통 받고 있습니다. 그래요, 완전한 인식 속에서 무한한 사랑은 고통 받고, 갈망하고, 애도합니다. 그리고 온갖 창조물들이 슬픔으로 신음하며 고통을 겪을 때 그 슬픔에서 해방되고자 하는 것은 맹목적인 자기 추구일 뿐이지요. 이 세상에 슬픔과 죄가 존속하는 한, 슬픔에서 해방되는 것은 분명 진정한 축복이 아닙니다. 그렇다면 슬픔은 사랑의 한 부분이고, 사랑은 슬픔을 벗어던지려하지 않습니다. 내게 이것을 알려주는 것은 그저 성령뿐이 아닙니다. 복음서 전체와 말씀에서도 이것을 봅니다. 천국에도 탄원이 있지 않은가요? 그리스도께서 승천하실 때 십자가에 못 박힌 몸 그대로 그곳에 계시지 않은

100) 창세기 43장 30절.

가요? 그리고 그분은 무한한 사랑 그 자체와 하나가 아닌가요? 우리의 사랑이 우리의 슬픔과 하나이듯이 말입니다.

최근에 이런 생각들이 깊이 스며들면서 나는 "만약 누군가 나를 사랑한다면, 자기 십자가를 지고 나를 따라오지 않는 사람도 내 사람이 될 자격이 없다."[101]는 말씀의 의미를 새로 명확히 알게 되었어요. 이 말씀은 우리가 예수를 믿는다고 고백함으로써 스스로에게 초래할 곤경과 박해를 의미한다는 설명을 들은 적이 있지요. 하지만 그것은 분명 편협한 생각입니다. 구세주의 진정한 십자가는 이 세상의 죄와 슬픔이고, 바로 그것이 그리스도의 마음을 무겁게 짓눌렀으며, 그것이 우리가 그리스도와 나눌 십자가이고, 그것이 우리가 그리스도와 함께 마실 잔[102]입니다. 우리가 그분의 슬픔과 하나이신 그 성스러운 사랑에 조금이라도 동참하려면 말이지요.

당신이 궁금하게 여긴 내 외적인 삶에 대해 말하자면, 모든 것을 넘치도록 풍성하게 받았습니다.[103] 다른 사람들 몇몇은 얼마간 쫓겨났지만 나는 공장에서 계속 일해 왔어요. 내 몸은 무척 건강해져서 오래 걷고 말한 후에도 거의 피로를 느끼지 않아요. 어머니와 형님과 함께 당신의 고향에서 머물겠다는 당신의 이야기는 당신이 진정한 인도를 받고 있음을 보여 주었습니다. 당신의 운명이 그곳에 있음을 명확한 징후로 알려 주셨으므로, 다른 곳에서 더 큰 축복을 추구하는 것은 제단에 거짓 제물을 올려놓고 하늘의 불이 그것을 태워주기를 기대하는 것과 같겠지요.[104] 내 일과 내 기쁨은 여기 언덕들 사이에 있고 여기 사람들 사이에서의 내 삶에 너무 많이 집착하고 있어서, 만일 내가 다른 곳으로 불려 간다면 불만스러울 거라는 생각이 때로 들 정도입니다.

홀 팜의 소중한 친구들에 대한 당신의 전갈에 고맙게 생각하고 있어요. 그들 사이에서 머물다가 돌아온 후에 숙모님의 청에 따라서 편지를 보냈지만 그들에게서 소식을 듣지 못했어요. 내 숙모님은 숙

101) 마태오복음서 10장 37-8절의 요약.

102) 마태오복음서 20장 22-3절.

103) 필립비인들에게 보낸 편지 4장 18절

104) 열왕기상 18장 17-40절

련된 작가처럼 펜을 다룰 수 없으시고, 집안일로도 하루해를 보내기에 벅차시지요. 게다가 몸이 허약하시고요. 내 마음은 살붙이로 그 누구보다도 내게 가까운 숙모님과 아이들에게, 그리고 그 집안의 모든 사람들에게 굳게 맺어져 있습니다. 나는 꿈결에 실려 끊임없이 그들에게 다가갑니다. 종종 일을 하는 도중에, 심지어는 말을 하다가도 그들에 대한 생각이 선명히 떠오릅니다. 마치 내가 아직 알지 못하는 곤경과 고통에 그들이 빠져 있는 듯이 말이지요. 여기에 어떤 인도가 있을지도 모릅니다. 하지만 나는 가르침을 받도록 기다리고 있습니다. 그들 모두 잘 지내고 있다고 당신이 말했지요.

우리가 다시 서로를 만나게 되리라고 믿습니다. 하지만 한동안은 그렇지 못할 겁니다. 리즈에 있는 형제자매들이 자기들을 방문하여 얼마간 머물러 달라고 합니다. 다시 스노필드를 떠나도록 문이 열려질 때 말이지요.

안녕히, 친애하는 형제여. 하지만 작별은 아닙니다. 신의 아이들은 서로 얼굴을 맞대고 볼 수 있고[105] 함께 영적으로 교류하며 그들 안에서 작용하는 동일한 성령을 느낄 수 있도록 허용되었기에 결코 분리될 수 없습니다. 그들 사이에 산들이 가로막고 있다 하더라도 말이지요. 그들의 영혼은 그 결합으로 더욱 확장되고, 그들의 생각 안에서 새로운 힘으로 서로를 끊임없이 지탱해 주니까요.[106] 당신의 충실한 자매이자 그리스도 안에서의 동료 일꾼인

다인나 모리스.

나는 당신처럼 조그만 글자를 쓸 재주가 없고, 내 펜은 느리게 나아갑니다. 그래서 어쩔 줄 몰라 내 마음속의 작은 부분만을 말합니다. 당신의 어머님께 나대신 키스로 인사드려 주세요. 우리가 작별할 때 어머니께서는 내게 두 번 키스해달라고 청하셨습니다.

---

105) 고린토인들에게 보낸 첫째 편지 13장 12절

106) 갈라디아서 6장 2절 "여러분은 서로 남의 짐을 져주십시오."를 부분적으로 인용.

아담은 편지를 접고 침대 머리맡에 앉아 팔에 머리를 기댄 채 생각에 잠겨있었다. 그 때 세스가 위층으로 올라왔다.

“편지 읽었어?” 세스가 말했다.

“그래.” 아담이 말했다. “그녀를 보지 않았더라면, 그녀와 그녀의 편지에 대해서 어떻게 생각했을지 모르겠어. 설교하는 여자를 틀림없이 가증스럽다고 생각했을 거야. 하지만 그녀는 자기 말과 행동을 모두 옳은 것으로 보이게 만드는 사람이야. 이 편지를 읽으면서 그녀를 직접 보고 그녀가 말하는 것을 듣는 것 같았어. 그녀의 표정과 목소리가 이렇게 잘 기억나다니 참 놀랍군. 그녀는 너를 틀림없이 행복하게 만들어 줄 거야, 세스. 너에게 꼭 맞는 여자야.”

“그런 생각해 봐야 아무 소용없어.” 세스는 풀이 죽은 듯이 말했다. “그녀는 아주 분명히 말했어. 그리고 그녀는 어떤 말을 하면서 다른 의도를 품고 있는 여자가 아니야.”

“물론 아니지. 하지만 그녀의 감정이 달라질 수도 있을 거야. 여자들은 조금씩 사랑하게 될 지도 몰라. 제일 좋은 장작이 제일 빨리 불꽃을 내는 것은 아니라고. 얼마 후에 네가 그녀를 만나러 가는 게 좋겠다. 네가 삼사 일간 떠나 있어도 지장이 없도록 해볼게. 그리고 걸어가기에 대단히 먼 거리도 아닐 거야. 기껏해야 이삼십 마일이니까.”

“그렇든 아니든 간에 나도 그녀를 다시 보고 싶어. 만일 내가 가는 것을 그녀가 불쾌해하지 않는다면 말이지.” 세스가 말했다.

“전혀 불쾌하게 여기지 않을 거야.” 일어나서 코트를 벗으며 아담이 힘주어 말했다. “만약 그녀가 너를 받아들인다면, 우리 모두에게 큰 축복이 될 거야. 놀랍게도 엄마가 그녀를 무척 좋아하셨고 그녀와 함께 있는 것을 아주 흡족해하셨으니까.”

“아.” 세스가 다소 소심하게 말했다. “다인나는 헤티도 아주 좋아해. 헤티에 대한 생각을 많이 하지.”

이 말에 아담은 아무 대답도 하지 않았고, “잘 자라”는 인사 외에 더 이상 말이 오가지 않았다.

헤티의 침실에서

포이저 부인의 집에서는 모두들 일찍 잠자리에 들었지만 지금은 빛이 사라져서 촛불 없이 침실로 갈 수 없었기에 헤티는 아담이 떠나자마자 양초를 들고 마침내 침실로 올라가서 빗장을 걸었다.

이제야 편지를 읽을 수 있다. 그 편지는 틀림없이, 분명, 위로의 말을 담고 있을 것이다. 아담이 어떻게 진실을 알겠는가? 그가 그런 말을 하는 것은 언제라도 있을 수 있는 일이었다.

그녀는 촛불을 내려놓고 편지를 꺼냈다. 편지에서 풍기는 희미한 장미향기 때문에 아서가 자기 옆에 있는 듯이 느껴졌다. 그녀는 편지를 입술에 댔고, 기억된 감각들이 한두 순간 깨어나 두려움을 휩쓸어 가버렸다. 그러나 이상하게도 심장이 두근거리기 시작했고, 봉인을 뜯는 손이 떨리기 시작했다. 그녀는 천천히 읽었다. 아서가 또박또박 쓰려고 애를 썼지만, 신사의 필체를 읽는 것이 쉽지 않았다.

> 사랑하는 헤티에게 — 내가 당신을 사랑한다고 말했을 때 내 말은 진실이었소. 나는 우리의 사랑을 절대로 잊지 않을 거예요. 내 생명이 지속되는 한 나는 언제나 당신의 진정한 친구일 테고, 여러 가지 방법으로 그것을 당신에게 입증할 수 있기를 바랍니다. 혹시 이 편지에서 내가 당신에게 고통을 줄 이야기를 한다면, 당신에 대한 사랑과 애정이 부족하기 때문이라고는 생각하지 말아요. 진정 당신의 행복을 위한 거라면 내가 당신을 위해서 기꺼이 하지 않을 일은 없으니까요. 내가 옆에서 눈물을 닦아줄 수 없을 때 내 귀여운 헤티가 눈물을 흘릴 것을 생각하면 견딜 수 없어요. 내가 그저 내 소망을 따른다면 이 순간에 나는 편지를 쓸 것이 아니라 당신과 함께 있을 거예요. 당신과 헤어지는 것이 내게는 무척 힘든 일이에요. 냉정하게 여겨질 말을 쓰기란 더욱 힘든 일이지요. 비록 그 말들이 진정한 친절에서 비롯된다 하더라도 말이에요.

사랑하는 헤티, 우리의 사랑은 감미로웠고 당신이 나를 언제나 사랑한다면 늘 달콤하겠지만, 우리가 그 행복을 결코 누리지 않았더라면 우리 둘 다에게 더 나았을 거라고 생각해요. 그리고 당신에게 나를 될 수 있는 대로 사랑하지 말고 관심을 갖지 말아 달라고 부탁하는 것이 내 의무라고 느껴요. 그 잘못은 전적으로 나에게 있어요. 비록 당신 옆에 있고 싶은 갈망을 저항할 수 없었지만, 나에 대한 당신의 사랑이 당신에게 슬픔을 가져다주리라는 것을 나는 내내 알고 있었으니까요. 내가 내 감정에 저항해야 했을 텐데. 내가 지금보다 더 나은 사람이었다면 그렇게 했겠지요. 하지만 지금은 과거를 되돌릴 수 없기 때문에, 내가 막을 수 있는 불행이라면 어떤 불행에서든지 당신을 구해야겠지요. 그리고 당신이 계속 나에 대한 애정을 품고 있어서 당신을 나보다 더 행복하게 해줄 수 있는 애정을 지닌 다른 사람을 생각할 수 없게 된다면, 그리고 당신이 결코 일어날 수 없는 미래의 어떤 것을 계속 원한다면, 당신에게 큰 불행이 될 거라고 느껴요. 왜냐하면, 사랑하는 헤티, 만약 언젠가 당신이 이야기한 것을 내가 행동으로 옮겨서 당신을 내 아내로 삼는다면, 나는 당신에게 행복이 아니라 비참함을 주었다고 당신 스스로도 느낄 일을 하는 것일 테니까요. 당신은 당신과 신분이 같은 사람과 결혼하지 않으면 결코 행복해질 수 없다는 것을 나는 알고 있어요. 그리고 내가 지금 당신과 결혼한다면, 나는 내가 이미 저지른 과오를 더 악화시킬뿐더러 게다가 삶의 다른 관계에서의 내 의무를 저버리는 것이지요. 친애하는 헤티, 내가 언제나 살아갈 세계에 대해서 당신은 아무것도 모르고 있고, 곧 나를 싫어하게 될 거예요. 우리는 비슷한 점이 거의 없을 테니까요.

당신과 결혼할 수 없으므로 우리는 헤어져야 하고, 우리는 더 이상 연인처럼 느끼지 않도록 노력해야 해요. 이 말을 하고 있는 나는 비참한 심정이지만, 그 밖에 다른 방법이 있을 수 없어요. 달콤한 이여, 나에게 화를 내세요. 나는 그것을 받아 마땅해요. 하지만 언제나 당신을 좋아하고, 언제나 당신에게 감사하며, 언제나 나의 헤티를 기억할 거라고 믿어줘요. 만약 우리가 지금 예측할 수 없는 어려움이 앞으로 생긴다면, 할 수만 있다면 무슨 일이든 다 하겠다고 믿어도 좋아요.

당신이 편지를 쓰고 싶다면 어디로 보내야 할지 알려줬지만, 당신이 잊지 않도록 아래에 적어놓았어요. 내가 당신을 위해서 실제로 어떤 일을 할 수 있는 경우가 아니라면 편지를 보내지 마세요. 친애하는 헤티, 우리는 될 수 있는 대로 서로를 생각하지 않도록 노력해야 하니까요. 나를 용서해요. 그리고 살아 있는 한 나는 언제나 당신의 다정한 친구로 남을 거라는 사실을 제외하고, 나에 관해서는 모든 것을 잊도록 노력해요.

아서 도니손

헤티는 천천히 이 편지를 읽었고, 편지에서 고개를 들었을 때 낡고 흐릿한 거울 속에는 새파랗게 질린 얼굴이 비쳤다. 어린아이처럼 둥그스름하고 흰 대리석 같은 얼굴이었지만, 어린애의 고통보다 더 큰 슬픔을 담고 있었다. 헤티는 그 얼굴을 보지 않았고 아무것도 보지 않았으며, 그저 춥고 아프고 떨리는 느낌뿐이었다. 그 편지는 그녀의 손에서 흔들리며 바스락거렸다. 그녀는 편지를 내려놓았다. 끔찍하게도 춥고 떨리는 느낌이 지속되었다. 그 느낌 때문에 그것을 만들어 낸 의식 자체가 사라져 버렸으므로, 헤티는 자리에서 일어나 옷장에서 따뜻한 옷을 꺼내 몸을 감싸고는 따뜻해지는 것 외에 아무 생각도 하지 않는 듯이 앉아 있었다. 이내 그녀는 더 확고한 손길로 그 편지를 집어 들고 다시 읽기 시작했다. 이번에는 눈물이 나왔다. 커다란 눈물이 줄줄 흐르며 눈앞을 가리고 그 편지에 얼룩을 만들었다. 그녀는 아서가 잔인하다고 느꼈다. 그런 편지를 쓰다니 잔인하고, 자기와 결혼하지 않으려 하다니 잔인했다. 그가 그녀와 결혼할 수 없는 이유는 그녀의 마음에 들어설 여지가 없었다. 그녀가 갈망해 오고 꿈꿔 왔던 모든 것들이 실현된다면 비참해질 거라는 말을 어떻게 믿을 수 있겠는가? 그녀에게는 그런 비참함을 이해할 수 있는 의식이 없었다.

그 편지를 다시 내던지면서 그녀는 거울에 비친 얼굴을 보았다. 이제 얼굴은 벌겋게 달아올랐고 눈물에 젖어 있었다. 그 얼굴은 마치 그녀가 불평을 털어놓을 수 있는, 그리고 그녀에게 동정심을 보여 줄 친구처럼 보였다. 팔꿈치를 대고 몸을 앞으로 내밀어 눈물이 넘쳐흐르는 검은 눈을 들여다보고 떨리는 입술을 보면서 그녀는 눈물이 점점 커지고 입술이 흐느낌으로 경련을 일으키는 것을 보았다.

자그마한 꿈의 세계가 완전히 부서져 버리고 이제 막 태어난 열정이 깨어져서 산산조각이 나자, 즐거움을 좋아하는 그녀의 본능은 저항의 충동마저 소멸시킨 고통에 압도되었고 분노마저 잠시 잊혀졌다. 그녀는 촛불이 꺼질 때까지 앉아서 흐느껴 울었고 그런 다음에는 울다가 지치고 멍한 상태가 되어 아픈 마음으로 옷도 벗지 않고 침대에 쓰러져 잠이 들었다.

네 시가 조금 지나서 묵직한 고통을 느끼며 잠에서 깨었을 때 방에는 희미하게 새벽이 밝아오고 있었다. 희미한 빛 속에서 주위의 사물이 서서히 눈에 들어오자 그 고통의 원인이 점점 분명하게 떠올랐다. 그러자 다가오는 서글픈 햇빛 속에서 그 고통을 견뎌야할 뿐 아니라 숨겨야 한다는 무시무시한 생각이 떠올랐다. 더 이상 누워 있을 수 없었다. 그녀는 일어나 탁자로 다가갔다. 거기에 그 편지가 있었다. 보물 서랍을 열자 거기에는 귀고리와 로켓 — 짧았던 행복의 상징이자 앞으로 평생 지속될 비참함의 상징 — 이 들어 있었다. 멋진 장신구들이 가득한 미래의 낙원을 보여 주는 상징으로 한때 사랑스럽게 바라보며 어루만졌던 작은 장신구들을 보며 그녀는 그렇게나 다정한 애무와 그토록 신기하게도 아름다운 말들과 그토록 열렬한 표정과 더불어 그것을 받았던 순간들을 되살렸다. 그 순간들은 얼떨떨하면서도 감미로운 놀라움으로 그녀를 사로잡았고 그 무엇으로도 가능하리라고 여기지 않았던 달콤함을 선사했던 것이다. 지금도 그 존재를 느낄 수 있는 아서, 이런 식으로 말을 걸고 그녀를 바라보며 팔로 그녀의 몸을 안고 그녀의 뺨에 얼굴을 대고 숨결을 내뿜었던 아서는 그 편지를 쓴 바로 그 잔인하고도 잔인한 아서였다. 그녀는 편지를 잡아채어 구겼다가 한 번 더 읽어보려고 다시 폈다. 어젯밤에 격렬하게 울음을 터뜨려서 반쯤 얼이 빠지고 정신이 없었기에, 다시 그것을 읽어보고 그녀의 비참함이 실제로 현실인지, 그 편지가 정말 그렇게 잔인한 것인지를 확인할 필요가 있었다. 그녀는 편지를 창문 가까이로 가져갔다. 그렇지 않으면 어둑한 빛에 읽을 수 없을 것이다. 그래! 그 편지는 더 나빴다. 더 잔인했다. 그녀는 화가 나서 다시 편지를 구겼다. 그녀는 그 편지를 쓴 사람을 미워했고, 자기의 모든 사랑, 바로 소녀다운 열정과 허영심을 모두 다 바쳐 그에게 매달렸다는 바로 그 이유 때문에 그를 미워했다.

오늘 아침에 그녀는 눈물을 흘리지 않았다. 어젯밤에 눈물을 모두 흘려버렸기에 이제는 메마른 눈으로 아침의 비참함을 느꼈다. 그것은 처음 받은 충격보다 더 나빴는데, 그 안에는 현재뿐 아니라 미래가 담겨 있기 때문이었다. 앞날을 상상해 볼 때, 아침에 일어날 때마다 그녀는 그 날이 자기에게 어떤 기쁨도 주지 않으리라는 것을 느껴야 하리라. 우리가 큰 슬픔을 느낀 첫 순간에, 고통을 받고 치유되는 것이 어떤 것인지 절망을 하고 희망을 다시 찾는 것이 어떤 것인지 아직 알지 못하고 있을 때 닥쳐오는 절망은 그 어느 때보다도 절대적이다. 몸을 씻고 머리를 빗으려고 밤새 입고 있었던 옷을 힘없이 벗기 시작하면서, 헤티는 자기 삶이 이런 식으로 지속될 거라는 혐오감을 느꼈다. 아무런 기쁨도 느낄 수 없는 일을 언제나 해야 할 것이다. 아침에 일어나 지루한 일을 하고, 조금도 좋아하지 않는 사람들의 얼굴을 보고, 교회에 가고, 트레들스턴에 가고, 베스트 부인과 차를 마시고, 행복한 생각을 조금도 품지 못할 것이다. 그녀에게 독을 불어넣었던 짧았던 기쁨은 이전에 그녀의 삶을 유쾌하게 만들었던 온갖 사소한 즐거움들, 트레들스턴의 장날에 입을 새로운 드레스, 브록스턴 전야제에 프리톤 씨의 집에서 열린 파티, 오랫동안 그녀가 "아뇨" 라고 거절할 멋쟁이 남자들, 그리고 결국에 다가올, 실크 가운과 다른 옷들을 한꺼번에 많이 얻게 될 결혼에 대한 기대를 영원히 망쳐 놓았다. 이런 것들은 이제 모두 맥 빠지고 따분한 일이었다. 모두 다 진저리나는 일이기에, 이제 그녀는 영원히 절망적인 목마름과 갈망을 안고 다닐 것이다.

그녀는 힘없이 옷을 벗다 멈추고 낡은 검은색 옷장에 몸을 기댔다. 목과 팔이 드러나고 섬세하게 곱슬거리는 머리카락이 흘러내린 그녀의 자태는 허영심과 희망에 타올라 이 침실에서 걸어 다녔던 두 달 전의 그 밤처럼 똑같이 아름다웠다. 이제 그녀는 목과 팔에 대해 생각하지 않았고 자신의 아름다움에조차 관심을 두지 않았다. 그녀의 눈은 어둑한 낡은 방을 슬프게 둘러보았고 동이 터서 점점 밝아지는 곳을 멍하니 바라보았다. 다인나에 대한 기억이 마음에 떠올랐을까? 그녀를 화나게 했던 다인나의 불길한 예감에 어린 말, 고통에 처했을 때 자기를 친구로 생각해 달라던 다인나의 애정 어린 간청이 떠올랐을까? 아니, 그 인상은 너무 희미했기에 떠오르지 않았다. 자신의 상처 입은 열정 외에 모든 것이 그렇듯이 다인나가 줄 수 있는 애정이나 위안은 오늘 아침 헤티에게 대수롭지 않게 여겨졌을 것이다. 그저 그녀는 여기에 머물면서 예전과 같은 생활을 계속할 수는 없다는 생각에 빠져 있었다. 예전의 일상으로 다시 가라앉는 것보다는 전혀 새로운 것을 견디는 편이 더 나았다. 그녀는 옛 얼굴들을 다시는 보지 않도록 바로 그날 아침에 달아나고 싶었다. 그러나 헤티는 익숙한 것을 저버리고 과감히 맹목적으로 미지의 상황으로 돌진하면서 어려움에 맞서는 성격이 아니었다. 극단적인 성격이 아니라 안일을 좋아하고 허영심이 강했으므로, 혹시라도 그녀가 극단적인 수단을 택한다면, 절망적인 공포에 짓눌려서 어쩔 수 없이 그렇게 해야 했을 것이다. 그녀의 좁은 상상력에는 생각이 이리저리 떠돌 수 있는 공간이 많지 않았기에, 곧 그녀는 예전의 생활에서 벗어날 수 있는 한 가지 방법으로 마음을 굳혔다. 귀부인의 하녀가 되도록 보내달라고 숙부에게 부탁할 것이다. 리디아 양의 하녀는 헤티가 숙부의 허락을 받았다는 것을 알면 일자리를 얻도록 도와줄 것이다.

이런 생각을 하면서 그녀는 머리를 묶고 씻기 시작했다. 이제는 아래층으로 내려가서 평소와 다름없이 행동하려고 애쓸 수 있을 것 같았다. 바로 오늘 숙부에게 요청할 것이다. 헤티처럼 한창때의 젊고 건강한 사람이 진정 깊은 영향을 받으려면, 지금 겪는 것과 같은 정신적 고통을 무척 많이 겪어야 할 것이다. 그녀가 평소와 다름없이 작업복을 말끔하게 입고 머리카락을 작은 모자 속에 집어넣었을 때, 무심한 관찰자는 그녀에게서 슬픈 기색보다는 젊고 둥근 턱과 목, 검은 눈과 눈썹에서 훨씬 더 깊은 인상을 받았을 것이다. 그러나 구겨진 편지를 집어서 눈에 띄지 않도록 서랍에 넣고 잠갔을 때 그녀의 눈에는 어젯밤에 흘린 커다란 눈물방울처럼 위안을 가져오지 않는, 참기 어려운 쓰라린 눈물이 고였다. 그녀는 재빨리 눈물을 훔쳤다. 낮에는 울어서는 안 된다. 그녀가 얼마나 비참한 심정인지를 아무도 알아내서는 안 되고, 그녀가 무엇엔가 실망했다는 것을 누구도 알아서는 안 된다. 숙모와 숙부의 눈길이 자기를 주시하리라고 생각하자, 종종 큰 두려움에 수반되는 자기억제력이 솟아났다. 병들고 지친 죄수가 칼을 쓰고 사람들 앞에 서야 할지 모른다고 염려하듯이, 은밀히 비참한 상태에서 헤티는 지금까지 일어난 일을 그들이 알고 있을지도 모른다는 걱정이 들었다. 그들은 그녀의 행동을 수치스럽게 생각할 것이고, 수치는 고문이나 다름없었다. 그것이 가엾은 헤티의 양심이었다.

그래서 그녀는 서랍을 잠갔고 일찍 일하러 나갔다.

저녁에 포이저 씨가 파이프 담배를 피우면서 그 선량한 성격으로 가장 기분 좋은 순간을 누리고 있을 때, 헤티는 숙모가 없는 틈을 타서 말했다.

"숙부님, 제가 귀부인의 하녀로 갈 수 있게 허락해 주시면 좋겠어요."

포이저 씨는 파이프를 입에서 떼고 조금 놀라서 잠시 헤티를 바라보았다. 그녀는 바느질을 하고 있었고, 꾸준히 손을 놀리고 있었다.

"아니, 무엇 때문에 그런 생각이 들었니, 어린 아가씨?" 마침내 그는 신중하게 한 모금을 빤 후에 말했다.

"그렇게 하고 싶어요. 농장 일보다는 그 일이 더 좋을 것 같아요."

"아니, 안 된다. 네가 그 일을 알지 못하기 때문에 그렇게 생각하는 거야. 네 건강에 절반만치도 좋지 못하고, 네 팔자에도 좋지 않아. 나는 네가 좋은 남편을 얻을 때까지 우리와 함께 살기를 바란단다. 너는 내 친 조카딸이고, 너를 재워줄 집이 내게 있는 한에는 비록 신사의 집이더라도 너를 하녀로 보내지 않을 작정이야."

포이저 씨는 말을 멈추고 연기를 내뿜었다.

"저는 바느질이 좋아요. 그리고 월급을 잘 받을 거예요." 헤티가 말했다.

"숙모가 네게 좀 모질게 대했니?" 포이저 씨는 헤티의 말을 아랑곳하지 않고 말했다. "그런 것에 신경 쓰면 안 된다, 얘야. 숙모는 너를 위해서 그렇게 하는 거야. 네가 잘 되기를 바라고 있으니까. 그리고 친척이 아닌 사람으로 네 숙모처럼 너에게 잘해줄 사람이 많지 않아."

"아뇨, 숙모님 때문이 아니에요." 헤티가 말했다. "하지만 저는 그 일이 더 좋을 거예요."

"네가 그 일을 조금 배우는 거야 좋은 일이지. 그리고 폼프렛 부인이 기꺼이 가르쳐 주겠다고 했기 때문에 나는 아주 선선히 동의했었지. 만약 어떤 일이라도 일어난다면, 네 손을 움직여 다른 일을 할 줄 아는 것이 좋으니까. 하지만 너를 하녀로 보낼 생각은 전혀 없단다. 우리 집안은 사람들이 기억할 수 있는 아주 오래 전 옛날부터 스스로 경작해서 만든 빵과 치즈를 먹었어. 그렇지 않아요, 아버님? 아버님의 손녀가 월급을 받으러 가는 것이 안 좋으시겠지요?"

"그러엄." 몸을 앞으로 굽히고 마룻바닥을 내려다보면서 마틴 노인은 부정의 뜻을 강조할 뿐 아니라 신랄하게 보이려고 말을 길게 끌며 대답했다. "그런데 저 애는 제 엄마를 닮았어. 저 애 엄마를 붙잡아 두려고 애를 썼는데 내 말을 듣지 않고 결혼해 버렸지. 농장에 가축이 열 마리는 있어야 하는데 두 마리밖에 없는 녀석하고 말이야. 그러니 삼십이 되기도 전에 염증으로 죽는 게 당연하지."

그 노인이 그렇게 길게 말하는 것은 흔치 않은 일이었다. 하지만 아들의 질문은 오랫동안 꺼지지 않고 남아 있던 분노의 잿불에 마른 장작을 올려놓은 것이나 다름없었다. 그 분노 때문에 할아버지는 아들의 자식들보다 헤티에게 언제나 더 무관심했던 것이다. 헤티 어머니의 재산을 그 아무짝에도 쓸모없는 소렐이 탕진해버렸고, 헤티의 핏줄에는 소렐의 피가 흐르고 있으니까.

"가엾은 것! 가엾기도 하지!" 젊은 마틴이 말했다. 그는 과거로 거슬러 올라가 이 쓰라린 기억을 끌어낸 것이 유감스러웠다. "누이는 운이 나빴을 뿐이에요. 하지만 헤티는 이 지방의 어떤 여자애보다도 견실하고 착실한 남편을 얻을 가능성이 많아요."

이처럼 의미심장한 암시를 준 다음에 포이저 씨는 다시 파이프로 되돌아가서 헤티가 그 무분별한 소망을 단념했다는 기미를 드러내는지 알아내려고 아무 말 없이 그녀를 바라보았다. 거절당한 것에 화가 나기도 하고 또 한편으로는 그날 억눌렀던 슬픔 때문에 헤티는 저도 모르게 울기 시작했다.

"어이, 어이!" 포이저 씨는 장난스럽게 그녀를 만류하려는 듯이 말했다. "울어서는 안 되지. 집이 없는 사람들이나 울지, 집에서 벗어나고 싶은 사람들이 우는 게 아니야. 당신은 어떻게 생각해?" 포이저 씨는 이제 집 안으로 들어와서 게가 더듬이를 떨 듯이 반드시 필요한 동작인 양 맹렬하게 뜨개질을 하고 있는 아내에게 말했다.

"생각하느냐고요? 글쎄, 저 애가 밤에 우리를 잠그는 것을 잊어버리면 우리가 나이 들기 전에 닭들을 전부 도둑맞을 거라고 생각해요. 지금 무슨 일이니, 헤티? 왜 울고 있어?"

"글쎄, 헤티가 귀부인의 하녀로 가고 싶다는구먼." 포이저 씨가 말했다. "내가 그보다 훨씬 더 잘 해 줄 수 있다고 헤티에게 말했지."

"애가 변덕스런 생각을 하고 있는 줄 알았어요. 오늘 하루 종일 입을 꾹 다물고 다녔거든요. 이게 다 체이스의 하인들과 어울렸기 때문이에요. 그걸 허락해 준 우리가 바보였어요. 마티보다 더 어렸을 때부터 자기를 키워준 친척들하고 함께 사는 것보다 그것이 훨씬 더 멋있는 생활이라고 생각하는 거예요. 귀부인의 하녀가 되면 자기 신분에 어울리는 것보다 더 멋진 옷을 입기만 하면 되고 다른 일은 없다고 생각하는 거지요. 아침부터 밤까지 이 애가 생각하는 거라고는 그저 자기 몸에 걸칠 넝마 같은 옷을 어떻게 얻을 수 있을까 하는 거예요. 그래서 나는 종종 이 애한테 들판의 허수아비가 되는 것이 좋지 않겠느냐고 물어봐요. 그러면 안팎으로 온통 누더기를 걸칠 테니까요. 나는 헤티가 귀부인의 하녀로 가는 것에 절대 동의할 수 없어요. 이 애가 하인들보다 훨씬 나은 사람에게 시집갈 때까지 이 애를 돌봐줄 좋은 친구들이 있으니 말이에요. 하인이라는 사람들은 평민도 아니고 신사도 아니고, 무의도식하며 살아야 하고, 손을 코트 뒷자락에 쑤셔 넣고는 자기 아내가 자기 대신 일하기를 바란다고요."

"아, 그래." 포이저 씨가 말했다. "우리가 헤티에게 그보다 나은 남편을 얻어 주어야지. 더 나은 사람이 바로 가까이 있고 말이야. 자, 얘야, 그만 울고 가서 자라. 너를 귀부인 하녀로 보내는 것보다 더 좋은 일을 해 줄 테니까. 그 이야기는 더 이상 듣지 않겠다."

헤티가 위층으로 올라가자 그가 말했다.

"나는 헤티가 멀리 가고 싶어하는 걸 이해할 수 없어. 그 애가 아담 비드에게 마음을 두고 있는 줄 알았거든. 최근에 그렇게 보였는데."

"아, 그 애가 무얼 좋아할지는 아무도 몰라요. 마른 콩이 그냥 삐져나오듯, 그 애를 붙잡을 수 있는 게 없다니까요. 그런 문제로 보자면 몰리도 점점 나빠지고 있기는 하지만, 몰리가 우리와 아이들을 떠난다면 헤티보다는 더 섭섭해 할 거예요. 다가오는 미가엘 축일이면 우리 집에 온지 일 년 밖에 되지 않는데도 말이에요. 그런데 헤티는 그 댁 하인들하고 어울리면서 귀부인의 하녀가 되려고 생각하게 된 거예요. 그 애에게 그 섬세한 일을 배우러 다니라고 허락했을 때 어떤 결과가 생길지 미리 알았어야 했는데. 하지만 곧 그것을 끝장내겠어요."

"헤티에게 좋은 일이 아니라면 당신도 그 애와 헤어지기 섭섭하겠지." 포이저 씨가 말했다. "그 애가 당신 일에 도움이 되었잖아."

"섭섭하다고요? 그래요. 그 애는 애정을 받을 자격이 없지만 난 그 애를 좋아해요. 그 냉정한 어린애를 말이에요. 그런 식으로 우리를 떠나고 싶어 하다니. 내가 그 애에게 애정이 없었다면 7년 동안이나 그 애를 데리고 있으면서 그 애를 위해 일하고 모든 것을 가르쳐 주지 않았을 걸요. 리넨을 짜면서도 그 애가 결혼해서 쓸 침대보와 식탁보를 만들 거라고 줄

곧 생각하고 있었다고요. 그 애가 우리와 함께 이 교구에서 살 거고, 우리가 볼 수 없는 곳으로 떠나지는 않을 거라고요. 바보처럼 나는 그 애에게 무엇이든 해 주려고 생각하고 있는데, 그 애는 속에 단단한 돌이 박힌 체리나 마찬가지예요."

"아니, 아냐. 당신은 사소한 일을 과장하면 안 돼." 포이저 씨가 달래듯이 말했다. "틀림없이 그 애도 우리를 좋아할 거야. 하지만 아직 어려서 자기도 뭔지 제대로 알 수 없는 것들을 머릿속에 갖고 있는 거야. 젊은 애들은 종종 왜 그런지도 모르면서 달아나기도 하잖아."

하지만 숙부의 대답은 헤티에게 실망감으로 눈물을 흘리게 한 것 외에 또 다른 영향을 미쳤다. 숙부가 착실하고 건실한 남편과의 결혼에 대해 언급했을 때 무엇을 염두에 두고 있는지 그녀는 아주 잘 알고 있었다. 그래서 침실로 올라왔을 때, 아담과의 결혼이 새로운 가능성으로 보이게 되었다. 강렬한 공감력이 작용하지 않는 마음에서, 평정을 잃은 본성으로 하여금 조용히 인내심을 발휘하고 신뢰하도록 차분하게 만들어 줄 탁월한 정의감이 없는 마음에서, 슬픔으로 인해 빚어질 첫 번째 결과들 가운데 하나는 현재 상황을 바꿔줄 수만 있다면 무엇이든 홀린 듯 필사적으로 붙잡으려는 것이다. 불쌍한 헤티가 생각할 수 있는 결과는 늘 자신이 겪을지 모를 쾌락과 고통을 터무니없이 편협하게 따져 보는 것에 지나지 않았지만, 지금은 현재의 고통으로 인한 무분별한 짜증 탓에 그것마저도 전혀 고려하지 않았다. 그녀는 일시적인 슬픔에서 벗어나기 위해서 발작적으로 이유 없이 행동함으로써 평생 비참한 상태에 빠지는 비참한 인간들과 같은 상황에 처해 있었다.

그녀가 아담과 결혼해서는 안 될 이유가 어디 있단 말인가? 자기 삶을 변화시킬 수만 있다면 무엇을 하든 개의치 않았다. 아담이 아직도 그녀와 결혼하고 싶어하리라고 믿을 수 있었고, 그 점에 있어서 아담의 행복에 대해서는 단 한 번도 생각하지 않았다.

"이상하군!" 여러분은 어쩌면 이렇게 말할 것이다. "현재의 마음상태에 가장 불쾌할 방향으로 이렇게 충동적으로 돌진하다니 말이야. 게다가 슬픔을 겪은 지 겨우 이틀밖에 지나지 않은 날 밤에 말이지!"

그렇다. 심각하고 슬픈 운명 속에서 격투를 벌이고 있는 헤티처럼 작고 하찮은 영혼의 움직임은 정말로 이상하다. 폭풍우가 일고 있는 바다에서 바닥짐을 내던져 버린 작은 배의 흔들림도 그러하다. 울긋불긋한 돛을 달고 햇빛을 받으며 고요한 만에 정박해 있을 때 그 배는 얼마나 예쁘게 보였던가!

"정박된 배를 풀어놓은 사람에게 그 손실을 떠맡으라고 하라고!"

하지만 그렇다고 해서 그 배를 구조할 수는 없을 것이다. 평생 지속될 기쁨이었을지도 모를 그 예쁜 배를 말이다.

포이저 부인이 "속 시원하게 퍼붓다"

다음 토요일 저녁에 도니손 암즈에서는 바로 그날 일어난 사건을 두고 무척 열띤 논의가 벌어졌다. 다름 아니라 승마 구두를 신은 멋쟁이가 다시 나타난 사건이었는데, 누군가는 그가 체이스 팜을 협상하려는 농부에 불과하다고 말했고, 다른 사람들은 장차 집사가 될 거라고 말했지만, 그 낯선 사람의 방문을 직접 목격한 캐손 씨는 그가 이전의 새첼 대신에 토지 관리인이 될 거라고 경멸하듯이 선언했다. 캐손 씨가 그 낯선 이를 보았다는 사실을 어느 누구도 부정하지 않았지만, 그럼에도 불구하고 캐손 씨는 여러 가지 정황을 들어 그 사실을 증명하려했다.

"그 사람을 직접 봤어." 그가 말했다. "얼굴에 흰 점이 있는 말을 타고 그 사람이 야생 사과나무 들판을 따라오는 것을 봤다고. 나는 맥주를 막 마시려던 참이었지. 그러니 오전 열 시 반이었어. 바로 그 시간에 시계처럼 정확하게 맥주를 마시니까 말이야. 그리고 짐마차를 타고 올라온 노울즈에게 말했지. '오늘 맥주를 조금 마실 수 있을 걸세, 노울즈. 주위를 돌아보라고.' 그러고 나서 건초가리가 쌓인 마당을 돌아 트레들스톤으로 이어지는 길 쪽으로 갔지. 큰 물푸레나무 옆을 지나 올라가는데, 그때 승마 구두를 신은 사람이 얼굴에 흰 점이 박힌 말을 타고 오는 것이 보였어. 그걸 본 게 아니라면, 다시는 여기서 꼼짝달싹하지 못해도 좋아. 나는 가만히 서서 그가 올라올 때까지 기다리다가 '좋은 아침입니다' 라고 말했지. 그 사람이 이 고장 출신인지 아닌지 알아내려고 그 사람의 억양을 듣고 싶었던 거야. 그래서 내가 '좋은 아침입니다. 오늘 아침에는 보리가 잘 익도록 좋은 날씨가 이어지겠네요. 운이 좋으면 추수도 조금 할 수 있겠어요'. 그랬더니 그가 말했어. '그래, 당신 말이 맞을 거요. 알 수 없는 일이지만' 라고 하더군. 그래서 그 말을 듣고 알았지." 이 부분에서 캐손 씨는 눈을 찡긋했다. "그는 백 마일쯤 떨어진 먼 곳에서 온 사람이 아니야. 나를 이상하게 말하는 사람이라고 생각했을 걸세. 자네들 로엄셔 사람들 사이에 정확한 말을 쓰는 사람이 있다는 걸 말이야."

"정확한 말이라고!" 바틀 매시가 경멸하듯이 말했다. "돼지가 꺽꺽거리는 소리가 나팔로 연주하는 곡조에 가깝다면, 그만큼 자네가 쓰는 말은 정확한 말에 가깝지."

"글쎄, 그럴까?" 캐손 씨는 화가 났지만 미소를 지으며 말했다. "어린 시절부터 신사들 사이에서 살아온 사람은 학교 선생님만큼이나 정확한 말을 잘 알고 있다고."

"아, 아, 그래." 바틀은 빈정거리며 위로하듯이 말했다. "자네가 쓰는 말은 바로 자네에게 정확한 말이야. 마이크 홀즈워스의 염소가 바아아라고 하면 그건 정확한 거라네. 그것이 다른 소리를 낸다면 자연스럽지 않으니까."

나머지 일행은 로엄셔 출신이었기에 캐손 씨를 비웃었고, 그래서 그는 눈치 빠르게 이전의 화제로 돌아갔다. 그 화제는 그날 저녁으로 끝나지 않고 다음 날 예배가 시작되기 전에 교회 뜰에서 다시 언급되었고, 소식을 처음 듣는 사람이 있을 때 그렇듯이 새로운 흥미를 일깨웠다. 소식을 새로 듣게 된 사람은 마틴 포이저였다. 그의 아내의 말대로, 그는 캐손 씨의 여관에 모여 술에 폭 절어서 불그레한 얼굴로 대구처럼 멍청하게 보이는 그 무리들과 어울려 "진탕 마시는 일이 결코 없기" 때문이었다.

하루 이틀 지난 후 포이저 부인이 오후 청소를 끝내고 간절히 원하던 여유를 누릴 수 있는 시간이 되어 대문에 서서 뜨개질을 하고 있을 때 늙은 지주가 보이자 부인은 곧바로 그 낯선 사람을 떠올렸다. 아마도 교회에서 돌아오는 길에 이 수상한 사람에 대해 남편과 이야기를 나눴기 때문이었을 것이다. 노지주는 검은색 조랑말을 타고 마당에 들어섰고 말구종인 존이 그 뒤를 따라 들어왔다. 후에 포이저 부인은 자신의 선견지명이 드러난 일례로 언제나 그 사건을 언급했다. 노지주를 본 순간 속으로 '지주가 온 것은 그 낯선 사람이 체이스 팜을 임대하는 문제 때문이라고 해도 놀라지 않을 거야. 대가는 지불하지 않으면서 포이저에게 무슨 일을 하도록 시키려는 거겠지. 하지만 포이저가 그렇게 한다면 바보야' 라고 생각한 것은 놀라울 정도로 비범한 그녀의 통찰력을 실제로 보여준 것이었다.

늙은 지주가 소작인의 집을 방문하는 것은 드문 일이었기에 뭔가 이례적인 사건이 벌어질 것이 분명했다. 지난 열두 달간 포이저 부인은 다음번에 지주가 홀 팜의 대문에 들어설 때 그에게 들려주겠다고 마음먹고 상상 속에서 여러 가지 이야기를 연습해 왔었다. 그 말들은 귀에 들리는 것보다 훨씬 더 많은 의미를 함축하고 있었지만, 언제나 상상 속의 말로 남아 있었다.

"잘 있었나, 포이저 부인." 노지주는 근시인 눈으로 그녀를 자세히 쳐다보며 말했다. 그처럼 그녀를 바라보는 눈길에 대해서 포이저 부인은 나중에 이렇게 말했다. "그 눈을 보면 언제나 화가 났어. 마치 상대방을 벌레 취급하면서 손톱으로 눌러 보려는 것 같거든."

하지만 그녀는 "안녕하세요, 나리" 라고 말하며 앞으로 나아가 그를 향해 극진한 존경을 바치는 태도로 절했다. 지독한 도전을 받는 경우가 아니라면 그녀는 윗사람들에게 예의바르지 않게 행동하거나 교리문답[107]

---

107) 영국국교에서 확정한, 모든 사람이 외워야 하는 교리문답 기도서. 그 가운데

에 정면으로 저항할 여자가 아니었다.

"남편이 집에 있나, 포이저 부인?"

"아뇨, 나리. 건초가리를 보러 나갔습니다. 나리께서 말에서 내리셔서 안으로 들어오시면, 곧 그를 불러오겠습니다."

"고맙네, 그렇게 하지. 사소한 문제에 대해서 그와 의논하고 싶네. 하지만 자네도 그 못지않게 그 문제에 관련이 있으니 자네 의견도 들어야겠네."

"헤티, 뛰어가서 숙부님께 들어오시라고 전해라." 집 안으로 들어온 노신사가 헤티의 절에 대한 응답으로 고개를 끄덕이자 포이저 부인이 말했다. 한편 토티는 구스베리 잼으로 얼룩진 앞치마를 의식하면서 시계 뒤에서 얼굴을 숨기고 몰래 엿보았다.

"아주 멋진 부엌이군!" 도니손 씨는 찬탄하듯이 돌아보며 말했다. 그는 달콤한 말이든 악의에 찬 말이든 한결같이 신중하고 세련되고 점잖은 어조로 말했다. "그리고 자네는 이곳을 아주 신기하게도 깨끗이 꾸려가는군, 포이저 부인. 내가 장원의 어디보다도 이 집과 대지를 좋아한다는 것을 알고 있나?"

"네, 나리, 나리께서 이 집을 좋아하시니까, 약간 수리를 하도록 허락해 주시면 감사하겠습니다. 이 집의 판자가 너무 썩어서 쥐들과 생쥐들이 저희를 잡아먹을 정도이고, 지하실은 똑바로 서면 무릎까지 물에 잠길 정도입니다. 나리께서 보시고 싶으시다면 내려가 보셔도 좋습니다만, 아마도 나리께서는 제 말을 믿으시겠지요. 앉으시지 않겠어요, 나리?"

"아직은 괜찮네. 자네의 낙농실을 봐야겠네. 여러 해 동안 보지 못했어. 그리고 자네의 치즈와 버터에 대해 여러 사람들이 훌륭하다고 말하는 것을 들었네." 지주는 포이저 부인과 우연히도 의견이 일치하지 않는 문제가 있을 수 있다는 것을 알아차리지 못한 듯 품위 있게 말했다. "저기

"이웃에 대한 네 의무가 무엇인가?"라는 주교의 질문에 "나 자신을 낮추고 모든 윗분들에게 존경심을 바치는 것"이라는 대답이 포함되어 있다.

그 문이 열려 있는 것 같군. 내가 자네의 크림과 버터를 탐내며 보더라도 자네는 놀라서는 안 되네. 새첼 부인의 크림과 버터가 자네 것과는 비교가 될 수 없을 테니."

"물론 저는 알 수 없습니다, 나리. 다른 사람의 버터를 본 일이 거의 없거든요. 때로 있다하더라도 볼 필요도 없습니다. 냄새만으로도 충분하니까요."

"아, 여긴 참 마음에 드는군." 도니손 씨는 문간에 서서 축축한 청결의 사원을 돌아보며 말했다. "버터와 크림이 이 낙농실에서 왔다는 것을 알면 내 아침 식사가 더 즐거울 걸세. 고맙네, 여기는 정말 쾌적하군. 불행히도 류머티즘을 앓고 있기 때문에 축축한 곳이 두렵다네. 자네의 편안한 부엌에 앉도록 하지. 자, 포이저, 어떻게 지내나? 평소처럼 일에 파묻혀 있겠지. 자네 부인의 멋진 낙농실을 보았네. 자네 부인은 이 교구에서 가장 훌륭한 운영자라네, 그렇지 않나?"

방금 들어온 포이저 씨는 셔츠 차림에 조끼를 풀어놓은 채 "건초를 옮기느라" 평소보다 약간 더 붉어진 얼굴이었다. 자그마하고 강단이 있으며 냉정한 노신사 앞에 불그스레하고 둥근 얼굴을 빛내며 서 있는 그는 마치 시들어 빠진 능금 옆에 있는 최상품 사과처럼 보였다.

"이 의자에 앉으시겠어요, 나리?" 그는 부친의 안락의자를 앞으로 약간 밀면서 말했다. "편안하실 겁니다."

"아니, 고맙네, 나는 안락의자에는 절대 앉지 않네." 노신사는 문 옆의 작은 의자에 앉으며 말했다. "둘 다 앉게나. 자네도 아는지 모르지만, 포이저 부인, 나는 새첼 부인의 낙농실 운영에 한동안 흡족하지 못했다네. 그 부인은 자네처럼 훌륭한 방법을 쓰는 것 같지 않더군."

"나리, 그 점에 대해서 제가 말씀드릴 것은 없습니다." 포이저 부인은 지주의 맞은편에 서서 뜨개질 거리를 말았다 풀면서 냉정한 눈으로 창밖을 바라보며 딱딱한 목소리로 말했다. 원한다면 포이저는 앉아도 된다고 생각했다. 다만 자신은 그렇게 부드러운 혀의 감언이설에 속아 넘어가서 의자에 앉지 않을 것이다. 냉정한 기색을 조금도 알아채지 못하고 느끼지 못한 포이저 씨는 삼각의자에 앉았다.

"지금 새첼이 병석에 누워있기 때문에 나는 체이스 팜을 점잖은 소작인에게 임대할 생각이라네, 포이저. 내 손에 농장을 갖고 있는 것에 진력이 났지. 알다시피 그렇게 하면 농장을 최선으로 운영할 수 없으니 말일세. 만족스러운 토지 관리인을 찾기가 어렵다네. 그래서 그 결과 자네와 나, 그리고 여기 있는 자네의 훌륭한 아내가 약간 조정을 할 수 있을 거라고 생각하네. 그것은 우리 서로에게 이득이 될 걸세."

"네." 포이저 씨는 그 조정이 어떤 것일지 상상력을 발휘하지 못하고 사람 좋게 대답했다.

"제가 말씀을 드려도 된다면, 나리, 물론 나리께서는 저보다 더 잘 알고 계실 겁니다." 포이저 부인은 남편의 덜떨어진 듯한 태도를 동정하듯이 바라본 후에 말했다. "하지만 체이스 팜이 저희하고 무슨 상관이 있는지 모르겠습니다. 저희는 저희 농장만으로도 힘든 일이 많이 있으니까요. 점잖은 사람이 이 교구에 새로 온다면야 기쁘지 않은 것은 아닙니다. 여기 온 사람들 중에는 그 성격을 미리 들여다보지 못한 사람들도 있었으니까요."

"써를 씨는 탁월한 이웃이 될 거라고 장담하네. 내가 언급할 사소한 계획에 따라서 자네들이 편의를 봐주면 기뻐할 사람이라네. 특히 바라는 바이지만, 자네들은 그것이 그의 이익뿐 아니라 자네들의 이익에도 많은 보탬이 되리라는 것을 알게 될 걸세."

"나리, 실제로 저희에게 이득이 되는 거라면, 그런 것은 처음으로 들어보는 제안입니다. 제 생각에는, 이 세상에서 이득을 얻는 사람은 이득을 취하는 사람입니다. 이득이 자기들에게 오기를 바라는 사람들은 아주 오래 기다려야 하지요."

"사실은, 포이저, 체이스 팜은 써를이 염두에 두고 있는 목적에 비해서 목초지가 너무 많고 경작지가 너무 적다네." 지주는 세속적인 번영에 대한 포이저 부인의 이론을 무시한 채 말을 이었다. "사실 그는 그것을 조금 바꾼다는 조건으로 그 농장을 맡을 거라네. 그의 부인은 자네 부인처럼 영리한 낙농장 일꾼이 아닌 것 같네. 지금 내가 생각하고 있는 계획은 조금 교환을 하는 거라네. 만일 자네가 홀로우 목초지를 갖게 된다면 자네는 낙농지가 늘어날 테고, 그 낙농지는 자네 아내의 낙농실 운영에 무척 유익할 걸세. 그리고 자네, 포이저 부인에게는 내 집에 우유, 크림, 버터를 시장가격으로 제공해 주도록 요청해야겠네. 그 대신 포이저, 자네는 써를에게 아래쪽 밭과 위쪽 밭을 양도해 주게. 사실 비가 오는 철이 많아서 자네에게 성가신 땅을 없애주는 것이 되겠지. 밀밭보다는 목초지가 위험이 훨씬 덜하니까."

포이저 씨는 무릎에 팔꿈치를 기대고 몸을 앞으로 숙인 채 머리를 한쪽으로 기울이고 입술을 꼭 다물고 있었다. 겉으로 보기에는 손가락 끝들을 마주치게 하여 선박의 늑골[108]을 완벽하게 재현하는 데 몰두하고 있는 것 같았다. 그는 아주 영리한 사람이었기에 그 계획을 모두 꿰뚫어볼 수 있었고, 그 문제에 대한 아내의 견해가 무엇일지 정확하게 예측할 수 있었다. 하지만 그는 불유쾌한 답변을 하고 싶지 않았다. 농사를 짓는 방법에 대한 문제가 아니라면 말다툼을 하기보다는 포기하는 편이 언제나 나았고, 결국 그것은 자기보다 아내에게 더 중요한 문제였다. 그래서 몇 분간 침묵을 지킨 후에 그는 아내를 올려다보고 부드럽게 말했다. "당신은 어떻게 하겠소?"

남편이 침묵을 지키는 동안 냉정하고 엄한 시선으로 남편을 뚫어지게 바라보던 포이저 부인은 이제 고개를 흔들며 머리를 돌리고는 건너편 우사의 지붕을 냉정한 눈으로 바라보고 뜨개질거리를 접어 헐거운 핀을 찔러 넣고 마주잡은 손으로 꼭 쥐고 있었다.

"어떻게 하겠냐고요? 임대 기간이 끝나기 전에 당신의 밀밭을 포기하는 것에 대해서는 당신 마음대로 해도 좋다고 말하겠어요. 임대 기간은 다음 미가엘 축일과 성모 영보 축일이 돌아올 때까지 아직 일 년이나 남아 있지만 말이에요. 하지만 좋아서건 돈 때문이건 낙농일을 제 손에 더

108) 선체의 겉모양을 이루고 있는 골격

떠맡는 것에 대해서는 동의할 수 없어요. 그리고 제가 보기에는 여기에 좋을 일도 없고, 돈도 없어요. 오직 다른 사람들에게 좋을 일만 있고 다른 사람들의 주머니로 들어갈 돈만 있지요. 땅을 소유하도록 태어난 사람이 있고, 땅에서 땀을 흘리도록 태어난 사람이 있다는 건 알고 있어요." 이 부분에서 포이저 부인은 약간 숨이 차서 멈추었다. "그리고 피와 살이 견딜 수 있는 한, 윗분들에게 순종하는 것이 그리스도교인의 의무라는 것도 알고 있어요. 하지만 나 자신을 순교자로 만들어서 뼈와 가죽만 남도록 몸 바쳐 일하고 마치 버터를 만들어 내는 우유 통이라도 된 양 스스로를 혹사시키는 일은 하지 않을 거예요. 영국의 어떤 지주님을 위해서라도 말이에요. 그분이 조지 국왕폐하라 하더라도 안 돼요."

"아니, 아니, 친애하는 포이저 부인, 물론 아니지." 지주는 여전히 자신의 설득력을 자신하면서 말했다. "자네가 과로해서는 안 되지. 하지만 이런 식으로 하면 자네의 일이 늘어나는 것이 아니라 줄어들 거라고 생각하지 않나? 저택의 우유 소비량이 아주 많기 때문에 자네의 목초지가 늘어난다 하더라도 치즈와 버터 생산은 거의 늘지 않을 걸세. 그리고 우유를 파는 것이 목초지에서 나오는 생산물을 처분하는 가장 수익이 많은 방법이라고 나는 믿네, 그렇지 않나?"

"아, 그건 사실이에요." 포이저 부인은 농장의 이익 문제에 관한 의견을 억누르지 못하고, 그리고 이 경우에 있어서 그것이 순전히 이론적인 문제가 아니라는 것을 잊어버리고는 말했다.

"감히 말씀드리자면," 포이저 부인은 고개를 절반쯤 남편 쪽으로 돌리고 비어 있는 안락의자를 바라보며 씁쓸하게 말했다. "난롯가에 편안히 앉아서, 모든 일이 안팎으로 그 외의 다른 일들에 딱 들어맞게 되어 있다고 생각하는 남자들에게는 그것이 사실이겠지요. 반죽 만드는 생각만 해도 푸딩이 만들어진다면, 저녁을 차리기가 쉽겠지요. 하지만 우유가 끊임없이 필요할지 어떨지 제가 어떻게 알겠어요? 여러 달이 지나기 전에 저택의 임금 체계가 식비 수당을 지급하는 방식으로 바뀌지 않을 거라고 제가 어떻게 믿을 수 있겠어요? 그러면 저는 밤마다 이십 갤런의 우유 생각에 잠을 이루지 못할 겁니다. 그리고 딘걸은 버터 값을 지불하기는커녕 버터를 더 이상 가져가려고도 하지 않을 겁니다. 그러면 저희는 돼지를 살찌우다가 푸줏간 주인에게 그것을 사달라고 무릎 꿇고 애걸하고, 돼지 절반은 홍역으로 잃을 거예요. 그리고 운반하는 문제도 있지요. 남자 한 명과 말 한마리가 반나절은 족히 걸려야 하는 일이지요. 그것도 수익에서 제해야겠지요? 그리고 펌프 밑에 조리를 대고 있다가 물을 가져가려는 사람들도 있습니다."

"그 문제, 운반하는 것은 문제가 없을 걸세, 포이저 부인." 이처럼 구체적인 문제를 거론하는 것은 포이저 부인이 조금은 타협하려는 의향이 있음을 드러낸다고 생각한 지주가 말했다. "베셀이 짐마차와 조랑말을 가지고 와서 그 일을 규칙적으로 할 걸세."

"아, 나리, 죄송합니다만, 저는 신사분의 하인들이 제 뒤뜰에 와서 두 여자애에게 동시에 수작을 걸고 그 애들이 무릎 꿇고 문질러 닦을 때 애들 엉덩이에 손을 올려놓고 온갖 잡담을 늘어놓는 것에는 전혀 익숙하지 않습니다. 저희가 파산하게 되더라도 그것이 저희 부엌이 술집으로 변했기 때문이어서는 안 됩니다."

"자, 포이저." 지주는 마치 포이저 부인이 앞으로 걸어가다가 갑자기 물러나 방에서 나갔다고 생각하는 듯한 얼굴로 전략을 바꿔 말했다. "자네는 홀로우를 가축사육장으로 바꿀 수 있네. 내 집에 식품을 제공하는 것과 관련해서 다른 문제들은 쉽게 협의할 수 있네. 그리고 자네의 이웃일 뿐 아니라 자네의 지주인 사람에게 자네가 기꺼이 편의를 봐주려했다는 점을 나는 잊지 않을 걸세. 현재 임대 기간이 만료될 때 삼 년 계약으로 임대계약을 갱신한다면 자네가 기뻐할 거라고 생각하네. 그렇지 않으면, 써틀이 자본이 조금 있으니까 농장을 둘 다 임대하고 싶어 할 거라고 믿네. 그 둘을 함께 운영하면 아주 좋을 테니까. 하지만 나는 자네처럼 오랜 소작인과 헤어지고 싶지 않네."

마지막에 내비친 협박이 아니더라도 이런 식으로 이야기에서 떠밀려나자 포이저 부인의 분노는 극에 달했다. 그녀의 남편은 자기가 태어나고 자라난 옛 고장을 떠나야 할 가능성에 진정 불안감을 느끼고 (노지주가 무슨 짓이든 저지를 수 있는 작은 악의가 있다고 믿었기에) 자신이 가축을 더 사고 팔아야할 때 겪을 불편함을 온건하게 항의하듯 설명하기 시작했다.

"글쎄요, 나리, 그것은 다소 어렵다고 생각합니다만 …" 바로 그때 포이저 부인이 이번 한번만은 하고 싶은 말을 다 내뱉어야겠다고 필사적으로 결심하면서 소리쳤다. 비록 그로 인해서 떠나라는 경고가 쏟아져 들어오고 구빈원에서 유일한 피난처를 찾게 된다손 치더라도 말이다.

"그렇다면, 나리, 제가 말씀드려도 된다면 말입니다. 비록 제가 여자지만, 그리고 여자는 남자들이 그녀의 영혼을 팔아먹는 동안에 옆에 서서 멍청히 바라보고 있을 만큼 바보라고 생각하는 사람들도 있지만, 저는 말할 권리가 있으니까요. 저는 임대료의 사분의 일을 벌고 있고 또 사분의 일을 절약하고 있으니까요. 제 말씀은, 만약 써를 씨가 나리의 농장을 기꺼이 임대할 생각이라면, 그분이 이 농장을 떠맡고 이집트의 온갖 병균들이 득실거리는 이 집에서 살고 싶어 하다니 참으로 유감입니다. 지하의 식품 창고에는 물이 가득 차 있고, 개구리와 두꺼비들이 수십 마리씩 계단 위를 뛰어다니고, 마룻바닥은 썩었고, 쥐들과 생쥐들이 치즈를 모두 갉아먹고, 침대에 누워 있으면 머리맡으로 뛰어다녀서, 그것들이 우리를 산 채로 먹어버리지 않을까 걱정될 지경이니까요. 그 쥐새끼들이 오래 전에 아이들을 먹지 않은 것이 다행이죠. 부서질 지경이 되었어도 단 한 번도 보수 작업을 하지 않은 집을 견뎌낼 소작인이 포이저 말고 또 있을지 알고 싶습니다. 그 지경이 되어도 보수를 하지 않다가 저희가 빌고 기도하고 또 절반의 비용은 저희가 지불해야 했지요. 그리고 또 임대료 때문에 꽁꽁 묶여 있다고요. 제 남편이 땅에 자기 돈을 미리 뿌렸음에도 불구하고 땅에서 임대료를 낼 만큼의 돈을 뽑아내기도 어려우니까요. 나리께서 낯선 사람에게 여기서 그런 생활을 하도록 할 수 있는지 두고 보시지요. 장담하건대, 그런 걸 좋아한다면 썩은 치즈에서 구더기가 태어날 겁니다. 나리께서는 제 말을 피해 달아나실지 모르지요, 나리.” 깜짝 놀라고 당황한 상태로 처음 몇 순간이 지난 후 늙은 지주가 일어서서 미소를 지으며 그녀에게 손을 흔들고 조랑말을 향해 걸어 나가자 포이저 부인은 그를 따라서 문간을 넘어가며 말을 이었다.

“나리께서는 제 말을 피해 달아나실 수 있고, 저희에게 해를 끼칠 비열한 방법을 계속 생각해 내시겠지요. 나리에게는 악마가 친구니까요. 그 외에는 친구가 전혀 없지만 말이에요. 하지만 우리는 고삐를 푸는 방법을 알지 못해서 채찍을 들고 있는 사람들에게 학대당하면서도 돈을 벌어주는 말 못하는 동물이 아니라는 것을 기필코 말씀드려야겠어요. 속마음을 털어놓은 사람이 저 혼자뿐인지 모르지만, 이 교구와 옆 교구에는 저와 똑같이 생각하는 사람들이 아주 많이 있어요. 나리의 이름은 사람들의 코에 지옥의 불처럼 악취를 풍기니까요. 나리가 나리의 영혼을 구했다고 생각하면서 무명 조각하고 죽 한 그릇을 적선한 노인들 두세 분만 빼고 다들 그렇게 생각할 걸요. 그리고 나리의 영혼을 구하는 데 그다지 필요한 게 없을 거라는 나리의 생각이 옳을 겁니다. 나리가 온갖 것들을 긁어모았음에도 불구하고, 지금까지 나리의 영혼에 쌓인 것[109]은 전혀 보잘 것이 없으니까요.”

하녀 두 명과 짐수레꾼 한 명이 만만찮은 청중이 되는 경우도 있다. 검은 조랑말을 타고 급히 떠나면서 지주는 근시라는 축복을 받았음에도 불구하고 몰리와 낸시, 그리고 팀이 멀지 않은 곳에서 히죽거리고 있음을 의식하지 않을 수 없었다. 어쩌면 신랄한 늙은이 존도 뒤에서 히죽거리고 있으리라고 그는 생각했다. 그것은 사실이었다. 그동안 포이저 부인은 혼자서 계속 소리를 지르듯이 말을 이었고, 불도그 한 마리와, 황갈색과 검은색이 어우러진 테리어, 앨릭의 양치기 개가 짖어댔고, 조랑말의 뒤꿈치에서 멀리 떨어진 안전한 곳에서 거위들이 쉬쉬거리며 인상적인 사중주로 그 말을 장식했다.

---

109) 영혼을 구한다는 말에서 구하다(*save*)와 쌓인 것(*saving*)은 같은 단어에서 파생된 다른 의미로 재치를 부린 말장난(*pun*).

하지만 포이저 부인은 조랑말이 멀어지자마자 몸을 돌리고는, 희희낙락하고 있던 두 처녀를 무섭게 쏘아보아서 그들을 부엌으로 물러가게 하고 뜨개질거리를 펼쳐서 다시 평소처럼 재빨리 뜨개질을 하면서 집안으로 들어갔다.

“당신 이제 해치웠구려.” 포이저 씨는 약간 겁에 질리고 불안한 심정이었지만 아내의 감정 폭발에 즐겁고 의기양양한 기분이 들지 않는 것은 아니었다.

“그래요, 내가 해치웠다는 걸 알고 있어요.” 포이저 부인이 말했다. “하고 싶은 말을 다 털어놨어요. 이렇게 했으니 앞으로는 평생 마음이 더 편할 거예요. 영원히 조여서 지낸다면, 물이 새는 통처럼 보이지 않게 조금씩 마음을 드러낸다면, 사는 데 즐거움이 없을 거라고요. 내가 늙은 지주처럼 오래 산다하더라도 내 생각대로 말한 걸 후회하지 않을 거예요. 그렇게 오래 살 가능성은 거의 없지만요. 여기서 필요하지 않은 사람들은 저 세상에서도 필요하지 않은 것 같으니까.”

“하지만 열두 달 후 미가엘 축일에 이 정든 곳을 떠나고 싶지는 않겠지.” 포이저 씨가 말했다. “아는 사람이 하나도 없는 낯선 교구에 가는 것 말이야. 우리 둘 한테나 아버님께도 힘든 일일거야.”

“아, 걱정할 필요 없어요. 지금부터 열두 달 후 미가엘 축일이 될 때까지 많은 일들이 일어날 수 있으니까요. 우리가 알기로도, 그 이전에 대위가 주인이 될지도 모르잖아요.” 포이저 부인은 다른 사람의 잘못이 아니라 자신의 미덕 때문에 벌어진 곤혹스러운 사태에 대해서 평소와 달리 낙관적인 입장을 취하려 하면서 말했다.

“걱정하는 건 아니오.” 포이저 씨가 삼각의자에서 일어나 천천히 문 쪽으로 가면서 말했다. “다만 이 정든 집과 내가 태어나고 자란, 그리고 나 이전에 아버지께서 태어나신 이 교구를 떠나기 싫을 뿐이지. 우리의 뿌리를 뒤에 남기고 떠나면, 다시는 잘 살게 되지 못할까봐 걱정이요.”

또 다른 연결들

마침내 보리 수확이 모두 끝나서, 추수기의 저녁 식사에 우울하게도 시커먼 콩 요리를 기다리지 않아도 되었다. 사과와 견과류를 모두 따서 보관했고, 농가에서는 유장 냄새가 사라지고 그 대신 술 익는 냄새가 감돌았다. 낮게 드리워진 어둑한 하늘 아래에서 체이스 뒤편의 숲과 산울타리의 나무들은 엄숙하고 장대하게 보였다. 미가엘 축일이 되었고 바구니마다 가득 담긴 자줏빛 서양자두와 연한 자줏빛 데이지가 향기를 풍겼으며, 젊은 사내들과 여자들이 일자리를 떠나거나 일자리를 구해서 겨드랑이에 꾸러미를 끼고는 노랗게 물든 산울타리 사이를 따라서 구불구불 돌아갔다. 그러나 미가엘 축일이 되었어도 그 탐나던 소작인, 써를 씨가 체이스 팜에 오지 않았기에 노 지주는 결국 새로운 토지 관리인을 임명해야 했다. 포이저 가족이 "부당한 속임수"를 거절했기 때문에 지주의 계획이 좌절되었다는 소문이 두 교구 전역에 파다했고, 포이저 부인의 감정이 폭발했다는 이야기는 어느 농가에서나 입에 오르내리고 자주 반복되면서 흥미를 더해갔다. 그에 비하면 "보니"가 이집트에서 돌아왔다는 소문은 맥 빠지는 소식이었고, 이탈리아에서 프랑스군을 격퇴했다는 것110) 도 포이저 부인이 늙은 지주를 격퇴한 것에 비하면 아무것도 아니었다. 어윈 씨는 체이스를 제외하고 교구민들의 집 어디에서나 그 이야기를 들을 수 있었다. 그러나 그는 늘 놀라운 솜씨로 도니손 씨와의 말다툼을 피해왔으므로, 자기 어머니를 제외하고는 어느 누구와도 노신사의 패주에 대해 이야기를 나누거나 함께 비웃으며 즐거워하지 않았다. 그의 어머니는 만일 자기가 부자라면 포이저 부인에게 평생 연금을 주고 싶다

---

110) 흔히 '보니'라고 불렸던 나폴레옹 보나파르트는 1799년에 중동 지역의 진영에서 프랑스로 돌아와서 총독 정부를 세웠고 스스로 초대 총독이 되었다. 그 해에 영국, 오스트리아, 러시아 연합군은 이탈리아에서 프랑스 군대와 싸워 승리를 거두었다.

고 말하면서, 포이저 부인을 목사관으로 초대해서 그 부인의 입으로 직접 그 장면 묘사를 듣고 싶어 했다.

"아뇨, 안 돼요, 어머니." 어윈 씨가 말했다. "그 일은 포이저 부인의 쪽에서 규범에 맞지 않는 정의를 약간 획득한 것이었어요. 하지만 저 같은 치안판사는 그처럼 비규범적인 정의를 고무해서는 안 됩니다. 제가 그 말다툼에 관심을 보였다는 소문이 퍼져서는 안 되지요. 그렇지 않으면 제가 그 노인에게 조금이나마 미칠 수 있는 좋은 영향력마저 잃게 될 테니까요."

"글쎄, 나는 그녀가 만든 크림치즈보다 그녀가 훨씬 더 마음에 든다." 어윈 부인이 말했다. "얼굴이 창백한 그 여자가 남자 세 명을 합쳐놓은 기백을 갖고 있다니. 게다가 그렇게나 날카로운 말을 하다니."

"날카롭다고요! 그렇죠, 포이저 부인의 혀는 새 면도칼 같아요. 또 그녀의 이야기는 아주 독창적이지요. 교육을 받지 못했어도 재기발랄해서 온 나라에 퍼질만한 속담을 만들어 주는 그런 사람들 가운데 하나예요. 어머니께 말씀드렸다시피 크레이그에 대한 그 부인의 말은 정말 놀라웠어요. 그 사람은 태양이 자기 울음소리를 들으려고 떠올랐다고 생각하는 수탉과 같다나요. 그 말은 이솝 우화를 한 문장으로 만든 것이나 다름없어요."

"그런데 다음 미가엘 축일에 그 노신사가 그들을 농장에서 쫓아낸다면 그들이 몹시 힘들어질 텐데, 그렇지 않아?" 어윈 부인이 말했다.

"아, 그래서는 안 되지요. 포이저가 아주 훌륭한 소작인이니까 도니손은 다시 생각해보고 그들을 쫓아내느니 자기 울화를 삼켜버리는 쪽을 택할 거예요. 하지만 만약 그들에게 성모 영보 축일에 경고장을 보낸다면, 아서와 내가 그 노인을 달래기 위해 천지를 움직이도록 노력해야지요. 그들처럼 그렇게 오래 살아온 교구민들은 떠나서는 안 됩니다."

"성모 영보 축일이 되기 전에 어떤 일이 일어날지 아무도 모르지." 어윈 부인이 말했다. "아서의 생일날에 보니 그 노인이 한풀 꺾였다는 생각이 들더구나. 여든 셋이나 되었지. 정말 터무니없는 나이야. 그렇게 오래 살 권리가 있는 건 오직 여자들뿐이라고.”

“그 여자들이 없다면 외로워질 늙은 총각 아들이 있을 때 말이지요.” 어윈 씨는 이렇게 말하고 웃으면서 어머니의 손에 입을 맞추었다.

포이저 부인 역시 농장에서 떠나라는 통고를 받으리라는 남편의 불안감에 맞서서 “성모 영보 축일이 될 때까지 무슨 일이 일어날지는 아무도 알 수 없어요”라고 말했다. 그 말은 부정할 수 없는 일반적 진술이지만, 대개 부정의 소지가 없지 않은 특별한 의미를 전달한다고 여겨지는 말들 중의 하나이다. 하지만 여든세 살이나 된 왕의 죽음을 상상하는 것을 범죄라고 여기는 것은 인간의 본성에 진정 너무나 가혹한 일이다. 그런 가혹한 조건하에서는 가장 우둔한 브리튼 사람을 제외하면 어느 누구도 훌륭한 신하가 될 수 없을 것이다.

이런 불안감을 제외하면 포이저 집안에서는 전과 다름없는 일들이 이어졌다. 포이저 부인은 헤티가 놀랍게도 나아진 것 같다고 생각했다. 확실히 그 소녀는 “내성적이 되었고, 어떤 때는 채찍으로 맞아도 말 한마디 하지 않을 듯이” 보였다. 하지만 옷에 대한 관심이 적어졌으며, 누가 뭐라고 하지 않아도 아주 열심히 스스로 일을 찾아서 했다. 그리고 전혀 외출하고 싶어 하지 않는 것도 놀라운 일이었다. 실은 밖으로 나가라고 설득할 수도 없을 지경이었다. 체이스에서 매주 배우던 바느질을 숙모가 중단시켰음에도 불구하고 불평 한마디 없이 입을 내밀지도 않고 받아들였다. 마침내 그녀가 아담에게 마음을 정한 것이 확실했다. 갑자기 귀부인의 하녀가 되겠다고 변덕을 부렸던 것은 그들 사이의 사소한 다툼이나 오해 때문이었을 것이고, 이제 그 일은 지나가버렸으리라. 아담이 홀 팜에 올 때마다 헤티는 기분이 좋아진 듯이 보였고 다른 때보다 말을 더 많이 하려고 했다. 하지만 크레이그 씨나 다른 찬미자들이 우연히 그곳에 들를 때면 무뚝뚝하게 보일 정도였다.

아담 자신은 처음에 불안감에 떨면서 그녀를 관찰했고, 그 불안감은 놀라움과 감미로운 희망으로 바뀌었다. 아서의 편지를 전해준지 닷새 후에 그는 용기를 내서 홀 팜에 갔지만, 자기를 보면 그녀가 고통을 느낄지도 모른다는 두려움이 없지 않았다. 그가 집안에 들어섰을 때 그녀는 보이지 않았다. 앉아서 포이저 씨 부부와 이야기를 나누는 몇 분 동안 헤티가 아프다는 말이 나올지도 모른다는 불안감에 그의 마음이 무거웠다. 그러나 이윽고 그가 잘 알고 있는 가벼운 발걸음 소리가 들리고 포이저 부인이 "헤티, 어디 있었니?"라고 말했을 때 아담은 달라졌을 그녀의 표정을 보기가 두려웠지만 고개를 돌리지 않을 수 없었다. 그를 보아서 기쁜 듯 미소 짓는 그녀를 보고 그는 깜짝 놀랐다. 얼핏 보기에 그녀는 전과 조금도 다름이 없었고, 다만 이전에 저녁나절에 방문했을 때는 보지 못했던 모자를 쓰고 있을 뿐이었다. 하지만 이리저리 움직이거나 앉아서 일하는 그녀의 모습을 계속 바라보았을 때 어떤 변화가 느껴졌다. 여전히 발그스레한 뺨에 최근에 그랬듯이 미소를 많이 지었지만 그녀의 눈과 표정, 모든 동작에 무언가 달라진 점이 있다고 아담은 생각했다. 뭔가 더 단단해졌고, 더 늙었고, 아이다운 점이 사라져 버린 것이었다. '가엾은 것!' 아담은 속으로 생각했다. '이럴 가능성이 있었지. 처음으로 마음의 상처를 입었기 때문이야. 하지만 그녀는 그것을 버텨 나갈 만한 힘이 있어. 다행스럽게도!'

몇 주일이 지나도 그녀는 그를 만나면 언제나 기쁜 표정을 지었고, 그가 와서 기쁘다는 것을 알려 주려는 듯 그에게 사랑스러운 얼굴을 보이면서 한결같은 태도로 일하고 슬픈 기색을 전혀 보이지 않았다. 그래서 아서에 대한 그녀의 감정은 그가 처음 화가 나고 경악하여 상상했던 것보다 훨씬 더 가벼운 것이었으며, 아서가 그녀를 사랑하고 있고 그녀와 결혼할 거라는 소녀다운 환상을 어리석은 것으로 치부할 수 있었고, 그 환상에서 제때에 치유되었을 거라고 생각했다. 때로 즐거운 순간에 바랐듯이, 어쩌면 그녀의 마음이 자기에 대한 진지한 사랑을 품고 있는 남자에게로 돌아서면서 진정으로 점점 따뜻해지고 있는지도 모를 일이었다.

어쩌면 여러분은 아담의 해석이 전혀 현명하지 않았으며 아담처럼 행동하는 것은 분별력이 있는 사람에게 조금도 어울리지 않는 일이라고 생각할 것이다. 즉 내세울 거라고는 미모 밖에 없는 여자를 사랑하고, 그녀에게 미덕이 있을 거라고 상상하고, 심지어 그녀가 다른 남자와 사랑에 빠진 후에도 자존심을 굽히고 그녀에게 매달리고, 참을성이 많은 개가 몸을 떨면서 주인의 눈길이 자신에게 머물기를 기다리듯이 그녀의 친절한 표정을 기다리는 것 말이다. 그러나 인간의 성격처럼 복잡다단한 것에 있어서 예외 없는 법칙을 찾기 어렵다는 사실을 우리는 고려해야 한다. 물론 분별력이 있는 남자라면 자기가 알고 있는 사람들 가운데 가장 양식이 있는 여자와 사랑에 빠지고, 교태를 부리는 아름다운 여자의 귀여운 속임수를 꿰뚫어 보며, 사랑받고 있지 않을 때 사랑받고 있다고 착각하는 일이 결코 없으며 그런 경우라면 사랑하기를 그만두고, 모든 점에서 자기에게 가장 적합한 여자와 결혼하고, 그리하여 이웃 미혼 여성들의 인정을 받는다는 것을 알고 있다. 그러나 몇 백 년이 흐르면서 이 규칙에도 이따금 예외가 생기곤 하는데, 우리의 친구 아담은 그런 예외였다. 하지만 나 자신에 대해서 말하자면, 그럼에도 불구하고 나는 그를 존경한다. 그가 그 내면의 자아를 진정 알지 못하면서도 달콤하고 둥그스름하며 꽃처럼 활짝 핀 검은 눈의 헤티에게 품었던 깊은 사랑이 바로 그의 강한 성격에서 나온 것이며 일관성이 없는 나약함의 소산이 아니었다고 나는 생각한다. 절묘한 음악을 듣고 감정의 동요를 느낀다면 과연 그것이 나약함일까? 어떤 기억도 꿰뚫을 수 없는 삶의 미묘한 결, 영혼의 섬세한 굴곡을 찾아가서 말로 표현할 수 없는 떨림으로 과거와 현재의 당신의 존재를 연결하고, 수년간 노고를 쏟는 과정에서 흩어져 버린 모든 애정과 모든 사랑을 불러내어 한순간에 당신을 누그러뜨리며, 힘겹게 배워 온 자기 헌신적 공감을 영웅적 용기나 체념의 감정에 결합하고, 당신의 현재의 기쁨을 과거의 슬픔과, 현재의 슬픔을 과거의 기쁨과 뒤섞는 음악의 놀라운 하모니를 느끼는 것 말이다. 만일 그것이 나약함이 아니라면, 한 여자의 턱과 목과 팔의 정교한 굴곡과 간청하는 빛이 담긴 물기어린 깊은 눈이나 어린애처럼 귀엽게 뾰족 내민 입술에 감정이 동요하는 것도 나약함이 아니다. 사랑스러운 여자의 아름다움은 음악과 같기 때문이다. 더 이상 무슨 말이 필요하겠는가? 아름다움은 그것이 감싸고 있는 여자의 영혼을 뛰어넘는 것을 표현한다. 천재의 말이 그 말을 이끌어낸 생각보다 더 넓은 의미를 함축하는 것과 마찬가지이다. 한 여자의 눈빛에서 우리는 그 여자의 사랑을 능가하는 것을 느끼고 감동을 받는다. 마치 멀리 있는 강렬한 사랑이 우리에게 가까이 다가와 그 자체를 표현한 것 같다. 둥그스름한 목과 굴곡진 팔은 그 아름다움 이상으로, 우리가 알고 있는 온갖 애정과 평화와 아주 밀접하게 관련되어 있기 때문에 우리를 감동시킨다. 더없이 고귀한 성품을 가진 사람은 이러한 비개인적인 미의 표현을 알아차리고 (두말할 나위가 없이, 수염을 염색했거나 하지 않았거나 신사들 가운데 그런 것을 전혀 알아차리지 못하는 사람도 있다) 그리하여 그들은 그 아름다움에 감싸인 한 여자의 영혼에 완전히 눈이 멀게 되는 경우도 종종 있다. 그러므로 심리철학자들이 그런 실수를 피하기 위한 최고의 묘안을 제시해 왔음에도 불구하고, 유감스럽지만, 인간 삶의 비극은 앞으로도 오랫동안 지속될 것이다.

우리의 선량한 아담은 헤티에 대한 감정을 섬세한 말로 표현할 수 없었다. 그는 그처럼 신비로운 감정을 유식하게 보이는 말로 꾸밀 수 없었다. 여러분도 들었다시피, 그는 드러내놓고 자기의 사랑을 신비라고 불렀다. 그저 그녀를 보거나 기억하기만 해도 그의 마음이 깊이 동요되어 내면에 있던 온갖 사랑과 애정, 모든 믿음과 용기의 샘이 솟는 것을 느꼈다. 그가 어떻게 그녀의 편협함과 이기심, 냉정함을 상상할 수 있었겠는가? 그는 크고 헌신적이고 다정한 자기 마음에서 자신이 믿고 있는 마음을 만들어 냈을 뿐이다.

헤티에 대한 희망을 품게 되면서 아서에 대한 그의 감정은 약간 누그러졌다. 헤티에 대한 아서의 관심은 틀림없이 사소한 것이었으리라. 그들이 저지른 잘못은 아서와 같은 지위에 있는 사람이라면 그 누구라도 스스로에게 허용하지 않아야 하는 것이었다. 하지만 틀림없이 그들은 유희를 즐기는 기분에 들떠 있었으며 아마도 그 때문에 아서는 그들이 처한 위험을 깨닫지 못했고 헤티의 마음을 강하게 붙잡지 못했을 것이다. 새로운 희망을 품게 되면서, 아담의 분노와 질투는 사라지기 시작했다. 헤티는 불행하게 보이지 않았기에, 그녀가 자기를 제일 좋아한다고 믿을 수 있을 정도였다. 한때 영원히 식어버린 것 같았던 그 우정이 앞으로 되살아날지도 모른다는 생각이 때로 그의 머리에 스쳤다. 그는 그 장엄한 옛 숲에 "작별"을 고할 필요가 없고, 그것이 아서의 소유이기 때문에 더 좋아하게 될지도 모른다. 평생 극심한 어려움과 소박한 기대에 익숙한 나머지 언제나 차분하던 아담은 충격적인 고통 이후에 곧 솟아오른 이 새로운 행복에 대한 예감에 취했다. 결국 그는 진정 평온한 운명을 맞게 될 것인가? 그럴 것 같았다. 11월 초에 조나단 버지는 아담을 대체할 사람을 찾는 것이 불가능하다고 생각하고는 마침내 그 사업의 한 몫을 제공하게 되었다. 아담이 계속 그 일에 힘을 쏟고, 독자적인 사업을 하겠다는 생각을 모두 버려야 한다는 조건만 달았을 뿐이었다. 사위가 되건 되지 않건 간에 아담은 너무나 필요한 존재였기에 그와 갈라설 수 없었고, 버지에게는 아담의 세공기술보다는 두뇌노동이 훨씬 중요했기 때문에 그가 숲을 관리한다고 해서 그의 고용가치에 큰 차이가 있는 것은 아니었으며, 지주의 목재를 흥정하는 문제는 제삼자를 불러옴으로써 쉽게 해결할 수 있었다. 이제 아담은 어린 시절 이래로 갈망해 왔던 야심 찬 미래, 번영으로 나아가는 대로의 출발점에 서게 되었다. 그는 교각이나 시청 혹은 공장도 지을 수 있을 것이다. 속으로 늘 생각해 왔듯이, 조나단 버지의 건축업은 도토리 같아서 언젠가는 큰 나무로 자라날 수 있었다. 그래서 그는 버지가 제안한 거래에 동의했고 즐거운 상상을 펼치며 집으로 돌아왔다. (세련된 독자들은 아마도 이 말에 충격을 받겠지만) 그 상상 속에는 헤티의 이미지가 맴돌면서 적은 비용으로 목재를 건조하는 계획이나 수상운송을 통해 벽돌 천 개당 운송가격을 낮추는 방법에 대한 계산, 철판 대들보를 특이한 형태로 만들어서 지붕과 벽을 강화하는 훌륭한 계획에 미소를 보내고 있었다. 그렇다 하더라도 어떻다는 말인가? 아담은 이런 일들에 대한 열정을 가지고 있었고, 전기가 공기에 섞이듯이 우리의 사랑은 우리의 열정에 스며들어 미묘하게 뒤섞임으로써 열정의 힘을 고양시킨다.

이제 아담은 집을 따로 얻고 어머니를 옛 집에서 살도록 부양할 수 있을 것이다. 앞날을 생각하면 곧 결혼할 수도 있고, 만일 다인나가 세스와 결혼하기로 동의한다면 아마도 어머니는 아담과 떨어져 사는 것에 덜 섭섭해 하실 것이다. 하지만 그는 서두르지 않겠다고 다짐했다. 시간이 지나 자기에 대한 헤티의 감정이 강렬하고 확고해질 때까지는 나서지 않을 것이다. 하지만 내일 예배가 끝난 후에 홀 팜에 가서 소식을 전하리라. 틀림없이 포이저 씨는 그 소식을 5파운드 지폐보다 더 반가워하겠지만, 그 소식을 듣고 헤티의 눈이 반짝일지 볼 것이다. 그가 계획하고 있는 일을 모두 마치려면 여러 달이 지나도 부족할 것이므로, 최근에 자신을 사로잡은 이 어리석은 조급함으로 인해서 너무 서둘러 말을 꺼내서는 안 된다. 집에 돌아가서 어머니에게 이 좋은 소식을 전하고 저녁을 먹을 때 그녀는 옆에 앉아서 기쁨의 눈물을 흘리며 이 행운을 축하하기 위해서 평소의 두 배를 먹으라고 말했다. 하지만 그는 그들 모두 그 낡은 집에서 계속 살기에는 너무 비좁다고 말함으로써 조심스럽게 어머니의 마음을 다가오는 변화에 대비시키지 않을 수 없었다.

약혼

건조한 일요일이었고, 11월 2일치고는 아주 쾌적한 날이었다. 햇빛은 비치지 않았지만, 구름이 높이 떠있고 바람이 숨을 죽이고 있어서 산울타리 느릅나무에서 펄럭이며 떨어진 노란 나뭇잎들은 완전히 말라서 떨어졌음에 틀림없다. 그럼에도 불구하고 포이저 부인은 지독한 감기에 걸려서 교회에 가지 않았다. 이태 전 겨울에도 그녀는 감기로 몇 주일 동안 몸져누워 있었다. 아내가 교회에 가지 않았기에 포이저 씨도 집에 남아서 "아내의 말동무가 되어 주는 것"이 더 좋겠다고 생각했다. 어쩌면 그가 이런 결론을 내린 이유는 명확한 말로 표현될 수 없었을 것이다. 하지만 우리의 가장 확고한 신념이 말로는 투박하게 표현될 수밖에 없는 섬세한 감정에 종종 좌우된다는 것을 경험이 있는 사람들은 누구나 알고 있을 것이다. 사정이 어떻든 간에 그날 오후 헤티와 사내애들을 빼고 포이저 가족은 누구도 교회에 가지 않았다. 하지만 아담은 예배가 끝난 후 과감하게 그들에게 다가가서 그들과 함께 집으로 가겠노라고 말했다. 그러나 마을을 지나는 동안 그는 주로 마티와 토미에게 관심을 쏟는 듯이 보였고 빈튼 코피스에 있는 다람쥐에 대한 이야기를 들려주면서 언젠가는 그곳에 데리고 가겠다고 약속했다. 하지만 들판에 이르자 아담은 사내애들에게 말했다. "자 이제, 누가 더 용감하게 걷는지 볼까? 집 대문에 제일 먼저 도착하는 사람을 먼저 당나귀에 태워서 빈튼 코피스에 데리고 갈 거야. 하지만 토미가 더 작으니까 다음 울타리까지 먼저 출발해야 해."

이전에는 아담이 이처럼 확고한 연인처럼 행동한 적이 없었다. 소년들이 뛰어가자 그는 헤티를 내려다보고 마치 이미 청했지만 그녀가 거절이라도 한 듯이 간청하는 목소리로 말했다. "내 팔에 기대지 않을래요, 헤티?" 헤티는 미소를 지으며 그를 올려다보았고 금세 둥근 팔을 그의 팔에 끼었다. 그녀에게 그의 팔짱을 끼는 것쯤은 아무것도 아니었다. 하지만 그녀는 그가 팔짱끼는 것을 아주 좋아한다는 사실을 알고 있었고, 그가 좋아하기를 바랐다. 그녀의 심장은 조금도 빨리 뛰지 않았고, 그녀는 절반쯤 이파리가 떨어진 산울타리와 경작지를 전과 마찬가지로 답답하고 따분한 심정으로 바라보았다. 그러나 아담은 걸음을 옮기고 있는 것도 거의 느끼지 못했다. 자기가 그녀의 팔을 약간, 아주 약간 힘주어 누르는 것을 헤티가 틀림없이 알고 있으리라고 생각했다. 그가 감히 입에 담지 못했던 말들, 아직은 언급하지 않으려고 결심했던 말들이 그의 입술로 밀려왔기에 그는 들판을 지나는 동안 아무 말도 하지 않았다. 한때 그저 그녀의 존재와 미래에 대한 생각으로 만족하며 헤티의 사랑을 기다리던 평온한 참을성은 거의 세 달 전에 끔찍한 충격을 받은 이후로 사라져 버렸다. 열띤 질투심으로 그의 열정은 새로 들뜨게 되어, 두려움과 불확실성은 견딜 수 없을 지경이었다. 헤티에게 자기의 사랑에 대해서 이야기할 수는 없어도, 자신의 새로운 미래에 대해서 이야기하고 그녀가 기뻐하는지를 알아볼 수 있으리라. 그래서 감정을 충분히 억제할 수 있다고 느꼈을 때 그는 말을 꺼냈다.

"당신 숙부님께 놀라울 소식을 말씀드릴 거예요, 헤티. 숙부님이 들으시면 기뻐하실 거예요."

"그게 뭔데요?" 헤티가 무관심하게 말했다.

"저, 버지 씨가 그분 사업의 한 몫을 나눠주겠다고 제안하셨어요. 나는 그걸 받아들일 생각이에요."

헤티의 안색이 달라졌다. 분명 이 소식에 유쾌한 기분이 들어서 변한 것은 아니었다. 사실 그녀는 순간적으로 짜증과 불안을 느꼈다. 아담이 원한다면 언제라도 메리 버지와 결혼하고 그 사업의 한 몫을 차지하게 될 거라는 암시를 숙부에게서 종종 들어왔던 것이었다. 그래서 그 순간 두 사건을 연결시켰고, 어쩌면 최근에 일어난 일 때문에 아담이 자기를 포기하고 메리 버지에게 돌아섰을 거라는 생각이 들었다. 그 생각이 들자, 그것이 사실이 아닐 수도 있는 이유를 천천히 생각할 겨를도 없이, 버림받았다는 새로운 느낌과 실망감이 엄습했다. 지루하고 지친 상태에서 그녀가 마음을 두었던 한 사람이 그녀에게서 빠져나갔으므로 짜증스럽고 비참한 기분이 들면서 눈에 눈물이 고였다. 그녀는 땅을 내려다보고 있었지만 아담은 그녀의 얼굴을 보고 눈물을 보았다. "헤티, 헤티, 왜 울고 있어요?" 이 말을 끝내기도 전에 그는 상상할 수 있는 온갖 이유를 재빨리 생각해 보고 마침내 절반쯤은 진실에 가까운 이유를 찾아냈다. 헤티는 그가 메리 버지와 결혼할 거라고 생각한 것이고, 그가 결혼하는 것을, 어떠면 자기를 제외한 다른 여자와 결혼하는 것을 좋아하지 않는 것일까? 그의 신중한 마음은 모두 바람에 쓸려가듯 사라져 버렸고, 신중해야 할 이유도 사라졌으며, 오직 떨리는 기쁨만 느낄 수 있었다. 아담은 그녀에게 몸을 숙이고 그녀의 손을 잡으며 말했다.

"이제 나는 결혼할 수 있어요, 헤티. 아내를 편안하게 만들어 줄 수 있어요. 하지만 당신이 나와 결혼하지 않겠다면, 나는 절대로 결혼하지 않을 거예요."

헤티는 숲 속에서의 첫날 저녁에 오지 않으리라고 예상했던 아서가 왔을 때 아서에게 했듯이 아담을 올려다보며 눈물 어린 미소를 지었다. 지금 그녀가 느낀 것은 미약한 안도감, 미약한 승리감에 불과했지만, 그녀의 커다란 검은 눈과 달콤한 입술은 전처럼 아름다웠고 최근에 그녀에게 여성스러운 매력이 더욱 풍부히 넘쳤기 때문에 어쩌면 더욱 아름다웠다. 아담은 그 순간의 행복을 믿을 수 없을 정도였다. 그는 오른손으로 그녀의 왼손을 잡고 그녀에게 몸을 숙이면서 그녀의 팔을 자기 심장 가까이 대고 눌렀다.

"당신은 나를 정말로 사랑해요, 헤티? 내 아내가 되어서 내가 살아 있는 동안 나를 사랑해 주고 돌봐 주겠어요?"

헤티는 아무 말도 하지 않았지만, 아담의 얼굴이 아주 가까이 있었으므로 고양이처럼 둥근 뺨을 그의 뺨에 댔다. 그녀는 애무를 받고 싶었고, 다시 아서와 함께 있는 듯한 느낌을 받고 싶었다.

그러자 아담은 아무 말도 할 필요가 없었고, 남은 길을 걷는 동안 그들은 거의 말을 나누지 않았다. 다만 이렇게 말했을 뿐이다. "당신의 숙부님과 숙모님께 말씀드려도 되겠지요, 헤티?" 헤티는 내답했다. "네."

그날 저녁 헤티가 위층으로 올라간 후 아담은 기회를 보아 포이저 씨 부부와 할아버지에게 자신이 이제 아내를 부양할 수 있는 처지가 되었으며 헤티가 자기와 결혼하기로 동의했다고 말했다. 그 소식을 듣고 즐거운 표정을 떠올린 얼굴들은 홀 팜의 난롯가에서 붉게 타오르는 불빛에 더욱 환하게 빛났다.

"그녀의 남편감으로 저에 대해 반대하지 않으셨으면 합니다." 아담이 말했다. "아직 가난하지만, 제가 그녀를 위해 일을 할 수 있는 한 그녀에게 부족한 것이 없도록 할 겁니다."

"반대라고?" 할아버지가 몸을 앞으로 내밀고 천천히 "아닐세, 아니야." 하고 말을 꺼내자 포이저 씨가 말했다. "우리가 자네에게 무슨 반대를 할 수 있겠나? 자네가 아직 가난한 건 신경 쓰지 말게. 씨앗을 뿌린 밭에 돈이 있듯이 자네 머릿속에 돈이 있지. 시간이 걸리는 일이야. 새 살림을 차리려면 돈이 충분치 않겠지. 자네에게 필요할 가구는 우리가 꽤 도와줄 수 있네. 당신한테 나눠줄 깃털과 리넨이 있겠지. 많이 줄 수 있겠지, 그렇지?"

물론 이 질문은 포이저 부인에게 던진 것이었다. 따뜻한 숄로 몸을 감싸고 있던 그녀는 목이 너무 쉬어서 평소처럼 유창하게 말할 수 없었다. 처음에는 그저 힘을 주어 고개를 끄덕였지만 이내 보다 명료하게 말하고 싶은 유혹을 뿌리칠 수 없었다.

"나한테 깃털과 리넨이 없다면 한심한 일이에요." 그녀가 쉰 목소리로 말했다. "거위를 팔 때는 언제나 깃털을 뽑고 나서 팔거든요. 게다가 물레는 일주일 내내 하루도 쉬지 않고 돌아간다고요."

"자, 이리 와라." 헤티가 내려왔을 때 포이저 씨가 말했다. "와서 우리에게 키스하고, 우리가 행운을 빌어 주도록 해다오."

헤티는 아주 조용히 다가와서 체구가 크고 성격이 좋은 그 남자에게 키스했다.

"자!" 그는 그녀의 등을 두드리며 말했다. "가서 네 숙모와 할아버지에게 키스해라. 나는 친딸처럼 네가 잘 정착할 수 있게 도와주고 싶단다. 네 숙모도 틀림없이 그럴 거야. 네 숙모는 7년 동안 친딸처럼 너를 위해서 애썼으니까." 헤티가 숙모와 노인에게 키스를 하자마자 그는 익살을 부리면서 말했다. "장담컨대 아담도 키스를 받고 싶을 거다. 이제는 키스를 받을 권리가 있지."

헤티는 미소를 지으며 몸을 돌려 빈 의자를 향했다.

"자, 아담, 키스를 받게." 포이저 씨가 말했다. "그렇지 않으면 자네는 절반도 남자가 된 게 아니야."

비록 키가 크고 건장한 사람이었지만 아담은 어린 처녀처럼 얼굴을 붉히며 일어서서 팔을 헤티에게 두르고 고개를 숙여 부드럽게 그녀의 입술에 키스했다.

붉은 난로 불빛 속에서 그것은 아름다운 광경이었다. 촛불이 없었기 때문에 더욱 아름답게 보였다. 활활 타오르는 난롯불이 백랍 그릇과 반짝이는 참나무 가구에 반사되고 있을 때 촛불이 무슨 필요가 있겠는가? 일요일 저녁에는 누구도 일하고 싶어 하지 않았다. 심지어 헤티도 이 모든 사랑을 받으며 만족감 같은 것을 느꼈다. 자신에 대한 아담의 애정과 아담의 애무는 아무런 열정도 일으키지 않았고 그녀의 허영심을 만족시키기에 충분하지 않았다. 하지만 그녀의 삶이 제공할 수 있는 최상의 것이 그것이었고, 적어도 조금은 변화가 생길 것이다.

아담이 돌아가기 전에 그가 정착해서 살 집을 얻는 문제에 대해 여러 이야기가 오갔다. 마을에 비어 있는 집은 윌 매스커리의 옆집밖에 없었지만 이제 아담에게는 너무 작았다. 가장 좋은 계획은 세스와 그의 어머니가 이사하고 아담이 옛집에서 사는 거라고 포이저 씨는 주장했다. 그 집은 목재를 쌓아 두는 뜰과 정원의 공간이 넓기 때문에 얼마 후에 확장할 수 있을 것이다. 하지만 아담은 어머니를 이사하게 한다는 것에 반대했다. "그래, 그래." 마침내 포이저 씨가 말했다. "오늘밤에 모든 걸 결정할 필요는 없지. 시간을 두고 생각해야지. 부활절 전에는 결혼할 수 없을 걸세. 약혼을 오래 끄는 것에는 찬성하지 않지만, 좀 더 편안하게 결혼하려면 시간이 좀 필요하겠네."

"아, 그럼요." 포이저 부인이 쉰 목소리로 속삭이듯 말했다. "그리스도교인들이 비둘기처럼 결혼할 수야 없지요."

"하지만 우리가 이 집을 떠나라는 통보를 받고 어쩌면 이십 마일 떨어진 곳의 농장을 떠맡을지도 모른다고 생각하면 약간 기가 꺾인다네."

"그래." 바닥을 응시하던 노인이 의자의 팔걸이에 팔을 올려놓은 채 손을 위로 올렸다 내렸다하면서 말했다. "이 옛집을 떠나서 낯선 교구에 묻힌다니 어처구니없는 일이야. 그리고 세를 두 배로 내야할 지도 모르지." 그는 아들을 올려다보며 덧붙였다.

"자, 미리 걱정하실 필요는 없어요, 아버님." 아들 마틴이 말했다. "어쩌면 대위가 집에 돌아와서 노지주와 화해시켜줄 지도 모르지요. 할 수만 있다면 대위는 사람들이 정당한 권리를 얻도록 보살펴 줄 테니까 저는 그걸 기대하고 있어요."

은밀한 두려움

11월 초부터 2월 초까지 아담은 무척 바빴으므로, 일요일을 제외하면 헤티를 거의 만날 수 없었다. 하지만 그럼에도 불구하고 행복한 시간이었다. 그들이 결혼할 3월을 향해 조금씩 나아가고 있기 때문이었다. 간절히 기다리는 그 날을 향해 새 살림살이를 마련하기 위한 사소한 준비들이 착착 진행되고 있었다. 결국 어머니와 세스가 그들과 함께 살기로 결정되었기에 그 낡은 집에 방 두 칸을 '급히 지었다.' 아담을 떠난다는 생각에 리스베스가 너무나 서럽게 울었으므로, 그는 자기를 위해 어머니의 습관을 참아주고 어머니와 함께 사는 것에 찬성할 수 있을지를 헤티에게 물어보았다. 무척 기쁘게도 헤티는 "그래요, 어머니와 함께 사는 편이 더 좋겠어요" 라고 대답했다. 그 순간 헤티의 마음은 가엾은 리스베스의 습관보다 더 고통스러운 문제에 짓눌려 있었기에 리스베스에 대해 생각할 여유가 조금도 없었다. 어떻든 그래서 아담은 세스가 스노필드에서 돌아와서 "아무 소용없어. 다인나는 결혼에 대한 생각이 달라지지 않았어" 라고 말했을 때 느꼈던 실망감을 조금 달랠 수 있었다. 헤티가 모두 함께 살기를 기꺼이 바라니까 떨어져 살 필요가 없다고 어머니에게 말하자, 어머니는 그가 결혼을 결정한 이후로 들어본 적이 없었던 다소 흡족한 목소리로 말했다. "그래, 아들아, 나는 늙은 고양이처럼 잠자코 있을 거야. 그 애가 하고 싶어 하지 않는 허드렛일만 빼고는 아무것도 하지 않을게. 그러면 네가 태어나기 전부터 선반 위에 있었던 큰 접시들과 물건들을 나눌 필요가 없겠지."

이따금 구름 한 점이 아담의 햇살을 가렸다. 헤티가 때로 불행하게 보인다는 사실이었다. 그러나 그가 염려하는 기색으로 다정하게 물어보면,

그녀는 전적으로 만족하고 있으며 다른 것을 바라지 않는다고 분명히 대답했다. 지금 그녀는 일과 걱정으로 약간 과로한 것일지도 모른다. 크리스마스 직후에 포이저 부인은 또 다시 감기에 들었고 염증이 생겨서 1월 내내 방안에 틀어박혔던 것이다. 헤티는 아래층에서 모든 일을 꾸려나가야 했고, 몰리가 안주인의 시중을 드는 동안 그 착한 처녀의 일도 절반쯤 도맡아야 했다. 그녀가 생전 처음 진지하고 착실한 태도로 새로운 역할에 몰두한 듯이 보였기에, 포이저 씨는 아담에게 그가 얼마나 훌륭한 주부를 얻게 될지를 헤티가 보여 주려는 거라고 종종 말했다. 하지만 "그 처녀가 너무 과로하고 있으며 숙모가 아래층으로 내려올 수 있을 때 좀 쉬어야 한다."고 생각했다.

2월 초가 되어서야 포이저 부인은 다행히도 아래층으로 내려올 수 있었다. 약간 따뜻한 날씨가 지속되자 블린튼 산에 쌓였던 마지막 눈이 녹았다. 숙모가 내려온 직후 이어진 따스한 날들 중 어느 하루에 헤티는 결혼에 필요한 물건을 사려고 트레들스톤에 갔다. 그 물건들이 "겉치장을 위한 것이었더라면 벌써 샀을 텐데 그렇지 않기 때문"에 소홀히 했다고 숙모에게 꾸지람을 들었던 것이다.

약 10시 경에 헤티는 출발했다. 구름 없는 하늘에 태양이 떠오르자 이른 아침에 산울타리에 하얗게 덮였던 서리는 사라져버렸다. 화창한 2월의 나날은 연중 어느 때보다도 강렬한 희망의 매력을 느끼게 한다. 온화한 햇빛을 받으며 가만히 서서, 고랑 끝을 돌면서 참을성 있게 쟁기질하는 말을 대문 너머로 바라보면서 아름다운 한 해가 앞에 펼쳐져 있다고 생각하고 싶어진다. 새들도 똑같이 느끼는 듯 청명한 공기처럼 깨끗한 노랫소리가 울려 퍼진다. 나무들과 산울타리에는 싹이 돋지 않았지만 풀밭은 온통 녹색천지다! 쟁기로 갈아엎은 땅과 헐벗은 가지들의 거무튀튀하고 자줏빛이 감도는 갈색 역시 아름답다. 마차를 타고 계곡을 따라서 그리고 언덕을 넘으며 달려갈 때 이 세상은 얼마나 즐겁게 보이는가? 외국에 나갔을 때 우리의 영국 로엄셔처럼 보이는 들판과 숲, 그처럼 정성들여 경작된 풍요로운 땅, 숲이 완만한 언덕을 따라 내려와 초록 풀밭으로 이어진 곳에서, 내가 로엄셔에 있는 것이 아니라는 사실을 상기시켜 준 길가의 어떤 것, 커다란 고뇌의 이미지, 십자가의 고뇌와 마주칠 때면 나는 종종 그렇게 생각했었다. 그 고뇌의 이미지는 흐드러지게 피어 있는 사과 꽃 옆에, 혹은 대낮의 밀밭 옆에, 또는 맑은 시냇물이 콸콸 흐르는 숲의 모퉁이에 서 있었다. 그것에 얽힌 인간의 과거사를 전혀 알지 못하는 여행객이 이 세계에 온다면, 이 즐거운 자연의 한가운데 서 있는 이 고뇌의 이미지가 기이하게도 어울리지 않는 듯이 보일 것이다. 그는 사과 꽃 뒤에 혹은 황금빛 밀밭 한가운데 혹은 그림자를 드리운 나뭇가지들 아래에 고뇌로 무겁게 고동치고 있는 인간의 마음, 어쩌면 신속히 다가오는 수치스러운 일을 피하기 위해 어디로 피신해야 할지 알지 못하는 꽃다운 젊은 처녀가 있다는 것을 알지 못할 것이다. 깊어가는 밤에 외로운 히스에서 점점 더 멀리 방랑하는 길 잃은 양처럼, 그 처녀는 인간의 삶을 이해하지 못하면서도 더없이 가혹한 삶의 쓰라림을 맛보고 있는 것이다.

그런 것들이 때로 화창한 들판 가운데 그리고 꽃들이 만발한 과수원 뒤에 숨어 있기에, 여러분이 작은 덤불을 돌아 어딘가로 걸어가면 졸졸 흐르는 시냇물 소리와 절망에 빠진 인간의 흐느낌이 뒤섞여 여러분의 귀에 들려올 것이다. 인간의 종교에 커다란 슬픔이 담겨 있는 것은 놀라운 일이 아니다. 의심할 바 없이 인간에게는 고통을 느끼는 신이 필요한 것이다.

붉은 망토를 입고 따뜻한 보닛을 쓴 헤티는 바구니를 손에 들고 트레들스턴으로 가는 길옆에 난 문으로 향하고 있었다. 들판을 더 거닐면서 햇빛을 만끽하고 앞으로 펼쳐질 긴 한 해를 희망찬 마음으로 생각하려는 것은 아니었다. 그녀는 햇살이 비치고 있다는 것도 알지 못했다. 지난 몇 주일간 그녀가 바란 것이 있었다면, 혼자서 두려움에 떨면서 몸서리를 쳤던 일과 관련된 것이었다. 이제 천천히 걸으면서 비참한 생각에 빠져 있는 동안 자기 얼굴이 어떻게 보이는지 신경 쓰지 않도록 큰길에서 벗어나고 싶었다. 이 문을 지나면 넓고 울창한 산울타리 뒤쪽의 들길에 들어설 수 있었다. 그녀는 용감하고 다정한 남자에게 약속된 신부가 아니라,

고독하고 집도 없고 사랑도 받지 못하는 사람 같은 눈으로 들판 너머를 멍하니 바라보았다. 하지만 그 눈에 눈물이 고인 것은 아니었다. 그 눈물은 피곤에 지쳐 잠자리에 들기 전에 모두 흘려버렸던 것이다. 넘나들 수 있는 다음 울타리에서 길이 나뉘어져 그녀의 앞으로 두 갈래의 길이 펼쳐졌다. 한쪽은 산울타리를 따라 이어졌고 결국에는 다시 큰길에 이어질 것이다. 다른 길은 들판을 가로지르고 훨씬 더 멀리까지 뻗어서 작은 풀로 뒤덮인 목초지, 스캔트랜드로 이어졌다. 아무도 그녀를 볼 수 없을 곳이었다. 그녀는 이 길로 들어서서 조금 더 빨리 걸어가기 시작했다. 마치 서둘러 가야할 이유가 갑자기 생각난 것 같았다. 머지않아 그녀는 스캔트랜드에 이르렀고 풀에 덮인 땅이 완만하게 경사져 내려간 곳에서 평지를 벗어나 언덕을 내려갔다. 한참을 내려가서 나무들이 덤불을 이루고 있는 아래쪽을 향해 나아갔다. 아니, 그것은 나무 덤불이 아니라 나뭇잎들이 덮인 어두운 연못이었다. 겨울비로 물이 가득 찬 연못에 양딱총나무의 아래쪽 가지들이 잠겨 있었다. 그녀는 풀이 덮인 둑에 앉아서 그 검은 연못 위에 드리운 커다란 참나무의 구부러진 줄기에 몸을 기댔다. 지난달에 밤마다 그녀는 이 연못을 종종 생각했었다. 마침내 이제 그것을 보러 온 것이다. 그녀는 무릎을 감싼 두 손을 꼭 쥐고 몸을 앞으로 내밀어 연못을 골똘히 바라보았고, 그것이 자신의 젊고 둥근 팔다리에 어떤 침대가 되어줄지를 추측하려는 것 같았다.

아니, 그녀는 차가운 물침대에 뛰어들 용기가 없었다. 설사 용기가 있다 하더라도 사람들은 그녀를 찾아내고, 그녀가 왜 물에 빠져 죽었는지를 알아낼 것이다. 그녀에게 남은 선택은 한 가지밖에 없었다. 그녀는 달아나야 하고, 사람들이 그녀를 찾을 수 없는 곳으로 가야 한다.

아담과 약혼한 지 몇 주일이 지난 후에 큰 두려움이 처음 엄습한 이래로 그녀는 자기를 두려움에서 벗어나게 해줄 일이 일어날 거라는 막연하고 맹목적인 희망으로 기다리고 또 기다렸다. 그러나 더 이상은 기다릴 수 없었다. 그녀의 본성에 잠재된 힘은 오로지 은폐를 위한 노력에 쏟아졌고, 견디기 어려운 두려움으로 그녀는 자기의 비참한 비밀을 드러낼 소지가 있는 것을 모두 피했다. 아서에게 편지를 쓰려는 생각이 떠오를 때마다 그녀는 고개를 가로 저었다. 그는 이제 다시 그녀의 세계를 이루고 있는 친척들과 이웃들에게 발각되지 않고 조롱받지 않도록 그녀를 구해줄 수 없었다. 이제 그녀의 허황된 꿈은 사라져 버린 것이었다. 그녀의 상상은 더 이상 아서에게서 행복을 찾을 수 없었다. 그가 그녀의 자존심을 만족시켜 주거나 달래 줄 수 없기 때문이었다. 아니, 뭔가 다른 일이 일어나야 한다. 그녀를 이 두려움에서 벗어나게 해줄 어떤 일이 일어나야 한다. 어린애처럼 무지한 젊은 영혼에는 뭔가 알 수 없는 우연에 대한 이런 맹목적인 믿음이 항상 존재한다. 어린 소년소녀들은 자기들에게 실제로 커다란 불행이 닥칠 거라고 믿지 않는다. 그것은 자기들이 죽을 거라고 믿는 것만큼이나 어려운 일이다.

그러나 이제는 절박함이 그녀를 무겁게 짓누르고 있었다. 이제 결혼이 가까워지고 있었으므로, 이 맹목적인 믿음에 더 이상 안주할 수 없었다. 그녀는 달아나야 한다. 친숙한 눈이 그녀를 알아보지 못할 곳에 숨어야 한다. 그러자 전혀 알지 못하는 이 세상을 방랑하는 것이 너무나 두렵기 때문에 아서를 찾아가는 것이 그나마 위안이 되겠다는 생각이 들었다. 이제 그녀는 너무나 무력한 기분이었고 자신의 미래를 생각할 수도 없었기에, 자기를 그의 처사에 맡기겠다고 생각하자 안도감이 들었고, 그 안도감은 그녀의 자존심보다 더 강한 것이었다. 그가 자기를 다정하게 받아주고 보살펴 주며 자기를 위해 생각해 주리라는 희망은, 연못가에 앉아서 차가운 검은 물을 바라보며 몸을 떨고 있는 그녀의 마음을 따뜻하게 달래 주었다. 잠시 그녀는 다른 것들에 무심해졌고, 이제는 떠날 계획만을 생각하기 시작했다.

최근에 다인나가 헤티에게 편지를 보내어, 세스에게서 들은 결혼 소식을 언급하며 다가오는 결혼에 대해 다정하게 축하해 주었었다. 헤티가 그 편지를 소리 내어 읽었을 때 숙부는 이렇게 말했다. "이제 다인나가 다시 와줬으면 좋겠다. 네가 떠나고 나면 그 애가 네 숙모에게 위안이 될 테니까. 네가 시간을 낼 수 있을 때 그 애를 보러가서 함께 돌아오자고 설득하는 것이 어떻겠니? 그 애가 올 수 없다고 편지를 보내기는 했지만, 숙모에게 그 애가 필요하다고 네가 말하면 설득할 수 있을지도 모르겠다." 헤티는 스노필드에 갈 생각이 없었고 다인나를 만나고 싶은 욕구도 느끼지 않았으므로, 그저 "그곳은 너무 멀어요, 숙부님."이라고 말했었다. 하지만 이제는 이 방문이 먼 곳으로 떠날 수 있는 구실이 되겠다고 생각했다. 집에 돌아가면 기분전환 삼아 일주일이나 열흘 간 스노필드에 가 있겠다고 숙모에게 말할 것이다. 그런 다음 자기를 아는 사람이 아무도 없는 스토니턴에 도착하면 윈저로 떠나는 마차를 알아볼 것이다. 아서는 윈저에 있으므로, 그녀는 그에게 갈 것이다.

이렇게 계획을 정하자마자 그녀는 연못의 풀밭 둑에서 일어나 바구니를 들고 트레들스톤으로 향했다. 사러 나왔던 결혼 준비 물건을 사야 했다. 전혀 필요하지 않은 물건이겠지만 말이다. 도망갈 거라는 의심을 조금도 불러일으키지 않도록 조심해야 한다.

헤티가 다인나를 만나러 가서 결혼식에 참석하도록 데려오고 싶다고 말했을 때 포이저 부인은 무척 놀랐지만 기분이 좋았다. 요즈음 날씨가 쾌적하니까 빨리 출발할수록 더 좋을 것이다. 저녁에 들린 아담은 만일 다음날 헤티가 출발한다면 시간을 내어 그녀와 함께 트레들스턴까지 가서 스토니턴 역마차를 안전하게 타도록 봐 주겠다고 말했다.

"당신과 함께 가서 당신을 돌봐주고 싶어요, 헤티." 다음날 아침 그는 역마차 문 옆에 서서 안으로 몸을 들이밀고 말했다. "하지만 당신이 일주일 이상은 머물지 않겠지요. 그 시간이 아주 길게 여겨질 거예요."

그는 다정하게 그녀를 바라보았고, 튼튼한 손으로 그녀의 손을 꼭 잡았다. 그의 존재에서 헤티는 보호받고 있다는 느낌이 들었다. 이제 그녀는 그 느낌에 익숙해져 있었다. 만일 그녀가 과거를 되돌릴 수 있다면, 그리고 아담에 대한 조용한 애정 외에 다른 사랑을 알지 못했더라면! 그를 마지막으로 바라보았을 때 눈물이 솟았다.

'나를 사랑해 주다니 그녀에게 축복이 있기를.' 아담은 짚을 발꿈치에 달고 다시 일하러 돌아가면서 생각했다.

하지만 헤티의 눈물은 아담을 위한 것이 아니었다. 자기가 영원히 그를 떠났다는 것을 알게 될 때 아담이 느낄 고뇌 때문이 아니었다. 그것은 온 생명을 자기에게 바친 이 용감하고 다정한 남자에게서 자기를 떼어 내서 그녀가 매달리는 것을 불행이라고 생각할 남자에게 스스로를 던져야 하는 가엾고 무력한 탄원자로서 자신의 비참한 운명 때문이었다.

그날 오후 세 시에 헤티가 윈저까지 머나먼 길의 한 부분인 라이스터로 가는 역마차에 탔을 때 그녀는 새로운 불행을 향하여 이 고달픈 여정을 시작하고 있다는 막연한 느낌이 들었다.

하지만 아서는 윈저에 있었고 그녀에게 화를 내지는 않을 것이다. 그가 예전처럼 신경을 써 주지는 않는다 하더라도, 그녀에게 친절하게 대해 주겠다고 약속하지 않았던가.

제 5 부

희망에 찬 여행

마음에 슬픔을 안고 친숙한 것들에서 떨어져 나와 낯선 것을 향하는 길고도 외로운 여행이었다. 부자들이나 강인한 사람들, 지식이 많은 사람들에게도 힘들고 처량한 여정이었다. 두려움 때문이 아니라 의무감 때문에 길을 떠났더라도 힘든 여행이었다.

그렇다면 그 여행이 헤티에게는 어떠했겠는가? 가엾게도 생각이 좁고, 더 이상 막연한 희망을 품을 수도 없는 처지에, 소름끼치는 명백한 두려움에 떠밀려서, 사소한 기억들을 자꾸자꾸 뒤풀이해서 떠올리고, 앞으로 다가올 일에 대해 유치하고도 의심스러운 그림을 반복해서 상상하며, 자기가 겪은 하찮은 기쁨과 고통 외에는 이 넓은 세상의 아무것도 알지 못하고, 주머니에 가진 돈도 별로 없는 상태에서, 그렇게나 멀고 어려운 길을 나선 것이었다. 스토니턴까지의 찻삯도 예상보다 훨씬 더 비쌌기에 역마차로 내내 여행할 수 없음이 이제 분명해졌으므로, 짐꾼들의 수레나 느린 짐마차에 의존해야 했다. 시간이 얼마나 흘러야 여행의 목적지에 이를 것인지! 오크번 출신의 튼튼하고 늙은 마부는 밖에 서 있는 승객들 가운데 무척 예쁜 젊은 여자를 보고는 들어와서 자기 옆에 앉으라고 청했다. 대화를 농담으로 시작하는 것이 남자이자 마부로서 자신에게 어울리는 일이라고 느끼면서 그는 마차가 자갈밭을 벗어나자마자 어느 경우에나 적절한 한 가지 이야기로 말을 꺼냈다. 채찍을 여러 차례 휘두르고 헤티를 곁눈질한 다음 그는 목도리 위로 입을 내밀고 말했다.

"틀림없이 그 사람이 거의 180센티미터는 되겠던데, 그렇지 않소?"

"누구요?" 헤티는 다소 깜짝 놀라며 말했다.

"아니, 당신이 뒤에 남긴 그 애인 말이요. 아니면 당신이 만나러 가는 애인인가? 어느 쪽이요?"

헤티는 얼굴이 붉어졌다가 다시 창백해지는 것을 느꼈다. 이 마부가 자신에 대해 틀림없이 뭔가를 알고 있다고 생각했다. 그는 아담을 알 터이고 그녀가 어디로 갔는지 그에게 말할 것이다. 시골 사람들은 자기들의 교구에서 두각을 드러내는 사람들이 다른 지역에서도 잘 알려져 있다고 믿곤 한다. 게다가 우연한 말들이 자기 상황에 꼭 들어맞을 수도 있다는 것을 헤티는 이해하기 어려웠다. 그녀는 너무 겁이 나서 아무 말도 할 수 없었다.

"자, 자!" 마부는 자신의 농담이 예상만큼 만족스러운 반응을 얻지 못하자 "너무 심각하게 받아들이지 말아요. 만일 당신 애인의 행실이 좋지 않으면 다른 사람을 얻으라고. 당신처럼 예쁜 처녀는 언제라도 애인을 얻을 수 있으니까" 라고 말했다.

그 마부가 자기의 사적인 걱정거리에 대해 더 이상 언급하지 않자 헤티의 두려움은 점차 줄어들었다. 하지만 그 두려움 때문에 헤티는 윈저로 가는 길이 어디인지를 물어볼 수 없었다. 그녀는 스토니턴에서 약간 떨어진 곳으로 간다고 말했다. 그리고 마차가 멈춘 여인숙에서 내려서는 바구니를 들고 서둘러 그 마을의 다른 곳으로 갔다. 윈저에 가겠다고 계획을 세웠을 때 그녀는 달아나는 것 외에는 어떤 어려움도 예상하지 않았었다. 그리고 다인나를 방문하겠다는 제안으로 이 어려움을 극복했을 때, 아서를 만나고 그가 그녀를 어떻게 대할까라는 문제로 비약해서 그것만 생각했을 뿐 그 여행에서 일어날 수 있는 일들에 대해서는 조금도 고려하지 않았었다. 여행에 대해서도 너무나 무지했기에 구체적인 상황을 상상할 수 없었고, 주머니에 간직한 전 재산, 3기니면 충분하다고 생각했다. 스토니턴까지의 찻삯이 얼마나 드는지를 알고 난 후에야 여행에 대한 불안감이 들기 시작했고, 그러고 나서야 비로소 도중에 지날 곳들에 대해 조금도 알지 못한다는 사실을 깨달았다. 이 새로운 불안감에 사로잡혀 그녀는 우중충한 스토니턴의 거리를 따라 걸었고 마침내 누추하고 작은 여인숙으로 들어가서 값싸게 그날 밤 머물 수 있기를 바랐다. 그녀는 윈저에 가기 위해서 어디를 거쳐야하는지 알려달라고 주인에게 말했다.

"글쎄, 정확히는 모르겠소. 윈저는 런던 가까이 있을 거요. 국왕께서 사시는 곳이니까.” 그 대답은 이러했다. “어떻든 다음에는 애쉬비로 가는 게 좋겠소. 거기가 남쪽에 있으니까. 하지만 내가 아는 바로는, 여기서 런던까지는 스토니턴에 있는 집들만큼이나 거쳐야 할 곳이 많을 걸. 나는 전혀 여행을 해본 적이 없거든. 그런데 아가씨처럼 젊은 여자가 혼자서 그런 여행을 하겠다고 나서다니 어찌된 일이요?”

“저는 오빠에게 가는 거예요. 윈저에 있는 군인이거든요.” 의심을 품은 듯한 주인장의 얼굴에 겁이 나서 헤티가 말했다. “그런데 역마차로 갈 여유가 없어요. 아침에 애쉬비로 가는 수레가 있을까요?”

“그래, 수레는 있을 거요. 어디서 출발하는지 알 수 있어야지. 하지만 그걸 알아내려면 온 마을을 뒤져야 할 걸. 그냥 걸어서 출발하고 누군가 당신을 따라잡기를 바라는 편이 낫겠소.”

말 한마디마다 헤티의 마음에 납처럼 무겁게 내려앉았다. 그 여행이 이제 눈앞에서 조금씩 불어나고 있었다. 심지어 애쉬비에 가는 것도 어려운 일로 보였다. 나머지 여정에 비하면 아무것도 아니었지만, 거기까지 가는 것만으로도 하루가 걸릴 것이다. 그러나 여행을 계속해야 하고, 아서에게 가야 한다. 아, 자기를 돌봐 줄 사람과 함께 있다면 얼마나 좋을까! 아침에 일어나면 익숙한 얼굴들, 그녀의 요구를 들어줄 사람들을 늘 볼 거라고 믿을 수 있었던 그녀, 가장 긴 여행이라야 숙부의 뒷자리에 앉아서 로세터까지 가본 것이 고작이었던 그녀, 삶의 모든 일과가 그녀를 위해 마련되었기에 언제나 즐거움을 꿈꾸는 데 빠져서 여유를 누렸던 그녀, 몇 달 전까지만 하더라도 메리 버지의 새 리본을 질투하거나 토티를 돌보지 않아서 숙모에게 야단맞는 것 외에는 고통을 느껴본 적이 없었던 이 고양이 같은 헤티는 이제 안락한 집을 영원히 뒤로 한 채 외롭게 고통스러운 길을 나아가야 했고, 그녀의 앞길에는 휴식처에 대한 희망도 아주 멀리서 희미하게 요동치고 있을 뿐이었다. 그날 밤 낯설고 딱딱한 침대에 누웠을 때 생전 처음으로 그녀는, 자기의 집이 행복한 곳이었으며 숙부가 아주 친절한 사람이었고 자기가 알고 있는 사물들과 사람들 사이에서 가장 좋은 가운과 보닛에 치졸한 자부심을 느끼며 누구에게도 숨길 것이 없었던 헤이슬롭에서의 조용한 생활이 잠에서 깨어나 돌아가고 싶은 현실이었음을 느꼈다. 그 이외에 알게 된 열에 들뜬 생활은 짧은 악몽이었다고 느끼고 싶었다. 그녀는 뒤에 남기고 떠나는 것들을 생각하며 유감스러운 갈망을 느꼈다. 마음속에는 자신의 비참한 처지에 대한 생각뿐이었으므로 다른 사람들의 슬픔을 고려할 여지가 없었다. 하지만 그 잔인한 편지를 보내기 전에 아서는 무척 다정했고 사랑에 넘쳤었다. 그 기억은 그저 고통을 견딜만하게 갈증을 달래준 한 모금에 불과했지만 아직도 그녀를 사로잡고 있었다. 헤티는 앞으로의 삶에 대해서 남의 눈에 띄지 않는 은밀한 생활 외에는 다른 것을 생각할 수 없었다. 은밀한 삶은 사랑이 있다하더라도 즐거움을 줄 수 없을 것이며, 수치심이 뒤섞인 삶이라면 더욱 그러했다. 그녀는 로맨스에 대해 전혀 알지 못했고, 로맨스의 원천을 이루는 감정도 아주 조금밖에 없었으므로, 책을 많이 읽은 부인들은 그녀의 심적 상태를 이해하기 어려울 것이다. 성장하면서 얻은 소박한 생각과 습관을 넘어서는 것에 대해서는 너무나 무지했기에, 자신의 미래에 대해서도 아서가 어떻게든 자기를 보살펴 주고 분노와 경멸로부터 보호해 줄 거라는 것 외에는 아무것도 분명히 생각할 수 없었다. 그가 자기와 결혼하여 자신을 귀부인으로 만들어 주지는 않을 것이다. 그걸 제외하면 그가 줄 수 있는 것들 가운데 기대를 품고 열렬히 바랄 만한 것을 도무지 생각할 수 없었다.

다음날 아침 그녀는 일찍 일어나서 우유와 빵으로 아침을 때우고 애쉬비로 향하는 길에 나섰다. 하늘은 납빛이었고 사라져 가는 희망처럼 수평선 가에 좁다란 노란색 줄무늬가 걸려 있었다. 이제 길고 어려운 여정에 주눅이 든 나머지 그녀는 돈을 쓰다가 다 떨어져서 다른 사람들에게 구걸하게 될 것이 무엇보다도 두려웠다. 헤티에게는 자부심이 강한 사람의 자존심이 있었을 뿐 아니라 자부심이 강한 계층, 즉 구빈세[111]를 가장 많이 내면서도 구빈세로 혜택을 보는 것에는 무엇보다도 몸서리를 치는

111) 빈민들을 도와주기 위해서 교구민에게 징수하는 세.

계층의 자존심이 있었다. 자기가 지니고 있는 로켓과 귀고리로 돈을 마련할 수 있을 거라는 생각은 아직 떠오르지 않았기에, 그녀는 산수 실력과 알고 있는 가격을 총동원하여 남아 있는 2기니와 몇 실링으로 몇 번의 식사비와 차비를 낼 수 있는지 계산해 보았다. 그 실링들은 화려하게 빛나는 다른 동전의 희뿌연 재처럼 처량하게 보였다.

스토니턴을 벗어나서 처음 몇 마일을 그녀는 용감하게 걸었고, 길에서 멀리 떨어진 곳에 서 있는 아득하게 보이는 어떤 나무나 돌출한 덤불을 목표로 삼고 그곳에 도착하면 희미한 기쁨을 느꼈다. 그러나 길가의 긴 수풀 속에서 처음으로 알아차린 네 번째 이정표에 이르러 아직 스토니턴에서 4마일 밖에 오지 않았다는 것을 알았을 때는 용기가 꺾였다. 아주 조금밖에 오지 못했지만 피곤해졌고 찌르는 듯이 차가운 아침 공기 속에서 다시 배가 고파졌다. 실내에서 움직이며 힘들게 일하는 데는 익숙했지만, 집안일과는 전혀 다른 피로감을 일으키는 긴 도보 여행에 익숙하지 않았던 것이다. 이정표를 보고 있는 동안 얼굴에 떨어지는 물방울이 느껴졌다. 비가 내리기 시작한 것이다. 이전의 슬픈 마음으로 생각지도 못했던 새로운 곤경이었다. 새로운 부담이 갑자기 더해지자 완전히 용기가 꺾여서 그녀는 울타리 층계에 주저앉아 경련을 일으키듯 울기 시작했다. 곤경의 시작은 쓴 음식을 처음 맛보는 것과 같았다. 첫 순간에 그 맛은 참을 수 없다고 여겨진다. 하지만 배고픔을 달래줄 다른 음식이 없다면, 한 모금 더 깨물고 계속 먹을 수 있다고 느끼기 마련이다. 한바탕 울고 나서 헤티는 무력하나마 다시 용기를 냈다. 비가 내리고 있지만 계속 걸어가서 마을을 찾아 비를 피하고 쉴 수 있는 곳을 알아보아야 했다. 지친 걸음을 계속 옮기고 있을 때 이내 뒤에서 덜커덕거리는 육중한 바퀴소리가 들려왔다. 포장마차가 천천히 기어오고 있었고 말들 옆에서 마부가 채찍을 휘두르며 구부정한 걸음으로 따라오고 있었다. 그 마차꾼이 매우 심술궂게 보이는 사람만 아니라면 태워 달라고 요청하겠다고 생각하며 그녀는 마차를 기다렸다. 짐마차가 가까이 다가오면서 마부는 뒤로 처졌지만, 큰 마차의 앞부분에 있던 것이 그녀의 용기를 북돋워 주었다. 과거의 한때였다면 그것을 알아차리지 못했을 것이다. 그러나 지금은 고통을 겪으며 내면에 일깨워진 민감한 감각으로 인해 이 물체에서 강렬한 인상을 받았다. 그것은 짐마차의 앞쪽 선반에 앉아있던 흰색과 적갈색으로 얼룩덜룩한 조그만 스패니얼이었고 커다랗고 소심하게 보이는 눈에 그런 조그만 동물들이 흔히 그렇듯이 끊임없이 몸을 떨고 있었다. 여러분도 알다시피 헤티는 동물을 좋아하지 않았지만 이 순간에 그 무기력하고 소심한 동물이 어쩐지 자기와 닮은 듯이 여겨졌으며, 어찌된 일인지 몰라도, 그 마부에게 말을 거는 데 망설임이 조금 사라졌다. 스카프나 망토를 걸치듯 어깨에 자루를 짊어진 몸집이 크고 혈색이 좋은 남자가 이제 앞으로 걸어 나왔던 것이다.

“혹시 애쉬비로 가시는 거라면 저를 태워 주실 수 있어요?” 헤티가 말했다. “삯을 지불하겠어요.”

“그래요.” 얼굴이 큰 사람들이 대개 그렇듯이 천천히 미소를 지으며 체구가 큰 그 남자가 말했다. “양털 꾸러미 꼭대기에 비좁게 눕는 것도 괜찮다면, 돈을 받지 않아도 당신을 태워줄 수 있어요. 어디서 오는 길이요? 그리고 애쉬비에서 뭘 하려는 거요?”

“스토니턴에서 왔어요. 멀리 윈저에 가는 거예요.”

“아니, 일자리를 찾으러? 아니면 다른 일이 있소?”

“오빠에게 가는 길이에요. 거기에 군인으로 있어요.”

“나는 라이스터까지만 갈 거요. 그것만으로도 먼 거리지. 좀 오래 걸리는 것도 괜찮다면 태워주겠소. 저기 저 작은 개나 당신이나 말들에게는 별 차이가 없을 거요. 저 녀석은 이 주일 전에 길에서 주웠지. 아마 길을 잃었을 거요. 그 이후로 계속 떨고 있소. 자, 당신 바구니를 주고 뒤로 와요. 당신을 태워 줄 테니.”

천막의 커튼 사이로 공기가 통하는 곳에서 양털 꾸러미 위에 눕는 것이 지금 헤티에게는 사치스러운 일이었다. 그녀는 “음식을 조금” 먹을 생각이 있는지를 마부가 물어보러 올 때까지 절반쯤은 자면서 시간을 보냈다. 그 남자는 “선술집”에서 저녁을 먹을 생각이었다. 밤늦게 그들은 라이스터에 도착했고, 이렇게 헤티의 여행에서 둘째 날이 지나갔다. 음식값을 낸 것 빼고는 돈을 쓰지 않았지만, 이렇게 느리게 여행하는 것은 단 하루도 더 견딜 수 없을 지경이었다. 아침이 되자 그녀는 승합마차 매표소를 찾아가서 윈저로 가는 길에 대해 물어보고, 그 거리의 일부라도 다시 역마차로 간다면 돈이 너무 많이 들 것인지 알아보았다. 그래! 그 거리는 너무 멀었고 역마차 삯은 무척 비쌌으므로 포기해야 했다. 하지만 매표소에 있던 나이 많은 직원이 근심에 찬 그녀의 예쁜 얼굴에 애처로운 마음이 들어서 그녀가 지나가야 할 중요한 곳들의 이름을 적어주었다. 이것이 라이스터에서 얻은 유일한 위안거리였다. 길거리를 따라 걸어갈 때 남자들이 그녀를 뚫어지게 쳐다보았기에 평생 처음으로 그녀는 아무도 자기를 보지 않기를 바랐다. 그녀는 다시 걷기 시작했다. 하지만 그 날은 운이 좋아서 이내 짐꾼들의 수레가 그녀를 따라잡아서 힌클리까지 태워다 주었다. 그리고 술 취한 기수장이 모는 2인용 왕복 마차를 타고 밤이 되기 전에 숲이 울창한 워릭셔의 중심에 도착했다. 그 기수장은 님시의 아들 예후[112]처럼 난폭하게 말을 몰고 들뜬 목소리로 크게 소리쳐 이야기하며 안장 위에서 몸을 뒤로 비틀어 그녀를 겁에 질리게 했다. 하지만 아직도 윈저까지는 거의 백마일가량 남았다고 사람들이 말했다. 아, 세상은 얼마나 넓고, 그 안에서 그녀의 길을 찾기란 얼마나 어려운 일이었는지! 그녀는 지나갈 장소들을 기록해 놓은 종이에 스트래트포드-온-에이번이 적혀 있는 것을 보고 잘못하여 그곳에 갔다가, 자기가 가야 할 길에서 멀리 벗어났다는 것을 알게 되었다. 닷새 째 되는 날에야 그녀는 스토니 스트래트포드에 도착했다. 여러분이 지도를 보거나 에이번 강의 풀 덮인 강둑을 거닐었던 유쾌한 여행을 기억한다면, 그것은 사소한 여정처럼 보일 것이다. 하지만 헤티에게는 얼마나 지치도록 긴 여행이었는지! 그녀의 무관심한 눈에는 다 똑같이 보였던 평평한 들판과 산울타리, 점점이 박힌 집들과 마을들, 장이 서는 큰 마을이 있는 그 지역은 끝

112) 열왕기하 9장 20절.

없이 넓어 보였고, 자기는 그 사이에서 영원히 방랑해야 할 것 같았다. 통행료를 징수하는 곳에서 지친 몸으로 짐수레가 오기를 기다리다가, 그 짐수레가 아주 조금, 무척 짧은 길을, 가령 일마일 떨어진 곳의 방앗간에 가는 것을 알게 되기도 했다. 그리고 음식을 사고 길을 묻기 위해 선술집에 들어가는 것도 싫었다. 거기에서 빈둥거리는 남자들이 언제나 그녀를 쳐다보고 무례하게 농지거리를 던졌던 것이다. 그녀의 몸 역시 매일 매일의 새로운 피로와 근심으로 지쳤다. 그래서 집에서 두려움을 숨기며 지냈던 때보다도 훨씬 더 창백하고 수척해졌다. 마침내 스토니 스트래트포드에 도착했을 때 조급함과 피로가 너무 극심한 나머지 금전적으로 신중한 태도를 취할 수 없었다. 그녀는 남은 돈을 모두 쓰더라도 남은 길을 역마차를 타고 가기로 결정했다. 윈저에서는 아무것도 필요하지 않을 것이며 그저 아서를 찾기만 하면 될 것이다. 마지막 역마차에 삯을 지불했을 때 그녀에게는 1실링만 달랑 남았다. 그리하여 이레째 되는 날의 낮 12시에 윈저의 그린 맨 표지판 앞에서 허기로 쓰러질 듯한 그녀가 마차에서 내렸을 때 마부가 다가와서 "수고를 기억해 달라."고 말했다. 그녀는 손을 주머니에 넣고 남아 있는 마지막 실링을 꺼냈다. 하지만 극심한 피로감과 더불어, 아서를 찾으러 가기 전에 꼭 필요한 음식을 살 수 있는 마지막 돈을 줘 버린다는 생각에 눈물이 저절로 나왔다. 그 실링을 내밀면서 그녀는 눈물이 고인 검은 눈을 들어 마부를 보면서 말했다. "육 펜스를 돌려줄 수 있으세요?"

"아니, 아니요." 그는 퉁명스럽게 말했다. "됐소. 그 실링을 도로 넣어두시오."

가까이 서 있던 그린 맨의 주인장은 이 장면을 목격하고 있었다. 그는 언제나 훌륭한 식사로 자기 몸뿐 아니라 선량한 성격을 최고 상태로 유지하는 사람이었다. 게다가 눈물에 젖은 헤티의 사랑스러운 얼굴은 대부분의 남자들에게서 다정한 마음을 이끌어냈을 것이다.

"이리 와요, 젊은 아가씨, 들어와요." 그가 말했다. "뭐라도 한 모금 마시도록 해요. 아가씨는 거의 녹초가 되었군. 내 눈에 그렇게 보인다고."

그는 그녀를 끌고 카운터로 들어와서 아내에게 말했다. “여기, 여보, 이 젊은 아가씨를 객실로 데리고 가요. 아가씨가 약간 탈이 났나봐.” 헤티의 눈물이 줄줄이 흐르고 있기 때문이었다. 그저 히스테릭한 눈물이었다. 이제 울 이유가 없다고 생각했지만, 너무 지치고 기운이 없는 나머지 눈물을 참을 수 없어서 화가 났다. 마침내 윈저에 도착했고, 아서에게서 멀지 않은 곳에 있는 것이다.

그녀는 안주인이 가져다준 빵과 고기와 맥주를 허기진 눈으로 열망하듯 바라보았고, 굶주림을 달래고 피로를 회복하는 동안 감미로운 감각에 빠져들어 그 밖의 다른 것을 모두 잊었다. 그녀가 음식을 먹는 동안 안주인은 맞은편에 앉아서 그녀를 찬찬히 바라보았다. 놀라운 일이 아니었다. 보닛을 벗은 헤티의 곱슬머리가 흘러 내렸던 것이다. 그녀의 얼굴에 드러난 지친 표정 때문에 그 젊음과 아름다움은 더욱 애처롭게 보였다. 그 선량한 여성의 눈은 곧 헤티의 몸을 살펴보았다. 여행을 하면서 서둘러 옷을 입느라 헤티는 숨기려는 노력을 기울이지 않았던 것이다. 게다가 낯선 이의 눈은 의심을 품지 않은 친숙한 눈들이 알아차리지 못하는 사실도 감지하는 법이다.

“아니, 당신은 여행을 하기에 적합한 상태가 아닌데.” 그녀는 반지를 끼지 않은 헤티의 손을 보면서 말했다. “멀리서 왔어요?”

“네.” 음식을 먹어서 훨씬 기분이 나아진 헤티는 이 질문에 자제하려고 노력하며 대답했다. “아주 먼 길을 왔어요. 아주 지치게 하는 여행이었어요. 하지만 지금은 훨씬 좋아요. 이곳으로 가려면 어느 길로 가야 할지 알려 주시겠어요?” 헤티는 주머니에서 종잇조각을 꺼냈다. 아서가 쓴 편지의 끝부분으로 그의 주소가 적혀있었다.

그녀가 말하는 동안 주인이 들어왔고 그의 아내가 그랬듯이 그녀를 찬찬히 바라보기 시작했다. 그는 헤티가 식탁 너머로 건넨 종잇조각을 받고 그 주소를 읽었다.

“아니, 거기 가서 뭘 하려는 거요?” 그가 말했다. 어떤 사실이든 알려주기 전에 될 수 있는 대로 질문을 많이 하는 것이 여관 주인들, 그리고 다급한 용무가 없는 모든 남자들의 특징이다.

"거기 있는 신사를 만나려고 해요." 헤티가 말했다.

"하지만 거기에는 신사가 없소." 주인이 대답했다. "그곳은 폐쇄되었소. 2주일 전에 닫혔지. 아가씨가 만나려는 신사가 누구요? 어쩌면 그를 어디서 찾을 수 있는지 내가 아가씨에게 알려줄 수 있을 테니까."

"도니손 대위예요." 헤티는 떨면서 대답했다. 아서를 즉시 찾으리라는 희망이 사라지자 그녀의 심장은 고통스럽게 뛰기 시작했다.

"도니손 대위? 잠깐만." 주인은 천천히 말했다. "로엄셔 의용군 소속이었소? 키가 크고 젊은 장교였지. 피부가 희고 불그스레한 수염이 있고, 핌이라는 하인이 있었지?"

"아, 맞아요." 헤티가 말했다. "그분을 알고 계시는 군요. 그분이 어디 계시지요?"

"여기서 꽤 먼 곳이지. 로엄셔 의용군은 아일랜드로 갔소. 간 지 2주일 되었지."

"아니, 저거 봐요! 아가씨가 기절했네." 안주인은 헤티를 부축하려고 급히 다가가며 말했고, 비참한 의식을 잃어버린 헤티는 아름다운 시체처럼 보였다. 그들은 그녀를 소파로 옮기고 옷을 풀어주었다.

"여기 뭔가 좋지 않은 일이 있구먼." 주인은 물을 가지고 오면서 말했다.

"아, 그게 어떤 일인지는 뻔해요." 그 아내가 말했다. "이 아가씨는 허영이나 부리는 흔한 촌뜨기가 아니에요. 그건 알 수 있어요. 점잖은 시골 처녀처럼 보이잖아요. 그리고 말투를 봐도 멀리서 왔어요. 이 아가씨 말투는 우리 집에 있었던 북부 출신의 말구종하고 똑같거든요. 우리 집에 있었던 사람들 중에 그가 가장 정직한 사람이었지. 북부에 사는 사람들은 모두 정직한 모양이에요."

"내 평생 이보다 더 예쁜 아가씨는 본 적이 없소." 남편이 말했다. "꼭 가게 창문에 걸려 있는 그림 같군. 이 아가씨를 보기만 해도 마음이 찡하군."

"이 아가씨가 못생기고 행실이 더 곧았더라면 훨씬 더 나았을 거예요."

아무리 관대하게 봐주어도 아름답다기보다는 행실이 곧은 편에 들어갈 안주인이 말했다. "정신을 차리고 있군요. 물을 더 떠오세요."

절망에 찬 여행

그날 그 이후로 헤티가 너무나 심하게 앓았기에 그녀에게 아무런 질문도 할 수 없었다. 그녀는 너무 기운이 없어서 앞으로 다가올 불행에 대해 제대로 생각도 할 수 없었다. 다만 이제 모든 희망이 산산조각 났으며 피신처를 찾은 것이 아니라 아무런 목적지도 없이 새로운 황야의 변두리에 도달했을 뿐이라고 느꼈다. 편안한 침대에서 성격 좋은 안주인의 보살핌을 받으며 육체의 고통을 느끼고 있는 시간은 오히려 중간에 얻은 휴식처럼 여겨졌다. 작열하는 태양빛을 받으며 앞으로 힘겹게 걸어가는 대신에, 어쩔 수 없이 모래 위에 몸을 던지고 실신할 듯한 피로를 달래는 휴식이었다.

그러나 잠을 자고 쉬자 예리한 고통을 느낄 만한 기운이 다시 생겨났다. 아침이 되어 그녀는 점점 밝아지는 빛을 바라보며 누워 있었다. 그 빛은 끔찍이도 싫어하는 절망적인 노동을 다시 시작하라고 그녀를 재촉하려고 돌아온 잔인한 공사 감독처럼 여겨졌다. 이제 가진 돈이 전부 사라졌다는 것을 기억하면서 앞으로 어떻게 할 것인지를 생각하고, 윈저까지의 여행 경험을 토대로 얻은 명료한 인식으로 낯선 사람들 가운데서 계속 방랑해야 할 미래를 그려보기 시작했다. 그러나 그녀가 어떤 길을 택할 수 있겠는가? 일자리를 얻을 수 있다손 치더라도 하녀로 일하는 것은 불가능했다. 당장 구걸에 나서는 것 외에는 다른 방법이 없었다. 헤티는 어느 일요일에 헤이슬롭의 교회 벽에 기댄 채 발견된 어떤 젊은 여자를 생각했다. 갓난아이를 팔에 안고 추위와 굶주림으로 거의 죽어가고 있던 그 여자는 구조되어 구빈원으로 옮겨졌다. '구빈원!' 이 단어가 헤티의 마음에 미친 영향을 아마도 여러분은 이해하기 힘들 것이다. 그녀는 가난에 대해서도 다소 엄격하게 판단하는 사람들 사이에서 성장했고 농촌에서 살아왔기에, 결핍과 가난을 때로 도시에서 그렇듯이 어쩔 도리 없는 가혹한 운명으로 동정하지 않았다. 그것은 게으름과 부도덕함을 뜻했다. 그리고 교구민에게 부담을 안겨 준 게으름과 부도덕함이었다. 헤티에게 '행정 교구'113) 는 불명예스러운 점에서 보자면 감옥에 버금가는 것이었다. 그리고 낯선 사람에게 무엇을 요구하거나 구걸하는 것은 참을 수 없는 치욕으로 자기와는 거리가 먼 무시무시한 것이어서, 헤티는 자기가 그런 것에 가까워지는 일은 절대로 있을 수 없다고 평생 생각했었다. 그러나 지금 그녀는 교회에서 돌아오는 길에 보았던 그 비참한 여자가 조수아 랜의 마차로 실려 가던 광경을 떠올리며, 이제 자신이 그녀와 똑같은 운명을 겪지 않도록 막아 줄 것이 거의 없다는 끔찍한 생각을 떠올리지 않을 수 없었다. 육체적 고통에 대한 두려움은 치욕에 대한 두려움과 뒤섞였다. 헤티는 부드러운 털에 덮인 둥근 애완동물처럼 안락함을 좋아하는 성격이었기 때문이었다.

다시 안전한 집으로 돌아가서 늘 그랬듯이 소중하게 여겨지고 보살핌을 받을 수 있기를 그녀는 얼마나 갈망했던가! 사소한 일에 관한 숙모의 꾸짖음은 이제 그녀의 귓가에 음악처럼 즐겁게 들릴 것이다. 지금 그녀는 그 꾸짖음을 듣고 싶었다. 사소한 것들 외에는 숨길 일이 없었던 순진한 시절에 그 꾸짖음을 듣곤 했다. 불두화나무 꽃이 창문으로 들여다보는 낙농실에서 버터를 만들던 그 헤티가 바로 자기 자신일 수 있을까? 친구들이 다시는 문을 열어 주지 않을 도망자, 이 낯선 침대에 누워서 자신이 받은 편의에 대한 대가를 지불할 돈이 없어 낯선 사람들에게 바구니에 있는 옷을 줘야겠다고 생각하고 있는 그녀가 말이다. 바로 그 때 로켓과 귀고리가 생각났기 때문에, 그녀는 가까이 있는 주머니를 집어서 내용물을 침대에 쏟아놓았다. 벨벳으로 가장자리가 둘러진 상자 안에 로켓과

113) 원래 빈민 구조법 때문에 설치되었으나 지금은 행정상의 최고 구역.

귀고리가 들어있었고, 아담이 사준 아름다운 은 골무에는 가장자리에 “나를 기억해 주세요” 라는 문구가 장식되어 있었다. 그리고 1실링이 들어 있는 철제 지갑과 가죽 끈으로 묶는 붉은색의 조그만 가죽 지갑이 있었다. 섬세한 진주들과 석류석이 달린 작고 아름다운 귀고리는 그녀가 7월 30일 빛나는 햇빛 속에서 그렇게나 간절한 열망을 느끼며 귀에 달았던 것이었다! 이제는 그것을 달고 싶은 열망을 조금도 느끼지 않았다. 검은 곱슬머리가 늘어진 그녀의 머리는 다시 기운 없이 베게에 놓였다. 그녀의 이마와 눈에 깃든 슬픔이 너무나 혹독한 것이었기에, 후회스러운 기억을 떠올리고 싶지 않았다. 하지만 그녀는 손을 귓가로 올렸다. 얇은 금귀고리가 달려있기 때문이었다. 그것 또한 얼마간의 돈을 받을 만한 가치가 있었다. 그래, 분명 장신구들로 돈을 약간 마련할 수 있을 것이다. 아서가 그녀에게 준 것들은 틀림없이 상당한 돈이 들었을 것이다. 그녀에게 친절하게 대해준 여관 주인과 안주인은 어쩌면 이 물건으로 돈을 구할 수 있도록 도와줄 것이다.

그러나 그 돈으로도 오래 지탱할 수 없을 것이다. 돈이 다 떨어지면 무엇을 해야 할까? 어디로 가야할까? 궁핍한 생활에 구걸하고 다닐 거라는 끔찍한 생각이 들자 그녀는 숙부와 숙모에게 돌아가서 자신을 용서하고 불쌍히 여겨 달라고 빌고 싶은 마음이 들었다. 그러나 불에 달군 금속을 피해 몸을 움츠리듯이 그 생각에서 다시 움츠려들었다. 숙부와 숙모 앞에서, 메리 버지와 체이스의 하인들, 브록스턴의 사람들, 그리고 그녀를 알고 있는 모든 사람들 앞에서 이 치욕을 결코 견딜 수 없을 것이다. 그녀에게 어떤 일이 일어났는지를 그들이 알아서는 절대로 안 된다. 그렇다면 대체 어떻게 할 수 있을까? 윈저에서 멀리 떠나 지난주처럼 다시 여행길에 나서야 하고, 아무도 그녀를 볼 수 없고 알 수도 없는 높은 산울타리가 둘러진 초록 들판으로 갈 것이다. 어쩌면 그곳에서 달리 할 수 있는 일이 없을 때는 용기를 내어 스캔트랜드의 연못과 같은 곳에서 빠져 죽어야 한다. 그래, 될 수 있는 대로 빨리 윈저에서 달아날 것이다. 여인숙의 사람들이 자기에 대해서 알고, 자기가 도니손 대위를 찾아왔다는 사실을 아는 것도 싫었다. 자기가 그를 왜 찾았는지를 설명할 이유를 생각해 내야 한다.

이런 생각을 하면서 그녀는 주머니에 물건들을 넣기 시작했고, 안주인이 들어오기 전에 일어나서 옷을 입으려고 했다. 붉은 가죽지갑에 손을 얹었을 때 이 지갑 안에 그녀가 잊고 있던 것, 팔만한 가치가 있는 것이 있을지도 모른다는 생각이 스쳤다. 이제 어떻게 살아가야 할지 모르지만, 될 수 있는 대로 오래 지탱할 만한 수단이 필요했던 것이다. 그러나 어떤 것을 간절히 찾고 싶을 때, 우리는 있을 법하지 않은 곳에서 찾는 경향이 있다. 아니, 거기에는 그저 평범한 바늘과 핀, 그리고 간단한 돈 계산을 써넣었던 종이 갈피들 속에 마른 튤립 꽃잎이 들어있었다. 그러나 이 종이들 한 군데에 어떤 이름이 적혀있었다. 이전에도 종종 보았지만, 이제 새로 발견한 메시지처럼 헤티의 눈에 퍼뜩 떠올랐다. 그 이름은 "다인나 모리스, 스노필드"였다. 이름뿐 아니라 그 위에는 다인나의 필체로 성경 구절이 쓰여 있었다. 그들이 함께 앉아 있었던 어느 날 저녁, 헤티가 우연히 그 붉은 지갑을 펼쳐 놓았을 때 다인나가 몽당연필로 쓴 것이었다. 헤티는 지금 그 구절을 읽지 않았다. 그저 그 이름에 사로잡혀버렸다. 이제 처음 냉정하지 않은 마음으로 그녀는 다인나가 보여 주었던 애정 어린 친절과 침실에서 다인나가 했던 말들, 헤티가 곤경에 처했을 때 자기를 친구로 생각해 달라던 말을 떠올렸다. 만일 다인나에게 간다면, 그리고 자기를 도와달라고 청한다면? 다인나는 사물을 판단하는 데 있어서 여느 사람들과는 달랐다. 헤티에게는 알 수 없는 존재였지만, 다인나가 언제나 다정하다는 것을 헤티는 알고 있었다. 다인나가 언짢게 비난하거나 조롱하면서 자기에게서 얼굴을 돌려 버리거나 다인나의 목소리가 의도적으로 자기에 대해 험담하거나 혹은 자기의 고통을 의당 받아야 할 벌이라고 기뻐하는 것은 상상할 수 없었다. 다인나는 헤티의 세계에 속하지 않는 것 같았다. 그리고 헤티는 그 세계의 시선을 타오르는 불처럼 두려워했다. 그러나 헤티는 다인나에게 간청하고 고백하려는 생각에서도 몸을 사렸다. "다인나에게 가겠어" 라고 중얼거리도록 스스로를 설득할 수 없었다. 만일 용기를 내어 죽을 수 없다면, 최후의 대안으로 생각했을 뿐이었다.

선량한 안주인은 아래층으로 내려온 직후에 헤티가 말끔히 옷을 입고 결연히 침착한 모습으로 내려오는 것을 보고 깜짝 놀랐다. 헤티는 그날 아침에 몸이 완전히 좋아졌다고 말했다. 그녀는 여행으로 무척 지치고 피로했을 뿐이었다. 달아난 오라버니에 대해 물어보려고 먼 길을 왔고, 그가 군인이 되려고 떠나 버렸다고 생각했으며, 도니손 대위가 한때 오라버니와 무척 친하게 지냈기에 그가 알지도 모른다고 생각했다. 이렇게 어설픈 이야기를 늘어놓는 헤티를 안주인은 의심스럽다는 듯이 바라보았다. 그러나 오늘 아침 헤티에게는 어제의 무기력한 쇠약함과 달리 확고한 자립심을 드러내는 기색이 있었기에, 안주인은 다른 사람의 사생활을 파고드는 듯이 보일 말을 어떻게 꺼내야 할지 알 수 없었다. 그래서 그녀는 그저 헤티에게 함께 아침을 먹자고 권했다. 헤티는 귀고리와 로켓을 꺼내어 그것을 돈으로 바꾸도록 도와줄 수 있는지를 주인에게 물었다. 여행에 예상보다 훨씬 비용이 많이 들어서 당장 돌아가고 싶지만 지금은 친지들에게 돌아갈 수 있는 돈이 없다고 말했다.

안주인은 그 전날 헤티의 주머니를 살펴보았기에 그 장신구를 처음 보는 것이 아니었다. 그녀는 시골 처녀가 그런 아름다운 물건을 가지고 있다는 사실에 대해 남편과 의논했고, 헤티가 그 젊은 멋쟁이 대위에게 비참하게 속았다고 확신했던 것이다.

"글쎄." 헤티가 그 귀중한 소품들을 펼쳐 놓았을 때 주인이 말했다. "멀지 않은 곳에 보석상이 있으니까 가져갈 수 있겠지. 하지만 맹세코, 그들은 그 값어치의 4분의 1도 주지 않을 거요. 그리고 아가씨도 이 장신구들과 헤어지고 싶지 않겠지?" 그는 미심쩍은 듯이 그녀를 바라보며 말했다.

"아, 상관없어요." 헤티가 서둘러 말했다. "돌아갈 돈을 마련할 수 있다면요."

"그들은 아가씨가 그걸 팔고 싶어 하니까 그 물건을 훔친 거라고 생각할 거요." 그가 말을 이었다. "아가씨처럼 젊은 여자가 그런 멋진 보석을 갖는 것은 흔한 일이 아니니까."

화가 난 헤티의 뺨에 피가 몰렸다.

"저는 점잖은 집안 출신이에요." 그녀가 말했다. "도둑이 아니라고요."

"물론, 그렇지 않지요. 내가 장담해요." 안주인이 말했다. "그리고 당신은 그런 말을 할 이유가 없어요." 화가 나서 자기 남편을 바라보며 말했다. "이 물건들은 아가씨가 받은 거예요. 그건 분명히 알 수 있어요."

"내가 그렇게 생각한다는 뜻이 아니었소." 남편은 사과하듯 말했다. "보석상이 그렇게 생각할 거라는 거지. 그래서 많은 돈을 주지 않으려고 할 거요."

"글쎄." 그 아내가 말했다. "당신이 그 물건을 저당으로 잡고 돈을 좀 빌려주면 어떨까요? 그리고 아가씨가 집에 돌아가서 그 물건을 되찾고 싶으면 그렇게 할 수 있게요. 하지만 두 달 후에도 아가씨가 소식을 보내지 않는다면 우리 마음대로 그것을 처분할 수 있고요."

이처럼 편의를 봐주도록 제안한 안주인에게 결국 그 로켓과 귀고리를 소유함으로써 자신의 선량한 마음씨에 대한 보상을 받으려는 생각이 전혀 없었다고는 말할 수 없을 것이다. 사실, 그럴 경우에 그 장신구들을 소유한다면 어떤 기분일지 안주인은 신속하고도 놀라울 정도로 생생하게 상상해 보았다. 주인은 장신구를 들어보고 생각에 잠긴 듯이 입술을 내밀고 있었다. 물론 그는 헤티가 잘 되기를 바랐다. 하지만 여러분이 잘 되기를 바라는 사람들 가운데 여러분에게서 약간의 이득을 얻기를 거절할 사람이 얼마나 많이 있겠는가? 여러분의 안주인은 여러분과 헤어지면서 진심으로 측은한 마음을 느끼고, 여러분을 높이 평가하며, 누군가 다른 사람이 여러분에게 너그럽게 대한다면 정말로 기뻐할 것이다. 그러나 동시에 그 안주인은 자기가 될 수 있는 대로 이득을 많이 볼 수 있는 계산서를 여러분에게 내밀 것이다.

"아가씨, 집으로 돌아가는 데 돈이 얼마나 필요하겠소?" 마침내 그 호의를 가진 사람이 말했다.

"3기니에요." 헤티는 다른 기준은 알지 못하고 또 너무 많이 요구하는 것이 아닐까 염려되어 자기가 처음 출발할 때 갖고 있었던 금액을 제시했다.

“글쎄, 당신에게 3기니를 빌려주는 데 반대하지 않겠소.” 주인이 말했다. “만일 아가씨가 그 돈을 돌려주고 이 보석을 되찾고 싶으면, 그렇게 하시오. 그린 맨은 달아나지 않을 테니까.”

“아, 그렇게 하세요. 그렇게 해 주시면 아주 기쁘겠어요.” 보석상에 가서 남들의 시선과 질문을 받지 않아도 된다는 생각에 안도감을 느끼며 헤티가 말했다.

“하지만 아가씨가 이 물건을 되돌려 받고 싶으면, 머지않아 편지를 보내야 해요.” 안주인이 말했다. “두 달이 지나면 우리는 아가씨가 이것을 원치 않는다고 생각할 테니까요.”

“네.” 헤티는 무관심하게 대답했다.

남편과 아내는 이 거래에 똑같이 만족했다. 만약 이 장신구들을 되찾아가지 않는다면 그것을 런던에 가지고 가서 팔아 많은 이익을 남길 수 있을 거라고 남편은 생각했다. 아내는 그 성격 좋은 남편을 구슬려 자기가 가질 수 있을 거라고 생각했다. 그리고 그들은 헤티, 가엾게도 불행한 처지에 놓인 그 예쁘고 점잖은 집안 출신인 어린 아가씨의 편의를 봐 주고 있는 것이다! 그들은 음식과 잠자리에 대해서는 일체 대가를 받지 않겠다고 말했다. 그녀는 언제라도 환영이라는 것이다. 열한 시가 되자 헤티는 오전 내내 그랬듯이 조용하고 침착한 태도로 그들에게 작별인사를 하고, 그녀가 왔던 길을 20마일 되돌아가도록 마차에 올랐다.

그 강인한 침착함은 마지막 희망이 사라졌다는 징후였다. 완벽한 충족감이 다른 것에 의존하지 않듯이 절망은 다른 것에 의존하지 않으며, 절망에 빠져 있을 때의 자존심은 남에게 의존하고 있다는 생각으로 상쇄되는 법이 없다.

헤티는 자신의 삶을 가증스럽게 만든 악[114]에서 어느 누구도 자기를

114) “악에서 우리를 구하소서” 라는 구절은 주기도문에 나온다.

구해 줄 수 없다고 느꼈고, 어느 누구도 자신의 비참함과 굴욕을 알아서는 안 된다고 중얼거렸다. 그래, 다인나에게도 고백하지 않을 것이다. 남들에게 보이지 않는 곳에서 방랑하다가 자기 몸이 절대로 발견되지 않을 곳에서 빠져죽을 것이고, 어느 누구도 자기가 어떻게 되었는지 알지 못할 것이다.

그녀는 마차에서 내려 다시 걷기 시작했고 짐수레를 값싸게 얻어 타고 싼 음식을 먹으면서 분명한 목적 없이 앞으로 나아갔다. 하지만 이상하게도 무엇엔가 이끌린 듯 자신이 왔던 길을 되돌아가고 있었다. 비록 집으로는 돌아가지 않겠다고 결심했지만 말이다. 어쩌면 지금 나뭇잎이 떨어진 계절에도 그녀에게 숨을 곳을 만들어줄, 덤불이 우거지고 나무들이 줄지어 늘어선 산울타리가 있는, 풀이 무성한 워릭셔의 들판을 염두에 두고 있기 때문인지도 몰랐다. 올 때보다 더 천천히 걸어가면서 이따금 울타리 층계를 넘어 산울타리 아래에 주저앉아 몇 시간씩이나 아름다운 눈으로 멍하니 앞을 바라보며 스캔트랜드의 연못처럼 저 아래 숨겨진 연못가에 있는 자신을 상상하곤 했다. 그리고는 물에 빠져 죽는 것이 무척 고통스러울지, 죽은 다음에도 살아생전 두려워했던 것보다 더 나쁜 일이 벌어질지를 생각했다. 종교적인 교리는 헤티의 마음을 전혀 사로잡지 못했었다. 헤티는 대부와 대모가 있고, 교리문답을 배웠고, 견진성사를 받았고, 주일마다 교회에 갔지만, 살아가는 데 있어서 힘을 얻는다든가 죽음에 대한 믿음을 가지려는 실제적인 목적에 그리스도교의 신앙이나 감정을 적용해 본 적이 단 한 번도 없는, 무수히 많은 사람들 가운데 하나였다. 이 비참한 나날에 그녀의 생각이 종교적인 두려움이나 희망으로 영향을 받았다고 상상한다면 여러분은 그녀의 마음을 오해한 것이다.

그녀는 이전에 잘못해서 들렀던 스트래트포드-온-에이번에 다시 가기로 결심했다. 이전에 그리 가는 길에 보았던 풀밭을 기억했고, 그 풀밭 가운데서 그녀가 마음에 두고 있는 그런 연못을 찾을 수 있으리라고 생각했다. 하지만 아직 돈을 쓰는 데 조심했고 바구니를 들고 다녔으며 죽음은 아직 멀리 떨어져 있는 것 같았고, 그녀 내면의 생명력은 너무나 강렬했다! 그녀는 음식과 휴식을 갈망했고, 죽음을 향해 뛰어내릴 강둑을 떠올리는 바로 그 순간에 조급히 음식과 휴식을 원했다. 윈저를 떠난 지 벌써 닷새째였다. 언제나 대화와 질문을 피하면서, 남들이 보고 있을 때면 늘 당당하고 자립적인 태도를 드러내고, 밤이면 버젓한 숙소를 택하고, 아침이면 말끔하게 옷을 입고 꾸준히 길을 나섰고, 비가 오면 은신처에 머물면서, 마치 소중히 간직해야 할 행복한 삶이라도 있는 듯이 방랑했다.

하지만 가장 자의식이 강한 순간에도 그 얼굴은 얼룩진 낡은 거울에 비친 자기 모습에 미소를 짓거나 찬탄하며 바라보는 사람들에게 미소를 지었던 그 얼굴과는 딱할 정도로 달라져 있었다. 눈썹은 여전히 길었고 검은 눈은 빛을 발했지만, 그 눈에는 무정하고 심지어 맹렬한 기색이 감돌았다. 이제 그 뺨은 미소로 보조개를 짓지 않았다. 예전처럼 둥근 얼굴에 입술을 내밀고 어린애처럼 예쁜 모습이었지만 모든 사랑과 사랑에 대한 믿음이 떠나 버렸기에 그 아름다움으로 인해 더욱 슬퍼 보였다. 입술이 열정적이면서도 열정이 없는 그 경이로운 메두사[115]의 얼굴처럼 말이다.

마침내 자신이 그리던 숲에 도달했고 숲으로 이어지는 좁고 긴 길에 서 있었다. 그 숲 속에 연못이 있기만 하다면! 들판에 있는 것보다는 외진 곳에 숨겨진 연못이 더 좋을 것이다. 아니, 그것은 숲이 아니라 거친 덤불이었고, 한때 자갈 채석장이 있었던 곳으로 둥근 언덕과 움푹 파진 구덩이에 관목들과 조그만 나무들이 흩어져 있었다. 우묵하게 꺼진 곳에 닿으면 연못이 있을지도 모른다고 생각하면서 그녀는 언덕을 오르락내리락하며 배회했고 팔다리가 지치자 쉬려고 주저앉았다. 오후가 꽤 지난 시간이었고 태양이 그 너머에서 지고 있는 듯 납빛 하늘이 점점 어두워지고 있었다. 잠시 후 헤티는 곧 어두워질 거라고 느끼면서 다시 일어섰다.

115) 메두사는 그리스 신화에 나오는 인물로 그녀의 잘라진 머리를 보는 사람을 돌로 만들었다.

연못을 찾는 것을 내일까지 미루고 밤에 쉴 곳을 찾아야 한다. 그러나 들판에서 길을 잃어버렸기에 그녀가 아는 바로는 이쪽으로 가나 다른 쪽으로 가나 마찬가지였다. 그녀는 계속해서 들판 사이를 지나 걸었지만 마을도, 집도 눈에 띄지 않았다. 하지만 저기, 목초지의 한 귀퉁이에 산울타리가 끊긴 곳이 있었고, 땅이 약간 경사져 내려갔고, 나무 두 그루가 벌어진 틈을 가로질러 서로 기대 서 있었다. 그곳에 틀림없이 연못이 있을 거라고 생각하면서 헤티의 심장이 쿵쿵 뛰었다. 창백한 입술로 떨고 있다는 것을 의식하면서 그녀는 풀밭 너머 그곳을 향해 무거운 발걸음을 옮겼다. 마치 그곳이 그녀가 찾아가는 목표가 아니라 자기도 모르는 사이에 그것이 스스로 다가온 것 같았다.

거기에 어두워지는 하늘 아래 시커멓게 보이는 것이 있었다. 가까이 움직이는 것은 아무것도 없었고, 아무 소리도 들리지 않았다. 그녀는 바구니를 내려놓고, 떨면서 풀 위에 주저앉았다. 지금 그 연못은 겨울의 연못이 늘 그렇듯이 무척 깊었다. 헤이슬롭의 연못들도 그렇다는 것을 그녀는 기억해 냈다. 여름이 되어 그 연못이 얕아질 때면 아무도 그것이 그녀의 시신이라는 것을 알아내지 못할 것이다. 하지만 거기 그녀의 바구니가 있었다. 그것 역시 숨겨야 한다. 그것을 물속에 던져야 한다. 먼저 거기에 돌을 넣어 무겁게 만든 다음에 던져야 한다. 그녀는 일어서서 돌을 찾아보았고 이내 대여섯 개를 가져와서 바구니 옆에 내려놓고 다시 주저앉았다. 서두를 필요가 없었다. 빠져 죽을 시간은 밤새 얼마든지 있었다. 그녀는 바구니에 팔꿈치를 기대고 앉아있었다. 지치고 배가 고팠다. 바구니에는 롤빵이 몇 개 있었다. 점심을 먹은 곳에서 샀던 빵 세 개였다. 그녀는 그것을 꺼내 허겁지겁 먹었고 다시 연못을 바라보며 가만히 앉아 있었다. 굶주림을 달래자 위안을 얻은 느낌이 들고 이처럼 멍하니 고정된 자세로 앉아 있자 졸음이 엄습했다. 곧 그녀의 고개가 무릎 위로 떨어졌다. 그녀는 금세 잠이 들었다.

잠에서 깨어났을 때는 깊은 밤중이었고 오슬오슬하게 한기가 느껴졌다. 그녀는 이 어둠이 무서웠고, 앞으로도 긴 밤이 이어질 것이 두려웠다. 그저 스스로를 물속에 던질 수만 있다면! 아니, 아직은 아니었다. 그녀는 다시 몸이 따뜻해지도록 걷기 시작했고, 그렇게 하면 결심이 좀 더 확고해질 것 같았다. 그 어둠 속에서 시간은 얼마나 길었던지! 집 안에서 밝게 타오르는 난로와 따뜻한 온기와 목소리, 안전하게 잠자리에서 일어나고 잠자리에 눕는 것, 익숙한 들판, 낯익은 사람들, 옷을 차려입고 잔치를 벌이며 소박한 즐거움을 누리던 주일과 공휴일, 젊은 나날의 온갖 즐거운 일들이 이제 갑자기 떠올랐고, 자신이 거대한 심연을 가로질러 그것들을 향해 팔을 뻗고 있는 것 같았다. 아서가 생각나면 이를 꽉 물었다. 자신의 저주가 어떤 영향을 미칠지 알지 못한 채 그를 저주했다. 아서 역시 자기처럼 황량함과 추위를 겪고, 죽음으로 끝내려고 과감히 시도하지도 못하는 이 치욕스런 삶을 알게 되기를 바랐다.

인간의 손이 전혀 닿지 않는 이 냉기와 어둠과 고독감의 공포는 기나긴 일분 일분이 지나가면서 점점 더 커졌다. 마치 자신은 이미 죽어 버렸고 죽었다는 것을 알면서 다시 삶으로 돌아가기를 갈망하는 것 같았다. 그러나 사실은 그렇지 않았다. 그녀는 아직 살아 있었고, 그 무시무시한 도약을 감행하지 못한 것이었다. 서로 상반되는 비참함과 기쁨이 이상하게도 동시에 느껴졌다. 과감히 죽음을 맞지 못했다는 비참함과 아직 생명을 갖고 있으며 빛과 온기를 다시 느낄 거라는 기쁨이었다. 그녀는 몸을 덥히려고 이리저리 걸었고, 어둠에 눈이 익숙해지면서 주위의 사물들을 약간 식별하기 시작했다. 산울타리의 더 짙은 윤곽과 풀밭을 가로질러 뛰어가는 어떤 생명체, 어쩌면 들쥐의 신속한 움직임이 보였다. 이제는 어둠이 자신을 꼼짝 못하게 에워싸는 듯이 여겨지지 않았다. 그녀는 들판을 가로질러 되돌아가서 울타리 층계를 넘을 수 있다고 생각했다. 그 다음 들판에서 가시금작화가 무성한 양 우리 근처에서 헛간을 본 것 같았다. 그 헛간에 들어갈 수 있으면 훨씬 더 따뜻할 것이다. 그곳에서 밤을 보낼 수 있을 것이다. 헤이슬롭에서 양이 새끼를 낳는 철이면 앨릭이 그렇게 했던 것이다. 이 헛간을 생각하자 새로운 희망의 힘이 솟구쳤다. 그녀는 바구니를 들고 들판을 가로질러 걷기 시작했고, 시간이 조금 지난 후 그 울타리 층계가 있는 방향으로 들어섰다. 이처럼 몸을 움직이고 울타리 층계를 찾으려고 몰두하다보니 어둠과 고독의 공포가 줄어들었다. 다음 들판에는 양이 있었고 그녀가 바구니를 내려놓고 울타리 층계를 넘어가자 몰려 있던 양들이 깜짝 놀랐지만, 양들이 움직이는 소리가 그녀를 안심시켜 주었다. 자기의 기억이 옳았다는 것을 확인시켜 주었기 때문이었다. 여기가 바로 헛간을 보았던 들판이었다. 그 들판에 양들이 있었으니까. 똑바로 길을 따라가면 거기에 닿을 것이다. 그녀는 반대편 문에 이르러 가로대와 양 우리의 가로대를 따라 더듬거리며 나아갔고 마침내 손을 따끔하게 찔러대는 가시금작화의 벽에 닿았다. 그 감미로운 느낌이란! 마침내 쉴 곳을 발견한 것이었다. 사정없이 찔러대는 가시금작화를 붙잡고 더듬거리며 나아가서 그녀는 문을 열었다. 고약한 냄새가 나는 밀폐된 곳이었지만 따뜻했고, 땅에는 밀짚이 깔려있었다. 헤티는 이제야 탈출한 듯이 느끼며 그 밀짚에 맥없이 주저앉았다. 윈저를 떠난 이후로 눈물을 흘린 적이 없었지만, 이제 비로소 눈물이 나왔다. 아직도 생명을 갖고 있고, 양들이 주위에 있는 가운데 아직도 친숙한 땅 위에 있다는 히스테릭한 기쁨의 흐느낌과 눈물이었다. 자신의 팔다리를 느끼는 것만도 그녀에게는 기쁨이었다. 그녀는 소매를 올리고 생명에 대한 열정적인 애정으로 자기 팔에 입을 맞추었다. 곧 온기와 피로감이 그녀의 흐느낌을 달래주었다. 그녀는 계속 졸음에 빠져들었다. 자기가 다시 연못가에 있다고 생각하고 물속으로 뛰어들었다고 생각하기도 하다가 깜짝 놀라 깨어서는 자신이 어디 있는지 어리둥절하곤 했다. 그러나 마침내 꿈이 없는 깊은 잠이 찾아왔다. 보닛을 쓴 머리를 베게삼아 가시금작화 벽에 기댔다. 그리고 그 가엾은 영혼은 엇비슷한 두 가지 공포 사이에서 이리저리 쫓기다가 유일한 위안, 즉 무의식의 위안을 얻었다.

가엾게도! 그 위안은 시작된 바로 그 순간에 끝난 것 같았다. 헤티에게는 졸음 속의 꿈들이 다른 꿈으로 이어진 듯이 여겨졌다. 헛간에 있는 자기 몸 위로 숙모가 촛불을 손에 들고 서 있었다. 그녀는 숙모의 시선을 받으며 몸을 떨고 눈을 떴다. 촛불은 없었지만 헛간에는 빛이 들어오고 있었다. 열린 문을 통해서 들어온 이른 새벽빛이었다. 그리고 그녀를 내려다보는 얼굴이 있었다. 하지만 알지 못하는 얼굴이었고, 작업복을 입은 나이든 사람의 얼굴이었다.

"아니, 아가씨, 여기서 뭘 하는 거야?" 그 남자가 무뚝뚝하게 말했다.

헤티는 잠깐 동안 꿈속에서 숙모의 시선을 받았을 때보다 더욱 두렵고 수치스러워서 더 몸이 떨렸다. 자기가 이미 거지와 다름없다고 느꼈다. 그런 곳에서 자고 있는 것이 발견되었으니. 하지만 몸이 떨렸음에도 불구하고 자신이 거기 있는 이유를 그 남자에게 열심히 설명하려 했고 그래서 곧 입을 뗄 수 있었다.

"길을 잃었어요." 그녀가 말했다. "저는 여행하고 있어요. 북쪽으로요. 그런데 길에서 벗어나서 들판으로 들어왔는데 밤이 되어 깜깜해졌어요. 가장 가까운 마을로 가는 길을 알려주시겠어요?"

그녀는 말을 하면서 일어섰고, 손을 들어 올려 보닛을 매만지고 바구니를 집었다.

그 남자는 천천히 소처럼 느린 시선으로 그녀를 바라보았고 얼마간 대답하지 않았다. 그러고는 몸을 돌려 헛간 문으로 걸어갔고 그런 다음에야 가만히 서서 어깨를 반쯤 그녀 쪽으로 돌리고 말했다.

"그래, 원한다면 노턴으로 가는 길을 알려줄 수 있어. 하지만 대로에서 벗어나서 무엇을 하겠다는 거요?" 그는 퉁명스럽게 질책하듯이 말했다. "아가씨가 조심하지 않으면 잘못될 수도 있단 말이야."

"네." 헤티가 말했다. "다시는 그렇게 하지 않겠어요. 큰 길로 갈 수 있도록 친절하게 알려 주신다면 그 길로 계속 가겠어요."

"표시판과 길을 가르쳐 줄 사람들이 있는 곳에서 뭐 때문에 벗어났냐고?" 그 남자는 더욱 퉁명스럽게 말했다. "아가씨를 보면 누구라도 정신 나간 여자라고 생각할 거야."

헤티는 이 퉁명스런 노인 때문에 겁이 났고 미친 여자처럼 보인다는 마지막 말에 더욱 겁이 났다. 그를 따라서 헛간에서 나오면서 그녀는 길을 가르쳐 준 대가로 그에게 육 펜스를 주겠다고 생각했다. 그러면 그녀를 미쳤다고 생각하지 않을 것이다. 그가 걸음을 멈추고 길을 가르쳐 주었을 때 그녀는 육 펜스를 준비하려고 주머니에 손을 넣었고, 그가 인사도 없이 몸을 돌렸을 때 그것을 내밀고 말했다. "고맙습니다. 수고해 주셔서 이걸 받으시면 좋겠어요."

그는 천천히 육 펜스를 보고 말했다. "아가씨 돈은 전혀 필요 없어. 그 돈은 조심하는 편이 좋을 걸. 그렇지 않으면 도둑맞을 테니까. 아가씨가 미친 여자처럼 들판을 싸돌아다니면 말이야."

그 남자는 더 이상 아무 말 없이 그녀의 곁을 떠났고, 헤티는 가야할 길을 계속 걸었다. 또 하루가 밝아왔고 그녀는 계속 방랑해야 했다. 물에 빠져 죽는 것은 생각해 봐야 소용이 없었다. 그렇게 할 수 없었던 것이다. 적어도 음식을 살 돈이 남아 있고 여행을 계속할 힘이 남아 있는 한에 있어서는 그랬다. 그러나 오늘 아침 잠에서 깨었을 때의 사건 때문에 수중에 돈이 한 푼도 남지 않았을 때에 대한 두려움이 더욱 커졌다. 그러면 바구니와 옷들을 팔아야 할 테고, 그 노인네가 말했듯이 정말로 거지나 미친 여자처럼 보일 것이다. 연못가의 차갑고 시커먼 죽음의 둑에서 탈출한 후 한밤중에 느꼈던 생명에 대한 열정적인 기쁨은 이제 사라져 버렸다. 이제 아침이 되어 그녀를 바라보던 그 남자의 수상쩍다는 듯한 엄중한 시선에서 받은 인상에 비추어 볼 때 생명은 죽음만큼이나 무시무시한 것이었다. 그것은 더 나빴다. 그 공포에 사로잡혔다고 느꼈고, 시커먼 연못에서 움츠러들었듯이 그 공포에서 움츠러들었지만, 거기에서 벗어날 피신처를 찾을 수 없었다.

그녀는 지갑에서 돈을 다 꺼내서 바라보았다. 아직 22실링이 있었다. 그것으로 며칠 더 살 수 있을 것이며, 어쩌면 다인나를 만날 수 있는 스토니셔까지 빨리 가는 데 도움이 될 것이다. 다인나에 대한 생각이 이제 더 강렬하게 솟구쳤다. 전날 밤의 경험에 몸서리를 치면서 그녀의 상상력은 연못에서 멀어지게 되었던 것이다. 오직 다인나에게만 가는 것이었다면, 다인나를 제외하고 아무도 알지 못한다면, 헤티는 그녀에게 가려고 확고히 결심할 수 있었을 것이다. 그 부드러운 목소리, 연민에 찬 눈이 그녀를 이끌었을 것이다. 그러나 나중에는 다른 사람들도 틀림없이 알게 될 것이다. 그녀는 죽음으로 돌진할 수 없었듯이 그 치욕으로도 나아갈 수 없었다.

그녀는 계속 방황해야 하고, 더 깊은 절망으로 인해 용기가 생기도록 기다려야 한다. 하루하루의 피로를 점점 더 견딜 수 없어지면 어쩌면 죽음이 그녀에게 다가올지도 모른다. 하지만, 우리의 영혼은 이상하게 작용하는 면이 있어서, 우리가 두려워하는 목적 그 자체를 향한 잠재된 욕망으로 우리를 이끌어간다. 노턴에서 다시 출발했을 때 헤티는 북쪽의 스토니셔로 가는 직선 길을 묻고 온종일 그 길로 걸어갔다.

어린애처럼 둥근 얼굴, 그 얼굴에 숨어 있는 냉혹하고 사랑이 없는, 절망하고 있는 영혼, 자기 슬픔을 제외하고는 어떤 슬픔도 들어설 여지가 없는 좁은 마음과 좁은 생각으로 방랑하는 가엾은 헤티! 그 슬픔을 그렇게나 강렬하고 쓰라리게 맛보고 있다니! 멍한 눈으로 앞길을 바라보고, 그 길이 어디로 이어지는지 생각하지 않고 관심을 두지도 않으며, 지친 발로 힘들게 걸어가거나 수레에 앉아 있다가 배가 고프면 근처에 마을이 있기를 바라는 그녀를 보면 내 가슴이 에이는 듯이 아프다.

그 끝이 어디일까? 목적 없는 헤매는 그녀의 방랑의 끝은? 모든 사랑에서 떨어져 나와서, 오직 자기의 자존심과 관련된 것에서만 인간에 대해 신경을 쓰고, 쫓기고 있는 부상당한 짐승이 그렇듯이 그저 목숨을 부지하는 데 매달리고 있는 그녀의 방랑은?

여러분과 내가 그런 비참한 곤경을 일으키는 일이 없도록 신께서 보호해 주시기를!

탐색

헤티가 떠난 후 처음 열흘은 홀 팜의 가족들에게나 매일 작업에 몰두하는 아담에게나 다른 날들과 마찬가지로 조용히 흘러갔다. 그들은 헤티가 적어도 일주일이나 열흘간 떠나 있을 거라고 예상했으며 만약 다인나가 함께 돌아온다면 스노필드에 더 머물러야 할 일이 있을 터이므로 약간 더 오래 걸릴 거라고 생각했다. 그러나 2주일이 지나도 헤티가 돌아오지 않자 그들은 약간 놀랍게 여기기 시작했다. 헤티는 다인나와 함께 지내는 것을 가족들의 예상보다 훨씬 더 즐거워했음에 틀림없었다. 아담은 그녀를 빨리 보고 싶은 마음이 점점 더 간절해졌으므로 만일 그녀가 다음 토요일에 돌아오지 않는다면 그녀를 데리러 일요일 아침에 출발하려고 마음먹었다. 일요일에는 역마차가 없었다. 하지만 날이 밝기 전에 길을 나서고 도중에 혹시 수레를 얻어 타면 꽤 이른 시간에 스노필드에 도착할 수 있을 것이고 다음 날에 헤티를, 그리고 다인나도 온다면 그녀도 함께 데리고 돌아올 것이다. 헤티가 이미 집에 돌아왔어야 할 때이므로, 그녀를 데려오기 위해 월요일 하루를 손해 볼 수도 있었다.

토요일 저녁에 홀 팜에 가서 이야기하자 모두들 그의 계획에 찬성했다. 포이저 부인은 헤티를 반드시 데리고 오라고 강조했다. 헤티가 3월 중순까지 준비해야 할 일들을 생각하면, 이미 너무 오래 떠나 있었던 것이다. 또 누구든 건강을 위해 다른 곳에 가더라도 일주일이면 충분하다는 것이었다. 포이저 부인은 다인나를 데려올 수 있을 가능성이 많지 않다고 생각했다. 헤이슬롭의 사람들이 스노필드의 사람들보다 두 배나 더 비참한 상태라고 그녀를 믿게 만들 수 없다면 말이다. 결론삼아 포이저 부인은 이렇게 말했다. "하지만 그 애에게 남은 이모는 한 사람밖에 없고 그 이모가 뼈와 가죽만 남도록 쇠약해졌다고 말하세요. 어쩌면 우리가 다음 미가엘 축일에 20마일이나 더 떨어진 곳으로 가야 할 테고, 낯선 사람들 가운데서 상심해서 죽을 거고, 애들은 고아로 남을 거라고요."

“아니, 아니야.” 아주 용감한 남자답게 활발한 기상으로 포이저 씨가 말했다. “그렇게 나쁘지는 않아. 당신은 지금 아주 좋아 보이고 매일 살도 좀 오르고 있어. 하지만 다인나가 온다면 기쁘긴 하겠어. 당신을 도와서 애들을 돌봐줄 테니까. 애들이 그 애를 무척 따르거든.”

그래서 일요일 새벽 동이 틀 무렵에 아담은 출발했다. 세스는 첫 한두 마일을 아담과 함께 걸었다. 스노필드에 대한 생각과 다인나가 돌아올지도 모른다는 생각으로 세스는 들떠 있었고, 차가운 아침 공기를 맞으며 제일 좋은 옷을 입고 아담과 함께 걸으면서 일요일의 평온함을 느꼈다. 2월의 마지막 날 아침이었고, 잿빛 하늘이 낮게 드리워졌으며 녹색의 길과 검은 산울타리에 약간 서리가 내려 있었다. 수량이 많아진 시냇물이 언덕을 따라서 콸콸 흐르는 소리와 이른 아침 희미하게 지저귀는 새들의 소리가 들려왔다. 그들 간에는 기분 좋은 우애가 있었지만 둘 다 아무 말 없이 걸었다.

“안녕, 세스.” 헤어질 때가 되자 아담은 세스의 어깨에 손을 얹고 다정하게 바라보며 말했다. “너도 나와 같이 가서 나처럼 행복했으면 좋겠어.”

“나는 만족하고 있어, 애디. 불만은 없어.” 세스는 유쾌하게 말했다. “나는 아마도 노총각이 되어서 형의 애들을 애지중지할 거야.”

그들은 헤어졌고, 세스는 천천히 집을 향해 걸어가면서 자기가 좋아하는 찬송가들 가운데 하나를 마음속으로 되풀이하여 불렀다. 그는 찬송가를 무척 좋아했다.

그대가 없는 아침은
어둡고 음산하다네.
하루가 시작해도 쓸쓸하다네,
그대 은총의 빛나는 광선이 보일 때까지.
그대가 내면의 빛을 보내어
내 눈을 즐겁게 하고 내 마음을 따뜻하게 할 때까지.

그렇다면, 내 이 영혼을 찾아와

어두운 죄와 슬픔을 꿰뚫고
나를 채워 주시오, 신성한 광휘여,
내 모든 불신을 흩날려 주시오.
그대의 모습을 더욱더 드러내 주시오,
완벽한 하루가 되도록 빛을 발하여.

아담은 훨씬 더 빨리 걸었다. 그날 아침 해가 뜰 무렵에 오크번에서 걸어오던 사람이라면, 키가 크고 가슴이 넓은 남자가 군인처럼 곧고 확고한 자세로 성큼성큼 걸어가면서 점점 윤곽을 드러내기 시작하는 검푸른 언덕을 예리하고 즐거운 눈으로 바라보는 것을 보고 아주 유쾌한 광경으로 여겼을 것이다. 그날 아침처럼 아담의 얼굴에서 근심의 그늘이 걷혔던 적은 그의 평생에 거의 없었다. 그리고 그처럼 현실적이고 건설적인 마음을 가진 사람들이 그렇듯이, 근심이 사라졌기에 그는 주위 사물을 더욱 예리하게 관찰했고, 자기가 좋아하는 계획과 독창적인 고안을 위해 그 사물에서 얻을 수 있는 암시를 더욱 신속히 받아들였다. 자기의 발걸음으로 행복한 그의 사랑, 곧 자기 사람이 될 헤티에게 점점 더 가까이 다가가고 있다는 사실은 달콤한 아침 공기가 그의 감각에 영향을 미치듯이 그의 생각에 영향을 미쳤다. 그것은 행복을 느끼게 해 주었고, 그 때문에 행동하는 것이 즐거웠다. 이따금 그녀에 대한 더욱 강렬한 감정이 솟구치면서 헤티를 제외한 다른 이미지를 모두 몰아내 버렸다. 그와 더불어 이 모든 행복이 그에게 주어졌다는 사실에, 현세의 삶에서 이런 달콤한 행복을 누릴 수 있다는 사실에 경이롭고도 감사하는 마음이 들곤 했다. 우리의 친구 아담은 경건한 마음을 가지고 있었던 것이다. 비록 경건한 교리에 대해서는 다소 참을성을 갖지 못했지만 말이다. 그의 애정은 그의 존중심에 밀접하게 결합되어 있었기에, 애정이 없다면 존중심을 거의 느낄 수 없었다. 그러나 강렬한 감정이 이렇게 솟아나온 후에는 여러 가지 생각들이 더욱 활기차게 돌아오기 마련이었다. 오늘 아침에 그는 그 지역의 도로에 결함이 많다는 것을 발견하고, 만일 어떤 시골신사가 자기 지역의 도로를 보수하는 일에 착수할 수 있다면 그 신사의 노력에서 어떤 혜택을 얻을 수 있을지를 상상하는 데 빠져들었다.

푸른 언덕이 바라다 보이는 예쁘장한 마을, 오크번까지 10마일의 길은 아주 빨리 걸을 수 있었다. 그곳에서 그는 아침을 먹었다. 그 후에 나타난 시골은 점점 더 나무가 적어졌으며, 기복이 완만한 숲도 없고, 나뭇가지들이 넓게 뻗어있는 농가도 보이지 않았으며, 덤불이 우거진 산울타리도 보이지 않았다. 그저 잿빛 돌담이 메마른 목초지를 가로지르고, 예전에 광산이 있었던 울퉁불퉁한 땅에 회색 돌집들이 황량하게 드문드문 떨어져 있을 뿐이었다. "굶주린 땅이군." 아담은 혼자 중얼거렸다. "이런 곳에 와서 사느니 땅이 식탁처럼 평평하다는 남쪽으로 가는 편이 좋겠어. 하지만 다인나가 사람들에게 가장 큰 위안을 줄 수 있는 지역에서 살고 싶다면야, 이런 곳에서 살 권리가 있는 거지. 그녀는 하늘에서 곧바로 내려온 사막의 천사처럼 보이니까. 먹을 것이 없는 사람들에게 힘을 주기 위해서 말이야." 마침내 스노필드가 보이는 곳에 이르렀는데, 그곳은 "그 지역에 딱 어울리는 친구"처럼 보이는 마을이었다. 비록 커다란 공장이 있는 계곡 사이로 흐르는 시냇물은 아래쪽 들판을 쾌적한 초록빛으로 물들였지만 말이다. 돌투성이로 냉혹하게 보이고 나무도 없이 가파른 언덕 비탈에 마을이 있었지만, 아담은 곧장 그곳으로 가지 않았다. 다인나를 어디서 찾을 수 있는지 세스가 이야기해 주었던 것이다. 다인나가 살고 있는 곳은 공장에서 약간 떨어져 있고 마을에서 벗어난 초가 오두막이었다. 그 낡은 오두막은 길을 향해 비스듬히 자리 잡고 있었으며 앞에는 조그만 감자밭이 있었다. 여기서 다인나는 연로한 부부와 함께 살고 있었다. 만약 그녀와 헤티가 외출했다면 아담은 그들이 어디 갔는지, 언제 집에 돌아올 것인지를 알 수 있을 것이다. 다인나는 아마 설교하러 나갔을 것이고 어쩌면 헤티는 집에 남아 있을 것이다. 아담은 그렇기를 바라지 않을 수 없었다. 길가의 오두막을 찾았을 때 그의 얼굴에는 다가온 즐거움을 기대하는 미소가 무심결에 환히 빛났다.

그는 좁은 인도를 따라 서둘러 걸음을 옮겼고 문을 두드렸다. 무척 말끔하게 보이는 노파가 중풍에 걸려 머리를 천천히 흔들면서 문을 열었다.

"다인나 모리스가 집에 있습니까?" 아담이 말했다.

"어? … 없는데." 노파는 놀라서 키가 큰 낯선 이를 바라보았고, 그 때문에 평소보다 말이 더 느려졌다. "안으로 들어오겠수?" 그녀는 정신을 차린 듯이 문에서 비껴서며 말했다. "그래, 전에 왔던 그 젊은이와 형제인가 보구려."

"네." 아담이 들어서며 말했다. "그 애가 세스 비드였고, 저는 그의 형 아담입니다. 할머니와 주인어른께 안부 전해드리라고 세스가 말했지요."

"아, 그 젊은이에게도 그렇게 해 주구려. 친절한 젊은이였지. 그런데 자네는 그와 닮았군. 조금 더 검을 뿐이네. 저 안락의자에 앉구려. 남편이 회의에서 아직 돌아오지 않았다우."

아담은 머리를 흔들고 있는 노파에게 질문을 퍼부어 재촉하고 싶지 않았기에 참을성을 가지고 앉았지만, 한쪽 구석에 있는 좁고 구부러진 계단을 열심히 바라보았다. 헤티가 그의 목소리를 듣고 그 계단으로 내려올 수 있을 거라고 생각했기 때문이었다.

"그래 다인나 모리스를 만나러 왔수?" 노파는 그의 맞은편에 서서 말했다. "그런데 다인나가 집에 없다는 것을 몰랐구려?"

"몰랐습니다." 아담이 말했다. "하지만 오늘이 주일이라서 집에 없을 수도 있다고 생각했지요. 그런데 다른 젊은 여자는 집에 있습니까? 아니면 다인나와 함께 나갔나요?"

노파는 어리둥절한 기색으로 아담을 보았다.

"다인나와 함께 나갔냐고?" 그녀가 말했다. "어, 다인나는 리즈에 갔다우. 알다시피 큰 도시이고 하느님의 백성이 많이 있는 곳이지. 2주일 전 금요일에 갔어. 거기 사람들이 다인나에게 여비를 보내줬지. 여기 그녀의 방을 보아도 좋수." 노파는 이렇게 말하면서 문을 열었고 자기 말에서 아담이 어떤 영향을 받았는지 알아차리지 못했다. 그는 일어서서 노파를 따라갔고 그 작은 방을 조급히 둘러보았다. 좁은 침대가 있고 벽에 웨슬리의 초상화가 걸려 있으며 커다란 성경 위에 책 몇 권이 놓여 있었다. 그는 헤티가 그 방에 있을 거라는 터무니없는 희망을 품었었다. 비어 있는 그 방을 보고난 후 처음에는 아무 말도 할 수 없었다. 말로 표현할 수 없는 두려움이 그를 사로잡았다. 여행 중에 헤티에게 사고가 일어난 것이다. 하지만 그 노파의 말과 이해력이 워낙 느렸기에 헤티가 어쩌면 스노필드에 있을 수도 있었다.

"그걸 알지 못했다니 유감이구먼." 노파가 말했다. "다인나를 만나려고 고향에서 왔수?"

"그런데 헤티, 헤티 소렐, 그녀는 어디 있습니까?" 아담이 갑자기 물었다.

"그런 이름을 가진 사람은 모르는데." 그 노파는 놀라운 듯이 말했다. "그 사람이 스노필드에 살고 있다고 들었수?"

"여기 젊은 여자가 오지 않았나요? 아주 젊고 예쁜 여자인데. 2주일 전에 다인나 모리스를 만나러 말이지요."

"아니, 젊은 여자는 전혀 본 적이 없다우."

"생각해 보세요. 정말 확실합니까? 열여덟 살 먹은 처녀이고 검은 눈에 검은 곱슬머리이고 빨간 망토를 입고 팔에 바구니를 걸고 다니지요. 그 처녀를 보셨으면 잊을 수 없을 거예요."

"아니, 금요일이 2주째 되는 날인데, 그날 다인나가 떠났어. 그리고 아무도 오지 않았지. 자네가 올 때까지 다인나를 찾는 사람도 전혀 없었어. 다인나가 없다는 것을 근방 사람들은 다 알고 있으니까. 아니, 여보게, 무슨 문제가 있수?"

그 노파는 공포가 질려 핼쑥해진 아담의 얼굴을 본 것이다. 그러나 그는 망연자실하거나 당황하지 않았다. 어디에 가서 헤티에 대해 물어볼 수 있을지 열심히 생각하고 있었다.

"네, 우리 고장에 사는 한 젊은 여자가 다인나를 만나러 떠났어요. 2주일 전 금요일이었지요. 저는 그 여자를 데려가려고 왔습니다. 그녀에게 어떤 일이 일어났을까봐 걱정입니다. 더 이상 여기 있을 수 없겠어요. 안녕히 계세요."

그는 서둘러 오두막에서 나왔고, 그 노파는 그를 따라 대문으로 나와 머리를 흔들면서 그를 슬픈 듯이 바라보았다. 그는 마을로 거의 뛰어가다시피 했다. 오크번 역마차의 정류장에서 물어볼 생각이었다.

아니었다! 헤티 같은 젊은 여성은 그곳에 나타난 적이 없었다. 2주일 전 역마차에 혹시 사고가 일어났던가? 아니었다. 그리고 그날 그를 오크번으로 태워다줄 역마차도 없었다. 그렇다면 그는 걸어서라도 갈 것이다. 비참한 상태에 빠져 움직이지 않으면서 그곳에 머물 수는 없었다. 그러나 손을 주머니에 찔러 넣고 몹시 단조로운 거리를 내다보면서 많은 시간을 보내는 여관주인은 무척 불안해하는 아담을 보고 이 새로운 사건에 흥미를 느끼며 바로 그날 저녁에 자기의 이륜 짐마차로 아담을 오크번으로 데려다 주겠다고 제안했다. 아직 다섯 시가 되지 않았으니 아담이 식사를 하고도 열 시 전에 오크번에 도착할 수 있었다. 여관주인은 정말로 오크번에 갈 생각이 있으며 그 날 밤에 출발하는 편이 좋다고 말했다. 그러면 월요일 하루를 온전히 보낼 수 있다는 것이었다. 아담은 음식을 먹으려고 해 보았으나 소용이 없었기에 음식을 싸서 주머니에 넣고 맥주 한 잔을 마신 다음 출발할 준비가 되었다고 말했다. 그들이 오두막 가까이 이르렀을 때 아담은 다인나를 리즈의 어디에서 찾을 수 있는지 그 노파에게 물어보는 것이 좋겠다는 생각이 들었다. 만일 홀 팜에 문제가 생긴다면, 그럴지도 모른다는 예감을 그리 인정하고 싶지 않았지만, 포이저 가족은 다인나를 불러 오고 싶어 할 것이다. 그러나 다인나는 주소를 남기지 않았으며, 이름을 잘 기억하지 못하는 그 노파는 리즈의 협회에서 다인나의 절친한 벗이었던 그 "성스러운 여성"의 이름을 기억할 수 없었다.

이륜 짐마차를 타고 그 기나긴 여행을 하는 동안 끈질기게 이어지는 두려움과 그에 맞서는 희망으로 온갖 추측이 꼬리를 물고 이어졌다. 헤티가 스노필드에 오지 않았다는 것을 처음 알았을 때 충격을 받은 아담의 뇌리에 아서에 대한 생각이 날카로운 고통처럼 스쳐지나갔다. 하지만 그는 견딜 수 없는 그 생각을 떨쳐내고 그 놀라운 사실을 설명할 수 있는 다른 방법들을 생각해 보려고 얼마간 노력했다. 어떤 사고가 일어난 것이다. 이상한 우연으로 말미암아 헤티가 오크번에서 마차를 잘못 탔을 것이다. 그녀가 병이 들었고 가족들에게 알려서 놀라게 하고 싶지 않았을 것이다. 이렇게 막연하고도 불가능한 일들을 추측하며 무력하게 세운 방벽은 이내 고통스럽고도 명확한 두려움이 솟아오르면서 부서지고 말았다. 헤티는 그를 사랑하고 결혼할 수 있다고 생각했지만 스스로 속은 것이다. 그녀는 아서를 내내 사랑하고 있었던 것이다. 그리고 이제 결혼이 가까워지자 자포자기의 심정에 빠져 달아나 버린 것이다. 그녀는 아서에게 갔을 것이다. 예전의 분노와 질투가 다시 일어났다. 아서가 부당하게 일을 처리했으며, 헤티에게 편지를 보냈고, 자기에게 오도록 그녀를 유혹했으며, 결국 그녀가 자기 외의 다른 남자에게 속하기를 바라지 않았을 거라는 의심이 일었다. 어쩌면 아서가 이 사건을 모두 계획했고, 아일랜드로 자기를 따라오도록 그녀에게 일러 주었을 것이다. 아담은 최근에 체이스에서 들은 바가 있어서 아서가 3주 전에 아일랜드로 간 것을 알고 있었다. 헤티가 아담과 약혼한 이후에 짓곤 했던 슬픈 표정이 이제 그에게 고통스러운 회상으로 확대되어 되살아났다. 어리석게도 자기는 쾌활하고 자신감에 차 있었다. 그 불쌍한 것은 어쩌면 오랫동안 자기 마음을 제대로 알지 못했을 것이다. 아서를 잊을 수 있다고 생각했고, 자기에게 보호와 헌신적인 사랑을 제공한 남자에게 일시적으로 끌렸을 것이다. 아담은 그녀를 비난할 수 없었다. 그녀는 자기에게 이 끔찍한 고통을 주려는 의도가 조금도 없었을 것이다. 이기적으로 그녀의 감정을 희롱한 그 남자, 어쩌면 고의로 그녀를 꾀어서 달아나게 한 그 남자가 모든 책임을 져야 한다.

오크번에서 로얄 오크의 말구종은 아담이 묘사한 것과 같은 젊은 여자가 2주 이전에 트레들스턴 역마차에서 내렸던 것을 기억하고 있었다. 몹시 서두르고 있었던 그렇게 예쁜 여자를 잊을 리가 없었다. 그녀가 스노필드를 지나는 벅스턴 역마차로 계속 여행하지 않았음은 분명했고, 자기가 말을 돌보느라 다른 곳에 간 사이에 그녀를 놓쳤으며 그 이후로는 그녀를 보지 못했다고 말했다. 그래서 아담은 스토니턴 역마차가 출발하는 곳으로 곧장 갔다. 그녀의 목적지가 어디였던 간에 헤티가 처음으로 가게 될 곳은 분명 스토니턴이었다. 큰 마찻길이 아닌 다른 곳으로는 엄두를 내지 못했을 테니까. 그곳에서도 역시 그녀를 알아본 사람들이 있었고, 그녀가 마부 옆 좌석에 앉았었다고 기억한 사람도 있었다. 하지만 그 마부는 만날 수 없었다. 지난 삼사 일간 그 마부 대신 다른 사람이 마차를 몰았기 때문이었다. 어쩌면 역마차가 정지하는 여관에서 물어보면 그 사람을 만날 수도 있을 것이다. 그래서 근심과 비탄에 잠긴 아담은 어쩔 수 없이 아침까지, 아니 마차가 출발하는 열한 시까지 기다리며 쉬어야 했다.

스토니턴에서도 또 지체할 수밖에 없었다. 헤티를 태워주었던 그 늙은 마부가 밤이 될 때까지 마을에 돌아오지 않았기 때문이었다. 돌아왔을 때 그는 헤티를 잘 기억하고 있었고 그녀에게 건넨 자신의 농담을 잘 기억하며 그것을 여러 차례 아담에게 언급했고, 자기가 농담했을 때 헤티가 웃기 않았기에 뭔가 심상치 않은 일이 있는 줄 알았다고 또 여러 차례 말했다. 하지만 그 여관 사람들이 그랬듯이 자기도 헤티가 내린 다음에 그녀를 보지 못했다고 말했다. 다음 날 아침에 아담은 그 마을의 역마차가 출발하는 집마다 찾아다니며 물어보느라 시간을 보냈다. (모두 허사였는데 여러분이 알다시피 헤티는 스토니턴에서 역마차로 출발한 것이 아니라 잿빛으로 찌푸린 아침에 걸어서 떠났던 것이다.) 그런 다음 그녀에 대해 기억을 떠올리는 사람이 있는지 알아보려는 절망적인 희망을 품고 다른 마찻길의 첫 번째 통행료 징수소까지 걸어갔다. 아니, 그녀의 흔적은 더 이상 찾을 수 없었다. 이제 아담이 다음으로 할 수 있는 것은 집으로 돌아가서 그 끔찍한 소식을 홀 팜에 전하는 어려운 일이었다. 그 이상 무엇을 해야 할 지에 대해서는 이리저리 돌아다니는 동안 마음속에서 요동치고 있었던 생각과 감정의 와중에서 두 가지가 분명해졌다. 꼭 필요할 때까지는 헤티에 대한 아서 도니손의 행동에 대해 알고 있는 사실을 언급하지 않을 것이다. 헤티가 돌아올 가능성도 있었고, 그 사실을 폭로하면 헤티에게 해가 되거나 치욕이 될 것이다. 그리고 집에 돌아가서는 계속 집을 비울 것에 대비하여 필요한 것을 준비한 다음에 아일랜드로 떠날 것이다. 도중에 헤티의 흔적을 발견하지 못하면 곧바로 아서 도니손에게 가서 그녀의 동정을 얼마나 알고 있는지 확인할 것이다. 어윈 씨와 의논해야겠다는 생각이 몇 차례 들었지만, 그것은 소용이 없을 것이다. 사실을 모두 이야기하지 않는다면, 따라서 아서에 대한 비밀을 누설하지 않는다면 말이다. 이상하게도 아담은 헤티에 대한 생각에 끊임없이 빠져있으면서도, 아서가 윈저에 없다는 것을 모르고 헤티가 그곳으로 갔을 가능성에 대해서는 한 번도 생각하지 않았다. 어쩌면 아서가 부르지 않았는데 헤티가 스스로를 아서에게 맡기는 것은 상상할 수 없었기 때문일 것이다. 8월에 그 편지를 받은 후에도 헤티가 그런 방법을 택할 수밖에 없었던 다른 이유는 생각할 수 없었다. 그가 생각할 수 있는 것은 오로지 두 가지 가능성이었다. 아서가 그녀에게 편지를 다시 보내서 그녀를 꾀어 달아나게 했거나, 아니면 그녀가 다가오는 자기와의 결혼에서 달아나 버렸다는 것이었다. 결국 그를 사랑할 수 없다는 것을 알게 되었지만 만일 결혼을 취소한다면 친척들의 분노를 사게 될 것이 두려웠기 때문에 말이다.

아서에게 곧바로 가겠다는 마지막 결정에 이르고 보니, 거의 아무 소용도 없었던 조사를 하면서 이틀이나 보낸 것이 고통스러웠다. 하지만 헤티가 어디 갔는지에 대한 확신이나 그녀를 그곳으로 따라가겠다는 의도를 포이저 가족에게 말하지 않을 작정이었으므로, 그는 될 수 있는 대로 멀리 그녀의 흔적을 추적했다고 그들에게 말할 수 있어야 했다.

아담이 트레들스턴에 도착한 것은 화요일 밤 12시가 넘은 시간이었다. 어머니와 세스의 잠을 방해하거나 그 시간에 그들의 질문공세를 받지 않기 위해서 그는 "웨건 오버스러운"에 들어갔다. 옷도 벗지 않은 채 침대에 몸을 던졌고, 극도의 피로감에 압도되어 금세 잠들었다. 하지만 네 시간도 채 자지 못하고 다섯 시가 되기 전에 새벽녘의 어스름한 빛 속에서 집으로 향했다. 그는 늘 작업실 문의 열쇠를 주머니에 넣어 갖고 다녔기에 안으로 들어갈 수 있었다. 어머니가 깨지 않기를 바랐다. 먼저 세스를 만나서 이야기하고 필요할 때 어머니에게 전해달라고 함으로써, 어머니에게 직접 그 새로운 고통에 대해 이야기하는 괴로움을 덜고 싶었던 것이다. 그는 마당을 따라 조용히 걸었고 살짝 열쇠를 돌렸다. 하지만 예상했던 대로 작업장에 누워 있던 짚이 날카롭게 짖어 댔다. 아담이 손가락을 들어 조용히 시키자 짚은 짖는 것을 멈추었고, 꼬리도 없고 말도 못하기에, 그저 주인의 다리에 몸을 비벼대는 것으로 기쁨을 드러내야 했다.

아담은 너무 상심한 나머지 짚의 애교를 알아차리지 못했다. 그는 벤치에 벌렁 드러누워 주위의 목재와 일거리들을 멍하니 바라보면서 앞으로 다시 그 일들을 하면서 과연 기쁨을 느낄 수 있을지 의심스러웠다. 그동안에 짚은 주인에게 뭔가 심상치 않은 일이 있다는 것을 막연하게 느끼면서 아담의 무릎에 거친 잿빛 머리를 묻고 이마를 찡그리며 주인을 올려다보았다. 일요일 오후부터 지금까지 아담은 일상생활의 구체적인 것들과는 아무 관련도 없는 낯선 곳에서 낯선 사람들 가운데 있었다. 새로운 아침이 밝아와 빛을 발하는 시간에 집으로 돌아와서 익숙하지만 영원히 매력을 상실한 듯한 사물에 둘러싸이자, 그의 고통이 가혹하고도 불가피한 모습을 드러내며 새로운 중압감으로 밀려들었다. 바로 자기 앞에 끝내지 않은 서랍장이 있었다. 그것은 결혼 후에 헤티가 사용하도록 여가 시간에 만들던 것이었다.

세스는 아담이 들어오는 소리를 듣지 못했지만 짚이 짖는 소리에 잠에서 깨었다. 그가 위층 방에서 움직이며 옷을 입는 소리가 아담에게 들려왔다. 잠에서 깨자마자 세스는 형에 대한 생각을 떠올렸다. 내일이면 그를 기다리는 일거리가 무척 늘어날 테니까 분명 오늘은 집에 돌아올 것이다. 하지만 형이 예상보다 더 긴 휴가를 누렸다고 생각하면 기분 좋았다. 다인나도 왔을까? 세스에게는 그것이 자신에 대해 바랄 수 있는 가장 큰 행복이었다. 그녀가 자기를 사랑하여 자기와 결혼하리라는 희망은 남지 않았지만 말이다. 그러나 다른 여자의 남편이 되기보다는 다인나의 친구이자 형제로 있는 편이 훨씬 더 낫다고 그는 종종 혼잣말을 했다. 다만 그렇게 멀리 떨어져 살지 않고 그저 언제나 그녀 옆에 있을 수만 있다면!

세스는 아래층으로 내려와 집안에서 작업장으로 이어지는 문을 열고 짚을 밖으로 내보내려 했다. 그러나 아침에 술 취한 사람처럼 푹 꺼진 검은 눈에 창백하고 씻지도 않은 얼굴로 벤치에 멍하니 앉아 있는 아담의 모습을 보고 갑작스런 충격을 받아서 세스는 문간에서 걸음을 멈췄다. 그러나 그 순간 그 모습이 무엇을 뜻하는지를 알아차렸다. 술 취한 것이 아니라 커다란 재앙이었다. 아담은 말없이 그를 올려다보았고, 세스는 벤치 쪽으로 다가갔지만 너무 떨려서 말이 쉽게 나오지 않았다.

"하느님의 은총이 우리에게 있기를, 애디." 그는 아담 옆에 앉으며 나지막한 목소리로 말했다. "무슨 일 있었어?"

아담은 말을 할 수 없었다. 슬픔의 표현을 억누르는 데 익숙한 그 건강한 남자는 처음으로 다가온 공감의 표현에 어린애처럼 슬픔이 복받쳐 오르는 것을 느꼈다. 그는 세스의 목에 기대 흐느꼈다.

세스는 이제 최악의 소식에 대비했다. 어린 시절을 돌이켜 보아도 아담이 전에 흐느껴 울었던 적이 한 번도 없었기 때문이었다.

"죽었어, 아담? 그녀가 죽었어?" 아담이 마음을 가라앉히고 고개를 들자 그는 나지막한 목소리로 물었다.

"아니, 세스. 가 버렸어. 우리에게서 떠나버렸다고. 그녀는 스노필드에 가지 않았어. 다인나는 2주전 금요일에 리즈로 떠났고. 헤티가 출발한 바로 그 날이야. 헤티가 스토니턴에 도착한 후에 어디로 갔는지 알아낼 수 없었어."

"그녀가 왜 그랬는지 알고 있어?" 한참 있다가 세스가 물었다.

"나를 사랑할 수 없었을 거야. 결혼이 가까워지자 그게 싫었겠지. 틀림없이 그럴 거야." 아담이 말했다. 그 이상의 이유는 언급하지 않기로 작정했다.

"엄마가 움직이시는 소리가 들리는데." 세스가 말했다. "엄마에게 말씀드려야 할까?"

"아니, 아직은 아냐." 아담이 스스로를 일깨우고 싶은 듯 벤치에서 일어나 머리카락을 얼굴 너머로 넘기면서 말했다. "아직은 엄마에게 말씀드릴 수 없겠어. 나는 마을과 홀 팜에 갔다가 곧장 다른 곳으로 출발해야겠어. 내가 어디 가는지는 말할 수 없어. 엄마에게는 무슨 일인지 잘 모르는 어떤 용무가 있어서 갔다고 말씀드려줘. 이제 가서 몸을 씻어야겠어." 아담은 작업장 문을 향해 나아갔지만 한두 걸음을 옮긴 후 몸을 돌려 조용하고 슬픈 눈으로 세스를 바라본 다음에 말했다. "양철 깡통에 든 돈을 모두 가져가야겠어. 혹시 내게 어떤 일이 생기면, 나머지를 모두 네가 갖고 그걸로 어머니를 돌봐드려."

세스는 창백하게 질려서 떨고 있었다. 이 일에 어떤 끔찍한 비밀이 숨겨져 있음을 느꼈다. "형." 그는 조그맣게 말했다. 세스는 엄숙한 순간을 제외하고는 아담에게 "형"이라고 부른 적이 없었다. "하느님의 축복을 청할 수 없는 일이라면 어떤 것이든 형이 하지 않을 거라고 믿어."

"그래." 아담이 말했다. "걱정하지 마. 나는 오로지 인간의 의무를 다하려고 하니까."

만일 그가 자신의 곤경을 어머니에게 털어놓는다면 어머니가, 절반은 애정에서 비롯된 실수로 그리고 절반은 자기 예상대로, 헤티가 그의 아내에 적합지 않음이 입증되었다는 억누를 수 없는 승리감으로 그를 괴롭힐 말들을 퍼부을 거라는 생각이 들자, 그의 습관적인 단호함과 자기 억제력이 되살아났다. 어머니가 아래층으로 내려오자 아담은 집으로 돌아오는 여행길에 몸이 아파서 트레들스턴에서 하룻밤을 지냈고 오늘 아침에도 아직 심한 두통이 남아 있어서 얼굴이 창백하고 눈이 무겁다고 말했다.

무엇보다 먼저 마을에 갈 작정이었다. 한 시간 동안 일을 처리한 다음에 여행을 떠나야겠다고 버지에게 알려주고 다른 사람에게는 언급하지 말아달라고 부탁할 것이다. 아이들과 하인들이 집안에 있을 아침 식사 시간에 홀 팜에 가는 것은 피하고 싶었다. 그가 헤티 없이 혼자서 돌아왔다는 이야기를 들으면 떠들썩한 소란이 일어날 것이다. 그는 시계가 아홉 시를 칠 때까지 기다렸다가 마을의 작업장을 나섰고 홀 팜을 향하여 들판을 가로질렀다. 그가 홈 클로스에 가까이 갔을 때 자기 쪽으로 걸어오는 포이저 씨가 보이자 무척 큰 안도감을 느꼈다. 집안으로 들어가는 고통을 덜어줄 것이기 때문이었다. 포이저 씨는 이 3월 아침에 봄철의 일거리를 생각하면서 활기차게 걷고 있었다. 그는 편리한 동무 삼아 징을 끌고 다니면서 새로운 짐수레 말의 편자를 주인의 눈으로 예리하게 살펴볼 생각이었다. 아담을 보자 깜짝 놀랐지만, 그는 불길한 예감에 사로잡히는 사람이 아니었다.

"아니, 아담, 자네 아닌가? 며칠 떠나 있더니 결국 그 애들을 데려오지 못했나? 그 애들은 어디 있나?"

"네, 데려오지 못했어요." 아담은 방향을 돌려 포이저 씨와 함께 걸어가고 싶다는 의향을 드러냈다.

"그래." 마틴은 조금 더 예리하게 관심을 기울이며 아담을 바라보았다. "얼굴이 좋지 않아 보이는군. 무슨 일이라도 있었나?"

"네." 아담은 침울하게 대답했다. "슬픈 일이 일어났습니다. 스노필드에서 헤티를 찾을 수 없었어요."

포이저 씨의 선량한 얼굴은 곤혹스런 놀라움을 띠었다. "그 애를 찾지 못했다고? 그 애에게 무슨 일이 일어난 건가?" 그는 사고를 당했을지 모른다고 생각하며 말했다.

"어떤 일이 일어났는지 어떤지는 알 수 없었습니다. 그녀는 스노필드에 가지 않았어요. 스토니턴으로 가는 마차를 탔어요. 하지만 스토니턴 마차에서 내린 다음에 어떻게 되었는지는 알 수 없었어요."

"설마, 그 애가 달아났다는 말은 아니겠지?" 마틴은 너무나 당황하고 혼란스러워서 걸음을 멈추었지만 아직 그 사실을 고통스러운 문제로 실감하지 못하고 있었다.

"아마 그랬을 거예요." 아담이 말했다. "막상 결혼할 때가 되자 결혼하고 싶지 않았던 거지요. 틀림없이 그럴 거예요. 그녀가 자기감정을 착각했던 겁니다."

마틴은 땅을 내려다보면서 자기가 무엇을 하고 있는지 깨닫지 못한 채 징으로 풀을 파헤치며 일이 분간 가만히 있었다. 고통스러운 대화를 나눌 때면 평소의 느린 말투는 항상 세 배로 더 느려졌다. 마침내 그는 고개를 들어 아담의 얼굴을 똑바로 바라보며 말했다.

"그렇다면 그 애는 자네를 얻을 만한 가치가 없네. 그 애가 내 조카딸이고 그 애가 자네와 결혼하기를 늘 바랐기에 나에게도 책임이 있네. 그런데 내가 자네에게 해 줄 수 있는 보상이 없군. 그래서 더 유감이네. 자네에게 아마 몹시 마음 아픈 일이겠지."

아담은 아무 말도 할 수 없었고, 포이저 씨는 얼마간 발걸음을 옮기더니 말을 이었다.

"틀림없이 그 애가 귀부인 하녀 자리를 얻으려고 갔을 걸세. 반년쯤 전에 그 애가 그런 생각을 머릿속에 담고는 내가 허락해 주기를 바랐었어. 하지만 나는 그 애에 대해 훨씬 더 낫게 생각해 왔네." 그는 슬픈 듯 천천히 머리를 흔들며 덧붙였다. "그 애를 훨씬 더 낫게 생각했기에, 이런 일이 있으리라고는 꿈에도 생각하지 못했네. 그 애가 약속한 후로 말이야. 그리고 모든 준비가 되어 있었는데."

아담은 포이저 씨의 설명이 옳을 거라고 부추겨야 할 이유가 충분히 있었고 그 스스로도 어쩌면 그것이 사실일 거라고 믿으려고 했다. 그녀가 아서에게 갔다고 확실히 단언할 수는 없었다.

"이렇게 되는 편이 더 낫습니다." 그는 될 수 있는 대로 조용히 말했다. "그녀가 저를 남편감으로 좋아할 수 없다고 느꼈다면 말이지요. 나중에 후회하는 것보다는 이전에 달아나는 편이 훨씬 낫지요. 만일 그녀가 집에서 멀리 떨어져서 살기가 어렵다는 것을 알게 되면 돌아올 지도 모르니까, 돌아오더라도 너무 가혹하게 대하시지 않기를 바랍니다."

"이전에 그 애를 대했듯이 그렇게 대할 수는 없네." 마틴이 단호하게 말했다. "그 애는 자네와 우리 모두에게 몹쓸 짓을 했어. 하지만 그 애에게 등을 돌리지는 않겠네. 아직 나이가 어리고, 내가 알기로는 전에 그 애가 잘못을 저지른 적이 없었으니까. 그 애의 숙모에게 말해 주기가 어렵겠군. 다인나는 왜 같이 돌아오지 않았나? 이모의 마음을 달래는 데 도움을 주었을 텐데."

"다인나는 스노필드에 없었어요. 2주일 전에 리즈로 갔답니다. 리즈의 어디에 머물고 있는지 그 노파에게서 주소를 알 수 없었어요. 그렇지 않았더라면 알려드릴 텐데요."

"그 애는 그런 이상한 사람들 사이에서 설교하러 다니는 것보다는 자기 친척들하고 머무는 편이 훨씬 좋을 텐데." 포이저 씨가 화가 나서 말했다.

"이제 가야겠어요, 포이저 씨." 아담이 말했다. "살펴보아야 할 거래가 있거든요."

"아, 자네에게는 그저 일을 하는 것이 최고야. 집에 가서 아내에게 말하지. 어려운 일이네만."

"하지만 한두 주일간은 이 일에 대해서 남들에게 아무 말씀도 말아주시기를 특히 부탁드립니다. 아직 제 어머니께도 말씀드리지 않았어요. 상황이 어떻게 될지 알 수 없으니까요."

"아, 그래. 말이 적어야 빨리 고칠 수 있는 법이지. 그 혼사가 왜 깨졌는지를 우리가 말할 필요가 어디 있겠나. 얼마 후에 그 애에게서 소식을 들을 수도 있고. 나와 악수하세. 자네에게 보상을 해 줄 수 있다면 좋겠네."

그 순간 마틴 포이저의 목구멍에 무언가 걸려서 몇 마디 되지 않는 그 말들이 조금씩 끊겨서 나왔다. 하지만 아담은 그 말의 의미를 잘 알고 있었다. 그리고 정직한 두 남자는 서로를 이해하며 서로의 거친 손을 움켜잡았다.

이제는 아담의 출발을 가로막을 것이 없었다. 그는 세스에게 체이스에 가서 아담 비드가 갑자기 여행을 떠나야 했다는 말을 지주에게 남겨달라고 했고, 자기에 대해 묻는 다른 사람에게도 그 정도만 말하도록 일렀다. 자기가 다시 떠났다는 것을 포이저 가족이 알게 되면 그가 헤티를 찾으러 갔다고 짐작하리라고 생각했다.

그는 홀 팜에서 곧바로 길을 떠나려고 생각했었다. 하지만 이전에도 여러 차례 일었던 충동, 즉 어윈 씨를 만나서 솔직히 털어놓고 싶은 충동이 이제 막 떠나기 직전의 마지막 기회라는 생각에 새로 힘을 얻어 강렬하게 되살아났다. 그는 긴 여행을 떠나려는 참이었고, 그것도 바다를 건너는 어려운 여행이었으며, 그가 어디로 가는지 아무도 모르고 있었다. 만일 그에게 어떤 일이 일어난다면? 혹은 헤티와 관련된 문제에 있어서 누군가의 도움이 절실히 필요하다면? 어윈 씨는 믿을 수 있을 것이다. 헤티에게 최악의 상태에서 그녀를 위해 변호해 줄 사람이 아담 외에도 누군가 더 있어야 한다는 점을 고려하면 헤티의 비밀을 누설해서는 안 된다는 그의 감정은 일단 접어 두어야 한다. 헤티의 이해관계가 걸려 있는 문제에서 발언해야 할 필요가 있을 때, 아서에 대해서는 혹시 그가 새로운 죄를 짓지 않았더라도 침묵을 지켜줘야 할 필요가 없었다.

"그렇게 해야겠어." 몇 시간의 슬픈 여행에 걸쳐 이어진 생각들이 서서히 모이던 파도처럼 이제 갑자기 한순간에 솟구쳐 오르자 아담이 말했다. "그게 옳은 일이야. 이런 식으로 혼자서는 더 이상 버틸 수 없어."

소식

아담은 브록스턴을 향해 신속히 발걸음을 옮기며 어윈 씨가 아침에 사냥하러 나갔을지도 모른다는 생각이 들어 시계를 보았다. 걱정을 하며 서두르자 목사관 대문 앞에 이르기도 전에 그는 무척 흥분한 상태가 되었다. 정문 앞 자갈길에 바로 조금 전에 생긴 말발굽 자국이 깊이 박혀 있었다.

하지만 말발굽은 정문에서 나온 것이 아니라 정문을 향한 것이었고, 마구간 문 옆에 말이 한 마리 있었지만 어윈 씨의 말은 아니었다. 그 말은 오늘 아침에 달려온 것이 분명했고 용무차 들린 사람의 말이었다. 그렇다면 어윈 씨는 집에 있을 것이다. 아담은 숨이 차고 침착하지 못한 나머지 목사님과 이야기를 나누고 싶다는 말을 캐롤에게 제대로 할 수도 없을 지경이었다. 확실한 슬픔과 불확실한 슬픔이 두 배의 고통으로 그 강인한 사람을 뒤흔들기 시작한 것이었다. 집사는 놀라서 그를 바라보았고, 그는 복도에 있는 벤치에 털썩 주저앉아서 맞은편 벽에 걸린 시계를 멍하니 응시했다. 목사님은 손님을 만나고 계시지만 서재 문이 열리는 소리가 났으니 그 손님이 나오는 모양이라고 캐롤이 말했다. 그리고 아담에게 급한 용무가 있으니 목사님께 곧 알리겠다고 했다.

아담은 시계를 바라보았다. 분침이 오 분 전 열 시를 향해 서둘러 나아가면서 무심하고 가혹하게도 큰 소리로 째깍거리고 있었다. 아담은 그렇게 해야 할 이유라도 있는 듯 분침의 움직임을 바라보며 그 소리를 들었다. 우리가 쓰라린 고통을 느낄 때에는 이러한 정지의 순간이 있기 마련이다. 그러한 순간에 우리의 의식은 사소한 지각이나 감각을 제외하고는 모두 마비되어 버린다. 우리가 잠을 자는 동안에도 우리를 그냥 내버려두지 않는 기억과 두려움에 휴식을 주려는 듯 절반쯤은 백치 같은 상태가 되는 것이다.

캐롤이 돌아와서 아담을 일깨우고 다시 자신의 짐을 의식하게 만들었다. 곧장 서재로 들어가라는 것이었다. "그 낯선 사람이 무엇 때문에 왔는지 모르겠어." 그는 아담을 서재로 안내하면서 말을 참지 못해 혼잣말을 덧붙였다. "그 사람은 식당으로 들어갔어. 그런데 목사님은 겁에 질리신 듯 이상하게 보인단 말씀이야." 아담은 그 말에 주의를 기울이지 않았다. 그는 다른 사람의 용무에 신경을 쓸 겨를이 없었다. 그러나 서재에 들어가서 어윈 씨의 얼굴을 보았을 때 그 순간 그 얼굴의 표정이 유별나고 이전에 자신을 만났을 때 늘 보여 주던 따뜻하고 친근한 표정과는 이상하게 다르다는 것을 느꼈다. 탁자 위에 편지 한 통이 있었고 어윈 씨는 그 편지에 손을 얹고 있었다. 그러나 목사님이 아담에게 던진 시선이 달라진 것은 아주 불쾌한 용무에 정신을 완전히 빼앗겼기 때문은 아니었다. 그는 아담이 방에 들어오는 것이 날카로운 고통을 주는 근심스런 문제인 양 문을 뚫어지게 바라보고 있었던 것이다.

"나하고 이야기하고 싶다고, 아담." 사람들이 흥분을 억누르려고 작정했을 때 흔히 그렇듯이 그는 나지막하고 긴장된 목소리로 조용히 말했다. “여기 앉게나.” 그는 자기에게서 1미터도 떨어지지 않은 맞은편 의자를 가리켰다. 아담은 차갑게 보이는 어윈 씨의 태도 때문에 이야기를 털어놓기가 예상치 않게 어려워졌다고 느끼며 앉았다. 그러나 아담은 어떤 일을 하겠다고 마음을 정했을 때 절박한 이유가 있는 경우가 아니라면 그것을 포기할 사람이 아니었다.

“저는 제가 누구보다도 존경하는 신사이신 목사님께 왔습니다.” 그가 말했다. “목사님께 말씀드릴 아주 고통스러운 일이 있어서요. 목사님이 들으시기에, 또 제가 말씀드리기도, 고통스러운 일이지요. 하지만 제가 다른 사람들이 저지른 잘못에 대해 말씀드리더라도, 꼭 필요한 이유가 있을 때까지는 말씀드리지 않았다는 사실을 이해하실 겁니다.”

어윈 씨는 천천히 고개를 끄덕였고, 아담은 다소 떨리는 목소리로 말했다.

“아시다시피 목사님께서 이달 15일에 저와 헤티 소렐을 결혼시켜 주시기로 되어 있습니다. 저는 그녀가 저를 사랑한다고 생각했고 이 교구에서 가장 행복한 사람이라고 느꼈습니다. 하지만 끔찍한 불행이 저에게 닥쳤습니다.”

어윈 씨는 본의 아니게 의자에서 벌떡 일어났지만 스스로를 억제하려고 마음먹고 창문으로 걸어가서 바깥을 내다보았다.

“그녀는 가 버렸고, 어디에 있는지 저희는 모릅니다, 목사님. 그녀는 2주 전 금요일에 스노필드로 간다고 떠났는데 저는 지난 일요일에 그녀를 데려오려고 갔습니다. 하지만 그녀는 그곳에 가지 않았고, 마차를 타고 스토니턴으로 갔답니다. 그 이상은 그녀의 행방을 추적할 수 없었습니다. 하지만 이제 저는 그녀를 찾으러 먼 길을 떠나려고 합니다. 그리고 제가 어디로 가는지를 오직 목사님께만 믿고 털어놓을 수 있습니다.”

어윈 씨는 창문에서 돌아와 앉았다.

“헤티가 왜 가 버렸는지 그 이유를 알고 있나?” 그가 말했다.

“그녀가 저와 결혼하기를 바라지 않았다는 것은 분명합니다.” 아담이 말했다. “결혼이 가까워지자 그것이 싫었을 겁니다. 그러나 아마 그것이

전부는 아닐 겁니다. 제가 말씀드려야 할 또 다른 일이 있습니다. 저 외에 다른 사람이 관련되어 있지요."

안도감이나 기쁨에 가까운 표정이 그 순간 어윈 씨의 근심 어린 얼굴에 떠올랐다. 아담은 바닥을 내려다보고 잠시 멈추었다. 그 다음 말은 입에 올리기가 어려웠다. 그러나 그는 고개를 들고 어윈 씨를 똑바로 바라보며 말했다. 말하려고 작정했던 것을 움츠리지 않고 털어놓을 것이다.

"목사님께서는 제가 가장 훌륭한 친구라고 여긴 사람이 누구인지 알고 계시지요." 그가 말했다. "그를 위해 일하면서 평생을 보낼 거라고 생각하며 뿌듯하게 여기곤 했던 사람 말입니다. 소년시절부터 언제나 그렇게 느껴왔지요. …"

어윈 씨는 자기 억제력이 사라진 듯 탁자 위에 놓인 아담의 팔을 잡고, 고통을 느끼는 사람처럼 팔을 꽉 붙들며 새파랗게 질린 입술로 나지막하게 급히 말했다.

"아니, 아담, 안 되네. 제발 말하지 말게!"

아담은 어윈 씨의 격렬한 감정에 놀라서 자기가 내 놓은 말들을 후회했고, 번민에 싸여 말없이 앉아 있었다. 그의 팔을 움켜쥔 손이 서서히 풀어졌고, 어윈 씨는 자기 의자에 털썩 주저앉으며 말했다. "계속하게나. 알아야겠네."

"그 사람이 헤티의 감정을 가지고 희롱했습니다. 그녀와 같은 신분에 있는 처녀에게 그런 식으로 행동할 권리가 없는데도 그렇게 행동했지요. 그녀에게 선물을 주고 그녀와 밖에서 만나 산책하곤 했습니다. 그가 떠나기 바로 이틀 전에야 그 사실을 알았지요. 그들이 덤불숲에서 헤어지면서 그가 그녀에게 키스하는 것을 보았습니다. 그 당시에 저는 헤티를 오랫동안 사랑해 왔고 그녀도 그것을 알고 있었지만 그녀와 저 사이에는 아무런 이야기도 오가지 않았습니다. 하지만 저는 그에게 그의 잘못된 행동을 비난했고, 우리 사이에 말과 주먹이 오갔습니다. 그런 다음 그는 그것이 모두 하찮은 일이고 불장난에 불과하다고 엄숙하게 말했습니다. 하지만 저는 그에게 심각한 의미가 없었다고 헤티에게 알려주는 편지를 쓰라고 강요했습니다. 왜냐하면, 그 이전에는 이해하지 못했던 몇 가지 사실로 보건대 그가 그녀의 마음을 사로잡았다는 것이 분명했으니까요. 그녀가 아마 계속해서 그를 생각할 것이고 그녀와 결혼하고 싶어 하는 다른 남자를 결코 사랑하지 않을 거라고 생각했습니다. 그리고 제가 그녀에게 그 편지를 전해 주었지요. 얼마 후 그녀는 제가 예상했던 것보다 그 일을 잘 견디는 듯이 보였습니다. … 그리고 저에게 더욱더 친절하게 행동했지요. … 제가 생각하기로는, 그녀가 그때 자기감정을 제대로 알지 못했던 겁니다. 불쌍하게도, 너무 늦었을 때 그 감정이 되살아났겠지요. … 저는 그녀를 비난하고 싶지 않습니다. … 그녀가 저를 속이려는 의도였다고는 생각할 수 없습니다. 하지만 그녀의 태도에서 저는 그녀가 저를 사랑한다고 생각하게 되었지요. 그리고 그 다음은 목사님께서 아시는 바와 같습니다. 그가 저에게 부당하게 처신하면서 그녀를 꾀어냈기에, 그녀가 그에게 갔으리라고 생각합니다. 그래서 이제 확인하러 갈 겁니다. 그녀가 어떻게 되었는지를 알 때까지는 일을 할 수 없으니까요."

아담이 말하는 동안, 어윈 씨는 고통스러운 생각들이 몰려들었음에도 불구하고 침착함을 되찾을 수 있었다. 이제 그 기억, 아서가 그와 함께 아침을 먹으며 마치 무언가를 고백하려는 듯이 보였던 그날 아침에 대한 기억이 쓰라린 장면으로 떠올랐다. 아서가 무엇을 고백하고 싶어 했는지 지금은 더없이 분명해졌다. 만일 그들의 대화가 다른 방향으로 나갔더라면 … 만일 그 자신이 다른 사람의 비밀에 끼어드는 데 그렇게 까다롭지 않았더라면 … 이 모든 죄악과 고통을 막을 수 있었을 텐데, 그것으로부터의 구원을 차단해 버린 막이 얼마나 얄팍한 것이었는지를 생각하면 참담했다. 이제 그는 현재의 끔찍한 빛으로 과거의 역사를 돌이켜 비춰보았다. 그러나 그에게 밀어닥친 감정들은 자기 앞에 앉아 있는 사내에 대한 연민, 경의어린 깊은 연민에 의해서 중단되었다. 이미 너무나 깊은 상처를 입었고, 슬프고 맹목적인 체념으로 실체가 없는 슬픔을 향해 나아가고 있는 사내. 하지만 실은 그가 염려해 본 적도 없고, 평범한 시련을 훨씬 넘어서는 엄청난 슬픔이 그에게 다가오고 있었던 것이다. 목사님의 마음에 일고 있던 동요는 커다란 고뇌에 직면했을 때 우리를 압도하는 경외감으로 가라앉고 말았다. 그가 아담에게 더해줘야 할 고뇌는, 이미 그가 당면하고 있는 문제였다. 그는 탁자 위에 놓인 팔에 다시 손을 올려놓았다. 이번에는 아주 부드럽게 올려놓으며 엄숙하게 말했다.

"내 친애하는 친구, 아담, 자네는 자네의 삶에서 어려운 시련들을 겪어왔네. 자네는 남자답게 행동할 뿐 아니라 남자답게 슬픔을 견딜 수 있을 걸세. 하느님께서 두 가지 임무를 우리에게서 요구하신다네. 자네가 지금껏 경험했던 것보다 더 무거운 슬픔이 자네에게 닥치고 있다네. 하지만 자네에게는 죄가 없지. 그러니 그 모든 슬픔들 가운데 최악의 슬픔을 맞는 것은 자네가 아니라네. 그 사람을 하느님께서 도와주시기를!"

창백한 두 얼굴이 서로를 바라보았다. 아담의 얼굴에는 떨리는 긴장감이, 어윈 씨의 얼굴에는 주저하면서 두려움에 휩싸인 동정심이 어렸다. 그러나 그는 말을 이었다.

"오늘 아침에 헤티에 대한 소식을 들었네. 그녀는 그에게 가지 않았어. 그녀는 스토니셔에, 스토니턴에 있네."

아담은 그 순간에 그녀에게 뛰어갈 수 있다고 생각하는 듯 의자에서 벌떡 일어섰다. 그러나 어윈 씨는 그의 팔을 다시 잡고 달래듯이 말했다. "기다리게, 아담, 기다리게나." 그래서 그는 앉았다.

"헤티는 아주 불행한 상태라네. 가엾은 친구, 자네가 그런 상태에 있는 그녀를 보는 것은 그녀를 영원히 잃는 것보다도 더 나쁠 걸세."

아담의 입술이 떨리며 움직였지만 소리가 나오지 않았다. 입술이 다시 움직였고 속삭이는 소리가 들렸다. "말씀해 주세요."

"그녀는 체포되었네 … 감옥에 있어."

마치 모욕을 가하려는 주먹이 아담에게 저항의 기운을 되돌려 준 것 같았다. 그의 얼굴에 피가 솟구쳐 붉어지면서 그는 크고 날카로운 소리로 말했다.

"무엇 때문에요?"

"큰 범죄를 저질러서. 자기 아이를 살해했다네."

“그럴 리가 없어요!” 아담은 의자에서 일어나 문 쪽으로 성큼 걸어가며 소리를 버럭 지르다시피 했다. 그러나 다시 몸을 돌려 책장에 등을 기대고 무서운 표정으로 어윈 씨를 보았다. “그런 일은 있을 수 없어요. 그녀는 아이를 가진 적이 없었어요. 그녀에게 죄가 있을 리 없어요. 대체 누가 그런 말을 하지요?”

“하느님께서 그녀에게 죄가 없도록 해 주시기를. 아담, 우리는 그것을 바랄 수 있겠지.”

“하지만 그녀에게 죄가 있다고 누가 그럽니까?” 아담이 격렬하게 말했다. “모든 것을 말씀해 주세요.”

“그녀가 끌려간 곳의 치안판사가 보낸 편지가 여기 있네. 그리고 그녀를 체포한 순경이 식당에 와있고. 그녀는 자기 이름과 출신지를 자백하려 하지 않는다네. 하지만 유감이네만, 그것이 헤티라는 것은 의심할 수 없는 것 같네. 그녀의 용모에 대한 묘사가 일치하니까. 다만 그녀가 아주 창백하고 몸이 좋지 않다고 하네. 그녀의 주머니에 조그만 붉은색 가죽 지갑이 있었는데 앞부분에 “헤티 소렐, 헤이슬롭”이라고 쓰여 있고 뒤쪽에 “다인나 모리스, 스노필드”라는 두 개의 이름이 쓰여 있다네. 그녀는 어느 쪽이 자기 이름인지 말하지 않으려 한다네. 모든 것을 부정하고 어떤 질문에도 대답하지 않는다네. 그래서 치안판사로서 나에게 그녀의 정체를 밝혀줄 조처를 취해 달라고 요청해 왔지. 앞에 나오는 이름이 그녀의 이름일 가능성이 많다고 생각했기 때문에.”

“하지만 그녀가 정말 헤티라면, 그녀에 대해 어떤 증거가 있습니까?” 아담이 여전히 격렬한 어조로 말했고 참으려고 애쓰면서 온몸이 뒤틀리는 것 같았다. “저는 믿지 않을 겁니다. 그런 일이 있었을 리 없어요. 우리들 가운데 누구도 알지 못합니다.”

“그녀가 그 범죄를 저지르려는 유혹을 받았다는 끔찍한 증거가 있네. 하지만 그녀가 실제로 저지른 것은 아니라고 믿을 여지가 있네. 이 편지를 읽어보게나, 아담.”

아담은 떨리는 두 손으로 편지를 잡고 그 편지에 눈을 고정시키려고 애썼다. 그동안 어윈 씨는 몇 가지를 명령하기 위해 밖으로 나갔다. 그가 돌아왔을 때 아담의 눈은 아직도 첫째 장에 머물러 있었다. 그는 읽을 수 없었던 것이다. 그 글자들을 연결하여 그 글자들이 의미하는 바를 알아낼 수 없었다. 결국 그는 편지를 내던지고 주먹을 꽉 쥐었다.

"바로 그 자의 짓입니다." 그가 말했다. "만약 어떤 범죄가 있었다면, 그것은 그녀의 탓이 아니라 그의 탓이에요. 바로 그가 그녀에게 속이는 법을 가르쳤어요. 그는 먼저 저를 속였습니다. 그에게 재판을 받도록 합시다. 법정에서 그녀 옆에 그 자를 세우세요. 그러면 저는 그가 그녀의 마음을 사로잡고 그녀를 꾀어서 사악한 일을 하게 하고 그러고는 저에게 거짓말을 했다고 말할 겁니다. 그녀에게 모든 벌을 받게 하면서 자기는 자유롭게 돌아다닌다고요? … 그렇게나 약하고 어린 그녀에게?"

이 마지막 말들에서 떠오른 이미지로 인해 가엾은 아담의 격한 상상력은 새로운 방향으로 나아갔다. 그는 무언가를 보는 듯이 방구석을 바라보며 입을 다물고 있었다. 그러다가 다시 호소하듯 고뇌에 찬 목소리로 갑자기 소리쳤다.

"저는 참을 수 없어요. … 오, 하느님, 이건 너무 가혹해서 감당할 수 없어요. 그녀가 사악하다고 생각하는 것은 너무나 가혹해요."

어윈 씨는 아무 말 없이 다시 앉았다. 그는 아주 현명한 사람이었기에 그 순간 위로의 말을 건네려고 하지 않았다. 그리고 자기 앞에 있는 아담의 모습은 실로 그의 마음을 너무나 깊이 흔들어 놓았기에 말을 하기가 쉽지 않았다. 끔찍한 감정을 느끼는 순간에 젊은 얼굴이 때로 그런 변화를 겪듯이 아담은 갑자기 나이든 것처럼 핏기 없는 얼굴에 냉혹한 표정이 어렸고 떨리는 입술 주위에 깊은 주름살이 잡혔으며 이마에 깊은 고랑이 생겼다. 이 강인하고 단호한 남자는 보이지 않는 슬픔의 타격으로 산산조각이 나버린 것이었다. 아담은 움직이지 않고 멍한 눈을 고정시킨 채 일이 분간 서 있었다. 그 짧은 시간에 그는 다시 그의 사랑을 느끼고 있었다.

"그녀가 그런 일을 했을 리 없어요." 그는 혼잣말을 하듯이 여전히 눈을 들지 않고 말했다. "두려워서 그것을 숨겼을 거예요. … 나를 속인 것에 대해서 그녀를 용서해요. … 당신을 용서해요, 헤티 … 당신도 역시 속았어요. … 내 불쌍한 헤티, 당신에게 일이 어렵게 되었어요. … 하지만 어떻게 되더라도 난 그걸 믿지 않을 거예요."

그는 잠시 입을 다물었다가 갑자기 맹렬한 기세로 소리쳤다.

"저는 그에게 가겠어요. 그를 데려오겠어요. 그에게 비참한 상태에 빠진 그녀를 보라고 하겠어요. 잊을 수 없을 때까지 그녀를 보게 하겠어요. 밤이고 낮이고 그를 따라다닐 거예요. 그가 살아있는 한 그를 따라다닐 거예요. 이번에는 거짓말로 달아날 수 없을 거예요. 저는 그를 데려오겠어요. 제가 직접 끌고 올 거예요."

문으로 가다가 그는 반사적으로 멈추었고 자기가 어디 있는지, 누구와 함께 있는지도 전혀 모르는 듯 모자를 찾아 두리번거렸다. 어윈 씨는 그를 따라가서 그의 팔을 잡고 조용하지만 단호한 목소리로 말했다.

"아니, 아담, 아닐세. 자네가 쓸데없는 복수를 위해 가는 것 대신에 여기서 그녀를 위해 어떤 일을 할 수 있을지 알아보는 편을 택할 거라고 믿네. 자네가 거들지 않아도 틀림없이 천벌이 내릴 걸세. 게다가 그는 아일랜드에 있지 않네. 집으로 돌아오는 길일 거야. 아니면 자네가 거기에 도착하기 훨씬 전에 출발했을 걸세. 그의 조부께서 그에게 돌아오라고 적어도 열흘 전에 편지를 보내셨다고 알고 있네. 지금 자네가 나와 함께 스토니턴에 가기를 바라네. 자네가 함께 가도록 말을 준비시켜 놓았어. 자네가 진정하고 나면 말일세."

어윈 씨가 말하는 동안 아담은 현실 의식을 되찾았다. 그는 이마의 머리칼을 쓸어 넘기고 귀를 기울였다.

"기억하게나." 어윈 씨가 말했다. "자네 외에도 다른 사람들을 생각해주고 그들을 위해 행동해야 하네, 아담. 헤티의 친구들, 그 선량한 포이저 가족이 있고, 이 타격은 차마 생각도 할 수 없을 정도로 가혹하게 그들을 내려칠 걸세. 행동이 어떤 도움이라도 되는 한에 있어서만 행동하려고 노력하기를 자네의 강한 마음에, 신과 인간에 대한 자네의 의무감에 기대하고 있네."

사실 어윈 씨는 아담을 위해서 스토니턴으로 함께 가자고 제안한 것이었다. 눈앞에 당면한 목적을 가지고 움직이는 것이 처음 몇 시간 동안의 격렬한 고통을 완화시킬 수 있는 가장 좋은 방법이었다.

"나와 함께 스토니턴으로 가겠지, 아담?" 목사는 잠시 후에 다시 말했다. "알다시피, 거기 있는 사람이 정말 헤티인지 우리는 알아야 할 걸세."

"네, 목사님." 아담이 말했다. "목사님께서 옳다고 생각하시는 것을 하겠습니다. 하지만 홀 팜의 가족들은?"

"내가 돌아와서 직접 말할 때까지 그들에게 알려지지 않기를 바라네. 지금은 불확실한 것들을 그때쯤이면 확인할 수 있을 걸세. 그리고 되는 대로 빨리 돌아올 걸세. 자, 가세. 말이 준비되어 있네."

쓰디쓴 물결[116]이 퍼져나가다

그날 밤 어윈 씨는 사륜 역마차로 스토니턴에서 돌아왔다. 집에 들어섰을 때 캐롤이 그에게 건넨 첫 번째 이야기는 도니손 지주가 죽었다는 소식이었다. 그날 아침 열 시에 자기 침대에서 죽은 채로 발견되었다는 것이었다. 그리고 어윈 씨가 집에 돌아왔을 때 깨어 있을 테니 잠자리에 들기 전에 자기를 보러오라는 어윈 부인의 말을 전했다.

"자, 도핀." 아들이 방에 들어서자 어윈 부인이 말했다. "이제야 돌아왔구나. 그래, 그 노신사가 그렇게 갑자기 아서를 불러오라고 하고 안절부절못하며 침울해 했던 것이 정말 이유가 있었어. 도니손이 오늘 아침에 침대에서 죽은 채로 발견되었다는 이야기를 캐롤에게서 들었겠지? 다음에는 내 예측을 믿어야 할 걸. 하지만 이제 내가 앞으로 예측할 거라고는 바로 내 죽음밖에 없겠지."

116) 출애굽기 15장 23절. 이스라엘 족이 황야를 방랑할 때 마주친 마라의 쓴 물.

"아서는 어떻게 되었나요?" 어윈 씨가 말했다. "그를 맞도록 리버풀에 심부름꾼을 보냈나요?"

"그래, 그 소식이 우리에게 전해지기 전에 랠프가 떠났단다. 소중한 아서, 이제 내가 살아생전에 그 애가 체이스의 주인이 되는 것을 보겠구나. 마음이 너그러운 젊은 애니까 장원에 좋은 시절이 올 게다. 이제 그 애는 왕처럼 행복하겠구나."

어윈 씨는 약간 신음소리를 내지 않을 수 없었다. 근심과 힘겨운 일로 지친데다, 어머니의 가벼운 말을 참기 어려운 심정이었다.

"무엇 때문에 그렇게 얼굴이 어둡니, 도핀? 나쁜 소식이라도 있는 게냐? 아니면 아서가 이맘때 그 소름끼치는 아일랜드 해협을 건너는 게 위험할까봐 그러냐?"

"아뇨, 어머니, 그걸 생각하는 게 아니에요. 하지만 지금은 기뻐할 마음이 아니군요."

"네가 스토니턴에 일보러 갔던 그 법적인 문제 때문에 걱정이 되는 모양이구나. 도대체 무슨 문제이기에 내게 말할 수 없는 게냐?"

"차차 아시게 될 거예요, 어머니. 지금 말씀 드리는 것은 적절치 않아서요. 안녕히 주무세요. 더 이상 들으실 소식이 없으니 이제 주무세요."

어윈 씨는 아서를 만나기 위해 편지를 보내려던 생각을 그만두었다. 이제는 편지를 보낸다 하더라도 그의 귀향길을 재촉하지 못하겠기 때문이었다. 할아버지의 죽음에 대한 소식이 전해지면 그는 될 수 있는 대로 빨리 돌아올 것이다. 어윈 씨는 홀 팜과 아담의 집에 그 괴로운 소식을 전해야 하는 막중한 의무를 실행할 아침이 되기 전에 이제 잠자리에 들어 필요한 휴식을 조금이나마 취해야 했다.

아담은 스토니턴에서 돌아오지 않았다. 비록 헤티를 만나기가 두려웠지만 다시 그녀에게서 멀리 떨어지는 것은 참을 수 없었던 것이다.

"소용없어요, 목사님." 그가 말했다. "제가 돌아가야 소용없습니다. 그녀가 여기 있는 동안 저는 다시 일하러 갈 수 없어요. 집 주변의 물건들이나 사람들을 보는 것을 참을 수 없을 겁니다. 여기서 감옥의 벽이 바라보이는 조그만 방을 얻겠어요. 그리고 어쩌면 시간이 지나면 그녀와 만나는 것도 견딜 수 있게 되겠지요."

헤티를 기소한 그 범죄에 있어서 헤티가 무고하다는 아담의 믿음은 흔들리지 않았다. 어윈 씨는 조금도 희망도 가질 수 없게 해 주는 사실들을 그에게 알려 주지 않았던 것이다. 그녀의 죄를 믿는다면 아담의 무거운 짐이 더욱 커져서 그를 압도할 거라고 느꼈기 때문이었다. 아담에게 당장 그 짐을 모두 지울 이유는 없었으므로 어윈 씨는 헤어질 때 그저 이렇게 말했다. "만일 그녀에게 아주 불리한 증거가 나온다면, 아담, 그래도 우리는 사면을 바랄 수 있네. 그녀가 어리다는 사실과 다른 정황을 들어 사면의 구실을 만들 수 있을 걸세."

"아, 그녀가 나쁜 길로 빠지도록 유혹되었다는 것을 당연히 사람들이 알아야 합니다." 아담이 가차 없이 진지하게 말했다. "멋진 신사가 그녀에게 구애를 하면서 헛된 생각에 빠지게 했다는 것을 사람들이 당연히 알아야 해요. 그녀를 나쁜 길로 이끈 사람이 누구인지를 제 어머니와 세스와 홀 팜의 가족들에게 말씀하시기로 약속하신 것 기억하시지요? 그렇게 하지 않으면 모두들 그녀가 받아 마땅한 것보다 더 가혹하게 그녀를 비난할 겁니다. 그자를 봐주신다면 목사님께서는 그녀에게 해를 입히시는 겁니다. 저는 가장 큰 죄를 저지른 사람이 바로 그 사람이라고 하느님 앞에서 주장할 겁니다. 그녀가 어떤 일을 했더라도 말이지요. 목사님께서 그를 봐주신다면, 저는 그를 폭로할 겁니다!"

"자네의 요구가 정당하다고 생각하네, 아담." 어윈 씨가 말했다. "하지만 자네가 조금 더 평정을 찾게 되면, 아서를 좀 더 너그럽게 판단할 걸세. 그의 처벌은 우리가 아닌 다른 손에 맡겨져 있다는 것 외에 지금은 더 이상 아무 말도 하지 않겠네."

어윈 씨는 죄와 슬픔이 어우러진 그 사건에서 아서의 통탄스러운 행위에 대해 자신이 직접 말해야 하는 것이 스스로에게 가혹한 일이라고 느꼈다. 부친 같은 애정으로 아서를 돌봐주었고, 아버지다운 자부심으로 그를 좋아했던 자신이 말이다. 그러나 그 비밀을 곧 알려야 한다고 느끼고 있었다. 아담의 결심과는 별도로, 헤티가 끝까지 완고하게 침묵을 지키리라고는 생각할 수 없었다. 그는 포이저 가족에게 아무것도 숨기지 않고 즉시 최악의 사실을 말해야겠다고 결심했다. 시간을 두고 천천히 알려 줄 수 없었던 것이다. 헤티의 사건은 사순절 순회 재판에 회부되어야 하고, 그 재판은 다음 주에 스토니턴에서 열릴 것이다. 마틴 포이저가 증인으로 불려가는 고통을 피할 수 있기를 바랄 수는 없었다. 그러므로 그에게 모든 사실을 되도록 빨리 알려주는 편이 더 나았다.

목요일 아침 열 시 이전에 홀 팜의 집안은 죽음보다도 더 나쁘다고 여겨지는 치욕으로 인해 초상집이나 다름없었다. 마음씨가 친절한 마틴 포이저도 가족의 불명예에 대해서는 너무나 민감했기에 헤티에 대해 일말의 동정심도 느끼지 않았다. 그와 그의 부친은 오점 없는 평판을 자랑스러워하는 소박한 농부들이었고, 그 이름이 교구 등기부에 올라간 먼 옛날부터 자신들이 당당하게 고개를 쳐들고 다녔고 빚을 지지 않고 살아온 집안이라는 사실을 자랑스럽게 여겨왔다. 그런데 헤티가 그들 모두에게 치욕을 안겨준 것이었다. 그것도 결코 지울 수 없는 치욕이었다. 활활 타오르는 이 치욕감은 아버지와 아들 두 사람의 마음에서 모든 것을 압도해 버렸고 다른 감정들을 모두 무력하게 만들었다. 어윈 씨는 오히려 포이저 부인의 심정이 남편보다 덜 가혹하다는 것을 알고는 깜짝 놀랐다. 때로 우리는 특별한 경우에 온순한 사람들이 드러내는 가혹함을 보고 깜짝 놀라게 된다. 그것은 바로 온순한 사람들이 전통적인 굴레에 가장 얽매여 있기 때문이다.

"그 애를 빼오기 위해서 필요한 돈이라면 얼마든지 기꺼이 내겠어요." 어윈 씨가 돌아갔을 때 젊은 마틴이 말했다. "그러나 내 뜻대로 한다면 다시는 그 애 가까이에도 가지 않을 거고, 다시는 그 애를 보지도 않을 거요. 그 애는 앞으로의 여생 동안 우리의 빵을 쓰디쓰게 만들었어요. 우리는 이 교구에서든 다른 곳에서든 다시는 고개를 쳐들고 다닐 수 없을 거라고요. 목사님은 사람들이 우리를 동정할 거라고 말씀하지만, 동정은 보잘것없는 보상일 뿐이지."

"동정이라고?" 할아버지가 날카롭게 말했다. "평생 나는 사람들의 동정을 바란 적이 한 번도 없었다. … 그런데 이제 무시를 당하게 되었다고? 나는 지난 토머스 성인 축일에 일흔두 살이 되었고, 내 장례식을 위해 뽑아 놓은 상여꾼들과 운구하는 사람들이 모두 이 교구와 옆 교구 사람들이란 말이다. … 이제는 아무 소용도 없겠군. … 낯선 사람들이 나를 무덤에 나를 테니."

"그렇게 걱정하지 마세요, 아버님." 평소와 다른 남편의 가혹함과 단호함에 위축되어 말을 거의 하지 않았던 포이저 부인이 말했다. "아버님 옆에는 자식들이 있을 거예요. 그리고 옛 교구뿐 아니라 새 교구에서도 손자들과 어린애들이 자라날 거예요."

"아, 이제는 여기에 머물 수도 없게 되었어." 이렇게 말하는 포이저 씨의 둥근 뺨에 쓰라린 눈물이 천천히 흘러내렸다. "이번 성모 영보 대축일에 노지주가 우리에게 떠나라는 통보를 보낸다면 그게 불행일 거라고 생각했지. 하지만 이제는 내가 직접 지주에게 통보하고 내가 땅에 심은 곡식들을 거둬줄 사람을 구하도록 알아봐야겠어. 그 작자의 땅에 필요 이상으로 단 하루도 더 오래 머물지 않을 테니까. 아, 그 인간을 너무나 훌륭하고 정직한 젊은이라고 생각해서 그가 우리의 지주가 되면 기쁠 줄 알았지. 다시는 그에게 모자를 들어 인사하지도 않을 거고, 그와 같은 교회에 앉아서 예배를 드리지도 않을 거야 … 점잖은 사람들에게 그런 수치를 안기다니 … 모든 사람에게 다정한 친구인 척 하고는 … 불쌍한 아담 … 아담에게 그 자가 멋진 친구였단 말씀이야. 그렇게 멋진 말을 하고 연설도 하고 그러면서 그 젊은이의 인생을 망쳐버렸지. 우리와 마찬가지로, 아담이 여기 계속 살겠다면 놀라운 일이겠지."

"그런데 너는 법정에 가서 그 애의 친척이라고 인정해야겠지." 노인이 말했다. "아직 네 살도 채 먹지 않은 토티도 언젠가는 욕을 먹을 거야. 살인 재판을 받은 사촌이 있다고 사람들이 욕할 거라고."

"그렇다면 그건 그들이 사악한 거예요." 포이저 부인이 흐느끼는 목소리로 말했다. "하지만 이 순진한 애를 돌봐주실 분이 저 위에 계세요. 그렇지 않다면 교회에서 하는 말이 진실이 아니라고요. 엄마가 될 사람 없이 이 애를 남기고 죽으면 전보다 더 고통스러울 거예요."

"다인나를 불러 오는 게 좋겠어. 그 애가 어디 있는지 안다면 말이야." 포이저 씨가 말했다. "그 애가 리즈의 어디에 있는지 주소를 남기지 않았다고 아담이 말하더군."

"아, 그 애는 메리 이모의 친구였던 여자와 함께 있을 거예요." 포이저 부인은 남편의 제안에 약간 위안을 얻으며 말했다. "다인나가 그 여자에 대해 이야기하는 것을 종종 들은 적이 있거든요. 하지만 그 여자의 이름은 기억나지 않아요. 그렇지만 세스 비드가 잘 알 거예요. 그 여자는 감리교도들이 대단하게 생각하는 설교자니까요."

"세스를 불러와야겠어." 포이저 씨가 말했다. "세스에게 오라고 하거나 그 여자의 이름을 알려 달라고 앨릭을 보내야지. 당신이 편지를 써서 준비하고 주소를 알아내기만 하면 곧장 트레들스턴으로 보내야지."

"곤경에 처해서 누군가 와 주기를 간절히 원할 때 편지를 보내는 건 한심한 일이에요. 어쩌면 그 편지가 길에서 오래 끌다가 결국 그 애에게 도달하지 않을 수도 있잖아요."

앨릭이 그 전갈을 가지고 오기 전에 리스베스도 이미 다인나에 대한 생각을 떠올리고 세스에게 말했다.

"아, 이 세상에는 더 이상 우리에게 위안이 없겠다. 네가 다인나 모리스를 데려올 수 없다면 말이야. 남편이 세상을 떠났을 때 그 애가 우리에게 왔던 것처럼. 그 애가 와서 내 손을 잡고 이야기를 해줬으면 좋겠다. 그 애는 옳은 얘기를 해 줄 거야. 그 애는 불쌍한 내 아들에게 닥치는 이 모든 고통과 슬픔에서 어쩌면 뭔가 좋은 점을 찾아낼 거라고. 내 아들은 평생 한 번도 나쁜 일을 저지른 적이 없고, 온 마을을 둘러봐도 내 아들보다 훌륭한 사람이 없는데 말이야. 아, 내 아들 … 불쌍한 내 자식, 아담!"

"다인나를 데려오도록 어머니를 두고 가도 괜찮겠어요?"

어머니가 몸을 앞뒤로 흔들며 흐느끼고 있을 때 세스가 말했다.

"그 애를 데려온다고?" 리스베스는 울고 있던 아이가 위로의 약속을 들은 것처럼 탄식을 멈추고 올려다보며 말했다. "그 애가 어디 있다고 하디?"

"멀리 떨어진 곳에 있어요. 리즈라는 큰 도시예요. 어머니에게 제가 없어도 된다면 제가 삼 일 안에 돌아올 수 있어요."

"아니, 안 돼, 네가 있어야겠다. 네가 형을 만나러 가서 그 애가 뭘 하고 있는지 알려줘야지. 어윈 목사님이 와서 말해 주시겠다고 하셨지만, 그분이 말씀하실 때 무슨 뜻인지 잘 알아들을 수가 없어. 아담은 내가 가는 걸 바라지 않으니까 네가 직접 가야지. 다인나에게 편지를 쓸 수 없니? 네가 편지 쓰는 걸 아무도 원하지 않을 때도 너는 편지 쓰는 걸 좋아하잖아."

"그녀가 그 큰 도시의 어디에 있는지는 모르겠어요." 세스가 말했다. "제가 직접 가면 그 모임의 회원들에게 물어서 알아낼 수 있을 거예요. 하지만 어쩌면 리즈의 감리교 설교자인 사라 윌리엄슨을 겉봉에 쓰면 그녀에게 전달될지도 모르지요. 아마도 사라 윌리엄슨과 함께 있을 테니까요."

이제 앨릭이 전갈을 가지고 왔을 때 세스는 포이저 부인이 다인나에게 편지를 쓴다는 것을 알고는 자기가 직접 편지 쓰려는 생각을 그만두었다. 그는 홀 팜으로 가서 그 편지를 어디로 보내야 할지 생각할 수 있는 것을 모두 알려주고, 정확한 주소를 모르기 때문에 배달이 약간 지체될 수도 있을 거라고 말했다.

리스베스의 집에서 나온 후 어윈 씨는 조나단 버지에게 갔다. 얼마 동안 아담이 일할 수 없었으므로 아담에게 닥친 문제에 대해 그 역시 알 권리가 있기 때문이었다. 그리하여 그날 저녁 여섯 시가 되기 전에 브록스턴과 헤이슬롭에 사는 사람들 가운데 그 슬픈 소식을 알지 못한 사람은 거의 없었다. 어윈 씨는 버지에게 아서의 이름을 언급하지 않았지만, 아서가 헤티에게 저지른 소행에 대한 이야기는 그 끔찍한 결과로 인해 드리워진 어두운 그림자와 함께 그의 할아버지가 죽었고 그가 장원을 물려받았다는 이야기만큼이나 잘 알려지게 되었다. 마틴 포이저는 고통이 닥친 첫 날에 용기를 내어 그의 집을 방문하여 그의 손을 잡고 슬픔을 나누려는 이웃 한두 명에게 침묵을 지켜야 할 이유를 느끼지 않았던 것이다. 그리고 목사관에서 일어나는 모든 일에 귀를 기울이고 있던 캐롤은 추측을 덧붙여 이야기를 만들어냈고 될 수 있는 대로 빨리 그 이야기를 퍼뜨렸다.

마틴 포이저를 방문하여 한동안 아무 말 없이 그의 손을 잡고 흔든 이웃들 가운데 한 명은 바틀 매시였다. 그는 학교 문을 닫고 목사관으로 향했다. 저녁 일곱 시 반경에 도착하여 어윈 씨에게 인사를 전하고 그 시간에 그를 방해한 것에 용서를 구하면서 특히 할 말이 있다고 전했다. 그가 서재로 안내를 받은 후 곧 어윈 씨가 들어왔다.

"자, 바틀!" 어윈 씨는 손을 내밀며 말했다. 목사는 평소에 그 학교 교사에게 그런 식으로 인사하지 않았지만, 고통을 받고 있을 때 우리는 우리와 공감하는 이들에게 친근하게 느끼게 된다.117) "앉으시지요."

"제가 무엇 때문에 왔는지 잘 아시리라 생각합니다, 목사님." 바틀이 말했다.

"선생께서 들은 그 슬픈 소식에 대한 진실을 알고 싶으시겠지요. … 헤티 소렐에 대해서 말입니다."

"아뇨, 목사님. 제가 알고 싶은 것은 아담 비드에 대해서입니다. 그를 스토니턴에 두고 오셨다는 말을 들었는데, 그 불쌍한 젊은이의 마음이 어떤지, 그가 어떻게 할 작정인지 말씀해 주시기를 청합니다. 사람들이 수고스럽게도 감옥에 넣은 그 연분홍과 흰색 옷을 입고 다니던 여자, 그 처녀에 대해서는 썩은 호두만큼도 중요하게 생각하지 않아요. 썩은 호두만도 못하지요. 다만 그 여자 때문에 그 정직한 남자, 제가 그렇게나 소중히 여겼고 제가 가르친 약간의 지식으로 이 세상에 도움을 주리라고 믿었던 그 젊은이에게 해나 이득이 미치는 것이 문제지요 … 자, 목사님,

---

117) 어윈 목사가 바틀에게 "씨"와 같은 경칭을 붙이지 않고 그냥 이름을 불러서 인사한 것에 대한 언급.

아담은 이 어리석은 시골 사람들 중에서 수학에 대한 의지와 머리를 갖춘 유일한 학생이었습니다. 불쌍하게도 그리 고된 일을 많이 하지 않아도 되었더라면, 그는 더 높은 직위에 올랐을 거고, 그랬더라면 이런 일이 결코 일어나지 않았을 겁니다. 절대 일어나지 않았겠지요."

바틀은 동요된 상태로 빨리 걸어오느라 흥분했고, 처음으로 감정을 토로할 수 있는 기회를 얻게 되자 스스로를 억제할 수 없었다. 그러나 그는 땀에 젖은 이마와 어쩌면 눈물에 젖은 눈을 쓸어내느라 잠시 말을 멈추었다.

"제가 이런 식으로, 마치 어리석은 제 개가 폭풍우 속에서 짖어대듯이, 아무도 듣고 싶어하지 않는데 제 감정에 대해 늘어놓는 것을 용서해 주십시오, 목사님." 말을 멈춘 그는 잠시 생각할 시간을 가진 다음 말을 이었다. "제가 말하려고 온 것이 아니라, 목사님 말씀을 들으려고 왔으니까요. 그 가엾은 젊은이가 무엇을 하고 있는지 수고스러우시겠지만 말씀해 주시면 말이지요."

"마음껏 털어놓으세요, 바틀." 어윈 씨가 말했다. "실은 저도 지금 선생과 똑같은 상태니까요. 마음속에 고통스러운 것들이 많이 있어서, 제 감정에 대해 침묵을 지키고 오직 다른 사람의 감정을 보살피는 것이 무척 힘든 일이라고 느끼고 있습니다. 아담에 대한 선생의 우려를 저도 똑같이 느끼고 있습니다. 하지만 이 사건에 있어서 제가 우려해야 할 것은 아담의 고통만이 아니지요. 아담은 재판이 끝날 때까지 스토니턴에 머물 작정입니다. 아마 내일부터 한 주 후에 공판에 회부될 거고요. 그는 그곳에 방을 얻었고, 저는 그에게 그렇게 하도록 권했지요. 지금은 그가 집에서 멀리 떠나있는 것이 더 낫다고 생각해서 말이지요. 불쌍한 사람, 그는 아직도 헤티가 죄가 없다고 믿고 있습니다. 할 수만 있다면 용기를 내서 그녀를 만나보고 싶어 하지만, 그녀가 있는 곳을 떠나려고 하지 않더군요."

"그렇다면 목사님은 그 인간이 유죄라고 생각하십니까?" 바틀이 말했다. "그 여자의 목을 매달 거라고 생각하시나요?"

“유감스럽게도 그녀에게 사정이 어렵게 돌아가고 있어요. 증거가 아주 확실하니까요. 게다가 한 가지 나쁜 조짐은 그녀가 모든 것을 부정하고 있다는 점이지요. 아주 확실한 증거가 있는데도 자기에게 아기가 있었다는 것을 부정해요. 그녀를 직접 만나 보았는데, 고집스럽게도 내게 아무 말도 하지 않더군요. 저를 보았을 때 겁에 질린 동물처럼 몸을 움츠렸고요. 달라진 그녀의 모습을 보았을 때처럼 내 평생 그렇게 큰 충격을 받은 적은 없었어요. 하지만 최악의 경우에 우리는 관련된 무고한 사람들을 위해서 사면을 얻을 수 있을 거라고 믿고 있습니다.”

“말도 안 되는 허튼 소리!” 분개한 나머지 바틀은 누구와 이야기하고 있는지도 잊어버리고 말했다. “죄송합니다, 목사님. 제 말은 죄 없는 사람들이 그녀가 교수형을 당하는 것에 대해 신경을 쓰는 것이 말이 안 된다는 뜻입니다. 제 의견을 말씀드리자면, 저는 그런 여자들을 세상 밖으로 빨리 내보낼수록 더 낫다고 생각합니다. 그들이 해로운 짓을 저지르도록 도와준 남자들도 함께 가는 것이 좋겠지요. 그런 해충들을 살아 있도록 해줘서 무슨 좋은 일이 있겠습니까? 합리적인 사람들의 식량이 될 음식이나 축내는 거지요. 하지만 아담이 그런 것에 신경을 쓸 정도로 바보라 하더라도, 저는 그가 필요 이상으로 고통을 받지 않기를 바랍니다. … 불쌍한 녀석, 무척 깊은 상처를 받았나요?” 바틀은 마치 안경을 쓰면 상상력이 활발해질 듯 안경을 꺼내 쓰면서 덧붙였다.

“그렇습니다. 유감스럽게도 그 상처가 너무나 깊이 파였어요.” 어윈 씨가 말했다. “끔찍할 정도로 산산조각이 난 듯이 보였지요. 그리고 어제는 이따금 격한 감정에 휩싸였어요. 그래서 나는 그의 옆에 있고 싶었지요. 하지만 내일 다시 스토니턴으로 갈 겁니다. 나는 아담의 원칙이 확고하다고 믿고 있기 때문에, 그가 극에 달해서 어떤 경솔한 일을 저지르지 않고 최악을 견딜 수 있으리라고 믿고 있어요.”

마지막 말에서 바틀 매시에게 대답하기보다는 자기감정을 무심코 발설하고 있었던 어윈 씨는, 아담의 고뇌가 끊임없이 지향하고 있었던 것, 즉 아서에게 복수하려는 마음이 그로브에서의 만남보다 더 치명적인 결말로 나아갈 가능성을 생각하고 있었다. 이런 가능성으로 말미암아 그는 아서의 도착을 더욱 불안한 심정으로 염려하고 있었던 것이다. 그러나 바틀은 어윈 씨가 자살을 언급하고 있다고 생각했고, 그의 얼굴은 새롭게 놀란 표정을 띠었다.

"제 머릿속에 있는 것을 말씀 드리겠습니다, 목사님." 그가 말했다. "목사님께서 찬성해 주시기 바랍니다. 저는 학교 문을 닫을 겁니다. 학생들이 오면 다시 돌아가면 됩니다. 그리고 저는 스토니턴으로 가서 이 일이 끝날 때까지 아담을 돌보겠습니다. 그 재판을 구경하러 온 척 할 겁니다. 그가 반대할 수 없겠지요. 어떻게 생각하십니까, 목사님?"

"글쎄요." 어윈 씨는 다소 망설이며 대답했다. "그렇게 하면 정말 좋은 점이 있지요 … 그리고 아담에 대한 선생의 애정에 경의를 표합니다. 그러나 … 아시다시피, 그에게 말할 때 조심해야 할 겁니다. 헤티에 대한 그의 약점이라고 선생이 생각하시는 문제에 있어서 선생께서 너무나 공감을 보이시지 않을까봐 걱정이군요."

"저를 믿으세요, 목사님. 저를 믿으시라고요. 무슨 말을 하시려는지 압니다. 저 자신도 한창 때에는 바보였습니다. 하지만 그건 목사님과 저 사이에서만 하는 얘기입니다. 저는 아담에게 강요하지 않을 겁니다. 그저 그에게서 눈을 떼지 않고, 그가 음식을 잘 먹는지 살펴보고, 이따금 한두 마디 할 겁니다."

"그렇다면 좋은 일을 하실 거라고 생각합니다." 바틀의 분별력에 대해 약간 안도하게 된 어윈 씨가 말했다. "그리고 선생께서 아담에게 가신다는 것을 그의 어머니와 동생에게 알려 주는 것이 좋겠지요."

"네, 목사님, 그렇지요." 바틀은 일어서서 안경을 벗으며 말했다. "그렇게 하겠습니다. 그렇게 하지요. 하지만 그 모친이 불평을 일삼는 사람이라서, 저는 그녀의 목소리가 닿는 곳에는 가고 싶지 않습니다. 그렇지만 등이 곧고 깨끗한 여자고, 단정치 못한 사람은 아니지요. 그럼 안녕히 계십시오, 목사님. 시간을 내주셔서 감사합니다. 목사님은 이 일에 있어서 모든 사람의 친구이시지요. 모든 사람에게요. 목사님 어깨에 무거운 짐을 짊어지셨습니다."

"안녕히 가세요, 바틀. 스토니턴에서 곧 만나뵙지요."

바틀은 이야기를 나누려고 접근하는 캐롤을 피하고 서둘러 목사관에서 나와서는 짧은 다리로 옆에서 또닥또닥 걷고 있는 빅슨에게 화난 목소리로 말했다.

"자, 너를 데리고 가야겠지, 이 아무짝에도 쓸모없는 여자야. 너를 두고 가면 너는 안달복달하다가 죽을 거야. 너도 그러리라는 것을 알고 있겠지. 어쩌면 어떤 떠돌이가 네게 달려들 거고. 그리고 너는 나쁜 무리들과 어울려 돌아다니며 네가 참견할 필요가 없는 온갖 구멍과 구석에 코를 들이밀 테지. 하지만 네가 어떤 일이든 수치스러운 짓을 저지르면, 나는 너와 의절할 거야. 잘 들어 둬, 이 여자야, 잘 들으라고!"

재판 전날

단조로운 스토니턴 거리에 있는 집의 위층 방에 침대가 두 개 있고, 침대 하나는 바닥에 놓여 있었다. 목요일 밤 열 시가 되었고 창문 반대편의 어두운 벽에는 달빛이 비쳐 들었지만, 바틀 매시가 책을 읽는 척하느라 켜놓은 촛불 빛이 달빛을 무색하게 했다. 사실 바틀은 어두운 창문 옆에 앉아 있는 아담 비드를 안경 너머로 바라보고 있었다.

여러분에게 미리 알려주지 않았더라면 그 사람이 아담이라는 것을 알아볼 수 없었을 것이다. 지난 한 주를 보내면서 그의 얼굴은 무척 야위었고 눈이 푹 꺼졌으며 방금 병상에서 일어난 사람처럼 수염이 제멋대로 자라고 있었다. 숱이 많은 검은 머리칼은 이마에 늘어졌고, 주위 사물을 더욱 민감하게 의식하도록 그를 밀어붙이는 적극적인 추진력이 조금도 보이지 않았다. 그는 의자의 등받이에 팔을 올려놓고, 꼭 쥔 두 손을 바라보는 것 같았다. 문에서 노크 소리가 들리자 그는 정신을 차렸다.

"오셨군." 바틀 매시는 서둘러 일어나 문을 열며 말했다. 어윈 씨였다.

아담은 본능적인 존경심으로 의자에서 일어섰고, 어윈 씨는 그에게 다가가서 손을 잡았다.

"내가 너무 늦었지, 아담." 그는 바틀이 놓아준 의자에 앉으며 말했다. "하지만 예상보다 브록스턴에서 늦게 출발했다네. 도착한 후로는 계속 일이 있었지. 하지만 이제는 다 끝났네. 적어도 오늘 밤에 할 수 있는 일은 다 끝냈어. 모두 앉지."

아담은 기계적으로 다시 의자에 앉았고, 남은 의자가 없어서 바틀은 뒤쪽에 있는 침대에 앉았다.

"그녀를 보셨어요?" 아담이 떨면서 말했다.

"그랬다네, 아담. 감옥 목사와 함께 오늘 저녁에 그녀를 만났네."

"그녀에게 물어보셨어요? 목사님 … 저에 대해서 무슨 말씀이라도 하셨어요?"

"그랬네." 어윈 씨가 약간 주저하며 말했다. "자네 이야기를 했지. 그녀가 동의한다면 자네가 재판 전에 그녀를 보고 싶어 한다고 말했네."

어윈 씨가 말을 멈추었기에 아담은 열렬히 질문하는 듯한 시선으로 바라보았다.

"자네도 알다시피 그녀는 누구든 만나기를 꺼린다네, 아담. 자네뿐이 아니고. 치명적인 충격을 받아서 그녀의 마음이 사람들에게서 차단되어 버린 것 같네. 그녀는 나에게나 그 목사에게나 '아뇨' 라는 말 외에는 거의 하지 않았네. 삼사 일 전인가 자네에 대해 언급하기 전에 가족 중에 보고 싶은 사람이 있는지, 마음을 털어놓을 사람이 있는지 물었을 때 격렬하게 몸을 부르르 떨면서 '나에게 가까이 오지 말라고 그들에게 말해 주세요. 나는 누구도 만나지 않겠어요' 라고 말하더군."

아담은 다시 고개를 떨어뜨리고 아무 말도 하지 않았다. 몇 분간 침묵이 흐른 후에 어윈 씨가 말했다.

"나는 자네의 감정에 어긋나는 충고를 하고 싶지 않다네, 아담. 그녀의 동의가 없더라도 내일 아침에 그녀를 가 보라고 자네의 감정이 강력히 촉구한다면 말일세. 겉으로는 그렇게 보이지 않더라도, 그 만남이 그녀에게 좋은 영향을 줄 수도 있네. 하지만 슬프게도 그런 희망을 품기란 아주 어렵다고 말할 수밖에 없네. 내가 자네의 이름을 언급했을 때 그녀는 동요된 기미를 전혀 보이지 않았어. 평소와 다름없이 똑같이 냉정하고 고집스럽게 '아뇨' 라고만 말했네. 그리고 만일 그 만남이 그녀에게 좋은 결과를 미치지 않는다면, 자네에게는 그저 무익한 고통, 쓰라린 고통이 될 것이 두렵네. 그녀는 무척 많이 변했어 …."

아담은 의자에서 벌떡 일어나 탁자 위에 있던 모자를 집었다. 그러나 그러고 나서도 가만히 서서 마치 물어 볼 것이 있지만 말을 꺼내기 어려운 듯이 어윈 씨를 바라보았다. 바틀 매시는 조용히 일어나서 문을 잠그고 열쇠를 주머니에 넣었다.

"그가 돌아왔습니까?" 아담이 마침내 말했다.

"아니, 오지 않았네." 어윈 씨가 조용히 말했다. "모자를 내려놓게, 아담. 나와 함께 신선한 공기를 마시러 산책가고 싶은 것이 아니라면 말일세. 오늘 자네가 밖에 나가지 않았을 것 같아 걱정이네."

"저를 속이실 필요 없습니다, 목사님." 아담은 어윈 씨를 험악하게 노려보며 분노와 의심이 담긴 목소리로 말했다. "저를 두려워하실 필요 없습니다. 저는 그저 정의를 원해요. 그녀가 느끼는 것을 그 작자도 느끼기를 바랍니다. 그것은 그 작자가 저지른 일이에요. … 그녀는 바라보기만 해도 가슴이 찡해지는 어린애에요. … 저는 그녀가 무엇을 했든 상관하지 않습니다. … 그녀를 그렇게 만든 것은 그 작자예요. 그 작자는 그것을 알아야 해요. … 그것을 느껴야 해요. … 만약 정의로우신 하느님이 있다면, 그녀와 같은 어린애를 죄와 고통으로 몰아간 것이 어떤 것인지를 그 작자가 느껴야 합니다."

"자네를 속이는 것이 아니라네, 아담." 어윈 씨가 말했다. "아서 도니손은 돌아오지 않았네. 내가 떠나올 때까지는 돌아오지 않았어. 나는 그에게 편지를 남겨 놓고 왔네. 도착하자마자 모든 것을 알게 될 걸세."

"하지만 목사님은 그 점에 대해 신경을 쓰시지 않아요." 아담은 분개하여 말했다. "그녀가 저기 수치와 고통 속에 있는데, 그는 아무것도 모르고 있고, 아무런 고통도 받지 않는 것이 상관없다고 생각하시지요."

"아담, 그는 알게 될 걸세. 그는 고통을 받을 걸세. 아주 오랫동안 쓰라리게 말이야. 그에게는 따뜻한 마음과 양심이 있네. 그의 성격에 대해서 내가 전적으로 착각할 수는 없을 걸세. 나는 확신하고 있네. 그가 저항도 하지 않고 유혹에 빠진 것은 아니라고 말이지. 의지가 약할지는 모르지만, 무정하거나 냉정하게 이기적인 사람은 아니야. 나는 그가 평생이 충격에서 벗어나지 못할 거라고 믿고 있네. 자네는 왜 이런 식으로 복수를 하려하나? 자네가 그에게 아무리 고문을 가한들, 그녀에게는 아무런 도움도 되지 않네."

"그렇겠지요. 오, 하느님, 그렇겠죠." 아담은 신음을 하면서 의자에 다시 주저앉았다. "하지만 그렇다면, 그것이 가장 깊은 저주예요. … 그것 때문에 암담해지는 겁니다. … 그 일을 결코 되돌릴 수 없다는 것 말이에요. 내 가엾은 헤티 … 그녀는 다시는 내 사랑스러운 헤티가 될 수 없어요. … 하느님이 만드신 가장 예쁜 것 … 나에게 미소를 짓고 … 저는 그녀가 저를 사랑한다고 생각했어요. … 그리고 착하다고."

아담은 그저 혼잣말을 하듯이 점차 거칠고 낮은 목소리로 가라앉았다. 그러나 갑자기 어윈 씨를 바라보며 불쑥 말을 꺼냈다.

"하지만 사람들 말대로 그녀에게 죄가 있는 것은 아니지요? 그녀가 유죄라고 생각하시지는 않지요?"

"어쩌면 그것은 절대로 확실히 알 수 없는 일일 걸세, 아담." 어윈 씨가 부드럽게 대답했다. "이런 경우에 우리는 때로 확실한 증거처럼 보이는 것에 근거해서 판단하지. 하지만 어떤 사소한 사실을 알지 못해서 우리의 판단이 잘못되기도 한다네. 하지만 최악의 경우를 가정해 보게. 그녀가 저지른 범죄의 잘못이 그에게 있고 그가 벌을 받아야 한다고 말할 권리가 없어. 도덕적 죄의식과 징벌을 분배하는 것은 우리 인간의 일이 아니라네. 우리는 누가 어떤 범죄를 저질렀는지를 결정하는 것에서조차 실수를 피할 수 없다는 사실을 알게 되지. 그리고 한 인간의 행위가 일으킨 불행한 결과에 대해서 그가 어느 정도나 책임을 져야 하는가라는 문제는 그 속을 들여다볼수록 더욱 오싹해지는 문제라네. 어떤 이기적이고 방종한 행위에 숨겨져 있을 사악한 결과를 생각하면 너무나 끔찍한 일이라서, 반드시 벌을 주려는 성급한 욕망보다는 덜 주제넘은 감정을 일깨우게 될 걸세. 자네가 평정심을 찾을 때면 자네의 마음이 이러한 사실을 충분히 이해할 걸세, 아담. 자네를 이처럼 복수심에 불타는 증오로 이끌어가는 고뇌를 내가 공감하지 못한다고 생각하지 말게. 하지만 이것을 생각해 보게. 만약 자네가 자네의 격정을 따른다면, 그것은 격정일 뿐이네. 자네는 그것을 정의라고 부르면서 스스로를 속이는 걸세. 아서가 그런 과정을 밟았듯이, 자네에게도 똑같은 일이 벌어질 걸세. 아니, 더 나쁘지. 자네의 격정은 자네를 무시무시한 범죄로 이끌 테니까."

"아뇨, 더 나쁘지 않습니다." 아담은 비통하게 말했다. "그것이 더 나쁘다고는 생각하지 않아요. 차라리 그렇게 하고 싶어요. 사악한 일을 저지르고 저 혼자 고통을 받는 편이 더 낫겠어요. 그녀가 사악한 일을 저지르게 되었는데, 그냥 가만히 옆에 서서 그녀가 벌을 받는 것을 지켜보는 것보다는 말이지요. 그것도 오로지 약간의 쾌락을 얻으려고 벌인 일이었지요. 만일 그에게 인간적인 따뜻한 마음이 있다면, 그는 그 쾌락을 얻느니 차라리 자기 손을 잘라 버렸을 겁니다. 그가 어떤 일이 일어날지 예측하지 못했다고 해서 무슨 상관이에요? 그는 충분히 예측했습니다. 그녀에게 불행과 치욕 이외에 다른 결과가 생기리라고 예상할 권리가 없었어요. 그런데도 거짓말로 무사히 넘어가려고 했지요. 아니에요. 사람들을 교수형에 처하는 데에는 여러 가지 이유가 있겠지요. 하지만 그의 소행의 절반만큼도 가증스러운 것은 없습니다. 자기가 처벌받을 것을 알고 있는 사람이라면 하고 싶은 대로 하라고 하세요. 자기는 편하게 모면하면서 다른 사람이 처벌받을 것을 알고 있는 이기적이고 야비한 겁쟁이들은 그런 사람들보다 두 배는 더 나쁩니다."

"자, 자네가 또 부분적으로 자신을 속이고 있네, 아담. 어떤 그릇된 행위이든 간에 사람이 혼자서 벌을 받을 수는 없는 거라네. 자네가 자네 속의 악이 퍼져 나가지 않도록 스스로를 고립시킬 수 있다고는 말할 수 없겠지. 인간의 삶은 인간이 숨 쉬는 공기처럼 서로에게서 뗄 수 없이 얽혀 있는 거라네. 악은 반드시 질병처럼 퍼져 나가게 되어 있어. 알다시피, 나는 아서의 죄가 다른 사람들에게 일으킨 엄청난 고통을 느끼고 있네. 하지만 이와 마찬가지로 어떤 죄이든 그것을 저지른 사람 외에 다른 사람들에게도 고통을 준다네. 자네가 아서에게 보복하는 행위는 우리가 고통받고 있는 악에 또 다른 악을 보태는 것에 불과해. 자네 혼자서 벌을 받을 수는 없어. 자네를 사랑하는 모든 이들에게 극심한 슬픔을 일으킬 테니까. 자네가 맹목적인 분노에 휘둘려 어떤 행동을 저지른다면, 그것은 현재의 악을 있는 그대로 남겨둘 뿐 아니라 더 나쁜 악을 더해 주는 것일세. 자네는 치명적인 복수를 생각하는 것이 아니라고 말할지 모르지. 하지만 자네 마음속에 있는 그 감정이 그런 행위를 낳는 걸세. 그리고 자네가 그런 생각에 빠져있는 한, 아서의 처벌에 집착하는 마음이 정의가 아니라 복수라는 것을 자네가 깨닫지 못하는 한, 자네가 커다란 과오를 저지르도록 이끌릴 위험이 있는 거라네. 자네가 그로브에서 아서에게 일격을 가한 후에 어떤 감정을 느꼈는지 자네가 했던 말을 기억해 보게."

아담은 입을 다물고 있었다. 그 마지막 말은 과거의 기억을 생생하게 떠올렸다. 어윈 씨는 그가 혼자 생각하도록 내버려 두고 바틀 매시에게 도니손 씨의 장례식과 다른 문제들에 대해 이야기했다. 마침내 아담은 몸을 돌려 조금 가라앉은 목소리로 말했다.

"홀 팜의 가족에 대해서는 아직 묻지 않았습니다, 목사님. 포이저 씨가 오시나요?"

"이미 왔네. 오늘 밤 스토니턴에 있지. 하지만 그에게 자네를 만나라고 권할 수 없었네, 아담. 그의 마음이 너무나 혼란스런 상태라서 자네가 더 평정을 찾을 때까지 만나지 않는 것이 좋겠네."

"다인나 모리스가 왔습니까? 그녀를 부르러 보냈다고 세스가 말했는데요?"

"아닐세. 포이저 씨가 떠나올 때까지는 오지 않았다고 하더군. 그 편지가 그녀에게 전해지지 않은 모양이라고 걱정이었어. 정확한 주소를 모른다고 하더군."

아담은 잠시 곰곰이 생각하고 나서 말했다.

"다인나가 헤티를 만나러 갔을지도 모르겠어요. 하지만 어쩌면 포이저 씨 가족들이 그것에 몹시 반대했을 겁니다. 그들은 헤티에게 가까이 가지도 않을 테니까요. 하지만 다인나는 그렇게 할 거라고 생각합니다. 감리교도들은 감옥에 가는 일을 잘 하니까요.118) 세스는 그녀가 그렇게 할 거라고 생각한다더군요. 다인나는 헤티에게 아주 친절하게 대했지요. 다인나가 혹시 도움을 줄 수 있을지도 모르겠어요. 그녀를 본 적이 없으시지요, 목사님?"

"아니, 본 적이 있네. 그녀와 얘기를 나누었지. 그녀를 보고 무척 기뻤네. 자네가 언급하니까 말인데, 그녀가 와 주었으면 좋겠구먼. 그녀처럼 부드럽고 온유한 여성은 헤티의 마음을 열어줄 수도 있으니까. 감옥의 목사는 태도가 다소 거칠거든."

"하지만 그녀가 오지 않는다면 소용이 없겠지요." 아담이 슬프게 말했다.

"그걸 미리 생각했더라면, 그녀를 찾아보도록 조처를 취했을 텐데." 어윈 씨가 말했다. "유감스럽게도 지금은 너무 늦었네. … 자, 아담, 이제 가야겠네. 오늘밤에 좀 쉬도록 해 보게. 하느님의 축복이 있기를. 내일 아침 일찍 자네를 만나러 오겠네."

---

118) 저주받은 범법자들에게 죄를 뉘우치게 할 목적으로 감옥을 방문하는 것은 감리교의 중요한 활동이었다.

재판일의 아침

다음날 한 시에 아담은 단조로운 이층 방에 혼자 있었다. 지루하게도 천천히 지나가는 일분 일분을 세고 있는 듯 그의 시계가 앞 탁자에 놓여 있었다. 그는 재판에서 증인들이 어떤 말을 할지 알지 못했다. 헤티의 체포와 고소에 관련된 구체적인 사항에 대해서는 조금도 듣지 않으려 했기 때문이었다. 어떤 잘못이나 불행이 우려될 때 헤티를 구하기 위해서라면 어떤 위험이나 싸움을 향해서라도 서슴지 않고 달려갔을 이 용감하고 활동적인 남자는 돌이킬 수 없는 악행과 고통을 곱씹으며 무력함을 느꼈다. 조금이라도 행동의 여지가 있는 곳에서는 추진력이 되었을 그의 감정은 수동적일 수밖에 없을 때 무기력한 고뇌가 되거나 아니면 아서에게 정의를 행사하겠다는 생각에서 적극적인 출구를 찾았다. 온갖 정력적인 행동에 적합한 활동적인 성격을 가진 사람들은 종종 냉혹한 마음을 가진 듯이 무기력하게 당하는 고통에서 벗어나 돌진하려 한다. 그들을 몰아가는 것은 압도적인 괴로움의 통증이다. 그들은 쓰라린 상처에서 위축되듯이 억제할 수 없는 본능에 의해 위축된다. 아담은 헤티가 자기를 보겠다고 동의하면 그녀를 만나겠다고 생각했다. 그 만남이 어쩌면 그녀에게 도움이 될 것이고, 사람들이 말하는 그 끔찍한 냉혹함을 녹여 버리는 데 도움이 될 거라고 생각했기 때문이었다. 그녀가 그에게 저지른 처사에 대해 그가 아무런 악의도 품고 있지 않다는 것을 알게 되면, 그녀는 그에게 마음을 열지도 모른다. 그러나 이러한 결심을 하는데도 엄청난 노력이 필요했다. 소심한 여자가 외과의사의 칼을 생각하며 몸을 떨듯이, 그는 달라진 그녀의 얼굴을 본다는 생각에 몸을 떨었다. 그리고 이제 그녀의 재판을 목격하는 더욱 견디기 어려운 고뇌에 맞부딪치기보다는, 긴장된 기나긴 시간을 견뎌 내기로 했다.

말할 수 없이 깊은 고통은 세례, 재생, 혹은 새로운 상태로의 입문이라고 불릴 수 있다. 갈망에 찬 기억, 쓰라린 후회, 고뇌에 찬 공감, '보이지 않는 정의'에 대한 갈등하는 호소, 지난 한 주 동안의 낮과 밤을 채웠던 그리고 바로 이날 아침 시간에 기대에 찬 군중처럼 다시금 압박을 가하며 밀려든 이 모든 강렬한 감정들로 인해서, 아담은 생기가 빠져버린 흐릿한 존재를 보듯이 이전의 세월을 되돌아보았고, 이제야 깨어나 온전히 정신을 차리게 되었다. 이전에는 인간이 받는 고통을 늘 가벼운 것으로 치부해 온 것 같았다. 자신이 견뎌 왔고 이전에 슬픔이라고 부른 것들은 모두 상처를 남기지 않은 한순간의 타격에 불과한 듯이 여겨졌다. 의심할 바 없이 이처럼 커다란 고뇌는 여러 해 동안 이루지 못했던 과업을 이룰 수 있으며, 우리는 불의 세례[119]를 받고 새로운 경외심과 새로운 연민으로 충만한 영혼으로 태어날 수 있다.

"오, 하느님." 아담은 탁자에 기대어 멍한 시선으로 시계를 바라보며 신음했다. "이전에도 사람들은 이처럼 고통을 받아왔지요. … 그녀처럼 가엾고 무력한 젊은이들이 고통을 받았지요. … 바로 얼마 전만 하더라도 그렇게나 행복하고 그렇게나 예쁘게 보이더니 … 할아버지와 모두에게 키스했고, 모두들 그녀에게 행운을 빌어 주었지. … 아, 내 가엾고 불쌍한 헤티 … 지금 그 생각을 떠올리기나 할까?"

아담은 깜짝 놀라서 문을 바라보았다. 빅슨이 낑낑거리기 시작하더니, 계단을 올라오는 절름발이의 발소리와 지팡이 소리가 들렸다. 바틀 매시가 돌아온 것이었다. 재판이 모두 끝난 것일까?

바틀은 조용히 들어와서 아담에게 걸어가 그의 손을 잡고 말했다. "그저 자네를 보러 왔네. 사람들이 잠시 법정 밖으로 나왔거든."

심장이 너무 격렬하게 뛰어서 아담은 말을 할 수 없었다. 그저 친구의 손을 힘주어 잡을 수 있을 뿐이었다. 바틀은 다른 의자를 끌고 와서 그의 앞에 앉아 모자와 안경을 벗었다.

"이건 내게 전에 없던 일일세." 그가 말했다. "안경을 쓰고 밖에 나가다

119) 시련. 마태오복음 3장 11절, "내 뒤에 오시는 분은 성령과 불로 세례를 베푸실 것이다."에서 유래한 표현.

니 말이야. 안경을 벗을 것을 완전히 잊어버렸어."

이 노인은 이렇게 사소한 이야기를 하면서 아담의 심적 동요에 전혀 반응을 보이지 않는 것이 낫겠다고 생각했다. 그럼으로써 현재 전달할 만한 결정적인 사항이 없다는 것을 간접적으로 알려 줄 것이다.

"자." 그는 다시 일어서며 말했다. "자네에게 빵 약간하고 어윈 씨가 오늘 아침에 보낸 포도주를 조금 먹고 마시도록 해야겠네. 자네가 그걸 마시지 않으면 어윈 씨가 내게 화를 낼 거야. 자, 이리 오게." 그는 포도주병과 빵을 가져와서 포도주를 컵에 따르며 말했다. "나도 한 모금 먹고 마셔야겠네. 자, 나와 한 모금 마시세. 함께 마시자고."

아담은 부드럽게 컵을 밀쳐놓고 간청하듯이 말했다. "말씀해 주세요, 매시 씨. 모두 말씀해 주세요. 그녀가 거기 있었나요? 시작했나요?"

"그래, 여보게, 그렇다네. 내가 처음 갔을 때부터 내내 진행되었지. 하지만 너무 느리단 말이야. 느리다고. 그리고 그녀를 위해 지정된 변호사가 기회가 있을 때마다 훼방을 놓아서, 증인들을 반대 심문하도록 타협을 보았어. 다른 변호사들과 말다툼을 벌이면서 말이야. 수임료를 받는 대가로 그가 할 수 있는 일이라고는 그게 고작이었네. 상당한 금액일 텐데 말이지. 상당한 돈이라고. 하지만 그는 빈틈없는 작자라서, 건초더미에서도 바늘을 금방 찾아낼 눈을 갖고 있네. 만약 인간이 아무 감정도 없는 존재라는 걸 입증하려면, 법정에서 진행되는 이야기에 귀를 기울이는 것이 가장 좋은 방법일세. 하지만 다정한 마음을 가진 사람은 멍청해진다고. 자네에게 좋은 소식을 전해 주려는 생각이 없었다면 나는 이해하려는 노력을 영영 포기했을 걸세."

"하지만 그녀에게 불리하게 진행되는 것 같습니까?" 아담이 말했다. "사람들이 뭐라고 말했는지 말씀해 주세요. 이제 알아야겠어요. 사람들이 그녀에게 부정적으로 제시하는 것이 무엇인지 알아야겠어요."

"아, 아직까지 중요한 증인은 의사들이었네. 마틴 포이저를 빼고 말이야. 불쌍한 마틴. 법정에 있는 사람들 모두 그를 동정했지. 그가 내려왔을 때 사람들이 다 같이 흐느끼는 듯한 소리를 냈어. 피고석에 있는 그녀를 보라고 그에게 말했을 때가 최악이었네. 불쌍한 사람, 그에게는 참으로 어려운 일이었지. 가혹한 일이었어. 아담, 그 타격은 자네뿐만 아니라 그에게도 몹시 컸다네. 자네는 불쌍한 마틴을 도와줘야 해. 자네가 용기를 보여야지. 자, 포도주를 조금 마시게. 그리고 자네가 남자답게 견뎌 나가는 걸 보여 주게."

바틀의 호소는 적절했다. 아담은 조용히 순종하는 태도로 컵을 들고 조금 마셨다.

"그녀가 어떻게 보였는지 말씀해 주세요." 그가 곧 말했다.

"처음에 그녀를 데리고 들어왔을 때는 아주 겁에 질린 것 같았지. 불쌍한 것, 군중과 판사를 처음 보았을 테니까. 그리고 판사석 옆에는 멋진 옷을 입고 팔에 번지르르한 것을 달고 머리에 깃털을 꽂은 바보 같은 여자들이 많이 있었어. 다시 여자에게 집적거릴 남자들에 대한 경고와 위협으로 그런 옷을 차려입었나보다고 생각할 정도였지. 그들은 안경을 들고 빤히 쳐다보며 수군거렸어. 하지만 그 후에 그녀는 자기 손을 내려다보며 아무것도 듣지도, 보지도 못하는 듯이 창백한 초상처럼 서 있었네. 새파랗게 질려 있었지. 죄상을 '인정하는지 인정하지 않는지' 물었을 때도 대답하지 않았어. 그래서 그녀를 대신해서 죄상을 인정하지 않는 것으로 했네. 하지만 숙부의 이름을 들었을 때 온몸에 전율이 지나가는 듯이 보이더군. 그에게 그녀를 보라고 했을 때 그녀는 고개를 푹 숙이고 더욱 움츠리며 얼굴을 손으로 가렸어. 불쌍하게도 마틴은 말하기가 무척 힘들었을 걸세. 목소리가 몹시 떨렸지. 대체로 대못처럼 냉정하게 보이던 변호사들도 될 수 있는 대로 그의 고통을 덜어 주려는 것 같더군. 어윈 씨는 마틴의 옆에 서서 함께 법정 밖으로 나가셨네. 아, 이웃의 옆에 서서 그런 고통에 처한 사람을 지지해 주는 것은 한 인간의 생애에 있어서 대단한 일일세."

"하느님께서 목사님을 축복해 주시기를, 그리고 선생님도 축복해 주시기를." 아담이 바틀의 팔에 손을 얹으며 나지막한 목소리로 말했다.

"아, 아, 그분이야 성품이 훌륭한 분이지. 그분을 시험 삼아 건드려 보면 제대로 된 소리가 난단 말이야. 우리 목사님은 그렇다고. 양식이 있는 분이고, 필요한 것 이상은 말씀을 하지 않으시지. 고통을 겪어야 하는 사람보다 옆에서 바라보는 사람이 그 고통에 대해 더 잘 안다는 듯이 수다를 떨면서 위로한다고 생각하는 사람들과는 다르다고. 나는 살아오면서 그런 사람들을 상대해야 했지. 남부에서 곤경에 처했을 때 말이야. 조금 이따가 어윈 씨도 그녀 옆의 증인석에 서실 거라네. 그녀의 성격과 성장 과정에 대해서 말씀하실 걸세."

"그런데 다른 증거는 … 그것이 그녀에게 불리하게 돌아갑니까?" 아담이 말했다. "어떻게 생각하세요, 매시 씨? 진실을 말씀해 주세요."

"그렇다네, 여보게, 그렇다고. 진실을 말하는 것이 제일이지. 결국에는 진실이 나오게 되니까. 의사들의 증거가 강력하다네. 확실하지. 그런데 그녀는 아이가 있었다는 것을 시종일관 부인해 왔어. 바로 한심하고 어리석은 여자들이 하는 짓이지. 이미 입증된 것을 부정해봤자 소용이 없다는 걸 알만한 지각이 없는 거야. 그녀가 그렇게 고집스럽게 구는 것이 배심원들에게는 부정적으로 작용할 것 같네. 만약 평결이 불리하게 나온다면, 배심원들은 그녀에게 자비를 베풀도록 선처하지 않을 걸세. 하지만 어윈 씨는 판사에게 백방으로 손을 쓸 걸세. 그 점은 믿어도 좋네, 아담."

"법정에는 그녀의 옆에서 그녀를 보살펴 주는 사람이 전혀 없습니까?" 아담이 물었다.

"감옥 목사가 옆에 앉아 있네만 날카롭고 족제비 같이 생긴 사람이야. 어윈 씨와는 전혀 다른 살과 피로 된 사람이지. 감옥 목사들은 대체로 성직의 끄트머리라고들 하더군."

"거기 서 있어야 할 사람이 있어요." 비통하게 아담이 말했다. 곧 그는 몸을 일으키고 뚫어지게 창밖을 바라보며 분명 새로운 생각을 마음속에서 굴려 보고 있었다.

"매시 씨." 그는 이마의 머리카락을 쓸어 넘기며 마침내 말했다. "선생님과 함께 가겠어요. 법정 안으로 들어가겠어요. 멀리 떨어져 있는 것은 비겁한 짓이에요. 제가 그녀의 옆에 서서 그녀의 죄를 인정하겠어요. 그녀가 속인 모든 것에 대해서요. 그녀를, 그녀의 육체를 내던져 버리게 해서는 안 돼요. 우리는 사람들을 하느님의 자비에 넘기면서, 우리들 스스로는 자비를 전혀 베풀지 않아요. 저도 때로 냉혹하게 굴곤 했어요. 다시는 냉혹하게 굴지 않을 거예요. 가겠어요, 매시 씨, 선생님과 함께 가겠습니다."

아담의 태도가 확고했기에 바틀은 반대하고 싶더라도 어쩔 수 없었다. 바틀은 그저 이렇게 말했다.

"그렇다면 한 입 더 먹고 한 모금 더 마시게, 아담. 나를 위해서 말이야. 자, 나도 말을 그만하고 먹어야겠네. 자, 자네도 좀 들게."

적극적인 결심을 하고나자 용기를 내어 아담은 빵을 약간 먹고 포도주를 조금 마셨다. 그는 어제처럼 초췌하고 면도도 하지 않은 모습이었지만 다시 몸을 곧추세웠기에 조금은 더 예전의 아담 비드처럼 보였다.

평결

그날 법정으로 마련된 장소는 지금은 불타서 없어진 낡고 커다란 홀이었다. 밀집한 사람들의 머리 위에 떨어진 정오의 햇빛은 줄지어 늘어선 높고 뾰족한 창문을 통해서 들어왔고, 그 오래된 색유리의 부드러운 색조로 알록달록하게 보였다. 멀리 끝에 있는 검은 참나무 회랑 앞에는 먼지 낀 무시무시한 갑옷이 눈에 띄게 걸려 있었고, 반대쪽의 방사상 창살이 있는 창문의 널따란 아치 아래에 걸린 낡은 태피스트리 커튼에는 졸면서 어렴풋이 꾼 과거의 꿈처럼 희미하고 우울한 형체들의 무늬가 펼쳐져 있었다. 그곳은 왕관을 빼앗기고 투옥된, 불행한 옛 왕과 왕비들의 흐릿한 기억들이 일 년 내내 출몰하는 곳이었다. 그러나 오늘 이 망령들은 모두 달아나 버렸고, 이 거대한 홀에 있는 사람들은 누구나 따뜻한 가슴에서 떨고 있는 살아 있는 슬픔을 느꼈을 뿐이었다.

그러나 이제 키가 큰 아담 비드가 갑자기 죄수의 피고석 옆으로 들어섰을 때, 지금까지의 슬픔은 그저 미약한 것에 불과한 듯이 느껴졌다. 거침없이 빛이 들어오는 커다란 홀에 모여 있던 말끔히 면도한 사람들 사이에서 두드러지게 눈에 띄는 그의 얼굴에 어린 고통의 흔적은 그 작은 방의 희미한 불빛 속에서 마지막으로 그를 보았던 어윈 씨에게도 놀랍게 보였다. 그곳에 참석한 헤이슬롭의 이웃들은 노년이 되어 화롯가에서 헤티 소렐의 이야기를 나눌 때, 주위 사람들보다 머리 하나는 더 큰 가엾은 아담 비드가 법정에 들어와서 헤티의 옆에 자리를 잡았을 때 자기들의 가슴이 얼마나 뭉클했는지를 잊지 않고 말했다.

그러나 헤티는 그를 보지 않았다. 그녀는 바틀 매시가 묘사했던 대로 손을 포갠 채 손에 바라보고 있었다. 처음에 아담은 감히 그녀를 보려고 하지 않았지만 마침내 법정의 관심이 진행 절차에 쏠렸을 때 그는 움츠러들지 않으려고 결심하며 그녀를 향해 얼굴을 돌렸다.

사람들은 왜 그녀가 무척 많이 변했다고 말했을까? 사랑하는 사람의 시신에서 우리 눈에 보이는 것은 바로 유사성이다. 그 유사성은 어떤 다른 점이 있었기 때문에, 그리고 이제는 그것이 없기 때문에 더욱 예리하게 느껴진다. 그 사랑스런 얼굴과 목, 덩굴처럼 늘어진 검은 머리카락, 검은색의 긴 눈썹, 둥근 빰과 뾰족하게 나온 입술이 거기 있었다. 그래, 창백하고 여위었지만 헤티와 닮았고, 바로 헤티였다. 악마가 고사(枯死)시키는 시선으로 그녀를 바라보아서 그녀의 내면에 있던 여자의 영혼을 시들어 빠지게 하고 그저 냉혹하고 절망적인 완고함을 남긴 듯이 보였다고 생각한 사람들도 있었다. 그러나 진정한 인간적 사랑의 본질인 어머니의 사랑, 또 다른 생명체에서 가장 완벽한 생명을 갈구하는 어머니의 열망은 변모하고 타락한 남자에게서도 소중한 자식의 존재를 느낀다. 이 창백하고 냉혹하게 보이는 죄인은 정원의 사과나무 가지 아래에서 자기에게 미소를 보냈던 헤티였다. 그녀는 그 헤티의 시신이었다. 처음에는 그것을 보고 몸을 떨었지만 그러고 나서는 눈을 떼고 싶지 않았다.

그러나 이내 어떤 이야기가 들려와서 그는 귀를 기울이고 시선을 가끔 돌리게 되었다. 증인석에 있던 어떤 중년 여자가 확고하고 분명한 목소리로 말했다.

"제 이름은 사라 스톤입니다. 미망인이고, 스토니턴의 처치 레인에서 담배와 코담배, 차를 팔도록 특권을 받아 작은 가게를 운영하고 있습니다. 피고석에 있는 죄인은 2월 27일, 토요일 저녁에 아프고 피곤해 보이는 모습으로 바구니를 팔에 걸고 제 집에 와서 하룻밤 머물기를 청한 바로 그 젊은 여자입니다. 문간에 어떤 사람이 기대서 있어서 우리 집을 술집으로 잘못 안 것이지요. 제가 숙박인을 받지 않는다고 말했을 때 이 죄인은 울기 시작했고, 너무 피곤해서 다른 곳으로 갈 수 없다고, 하룻밤 쉴 수 있는 침대만 있으면 된다고 말했습니다. 이 죄인이 예쁘장하고 몸도 그런 상태인 데다, 옷과 용모에서 점잖은 분위기를 풍겼고, 곤란한 처지인 것 같아서 그녀를 당장 내쫓을 수 없었습니다. 그녀에게 앉으라고 말하고 차를 주고는 어디로 가는 길인지, 친지들은 어디에 있는지를 물었지요. 그녀는 고향의 친지에게 가는 길이라고 말했습니다. 그들은 멀리 떨어진 곳에서 농사를 짓고 있고, 긴 여행을 하면서 예상보다 돈이 많이 들었으며, 그래서 주머니에 남은 돈이 거의 없고 돈이 많이 들 곳으로 가는 것이 두렵다고 했지요. 그녀는 바구니에 있는 물건들을 대부분 팔아야 했답니다. 하지만 내게 고마워하면서 숙박료로 1실링을 주었지요. 그 젊은 여자를 안으로 들여서 하룻밤을 지내게 하지 않을 이유가 없었습니다. 방은 한 칸밖에 없지만 침대가 둘이 있으니까요. 그래서 머물러도 좋다고 말했지요. 그녀가 나쁜 길로 이끌려서 곤경에 빠졌지만 친지들에게 돌아가는 거라면 그녀를 더 이상의 해악에서 보호해 주는 것이 좋은 일이라고 생각했습니다."

그러고 나서 그 증인은 그날 밤에 아기가 태어났다고 진술했고, 아기옷을 보여 주자 그것이 자기가 직접 아기를 감싸준 것이라고 확인했다.

"이것이 그 옷입니다. 제가 직접 만들었고 제 막내가 태어난 이후로 간직해 왔지요. 저는 아기와 어머니 둘 다를 위해 무척 고생했습니다. 그 어린 것을 돌보면서 아이에 대해 걱정하지 않을 수 없었지요. 의사를 부를 필요가 없는 것 같아서 그렇게 하지 않았습니다. 낮이 되어 나는 편지를 보낼 수 있도록 친지들의 이름과 그들이 사는 곳을 알려 달라고 산모에게 이야기했지요. 그녀는 천천히 자기가 쓰겠다고 하고는, 그 날은 안 된다고 했습니다. 그러고는 제가 아무리 말해도 듣지 않고 일어나 옷을 입으려고 했습니다. 아주 건강한 것 같다고 하더군요. 놀랍게도 대단한 기운을 보여 주었지요. 하지만 그녀를 어떻게 해야 할지 마음이 편치 않아서 저녁이 되어 모임이 끝난 다음에 목사님께 말씀드리려고 마음을 먹었습니다. 저는 여덟 시 반이 지나서 집을 나왔지요. 가게 문으로 나가지 않고 조그만 뒷골목으로 열려진 뒷문으로 나섰습니다. 제 집은 일층 뿐이고 부엌과 침실이 둘 다 뒷골목 쪽을 향하고 있습니다. 저는 저 죄인이 아기를 무릎에 놓고 부엌의 화로 옆에 앉아 있는 것을 두고 나왔지요. 그녀는 전날 밤처럼 울거나 기분이 울적한 듯이 보이지는 않았습니다. 하지만 눈에 이상한 빛을 띠고 있는 것 같았지요. 그녀는 저녁이 되자 약간 발그스레해졌습니다. 저는 열병이 걱정되어서 제가 아는, 경험이 많은 여자를 데려와야겠다고 생각했지요. 아주 깜깜한 밤이었습니다. 저는 나오면서 문을 잠그지 않았습니다. 자물쇠가 없었거든요. 안에서 빗장을 거는 것이었지요. 집안에 사람이 없을 때 저는 언제나 가게 문으로 나왔습니다. 하지만 잠시 걸어 두지 않아도 위험하지 않겠다고 생각했지요. 그런데 제 예상보다 시간이 오래 걸렸습니다. 함께 오려고 그 여자를 기다려야 했으니까요. 한 시간 반이 지나서야 돌아왔고, 집 안에 들어갔을 때 촛불은 제가 두었던 대로 타고 있었지만 죄인과 아기는 둘 다 사라지고 없었지요. 그녀는 망토와 보닛을 가지고 갔지만 바구니와 그 안에 든 것은 남겨 놓았더군요. … 저는 몹시 놀랐고 그녀가 가 버려서 화가 났습니다. 저는 그녀에 대한 정보를 알리려고 간 것이 아니었거든요. 그녀가 해를 끼칠 거라고 생각하지도 않았고, 그녀의 주머니에 숙식비로 쓸 돈이 있는 것을 알고 있었으니까요. 저는 순경에게 그녀의 뒤를 쫓도록 하고 싶지 않았습니다. 그녀 마음대로 떠날 권리가 있으니까요."

이 증언은 아담에게 강한 영향을 미쳤고 새로운 힘을 주었다. 헤티는 범죄를 저질렀을 리 없다. 그녀에게는 아기에게 집착하는 마음이 있었음에 틀림없다. 그렇지 않다면 무엇 때문에 아기를 데리고 갔겠는가? 아기를 남기고 갈 수도 있었는데. 그 작은 생명체는 저절로 죽었고, 그러고 나서 그녀가 아기를 숨겼을 것이다. 아기들은 쉽게 죽으니까. 그리고 범죄에 대한 증거가 없으면서도 강력한 혐의를 둘 수 있다. 그의 마음은 그런 혐의에 대항하여 상상의 주장을 펼치는 데 몰두하여 헤티의 변호사가 펼친 반대 심문을 듣지 못했다. 그는 그 죄인이 어린애에 대한 모성적 애정을 보였다는 증언을 끌어내려 했지만 결과는 보잘것없었다. 이 증인이 심문을 받는 동안 헤티는 전처럼 조금도 움직이지 않았다. 어떤 말에도 귀를 기울이지 않았다. 그러나 다음 증인의 목소리는 아직도 민감한 부분을 건드리는 것 같았다. 그녀는 깜짝 놀라서 겁에 질린 표정으로 그를 보았지만 곧 고개를 돌리고 전처럼 자기 손을 내려다보았다. 거친 농부인 증인이 말했다.

"제 이름은 존 올딩입니다. 저는 노동자이고 스토니턴에서 2마일 떨어진 테즈 홀에서 삽니다. 지난 주 월요일 오후 한 시쯤 저는 헤튼 코피스를 향해 가고 있었고 그 관목 숲에서 4분의 1마일쯤 떨어진 곳에서 붉은 망토를 입은 죄인이 울타리 층계에서 멀지 않은 건초 더미 아래 앉아 있는 것을 보았습니다. 그녀는 저를 보자 일어섰고 다른 쪽으로 걸어갈 것 같았어요. 밭 사이에 난 보통 길이어서 거기서 젊은 여자를 보는 것이 아주 드문 일은 아니었습니다. 하지만 그녀가 창백하고 겁에 질린 것 같아서 주의 깊게 보았지요. 좋은 옷만 아니었더라면 거지라고 생각했을 겁니다. 약간 정신이 나간 것 같았지만 그건 제가 상관할 일이 아니었지요. 저는 서서 그녀의 뒷모습을 바라보았는데, 그 모습을 볼 수 있는 동안에는 곧바로 걸어가더군요. 저는 관목 숲의 다른 쪽으로 가서 말뚝을 살펴봐야 했지요. 그 숲을 가로지르는 길이 곧게 나 있는데 여기저기 나무들이 베어져 있고 아직 실어가지 않은 나무들이 있어서 훤히 트여있는 곳이 있었습니다. 저는 그 길을 따라 곧바로 가지 않고 중앙을 향해 방향을 돌려서 더 짧은 길을 택해 제가 가려는 곳으로 갔습니다. 길에서 벗어나 훤히 트여 있는 곳을 향해서 얼마 가지 않았을 때 이상한 소리가 들렸지요. 제가 아는 동물 소리는 아니었지만 바로 그 때에는 걸음을 멈추고 돌아보지 않았습니다. 하지만 그 소리가 계속 들려왔고 그런 곳에서 소리가 나는 것이 너무 이상해서 돌아보지 않을 수 없었지요. 그게 새로운 동물이라면 돈을 좀 벌 수 있겠다고 생각했습니다. 하지만 어느 방향에서 그 소리가 들려왔는지 알 수 없어서 잠시 나뭇가지들을 올려다보고 있었지요. 그러다가 그 소리가 땅에서 들린다고 생각했습니다. 도처에 목재에서 잘라져 나온 나뭇조각들이 있었고 떨어져 나온 뗏장과 나무줄기도 한두 개 있었지요. 그것들을 살펴보았지만 아무것도 없었고 마침내 그 소리도 멈추었습니다. 그래서 저는 포기하고 제 일을 계속했지요. 하지만 거의 한 시간쯤 지난 후에 같은 길로 돌아올 때 저는 말뚝을 내려놓고 다시 돌아보지 않을 수 없었습니다. 몸을 구부리고 말뚝을 내려놓았을 때 기묘하게 둥글고 하얀 것이 제 옆의 개암나무 덤불 아래 땅 속에서 보였습니다. 그래서 저는 그것을 잡으려고 무릎을 꿇고 파 보았습니다. 그것이 어린 아기의 손이라는 것을 보았지요."

이 말에 온 법정에 전율이 일었다. 헤티가 떨고 있는 것이 겉으로 드러날 정도였다. 이제 처음으로 그녀는 증인의 말에 귀를 기울이는 것 같았다.

"그 덤불 아래 우묵하게 들어간 땅에는 목재 찌꺼기들이 많이 쌓여 있었고 그 가운데서 손이 밖으로 비죽 나와 있었습니다. 한쪽에 구덩이가 있었는데, 거기를 내려다보자 아기의 머리가 보였습니다. 저는 서둘러 뗏장과 나무 쪼가리들을 치웠고 아기를 꺼냈지요. 그 아기는 편안한 옷을 입고 있었지만 몸이 차가웠기에 틀림없이 죽었다고 생각했습니다. 저는 서둘러 아기를 데리고 숲을 빠져나와서 집에 있는 아내에게 갔지요. 아내는 그 아이가 죽었으므로 교구에 가져가서 순경에게 이야기하는 것이 좋겠다고 말했습니다. 그래서 제가 말했지요. '이건 내가 덤불숲에 가는 길에서 만난 그 젊은 여자의 아이라는 데 목숨 걸고 맹세할 수 있어.'

하지만 그 여자는 완전히 사라져 버린 것 같았습니다. 저는 아기를 헤튼 교구에 가져가서 순경에게 말하고 하디 판사님께도 갔지요. 그러고 나서 우리는 깜깜해질 때까지 그 젊은 여자를 찾아보았고, 그 여자를 붙잡을 수 있도록 스토니턴에 가서 보고했습니다. 다음날 아침에 다른 순경이 저를 찾아와서 그 아이를 발견한 곳에 함께 가자고 했습니다. 그곳에 가보니, 이 죄인이 제가 아이를 발견한 그 덤불에 기대어 앉아 있었지요. 우리를 보았을 때 큰 소리를 질렀지만 움직이려고 하지는 않았습니다. 그녀의 무릎에 큰 빵 덩어리가 있었지요."

이 증인이 말하는 동안 아담은 힘없이 절망적인 신음 소리를 냈다. 앞의 탁자에 올려놓은 팔에 얼굴을 숨겼다. 그의 고통이 극에 달한 순간이었다. 헤티는 유죄였던 것이다. 그는 말없이 하느님의 도움을 청하고 있었다. 그는 더 이상 증언을 듣지 않았고, 기소 진술이 끝난 것도 알아차리지 못했다. 어윈 씨가 증인석에 올라가서 헤티가 자신의 교구에서 흠이 없는 성격을 보여 주었고 미덕이 있는 집안에서 자라났다고 이야기할 때도 듣지 못했다. 이 증언은 판결에 영향력을 미칠 수 없었지만, 그녀의 변호사가 변론할 수 있었더라면 간청할 수 있었을 자비에 대한 청원의 일부로 허용되었다. 그 엄격한 시절에는 범죄자에게 변론의 혜택이 주어지지 않았던 것이다.

마침내 아담은 고개를 들었다. 주위에서 사람들이 움직이고 있었다. 판사가 배심원들에게 뭐라고 말을 했고, 배심원들은 물러나고 있었다. 결정적인 순간이 멀지 않은 것이었다. 공포에 질려 몸이 떨려서 아담은 헤티를 볼 수 없었지만, 그녀는 멍하니 냉혹한 무관심에 빠져들어 간 지 오래였다. 모두들 긴장된 눈으로 그녀를 바라보았지만 그녀는 무딘 절망에 빠져 있는 조각상처럼 서 있었다.

그 사이에 법정 도처에서 바스락거리는 소리와 속삭이는 소리, 나지막하게 와글거리는 소리들이 뒤섞여 들려왔다. 귀담아 들으려는 생각이 없어지자, 모두들 나지막한 소리로 자기들의 감정과 의견을 표명했던 것이다. 아담은 앉아서 멍하니 앞을 바라보았지만, 바로 자기 눈앞에 있는 사물들, 즉 변호사와 사무 변호사가 냉정하고 사무적인 태도로 이야기하고, 어윈 씨가 판사와 낮은 소리로 진지하게 대화를 나누는 것이 눈에 들어오지 않았다. 어윈 씨가 흥분한 모습으로 다시 의자에 앉아서 자기에게 속삭인 누군가에게 슬프게 고개를 젓는 것도 보지 못했다. 내면의 움직임이 너무나 강렬해서 아담은 어떤 강렬한 감각이 그를 일깨울 때까지 외부의 사물을 받아들일 수 없었다.

아주 오랜 시간이 경과한 것은 아니어서 기껏해야 15분 정도 지났을 때 배심원들이 결정에 이르렀음을 알려주는 소리가 들려왔고 사람들은 모두 침묵했다. 그들 모두의 마음속에서 하나의 영혼이 움직이고 있음을 보여주는, 다수 대중의 갑작스런 침묵은 숭고한 것이다. 배심원들의 이름이 불리는 동안 그 침묵은 밤이 깊어지듯이 더욱더 깊어졌고, 판사는 그 죄인에게 손을 들어 올리라고 명령하고 배심원들에게 평결을 알려 달라고 요청했다.

"유죄."

누구나 예상했던 평결이었지만 자비에 대한 간청이 잇따르지 않자 어떤 사람들은 실망의 한숨을 쉬었다. 하지만 법정은 그 죄인에게 공감하지 않았다. 자연의 법도에 어긋나는 그녀의 범죄는 그녀의 냉혹한 부동성과 완강한 침묵에 의해서 더욱 모질게 두드러져 보였다. 멀리 있는 사람들에게는 그 평결에도 그녀가 동요되지 않은 듯이 보였다. 그러나 가까이 있는 사람들은 그녀의 몸이 떨리는 것을 보았다.

판사가 검은 모자를 쓰고, 제의를 입은 감옥 목사가 그 뒤에 가서 설 때까지의 정적감은 그리 강렬하지 않았다. 그런 다음 정리(廷吏)가 조용히 하도록 명령하기 전에 다시 고요함이 감돌았다. 들리는 소리가 있었다면 그것은 쾅쾅 뛰는 심장의 박동이었을 것이다. 판사가 말했다.

"헤티 소렐 …."

판사를 올려다보는 헤티의 얼굴에 핏기가 몰렸다가 이내 사라졌고, 크게 뜬 그녀의 눈은 두려움에 매료된 듯 판사를 뚫어지게 바라보았다. 아담은 아직 그녀에게로 고개를 돌리지 않았다. 그들 사이에는 거대한 심연처럼 깊은 공포가 가로막고 있었다. 그러나 "그런 다음 죽을 때까지 교수형에 처해진다" 는 선고에 찌르는 듯한 비명이 홀에 울려 퍼졌다. 헤티의 비명이었다. 아담은 벌떡 일어나 헤티를 향해 팔을 내밀었다. 그러나 그 팔은 그녀에게 닿지 못했다. 기절하여 쓰러진 그녀는 법정 밖으로 실려 나갔다.

아서의 귀향

리버풀에 도착한 아서 도니손이 조부의 죽음을 간결하게 알린 리디아 숙모의 편지를 읽었을 때 처음 느낀 감정은 이러했다. '가엾은 할아버지! 돌아가실 때 할아버지 옆에 있도록 빨리 갈 수 있었더라면 좋았을 것을. 마지막에 무언가를 느끼셨거나 바라셨을 텐데. 이제는 절대로 알 수 없겠지. 외로운 죽음이셨어.'

그가 느낀 슬픔이 이보다 더 깊었다고는 말할 수 없다. 예전의 반감 대신에 연민과 누그러진 기억이 들어서면서, 이제는 자기가 주인이 될 저택을 향해 마차를 타고 신속히 달리는 동안 그는 자신의 미래에 대해 서둘러 생각했다. 소작인들과 장원의 이득을 위해 자신이 소중히 간직하고 있었던 목적에 어긋나지 않으면서도, 할아버지의 소망을 존중하고 있음을 보여 줄 것을 무엇이든 기억하려고 끊임없이 노력을 되살렸다. 하지만 아서처럼 훌륭한 체격에 쾌활한 마음을 가지고 있고, 자신을 좋은 사람으로 여기면서 다른 사람들도 자기를 좋게 여기리라고 믿고 있고, 그 좋은 견해를 뒷받침할 만한 근거를 더욱더 많이 제공하려는 열의에 충만한 젊은이가, 자기가 좋아하지 않았던 연로한 노인의 죽음으로 이제 막 훌륭한 장원을 상속받게 된 젊은이가, 환희에 찬 기쁨 외에 다른 것을 느낀다면 그것은 인간 본성에 맞지 않는 일이고 그저 인간적인 가식에 불과하며 가능하지도 않은 일이다. 이제 비로소 그에게 진정한 삶이 시작되는 것이다. 이제 행동할 수 있는 여지와 기회가 생겼으므로 그것을 잘 이용할 것이다. 그는 로엄셔의 주민들에게 훌륭한 시골 신사가 어떤 것인지를 보여 줄 것이다. 신사로서의 삶을 이 세상의 어떤 직업과도 바꾸지 않을 것이다. 그는 산들바람이 부는 가을날에 말을 타고 언덕을 오르면서 관심을 두었던 배수 계획과 울타리를 두르는 계획을 검토해 보는 자신의 모습을 상상했다. 어둑한 아침이면 최고의 말을 타고 사냥에 나선 최고의 기수로 찬탄을 받을 것이며, 시장에서는 최고의 지주로서 칭찬을 받고 점차 선거철의 정찬모임에서 연설하고, 농경에 대한 놀라운 지식을 보여 주면서 새로운 경작법과 파종법을 후원하고, 게으른 지주들을 호되게 나무라며, 게다가 사람들이 모두 좋아하는 명랑한 사람이어서 자기 장원 어디에서나 행복한 얼굴들이 그에게 인사를 건네고 이웃의 가족들과 더없이 우호적인 관계를 유지할 것이다. 어윈 씨 가족들은 매주 그와 함께 식사를 하러 그들의 마차를 타고 올 것이다. 교묘한 방법을 생각해내어, 헤이슬롭의 십일조를 관리하는 평신도가 목사에게 이백 파운드를 더 지급하겠다고 주장하도록 만들 것이다. 숙모는 될 수 있는 대로 편안하게 지낼 것이며, 노처녀의 습성이 있기는 하지만 원한다면 적어도 그가 결혼할 때까지는 체이스에서 계속 살게 할 것이다. 그리고 그 특별한 사건은 불확실한 배경에 자리 잡고 있었다. 아서는 최고의 시골 신사에게 적합한 귀부인이 될 만한 여자를 아직 만나지 못한 것이다.

몇 시간 여행하는 동안 떠오른 생각들을 몇 개의 문장으로 압축할 수 있다면, 아서가 주로 생각한 것은 바로 이런 것들이었다. 그것은 연속적으로 길게 이어지는 다채롭고 매우 구체적이며 생기가 넘치는 장면들에서 그 장면이 무엇인지를 알려주는 제목들을 열거한 것이나 다름없다. 아서가 보았던 자기에게 인사한 행복한 얼굴들은 창백한 추상이 아니라 그에게 친숙한 불그스레한 진짜 얼굴이었다. 마틴 포이저가 거기 있었고, 포이저 가족이 모두 있었다.

그렇다면 헤티는?

그래, 아서는 헤티에 대해서 편안한 심정이었다. 지난 8월에 아담하고 벌였던 사건을 생각할 때마다 낯이 뜨거워졌으므로 과거에 대해 온전히 편안한 마음은 아니었지만 그녀의 현재 운명에 대해서는 안심하고 있었다. 정기적으로 편지를 보내어 고향사람들에 대한 소식을 전해 주던 어윈 씨가 아담 비드는 자신의 예상대로 메리 버지와 결혼하지 않고 예쁜 헤티 소렐과 결혼하게 되었다고 세 달쯤 전에 알려주었던 것이다. 마틴 포이저와 아담이 직접 어윈 씨에게 그 사실을 알려주었고, 아담이 근 2년간 헤티를 깊이 사랑해왔으며 그들이 3월에 결혼하기로 이제 결정되었다는 것이었다. 그 건장한 사내 아담은 목사가 생각했던 것보다 훨씬 더 다감한 사람이어서, 정말로 대단히 목가적인 연애였다. 편지가 너무 길어지지만 않는다면, 비밀을 털어놓았을 때 그 훌륭하고 정직한 젊은이의 붉어진 얼굴과 단순하고도 강렬한 말들을 아서에게 묘사해 주고 싶다는 것이었다. 아담에게 이처럼 행복한 미래가 있다는 것을 아서가 들으면 기뻐하리라고 어윈 씨는 썼다.

사실 그랬다! 편지의 그 부분을 읽었을 때 아서는 자신의 새로운 삶을 채워 주기에 방안의 공기가 충분치 않다고 느꼈다. 그는 창문을 열어젖히고 밖으로 뛰어나가 12월의 공기를 들이마셨으며, 넬슨이 또다시 승리를 기두었다는 소식이라도 들은 듯 그에게 말을 건넨 사람들에게 명랑하게 열성적으로 인사했다. 윈저에 온 이래로 그날 처음 그는 정말 소년 같은 기분이었다. 그를 짓누르던 짐이 사라졌으며, 그를 떠나지 않던 두려움도 희미해졌다. 이제는 아담에 대한 쓰라린 감정을 극복할 수 있다고 생각했다. 아직도 얼굴을 화끈거리게 하는 그 고통스러운 기억에도 불구하고 그에게 악수를 청하고 다시 친구가 되자고 청할 수 있으리라. 그는 맞아서 쓰러졌고 어쩔 수 없이 거짓말을 해야 했다. 그런 것들은 어떻든 간에 상처를 남기기 마련이다. 그러나 만일 아담이 다시 예전과 똑같아진다면 아서도 똑같이 되고 싶었고, 8월의 저주스런 만남 이전에 항상 바랐듯이 아담을 자기 사업과 미래에 관련지을 생각이었다. 아니, 장원을 상속받게 되면, 아담을 위해서 전에 생각했던 것보다 더 많은 것을 해 줄 것이다. 헤티의 남편이라면 자신에게 특별한 권리를 갖고 있었다. 헤티 자신도 과거에 아서로 인해 느꼈던 고통이 백배로 보상 받았다고 느끼게 될 것이다. 사실 그녀가 무척 큰 고통을 느꼈을 리는 없었다. 그렇게나 빨리 아담과 결혼하기로 마음을 먹었으니 말이다.

집으로 돌아오는 여행길에 펼쳐진 아서의 생각에서 아담과 헤티가 어떤 그림으로 떠올랐는지 여러분은 분명히 알 수 있을 것이다. 이제 3월이었다. 그들은 곧 결혼할 테고 어쩌면 벌써 결혼했을지도 모른다. 그리고 이제는 그들을 위해 많은 일을 해줄 수 있는 힘이 실제로 자기 손에 들어와 있었다. 귀엽고, 귀여운 작은 헤티! 그 작은 계집애는 그가 좋아한 만큼의 절반도 그를 좋아하지 않았던 것이다. 아직도 그는 그녀에게 빠져 있었고 그녀를 보기가 겁날 정도였으며, 사실 그녀와 헤어진 후 다른 여자들을 그리 만나고 싶지 않았다. 그로브에서 그를 향해 걸어오던 그 조그만 몸, 검은 속눈썹에 어린애 같은 눈, 그에게 키스하려고 내민 사랑스러운 입술, 이 그림은 몇 달이 지나도 희미해지지 않았다. 그리고 그녀는 조금도 변하지 않았을 것이다. 그는 그녀를 어떻게 대면해야 할지 알 수 없었다. 그의 몸이 분명히 떨릴 것이다. 희한하게도, 이런 영향력은 얼마나 오래 지속되는지! 지금 그가 헤티를 사랑하고 있지 않은 것은 분명했다. 지난 몇 달 동안 그녀가 아담과 결혼하기를 진심으로 바랐고, 이 몇 달간 그 무엇보다도 그들의 결혼을 생각하면서 그는 행복을 느낄 수 있었다. 그녀를 생각할 때 그의 심장이 아직도 약간 더 빨리 뛴다고 느끼는 것은 과장된 상상력이 빚어낸 결과였다. 그 어린 것이 원래의 모습으로, 아담의 아내로서, 그녀의 새 집에서 아주 평범한 일을 하고 있는 모습을 다시 본다면, 그는 아마도 과거에 자신이 그런 감정을 느낄 수 있었던 것이 놀라울 것이다. 그 일이 이렇게 좋은 결말을 맺을 수 있게 된 것은 하늘에 감사할 일이었다! 이제는 여러 가지 일들과 다양한 관심사로 자신의 삶을 채울 것이고 다시는 바보처럼 처신할 위험에 빠지지 않을 것이다.

기수장의 채찍 소리는 얼마나 경쾌한가! 편안하고 신속하게 영국의 풍경들 사이로 급히 지나가는 느낌도 경쾌하다. 자기 저택 주위의 풍경과 아주 흡사하지만 그 정도로 매혹적이지는 않을 뿐이다. 트레들스턴에서 열리는 장과 아주 흡사한 장이 열리는 마을이 나타났고 이웃 영주의 문장이 제일 큰 여인숙의 표지판에 붙어 있었다. 그 다음에 나타난 밭과 산울타리들은 장이 열리는 마을에 근접해 있었기에 많은 임대료를 내고 있음을 유쾌하게도 암시하고 있었다. 마침내 점점 더 손질이 잘 되어 있는 땅과 숲이 자주 나타나면서 드디어 적당히 높은 곳에서 희고 붉은색의 대저택이 내려다보였고, 밀집한 참나무와 느릅나무들 사이로 지붕 난간과 굴뚝이 드러났다. 이제 일찍 돋아난 봉오리들로 나무들에 불그스레한 색이 감돌고 있었다. 가까이에 마을이 보였다. 지붕에 붉은 타일이 덮인 작은 교회는 쇠락한 목조 기둥의 집들 사이에서도 초라하게 보였다. 쐐기풀이 둘러싼 오래된 녹색의 비석들, 신속하게 지나가는 역마차를 보고 둥근 눈을 크게 뜨고 있는 애들을 제외하면 조금도 신선하거나 화사하게 보이는 것이 없었으며, 입을 벌리고 있는 알 수 없는 혈통의 잡종 개를 제외하면 조금도 시끄럽거나 분주하지 않은 곳이었다. 헤이슬롭은 얼마나 더 아름다운 마을인가! 그곳은 여기처럼 방치되어서는 안 된다. 농가와 오두막들 여기저기에서 활발한 보수작업이 진행되어야 한다. 그러면 로세터 길을 따라 역마차를 타고 온 여행자들은 지나가면서 찬탄을 금치 못할 것이다. 아담이 이제 버지의 사업에 동업하게 되었으므로 아담 비드가 모든 보수 작업을 지휘해야 한다. 그리고 아담이 원한다면, 아서는 그 사업에 돈을 약간 투자하여 일이 년 내에 그 노인이 손을 떼도록 할 것이다. 지난여름에 있었던 사건은 아서의 인생에 있어서 추한 오점이었다. 하지만 미래는 보상을 가져다 줄 것이다. 아담에 대해 앙심을 품을 사람들이 많이 있겠지만 자신은 그렇지 않을 것이다. 그런 식의 치졸함을 확실히 극복할 것이다. 그가 잘못한 것이 분명하기 때문이었다. 비록 아담이 모질고 난폭하게 대했고 자신을 고통스러운 딜레마에 억지로 밀어 넣었다 하더라도, 그 불쌍한 녀석은 사랑에 빠져 있었고 정말로 성이 났던 것이다. 아니, 아서는 어떤 인간에 대해서도 악감정을 품지 않았다. 그는 행복했고, 자신의 손이 미칠 수 있는 사람들을 모두 행복하게 만들어주고 싶었다.

마침내 여기 사랑스러운 헤이슬롭이 실제로도 그렇듯 유서 깊은 고요한 마을처럼 늦은 오후의 햇빛을 받으며 언덕 위에서 잠자고 있었다. 맞은편 블린턴 산의 거대한 어깨와 그 아래 검은 자줏빛으로 드리워진 숲이 드러났고, 드디어 상속자의 귀향을 열망하듯 체이스의 참나무들 사이로 사원의 어슴푸레한 정면이 바깥을 내다보고 있었다. "가엾은 할아버지! 저기 죽어서 누워 계시다니. 한때 할아버지도 젊으셨고 이 장원을 상속받아서 계획을 세우셨겠지. 그렇게 세상이 돌아가는 거지! 가엾게도 리디아 숙모는 무척 쓸쓸하실 거야. 하지만 숙모님이 그 뚱뚱이 피도[120]를 제멋대로 내버려 두시는 것처럼 숙모님도 마음대로 하실 수 있게 될 거야."

체이스에서는 아서의 마차 바퀴 소리를 초조하게 기다리며 귀를 기울이고 있었다. 벌써 금요일이었고 장례식이 이틀이나 연기되었던 것이다. 마차가 뜰의 자갈길에 이르러 멎기도 전에 집안의 하인들은 모두 초상난 집안에 적합하게 엄숙하고 점잖은 태도로 그를 맞이하려고 모여 있었다. 어쩌면 한 달 전에 아서가 상속을 받게 되었더라면 그들은 그 상황에 알맞은 슬픈 표정을 짓기 어려웠을 것이다. 그러나 그날 우두머리 하인들은 노지주의 죽음이 아니라 다른 이유 때문에 침통한 심정이었고, 그들이 매주 만나던 헤티 소렐, 그 예쁜 헤티 소렐이 어떻게 되었는지를 알아보고 싶어서 크레이그 씨처럼 20마일 떨어진 곳에 가려고 했던 하인이 한둘이 아니었다. 그들은 자신들의 지위를 좋아하는 가정집 하인들 나름의 동지 의식이 있었기에, 소작인 농부들이 아서에 대해 느끼는 통렬한 분노까지는 느끼지 않았고 오히려 그를 위해 변호해 주고 싶어 했다. 그럼에도 불구하고 여러 해 동안 포이저 가족과 친밀하게 지내왔던 우두머리 하인들은 그 젊은 지주의 장원 상속이라는 오랫동안 고대해 온 사건에서 즐거움이 완전히 사라져 버렸다고 느끼지 않을 수 없었다.

아서는 하인들이 침통하고 슬픈 표정을 짓고 있는 것이 조금도 놀랍지

120) 아마도 애완견의 이름.

않았다. 그는 하인들을 다시 둘러보고 이제 자신이 그들과 새로운 관계에 있다고 느끼면서 감격했다. 그 감정은 감동적이었으며 고통보다는 기쁨이 더 컸고, 어쩌면 자신의 선량한 의도를 실현할 수 있는 권력을 의식하고 있는 선량한 사람에게 그 무엇보다도 감미로웠다. 그는 유쾌하게 벅차오르는 마음으로 말했다.

"자, 밀스, 숙모님은 어떠신가?"

그러나 이제 노지주가 죽은 이후로 집안에 내내 머물었던 변호사, 바이게이트 씨가 앞으로 나와서 공손하게 인사를 하며 질문에 답했고, 아서는 리디아 숙모가 기다리고 있는 서재로 그와 함께 걸어갔다. 그 집안에서 리디아 숙모 한 사람만 헤티에 대한 소식을 전혀 알지 못하고 있었다. 노처녀로서 그녀의 슬픔에는 장례식 준비와 자신의 미래에 대한 걱정 외에는 다른 생각이 섞여 있지 않았다. 여자들의 습성에 따라서 그녀는 자기 삶을 중요한 것으로 만들어 준 아버지에 대해 애도했다. 다른 사람들의 마음속에는 그처럼 애도하는 마음이 거의 없다는 것을 은밀히 감지하고 있었기에 더욱 그러했다.

하지만 아서는 눈물 젖은 그녀의 얼굴에 과거 그 어느 때보다도 다정하게 키스했다.

"친애하는 숙모님." 그는 그녀의 손을 잡으며 다정하게 말했다. "숙모님의 상실감이 그 누구보다도 크실 테지요. 하지만 숙모님의 평생 동안 어떻게 숙모님께 보상해 드릴 수 있을지를 제게 말씀해 주셔야 해요."

"너무나 갑작스럽고, 너무 무서웠단다, 아서." 불쌍한 리디아 양은 사소한 불평을 털어놓으며 말을 시작했고 아서는 앉아서 조급하지만 참을성 있게 들었다. 잠시 중단되었을 때 그가 말했다.

"자, 숙모님, 15분간 숙모님 곁을 떠나서 제 방에 가야겠어요. 그런 다음에 다시 와서 모든 일을 충실히 살펴볼게요."

"내 방은 준비가 되어 있겠지, 밀스." 그는 현관홀에서 불안하게 망설이고 있는 집사에게 말했다.

"그럼요, 나리. 그리고 나리께 온 편지들이 있습니다. 탈의실의 책상

위에 올려놓았지요."

탈의실이라 불리지만 실은 아서가 빈둥거리거나 편지를 쓸 때만 사용하는 작은 방에 들어섰을 때 그는 책상을 한번 바라보았고, 편지 몇 통과 소포 꾸러미들을 보았다. 그러나 그는 오랫동안 서둘러 여행한 사람답게 먼지투성이에 불편한 상태였다. 그래서 편지를 읽기 전에 잠깐 몸을 씻고 원기를 되찾을 필요가 있었다. 핌이 모든 것을 준비해 놓았기에, 마치 새로운 나날을 시작할 준비가 된 듯이 곧 그는 즐겁고 상쾌한 기분으로 작은 방에 돌아와서 편지를 뜯었다. 나지막하게 걸린 오후의 태양광선이 수평으로 비치며 곧바로 창문을 통해 들어왔다. 벨벳 의자에 앉아서 햇살의 따스함을 느끼면서 그는 조용한 행복을 만끽했다. 그것은 아마 여러분과 내가 더없이 화사하고 젊고 건강했던 어느 화창한 오후에, 인생이 우리에게 새로운 전망을 열어주고 활동적인 긴 내일들이 아름다운 평원처럼 우리 앞에 펼쳐져 있고 그것이 모두 우리의 것이기에 서둘러 바라볼 필요도 없었을 때 느꼈던 것이었으리라.

제일 위의 편지는 주소가 위쪽을 향하고 있었다. 어윈 씨의 필체를 아서는 즉시 알아보았다. 주소 아래에는 다음과 같이 쓰여 있었다. "그가 도착하자마자 전달할 것." 그 순간에 어윈 씨의 편지를 받는 것은 전혀 놀라운 일이 아니었다. 물론 어윈 씨는 그들이 만나기 전에 아서에게 알리고 싶은 일이 있었을 것이다. 이런 시점에 어윈 씨가 긴급히 전할 이야기가 있는 것은 극히 자연스러운 일이었다. 아서는 곧 그 편지를 쓴 사람을 만날 거라는 유쾌한 기대를 품고 봉인을 뜯었다.

> 자네가 도착하자마자 이 편지를 받도록 보내네, 아서. 그때 나는 스토니턴에 있을 테고, 지금까지 내게 주어진 일들 가운데 가장 고통스러운 임무를 수행하러 그곳에 불려갔을 테니 말일세. 그리고 자네에게 전하려는 내용을 자네가 지체 없이 아는 것이 옳다고 생각하네.
>
> 지금 자네에게 떨어지고 있는 천벌에 나는 한마디의 비난도 덧붙이지 않을 걸세. 이 순간에 내가 무슨 말을 쓰더라도, 자네에게 전

해 줄 단순한 사실에 비하면 무력하고 무의미할 걸세.

헤티 소렐은 감옥에 있네. 그리고 영아 살해혐의로 금요일에 재판을 받을 걸세. …

아서는 더 이상 읽지 않았다. 그는 의자에서 벌떡 일어나 잠시 온 몸에 격렬한 경련이 지나가는 듯이 느끼며 서 있었다. 마치 무시무시하게 고동치며 생명이 그에게서 빠져나가는 것 같았다. 그러나 다음 순간 그는 여전히 편지를 움켜쥔 채 방을 뛰쳐나갔다. 서둘러 복도를 달려가서 계단을 뛰어 내려가 홀에 이르렀다. 밀스가 아직 거기 있었지만 아서는 그를 보지 못했고, 쫓기는 사람처럼 홀을 가로질러 밖의 자갈길에 이르렀다. 집사는 늙은 다리로 서둘러 그를 쫓아 나갔다. 그는 젊은 지주가 어디로 가는지 짐작했고, 알고 있었다.

밀스가 마구간에 이르렀을 때 말에 안장을 올려놓는 동안 아서는 그 편지의 나머지 부분들을 읽으려고 애쓰고 있었다. 말을 데려 오자 그는 편지를 주머니에 쑤셔 넣고 그 순간에야 앞에 서 있는 밀스의 근심어린 얼굴을 보았다.

"내가 갔다고 말하게. 스토니턴에 갔다고." 평정을 잃은 그의 목소리는 잘 들리지 않았고, 그는 안장에 뛰어올라 전속력으로 출발했다.

감옥에서

그날 저녁 해가 질 무렵 나이든 신사가 스토니턴 감옥의 작은 출입문에 등을 기대고 서서 감옥을 나서는 감옥 목사에게 마지막으로 몇 마디 말을 건네고 있었다. 그 목사는 걸어갔지만 그 나이든 신사는 가만히 서서 보도를 바라보며 생각에 잠긴 듯이 턱을 어루만지고 있었다. 그때 부드럽고 맑은 여자의 목소리에 그는 정신을 차렸다.

"괜찮으시다면, 제가 감옥에 들어갈 수 있을까요?"

그는 고개를 돌리고 잠시 아무 대답도 없이 그렇게 말한 사람을 뚫어지게 바라보았다.

"나는 아가씨를 전에 본 적이 있소." 그가 마침내 말했다. "로엄셔의 헤이슬롭에 있는 마을 풀밭에서 설교했던 것을 기억하오?"

"네, 분명히 기억합니다. 그때 말을 타고 서서 들으셨던 그 신사분이신가요?"

"그렇소. 왜 감옥에 들어가고 싶어 하시오?"

"헤티 소렐에게 가고 싶습니다. 사형 선고를 받은 젊은 여성 말이지요. 그리고 허락을 받는다면, 그녀와 함께 있고 싶습니다. 귀하께서는 감옥에서 영향력을 갖고 계신가요?"

"그렇소, 나는 행정판사요. 아가씨에게 들어가도록 해 줄 수 있지. 하지만 이 죄수, 헤티 소렐을 알고 있소?"

"네, 저희는 친척 간입니다. 제 이모님이 그녀의 외숙부이신 마틴 포이저와 혼인하셨지요. 하지만 저는 멀리 리즈에 있어서 이 큰 곤경을 알지 못했기에 더 일찍 올 수 없었습니다. 하늘에 계신 우리 아버지의 사랑을 위해서, 제가 그녀와 함께 머물 수 있도록 허락해 주시기를 간청합니다."

"아가씨가 방금 리즈에서 돌아왔다면, 그녀가 사형선고를 받은 것을 어떻게 알았소?"

"재판이 끝난 후에 숙부님을 만났습니다. 숙부님은 이제 집으로 돌아가셨고, 그 가엾은 죄인은 모두에게서 버림을 받았어요. 제가 그녀와 함께 있도록 허락해 주시기를 간절히 원합니다."

"아니! 당신은 감옥에서 밤새 머물 만한 용기가 있소? 그녀는 무척 음울한데다 말을 걸어도 대답하지 않을 거요."

"아, 그래도 그녀의 마음을 열 수 있다면 하느님께서 기뻐하실 겁니다. 지체하지 않도록 해 주십시오."

"그렇다면 오시요." 노신사는 벨을 누르고 들어서면서 말했다. "아가씨에게 마음을 여는 열쇠가 있다는 것을 알고 있으니."

감옥의 뜰에 들어서자마자 다인나는 설교하거나 기도할 때 혹은 병자를 방문할 때 습관적으로 그랬듯이 보닛과 숄을 벗었다. 그들이 간수의 방에 들어섰을 때 그녀는 아무 생각 없이 의자 위에 그것을 놓았다. 그녀에게는 조금도 동요의 흔적이 보이지 않았고 오로지 깊이 응결된 평온함이 있었다. 말하고 있을 때에도 그녀의 영혼은 마치 눈에 보이지 않는 원조에 의지하면서 기도하고 있는 듯했다.

간수와 이야기를 나눈 후에 행정판사는 그녀에게 말했다. "옥지기가 아가씨를 그 죄수의 감방에 데려가서 아가씨가 원한다면 밤새 그곳에 머물게 할 거요. 하지만 밤에 불을 켜놓을 수는 없소. 그것은 규정에 위반되니까. 내 이름은 커널 타운리요. 만약 내가 당신을 도울 수 있는 일이 있다면 간수에게 내 주소를 물어서 나를 찾아오시오. 나는 그 훌륭한 젊은이, 아담 비드 때문에 이 헤티 소렐에게 약간 관심이 생겼소. 내가 당신의 설교를 들었던 바로 그날 저녁에 우연히 헤이슬롭에서 그를 보았지. 오늘 법정에서도 그를 알아보았소. 비록 병들어 보이기는 했지만."

"아, 그 사람에 관해서 무엇이든 알려 주실 수 있으세요? 그의 숙소가 어디인지 아시나요? 가엾은 숙부님은 너무나 고통에 짓눌린 나머지 아무것도 기억하실 수 없었어요."

"바로 이 근처요. 어윈 씨에게 그에 관해서 모두 물어 보았소. 감옥에 들어올 때 오른쪽 거리에 있는 통조림 가게 위층에 그가 머물고 있소. 늙은 교사 한 사람과 함께 있다더군. 자, 그럼 잘 가시오. 성공하기를 바라오."

"안녕히 가십시오, 귀하. 감사드립니다."

다인나가 옥지기와 함께 감옥 뜰을 가로질렀을 때 장엄한 저녁 빛이 흘러들어와 담장이 낮보다 더 높아진 듯이 보였다. 모자를 쓴 그 상냥하고 창백한 얼굴은 어둠을 배경으로 전보다 더 희게 빛나는 꽃처럼 보였다. 옥지기는 내내 그녀를 곁눈질로 바라보았지만 아무 말도 하지 않았다. 어째서인지 그 순간 자신의 거친 목소리가 거슬릴 듯이 느껴졌다. 저주받은 그 감방으로 이어지는 어두운 복도에 들어서자 그는 불을 켰고 더없이 친절한 목소리로 말했다. "이미 감방 안은 꽤 어두울 겁니다. 하지만 당신이 원한다면 내가 불을 들고 조금 서 있도록 하지요."

"아니에요, 친구여, 고맙습니다." 다인나가 말했다. "저는 혼자 들어가고 싶습니다."

"좋으실 대로 하시지요." 간수는 거친 열쇠를 자물쇠에 넣어 돌리고 다인나가 들어갈 수 있도록 문을 열어 주었다. 그의 등불에서 나온 빛이 감방의 맞은편 구석에 쏟아졌고, 거기 밀짚 위에 헤티가 얼굴을 무릎에 파묻고 앉아 있었다. 그녀는 잠든 것 같았다. 하지만 자물쇠가 삐걱거리는 소리에 잠이 깼을 것이다.

문이 다시 닫히자, 감방 안에는 높은 곳에 난 작은 창살을 통해 저녁 하늘빛만 비쳐들었으므로, 사람의 얼굴을 간신히 알아볼 수 있을 뿐이었다. 헤티가 잠이 들었을지 몰라 다인나는 주저하며 잠시 가만히 서서 움직이지 않는 물체를 간절한 마음으로 바라보았다.

"헤티!"

헤티의 몸이 약간 움찔하며, 미세한 전기 충격을 받아 깜짝 놀라는 것 같았다. 하지만 그녀는 고개를 들지 않았다. 다인나는 감정을 억제할 수 없어 더 열렬하게 다시 말을 건넸다.

"헤티 … 다인나야."

또다시 헤티의 몸이 깜짝 놀란 듯 약간 움찔했다. 그러고는 얼굴에서 손을 떼지 않은 채 귀를 기울이듯이 고개를 조금 들었다.

"헤티 … 다인나가 왔어."

잠시 기다린 후 헤티는 겁에 질린 듯 천천히 고개를 무릎에서 들고 올려다보았다. 창백한 두 얼굴은 서로를 바라보았다. 하나는 거칠고 냉혹한 절망을 담고 있었고, 다른 얼굴은 슬프고 간절한 사랑에 가득 차 있었다. 다인나는 무의식적으로 팔을 벌려 뻗었다.

"나를 모르겠어, 헤티? 다인나를 기억하지 못하니? 네가 힘든 일에 처했을 때 내가 네게 오지 않으리라고 생각했어?"

헤티는 다인나의 얼굴을 뚫어지게 바라보고 있었다. 처음에는 멀리 떨어져서 그저 바라보기만 하는 동물 같았다.

"너와 같이 있으려고 왔어, 헤티. 너를 남겨 두지 않으려고, 너와 함께 머물려고, 끝까지 너의 자매가 되려고."

다인나가 말하는 동안 헤티는 천천히 일어섰고 한 걸음 앞으로 내딛고는 다인나의 팔에 안겼다.

그들은 한참 동안 그렇게 서 있었다. 어느 쪽도 떨어지고 싶지 않았던 것이다. 분명히 의식한 것은 아니었지만, 헤티는 암흑의 심연으로 무력하게 떨어지고 있는 자신을 끌어안으려고 온 이 존재에 매달렸다. 다인나는 비참하게도 길을 잃은 자가 자기의 사랑을 환영한다는 첫 번째 조짐에 깊은 기쁨을 느꼈다. 그들이 서 있는 동안 빛은 점점 희미해졌고, 마침내 밀짚에 함께 앉았을 때 그네들의 얼굴 윤곽도 분명히 보이지 않았다.

한마디의 말도 오가지 않았다. 다인나는 헤티가 스스로 말을 꺼내기를 바라며 기다렸다. 하지만 헤티는 전과 다름없이 둔탁한 절망에 빠져 앉아 있었고 그저 자기 손을 잡은 손을 꼭 쥐고 자기 뺨을 다인나의 뺨에 대고 있을 뿐이었다. 그녀는 인간적인 접촉에 매달렸지만, 여전히 시커먼 심연으로 빠지고 있는 것이었다.

다인나는 헤티가 자기 옆에 앉아 있는 사람이 누구인지 알고 있는지도 의심스러웠다. 고통과 공포를 겪으며 그 가엾은 죄인이 제정신을 잃었을지도 모른다고 생각했다. 하지만, 후에 말했듯이, 하느님의 과업을 서둘러서는 안 된다고 다인나는 분명히 인식하고 있었다. 우리는 지나치게 서둘러서 말한다. 하느님께서 우리의 고요한 감정에서 스스로를 드러내시고 우리의 사랑을 통해서 그분의 사랑을 느끼게 하시는 데도 불구하고 마치 그렇지 않은 듯이 말이다. 그들이 얼마나 오랫동안 그렇게 앉아 있었는지는 알 수 없었다. 하지만 점점 더 깜깜해져서 이윽고 반대편 벽에 희미한 빛 한 조각이 남았을 뿐이었다. 그러나 신의 존재는 점점 더 강렬하게 느껴졌다. 아니, 자기 자신이 그 존재의 일부인 양, 그리고 이 무력한 인간을 구원하려고 고동치는 마음이 신의 연민인 듯. 마침내 다인나는 헤티가 현재를 어느 정도나 의식하고 있는지 알아보려고 말을 꺼내야겠다고 생각했다.

“헤티.” 그녀가 부드럽게 말했다. “네 옆에 앉아 있는 게 누군지 알고 있니?”

“그래.” 헤티가 천천히 대답했다. “다인나야.”

“우리가 홀 팜에 같이 있었던 때를 기억하니? 곤경에 처했을 때 나를 믿을 수 있는 친구로 기억해 달라고 네게 말했던 날 밤 말이야?”

“그래.” 헤티가 말했다. 그러고 나서 잠시 후에 덧붙였다. “하지만 지금 넌 날 위해서 아무것도 할 수 없어. 그들에게 어떻게 할 수도 없어. 월요일이면 사람들이 날 교수형에 처할 거야. 오늘이 금요일이야.”

마지막 말을 하면서 헤티는 몸을 떨며 다인나에게 더 매달렸다.

“그래, 헤티, 나는 너를 죽음에서 구할 수 없어. 하지만 너와 함께 느끼는 사람이 네 옆에 있을 때, 네가 말을 걸 수 있고 네 마음속에 있는 것을 터놓을 수 있는 사람이 옆에 있을 때, 고통이 덜하지 않을까? … 그래, 헤티. 나에게 기대도 돼. 내가 너와 함께 있어서 즐겁지 않니?”

“넌 날 떠나지 않겠지, 다인나? 나에게 꼭 붙어 있을 거지?”

“그래, 헤티, 나는 너를 떠나지 않을 거야. 마지막까지 너와 함께 있을 거야. … 하지만 헤티, 이 감방에는 나 말고도 다른 사람이 네게 가까이 있어.”

헤티는 겁에 질려 속삭였다. “누구?”

“네가 죄를 짓고 고통을 겪었던 시간 내내 너와 함께 있었던 분이야. 네 생각을 모두 알고 계시고, 네가 어디에 갔는지, 네가 어디에 누웠다가 일어났는지, 네가 어둠 속에서 숨기려고 했던 모든 행동을 보신 분이야. 그리고 월요일에, 내가 너를 따라갈 수 없을 때, 내 팔이 네게 닿을 수 없을 때, 죽음이 우리를 갈라놓을 때, 지금 우리와 함께 계시고 모든 것을 알고 계시는 그분은 그 때도 너와 함께 계실 거야. 우리가 살아 있든지 죽든지 그건 아무런 차이도 없어. 우리는 하느님의 존재 안에 있으니까.”

“오, 다인나, 날 위해 무엇이든 해 줄 사람이 없을까? 정말로 사람들이

나를 목매달까? … 나를 살려 주면 좋겠어."

"가엾은 헤티, 죽음이 무척 두렵겠지. 두렵다는 것을 알고 있어. 하지만 죽은 후에도 다른 세상에서 너를 보살펴 줄 친구가 있다면! 나보다 더 큰 사랑을 갖고 계시고, 모든 것을 할 수 있는 분 말이야. … 우리 아버지이신 하느님이 네 친구라면, 그리고 네가 다시는 사악한 감정이나 고통을 겪지 않도록 너를 죄와 고통에서 구해 주신다면! 내가 너를 사랑하고 도와주려는 것을 네가 믿듯이, 그분이 너를 사랑하시고 도와주려 하신다는 것을 믿을 수 있다면, 월요일에 죽는 것이 그렇게 고통스럽지 않을 거야. 그렇지 않을까?"

"그건 전혀 모르겠어." 헤티는 침통하고 슬프게 말했다.

"네가 진실을 숨기려고 함으로써 그분에게 네 영혼을 닫아버리기 때문이야, 헤티. 하느님의 사랑과 은총은 모든 것을 극복할 수 있어. 우리의 무지와 나약함, 과거의 사악한 행위들의 모든 짐, 그 모든 것을 말이야. 우리가 집착하고 포기하지 않으려는 의도적인 죄를 제외하고 말이지. 너는 너에 대한 내 사랑과 연민을 믿고 있지, 헤티. 하지만 네가 나를 가까이 오지 못하도록 했다면, 네가 나를 바라보거나 말을 하지 않았더라면, 내가 너를 도울 수 없게 막아 버렸을 거야. 나는 내 사랑을 네게 느끼게 할 수 없었을 거고, 너에 대한 내 감정을 말할 수 없었을 거야. 죄에 집착하면서 하느님의 사랑을 그런 식으로 막아 버리지 마 … 네 영혼에 거짓이 있는 동안에는 그분이 너를 축복하실 수 없어. 네가 마음을 그분께 열고 '저는 커다란 악을 저질렀습니다. 오 하느님, 저를 구해 주시고 죄를 사해 주세요' 라고 말할 때까지, 그분의 용서와 은총은 네게 닿을 수 없어. 네가 한 가지 죄에 매달리면서 그것과 결별하려 하지 않는 한, 죽음 이후에도 그 죄가 너를 비참한 고통으로 끌어내릴 거야. 여기 이 세상에서도 너를 비참한 고통으로 끌어갔듯이 말이야. 가엾은 헤티, 우리의 죄가 두려움과 어둠과 절망을 가져오는 거야. 그 죄를 던져 버리면 그 즉시 빛과 축복이 우리에게 다가올 수 있어. 그러면 하느님이 우리 영혼에 들어오셔서 우리를 가르치시고 힘과 평화를 주시지. 지금 그것을 던져버려, 헤티. 네가 저지른 악행, 네가 하늘의 아버지이신 하느님께 지은 죄를 고백해. 같이 무릎을 꿇자. 우리는 하느님이 계신 곳에 있으니까.”

헤티는 다인나의 몸짓을 따라서 무릎을 꿇었다. 그들은 아직 손을 맞잡고 있었고 긴 침묵이 이어졌다. 그러고 나서 다인나가 말했다.

“헤티, 우리는 하느님 앞에 있어. 그분은 네가 진실을 말하길 기다리고 계셔.”

여전히 침묵이 이어졌다. 이윽고 헤티가 간청하듯이 말했다.

“다인나 … 나를 도와줘 … 나는 너처럼 느낄 수가 없어 … 내 마음이 굳어 버렸어.”

다인나는 매달린 손을 꼭 잡았다. 그녀의 온 영혼이 그녀의 목소리에 실려 나왔다.

현존하는 구세주, 예수 그리스도여! 당신은 온갖 깊은 슬픔을 알고 계십니다. 당신은 하느님이 계시지 않는 암흑에 들어가셔서 버림받은 자로서 탄식하셨습니다. 주님, 오셔서 당신의 고통과 간청의 결실을 거두어 주십시오. 당신의 손을 뻗어, 길 잃은 이 영혼을 구원해 주십시오, 마지막 한 사람까지 구원할 능력이 있는 분이시여. 그녀는 짙은 암흑에 둘러싸여 있습니다. 그녀가 저지른 죄의 사슬에 감겨서 그녀는 일어나 당신에게 갈 수 없습니다. 그녀는 자기 마음이 굳었다고 느낄 뿐이고, 그녀는 무력합니다. 당신의 연약한 피조물, 그녀가 저에게 소리칩니다. … 구세주시여! 그 외침은 당신에게 들리지 않습니다. 그 외침을 들어 주십시오! 어둠을 물리쳐 주십시오! 당신을 부정했던 자들에게 하셨듯이, 사랑과 슬픔이 담긴 당신의 얼굴로 그녀를 바라보시고 그녀의 굳은 마음을 녹여 주십시오.

보십시오, 주님. 예전에 저들이 병자와 무력한 자들을 데리고 왔을 때처럼 저는 그녀를 데리고 왔습니다. 당신은 그들을 고쳐 주셨지요. 저는 제 팔로 그녀를 안고 당신 앞에 데려왔습니다. 두려움과 전율이 그녀를 사로잡았습니다. 그러나 그녀는 오직 육신의 고통과 죽음에 떨고 있습니다. 생명을 주시는 당신의 성령을 그녀에게 불어넣어 주십시오. 그리고 그녀에게 새로운 두려움, 자신의 죄에 대한 두려움을 넣어 주십시오. 그녀의 영혼이 그 저주받은 것을 간직하기 두려워하도록 만들어 주십시오. 살아 있는 신의 존재를 느끼게 해 주십시오. 이제 죽음의 밤이 오기 전에, 돌아오지 않는 어제처럼 용서의 순간이 영원히 사라지기 전에, 모든 과거를 바라보시는 분, 캄캄한 어둠을 대낮처럼[121] 환하게 드러내시는 분, 지금 열한 번째 시간[122]에 그녀가 몸을 돌려 그분께 향하기를, 그녀의 죄를 고백하기를, 자비를 청하기를 기다리시는 분의 존재를 느끼게 해 주십시오.

구세주시여! 아직 이 가엾은 영혼을 영원한 암흑에서 끌어낼 시간이 있습니다. 저는 믿습니다. 저는 당신의 영원한 사랑을 믿습니다. 제 사랑이나 제 간청이 무엇이겠습니까? 당신의 사랑에 잠겨 꺼져 버릴 것들에 불과합니다. 저는 그저 약한 팔로 그녀를 붙잡고 약한 연민으로 그녀에게 촉구할 따름입니다. 당신은 죽은 영혼에 생명을 불어넣으시고, 그러면 그것은 대답 없는 죽음의 잠에서 일어날 것입니다.

네, 주님, 저는 당신이 어둠 속으로 오시는 것을, 아침처럼 당신의 날개에 치유의 손길을 달고 오시는 것을 봅니다. 당신에게는 고뇌의 흔적이 있습니다. 저는 알고 있습니다. 당신이 구원하실 수 있고 구원히시고자 함을 알고 있습니다. 당신은 그녀가 영원히 멸망하도록 내버려 두시지 않을 것입니다.

오십시오, 강력한 구세주시여! 죽은 자들이 당신의 목소리를 듣게 해 주십시오. 눈먼 자들이 눈을 뜨게 해 주십시오. 그녀로 하여금 하느님이 자기를 감싸고 있음을 보게 해 주십시오. 그녀로 하여금 하느님에게서 자기를 떼어 놓는 그 죄만 보게 해 주십시오. 냉혹한 마음을 녹이시고, 닫힌 입술을 열어 주시고, 그녀가 온 영혼으로 소리치게 해 주십시오. '아버지, 제가 아버지께 죄를 지었습니다. …'[123]

---

121) 이사야서 58장 10절

122) 마태오복음서 20장 6절-9절. 흔히 마지막 기회를 뜻하는 말로 쓰임.

123) 루가복음 15장 18절. 돌아온 탕아가 아버지에게 하는 말.

"다인나." 헤티는 다인나의 목을 팔로 끌어안으며 흐느껴 울었다. "말할게 … 이야기할게 … 더 이상 숨기지 않겠어."

그러나 눈물과 흐느낌이 격렬하게 터져 나왔다. 다인나는 부드럽게 그녀를 일으켜 세우고 다시 짚 위에 앉힌 다음 자기도 옆에 앉았다. 한참 시간이 걸린 다음에야 격렬한 울음이 잦아들었다. 그런 다음에도 그들은 얼마간 어둠 속에서 잠자코 손을 잡고 앉아 있었다. 마침내 헤티가 속삭였다.

"내가 그렇게 했어, 다인나 … 내가 그걸 숲에 묻었어. … 그 어린 아기를 … 그리고 그것이 울었어. … 그것이 우는 소리가 들렸어. … 그렇게 멀리 떨어진 곳에서도 … 밤새도록 … 그것이 울었기 때문에 되돌아갔어."

그녀는 말을 멈추고 간청하는 소리로 더 크게 다시 말했다.

"하지만 죽지 않을 거라고 생각했어. 누군가 그것을 발견할지 모른다고. 나는 죽이지 않았어. 내가 직접 죽이지는 않았어. 나는 거기 내려놓고 덮어 줬어. 다시 돌아갔을 때 그것이 없었어. … 그건 내가 너무 비참했기 때문이었어, 다인나 … 나는 어디로 가야 할지 몰랐어. … 전에 자살하려고 해 보았지만 할 수가 없었어. 아, 연못에 빠져 죽으려고 해 보았지만 할 수 없었어. 나는 윈저에 갔었어. 달아났어. 알고 있었니? 그를 찾으러 갔었어. 그가 나를 돌봐주도록. 그런데 그는 없었어. 그러자 어떻게 해야 할지 몰랐어. 집으로 돌아갈 수는 없었어. 그건 견딜 수 없었어. 누가 쳐다보는 걸 견딜 수 없었을 거야. 나를 조롱할 테니까. 때로 네 생각을 했었어. 그리고 너에게 가려고 생각했어. 너는 나에게 화를 내거나 비난하지 않을 거라고 생각했으니까. 너에게는 이야기할 수 있다고 생각했어. 하지만 결국에는 다른 사람들이 알게 될 테지. 그걸 참을 수 없었어. 조금은 너를 생각했기 때문에 스토니턴에 간 거야. 거지가 되어 돈 한 푼 없이 방랑하며 돌아다니는 게 너무 겁났어. 때로는 그 전에 홀팜으로 돌아가야 할 것 같았어. 아, 너무 끔찍했어, 다인나 … 나는 너무 비참했어. … 이 세상에 태어나지 않았더라면 좋았을 거라고 생각했어. 다시는 초록 들판에 나가고 싶지 않을 거야. 비참한 상태에서 나는 그 들판을 너무나 미워했어."

헤티는 과거에 대한 감정이 너무 강렬해서 말로 표현할 수 없는 듯 다시 멈추었다.

"그러고 나서 나는 스토니턴에 도착했어. 집에서 가까운 곳이라서 그날 밤 겁이 나기 시작했어. 그런데 그 작은 아기가 태어났어. 예상하지 않았을 때. 그러자 그 아이를 치우고 다시 집으로 갈 수 있다는 생각이 떠올랐어. 침대에 누워 있을 때 갑자기 그 생각이 들더니 점점 더 강해졌어. … 너무나 돌아가고 싶었어. … 너무나 외롭고, 구걸하는 일을 참을 수 없었어. 그 생각으로 나는 일어나서 옷을 입겠다고 결심하고 기운을 냈지. 그렇게 해야 한다고 느꼈어. … 어떻게 할 건지는 몰랐어. … 어쩌면 깜깜할 때 들판 한 구석에서 전에 보았던 연못을 찾을 거라고 생각했어. 그 여자가 밖으로 나갔을 때, 무슨 일이든 할 수 있을 듯이 기운이 나는 것 같았어. … 내 고통을 모두 없애 버리고 집으로 돌아가서 내가 왜 달아났었는지를 절대로 알려 주지 않을 거라고 생각했지. 보닛을 쓰고 숄을 걸치고는 망토 아래에 아기를 숨기고 어두운 거리에 나섰어. 꽤 멀리 떨어진 길에 들어설 때까지 빨리 걸었어. 거기 선술집이 있어서 따뜻한 음료수와 빵을 샀어. 그리고는 계속 걸었고, 내가 밟고 있는 땅도 느끼지 못할 정도였지. 그런데 더 밝아졌어. 달이 나왔던 거야. 아, 다인나, 달이 구름을 벗어나 나를 처음 보았을 때 깜짝 놀랐어. 달이 전에는 그렇게 보인 적이 없었어. 길에서 벗어나 들판으로 걸어갔지. 달빛이 내게 비치고 있는데 누군가를 만날까 두려웠으니까. 그리고 건초더미에 이르자 나는 드러누워 밤새 따뜻하게 있을 수 있겠다고 생각했지. 잠자리로 적합하게 움푹 파인 곳이 있었어. 나는 편안하게 누웠고 아기는 따뜻한 몸으로 내게 붙어 있었어. 틀림없이 상당히 오래 잤을 거야. 깨어나 보니 아침이었으니까. 하지만 아주 밝지는 않았고 아기가 울고 있었어. 조금 떨어진 곳에 숲이 보였어. … 어쩌면 그곳에 도랑이나 연못이 있을 거라고 생각했지. … 아주 이른 시간이라서 사람들이 일어나기 전에 아이를 그곳에 숨기고 멀리 갈 수 있을 거라고 생각했어. 그런 다음 집에 가겠다고 생각했지. 짐마차를 타고 집에 가서, 일자리를 찾아보려고 달아났지만 얻을 수 없었다고 말하겠다고. 너무나 간절히 그렇게 하고 싶었어, 다인나. 안전하게 집에 있을 수 있기를 너무나 갈망했어. 아기에 대해서는 어떻게 느꼈는지 모르겠어. 아기를 미워했던 것 같아. 내 목에 걸린 무거운 짐 같았으니까. 하지만 그것의 울음소리는 내 몸을 뚫고 지나가는 것 같았어. 나는 그 작은 손과 얼굴을 보려고 하지 않았어. 그러고는 계속 숲으로 가서 주위를 걸어 다녔지만 물이 없었어. …"

헤티는 몸을 떨었다. 그녀는 얼마간 잠자코 있었고 속삭이듯이 다시 말을 이었다.

"나뭇조각들과 뗏장이 많이 떨어져 있는 곳에 이르러서는 나무줄기에 기대앉아 어떻게 해야 할지 생각했어. 그런데 갑자기 개암나무 아래 조그만 무덤처럼 파인 구덩이가 보였어. 번개처럼 이런 생각이 들었지. 아기를 거기 놓고 풀과 나뭇조각들로 덮어주자. 다른 식으로는 그것을 죽일 수 없었어. 그리고는 금방 그렇게 했지. 그런데, 아, 그것이 얼마나 울어대는지, 다인나. 그것을 완전히 뒤덮을 수는 없었어. 어쩌면 누군가 와서 그것을 돌봐 줄 거고 그러면 죽지 않을 거라고 생각했지. 그러고는 서둘러 숲을 빠져나왔어. 하지만 그것이 우는 소리가 계속 들렸어. 들판에 들어섰을 때 나는 마치 그 소리에 사로잡힌 것 같았어. 가 버릴 수가 없었어. 그렇게나 가고 싶었는데도 말이야. 그래서 건초더미에 기대앉아서 누가 오는지를 지켜봤지. 무척 배가 고팠어. 빵이 아주 조금밖에 없었어. 그런데도 가 버릴 수가 없었어. 그렇게 한참 몇 시간이 지난 후에 그 남자가 왔어. 작업복을 입은 그 남자가 나를 이상하게 쳐다봐서 겁이 났어. 그래서 서둘러 걸어갔어. 그가 숲으로 걸어가서 아마 그 아기를 발견할 거라고 생각했지. 그래서 나는 곧바로 걸어가서 숲에서 멀리 떨어진 마을에 갔어. 무척 어지럽고 아프고 배가 고팠어. 거기서 먹을 것을 사고 빵을 한 덩어리 샀어. 하지만 거기 머물기가 겁이 났어. 아기 우는 소리가 들렸고, 다른 사람들도 들었을 거라고 생각했어. 그래서 계속 걸어갔지. 그런데 너무 지쳤고 어두워지고 있었어. 길가에 헛간이 있었어.

어느 집에서나 아주 멀리 떨어진 곳이었어. 애벗 클로스에 있는 헛간처럼 말이야. 거기 들어가서 건초와 밀짚 사이에 숨으면 아무도 오지 않을 것 같았어. 그 안에는 밀짚 다발이 절반쯤 차있었고 건초도 약간 있었어. 아무도 나를 찾을 수 없는 뒤쪽에 잠자리를 만들었어. 너무 지치고 기운이 없어서 잠이 들었어. … 그러나 아, 아기의 울음소리가 계속 나를 깨웠어. 그리고 나를 바라보던 그 남자가 와서 나를 붙잡았다고 생각했어. 잘 모르긴 하지만, 결국은 꽤 오래 잤을 거야. 일어나서 헛간 밖으로 나왔을 때 밤인지 아침인지 알 수 없었으니까. 하지만 벌써 아침이었고, 점점 더 밝아지고 있었어. 나는 왔던 길을 되돌아갔어. 어쩔 수 없었어, 다인나. 아기의 울음소리가 나를 가게 했어. 하지만 죽도록 겁이 났어. 작업복을 입은 그 남자가 나를 볼 거고, 내가 아기를 그곳에 두었다는 것을 알 거라고 생각했지. 하지만 그럼에도 불구하고 계속 걸어갔어. 집으로 돌아가려는 생각은 그만두었어. 그 생각은 내 마음에서 빠져나가 버렸어. 아기를 묻었던 숲 속의 그 장소 외에는 아무것도 보이지 않았어. … 지금도 그곳이 보여. 아, 다인나, 그곳을 언제나 봐야 할까?"

헤티는 다인나를 끌어안고 매달리며 다시 몸을 떨었다. 한참 침묵이 흐른 다음에 그녀가 말을 이었다.

"나는 아무도 만나지 않았어. 아주 이른 시간이었거든. 숲으로 들어갔어. … 그곳으로 가는 길을 알고 있었어. … 개암나무 옆의 그곳. 걸음을 옮길 때마다 아기 우는 소리를 들을 수 있었어. … 그것이 살아있다고 생각했어. … 겁이 났는지, 기뻤는지 모르겠어. … 내가 뭘 느꼈는지 모르겠어. 그저 내가 숲 속에 있었고 그 울음소리가 들렸다는 것만 알고 있어. 아기가 없어졌다는 것을 알기 전에 무엇을 느꼈는지 모르겠어. 아기를 거기 두었을 때, 누군가 그것을 찾아내어 죽지 않도록 구해 주면 좋겠다고 생각했어. 그러나 아기가 없어진 것을 보았을 때 나는 겁에 질려 돌처럼 굳어버렸어. 움직이려는 생각도 들지 않았어. 너무 기운이 없었어. 나는 달아날 수 없다는 걸 알았고, 나를 본 사람들은 누구나 그 아기에 대해 알 거라고 생각했어. 내 심장은 돌처럼 굳어 버렸어. 무엇을 바랄 수도, 애를 쓸 수도 없었어. 마치 그곳에 영원히 있어야 할 것 같았어. 그리고 아무것도 변하지 않을 거라고 말이야. 하지만 그들이 와서 나를 데려 왔어."

헤티는 입을 다물고 아직도 남은 이야기가 있는 듯 다시 몸을 떨었다. 다인나는 기다렸다. 마음이 너무 벅차올라서 말에 앞서 눈물이 흘러내렸던 것이다. 이윽고 헤티는 불쑥 말을 꺼내며 흐느꼈다.

"다인나, 이제 내가 모두 다 말했으니까, 하느님이 그 울음소리와 숲속의 그곳을 치워 주실 거라고 생각하니?"

"가엾은 죄인, 기도하자. 다시 무릎 꿇고 하느님께 모든 은총을 내려 달라고 기도하자."

긴장된 시간들

주일 아침에 스토니턴의 교회에서 아침 예배를 알리는 종소리가 울리고 있을 때 바틀 매시는 잠시 나갔다가 아담의 방에 들어오며 말했다.

"아담, 자네를 만나고 싶어 하는 손님이 있네."

아담은 문 쪽으로 등을 돌리고 앉아 있었지만 상기된 얼굴과 간절한 표정으로 벌떡 일어나 몸을 돌렸다. 이전에 우리가 보았을 때보다 더 마르고 초췌하게 보였지만, 주일 아침이라서 세수를 하고 면도도 한 얼굴이었다.

"소식이 있나요?" 그가 말했다.

"진정하게, 여보게." 바틀이 말했다. "진정해. 자네가 생각하는 그런 소식이 아니라네. 감옥에서 온 젊은 감리교도 여자일세. 계단 밑에 있는데, 자네가 그녀를 만나는 것이 좋겠다고 생각할지 알고 싶어 하네. 불쌍하게도 버림받은 자에 대해서 자네에게 할 말이 있다고 하더군. 하지만 자네의 허락 없이는 들어오지 않겠다고 말했네. 어쩌면 자네가 밖에 나와서 이야기하고 싶어할지도 모른다고 생각하더군. 설교하는 여자들은 보통 그렇게 수줍어하지 않는데." 바틀은 혼자 중얼거렸다.

"그녀에게 들어오라고 해 주세요." 아담이 말했다.

그는 문을 바라보며 서 있었다. 들어오면서 부드러운 잿빛 눈을 들어 그를 보았을 때 다인나는 키가 큰 그 남자를 오두막에서 보았던 날 이래로 그에게 일어난 엄청난 변화를 금방 알아차렸다. 손을 내밀어 악수하면서 약간 떨리는 맑은 목소리로 말했다.

"마음을 편히 가지세요, 아담 비드. 주님께서 그녀를 버리지 않으셨어요."

"그녀를 찾아간 당신에게 축복이 있기를." 아담이 말했다. "당신이 왔다고 어제 매시 씨께서 알려 주셨어요."

두 사람 모두 아직 그 이상으로는 말을 할 수 없어서, 서로를 바라보며 잠자코 서 있었다. 바틀 매시 역시 안경을 걸치고는 꼼짝 않고 서서 다인나의 얼굴을 살펴보았다. 그러나 그는 먼저 정신을 차려 그녀에게 의자를 내밀고 침대 위의 익숙한 자리로 물러나며 말했다. "앉아요, 젊은 아가씨, 앉으라고."

"고맙습니다, 친구여. 앉진 않겠어요." 다인나가 말했다. "서둘러 돌아가야 하니까요. 그녀가 오랫동안 가 있지 말라고 간청했어요. 제가 온 것은, 아담 비드, 당신에게 그 가엾은 죄인을 만나서 작별인사를 해 달라고 간청하기 위해서예요. 그녀는 당신에게 용서를 빌고 싶어 해요. 그리고 내일 아침 이른 시간보다는 오늘 만나는 것이 좋을 거예요. 내일은 시간이 촉박할 테니까요."

떨면서 서 있던 아담은 마침내 의자에 털썩 주저앉았다.

"그렇지 않을 거요." 그가 말했다. "연기될 거예요. 어쩌면 사면될 지도 모르고. 희망이 있다고 어윈 씨가 말씀하셨소. 완전히 포기해야 할 필요는 없다고요."

"반가운 소식이네요." 다인나는 눈물을 글썽이며 말했다. "그녀의 영혼을 그렇게 빨리 서둘러 몰아내는 것은 끔찍한 일이에요."

“하지만 어떻게 되든지 간에, 당신이 그녀의 마음속에 있는 말들을 듣는 것이 좋겠어요.” 이내 그녀가 말했다. “비록 그녀의 가엾은 영혼이 아주 어둡고 세속적인 것들을 넘어서지는 못했지만, 더 이상 냉혹하지는 않아요. 그녀는 뉘우치고 있어요. 모든 것을 제게 고백했어요. 그녀 마음의 자만심은 사라졌고, 제 도움에 의지하고, 가르침을 받기를 원해요. 그래서 저는 신뢰감으로 충만하게 되었어요. 죄인이 아는 것으로 신의 사랑을 측정하려 할 때 형제들이 종종 과오를 범한다고 생각하지 않을 수 없으니까요. 그녀는 홀 팜의 친지들에게 편지를 써서 자기가 가 버린 다음에 그들에게 전해 주도록 할 거예요. 당신이 여기 있다고 그녀에게 알려 주자, 이렇게 말했어요. ‘아담에게 작별인사를 하고 나를 용서해 달라고 부탁하고 싶어.’ 가시겠지요, 아담? 어쩌면 지금 저와 함께 가시겠어요?”

“그럴 수 없소.” 아담이 말했다. “희망이 조금이라도 남아 있는 한 나는 작별인사를 할 수 없소. 나는 듣고 있고, 또 듣고 있소. 그것 외에는 아무것도 생각할 수 없소. 그녀가 그렇게 수치스러운 죽음을 맞을 리 없소. 나는 그 일을 받아들일 수 없소.”

그는 다시 의자에서 일어나 창밖을 내다보았고, 다인나는 동정심을 가지고 참을성 있게 서 있었다. 일이 분이 지나자 그는 몸을 돌리고 말했다.

“가겠소, 다인나 … 내일 아침에 … 만약 그렇게 해야 한다면. 그래야 한다는 것을 알게 되면 그걸 견딜 수 있는 힘이 더 커질 거요. 그녀를 용서한다고 말해 주시오. 내가 갈 거라고 말해 주시오. 마지막 순간에.”

“당신의 심정에서 우러나오는 소리에 거스르며 재촉하지는 않겠어요.” 다인나가 말했다. “저는 서둘러 돌아가야 해요. 지금 그녀는 놀랍게도 제게 매달려서 한시라도 눈앞에 보이지 않는 것을 바라지 않으니까요. 전에 그녀는 제 애정에 조금도 응답하지 않았어요. 하지만 지금은 시련으로 인해 그녀의 마음이 열렸어요. 안녕히, 아담. 하늘에 계신 우리 아버지께서 당신에게 위안을 주시고 당신이 모든 것을 참을 수 있도록 힘을 주시기를.” 다인나는 손을 내밀고, 아담은 말없이 힘주어 잡았다.

바틀 매시는 그녀를 위해 뻣뻣한 빗장을 열어 주려고 일어섰다. 그러나 그의 손이 빗장에 닿기도 전에 그녀는 조용히 "안녕히, 친구여"라고 말하고는 가벼운 걸음으로 층계를 내려갔다.

"자." 바틀은 안경을 벗어 주머니에 넣으며 말했다. "이 세상에 말썽을 일으키는 여자들이 반드시 있기 마련이라면, 그런 상황에서 위안이 되는 여자들도 있어야 공평하겠지. 저 아가씨는 그런 사람이야. 그런 사람이라고. 그녀가 감리교도인 것이 유감이군. 하지만 이런저런 어리석음이 없는 여자를 찾기란 어려운 일이지."

아담은 그날 밤 조금도 잠을 이루지 못했다. 매시간 치명적인 순간이 점점 가까워지면서 긴장감이 너무나 고조되었다. 아담이 아주 조용히 있겠다고 약속하면서 바틀에게 잠을 자도록 청했음에도 불구하고, 그 교사 역시 잠을 이루지 못했다.

"그게 나한테 뭐가 문제가 되겠나, 여보게?" 바틀이 말했다. "하룻밤 더 잠을 자거나 덜 자는 것이? 오래지 않아 나는 땅속에서 아주 오래 잘 거라네. 내가 할 수 있을 때, 어려운 일을 겪고 있는 자네에게 말동무가 되어 주도록 내버려 두게나."

그날 밤 그 좁은 방에서는 서글픈 시간이 길게 이어졌다. 아담은 때로 일어나서 한쪽 벽에서 다른 벽까지 좁은 공간을 걸어 다녔다. 그런 다음에는 얼굴을 가리고 앉아 있곤 했고, 탁자 위의 시계 바늘 소리와 그 교사가 조심스레 지펴 놓은 난롯불에서 찌꺼기가 떨어지는 소리 외에는 아무것도 들리지 않았다. 때로 그는 격렬한 말을 터뜨리곤 했다.

"그녀를 구하기 위해 무슨 일이든 할 수만 있었다면, 내 행동이 조금이라도 도움이 될 수 있었더라면 … 그저 가만히 앉아서 알고 있으면서도 아무 일도 하지 않는 것은 … 인간으로서 참기 어려운 일입니다 … 그리고 그 작자만 아니었다면 지금 어떤 일이 일어났을 지를 생각하면 … 오, 하느님, 오늘이 바로 우리가 결혼할 날입니다."

"아, 이보게." 바틀이 다정하게 말했다. "몹시 견디기 어렵겠지. 어려울 걸세. 하지만 이것을 기억해야 하네. 자네가 그녀와 결혼하려고 생각했을 때, 자네는 그녀의 내면에 다른 종류의 본성이 있다는 걸 알았어야 했어. 그녀가 그런 일을 저지를 수 있을 정도로 그렇게 짧은 시간에 냉혹해질 수 있다고는 생각하지 않았을 거야."

"알아요. 알고 있어요." 아담이 말했다. "그녀는 사랑스럽고 마음씨가 다정하고, 거짓말을 하거나 속이지 않을 여자라고 생각했어요. 어떻게 다른 식으로 생각할 수 있었겠어요? 만일 그가 그녀에게 접근하지 않았고 제가 그녀와 결혼해서 그녀를 사랑하고 돌봐 주었더라면, 그녀는 결코 나쁜 일을 저지르지 않았을 거예요. 저하고 약간의 문제가 있다하더라도 그것이 뭐 그리 대수겠어요? 이 일에 비하면 아무것도 아니었을 거예요."

"알 수 없네, 여보게. 어떤 일이 일어났을지는 알 수 없어. 그 고통이 지금 자네에게는 견디기 어렵겠지. 자네에게는 시간이 필요해. 시간이 필요하다고. 하지만 나는 자네가 이 모든 것을 이겨내고 다시 남자다워지리라고 생각하네. 그러면 이 사건에서 지금 우리에게는 보이지 않는 선(善)이 생길 거라고."

"이 사건에서 선이 생긴다고요!" 아담이 격렬하게 말했다. "그렇다고 그 악이 바뀌지는 않아요. 그녀의 파멸을 되돌릴 수도 없고요. 모든 것에 대해 보상할 수 있다는 듯이 말하는 게 싫어요. 그들이 저지른 잘못이 결코 바뀔 수 없다는 것을 알려 줄 필요가 있어요. 어떤 사람이 이웃의 삶을 망쳐 버렸을 때, 그 일에서 선이 생길 거라고 생각하면서 스스로를 위로할 권리는 없는 거예요. 누군가 다른 사람의 선이 그녀의 수치와 불행을 바꿔 주지는 않아요."

"자, 여보게, 자." 신기하게도 바틀은 평소 반론을 펼 때의 독단적이고 성급한 말투와 달리 부드러운 태도로 말했다. "내가 어리석은 이야기를 하고 있었던 모양이네. 나는 나이가 들었어. 그리고 나 스스로 고통을 느꼈던 때 이래로 긴 세월이 흘렀네. 다른 사람들에게 참을성을 가져야 할 이유를 말하기란 쉬운 일이지."

"매시 씨." 아담이 뉘우치듯이 말했다. "제가 너무 성급하게 화를 냈어요. 선생님께 다른 태도를 보여드려야 하는데. 하지만 저에 대해서 나쁘게 생각하지 않으시겠지요."

"아닐세, 여보게. 그렇지 않네."

그렇게 그날 밤은 극심한 마음의 동요 속에 지나갔고, 냉기가 도는 새벽이 되어 점점 날이 밝아지자 절망에 임박하여 떨리는 정적이 찾아들었다. 이제 곧 더 이상 불안감에 떨 일이 없을 것이다.

"이제 감옥으로 가지요, 매시 씨." 시계 바늘이 여섯 시를 가리키자 아담이 말했다.

"만일 새로운 소식이 있다면, 들을 수 있을 거예요."

일찍 일어난 사람들이 거리에서 한쪽으로 급히 지나가고 있었다. 그의 숙소와 감옥 문 사이의 짧은 거리에서 급히 그를 지나친 사람들이 어디로 가는지를 아담은 생각하지 않으려 했다. 감옥 문 안에 들어서서 그 열성적인 사람들이 보이지 않자 고마운 심정이었다.

아니, 아무 소식도 없었다. 사면도, 집행유예도 없었다.

아담은 삼십 분간 뜰에서 머뭇거리다가 마음을 굳히고는 자기가 왔다는 전갈을 다인나에게 보냈다. 그러나 귓전에 닿은 어떤 말은 몰아낼 수 없었다.

"마차가 일곱 시 반에 출발한다네."

어쩔 수 없이 해야 한다. 마지막 작별 인사를. 피할 도리가 없었다.

그로부터 10분 후에 아담은 감방 문 앞에 서 있었다. 다인나가 그에게 갈 수 없다는 전갈을 보냈던 것이다. 한순간도 헤티를 떠날 수 없지만, 헤티는 그를 만날 준비가 되어 있다고 했다.

감방에 들어섰을 때 헤티가 보이지 않았다. 마음의 동요로 모든 감각이 마비되어 버렸고, 어둑한 감방은 깜깜하게 보였다. 문이 등 뒤에서 닫힌 후 그는 잠시 몸을 떨며 망연자실한 상태로 서 있었다.

그러나 그 어둠 속에서 무언가 보이기 시작했다. 다시 한 번 그를 올려다보는 검은 눈이 보였다. 그러나 그 눈에는 미소가 어려 있지 않았다. 오, 하느님, 그 눈은 얼마나 슬퍼보였는지! 전에 그 눈이 그의 눈과 마주쳤던 마지막 순간에, 그는 즐겁고 희망찬 사랑에 벅찬 가슴으로 그녀와 헤어졌고, 그 눈은 분홍빛 보조개가 핀 어린애 같은 얼굴에 눈물에 젖은 미소를 띠고 그를 바라보았었다. 이제 그 얼굴은 대리석 같았다. 달콤한 입술은 핏기 없이 반쯤 벌어진 채 떨리고 있었고, 보조개는 모두 사라졌다. 절대로 사라지지 않는 단 한 가지를 제외하고. 그리고 그 눈은! 무엇보다도 나쁜 것은 그 눈이 헤티의 눈과 닮았다는 사실이었다. 마치 자신의 고통에 대해서 이야기하려고 죽은 자들 가운데서 돌아온 것처럼, 그것은 애도하듯이 그를 바라보는 헤티의 눈이었다.

그녀는 다인나에게 꼭 매달려 있었고 다인나의 얼굴에 뺨을 대고 있었다. 마치 자신의 나약한 마지막 힘과 희망이 그 접촉에 달려 있는 것 같았다. 다인나의 얼굴에서 빛나는 연민 어린 사랑은 눈에 보이지 않는 은총을 보여 주는 약속 같았다.

그 슬픈 눈들이 마주쳤을 때, 헤티와 아담이 서로를 바라보았을 때, 그녀는 그에게 일어난 변화를 보았고, 그것이 새로운 두려움을 불러일으킨 것 같았다. 자신에게 일어난 변화를 반영하는 듯한 얼굴을 처음으로 본 것이었다. 아담은 끔찍한 과거와 끔찍한 현재를 보여 주는 새로운 이미지였다. 그를 바라보면서 그녀는 더욱 몸을 떨었다.

"그에게 이야기해, 헤티." 다인나가 말했다. "네 마음속에 있는 것을 말해."

헤티는 어린 아이처럼 그녀의 말에 따랐다.

"아담 … 정말 미안해요. … 당신에게 아주 나쁜 짓을 했어요. … 나를 용서해 주겠어요. … 내가 죽기 전에?"

아담은 반쯤 흐느끼며 대답했다. "그래요, 당신을 용서해요, 헤티. 오래 전에 용서했어요."

헤티의 눈을 마주보는 고통으로 처음 몇 분간 아담은 머리가 터질 것 같았다. 그러나 이처럼 뉘우치는 말을 털어놓은 그녀의 목소리는 그의 마음속에서 팽팽히 조여지지 않았던 심금을 울렸다. 더 이상 견딜 수 없는 것에서 풀려난 듯이 안도감이 들었고, 좀처럼 나오지 않던 눈물이 솟았다. 슬픔이 시작될 무렵 세스의 어깨에 기댔던 때 이후로 한 번도 흘리지 않았던 눈물이었다.

헤티는 무의식적으로 그를 향해 나아갔다. 과거의 삶에서 그녀를 둘러싸고 있었던 사랑의 일부가 다시 그녀 가까이에 서 있었다. 다인나의 손을 잡고 있었지만 그녀는 아담에게 걸어가서 겁먹은 듯이 말했다.

"다시 키스해 주겠어요, 아담? 내가 그렇게 나쁘게 굴었던 모든 일에 대해서?"

아담은 그녀가 내민 창백하게 여윈 손을 붙잡았고, 그들은 평생 지속될 이별의 키스, 이루 말할 수 없는 엄숙한 키스를 나누었다.

"그리고 그에게 말해 줘요." 헤티는 다소 강한 목소리로 말했다. "그에게 말해 줘요. … 그에게 말해 줄 사람이 없으니까 … 내가 그를 따라갔고 그를 찾을 수 없었다고 … 내가 한때 그를 미워했고 저주했다고 … 하지만 다인나는 내가 그를 용서해야 한대요. … 그래서 노력하고 있어요. … 그렇지 않으면 하느님이 나를 용서하시지 않을 테니까."

이제 감방 문밖에서 소음이 들렸다. 열쇠가 자물쇠 안에서 돌아가고 문이 열렸을 때 거기 있던 몇몇 얼굴들이 어렴풋이 드러났다. 너무나 동요된 나머지 아담은 더 이상 아무것도 볼 수 없었다. 심지어 그들 가운데서 있던 어윈 씨의 얼굴도 보지 못했다. 이제 마지막 준비가 시작되고 있음을 느꼈고, 더 이상 머물 수 없었다. 그가 떠나도록 모두들 조용히 길을 비켜 주었다. 바틀 매시 씨가 남아서 그 종말을 지켜보기로 하고, 그는 외롭게 자기 방으로 돌아갔다.

마지막 순간

그 광경은 사람들의 기억에 자신들의 슬픔보다도 더 오래 남았다. 잿빛이 드리운 맑은 아침에 젊은 여자 두 명을 태운 그 운명적인 마차가 열심히 바라보며 기다리고 서 있던 관중들에게 모습을 드러내고 의도적으로 가해지는 즉사(卽死)의 끔찍한 상징을 향해서 사람들을 헤치고 달려갔을 때의 광경 말이다.

스토니턴 사람들은 그 고집 센 죄수를 회개하게 만든 젊은 감리교도 여자, 다인나 모리스에 대한 소문을 모두 들었고, 그 비참한 신세의 헤티를 보고 싶은 것 못지않게 다인나를 보려는 열망을 느꼈다.

그러나 다인나는 관중을 의식하지 못하고 있었다. 많이 몰려있는 사람들을 멀리서 보았을 때 헤티는 경련을 일으키듯 다인나를 움켜잡았다.

"눈을 감아, 헤티." 다인나가 말했다. "그리고 쉬지 말고 하느님께 기도하자."

뚫어지게 바라보는 관중들 사이로 마차가 천천히 지나갔을 때, 그녀는 사랑과 연민을 보여 주는 유일한 징표로서 자신에게 꼭 매달려 떨고 있는 존재를 위해서 나지막한 목소리로 혼신의 힘을 다해 마지막으로 간곡하게 간청하면서 자신의 영혼을 쏟아 냈다.

다인나는 군중이 경외감을 느끼며 아무 말 없이 자기를 바라보고 있는 것을 알지 못했다. 마차가 멈췄을 때 자신들이 그 치명적인 곳에 얼마나 가까이 다가왔는지도 알지 못했다. 그녀는 악마들의 거대한 함성처럼 무시무시하게 들리는 커다란 고함소리에 경악하여 몸을 움츠렸다. 그 소리에 헤티의 비명도 섞여 있었다. 그들은 공포에 질려 서로를 꼭 끌어안았다.

그러나 그것은 저주의 외침도 아니었고, 기뻐 날뛰는 잔인한 함성도 아니었다.

그것은 전속력으로 군중을 헤치고 달려오는 어떤 기수의 등장에 갑자기 사람들이 흥분하여 질러 댄 고함이었다. 그 말은 몸이 달았고 지쳤지만, 필사적인 박차에 순종했다. 말에 탄 사람의 눈은 광기에 어린 듯 흐리멍덩하게 보였다. 그리고 그는 다른 사람에게는 보이지 않는 것을 보았다. 보라, 그의 손에 무언가 들려 있다. 그는 마치 신호라도 되는 듯 그것을 높이 쳐들고 있다.

행정관은 그를 알고 있다. 그는 아서 도니손이고, 어렵사리 얻은 사형 면제 허가서를 들고 있는 것이다.

숲 속에서의 또 다른 만남

다음 날 저녁 두 남자가 반대쪽에서 나와서 같은 곳을 향해 걸어가고 있었다. 공유된 기억으로 말미암아 그곳으로 이끌린 것이다. 도니손 체이스의 덤불숲이었다. 그들이 누구인지 여러분은 알고 있으리라.

그날 아침 노지주의 장례식이 치러졌고, 유언장이 낭독되었으며, 이제 처음으로 숨 돌릴 틈이 생기자 아서 도니손은 홀로 산책에 나섰다. 자기 앞에 펼쳐질 새로운 미래를 곰곰이 바라보고 슬픈 결심을 굳히려는 것이었다. 그는 덤불숲에서 그렇게 하는 것이 제일 좋겠다고 생각했다.

아담 역시 월요일 저녁에 스토니턴에서 돌아와 오늘은 집에 머물러 있었다. 다만 홀 팜에 들러서 어윈 씨가 말하지 않은 것들을 그곳 사람들에게 모두 알려 주었을 뿐이었다. 그는 푸이저 씨 가족을 따라 어디든 새로운 곳으로 가서 이웃이 되겠다고 그들과 의견을 함께 했다. 그는 숲 관리직을 포기할 생각이었고, 되도록 빨리 조나단 버지 씨와의 사업을 청산할 것이며, 공동의 슬픔으로 엮였다고 느낀 그 친구들과 가까운 곳에 집을 구해서 어머니와 세스와 함께 정착할 것이다.

“세스와 저는 틀림없이 일거리를 구할 수 있을 겁니다.” 그가 말했다. “우리처럼 기술을 가진 사람은 어디가나 편안할 테고, 우리는 새 출발을 해야 합니다. 어머니께서도 반대하지 않으실 겁니다. 제가 집에 돌아온 후에 어머니께서는 제가 원한다면, 그리고 다른 곳에서 사는 것이 제게 더 편하다면, 다른 교구에 묻히기로 결심했다고 말씀하셨거든요. 제가 돌아온 후로 어머니가 너무나 차분하게 보여서 놀랄 지경입니다. 엄청나게 큰 고통 때문에 어머니의 마음이 진정되고 가라앉게 된 것 같아요. 새로운 곳에 가면 더 좋을 겁니다. 비록 뒤에 남기고 싶지 않은 것이 있기는 하지만요. 하지만 가급적 당신 가족들과 떨어지지 않을 겁니다, 포이저 씨. 고통으로 말미암아 우리는 친척이 되었지요."

"그래, 아담." 마틴이 말했다. "우리는 그 남자의 이름을 들을 수 없는 곳으로 가겠네. 하지만 유감스럽게도, 우리 친척이 바다 너머로 유형을 떠났고 교수형을 받을 뻔했다는 사실을 아는 사람이 아무도 없을 만큼 먼 곳으로 갈 수는 없겠지. 어딜 가나 우리는 그 소문에 맞닥뜨릴 테고, 그 소문은 우리 애들을 쫓아다니겠지."

홀 팜에서의 방문이 길어졌고 아담은 너무나 기운이 빠졌기에 내일까지는 다른 사람들을 만나거나 예전의 일을 다시 시작할 수 없겠다고 생각했다. "하지만 내일은 다시 일하러 가야지." 그는 혼잣말을 했다. "다시 일을 좋아하게 되려면 얼마간 시간이 걸리겠지. 일이 좋아지든 그렇지 않든 상관없어."

그는 그날 저녁까지만 슬픔에 잠겨 있겠다고 생각했다. 마음을 졸이던 일이 사라졌으므로, 이제 어쩔 수 없는 것은 견뎌야 한다. 피할 수만 있다면 다시는 아서 도니손을 만나지 않을 것이다. 이제는 헤티의 메시지를 전달할 필요도 없었다. 헤티가 아서를 만났던 것이다. 게다가 아담은 스스로를 믿을 수 없었다. 자신의 격한 감정이 두려워졌다. 덤불숲에서 아서에게 마지막 주먹질을 가한 후에 어떤 감정이 들었는지 기억해야 한다는 어윈 씨의 말은 그의 뇌리에 남아 있었다.

강렬한 감정이 실린 다른 생각들도 그렇듯이 아서에 대한 생각이 끊임없이 떠올랐고, 언제나 덤불숲을 떠올렸다. 몸을 숙인 두 형체를 보고 갑작스런 분노에 사로잡혔던 그곳, 나뭇가지들이 드리워진 어둑한 그곳.

"오늘 밤에 마지막으로 그곳을 보러가야겠어." 그는 혼자 말했다. "도움이 될 거야. 그를 때려눕혔을 때의 감정을 다시 느끼게 되겠지. 그렇게 하자마자 얼마나 한심하고 공허한 일인지를 느꼈었지. 그가 죽었다고 생각하기 전에 말이야."

이렇게 해서 아서와 아담은 우연히도 같은 시간에 같은 장소를 향해 걷고 있었다.

이제 아담은 다시 작업복을 입고 있었다. 집에 돌아오자마자 안도감을 느끼며 걸쳤던 옷을 던져 버렸던 것이다. 연장바구니를 어깨에 걸고 있었더라면 창백하고 수척해진 얼굴 때문에 여덟 달 전 8월의 저녁 무렵에 덤불숲에 들어왔던 그 아담 비드의 유령으로 보였을 것이다. 그러나 지금은 연장바구니를 갖고 있지 않았고, 예전처럼 곧은 자세로 예리하게 주위를 돌아보며 걷고 있지도 않았다. 손을 주머니에 찔러 넣고 땅을 바라보고 있었다. 그로브에 들어선지 오래 되지 않아 너도밤나무 앞에서 멈추었다. 그는 그 나무를 잘 알고 있었다. 그것은 자기 젊음의 이정표였다. 처음으로 느꼈던 가장 강렬한 감정들이 떠나간 순간을 나타내는 상징이었다. 그 감정들이 다시는 돌아오지 않으리라고 생각했다. 하지만 이 순간, 여덟 달 전 이 너도밤나무에 오기 전에 믿었던 그 아서 도니손을 떠올리자 애정이 일었다. 그것은 죽은 자에 대한 애정이었다. 그 아서는 더 이상 존재하지 않았다.

다가오는 발자국 소리가 들리자 곤혹스러웠지만 그 너도밤나무가 굽어진 길 위에 서 있었기에 누가 오는지 알 수 없었다. 이윽고 깊은 애도에 잠긴 키가 크고 날씬한 인물이 갑자기 2미터 떨어진 곳에 나타났다. 그들은 둘 다 깜짝 놀라 말없이 서로를 바라보았다. 지난 2주일간 아담은 이처럼 아서 가까이에서 가책의 목소리처럼 괴롭히는 말들로 그를 몰아세우고 그가 일으킨 비참한 고통의 정당한 몫을 지라고 강요하는 자신을 종종 상상해 보았었다. 또한 한편으로는 그런 만남이 없는 편이 나을 거라고 종종 스스로에게 말했었다. 그런 만남을 상상할 때는 덤불숲에서 그날 저녁에 보았던, 혈색 좋고 근심이 없으며 가벼운 말을 일삼는 아서를 언제나 떠올렸었다. 그러나 지금 앞에 서 있는 그 인간은 고통의 흔적으로 그의 마음을 뒤흔들었다. 고통이 무엇인지 알고 있었기에, 이미 상처를 입은 인간에게 잔인하게 상처를 줄 수는 없었다. 아담은 스스로 억눌러야 할 충동을 조금도 느끼지 않았다. 침묵이 힐책보다 더 정당했다. 아서가 먼저 말을 꺼냈다.

"아담." 그는 조용히 말했다. "여기서 만나서 잘 되었네. 자네를 보고 싶었으니까. 내일 자네를 만나자고 청해야 했을 걸세."

그는 말을 멈추었지만 아담은 아무 말도 하지 않았다.

"나를 만나는 것이 자네에게 고통스럽다는 것을 알고 있네." 아서가 계속 말했다. "하지만 앞으로 여러 해 동안 다시는 그럴 일이 없을 걸세."

"그럴 겁니다, 나리." 아담이 냉정하게 말했다. "내일 나리께 편지를 써서 우리 사이의 모든 거래를 끝내고 제 자리에 다른 사람을 들이는 게 좋겠다고 말할 작정이었으니까요."

아서는 그 대답에 담긴 의미를 예리하게 느꼈고 다시 힘겹게 말을 이었다.

"부분적으로는 그 문제에 대해서 이야기하고 싶었네. 나에 대한 자네의 분노를 삭이거나 아니면 나를 위해 뭔가를 해 달라고 자네에게 부탁하려는 것이 아니네. 그저 이제 돌이킬 수 없는 과거의 사악한 결과를 줄이도록 나를 도와 달라고 부탁하고 싶을 뿐이네. 나 자신에게 미칠 결과가 아니라, 다른 사람들에게 미칠 결과를 말하는 거라네. 내가 할 수 있는 일이 거의 없다는 것을 알고 있네. 최악의 결과가 앞으로도 계속 남으리라는 것을 알고 있네. 하지만 할 수 있는 일이 있고, 자네가 나를 도울 수 있네. 참을성을 가지고 내 말을 들어 주겠나?"

"네, 나리." 아담은 약간 망설인 다음 말했다. "무슨 말씀이신지 들어 보겠습니다. 상황을 바로잡는 데 도움이 되는 일이라면, 기꺼이 하겠습니다. 화를 내는 것으로는 나아질 일이 없으니까요. 그런 일은 충분히 겪었습니다."

"나는 암자로 가는 길이었네." 아서가 말했다. "그곳에 함께 가서 앉지 않겠나? 거기서 이야기를 더 잘 나눌 수 있을 걸세."

그들이 그곳에서 나온 이후로 그 암자에는 누구도 들어간 적이 없었다. 아서가 열쇠를 책상에 넣고 잠갔기 때문이었다. 이제 문을 열자, 촛불이 꺼져버린 양초가 눈에 들어왔다. 아담이 앉았던 의자가 예전과 같은 자리에 있었고, 쓰레기통에는 종잇조각들이 가득 차 있었다. 그 순간 아서는 쓰레기 통 깊숙이 들어 있는 조그만 분홍색 실크 손수건을 떠올렸다. 만일 그들이 이토록 괴로운 생각에 잠겨 있지 않았더라면 이곳에 들어가기가 고통스러웠으리라.

그들은 그 익숙한 곳에 앉아 서로를 마주보았다. 아서가 말했다. "나는 떠날 거라네, 아담. 군대에 들어갈 생각이네."

가엾게도 아서는 아담이 이 소식을 들으면 측은한 마음이 생겨서 자기에 대해 동정심을 느낄 거라고 생각했다. 그러나 아담의 입술은 굳게 닫혀 있었고 얼굴 표정도 달라지지 않았다.

"자네에게 말하고 싶은 것은 이걸세." 아서가 계속 말했다. "내가 떠나는 이유들 가운데 하나는 어느 누구도 나 때문에 헤이슬롭을, 자기들의 고향을 떠나지 않도록 하려는 걸세. 나 때문에, 그리고 이미 일어난 일 때문에, 다른 사람들에게 더 이상의 해가 미치지 않도록 나는 무슨 일이든 할 거고, 어떤 희생이라도 감수하겠네."

아서의 말은 그가 의도했던 바의 정반대 효과를 낳았다. 그 말에서 아담은 돌이킬 수 없는 잘못에 대해 보상하려는 생각, 악이 선과 동일한 열매를 맺게 하여 자위하려는 의도를 느낄 수 있었고, 무엇보다도 그 때문에 화가 났다. 아서가 그 고통스러운 사실들로부터 눈을 돌리려는 만큼, 그 자신은 그 사실을 정확히 직시해야 한다고 느꼈다. 게다가 그는 부자 앞에서 가난한 사람이 느끼기 마련인 자존심, 의심을 풀지 않고 방심하지 않는 자존심을 갖고 있었다. 그는 예전의 가혹함이 되살아나는 것을 느끼며 말했다.

"그럴 수 있는 때는 지났습니다, 나리. 사람은 잘못을 저지르지 않으려면 희생을 해야 합니다. 이미 저지른 다음에는 희생해 봐야 그것을 돌이킬 수 없습니다. 사람들의 감정이 지독한 상처를 입었을 때, 호의를 베푼다고 해서 그 감정이 치유될 수 있는 것은 아닙니다."

"호의라고!" 아서가 격렬하게 대답했다. "아니지. 어떻게 내가 그런 뜻으로 말했다고 생각할 수 있나? 하지만 포이저네를 생각해 보게. 어윈 씨 말로는 그들이 몇 세대에 걸쳐서 그렇게나 오랫동안 살아왔던 곳을 떠날 작정이라네. 멀리 떠나겠다고 스스로를 다그치는 감정을 극복하도록 그들을 설득할 수 있다면, 결국에는 오래 살던 곳에서, 그들을 알고 있는 친구들과 이웃들 사이에서 계속 사는 것이 그들에게 더 나을 거라고 생각하지 않나? 어윈 씨는 그렇게 생각하시네."

"그건 사실입니다." 아담은 냉정하게 말했다. "하지만, 나리, 사람의 감정은 그렇게 쉽사리 극복되지 않습니다. 마틴 포이저 씨가 홀 팜에서 성장했고 그 이전에 그분의 부친도 그러하셨으므로, 낯선 곳의 낯선 사람들에게 가는 것이 쉽지 않은 일입니다. 하지만 그런 감정을 품고 있는 사람이 그대로 머물러 있는 것은 더 어려울 겁니다. 어떻게 되든 상황은 어려울 수밖에 없습니다. 결코 보상할 수 없는 손상도 있는 겁니다, 나리."

아서는 잠시 입을 다물고 있었다. 그날 저녁 그에게 다른 감정들이 지배적이었음에도 불구하고, 아담이 자신을 대하는 방식에 그의 자존심이 움찔했다. 자신도 고통을 받고 있지 않은가? 자기 또한 가장 소중하게 간직해온 희망을 포기해야 하지 않았던가? 여덟 달 이전과 마찬가지였다. 아담은 잘못을 돌이킬 수 없음을 더욱 절실하게 느끼도록 아서에게 강요하고 있었다. 아서의 열성적이고 열렬한 성격에 가장 짜증을 불러일으키는 식으로 아담은 저항하고 있었다. 그러나 그들이 서로를 처음 보았을 때 아담의 분노를 가라앉혔던 것과 동일한 영향력, 즉 오랫동안 잘 알고 있었던 얼굴에 드러난 고통의 흔적으로 말미암아 아서의 분노는 가라앉았다. 그 순간적인 갈등은 자신이 아담을 무척 많이 참아줄 수 있으리라는 느낌으로 끝났다. 아담이 견뎌야 했던 그렇게나 극심한 고통을 일으킨 사람이 바로 자기였던 것이다. 그러나 그의 말에는 간청하는 듯한, 사내애들이 화를 내는 듯한 어조가 배어 있었다.

"하지만 사람들은 비합리적으로 행동함으로써, 장래의 결과를 생각하지 않고 분노에 빠져들어 얼마간 그 분노를 탐닉함으로써 이미 입은 해를 더욱 악화시킬 수도 있네."

"만일 내가 여기 머물면서 지주로 처신한다면, 내가 저지른 일과 내가 일으킨 것에 대해 무관심하다면, 자네가 다른 곳으로 떠나면서 다른 사람들에게도 떠나도록 권할 수 있는 구실이 있겠지." 그는 곧 더 열성적으로 덧붙였다. "만일 그렇다면, 자네는 그 악을 더 악화시킬 구실이 있을 거라고. 하지만 내가 몇 년간 떠나겠다고 할 때, 그것이 내게 무슨 의미인지 자네는 알고 있을 걸세. 내가 지금까지 품어온 모든 계획을 물거품으로 만드는 결정이라는 것을 알고 있으면서 자네처럼 양식 있는 사람이 포이저네가 그대로 남아 있기를 거부할 만한 합당한 이유가 있다고는 믿을 수 없을 걸세. 나는 그들이 치욕에 대해 어떻게 느끼는지 알고 있네. 어윈 씨가 모두 말씀해 주셨네. 하지만 목사님은 이웃의 눈에 치욕적이라는 이 생각, 내 장원에서 살 수 없다는 생각에서 벗어나도록 그들을 설득할 수 있을 거라고 생각하시네. 만약 자네가 목사님의 노력에 동참해 준다면 말일세. 자네 자신이 계속 머물면서 옛 숲을 관리해 준다면 말일세."

잠시 멈추었다가 아서는 간청하듯이 덧붙였다. "그 일이 그 주인 말고도 다른 사람들을 위해서도 좋은 일이라는 것을 자네는 알고 있네. 그리고 자네는 알지 못하지만 그 숲은 곧 더 나은 주인을 얻게 될 걸세. 자네도 그 사람을 위해 일하고 싶을 거야. 내가 죽으면 내 사촌 트라젯이 장원을 이어받고 내 이름을 따를 걸세. 좋은 사람이지."

아담은 가슴이 뭉클해지지 않을 수 없었다. 이것은 정직하고 따뜻한 마음을 가진 아서, 예전에 그가 좋아했고 자랑스럽게 느꼈던 아서의 목소리라는 것을 느끼지 않을 수 없었다. 그러나 최근의 기억은 쉽사리 떨쳐낼 수 없었다. 그는 잠자코 있었다. 하지만 아서는 그의 얼굴에서 답을 읽었고 그래서 더 진지하게 말을 이었다.

"그리고, 만일 자네가 포이저네 가족에게 말을 해 준다면, 자네가 어윈 씨와 그 문제에 대해서 상의한다면, 목사님은 내일 자네를 만나실 생각이네, 그리고 그들이 떠나지 않도록 설득하려는 목사님의 말씀에 자네가 힘을 보태 준다면 … 물론 그들이 내 호의를 받아들이지 않으리라는 것은 알고 있네. 나는 그런 걸 뜻하는 게 아닐세. 그러나 결국에는 그들이 받을 고통이 줄어들 거라고 확신하네. 어윈 씨도 그렇게 생각하시네. 그리고 어윈 씨가 장원에서 최고 권위를 갖게 될 걸세. 목사님께서 그 일을 떠맡으시기로 동의하셨네. 사람들은 자기들이 존경하고 좋아하는 분 외에 다른 누구의 지배도 받지 않을 걸세. 자네도 마찬가지이네, 아담. 떠나겠다는 생각을 일으키는 자네의 마음은 내게 더 심한 고통을 주려는 욕구일 뿐이네."

아서는 잠시 다시 침묵을 지켰다가 약간 동요된 목소리로 말했다.

"나라면 자네에게 그렇게 행동하지 않을 걸세. 만약 자네가 내 입장이고 내가 자네 입장이라면, 나는 최선을 다해 자네를 도우려고 애쓸 걸세."

아담은 의자에서 갑자기 움직이고는 바닥을 보았다. 아서는 말을 이었다.

"어쩌면 자네는 평생 쓰라리게 후회할 만한 일을 저지른 적이 없었겠지, 아담. 만일 그랬더라면, 자네는 더 관대해졌을 거야. 그렇다면 이것이 자네보다 내게 더 괴로운 일이라는 것을 알걸세."

아서는 이 말을 끝으로 자리에서 일어나 창문으로 걸어가서 밖을 내다보며 아담에게 등을 돌린 채 격렬한 어조로 말했다.

"나 역시 그녀를 사랑하지 않았던가? 어제 그녀를 보지 않았던가? 자네만큼 나도 그녀에 대한 생각을 늘 품고 다니지 않을까? 만일 잘못을 저지른 사람이 자네라면, 자네가 받을 고통이 더 클 거라고 생각하지 않나?"

몇 분간 침묵이 흘렀다. 아담의 마음속에서 일어난 갈등이 쉽게 풀리지 않았던 것이다. 감정이 오래 지속되지 않는, 편리한 성격을 가진 사람들은 아담이 의자에서 일어나 아서를 향하기 전에 얼마나 극심한 내면의 저항을 극복했는지 이해할 수 없을 것이다. 움직이는 소리가 들리자 아서는 몸을 돌렸고, 슬프고도 부드러운 표정으로 말하는 아담을 보았다.

"나리의 말씀은 사실입니다. 저는 가혹합니다. 제 성격이 그렇습지요. 저는 제 부친의 잘못에 너무 가혹했지요. 그녀를 제외하고는 모든 사람들에게 약간 가혹했습니다. 저는 어느 누구도 그녀를 충분히 동정하지 않는다고 느꼈지요. 그녀의 고통이 제 골수에 사무쳤습니다. 홀 팜의 가족들이 그녀에게 너무 가혹하게 대한다고 생각하면서, 저 자신은 누구에게도 다시는 가혹하게 대하지 않겠다고 말했지요. 하지만 그녀에 대한 감정이 너무 컸기 때문에 어쩌면 나리에게 공정하지 않았을 겁니다. 살아오면서 저는 후회를 하고 너무 늦었다고 느끼는 것이 어떤 것인지 알게 되었습니다. 부친이 돌아가셨을 때 제가 부친에게 너무 가혹했다고 느꼈지요. 지금도 그분을 생각하면 그렇게 느낍니다. 잘못을 저지르고 후회를 하는 사람에게 가혹하게 대할 권리는 제게 없습니다."

아담은 자기가 말해야 할 것을 하나도 빠뜨리지 않고 말하겠다고 결심한 사람처럼 확고하고 분명한 태도로 말했다. 하지만 다음 말에는 좀 더 주저하는 기색이 엿보였다.

"전에 저는 나리와 악수를 하지 않으려고 했었지요. 나리께서 청했을 때 말입니다. 그러나 나리께서 지금 그렇게 하고 싶으시다면, 그때 제가 거절했던 것에 대해서 …."

아서의 흰 손은 즉시 아담의 커다란 손에 단단히 쥐였고, 그 행동으로 인해서 두 사람에게 예전 소년 시절의 애정이 강하게 솟아올랐다.

"아담." 아서는 이제 모두 다 고백하려는 충동에 사로잡혀서 말했다. "자네가 그녀를 사랑하는 것을 알았더라면 그 일이 절대로 일어나지 않았을 거야. 그랬더라면 나를 구하는 데 도움이 되었을 텐데. 그리고 나는 정말로 노력했었네. 나는 결코 그녀에게 해를 입힐 의도가 없었어. 내가 후에 자네를 속였지. 그리고 그것이 더 나쁜 일로 이어졌어. 하지만 나는 그것이 내게 억지로 주어진 일이라고, 내가 할 수 있는 최선이라고 생각했어. 그리고 그 편지에서 그녀에게 어떤 고통에라도 처한다면 내게 알려달라고 말했네. 내가 할 수 있는 일을 하지 않았을 거라고는 생각하지 말아 주게. 그렇지만 나는 처음부터 완전히 잘못되었던 거야. 그리고 거기서 끔찍하게도 잘못된 결과가 나왔지. 하느님께서 알고 계실 걸세. 그것을 되돌릴 수 있다면, 내 목숨이라도 내놓겠어."

다시 마주보며 앉았고, 아담이 떨리는 목소리로 물었다.

"나리께서 그녀를 떠나올 때 그녀가 어땠습니까?"

"내게 묻지 말게, 아담." 아서가 말했다. "그녀의 표정과 그녀가 내게 한 말을 떠올리면 때로 미칠 것 같은 심정이 든다네. 완전 사면을 얻을 수 없었고, 유형을 떠나야 하는 그 끔찍한 운명에서 그녀를 구할 수 없었고, 앞으로 긴 세월 동안 그녀를 위해 아무것도 할 수 없고, 그녀가 그 생활에 짓눌려 죽을지도 모르고, 더 이상 안락함을 누릴 수 없으리라는 생각을 하면 말일세."

"아, 나리." 아담은 자신의 고통이 아서에 대한 동정과 처음으로 합쳐지는 것을 느끼며 말했다. "나리와 저는 서로 멀리 떨어져 있을 때 종종 똑같은 것을 생각하게 되겠지요. 저를 도와 달라고 하느님께 기도하듯이 나리를 도와 달라고 기도할 겁니다."

"그런데 그 상냥한 여자, 다인나 모리스가 있었네." 아담의 말이 어떤 의미인지 알지 못하고 아서는 자기 생각을 계속하면서 말했다. "그녀는 마지막 순간까지, 헤티가 떠날 때까지 헤티와 함께 있겠다고 말했네. 그 불쌍한 것은 그녀에게서 위안을 찾은 듯 그녀에게 매달려 있었지. 나는 그 여자를 숭배하고 싶은 마음이 들었나네. 그녀가 거기 없었더라면 내가 무엇을 할 수 있었을지 모르겠어. 아담, 그녀가 돌아오면 자네는 그녀를 만나겠지. 나는 어제 그녀에게 아무 말도 할 수 없었네. 그녀에 대해서 느낀 감정을 조금도 말할 수 없었어. 그녀에게 말해 주게." 아서는 자신이 느끼는 감정을 숨기고 싶은 듯 서둘러 말하며 시계와 줄을 풀었다. "나에 대한 기념으로 이것을 전해 달라고 자네에게 부탁했다고. 그녀가 위안을 주었던 사람에 대한 기념으로. 그가 생각할 때 … 그녀가 이런 물건에 관심이 없다는 것은 알고 있네. 내가 그녀에게 줄 수 있는 것이 무엇이든 그 자체에 대해서는 말이지. 하지만 그녀가 그 시계를 사용해 주었으면 하네. 그녀가 그것을 사용한다고 생각하고 싶을 걸세."

"그녀에게 전해 주겠습니다, 나리." 아담이 말했다. "그리고 나리의 말씀을 전하겠습니다. 그녀는 홀 팜의 가족들에게 돌아올 거라고 말했어요."

"그리고 포이저네가 떠나지 않도록 진심으로 설득해 주게, 아담." 아서는 되살아난 우정을 처음으로 나누면서 그들 둘 다 잊었던 주제를 떠올리고 말했다. "자네도 머물러 주게. 그리고 어윈 씨를 도와서 장원의 보수와 개량 사업을 맡아주게."

"어쩌면 나리께서 고려하지 않으신 한 가지 문제가 있습니다." 아담은 주저하며 부드럽게 말했다. "바로 그 이유 때문에 더 오래 망설였지요. 보시다시피, 저에게나 포이저 씨 가족에게나 똑같은 문제입니다. 만약 우리가 여기에 머문다면, 우리의 세속적인 이익을 위해서 그렇게 하는 듯이, 이익을 위해서라면 무슨 일이든 견딜 사람들인 듯이 보일 겁니다. 사람들이 그렇게 느끼리라는 것을 알고 있고, 저 자신도 조금은 그렇게 느끼지 않을 수 없습니다. 명예롭고 독립적인 정신을 가진 사람들은 자신들이 비열하게 보일 일은 어떤 것이든 하고 싶어 하지 않습니다."

"하지만 자네를 알고 있는 사람은 어느 누구도 그렇게 생각하지 않을 걸세, 아담. 그것이 실제로는 더욱 관대하고 더욱 이타적인 선택을 거절할 만한 타당한 이유라고는 할 수 없네. 하지만 그것을 알리도록 하세. 자네와 포이저네 가족이 내가 요청했기 때문에 머물기로 했다고 알리도록 하겠네. 아담, 나에게 상황을 더 곤란하게 만들지 말아주게. 그렇지 않아도 나는 충분히 벌을 받았다네."

"그럼요, 나리." 아담은 슬픔에 잠긴 애정으로 아서를 바라보며 말했다. "제가 나리의 상황을 악화시키다니 당치 않은 일입니다. 제가 격정에 사로잡혔을 때는 그렇게 할 수 있기를 바라곤 했지요. 하지만 그때는 나리께서 충분히 느끼지 않는다고 생각했었습니다. 저는 여기 머물겠습니다, 나리. 제가 할 수 있는 최선을 다하겠습니다. 지금 제가 생각할 수 있는 것은 그게 전부입니다. 제 일을 잘 하는 것, 그리고 앞으로 세상을 누릴 사람들을 위해서 지금보다 좀 더 나은 곳으로 만드는 것이지요."

"그럼 이제 헤어지세, 아담. 내일 목사님을 만나서 모든 일에 대해 상의하게나."

"곧 떠나실 겁니까, 나리?" 아담이 물었다.

"될 수 있는 대로 빨리 떠날 거라네. 필요한 준비를 끝내는 대로. 잘 있게, 아담. 자네가 언제나 옛 고장을 돌아다니며 돌봐 줄 거라고 생각할 걸세."

"안녕히 가십시오, 나리. 하느님의 축복이 있기를."

다시 한 번 두 손을 꼭 잡고 나서, 이제 증오가 사라졌으므로 슬픔이 더욱 견딜 만하다고 느끼며 아담은 암자를 나섰다.

아담의 등 뒤로 문이 닫히자마자, 아서는 쓰레기 통으로 가서 그 작은 분홍색 실크 손수건을 꺼냈다.

제 6 부

홀 팜에서

아담과 아서가 암자에서 헤어진 후 열여덟 달이 지난 1801년의 어느 날 초가을의 오후 햇살이 홀 팜의 마당에 비치고 있었다. 젖을 짜도록 암소들을 마당에 몰아오는 시간이었기에 불도그는 무척 흥분하고 있었다. 참을성이 있는 동물들이 혼란에 빠져서 여기저기로 달아난 것도 무리는 아니었다. 불도그가 짖어 대는 무서운 소리와 멀리서 들리는 소리가 뒤섞였기에, 그 소심한 암컷 동물들은 그 소리가 자기들의 움직임과 관련이 있는 줄로 상상했고 그 잘못된 생각은 그럴 만하기도 했다. 마차꾼이 휘두르는 무시무시한 채찍 소리와 고함치는 소리, 황금 가리를 비운 후 건초를 쌓은 마당을 떠날 때의 마차 바퀴 소리가 요란하게 울려 퍼졌던 것이다.

포이저 부인은 암소의 젖을 짜는 광경을 보기 좋아했다. 따뜻한 오후에 이 시간이 되면 그녀는 대개 뜨개질거리를 손에 들고 조용히 명상하듯이 현관문에 서서 바라보았다. 소중한 우유가 가득 든 통을 발로 차서 쓰러뜨린 버릇 나쁜 누런 암소의 뒷다리를 묶어서 벌을 주고 그 버릇을 고치려 할 때면 더욱 예리한 관심을 기울였다.

하지만 오늘 포이저 부인은 암소들이 몰려와도 그저 보는 둥 마는 둥 했다. 포이저 씨의 셔츠 칼라를 꿰매면서 토티가 바늘땀을 세 번이나 뜯어 놓아도 끈기 있게 참고 있는 다인나와 이야기하는 데 몰두하고 있었기 때문이었다. 토티는 다인나 옆의 작은 의자에 앉아서 머리카락이 빠진 인형의 머리를 쓰다듬으며 통통한 자기 뺨에 꼭 대고는, 긴 스커트를 입고 있지만 다리가 없는 그 커다란 나무 인형, "베이비"를 보라고 갑자기 다인나의 팔을 잡아당겼다. 토티는 여러분이 보았을 때보다 이 년이 넘게 자라서 키가 커졌고, 앞치마 아래로 검은색 아이 옷을 입고 있었다. 포이저 부인 역시 검은 윗옷을 입고 있었고 그 때문에 그녀와 다인나 사이에 가족 간의 닮은 점이 한결 돋보이는 듯했다. 우리의 옛 친구들과 반짝이는 참나무 가구와 백랍 그릇으로 환히 빛나는 쾌적한 집 안에서 그 밖의 다른 점에서는 변화를 거의 찾아볼 수 없었다.

"너 같은 사람은 정말 본 적이 없다, 다인나." 포이저 부인이 말하고 있었다. "어떤 생각이 네 머릿속에 들어가면 말이야. 깊이 뿌리박힌 나무를 움직일 수 없듯이 너도 요지부동이라니까. 네가 하고 싶은 대로 말하렴. 나는 그걸 종교라고 믿지 않으니까. 네가 사내애들에게 그렇게 즐겨 읽어 주는 그 산상설교[124]가 대체 무엇에 관한 이야기니? 다른 사람들이 원하는 대로 해 주라는 것 아니야? 만일 네 옷을 벗어서 사람들에게 주라거나 사람들이 네 뺨을 때리도록 내버려 두라거나 하는 그런 불합리한 일[125]을 시킨다면, 틀림없이 너는 그렇게 할 마음이 있겠지. 그런데 분명히 상식적이고 네게도 좋은 일을 시키려고 하면 다른 식으로 고집을 부린단 말이야."

"아니에요, 이모님." 다인나는 일을 계속하면서 약간 미소를 띠고 말했다. "이모님께서 원하시는 일이라면 제게 그릇된 일이라고 느껴지지 않는 한 무엇이든 해야 할 이유가 되지요."

"그릇된 거라고! 너는 날 참을 수 없게 만들고 있어. 네 친지들과 함께 지내는 것이 뭐가 그릇된 일인지 알고 싶구나? 네가 함께 있어서 더 행복해 하고, 너를 기꺼이 부양해 주려는 친지들 말이야. 네가 하는 일이 네가 먹는 참새 모이만큼의 음식과 네가 걸치고 있는 넝마조각만큼의 이득도 되지 않는다 하더라도 말이야. 그리고 네가 살과 피를 나눈 사람들보다 더 도와주고 더 위로해 줘야할 사람이 이 세상에 어디 있는지 알고 싶다고. 이 땅에서 네게 남은 유일한 친척은 바로 난데, 겨울철이 돌아올 때마다 조금씩 무덤에 더 가까이 가고 있어. 네 옆에 앉아 있는 아이도 네

124) 마태오복음서 5장-7장에 나오는 예수의 설교. 포이저 부인이 말하듯이 "다른 사람들이 원하는 대로 해 주라는 것"으로 요약될 수는 없다.

125) 이런 "불합리한 일"이 산상설교에서 제시되고 있다. "누가 오른뺨을 치거든 왼뺨마저 돌려 대고 또 재판에 걸어 속옷을 가지려고 하거든 겉옷까지도 내주어라."(마태오복음서 5장 39-40절)

가 떠나면 그 어린 마음에 상심할 거야. 할아버지가 돌아가신지 열두 달도 되지 않았고, 네 숙부는 파이프에 불을 붙여 주고 시중을 들어 주는 네가 없으면 전에 없이 섭섭하실 거다. 이제는 네게 버터를 맡길 수도 있고 너를 가르치느라 온갖 고생을 다했어. 해야 할 바느질거리도 쌓여 있고. 그 일을 맡기려면 낯선 애를 트레들스턴에서 데려와야 하겠지. 이 모든 것이 까마귀도 날아가다 멈추지 않을 그 헐벗은 돌 더미로 네가 돌아가겠다고 고집을 부리기 때문이야."

"사랑하는 레이첼 이모님." 다인나가 포이저 부인의 얼굴을 올려다보며 말했다. "이모님의 친절한 마음 때문에 제가 이모님께 도움이 되었다고 말씀하시는 거예요. 사실 이제는 이모님께 제가 필요하지 않아요. 낸시와 몰리가 일을 잘하고 있고요. 하느님의 축복으로 이제 이모님의 건강도 좋아지셨고 이모부님도 즐거운 표정을 되찾으셨어요. 그리고 적지 않은 이웃과 친구들이 있어서 몇몇 분들은 거의 매일 이모부님을 만나러 오시고요. 정말로 이모님께는 제가 필요하지 않을 거예요. 그리고 스노필드에는 이모님이 누리시는 위안을 전혀 누리지 못하는 무척 곤궁한 형제자매들이 있어요. 저는 제 삶이 처음 시작된 곳의 사람들에게 돌아가야 한다는 부름을 느끼고 있어요. 죄를 짓고 거칠어진 사람들에게 생명의 말씀을 전하면서 축복을 받았던 그 언덕으로 다시 이끌리는 것을 느끼고 있어요."

"네가 느낀다고![126] 그래." 포이저 부인은 잠시 암소들을 보다가 시선을 돌리며 말했다. "네가 고집을 부리려고 작정할 때면 언제나 내가 듣게 되는 이유가 바로 그거지. 지금도 설교를 하고 있는데 뭣 때문에 설교를 더 하고 싶다는 거냐? 어딘지 모르지만 주일마다 다니면서 설교를 하고 기도하고 있잖아? 교회에 나오는 사람들의 얼굴이 너무 잘생겨서 네 마

126) 초기 감리교도들의 복음주의적 신앙에 가장 중심적인 것은 감정이었다. 감정은 신이 일으켜주는 것이므로 행동으로 나아가는 데 있어 신뢰할 만한 지표가 된다고 여겨졌다. 하지만 신의 인도를 알려주는 다른 신호에 의해서 그 감정을 확인할 것을 기대했다.

음에 들지 않는다면, 트레들스톤에 있는 감리교도들을 보러 가는 것으로 충분하지 않아? 그리고 이 교구에도 네가 은밀히 접촉하는 사람들이 있잖아? 그 사람들은 네가 등을 돌리자마자 다시 늙은 악마와 친구가 될 게 뻔하다고. 베시 크레니지가 있지. 네가 떠나면 3주 안에 그 애는 새로운 장신구를 달고 뽐내고 다닐 거다. 틀림없어. 네가 없으면 그 애가 새로운 길로 계속 나가지 않을 거야. 아무도 바라보지 않을 때 개가 뒷다리로 서 있지 않는 거나 마찬가지야. 하지만 이 지방에 사는 사람들의 영혼은 그리 중요하지 않은 모양이구나. 그렇지 않았더라면 네가 네 이모와 함께 살 텐데 말이야. 네 이모는 몸이 결코 좋지 않아서, 더 건강해지도록 네가 도와줘야 한다고."

바로 이때 포이저 부인의 목소리에는 뭔가 주목되기를 바라지 않는 감정이 실려 있었다. 그래서 그녀는 성급히 고개를 돌려 시계를 보고 말했다. "저런! 차를 마실 시간이 되었구나. 마틴이 건초더미를 쌓은 마당에 나가있다면 차를 마시고 싶을 거다. 자, 토티, 아가야, 보닛을 씌워줄게. 건초 마당에 가서 아버지가 계신지 보고 차를 드시고 나가시라고 말씀드려라. 오빠들에게도 들어오라고 말하고."

토티는 보닛을 펄럭이며 깡충깡충 뛰어 갔고, 포이저 부인은 빛나는 참나무 식탁을 정리하며 찻잔들을 내왔다.

"너는 낸시와 몰리가 일을 잘 한다고 말하는데, 그건 번지르르한 말뿐이야. 영리하건 아둔하건 그 애들은 똑같아. 그 애들을 지켜보고 있지 않으면 한순간도 믿을 수가 없다고. 그 애들을 계속 일하게 하려면 누군가 그 애들을 계속 쳐다보고 있어야 한단 말이다. 재작년 겨울에 그랬듯이 이번 겨울에도 내가 다시 병이 나면 누가 그 애들을 살펴보겠니? 네가 없으면 말이야. 그리고 사랑스러운 아기도 있잖아. 틀림없이 그 애에게 어떤 일이 일어날 거야. 엎어져서 화로에 넘어지거나, 돼지기름이 끓고 있는 주전자에 부딪치거나, 다른 장난을 치다가 평생 다리를 절게 될 거라고. 그러면 그건 모두 네 잘못이야, 다인나."

"이모님." 다인나가 말했다. "겨울에 이모님이 아프시면, 돌아올 거라고 약속해요. 이모님이 정말로 저를 필요로 하시면 멀리 있지 않을 거예요. 하지만 제 영혼을 위해서는 이 편안하고 안락한 생활, 누릴 것들이 너무나 풍부한 이 생활에서 정말로 떠나야 해요. 적어도 짧은 기간이라도요. 제 내면의 욕구가 무엇인지, 제가 어떤 위험에 둘러싸여 있는지 저 자신을 제외하고는 아무도 알 수 없어요. 제가 머물기를 바라시는 이모님의 소망에 제가 귀를 기울이지 않는 것은 그 소망이 제 욕구와 반대되기 때문이 아니에요. 그건 제가 저항해야 하는 유혹이에요. 제 영혼에서 인간에 대한 사랑이 하늘의 빛을 차단하는 안개가 되지 않도록 하기 위해서요."

"네가 편안함과 안락이라는 말로 뭘 뜻하는지 도무지 모르겠다." 포이저 부인은 빵과 버터를 자르며 말했다. "네 주위에 좋은 음식이 많이 있다는 건 사실이야. 내가 먹고 남을 만큼 충분히 제공하지 않는다고는 아무도 말할 수 없을 테니까. 하지만 아무도 먹지 않을 찌꺼기가 있으면 너는 꼭 그런 것만 집어먹지 … 그런데 저기 봐! 아담이 어린애를 안고 들어오는구나. 어떻게 그가 이렇게 일찍 오는지 모르겠다."

포이저 부인은 사랑하는 아이가 안겨 오는 것을 보려는 기쁨에 눈에는 사랑을 담고 있지만 혀에는 비난의 말을 담고 서둘러 문간으로 갔다.

"아, 부끄러운 줄 알아야지, 토티. 다섯 살이나 먹은 어린 소녀는 안기는 것을 부끄러워해야지. 아니, 아담, 그렇게 큰 아이를 안고 오다가는 팔이 부러지겠어요. 내려놓아요. 부끄럽게도!"

"아니, 아니에요." 아담이 말했다. "아이를 한 손으로도 들 수 있어요. 팔까지 쓸 필요도 없어요."

뚱뚱하고 흰 강아지처럼 태평스럽게 어머니의 말에 신경 쓰지 않는 토티가 문 앞에 내려지자 그 어머니는 아이에게 키스를 퍼붓는 것으로 자신의 책망을 강조했다.

"이 시간에 제가 와서 놀라셨지요." 아담이 말했다.

"그래요. 하지만 들어와요." 포이저 부인은 그가 들어오도록 비켜서며 말했다. "나쁜 소식이 있는 것은 아니겠지요?"

“아뇨, 나쁜 소식은 없습니다.” 아담은 다인나에게 걸어가서 손을 내밀며 말했다. 그가 다가올 때 그녀는 본능적으로 일거리를 내려놓고 일어섰다. 손을 내밀어 그의 손을 잡았을 때 그녀의 창백한 뺨에서 희미한 홍조가 사라졌고 그녀는 걱정스럽게 그를 올려다보았다.

“당신에게 전갈이 있어서 왔습니다, 다인나.” 아담은 그녀의 손을 계속 잡고 있다는 것을 분명 알아차리지 못한 채 말했다. “어머니께서 조금 아프신데, 괜찮으면 당신이 어머니와 하룻밤을 보내 줬으면 하고 바라세요. 내가 마을에서 돌아오는 길에 당신에게 부탁하겠다고 어머니께 말씀드렸지요. 어머니가 너무 일을 많이 하시는데, 일을 도와줄 어린 여자애를 구해 보자고 말씀드려도 설득할 수가 없네요. 어떻게 해야 할지 모르겠어요.”

아담은 말을 멈추며 다인나의 손을 놓았고 대답을 기다렸다. 그러나 그녀가 입을 열기도 전에 포이저 부인이 말했다.

“자, 이것 봐라! 네가 멀리 가지 않아도 이 교구에 네가 도와야 할 사람이 많이 있다고 말했지. 비드 부인께서 연세가 들고 몸이 쇠약해지셨단 말이야. 그리고 그 부인께서는 너 말고 다른 사람을 가까이에 두고 싶어 하시지 않잖아. 스노필드 사람들은 지금쯤이면 너 없이도 잘 지낼 수 있게 되었을 거야. 부인께서는 그렇지 못하단 말이다.”

“이모님, 제게 먼저 시키실 일이 없으시면, 지금 당장 보닛을 쓰고 가겠어요.” 다인나는 뜨개질 거리를 접으며 말했다.

“그래, 먼저 할 일이 있어. 차를 마셔야 해, 얘야. 그리고 아담, 당신도 아주 바쁘지 않으면 차 한 잔 들어요.”

“네, 감사합니다. 차를 마시겠어요. 그런 다음에 다인나와 함께 가겠습니다. 집으로 곧장 가려고요. 목재 견적서를 써야 하거든요.”

“아니, 아담, 자네 왔나?” 포이저 씨가 겉옷을 벗은 채 화끈거리는 몸으로 들어섰다. 그 뒤에는 마치 큰 코끼리를 닮은 조그만 코끼리 두 마리처럼 그와 똑같이 보이는 검은 눈의 두 사내애가 따라왔다. “사료를 줄 시간이 되기도 전에 자네를 보게 되다니 어쩐 일인가?”

"어머니 심부름을 왔어요." 아담이 말했다. "어머니의 예전 병이 다시 도지신 모양이에요. 다인나가 와서 어머니와 함께 있어 주기를 바라세요."

"그래, 자네 어머니를 위해서라면 얼마간 그 애 없이 지낼 수 있지." 포이저 씨가 말했다. "하지만 다른 사람을 위해서라면 그 애를 넘겨줄 수 없네. 그 애 남편이라면 모를까."

"남편이라고요?" 상상력이 부족하고 말을 곧이곧대로 믿는 소년기의 특징적인 마음을 갖고 있던 마티가 말했다. "아니, 다인나 누나에게는 남편이 없잖아요."

"이 애를 넘겨준다고요?" 포이저 부인은 씨앗이 든 케이크를 식탁에 올려놓고 앉아서 차를 따르며 말했다. "하지만 우리는 얘를 넘겨줘야 할 것 같아요. 그것도 남편을 위해서가 아니라, 이 애 자신의 변덕 때문에요. 토미, 어린 동생의 인형에 뭘 하고 있는 거니? 동생을 그냥 내버려 두면 착하게 굴 텐데 네가 버릇없이 만드는 거야. 그렇게 하면 케이크를 한 조각도 주지 않겠다."

진정 오빠다운 애정으로 토미는 돌리의 스커트를 그 인형의 대머리 너머로 넘겨서 다리가 잘린 몸을 보여줌으로써 모두들 조롱하게 하면서 즐거워하고 있었다. 그 모욕적인 행동은 토티의 마음에 사무쳤다.

"점심을 먹고 나서 다인나가 나한테 무슨 이야기를 했는지 알아요?" 포이저 부인이 남편을 바라보며 계속 말했다.

"아니! 내가 추측을 잘 못하는 것을 알잖아." 포이저 씨가 말했다.

"글쎄, 얘가 다시 스노필드로 돌아가겠다는 거예요. 예전에 그랬듯이 공장에서 일하고 쫄쫄 굶겠대요. 친지가 한 명도 없는 사람처럼 말이에요."

포이저 씨는 유쾌하지 않은 놀라움을 쉽게 표현할 수 없어서 그저 아내에게서 다인나에게로 시선을 돌렸다. 다인나는 이제 오빠들의 장난을 막아 주려고 토티 옆에 자리 잡고 앉아서 아이들이 차를 마시도록 돌봐 주고 있었다. 만일 포이저 씨가 일반적인 관찰을 하는 데 익숙한 사람이었더라면 다인나에게 분명 변화가 있다는 것을 알아차렸을 것이다. 그녀는 결코 얼굴색이 달라지는 일이 없었기 때문이다. 그러나 사실 그 순간에 그녀의 얼굴이 붉어졌음을 그는 알아차렸다. 포이저 씨는 그래서 그녀가 더 예쁘게 보인다고 생각했다. 월계화 꽃잎보다 더 짙은 홍조는 아니었다. 어쩌면 이모부가 자기를 너무나 뚫어지게 바라보기 때문에 얼굴을 붉혔을 것이다. 그러나 알 수 없는 일이다. 바로 그때 아담이 놀라서 조용히 입을 열었다.

"아니, 저는 다인나가 우리들 사이에서 영원히 정착하기를 바랐어요. 그녀가 옛 고장으로 돌아가겠다는 생각을 포기했다고 생각했어요."

"생각했다고요! 그래요." 포이저 부인이 말했다. "뭐든지 제대로 판단하는 사람이라면 누구든지 그렇게 생각했을 거라고요. 하지만 내 생각에, 감리교도들이 뭘 하려는지 알려면 감리교도가 되어봐야 할 거예요. 박쥐들이 뭘 쫓아서 날아가는지 짐작할 수 없는 것과 마찬가지라니까요."

"아니, 우리를 떠나려 하다니, 우리에게 섭섭한 일이 있었니, 다인나?" 포이저 씨가 찻잔을 아직 손에 든 채 말했다. "그건 네 약속을 깨뜨리는 것과 마찬가지야. 네 이모는 네가 여기를 네 집으로 여길 거라고 굳게 믿고 있었으니까."

"아니에요, 이모부님." 다인나가 침착해지려고 애를 쓰며 말했다. "제가 여기 왔을 때 저는 그저 얼마 동안만, 제가 이모님께 조금이라도 위안이 될 수 있는 동안만이라고 말씀드렸어요."

"그래, 그럼 네가 나에게 더 이상 위안이 되지 않는다고 누가 그러든?" 포이저 부인이 말했다. "네가 우리와 계속 살 생각이 아니었다면, 차라리 오지 않는 편이 나았어. 쿠션에 기대본 적이 없는 사람은 그걸 아쉬워하지 않으니까."

"아니, 아니지." 아내의 과장된 말에 반대하며 포이저 씨가 말했다. "당신은 그렇게 말하면 안 돼. 열두 달 전 성모 영보 축일에 다인나가 없었더라면 우리는 무척 고생했을 거야. 그것에 대해서 고맙게 생각해야지. 이 애가 머물건 그렇지 않건 간에 말이야. 하지만 나는 네가 무엇 때문에 좋은 집을 놔두고 떠나야 하는지 이해할 수 없구나. 대부분의 땅과 거기서 나는 작물이 임대료와 이윤을 다 합쳐도 1에이커에 10실링의 가치도 없을 곳으로 돌아간다니."

"글쎄, 바로 그 이유 때문에 돌아가고 싶대요. 이 애가 이유라고 대는 게 바로 그거에요." 포이저 부인이 말했다. "이 지역은 너무나 편안하다는 거예요. 먹을 것도 많고, 사람들이 아주 비참하게 살지도 않고. 그래서 다음 주에 돌아가겠대요. 난 무슨 말을 해도 이 애의 마음을 돌릴 수가 없어요. 저 애처럼 온순한 얼굴을 가진 사람들은 언제나 그렇다니까요. 그런 사람들에게 말을 하느니 깃털이 잔뜩 들어있는 자루에 매질을 하는 편이 나아요. 하지만 그렇게 고집을 부리는 것은 종교에 맞지 않는다고 생각해요. 그렇지 않아요, 아담?"

아담은 다인나가 자신과 관련된 문제에서 이전의 어느 때보다도 더 당혹감을 느끼고 있는 것을 보았다. 가능하면 그녀를 편하게 해 주려고 그는 다정하게 그녀를 바라보며 말했다.

"아뇨, 저는 다인나가 하는 일이라면 무엇에서든 잘못을 찾을 수 없어요. 그녀가 무엇을 생삭하든 간에 우리의 짐작보다 더 훌륭하다고 믿습니다. 그녀가 우리들 가운데서 살아간다면 그녀에게 감사할 겁니다. 그러나 그녀가 가는 것이 좋다고 생각한다면, 저는 그녀에게 반대하면서 그녀의 뜻에 거스르거나 그녀를 힘들게 하지 않겠어요. 우리가 그녀에게 진 빚은 전혀 그런 것이 아니었으니까요."

종종 그런 일이 벌어지듯이, 그녀를 편안하게 해 주려고 의도했던 말들이 이 순간 그녀의 민감한 감정에는 너무 지나친 것으로 여겨진 모양이었다. 그 잿빛 눈에 금방 눈물이 고여 숨길 수 없었다. 그녀는 보닛을 쓰러 가는 듯이 서둘러 일어섰다.

"엄마, 다인나 언니가 왜 울어요?" 토티가 말했다. "언니는 버릇없는 인형이 아닌데."

"당신이 좀 지나쳤어." 포이저 씨가 말했다. "그 애가 하고 싶은 대로 하는 걸 우리가 간섭할 권리가 없는 거야. 그 애가 한 일에 대해 내가 한마디라도 반대하는 말을 했다면 당신은 나한테 무척 화를 냈을걸."

"당신의 비난은 정당한 이유가 없을 테니까요." 포이저 부인이 말했다.

"하지만 내 말에는 정당한 이유가 있다고요. 그렇지 않으면 내가 말을 하지 않죠. 그 애의 이모처럼 그 애를 많이 사랑하지 않는 사람들이야 말을 쉽게 할 수 있겠죠. 그런데다 나는 그 애에게 아주 익숙해졌다고요! 그 애가 떠나면 나는 털이 깎인 양처럼 불안할 거예요. 게다가 그 애가 그렇게나 존중을 받고 있는 교구를 떠난다고 생각하면! 어윈 씨도 그 애가 마치 숙녀라도 되는 듯이 그렇게나 존중해 주시고요. 그 애가 감리교도인데다 머릿속에 설교에 대한 망상이나 품고 있는데도 말이지요. 내가 이렇게 말하는 게 잘못이라면, 하느님께서 용서해 주시기를."

"아." 포이저 씨가 익살스런 표정을 지으며 말했다. "목사님이 전에 그 점에 대해서 당신에게 하신 말씀을 아담에게 이야기해 주지 않는군 그래. 글쎄, 전에 내 마누라가 다인나에게서 찾을 수 있는 유일한 결점은 설교하는 거라고 목사님께 말씀드렸다네, 아담. 그랬더니 어윈 씨께서 이렇게 답하셨지. '하지만 그 점을 대해서 그녀를 비난하면 안 됩니다, 포이저 부인. 그녀에게는 설교를 들어줄 남편이 없다는 점을 잊으신 거지요. 장담컨대, 부인께서는 포이저에게 훌륭한 설교를 상당히 많이 해 주고 계실 겁니다.' 그 부분에서 목사님은 당신을 끽소리 못하게 만드셨지." 포이저 씨는 유쾌하게 웃으며 덧붙였다. "바틀 매시에게 그 이야기를 해 주었더니 그도 웃더군."

"그래요. 남자들이란 파이프를 입에 물고 앉아서는 서로를 멀뚱히 쳐다보면서 그런 사소한 농담이나 하며 웃어 대겠지요." 포이저 부인이 말했다. "바틀 매시 씨에게 마음대로 하라고 해 보세요. 그러면 신랄한 말은 혼자서 다 하실 걸요. 만약 작두에 우리 같은 성질이 있다면, 우리는 모두 싹둑싹둑 잘려서 지푸라기가 되고 말 거예요. 토티, 아가야, 위층의 다인나 언니에게 가서 무엇을 하고 있는지 보고 예쁘게 뽀뽀해 주렴."

이 심부름은 토티의 입가에 생긴 위협적인 신호를 보고 그것을 막기 위해 생각해 낸 것이었다. 토미가 더 이상 케이크를 바라지 않고 집게손가락으로 눈썹을 치켜 올려서 눈동자를 굴리며 토티를 바라보자, 토티는 불쾌하게도 공격적이라고 느꼈던 것이다.

“자네 요새 상당히 바쁘겠지, 아담.” 포이저 씨가 말했다. “버지가 천식으로 건강이 아주 나빠져서, 다시 말을 타고 다닐 수만 있게 되어도 다행일거야.”

“네, 요새 공사할 것들이 꽤 많아요.” 아담이 말했다. “장원의 보수 작업하고, 트레들스턴의 새 집들 하고요.”

“버지가 자기 땅에 짓고 있는 새 집은 틀림없이 자기와 메리가 살려는 곳이겠지.” 포이저 씨가 말했다. “그는 머지않아 사업을 치우게 될 걸세. 자네가 그것을 모두 떠맡고 자네에게 그만큼 연간 수입을 더 주려고 하겠지. 앞으로 열두 달이 지나지 않아 자네가 언덕 위에 사는 것을 보게 되겠지.”

“글쎄요.” 아담이 말했다. “저도 그 사업을 떠맡고 싶어요. 돈을 더 받는 것에 대해 신경을 쓰는 것은 아닙니다. 지금도 남을 정도로 충분히 벌고 있어요. 우리 두 사람하고 어머니 밖에 없으니까요. 하지만 제 나름의 방식으로 일을 해 보고 싶어요. 지금은 할 수 없지만 그렇게 되면 새로운 계획을 시도해 볼 수 있겠지요.”

“새로 온 집사하고는 잘 지내겠지?” 포이저 씨가 말했다.

“아, 네. 그는 아주 지각이 있는 사람입니다. 농사짓는 법도 알고 있고요. 배수 공사와 그런 일들을 아주 잘 해 나가고 있습니다. 언제 한번 스토니셔 쪽에 가셔서 어떤 변화가 일어나고 있는지 보셔야 해요. 하지만 그 사람은 건축에 대해서는 아무 개념도 없어요. 한 가지 이상의 일에 머리를 쓸 줄 아는 사람을 찾기란 참 힘들지요. 말처럼 곁눈가리개를 끼고 있어서 한쪽 외에는 다른 것을 볼 수 없는 것 같아요. 그런데 어윈 씨는 대개의 건축가들보다도 건축에 대해 더 잘 알고 계시거든요. 건축가들은 자기들이 훌륭한 사람들이라고 뽐내고 있습니다만, 굴뚝을 어디에 세워야 문짝과 어긋나지 않을지를 모르는 사람이 대부분입니다. 제가 생각하기에는, 취향이 조금 있는 실제적인 건축자가 일반적인 물건들을 가장 잘 만드는 설계사가 되는 것 같습니다. 그리고 제가 계획을 직접 세웠을 때 그 일을 관리하는 기쁨을 열 배나 더 누리게 되지요.”

포이저 씨는 건축에 대한 아담의 이야기에 경탄 어린 관심을 느끼며 귀를 기울였다. 그러나 그 이야기를 듣다보니 자기 밀밭에서 가리를 세우는 일꾼들이 주인의 감시를 받지 않은지 너무 오래 되었다는 생각이 들었을 것이다. 아담이 말을 끝내자 그는 일어서며 말했다.

"자, 여보게, 지금 잘 가라고 해야겠네. 다시 밀밭에 나가봐야 하니까."

아담도 역시 일어섰다. 보닛을 쓴 다인나가 조그만 바구니를 들고 토티를 앞장세워 오고 있었다.

"준비가 되었군요, 다인나." 아담이 말했다. "그럼 출발하지요. 집에 빨리 도착할수록 더 좋을 거예요."

"엄마." 토티가 높은 목소리로 말했다. "다인나 언니가 기도를 하면서 많이 울었어요."

"쉬, 쉬." 어머니가 말했다. "어린 여자애들은 쓸데없이 재잘거려서는 안 된단다."

그러자 그 아버지는 말없이 몸을 흔들고 웃으면서 토티를 흰 제재목 탁자에 올려놓고 아이에게 뽀뽀해 달라고 했다. 여러분도 알아차렸겠지만, 포이저 부부에게는 올바른 교육원칙이 없었던 것이다.

"비드 부인께 네가 필요하지 않으면 내일 돌아와라, 다인나." 포이저 부인이 말했다. "하지만 편찮으시면 더 머물러도 되겠지."

그래서 인사를 하고 다인나와 아담은 함께 홀 팜을 나섰다.

오두막에서

그들이 오솔길에 들어섰을 때 아담은 다인나에게 자기 팔짱을 끼라고 청하지 않았다. 함께 걷는 일이 종종 있었지만 그는 한 번도 그렇게 한 적이 없었다. 그녀가 세스와 팔짱을 끼고 걷는 것을 본 적이 없었기에, 아마도 그런 도움을 그녀가 유쾌하게 받아들이지 않을 거라고 생각했다.

그래서 나란히 걷기는 했지만 조금 떨어져 있어서 아담은 꼭 맞는 검은색 보닛의 챙에 가린 그녀의 얼굴을 볼 수 없었다.

"그러면 당신은 홀 팜을 당신의 집으로 여기면서 행복할 수 없는 건가요, 다인나?" 아담은 그 문제에 있어서 자신에 대한 염려는 조금도 하지 않는 오라버니처럼 조용히 관심을 드러내며 말했다. "그분들이 당신을 무척 좋아하시는데 유감이군요."

"아시다시피 아담, 그분들에 대한 사랑과 그분들의 행복에 대한 관심으로 보자면 내 마음은 오로지 그분들의 것이나 다름없어요. 그러나 그분들께는 현재 필요한 것이 없어요. 슬픔은 치유되었고요. 그리고 나는 옛 일로 돌아가라는 부름을 느낍니다. 최근에 누린 세속적인 풍요로움 속에서는 결핍되어 있는 축복을 발견했던 곳이지요. 우리 자신의 영혼에 더 큰 축복을 찾으려고, 하느님께서 우리에게 정해 주신 일에서 달아나려 해봐야 헛된 일이라는 것을 알고 있어요. 사랑과 순종의 마음으로 찾을 수 있는 곳에서 하느님의 존재를 찾지 않고, 충일한 하느님의 존재를 어디에서 찾을 수 있는지를 스스로 선택할 수 있다는 듯이 말이지요. 하지만 이제 내가 해야 할 일이 적어도 얼마간은 다른 곳에 있다는 분명한 가르침을 받았어요. 만일 이모님의 건강이 나빠진다든가 아니면 다른 일로 내가 필요하다면 돌아올 거예요."

"당신이 제일 잘 알겠지요, 다인나." 아담이 말했나. "당신의 양심에 비춰 볼 때 타당한 이유가 충분하지 않다면, 당신을 사랑하는 친척들의 바람을 거스르면서 떠나지는 않을 거라고 믿으니까요. 내 섭섭한 감정에 대해서 말할 권리는 내게 없어요. 내가 어떤 벗보다도 당신을 더 소중하게 생각하는 이유를 당신은 잘 알고 있겠지요. 만일 당신이 내 누이가 되어 평생 우리와 함께 살 수 있도록 하느님께서 명하셨다면, 나는 그것이 우리가 받을 수 있는 가장 큰 축복이라고 여겼을 거예요. 하지만 그럴 희망이 없다고 세스가 말하더군요. 당신의 감정은 다르다고요. 어쩌면 내가 그 이야기를 하는 것은 너무 주제넘은 일이겠지요."

다인나는 아무 대답도 하지 않았다. 그들은 말없이 몇 미터를 걸었고 돌로 만든 울타리 층계에 도달했다. 먼저 넘어간 아담이 몸을 돌려 그녀에게 손을 내밀었다. 유난히 높은 층계에 올라섰기에 그녀의 얼굴이 드러나지 않을 수 없었다. 그는 깜짝 놀랐다. 평소에 아주 온유하고 침착한 잿빛 눈이 흥분을 억누르는 듯 불안한 빛으로 반짝이고 있었으며, 층계를 내려올 때 뺨에 어렸던 희미한 홍조는 짙은 장밋빛으로 타올랐기 때문이었다. 그녀는 다인나가 아니라 그녀의 자매인 것처럼 보였다. 아담은 놀라서 잠시 생각에 잠겨 잠자코 있다가 다시 말을 이었다.

"내가 한 말에 상처를 받았거나 불쾌하지 않았기를 바라요, 다인나. 어쩌면 내가 너무 내 멋대로 말하고 있었나 봐요. 나는 오직 당신이 최선이라고 생각하는 것을 바랄 거예요. 당신이 30마일 떨어진 곳에 살아도 만족해요. 그것이 옳다고 당신이 생각한다면 말이지요. 지금 그렇듯이 앞으로도 당신을 많이 생각할 거예요. 내 심장을 뛰지 못하게 억제할 수 없듯이, 내가 떠올리지 않을 수 없는 기억에 당신이 엮여 있으니까요."

가엾은 아담! 이처럼 남자들은 큰 실수를 저지르곤 한다. 아무 대답도 하지 않던 다인나는 잠시 후에 말을 꺼냈다.

"우리가 마지막으로 그 가엾은 젊은이에 대한 이야기를 나눈 후로 그에 대한 소식을 들었어요?"

다인나는 아서를 언제나 그렇게 불렀다. 그를 감옥에서 보았을 때의 이미지를 결코 잊지 않았던 것이다.

"네." 아담이 말했다. "어윈 씨가 어제 그가 보낸 편지의 일부를 읽어 주셨어요. 곧 평화가 올 것이 확실하다고 하더군요. 그 평화가 오래 지속되리라고는[127] 아무도 믿지 않지만. 어떻든 그는 고향에 돌아오지 않을 생각이라고 해요. 아직 그럴 마음이 없고 다른 사람들을 위해서도 멀리 떨어져 있는 것이 더 낫다고요. 어윈 씨도 그가 돌아오지 않는 편이 옳다고 생각하시지요. 그것은 슬픈 편지였어요. 그는 언제나 그렇듯이 당신

127) 1802년 영국과 프랑스 사이에 맺어진 평화 협상은 1803년에 다시 적대적인 관계로 깨졌다.

과 포이저 씨 가족의 안부를 물었어요. 그 편지에 내 심금을 울리는 구절이 한 가지 있었어요. '내가 얼마나 늙어버린 듯한 기분인지 생각하실 수 없을 겁니다.' 그가 이렇게 썼지요. '저는 지금 아무런 계획도 세우지 않아요. 온종일 행군하거나 전투를 앞두고 있을 때가 가장 좋습니다.'"

"그는 내가 언제나 큰 연민을 느꼈던 에서[128]처럼 성급하고 따뜻한 마음을 가진 사람이에요." 다인나가 말했다. "그렇게나 사랑스럽고 관대한 에서와 하느님의 은총을 입고 있다는 사실을 알면서도 무척 소심하고 불신에 찬 야곱, 그 두 형제의 만남은 늘 내게 무척 감동적이었어요. 진정 야곱이 비열한 성격을 가진 사람이라고 말하고 싶은 때도 종종 있었어요. 그러나 그것은 우리가 치러야 할 시련입니다. 우리는 사랑스럽지 않은 많은 것들에서 선함을 보는 법을 배워야 하지요."

"아." 아담이 말했다. "나는 구약성서에서 모세에 대해 읽는 게 제일 좋아요. 그는 어려운 임무를 잘 이끌어갔고 다른 사람들이 그 열매를 거둘 수 있을 때 죽었어요. 사람은 자신의 삶을 그런 눈으로 볼 수 있는 용기가 있어야 해요. 자기가 죽어서 사라진 후에 거기서 무엇이 나올지를 생각해야 해요. 철저하게 이루어진 작업은 계속 남습니다. 그저 마루를 놓는 일에 불과하더라도, 그것이 훌륭하게 만들어졌기에 혜택을 더 많이 누리는 사람들이 있을 거예요. 그 일을 한 사람 말고도 말이지요."

그들 둘 다 사적이지 않은 주제에 대해 이야기하는 편이 즐거웠다. 이렇게 계속 걸어서 윌로우 브룩을 건너는 다리를 지나자 아담이 몸을 돌려 말했다.

"아, 세스가 있군요. 세스가 곧 집에 올 거라고 생각했어요. 당신이 가는 것을 그가 알고 있나요, 다인나?"

"네, 지난 안식일에 말했어요."

이제야 아담은 세스가 일요일 저녁에 아주 우울한 기분으로 집에 돌아

128) 창세기 32-3장. 야곱은 속임수로 에서의 상속권을 빼앗고는 말년에 그를 만나기를 두려워하여 염소와 양, 가축들을 미리 보냈다. 그러나 에서는 뇌물을 원치 않았고 그저 동생을 만나고 싶어 했다.

왔던 것을 기억했다. 그런 일은 근래에 무척 드물었다. 다인나를 매주 만나면서 행복한 기분이었기에 자신과 결코 결혼하지 않으리라는 고통은 오랫동안 드러나지 않았었다. 오늘 저녁 세스는 꿈속에 잠긴 듯 온화하고 만족한 평소의 표정을 짓고 있었다. 이윽고 다인나에게 가까이 다가갔을 때 그녀의 섬세한 눈썹과 눈꺼풀에서 눈물의 흔적을 보고는 자기 형을 재빨리 쳐다보았다. 하지만 아담은 다인나를 뒤흔들었던 감정의 격류와는 분명 동떨어져 있었다. 아담의 얼굴은 평소와 마찬가지로 바라는 바가 없는 평온한 표정을 띠고 있었다. 세스는 다인나의 얼굴을 보았다는 것을 그녀가 알아채지 못하게 하려고 애쓰면서 그저 이렇게 말했다.

"와 주어서 고마워요, 다인나. 어머니가 하루 종일 당신을 보고 싶어서 애태우고 계셨으니까요. 아침에도 일어나시자마자 당신 이야기를 시작하셨어요."

그들이 오두막에 들어섰을 때 리스베스는 안락의자에 앉아 있었다. 늘 일찌감치 준비하던 저녁 식사를 차리는 것만으로도 너무 지쳐서, 다가오는 발자국 소리를 들었어도 평소처럼 문간에 나가서 맞이할 수 없었다.

"이리 와요, 아가. 드디어 왔군." 다인나가 다가가자 그녀가 말했다. "일주일이나 나를 내버려 두고, 내 가까이에도 오지 않다니 무슨 일이지?"

"친애하는 부인." 다인나가 그녀의 손을 잡으며 말했다. "편찮으시군요. 일찍 알았더라면 왔을 거예요."

"하지만 와 보지 않으면 아픈지 아닌지 어떻게 알 수 있겠어? 저 사내애들은 내가 말을 하지 않으면 모른다고. 그저 일어나서 손발을 움직일 수만 있으면 남자들은 건강한 줄 알아. 하지만 아주 심한 건 아니야. 그냥 감기가 조금 들어서 몸이 아픈 거지. 그런데 저 애들은 집안일을 할 사람을 두라고 나를 성가시게 굴고 있어. 그런 말을 하면서 나를 더 아프게 만들고 있다고. 아가씨가 와서 나와 함께 살 수 있으면, 애들이 나를 그냥 내버려 둘 텐데. 포이저 씨네에서는 나처럼 아가씨가 필요하지는 않을 거야. 그런데 보닛을 벗구려. 그리고 아가씨 얼굴을 좀 보자고."

다인나는 보닛을 벗으며 다른 곳으로 가려했지만 리스베스는 그녀를 꼭 잡고 얼굴을 들여다보았다. 예전에 지녔던 순수함과 부드러움의 이미지를 되살리려고 새로 모은 눈송이를 들여다보듯이 말이다.

"무슨 일이 있었수?" 리스베스는 놀라서 물었다. "울고 있었구먼."

"곧 지나갈 슬픔이에요." 다인나가 말했다. 헤이슬롭을 떠날 거라는 생각을 밝힘으로써 지금 리스베스의 항의를 듣고 싶지는 않았던 것이다. "곧 아시게 될 거예요. 오늘 밤에 말씀드릴게요. 오늘은 여기서 자고 가겠어요."

리스베스는 이 기대에 마음이 진정되었다. 저녁 내내 다인나와 단 둘이서 이야기할 수 있는 것이다. 여러분이 기억하겠지만, 이 오두막에는 새 식구를 기대하며 거의 2년 전에 새로 만든 방이 있었고, 아담은 문서를 작성하거나 계획을 세울 때 언제나 그 방에 있었다. 그날 저녁에는 세스도 거기 앉아 있었다. 자기 어머니가 다인나를 독차지하고 싶어 하는 것을 알고 있었던 것이다.

그 오두막의 벽 양쪽으로 그림 두 폭이 아름답게 펼쳐졌다. 한쪽에서는 어깨가 넓고 체구가 크고 억센 노파가 푸른 재킷을 입고 부드러운 목수건을 두르고 침침한 눈에 열망하는 표정으로 백합 같은 얼굴에 검은 옷을 입은 자그마한 형체를 끊임없이 바라보고 있었다. 그녀는 가벼운 발걸음으로 움직이며 도와주거나 아니면 노파의 옆에 가까이 앉아서 말라빠진 손을 잡고 눈을 들어 바라보면서 성경이나 찬송가보다 더 쉬운 말로 이야기를 해 주었다. 오늘 밤에 노파는 읽어주는 책을 들으려 하지 않았다. "아니, 아니야, 책을 닫아요." 그녀가 말했다. "이야기를 해야겠어. 아가씨가 무엇 때문에 울고 있었는지 알아야겠어. 다른 사람들처럼 아가씨에게도 걱정거리가 있수?"

벽의 반대편에서는 서로 다르면서도 닮은 두 형제가 있었다. 텁수룩한 머리칼에 피부색이 짙은 아담은 이마를 찡그리고 활기차게 "숫자 계산"에 몰두하고 있었다. 세스는 체구가 크고 각이 졌으며 형과 닮은 모습이었지만 굽이치는 가느다란 갈색 머리칼에 꿈꾸는 듯한 푸른 눈으로 책보다는 창밖을 넋이 나간 듯 내다보고 있었다. 비록 그 책이 마담 귀용의 생애를 웨슬리가 요약한 내용으로 그에게는 놀랍고 흥미로운 읽을거리가 많은 새 책[129] 이었지만 말이다. 세스가 아담에게 말했다. "오늘 밤에 내가 여기서 도울 일이 있어? 작업실에서 소음을 내고 싶지 않아서."

"아니, 괜찮아." 아담이 대답했다. "내가 직접 해야 할 것밖에 없어. 너는 새 책을 읽어야 하잖아."

이따금 세스가 완전히 넋을 잃고 있을 때면 아담은 줄자를 가지고 선을 그은 후 멈추고는 다정한 미소를 눈에 머금고 동생을 바라보았다. 그는 '세스가 결코 설명할 수 없을 생각들에 몰두한 채 앉아 있기를 좋아하고, 그 생각들이 결코 어디에도 이르지 않겠지만 그를 행복하게 한다' 는 것을 알고 있었다. 지난 한 해 동안 아담은 세스에게 점점 더 너그러워지고 있었다. 그의 마음에서 슬픔으로 빚어진 다정함이 점점 커지고 있었던 것이다.

여러분은 아담이 스스로를 완전히 추스르게 되었다고, 남에게 넘겨줄 수 없는 타고난 천성에 따라 자기 일에서 기쁨을 느끼며 열심히 일하고 있다고 생각하겠지만, 사실 그는 슬픔을 넘어서지 못했다. 잠시 짊어진 짐이었던 양 그 슬픔이 이제 그에게서 빠져 나갔고 이제 자신이 다시 원래대로 돌아왔다고는 느끼지 못했다. 우리들 가운데 과연 그렇게 될 수 있는 사람이 있을까? 그런 일이 결코 없기를 바란다. 고뇌를 겪고 고투하면서 결국 그 끝에 가서 그저 우리의 옛 모습을 되찾는다면, 그렇다면 그것은 우리의 온갖 고뇌와 고투가 치열하지 않았기 때문일 것이다. 마찬가지로 우리가 똑같이 맹목적인 사랑으로 되돌아간다면, 똑같이 자신만만한 비난으로, 인간의 고통에 대한 똑같이 경솔한 생각으로, 황폐해진 인간 삶에 대한 똑같이 경박한 뒷공론으로, 외로울 때면 억누를 수 없이 소리치며 갈구하는 그 미지의 존재에 대한 똑같이 미약한 의식으로 돌아

---

129) 《웨슬리의 마담 귀용의 생애 요약》(1776). 마담 귀용은 프랑스의 로마가톨릭 신비주의자였다. 웨슬리는 그녀가 성서의 중요성을 간과하면서 종교적 경험을 지나치게 중시한다고 생각했지만, 그녀의 신비주의는 감리교의 경건한 열정과 유사한 부분이 없지 않았다.

간다면, 그 고뇌와 고투의 결과는 빈약하기 짝이 없을 것이다. 우리의 슬픔이 파괴될 수 없는 힘으로 우리 속에 살아있음을 차라리 감사히 여기자. 우리 속의 힘들이 늘 그렇듯이 다만 그 형태를 바꾸어서 그 슬픔은 고통에서 공감 — 우리 인간에게 내재한 최고의 직관과 최고의 사랑을 포괄하는 하나의 낱말로서 어설픈 용어에 불과한 — 으로 나아간다. 아담에게 이 고통이 완전히 공감으로 바뀐 것은 아직 아니었다. 아직도 커다란 고통이 남아 있었고, 그녀의 고통이 과거의 기억이 아니라 현재 존재하는 것인 한 그 고통은 지속될 거라고 느꼈다. 그리고 그 고통은 아침마다 새 빛을 받아 새로워진다고 생각했다. 하지만 우리는 육체의 고통뿐 아니라 마음의 고통에도 익숙해진다. 그럼에도 불구하고 그 고통을 받아들이는 감성은 사라지지 않는다. 그 감성은 우리 삶의 습관이 되고, 이제 완벽히 편안한 상태가 가능하리라고는 더 이상 상상하지 않는다. 욕망이 순화되어 순종으로 바뀐다. 그리고 우리의 슬픔을 말없이 견디며 하루하루를 지내는 데 만족하면서 고통스럽지 않은 듯이 행동한다. 왜냐하면 바로 그러한 시기에 우리의 삶이 가시적이거나 가시적이지 않은 관계들(그 관계들을 넘어서면 우리의 현재 자아 혹은 미래의 자아가 중심이 될 수밖에 없다)에 연루되어 있다는 의식이 마치 우리가 의지하면서 동시에 발휘해야 할 근육처럼 성장하기 때문이다.

슬픔을 겪은 지 두 해가 지난 가을에 아담의 마음 상태는 이러했다. 여러분도 알다시피, 일이란 그에게 있어서 늘 종교의 한 부분이었다. 아주 어린 시절부터 그는 훌륭한 목공일이 신의 의지이며, 신의 의지가 그에게 가장 직접적으로 표명된 형태라고 분명히 인식하고 있었다. 그러나 지금 그에게는 이 대낮의 현실을 넘어 꿈을 꿀 수 있는 여백이 없었고, 일상적인 노동의 세계에서의 휴가도 없었다. 의무가 쇠장갑과 갑옷을 벗고 휴식을 취하도록 그를 부드럽게 끌어안을 아득한 순간도 없었다. 미래에 대해서도 지금처럼 고된 노동의 나날들로 이어지는 것 외에는 아무런 그림도 떠오르지 않았다. 새로 한 주일이 지날 때마다 만족감이 커지고 관심사가 커질 것이다. 사랑은 그저 살아 있는 기억에 불과하며, 의식에서 완전히 사라지지는 않았지만 수족이 떨어져 나간 것에 지나지 않는다고 생각했다. 그는 그동안 사랑의 힘이 내내 그의 내면에서 새로운 힘을 얻고 있었으며, 깊은 경험으로 얻어진 새로운 감수성은 새로 생겨난 다양한 섬유질[130] 처럼 그의 본성이 다른 본성과 뒤섞일 수 있도록, 아니 뒤섞여야 하도록 해 주었다는 것을 알지 못했다. 하지만 그는 공동의 애정과 우정을 예전보다 더 소중하게 여겼고, 어머니와 세스에게 더욱 애정을 느꼈으며, 그들의 행복이 조금이라도 커지는 것을 보거나 상상하면서 이루 말할 수 없는 만족감을 느낀다는 것을 의식하고 있었다. 포이저 가족에 대해서도 채 삼사 일도 지나지 않아 다시 그들을 만나서 친근한 말이나 표정을 나누고 싶은 욕구를 느꼈다. 다인나가 그들 사이에 있지 않았더라도 그는 아마 이렇게 느꼈을 것이다. 그러나 그녀를 세상의 어느 친구보다도 높이 생각한다고 그녀에게 말했을 때 그 말은 가장 소박한 진실이었다. 그보다 더 자연스러운 일이 어디 있을 수 있겠는가? 가장 어두운 기억을 떠올리는 순간이면, 첫 번째 위안을 가져온 빛으로 언제나 그녀가 떠올랐다. 그 사건 직후에 홀 팜의 우울했던 나날들은 그녀가 있음으로써 점점 부드러운 달빛으로 바뀌었다. 오두막에서도 그러했다. 그녀는 시간이 날 때마다 들러서 리스베스를 위로하고 기운을 북돋워 주었던 것이다. 리스베스는 사랑하는 아들 아담의 비탄에 젖은 얼굴을 보고 겁이 나서 불평불만을 자제했다. 홀 팜에 갈 때면 아담은 다인나의 가볍고 조용한 동작과 아이들에 대한 사랑스러운 태도를 바라보는 데 익숙해졌다. 반복되는 음악처럼 그녀의 목소리에 귀를 기울이면서 그녀의 말과 행동은 다 옳고 그보다 더 나은 것은 없다고 생각하는 데 익숙해졌다. 슬기로운 사람이었음에도 불구하고 아담은 아이들의 응석을 지나치게 받아주는 다인나를 흠잡을 수 없었다. 거친 사내들도 종종 그 앞에서 전율을 느꼈던 설교자 다인나를 그 아이들은 집안의 편리한 노예로 바꾸어 버린

---

130) 위 문단과 이 부분에서 엘리엇은 근육과 근육의 섬유질의 이미지를 이용하여 인간의 삶이 다른 것들과 맺는 관계에 대한 인식을 근육으로, 경험으로 얻어진 새로운 감수성을 근육의 섬유질로 각각 비유하고 있다.

것이다. 다인나 자신도 이 약점에 대해 다소 부끄러움을 느꼈고, 솔로몬의 가르침[131]에서 벗어난 것에 대해 약간 내면적 갈등을 느꼈다. 그래, 더 좋을 수 있는 일이 한 가지 있었다. 그녀가 세스를 사랑하고 그와 결혼하기로 동의할 수도 있었을 텐데. 아담은 동생 때문에 약간 애가 탔다. 다인나가 세스의 아내가 된다면 그들의 가정을 모두에게 더할 나위 없이 행복하게 만들어 줄 수 있었을 거라고 생각하며 안타깝게 여기지 않을 수 없었다. 그녀야말로 어머니의 마지막 나날에 평화와 휴식을 얻을 수 있도록 위로해 줄 수 있는 유일한 사람이었다.

"그녀가 세스를 사랑하지 않다니 놀라운 일이야." 아담은 때로 혼잣말을 했다. "누구든지 세스가 그녀와 잘 맞는다고 생각할 텐데. 하지만 그녀가 다른 일에 관심을 갖고 있으니. 남편과 자기 아이를 갖는 일에 끌리지 않는 여자들 중의 하나일 거야. 결혼하면 자기 일만 하는 데 모든 시간을 다 쓴다고 생각하겠지. 그리고 다른 사람들의 근심을 나누며 사는 데 익숙하기 때문에 자기 마음이 다른 사람들과 단절된다는 생각을 참을 수 없을 거야. 그게 어떤 건지 잘 알겠어. 그녀는 대개의 여자들과는 다른 재질로 만들어진 사람이야. 오래 전에 그걸 알았지. 다른 사람들을 도와줄 때가 아니면 결코 마음이 편치 않을 거야. 결혼은 그녀의 일에 방해가 되겠지. 그건 사실이야. 마치 그녀보다 아니 하느님보다도 내가 더 현명하다고 생각하는 듯이, 그녀가 세스와 결혼하면 더 좋겠다고 궁리하거나 생각할 권리는 없는 거야. 하느님께서 그녀를 지금 그 모습으로 만드셨으니까. 그리고 그것이 하느님께서 내게 그리고 다른 사람들에 주신 가장 큰 축복 가운데 하나니까."

다인나가 세스를 받아들이기를 바란다는 소망을 언급함으로써 그녀에게 고통을 주었다는 사실을 그녀의 얼굴에서 헤아렸을 때, 아담은 이처럼 심한 자책감이 들었다. 그래서 그녀의 결정이 옳다는 자신의 믿음을

131) 솔로몬의 저술로 알려진 잠언 13장 24절 "자식이 미우면 매를 들지 않고 자식이 귀여우면 채찍을 찾는다."와 22장 6절 "세 살 버릇 여든까지 간다. 마땅히 따를 길을 어려서 가르쳐라."

표현하려 했다. 그녀가 떠나기로 선택했다면, 그들에게서 떠나가서 그저 서로의 생각 속에 살아있는 것 외에 달리 그들의 삶에 동참하지 않는다 하더라도, 그 선택이 옳다고 생각하며 체념하겠다는 마음을 강렬한 말로 표현하려고 애썼다. 자기가 그녀를 끊임없이 보고 싶어 하고, 서로 잘 알고 있는 엄청난 기억을 말없이 떠올리면서 그녀에게 이야기하는 것을 얼마나 좋아하는지 그녀가 아주 잘 알고 있으리라고 믿었다. 그녀가 떠나는 것에 찬성한다고 인정했을 때 그 말에서 그녀는 아담의 자기희생적인 애정과 존중을 알아차렸을 것이다. 하지만 그의 마음속에는 자기의 말이 정확하지 않았다는, 어쩐지 다인나가 자기 말을 이해하지 못한 것 같다는 불편한 느낌이 남아 있었다.

다음날 아침 다인나는 해가 뜨기 조금 전에 일어났을 것이다. 다섯 시쯤 아래층에 내려왔던 것이다. 세스도 그러했다. 리스베스가 집안일을 도와줄 여자를 들이는 것을 완고하게 거부했으므로 그는 어머니가 너무 피로하지 않도록 아담의 말에 의하면 "집안일에 무척 능숙해지는 법"을 익혀 왔다. 이것을 근거로 해서 여러분이 그를 남자답지 못하다고 생각하지 않기를 바란다. 여러분은 그 용감한 바스 대령[132]이 병자인 누이를 위해 죽을 끓였을 때 그를 남자답지 못하다고는 생각할 수 없을 것이다. 서류를 만들면서 늦게까지 앉아 있었던 아담은 아직 자고 있으며 아침 식사 시간까지 내려오지 않을 거라고 세스가 말했다. 지난 열여덟 달 동안 다인나가 리스베스를 자주 방문하기는 했지만, 티아스가 죽은 다음 날 밤 이후로는 그 오두막에서 잠을 잔 적이 없었다. 여러분도 기억하겠지만, 그때 리스베스는 그녀의 민첩한 행동을 칭찬했고 그녀가 끓인 오트밀 죽을 조건부로 인정하기도 했었다. 그러나 그 오랜 시간 동안 다인나의 집안일 솜씨가 무척 늘었고 오늘 아침에는 세스가 도와주었으므로, 포이저 이모가 만족할 정도로 집안을 더없이 정결하게 치우고 정돈하는 데 열중했다. 현재 그 오두막은 그 기준에서 무척 멀어져 있었다. 류머티즘 때문

---

132) 헨리 필딩의 소설 《아멜리아》(1751)에 나오는 인물.

에 리스베스는 예전처럼 헌신적으로 문질러 닦고 광을 낼 수 없었던 것이다. 집 안이 마음에 들 만큼 치워졌을 때 그녀는 아담이 전날 밤에 서류를 만들던 새 방으로 들어가서 쓸어내고 먼지를 털어야 할지 살펴보았다. 창문을 열어 신선한 아침 공기와 들장미 향기, 나지막하게 비스듬히 비치는 이른 아침 햇살을 들였다. 긴 빗자루를 들고 바닥을 쓸고 있는 그녀의 창백한 얼굴과 옅은 적갈색 머리카락에 햇빛이 후광을 만들었다. 그녀는 혼자서 찰스 웨슬리의 찬송가를 아주 나지막한 목소리로, 여러분이 귀를 바짝 대고 들어야 할 달콤한 여름날의 속삭임처럼 부르고 있었다.

신성한 빛의 영원한 광선이여,
지칠 줄 모르는 사랑의 샘이여,
아버지의 영광이 그 안에서 빛나도다,
이 아래 땅과 저 위의 하늘에서.

지친 방랑자의 쉼터이신 예수여,
그대의 느슨한 멍에를 내게 걸어 달라,
변함없는 참을성으로 내 가슴을 무장하라,
오점 없는 사랑과 신성한 두려움으로.

격투를 벌이는 내 격정에 "평화가 있으라!"고 말하라,
떨고 있는 내 가슴에 "정지하라!"고 말하라,
그대의 권력은 나의 힘이자 성채,
만물이 그대의 최고 의지에 순종하므로.[133)]

그녀는 빗자루를 내려놓고 먼지떨이를 집었다. 만약 여러분이 포이저 부인의 집에 머문 적이 있었다면, 다인나의 손에 들린 먼지떨이가 어떻게 움직일지를 잘 알고 있을 것이다. 그것은 좁은 구석 어디에나 들어가고, 눈에 보이거나 보이지 않는 선반 어디에나 올라가며, 의자의 모든 가

133) 찰스 웨슬리의 유명한 찬송가에 나오는 시 세 편.

로대와 모든 다리들, 그리고 탁자 위에 있는 모든 물건들의 위아래를 반복하여 일주하다가 마침내 아담의 서류와 줄자 그리고 그 옆의 열린 책상에 이르렀다. 다인나는 이 물건들의 가장자리까지 먼지를 털어냈고 그런 다음에는 소심하지만 갈망하는 시선으로 그것들을 바라보며 망설였다. 그 위에 먼지가 얼마나 많이 쌓여 있는지를 바라보기가 고통스러울 지경이었다. 그녀가 이렇게 바라보고 있을 때 열린 문 밖에서 세스의 발걸음 소리가 들려왔다. 그녀는 등지고 서서 맑은 목소리를 드높여 말했다.

"세스, 당신 형의 서류들이 흐트러져 있으면 그가 화를 내나요?"

"네, 제자리에 놓여 있지 않으면 무척 화를 내요." 세스의 목소리가 아닌 깊고 강한 목소리가 들려왔다.

다인나는 마치 진동하고 있는 현에 무심코 손을 댄 것 같았다. 그녀는 강렬한 전율로 몸을 떨었고, 한순간 아무것도 느낄 수 없었다. 빰이 타오르고 있음을 알았기에 몸을 돌리지 못하고 가만히 서 있었다. 다정하게 아침 인사를 건넬 수 없어서 곤혹스러웠다. 그녀가 몸을 돌려 자기 얼굴에 어린 미소를 보지 않았으므로 아담은 자기 말을 그녀가 진지하게 받아들였을까 걱정이 되어 그녀에게 다가갔고, 그래서 그녀는 그를 바라보지 않을 수 없었다.

"아니, 당신은 내가 집에서 화를 잘 내는 사람이라고 생각해요, 다인나?" 그가 미소를 지으며 말했다.

"아뇨." 다인나는 소심한 눈으로 그를 올려다보며 말했다. "그렇지 않아요. 하지만 다른 사람이 물건들을 만지면 혼란스러울 수 있지요. 심지어 가장 온유한 사람인 모세도 때로 화를 냈으니까요."

"자, 그러면 당신이 물건을 옮기고 다시 제자리에 놓는 걸 도와줄게요." 아담이 다정하게 그녀를 바라보며 말했다. "그러면 물건이 잘못 놓일 리 없지요. 당신은 꼼꼼한 점에 있어서 당신 이모님의 조카딸이 되고 있네요."

그들은 사소한 일을 함께 시작했지만, 다인나는 마음이 진정되지 않아서 아무 대답도 생각해 낼 수 없었다. 아담은 불안하게 그녀를 바라보았다. 다인나가 어쩐 일인지 최근에 자기에 대해 불만스러워하는 것 같았다. 예전처럼 친절하고 솔직하게 자기를 대하지 않았다. 아담은 그녀가 자기를 바라보고, 장난처럼 사소한 일을 하면서 자기처럼 즐거워하기를 바랐다. 그러나 다인나는 그를 바라보지 않았다. 이 키 큰 남자를 바라보지 않을 구실을 찾는 것은 쉬운 일이었다. 마침내 더 털어낼 먼지가 없고 그녀 가까이에 있을 다른 핑계가 없어지자, 그는 더 이상 참지 못하고 간청하듯이 말했다.

"다인나, 당신이 내게 불쾌하게 느낄 일이 있었던 것은 아니지요? 내 말이나 행동 때문에 당신이 나를 나쁘게 생각하게 된 것은 아니겠지요?"

이 질문에 그녀는 깜짝 놀랐고, 새로운 방향으로 감정을 다스리면서 긴장을 풀었다. 이제 그녀는 눈물이 나올 정도로 진지하게 그를 바라보며 말했다.

"아니에요, 아담! 어떻게 그런 생각을 할 수 있어요?"

"내가 당신에 대해 느끼듯이 당신이 나를 친구라고 느끼지 않는다면 나는 견딜 수 없을 거예요." 아담이 말했다. "그리고 내가 당신에 대한 생각을 얼마나 소중히 여기는지 당신은 모를 거예요, 다인나. 내가 어제 한 말의 의미는 바로 그거예요. 당신이 옳다고 생각한다면 당신이 떠나는 것에 내가 만족한다고 말했을 때 말이에요. 내 말의 뜻은, 당신에 대한 생각이 내게는 너무나 소중하기에, 당신이 떠나는 것이 옳다고 생각한다면 나는 투덜거리지 말고 감사해야 한다고 느낀다는 거지요. 내가 당신과 헤어지기 싫어하는 것을 당신은 알고 있지요, 다인나?"

"그래요, 친애하는 친구여." 다인나는 떨면서도 조용히 말하려고 애쓰며 말했다. "당신이 나에 대해 오빠와 같은 마음을 갖고 있음을 알고 있어요. 그리고 우리는 정신 속에서 종종 함께 있을 거예요. 하지만 요즈음에 나는 여러 가지 유혹으로 마음이 무거워요. 나에게 신경 쓰지 마세요. 나는 잠시 내 친지들을 떠나라는 부름을 받았다고 느껴요. 하지만 그것은 시련이에요. 육신은 약하니까요.[134]"

이렇게 대답하는 것이 그녀에게 고통스러운 일이라는 것을 아담은 알아차렸다.

"이 이야기를 하면서 당신을 힘들게 했군요, 다인나." 그가 말했다. "더 이상 말하지 않겠어요. 세스가 식사 준비를 끝냈는지 가 봅시다."

독자여, 이것은 소박한 장면이다. 그러나 여러분 역시 사랑에 빠진 적이 있었을 것이며, 여러분의 애인에게는 그렇게 말하지 않을지 모르지만, 어쩌면 틀림없이 한 번 이상 사랑에 빠진 적이 있었을 것이다. 만일 그렇다면, 여러분은 가늘게 떨리는 작은 두 빗줄기처럼 두 영혼이 하나로 섞이기 전에 서로에게 점점 다가갈 때의 사소한 말들과 소심한 표정, 떨리는 접촉들, 이 모든 것들을 하찮은 것이라고 여기지 않을 것이다. 다가오는 봄을 예고하는 처음 감지된 징후들이, 공기와 새들의 노랫소리에서 느껴지는 이루 말할 수 없이 모호한 느낌이나 산울타리 가지에서 간신히 알아볼 수 있는 아주 작은 싹이더라도 하찮은 것이라고 치부하지 않는 것과 마찬가지다. 이 사소한 말들과 표정과 접촉은 영혼의 언어를 이루는 것들이며, 최고의 언어란 주로 "빛", "소리", "별", "음악"처럼 두드러지지 않는 단어들로 이뤄진다. 사실 그 단어들은 그 자체로서는 "부스러기"나 "톱밥"보다 더 봐줄 만하거나 들어줄 만하다고 말할 수 없다. 그저 우연히도 그 단어들이 이루 말할 수 없이 위대하고 아름다운 것의 상징이 되었을 뿐이다. 나는 사랑이 위대하고 아름다운 것이라고 생각한다. 만일 여러분이 내 생각에 동의한다면, 사랑의 가장 작은 상징이 부스러기와 톱밥이라고는 여기지 않을 것이다. 오히려 구불구불 감겨진 긴 기억의 속살을 휘젓고 여러분의 현재를 여러분의 가장 소중한 과거로 풍부하게 만들어 준 "빛"과 "음악" 같은 사소한 단어들일 것이다.

---

134) 마태오복음서 26장 41절. "유혹에 빠지지 않도록 깨어 기도하여라. 마음은 간절하나 몸이 말을 듣지 않는구나!"

일요일 아침

리스베스의 류머티즘 증세는 다인나가 홀 팜에 하룻밤 더 돌아가지 못하도록 붙잡아 놓을 만큼 심각한 구실로 보일 수 없었고, 이제 그녀가 이모를 곧 떠날 예정이었으므로, 저녁이 되자 그 친구들은 작별을 해야 했다. 앞으로 "오랫동안" 만나지 못할 거라고 다인나가 말했다. 리스베스에게 자기 결심을 밝혔던 것이다.

"그렇다면 그건 내 평생이 될 거야. 아가씨를 다시는 보지 못할 거라고." 리스베스가 말했다. "오랫동안이라고! 난 그렇게 오랫동안 살지 못할 거야. 몸이 아주 쇠약해져서 죽을 텐데, 그런데 아가씨는 내 옆에 올 수 없다는 말이지. 나는 아가씨를 그리워하면서 죽을 거라고."

리스베스는 하루 종일 이렇게 하소연했다. 아담이 집에 없었기에 조금도 자제하지 않고 불평을 털어놓았다. 그녀는 왜 다인나가 가야 하는지를 자꾸 되풀이해서 물었고 그 이유를 받아들이지 않으려고 하면서 가엾은 다인나를 설득하려고 애썼다. 그 이유라는 것이 그저 변덕과 '외고집'으로 보일 따름이었다. 게다가 그녀는 다인나가 "아들들 중 한 명과 결혼해서" 자기 딸이 되지 않으려는 것을 유감으로 여겼다.

"아가씨는 세스를 참아줄 수 없을 거야." 그녀가 말했다. "어쩌면 그 애가 아가씨에 걸맞게 똑똑하지 않을 테니까. 하지만 그 애는 아가씨에게 무척 잘할 거야. 내가 몸이 아플 때면 그 애가 나를 위해서 일을 해 주는데 아주 솜씨가 좋거든. 그리고 아가씨처럼 그 애도 성경 읽고 예배 보는 걸 좋아하잖아. 어쩌면 아가씨는 아가씨와 똑 닮지 않은 남편을 더 좋아할지도 모르지. 흘러가는 냇물이 빗방울을 애타게 기다리지 않는 법이니까. 아가씨에게는 아담이 더 잘 맞을 거야. 분명히 그럴 거라고. 아가씨가 머물러 있기만 한다면 그 애는 아가씨를 무척 좋아하게 될 거야. 하지만 그 애는 쇠막대처럼 고집이 세지. 자기 자신 말고는 누구도 그 애를 굽힐 수 없어. 하지만 누구에게든 그 애는 좋은 남편이 될 거야. 무척 존중을 받고 있고 아주 영리하니까. 그런데다 그 애는 아주 사랑스러워. 그 애가 내게 친절하게 대할 때는 그 애의 눈빛만 보아도 기분이 좋아진다고."

다인나는 사소한 집안 일거리를 찾아 이리저리 움직이면서 리스베스의 주도면밀한 표정과 질문을 피하려고 애썼다. 저녁이 되어 세스가 돌아오자마자 그녀는 보닛을 쓰고 가려고 일어섰다. 마지막으로 작별인사를 하고 들판을 가로지른 후 다인나는 주위를 돌아보았다. 그 늙은 여자가 여전히 문간에 서서 그 침침한 눈에 분명 아주 희미한 점으로 보일 때까지 자기를 바라보고 있는 것을 알고 다인나는 몹시 가슴이 아팠다. "사랑과 평화의 손이 그들과 함께 있기를." 다인나는 마지막 울타리 층계에서 뒤를 돌아보며 기도했다. "당신이 그들에게 고통을 주었던 나날들과 그들이 악을 보았던 여러 해에 버금가도록 그들에게 기쁨을 주소서. 제가 그들과 헤어지는 것은 당신의 뜻입니다. 저로 하여금 오로지 당신의 뜻에 따르게 하소서."

리스베스는 마침내 집 안으로 들어가서 작업장에 들어가 세스 옆에 앉았다. 그는 마을에서 가져 온 매끄럽게 다듬은 나무로 조그만 도구상자를 만드느라 바삐 일하고 있었다. 그것을 다인나가 떠나기 전에 줄 생각이었다.

"다인나가 떠나기 전에 다음 주일에는 네가 그 애를 다시 만나겠지." 그녀가 처음 꺼낸 말이었다. "네가 조금이라도 쓸모가 있는 애라면, 그 애를 주일 밤에 다시 데리고 와서 나를 한 번 더 보게 할 거다."

"아니에요, 어머니." 세스가 말했다. "오는 것이 옳다고 생각하면 다인나는 틀림없이 다시 올 거예요. 제가 그녀를 설득할 필요도 없을 거라고요. 그저 작별인사를 하러 다시 온다면 아무 소용없이 어머니를 괴롭히는 거라고 생각할 거예요."

"그 애는 절대 떠나지 않을 거야. 만약 아담이 그 애를 좋아해서 그 애와 결혼하면 말이야. 그렇지만 일이 모두 다 너무나 어긋난다니까." 리스베스는 화를 내며 말했다.

세스는 잠시 가만히 있다가 약간 얼굴을 붉히며 어머니의 얼굴을 올려다보았다. "아니, 그녀가 그런 이야기를 조금이라도 비치던가요, 어머니?" 그는 더 나지막한 목소리로 물었다.

"말했냐고? 아니, 그 애는 아무 말도 하지 않을 거다. 바로 면전에서 이야기를 해줄 때까지 조금도 알아차리지 못하는 것은 그저 남자들뿐이야."

"글쎄, 그런데 왜 그렇게 생각하세요, 어머니? 무엇 때문에 어머니 머릿속에 그런 생각이 들었어요?"

"내 머릿속에 무엇이 그런 생각을 넣었는지는 상관할 바 없어. 내 머리는 무엇이 들어가야 할 정도로 텅 비어 있는 게 아니니까. 그리고 그런 생각을 내 머리에 넣은 것도 없다. 그저 문간에 바람이 들어오는 것을 알듯이, 그 애가 아담을 좋아한다는 걸 알고 있을 뿐이야. 그걸로 충분해. 그 애가 자기를 좋아한다는 걸 알면 아담은 그 애와 결혼하고 싶어할 거다. 그런데 누군가 그걸 아담의 머릿속에 넣어주지 않으면, 아담은 절대로 그런 생각을 못할 거라고."

다인나의 감정에 대한 어머니의 암시는 세스에게 전혀 새로운 생각이 아니었다. 하지만 어머니의 마지막 말에 그는 깜짝 놀랐다. 어머니가 직접 아담의 눈을 뜨게 해 주려고 할까봐 걱정스러웠던 것이다. 다인나의 감정에 대해서는 확신할 수 없었지만, 아담의 감정에 대해서는 확실히 알고 있다고 그는 생각했다.

"아니에요, 어머니, 안 돼요." 그는 진지하게 말했다. "그런 이야기를 아담에게 하시면 안 돼요. 다인나가 자기감정에 대해 어머니에게 이야기하지 않았으면, 어머니는 그녀의 감정이 어떤지를 말할 권리가 없어요. 그리고 아담에게 그런 이야기를 해 봐야 좋지 않은 일만 생길 거예요. 아담은 다인나에 대해서 무척 고마워하고 다정하게 느끼고 있어요. 하지만 그녀를 자기 아내로 만들려는 생각은 갖고 있지 않아요. 그리고 저는 다인나가 그와 결혼할 거라고 믿지 않아요. 그녀가 결혼할 거라고도 생각할 수 없어요."

"어휴." 리스베스는 참을 수 없다는 듯이 말했다. "너는 그 애가 너와 결혼하려고 하지 않기 때문에 그렇게 생각하는 거야. 그 애는 너와 절대로 결혼하지 않겠지. 그 애가 네 형과 결혼하기를 바라는 편이 나을 걸."

세스는 마음이 상했다. "어머니." 그는 항의하듯 말했다. "저를 그렇게 생각하지 마세요. 어머니가 그녀를 며느리로 맞으면 고마워하실 것처럼 저도 그녀를 형수로 맞게 되면 고마울 거예요. 그 일에 있어서 저 자신에 대해서는 더 이상 생각하지 않아요. 어머니가 다시 그런 말을 하시면, 그런 말은 받아들이기 어려울 거예요."

"그래, 그래, 그렇다면 내가 그렇다고 말하는데 너는 그렇지 않다고 말하면서 내 성을 돋우지 말아야지."

"하지만 어머니, 다인나에 대한 어머니의 생각을 아담에게 말하신다면, 그녀에게 잘못하시는 거예요. 오로지 해를 입힐 뿐이라고요. 만일 아담이 그녀에 대해서 똑같은 감정을 느끼지 않는다면 아담을 불편하게 만들 거예요. 그리고 아담은 그런 감정을 조금도 느끼지 않는다고 확신해요."

"아, 네가 뭘 확신하는지는 내게 말하지 마라. 너는 그런 것에 대해 아무것도 몰라. 아담이 그 애를 보고 싶어 하는 게 아니라면, 무엇 때문에 늘 포이저네 집에 가는 거냐? 예전에 한 번 갔었다면 요새는 두 번이나 간다고. 아담이 그 애를 보고 싶어 하는 것을 모른다고 치자. 내가 수프에 소금을 넣었다는 것을 그 애는 모르지. 하지만 소금이 들어가지 않으면 금방 그것을 아쉬워할 거다. 아담은 그 생각을 머릿속에 넣어주지 않으면 절대로 결혼 생각을 하지 않을 거야. 그리고 네가 네 어미를 조금이라도 사랑한다면, 네가 아담에게 그것을 일러주고, 내가 볼 수 없는 곳으로 그 애가 떠나도록 내버려 두지 않을 거라고. 나는 흰 가시나무 아래 내 늙은 남편에게 가서 잠들기 전에 조금이나마 위안을 얻도록 그 애를 옆에 두고 싶은데 말이야."

"아니에요, 어머니." 세스가 말했다. "저를 매정하다고 생각하시면 안 돼요. 하지만 다인나의 감정이 어떤지를 말하는 일을 떠맡는 건 제 양심에 어긋나는 일이에요. 게다가, 아담에게 결혼에 대한 이야기를 하면 그의 화를 돋울 거예요. 어머니도 그렇게 하지 않으시는 게 좋겠어요. 어머니가 다인나에 대해서 잘못 알고 계실 수도 있어요. 아니, 그녀가 지난 일요일에 말한 것으로 보아, 그녀에게는 결혼할 마음이 없다고 확신해요."

"아, 너도 다른 사람들처럼 외고집이구나. 만일 그게 내가 원하지 않는 일이었다면, 아주 빨리 이루어졌을 텐데."

리스베스는 이 말을 하고 벤치에서 일어나 작업장을 나섰고, 세스는 어머니가 다인나에 관해 아담의 마음을 혼란스럽게 만들까봐 무척 걱정되었다. 아담이 그 고통스러운 일을 겪은 후에, 리스베스가 아담의 감정에 관련된 문제에 대해 말하는 것을 무척 어려워했으므로, 어머니가 아주 민감한 이 문제에 대해서 쉽게 이야기를 꺼내지 못할 것이라는 생각이 들자, 잠시 후 안심이 되었다. 만약 어머니가 이야기를 꺼낸다 하더라도, 아담이 어머니의 말에 그리 주의를 기울이지 않기를 바랐다.

리스베스가 소심한 마음으로 자제하리라는 세스의 추측은 옳았다. 다음 삼 일간은 아담에게 말할 기회를 낼 수 있었던 시간들이 아주 드물고 짧았기 때문에 그녀는 강한 유혹을 느끼지 않았다. 그러나 혼자서 긴 시간을 보내면서 그녀는 다인나에 대한 아쉬운 마음에 곰곰이 생각했고, 마침내 그 생각은 점점 커져서 억제할 수 없으리만치 강렬해졌다. 그럴 때 생각은 놀랍게도 날개를 달고 은밀한 둥지에서 나오는 법이다. 그래서 주일 아침이 되어 세스가 트레들스턴의 예배당에 가고 집에 없을 때 마침내 그 위험한 기회가 도래했다.

주일 아침은 리스베스에게 일주일에서 가장 행복한 시간이었다. 헤이슬롭의 교회에서는 오전 예배가 없었으므로 오후가 될 때까지 아담은 늘 집에서 책을 읽었고, 그 시간에는 리스베스가 마음대로 그를 방해할 수 있었던 것이다. 게다가 주일이면 그녀는 아들들을 위해 평소보다 나은 점심 식사를 준비했다. 세스는 온종일 밖에 나가있을 때가 많았으므로, 대개는 아담과 자기만을 위한 식사였다. 그 시간이면 깨끗한 부엌의 말끔하게 정리된 불가에서 구운 고기 냄새가 풍겼고, 시계는 평화로운 일요일에 맞춰 째깍거렸으며, 사랑하는 아담이 제일 좋은 옷을 입고 그녀의 옆에 앉아서 그리 중요하지 않은 일을 하고 있었기에 내키면 그의 머리카락을 쓰다듬어 줄 수 있고, 그가 자기를 올려다보며 미소 짓는 것을 볼 수 있었다. 그러면 짚은 다소 질투심을 느끼며 두 사람 사이에서 주둥이를 쑤셔댔다. 가엾은 리스베스에게는 이 모든 것들이 지상의 낙원을 이루었다.

주일 아침에 아담이 가장 자주 읽는 책은 커다란 삽화들이 있는 성경이었고 오늘 아침에 그 책은 아담이 앉아 있는 부엌의 둥글고 흰 제재목 식탁 위에 펼쳐져 있었다. 어머니가 자기를 옆에 두고 싶어 하는 것을 알고 있기에 불이 피워져 있음에도 불구하고 아담은 거기 앉아 있었던 것이다. 일주일 가운데 그가 그런 식으로 어머니를 기쁘게 해 줄 수 있는 날은 일요일뿐이었다. 여러분은 아담이 성경을 읽는 모습을 보고 싶었으리라. 그는 평일에는 결코 성경을 펼치지 않았다. 그에게 있어서 성경은 역사와 전기와 시를 보여 주는, 휴일에만 읽는 책이었다. 그는 한 손을 조끼 단추들 사이로 밀어 넣고, 다른 손으로는 페이지를 넘길 준비를 갖추고 있었다. 아침 시간이 지나는 동안 여러분은 그의 얼굴에 스쳐지나간 많은 변화를 보았을 것이다. 때로 그의 입술은 소리를 낼 듯이 반쯤 움직였고, 사무엘이 죽으면서 부족민들에게 한 연설[135] 같은 것에 이를 때면 마치 자기가 그 말을 하고 있는 듯이 상상하곤 했다. 그럴 때면 눈썹이 솟구치고 구슬픈 공감으로 입술이 약간 떨리곤 했다. 늙은 이삭이 아들과 만나는 것[136] 같은 장면은 그의 심금을 울렸다. 다른 때에는 신약성서를 읽으면서 아주 엄숙한 표정을 띠고 진지하게 동의하듯이 이따금 고개를 흔들거나 손을 들어 올렸다가 다시 내리곤 했다. 그가 무척 좋아하는 경외서를 읽는 아침이면, 이따금 자유롭게 경외서의 저자와 의견을 달리했지만, 시라크의 아들[137]의 예리한 말에서 즐거운 미소를 띠곤 했다. 그는

135) 사무엘상 12장.

136) 창세기 27장 1-40절.

137) 구약 외경 중의 한 편인 "시라크의 아들, 예수의 지혜." 영국 국교회의 39개

훌륭한 교인에 걸맞게 39개조[138]를 잘 알고 있었던 것이다.

리스베스는 점심을 먹으면서 늘 아담의 맞은편에 앉아서 그를 지켜보았고 급기야는 더 이상 가만히 있지 못하고 그에게 다가가서 어루만지며 그의 주의를 끌었다. 오늘 아침에 그는 마태복음을 읽고 있었고, 리스베스는 평소보다 더 매끄러운 그의 머리카락을 쓰다듬으며 몇 분간 옆에 서서 그 신비로운 글자들에 경이감을 느끼며 말없이 그 큰 책장을 내려다보고 있었다. 오늘은 계속 쓰다듬어도 되겠다는 용기를 얻었다. 그에게 다가갔을 때 아담이 의자에서 몸을 뒤로 젖히고 그녀를 다정하게 바라보며 말했던 것이다. "아, 어머니, 오늘 아침은 아주 건강해 보여요. 어, 짚은 자기를 봐 주기를 원하는 모양이에요. 이 녀석은 내가 어머니를 제일 사랑하는 것을 참을 수 없나 봐요." 리스베스는 하고 싶은 말이 무척 많았기에 아무 대답도 하지 않았다. 이제 페이지를 넘기니 그림이 나왔다. 그것은 무덤에서 굴러 떨어진 커다란 돌 위에 앉아 있는 천사의 그림이었다. 이 그림은 리스베스의 기억에 강하게 연상시키는 바가 있었다. 다인나를 처음 보았을 때 바로 이 그림을 떠올렸던 것이다. 아담이 그 페이지를 넘겨 천사를 볼 수 있도록 책을 옆으로 들어 올리자 그녀가 말했다. "바로 그 애구나. 저건 다인나야."

아담은 미소를 지으며 그 천사의 얼굴을 더욱 유심히 바라보고 말했다.

"그녀와 약간 비슷해요. 하지만 내 생각에는 다인나가 더 예뻐요."

"저, 그러면, 그 애를 아주 예쁘다고 생각한다면, 왜 그 애를 좋아하지 않니?"

아담은 놀라서 올려다보았다. "아니, 엄마, 내가 그녀를 소중히 여기지 않는다고 생각하세요?"

"아니." 리스베스는 과감하게 꺼낸 말에 조금 겁이 났지만, 이제 물꼬

조 가운데 6번 조항은 교회가 "생애와 예의를 가르치는 본보기"로 외경을 읽기는 하지만 "교리를 정립하는 데 있어 외경을 적용하지 않는다."고 밝히고 있다.

138) 영국국교회의 신앙개조.

를 텄다고 느꼈다. 이제 어떤 해를 끼치더라도 물이 흘러야 한다. "삼십 마일이나 떨어져 있는 사람을 소중히 생각하는 게 무슨 소용이냐? 네가 그 애를 아주 좋아한다면, 그 애를 떠나게 하지 않을 거야."

"하지만 저는 그녀를 막을 권리가 없어요. 그녀가 올바로 생각한다면요." 아담은 이렇게 말하며 계속 책을 읽고 싶은 듯이 책을 바라보았다. 아무런 결론도 없는 불평불만이 이어지리라고 예상했던 것이다. 리스베스는 다시 맞은편 의자에 앉으며 말했다.

"하지만 네가 그렇게 외고집만 아니라면, 그 애는 올바로 생각하지 않을 거야." 리스베스는 아직도 모호하게 언급할 수밖에 없었다.

"외고집이라고요, 엄마?" 아담은 다시 약간 불안하게 올려다보며 말했다. "내가 무엇을 했는데요? 그게 무슨 뜻이에요?"

"글쎄, 너는 숫자와 일만 빼고는 아무것도 보지도 않고, 생각하지도 않아." 리스베스가 거의 울먹이듯이 말했다. "나무로 만들어진 사람처럼 그렇게 한평생을 살아갈 수 있다고 생각하니? 네 엄마가 죽고 난 다음에 편안하게 아침 식사를 할 수 있게 너를 보살펴 줄 사람이 없으면 어떻게 할 거니?"

"무슨 생각을 하고 계신 거예요, 엄마?" 아담은 훌쩍이는 소리에 화가 나서 말했다. "엄마가 무슨 뜻으로 하는 말인지 모르겠어요. 엄마를 위해서 지금까지 하지 않은 일 가운데 앞으로 해 드릴 수 있는 것이 있어요?"

"그래, 있어. 나를 조금 위로해 주고, 내가 아플 때 시중을 들어 주고, 나에게 친절하게 해 줄 사람을 네가 데려오면 돼."

"아니, 엄마, 집안일을 도와줄 깔끔한 사람을 들이지 않은 게 누구 잘못이지요? 저는 엄마에게 할 일이 산더미처럼 쌓이는 걸 바라지 않아요. 우리에게 그만한 여유는 있어요. 엄마에게 충분히 여러 차례 이야기했어요. 그것이 우리에게 훨씬 더 나을 거라고요."

"그래, 깔끔한 사람에 대해서 말해 봤자 무슨 소용이냐? 네가 말하는 건 마을 밖에 사는 어떤 계집애이거나 내 평생 본 적도 없는 트레들스턴의 여자일 텐데. 차라리 죽기도 전에 내 수의를 만들어 입고 내 관으로 들어가는 편이 낫겠다. 그런 여자들이 나를 집어넣기 전에 말이야."

아담은 잠자코 책을 계속 읽으려고 애썼다. 주일 아침에 어머니에게 보여줄 수 있는 가장 냉정한 태도는 바로 그것이었다. 그러나 리스베스는 이왕 내친김이라 자제할 수 없었기에, 일 분도 채 입을 다물지 않고 있다가 다시 시작했다.

"내가 누구를 옆에 두고 싶은지 잘 알게다. 나를 보러 오라고 불러오는 사람이 많은 게 아니니까. 네가 이미 여러 차례 그 애를 데려왔었잖아."

"다인나를 말씀하시는 거죠, 엄마. 알아요." 아담이 말했다. "그렇지만 되지도 않을 일에 마음을 둬 봤자 아무 소용없어요. 다인나가 헤이슬롭에 머물고 싶어 한다 하더라도 자기를 딸처럼 여기는 이모 집에서 나올 수 없어요. 우리와의 관계보다 더 가까운 관계로 결합되어 있으니까요. 그녀가 세스와 결혼할 수 있었다면, 우리에게 큰 축복이었겠지요. 하지만 이 세상에서 우리가 원하는 것을 모두 가질 수는 없어요. 엄마도 그녀 없이 지내도록 마음먹고 노력해야 해요."

"아니, 난 그런 마음을 먹을 수 없어. 그 애는 너에게 딱 맞는단 말이야. 그리고 하느님이 그 애를 만드셔서 널 위해 일부러 여기에 보내 주셨단 말이다. 누가 뭐라든지 그렇지 않다는 말은 난 절대로 믿을 수 없어. 그 애가 감리교도라는 게 무슨 상관이냐? 결혼하고 나면 없어지고 말걸."

아담은 의자에 몸을 젖히고 어머니를 바라보았다. 처음 대화가 시작되었을 때부터 어머니가 무엇을 생각하고 있었는지를 이제야 비로소 알아차렸다. 어머니가 지금까지 요구한 것들 가운데 가장 불합리하고 비현실적인 소망이었지만, 꿈도 꿔 본 적이 없는 너무나 새로운 생각에 그는 동요하지 않을 수 없었다. 하지만 될 수 있는 대로 빨리 어머니의 마음에서 그런 터무니없는 생각을 몰아내는 것이 중요했다.

"엄마." 그는 진지하게 말했다. "엄마는 지금 어처구니없는 이야기를 하고 있어요. 다시는 그런 말 하지마세요. 있을 수도 없는 얘기를 해 봐야 아무 소용도 없으니까요. 다인나는 결혼할 사람이 아니에요. 그녀는 다르게 살기로 마음을 먹고 있다고요."

"물론 그렇겠지." 리스베스가 참을 수 없다는 듯이 말을 받았다. "결혼하고 싶은 사람이 청혼해 주지 않는다면, 그 애가 결혼하지 않으려는 게 당연해. 네 아버지가 내게 청혼하지 않았더라면 나도 네 아버지와 결혼하려고 하지 않았을 거다. 그런데 내가 그 가엾은 티아스를 좋아했던 것만큼이나 그 애는 너를 좋아해."

아담의 얼굴이 붉게 달아올랐고 잠시 그는 자기가 어디 있는지도 알 수 없었다. 어머니와 부엌이 사라져 버렸고, 자기를 바라보는 다인나의 얼굴만 떠올랐다. 그 순간 마치 죽어 버린 기쁨이 되살아나는 것 같았다. 하지만 그는 재빨리 그 꿈에서 깨어났다. (깨어나는 순간 으스스하게 냉기가 돌며 서글퍼졌다.) 어머니의 말을 믿는 것은 아주 어리석은 일이니까. 어머니의 말에는 근거가 없을 것이다. 그러니 아주 강력하게 불신을 표명해야 했다. 어쩌면, 만일 혹시라도, 그 말에 근거가 있다면, 그 증거를 불러내기 위해서 말이다.

"엄마는 왜 그렇게 말하세요? 그런 말을 하실 근거가 없잖아요. 엄마에게 그렇게 말할 수 있는 권리가 전혀 없어요."

"그렇다면, 한 해가 지나갔다고 말할 권리가 전혀 없는 거나 마찬가지지. 내가 아침에 일어나서 제일 먼저 느끼는 것이 바로 그건데도 말이야. 내 생각에, 다인나는 세스를 좋아하지 않아, 그렇지? 세스하고는 결혼하고 싶어 하지 않지? 하지만 나는 그 애가 세스를 대할 때처럼 너를 대하지 않는다는 건 알고 있어. 그 애 옆에 세스가 있거나 짚이 있거나 그 애의 태도는 조금도 달라지지 않아. 하지만 네가 그 애 옆에 앉아서 아침을 먹거나 그 애를 쳐다보면 온 몸을 떨고 있단 말이야. 너는 네 엄마가 아무것도 알지 못한다고 생각하지만, 네 엄마는 네가 태어나기 훨씬 전부터 살아왔어."

"하지만 떨리는 것이 사랑을 뜻한다고는 확신할 수 없잖아요?" 아담이 불안하게 말했다.

"아니, 그럼 그게 뭘 뜻하겠니? 싫어서 그런 건 아니야, 그렇지? 그리고 그 애가 너를 사랑하는 게 아니라면 뭘 하겠어? 너는 사랑을 받도록 되어 있어. 너보다 더 정직하고 더 영리한 사람이 어디 있겠니? 그리고 그 애가 감리교도라는 게 무슨 상관이냐고? 그건 그저 죽 속에 들어 있는 금잔화일 뿐이야.[139]"

아담은 주머니에 손을 밀어 넣고 식탁 위의 책을 내려다보고 있었지만 글자들이 하나도 눈에 들어오지 않았다. 그는 마치 황금을 캘 수 있는 확실한 전망을 품고 있으면서도 동시에 쓰라린 실망에 가득 찬 미래를 예상하는 광부처럼 몸이 떨렸다. 그는 어머니의 통찰력을 믿을 수 없었다. 어머니는 자기가 보고 싶은 것만 보았을 것이다. 하지만, 하지만, 이제 그런 암시를 받으니, 아주 많은 것들이 기억에 떠올랐다. 감지할 수 없는 산들바람에 물결이 일듯 아주 사소한 일들에 불과했지만, 어머니의 말을 확증하는 듯이 여겨지는 것들이었다.

리스베스는 그의 동요된 얼굴을 보고 말을 이었다.

"그리고 그 애가 가 버리고 나면 뭔가 부족하다는 것을 너도 느끼게 될 거다. 너는 네가 생각하는 것 이상으로 그 애를 좋아하고 있으니까. 짚의 눈이 너를 따라다니듯, 네 눈은 그 애를 졸졸 따라다니고 있지."

아담은 더 이상 가만히 앉아 있을 수 없었다. 그는 일어나서 모자를 들고 들판으로 나갔다.

햇살이 들판에 비치고 있었다. 참피나무와 밤나무에 아직 노란색이 물들지는 않았지만 분명 여름의 햇살이 아니라 초가을의 햇빛이었다. 노동하는 사람들에게는 가을의 평온함을 넘어서는 평화로움을 전해 주는 일요일의 햇살이었다. 덤불이 우거진 산울타리의 섬세한 거미줄 위에 수정 같은 이슬방울이 아직 남아 있는 아침이었다.

아담에게는 평정함을 느끼게 해 줄 감화력이 필요했다. 놀랍게도 다인나의 사랑이라는 이 새로운 생각은 그를 온통 사로잡아서, 그 생각이 사실인지를 알고 싶은 격렬한 욕구 외에 온갖 다른 감정들을 짓눌러버렸

---

139) 수프에 향을 내기 위해서 넣는 금잔화 꽃잎은 해가 되지 않고 맛을 나쁘게 하지도 않으며 모양을 보기 좋게 해 준다.

다. 이상하게도 그 순간까지 그들이 연인이 될 수 있으리라는 생각은 단 한 번도 그의 마음에 떠오른 적이 없었다. 하지만 지금은 그의 온갖 열망이 갑자기 그 가능성을 향해서 나아갔다. 반짝이는 햇살이 비쳐 들고 하늘의 숨결이 들어오는 통로를 향해 날아가는 새처럼, 그는 자신의 열망에 대해서 추호도 의심하거나 주저하지 않았다.

일요일 가을의 햇살은 그를 달래 주었다. 하지만 어머니나 그 자신이 다인나에 대해 착각하고 있을 경우의 실망감에 대한 체념을 만들어 준 것은 아니었다. 오히려 그의 희망을 부드럽게 고무하면서 그를 달래 주었다. 그녀의 사랑은 평온한 햇살과 같아서 그 두 가지가 하나로 결합했고, 그는 그 햇살을 믿듯이 그녀의 사랑을 믿었다. 다인나는 그의 첫 열정의 슬픈 기억과 뗄 수 없이 연결되어 있었기에, 그녀를 사랑함으로써 그 기억을 저버리는 것이 아니라 그 기억에 새로운 성스러움을 보태는 것이었다. 그래, 그녀에 대한 사랑은 그 과거에서 태어났고, 그 아침이 지나면서 다가온 한낮이었다.

하지만 세스는? 그가 상처를 입을까? 그럴 것 같지는 않았다. 최근에 그는 지극히 만족한 듯이 보였고, 워낙에 이기적인 질투심이 없는 성격이었다. 어머니가 아담을 좋아한다고 해서 세스가 질투한 적은 단 한 번도 없었다. 그런데 어머니가 이야기한 것을 세스가 조금이라도 느낀 적이 있었을까? 아담은 이것이 알고 싶었다. 어머니보다는 세스의 관찰을 더 믿을 수 있다고 생각했던 것이다. 다인나를 만나러 가기 전에 세스와 이야기를 나눠야 한다. 이런 생각을 품고 그는 오두막으로 돌아가서 어머니에게 말했다.

"세스가 언제 돌아올 거라고 말했어요? 그 애가 점심 먹으러 돌아올까요?"

"아, 그래. 희한하게도 오늘은 돌아올 거다. 트레들스턴에 가지 않았거든. 설교하고 기도하러 어딘가에 갔어."

"그 애가 어디 갔는지 아세요?" 아담이 물었다.

"아니, 종종 공유지에 가더라. 그 애가 어디 가는지는 나보다 네가 더 잘 알잖아."

아담은 세스를 만나러 가고 싶었지만, 근처의 들판을 거닐면서 될 수 있는 대로 빨리 그의 모습을 포착하는 데 만족하기로 했다. 12시로 정해진 점심시간이 되기 전에는 세스가 집에 돌아오지 않을 터이므로 기껏해야 한 시간 이상은 걸리지 않을 것이다. 하지만 아담은 다시 앉아서 차분히 책을 읽을 수 없어서 시냇가를 따라 어슬렁거리다가 울타리 층계에 기대섰다. 마치 무언가를 아주 선명하게 바라보는 듯 강렬하고 열렬한 시선으로 쳐다보았지만, 시냇물이나 버드나무, 들판과 하늘을 보고 있는 것은 아니었다. 자신의 강렬한 감정, 강렬하면서도 달콤한 이 새로운 사랑에 대한 경이감으로 인해 그의 시선은 계속해서 끊기고 말았다. 그것은 잠시 제쳐 두었던 어떤 예술작품을 만들 수 있는 새로운 힘을 자기 내면에서 발견하며 느끼는 경이감과 같았다. 시인들이 우리의 첫사랑에 대해서는 그렇게나 멋진 말들을 많이 쓰면서 어째서 이후의 사랑에 대해서는 거의 언급하지 않는 것일까? 과연 그들이 처음으로 쓴 시가 최고의 시일까? 더 풍부한 생각과 더 넓은 경험, 더 깊이 뿌리박은 애정에서 비롯된 시들이 최고의 것이 아닐까? 플루트처럼 앳된 소년의 목소리는 그 나름대로 봄철의 매력이 있지만, 어른이 되면 더 풍부하고 더 깊은 소리를 내야 한다.

이윽고 제일 멀리 떨어져 있는 울타리 층계에 세스의 모습이 보이자 아담은 서둘러 그를 만나러 다가갔다. 아담을 보고 놀란 세스는 어떤 특별한 일이 일어났을 거라고 생각했다. 그러나 가까이 다가온 아담의 얼굴을 보면 걱정할 일이 아니라는 점이 분명했다.

"어디 갔었니?" 나란히 걸으며 아담이 물었다.

"공유지에 갔었어." 세스가 대답했다. "브림스톤에 모인 몇몇 사람들에게 다인나가 말씀을 전했어. 그들은 하느님을 그렇게 부르지. 교회에 거의 가지 않는 사람들이야. 그 공유지에 모인 사람들 말이야. 그렇지만 다인나의 말을 들으려고는 하거든. 그녀는 오늘 오전에 '나는 의인을 부르러 온 것이 아니라 죄인을 부르러 왔다'[140] 는 말씀을 성령의 힘으로 전했어. 그런데 아주 사소한 일이 일어났는데 아주 보기 좋은 광경이었지. 여자들은 대체로 아이들을 데리고 오는데 오늘은 전에 보지 못한 서너 살 가량의 통통하고 머리카락이 곱실거리는 아이가 있었어. 처음에 내가 기도하고 우리가 노래를 부르는 동안에 그 아이는 무척 버릇없이 굴었지. 그런데 우리가 모두 앉고 다인나가 설교를 시작했을 때 그 어린애가 갑자기 꼼짝 않고 서 있더니 입을 크게 벌리고 다인나를 바라보기 시작했어. 곧 자기 엄마에게서 벗어나서 다인나에게 가서는 조그만 강아지처럼 자기를 봐 달라고 그녀를 잡아당겼어. 그래서 다인나가 그 애를 안아 자기 무릎에 앉히고 계속 설교를 했지. 그랬더니 그 애는 아주 착하게 굴더니 잠이 들었어. 자기 아이를 보고 그 어머니가 눈물을 흘리더군."

"그녀 자신이 어머니가 되지 않는 것이 유감이구나." 아담이 말했다. "아이들이 그녀를 그렇게 좋아하는데 말이야. 그녀가 결혼에 대해서 완전히 마음을 굳혔다고 생각하니? 어떤 일이 있어도 그녀의 마음이 달라지지 않을 거라고?"

형의 목소리에 특별한 의미가 담겨 있었기에 세스는 대답하기 전에 그의 얼굴을 슬쩍 쳐다보았다.

"무슨 일이 있어도 그녀의 마음이 달라지지 않을 거라고 말한다면 잘못일 수도 있겠지." 그가 대답했다. "하지만 나에 관해서 묻는 거라면, 그녀가 내 아내가 될 수 있다는 생각은 완전히 포기했어. 그녀는 나를 형제라고 불러. 그걸로 충분해."

"하지만 그녀가 다른 사람과 결혼하고 싶어할 정도로 좋아할 수 있을 거라고 생각하니?" 아담은 다소 부끄러워하며 말했다.

"글쎄." 세스는 약간 망설인 후에 말했다. "최근에는 그럴지도 모른다는 생각이 때로 들었어. 하지만 다인나는 인간에 대한 애정 때문에 하느님이 자기에게 정해 주셨다고 믿고 있는 길에서 벗어나지는 않을 거야. 만일 하느님께서 인도하신 것이 아니라고 생각한다면, 그녀는 그 힘에

---

140) 마가복음 2장 17절 또는 루가복음 5장 32절.

굴복되지 않을 거야. 그리고 그 점에 대해서 그녀는 언제나 분명히 밝혔어. 자신이 할 일은 다른 사람들에게 봉사하는 것이고, 이 세상에 자기 집을 만드는 것이 아니라고 말이야."

"하지만 만약, 만약 그녀에게 똑같이 일하도록 내버려 두고 그녀를 방해하지 않을 사람이 있다고 해 보자." 아담이 진지하게 말했다. "그녀는 지금 자기가 하고 있는 일을 계속 할 수 있을 거야. 혼자일 때와 마찬가지로 결혼해서도 말이지. 그녀와 비슷한 일을 하는 여자들은 결혼했잖아. 말하자면, 그녀와 똑같은 사람이 아니라, 설교하고 병자와 궁핍한 자들을 돌보는 여자들 말이야. 그녀가 이야기한 플레처 부인도 결혼한 사람이었고."

이제 세스에게 새로운 생각이 떠올랐다. 그는 몸을 돌리고 아담의 어깨에 손을 얹으며 말했다. "그래, 그녀가 형과 결혼하기를 바라?"

아담은 묻고 있는 세스의 눈을 의심스럽게 바라보고 말했다. "만약 그녀가 너보다 나를 더 좋아한다면 네가 상처를 받을까?"

"아니." 세스는 힘주어 대답했다. "어떻게 그런 생각을 할 수 있어? 내가 형의 기쁨을 함께 나누지 못할 정도로, 형의 고통을 느끼지 못했겠어?"

잠자코 그들은 몇 분간 걸어갔고 그런 다음에 세스가 말했다.

"나는 형이 그녀를 아내로 생각하게 되리라고는 전혀 예상치 못했어."

"하지만 그녀를 생각하는 것이 소용이 있을까?" 아담이 말했다. "어떻게 생각해? 엄마가 오늘 오전에 한 이야기 때문에 나는 내가 어디 있는지도 모르겠어. 엄마는 다인나가 나에 대해 평범하지 않은 감정을 느끼고 있다고 확신한다고 하셨어. 그리고 나와 결혼하고 싶어할 거라고. 하지만 유감스럽게도 어머니는 근거 없이 말씀하시는 거야. 나는 너도 그런 것을 느꼈는지 알고 싶어."

"그것은 말하기 미묘한 문제야." 세스가 말했다. "그리고 내가 틀릴 수도 있어. 게다가 사람들이 자기감정을 직접 말하려 하지 않을 때 남들이 그것에 주제넘게 나설 권리는 없어."

세스가 말을 멈췄다.

"하지만 형이 그녀에게 물어 볼 수 있겠지." 그가 곧 말했다. "내가 물어 보았을 때 그녀는 화를 내지 않았어. 그리고 나보다는 형에게 더 권리가 있지. 형이 그 모임에 속하지 않는다는 것을 제외하면. 하지만 다인나는 그 모임을 아주 엄격하게 제한해야 한다고 생각하는 사람들과 의견을 같이 하지 않아. 다른 사람들을 그 모임에 들이는 데 반대하지 않고. 그들이 하느님의 왕국에 들어갈 수 있도록 말이지. 트레들스턴의 몇몇 형제들은 그 점에 대해서 그녀에게 불만을 갖고 있어."

"그녀가 오늘 하루 어디에 있을까?" 아담이 말했다.

"오늘은 다시 홀 팜에서 나오지 않겠다고 말했어." 세스가 말했다. "오늘이 그곳에서 마지막으로 보내는 주일이니까. 그녀는 아이들에게 큰 성경책을 읽어줄 거야."

아담은 '그렇다면 오늘 오후에 가야지. 교회에 가더라도 줄곧 그녀만 생각할 테니까. 오늘은 나 없이 찬송가를 불러야 하겠군' 이라고 생각했지만 입 밖에 내지는 않았다.

아담과 다인나

세 시쯤 되어 아담이 농가에 들어서는 바람에, 앨릭과 개들은 일요일의 낮잠에서 깨어났다. "그 젊은 아씨"만 빼고 모두들 교회에 갔다고 앨릭이 말했다. 그는 다인나를 그렇게 불렀다. 하지만 아담은 이 말에 실망하지 않았다. 그 "모두들"이란 낙농실에서 일하는 처녀 낸시를 포함할 정도로 포괄적인 말이었지만 말이다. 낸시는 맡은 일 때문에 교회를 갈 수 없는 경우가 종종 있었다.

그 집에는 완벽한 정적감이 감돌고 있었다. 문들은 모두 닫혀있고, 돌과 물통조차도 평소보다 더 고요하게 보였다. 펌프에서 물이 조용히 떨어지는 소리만 들려왔다. 그 정적에 어울리게 아담은 아주 조용히 문을 두드렸다.

문이 열리고 다인나가 그의 앞에 모습을 드러냈다. 이 시간에 아담이 온 것을 보고 그녀는 무척 놀라서 짙은 홍조를 띠었다. 그 시간이면 그가 늘 교회에 가는 것을 그녀는 알고 있었다. 어제라면 그는 그녀에게 어렵지 않게 말을 건넬 수 있었을 것이다. "당신을 만나서 왔어요, 다인나. 집에 다른 사람들이 없는 것은 알고 있어요." 하지만 오늘은 무엇 때문인지 그런 말을 할 수 없어서 그는 그저 말없이 손을 내밀었다. 그들 둘 다 아무 말도 하지 않았지만, 말을 할 수 있기를 바라면서 아담은 집 안에 들어섰고 자리에 앉았다. 다인나는 조금 전에 일어섰던 자리에 앉았다. 창가의 탁자 구석에 있는 의자였고, 탁자 위에는 펼쳐지지 않은 책이 놓여 있었다. 다인나는 조금도 움직이지 않고 가만히 앉아서 밝게 타오르는 벽난로의 조그만 장작불을 바라보고 있었다. 아담은 그녀의 맞은편에 있는 포이저 씨의 삼각의자에 앉았다.

"어머니께서 다시 편찮으신 건 아니겠지요, 아담." 다인나가 마음을 추스르며 말했다. "오늘 아침에 괜찮으셨다고 세스가 말했어요."

"네, 오늘은 아주 건강하세요." 자기를 보았을 때 다인나가 드러낸 감정의 징후를 보고 기뻤지만 아담은 수줍게 말했다.

"보시다시피 집에는 아무도 없어요." 다인나가 말했다. "하지만 조금만 기다리세요. 오늘은 교회에 갈 수 없었던 모양이지요."

"그래요." 아담은 이렇게 말하고 잠시 멈추었다가 덧붙였다. "당신에 대해 생각하고 있었어요. 그래서 가지 못했어요."

이 고백이 무척 어색하고 갑작스러웠다고 아담은 느꼈다. 다인나가 자기 말의 의미를 틀림없이 이해할 거라고 생각했던 것이다. 그러나 다인나는 그 솔직한 말을 자기가 떠나는 것에 대한 오라버니다운 유감을 표현한 말이라고 즉시 해석하면서 평온하게 대답했다.

"나 때문에 걱정하거나 마음을 쓰지 마세요, 아담. 스노필드에도 필요한 것이 모두 있고 풍부하니까요. 그리고 내 마음도 편안해요. 이곳을 떠나면서 나 자신의 의지를 따르는 것이 아니니까요."

“그러나 상황이 다르다면, 다인나, 어쩌면 당신이 지금 알지 못하는 것을 알게 된다면 …. ” 아담은 망설이면서 말했다.

다인나는 물음을 담은 시선으로 그를 보았지만, 그는 말을 멈추고 의자를 집어서 그녀가 앉아 있는 탁자 구석 가까이에 놓았다. 그녀는 의아했고 두려움이 스쳤다. 다음 순간 그녀의 생각은 과거로 치달았다. 그녀가 알지 못하는 것이 멀리 떨어져 있는 불행한 사람들에 관한 소식일까?

아담은 그녀를 바라보았다. 지금 자신을 망각하고 오로지 의문에 가득 찬 그녀의 눈을 바라보고 있자니 너무나 감미로웠다. 잠시 그는 자기가 뭔가 말하려 했다는 것, 아니, 그녀에게 자신의 의도를 말할 필요가 있다는 것도 잊어버렸다.

“다인나.” 그는 그녀의 두 손을 잡고 불쑥 말했다. “나는 당신을 내 온 마음과 영혼으로 사랑해요. 나를 만드신 하느님 다음으로 당신을 사랑해요.”

다인나의 입술이 그녀의 뺨처럼 창백해졌고, 그녀의 몸은 고통스러운 기쁨의 충격으로 격렬하게 떨렸다. 아담의 손에 잡힌 그녀의 손은 죽음처럼 차가웠다. 그의 손에 꼭 잡혀 있었기에 그녀는 손을 뺄 수 없었다.

“당신이 나를 사랑할 수 없다고 말하지 말아요, 다인나. 우리가 헤어져야 한다고, 우리가 서로에게서 멀리 떨어져서 살아야 한다고 말하지 말아요.”

다인나의 눈에서 눈물이 흔들리다 대답하기도 전에 굴러 떨어졌다. 그러나 그녀는 나지막하고 조용한 목소리로 말했다.

“그래요, 아담. 우리는 다른 의지에 복종해야 해요. 우리는 헤어져야 해요.”

“당신이 나를 사랑한다면 그렇지 않아요, 다인나. 당신이 나를 사랑한다면.” 아담은 열정적으로 말했다. “말해 줘요. 당신이 나를 오라버니로 사랑하는 것보다 더 사랑할 수 있는지 말해 줘요.”

다인나는 전적으로 신의 의지에 따르고 있었기에 속이거나 감추면서 목적을 이루려하지 않았다. 이제 그녀는 처음의 충격적인 감정에서 회복되고 있었다. 그녀는 소박하고 진실한 눈으로 아담을 바라보며 말했다.

"그래요, 아담. 내 온 마음은 당신을 향해 강하게 이끌리고 있어요. 그리고 나 자신의 의지에 따른다면, 만일 내게 정반대의 것을 분명히 보여주는 가르침이 없다면, 나는 당신 옆에서 끊임없이 당신을 보살피면서 행복을 찾을 수 있을 거예요. 유감스럽게도 다른 사람들과 함께 기뻐하고 함께 눈물을 흘리기를 잊을 거예요. 아니, 유감스럽게도 신의 존재를 잊고 오로지 당신의 사랑만 원할 거예요."

아담은 즉시 대답하지 않았다. 그들은 감미로운 침묵 속에서 서로를 바라보며 앉아 있었다. 처음으로 서로의 사랑을 느끼는 순간은 다른 감정들을 제압하기 때문에, 오직 영혼의 대면이 있을 뿐이다.

"그렇다면 다인나, 우리가 서로에게 속하면서 우리의 삶을 함께 보내는 것에 어떻게 옳지 않은 점이 있을 수 있어요? 이 커다란 사랑을 누가 우리의 마음에 넣어 주었나요? 이보다 더 성스러운 것이 있을까요? 언제나 우리와 함께 계시도록 하느님께 간청할 수 있고, 옳은 일을 하면서 서로를 도울 거예요. 내가 당신과 하느님 사이에 끼어들어서 당신에게 이것을 하지마라, 저것을 해서는 안 된다고 말하는 일은 결코 없을 거예요. 당신은 지금처럼 당신의 양심을 따르게 될 거예요."

"그래요, 아담." 다인나가 말했다. "결혼이란 진정으로 그것에 부름을 받았고 다른 것에 이끌리지 않는 사람들에게 신성한 결합이라는 것을 알고 있어요. 하지만 어린 시절부터 나는 다른 길로 이끌렸어요. 나만의 생활이나 욕구, 나 자신을 위한 소망을 전혀 가지지 않고, 오로지 하느님 안에서 그리고 그분의 피조물 중에 슬픔과 기쁨을 함께 나눌 수 있는 사람들 사이에서 살면서 평화와 기쁨을 발견했어요. 하느님께서 내게 무척 큰 축복을 주신 때였어요. 그런 길에서 벗어나게 하는 어떤 목소리에라도 귀를 기울인다면 나는 나를 비추던 빛에 등을 돌리고 어둠과 의혹에 사로잡힐 거라는 느낌이 들어요. 만일 내 영혼에 의혹이 든다면, 한때 내게 주어졌으나 밀쳐내 버린 더 나은 몫[141]을 너무 늦었을 때 갈망하게 된다면, 우리는 서로를 축복할 수 없을 거예요, 아담."

“하지만 새로운 감정이 당신의 마음에 스며들었다면, 그리고 당신이 다른 사람들보다 나에게 더 가까이 있기를 바랄 만큼 나를 사랑한다면, 당신의 생활을 바꾸는 것이 옳다는 징후142)가 아닐까요? 그 밖의 다른 것들이 그렇지 못할 때 그 사랑이 모든 것을 올바르게 만들어 주지 않을까요?”

“아담, 내 마음은 그것에 대한 의문으로 가득 차 있어요. 지금 당신이 나에 대한 당신의 강렬한 사랑을 이야기하니까, 이전에 명백하게 보였던 것이 다시 어두워졌어요. 전에는 내 마음이 너무나 강렬하게 당신에게 이끌리고 있고 당신의 마음은 내 마음과 같지 않다고 느꼈어요. 당신에 대한 생각에 사로잡혀서 내 영혼은 자유를 잃고 지상의 애정에 예속되어 갔고 그래서 나에게 어떤 일이 일어날지 근심하고 걱정하게 되었지요. 다른 애정에 있어서는 아주 작은 보상을 받아도 혹은 전혀 보상을 받지 못해도 만족했었어요. 하지만 내 마음이 당신에게서 똑같은 사랑을 갈구하기 시작했지요. 그래서 그 커다란 유혹에 저항하기 위해서 노력해야 한다는 점에 의심의 여지가 없었어요. 내가 떠나야 한다는 명령이 분명해졌지요.”

“하지만 이제, 사랑하는 다이나, 이제 당신이 나를 사랑하는 것보다 내가 당신을 더 사랑하는 것을 알고 있으니 … 지금은 모든 것이 다르잖아요. 당신은 떠나려고 생각하지 않겠지요. 여기 머물러서 내 사랑하는 아내가 되어 주겠지요. 그러면 내게 생명을 주신 하느님께 감사드릴 거예요. 예전에 감사드렸던 것과는 전혀 다르게 말이지요.”

“아담, 당신의 말에 귀를 기울이지 않으려고 애쓰는 것이 정말 힘들어요. … 아주 힘들다는 것을 당신도 알 거예요. 하지만 커다란 두려움이 엄습하고 있어요. 마치 당신이 나에게 팔을 뻗쳐서 편안함을 얻고 나만의 즐거움을 위해서 살라고 손짓하고 있는 것 같아요. 반면에 슬픈 인간, 예

141) 마리아와 마르다의 이야기에 대한 언급. 루가복음서 10장 42절.

142) 감리교도들은 자신들의 삶을 인도하는 하느님의 뜻을 드러내는 징후를 열렬히 추구했다.

수께서 서서 나를 바라보시며 죄를 지은 자, 고통 받는 자, 괴로움을 겪는 자를 가리키고 계시지요. 조용히 어둠 속에 앉아 있을 때 그 광경이 계속해서 보였어요. 그러자 내가 냉혹한 인간이 되어서 자기만 사랑하며 구원자의 십자가를 더 이상 기꺼이 지려하지 않을지도 모른다는 커다란 공포가 밀려왔어요."

다인나는 눈을 감고 몸을 약간 떨었다. "아담, 당신은 우리의 내면에 있는 그 빛에 충실하지 않음으로써 어떤 이익을 추구하기를 바라지 않겠지요? 그것이 선이 될 수 있다고는 믿지 않을 거예요. 우리는 그 점에 있어서 한마음이에요."

"그래요, 다인나." 아담이 슬프게 말했다. "나는 당신의 양심에 거스르며 강요하는 사람은 결코 되지 않을 거예요. 하지만 당신이 다른 식으로 보게 되리라는 희망은 버릴 수 없어요. 나에 대한 당신의 사랑이 당신의 마음을 닫아 버릴 수 있다고는 믿지 않아요. 그것은 과거 당신의 존재에서 덜어 내는 것이 아니라 그 존재에 더해 주는 거예요. 사랑과 행복도 슬픔과 마찬가지인 것 같으니까요. 그것에 대해 많이 알수록, 우리는 다른 사람들의 삶이 어떤 것인지 혹은 어떨 수 있을지를 더 잘 느낄 수 있어요. 그래서 우리는 그들에게 더 다정해질 수 있고 그들을 더 돕고 싶어질 거예요. 사람은 지식이 많으면 많을수록 자기 일을 더 잘할 수 있어요. 감정도 일종의 지식이지요."

다인나는 잠자코 있었다. 그녀의 눈은 자기에게만 보이는 어떤 것을 뚫어지게 주시하고 있었다. 이내 아담은 간청을 계속했다.

"그리고 당신은 지금 하는 일을 할 수 있어요. 나는 당신에게 주일에 나와 함께 교회에 가자고 청하지 않을 거예요. 당신은 원하는 곳에 가서 사람들을 가르칠 수 있어요. 나는 교회를 제일 좋아하지만, 내 말이 더 훌륭하니까 당신이 당신의 양심143)을 따르기보다는 내 말을 따라야 한다

143) 영국국교와 비국교주의자들 사이의 논쟁에서 근본적인 차이점은 종교적인 문제에 있어서 국가나 국교회의 명령보다는 개인의 '양심'을 따르겠다는 비국교주의자들의 주장이다.

고 생각하는 일은 없을 거예요. 그 정도로 내 영혼을 당신의 영혼보다 높이 사고 있지 않으니까요. 그리고 당신은 지금처럼 병자들을 도와줄 수 있고 그들을 조금 더 편안하게 만들어 줄 수 있는 수단이 더 많아질 거예요. 당신은 당신을 사랑하는 친구들 사이에서 살아갈 테고, 그들이 죽는 날까지 그들을 돕고 그들에게 축복이 되겠지요. 분명 다인나, 당신은 나에게서 떨어져서 외롭게 살 때와 마찬가지로 하느님에게 가까이 있을 거예요."

다인나는 한동안 대답을 하지 않았다. 아담은 여전히 그녀의 손을 잡고 불안감에 떨면서 그녀를 바라보고 있었다. 그녀는 사랑에 담긴 진지한 눈으로 그를 바라보고 다소 슬픈 목소리로 말했다.

"아담, 당신의 말에는 진실이 담겨 있어요. 그리고 나보다 큰 힘을 가진 하느님의 하인들이 남편과 친척들의 보살핌으로 더 큰 마음을 발견하는 경우도 많이 있어요. 하지만 나도 그럴 거라고는 믿을 수 없어요. 내 마음이 지나치게 당신에게 쏠리게 된 이후로 나는 하느님 안에서 예전처럼 평화와 기쁨을 느낄 수 없었어요. 내 마음이 분열된 것 같았어요. 내가 왜 그렇게 되었을지 생각해 보세요, 아담. 내가 살아온 삶은 어린 시절 이래로 축복 속에 밟아 온 땅이었어요. 내가 알지 못하는 다른 땅으로 나를 부르는 목소리를 한순간 따르고 싶어 한다면, 그 이후에 내가 저버린 원래의 축복을 갈망할지도 모른다는 걱정이 들지 않을 수 없어요. 그리고 의혹이 들어서는 곳에는 완벽한 사랑이 있을 수 없어요.[144] 나는 보다 분명한 인도를 기다려야 해요. 나는 당신에게서 떠나야 하고, 우리는 우리 자신을 온전히 하느님의 뜻에 맡겨야 해요. 우리의 자연스럽고 정당한 애정을 제단에 올려놓도록[145] 요구를 받을 때도 간혹 있으니까요."

---

144) 요한 1서 4장 18절. "그러므로 두려움을 품는 사람은 아직 사랑을 완성하지 못한 사람입니다."

145) 어떤 욕망을 제단에 올려놓는다는 것은 희생한다는 의미의 메타포. 구약성서에서 하느님이 아브라함의 충성심을 시험하기 위해서 그의 아들 이삭을 '제단 위'의 제물로 바치도록 명령한 이야기에서 유래함. (창세기 22장 9절)

아담은 다시 간청하려 하지 않았다. 다인나의 목소리에 실려 나오는 영혼은 변덕스럽거나 불성실한 영혼이 아니기 때문이었다. 그러나 무척 힘겨운 일이었다. 그녀를 바라보는 그의 눈시울이 흐려졌다.

"하지만 당신은 느끼게 될지도 몰라요. 나에게 다시 와도 된다고, 우리가 결코 헤어지지 않으리라고 느낄 수도 있을 거예요, 다인나."

"우리는 순종해야 해요, 아담. 시간이 지나면 우리의 의무가 분명해질 거예요. 이전 생활로 돌아가면 이 모든 새로운 생각들과 소망이 사라지고 전혀 존재하지 않았던 듯이 여겨질지도 모르지요. 그러면 내 소명은 결혼이 아니라는 것을 알게 될 거예요. 하지만 우리는 기다려야 해요."

"다인나." 아담은 구슬프게 말했다. "당신은 내가 당신을 사랑하는 것만큼 나를 사랑할 리가 없어요. 그랬더라면 당신은 아무 의혹도 없었을 거예요. 하지만 그게 당연하지요. 나는 당신만큼 좋은 사람이 아니니까요. 나는 하느님께서 지금까지 내게 보여 주신 최고의 존재를 사랑하는 것이 옳은 일이라는 걸 조금도 의심할 수 없어요."

"아니에요, 아담. 당신에 대한 내 사랑은 약하지 않은 것 같아요. 마치 어린애가 강한 자에게 의존하며 도움과 다정함을 기대하듯이, 내 가슴은 당신의 말과 시선을 기대하고 있으니까요. 만약 당신에 대한 생각이 나를 약하게 사로잡았더라면, 그것이 사원의 우상[146]이 되리라는 두려움은 없었을 거예요. 하지만 당신은 나를 강하게 해 주겠지요… 내가 궁극적인 존재의 뜻에 따르려 할 때 가로막지 않겠지요."

"밖에 나가서 햇살을 받으며 함께 걷도록 해요, 다인나. 당신의 마음을 어지럽힐 말은 하지 않을게요."

그들은 밖으로 나가서 들판을 향해 걸어갔다. 교회에서 돌아오는 가족을 거기서 만날 것이다. 아담이 말했다. "내 팔을 잡아요, 다인나." 그녀는 팔을 잡았다. 그들이 지난번에 함께 걸었던 이래로 서로에 대한 태도

146) 고대 이스라엘부족에게 최악의 제물은 여호와의 집 혹은 사원에 우상을 들여놓는 것이었다.

에서 드러난 변화는 오직 이것뿐이었다. 하지만 그녀가 떠날 거라는 생각과 그 불확실한 문제로 인해 아무리 슬픈 마음이 들었더라도 다인나가 그를 사랑한다는 감미로운 의식은 앗아갈 수 없었다. 그는 그날 저녁 내내 홀 팜에 머물러야겠다고 생각했다. 될 수 있는 대로 오래 그녀의 옆에 있을 것이다.

"아이구! 저기 아담이 다인나와 함께 오고 있군." 포이저 씨가 저 멀리서 홈 클로스로 통하는 문을 열면서 말했다. "그가 왜 교회에 빠졌는지 몰랐는데." 선량한 마틴이 잠시 후에 덧붙였다. "내 머릿속에 무슨 생각이 뛰어들었는지 알아?"

"멀리 뛰어들 것도 없는 거죠. 바로 우리 코앞에 있으니까. 아담이 다인나를 좋아한다는 거죠."

"아! 혹시 그런 생각을 전에 해본 적이 있소?"

"당연히 해 봤어요." 될 수 있으면 허를 찔리는 것을 언제나 거부해 온 포이저 부인이 말했다. "나는 낙농실에 들어온 고양이가 무엇을 찾고 있는지를 몰라서 어리둥절해하는 사람이 아니라고요."

"당신은 그런 이야기를 내게 한마디도 하지 않았잖아."

"나는 바람이 불어올 때마다 딸랑거리는 종이 아니에요. 말해 봤자 소용이 없을 때는 나 혼자 알고 있을 수 있단 말이에요."

"그러나 다인나는 아담과 결혼하려 하지 않겠지. 어떻게 생각해?"

"안 할 걸요." 포이저 부인은 혹 일어날지도 모를 놀라운 일에 대해 충분히 경계하지 않은 채 말했다. "저 애는 감리교도이고 불구자가 아니라면 누구하고도 결혼하지 않을 거예요."

"하지만 저 두 사람이 결혼하면 아주 근사한 일일 텐데." 마틴이 그 새로운 생각에 흡족한 듯이 고개를 한쪽으로 돌리며 말했다. "그러면 당신도 좋을 텐데, 그렇지 않소?"

"아, 물론이죠. 그러면 저 애를 확실히 붙잡을 수 있을 테니까요. 저 애가 나를 떠나서 30마일이나 떨어진 스노필드로 가지 않을 테니까. 여기에 나를 돌봐 줄 사람도 없고 그저 이웃들뿐인데, 그들은 내 친척도 아니라고요. 만약 내 낙농실의 물건들이 그 여자들 것처럼 보인다면 나는 얼굴을 내밀기도 부끄러웠을 거야. 대부분 그런 여자들이라니까요. 그러니 시장에 줄이 있는 버터가 널려 있는 게 당연하지. 저 불쌍한 것이 그리스도교인 여자처럼 정착해서 머리 위에 지붕을 덮어줄 자기 집이라도 있는 걸 보면 좋겠어요. 그러면 저 애에게 리넨과 깃털을 잔뜩 쟁여 줄 텐데. 나는 저 애를 내 아이들 다음으로 사랑하니까. 그리고 저 애가 집안에 있을 때면 더 안전한 느낌이 들게 해 줘요. 저 애는 꼭 바람에 날린 흰 눈송이처럼 순결하니까, 저 애를 옆에 데리고 있는 사람은 누구든지 저 애의 몫까지 챙겨서 죄를 두 배로 지어도 괜찮을 거야."

"다인나 누나." 토미는 그녀를 만나러 뛰어가며 말했다. "누나는 감리교도 절뚝발이가 아니면 절대 결혼하지 않을 거라고 엄마가 말했어. 누나는 정말 바보야!" 이렇게 말하며 토미는 다인나를 두 팔로 안고 불편할 정도로 그녀에게 꼭 달라붙어서 춤을 추듯이 빙빙 돌며 애정을 드러냈다.

"아니, 아담, 오늘 찬송하는데 자네가 없어서 섭섭했네." 포이저 씨가 말했다. "어쩐 일이었나?"

"다인나를 만나고 싶었어요. 너무 빨리 떠나니까요." 아담이 말했다.

"아, 그래. 자네가 어떻게든 다인나에게 가지 말라고 설득할 수 있겠나? 이 애에게 교구 어딘가에서 좋은 남편을 찾아 주게. 그렇게 하면 예배에 빠진 걸 용서해 주지. 어떻든 수요일의 추수감사절 저녁 식사 이전에는 가지 않을 거라네. 그때 자네도 와야 하네. 바틀 매시도 올 거고 아마 크레이그도 올 걸세. 틀림없이 오겠지? 일곱 시에? 우리 마나님은 조금이라도 늦는 걸 참지 못한다네."

"네, 가능하면 오겠어요." 아담이 말했다. "하지만 무엇을 하게 될지 미리 알 수 없는 경우가 종종 있어요. 예상보다 일이 훨씬 더 오래 걸리는 경우도 가끔 있으니까요. 당신은 주말까지 머물러 있겠지요, 다인나?"

"물론, 그래야지!" 포이저 씨가 말했다. "'아니요'라는 말은 듣지 않겠어."

"서둘러 가야 할 이유도 없어요." 포이저 부인이 말했다. "음식이 계속 부족할 테니, 급히 요리를 해야 할 필요도 없겠지. 그 고장에서 가장 풍족하게 남아도는 것은 바로 결핍이니까."

다인나는 미소를 지었지만 머물겠다는 약속은 하지 않았다. 그들은 남은 길을 걸어가면서 다른 이야기를 나누었고 햇볕을 받고 서성이며 풀을 뜯고 있는 거위 무리와 새로운 밀짚더미, 그리고 오래된 배나무에 놀랄 정도로 풍성하게 달린 과일을 바라보았다. 낸시와 몰리는 서둘러 나란히 집으로 돌아갔다. 각자 손수건에 조심스럽게 싼 기도서를 들고 있었지만 그들이 그 책에서 읽을 수 있는 거라고는 큰 글자와 아멘 밖에 없었다.

"오후 예배"가 끝나고 햇살이 비치는 들판을 가로질러 산책하는 것과 비교해 볼 때 그 밖의 여유로운 활동이란 모두 서두르는 것에 불과하다. 그러한 산책은 예전의 한가로운 시절에, 졸린 듯이 운하를 따라서 미끄러지는 보트가 놀라운 최신식 운송 기관이었던 때, 일요일에 읽는 책들이 대개 낡은 갈색 가죽 표지로 싸여 있고 놀랄 정도로 정확하게 언제나 한 곳에서 펼쳐졌던 때에 가능했었다. 그러한 여유는 사라져 버렸다. 물레가 가 버린 곳으로, 짐마차를 끄는 말들과 느린 마차와 일요일 오후에 물건들을 가지고 집집마다 돌아다니던 행상인들이 가 버린 곳으로 사라져 버렸다. 어쩌면 독창적인 철학자들은 증기기관의 위대한 업적이 인류에게 여유를 만들어 준 것이라고 여러분에게 말할 것이다. 그들의 말을 믿지 말라. 그것은 그저 열성적인 생각들이 몰려들어 갈 진공을 만들어 냈을 뿐이다. 심지어 나태함조차도 지금은 열성적이다. 즐거움을 열성적으로 추구하고, 유람 기차와 미술관, 정기 간행 문학, 흥미진진한 소설들에 열성적으로 몰리고, 심지어 과학 이론을 세우고 서툴게 현미경을 들여다보는 일에도 열성적으로 이끌리고 있다. 예전의 여유는 전혀 다른 것이었다. 그것은 논설이 없는 한 가지 신문만 읽었고, 우편물 도착 시간이라 불리는 주기적인 흥분의 도가니에서 벗어나 있었다. 그것은 사색적이고, 다소 통통하며, 소화력이 탁월하고, 조용히 느끼며, 가설을 세우느라 병들지 않은 신사였다. 사물의 원인을 알지 못했지만 사물 그 자체를 좋아하며 행복해했다. 그는 주로 쾌적한 저택과 농장이 딸린 시골 농가에서 살았고, 늘어선 과일나무 옆을 산책하고, 아침 햇살에 따스해진 살구의 냄새를 맡고, 혹은 여름철 한낮에 배가 떨어진 과수원의 나뭇가지들 아래에 몸을 숨기기를 좋아했다. 그는 주중의 예배에 대해서는 전혀 알지 못했고, 주일 설교에 대해서도 성서 낭독에서부터 축복의 기도에 이르기까지 졸 수 있게만 해 준다면 나쁘지 않다고 생각했으며, 기도 시간이 가장 짧은 오후 예배를 좋아했고, 그렇다고 말하는 것을 부끄러워하지 않았다. 그의 양심은 그 사람 등만큼이나 넓고 느긋하며 유쾌했고, 그는 맥주와 포트와인을 많이 마셔도 끄떡없었으며, 의혹과 주저와 고상한 열망으로 까다롭게 굴지도 않았다. 인생은 그에게 과업이 아니라 한직(閑職)이었다. 그는 주머니 속의 금화를 만지작거렸고 정찬을 먹었으며 책임을 져야 하지 않는 사람으로서 편안하게 잠을 청했다. 그는 주일 오후마다 교회에 감으로써 자신의 원칙을 지키지 않았던가?

훌륭한 옛 여유여! 그를 가혹하게 대하지 말고 그를 현대의 기준으로 판단하지 말라. 그는 엑스터 홀147)에 가본 적이 없으며 대중 설교자148)들의 설교를 들어본 적도 없었고, 《옥스퍼드 운동 논문집》149)이나 《의상철학》150)을 읽어본 적도 없었다.

---

147) 런던의 큰 공판지로서 복음주의자들의 대규모 집회가 열리던 곳. 빅토리아 시대 중반의 종교 사상을 상징함.

148) 조지 엘리엇은 당대의 가장 유명한 설교자들 가운데 엑스터 홀을 가득 메웠던 침례교파 설교자 찰스 헤돈 스퍼전에게 특별한 관심을 기울였고 그의 피상적인 관점을 비판했다.

149) 1833~41년 사이에 뉴먼과 같은 옥스퍼드 운동의 참여자들이 발행한 일련의 팸플릿. 로마가톨릭과 영국국교회의 유사성과 특징에 대한 그들의 주장에서 젊은 시절에 복음주의적 국교회 성향을 띠고 있었던 조지 엘리엇은 충격적인 분노를 느꼈다.

150) 토머스 칼라일의 저서(1833~4). 칼라일은 물질주의 시대에 새로운 초절주의, 자연적 초자연주의를 주장했으며 조지 엘리엇은 그의 저서에 깊은 영향을 받았다.

추수감사절의 저녁 식사

수요일 저녁 여섯 시에 햇빛을 받으며 아담이 집으로 돌아가고 있을 때, 멀리 홀 팜의 대문으로 이어지는 굽어진 길에서 보리를 가득 실은 마지막 마차가 돌아가고 있었고, "추수를 집으로!"라는 노랫소리가 파도처럼 솟아오르다 가라앉았다. 윌로우 브룩에 가까이 갔을 때 그 소리는 점점 멀어지면서 잦아들어 더 희미해지고 더 음악적으로 들려 왔다. 서쪽 하늘에 나지막이 걸린 태양은 오래된 블린튼 산의 어깨에 빛을 발해서 잠든 양들을 밝게 빛나는 점들로 바꾸어 놓았고, 호박과 자수정을 능가하는 화려한 빛깔로 오두막의 창문을 불타오르게 만들었다. 아담은 마치 거대한 사원에 서서 멀리서 들리는 성스러운 노래를 듣고 있는 듯한 느낌이었다.

'저 소리가 한 해 중의 가장 즐거운 때이자 사람들이 가장 고맙게 생각하는 시간을 알리고 있는데도 마치 장례식을 알리는 종소리처럼 마음에 사무치다니 이상한 일이야. 우리 삶에서 어떤 일이 마무리되고 지나가 버렸다고 생각하기가 좀 힘든 모양이지. 우리가 느끼는 모든 기쁨의 바탕에는 작별이 있지. 내가 다인나에 대해 느끼는 것과 똑같아. 그녀의 사랑이 내게 가장 큰 축복이 되리라는 걸 절대로 알지 못했을 거야. 만일 내가 축복이라고 여긴 것이 내게서 억지로 떨어져 나감으로써 더 큰 욕구를 남기고 그래서 더 크고 더 좋은 위안을 갈망하고 열망하게 되지 않았더라면 말이야.' 그는 생각했다.

그는 오늘 저녁에 다인나를 만나서 오크번까지 데려다 주겠다고 청하려고 생각하고 있었다. 그리고 스노필드를 방문해도 좋은 때를 알려 달라고 요구할 것이다. 그러면 그에게 솟아난 마지막 최고의 희망이 다른 것들과 마찬가지로 체념해야 할 것인지 아닌지를 알게 되리라. 제일 좋은 옷으로 갈아입는 것 말고도 집에서 할 일이 있었기에 그는 일곱 시가 지나서야 홀 팜으로 출발할 수 있었다. 긴 다리로 빨리 걸어도 플럼 푸딩의 다음 순서인 구운 쇠고기에 맞춰 도착할 수 있을지 의심스러웠다. 포이저 부인은 저녁 식사 시간을 엄수하기 때문이었다.

아담이 집안에 들어섰을 때 칼과 백랍 접시들과 깡통들이 딸그락거리는 소리가 요란했지만, 이 소리들에 맞추어 웅성거리는 목소리들은 들리지 않았다. 공짜로 제공된 쇠고기 구이를 먹는 일이 그 선량한 농장 일꾼들에게는 너무나 중요한 일이었으므로, 서로에게 그다지 할 말도 없었지만 할 말이 있다하더라도 관심을 분산시킬 수 없었다. 식탁의 상석에 앉은 포이저 씨는 고기를 썰어 주느라 너무 바빠서 바틀 매시나 크레이그 씨의 재치 있는 이야기에 귀를 기울일 수 없었다.

"여기예요, 아담." 몰리와 낸시가 시중을 잘 들고 있는지를 살펴보고 있던 포이저 부인이 말했다. "매시 씨와 사내애들 사이에 당신 자리를 마련해 두었어요. 푸딩이 통째로 있을 때 당신이 보지 못해서 유감이에요."

아담은 네 번째 여자의 모습을 찾아 불안하게 주위를 돌아보았지만, 다인나는 보이지 않았다. 그녀에 대해 물어 보기가 겁날 지경이었다. 게다가 사람들과 인사를 나누어야 했으므로 그는 다인나가 집 안에 있지만 떠나기 전날 저녁 잔치에 참석하고 싶지 않았으리라고 예상하는 것으로 만족해야 했다.

그 식탁은 정말로 보기 좋은 광경이었다. 둥글고 명랑한 얼굴에 체구가 큰 포이저 씨가 상석에 앉아서 좋은 냄새가 나는 쇠고기를 하인들에게 나누어주고 빈 접시가 돌아오면 즐거워하고 있었다. 평소에 마틴은 식욕이 좋은 사람이었지만 오늘 밤에는 음식을 먹을 것도 잊어버렸다. 고기를 썰면서 그 사이사이에 식탁을 돌아보고 저녁 식사를 즐겁게 하고 있는 다른 사람들을 보는 것은 아주 유쾌한 일이었다. 크리스마스와 일요일을 제외하면 일 년 내내 산울타리 아래에서 되는 대로 차가운 점심을 먹고 나무통에 담긴 맥주를 마시는 사람들이 아니었던가? 물론 맛있게 마시기는 하겠지만, 두 다리가 달린 인간보다는 오리들에게 더욱 적합한 방식으로 하늘을 향해 입을 벌리고 마시는 것이다. 마틴 포이저는 이 사람들이 뜨겁게 구운 쇠고기와 새로 길어온 맥주에서 어떤 맛을 느낄지 어렴풋이 짐작할 수 있었다. 그는 고개를 한쪽으로 갸우뚱하고 입을 꼭 다물고는 바틀 매시를 쿡쿡 찌르며, "톰 새프트"라고 알려지기도 한 아둔한 톰 톨러가 쇠고기가 가득 담긴 두 번째 접시를 받는 것을 보았다. 마치 신성한 양초처럼 똑바로 쳐들고 있던 칼과 포크 사이에 그 접시가 놓이자 톰의 얼굴은 즐거운 나머지 싱긋 웃음을 띠었고, 그 웃음으로 삭일 수 없었던 그 커다란 즐거움은 다음 순간 "푸하하, 하!"하는 긴 소리로 터져 나오더니, 갑자기 칼과 포크가 그 먹이에 돌진하면서 철저히 엄숙한 침묵으로 빠져들었다. 마틴 포이저는 말없이 큰 체구를 흔들면서 자못 감동한 듯이 웃음을 터뜨렸다. 그는 부인도 톰을 보았는지를 알아보려고 그녀를 쳐다보았고, 기쁨에 어린 남편과 아내의 선량한 눈길이 마주쳤다.

톰 새프트는 옛날의 재담꾼 노릇을 하면서 농장 어디에서나 인기가 있었고, 재치 있는 대답을 잘하면서 실제의 결함을 보완했다. 그의 명언은 도리깨질과 같아서 닥치는 대로 하는 말이었지만 그럼에도 불구하고 이따금 벌레를 박살내곤 했다. 양털을 깎거나 건초를 만드는 시간이면 종종 그의 말들이 인용되었다. 하지만 나는 여기에 그것들을 기록하지 않겠다. 톰의 위트는 더 심오하고 더욱 지속적인 사물의 관계를 다룬 것이 아니라 보다 일시적인 성격으로 당대에 유명했던 지나간 시절의 재담꾼들의 위트와 비슷하다고 여러분이 평가할지도 모르겠기 때문이다.

톰을 제외한 다른 하인들과 일꾼들은 그 장원의 다른 무리들 중에서 최고의 임금을 받을 만한 가치가 있다고 만족스럽게 생각하며 마틴 포이저는 자부심을 느꼈다. 예들 들면 케스터 베일이 있었다. (정확히 말하자면 베일리였겠지만 그는 베일이라고 불렸고 세 번째 글자를 되찾아야 한다고 아쉬워하는 기색이 전혀 없었다.) 그는 꼭 끼는 가죽 모자를 쓴 노인으로 햇볕에 갈색으로 그을린 얼굴에 주름살이 그물처럼 얽혀 있었다. 농장 일의 "본질"에 대해 그보다 더 잘 아는 사람이 로엄셔에 있었던가? 모든 일에 손을 댈 수 있을 뿐 아니라 손을 대는 일마다 모두 탁월하게 처리하는 무한히 귀중한 일꾼들 가운데 하나였다. 이때쯤 케스터의 무릎이 바깥쪽으로 휘었고, 더없이 존귀한 사람들 앞에 서 있는 듯이 끊임없이 무릎 굽혀 절하는 자세로 걷는 것은 사실이었다. 사실 그는 그러했다. 하지만 그는 자신의 기술을 존경했으며 다소 감동적인 태도로 숭배했다. 그는 언제나 건초 짚을 이었다. 그가 다른 무엇보다도 더 잘하는 일이 있다면 바로 짚을 잇는 것이었다. 마지막 벌집모양의 건초가리에 마지막 손질을 끝내고 나면 그 농가에서 약간 떨어진 곳에 살았던 케스터는 일요일 아침에 가장 좋은 옷을 입고 건초가리까지 산책을 나와 적당히 떨어진 오솔길에 서서 자신이 만든 이엉을 찬찬히 살펴보고 적절한 각도에서 각각의 건초가리를 볼 수 있도록 이리저리 돌아다녔다. 벌집모양의 건초가리 꼭대기에 덮인, 황금색 구(球)를 모방하여 실로 더없이 훌륭하게 만든 둥근 금빛 밀짚 장식을 올려다보면서 그가 굽어진 무릎으로 이리저리 걸어 다닐 때, 여러분은 그가 어떤 이교도적인 숭배 의식에 빠져 있다고 상상했을 것이다. 케스터는 늙은 총각이었으며 양말마다 동전으로 가득 채웠다는 소문이 있었고, 그의 주인은 급료를 지급하는 저녁마다 그것에 대해 농담을 건넸었다. 설익은 새 농담이 아니라 이전에도 여러 차례 시도했었던 아주 훌륭하고 원숙한 농담이었다. "젊은 주인은 명랑한 사람이야." 케스터는 종종 이렇게 말했다. 작고한 마틴 포이저 밑에서 까마귀를 겁주어 쫓아내는 것으로 일을 시작했기 때문에 그는 언제나 지금의 마틴을 젊은 주인이라고 불렀다. 나는 늙은 케스터에게 찬사를 바치는 것이 부끄럽지 않다. 여러분과 나는 그런 사람들의 억센 손에서 은혜를 입은 것이다. 근면하게 일하면서 지상의 열매를 최고의 것으로 만들고 자기들은 가장 적은 몫을 임금으로 받으면서 그렇게나 충실하게 경작했던 땅에 이미 오래 전에 뒤섞인 사람들 말이다.

그리고 주인의 맞은편 식탁 끝에는 양치기이자 감독인 앨릭이 있었다. 불그스레한 얼굴에 어깨가 넓은 사람으로 늙은 케스터와 아주 좋은 사이는 아니었지만 사실 그들의 교류라고 해 봐야 이따금 서로 으르렁거리는 것에 지나지 않았다. 아마도 산울타리를 두르고 도랑을 파거나 암양을 치료하는 일에 있어서는 의견이 그리 다르지 않았겠지만, 자기들의 상대적 장점에 대해서는 심각한 의견차이가 있었다. 티티루스와 멜리베우스[151]가 우연히 같은 농장에 있었다면 서로에게 다정하고 공손한 태도로 대하지 않았을 것이다. 사실 앨릭은 결코 붙임성이 있는 사람이 아니었다. 그의 말은 대개 빈정거리는 투였고, 그의 넓은 어깨는 불도그처럼 “내게 간섭하지 마. 그러면 나도 너에게 간섭하지 않을 테니”라고 말하는 듯한 느낌을 주었다. 그러나 그는 자기 몫으로 인정된 것 이상을 받기보다는 귀리 한 알도 쪼갤 정도로 정직했다. 주인의 재산을 자기 것처럼 아꼈고, 닭들에게 모이를 한 줌 가득 주는 것은 낭비라고 생각하며 아까워했기에 상한 보리를 아주 조금씩만 던져 주었다. 그러므로 말들을 사랑하는 짐 마차꾼인 성질 좋은 팀은 곡물에 관한 문제에 있어서 앨릭에게 적의를 품고 있었다. 그들은 서로 거의 말을 하지 않았고 차가운 감자를 먹을 때조차 서로를 쳐다보지 않았다. 하지만 다른 사람들에 대한 그들의 일상적인 태도가 그러했으므로, 그들이 일시적인 냉대를 넘어서는 악의를 가지고 있었다는 결론을 내린다면 위험한 일이다. 여러분도 알아차렸겠지만, 헤이슬롭의 시골 사람들은 화가들이 방문하는 지역에서 흔히 찾아볼 수 있는, 언제나 친절하고 명랑하며 싱글벙글 웃는 그런 사람들이 아니었다. 밭에서 노동하는 일꾼들에게서 부드럽게 빛나는 미소란 찾아보기 힘든 광경이고, 소처럼 엄숙한 표정과 웃음 사이에서 단계적 변화를 찾아볼 수도 없었다. 모든 노동자가 앨릭처럼 정직한 것은 아니었다. 이 식탁에만도 포이저 씨의 일꾼들 가운데 체구가 큰 벤 솔로웨이라는 사람이 있었다. 그는 아주 힘이 센 타작꾼이었지만, 주인의 곡물을 주머니에 넣어 가다가 여러 번 들킨 적이 있었다. 벤은 철학자가 아니었으므로, 그 행위를 방심한 탓이라고 봐줄 수는 없다. 하지만 그의 주인은 그를 용서했고 그를 계속 일꾼으로 고용했다. 솔로웨이 집안이 기억할 수 없이 오래 전부터 그 공유지에 살아왔고 언제나 포이저네 집안을 위해 일해 왔기 때문이었다. 하지만 과감히 단언하건대, 벤이 감옥에서 육 개월 간 바퀴를 돌리지 않았다고 해서 사회가 전반적으로 훨씬 더 나빠진

151) 버질의 첫 번째 목가에 나오는 목동들.

것은 아니었다. 오히려 도둑질에 대한 그의 협소한 관점을 감화원이 확대시켜 주었을 테니까. 실제로, 벤은 자기 뜰에 뿌릴 씨앗으로 콩 몇 알 훔친 것에 불과하다는 편안한 마음으로 오늘 밤에 구운 쇠고기를 먹었으며, 끊임없이 자기를 쳐다보는 앨릭의 의심에 찬 눈이 자신의 결백을 모욕한다고 거리낌 없이 생각했다.

이제 구운 쇠고기 차례가 끝나자 식탁보를 치우고, 보기 좋게 반짝이는 술잔과 거품이 이는 갈색 조끼, 빛나는 놋쇠 촛대가 커다란 제재목 탁자에 올려졌다. 바야흐로 그 저녁의 가장 중요한 의식, 추수감사제 노래가 시작될 것이다. 그 노래는 모두 다 같이 불러야 하고, 마음대로 행동하고 싶은 사람이 있더라도 가락을 맞추어야지 입을 다물고 앉아 있어서는 안 되었다. 그 가락은 세 박자이어야 했고, 그 외에는 마음대로 부를 수 있었다.

이 노래의 기원에 대해서 말하자면, 이 노래가 어떤 음유시인의 머리에서 현재 상태로 나온 것인지 아니면 여러 시인들이나 어떤 유파에 의해서 점차적으로 완성된 것인지 나는 알지 못한다. 이 노래가 개인적 재능의 특징이라 볼 수 있는 통일성을 드러내므로 나는 앞의 가설에 기울게 된다. 하지만 이러한 통일성이 우리의 현대적 의식과는 다른, 원시적인 수준에서 사고하는 여러 마음들의 합의에서 생겨날 수도 있었으리라는 생각을 이해하지 못하는 바는 아니다. 어쩌면 어떤 이들은 첫 4행시에서 한 행이 소실되었다는 징후를 포착할 수 있으며, 발랄한 상상력이 부족한 후기의 음영 시인들이 그것을 반복이라는 보잘것없는 장치로 대신했다고 생각할 것이다. 하지만 이 반복이야말로 원래의 절묘한 표현이었으며 그것에 무감각할 수 있는 사람은 오로지 무미건조한 마음을 가진 사람뿐이라고 주장하는 사람들도 있다.

그 노래는 원래 술을 마시는 의식과 관련되어 있었다. (받아들이기에 고통스러울 사실일지 모르지만, 여러분도 알다시피, 우리가 선조들을 개조할 수는 없는 일이다.) 첫 번째와 두 번째 4행을 아주 큰 소리로 부르는 동안에는 술잔이 채워지지 않았다.

우리의 주인에게 건강을,
잔치를 베푼 자,
우리의 주인에게 건강을,
우리의 안주인에게도!

그의 일이 번창하기를,
어떤 일을 시작하던지,
우리 모두 그의 하인이고
그의 명령을 따르므로.

그러고 나서 탁자를 힘차게 두드려서 심벌즈와 북을 함께 치는 효과를 내며 점점 더 큰 소리로 세 번째 4행을 합창하기 직전에 앨릭의 잔이 채워졌고, 그는 합창이 끝나기 전에 그 잔을 비워야했다.

그러면 마시게, 여보게, 마시게!
흘리지 않도록 조심하게,
그러면 자네는 두 잔을 마실 테니,
우리 주인의 뜻이라네.

앨릭이 손이 떨리지 않도록 조심하며 사내다움의 테스트를 성공적으로 통과하자, 오른쪽에 앉아 있던 늙은 케스터의 차례가 되었다. 이렇게 합창에 고무되어 모두들 돌아가며 한 파인트짜리 첫 잔을 마셨다. 장난꾸러기 톰 섀프트는 일부러 우연인 듯 약간 흘렸지만, 포이저 부인은 (톰의 생각에는 너무 쓸데없이 참견하며) 벌을 주지 않도록 간섭했다.

누군가 문 밖에서 듣고 있었다면, "마시게, 여보게, 마시게!"라는 구절을 왜 그렇게 빨리 자주 반복하며 외치는지 알 수 없었을 것이다. 그러나 일단 안에 들어서면, 사람들이 모두 침착한 얼굴에 대부분 진지한 표정을 짓고 있음을 보았을 것이다. 우아한 신사숙녀들이 포도주 잔을 내려놓고 웃음을 지으며 고개 숙여 인사하듯이, 이 의식은 훌륭한 농장 일꾼들이 정례적으로 경의를 표하며 치르는 행사였다. 다소 귀가 민감했던 바틀 매시는 이 의식이 시작할 때쯤 저녁 날씨가 어떤지를 보러 밖으로 나갔고, 오 분간 침묵이 이어지면서 "마시게, 여보게, 마시게!"라는 함성이 다음 열두 달간 들리지 않으리라는 것을 분명히 알려 주었을 때에야 비로소 사색을 끝냈다. 사내애들과 토티에게는 무척 유감스러운 일이었다. 혼란스럽게 탁자를 두드리고 난 다음에 이어진 고요함이 다소 따분했던 것이다. 토티는 아버지의 무릎에 앉아서 작은 주먹으로 두드리며 조그만 힘이나마 그 소리에 보태 주었다.

합창이 끝난 다음에 바틀이 다시 들어와 보니 이제 모두들 독창을 바라는 것 같았다. 짐수레꾼 팀이 노래를 잘 알고 있으며 "마구간에서 언제나 종달새처럼 노래해요" 라고 낸시가 말하자 포이저 씨는 "자, 팀, 여보게, 우리 한번 들어보세" 라고 말하며 격려했다. 팀은 고개를 파묻고 수줍은 듯이 노래할 줄 모른다고 말했다. 하지만 식탁 주위에서 모두들 주인의 권유를 되풀이하며 "자, 팀. 한번 불러봐" 라고 말했다. 경박하게 불필요한 말을 절대로 하지 않는 앨릭만 예외였다. 급기야 팀의 옆자리에 앉았던 벤 솔로웨이가 옆구리를 찌르면서 재촉하자 팀은 다소 성을 내면서 "나 좀 그냥 놔 둬. 그렇지 않으면 자네가 싫어하는 노래를 부르라고 할 거야" 라고 말했다. 성질 좋은 짐수레꾼의 참을성이 극에 달했기에 더 이상 아무도 팀을 재촉하지 않았다.

"자, 그러면, 데이빗, 자네가 노래해야겠어." 벤은 팀의 반박에 위축되지 않았음을 보이려고 말했다. "'내 사랑은 가시 없는 장미' 를 불러봐."

연애를 잘하는 데이빗은 정신이 나간 듯 멍한 표정을 짓는 젊은이였는데, 어떤 정신적인 특성이 있어서라기보다는 사시가 특히 심하기 때문이었다. 그는 벤의 말에 무관심하지 않아서 얼굴을 붉히고 웃으며 소매로 입가를 문질렀다. 그것은 승낙하는 표시로 보였기에, 얼마간 사람들은 데이비드의 노래를 듣겠다고 진지하게 기다리는 것 같았다. 하지만 소용이 없었다. 그날 저녁 노래의 흥은 지금 지하의 식품저장실에 숨어 있어서 아직은 그 은신처에서 끌어낼 수 없었다.

그동안 식탁의 상석에서는 정치적인 이야기가 진행되고 있었다. 크레이그 씨는 대개 특정한 정보를 알고 있다기보다는 현명한 통찰력이 있음을 자랑스럽게 여겼지만 때로 정치에 대한 이야기를 하지 않는 것은 아니었다. 그는 특정한 사건의 단순한 사실들을 넘어서 훨씬 멀리까지 통찰할 수 있었기에 실은 사실들을 알 필요도 없었다.

"난 신문을 읽는 사람은 아니야." 오늘 밤에 그는 파이프에 담배를 채우며 말했다. "하지만 내키기만 하면 신문을 아주 빨리 읽을 수 있어. 리디아 양에게 신문이 있으니까. 금방 읽어치울 수 있지. 그런데 밀스는 말이야. 난롯가에 앉아서 거의 아침부터 밤까지 신문을 읽는다고. 그리고 신문을 끝까지 읽고 나면 머리가 처음보다 더 혼란스러워진단 말이야. 그는 요새 사람들이 떠들어 대는 평화에 대한 이야기에 푹 빠져 있네. 읽고 또 읽어서 그 일에 대해서는 속속들이 알고 있다고 믿고 있지. '자, 하느님의 축복이 있기를, 밀스.' 내가 말했지. '감자 속을 들여다볼 수 없듯이 그 문제도 그 속을 들여다볼 수 없네. 어째서 그런지 말해 주지. 자네는 평화가 나라를 위해 좋은 일이라고 생각하겠지. 내가 그것에 반대하는 것은 아니네. 내 말을 똑똑히 듣게. 나는 그것에 반대하지 않아. 하지만 내 의견은, 보니와 그가 등에 업고 있는 모든 무슈들보다 우리에게 더 나쁜 적들이 이 나라의 높은 자리에 있다는 걸세. 그 무슈들에 대해 말하자면, 그들 대여섯 명 정도는 개구리[152] 처럼 꼬챙이에 한 번에 꿸 수 있다고."

"아, 그래." 무척 영리하고 교양이 있는 듯한 분위기를 풍기며 듣고 있던 마틴 포이저가 말했다. "그들은 평생 쇠고기 한 점 먹지 않을 걸. 대개 샐러드만 먹는다지."

"그래서 내가 밀스에게 말했지." 크레이그 씨가 계속 말했다. "그런 한심한 외국인들이 대신들의 잘못된 통치로 입힌 손해의 절반이라도 끼칠

152) 프랑스인들에 대한 모욕적인 언급. 아마도 프랑스인들이 개구리를 먹는 관습과 관련이 있을 듯.

수 있다고 나를 설득하려는 건가? 만일 조지 국왕께서 그들을 모두 내쫓고 스스로 통치를 하신다면, 모든 것을 올바로 시정하실 걸세. 원하신다면 국왕폐하는 빌리 피트를 다시 등용하시겠지. 하지만 국왕과 의회 이외에 다른 사람이 있어야 할 이유가 없어. 대신들 떼거리가 해악을 일으키는 거라고."

"아, 말이야 근사하지요." 이제 남편 옆에서 토티를 무릎에 앉히고 있던 포이저 부인이 말했다. "말은 그럴듯해요. 하지만 누구나 다 장화를 신고 있을 때는 어느 쪽이 악마인지 구별하기 어렵다고요."[153]

"이번 평화에 대해서는 잘 모르겠네." 포이저 씨는 의심스러운 듯이 고개를 한쪽으로 돌리고 한 문장을 끝낼 때마다 미리 파이프를 한 모금씩 빨았다. "전쟁은 나라에 좋은 거지. 전쟁이 없으면 물가를 어떻게 올리겠나? 그리고 내가 알기로는, 프랑스인들은 사악한 놈들이야. 그들과 싸우는 것은 아주 잘하는 일이지."

"자네 말이 부분적으로는 맞네, 포이저." 크레이그 씨가 말했다. "하지만 나는 평화에 반대하지 않겠어. 잠깐 쉬는 것 말일세. 내킬 때 다시 그 평화를 깨뜨리면 되니까. 게다가 나는 보니가 전혀 무섭지 않아. 그가 영리하다고 사람들이 많이 얘기하지만 말일세. 오늘 아침에 밀스에게 한 말이 바로 그거였다고. 불쌍하게도 밀스는 보니를 꿰뚫어 보지 못한단 말이야! … 그래서 그 친구가 일 년 내내 신문을 보고 알아낼 수 있는 것보다도 더 많은 것을 삼 분만에 알려줬지. 내가 이렇게 말했어. '내가 해야 할 일을 잘 알고 있는 정원사인가 아닌가, 밀스? 대답해 보게.' '물론이지, 크레이그.' 그가 말했네. 그는 나쁜 친구는 아니야. 집사치고 나쁜 사람은 아니지. 머리가 둔하기는 하지만. '자, 자네는 보니가 영리하다고 하는데. 만약 내게 일할 곳이 수렁 밖에 없다면 내가 일급 정원사라는 것이 무슨 소용이 있겠나?' 내가 말했지. '소용이 없지.' 그가 말했네. '보

153) 악마의 특징은 소나 양처럼 쪽발을 가지고 있다는 것이다. 그리스 신화에 나오는 목양신의 특징이 기독교 신화에서 사탄에 적용된 것.

니도 마찬가지야. 그가 조금 영리하다는 건 부정하지 않겠네. 내가 알기론 보니는 프랑스에서 태어난 사람도 아니야.[154] 그런데 그를 뒤에서 지지하는 사람들이 무슈들 말고 또 있나?'"

크레이그 씨는 의기양양하게 소크라테스 식 논법[155]을 예시한 다음 잠시 말을 멈추고 단호한 시선으로 바라보다가 식탁을 다소 사나운 기세로 두드리고 나서 덧붙였다.

"자, 이런 일이 있었지. 그걸 입증할 사람들도 있을 거야. 연대에 한 사람이 빠졌을 때 큰 원숭이에게 군복을 입혔어. 그랬더니 호두 껍데기에 호두가 딱 들어맞듯이 그 군복이 원숭이에게 잘 들어맞았지. 그 원숭이와 무슈들을 분간할 수 없다니까."

"아니, 거 참!" 포이저 씨는 그 사실의 정치적 의미와 자연 역사의 한 일화로서 놀라운 사실에 깊은 흥미를 느끼며 말했다.

"자, 크레이그 씨." 아담이 말했다. "그건 너무 지나쳐요. 설마 그걸 믿지는 않으시겠지요. 프랑스인들이 그렇게 한심한 등신들이라는 건 말도 안 되는 이야기입니다. 어윈 씨가 그 나라에 가 보셨는데 그들 가운데 훌륭한 사람들이 많이 있다고 하셨어요. 그리고 지식이나 발명물이나 제품들에 있어서 우리가 그들보다 상당히 뒤떨어진 것도 많아요. 적을 헐뜯는 것은 한심하게도 어리석은 일이에요. 지금 말하듯이 프랑스인들이 그렇게 찌꺼기 같은 인간들이라면 넬슨이나 다른 분들이 그들에게 이긴 것이 큰 공로가 될 수도 없을 거라고요"

이 권위 있는 반대 의견에 어리둥절하여 포이저는 의심쩍게 크레이그 씨를 바라보았다. 어윈 씨의 증언에 대해서는 의심을 품을 수 없었다. 반면에 크레이그는 아는 것이 많은 사람이었고 그의 견해는 그리 놀랍지 않았기에 쉽게 받아들일 수 있었다. 반면에 프랑스인들이 많은 부분에서

154) 나폴레옹은 코르시카 섬 출생이다.

155) 소크라테스는 대화를 통해서 진실을 찾아가는 논법을 제시했으며, 여기서 조지 엘리엇은 그러한 대화법의 조악한 예를 들어서 크레이그와 밀스가 나눈 대화를 풍자하고 있다.

훌륭하다는 "말을 들어본 적"은 한 번도 없었던 것이다. 크레이그 씨는 그저 맥주를 쭉 들이키고는 일부러 약간 바깥쪽으로 밀어놓은 자기 다리의 모양새를 뚫어지게 내려다보며 대답을 대신했다. 그때 난롯가에서 조용히 첫 번째 파이프 담배를 피우고 있던 바틀 매시가 돌아와서 집게손가락을 양철통에 쑤셔 넣으며 침묵을 깨고 말을 꺼냈다.

"아니, 아담, 자네는 왜 주일에 교회에 오지 않았나? 대답해 보게. 자네가 없어서 찬송가의 가락이 맞지 않았어. 자네의 늙은 선생님을 이렇게 모욕할 건가?"

"아뇨, 매시 씨." 아담이 대답했다. "포이저 씨 부부께서 제가 어디 있었는지 말씀해 주실 겁니다. 나쁜 사람과 어울린 건 아니에요."

"그 애는 갔다네, 아담. 스노필드로 떠났어." 포이저 씨는 그날 저녁 처음으로 다인나를 떠올리며 말했다. "나는 자네가 그 애를 잘 설득할 줄 알았지. 아무리해도 그 애를 붙잡을 수 없었네. 어제 오후에 떠났지. 우리 마나님은 아직 그 충격에서 헤어나지 못하고 있네. 그 애는 추수감사절 저녁 식사를 즐길 기분이 아니었던 모양이야."

포이저 부인은 아담이 들어온 후로 여러 차례 다인나를 생각했지만 그 나쁜 소식을 언급할 "용기"가 없었다.

"뭐라고!" 바틀이 혐오감을 느끼듯이 말했다. "여자가 관련되어 있단 말인가? 그렇다면 이제 자네를 포기하네, 아담."

"하지만 자네가 칭찬했던 여자일세, 바틀." 포이저 씨가 말했다. "이제는 말을 되돌릴 수 없어. 전에 자네가 여자들이 모두 다인나 같다면 여자들이 나쁜 발명품은 아니었을 거라고 말했잖아."

"나는 그녀의 목소리를 뜻한 거라네, 이보게. 그녀의 목소리에 대해서 말한 거야. 그게 전부라고." 바틀이 말했다. "그녀의 말은 귀를 솜으로 틀어막고 싶다는 생각을 하지 않고 참아 줄 수 있어. 다른 점에 있어서는 그녀도 나머지 여자들과 똑같을 거라고 장담해. 둘에다 둘을 더하면 다섯이 될 거라고 생각하지. 울고불고 성가시게 굴면 말이야."

"아, 그래요!" 포이저 부인이 말했다. "어떤 사람들의 말을 듣고 있자면, 남자들이란 무척 영리해서 그저 냄새만 맡고도 밀 포대 속에 있는 낱알들을 셀 수 있다고 생각할 정도예요. 그들은 헛간 문을 꿰뚫어 볼 수 있어요, 그렇지요. 어쩌면 바로 그렇기 때문에 헛간 문의 안쪽은 보지 못하는 거예요."

마틴 포이저는 몸을 흔들며 즐거운 웃음을 터뜨렸고, 그 학교 교사가 이제 꼼짝없이 당하게 되었다고 말하려는 듯 아담에게 윙크했다.

"아!" 바틀은 빈정거리듯이 말했다. "여자들은 정말로 잽싸지요. 아주 잽싸요. 이야기를 듣기도 전에 그 이야기의 진상을 알고, 남자가 뭘 생각하는지 그 스스로 알기도 전에 그에게 말해 줄 수 있지요."

"충분히 할 수 있지요." 포이저 부인이 말했다. "대체로 남자들은 아주 느린데다 생각이 그들보다 빨리 달려가기 때문에 그들은 그저 그 생각의 꼬리만 붙잡을 수 있거든요. 어떤 남자가 말을 하려고 준비하는 동안에 나는 뜨개질하던 양말의 코를 다 셀 수 있어요. 한참 후에 그가 말을 입 밖에 내놓을 때쯤이면 거기에는 먹을 만한 건더기가 거의 남아 있지 않아요. 가장 늦게까지 부화되지 않는 병아리는 죽은 병아리죠. 하지만 나는 여자들이 어리석다는 것을 부정하는 게 아니에요. 전능하신 하느님께서 여자들을 남자들에게 딱 맞게 어울리는 상대로 만드셨거든요."

"어울리는 상대라고!" 바틀이 말했다. "식초가 이빨에 상대하는 것과 같겠지. 남자가 어떤 말을 하면 그의 아내는 정반대의 말로 상대하겠지. 그가 뜨거운 고기를 먹고 싶으면, 그의 아내는 차가운 베이컨으로 상대하고. 그가 웃으면 그녀는 훌쩍이면서 상대하고. 말파리가 말에 상대하듯이 그녀는 그런 맞상대가 되겠지. 여자에게는 남자를 찌르는 데 적절한 독이 있어요. 그를 찌르는 데 딱 맞는 독이."

"그래요." 포이저 부인이 말했다. "나는 남자들이 뭘 좋아하는지 알아요. 한심하게도 부드럽고, 남자들이 잘했든 잘못했든 간에 언제나 빛나는 태양처럼 남자들에게 억지웃음을 지어주고, 걷어차이면 고맙다고 말하고, 남편이 일러줄 때까지 제일 먼저 어느 쪽을 차였는지 알지 못하는 척하는 여자들이죠. 대개 남자들이 아내에게서 원하는 건 바로 그거예요. 자기에게 현명하다고 말해 줄 바보를 얻고 싶은 거죠. 하지만 그런 것이 없어도 살 수 있는 남자들이 있어요. 이미 자신들이 무척 대단하다고 생각하는 사람들이죠. 그래서 노총각이 되는 거예요."

"자, 크레이그." 포이저 씨가 익살스럽게 말했다. "자네는 곧 결혼해야겠네. 그렇지 않으면 노총각에 들어갈 테니. 그러면 여자들이 자네에 대해서 어떻게 생각할지 알겠지."

"글쎄." 크레이그 씨는 포이저 부인을 달래려고 하면서 또 한편으로는 스스로를 칭찬하는 데 역점을 두면서 말했다. "나는 영리한 여자를 좋아합니다. 활기가 있는 여자, 일을 잘 꾸려 나가는 여자 말이죠."

"자네는 그 점에서 틀렸네, 크레이그." 바틀이 냉담하게 말했다. "그 점에서 틀렸어. 자네는 자네 정원에 있는 것들을 그보다는 나은 기준으로 판단할 거야. 어떤 것들이 탁월할 수 있는 이유 때문에 선택하지. 탁월할 수 있는 이유 때문에 말이야. 완두콩을 뿌리 때문에 높이 평가하지 않고, 당근을 꽃 때문에 중히 여기지 않아. 자네가 여자를 선택하는 방식도 마찬가지야. 여자들의 영리함은 결코 대단한 데 이르지 않아. 대단한 것을 만들 수 없지. 그들은 그저 탁월한 백치가 될 뿐이네. 잘 익어서 지독한 냄새를 풍기는 백치랄까."

"당신은 뭐라고 말하겠소?" 포이저 씨가 몸을 뒤로 젖히고는 즐거운 표정으로 아내를 보며 말했다.

"말하겠냐고요?" 포이저 부인은 눈에 위험한 불꽃을 튀기며 대답했다. "글쎄, 어떤 사람의 혀는 계속해서 울려대는 시계 같다고 말하겠어요. 시간을 알려 주려는 게 아니라 그 안에 뭔가 고장나서 그런 거지요 …"

이 순간 사람들의 관심이 식탁의 다른 쪽 끝으로 쏠리지 않았더라면, 포이저 부인의 대답은 아마 더욱 절정에 이르렀을 것이다. 그곳에서는 처음에 데이빗이 "내 사랑은 가시 없는 장미"를 나지막이 부르면서 노래의 흥이 일기 시작하더니 점점 귀를 멀게 할 만큼 복합적인 소리가 들려왔던 것이다. 데이빗의 노래를 하찮게 생각한 팀은 "풀을 베는 명랑한 세 농부"를 활기차게 시작하면서 그 힘없는 노랫소리를 압도하려 했다. 그러나 데이빗은 쉽게 압도되지 않았으며 더 크게 노래할 수 있다는 것을 풍부한 성량으로 보여 주었기에, 오히려 장미가 풀 베는 농부를 압도하지 않을지 의심스러워졌다. 그때 늙은 케스터가 조금도 동요되지 않은 확고한 태도로, 마치 자명종이 울려야 될 때가 된 것처럼 갑자기 떨리는 목소리로 고음을 냈다.

식탁의 앨릭 쪽에 있는 일행은 음악에 대한 선입견이 없었기에 이러한 노래의 여흥을 당연한 것으로 여겼다. 하지만 바틀 매시는 파이프를 내려놓고 손가락으로 귀를 막았다. 다인나가 집에 없다는 이야기를 들었을 때부터 그곳을 나오고 싶었던 아담은 일어나서 작별인사를 해야겠다고 말했다.

"자네와 같이 가겠네." 바틀이 말했다. "내 귀가 찢어지기 전에 함께 돌아가야겠어."

"괜찮으시면 제가 공유지를 돌아서 집까지 모셔다 드리겠어요, 매시 씨."

"그래, 그러게." 바틀이 말했다. "그러면 이야기를 할 수 있겠구먼. 요즘에는 자네를 통 만날 수가 없어서."

"아니! 자네가 벌써 간다니 유감이네." 마틴 포이저가 말했다. "사람들이 모두 곧 갈 텐데. 우리 미니님이 열 시가 넘으면 사람들을 더 있지 못하게 하거든."

하지만 아담의 의사가 확고했기에 작별인사를 나눈 다음, 두 친구는 함께 산책하도록 별빛 아래로 나섰다.

"그 불쌍한 바보, 빅슨이 집에서 나를 기다리며 낑낑거리고 있네." 바틀이 말했다. "빅슨이 포이저 부인의 눈에서 벼락을 맞을까봐 여기 데리고 올 수 없었어.[156] 그 불쌍한 개는 나중에 영원히 절뚝거리고 다니게 될 거야."

"저는 짖을 쫓아버릴 필요도 없어요." 아담이 웃으며 말했다. "제가 여

---

156) 바틀 매시는 누군가를 바라보기만 해도 해를 입힐 수 있는 악마의 눈이 포이저 부인에게 있다고 묘사하고 있다.

기 오는 것을 알면 짒은 언제나 스스로 고개를 돌리고 돌아가거든요."

"아, 그래!" 바틀이 말했다. "무서운 여자야! 침으로 만들어졌지. 온통 침투성이야. 하지만 나는 마틴 편이네. 언제나 마틴에게 충실할 거야. 그런데 그는 그 침을 좋아하지. 하느님께서 그를 도와주시길! 그는 그 침을 위해 일부러 만들어진 쿠션이야."

"하지만 그럼에도 불구하고 포이저 부인은 정말로 성격이 좋은 분이에요." 아담이 말했다. "그리고 햇빛처럼 진실하지요. 개들이 집 안에 들어오면 약간 성을 내지만, 개들이 부인을 따르면 개들을 돌봐 주고 먹이도 잘 주거든요. 부인의 혀는 날카롭지만 마음은 부드러워요. 역경에 처했을 때 그것을 보았지요. 부인은 자기 말보다 더 나은 여자들 가운데 한 사람이에요."

"그래, 그래." 바틀이 말했다. "사과의 속이 썩었다고 말하는 것은 아니네. 하지만 너무 시어서 이가 시리다네. 너무 시어서 짜증이 난다고."

언덕 위에서의 만남

아담은 다인나가 서둘러 떠난 이유를 이해했고, 거기에서 낙담보다는 희망을 이끌어냈다. 그녀는 아담에 대한 강렬한 감정으로 말미암아 내면의 궁극적인 인도의 목소리를 기다리며 충실하게 귀를 기울이지 못하게 되지 않을까 두려웠을 것이다.

'하지만 편지를 보내 달라고 그녀에게 청했더라면 좋았을 걸.' 그는 생각했다. '어쩌면 그것도 그녀에게 방해가 될지 모르지. 얼마간은 예전처럼 오로지 조용히 지내고 싶어 하니까. 조급하게 굴면서 내가 바라는 것을 요구하며 그녀를 방해할 권리는 없어. 그녀는 자기의 마음이 어떤지를 이야기했고, 말과 생각이 다른 여자가 아니니까. 나는 참을성을 가지고 기다릴 거야.'

아담은 현명하게도 이렇게 결심했고, 그 일요일 오후에 들었던 다인나의 고백을 기억하면서 힘을 얻어 처음 이삼 주가량은 그 결심을 훌륭하게 지켜나갔다. 처음으로 나눈 사랑의 고백 몇 마디에는 놀라운 생명력이 들어있는 것이다. 그러나 시월 중순이 되자 그 결심은 겉으로도 드러날 만큼 시들어 가기 시작했고 고갈되어 버릴 듯한 위험한 증상이 나타났다. 그 몇 주는 유난히도 길었다. 다인나가 분명 마음을 결정하고도 남을 시간이 지나갔다. 한 여자가 한 남자에게 일단 사랑한다고 말한 다음에 자기가 원하는 것을 말했다고 치자. 그 남자는 그녀가 내민 첫 잔에 약간 지나치게 상기되고 고양되어서, 두 번째 잔의 맛에는 그리 신경 쓰지 않을 것이다. 그녀와 헤어지고 돌아서는 그의 발걸음은 무척 경쾌하게 탄력적으로 대지를 밟고 모든 어려움을 가볍게 여길 것이다. 그러나 그런 황홀경은 소멸되어 간다. 슬프게도 시간이 지나면서 기억은 퇴색하고 희미해져서 우리의 감정을 되살릴 수 없다. 아담은 더 이상 예전처럼 자신감을 가질 수 없었다. 어쩌면 다인나의 옛 생활이 그녀를 너무나 강하게 사로잡아서 새로운 감정이 그것을 압도할 수 없으리라는 두려움이 일기 시작했다. 만일 그녀가 이렇게 느끼지 않았더라면 그녀는 틀림없이 그에게 편지를 보내어 위안을 주었을 것이다. 하시반 그를 단념시키는 것이 옳다고 여기는 모양이었다. 아담의 자신감과 더불어 참을성도 약해지면서, 다인나에게 편지를 보내서 자신을 필요 이상으로 고통스러운 의혹에 빠져 있지 않게 해 달라고 요청해야겠다는 생각이 들었다. 어느 날 밤늦게까지 앉아서 편지를 썼지만 그것이 어떤 영향을 미칠지 두려워서 다음 날 아침에 태워 버렸다. 실망을 주는 답을 그녀의 말이 아니라 편지로 듣게 된다면 더 나쁠 것이다. 그녀의 앞에서라면 그는 그녀의 의지에 따르게 될 테니까.

여러분은 어떠한 상황인지를 알아차렸을 것이다. 아담은 다인나를 보고 싶은 갈망에 사로잡힌 것이다. 그리고 그런 갈망이 어떤 단계에 이르면 사랑에 빠진 사람은 자신의 미래를 저당 잡힌다 하더라도 그 욕구를 채우려 할 것이다.

그런데 그가 스노필드에 간다 하더라도 과연 무슨 해를 끼칠 수 있을까? 그가 가더라도 다인나는 그에게 불쾌하게 느낄 수 없을 것이다. 그가 오지 못하도록 막은 적은 없었다. 분명 그녀는 오래지 않아 그가 올 거라고 기대할 것이다. 시월의 두 번째 일요일이 되자 이러한 생각이 너무나 확고해졌기에 아담은 이미 스노필드로 가는 길에 들어서 있었다. 이제는 시간이 소중했기에 말을 타고 떠났다. 이 여행을 위해서 조나단 버지의 훌륭한 말을 빌렸다.

그 길을 따라 가는 동안 얼마나 예리한 기억들이 되살아났던지! 그가 스노필드로 처음 여행한 이후로 오크번까지는 자주 왕래했었다. 그러나 오크번을 넘어서 잿빛의 돌 벽과 울퉁불퉁한 땅, 야윈 나무들은 그가 너무나 잘 기억하고 있는 고통스러운 과거의 이야기를 새롭게 들려 주는 것 같았다. 그러나 어떤 이야기라도 시간이 흐르고 난 다음에는 똑같이 들리지 않는 법이다. 아니, 그 이야기를 읽는 우리가 이제는 똑같이 해석하지 않는다. 오늘 아침 아담은 새로운 생각을 품고 그 잿빛 시골길을 지났으며, 그 생각 속에서 과거의 이야기는 새로운 의미를 띠고 있었다.

다른 사람을 파멸시키고 짓눌러 버린 과거의 악이 우리에게 예상치 못한 선의 원천이 되었기 때문에 그것에 대해 기뻐하고 감사한다면, 그런 정신은 비열하고 이기적이며 심지어 불경스럽다고 말할 수밖에 없다. 아담은 자신에게 그렇게나 가까이 다가왔었던 그 신비로운 인간적 비애를 늘 슬퍼하지 않을 수 없었다. 그는 다른 사람의 비참함에 대해 결코 신에게 감사할 수 없었을 것이다. 아담이 아니라 나라면 그런 편협한 기쁨을 느낄 수 있을지 모르지만, 그는 결코 그렇게 느낄 사람이 아니라는 것을 나는 확실히 알고 있다. 그런 감정에 대해 그는 고개를 흔들며 이렇게 말했을 것이다. "악은 악이고, 슬픔은 슬픔입니다. 그것을 다른 말로 포장한다 해도 그 성격을 바꿀 수는 없어요. 내게 상황이 잘 풀린다고 해서 모든 일이 공명정대하다고 생각해도 되는 것은 아니지요. 다른 사람들이 나를 위해 태어난 것은 아니니까요."

그러나 슬픈 경험이 가져다 준 더 풍부한 삶을 위해서 우리의 고통을 바칠 만한 가치가 있다고 느끼는 것은 비열하다고 볼 수 없다. 오히려 그와 반대로 느끼는 것은 불가능하다. 백내장을 앓는 사람이, 사람들이 걸어 다니는 나무처럼 보이는 침침하고 흐릿한 시력을 눈부신 대낮의 선명한 윤곽으로 바꾸는 과정에서 겪을 고통을 후회할 수 없는 것과 마찬가지다. 우리 내면의 더 고귀한 감정의 성장은 어떤 기능의 성장과 마찬가지라서 그 성장과 더불어 힘이 커졌다는 느낌을 일으킨다. 화가나 음악가가 더 조야한 방식으로 되돌아가기를 혹은 철학자가 덜 완전한 공식으로 되돌아가기를 원하지 않듯이, 우리는 더 협소한 공감으로 되돌아가기를 바랄 수 없는 것이다.

과거를 생생하게 회상하면서 말을 타고 가는 동안, 이 일요일 아침 아담의 마음속에는 이처럼 확대된 존재 의식 같은 것이 자리 잡고 있었다. 다인나에 대한 감정, 그녀와 여생을 보내고 싶은 열망은 열여덟 달 전에 스노필드에서 돌아오던 고통스러운 여행에서부터 시작하여 그를 이끌어 간, 눈에 보이지 않는 머나먼 목적지였다. 헤티에 대한 사랑은 다정하고 깊었으며 너무나 깊어서 그 뿌리를 결코 떼어 낼 수 없는 것이었지만, 다인나에 대한 사랑은 더 고귀하고 더 소중했다. 그것은 그가 깊은 슬픔을 알게 되면서 얻은 더 풍부한 삶에서 태어난 결과였기 때문이다. '그녀를 사랑하고 그녀가 나를 사랑하는 것을 알면서 새로운 힘을 얻는 것 같아. 사물을 올바로 보도록 도와 달라고 그녀에게 의지해야지. 그녀는 나보다 더 나은 사람이니까. 그녀는 이기적이지 않고 자만심도 없으니까. 자기 자신보다 다른 사람을 더 신뢰하면 마치 두려움을 느끼지 않고 걷는 것처럼 해방감을 얻을 수 있거든. 나는 항상 내 주위 사람들보다 내가 더 잘 안다고 생각해 왔지. 이미 자기 속에 들어있는 것보다 더 나은 생각을 하도록 가장 가까이 있는 사람들에게 도와 달라고 기대할 수 없다면, 하잘것 없는 삶이 되고 말겠지.' 그는 혼자 중얼거렸다.

언덕 비탈에 자리 잡은 잿빛 마을이 눈에 들어왔을 때는 오후 두 시가 지난 시간이었다. 아담은 아래쪽의 녹색 계곡을 살펴보고 추하게 보이는 붉은색 공장 근처에서 낡은 초가지붕을 제일 먼저 찾아보았다. 부드러운 시월의 햇빛을 받고 있는 그 풍경은 이태 전의 초봄에 보았을 때보다 덜 황량하게 보였다. 나무 한 그루 없이 넓게 펼쳐져 있는 그 지역이 그렇듯이 그 풍경은 아치처럼 드리워진 하늘에 장엄한 매력을 더해 주어서 새로운 느낌을 주었고, 하늘을 가린 구름이 거의 없어서 평소보다 더 부드럽게 마음을 달래 주었다. 섬세한 거미줄처럼 보이던 구름이 점점 녹아서 맑고 푸른 하늘로 사라져 가면서, 아담의 의혹과 두려움은 그 풍경에 매료되어 녹아 버렸다. 그는 다인나의 부드러운 얼굴을 보는 것 같았고, 그녀의 표정만으로도 자기가 갈망했던 것에 대해 확신을 얻을 수 있을 것 같았다.

이 시간에 다인나가 집에 있으리라고는 생각할 수 없었지만 그녀가 어디 갔는지를 물어 보려고 그는 말에서 내려 작은 문에 말을 묶었다. 그녀를 따라가서 집으로 데려오려고 생각했던 것이다. 그녀는 언덕 너머 삼마일 떨어진 작은 마을, 슬로맨즈 엔드에 갔다고 노파가 말해 주었다. 늘 그렇듯이 거기 있는 오두막에서 설교하려고 아침 예배가 끝난 직후에 출발했고, 마을사람들에게 물어보면 누구라도 슬로맨즈 엔드로 가는 길을 알려 주리라는 것이었다. 그래서 아담은 다시 말을 타고 마을에 들어가 낡은 여인숙에 들러서 너무나 수다스러운 그곳 주인장을 동무삼아 서둘러 점심을 먹었다. 그를 기억하고 있었던 그 주인의 호의적인 질문에 서둘러 빠져나오면서 안도감을 느끼며 슬로맨즈 엔드를 향해 출발했다. 급히 서둘렀지만 그곳에 내렸을 때는 네 시가 다 되어있었다. 다인나는 아침 일찍 출발했으므로 아마도 지금쯤은 돌아올 때가 되었으리라. 황량하게 보이는 그 작은 회색 마을은 바람을 막아줄 나무들이 없었기에 멀리서부터 눈에 들어왔다. 가까이 다가가자 찬송가를 부르는 소리가 들려왔다. "어쩌면 끝나기 전에 마지막으로 부르는 찬송가겠지." 그는 생각했다. "조금 되돌아갔다가 마을을 벗어난 곳에서 그녀를 만나도록 돌아와야겠어." 그는 다시 걸어서 언덕 꼭대기에 이르렀고, 그 작은 마을을 나서서 구불구불한 길을 따라 언덕을 올라오는 검은 옷을 입은 작은 형체가 보일 때까지 지켜보려고 흔들리는 돌 위에 앉아 나지막한 벽에 기댔다.

그는 언덕 꼭대기에 가까운 장소를 택했다. 사람들의 눈에서 벗어난 곳이라서 가까이 집이나 가축이나 심지어 풀을 뜯어먹는 양들도 없었고, 고요한 빛과 그림자, 그리고 땅을 에워싼 거대한 하늘만 있었기 때문이었다.

예상보다 훨씬 더 오랜 시간이 지나도 그녀는 돌아오지 않았다. 그녀에 대한 생각에 잠겨서 그녀가 오는지를 지켜보며 기다리자니 적어도 한 시간이 지났고, 그동안 오후의 그림자는 점점 더 길어졌고 빛은 더욱 부드러워졌다. 마침내 회색 집들 사이에서 나와 조금씩 언덕 기슭에 가까이 다가오는 조그맣고 검은 형체가 보였다. 천천히 걷고 있는 듯이 보였지만, 다인나는 사실 평소의 보폭대로 가볍고 조용하게 걸음을 옮기고 있었다. 이제는 구불구불한 길을 따라 언덕을 오르기 시작했다. 하지만 아담은 아직 움직이지 않았다. 너무 서둘러 만나고 싶지 않았다. 고적한 그곳에서 만날 생각이었다. 그녀가 너무 놀랄지도 모른다는 걱정이 들었다. '하지만 지나치게 놀랄 사람은 아니야. 무엇에나 준비가 되어 있듯이 늘 아주 조용하고 평온하니까.' 아담은 생각했다.

언덕을 올라오면서 그녀는 무슨 생각을 하고 있었을까? 어쩌면 그녀는 아담 없이 완벽한 평정을 얻었고, 그의 사랑을 조금도 원하지 않게 되었을지도 모른다. 결정의 순간이 임박할 때 우리는 모두 몸이 떨린다. 희망이 퍼덕이는 날갯짓을 멈추고 있는 것이다.

이제 그녀가 아주 가까이 다가왔으므로 아담은 돌 벽에서 일어섰다. 그가 앞으로 나가려는 순간, 우연히도 다인나는 걸음을 멈추고 뒤를 돌아 마을을 바라보았다. 언덕을 오르면서 발을 멈추고 뒤를 돌아보지 않는 사람이 어디 있겠는가? 아담은 기뻤다. 사랑에 빠진 사람의 섬세한 본능으로 그는 그녀가 자기를 보기 전에 그의 목소리를 듣는 편이 더 좋을 거라고 느꼈던 것이다. 그는 그녀에게서 세 걸음 떨어진 곳에 이르러 그녀를 불렀다. "다인나!" 그녀는 깜짝 놀랐지만 그 소리를 그 장소와 연결짓지 않는 듯 돌아보지 않았다. "다인나!" 아담은 다시 말했다. 그녀의 마음속에 어떤 생각이 들었을지 잘 알고 있었다. 그녀는 인상들을 순전히 정신적인 계시로 생각하는 데 익숙하기에 그 목소리에 수반되는 가시적인 물체를 찾으려 하지 않은 것이다.

그러나 두 번째 소리에 그녀는 몸을 돌렸다. 그 검은 눈의 튼튼한 남자를 바라보는 온유한 잿빛 눈동자에는 얼마나 지극한 갈망이 어린 사랑이 담겨 있었는지! 그녀는 그를 보고도 놀라지 않았다. 아무 말 없이 그저 그의 팔이 그녀를 꼭 껴안을 수 있도록 그에게 다가갔을 뿐이었다.

그들은 그렇게 말없이 걸었고, 뜨거운 눈물이 흘러내렸다. 안도감을 느끼며 아담은 아무 말도 하지 않았다. 먼저 말을 꺼낸 것은 다인나였다.

"아담, 이것은 신의 뜻이에요. 내 영혼이 당신의 영혼과 묶여 있기 때문에, 당신 없이 사는 것은 그저 분열된 삶일 뿐이에요. 이 순간 당신이 나와 함께 있고 우리 마음이 같은 사랑으로 넘쳐흐르는 것을 느끼면서, 하늘에 계신 아버지의 뜻을 견디고 따를 수 있는 힘이 충만하게 되었어요. 전에는 그 힘을 잃었었지요."

아담은 걸음을 멈추고 사랑이 가득한 그녀의 진지한 눈을 들여다보았다.

"그럼 우리는 죽음이 우리를 갈라놓을 때까지 결코 헤어지지 않을 거예요, 다인나."

그들은 마음속 깊은 곳에서 우러나오는 기쁨을 느끼며 서로에게 키스했다.

두 인간의 영혼에 있어서 자신들이 평생 맺어졌다고 느끼고, 온갖 노고에서 서로에게 힘을 보태 주고, 어떤 슬픔에서나 서로에게 의지하며, 모든 고통에서 서로를 보살펴 주고, 마지막 헤어지는 순간에 말할 수 없는 고요한 기억 속에서 서로 하나가 되는 것보다 더 위대한 일이 어디 있겠는가?

결혼식 종소리

언덕에서 만난 지 채 한 달도 지나지 않아 11월이 끝나가는 어느 서리 내린 아침에 아담과 다인나는 결혼식을 올렸다.

그 마을에서는 대단히 중요한 사건이었다. 버지 씨의 일꾼들과 포이저 씨네 일꾼들 모두 휴가를 얻었고, 그 일꾼들 대부분이 가장 좋은 옷을 입고 결혼식에 참석했다. 이 이야기에서 특별히 언급된 헤이슬롭의 주민들이나 이 11월의 아침에 이 교구에 살고 있던 사람들 가운데, 아담과 다인나의 결혼식을 보려고 교회에 오지 않았거나 혹은 교회 밖으로 나오는 그들과 인사를 나누려고 교회 문 가까이 서 있지 않은 사람은 거의 없었으리라고 생각한다. 어윈 부인과 딸들은 마차를 타고 (이제 그들에게는 마차가 있었기에) 신랑신부와 악수를 나누고 그들의 행복을 빌어 주려고 교회의 대문에서 기다리고 있었다. 리디아 도니손 양이 바스에 가고 없었으므로 베스트 부인과 밀스 씨, 크레이그 씨는 이 경사에 자기들이 체이스 "가문"을 대표해야 한다고 생각했다. 교회의 담장을 따라서 낯익은 얼굴들이 줄지어 서 있었고 그들 가운데 많은 이들은 다인나가 그린에서 설교할 때 그녀를 처음 본 사람들이었다. 그들이 그녀의 결혼식 아침에 지대한 관심을 드러낸 것은 놀라운 일이 아니었다. 사람들이 기억할 수 있는 바로는, 다인나 같은 사람이나 그녀와 아담 비드를 묶어준 과거사와 같은 사건은 일찍이 헤이슬롭에서 들어본 적도 없었기 때문이었다.

제일 말끔한 모자와 옷을 차려입은 베시 크래니지는 울고 있었지만, 왜 울고 있는지 스스로도 정확히 알지 못했다. 베시 가까이 서 있던 사촌 와이리 벤이 적절히 암시했듯이 다인나는 떠나가는 것이 아니었고, 베시의 기분이 울적하다면 가장 좋은 방법은 다인나를 본받아서 그녀와 결혼하려는 정직한 남자와 결혼하면 될 테니 말이다. 교회 문 바로 안에서 베티 옆에 있던 포이저네 아이들은 그 신비스런 의식을 보려고 신도석 구석 너머로 기웃거리고 있었다. 토티는 사촌 다인나가 좀 늙어 보이는 얼굴로 돌아왔다는 생각에 평소와 달리 근심어린 표정을 짓고 있었다. 토티의 경험으로 보자면 결혼한 사람들은 누구나 젊지 않기 때문이었다.

결혼식이 무사히 끝나고 아담이 다인나를 이끌고 교회 밖으로 나왔을 때 사람들이 보았을 광경을 보지 못한 것이 나는 못내 유감스럽다. 다인나는 그날 아침에 검은 옷을 입지 않았다. 그녀의 이모 포이저 부인이 불운을 초래할 그런 위험은 어떤 일이 있어도 허락하지 않으려 했고, 회색 천으로 결혼식 옷을 직접 만들어 선물했던 것이다. 하지만 퀘이커 교도들이 늘 입는 모양이었다. 이 점에 있어서는 다인나가 양보할 수 없었던 모양이다. 그래서 회색 퀘이커 모자를 쓴 그 백합 같은 얼굴은 부드럽고 진지한 표정을 띠고 있었으며 미소를 짓거나 얼굴을 붉히지는 않았지만 엄숙한 감정에 압도되어 입술이 약간 떨리고 있었다. 아담은 그녀와 팔짱을 끼고 예전처럼 몸을 꼿꼿이 세우고 걸었으며 온 세상을 더 잘 보려는 듯 고개를 약간 뒤로 젖히고 있었다. 하지만 신랑들이 그렇듯이 오늘 아침에 특히 의기양양했기 때문은 아니었다. 그의 행복은 행복에 대한 일반적인 견해와는 거의 무관한 것이었다. 그의 깊은 즐거움에는 슬픔이 스며들어 있었다. 다인나는 그것을 알고 있었고 그것에 기분이 상하지 않았다.

신랑과 신부의 뒤를 이어 다른 세 쌍이 나왔다. 제일 먼저, 서리가 내린 이 아침에 활활 타오르는 불처럼 유쾌한 마틴 포이저가 신부 들러리였던 차분한 메리 버지를 이끌고 나왔다. 그 다음으로 평온하고 행복한 기분에 잠긴 세스가 포이저 부인과 팔짱을 끼고 함께 나왔다. 그리고 마지막으로 바틀 매시가 리스베스와 나왔다. 새 옷을 입고 새 모자를 쓴 리스베스는 아들에 대한 뿌듯함과 원했던 딸을 얻은 즐거움으로 너무 들떠있던 나머지 불평거리를 단 하나도 생각해 낼 수 없었다.

바틀 매시는 아담이 진지하게 요청했기에 결혼식에 참석하기로 동의했지만, 결혼 전반에 대한, 특히 분별력이 있는 남자가 결혼하는 것에 대한 반대의견을 피력하고 나서야 마지못해 동의했을 뿐이었다. 그럼에도 불구하고 결혼 축하연이 끝난 다음에 포이저 씨는 바틀이 교회 부속실에서 신부에게 필요 이상으로 키스를 한 번 더 했다고 놀려주었다.

이 마지막 쌍의 뒤를 이어 나온 어윈 씨는 아담과 다인나를 결합시켜주는 이 즐거운 아침의 임무에 마음속 깊은 곳에서 우러나오는 기쁨을 느꼈다. 그는 아담의 슬픔이 절정에 달했던 순간들에 그를 보아 왔던 것이다. 그 고통스러운 파종기에서 이보다 더 좋은 수확을 거둘 수 있겠는가? 절망의 시간에 희망과 위안을 가져 온 사랑, 그 어두운 감방과 가련한 헤티의 더 어두운 영혼에 찾아들어간 사랑, 이 강하고도 부드러운 사랑은 죽음에 이르기까지 아담의 벗이자 조력자가 될 것이다.

교회 대문 앞에서는 그 네 쌍에게 "하느님의 축복이 있기를!" 기원하는 말들과 좋은 일을 빌어 주는 덕담들이 빈번한 악수와 어우러졌고, 포이저 씨는 결혼식에 적절한 농담을 두루 꿰고 있었기에 유달리 활기차게 답변했다. 결혼식에서 여자들이란 그저 우는 것 외에는 달리 할 줄 아는 일이 없다고 그는 말했다. 심지어 포이저 부인도 이웃 사람들과 악수하면서 말을 할 수 없었고, 리스베스는 처음에 그녀에게 다시 젊어지고 있다고 말한 사람 앞에서 울기 시작했던 것이다.

류머티즘 증세가 조금 있었기에 오늘 아침에 종을 울리는 데 낄 수 없었던 조수아 랜 씨는 서기의 공식적인 협조가 필요하지 않은 비공식적인 인사치례를 약간 경멸하듯이 바라보다가 듣기 좋은 베이스 소리로 "오, 얼마나 즐거운 일인가!"를 허밍으로 부르기 시작했고 다음 주일에 결혼식 찬송가를 부르며 거두려 했던 효과를 미리 조금 맛보여 주었다.

"아서가 이 좋은 소식을 들으면 기뻐할 거예요." 어윈 씨는 마차를 타고 가면서 어머니에게 말했다. "집에 도착하자마자 제일 먼저 그에게 편지를 쓰겠어요."

에필로그

1807년 유월 말경이었다. 조나단 버지의 소유였던 아담의 목재 저장소에서 작업장의 문이 삼십 분 남짓 닫혀 있었다. 감미로운 저녁 햇살이 쾌적한 집의 담황색 벽과 연한 잿빛 초가지붕에 비치고 있었다. 우리가 9년 전 유월의 어느 날 저녁에 열쇠를 가지고 들어오는 아담을 보았을 때와 거의 흡사했다.

우리가 잘 알고 있는 어떤 형체가 방금 집에서 나와서는 손으로 눈가를 가리고 멀리 떨어진 곳에서 무엇인가를 찾고 있었다. 테두리가 없는 흰 모자와 그녀의 연한 적갈색 머리칼에 떨어지는 햇살이 너무 눈부셨던 것이다. 그러나 이제는 햇볕에서 몸을 돌려 문 쪽을 바라보았다. 이제야 그 부드럽고 창백한 얼굴이 아주 선명하게 드러났다. 거의 변하지 않았지만 부인다운 몸에 어울리게 아주 조금 통통해진 얼굴이었다. 평범한 검은 옷을 입은 그녀의 모습은 여전히 가볍고 활동적으로 보였다.

"그가 보여요, 세스." 다인나가 집 안을 들여다보며 말했다. "가자. 자, 리스베스, 엄마와 함께 가자."

마지막 말에 네 살이 채 되지 않은 작고 예쁜 여자아이가 곧 나타났다. 연한 적갈색 머리칼과 회색 눈의 그 여자 아이는 말없이 달려 나와서 어머니의 손을 잡았다.

"가요, 세스 삼촌." 다인나가 말했다.

"아, 그래요, 우리는 가고 있어요." 세스가 안에서 대답하더니 곧 몸을 굽히고 문간에 나타났다. 삼촌에게 무등을 태워 달라며 지체하게 만들었던 두 살 먹은 건장한 조카의 검은 머리통만큼 평소보다 더 키가 커졌기 때문이었다.

"아이를 팔에 안는 게 더 좋겠어요, 세스." 다인나가 검은 눈의 건장한 아이를 사랑스럽게 바라보며 말했다. "아이가 당신에게 너무 성가시게 굴어요."

“아니, 아니에요. 애디는 내 어깨에 올라타는 걸 좋아해요. 앞으로도 한동안은 목말을 태워 줄 수 있어요.” 어린 애디는 세스 삼촌의 가슴을 점점 세게 발로 차면서 그 친절에 대한 고마움을 표시했다. 그러나 지상에서 세스 삼촌의 행복은 다인나의 옆에서 걷고 다인나와 아담의 아이들이 부리는 횡포를 기꺼이 받아주는 일이었다.

“그를 어디서 보았어요?” 가까이 있는 들판으로 걸어가면서 세스가 물었다. “어디에서도 보이지 않는데요.”

“길가의 산울타리들 사이에서요.” 다인나가 말했다. “모자와 어깨가 보였어요. 저기 다시 보이네요.”

“형이 어디에든 있기만 하다면 틀림없이 형수는 그를 찾아낼 거예요.” 세스가 웃으며 말했다. “형수는 가엾은 어머니와 똑같아요. 어머니는 늘 아담이 돌아오는지 지켜보셨고, 눈이 침침해지셨을 때도 다른 사람들보다 더 빨리 찾으셨죠.”

“그의 예상보다 더 오래 걸렸어요.” 다인나가 조그만 옆 주머니에서 아서의 시계를 꺼내보며 말했다. “거의 일곱 시가 되었거든요.”

“아, 서로에게 할 말이 많았겠지요.” 세스가 말했다. “그 만남에서 두 사람의 마음이 아주 가까워졌을 거예요. 헤어진 지 8년이 되어가고 있으니까요.”

“그래요.” 다인나가 말했다. “아담은 그 가엾은 젊은이가 어떻게 달라졌을지를 생각하면서 오늘 아침에 무척 심란해 했어요. 그렇게 심한 질병을 앓았고 또 우리 모두를 변화시킨 그 세월에서 변화를 겪었을 테니까요. 그 가엾은 방랑자 헤티가 우리에게 돌아오는 길에 죽은 것도 엎친 데 덮친 슬픔이었지요.”

“자, 애디.” 세스는 이제 어린 아이를 내려 팔에 안고 가리켰다. “저기 아빠가 오신다. 저기 멀리 있는 울타리 층계에.”

다인나는 걸음을 재촉했고, 어린 리스베스는 최대한 빨리 뛰어가서 아버지의 다리에 매달렸다. 아담은 아이의 머리를 쓰다듬고 안아 올려 키스했다. 하지만 그에게 다가갔을 때 다인나는 그의 얼굴에 어린 동요의 흔적을 볼 수 있었다. 그는 말없이 그녀의 팔짱을 끼었다.

"자, 젊은이, 안아줄까?" 애디가 팔을 내밀었을 때 아담은 미소를 지으려고 애쓰며 말했다. 이제 그 아이는 자기를 봐 줄 새로운 사람이 가까이 있으므로 아기들에게 흔히 있는 지조 없는 태도로 세스 삼촌을 즉시 포기할 작정이었다.

"마음에 무척 사무치는 일이었소." 걸어가면서 마침내 아담이 말했다.

"그가 무척 많이 변했던가요?" 다인나가 말했다.

"아니, 변하기도 했고 변하지 않기도 했소. 나는 그를 어디서라도 알아볼 수 있었을 거요. 하지만 안색이 변했고 슬프게 보였어요. 의사들 말로는, 고향의 시골 공기를 쐬면 곧 좋아질 거라고 했대요. 몸은 괜찮은데, 열병으로 기력이 손상되었을 뿐이라고 하더군요. 하지만 말하는 것은 예전과 똑같고, 소년이었을 때와 똑같이 미소를 지었어요. 미소를 지을 때면 언제나 똑같은 표정을 짓는다는 게 놀라웠지."

"나는 그 사람이 미소 짓는 것을 한 번도 보지 못했어요. 가엾은 젊은이." 다인나가 말했다.

"하지만 내일은 그가 미소 짓는 것을 보게 될 거예요." 아담이 말했다. "그가 기운을 차려서 이야기를 나눌 수 있었을 때 제일 먼저 당신에 대해 물어 보더군요. '그녀가 변하지 않았기를 바라네. 그녀의 얼굴을 아주 잘 기억하고 있거든'이라고 말했어요. 나는 '변하지 않았어요' 라고 대답했지." 아담은 자신을 향하고 있는 그 눈을 다정하게 바라보면서 말을 이었다. "7년이 지난 다음에 마땅히 그래야 하듯이 아주 조금 통통해졌을 뿐이지. '내가 내일 그녀를 만나러가도 되겠지?'라고 말하더군요. '이 오랜 세월동안 그녀를 생각했다는 이야기를 하고 싶소' 라고 하면서."

"내가 언제나 그의 시계를 사용했다고 말했어요?" 다인나가 말했다.

"그래요. 당신에 대해 많이 이야기했소. 그는 당신과 조금이라도 닮은 여자를 한 번도 본 적이 없다고 하더군. '나는 언젠가는 감리교도가 되어서 그녀가 야외에서 설교할 때 그녀의 설교를 들으러 갈 걸세' 라고 말했어요. 그래서 '아뇨, 나리, 그렇게 하실 수 없습니다. 감리교도 총회에서 여자들의 설교를 금지했기에[157] 이제는 설교를 포기했습니다. 사람들의 집에 찾아가서 조금 이야기해 주는 것을 제외하고요' 라고 대답했지."

"아." 이 점에 관한 언급을 억제할 수 없었던 세스가 말했다. "그 총회는 가슴 아프게도 유감스런 일이었어. 만일 다인나가 나처럼 생각했더라면, 우리는 웨슬리 교파를 떠나서, 그리스도 교인들의 자유를 억제하지 않을 모임[158]에 가입했을 텐데."

"아냐, 이봐, 아니라고." 아담이 말했다. "다인나가 옳고 네가 틀렸어. 아무리 현명한 원칙이라도 유감스럽게 여기는 사람들이 있기 마련이야. 설교를 하는 여자들은 대부분 선보다는 해를 끼치는 일이 더 많았지. 그들에게는 다인나의 재능이나 정신이 없었어. 다인나는 그 사실을 알고 있었기에 순종의 모범을 보이는 것이 옳다고 생각한 거야. 다른 식의 가르침이 억제된 것은 아니니까. 그래서 나는 다인나의 의견에 동의하고 그녀의 행동을 인정해."

세스는 입을 다물었다. 이 주제를 거론하는 일은 거의 없었지만, 언제나 의견이 일치하지 않는 문제였다. 다인나는 이 이야기를 즉시 끝내기를 바라며 말했다.

"이모부와 이모님이 당신에게 부탁하신 말씀을 도니손 대령에게 전했어요, 아담?"

"그래요. 대령은 모래 어윈 씨와 함께 홀 팜에 갈 거예요. 우리가 그 이야기를 하고 있을 때 목사님이 들어오셔서 대령이 내일은 당신 외에 아무도 만나서는 안 된다고 하셨지요. 여러 사람을 만나면서 감정의 동요를 겪는 것이 대령에게 좋지 않을 거라고 말씀하셨는데, 그 말씀이 옳을 거예요. '우리는 자네를 튼튼하고 건강하게 만들어야 해.' 이렇게 말씀하셨지요. '제일 먼저 해야 할 일이 그거라네, 아서. 그러고 나서는 자네

157) 웨슬리 파의 감리교 총회에서는 1803년에 여자들의 설교를 금지했다.

158) 감리교 수구파(*Primitive Methodist*)처럼 이탈된 분파에서는 오히려 여성의 설교를 장려했다. 조지 엘리엇의 이모인 엘리자베스는 웨슬리 파에서 여성의 설교를 금지하자 결국 감리교 수구파에 들어갔다.

마음대로 하게나. 하지만 그때까지는 자네가 옛 선생님의 분부를 따르도록 자네를 지배할 걸세.' 어윈 씨는 그가 다시 집에 돌아와서 아주 기뻐하셨지."

아담은 잠시 가만히 있다가 말을 이었다.

"처음 서로를 보았을 때 무척 가슴이 아팠소. 대령은 어윈 씨를 런던에서 만날 때까지 가엾은 헤티에 관한 소식을 전혀 알지 못하고 있었어요. 여행하는 동안 편지들이 전달되지 않았던 거지. 서로 손을 맞잡았을 때 대령이 제일 먼저 이렇게 말하더군요. '나는 그녀를 위해 아무것도 할 수 없었네, 아담. 그녀는 그 온갖 고통을 오랫동안 견디면서 살았지. 그리고 나는 그녀를 위해 무언가를 할 수도 있었을 때를 종종 생각했네. 하지만 자네가 오래 전에 내게 했던 말이 진실이었지. 결코 보상할 수 없는 손상도 있는 거라고'."

"저기, 포이저 씨 부부가 대문에 들어오시는 군요." 세스가 말했다.

"그렇군요." 다인나가 말했다. "리스베스, 뛰어가렴. 달려가서 포이저 숙모님을 뵈어야지. 들어와서 쉬어요, 아담. 당신에게 무척 힘든 날이었어요."

조지 엘리엇의 윤리적, 미학적 감수성: 《아담 비드》를 중심으로

많은 학자들은 조지 엘리엇의 《아담 비드》, 찰스 다윈의 《종의 기원》, 찰스 디킨스의 《두 도시 이야기》가 출판된 1859년이 영국 빅토리아조 중기의 확신이 무너져 내리기 시작한 전환점을 기록하고 있다고 지적한다. 실제로 19세기 초반은 전통적인 정신적, 윤리적, 경제적, 종교적, 사회적 확실성이 흔들리면서 기존의 인식론에 저항하는 새로운 지적 사상들이 잉태되던 혼란스런 격변기였다. 특히 생물학적, 사회학적 진화론은 기존의 기독교 중심적인 세계관과 인간관, 사회관을 송두리째 흔들어 놓았으며, 산업화의 진전에 따른 계층변화와 도시빈민의 탄생 및 농촌의 피폐화는 전통적 도덕이나 윤리의 무용성과 전반적인 사회개혁의 필요성을 유례없이 부각시켰다. 이처럼 기존의 정치적, 종교적, 사회적 질서가 와해되고 새로운 사상들과 이데올로기들이 대두하여 숱한 갈등을 야기한 19세기 중반 빅토리아시대의 혼란스러운 상황에서 조지 엘리엇의 첫 장편 소설 《아담 비드》는 인간의 삶과 사회적 관계의 의미를 새롭게 규명하려는 엘리엇의 절박한 탐구의 첫 소산이라는 점에서 의미 있는 작품이다.

당대의 인식론적 혼란과 확실성의 부재에 대해 엘리엇이 제시하고 있는 대안적 가치는 사실주의 미학으로 요약될 수 있다. 엘리엇이 작가적 신념을 토로한 부분으로 유명한 《아담 비드》의 〈이야기가 잠시 중단된 곳〉은 사실주의 미학의 선언문으로서, 당대 사회의 인간적, 사회적 삶에 대한 작가의 진지하고 혁신적인 관심의 결실이라는 점에서 흥미롭다. 이 사실주의 미학은 단순히 작품을 구성하는 서술방식을 규정하는 데 그치지 않고 삶에 대한 도덕적, 윤리적 태도를 반영하고 있다는 점에서 더욱 의미 있다.

우선 엘리엇은 자연을 충실히 연구함으로써 진실과 아름다움을 얻을 수 있다는 러스킨의 신념을 공유하면서 현실에 입각한 사실적인 묘사를 주장한다. 당대의 문학작품에 빈번히 등장하는 목가적인 전원 풍경이나 영웅적인 인물 묘사는 결코 현실에서 찾아볼 수 있는 사실이 아니며 따라서 진실과도 거리가 멀다는 것이다. 이러한 소신을 바탕으로 엘리엇은 《아담 비드》에서 헤이슬롭이라는 소우주를 창조하고 그 당시의 소설에서 거의 다루어지지 않던 농촌풍경이라든가 농민들의 언어나 관습 등을 세밀히 묘사함으로써 토착적인 분위기를 형상화하고 있다. 가령 홀 팜의 농장 운영방식이라든가 주일의 예배 의식, 건초 수확이나 전통적인 놀이와 춤, 추수감사절의 저녁만찬 등 일상사를 구체적으로 묘사하고 인물들의 방언을 살려냄으로써 이 소설은 특정 지방의 생활사를 창조했다.

여기서 한 걸음 더 나아가 엘리엇은 평범한 사람들의 일상적인 삶을 지향함으로써 영국의 문학과 회화에서 거의 배제되어 왔던 하층민의 심리와 관습적 사고 및 감정에 초점을 맞춘다. 동시대의 작가 찰스 디킨스가 대체로 도시 빈민층의 언어, 행동방식, 가치관 등 일상적 사실에 관심을 집중한 반면, 엘리엇은 변화하는 농촌 공동체를 중심으로 대다수 가난한 사람들의 일상적 삶을 애정 어린 눈으로 충실하게 그려냄으로써 영국 농촌 사회가 18, 19세기에 겪어 온 중요한 변화에 관심을 기울인다.

또한 엘리엇은 평범한 인물들을 판에 박힌 유형으로 단순화하거나 풍자하지 않고 사실적으로, 인물들의 다층적인 심리와 미묘한 동기를 드러냄으로써 심리적 사실주의를 추구한다. 이처럼 인물들의 내밀한 심리가 작용하는 방식과 인간에게 작용하는 내적, 외적 영향력을 제시함으로써 엘리엇은 인간의 삶이 관계를 통해서, 주체와 객체의 상호작용을 통해서 형성되어 가는 복합적인 과정을 그려 낸다.

이처럼 자연의 충실한 묘사, 평범한 사람들의 삶에 대한 관심, 고도로 복합적인 심리 탐구는 엘리엇의 사실주의 미학의 특징을 이루고 있다. 이러한 미학이 지향하는 바는 바로 개인적인 경험의 확대와 주위 인간들에 대한 인식과 이해, 공감이라고 볼 수 있다. 엘리엇은 예술의 기능이 바로 인간적 공감의 확대라고 생각했으며, 그것을 확실성이 무너진 시대를 살아가는 사람들에게 가능한 대안적 가치로 제시한다. 이런 점에서 엘리엇의 사실주의 미학은 삶에 대한 윤리적 감수성의 결실이었으며, 이러한 미학을 통해서 엘리엇은 중요한 도덕적, 철학적, 윤리적 문제를 탐구함으로써 소설을 이전 시대보다 더욱 진지한 장르로 만들고 심리적 리얼리즘 소설의 전통을 세우게 되었다.

《아담 비드》는 이러한 작가적 신념과 미학을 거의 그대로 구현하고 있는 작품이다. 당시 실제로 일어났던 영아살해 사건을 작품의 중심 플롯으로 설정하여 다양한 군상의 삶과 애환을 그려낸 이 작품은 19세기 영국사회의 생활상과 지적, 사상적 흐름뿐 아니라 일상생활에 대한 사실적인 묘사로 인해서 출간되자마자 중요한 문학작품으로 인정되었고 “최고 수준의 소설”이라는 찬사를 받았다. 당대의 평자들은 엘리엇의 인물묘사와 사실적인 시골생활 묘사를 열렬히 환호했으며 찰스 디킨스는 이 작품에 대해서 “내 삶의 실제 경험과 노고에 자리 잡고 있다”고 평가하기도 했다.

《아담 비드》는 1799년부터 1807년까지 10여 년간의 시간을 축으로 헤이슬롭이라는 영국 중서부의 시골 마을을 배경으로 여러 인물들의 개인적, 사회적 관계와 삶의 풍속도를 그려낸다. 이 사회를 구성하는 인물로서 남자답고 책임감이 강한 아담 비드, 공감적 이해심으로 이타적인 삶을 추구하는 다인나 모리스, 지주의 손자로서 마음이 따뜻하고 인정이 많은 인물이지만 욕망을 자제하지 못해 시골처녀를 농락하는 아서 도니손, 사치와 허영을 꿈꾸다가 결국 영아살해로 사형선고를 받기에 이르는 시골처녀 헤티 소렐, 유능하고 소박하면서도 자부심이 강한 농부 포이저를 비롯한 여러 소작인들, 가난에 찌든 삶을 살면서 아들에 대한 편집증적 애정에 사로잡힌 비드 부인, 대장장이, 목수, 스코틀랜드인 정원사, 교사 바틀 매시 등 평범한 인물들의 일상적 삶이 생생하게 묘사되고 있다. 전반부에서는 이러한 사회를 배경으로 아서 도니손이 농장에서 일하는 처녀 헤티를 유혹하는 과정을 주요한 플롯으로 다루고, 후반부에서는 그 사건이 불러일으킨 파장의 파국적인 결과를 제시하며 에필로그에서 갈등이 해소되고 다시 평화와 안정을 회복한 사회의 한 장면을 보여 준다.

이처럼 이 소설의 플롯은 비교적 단순한 도덕적 도식으로 요약될 수 있지만 그것은 결코 단순하지 않은 내면의식의 드라마를 통하여 전달되고 있다. 가령 헤티에게 매력을 느끼면서 그 유혹에 빠지는 아서 도니손의 심리적 갈등, 즉 자신이 남들에게 칭찬받을 만한 훌륭한 인물이라는 자아개념이 서서히 조금씩 변질되면서 자신의 행위를 정당화해 가는 과정은 지극히 세밀한 심리묘사를 통해서 전달된다. 비드 부인이 아들 아담에게 느끼는 편집증적 애정과 그것이 아담에게 미치는 부정적 영향에 대한 묘사도 이전의 소설들에서는 찾아볼 수 없는 고도의 심리적 사실주의를 느끼게 한다. 또한 첫사랑에 빠진 아담의 자기기만적 착각과 그 허상이 깨진 후 아서에 대한 분노와 복수심을 느끼는 과정도 상당히 실감나게 그려져 있다. 이처럼 조지 엘리엇은 인간의 심리가 작용하는 복합적인 방식과 그 변화과정에 관심을 기울이고 있으며 그 과정에서 도덕적 인식이 어떻게 확대되거나 변질되는가를 주목한다.

이러한 심리적 흐름에 대한 관심은 또한 외적인 사회에 대한 관심과도 긴밀히 결합되어 있다. 가령 1799년을 배경으로 설정하고 있는 이 소설에서 조지 엘리엇은 철도가 부설되기 이전의 영국, 즉 산업화가 전반적으로 진행되기 이전의 영국 농경사회를 그려내면서 당대의 종교, 윤리, 과학, 농촌사회의 변화 등 중요한 문제들을 제기하며 광범위한 시각에서 사회적, 개인적 삶의 의미를 조명한다. 우선 이 소설의 주인공 중 한 명인 다인나 모리스를 감리교도 설교자로 설정함으로써 당대 영국 국교회와 비국교도들 간의 갈등 및 여러 교파간의 알력을 보여 주며 종교에 대한 다양한 시각을 제시함으로써 그 의미를 고찰한다. 또한 농부인 포이저 부부를 중요한 인물로 설정함으로써 농촌사회의 일상적 노동과 문화 및 관습을 보여 줄 뿐 아니라 지주와 소작인들과의 갈등관계를 제기하기도 하고, 파종법을 비롯한 새로운 농사법을 도입하고 장원을 보수, 개량하려는 계획을 꿈꾸고 있는 아서를 통해서 농촌 사회의 점진적인 구조적 변화를 그려 내고 있다. 이렇듯 농촌 사회의 일상적 삶을 여실히 재현함으로써 이 작품은 인간의 삶이 기본적으로 역사적이고 사회적 영향력에 의해서 결정되는 측면을 놓치지 않고 있는 것이다.

《아담 비드》에서 엘리엇이 이룩한 가장 괄목할 만한 성취는 주변적인 평범한 인물들의 형상화에서 찾을 수 있다. 놀라운 입담과 적확하고 독창적인 표현으로 상대를 제압하는 포이저 부인이나 늘 여성을 혐오하는 발언을 일삼으면서도 그 내면에서는 따뜻한 인간애가 넘치는 바틀 매시, 또한 그 나름의 편견이 있으면서도 자존심이 강하고 소박한 농부 포이저, 신경증적인 집착에 사로잡혀 불평불만을 늘어놓는 비드 부인과 같은 인물의 형상화가 바로 그러한 예이다. 조지 엘리엇이 피력한 평범한 사람들의 일상적인 삶에 대한 관심과 애정은 바로 이런 인물들에서 생생하게 살아난다고 볼 수 있다. 이런 인물들이 건초를 베고 뜨개질을 하고 버터를 만들고 오트밀 죽을 끓이고 물레질을 하는 장면을 꼼꼼하고 세밀하게 묘사함으로써 조지 엘리엇은 사회역사가라고 불려도 손색이 없을 만큼 한 시대의 생활사를 구체적으로 재현한다.

이처럼 이 소설은 사실적인 묘사와 심리묘사의 핍진성, 인물의 형상화에 있어서 탁월한 경지를 확보하고 있지만, 다른 한편으로는 그 나름의 결함도 없지 않다. 우선 이 소설이 과거의 유기적 삶을 미화하려는 경향이 없지 않다는 점이다. 헤이슬롭은 그 나름대로의 갈등과 변화를 겪고 있는 사회이지만, 소설의 첫 장부터 화자가 밝히듯이 이미 오래 전에 지나가 버린 과거의 삶이며 철로나 다른 통신수단 등 문명의 침입을 받지 않은 유기적 공동체 사회이다. 소실의 결말에서 갈등을 해결하고 다시 평화로운 삶으로 돌아가는 헤이슬롭의 형상화는 어쩌면 과거의 어느 시점에도 존재한 적이 없었을 유기적 공동체에 대한 향수의 소산이라고 볼 수도 있다. 이처럼 완결되고 닫힌 세계이기 때문에 이 소설은 일면 현실적인 생활상을 리얼하게 묘사하고 인간의 심리를 치열하게 탐구하면서도 동시에 동화나 우화 속의 세계처럼 고즈넉한 과거의 환영으로 되돌아간다.

또한 포이저 부인 같은 개성적인 주변 인물들에 비해서 아서 도니손을 제외한 다른 주인공들은 비교적 정형화된 인물로 제시됨으로써 실감을 떨어뜨린다. 가령 아담은 유기적 공동체의 밑거름이 될 수 있도록 헌신적으로 노동하며 뛰어난 힘과 기술로 그 사회를 발전시키는 낭만주의적 영웅과 같은 인물이다. 다인나는 변함없이 이타적이고 고귀한 성향을 간직하고 있으며, 반면 언제나 고양이의 이미지로 묘사되는 헤티는 즉물적이고 이기적인 인물로 상정됨으로써 실감을 떨어뜨리는 것은 아쉬운 점이다. 서술 도중에 끼어들어 의미를 설명하는 화자의 도덕적 성찰이 때로 이런 인물들의 도식화에 기여하는 것도 아쉬운 점이다.

이런 결함들은 엘리엇에게 상충하는 추진력, 즉 현실을 '눈에 보이는 그대로' 그리고자 하는 창조력과 바람직한 과거의 공동체를 미화하고 예찬하려는 창조력이 상충하고 있음을 짐작하게 한다. 이 소설에서 엘리엇은 이 작품을 쓰고 있던 19세기 중반보다 반세기 이전의 과거를 재생하면서 어린 시절에 보았거나 들었던 과거의 환영을 되살리고 있고 이 소설의 감리교도 설교자로 등장하는 다인나 모리스가 엘리엇의 고모를 모델로 삼고 있고 목수인 아담 비드는 엘리엇의 부친을 바탕으로 그려졌음을 고려하면, 헤이슬롭과 이 두 인물의 형상화에 있어서의 이상화된 측면은 작가의 개인적인 애정이나 기억과 무관하지 않을 것이다.

또한 작가의 창조적 비전이 소설적 관습이나 사회적 관습으로 제약되는 부분들도 찾아볼 수 있다. 가령 소설에서 드물게 등장하는 여성 설교자 다인나가 설교자로서의 이타적 삶을 포기하고 아담과 결혼하면서 헤이슬롭의 중산층으로 진입하는 결말은 소설의 앞부분에서 제기된 여러 가지 문제를 임시방편으로 봉합하거나 해피엔딩을 추구하는 소설의 관습을 따르고 있다는 인상을 남긴다. 또한 헤티가 사형되기 직전에 감형되는 멜로드라마적인 반전도 당대 소설의 관습을 차용하고 있으며, 자신의 과오를 반성하면서 스스로 유형을 떠났고 후에 피폐해진 몸으로 돌아온 아서 역시 인과응보를 실현하려는 소설적 관습을 따르고 있다는 의혹을 남긴다.

이 소설이 조지 엘리엇의 첫 번째 장편소설이고 이 작품을 통해서 작가가 소설을 쓰는 방법을 실험하며 자신의 목소리를 찾아가고 있었음을 고려하면 이 작품이 완벽하지 않다는 사실은 그리 놀랍지 않은 일이다. 오히려 이러한 결함들은 엘리엇이 치열한 문제의식을 가지고 대결해야 했던 당대의 인습적 편견이나 소설장르의 관습적 패턴을 노정하고 있다고 볼 수 있을 것이다. 그러나 몇 가지 문제점들에도 불구하고 이 소설이 작가의 소신과 윤리적 감수성을 탁월하게 형상화하고 있다는 사실은 소설의 영역을 확장하고 소설의 깊이를 더해준 뛰어난 성취로 꼽을 수 있다.

이 소설에서 엘리엇은 평범한 사람들의 일상과 의식을 그려내면서 그들의 개인적, 사회적 삶에 대한 깊이 있는 통찰을 이끌어낸다. 아서와 헤티의 관계가 헤이슬롭에 미치는 파장에서 드러나듯이 한 인간의 죄와 고통이 본인에게 한정되지 않고 주위의 다른 인간들에게도 영향을 미치며, 그처럼 인간이 서로 유기적으로 결합된 존재라는 생각은 엘리엇의 사회사상의 근간을 이루고 있다. 각 개인은 주위 인간들에게 고통을 줄 새로운 파장을 일으키지 않도록 노력해야 할뿐더러 다른 사람들의 허물과 잘못을 기꺼이 용서함으로써 그 파장이 확산되지 않도록 해야 할 의무가 있다. 엘리엇의 유기적 사회관은 이처럼 윤리적, 도덕적 차원과 결합되어 있으며, 이 소설은 바로 그러한 도덕적 신념과 사상을 소박한 인물들의 삶을 통해서 사실적으로 보여 주고 있다고 하겠다.

이 작품에서 엘리엇이 주장하는 예술의 목적, 즉 분투하며 살아가는 결함이 많은 평범한 인간에 대한 공감의 확대는 그 자체로서 시대를 초월한 인도주의적 가치이고, 이러한 가치가 사장되어 가는 개인주의적 사회에서 더욱 필요한 덕목이며, 어쩌면 인종, 계층, 종교, 이데올로기 등으로 더욱 극심한 분열을 겪고 있는 현대 사회에서 절실히 필요한 가치일 것이다. 포스트모더니즘의 일각에서 주장하는 타인 또는 타자에 대한 관용과 공감의 미덕을 빅토리아시대의 소설에서 발견할 수 있다는 것은 이 소설의 탈시대적 생명력을 입증하는 증거가 될 것이다.

조지 엘리엇 연보

1819. 11. 22	워릭셔의 애버리, 사우스 팜에서 로버트 에번스와 크리스티아나 피어슨의 세 아이 중 막내로 태어남. 본명은 메리 앤 에번스.
1820	부친이 관리한 프랜시스 애버리 사유지의 그리프 하우스로 이사함.
1825~7	언니 크리스티아나와 함께 애틀버러의 래텀 학교에서 기숙.
1828~32	뉴니튼의 월링튼 학교에 기숙하면서 열렬한 복음주의자인 교사 루이스 양과 친밀한 관계를 맺음.
1832~5	침례교 목사의 딸들이 운영한 코번트리의 프랭클린 학교에서 기숙하며 수학.
1835	크리스마스 경 학교를 떠나 집으로 돌아옴.
1836	2월에 모친 사망 이후 가사를 떠맡고 독자적인 계획에 따라서 학업을 지속함. 코번트리의 교사에게서 이탈리아어와 독일어를 배우고, 문법학교 교장과 희랍어와 라틴어 작품들을 강독.
1841	오빠 아이작이 결혼하여 그리프의 집을 물려받으면서 엘리엇은 부친과 함께 코번트리로 이사. 자유주의적 사상을 가진 찰스 브레이와 그의 아내 캐롤라인을 만나고 그들을 통해 회의주의자들 및 합리주의자들과 교류하면서 엘리엇의 신앙심이 흔들리고 결국 정통적인 신앙이 거부됨.

1842. 1~5 부친과 교회에 동행하기를 거부했지만 나중에는 동의함.

1844 데이비드 프리드리히 슈트라우스의 《예수의 생애》 번역착수.

1846 《예수의 생애》 3권으로 출판.

1849. 5 부친 사망.

6 브레이 가족과 외국여행을 떠나서 제네바에 혼자서 8개월간 체류.

1850 코번트리로 돌아와서 브레이 부부의 집에서 7개월간 거주.

1851 런던으로 이주하여 존 채프먼이 경영하던 〈웨스트민스터 리뷰〉의 부편집인이 되고 서평을 기고함.

1852 허버트 스펜서와 교류하면서 그를 통해 이 당시 〈리더〉의 편집자였던 조지 헨리 루이스와 만남.

1854 기독교 신앙을 비판한 루드비히 포이어바흐의 《기독교의 본질》을 번역 출판.

7 루이스와 독일로 여행을 떠나고 스피노자의 《윤리학》 번역착수. 루이스와 동거를 시작하고 이후 24년간 루이스는 엘리엇의 충실한 조언자이자 동반자로서 생애를 함께 함.

1855. 3 영국으로 돌아와서 리치몬드에 정착. 루이스의 《괴테의 생애》가 출판되어 호평을 받았고, 엘리엇은 정규적으로 〈리더〉와 〈웨스트민스터 리뷰〉에 기고함.

1856 첫 번째 단편소설 〈아모스 바튼 목사의 슬픈 운명〉을 집필 시작.

1857 〈아모스 바튼〉의 1부가 《블랙우드 에든버러 매거진》에 출판됨. '조지 엘리엇'이라는 필명을 씀.

10 《아담 비드》 집필 시작.

1858 《성직생활의 정경》 2권으로 출판됨.

4 뮌헨과 드레스덴을 여행하며 다섯 달간 체류.

1859 《아담 비드》 3권으로 출판되어 호평을 받았고 첫 해에 1만6천 부가 팔림.

1860 《플로스강의 물방앗간》 3권으로 출판. 이탈리아 여행. 사보나롤라의 생애를 바탕으로 역사소설을 구상했으나 포기함.

1861 《사일러스 마너》 출판. 이탈리아의 역사소설을 위한 자료수집차 플로렌스를 다시 방문하고 배경 연구에 몰두.

1862 《로몰라》 집필 시작. 이 소설에 대해 유례없이 1만 파운드의 저작료를 제안받음.
1863 《로몰라》 3권으로 출판. 레전트 파크의 프라이어리 저택으로 이사.
1864 이탈리아를 여행하고 비극 《스페인 집시》를 시작했으나 질병으로 중단.
1865. 3 《급진주의자 펠릭스 홀트》 집필 시작.
1866. 6 《급진주의자 펠릭스 홀트》를 출판했으나 판매 저조. 《스페인 집시》를 다시 시작하고 자료조사차 스페인 여행.
1868. 4 《스페인 집시》 출판.
1869. 3~4 이탈리아에서 보냄. 로마에서 증권 중개인인 존 월터 크로스를 만남.
8 《미들마치》의 '페더스톤-빈시' 부분 집필 시작.
1870. 11 《미들마치》에 포함될 새로운 이야기 '브룩 양'을 시작.
1871 두 이야기를 결합하여 《미들마치》의 첫 부분을 완성하고 1부를 12월에 출판.
1872. 12 《미들마치》를 완성하여 4권으로 출판.
1874 《다니엘 데론다》를 구상하기 시작.
1876 《다니엘 데론다》를 출판하기 시작하여 9월에 완결.
1878. 11. 30 루이스 사망. 엘리엇은 몇 주간 아무도 만나지 않고 루이스의 철학저서 《삶과 마음의 문제》를 편집.
1879. 2 미국인 은행가 존 크로스를 만나기로 동의함.
1880. 5. 크로스와 결혼. 오빠 아이작이 23년간의 의절 끝에 결혼축하 편지를 보냄. 체인 워크로 이사.
12. 22 고질적인 신장 질환과 목 감염으로 인해 61세의 일기로 사망. 하이게이트 묘지에 매장됨.

조지 엘리엇(George Eliot 1819~1880)

영국 빅토리아시대 리얼리즘 소설의 대가인 조지 엘리엇은 중서부 시골의 목수 집안에서 막내딸로 태어났으며 본명은 메리 앤 에번스(Mary Anne Evans)였다. 부친은 애버리 홀 사유지의 토지 관리인이었고 어린 시절에는 코번트리 등지의 기숙학교에서 수학하면서 종교적인 감화를 받았다. 21세가 되던 해에 부친과 함께 코번트리 근방으로 이사했고 그곳에서 진보적 성향의 지식인들과 자유주의적 사상가들의 토론 모임에 참여하면서 새로운 사상적 흐름에 접하며 종교적 정설에 대한 회의를 품게 되었다. D. F. 슈트라우스의 《예수의 생애》(1846)와 포이어바흐의 《기독교의 본질》(1854)의 번역은 이 시기의 결실이었다. 1851년에 〈웨스트민스터 리뷰〉의 부편집인이 되었고 이후 3년간 많은 에세이와 평론을 기고했다.

첫 단편소설 〈아모스 바튼〉은 《성직 생활의 정경》(1858)에 포함되었고, 이듬해 40세에 출간된 첫 장편소설 《아담 비드》(1859)는 출판 즉시 놀라운 성공을 거두었다. 이어 자전적 소설 《플로스 강의 물방앗간》(1860), 우화적 분위기를 풍기는 《사일러스 마너》(1861), 역사소설 《로몰라》(1863), 정치소설 《급진주의자 펠릭스 홀트》(1866), 빅토리아시대 최고의 걸작으로 꼽히는 《미들마치》(1871~1872), 마지막 소설인 《다니엘 데론다》(1876)를 집필했다. 엘리엇은 탁월한 지성과 예리한 정치의식으로 당대의 사회상을 치밀하게 관찰하여 여실히 그려내고자 노력했으며, 넓은 역사적 안목과 인간의 심리에 대한 깊이 있는 통찰력, 인간의 삶에 대한 진지한 탐구로 영국 소설의 깊이의 넓이를 더해준 도덕적 비전을 창조했다.

이미애

현대영국소설 전공으로 서울대학교 영문학과에서 박사학위를 받았고, 현재 서울대학교 언어교육원의 연구원으로 재직하고 있다. 조셉 콘래드, 제인 오스틴, 존 파울스, 카리브지역의 영어권 작가들에 대한 논문을 썼고, 역서로는 버지니아 울프의 《자기만의 방》, 제인 오스틴의 《설득》, J. R. R. 톨킨의 《호빗》, 《반지의 제왕》(공역) 등이 있다.